PAVILLONS LOINTAINS

M.M.KAYE

PAVILLONS LOINTAINS

ROMAN

Traduit de l'anglais par
Maurice-Bernard Endrèbe

Albin Michel

Illustration de couverture par Peter Goodfellow
reproduite avec l'autorisation de Penguin Books Ltd.

Le plan de la Résidence à Kaboul
a été dessiné par Reginald Piggott.

Édition originale américaine

THE FAR PAVILIONS

Édition française

ISBN 2-226-01029-7

Dédié à
tous les militaires de différentes races
et croyances qui, depuis 1846, ont servi
avec autant de fierté que de dévouement
dans
LE RÉGIMENT DES GUIDES
parmi lesquels
le lieutenant Walter Hamilton,
mon mari le général de brigade Goff Hamilton,
et son père le colonel Bill Hamilton.

Sommaire

livre premier

la révolte des cipayes

I

Ashton Hilary Akbar Pelham-Martyn naquit dans un campement dressé aux abords d'un col de l'Himalaya, et c'est au-dessus d'un seau de toile, tenant lieu de fonts baptismaux, qu'il fut ensuite baptisé.

Non sans brio, son premier cri rivalisa avec le rugissement d'un léopard dans la vallée voisine, et la première bouffée d'air froid qu'il respira arrivait du lointain rempart de montagnes, chargée d'une vivifiante senteur de neige et de résine qui atténua la chaude exhalaison de la lampe à huile, l'odeur de sang et de transpiration, ainsi que l'âcre relent des poneys de faix.

Quand cet air glacé souleva le rabat de la tente et fit vaciller la flamme de la lampe-tempête, Isobel frissonna et, tout en écoutant les vagissements de son fils, elle dit d'une voix faible :

— A l'entendre, on ne croirait vraiment pas qu'il s'agit d'un prématuré, n'est-ce pas ? Je suppose que je... j'ai dû mal compter...

Elle s'était effectivement trompée et cette erreur de calcul devait lui coûter cher, car il faut bien reconnaître que rares sont ceux appelés à payer de leur vie pareilles erreurs.

A cette époque, celle de la reine Victoria et de son époux Albert, Isobel Ashton était tenue pour une jeune femme se conduisant de façon assez choquante eu égard aux conventions. Des haussements de sourcils et des commentaires acerbes avaient marqué son arrivée au cantonnement de Peshawar, à la frontière nord-ouest des Indes, l'année de la première Exposition internationale[1].

Orpheline, âgée de vingt et un ans, elle venait dans le but avoué de tenir l'intérieur de l'unique parent qu'il lui restât, son frère William, célibataire comme elle et récemment nommé dans le tout nouveau Régiment des Guides.

Les haussements de sourcils s'étaient encore accentués quand, un an plus tard, elle avait épousé le professeur Hilary Pelham-Martyn, ethnologue, linguiste et botaniste très connu, puis s'en était allée avec lui explorer un peu au hasard les plaines et plateaux de l'Hindoustan, sans qu'aucune personne de son sexe l'accompagnât.

Nul n'avait jamais su — lui moins que tout autre — ce qui avait

1 1851. *(N. d. T.)*

pu pousser l'excentrique célibataire endurci qu'était Hilary à épouser une fille, certes jolie, mais ayant la moitié de son âge et tout aussi dépourvue de dot que de connaissance de l'Orient. La société de Peshawar s'expliquait mieux les raisons d'Isobel : Hilary était suffisamment riche pour vivre comme bon lui semblait, et les ouvrages publiés par lui en avaient fait déjà une sommité dans les milieux les plus cultivés du monde civilisé. Bref, on estimait que Miss Ashton s'était bien débrouillée.

Pourtant ce n'était ni l'argent ni l'ambition qui avaient fait se marier Isobel. En dépit des airs qu'elle se donnait, c'était une jeune fille extrêmement romantique et elle avait vu dans la façon de vivre de Hilary le summum du romanesque. Quoi de plus merveilleux que la perspective de mener une existence nomade, consacrée à l'exploration de régions inconnues ou de vestiges d'empires disparus, et de dormir sous la tente ou à ciel ouvert sans aucun souci des conventions et des impératifs du monde moderne ?

Hilary Pelham-Martyn ressemblait beaucoup à cet autre aimable excentrique qu'avait été feu M. Ashton, et Isobel avait adoré son père. Cela expliquait sans doute qu'elle se fût d'emblée intéressée au professeur, auprès de qui elle se sentait à l'aise et en sécurité.

D'ailleurs, à vrai dire, Hilary la traitait davantage comme une fille très chérie que comme une épouse. Mais, ne s'étant encore jamais éprise de personne, Isobel n'avait aucun moyen de mesurer l'affection qu'elle éprouvait pour son mari et elle se trouvait aussi heureuse qu'on peut l'être en ce monde. Hilary lui permettait de chevaucher à califourchon, comme un homme, et durant deux merveilleuses années ils parcoururent les Indes en tout sens, explorèrent les contreforts de l'Himalaya, suivirent la route qui avait mené l'empereur Akbar jusqu'au Cachemire, avant de revenir passer l'hiver dans les plaines, parmi les ruines des cités disparues. Isobel avait vécu la majeure partie de ce temps sans aucune compagnie féminine et n'en avait pas éprouvé le manque. Il y avait toujours des livres à lire ou des spécimens de plantes recueillis par Hilary à presser et cataloguer ; Isobel occupait ainsi ses soirées tandis que son mari et Akbar Khan jouaient aux échecs ou discutaient avec chaleur politique, religion, prédestination, race, etc.

D'une blessure reçue au combat, le sirdar Bahadur Akbar Khan, ancien officier de cavalerie, conservait une forte claudication qui l'avait amené à se retirer dans son domaine ancestral sur les bords de la Ravi, pour y consacrer le reste de ses jours à d'aussi paisibles occupations que l'étude du Coran. Alors que Hilary campait à proximité du village natal d'Akbar Khan, les deux hommes avaient lié connaissance et s'étaient pris d'une immédiate sympathie l'un pour l'autre. Ils se ressemblaient à bien des égards, tant au physique que par le caractère; aussi Akbar Khan n'avait-il pas tardé à ne pouvoir endurer plus longtemps la perspective de demeurer au même endroit jusqu'à sa mort.

— Je suis un vieil homme et je n'ai plus ni femme ni enfants, car mes fils sont morts au service de la Compagnie des Indes et ma fille est mariée loin d'ici. Alors, puisque je suis sans attaches, voyageons donc ensemble, avait-il dit à Hilary. Pour un homme comme moi, une tente vaudra toujours mieux que les quatre murs d'une maison!

Devenus bons compagnons, ils avaient depuis lors voyagé de conserve. Mais il n'avait pas fallu longtemps à Akbar Khan pour découvrir que l'intérêt porté par son ami à la botanique aussi bien qu'aux dialectes ou aux vestiges historiques du pays, lui fournissait une excellente couverture pour une tout autre activité : l'établissement de rapports sur l'administration de la Compagnie des Indes orientales, rapports destinés à certains membres du gouvernement de Sa Majesté ayant quelques raisons de penser que tout n'allait pas pour le mieux aux Indes, contrairement à ce qu'on leur donnait à croire de source officielle. C'était là un travail qui avait recueilli l'entière approbation d'Akbar Khan et auquel il avait apporté un très précieux concours, car la connaissance approfondie qu'il avait de ses compatriotes lui permettait de peser plus exactement que Hilary la valeur des renseignements verbaux qu'on leur fournissait. A eux deux, au fil des ans, ils avaient envoyé quantité de précisions et d'avertissements, dont une bonne part avaient été publiés dans la presse britannique et utilisés lors de débats aussi bien à la Chambre des Lords qu'à celle des Communes. Mais, pour l'effet que cela avait eu, ils auraient aussi bien pu s'en tenir uniquement à la botanique car, défaut commun à toutes les nations, le grand public préférait croire des versions plus rassurantes et lénifiantes.

Hilary voyageait et travaillait ainsi depuis cinq ans avec son ami lorsque, de façon inattendue, il avait ajouté une épouse à leur caravane. Akbar Khan avait accueilli la chose avec placidité, sans que la présence d'Isobel lui parût avoir beaucoup d'importance dans un sens ou dans l'autre. Et d'eux trois, il avait été le seul à n'être pas désagréablement surpris par la découverte qu'Isobel était enceinte. Après tout, la fonction des femmes est de faire des enfants et, bien entendu, ce serait un garçon.

Comme la plupart des filles de sa génération, Isobel était d'une incroyable ignorance en ce qui concernait le processus de l'enfantement. Après avoir mis longtemps à s'aviser de son état, elle en avait été surprise et assez contrariée, mais sans éprouver la moindre frayeur. Un bébé allait compliquer leur vie de campement ; il aurait besoin d'une constante attention, d'une nurse, d'une alimentation spéciale et... Non, vraiment, que c'était donc ennuyeux !

Tout aussi surpris que sa femme, Hilary émit l'hypothèse qu'elle avait pu se tromper dans ses calculs. Ayant reçu l'assurance contraire, il s'était enquis de l'époque de la naissance. Isobel n'en avait aucune idée mais, s'étant efforcée de se remémorer les mois récemment écoulés, elle avait compté sur ses doigts, froncé le sourcil, compté de nouveau et avancé une date, qui devait se révéler totalement fausse.

— Alors, le mieux est de retourner à Peshawar, avait décidé Hilary. Là-bas, il y a un médecin et d'autres femmes. Nous allons donc avancer notre retour d'un mois... ou même de six semaines afin de ne pas courir de risque.

Et ce fut ainsi que son fils naquit au beau milieu des montagnes, sans l'assistance d'aucun médecin ou sage-femme, ni le secours des médicaments généralement prescrits en pareille occurrence.

Mis à part une ou deux épouses de porteurs et quelques femmes aussi anonymes que voilées, il n'y avait qu'une seule personne susceptible d'aider à l'accouchement : Sita, mariée au principal syce[1] Daya Ram. C'était une femme de la montagne, qui s'était doublement couverte de honte en mettant au monde et perdant cinq filles au cours des cinq dernières années... la cinquième était morte la semaine précédente, après n'avoir vécu que trois jours.

— Elle semble incapable d'enfanter un fils, avait dit Daya Ram avec écœurement, mais les dieux sont témoins qu'elle devrait avoir appris suffisamment de choses pour aider à en mettre un au monde !

C'était donc l'infortunée et timide Sita, la femme du palefrenier, qui avait fait fonction de sage-femme auprès d'Isobel. Et elle avait effectivement acquis assez d'expérience pour s'acquitter au mieux de cette tâche.

Sita n'eut aucune responsabilité dans la mort d'Isobel : ce fut le vent qui la tua, le vent glacial venu des hauts sommets neigeux qui se dressaient au-delà des cols. Soulevant la poussière, il s'était mis à tourbillonner à l'intérieur de la tente avec toute la saleté et les germes infectieux ramassés au passage, ce qui ne se serait pas produit à

1. Un glossaire des mots indiens se trouve à la fin du volume.

Peshawar, dans une chambre où il y aurait eu un médecin anglais pour veiller sur la jeune mère.

Trois jours plus tard, passant par là pour se rendre au Pendjab, un missionnaire fit halte au camp; on lui demanda aussitôt de baptiser le bébé. Il le fit au-dessus d'un seau de toile et lui donna, selon le désir de son père, les prénoms de Ashton Hilary Akbar. Il repartit sans même avoir vu la mère de l'enfant. On lui avait dit qu'elle « n'allait pas bien », ce qui n'était pas pour le surprendre, car dans ce campement l'infortunée n'était pas en mesure de recevoir les soins nécessités par son état.

Eût-il différé son départ de quarante-huit heures, qu'il aurait pu célébrer l'enterrement de Mme Pelham-Martyn, car Isobel mourut le lendemain du baptême de son fils. Son mari et Akbar Khan l'inhumèrent au sommet du col dominant leurs tentes, et tout le camp assista à la cérémonie avec un visible chagrin.

Du chagrin, Hilary en eut beaucoup; mais, de surcroît, il fut atterré. Comment allait-il se débrouiller avec l'enfant maintenant qu'Isobel était morte? Il ignorait tout des bébés, sinon qu'ils poussaient des hurlements et devaient être nourris à toute heure du jour et de la nuit.

— Qu'allons-nous bien pouvoir faire de lui? dit-il à Akbar Khan en considérant son fils avec ressentiment.

Du bout d'un doigt, Akbar Khan taquina le bébé et rit quand celui-ci l'emprisonna dans sa menotte.

— Ah! c'est un garçon hardi et vigoureux... Nous en ferons un soldat... un capitaine. Ne te tracasse pas pour lui. La femme de Daya Ram va continuer de le nourrir comme elle l'a fait depuis sa naissance; si elle venait de perdre son propre enfant, c'était sûrement par la volonté d'Allah, qui prévoit tout.

— Mais nous ne pourrons le garder dans un camp! objecta Hilary. Nous allons devoir trouver quelqu'un qui aille passer son congé en Angleterre et l'emmène avec lui. Oui, ce sera la meilleure solution. J'ai là-bas un frère marié; sa femme s'occupera du bébé jusqu'à ce que j'y retourne moi-même.

Cette décision prise, Hilary suivit le conseil de son ami et cessa de se tracasser. Puis, comme l'enfant profitait et qu'on l'entendait rarement pleurer, ils se dirent que rien ne pressait pour regagner Peshawar et, après avoir gravé le nom d'Isobel dans la roche, au-dessus de sa tombe, ils levèrent le camp et prirent la direction de l'est, vers Garwall

Hilary ne retourna jamais à Peshawar et, déplorablement

distrait, il oublia de faire savoir à son beau-frère William Ashton aussi bien qu'à sa famille d'Angleterre qu'il était désormais père... et veuf. De loin en loin, car elles étaient rares, une lettre arrivait pour Isobel, qui le rappelait à ses devoirs. Mais comme il avait toujours trop à faire pour s'occuper immédiatement de la chose, la lettre était mise de côté et oubliée, tout comme il finissait par oublier la défunte Isobel, et parfois même son fils.

« Ash-Baba [1] », comme sa mère nourricière et tout le camp appelaient le bébé, vécut en haute montagne les dix-huit premiers mois de son existence, et fit ses premiers pas sur l'herbe glissante d'une vallée d'où l'on voyait la Nanda Devi flanquée de sa cour de sommets neigeux. Quand il allait par le camp à petits pas mal assurés, on l'eût pris pour le propre fils de Sita, car Isobel avait été une beauté brune au teint de miel et aux yeux gris. L'enfant tenait beaucoup d'elle à cet égard si bien que, disait Akbar Khan avec un hochement de tête approbateur, il deviendrait un homme splendide.

Le campement ne demeurait jamais longtemps au même endroit, car Hilary avait entrepris d'étudier les dialectes de ces montagnes et d'en inventorier la flore. Mais de plus graves préoccupations l'amenèrent à tourner le dos aux monts pour s'orienter vers le sud où, par Jhansi et Sattara, il finirait par atteindre la luxuriante végétation et les longues plages blanches de la côte de Coromandel.

La chaleur des plaines et l'humidité du Sud ne convenaient pas aussi bien à Ash-Baba que l'air vif des hauteurs. Etant née elle-même dans les montagnes, Sita en gardait la nostalgie et n'arrêtait pas de lui raconter des histoires du temps où elle était parmi les siens, au nord, dans la chaîne de l'Hindou Kouch. Il n'y était question que de glaciers et d'avalanches, de vallées cachées, dans les rivières desquelles abondaient les saumons et dont le sol était tapissé de fleurs qui parfumaient l'air, à moins que, durant l'été, ce ne fût la senteur des pommes et des noix mûrissantes. Ash-Baba raffolait de ces histoires, au point que Sita finit par inventer une vallée qui serait uniquement à eux ; un jour, ils y bâtiraient une maison d'argile et bois de pin avec un toit plat sur lequel ils mettraient des poivrons à sécher, au milieu d'un jardin où ils planteraient des amandiers, des pêchers, tout en y élevant une chèvre avec son chevreau, et ils auraient aussi un petit chat.

Sita ni aucune autre personne du camp ne parlant l'anglais, Ash atteignit l'âge de quatre ans sans savoir que la langue dans laquelle

1 Baba : bébé, petit enfant

Hilary s'adressait occasionnellement à lui était — ou aurait dû être — sa langue maternelle. Mais ayant hérité l'oreille de son père pour ce qui était des dialectes, il en apprit un certain nombre dans ce camp polyglotte. Il ne portait pas de vêtements européens, car Hilary séjournait rarement dans des endroits où l'on pouvait s'en procurer. De toute façon, de tels vêtements n'eussent vraiment pas convenu au climat ni à la vie de camp. Il était donc habillé tantôt comme un hindou, tantôt comme un musulman.

Ils avaient passé l'automne de 1855 dans les collines du Seeoni en y étudiant ostensiblement la bagheli et autres dialectes du gondi. Là, Hilary avait rédigé un rapport sur les événements ayant suivi l'annexion, (il écrivait « le vol »), par la Compagnie des Indes orientales, des États princiers de Nagpur, Jhansi et Tanjore.

La politique d'Annexion et de Dévolution, mainmise de la Compagnie sur tout État indigène où il n'y avait pas d'héritier direct — au mépris d'une tradition plusieurs fois centenaire qui permettait à tout homme sans enfant d'adopter un héritier choisi parmi sa parentèle — était qualifiée par Hilary de « terme hypocrite destiné à masquer un acte aussi odieux qu'indéfendable, qui lésait ouvertement la veuve et l'orpheline ». Les princes en question — il soulignait que Nagpur, Jhansi et Tanjore n'étaient que trois victimes parmi bien d'autres — avaient été d'un parfait loyalisme à l'égard de la Compagnie, ce qui n'empêchait par leurs veuves et leur descendance féminine d'être privées par cette même Compagnie de leurs droits héréditaires, tout comme de leurs bijoux et autres biens de famille. En ce qui concernait la principauté de Tanjore, absorbée par droit de Dévolution à la mort du Rajah, s'il n'y avait effectivement pas d'héritier mâle, il existait une fille. Avec beaucoup de courage, le président d'une des commissions d'études, un certain M. Forbes, avait plaidé la cause de cette princesse, faisant ressortir que, dans le traité liant Tanjore à la Compagnie, la succession avait été promise aux « héritiers » sans qu'on eût spécifié « mâles ». Mais son plaidoyer fut lettre morte. Un fort détachement de cipayes[1] marcha sur le palais où la Compagnie fit tout mettre sous scellés, tandis que les troupes du défunt Rajah étaient désarmées.

Mais Hilary signalait pire encore, car cette autre mesure portait atteinte aux moyens d'existence de nombreuses gens. Tout exploitant d'une terre ayant appartenu à n'importe quel rajah de Tanjore en fut dépossédé, et dut se présenter devant un commissaire britanni-

1 Fantassins indigènes.

que pour l'établissement d'un titre à son nom. Jusqu'alors l'un des plus paisibles dominions de la Compagnie, Tanjore devint, en l'espace d'une semaine, un brûlant foyer de contestation. A Jhansi, il existait un héritier, lointain cousin du défunt Rajah mais ayant été adopté dans les formes. Lakshmi Bai, la ravissante veuve du prince, rappela en vain le long dévouement de son mari à la Compagnie. Jhansi fut déclarée « Succession dévolue à la Compagnie des Indes » et placée sous la juridiction du Gouverneur des provinces du Nord-Ouest. Toutes ses institutions furent abolies et ses soldats, renvoyés dans leurs foyers après paiement de leur solde. « Rien, écrivit Hilary, ne pouvait susciter plus de haine, d'amertume et de ressentiment qu'une spoliation aussi éhontée. »

Mais l'opinion publique britannique avait d'autres soucis, au nombre desquels la guerre de Crimée, aussi épuisante qu'onéreuse. Les Indes, c'était si loin, si loin ! Les rares personnes qui s'étaient émues à la lecture de ces rapports les eurent vite oubliés, et le Conseil supérieur de l'Honorable Compagnie déclara que leur auteur était « un original totalement dépourvu de jugement », tout en s'efforçant de percer son identité pour l'empêcher d'utiliser les courriers. Mais les rapports de Hilary empruntaient des voies inhabituelles et si, sur place, certains officiels désapprouvaient ses façons et notamment l'amitié le liant à un « indigène », les soupçons qu'on pouvait avoir n'étaient pas des preuves. Hilary continuait donc de circuler librement à travers les Indes, en répétant à son fils que le plus grand péché qu'un homme pût commettre était de manquer à la justice et qu'il devrait donc toujours lutter contre l'injustice, n'eût-il aucun espoir de la vaincre.

— N'oublie jamais cela, Ashton. Quoi que tu sois par ailleurs, reste juste. Ne fais que ce que tu voudrais qu'on te fît. Jamais, en aucune circonstance et envers qui que ce soit, tu ne dois manquer à l'équité. Comprends-tu ?

Non, bien sûr, il ne comprenait pas, étant encore trop jeune pour cela. Mais, à force d'être répété, ce principe se grava dans son esprit et Ashton se rendit d'autant mieux compte de ce que le Burra-Sahib [1] — jamais il n'avait appelé son père autrement — voulait lui faire entendre, que son oncle Akbar s'employait à illustrer ce principe en lui racontant l'histoire de nombreuses et terribles injustices commises en ce monde par des hommes que la possession du pouvoir avait grisés.

1 Grand homme.

— Mais pourquoi le peuple endure-t-il de telles choses ? s'exclama Hilary à l'adresse de son ami. Ils sont des millions contre une poignée de gens représentant la Compagnie. Pourquoi ne font-ils rien, ne se révoltent-ils pas ?

— Un jour, ça se produira, répondit placidement Akbar Khan.

— Alors le plus tôt sera le mieux, rétorqua Hilary en ajoutant, pour ne pas manquer d'équité, qu'il y avait aussi nombre de bons Sahibs dans le pays, tels John Nicholson, Sir John Lawrence, ou des hommes comme M. Forbes. Ceux qu'il aurait fallu éliminer, c'étaient ceux de Simla et de Calcutta, ces pompeux vieillards, aussi rapaces que têtus, qui avaient un pied dans la tombe et l'esprit troublé autant par le soleil que par un sens exagéré de leur importance. Et pour ce qui était de l'Armée, il n'y avait pas aux Indes un officier supérieur qui eût moins de soixante-dix ans.

— Je suis aussi patriote qu'un autre, insistait Hilary, mais ça ne m'empêche pas de voir que la stupidité, l'injustice et l'incompétence sévissent par trop dans l'actuelle Administration.

Une fois de plus on leva le camp et, tournant le dos aux palmiers du sud, on progressa lentement vers le nord. Ashton Hilary Akbar fêta son quatrième anniversaire dans la capitale des Mogols, Delhi, où Hilary était venu mettre la dernière main à l'ouvrage qu'il achevait d'écrire. Pour la circonstance, oncle Akbar vêtit Ash à la musulmane et l'emmena prier à Jami Masjid, la splendide mosquée que le Grand Mogol Chah Jahan fit construire face aux murs de *Lal Kila*, le grand Fort Rouge qui s'élève au bord de la Yamuna.

Par réaction, Sita avait habillé Ash comme un Hindou pour le conduire dans un temple de la ville où, contre quelques pièces, un prêtre en robe jaune l'avait marqué au front avec un peu de pâte rouge. Puis Ash avait regardé Daya Ram faire ses dévotions au dieu Siva.

Akbar Khan comptait de nombreux amis à Delhi et, en temps normal, il eût aimé s'y attarder. Mais cette année-là, il décelait d'inquiétants remous : la ville était en proie à une sorte de tension qui pesait sur l'habituelle effervescence des ruelles bruyantes et des marchés enfiévrés. Il sentait venir un danger aussi violent qu'imminent.

— Il se trame quelque chose de mauvais. Cela se perçoit dans l'air même qu'on respire, Hilary, et cela ne signifie rien de bon pour les hommes de ta race. Je ne voudrais pas qu'il arrive du mal à notre garçon. Allons-nous-en d'ici ! Je n'aime pas les villes : la noirceur et la turpitude y prolifèrent comme vers et mouches sur le fumier Ici, je sens croître un danger.

— Tu veux dire une révolte? lui lança Hilary, pas autrement troublé. C'est le cas dans la moitié des Indes et, à mon avis, plus vite elle aura lieu, mieux ce sera. Nous avons besoin d'une explosion qui purifie l'air en arrachant à leur béate satisfaction ces esprits bornés de Simla et Calcutta.

— Certes, mais les explosions peuvent tuer, et je ne voudrais pas que mon garçon paye pour les erreurs de ses compatriotes.

— *Mon* garçon, rectifia Hilary avec un rien d'âpreté.

— Disons le nôtre, alors, bien qu'il ait plus d'affection pour moi que pour toi.

— Parce que tu le gâtes.

— Non, mais parce que je l'aime et qu'il s'en rend compte. S'il est le fils de ton corps, il est celui de mon cœur, et je ne voudrais pas qu'il soit victime de cette révolte quand elle éclatera... comme elle ne manquera pas de le faire. As-tu mis en garde tes amis anglais de la garnison?

Hilary répondit l'avoir fait à plusieurs reprises, mais qu'on ne voulait pas le croire, tant les hauts fonctionnaires que de nombreux officiers.

— Ça n'était pas ainsi autrefois, dit Akbar Khan d'un ton de regret. A présent, les généraux sont vieux, gros et fatigués; quant à leurs officiers, on les change si souvent d'affectation qu'ils ignorent les habitudes de leurs hommes et ne remarquent donc point l'agitation qui s'est emparée des cipayes. Je n'aime pas cette histoire de Barrackpur. Certes, un seul cipaye s'est rebellé, mais lorsqu'il a abattu son officier et menacé de tuer le général-Sahib lui-même, les autres cipayes sont restés silencieux et n'ont rien fait pour l'en empêcher. J'estime néanmoins qu'on a commis une grave erreur en renvoyant les hommes dans leurs foyers après avoir pendu le rebelle, car cela fait quelque trois cents désœuvrés qui sont venus s'ajouter aux autres. Les troubles viendront de là, et je crois qu'ils ne tarderont pas à éclater.

— Moi aussi. Mais quand cela se produira, mes compatriotes seront à la fois furieux et indignés d'une telle ingratitude. Tu verras!

— Peut-être, oui... si nous arrivons à survivre, rétorqua Akbar Khan. Et c'est pourquoi il nous faut gagner au plus vite la montagne.

Hilary cloua ses caisses et en laissa un certain nombre dans la maison d'un camarade, à la garnison. Avant de quitter Delhi, il se proposait d'écrire des lettres qui auraient dû être expédiées depuis déjà plusieurs années. Mais, une fois encore, il différa de le faire parce qu'Akbar Khan avait hâte de partir ; il aurait tout le temps d'exécuter cette corvée lorsqu'ils auraient atteint la paisible tranquillité des montagnes. Depuis le temps qu'il devait faire cette correspondance, ça n'était plus à un mois ou deux près. La conscience en paix, Hilary fourra un tas de lettres attendant réponse — dont une demi-douzaine adressées à sa défunte épouse — dans un carton marqué *Urgent* et retourna à de plus intéressantes occupations.

Il existe un livre, publié au printemps de 1856 (*Dialectes peu connus de l'Hindoustan*, tome I, par le professeur H.F. Pelham-Martyn, B.A., D.S.C., F.R.G.S., F.S.A. etc.), dédié *A la chère mémoire de ma femme Isobel*. Le tome II de cet ouvrage, paru seulement à l'automne de l'année suivante, porte une plus longue dédicace : « *Pour Ashton Hilary Akbar, en souhaitant que cela le fasse s'intéresser à un sujet qui fut une inépuisable source de joies pour l'auteur* — H.F. P-M. » Mais, à ce moment-là, Hilary et Akbar Khan étaient depuis six mois déjà dans leurs tombes, et nul ne s'inquiéta de savoir qui pouvait bien être Ashton Hilary Akbar.

Le camp se déplaça vers le nord en direction du Terai et ce fut là, au début d'avril, quand le thermomètre se mit à monter et que les nuits cessèrent d'être fraîches, que le désastre survint.

Un groupe de pèlerins revenant de la ville sainte de Hardwar et qui bénéficièrent de l'hospitalité du camp une nuit durant, apportaient le choléra avec eux. L'un de ces pèlerins mourut avant l'aube et ses compagnons s'enfuirent en abandonnant le corps, que les serviteurs découvrirent le lendemain matin. Le soir même, trois hommes de Hilary avaient attrapé la maladie, et celle-ci était si violente qu'ils ne virent pas le jour suivant. Le camp fut pris de panique et plusieurs porteurs le quittèrent en hâte avec leurs maigres biens, sans même attendre d'être payés. Le lendemain, Akbar Khan se découvrit atteint.

— Va-t'en ! murmura-t-il à Hilary. Si tu ne veux pas mourir, prends le garçon avec toi et va-t'en vite ! N'aie pas de chagrin pour moi : je suis un vieil homme estropié, sans femme ni enfant. Alors pourquoi aurais-je peur de la mort ? Mais toi, tu as ce garçon... Un fils a besoin d'un père.

— Tu as été pour lui un bien meilleur père que moi, dit Hilary en étreignant la main de son ami.

Akbar Khan sourit :

— Ça, je le sais, car il est comme mon cœur même, et je lui

aurais appris je lui aurais appris Maintenant, c'est trop tard Pars vite !

— A quoi bon ? Le choléra ne se distance pas à la course, rétorqua Hilary. Si nous partons, il nous suivra, et j'ai entendu dire qu'il faisait actuellement à Hardwar plus de mille morts par jour. Mieux vaut donc encore être ici que dans une ville, et bientôt tu iras mieux... Tu es assez solide pour t'en remettre !

Mais Akbar Khan mourut.

Hilary pleura davantage son ami qu'il n'avait pleuré sa femme. Après l'avoir enterré, il alla dans sa tente écrire une lettre pour son frère en Angleterre, ainsi qu'une autre destinée à son notaire, auxquelles il joignit certains papiers et des daguerréotypes en sa possession. Il fit du tout un paquet enveloppé soigneusement dans un morceau de soie huilée, qu'il cacheta à la cire. Ce point réglé, il reprit la plume pour rédiger une troisième lettre, celle qu'il devait depuis si longtemps écrire au frère d'Isobel, William Ashton. Mais il avait trop tardé. Le choléra qui avait emporté son ami, le toucha à son tour et, lâchant la plume, Hilary s'effondra sur le sol.

Une heure plus tard, s'arrachant un instant à son agonie, Hilary plia la lettre inachevée et, en ayant rédigé l'adresse au prix d'un terrible effort, il appela son porteur, Karim Bux. Mais Karim Bux lui aussi était à l'agonie et ce fut la femme de Daya Ram qui, une lampe-tempête à la main, survint pour apporter de quoi manger au Burra-Sahib, car le cuisinier et ses aides avaient depuis longtemps pris le large.

L'enfant l'avait suivie mais, quand Sita vit dans quel état se trouvait son père, elle l'empêcha d'entrer dans la tente.

— C'est bien, approuva Hilary entre deux suffocations. Tu es une femme de tête... l'ai toujours dit... Veille sur lui, Sita... Conduis-le auprès des siens. Ne le laisse pas...

Incapable d'achever sa phrase, il réussit à pousser vers elle le paquet cacheté de cire et son ultime lettre.

— L'argent dans cette boîte de fer... Prends-le.. Si, si !. Ça devrait suffire jusqu'à ce que tu...

Une autre convulsion le secoua et, cachant dans les plis de son sari tout ce que Hilary venait de lui donner, Sita battit en retraite avec l'enfant qu'elle mit aussitôt au lit, sans aucun des contes qui accompagnaient ordinairement ce cérémonial.

Hilary mourut dans la nuit. Vers le milieu du jour suivant, le choléra avait fait quatre victimes de plus, dont Daya Ram. Les survivants — ils n'étaient plus qu'une poignée — pillèrent les tentes, prirent chevaux et chameaux, pour s'enfuir vers le sud. Ils abandonnèrent Sita, par crainte qu'elle eût contracté la maladie auprès de son mari... Sita et Ash-Baba.

L'enfant n'était pas effrayé : il n'avait encore jamais eu aucune raison d'avoir peur, et l'oncle Akbar lui avait appris qu'un homme doit toujours se garder de laisser paraître la moindre crainte. De plus, c'était par nature un enfant témoignant d'un courage inhabituel et la vie menée depuis sa naissance l'avait habitué aux façons des bêtes sauvages. Mais il ne comprenait pas pourquoi Sita pleurait et pourquoi elle ne l'avait pas laissé approcher du Burra-Sahib, ni rien de ce qui était arrivé à l'oncle Akbar et aux autres. Il savait qu'ils étaient morts car il avait déjà vu la mort : celle de tigres abattus par l'oncle Akbar lorsque, parfois, il l'avait fait monter avec lui sur un *machan,* sans parler du gibier que l'on chassait pour se nourrir. Toutes ces bêtes étaient mortes, mais il ne pouvait sûrement pas en être de même d'oncle Akbar ? Dans les hommes qu'il avait vus marcher et lui parler, les hommes qu'il avait aimés et qui avaient veillé sur lui, il devait y avoir quelque chose d'indestructible qui subsistait. Mais où était-ce passé ? Tout cela était déconcertant et Ash n'arrivait pas à se l'expliquer.

2

Sita ne devait pas avoir plus de vingt-cinq ans, mais elle paraissait le double de cet âge par l'effet conjugué de ses cinq enfantements malheureux et d'un rude labeur quotidien, à quoi était venu s'ajouter le terrible chagrin d'avoir vu mourir son mari. Elle ne savait ni lire ni écrire et n'était pas bien intelligente, mais elle était courageuse, dévouée, et son cœur débordait de tendresse. Pas un instant, il ne lui vint à l'idée de garder pour elle l'argent que lui avait remis Hilary, ni de désobéir à ses ordres. Elle avait aimé le fils de Hilary dès sa naissance, et maintenant Hilary lui confiait cet enfant, en lui disant de le ramener parmi les siens. Ash-Baba n'avait plus qu'elle pour veiller sur lui, et elle ne manquerait pas à son devoir.

Sita n'avait aucune idée de l'endroit où était la famille d'Ash, ni de la façon dont elle pourrait la trouver, mais elle se rappelait le numéro de la maison, à la garnison de Delhi, où le père d'Ash-Baba avait laissé la majeure partie de ses bagages, et aussi le nom du colonel-Sahib qui l'habitait. Elle irait à Delhi conduire l'enfant à Abuthnot Sahib et sa memsahib, qui arrangeraient tout et auraient certainement besoin d'une *ayah* pour le petit, si bien que Sita ne serait pas séparée de lui. Delhi se trouvait loin vers le sud, mais elle ne doutait pas un instant qu'ils y parviendraient sains et saufs encore que, la somme trouvée dans la boîte de fer représentant plus d'argent qu'elle n'en avait vu de sa vie, elle eût peur d'attirer en chemin l'attention de voleurs. Elle mit donc à Ash les plus vieux vêtements qu'il possédât en lui recommandant bien de ne jamais parler à des gens qu'il ne connaissait pas.

Ils voyagèrent lentement, achetant de quoi se nourrir dans les villages mais dormant de préférence à la belle étoile pour éviter les questions. Ils étaient tous deux très fatigués quand les remparts, les dômes et les minarets de Delhi se silhouettèrent à l'horizon, baignant dans un crépuscule doré. Sita avait espéré atteindre la ville avant la nuit, comptant coucher chez un lointain parent de son mari, marchand de grains dans une petite rue du quartier de Chandni Chauk, où elle pourrait laver et repasser les vêtements européens qu'elle avait dans son baluchon, afin de pouvoir habiller Ash-Baba comme il convenait avant de le conduire dans l'enceinte du camp militaire. Mais ils avaient couvert près de dix kilomètres dans la journée et, bien que les murs de Delhi ne parussent plus très éloignés, le soleil se coucha alors qu'ils étaient encore à cinq cents mètres du pont de bateaux permettant de franchir la Yamuna. Au-delà, près d'un kilomètre les séparait de l'échoppe et il ferait bientôt trop noir pour qu'on pût y voir. Mais ils avaient de quoi boire et manger, et comme l'enfant était vraiment trop somnolent pour aller plus loin, Sita s'écarta de la route en direction d'un banian qui s'élevait au-dessus de vestiges de maçonnerie. Après avoir nourri Ash-Baba, elle étendit une couverture entre les racines de l'arbre, le coucha et lui chanta une berceuse jusqu'à ce qu'il s'endormît.

Réveillée aux premières lueurs du jour par des bruits insolites, Sita émergea aussitôt du sommeil : galopade de chevaux, coups de fusils, et voix d'hommes s'interpellant bruyamment résonnaient alentour. Sur la route, des cavaliers venant du côté de Meerut semblaient avoir le diable à leurs trousses, la poussière soulevée par les chevaux planait comme une fumée au-dessus de la plaine baignant dans la clarté de l'aube. Ils passèrent avec un bruit de tonnerre à un jet de pierre du banian, tirant en l'air et poussant des cris comme lors d'une course. Sita pouvait voir leurs visages furieux au regard halluciné et l'écume volant dans le sillage de leurs montures. C'étaient des militaires, qui portaient l'uniforme d'un régiment de cavalerie de l'Armée du Bengale. Sans doute venaient-ils de Meerut, mais leurs uniformes étaient poussiéreux, déchirés, et les taches qu'elle y voyait ne pouvaient être que des taches de sang.

L'impression laissée par ces hommes visiblement talonnés par la peur était telle que, saisissant l'enfant, Sita courut se tapir avec lui dans l'herbe à éléphant.

Elle n'aurait su expliquer pourquoi la vue de ces hommes l'avait emplie de panique, ni ce qu'elle craignait au juste. Mais son cœur battait à coups redoublés et elle se rendait compte que ni le choléra ni même les terribles heures de leur dernière nuit au camp ne l'avaient effrayée à ce point. Le choléra, somme toute, elle savait ce que c'était, tout comme la maladie, la mort ou les mœurs des bêtes sauvages. Mais ce qu'elle venait de voir avait quelque chose d'inexplicable et de terrifiant...

Une charrette tirée par deux bœufs léthargiques, cahotant sur la route dans un bruit paisible et familier, rassura quelque peu Sita. Le soleil surgissait à l'horizon et soudain il fit jour. Se soulevant avec précaution, la jeune femme regarda à travers l'herbe desséchée et vit la route déserte sous le soleil éclatant. Cela déjà était insolite car la route de Meerut, ordinairement très fréquentée, canalisait vers Delhi tout ce qui venait du Rohilkhand ou de l'Aoudh. Mais cela Sita l'ignorait et ce silence lui rendit courage. Elle jugea toutefois plus sage de laisser les cavaliers prendre une large avance. Il restait un peu à manger mais comme ils avaient fini le lait la veille au soir, tous deux commençaient à avoir très soif.

— Reste ici, dit-elle à Ash. Je vais aller jusqu'à la rivière chercher de l'eau. Je serai vite revenue. Ne bouge surtout pas d'ici, mon cœur. Reste bien tranquille et tu ne courras aucun danger.

Ash tenait d'autant moins à lui désobéir que, gagné par la panique de sa protectrice, il connaissait la peur pour la première fois de sa vie. Mais, tout comme Sita, il eût été incapable de dire ce qu'il appréhendait.

L'attente se prolongea, car Sita dut faire un détour pour atteindre la rivière assez loin de l'endroit où la route la franchissait sur un pont de bateaux. De là, elle pouvait voir la Yamuna serpenter jusqu'à la Porte de Calcutta et la longue muraille s'étendant de l'Arsenal au Bastion du Bord de l'Eau. Elle entendait aussi plus clairement maintenant les bruits de la ville qui, à cette distance, évoquaient le bourdonnement rageur s'élevant d'une ruche gigantesque qu'on eût renversée.

S'y mêlaient des coups de feu, non point isolés mais tirés en série et, dans le ciel dominant les toits, tournoyaient des éperviers, des corbeaux et des pigeons, comme dérangés par ce qui se passait dans les rues au-dessous d'eux. Oui, à Delhi ce matin-là, il devait s'être produit quelque chose de terriblement grave, et mieux valait attendre d'en savoir plus avant de se risquer en ville. Leurs vivres, malheureusement, tiraient à leur fin, mais ce serait suffisant pour l'enfant et, en tout cas, ils ne manqueraient pas d'eau.

Sita remplit d'eau son *lotah* de cuivre et se hâta de regagner la sécurité de l'herbe à éléphant. Elle décida qu'ils resteraient là jusqu'au soir et passeraient le pont après la tombée de la nuit, puis contourneraient la ville pour gagner directement le camp militaire. Une longue marche pour Ash-Baba, mais il se serait reposé durant toute la journée. De fait, bien qu'il fît une chaleur accablante et qu'on manquât d'air au milieu de cette herbe poussiéreuse, l'enfant s'endormit peu avant midi.

— Nous partirons quand il se réveillera, pensait Sita. Mais alors qu'elle s'abandonnait à cette illusion de paix, la jeune femme sentit la terre frémir sous elle cependant que la plaine était balayée comme par une vague invisible, qui fut suivie par un fracas aussi terrible que celui de la foudre.

Du coup, Ash se réveilla et, regardant à travers l'herbe tremblante, Sita vit une énorme colonne de fumée monter de Delhi. Elle n'avait aucune idée de ce que cela pouvait être, ignorant qu'elle venait de voir exploser le dépôt de munitions de Delhi qu'une poignée de défenseurs avaient fait sauter pour ne pas le laisser tomber entre les mains des émeutiers.

Des heures plus tard, la fumée était encore là, colorée de rose dans la clarté dorée du soleil couchant. Lorsque Sita et l'enfant s'aventurèrent hors de leur cachette, la lune venait de paraître.

Il était hors de question qu'ils fissent demi-tour à présent qu'ils touchaient presque au but, mais s'il y avait eu un autre moyen d'atteindre le camp militaire, Sita en eût été bien aise. Malheureusement, il aurait fallu marcher pendant des kilomètres pour trouver un autre pont, et elle n'osait courir le risque de traverser la Yamuna à gué. Force leur était donc d'emprunter le pont de bateaux, qu'ils traversèrent à la suite d'une noce. Sur l'autre rive, des hommes en armes les firent s'immobiliser. Une femme seule avec un enfant ne présentant aucune importance, on les laissa passer tandis que les sentinelles interrogeaient les gens de la noce. Ce fut à travers le brouhaha des questions et des réponses que Sita eut un premier aperçu des événements de la journée.

Hilary avait raison, et Akbar Khan aussi. Trop de griefs dont on ne tenait aucun compte, trop d'injustices auxquelles on ne remédiait pas et qui ne pouvaient être endurées indéfiniment, s'étaient accumulés. Un rien avait tout fait exploser : pour être utilisées dans les nouveaux fusils, on avait distribué à l'Armée du Bengale des cartouches dont les hommes eurent le sentiment qu'elles avaient été graissées avec un mélange de suif de vache et de gras de porc... Le contact du premier heurtait les convictions religieuses des hindous et l'autre, celles des musulmans. Mais cela n'avait été qu'un prétexte.

Depuis le jour où, un demi-siècle auparavant, une sanglante mutinerie avait éclaté parce que la Compagnie avait voulu imposer une nouvelle forme de turban aux troupes de Vellore, dans le Madras, les cipayes étaient convaincus qu'on ourdissait contre eux un complot tendant à les priver de leur caste, institution à laquelle un hindou tient par-dessus tout. La mutinerie de Vellore avait été domptée avec autant de promptitude que de férocité, tout comme les insurrections similaires qui s'étaient produites par la suite. Mais n'ayant pas su tenir compte de ces précédents, la Compagnie fut scandalisée qu'on fît tant d'histoires pour des cartouches graissées.

A Barrackpur, un cipaye en colère, Mangal Pandy, du 34e régiment d'Infanterie indigène, après avoir poussé ses camarades à la révolte, avait tiré sur le major de la garnison, qu'il avait blessé. A la suite de quoi, il avait été pendu et l'on avait retiré leurs armes à ses compagnons qui n'étaient pas intervenus pour défendre l'officier britannique. Le régiment lui-même avait été dissous et, devant le mécontentement grandissant, le Gouverneur général avait enfin ordonné le retrait des cartouches incriminées. Mais c'était trop tard car les cipayes virent dans ce retrait la preuve que leurs soupçons étaient fondés et, loin de diminuer, la tension s'accrut de plus belle. En dépit de quoi, le commandant du 3e régiment de Cavalerie stationné à Meerut voulut donner une leçon à ses hommes en insistant pour qu'ils fissent usage des fameuses cartouches. Quatre-vingt-cinq de ses *sowars,* ayant poliment mais fermement refusé d'obtempérer, furent aussitôt arrêtés, traduits en cour martiale, et condamnés aux travaux forcés à perpétuité.

Septuagénaire, obèse et nonchalant, le général Hewitt avait, à contrecœur, ordonné le rassemblement de toute la brigade de Meerut pour que lui fût donné lecture des sentences, tandis que les quatre-vingt-cinq condamnés se voyaient retirer leur uniforme et mettre les fers aux pieds avant de partir vers leur sombre destin. Mais cette interminable parade s'avéra une plus grande erreur encore que la sévérité des sentences, car la vue des *sowars* ignominieusement entravés emplit tout Meerut de honte et de rage. Et le matin venu, éclata la tempête qui menaçait depuis si longtemps ; un groupe de cipayes surexcités attaqua la prison, libéra les détenus et se retourna contre les Anglais. Après une journée d'émeute, de meurtres et de violences, les *sowars* du 3e régiment de Cavalerie, ayant mis le feu aux bungalows qu'ils avaient pillés, partirent bride abattue vers Delhi pour y propager la révolte et mettre leurs sabres au service de Bahadur Chah, dernier descendant du grand Mogol, qui était roi titulaire de Delhi. C'étaient ces hommes que Sita avait vus passer à l'aube et qui lui étaient apparus comme les annonciateurs d'un désastre.

A ce qu'il semblait, le Mogol ne les avait tout d'abord pas crus, car les régiments britanniques étaient si nombreux à Meerut, qu'il s'attendait à les voir accourir sur l'heure à la poursuite des mutins. Mais lorsqu'il ne vit venir personne, il se mit à penser que les hommes du 3e de Cavalerie avaient dit vrai en lui affirmant qu'il n'y avait plus à Meerut un seul Européen vivant. Du coup, ordre fut donné de massacrer tous les Européens de Delhi. Quelques-uns des Sahibs s'étaient enfermés dans le dépôt de munitions ; constatant qu'ils allaient succomber sous le nombre des assaillants, ils firent avec eux sauter les réserves. D'autres avaient été massacrés par leurs propres troupes, ou bien par les émeutiers venus grossir les rangs des héros de Meerut et qui continuaient à pourchasser les Européens dans les rues de la ville...

En entendant cela, Sita avait vivement tiré l'enfant hors du rayonnement des torches, terrifiée à l'idée qu'il pût être identifié comme *Angrezi* et tué d'un coup de sabre. N'ayant que trop clairement idée des dangers auxquels ils eussent été exposés en ville, Sita se détourna de la Porte de Calcutta et, dans les ténèbres, s'orienta vers le Bastion du Bord de l'Eau, en suivant l'étroite bande de terrain qui s'étendait entre la rivière et les murs de Delhi.

La lune s'était levée et le reflet des incendies éclairait aussi la nuit. Les fugitifs avaient ainsi parcouru cinq ou six cents mètres lorsqu'ils virent un mulet errant parmi les pierres et les détritus. Ils se l'approprièrent aussitôt, son maître étant un *dhobi* ou bien un coupeur d'herbe qui l'avait peut-être mal attaché, voire oublié là, dans sa hâte de courir participer au pillage des maisons et des boutiques européennes. Pour Sita, c'était un don des dieux et elle l'accepta comme tel. Après avoir installé Ash sur le mulet, elle monta derrière lui ; l'animal devait être habitué à de plus lourdes charges car, dès qu'elle lui toucha le flanc avec son talon, il partit allégrement, suivant un invisible chemin entre les obstacles de toute nature qui jalonnaient cette bande de terrain. Dix minutes plus tard, ils se trouvèrent parmi des arbres, avec derrière eux les minarets de Delhi se silhouettant dans le rougoiement de l'incendie. Sur leur droite coulait la rivière et sur la gauche, en avant d'eux, Sita reconnut le Ridge, barrière de rochers séparant le camp militaire de la ville. D'ordinaire, il y avait toujours des lumières dans le cantonnement, les mess ou des bungalows étaient éclairés. Ce soir, bien sûr, il en allait différemment et...

Le mulet fit un brusque écart, arrachant Sita à ces considérations cependant que Ash s'écriait :

— *Dekho!* (Regarde!) Il y a quelqu'un dans ce buisson!

Sa voix trahissait l'intérêt beaucoup plus que la crainte et s'il n'avait pas parlé plus tôt, c'était parce qu'il n'avait jamais eu beaucoup l'habitude de le faire, sauf lorsqu'il était avec Akbar Khan Les coups de feu et les cris lui avaient causé une certaine excitation, mais sans plus, car oncle Akbar l'avait emmené à la chasse avant même qu'il sût marcher. En l'occurrence, la seule chose susceptible de l'alarmer, c'était la propre peur de Sita et le fait qu'elle ne pût ou ne voulût pas lui expliquer ce qui avait causé ce brusque changement dans leur existence, ni pourquoi elle seule lui restait de tous les gens qu'il avait connus jusque-là. Mais, comme la plupart des enfants à travers le monde il avait renoncé à comprendre la façon d'agir des grandes personnes, se bornant à l'accepter comme un fait acquis. Il se rendit compte néanmoins que Sita avait de nouveau peur, à cause de ce quelqu'un dans les buissons. Le mulet aussi paraissait effrayé Ash caressa l'encolure de l'animal en lui disant

— *Daro mut* (N'aie pas peur). C'est seulement une memsahib qui dort

La femme semblait avoir progressé sur les mains et les genoux à travers les buissons, puis être tombée endormie d'épuisement. Mais elle ne dormait pas. Elle était morte. Sita pensa que ce devait être une des Européennes qui avait tenté d'échapper au massacre en s'enfuyant de la ville. Elle était morte de terreur ou d'une crise cardiaque, car elle ne présentait aucune blessure. Peut-être essayait-elle aussi de rallier le camp militaire et y avait-il d'autres fugitifs dans ces taillis... ou des révoltés leur donnant la chasse.

Cette dernière pensée inquiéta un instant Sita, mais elle réfléchit aussitôt qu'elle aurait perçu des bruits de poursuite ou vu des torches éclairant les recherches. Or la nuit était paisible et elle n'entendait de bruits qu'en provenance de la route. En attendant là, ils seraient donc en sécurité.

Ayant entravé le mulet afin qu'il ne risquât plus de s'éloigner, la jeune femme fit un nid dans l'herbe pour Ash et, après l'avoir nourri avec les restes d'un *chuppatti,* elle le berça en lui chuchotant l'histoire de la vallée dans les montagnes où ils iraient vivre un jour avec une chèvre et son chevreau, une vache, un petit chat...

— Et le mulet, dit Ash d'une voix ensommeillée, il faut aussi emmener le mulet.

— Oui, oui, bien sûr, nous l'emmènerons avec nous. Il nous aidera à transporter des jarres d'eau de la rivière ainsi que du bois pour le feu. Car, lorsque la nuit tombe, il fait froid dans les hautes vallées... mais un froid très agréable. Et le vent qui souffle à travers les forêts sent la pomme de pin, on l'entend murmurer : « Chut.. chut... chut... »

Ash poussa un soupir de satisfaction et s'endormit.

Sita demeura éveillée, observant le ciel jusqu'à ce que les étoiles commencent à pâlir. Sentant alors l'aube proche, elle tira l'enfant de son profond sommeil pour entamer la dernière étape de leur longue marche vers le camp militaire de Delhi.

Le calme de l'aube régnait sur les chemins, les bungalows et les jardins. Mais il y avait une odeur de brûlé dans l'air, qui n'était pas l'odeur familière du charbon de bois ou du feu de bouses, mais celle plus âcre de l'incendie qui semblait être parvenue jusque-là. Il faisait encore trop sombre pour que Sita pût distinguer autre chose que le contour des arbres ou des bungalows. Bien que les sabots du mulet fussent maintenant clairement audibles sur la route, personne ne se manifesta. Apparemment, les sentinelles dormaient elles aussi.

Le bungalow des Abuthnot se trouvait précisément de ce côté, dans une allée tranquille et ombragée. Sita le repéra sans difficulté.

Le jardin était comme argenté par les premières lueurs de l'aube, et le silence enveloppant le bungalow était si profond, que la jeune femme perçut même un bruit de pattes à l'intérieur : dans l'encadrement obscur d'une porte ouverte, une forme plus sombre apparut, qui s'enfuit à travers la galerie, puis la pelouse. Il ne s'agissait pas d'un chien de Sahib, ni même d'un de ces chiens sans race qui hantent les cantonnements, mais d'une hyène, aisément reconnaissable dans cette demi-clarté à sa crinière et son arrière-train surbaissé...

Sita sentit les battements de son cœur se précipiter. Elle entendait le bruit fait par la hyène disparaissant à travers un buisson et par le mulet qui piétinait devant la grille du jardin, mais rien en provenance du bungalow. Où était donc le *chowkidar,* le veilleur de nuit, qui aurait dû garder la maison ? Le regard de Sita fut soudain attiré par quelque chose de blanc qui se trouvait sur le gravier, presque à ses pieds. Elle se baissa pour le ramasser. C'était une chaussure de satin à haut talon comme elle avait vu les memsahibs en porter pour aller au bal ou à un *burra khana,* une jolie chaussure toute neuve qui n'avait aucune raison de se trouver dans l'allée d'accès.

Promenant autour d'elle un regard effrayé, Sita s'aperçut alors que la pelouse et les plates-bandes étaient jonchées de livres, de porcelaine brisée, de lambeaux de vêtements... Lâchant l'escarpin de satin, elle fit demi-tour et courut avec Ash jusqu'à ce qu'ils fussent dans l'ombre d'un poivrier.

— Reste là, *piara,* commanda-t-elle d'une voix que Ash ne lui connaissait pas encore. Cache-toi bien contre l'arbre et ne fais pas de bruit. Je vais d'abord aller voir qui est dans le bungalow et je reviendrai te chercher mais, je t'en supplie, ne fais aucun bruit !

— Tu m'apporteras à manger ? questionna Ash. J'ai une de ces faims !

— Oui, oui. Je vais trouver quelque chose. Je te le promets. Ne bouge surtout pas !

Le laissant là, Sita traversa de nouveau le jardin et, rassemblant tout son courage, gravit les marches de la galerie, pénétra dans la maison silencieuse. Personne. Les pièces obscures et désertes témoignaient toutes du saccage auquel s'étaient livrés les pillards, pour le seul plaisir de détruire. Le logement des domestiques était désert lui aussi. On avait visiblement essayé d'incendier le bungalow, mais les flammes s'étaient éteintes et la porte brisée du garde-manger laissait voir quantité de vivres que personne ne s'était donné la peine de voler, peut-être parce que la religion des pillards leur en interdisait le contact. En d'autres circonstances, Sita eût éprouvé le même cas de conscience, mais, là, elle ne connut aucune hésitation. Dans la moitié d'une nappe déchirée, elle entassa tout ce qu'elle pouvait porter. Du pain et du curry froid, un bol de *dal* et le reste d'un pudding au riz, quelques pommes de terre bouillies, un pot de confitures, un cake, différentes sortes de biscuits et quantité de fruits frais. Il y avait aussi du lait, mais il avait tourné, et des boîtes de conserve qui étaient trop lourdes. Dans un tas de bouteilles de vin brisées, elle en trouva une encore intacte mais vide. Comme ça n'était pas les bouchons qui manquaient, Sita la remplit avec l'eau froide d'un *chatti* de terre vernissée qui se trouvait en dehors de la cuisine puis elle se hâta de rejoindre Ash.

Le ciel s'éclairait chaque instant davantage et bientôt les pillards de la veille, émergeant d'un lourd sommeil de ripaille, viendraient peut-être voir si rien d'intéressant ne leur avait échappé... Il lui fallait vite emmmener Ash-Baba loin de Delhi et des Britanniques...

A la tombée de la nuit, ils se trouvèrent suffisamment éloignés des grandes voies de passage pour que Sita estimât pouvoir s'arrêter dans un village dont les lumières clignotantes lui faisaient espérer du lait et quelque chose de chaud à manger. Le mulet lui aussi avait besoin de boire et d'être nourri. Cette nuit-là, ils dormirent chez un paysan hospitalier, dont ils partagèrent l'appentis avec sa vache et leur mulet. Sita s'était présentée à lui comme la femme d'un forgeron de Jullundur, qui s'en revenait d'Agra avec un neveu orphelin, fils d'un frère de son mari. Elle acheta des aliments chauds et du lait de bufflonne au marché, où elle entendit raconter des tas de choses plus effrayantes les unes que les autres. Plus tard, lorsque Ash fut endormi, elle se joignit à un groupe de villageois qui discutaient au bord de l'air de battage.

Assise dans l'ombre, elle eut des échos de la révolte dont la nouvelle avait été apportée jusque-là par cinq cipayes du 54e régiment d'Infanterie indigène qui, la veille, s'étaient joints aux mutins. Ils s'en allaient vers Sirdana et Mazafnagar, annoncer que la puissance de la Compagnie avait enfin été brisée et qu'un Mogol régnait de nouveau à Delhi.

Sita entendit dire que tous les Anglais de Meerut avaient été tués et aussi ceux de Delhi, tant dans la cité que dans le camp militaire. Mais ça ne se limiterait pas à ces villes, car des régiments se soulevaient à travers le pays et bientôt il ne resterait plus dans toute l'Inde un seul *feringhi* vivant, pas même un enfant. Ainsi serait lavée dans leur sang la honte de Plassey[1] et s'achèveraient cent ans d'esclavage... on n'aurait plus d'impôt à payer !

Ayant entendu et cru tout cela, Sita se faufila dans les ténèbres pour retourner au marché, où elle acheta un petit bol de terre avec les ingrédients nécessaires à la préparation d'une teinture brunâtre, qui prenait et tenait aussi bien sur la peau que sur du coton. Tout fut prêt bien avant que le village ne s'éveille. Emmenant alors Ash derrière une haie de cactus, elle le déshabilla entièrement pour lui appliquer la teinture sur la peau, sans trop y voir, tout en lui chuchotant qu'il ne devrait le dire à personne et se rappeler que désormais son nom était Ashok.

— Tu n'oublieras pas, Cœur de mon cœur ? Ashok... promets-moi que tu ne l'oublieras pas.

— C'est un jeu ? questionna l'enfant, intrigué.

— Oui, oui, c'est un jeu ! Nous allons faire comme si tu t'appelais Ashok et étais mon fils. Mon véritable fils, dont le père est mort... Ce qui est la vérité, les dieux en sont témoins. Comment t'appelles-tu, mon fils ?

— Ashok.

Sita l'embrassa avec fougue et, avant de le ramener dans l'appentis, l'adjura une fois de plus de ne répondre à aucune question. Après un frugal repas et avoir payé pour la nuit passée là, ils partirent à travers champs. Lorsque midi arriva, le village était loin derrière eux, tout comme Delhi et la route de Meerut n'étaient plus que de mauvais souvenirs.

— Nous allons marcher vers le nord. Peut-être jusqu'à Mardan, dit Sita. Dans le nord, nous serons en sécurité.

1. La bataille qui, le 23 juin 1757, gagna l'Inde à Clive et à la Compagnie. Selon une légende, l'emprise de la Compagnie ne durerait que cent ans à compter de cette date

— Dans la vallée ? demanda Ash Nous allons dans notre vallée ?

— Pas encore, mon roi. Un jour, oui, sûrement En marchant vers le nord, nous nous en rapprocherons.

Ce fut là une heureuse décision, car derrière eux ce n'était plus que violence et terreur. A Lucknow comme à Agra, à travers le Rohilkhand, l'Inde centrale ou le Buldelkhand, partout on se soulevait contre les Britanniques.

A Kanpur, Nana-Sahib, le fils adoptif du défunt Peshwa que les autorités avaient refusé de reconnaître, se retourna contre ses oppresseurs et les assiégea dans leurs retranchements qui se révélèrent tragiquement inadéquats. Quand, au bout de vingt jours, les survivants acceptèrent son offre d'un sauf-conduit, on les fit monter dans des bateaux qui étaient censés les emmener à Allahabad, mais auxquels on mit le feu dans le même temps qu'on tirait dessus depuis terre. Ceux qui parvinrent à gagner la rive furent faits prisonniers. On fusilla les hommes, tandis que quelque deux cents femmes et enfants — tout ce qui subsistait d'une garnison qui comptait plus de mille personnes au début du siège — étaient parqués dans un petit bâtiment, la *Bibi-gurh* (maison des femmes) où ils furent ensuite massacrés sur l'ordre de Nana-Sahib, leurs corps jetés dans un puits voisin, les mourants avec les morts.

A Jhansi, la royale veuve, victime de torts dénoncés par Hilary dans son dernier rapport, la belle Lakshmi-Bai, cette Rani sans enfant à qui l'on avait dénié le droit d'adopter un fils et qui s'était vue ainsi déshériter par la Compagnie des Indes, se vengea en faisant massacrer une garnison britannique qui avait eu le malheur de se rendre à elle contre la promesse d'un sauf-conduit.

— Mais pourquoi le peuple endure-t-il de telles choses ? avait demandé Hilary à Akbar Khan. Pourquoi ces millions de gens ne font-ils rien ?

Lakhsmi-Bai, elle, fit quelque chose en retour de la cruelle injustice dont elle avait été victime. Et, pour se venger, elle en commit une bien plus grande encore. Non seulement les hommes, mais aussi les femmes et les enfants de ceux qui avaient accepté son offre d'un sauf-conduit, furent attachés ensemble et littéralement mis en pièces

La Compagnie avait semé le vent. Mais bon nombre de ceux qui récoltèrent la tempête étaient aussi innocents que Sita et Ash-Baba. emportés par cette tourmente furieuse comme deux pauvres oiseaux..

3

C'était le mois d'octobre et les feuilles jaunissaient lorsqu'ils arrivèrent à Gulkote, une minuscule principauté voisine des frontières nord du Pendjab, là où les plaines vont se perdre parmi les collines du Pir Panjal. Ils avaient voyagé lentement et surtout à pied, car le mulet leur avait été réquisitionné vers la fin de mai par un détachement de cipayes. Bien triste jour que ce jour-là, mais du moins avait-on laissé son baluchon à Sita. Sans doute ces hommes ne pensaient-ils pas qu'elle pût y avoir quelque chose valant d'être pris ; or la moitié au moins des pièces que Hilary gardait dans une boîte en fer sous son lit, se trouvaient dans un sac en peau de chamois au fond du baluchon. Après cette chaude alerte, Sita avait rassemblé toutes les pièces dans une ceinture de toile qu'elle portait sous son sari.

A mesure qu'ils progressaient vers le nord en contournant les replis des Sawaliks, les rumeurs d'insurrection et de violence se faisaient plus rares ; on parlait moisson et récoltes, comme dans n'importe quelle petite communauté rurale dont les propres champs bornent l'univers. Juin brûlant s'était achevé dans les pluies torrentielles de la mousson qui transformaient le moindre fossé en rivière. Non seulement cela ralentissait l'avance des voyageurs, mais il ne leur était plus possible de dormir à la belle étoile ; et, pour dormir à l'abri, il fallait payer.

C'est bien malgré elle que Sita touchait à l'argent, car elle le considérait comme un dépôt sacré appartenant à Ash-Baba et qu'elle devait lui conserver pour quand il serait grand. Il ne fallait pas non plus paraître avoir beaucoup d'argent, car c'eût été une incitation à l'attaque et au vol. Il convenait donc de n'utiliser que les plus petites pièces et en accompagnant la dépense d'un âpre marchandage. Sita avait notamment acheté un mètre de *puttoo* (lainage rustique) pour protéger Ash de la pluie. La mousson avait eu raison de la teinture, et l'enfant était de nouveau comme l'avaient connu Hilary et Akbar Khan. La jeune femme n'avait toutefois pas renouvelé l'expérience, car ils se rapprochaient maintenant des premiers contreforts de l'Himalaya et les indigènes des pays de montagne ont le teint plus pâle que ceux du Sud. Beaucoup d'entre eux ont des yeux clairs — bleus, gris ou noisette — et leurs cheveux sont plus souvent roux ou châtains que noirs, si bien que son fils Ashok ne se distinguait pas des autres garçons avec lesquels il jouait en chemin, sauf en ce qu'il se montrait plus éveillé qu'eux. Ses craintes pour la sécurité de l'enfant s'atténuaient peu à peu et elle ne vivait plus dans la hantise de l'entendre se trahir par quelque allusion à « Burra-Sahib » ou aux jours révolus, car il semblait les avoir oubliés.

Non, Ash n'avait rien oublié ; simplement, il ne tenait pas à parler du passé ou à y repenser. A bien des égards, il se montrait extrêmement précoce, car les enfants mûrissent vite en Orient et deviennent des hommes ou des femmes à l'âge où ceux d'Occident vont encore à l'école primaire. Jamais il n'avait été confiné dans l'atmosphère d'une nursery et très vite on l'avait traité en adulte. Sita avait été la seule à lui parler comme aux petits enfants et lui chanter des berceuses. C'était d'ailleurs resté un secret entre eux car, très tôt, Akbar Khan avait dit à Ash qu'il devait se comporter en homme et ne pas se laisser dorloter. Parce qu'il partageait déjà ce secret avec sa mère nourricière, Ash avait su comprendre la nécessité de taire d'autres choses dès qu'ils étaient partis vers Delhi. Sita lui ayant demandé de ne jamais parler du « Burra-Sahib » et de l'oncle Akbar, ni du camp et de ce qu'ils avaient laissé derrière eux, il lui avait obéi, davantage d'ailleurs sous l'effet du choc et du désarroi que par désir de lui complaire. Ce passé était pour lui comme un puits d'ombre dans lequel il se refusait à regarder, par peur d'y voir des choses qu'il ne voulait pas se rappeler, des choses horribles comme l'oncle Akbar jeté dans un trou et recouvert de terre ou, pire que tout, Burra-Sahib pleurant devant ce monticule, alors que lui et l'oncle Akbar lui avaient répété tant de fois que pleurer était l'affaire des femmes !

Mieux valait donc tourner le dos à tout cela et refuser de se le rappeler. Aussi, même au cas bien improbable où Sita eût voulu le faire parler du passé, elle n'y aurait pas réussi. Persuadée donc qu'il avait tout oublié, elle se réjouissait que la mémoire des enfants fût si courte.

Ce qu'elle souhaitait avant tout, c'était trouver un endroit suffisamment à l'écart des villes et des routes pour qu'on pût y rester dans l'ignorance de choses telles que les heurs ou les malheurs de la Compagnie. Un endroit assez petit pour que ne s'y arrête pas le regard de ceux qui allaient maintenant détenir l'autorité, mais assez grand cependant pour absorber une femme et un enfant sans que leur arrivée attire l'attention ou éveille la curiosité. Un endroit où elle pourrait travailler pour gagner leur vie, sans plus rien avoir à craindre. Son village natal n'entrait pas dans cette catégorie, car elle y était connue et son retour eût suscité d'incessantes questions tant de la part des siens que de la famille de son mari, si bien que la vérité eût inévitablement fini par transpirer. Pour l'enfant comme pour elle c'était un risque qu'elle ne pouvait se permettre de courir. En effet, dans l'impossibilité de cacher la mort de Daya Ram aux parents de son mari, elle eût dû se conduire comme une veuve et, qui plus est, une veuve sans enfant. Or il n'est pire destinée car, aux Indes, ces femmes sont jugées responsables de la mort de leur époux, ce deuil cruel étant certainement la punition de leur inconduite dans quelque vie antérieure.

Une veuve ne doit porter ni vêtements de couleur ni bijoux, mais avoir la tête rasée et s'habiller seulement en blanc. Il n'est pas question qu'elle se remarie, et elle finira ses jours comme servante sans gages dans la famille du défunt. Aussi n'était-il pas surprenant que, avant qu'une loi de la Compagnie l'eût interdit, bien des veuves préférassent devenir *sati* en se faisant brûler vives sur le bûcher funéraire de leur époux, plutôt qu'endurer de longues années de servitude et d'humiliation. Mais, dans une ville où on ne la connaissait pas, Sita pouvait se donner l'identité qu'elle voulait, et qui s'y soucierait de savoir si elle était veuve ou non ? Elle pourrait prétendre que son mari était parti travailler dans le Sud ou bien qu'il l'avait abandonnée. Quelle importance ? Mère d'un fils, elle pourrait marcher la tête haute, se vêtir de couleurs gaies, arborer ses modestes bijoux. Et quand elle travaillerait, ce serait non pas gratuitement pour la famille de Daya Ram, mais pour l'enfant et elle.

Plusieurs fois dans les mois qui suivirent leur fuite de Delhi, Sita crut avoir trouvé ce havre. Mais il y avait toujours quelque chose pour la pousser à en repartir : l'arrivée de cipayes appartenant à quelque régiment qui s'était mutiné et qui parcouraient le pays à la recherche d'Européens ayant pu s'échapper, ou la venue d'un homme vêtu de l'uniforme d'un officier tué, une demi-douzaine de *sowars* galopant à travers les champs prêts à être moissonnés... Puis en octobre, alors que les feuilles jaunissaient, ils atteignirent Gulkote. Là, Sita eut aussitôt le sentiment d'avoir trouvé l'endroit où ils pourraient enfin commencer une nouvelle existence sans plus devoir se cacher et vivre constamment dans la terreur.

L'État indépendant de Gulkote était trop petit, trop difficile d'accès, et surtout trop pauvre pour intéresser le Gouverneur général et les fonctionnaires de la Compagnie des Indes orientales. Son armée comptant moins de cent hommes, la plupart grisonnants et uniquement armés de *tulwars* ou de *jezails* rouillés, et son souverain semblant être aimé de ses sujets et ne manifester aucune disposition hostile, la Compagnie l'avait laissé en paix.

La capitale, d'où le petit État tirait son nom, se situait à quelque dix-huit cents mètres au-dessus du niveau de la mer, au sommet d'un grand plateau triangulaire. Jadis fortifiée, la ville conservait une muraille d'enceinte clôturant une véritable garenne de maisons traversée par une seule grande rue qui allait de la Porte de Lahore au sud, à la *Lal Dawaza,* la Porte Rouge, au nord. Dans un dédale de ruelles, se dressaient trois temples et une mosquée. Le tout était dominé par le Hawa Mahal — le Palais des Vents — qui couronnait un escarpement rocheux.

La famille régnante pouvait établir qu'elle était issue d'un chef de clan radjpoute qui, venu dans le Nord sous le règne de Sikander Lodi, s'y était taillé un royaume pour lui et ceux de son clan. Au fil des siècles, ce royaume s'était réduit et lorsque, sous Ranjit Singh, le Pendjab passa aux mains des Sikhs, il ne comptait plus qu'une centaine de villages sur un territoire qu'un homme à cheval pouvait parcourir en une seule journée.

Bordé au sud par une rivière sans pont, Gulkote était flanqué à l'est d'une forêt impénétrable, tandis que s'étendait à l'ouest un pays rocailleux coupé de profonds ravins dont le souverain était apparenté à l'actuel Rajah et, au nord, il s'adossait aux contreforts boisés qui s'élevaient à la rencontre des sommets neigeux du Dur Khaima. Un pays occupant une position aussi stratégique eût été difficile à envahir et, comme il n'y avait jamais eu aucune utilité à le faire, Gulkote avait échappé à la convoitise aussi bien des Mogols, Sikhs ou Mahrattes qu'à celle de la Compagnie des Indes, continuant de vivre sereinement à l'écart de ce monde du dix-neuvième siècle en profonde mutation.

Le jour où Ash et Sita y arrivèrent, sa capitale délabrée était en fête Le palais faisait distribuer aux pauvres de la viande et des gâteaux pour fêter la naissance de l'enfant que la Senior-Rani venait de mettre au monde. S'agissant d'une fille, la fête était modeste, mais néanmoins prétexte pour les habitants à décorer leurs maisons de guirlandes et de drapeaux.

Habitués depuis de longs mois au silence et à la solitude, Ash et Sita trouvèrent quelque chose de grisant à tant de couleur et de bruit Ils profitèrent des largesses du Rajah, admirèrent les feux d'artifice, et trouvèrent à se loger chez un fruitier, à proximité du marché de Chandi

— Si on restait ici ? suggéra, d'une voix ensommeillée, Ash gorgé de sucreries et d'amusement. Ça me plaît bien...

— A moi aussi, mon fils. Oui, je vais chercher du travail pour que nous demeurions ici et y soyons heureux. Cependant, j'aurais bien voulu...

La phrase de Sita s'acheva en un soupir. Pour n'avoir pas obéi à l'ordre du Burra-Sahib de ramener Ash parmi les siens, sa conscience était en proie au remords... Mais comment aurait-elle pu y parvenir ? Un jour peut-être, lorsque l'enfant serait devenu un homme... Pour l'instant, tous deux n'aspiraient qu'à cesser leur longue errance et là, ils seraient non seulement en sécurité mais dans les montagnes. Moins d'une heure après son arrivée à Gulkote, Sita s'était sentie rassurée car, tant dans les commérages du marché que dans les conversations des promeneurs, elle n'avait pas entendu un seul mot à propos des troubles graves secouant l'Inde, de mutinerie ou de massacre.

Gulkote ne s'intéressait qu'à ses propres affaires et aux derniers scandales du palais. Pour l'instant, le grand sujet de conversation (en dehors, bien sûr, de celui toujours actuel des récoltes et des impôts) était le fait que la Senior-Rani était supplantée par la concubine, Janoo, une *Nautch* (danseuse) du Cachemire, qui avait une telle emprise sur le monarque blasé qu'elle venait d'obtenir qu'il l'épouse.

On soupçonnait Janoo-Bai de pratiquer la magie et les envoûtements. Sans quoi, comment une vulgaire danseuse aurait-elle accédé au rang de Rani, et réussi à évincer la mère de la petite princesse qui régnait sur le cœur du Rajah depuis plus de trois ans ? Elle avait la réputation d'être aussi belle qu'impitoyable, et le sexe de l'enfant nouveau-né était considéré comme une preuve supplémentaire de sa sorcellerie. Au palais, on disait que c'était sur son ordre qu'il y avait eu distribution de vivres aux pauvres pour marquer cette naissance car elle se réjouissait que ce ne fût pas un fils. Et si maintenant elle arrivait à donner un héritier mâle au Rajah...

Sita se rassurait en écoutant tout cela, car il ne s'y trouvait rien pouvant constituer un danger pour Ashok, fils de Daya Ram qui (avait-elle raconté à la femme du fruitier) s'était enfui avec une bohémienne, la laissant seule pour subvenir à ses besoins et ceux de son fils.

Son histoire n'avait pas été mise en doute et elle avait trouvé à s'employer dans une échoppe de Khanna Lal, derrière le temple de Ganesh, où elle aidait à la confection de guirlandes et de fleurs en papier utilisées pour la décoration lors des fêtes et mariages. C'était un travail mal payé mais qui suffisait à assurer leur subsistance et n'était pas désagréable. Comme elle avait les doigts très agiles, elle se faisait aussi de petits suppléments en tressant des paniers pour le fruitier qu'il lui arrivait également d'aider dans son commerce.

Dès qu'ils furent installés, Sita creusa un trou dans le sol de terre battue de leur petite pièce et y enterra l'argent donné par Hilary, le faisant avec beaucoup de soin pour que cela ne parût pas. Restait encore le paquet de lettres et de papiers enveloppé de soie huilée, qu'elle eût tant aimé brûler. Bien qu'elle ne sût pas lire, Sita comprenait qu'ils établissaient la filiation de Ash ; aussi était-elle poussée à les détruire par une sorte de crainte jalouse. Si on les découvrait, ils risquaient d'entraîner la mort de Ash, tout comme on avait tué des enfants européens à Delhi, Jhansi, et quantité d'autres villes. Elle-même pourrait bien payer de sa vie le forfait d'avoir essayé de le sauver. Mais à supposer même que l'enfant échappât à un tel drame, ces papiers prouveraient qu'il n'était pas son fils, et c'était une perspective qu'elle ne pouvait plus endurer désormais. Néanmoins, elle ne se décidait pas à les brûler car ils constituaient aussi un legs sacré : le Burra-Sahib les lui avait confiés personnellement. Si elle les détruisait, le fantôme de Hilary ou son Dieu pourrait lui en vouloir et se venger sur elle d'un tel acte. Mieux valait donc les garder, mais de façon que nul ne pût les voir. Et si les fourmis blanches venaient à les détruire, ce ne serait pas de sa faute.

Dans l'angle le plus obscur de la pièce, Sita creusa donc une cavité au bas du mur, y mit le paquet et referma la cachette avec de l'argile mêlée de bouse de vache. Quand ce fut fait, elle eut le sentiment d'être soulagée d'un grand poids et que Ashok était à présent vraiment sien.

Les yeux gris du jeune garçon et son teint coloré ne suscitaient aucun commentaire à Gulkote, car bon nombre de sujets du Rajah venaient du Cachemire ou de l'Hindou Kouch, et Sita elle-même était une femme de la montagne. Ash fraternisait avec les enfants du voisinage et il fallait les yeux de l'amour pour le différencier d'une centaine d'autres qui s'ébattaient dans les rues de Gulkote. La jeune femme continuait de croire ce que les cipayes lui avaient dit : tous les Anglais étaient morts et la puissance de la Compagnie était à jamais révolue. Delhi était bien loin et au-delà des frontières de Gulkote se trouvait le Pendjab demeuré lui-même relativement calme, aussi ne recevait-on que de vagues nouvelles, vieilles de plusieurs mois, et parlant surtout de désastres que les Britanniques avaient subis...

Le *Shaitan-ke Hawa* — le Vent du Diable — continuait encore de souffler fortement à travers l'Inde et les morts se comptaient par milliers, mais à Gulkote les jours s'écoulaient avec une paisible lenteur.

Ash avait eu cinq ans en ce mois d'octobre et ce fut seulement à l'automne de l'année suivante, 1858, que Sita apprit par un *sadhu*[1] de passage que Delhi et Lucknow avaient été reconquises, que Nana Sahib s'était enfui, et que la vaillante Rani de Jhansi avait péri alors qu'elle combattait vêtue comme un homme. D'après ce *sadhu,* les *feringhis* étaient de retour, plus puissants que jamais, et se livraient à de brutales représailles contre ceux ayant participé au grand soulèvement. Si la Compagnie n'existait plus, ses lois avaient été remplacées par celle de la Rani blanche — Victoria — et l'Inde tout entière était désormais colonie de l'Empire britannique, avec un Vice-Roi et des troupes britanniques pour la gouverner.

Sita voulut se persuader que le *sadhu* se trompait ou mentait car, s'il disait vrai, elle devrait ramener Ashok parmi les siens, perspective qu'elle n'avait plus le courage d'envisager. Mieux valait attendre, et ne rien faire avant d'avoir une certitude...

Ils demeurèrent donc à Gulkote et ils y étaient heureux. Mais une crainte superstitieuse empêchait toujours Sita de brûler les papiers de Hilary.

De nouveau, la ville était en liesse. Mais cette fois, ce que l'on fêtait, c'était la naissance d'un garçon, fils de Janoo-Bai, ex-danseuse, qui gouvernait pratiquement le pays, car son emprise sur le Rajah était telle qu'il exécutait ses moindres désirs.

Puisqu'on leur avait dit de célébrer l'événement, les sujets du Rajah obéissaient, mais sans grand enthousiasme car la *Nautch* ne leur était guère sympathique et ils n'appréciaient pas l'idée d'être un jour gouvernés par un prince issu d'elle. Non que son fils fût l'héritier du trône, car la première femme du Rajah, morte en couches, avait donné un fils à son seigneur et maître : Lalji, « le bien-aimé », le Yuveraj âgé de huit ans, fierté de son père et orgueil de tout Gulkote. Mais la vie en Inde étant tellement incertaine, qui pouvait assurer que le jeune garçon atteindrait l'âge d'homme ? En quinze ans de mariage, sa mère avait donné le jour à neuf enfants qui tous, à la seule exception de Lalji, étaient morts dans leur prime enfance. Quand elle-même était morte en couches, le Rajah s'était vite

1. Saint homme hindou.

remarié avec la fille d'un mercenaire étranger, jeune et ravissante qui était devenue pour Gulkote la *Feringhi* Rani... la reine étrangère

Jusqu'à présent, de toutes les femmes qu'avait eues le Rajah, seule la première lui avait donné des fils, dont un avait survécu. Mais un homme ne peut se contenter d'un fils unique, il lui en faut beaucoup de façon que, quoi qu'il arrive, la succession soit assurée La *Feringhi* Rani avait donc été ravie de se trouver enceinte. Mais peut-être son sang étranger lui fit-il moins bien supporter sa grossesse ; en tout cas, au lieu de se voir embellir comme les autres femmes, elle fut prise de vomissements continuels, au point qu'elle dépérit et perdit tout son éclat en l'espace de quelques semaines

Le Rajah l'aimait sincèrement mais, comme la plupart des hommes, il ne se sentait pas à l'aise devant la maladie ; aussi préférait-il éviter de la voir, tout en souhaitant qu'elle soit vite rétablie. Ce fut donc pour elle un double malheur que, à ce moment critique, un des ministres donnât un banquet en l'honneur de son souverain, avec un groupe de danseuses chargées de distraire les convives. Parmi ces danseuses, s'en trouvait une venue du Cachemire, Janoo. Le teint doré, l'œil noir, elle était aussi belle qu'une panthère et, comme elle, une bête de proie.

Janoo était petite, car sa tête arrivait tout juste à hauteur d'un cœur d'homme et elle finirait sans doute par devenir boulotte, mais pour le moment sa jeunesse avait tant d'éclat quand elle dansait au son des tambourins et des cithares, que les hommes voyaient en elle la vivante réplique des voluptueuses déesses qui sourient sur les fresques des sanctuaires des monts Ajanta. Regorgeant de ce qu'on appellerait plus tard le « sex-appeal », elle était aussi intelligente que belle, atouts précieux dont elle sut si bien se servir que vingt-quatre heures plus tard elle était installée au palais. En l'espace d'une semaine, il devint clair que l'étoile de la *Feringhi* Rani déclinait et qu'une nouvelle favorite était en place, qu'il convenait de flatter pour se la concilier.

Il n'était toutefois venu à l'esprit de personne qu'il pût s'agir d'autre chose que d'une passade, comme il y en avait eu bien d'autres auparavant. Mais c'était mal connaître la *Nautch.* Janoo était ambitieuse et, dès l'enfance, on lui avait appris l'art de charmer et d'amuser les hommes. Estimant avoir dépassé le stade où ses bons offices étaient récompensés par une poignée de pièces ou un bijou, elle entrevit la possibilité d'accéder à un trône, joua habilement ses cartes et gagna : le Rajah l'épousa.

Deux semaines plus tard, la *Feringhi* Rani était dans les douleurs de l'enfantement mais, au lieu du fils qui aurait pu lui faire reconquérir un peu de son prestige, elle mit au monde une petite fille pâlichonne

— C'est tout ce qu'elle est capable de faire, déclara Janoo-Bai avec mépris. Il suffit de la voir pour se rendre compte qu'elle ne concevra jamais un mâle. Et quand *mon* fils naîtra...

Jamais elle ne douta que son premier-né serait un fils. Et ce fut effectivement un fils robuste, dont n'importe quel père pouvait être fier. Les trompettes sonnèrent, les gongs retentirent dans les temples, tandis que des feux d'artifice ne cessaient de s'épanouir dans la nuit. En l'honneur du nouveau prince, on distribua de la nourriture aux pauvres, parmi lesquels se comptaient le jeune Ashok et sa mère dont les doigts habiles avaient confectionné bon nombre des guirlandes qui décoraient les rues ce jour-là.

Agé de six ans, goinfré de *halwa* et de *jellabies,* le fils d'Isobel et Hilary jetait des *patarkars* en compagnie de ses camarades, souhaitant que le Rajah pût avoir un fils tous les jours. Ashok n'avait pas à se plaindre de la vie, mais la nourriture que lui donnait Sita était loin d'être aussi savoureuse et abondante ; quant aux quelques sucreries qu'il lui arrivait de manger, il les avait le plus souvent raflées à un étal du marché, au risque de se faire rosser par le commerçant volé. C'était un garçon robuste, grand pour son âge, et agile comme un singe. Le régime spartiate des pauvres le gardait mince, et les jeux auxquels il se livrait avec d'autres gamins dans les rues ou sur les toits en terrasse de la ville, avaient harmonieusement développé ses muscles.

Ashok avait à peine six ans et demi, lorsqu'il devint garçon d'écurie chez Duni Chand, un riche propriétaire qui possédait une maison près du temple de Vishnu et plusieurs fermes hors de la ville.

Duni Chand avait de nombreux chevaux dont il usait pour inspecter ses terres ou chasser au faucon. Ashok était chargé de veiller à ce qu'ils aient à manger et à boire, d'entretenir leur harnachement ; en sus de quoi, il était appelé à donner un coup de main aussi bien pour couper l'herbe que pour étriller les chevaux. C'est dire que le travail était dur pour un maigre salaire, mais ayant vécu au milieu des chevaux dès son âge le plus tendre, Ashok n'avait pas peur d'eux, bien au contraire, et les quelques annas qu'il gagnait ainsi lui conféraient un grand sentiment d'importance. A présent, il était un homme gagnant sa vie et, s'il le souhaitait, il pouvait s'offrir des douceurs sans plus avoir besoin de les voler. Ayant gravi cet échelon dans l'existence, il déclara aussitôt à Sita souhaiter devenir un *syce* et gagner ainsi suffisamment d'argent pour qu'ils pussent partir à la recherche de leur vallée Mohammed Sherif, le chef syce, passait pour toucher jusqu à douze roupies par mois, somme importante à laquelle venait s'ajouter le *dustori* — en quelque sorte le sou-du-franc perçu sur tout achat de vivres ou d'équipement à destination des écuries — avec quoi il lui arrivait de doubler son salaire.

— Quand je serai chef syce, déclarait Ash avec grandeur, nous nous installerons dans une belle maison et nous aurons une servante pour faire la cuisine. Tu n'auras plus jamais besoin de travailler, Mata-ji.

Il n'est nullement exclu qu'il eût atteint ce but et passé sa vie à veiller sur les écuries de quelque noble, car Mohammed Sherif reconnut vite en lui un cavalier-né. Pour cette raison, il lui permit de monter les chevaux, tout en lui enseignant quelques précieux secrets d'équitation. Aussi l'année passée dans les écuries de Duni Chand fut-elle pour Ash une année très heureuse. Mais le destin avait d'autres projets pour lui, et la chute d'un bloc de grès vint changer tout le cours de son existence.

Cela se produisit un matin d'avril, environ trois ans après le jour où Sita avait entreprit de le conduire à Delhi. Avec une petite escorte, le jeune prince héritier, Lalji, Yuveraj de Gulkote, traversait la ville à cheval pour s'en aller porter des offrandes au temple de Vishnu. Comme il passait sous l'arc de la très ancienne porte de Charbagh, un morceau de la corniche s'en détacha.

Se faufilant comme une anguille parmi les jambes, Ash était parvenu au premier rang des curieux quand, du coin de l'œil, il entrevit quelque chose bouger au-dessus de la porte. Une grosse pierre vacillait et allait choir dans le vide, juste comme la tête du cheval monté par le Yuveraj émergeait de l'arche obscure. Alors, sans même avoir eu le temps de réfléchir, Ash saisit la bride du cheval et retint l'animal effrayé tandis que le morceau de corniche explosait sur le sol en fragments coupants, blessant plusieurs spectateurs en sus de Ash et du cheval, si bien qu'il y eut du sang partout.

Les badauds se mirent à crier en se bousculant. Rendu comme fou par ce bruit et la douleur, le cheval eût pris les mors aux dents si Ash ne s'était cramponné à sa bride en lui prodiguant des paroles rassurantes, jusqu'à ce que l'escorte, un instant pétrifiée par la surprise, se fût précipitée prendre les rênes et entourer le jeune prince. Une grande confusion s'ensuivit, au cours de laquelle questions et réponses s'entrecroisèrent tandis que les membres de l'escorte faisaient reculer la foule, tout en levant les yeux vers le trou qui béait dans la corniche. Un cavalier à barbe blanche jeta une pièce d'or à Ash en lui disant :

— *Shabash* (Bravo) petit ! Tu as très bien réagi !

Constatant que personne n'était gravement blessé, la foule hurla son approbation et le cortège repartit au milieu des acclamations. Le Yuveraj, très raide sur sa selle, tenait les rênes avec des mains quelque peu tremblantes. Il avait réussi à ne pas tomber de cheval et ses futurs sujets étaient fiers de lui, mais sous le turban constellé de pierreries, livide était le visage qui, regardant par-dessus l'épaule, cherchait dans cette mer humaine l'enfant qui avait si providentiellement sauté au mors du cheval.

Un homme avait hissé Ash sur ses épaules afin qu'il pût voir le départ du cortège et, l'espace d'un court instant, les deux enfants s'entre-regardèrent, les yeux noirs effrayés du petit prince se heurtant à la curiosité exprimée par les yeux gris du garçon d'écurie. Puis la foule les sépara et, une minute plus tard, le cortège tourna dans la rue des Chaudronniers.

Sita fut très impressionnée par la pièce d'or et encore plus par le récit des événements de la matinée. Après force discussions, ils décidèrent d'aller porter la pièce à Burgwan Lal, le bijoutier, qui avait une grande réputation d'honnêteté, afin de l'échanger contre des bijoux d'argent que Sita pourrait porter tant qu'ils n'auraient pas besoin de les monnayer. Ni l'un ni l'autre ne s'attendait à entendre reparler de l'incident mais, le lendemain matin, flanqué de deux suivants, un émissaire du palais vint frapper à la porte de Duni Chand. Son Altesse le Yuveraj, expliqua-t-il avec hauteur, désirait que ce gosse se rende immédiatement au palais où il habiterait désormais et occuperait un emploi.

— Mais je ne peux pas ! protesta Ash, désemparé. Ma mère ne voudra pas que j'aille vivre seul là-bas, et moi, je ne veux pas la quitter. Elle ne...

— Les désirs de ta mère n'ont aucune importance, l'interrompit-on. L'ordre de Son Altesse est que tu travailles au palais. Alors dépêche-toi de te laver et t'habiller, car tu ne peux te présenter dans ces haillons.

Il n'y avait rien d'autre à faire qu'obéir et Ash fut escorté jusqu'à la boutique du fruitier, où il mit le seul autre vêtement qu'il possédât, tout en réconfortant Sita et lui assurant qu'il serait vite, très vite, de retour...

— Ne pleure pas, maman. Il n'y a pas de quoi pleurer. Je dirai au Yuveraj que je préfère rester ici et il me laissera revenir, puisque c'est grâce à moi qu'il n'a pas été blessé. Tu verras ! D'ailleurs, ils ne peuvent me garder malgré moi !

Rassuré par cette certitude, il l'embrassa avant de suivre les serviteurs à travers la ville et au-delà, jusqu'au Hawa Mahal, le palais-forteresse des Rajahs de Gulkote.

4

On accédait au Palais des Vents par une chaussée dont les blocs de granit avaient été creusés de trous et d'ornières par le passage de générations d'hommes, de chevaux et d'éléphants. Lorsqu'il sentit leur froideur sous ses pieds nus en regardant les impressionnantes murailles de l'enceinte, Ash eut brusquement peur.

Il ne voulait pas vivre et travailler dans cette forteresse. Il souhaitait rester en ville avec ses amis, s'occuper des chevaux de Duni Chand, et apprendre la sagesse auprès de Mohammed Sherif. Le Hawa Mahal paraissait peu accueillant, voire sinistre, et la *Badshahi Darwaza,* la Porte du Roi, par où on y entrait, n'avait rien pour atténuer cette impression. Ses grands battants cloutés de fer s'ouvraient sur l'obscurité, et partout il y avait des gardes armés de tulwars ou de jezails. La chaussée passait sous un balcon sculpté où reposaient des gueules de canon.

Une autre chaussée conduisait à une grande place carrée où deux des éléphants du Rajah étaient attachés à leurs piquets sous un arbre, tandis qu'une douzaine de femmes jacassantes lavaient des vêtements dans l'eau d'un bassin de pierre. De l'autre côté de la place, commençait le palais proprement dit, fantastique entassement de murs, de créneaux, de balcons, de tourelles, de fenêtres ornementées et de galeries, dont la majeure partie était masquée par le premier bastion à la vue de la ville, située en contrebas.

C'était là que, dans la splendeur décrépite d'un labyrinthe de pièces richement meublées, vivait l'actuel Rajah. Là aussi, dans l'appartement royal du Zénana, derrière les cloisons ajourées séparant la salle d'audience d'un jardin plein de fleurs et d'arbres fruitiers, vivait Janoo-Bai la Rani ; sa rivale, la *Feringhi* Rani, était morte l'été précédent d'une fièvre que d'aucuns disaient avoir été un empoisonnement. Et dans un enchevêtrement de pièces occupant toute une aile du palais, le petit Yuveraj, qu'on appelait familièrement Lalji, passait ses journées au milieu d'une foule de serviteurs, de courtisans et de dignitaires.

Conduit en sa présence à travers un lacis de couloirs et d'antichambres, Ash trouva l'héritier de Gulkote assis à la turque sur un coussin de velours, en train de taquiner un perroquet au plumage herissé de colère. L'étincelant costume de cérémonie que Lalji portait la veille avait été remplacé par un étroit pantalon de mousseline et un *achkan*[1] de toile, très simples. Monté sur un étalon blanc au milieu du cortège, Lalji ne perdait pas un pouce de sa taille, accentuée encore par un haut turban bleu ciel sommé d'une aigrette. Mais à présent, il n'était qu'un petit garçon au visage d'une pâleur bouffie, paraissant plus jeune que Ash, bien qu'il fût de deux ans son aîné, et qui semblait davantage effrayé qu'en colère.

Du coup, se dissipa l'appréhension craintive de Ash, car lui-même masquait souvent ainsi, derrière un accès de colère, la peur qu'il éprouvait. C'est ce qui lui avait permis de la déceler maintenant chez Lalji, alors qu'elle échappait probablement aux adultes blasés se trouvant dans la pièce. Il éprouva un élan d'amitié pour ce garçon qui serait un jour le Rajah de Gulkote, et cela le poussa à prendre son parti contre ces grandes personnes qui s'inclinaient avec force manifestations de déférence, en lui prodiguant des paroles flatteuses, alors que leurs visages conservaient une indifférente froideur.

Détaillant ces gens l'un après l'autre, Ash n'en trouva pas un seul qui lui parût sympathique. Tous étaient trop gras et luisants, trop contents d'eux-mêmes. Il y avait notamment parmi eux un jeune dandy richement vêtu, au beau visage marqué par la débauche, qui arborait un pendentif de diamants à une oreille et respirait avec ostentation un mouchoir parfumé, comme s'il craignait que ce gamin arrivant de la ville apportât avec lui une odeur de pauvreté et d'écurie. Devant le petit prince, ainsi qu'il était prescrit, Ash se plia en deux en plaquant ses mains sur son front, puis il le regarda avec un amical intérêt. Voyant cela, le Yuveraj perdit un peu de son air renfrogné.

— Allez-vous-en... Tous ! commanda-t-il avec un geste impérieux de sa royale main. Je veux être seul pour parler à ce garçon.

Le dandy au pendant d'oreille se pencha pour lui prendre le bras tout en chuchotant quelque chose, mais le Yuveraj se dégagea vivement en disant avec colère :

— C'est stupide, Biju Ram. Pourquoi me ferait-il du mal alors qu'il m'a déjà sauvé la vie ? De plus, il n'est pas armé. Ne sois pas idiot, et va-t'en.

Le jeune homme recula et s'inclina avec une apparente soumission que démentait totalement l'expression de son visage, et Ash fut tout saisi de le voir lui décocher un regard venimeux, hors de proportion avec l'incident. De toute évidence, ce Biju Ram n'aimait

1 Sorte de vêtement trois-quarts très ajusté.

pas être rabroué et c'était à lui qu'il en tenait rigueur, chose d'autant plus injuste que Ash n'avait pas encore ouvert la bouche ni même demandé à venir là.

Les deux jeunes garçons restèrent face à face, et ce fut le Yuveraj qui rompit le silence en déclarant brusquement :

— J'ai dit à mon père que tu m'avais sauvé la vie, et il m'a permis de te prendre à mon service. Tu seras bien payé et je... Je n'ai personne avec qui m'amuser. Rien que des femmes ou des hommes. Veux-tu rester ?

Ash était venu avec l'intention de refuser, mais là il hésita et répondit d'un ton incertain :

— C'est que j'ai ma mère... Je ne veux la laisser car je ne pense pas qu'elle...

— Cela peut s'arranger facilement. Elle n'aura qu'à vivre également ici où elle s'occupera de ma petite sœur, la princesse. Tu l'aimes donc beaucoup ?

— Bien sûr ! répondit Ash avec étonnement. C'est ma mère.

— Oui, tu as de la chance. Moi, je n'ai pas eu de mère. C'était la Rani, tu sais, la véritable reine ? Mais elle est morte quand je suis né, si bien que je ne l'ai jamais connue. Peut-être que si elle n'était pas morte... La mère de ma sœur Anjuli est morte elle aussi. On dit que c'est dû au poison ou à quelque sorcellerie, mais elle était *feringhi* et toujours malade, alors peut-être que l'Autre n'a pas eu besoin de poison ni de maléfices pour..

Il s'interrompit, regarda vivement par-dessus son épaule, puis se levant aussitôt, il dit :

— Viens. Allons dans le jardin. Ici, il y a trop d'oreilles aux aguets.

Il posa le perroquet sur son perchoir, franchit une arche que voilait un rideau et, au milieu des bénédictions d'une demi-douzaine de serviteurs, gagna un jardin orné de noyers et de fontaines, où un petit pavillon se mirait dans un bassin plein de nénuphars qu'animait une carpe dorée. Ash suivit le prince jusqu'à l'autre extrémité de ce jardin que seul un parapet bas séparait d'un ravin d'une soixantaine de mètres, tandis que sur les trois autres côtés s'élevait le palais où une centaine de fenêtres dominaient la cime des arbres et la ville pour avoir vue jusqu'à l'horizon.

S'asseyant au bord du bassin, Lalji se mit à jeter des petits cailloux à la carpe, tout en disant :

— As-tu vu qui a poussé la pierre ?

— Quelle pierre ? demanda Ash, surpris.

— Celle qui serait tombée sur moi si tu n'avais pas retenu mon cheval

— Oh. Mais personne ne l'a poussée. Elle est simplement tombée.

— On l'a poussée, insista Lalji d'une voix sifflante. Dunmaya qui est... qui était ma nourrice, a toujours dit que si l'Autre avait un fils elle s'arrangerait pour qu'il devienne l'héritier du trône. Et moi... Moi, j'ai...

Il pinça les lèvres en secouant la tête, se refusant à avouer, même à un autre enfant, qu'il avait peur. Mais cela se sentait à sa voix mal assurée et au tremblement de ses mains jetant des cailloux dans l'eau tranquille.

Se rappelant ce que, du coin de l'œil, il avait vu bouger avant que la pierre ne vacille et tombe, Ash se demanda pour la première fois si, effectivement, il n'avait pas fallu une main pour la faire choir.

— Biju Ram dit que j'imagine des choses, avoua le Yuveraj d'une toute petite voix. Il dit que personne n'oserait... Pas même l'Autre. Mais lorsque la pierre est tombée, je me suis rappelé ce que ma nourrice répétait et j'ai pensé... Dunmaya dit que je ne dois me fier à personne, mais tu m'as sauvé de la pierre, et si tu restais avec moi, peut-être que je ne risquerais rien...

— Je ne comprends pas, dit Ash avec surprise. Risquer quoi ? Tu es le Yuveraj, tu as des serviteurs et des gardes... Un jour, tu seras Rajah !

Lalji eut un rire bref et sans gaîté :

— C'était vrai voici encore peu de temps Mais maintenant mon père a un autre fils. Le fils de l'Autre... la *Nautch.* Dunmaya dit qu'elle ne reculera devant rien pour le mettre à ma place, car elle veut le *gadi* (trône) pour son propre fils, et mène mon père par le bout du nez... Bien sûr, je suis son fils aîné, mais il ne sait rien lui refuser et...

Sa voix s'éteignit, se perdit dans le murmure de la fontaine. Et soudain Ash se rappela une autre voix, la voix de quelqu'un qu'il avait presque oublié, lui disant longtemps auparavant, dans une autre vie et une autre langue, que la pire chose en ce monde était l'injustice. Or il y avait là quelque chose de foncièrement injuste, qui ne pouvait être toléré. Et il convenait donc de s'employer à y remédier.

— Alors, d'accord, je vais rester, dit Ash, renonçant héroïquement à la joyeuse vie qu'il menait en ville et au plaisant avenir qu'il envisageait comme chef-syce chargé des chevaux de Duni Chand Les années d'insouciance étaient terminées.

Ce soir-là, il fit tenir un message à Sita, qui déterra l'argent et le paquet scellé de cachets rouges, fit un baluchon de ses pauvres biens. et partit pour le Hawa Mahal. Le lendemain matin, Ash s'entendit annoncer qu'il faisait désormais partie de la maison du Yuveraj, à l'incroyable salaire de cinq roupies d'argent par mois, tandis que Sita venait s'ajouter aux femmes chargées de s'occuper de la fille de la défunte *Feringhi* Rani, la petite princesse Anjuli.

A l'échelon du palais, l'appartement qu'on leur assigna était des plus modestes ; deux petites pièces sans fenêtre, en sus d'une cuisine. Mais pour eux, habitués à vivre dans une seule pièce, cela parut le comble du luxe, l'absence de fenêtre étant largement compensée par le fait que les trois portes s'ouvraient sur une petite cour clôturée par un mur de trois mètres de haut et qu'ombrageait un grand pin. Sita en fut transportée de joie, tout en regrettant que Ash ne pût coucher là. Mais si, pour l'essentiel, Ash n'avait à servir le Yuveraj que quelques heures par jour, il devait dormir dans une pièce contiguë à la chambre du prince.

Le travail qu'il faisait ne pouvait être considéré comme pénible, mais Ash ne tarda pas à le trouver ennuyeux. En partie à cause des caprices et des sautes d'humeur du petit prince, mais surtout à cause du jeune dandy, Biju Ram, qui, pour il ne savait quelle raison, l'avait d'emblée pris en grippe. Lalji avait surnommé Biju Ram « *Bichchhu* » (scorpion) ou plus familièrement, *Bichchhuji,* mais personne n'osait l'appeler ainsi en face car le dandy était effectivement une venimeuse créature capable de vous piquer douloureusement à la moindre provocation.

En ce qui concernait Ash, point n'était besoin de provocation, car Biju Ram semblait prendre un réel plaisir à le harceler. Il lui empoisonnait l'existence par des plaisanteries humiliantes ou blessantes. Comme ces plaisanteries étaient ordinairement aussi drôles que cruelles, Lalji en riait et les courtisans s'empressaient de l'imiter.

Lalji lui-même était d'humeur toujours imprévisible et souvent méchante. Jusqu'à l'arrivée de la *Nautch,* il avait été l'enfant gâté du palais, auquel son père passait tout et qui était flatté à l'envi tant par les courtisans que les femmes du Zénana. Sa première belle-mère, la douce et charmante *Feringhi* Rani, avait pris en pitié ce petit garçon sans mère et l'aimait comme son propre fils. Mais pas plus elle que les autres n'avait tenté d'exercer sur lui la moindre discipline ; rien d'étonnant donc à ce que le bon bébé joufflu fût devenu en grandissant un garçon autoritaire et capricieux, totalement incapable de supporter les changements survenus dans le palais depuis que la nouvelle favorite avait accouché d'un fils et que la *Feringhi* Rani était morte. Car, du coup, le petit Yuveraj avait perdu de son importance et même les serviteurs le lui faisaient sentir, tandis que les courtisans, naguère empressés à le flatter et l'aduler, ne pensaient plus maintenant qu'à se faire bien voir de la nouvelle puissance derrière le trône.

Tout comme sa suite, ses appartements avaient piètre mine car on n'exécutait pas tous ses ordres. La vieille Dunmaya ne contribuait point à le réconforter. Elle se serait fait tuer pour lui, et les craintes qu'elle éprouvait à son endroit étaient probablement justifiées ; mais les exprimer sans cesse, tout en critiquant le Rajah de négliger son fils aîné, ne faisait qu'aggraver les choses et plonger Lalji dans un état d'esprit proche de l'hystérie. N'arrivant pas à comprendre ce qui se passait, il en éprouvait plus de peur que de colère. Mais parce que son orgueil l'empêchait d'extérioriser sa peur, il se réfugiait dans de violentes colères dont souffraient aussi ceux qui le servaient.

En dépit de son jeune âge, Ash avait assez bien conscience de tout ça. Mais si cela contribuait à lui faire excuser la conduite de Lalji, les colères n'en demeuraient pas moins pénibles à endurer. Ash prenait mal aussi la soumission absolue que le Yuveraj attendait de tout membre de sa maison, eussent-ils les cheveux blancs et des petits-enfants. D'abord favorablement impressionné par l'amitié que lui avait témoignée l'héritier du trône, Ash en était arrivé au point que, s'il n'y avait eu Sita, il se serait enfui. Mais il savait Sita heureuse au palais ; or, s'il s'était enfui, elle aurait dû le suivre, non seulement parce qu'il n'aurait pu se résoudre à l'abandonner mais aussi parce qu'il croyait Lalji très capable de se venger sur elle. Et pourtant, aussi paradoxal que cela pût paraître, c'était tout autant pour Lalji que pour Sita qu'il ne prenait pas la fuite.

Les deux garçons avaient peu de choses en commun, et bien des facteurs étaient de nature à les empêcher de devenir amis : caste, éducation, environnement, hérédité et le gouffre social séparant un prince héritier du fils d'une servante. Il y avait aussi leur grande différence de caractère et de tempérament, accentuée jusqu'à un certain point par leur différence d'âge, encore que celle-ci importât moins. Bien que Lalji fût de deux ans l'aîné, c'était souvent Ash qui témoignait d'une plus grande maturité et se portait au secours de l'autre que, dans ce palais croulant, il sentait menacé par des forces obscures et maléfiques.

Corruption, intrigue et ambition étaient tapies derrière chaque porte, et même un enfant ne pouvait manquer d'en avoir conscience. Ash n'avait cependant rien pris de tout cela bien au sérieux jusqu'au jour où, dans le petit pavillon du jardin, il trouva une assiette garnie des gâteaux que préférait le jeune prince...

Lalji étant parti chasser la gazelle, Ash émietta machinalement un de ces gâteaux au-dessus du bassin, où la carpe vorace fut aussitôt à la fête. Mais quelques minutes plus tard, stupéfait, Ash la vit flotter le ventre en l'air parmi les nénuphars. Il devina aussitôt comment elle était morte et ce qui l'avait tuée.

Lalji avait quelqu'un officiellement chargé de goûter à tous les mets avant lui ; mais s'il avait trouvé ses gâteaux préférés dans le pavillon, la gourmandise l'aurait poussé à en manger sans plus attendre...

Emportant l'assiette jusqu'au fond du jardin, Ash jeta le tout dans le vide. Comme les gâteaux se dispersaient dans leur chute, l'un d'eux fut happé au vol par un corbeau qui, un moment plus tard, tomba comme une pierre.

Contrairement à ce qui eût été normal, Ash ne rapporta l'incident à personne car, pour avoir frôlé le danger dès son plus jeune âge, il avait le pressentiment que mieux valait garder la chose pour lui seul. En parler à Lalji n'eût fait qu'accroître les peurs du jeune prince, et mettre la vieille Dunmaya au comble de l'anxiété. Et même si une enquête avait lieu, Ash était à peu près convaincu que le véritable coupable ne serait pas puni et qu'un innocent payerait à sa place. L'expérience qu'il avait déjà du palais avait appris à Ash qu'il ne lui fallait pas compter y voir régner la justice en même temps que Janoo-Bai.

Ash ne pensa pas un seul instant que les gâteaux lui étaient peut-être destinés, ni qu'il eût pu tenir lieu de bouc émissaire. Rangeant donc l'incident au fond de sa mémoire, il accepta sa servitude au Hawa Mahal comme un mal nécessaire, se résignant à l'endurer jusqu'à ce que le Yuveraj atteignît sa majorité et n'eût plus besoin de lui. La médaille comportait néanmoins un bon côté, car il avait désormais largement à manger et régulièrement des vêtements neufs ; mais le salaire promis ne s'était pas matérialisé, tant la *Nautch* avait mis à mal les finances du Rajah.

L'existence lui avait paru cependant monotone, jusqu'à l'arrivée de Tuku, une petite mangouste qui s'était aventurée dans la courette de Sita et que, par désœuvrement, Ash avait apprivoisée et dressée.

Tuku était la première chose vivante que Ash avait entièrement à lui, car s'il se savait maître du cœur de Sita, il ne pouvait malheureusement pas l'avoir auprès de lui quand il le souhaitait. Sita avait des fonctions à remplir et n'était libre qu'à certaines heures ;

tandis que Tuku l'accompagnait partout, marchant à sa suite ou grimpée sur son épaule, accourant à son appel et dormant blottie contre lui. Ash débordait d'affection pour l'intrépide et gracieuse petite bête, conscient que Tuku la lui rendait bien. Cette chaleureuse amitié durait depuis quelque six mois quand, un jour, Lalji voulut à toute force jouer avec la mangouste et la taquina au point qu'elle finit par le mordre. Les deux minutes qui suivirent furent pour Ash un cauchemar qui le hanta des mois durant et qu'il n'oublia jamais tout à fait.

Du sang gouttant de son doigt, Lalji se mit à hurler de douleur et d'effroi, criant à un serviteur de tuer l'animal sur-le-champ, ce qui fut fait avant qu'Ash ait pu intervenir. Un coup de sabre violemment assené brisa les reins de la mangouste, qui gémit et se tordit quelques instants sur les dalles avant de s'immobiliser dans la mort.

Ash n'avait plus entre ses mains qu'une poignée de fourrure. Ce n'était pas possible que Tuku fût morte ! Voici une minute encore, la queue en panache, elle faisait front aux taquineries du Yuveraj, et maintenant...

— Ne me regarde pas comme ça ! cria Lalji avec fureur. Quelle importance ? Ce n'était jamais qu'une bête... une bête sauvage et méchante. Vois comme elle m'a mordu !

— Tu n'arrêtais pas de l'agacer, rétorqua Ash dans un murmure. C'est toi qui te conduis comme une bête sauvage et méchante !

Emporté par la colère et le chagrin, lâchant le corps menu de Tuku, il se jeta sur Lalji.

Cela tint plus de la bousculade que de l'empoignade, et Lalji décocha des coups de pieds en hurlant jusqu'à ce que, convergeant de partout, une douzaine de serviteurs accourent pour séparer les deux garçons.

— Je m'en vais ! haleta Ash, tenu à distance par des dignitaires horrifiés. Je ne veux pas rester une minute de plus avec toi, ni travailler pour toi ! Je pars pour toujours !

— Et moi je te défends de partir ! hurla Lalji avec rage. Tu n'as pas le droit de t'en aller sans ma permission, et si tu essaies de passer outre, tu verras ce qu'il en coûte !

Biju Ram, qui pour défendre le Yuveraj s'était saisi d'un pistolet à long canon — lequel, heureusement, n'était pas chargé — agita négligemment l'arme tout en regardant Ash et disant :

— Son Altesse devrait te faire marquer au fer, comme les chevaux ou les esclaves révoltés. De la sorte, si tu t'enfuyais, on aurait tôt fait de te reconnaître comme lui appartenant

Il est possible que cette suggestion ait été faite sans que Biju Ram pensât qu'on pût la prendre au sérieux ; mais Lalji n'était plus en état de raisonner et, aveuglé par la colère, il acquiesça aussitôt. Il n'y eut personne pour protester car la malchance voulut que le seul membre de la maison qui aurait pu le faire avec quelque chance de succès, se trouvât au lit avec la fièvre. L'exécution eut donc lieu aussitôt et par les soins de Biju Ram lui-même. Comme on était au milieu de l'hiver, un brasero brûlait dans un angle de la pièce. En riant, Biju Ram plongea l'extrémité du canon de son arme parmi les charbons ardents. Ash avait huit ans à peine, il avait fallu néanmoins quatre hommes pour l'immobiliser tant il était souple et musclé. Quand il vit ce qui se préparait, il se débattit comme un chat sauvage, mordant et griffant ceux qui le tenaient, mais c'était un combat dont l'issue ne faisait malheureusement aucun doute.

L'intention de Biju Ram était de le marquer au front, ce qui aurait pu le tuer. Mais, en dépit de sa fureur, Lalji demeurait prudent et il pensa que son père n'approuverait peut-être pas de tels procédés, aussi préféra-t-il que Ash fût marqué à un endroit moins visible. Biju Ram dut se contenter d'appliquer le bout brûlant de son arme sur la poitrine nue de sa victime. Il y eut un grésillement, une odeur de chair brûlée et, bien que Ash fût résolu à mourir plutôt que de donner à Bichchhu la satisfaction de l'entendre crier, il ne put se retenir. Son hurlement de douleur fit pouffer le dandy, mais eut sur Lalji un effet inattendu. Son bon fond reprenant le dessus, il tira Biju Ram en arrière, criant que tout était sa propre faute et qu'Ashok n'avait rien fait. C'est alors que Ash perdit connaissance.

— Il meurt ! s'écria Lalji, submergé par le remords. Tu l'as tué, *Bichchhu !* Faites donc quelque chose, tous tant que vous êtes ! Qu'on envoie chercher un hakim (médecin)... amenez vite Dunmaya... Oh ! Ashok, ne meurs pas ! Je t'en supplie, ne meurs pas !

Pour Ash, il n'était pas question de mourir, et il se rétablit assez vite. La vilaine brûlure se cicatrisa bien, grâce à sa bonne constitution tout comme aux soins dévoués de Sita et de Dunmaya Néanmoins, il en garderait toujours la marque, laquelle n'était pas ronde mais en forme de croissant, car il avait eu un sursaut de côté sous l'effet de la brûlure, si bien que le canon ne s'était appliqué qu'en partie sur la peau, et Lalji était intervenu avant que Biju Ram ait pu y remédier.

Assez curieusement, cela resserra l'amitié entre les deux garçons, car Ash avait pleinement conscience de l'énormité de son geste qui, en d'autres temps, lui eût valu de mourir étranglé ou bien piétiné par les éléphants du Rajah. Même à présent, le châtiment était au moins la perte d'un membre ou d'un œil, car ce n'était pas rien que d'avoir osé porter la main sur l'héritier du trône, et des adultes avaient payé de leur vie des offenses moins graves. Aussi Ash bénissait-il le ciel que sa punition n'eût pas été pire et il était stupéfait que le Yuveraj fût non seulement intervenu pour y mettre un terme, mais se fût aussi reconnu publiquement responsable de ce qui était arrivé. Ash mesurait ce qu'un tel aveu avait dû coûter au jeune prince.

Tuku lui manquait terriblement, mais bientôt elle allait être remplacée dans son cœur, non par un animal, mais par un minuscule être humain, Anjuli-Bai, la fillette délaissée de l'infortunée *Feringhi* Rani.

Une des qualités de Lalji — il en avait d'autres et, si les circonstances s'y étaient prêtées, elles l'eussent emporté sur ses défauts — était l'inlassable bonté qu'il témoignait à sa demi-sœur. On la trouvait souvent dans les appartements du Yuveraj car, encore trop jeune pour rester confinée dans le Zénana, elle allait et venait à sa guise. Vêtue d'une façon dont on aurait eu honte chez des paysans, — car la *Nautch* ne voyait aucune raison de dépenser de l'argent pour la fille de sa défunte rivale, — elle était si menue qu'elle donnait l'impression d'être mal nourrie.

Ne pouvant savoir si l'enfant n'aurait pas un jour le charme et la beauté qui avaient naguère conquis le Rajah, Janoo-Bai veillait à ce que la fillette restât dans une aile éloignée du palais sous la garde d'une poignée de serviteurs débraillés et si mal payés qu'ils détournaient la majeure partie de la maigre allocation faite à la princesse.

Le Rajah s'informait rarement de sa fille, au point qu'il finit presque par oublier son existence. Janoo-Bai lui avait déclaré, une fois pour toutes, que l'enfant était bien soignée mais si disgraciée par la nature qu'on aurait beaucoup de mal à la marier. En feignant la sympathie, elle l'avait surnommée « Kairi » — petite mangue pas mûre — et fut ravie quand tout le palais n'appela plus l'enfant qu'ainsi.

« Kairi-Bai » préférait aux siens les appartements de son demi-frère, par ce qu'ils étaient plus clairs et mieux meublés, mais aussi parce que Lalji lui donnait quelquefois des bonbons et la laissait jouer avec ses singes, le perroquet ou la gazelle apprivoisée. Là, les serviteurs aussi lui témoignaient plus de patience que ses propres femmes, et elle s'était prise d'une grande sympathie pour le plus jeune d'entre eux, Ashok. Un jour, il l'avait trouvée dans un coin du jardin de son frère, pleurant à chaudes larmes parce qu'elle avait été mordue par un des singes dont elle avait tiré la queue. Ash l'avait conduite auprès de Sita, qui l'avait consolée et câlinée tout en pansant la blessure. Après quoi, Sita lui avait donné un morceau de sucre de canne, en lui racontant l'histoire de Rama, dont la très belle épouse avait été enlevée par le Roi Démon de Lanka et sauvée avec l'aide de Hanumant, le Dieu Singe : « Alors, tu comprends, il ne faut jamais tirer la queue d'un singe, car non seulement ça lui fait mal, mais ça déplait à Hanumant. Aussi nous allons cueillir quelques boutons d'or que nous tresserons en guirlande — je vais te montrer comment on fait — et tu iras ensuite la porter dans son sanctuaire pour qu'il voie combien tu regrettes ton geste. Mon fils Ashok t'y conduira. »

Cette histoire et la préparation de la guirlande avaient captivé la fillette au point de lui faire oublier son bobo, et c'est tout heureuse qu'elle s'en était allée, tenant Ash par la main, présenter ses excuses à Hanumant dont le sanctuaire s'élevait non loin de l'endroit où l'on gardait les éléphants. Après cet incident, Kairi-Bai vint souvent chez Sita, mais ce fut à Ash et non à sa mère qu'elle s'attacha le plus. Elle trottinait partout à sa suite, tel un petit chien qui s'est donné un maître et ne veut plus le quitter. A vrai dire, Ash ne cherchait guère à l'éloigner car Sita lui avait dit d'être très gentil avec la petite fille, non point parce qu'elle était princesse ou qu'elle avait perdu sa mère et qu'on la délaissait, mais parce qu'elle était née un jour qui était doublement de bon augure pour lui : le jour de son anniversaire et de leur arrivée à Gulkote.

Pour cette raison surtout, Ash se sentait plus ou moins responsable de Kairi. Il se résignait à être l'objet de sa dévotion et il était le seul à ne pas lui donner son surnom. Il l'appelait *Juli* (ce qui était sa façon à elle d'articuler son prénom, car elle n'était pas encore capable de prononcer des mots de trois syllabes) ou encore, en de rares occasions, *Larla,* qui signifie *chérie,* et la traitait généralement avec l'affectueuse indulgence qu'il eût témoigné à un chaton importun, la défendant de son mieux contre les taquineries ou l'insolence des serviteurs.

Les courtisans du Yuveraj avaient aussitôt riposté en feignant de le prendre pour une nourrice et l'appelant « Ayah-ji », jusqu'au jour où Lalji s'était soudain tourné contre eux avec colère, en leur disant de bien vouloir se rappeler que l'Anjuli-Bai était sa sœur. Après quoi, ils acceptèrent la situation à laquelle on finit par ne plus prêter attention. De toute façon, c'était sans importance, car une fillette aussi malingre ne survivrait certainement pas aux habituelles maladies infantiles et Ashok, lui, ne comptait pour personne, pas même, semblait-il, pour le Yuveraj.

Mais sur ce dernier point, les courtisans se trompaient. Lalji continuait d'avoir toute confiance en Ashok — encore qu'il eût été bien en peine de dire pour quelle raison — et n'avait aucune intention de le laisser partir. Jamais plus il n'avait été fait allusion à la mort de Tuku et ses conséquences, mais Ash n'avait pas tardé à constater que la menace de Lalji, pour l'empêcher de le quitter, n'était pas propos en l'air. Le palais n'avait qu'une seule porte, la *Badshai Darwaza,* et à compter de ce jour Ash ne put la franchir, sauf en compagnie de serviteurs ou de dignitaires spécialement choisis pour veiller à ce qu'il ne s'échappe point.

Ash ressentit terriblement la perte de sa liberté car, du haut des remparts ou des tours en ruine que couronnaient des pavillons de bois, il pouvait voir le monde extérieur s'étendre jusqu'à l'horizon, telle une carte colorée. Au sud-ouest se trouvait la ville, précédant la vaste étendue du haut plateau qui s'abaissait doucement vers la rivière et les riches terres du Pendjab dont, par temps clair, on apercevait les plaines. Mais Ash regardait rarement de ce côté, car au nord se trouvaient les premiers contreforts qui, de l'est à l'ouest, s'élevaient sans cesse jusqu'à devenir de véritables montagnes formant le massif du Dur Khaima à la mystérieuse splendeur, enrobé de forêts de rhododendrons et de déodars, couronné de neige.

Ash ne savait pas qu'il était né en vue de ces neiges éternelles, ni qu'il avait passé ses premières années dans l'Himalaya, rose au couchant, argenté sous la lune, couleur d'abricot à l'aube, et d'une blancheur éblouissante sous l'éclat du soleil. Tout cela faisait cependant partie de son subconscient, comme d'autres enfants se rappellent la frise peinte sur le mur d'une nursery. Mais à les contempler maintenant, ce dont il était sûr, c'est que dans les replis de ces montagnes devait se trouver la vallée dont Sita lui parlait en l'endormant : leur vallée. Un jour, après avoir emprunté plus d'un col où le vent hurlait entre les roches noires, les glaciers et la réverbération aveuglante de la neige, ils atteindraient cette cachette sûre.

A présent, Sita ne lui parlait plus que rarement de leur vallée, car durant la journée elle était trop occupée et, la nuit, Ash couchait dans les appartements du Yuveraj. Mais cette vieille histoire qui l'endormait naguère continuait de charmer son imagination et maintenant il avait oublié — ou bien il ne l'avait jamais compris —

que cette vallée n'existait pas. Pour lui, elle était réelle et, matin ou soir, chaque fois qu'il pouvait s'échapper de son service, il grimpait jusqu'à la petite galerie couverte encastrée dans la paroi de la *Mor Minar* — la Tour du Perroquet — où, étendu sur la pierre chauffée par le soleil, il regardait les montagnes en rêvant à l'avenir.

L'existence de cette galerie découverte par le plus heureux des hasards, demeurait un secret partagé seulement avec Kairi. La *Mor Minar* était une tour de guet qui, jadis, faisait partie de la forteresse pour surveiller les montagnes. Mais le toit et l'escalier s'en étaient effondrés depuis longtemps, leurs décombres obstruant l'entrée. La galerie — dissimulée qu'elle était par les courbes de la tour, ne pouvait être vue de l'intérieur de la forteresse — avait due être aménagée postérieurement pour le plaisir d'une Rani depuis longtemps défunte; c'était un ravissant petit ouvrage de marbre et de grès rouge, ajouré comme une dentelle et coiffé d'un dôme hindou.

Des fragments de bois adhéraient encore aux gonds rouillés qui avaient été ceux d'une porte, mais les fragiles entrelacs de marbre avaient résisté, sauf à l'endroit où était autrefois ménagée une fenêtre par laquelle la Rani et ses suivantes pouvaient contempler les montagnes. A présent, il n'y avait plus là qu'une ouverture béante, au-dessous de laquelle le mur plongeait abruptement jusqu'aux rochers et buissons situés une douzaine de mètres plus bas, sur un étroit rebord qui, lui, dominait d'une cinquantaine de mètres l'étendue du haut plateau. Quelques chèvres s'aventuraient par là, mais personne d'autre n'entreprenait l'escalade et, si quelqu'un l'avait fait, il n'aurait probablement pas remarqué la galerie dont les contours se perdaient dans la masse de la *Mor Minar* usée par le temps.

En donnant la chasse à un marmouset qui s'était échappé, Ash et Kairi avaient escaladé les décombres entassés au bas de la tour et, levant la tête, ils avaient aperçu le fugitif au-dessus d'eux. Si les étages de la tour s'étaient effondrés, il subsistait des vestiges de l'escalier en spirale, fragments de marches où le marmouset avait facilement pied. Mais certains enfants sont aussi agiles que des singes et c'était le cas de ces deux-là. Débarrassant à mesure les morceaux de marches des branchages et des coquilles d'œufs que des générations de hiboux et de corneilles y avaient accumulés, ils les avaient gravies. Suivant le marmouset au-delà d'un seuil sans porte, ils avaient débouché dans cette petite galerie fermée, suspendue dans le vide, aussi sûre et inaccessible qu'un nid d'hirondelle.

Ash avait été ravi de cette découverte. Là au moins il aurait une cachette où se réfugier loin des autres pour contempler le monde extérieur en rêvant de l'avenir. Avec ses perpétuels chuchotis d'intrigue et de trahison, ses cabales et ses complots, le palais finissait par engendrer chez Ash un sentiment de claustrophobie, qui se dissipait à l'air vif soufflant à travers la dentelle de marbre de cette galerie, dont nul ne risquait de lui contester l'occupation car, exception faite des singes et des oiseaux, il devait bien y avoir au moins un demi-siècle qu'on en avait oublié jusqu'à l'existence. La découverte de ce qu'il appelait *Le Balcon de la Reine,* lui rendait plus supportable l'existence au Hawa Mahal. Et s'y être fait deux amis comme Koda Dad Khan, le *Mir Akhor* — Maître des Chevaux — et le plus jeune fils de celui-ci, Zarin, le réconciliait presque avec l'obligation qu'il avait de n'en pas sortir...

Koda Dad, un Pathan, avait, très jeune, quitté les montagnes de la frontière où il était né, pour s'en aller chercher fortune du côté du Pendjab. Les hasards de sa route l'avaient mené à Gulkote, où son habileté à la chasse au faucon avait retenu l'attention du Seigneur des lieux, un jeune Rajah que la mort de son père avait fait accéder au trône deux mois auparavant. A présent, tout cela remontait à plus de trente ans et, sauf pour quelques brèves visites, Koda Dad n'était jamais plus retourné dans son pays natal. Il était resté à Gulkote au service du Rajah et, comme *Mir Akhor,* il s'était acquis une très grande réputation dans le royaume. Il n'était rien qu'il ne sût touchant les chevaux, et l'on disait même de lui qu'il pouvait parler leur langage, si bien que les plus intraitables devenaient dociles à sa voix. Il savait se servir d'un fusil aussi bien que d'un cheval, et sa science de la fauconnerie n'avait d'égale que celle des chevaux. Bien que lui-même grand connaisseur en ces choses, le Rajah lui demandait souvent son avis et s'y rangeait invariablement. La première fois qu'il était retourné dans son pays, Koda Dad en était revenu avec une jeune femme dont il avait eu trois fils, si bien que maintenant il avait la fierté d'être plusieurs fois grand-père.

Les deux fils aînés de Koda Dad s'étaient engagés dans l'armée britannique et servaient dans ce même Régiment des Guides auquel avait appartenu William, l'oncle de Ash. A présent, seul le plus jeune, Zarin Khan, vivait encore avec ses parents, mais lui aussi rêvait d'une carrière militaire.

Zarin avait six ans de plus que Ash et, selon la coutume asiatique, il était considéré comme un homme adulte. Mais, à part une différence de taille, tous deux se ressemblaient beaucoup, car Zarin, comme de nombreux Pathans, avait les yeux gris et le teint clair. Ils auraient pu aisément passer pour frères, et Koda Dad les traitait d'ailleurs comme tels, les appelant tous deux « mon fils » et leur distribuant des taloches en toute impartialité quand ils en méritaient. Ash considérait cela comme un honneur, car Koda Dad Khan était pour lui la réincarnation de l'ami et du héros de sa prime enfance dont il gardait un vague souvenir : l'oncle Akbar, plein de sagesse et de bonté.

Koda Dad apprit à Ash comment chasser au faucon et dompter un jeune cheval, comment arracher du sable un piquet de tente à la pointe d'une lance et au galop ou faire mouche neuf fois sur dix sur une cible mouvante. Ce fut aussi Koda Dad qui lui inculqua l'habitude de toujours garder son sang-froid et maîtriser ses impulsions. Prenant comme exemple son emportement contre le Yuveraj et sa menace de quitter le palais, il lui avait dit : « Si tu avais su tenir ta langue, tu aurais pu t'en aller quand tu l'aurais voulu, au lieu d'être gardé comme tu l'es maintenant. »

Zarin aussi témoignait beaucoup de bonté à Ash et le traitait en jeune frère, le réprimandant ou l'encourageant comme tel. Grâce à quoi, Ash avait de temps à autre l'autorisation de les accompagner hors du Hawa Mahal, ce qui était presque comme sortir seul, car si eux aussi avaient ordre de veiller à ce qu'il nc s'échappe point, leurs façons n'étaient pas celles des serviteurs du Yuveraj et, en leur compagnie, Ash pouvait savourer l'illusion de la liberté.

Ayant oublié le Pachto appris au campement de son père, Ash s'était néanmoins vite remis à le parler parce c'était la langue maternelle de Koda Dad et de Zarin, et qu'il désirait en tout imiter ses héros. Cela irritait Sita, qui devenait aussi jalouse du vieux Pathan qu'elle l'avait été d'Akbar Khan.

— Il ne vénère pas les dieux, reprochait-elle sévèrement. Et il est bien connu que tous les Pathans vivent de la violence. Ce sont des brigands, des assassins, des tueurs de bétail et ça me fait beaucoup de chagrin, Ashok, que tu sois si souvent en compagnie de tels barbares. Ils t'apprendront de vilaines choses !

— Est-ce mal, maman, de monter à cheval, de tirer au fusil ou chasser au faucon ? rétorquait Ash, aux yeux de qui pareilles prouesses compensaient amplement des peccadilles comme le meurtre et le vol. Et puis il n'arrivait pas à comprendre, en dépit des enseignements de Sita et des admonestations des prêtres, pour quelle raison le bétail devait être considéré comme sacré. S'il s'était agi de chevaux ou encore de tigres, d'éléphants, bon... Mais des vaches !

Il était difficile pour un petit garçon de s'y retrouver au milieu de tant de dieux divers. Aussi Ash avait-il décidé de s'en choisir un pour lui seul, s'autorisant pour cela d'une prière qu'il avait entendu un prêtre entonner dans le temple :

Seigneur, pardonne-moi trois péchés qui sont le fait
de ma condition humaine :
Tu es partout, mais c'est ici que je te vénère ;
Tu n'as pas de forme, mais je te donne celle
de ces statues ;
Tu n'as pas besoin de louanges, mais je t'en adresse
en ces prières.
Seigneur, pardonne-moi ces trois péchés dus à mon
humaine condition.

Frappé par cette remarque qui lui semblait éminemment raisonnable et après avoir réfléchi, Ash avait élu la chaîne neigeuse qui faisait face au Balcon de la Reine : une couronne de pics immaculés s'élevant au-dessus des autres comme les tours de quelque fabuleuse cité et que l'on appelait à Gulkote le *Dur Khaima,* les Pavillons lointains, ou le Camp des Dieux. Il estimait que la montagne constituait un bien plus digne objet de dévotion que l'horrible *lingam* barbouillé de rouge auquel Sita apportait des offrandes En outre, il pouvait ainsi se tourner vers les monts pour dire ses prières, comme Koda Dad se tournait vers la Mecque. Et puis, raisonnait-il *quelqu'un* a forcément dû les créer, et c'est peut-être le même dieu que reconnaissent Sita et ses prêtres, Koda Dad et les siens ? C'était donc sous cette forme que lui, Ashok, fils de Sita et serviteur de Son Altesse le Yuveraj de Gulkote, avait choisi de vénérer son Créateur et protecteur *Seigneur,* murmurait Ash à l'adresse du Dur Khaima, *Tu es partout, mais c'est là que je Te vénère..*

De temps à autre, en allant au Balcon de la Reine, Ash emportait une poignée de grains ou quelques fleurs et les déposait au bord du vide, en offrande au Dur Khaima.

— Où as-tu été, *piara ?* le grondait Sita. Ils t'ont cherché partout et je leur ai dit que tu devais être avec ce bandit pathan et ses faucons, ou bien dans les écuries avec son bon à rien de fils Maintenant que tu es au service du Yuveraj, tu ne devrais pas fréquenter de telles gens !

— Les serviteurs du Yuveraj semblent considérer que je suis ton gardien ! grommelait Koda Dad Khan. Ils viennent me demander « Où est-il ? Que fait-il ? Pourquoi n'est-il pas ici ? »

— Où étais-tu ? s'enquérait Lalji avec pétulance Biju et Mohan t'ont cherché partout. Je ne veux pas que tu t'absentes comme ça Tu es mon serviteur. Je voulais jouer au *chaupur* avec toi.

Ash présentait des excuses et disait avoir été se promener dans un des jardins ou bien voir les éléphants, après quoi ils jouaient au *chaupur* et l'on oubliait l'incident... jusqu'à la fois suivante. Le Hawa Mahal était si vaste qu'il était facile de s'y perdre, mais Lalji savait que Ash n'en sortirait jamais sans être accompagné et qu'on finirait donc toujours par le retrouver.

Le Yuveraj n'en tenait pas moins à avoir Ash près de lui, car il sentait d'instinct que ça n'était pas un garçon qu'on réussirait à tourner contre lui en l'achetant ou le subornant. Pourtant, comme il n'y avait pas eu d'autres « accidents », Lalji pensait que les craintes de la vieille Dunmaya touchant sa sécurité étaient le fait de l'imagination, et que Biju Ram devait avoir raison quand il disait que personne, pas même la *Nautch*, n'eût osé lui faire du mal. Aussi, depuis quelque temps, n'éprouvait-il pas la nécessité de garder Ash toujours près de lui, d'autant qu'il trouvait sa compagnie beaucoup moins amusante que celle de Pran, Mohan ou Biju Ram. Ce dernier avait beau être de dix ans son aîné (Biju Ram venait d'avoir vingt ans) et n'être pas digne de confiance, il était extrêmement divertissant, ayant toujours quelque potin scandaleux à rapporter sur le Zénana ou quelque vice agréable à lui apprendre. A vrai dire, n'était le sentiment profondément ancré dans son cœur que Ash était pour lui une sorte de talisman contre le danger, Lalji eût été tenté de le renvoyer car il voyait parfois comme du mépris dans le regard des tranquilles yeux gris et Ash ne riait jamais des plaisanteries salaces de Biju Ram, dont lui-même faisait grand cas. Et puis, il devenait jaloux de Ash.

Cela avait commencé avec Anjuli, mais sans que le Yuveraj y attachât d'importance. Du moins au début. Si elle avait eu du charme, il eût pu voir en elle une rivale capable de lui disputer l'affection de son père et il l'aurait détestée — comme il détestait la *Nautch* et le fils de celle-ci, son demi-frère Nandu — mais ce n'était pas le cas. Alors, se rappelant la bonté que lui avait témoignée la *Feringhi* Rani, il voulait agir de même envers sa fille : dans ce but, il avait en quelque sorte institué Ash protecteur et mentor officieux de la petite mangue pas mûre, « Kairi-Bai ». Mais il n'avait pas aimé qu'un officier de sa maison, Hira Lal, se prenne d'amitié pour Ash, et encore moins que Koda Dad Khan, lequel était pour les jeunes du palais un peu comme une vivante légende, fît de même. Car, ayant l'oreille du Rajah, Koda Dad lui avait fait l'éloge de Ash.

Réglant leur conduite sur celle du prince, les courtisans de Lalji s'employaient de leur mieux à rendre la vie difficile au jeune palefrenier dont ils avaient tous amèrement ressenti la soudaine faveur, tous sauf Hira Lal, qui avait le titre d'écuyer du Yuveraj.

Hira Lal était le seul à manifester quelque bonté à Ash et à ne jamais applaudir aux manifestations sadiques de Biju Ram, ni à rire de ses plaisanteries grivoises. En pareil cas, il étouffait un bâillement en jouant avec la perle noire qui pendait à son oreille droite, le tout d'un air absent exprimant à la fois ennui et dégoût. Ce geste était devenu machinal, mais il avait le don de rendre furieux Biju Ram, lequel soupçonnait — et il avait raison — que la grande perle était portée par Hira Lal uniquement pour tourner en dérision le pendant d'oreille que lui-même arborait. La rareté de cette perle — elle avait l'exacte forme d'une poire et des reflets irisés — donnait, par contraste, quelque chose de criard au diamant de Biju, tout comme les très sobres *achkans* de soie grise de l'écuyer faisaient paraître vulgaires et mal coupés les vêtements colorés portés par l'autre.

Hira Lal semblait ne jamais rien faire et toujours sur le point de céder au sommeil, mais bien peu de choses échappaient à son regard faussement endormi. Homme agréable et facile à vivre, il avait au palais une réputation de paresse solidement établie, et tout cela faisait de lui l'équivalent d'un fou du roi, dont les impertinences ne sont jamais prises en mauvaise part.

— Ne te soucie pas d'eux, mon garçon, disait-il à Ash pour le réconforter. Ce sont de pauvres têtes vides qui, par manque d'autres distractions, s'amusent à tourmenter quelque créature. Cela leur donne un sentiment d'importance, même s'ils ne s'en prennent qu'à un enfant ou une gazelle apprivoisée. Si tu ne leur laisses pas voir que cela te touche, ils s'en lasseront vite. N'est-ce pas, *Bichchhu-ji ?*

D'être appelé par ce surnom ajoutait à l'insulte et les yeux de Biju Ram s'étrécissaient de fureur, tandis que les autres boudaient en maugréant. Mais Lalji, lui, faisait mine de n'avoir rien entendu car il savait ne pouvoir chasser ni punir Hira Lal, qui avait été nommé auprès de lui par le Rajah en personne, à l'instigation, pensait Lalji, de sa belle-mère détestée, la *Nautch.* Aussi, en pareille occurrence, valait-il mieux feindre la surdité. Et puis il fallait bien reconnaître que, espion ou pas, l'écuyer avait beaucoup de gaieté et d'esprit ; sans lui, la vie eût été beaucoup plus morne.

Éprouvant une grande reconnaissance pour Hira Lal, Ash suivait ses conseils avec profit, car ils étaient toujours judicieux. Il apprit ainsi à masquer ses sentiments et accepter les punitions avec indifférence. Mais pour rentrés qu'ils fussent, ses sentiments n'en continuaient pas moins d'exister et avec d'autant plus de force, qu'ils ne devaient plus être extériorisés. Hira Lal lui avait fait comprendre que Lalji était plus à plaindre qu'à envier, et qu'il ne fallait pas lui garder rancune de ses gestes d'enfant gâté mais malheureux.

— Quand il s'en prend à toi, c'est pour se venger du manque d'affection dont il souffre. Bien des gens ont grandi sans amour et ignorent ainsi ce dont ils ont été privés, mais lui le sait, et c'est ce qui le rend si malheureux. Quand il te tourmente et te punit injustement, tu peux te réfugier auprès de ta mère, qui te consolera. Mais lui n'a personne vers qui courir, sinon sa vieille sorcière de nourrice, Dunmaya, laquelle ne cesse de lui croasser ses craintes, au point qu'il finit par avoir peur d'une ombre, fût-ce la sienne. Sois patient avec Lalji, Ashok, car tu as plus de chance que lui.

Lalji se maria l'année suivante et les préparatifs de la cérémonie emplirent d'effervescence le vieux palais, auquel peintres et décorateurs s'employèrent à donner une nouvelle jeunesse. Jalouse évidemment de toute attention portée à son beau-fils, la *Nautch* tantôt boudait, tantôt faisait des scènes. La famille de la fiancée provoqua un terrible remue-ménage à la veille même du mariage, en demandant soudain le double du prix convenu pour leur fille. Cela mit le Rajah dans une telle colère qu'il fut à deux doigts de tout annuler. Mais comme cela eût été une grande honte pour tous ceux en cause, après des heures de discussion, de cajoleries et de marchandages, on parvint à un compromis.

Âgée de huit ans, la fiancée était la fille d'un petit Rajah des montagnes et, après cette union, elle retournerait vivre avec ses parents jusqu'à ce qu'elle eût l'âge permettant la consommation du mariage, mais cela ne changeait rien aux cérémonies. Elles furent interminables et coûtèrent au Rajah une énorme somme qui eût été mieux employée à soulager un peu la pauvreté de ses sujets ou améliorer les routes de Gulkote. Mais pareille idée ne venait pas plus à l'esprit du monarque qu'à celui de ses sujets, lesquels eussent certainement été unanimes à la rejeter au profit de la fête.

5

L'excitation des fêtes passée, Lalji constata que sa dignité nouvelle d'homme marié n'ajoutait rien à son importance. Pour le changement que cela apportait dans son existence, ça ne valait vraiment pas d'avoir enduré de si longues et fatigantes cérémonies. Sa femme lui faisait l'effet d'une gamine stupide et même pas tellement jolie; il espérait qu'elle deviendrait plus séduisante en grandissant, comme le lui assurait Dunmaya. Mais Dunmaya était toujours prête à lui assurer n'importe quoi pour lui faire plaisir. Les derniers invités partis, son père cessa de s'intéresser à Lalji; de nouveau en proie au long ennui, le jeune prince devint plus malheureux et insupportable que jamais. Il se querellait sans cesse avec sa suite et rendait à Ash la vie tellement impossible que, durant les mois pénibles qui suivirent le mariage, celui-ci discuta pour la première fois avec Sita de la possibilité de quitter Gulkote.

Sita en fut horrifiée. Non pas pour elle-même, car elle eût tout sacrifié au bien de Ash, mais parce qu'elle ne croyait pas qu'il pût être mieux ailleurs, et qu'elle voyait dans la mauvaise humeur de Yuveraj une réaction enfantine qui ne durerait pas. Sita n'ignorait rien des problèmes de Lalji, car bien peu de choses pouvaient rester secrètes au palais. Certes, elle lui tenait rigueur de s'en prendre à son fils bien-aimé mais dans le même temps, tout comme Hira Lal, elle ne pouvait s'empêcher de plaindre cet enfant sans mère, que son père négligeait et dont sa belle-mère souhaitait la mort. Ashok devait s'efforcer de comprendre tout cela et pardonner. Par ailleurs, jamais le Yuveraj ne consentirait à le laisser partir et il ne fallait pas songer à s'enfuir : non seulement c'était impossible, mais où seraient-ils allés? Où pourraient-ils jouir d'autant de confort et de sécurité que dans ce palais, avec le statut et le salaire de serviteurs royaux?

— Ils te payent, mère? s'enquit Ash d'un ton amer. Moi, non, bien qu'on me l'ait formellement promis. Certes, on me donne de quoi me nourrir et me vêtir, mais jamais d'argent. Si j'en demande, on me répond : « Plus tard. Une autre fois. Le mois prochain. » Je n'ai même pas un *pice* que je puisse donner ou dépenser!

— Mais, *piara*, pourquoi aurions-nous besoin d'argent? Tu viens de le dire, nous sommes bien nourris et vêtus, nous avons un logement, du feu pour nous y chauffer. Et puis, n'oublie pas que le

Yuveraj sera un jour Rajah, sa faveur récompensera alors ta patience. Ce n'est qu'un petit garçon, Ashok, un petit garçon malheureux. C'est pour cela qu'il se montre parfois injuste. Mais, tu verras, en grandissant il changera. Le tout est de patienter encore un peu...

— Combien encore ? Un an ? Deux ans ? Trois ? Oh ! maman, si tu savais...

— Je sais, mon fils, je sais. Mais je... Je ne suis plus jeune et...

Comme elle laissait sa phrase inachevée, Ash la regarda vivement. Pour la première fois, il éprouva un sentiment proche de la peur en constatant qu'elle avait maigri et que ses cheveux blancs étaient beaucoup plus nombreux que les noirs. Elle paraissait aussi très lasse, et il se demanda si le travail qu'elle faisait, dans l'aile du palais dévolue à Kairi, n'était pas trop fatigant. Il en parlerait à Kairi, lui expliquerait qu'il ne fallait pas donner trop de travail à sa mère ni la tracasser. En attendant, c'était lui qui la faisait se tourmenter. S'en rendant compte, il la serra impulsivement dans ses bras en lui disant avoir parlé de départ uniquement pour la taquiner, et qu'ils resteraient au Hawa Mahal aussi longtemps qu'elle s'y trouverait heureuse.

Après cela, il prétendit que tout allait bien avec le Yuveraj, faisant de son mieux pour ne rien laisser voir quand il était triste ou démoralisé. Sévèrement chapitrée à cet égard, Kairi lui assura que le travail de Sita n'était pas bien pénible, et ajouta, après réflexion :

— Je pense que si elle se fatigue, c'est parce qu'elle est vieille. Les vieilles dames se fatiguent vite, tu sais. Dunmaya n'arrête pas de répéter : « Oh ! que je suis fatiguée, que je suis fatiguée ! »

Mais sa mère n'était pas vieille, pensa Ash. Elle n'avait pas les cheveux tout blancs, ni la peau ridée comme Dunmaya. Alors, de nouveau, il eut peur et cette peur le fit parler sèchement à Kairi. Il lui dit qu'elle était une petite écervelée et qu'il se demandait bien pourquoi il perdait son temps avec elle, ajoutant pour conclure qu'il bénissait les dieux de n'avoir pas de sœur. Sur quoi, Kairi fondit en larmes et, pour qu'elle se console, il dut permettre qu'elle lui noue autour du poignet un bout de soie floche, ce qui faisait de lui son « frère de bracelet ». Selon une très vieille coutume, une femme pouvait donner ou envoyer un bracelet à n'importe quel homme de son choix ; s'il l'acceptait, il lui devait aide et assistance en cas de besoin, comme si elle était véritablement sa sœur.

Même s'il lui arrivait d'être exaspéré par l'adoration que lui vouait Kairi, Ash n'en éprouvait pas moins une profonde affection pour elle, à quoi se mêlait un sentiment de possession, quelque chose qu'il n'avait pas ressenti depuis la mort de Tuku. Comme Tuku, elle l'aimait et le suivait partout, mais Kairi avait sur la mangouste l'avantage de parler. Et cela faisait du bien à Ash de savoir qu'il existait au moins une créature qu'il pouvait choyer et protéger sans craindre de déplaire à Lalji. Mais la prudence lui fit recommander à la fillette de ne pas trop marquer la préférence qu'elle avait pour lui :

— Je ne suis que le serviteur de ton véritable frère, alors ça pourrait lui déplaire, à lui et à ceux qui l'entourent.

Pour aussi jeune qu'elle fût, Kairi comprit très bien cela et, dès lors, elle ne lui adressa plus que rarement la parole, quand ils n'étaient pas en tête à tête ou uniquement avec Sita. Ils avaient trouvé un moyen de communiquer entre eux par le truchement d'une conversation s'adressant à une tierce personne. Et ils étaient devenus à ce jeu d'une habileté telle qu'ils arrivaient à comprendre la signification réelle d'une phrase apparemment quelconque adressée à Lalji ou quelqu'un de sa suite, voire à un animal, sans que personne soupçonnât — sauf Hira Lal, à qui jamais rien d'important n'échappait — que cette phrase pût avoir un double sens. De cette façon, ils pouvaient convenir de se retrouver à certaines heures et certains endroits pour lesquels ils avaient inventé une manière de code. Il s'agissait presque toujours de la cour de Sita ou, plus souvent encore, du Balcon de la Reine. Là, ils nourrissaient écureuils et oiseaux en discutant de ce qui se passait au palais, ou bien, silencieux, en contemplant les neiges des Pavillons lointains.

Cette année-là, Ash perdit un de ses amis car, l'automne venu, Zarin partit rejoindre ses aînés qui étaient cavaliers dans le Régiment des Guides.

— Je lui ai appris tout ce que je sais concernant le tir ou le maniement du sabre, et c'est un cavalier-né, dit Koda Dad à Ash. Il est temps pour lui de faire seul son chemin dans le monde. Combattre est un métier d'homme, et il y a toujours la guerre en quelque point de la frontière.

Koda Dad s'était employé à ce que son fils partît avec le plus beau cheval qui se pût trouver à Gulkote, car les engagements dans les Guides étaient très recherchés et c'étaient les meilleurs cavaliers, les plus fins tireurs, qui se voyaient choisir parmi tous les candidats. Zarin ne pouvait qu'être au nombre des élus et il partit avec confiance, en promettant à Ash de revenir dès sa première permission.

— Et quand tu seras grand, toi aussi tu viendras à Mardan et entreras dans les Guides, assura Zarin. Nous serons côte à côte pour les charges de cavalerie et le sac des villes. Alors, apprends bien tout ce que mon père peut t'enseigner, afin de ne pas me faire honte lorsque tu arriveras comme recrue !

Après ce départ, la vie au Hawa Mahal devınt plus morne que jamais et lorsque Zarin fit savoir de Mardan qu'il avait réussi à se faire engager dans la *rissala* (cavalerie) des Guides, Ash s'ancra dans sa décision d'imiter son ami et d'embrasser la carrière militaire. Il suivit donc assidûment les enseignements de Koda Dad, en dépit de l'hostilité marquée de Sita, laquelle avait éprouvé un grand choc en constatant que, même à Gulkote où elle se croyait tranquille à cet égard, Ashok s'était fait des amis pouvant l'amener un jour à être de nouveau en contact avec son oncle *Angrezi*. Elle était bien décidée à faire tout son possible pour éviter une telle calamité.

Voyant que la perspective d'une carrière militaire déplaisait à sa mère, Ash avait laissé tomber le sujet comme s'il ne s'agissait que d'un engouement momentané. Il y croyait Sita opposée uniquement parce que le goût lui en était venu à travers Koda Dad et Zarin, ne pouvant évidemment soupçonner l'autre raison. Mais il continua de parler de ce projet avec Koda Dad et aussi avec Kairi qui, en dépit de son âge tendre, l'écoutait toujours avec une attention admirative. Il n'avait pas besoin de lui expliquer les choses, car elle semblait les comprendre d'instinct. Mais elle ne s'y attardait pas, sauf en ce qui concernait la vallée, qui était devenue pour elle aussi réelle que pour Ash. Elle ne doutait pas de partir là-bas avec Ash et sa mère pour les aider à y construire leur maison.

Un jour, elle apporta une pièce en argent de quatre annas, comme première contribution à la future maison. Cette piécette représentait plus d'argent que Ash n'en avait eu en sa possession depuis bien longtemps et, pour lui encore plus que pour Kairi, constituait une fortune. Il vit une douzaine de choses pour lesquelles il aurait pu dépenser cette pièce ; au lieu de quoi il la cacha sous le carrelage du Balcon de la Reine, en expliquant à la fillette qu'ils augmenteraient ce pécule chaque fois qu'ils en auraient la possibilité. Cette possibilité ne se présenta jamais, car si l'on y était nourri et vêtu, l'argent était rare au Hawa Mahal, et Ash se rappelait avec nostalgie ses modestes gages du temps qu'il était garçon d'écurie chez Duni Chand. C'était humiliant pour lui de ne pouvoir même pas égaler la maigre contribution de Kairi. Car, dans ces conditions, à supposer même que le Yuveraj lui rende sa liberté et qu'il arrive à vaincre l'opposition de Sita, il serait dans l'impossibilité de rejoindre

Zarin. En effet, Koda Dad lui avait expliqué que la cavalerie des Guides fonctionnait avec le système du *Silladar,* selon lequel chaque recrue devait amener son propre cheval et avoir suffisamment d'argent pour acheter tout son équipement, cette dernière dépense lui étant remboursée à son départ de l'armée.

— Quand je serai mariée, je te donnerai tout l'argent dont tu as besoin ! disait Kairi pour le consoler, car au Zénana il était toujours question de fiançailles ou de mariages.

— A quoi ça m'avancera ? rétorquait Ash sans manifester aucune reconnaissance. Ce sera trop tard. Tu ne seras pas mariée avant des années et des années... tu es encore un bébé !

— J'aurais bientôt six ans, et Aruna dit que, à cet âge-là, on peut déjà se marier.

— Alors ils t'emmèneront, peut-être à des jours et des jours de marche d'ici. Donc, même si tu es riche, tu ne pourras pas envoyer de l'argent à Gulkote, décréta Ash résolu à ne voir les choses que de leur plus mauvais côté. D'ailleurs, il n'est pas dit que ton mari veuille te donner de l'argent.

— Allons donc ! Si j'étais Maharani, j'aurais des *crores* (millions) de roupies à dépenser, comme Janoo-Bai. Et aussi des perles, des diamants, des éléphants...

— Et un gros vieux mari acariâtre qui te battra, puis mourra, si bien que tu seras obligée de te laisser brûler vive sur son bûcher.

— *Ne dis pas ça !*

Kairi était devenue toute pâle et sa voix tremblait, car la Porte des Satî l'emplissait d'horreur à cause de la pathétique guirlande de mains, trempées dans une teinture rouge, qu'y avaient peinte les veuves et les concubines avant d'être brûlées vives avec le corps des défunts Rajahs de Gulkote. C'était la tradition ; elles s'arrêtaient là pour laisser l'empreinte de leurs mains — petites et délicates, certaines pas plus grandes que celles de Kairi — avant de poursuivre le court trajet qui les menait au bûcher funéraire. Les Britanniques avaient interdit cette barbare coutume de la *satî,* mais chacun savait qu'elle se perpétuait dans des royaumes lointains et indépendants où l'on voyait rarement des Européens. Et la moitié de la population de Gulkote pouvait se rappeler avoir vu la grand-mère de Kairi, la vieille Rani, s'immoler elle-même dans les flammes qui consumaient le corps de son mari, en compagnie de trois concubines et de dix-sept femmes du Zenana.

— Si j'étais toi, Juli, dit Ash après réflexion, je ne me marierais jamais. C'est trop dangereux

On aurait pu compter les Européens en visite à Gulkote car, bien que le royaume fît maintenant officiellement partie du territoire — administré par les Britanniques depuis la révolte des Cipayes en 1857 — son absence de routes et de ponts continuait à décourager les voyageurs. A l'automne de 1859, le Rajah, avec l'idée de prévenir ainsi toute interférence ultérieure, avait prudemment envoyé son Premier ministre et une délégation de nobles négocier un traité d'alliance avec les nouveaux dirigeants. Mais ce fut seulement au printemps 1863 que le colonel Frederick Byng, appartenant aux services politiques, fit une visite officielle au Maharajah de Gulkote, en compagnie de plusieurs secrétaires et d'une escorte de cavaliers sikhs commandée par un officier britannique.

Cette visite revêtait le plus grand intérêt pour les sujets du Rajah, qui n'avaient jusqu'alors connu d'autres Européens que le père de la *Feringhi* Rani, un aventurier russe nommé Sergei Vidvichenko, et sa métisse de fille. Ils brûlaient de savoir comment étaient ces *Sahib-log* et comment ils se comportaient, se réjouissant en outre des fêtes qui marqueraient cette visite. Et à cet égard nul ne manifestait plus de curiosité que Ash, bien que Sita eût dit désapprouver ce genre de visites, toujours intéressées, et fait de son mieux pour le dissuader d'assister aux cérémonies ou même de paraître à la Cour tant que les Européens seraient là. Toutefois il était déraisonnable de sa part d'escompter qu'il pût s'absenter ainsi de son service, alors que Lalji tiendrait certainement à avoir sa maison au complet pendant la durée de la visite.

Mais la veille de l'arrivée du colonel Byng, Ash tomba inexplicablement malade après avoir mangé un repas préparé par sa mère. Durant les jours qui suivirent, Sita dut le garder au lit près d'elle, tant il souffrait de la tête et de l'estomac. Elle le soigna avec dévouement en s'accusant amèrement de lui avoir fait manger quelque chose d'avarié. Refusant de recevoir le hakim (médecin) envoyé par Hira Lal, elle traita Ash avec des décoctions d'herbes qui avaient pour effet de l'entretenir dans une sorte de demi-sommeil. Lorsqu'il put enfin quitter le lit et se remettre à circuler, les visiteurs étaient repartis et il dut se contenter d'impressions de seconde main, que lui rapportèrent Kairi, Koda Dad et Hira Lal.

— Tu n'as pas manqué grand-chose, lui assura Hira Lal avec un sourire sardonique. Le colonel était gros et vieux, tandis que ses jeunes secrétaires semblaient dénués de cervelle, et il n'y avait que l'officier commandant l'escorte pour parler notre langue à peu près couramment. Ses Sikhs disaient de lui que c'était un *pukka* démon, ce qu'ils entendaient être un compliment. Es-tu complètement rétabli maintenant ? Kairi-Bai affirme que quelqu'un avait dû t'administrer un poison pour t'empêcher d'assister à la *tamarsha.* Mais nous lui avons répliqué qu'elle disait des bêtises, car qui se serait soucié que tu sois présent ou non durant ces fêtes ? Quoi que pense sa sotte petite sœur, notre bien-aimé Yuveraj est trop pénétré de son importance pour se préoccuper en ce moment de pareils détails !

C'était assez juste car, en sa qualité de prince héritier, Lalji avait joué un rôle de premier plan au cours des diverses cérémonies ayant marqué la visite du colonel Byng, et il avait beaucoup apprécié de se trouver ainsi en vedette. Il avait trouvé cela beaucoup plus amusant et moins fatigant que les cérémonies de son mariage ; en outre, avec le dessein d'éblouir les barbares, son père lui avait fait revêtir des habits splendides, couverts de joyaux, dans lesquels il se pavanait comme un jeune paon aux côtés du Rajah. Jamais Lalji n'avait été aussi heureux et son bonheur se traduisait de cent façons. Il avait cessé de taquiner sa petite sœur ou de tourmenter ses animaux, se montrant aimable avec tout son entourage. Seul Hira Lal prédisait que ça ne durerait pas, tous les autres membres de la maison du Yuveraj voyant dans le changement de caractère de leur jeune maître la preuve que celui-ci était devenu homme. Ils étaient aussi agréablement surpris de noter que le Rajah continuait à se plaire en la compagnie de son fils. Ils avaient cru que ce regain de faveur se terminerait avec le départ des visiteurs, mais ils devaient constater que le Yuveraj passait une grande partie de la journée avec son père, qui l'instruisait des affaires de l'État. Cela réjouissait beaucoup les ennemis de la *Nautch* — et ils étaient nombreux — car ils voyaient là un premier indice qu'elle avait perdu de son emprise sur le monarque, d'autant que le dernier enfant mis au monde par elle n'était qu'une fillette maladive. Mais la suite des événements devait montrer que, une fois de plus, ils l'avaient sous-estimée.

Se rendant compte de la situation, Janoo fit mine d'œuvrer pour une réconciliation, en travaillant à se gagner l'amitié de son beau-fils. Ça n'était pas facile, car la haineuse jalousie que le Yuveraj nourrissait à l'endroit de celle qui avait supplanté la *Feringhi* Rani et ensorcelé son père, était profondément enracinée. Toutefois, Lalji ne savait guère résister à la flatterie et la *Nautch* se mit à l'assaillir de compliments, le couvrir de cadeaux. Contrairement à ce qu'elle avait fait jusqu'alors, elle encouragea le Rajah à s'occuper de son fils aîné, tant et si bien qu'elle finit par obtenir sinon l'amitié qu'elle cherchait, du moins une trêve à l'animosité.

La Cour considéra cela d'un œil sceptique, convaincue que ce serait sans lendemain. Mais les semaines continuant de s'écouler sans que la Rani cessât d'être en bons termes avec son beau-fils, la situation perdit de sa nouveauté au point de paraître quasi normale. Le Rajah en était ravi et la majeure partie de la maison du Yuveraj partageait sa joie, à l'exception de la vieille Dunmaya, que rien ne pouvait amener à faire confiance à la *Nautch,* et de Hira Lal qui, pour une fois, était d'accord avec elle, déclarant avec son sardonisme habituel :

— Il ne faut jamais se fier à un serpent ni à une putain.

Ash bénéficia aussi du changement d'atmosphère, Lalji tenant à faire oublier sa méchanceté à l'égard du garçon qui, après tout, lui avait sauvé la vie. Toutefois, il était maintenant convaincu que la chute de la pierre avait été accidentelle et que sa belle-mère n'y était pour rien. Un certain temps, il sembla même que Ash était redevenu le compagnon et le confident du Yuveraj. Mais cela ne dura pas. Sans qu'il eût conscience d'avoir fait quoi que ce soit de mal et sans pouvoir s'expliquer ce revirement, Ash vit Lalji lui marquer de nouveau une hostilité grandissante. Un bijou égaré, un rideau déchiré, un perroquet malade, il n'était pas de menu incident qui ne fût imputé à Ash en entraînant une punition.

— Mais pourquoi *moi ?* s'exclamait Ash qui, comme toujours en pareil cas, était venu se confier à Koda Dad. Qu'ai-je fait ? Ce n'est pas juste ! Pourquoi me traite-t-il ainsi ? Qu'est-ce qui lui prend ?

— Allah seul le sait, répondit Koda Dad avec un haussement d'épaules. Peut-être que l'un de ses familiers, jaloux de ton regain de faveur, lui aura chuchoté quelque mensonge contre toi. Il en est plusieurs qui ne t'aiment pas, à commencer par *Bichchhu.*

— Oh ! pour ça, Biju Ram m'a toujours détesté, sans que je sache pourquoi, car je ne lui ai jamais rien fait et je ne me suis jamais mis en travers de sa route.

— De ça, je ne suis pas tellement sûr, dit Koda Dad.

Et comme Ash l'interrogeait du regard, il précisa :

— Ne t'est-il jamais venu à l'idée que Biju Ram pouvait être à la solde de la Rani ?

— *Biju ?* Mais... mais ça n'est pas possible ! balbutia Ash sidéré. Il ne peut pas... Lalji le tient en grande estime et le couvre de cadeaux... Il ne risquerait pas...

— Et pourquoi donc ? N'est-ce pas le Yuveraj lui-même qui l'a surnommé *Bichchhu,* et non sans raison ? J'ai entendu chuchoter dans certains quartiers de la ville, voire ici-même, au Hawa Mahal, que

Biju était une créature de la Rani et qu'elle le payait grassement. Si c'est exact — et j'ai lieu de le croire — alors Biju et la *Nautch* auraient toutes les raisons de t'en vouloir...

— Oui... dit Ash d'une voix presque inaudible tant il avait l'impression que le sol se dérobait sous ses pieds. Pauvre Lalji...

— Pauvre Lalji, en effet, opina Koda Dad. Ne t'ai-je pas dit et répété qu'il ne fait pas bon être un des grands de ce monde ?

— Oui, mais il semblait tellement plus heureux depuis quelque temps. Et plus gentil aussi, non seulement envers moi mais avec tout le monde. Et soudain je semble être le seul à qui il témoigne de la méchanceté, et toujours pour des choses que je n'ai pas faites. Ce n'est pas juste, Koda Dad, ce n'est pas *juste !*

— Jeunes ou vieux, les hommes ne sont pas justes, Ash. Tu devrais t'en être aperçu à ton âge... Qu'en pense Hira Lal ?

Mais Hira Lal s'était contenté de taquiner sa perle en déclarant :

— Je t'avais dit que ça ne durerait pas.

Et il s'était refusé à ajouter quoi que ce fût à ce commentaire.

Quelques jours plus tard, Ash fut accusé d'avoir abîmé l'arc préféré de Lalji, qui s'était rompu en plein tir. Ash affirma n'y avoir pas touché, mais on ne voulut pas l'écouter et il fut battu. Après cela, il sollicita du Yuveraj la permission de quitter son service et le Hawa Mahal. Non seulement cette permission lui fut refusée, mais on l'informa que désormais il ne devrait sous aucun prétexte sortir de la forteresse. Autrement dit, il ne pourrait plus accompagner Lalji ou le Rajah lorsqu'ils iraient chasser, ni aller en ville avec Koda Dad ou qui que ce fût. Le Hawa Mahal était véritablement devenu la prison dont il avait eu l'impression la première fois qu'il y était entré.

Avec le retour du froid, Sita prit mal et se mit à tousser. Cela n'était pas nouveau et lui était déjà arrivé. Mais cette fois, la toux persista. Sita refusa néanmoins de voir le hakim, assurant à Ash que ce n'était rien, que ça passerait quand les vents de l'hiver auraient chassé l'humidité de la mousson. Pourtant l'air était déjà redevenu vif et sec, avec une senteur de résine mêlée à celle de la neige.

On reçut des nouvelles de Zarin, mais elles n'étaient pas bonnes. Les Guides avaient livré des combats contre une des tribus frontalières et son frère Afzal, le second fils de Koda Dad, avait été tué.

— C'est la volonté d'Allah, dit Koda Dad. Ce qui est écrit est écrit. Mais c'était le préféré de sa mère...

Un triste automne pour Ash, et qui eût été encore plus triste s'il n'avait eu Kairi-Bai.

Trois ans, c'est beaucoup dans une vie d'enfant, et Ash avait presque oublié les gâteaux empoisonnés qui avaient été déposés dans le jardin de Lalji, lorsque, brusquement, quelque chose du même genre lui remémora l'incident.

Une boîte de dattes fourrées, dont Lalji était particulièrement friand, se trouvait dans le pavillon proche du bassin aux nénuphars, et le Yuveraj s'en empara aussitôt, pensant qu'elle avait été laissée là par un de ses suivants. Mais, dans le même temps, Ash revit comme en un éclair la carpe flottant, ventre en l'air, parmi les nénuphars et, bondissant, il arracha la boîte des mains du prince.

Il avait réagi instinctivement et lorsque le Yuveraj, furieux, lui demanda une explication de son geste, Ash se trouva pris au piège. Comme il n'avait jamais soufflé mot à personne des fameux gâteaux, il ne pouvait en parler maintenant sans qu'on l'accusât de mentir ou d'avoir dissimulé qu'on avait attenté à la vie du Yuveraj. Il se réfugia dans le mensonge, disant que ces dattes étaient à lui, mais impropres à la consommation parce qu'ayant été touchées par un balayeur, — homme de la plus basse caste — et qu'il les avait apportées là pour les donner aux pigeons. Lalji eut un recul horrifié et Ash fut puni pour avoir apporté un objet impur dans le jardin. Toutefois sa mémoire ne l'avait pas trompé car, dans la soirée, il jeta une des dattes à un corbeau qui mourut aussitôt. Mais, s'étant tu jusqu'alors, il n'osa en parler à quiconque.

La semaine suivante, ce fut un cobra qu'on découvrit dans la chambre de Lalji. Nul ne sut comment le reptile était arrivé jusque-là, mais le sentiment général fut qu'il avait dû se faufiler par le tuyau d'écoulement de la salle de bains, et seule Dunmaya vit dans cet incident un attentat contre son tant aimé.

— C'est une vieille folle, dit Sita, lorsque Ash lui rapporta la chose. Qui oserait toucher un cobra vivant et le transporter à travers tout le palais ? Et qui, à Gulkote, pourrait vouloir du mal au Yuveraj ? Pas la Rani : tout le monde sait qu'elle déborde maintenant d'affection pour lui, comme s'il était son propre fils.

Ash resta silencieux, ne lui soufflant mot ni des gâteaux ni des dattes empoisonnés, pas plus que de ce que Koda Dad lui avait dit à propos de la Rani et de Biju Ram, car ça n'aurait pu que l'effrayer. Mais très vite il ne fut plus possible de lui cacher tout cela, à cause de quelque chose découvert par Kairi-Bai et qui allait changer leurs vies aussi totalement que l'avait fait le choléra en ce terrible printemps ayant vu mourir Hilary et Akbar Khan.

Trois jours après l'incident, la petite princesse survint dans les appartements du Yuveraj et s'arrangea pour alerter Ash par un signal convenu, dont ils ne devaient user qu'en cas d'extrême urgence. Ash s'éclipsa donc à la première occasion pour gagner le Balcon de la Reine, où Kairi-Bai l'attendait, très pâle, le visage ruisselant de larmes.

— Tu sais, je n'avais pas l'intention d'écouter, mais j'ai eu peur qu'elle se mette en colère si elle me découvrait dans son jardin... Mian Mittau s'y était enfui et il me fallait le rattraper... Alors quand je l'ai entendue venir, je me suis cachée dans les buissons... Et je n'ai pas perdu un mot de ce qu'elle a dit... Oh ! Ash, elle est mauvaise, *mauvaise !* Elle veut tuer Lalji ! Elle est furieuse après toi à cause du cobra et de je ne sais quelles dattes. Elle dit que ça prouve que tu en sais trop, et qu'il faut te tuer, peu importe comment car ça n'aura plus d'importance quand les corbeaux et les vautours en auront fini avec toi... Elle leur a dit de te jeter ensuite par-dessus le petit mur, pour qu'on croie que tu étais monté dessus et tombé dans le vide. Ils veulent te tuer, Ashok ! Oh ! qu'allons-nous faire, qu'allons-nous faire ?

Kairi se jeta contre lui en sanglotant et l'entourant de ses bras. Il la berça machinalement tandis que mille pensées se heurtaient dans sa tête. Il était certain qu'elle disait vrai... Jamais Juli n'aurait inventé une telle histoire et le détail des dattes le confirmait. Janoo-Rani avait toujours cherché à supprimer Lalji pour que son fils devienne le prince héritier, et elle avait eu conscience que trois fois au moins — quatre, si elle savait aussi que c'était lui qui avait découvert et jeté les gâteaux — Ash avait fait échouer ses tentatives. Elle voulait donc le tuer et son meurtre présentait moins de difficulté que celui de Lalji, car qui se soucierait du fils d'une servante ?

Ash regretta amèrement de n'avoir pas montré à Lalji, des années auparavant, l'effet que les gâteaux avaient eu sur la carpe et, récemment, de quelle façon foudroyante les dattes avaient tué le corbeau. A présent, il n'avait aucune preuve. Mais en aurait-il eu que Lalji ne l'aurait pas cru, tant il était désormais convaincu que la Rani l'adorait. De toute façon, Ash ne pouvait établir que la Rani était à l'origine de ces attentats. Il ne pouvait même pas faire état de ce qu'avait entendu Kairi-Bai, car le Yuveraj dirait que c'était une enfant et qu'elle avait inventé tout cela pour se rendre intéressante. Mais sûre alors de son fait, la Rani pourrait tuer également Juli et peut-être Sita aussi pour ne pas courir le risque qu'elle pose trop de questions s'ils réussissaient dans leur projet contre lui...

Frissonnant, Ash desserra son étreinte autour de Juli et dit brusquement :

— Partons... Bientôt, il va faire trop noir pour y voir... et peut-être nous cherche-t-on.

Mais il ne put se résoudre à quitter le balcon avant que les neiges eussent viré du rose au violet, et que la plus haute tente du Camp des Dieux — *Tarakalas,* la Tour Étoilée — restât seule à recevoir les derniers rayons du soleil couchant.

Ash n'avait pas eu le temps d'apporter un peu de riz en offrande, mais Kairi avait à l'un de ses poignets un petit bracelet de fleurettes. Le lui prenant, il dispersa les fleurs sur le bord du balcon, en espérant que le Dur Khaima comprendrait que l'urgence du rendez-vous ne lui avait pas donné le loisir de faire une offrande personnelle.

— Viens à mon secours ! implora Ash en regardant son dieu personnel. Oh ! je t'en prie, viens à mon secours ! Je ne veux pas mourir...

Prenant force, le vent du crépuscule emporta les corolles éparses, et Ash eut le sentiment que le Dur Khaima avait accepté l'offrande.

Sita s'occupait de préparer le repas du soir. Lui laissant Kairi, Ash regagna en hâte les appartements du Yuveraj, à travers un dédale de couloirs et de cours qui occupaient bien un tiers du palais. Ce lui fut un grand soulagement de constater que son absence n'avait pas été remarquée, Lalji étant tout occupé par des pièces d'échecs ornées de pierreries, cadeau de la Rani, qui l'avaient incité à entamer aussitôt une partie avec Biju Ram.

Une demi-douzaine de courtisans entouraient les joueurs et applaudissaient chaque déplacement de pièce exécuté par leur jeune maître. A l'extrémité opposée de la vaste pièce, assis jambes croisées sous une lampe, Hira Lal lisait, sans leur prêter aucune attention. S'approchant de lui sur la pointe des pieds, Ash demanda dans un murmure à l'entretenir en privé. Le regard las de Hira Lal se porta un bref instant vers le visage du jeune garçon, avant de s'abaisser à nouveau sur le livre.

— Non, parle-moi ici, dit-il posément et d'une voix qui ne portait pas. Si c'est important, mieux vaut ne pas quitter la pièce, car quelqu'un pourrait nous suivre pour écouter ce que tu ne veux pas faire savoir. Tourne-leur simplement le dos, afin qu'ils ne voient pas ton visage, et parle sur le même ton que moi. Ils n'imagineront jamais que tu m'entretiendrais aussi ouvertement de quelque chose de secret, et tu pourras ainsi me dire tout ce que tu veux.

Ash obéit. Il avait besoin d'être conseillé et, de toute la maison du Yuveraj, Hira Lal était le seul à lui témoigner de l'amitié. Le jeune garçon ignorait combien de ceux qui entouraient Lalji étaient à la solde de la Rani, mais il était sûr que Hira Lal n'était pas du nombre. Il le sentait d'instinct et son instinct ne le trompait pas. L'écuyer l'écouta sans faire de commentaire, en jouant avec son pendant d'oreille, tandis que son regard se perdait du côté des joueurs, de façon à leur donner l'impression qu'il écoutait Ash distraitement. Mais quand le jeune garçon eut terminé, il lui dit :

— Tu as bien fait de me mettre au courant. Je vais prendre des mesures afin que tu ne coures aucun risque cette nuit. Mais la Rani est une femme dangereuse et elle peut dépenser sans compter pour arriver à ses fins. Il va donc falloir que ta mère et toi quittiez Gulkote. C'est la seule issue.

— Je ne le pourrai pas... dit Ash d'une voix brisée. Jamais le Yuveraj n'acceptera de me rendre ma liberté et les gardes ne me laisseront pas franchir la porte...

— Tu n'auras rien à demander à Lalji, et pour ce qui est de la porte, nous chercherons un autre moyen. Demain, tu iras voir le Maître des Chevaux et tu lui répéteras ce que tu m'as dit Koda Dad est un homme plein d'expérience doublé d'un sage : il trouvera sûrement un remède. Ceci dit, notre entretien a suffisamment duré . cela fait la deuxième fois que Biju Ram regarde de notre côté.

Hira Lal bâilla de façon expressive, referma bruyamment son livre et se leva en disant, d'une voix qui portait :

— Les chevaux, oui, à la rigueur, mais pas les faucons. T'imagines-tu m'intéresser avec ces créatures qui mordent et sentent mauvais, outre qu'elles sèment partout leurs plumes et leurs puces ? A ton âge, mon garçon, tu ferais mieux d'étudier l'œuvre des poètes. Cela enrichirait ton esprit... si tant est que tu en aies un !

Jetant le livre à Ash, il s'en fut rejoindre le groupe qui entourait les joueurs d'échecs. Mais il tint parole. Cette nuit-là, un garde du corps personnel du Rajah partagea avec Ash l'antichambre où dormait ce dernier, sa présence s'expliquant par le fait que le monarque se scandalisait du manque de surveillance qui avait laissé un cobra s'introduire dans la chambre de son fils.

Il n'y eut aucune alerte durant la nuit ; néanmoins Ash dormit mal et dès qu'il put s'échapper, le lendemain matin, il s'en fut voir Koda Dad Khan. Mais Hira Lal l'avait précédé aux écuries.

— Tout est arrangé ! lui annonça Koda Dad en levant la main avant même qu'Ash eût pu commencer de le mettre au courant. Nous sommes tombés d'accord que tu dois partir ce soir, et comme tu ne peux le faire par la porte, il te faudra descendre le long du mur. Pour cela, il nous suffit d'une longue corde et ça n'est pas ce qui manque aux écuries. C'est ensuite que ce sera difficile, car tu devras poursuivre la descente en empruntant des sentiers de chèvre, ce qui n'est déjà pas facile en plein jour et le sera encore moins dans l'obscurité. Encore heureux que nous soyons en période de pleine lune.

— Mais... mais ma mère ? balbutia Ash. Elle n'a pas de force et elle ne pourra pas...

— Non, non, bien sûr. Elle partira donc par la porte, puisqu'elle ne fait l'objet d'aucun interdit. Elle n'aura qu'à prétendre avoir besoin de s'acheter des choses au marché et vouloir en profiter pour passer une nuit ou deux chez une vieille amie. Lorsqu'elle sera partie, tu feindras d'être malade afin de ne pas coucher cette nuit dans les appartements du Yuveraj. Si tu tousses un peu en disant avoir mal à la gorge, il acceptera tout de suite que tu ailles dormir ailleurs, tant il craint la contagion. Alors, dès que le palais sera endormi, je te descendrai moi-même au bout de la corde ; après quoi, tu fileras au plus vite. Ta mère sait-elle monter à cheval ?

— Je l'ignore. Je ne le pense pas. Jamais je ne...

— Aucune importance. A vous deux, vous ne pesez sûrement pas plus qu'un homme adulte et elle n'aura donc qu'à monter en croupe derrière toi. Hira Lal s'arrangera pour qu'un cheval t'attende au milieu des arbres qui sont près du tombeau de Lal Beg, hors les murs. Tu connais l'endroit. Les portes de la ville étant fermées à la tombée de la nuit, tu ne pourras y entrer. Il faudra donc que ta mère en sorte durant l'après-midi : au milieu de toutes les allées et venues, personne ne la remarquera. Dis-lui d'emporter des provisions ainsi que des vêtements chauds : l'hiver approche et les nuits sont froides. Quand vous serez tous deux sur le cheval, file aussi vite que possible vers le nord, car ils seront persuadés que tu t'en es allé vers le sud, où le climat est plus clément et où les récoltes sont abondantes. Avec un peu de chance, ils ne se mettront pas à ta recherche avant au moins un jour entier, car le Yuveraj commencera par penser que tu es malade et lorsqu'il s'apercevra de ta disparition, tu seras déjà loin. Mais, beaucoup plus que lui, c'est la Rani qu'il te faut craindre. Comprenant pourquoi tu t'es enfui, elle n'en souhaitera que plus ardemment ta mort... par crainte de ce que tu sais et peux dire. La *Nautch* est une ennemie aussi dangereuse qu'implacable. Ne l'oublie jamais !

Très pâle, Ash dit d'une voix rauque

— Mais Juli aussi... Kairi-Bai aussi est au courant. Si la Rani découvre que c'est elle qui m'a averti, elle la fera tuer. Il faut donc que je l'emmène également avec moi.

— *Chup!* (Tais-toi) répliqua Koda Dad avec colère. Tu parles comme un enfant, Ashok. Or, maintenant, tu dois t'efforcer de penser et d'agir en homme. Il te suffit de dire à Kairi-Bai de se taire et jamais la *Nautch* n'aura même l'idée de la suspecter, car cette enfant va partout comme un moineau, sans que personne lui prête attention. Mais si tu t'enfuyais avec la fille du Rajah, crois-tu qu'il souffrirait un tel affront? Il te pourchasserait sans répit et il n'y aurait dans toute l'Inde pas un seul homme qui ne trouve sa cause juste et ne lui prête assistance. Alors, ne dis plus de telles sottises!

— Excuse-moi, balbutia Ash, rougissant et contrit. Je n'avais pas réfléchi.

— Et cela a toujours été ton principal défaut, mon fils, grommela Koda Dad. Tu agis d'abord et tu réfléchis ensuite : combien de fois ne t'en ai-je pas fait le reproche? Bon, maintenant, réfléchis et dis-moi s'il existe un endroit sûr où l'on puisse te descendre le long du mur? Il faut que ce soit du côté nord, parce qu'il y a là des rochers et des buissons entre lesquels tu pourras te dissimuler en suivant les sentiers de chèvre. Le problème est que, de ce côté-là, je ne connais aucun endroit où tu ne risques d'être vu d'une fenêtre ou de...

— Moi si, j'en connais un! dit Ash. Un balcon...

Ainsi, la dernière fois que Ash alla au Balcon de la Reine fut aussi la première où il s'y rendit de nuit. Suspendu à la corde que tenaient Koda Dad Khan et Hira Lal, il descendit le long du mur d'enceinte pendant une douzaine de mètres avant de prendre pied parmi les éboulis. Le clair de lune y découpait l'ombre des buissons et permettait de distinguer les sentiers de chèvre zigzaguant abruptement vers l'étendue laiteuse du plateau.

Dans l'après-midi, après le départ de Sita, Ash avait fait ses adieux à Kairi et il ne comptait plus la revoir. Mais elle l'attendait sur le Balcon de la Reine, pareille à un petit oiseau perdu.

— Elles ne savent pas que je suis ici! expliqua-t-elle en hâte afin de prévenir toute remontrance. Elles me croient endormie. J'ai mis des coussins dans mon lit pour le cas où elles y jetteraient un coup d'œil, mais elles ronflaient toutes les deux et il n'y a aucun risque qu'elles m'aient entendue partir. Je voulais te faire un présent, parce que tu es mon frère de bracelet et que tu t'en vas. Tiens, prends ça, Ashok... pour te porter bonheur!

Sur la paume de sa main, le clair de lune fit briller un morceau de nacre façonné à l'image d'un poisson. Ash savait que c'était le seul bijou qu'elle possédât, son plus cher trésor. Vu sous cet angle, il ne recevrait peut-être jamais un cadeau qui pût surpasser celui-ci ; aussi hésitait-il à l'accepter.

— Oh ! Juli, il ne faut pas... Je n'ai rien à te donner en retour... Je ne possède rien, *rien !* conclut-il avec amertume.

— Eh bien, maintenant, tu auras le poisson.

— Oui, j'aurai le poisson...

Ash s'aperçut qu'il ne distinguait plus bien le bijou parce qu'il avait les larmes aux yeux. Mais un homme ne pleure pas. Une soudaine inspiration lui fit casser en deux le morceau de nacre, dans le sens de la longueur, et il en rendit la moitié à la fillette :

— Tiens... comme ça, nous aurons chacun notre porte-bonheur. Et un jour, quand je reviendrai, nous joindrons les deux morceaux pour...

— Assez, intervint Koda Dad avec brusquerie. Retourne te coucher, Kairi-Bai. Si l'on s'apercevait que tu as disparu et donnait l'alarme, tout serait perdu. Et il faut que Ash parte sans plus tarder, car il a un long chemin à faire avant que la lune ne disparaisse. Allez, dis-lui au revoir, et va-t'en vite.

Ash embrassa le petit visage ruisselant de larmes :

— Ne pleure pas, Juli. Je reviendrai un jour. Je te le promets.

Il la serra dans ses bras et la poussa vers Hira Lal, qui se tenait silencieux dans l'ombre :

— Tu veilleras à ce qu'elle rentre sans risque, Hira Lal ? Il ne faut pas que ses femmes sachent qu'elle est sortie cette nuit, car la Rani en aurait vent, et quand on découvrirait ensuite que je me suis enfui...

— Oui, oui, mon garçon, je sais. J'y veillerai. Maintenant, pars !

Lorsque Hira Lal bougea, le clair de lune fit luire sa perle noire comme une opale ou une larme tombée et, en s'efforçant de ne pas pleurer lui-même, Ash se demanda s'il lui serait jamais donné de la revoir...

— Dépêche-toi, mon garçon ! le pressa Hira Lal. Il se fait tard et tu n'as pas de temps à perdre. Va... Que les dieux t'accompagnent ! *Namaste.*

— J'ai fait une boucle, mets-y ton pied et cramponne-toi bien à la corde, lui dit Koda Dad. Quand tu arriveras en bas, ne la lâche pas avant de t'assurer que ton pied est bien d'aplomb par terre Ensuite, ce ne sera pas facile mais, si tu avances lentement afin de ne pas glisser, je crois que tu t'en tireras sans trop de mal. Fasse le Tout-Puissant que ta mère et toi arriviez à bon port, dans un endroit où vous ne couriez plus aucun danger Ne nous oublie pas... Adieu, mon fils. *Khuda Hafiz !* (Que Dieu te protège !)

Koda Dad l'embrassa. Ash s'inclina pour lui toucher les pieds d'une main tremblante, puis il se détourna vivement sous prétexte d'ajuster son lourd ballot de vêtements afin que Koda Dad ne vît pas les larmes dans ses yeux. Il entendait Kairi sangloter désespérément et, comme il regardait au-dessous de lui, il sentit le vertige lui nouer l'estomac.

— Ne regarde pas en bas, mais vers le haut ! lui recommanda Koda Dad.

Détournant les yeux du gouffre qui béait à ses pieds, Ash vit, par-dessus l'étendue de la nuit, les Pavillons lointains dont tous les pics luisaient sereinement dans le ciel tranquille. C'est en gardant son regard rivé sur eux qu'il mit son pied dans la boucle et, empoignant la corde à deux mains, il se laissa descendre le long du mur, se balançant et tournoyant tandis que, dans un murmure entrecoupé de sanglots que le silence nocturne lui rendait perceptible, il entendait Kairi dire :

— Au revoir, Ashok. Au revoir... Tu reviendras, n'est-ce pas ? *Khuda Hafiz... Khuda Hafiz... Jeete Raho... Jeete Raho !*[1]

Enfin ses pieds touchèrent les rochers au bas du mur. Quand il se sentit d'aplomb, il lâcha la corde qui se mit à remonter rapidement. Pour la dernière fois, il eut un geste d'adieu vers les trois amis qui le regardaient là-haut, puis entre les rochers et les buissons épineux il se mit à chercher le sentier à peine esquissé qu'il avait repéré depuis le balcon durant l'après-midi.

1 Bénédiction hindoue, littéralement : « Vis longtemps. »

6

Pas plus que Hira Lal, Sita ne lui avait fait faux bond. Près d'un robuste cheval, elle le guettait anxieusement dans l'ombre, serrant contre elle le lourd baluchon contenant les vêtements et les provisions qu'elle avait achetés dans l'après-midi au marché, en prévision de leur voyage. Un homme tenait la bride du cheval, un inconnu qui ne donna pas son nom mais remit à Ash un petit paquet, en précisant que c'était de la part de Hira Lal.

— Il a dit que tu aurais besoin d'argent et que cela t'aiderait. Cette jument est meilleure bête qu'elle ne le paraît, ajouta-t-il. Elle est capable de couvrir une très longue distance dans sa journée et tu peux la garder au trot pendant deux ou trois heures d'affilée, car elle tirait un *ghari* et ne se fatigue pas vite. Ta meilleure route, c'est par là...

Il pointa un doigt osseux, à l'aide duquel il esquissa ensuite un plan dans la poussière baignée par le clair de lune :

— Commc ça... Il n'y a pas de pont sur la rivière et le grand bac serait trop dangereux... Mais il en existe un petit par là... plus au sud... qui n'est utilisé que par quelques paysans. Néanmoins, même lorsque tu auras passé la rivière, sois prudent, car Hira Lal dit que la Rani est capable de te pourchasser au-delà des frontières de Gulkote. Que les dieux te protègent !

Non seulement Ash avait le sens de l'orientation, mais la chance voulut aussi que, naguère, il fût venu souvent chasser par là avec le Rajah, Lalji ou Koda Dad ; sans quoi, il se serait plusieurs fois perdu au cours de la nuit qui suivit. Mais quand le soleil se leva, il reconnut un cercle de rochers au flanc d'une colline d'où, un jour, il avait vu le Rajah abattre un léopard, et il sut qu'il était sur le bon chemin.

Le drame et la surexcitation de la veille avaient épuisé Sita ; aussi dormait-elle profondément, la tête contre l'épaule de Ash, attachée à lui par un turban déroulé afin qu'elle ne risque pas de tomber. Quand le soleil l'éveilla enfin, ils pouvaient apercevoir la rivière à l'extrémité d'une vallée encaissée entre deux collines. Sita insista pour qu'ils mangent avant d'aller au bac, car s'ils s'y présentaient de trop bonne heure cela risquait de susciter la curiosité.

— Et comme on ne tardera pas à venir s'informer des gens qui sont passés par là, nous allons t'habiller en femme, mon fils. Car ceux qui seront à notre recherche, demanderont après une femme et un jeune garçon marchant à pied, pas après deux femmes montées sur un cheval.

Drapé dans un sari de Sita et arborant quelques modestes bijoux de cuivre, Ash pouvait très bien passer pour une femme. Sita lui recommanda de garder les yeux baissés, avec le sari bien tiré sur le front afin de cacher le visage, et de lui laisser le soin de parler. La seule difficulté vint du cheval, lequel ne tenait aucunement à monter dans la barque à fond plat, seul moyen de traverser la rivière. Le passeur commença par demander une somme exorbitante pour le prendre à son bord. Bien que le paquet envoyé par Hira Lal se fût révélé contenir cinq roupies en monnaie de cuivre et d'argent, Sita ne voulait pas gaspiller cet argent et encore moins laisser voir qu'elle possédait une telle fortune. Elle marchanda donc âprement avec l'homme jusqu'à ce qu'ils tombent d'accord; puis, avec force encouragements, on fit monter le cheval à bord.

— Maintenant, nous sommes en sécurité! dit alors Sita en regardant la rive opposée. Ash, lui, se rappelant les paroles de Koda Dad et de l'homme qui lui avait amené le cheval, estima qu'ils avaient seulement gagné la première manche. Il avait dormi moins de trois heures depuis que Kairi lui avait rapporté ce qu'elle avait entendu dire par la Rani. Il n'avait que onze ans et il était très fatigué.

Les nuits devinrent plus froides à mesure qu'ils progressaient vers le nord, et la toux de Sita sembla s'être aggravée. Mais peut-être cela tenait-il simplement au fait que, se trouvant à présent constamment avec elle, Ash l'entendait tousser plus souvent. Selon les recommandations de Hira Lal, il avait vendu le cheval aussitôt après avoir passé la frontière de Gulkote; en voyageant à pied ils risquaient moins de se faire remarquer. Mais il ne tarda pas à le regretter, car Sita ne pouvait couvrir que peu de chemin dans sa journée, et parfois ils devaient s'arrêter avant même d'avoir franchi un mille.

Quand les jours s'ajoutèrent aux jours sans que rien indiquât qu'on fût sur leurs traces, Sita devint moins inquiète et Ash se détendit aussi en faisant des projets. Il allait devoir trouver du travail et une hutte pour y vivre. Le plus tôt serait le mieux, car même au milieu de la journée l'air devenait vif et, au nord, il y avait de la neige sur les collines. Ils avaient mis maintenant une assez longue distance entre Gulkote et eux, et la Rani devait se rendre compte que Ash ne lui faisait plus courir grand risque. Car, à supposer même qu'il racontât ce qu'il savait, qui prêterait suffisamment crédit aux racontars d'un jeune vagabond pour s'occuper des affaires d'un petit royaume aussi lointain ?

Ash avait non seulement sous-estimé les émissaires de la Rani, mais il n'avait pas compris la véritable raison la poussant à souhaiter sa mort.

A l'heureuse époque de l'indépendance, Janoo-Rani se fût contentée de savoir que Ashok avait fui le royaume. Mais ce temps-là était révolu ; maintenant les *Angrezis* étaient tout-puissants pour faire et défaire les rois. Janoo-Rani continuait à souhaiter voir son fils monter sur le trône et pour cela, il lui fallait commencer par supprimer son beau-fils. Le fait que plusieurs tentatives en ce sens eussent déjà échoué ne la tracassait pas outre mesure : il existait d'autres moyens et elle finirait bien par arriver à ses fins. Mais il était extrêmement important que nul, en dehors de ses plus proches complices, ne se doutât de rien, et Janoo avait été furieuse de découvrir que l'un des serviteurs de Lalji — probablement un espion à la solde du Yuveraj — avait eu vent de quelque chose. Enfin, cela pouvait s'arranger en lui réglant son compte avant qu'il ait pu aller raconter ce qu'il savait au Rajah, lequel, malheureusement, s'était pris de sympathie pour lui et risquait de le croire. La Rani avait donc donné des ordres en conséquence, mais avant qu'ils aient pu être exécutés, le garçon s'était enfui avec sa mère. Aussi, Janoo-Rani était-elle maintenant furieuse et très inquiète.

Furieux également, Lalji avait commandé qu'on aille à la recherche d'Ashok et qu'on le lui ramène sous bonne garde. Mais quand ses émissaires étaient revenus bredouilles, il s'était vite désintéressé de l'affaire, déclarant que, tout compte fait, c'était un bon débarras. Janoo eût été encline à partager ce point de vue, s'il n'y avait eu les Britanniques. Mais elle se rappelait la visite du colonel Frederick Byng, que son époux avait été contraint de recevoir avec tous les honneurs, et elle avait entendu raconter des histoires de princes déposés par le Vice-Roi pour avoir assassiné des parents ou des rivaux. Si Ashok apprenait un jour que le prince héritier de Gulkote avait trouvé la mort dans un accident, il était capable d'aller raconter certaines choses aux autorités britanniques, à la suite de quoi il y aurait peut-être une enquête, dont les dieux seuls savaient ce qui pourrait résulter. Il fallait donc absolument supprimer ce garçon : tant qu'il serait en vie, il constituerait un danger pour elle et un obstacle pour l'accession de son fils au trône.

— Il faut à tout prix les retrouver, lui et sa mère, car il l'a certainement mise au courant, expliqua-t-elle à Biju Ram. Tant qu'ils ne seront pas morts, nous ne pourrons rien entreprendre contre le Yuveraj...

Ash avait trouvé à s'employer chez un forgeron, dans un village proche de la grande route des caravanes, et il disposait pour se loger avec Sita d'un appentis situé derrière la forge. Il était certainement plus heureux maintenant que lorsqu'il était au service de Lalji et il voyait son labeur se matérialiser au moins en quelques pièces, ce qui ne s'était jamais produit au Palais des Vents. Il se sentait enfin un homme et, bien que n'ayant pas renoncé à ses grands projets d'avenir, il fût volontiers resté là un an ou deux. Mais, peu après le début de la nouvelle année, deux hommes arrivèrent au village qui dirent rechercher une femme de la montagne et un garçon, un garçon aux yeux gris qui, ajoutaient-ils, était peut-être déguisé en femme. Ils déclarèrent être à leur recherche à cause d'un vol de bijoux commis au détriment du Rajah de Gulkote. Il y avait une récompense de cinq cents roupies pour qui permettrait leur capture, et de cinquante pour toute information susceptible de les faire retrouver.

Ces hommes étaient arrivés tard dans la soirée et la chance voulut qu'ils demandent asile dans la maison du *tehsildar,* dont le jeune fils s'était lié d'amitié avec Ash. Ce garçon entendit la conversation des voyageurs avec son père. Comme il n'y avait pas d'autre couple répondant au signalement donné, il courut dans les ténèbres réveiller Ash. Une demi-heure plus tard, Sita et lui se dirigeaient à travers champs vers la grande route où Ash espérait trouver une charrette pour les prendre en charge, Sita étant visiblement incapable d'aller ni bien vite ni bien loin à pied. Le ciel était avec eux, car un charitable conducteur de *tonga* les transporta pendant plus de cinq milles, jusqu'aux abords de la petite ville où il se rendait. Là, ils poursuivirent leur chemin à travers la campagne.

— Allons de nouveau vers le nord, vers les montagnes, supplia Sita. Là-bas, les routes sont peu nombreuses et il y a quantité d'endroits où se cacher. Comment veux-tu que nous nous cachions dans ces plaines où il y a cent chemins menant à chaque ville?

Ils n'avaient plus d'argent maintenant pour payer leur transport sur quelque tonga ou char à bœufs, ni guère de vivres. Faute d'argent, ils couchèrent sous des arbres en pleine campagne, jusqu'au jour où Sita ne put faire un pas de plus...

Ce matin-là, ils n'avaient eu à se partager qu'une poignée de riz desséché, que Ash avait écrasé entre deux pierres avant de le mélanger à de l'eau pour en faire une pâte Mais Sita n'avait pu l'avaler et lorsqu'il s'était agi de repartir, leur actuel refuge étant trop précaire, elle avait secoué la tête :

— Je ne peux pas, *piara*... Je suis trop fatiguée... trop fatiguée...

— Je le sais, mère. Mais nous ne pouvons rester ici, c'est trop dangereux. Je ne te l'ai pas dit, mais, hier, dans le *serai* où nous nous sommes arrêtés un moment, j'ai vu quelqu'un que je connais. Un homme de Gulkote. C'est pour cela que je t'ai pressée de repartir. Nous allons marcher le long de la rivière jusqu'à ce que nous trouvions un gué ou un passeur qui nous permette d'atteindre l'autre rive. Là, nous nous reposerons. Appuie-toi sur moi, mère chérie, nous n'aurons pas beaucoup à marcher...

— Ça m'est impossible, *piara*. Pars tout seul. Sans moi, tu avanceras plus vite et seras aussi plus en sécurité, car ce qu'ils recherchent, c'est une femme et un garçon voyageant ensemble. Il y a longtemps que j'aurais dû me séparer de toi, je le sais, mais je n'en avais pas le courage.

— Tu sais bien que je ne l'aurais jamais accepté ! s'indigna Ash Qui s'occuperait de toi si je partais ? Mère, je t'en supplie, lève-toi . Nous allons marcher très doucement...

Agenouillé près d'elle, il tenait ses mains glacées dans les siennes, pour l'aider à se remettre debout.

— Tu veux aller dans les montagnes, n'est-ce pas ? Eh bien, regarde... on les voit d'ici. Tu iras mieux quand nous y serons. L'air des hauteurs chassera ta toux et, lorsque tu seras bien rétablie, nous partirons à la recherche de notre vallée. Tu n'as pas oublié la vallée... avec la chèvre... l'amandier et le...

Sa voix se brisa et, tirant sur les mains de Sita, il insista .

— Marchons encore un peu... juste un peu...

Mais Sita savait avoir atteint le bout de sa route ici-bas. Le peu de force qui lui restait, elle devait l'employer à remplir son amer devoir, avant qu'il fût trop tard. Libérant ses mains, elle fouilla les plis de son sari, d'où elle sortit un paquet scellé de cire, et quatre pesantes petites bourses en peau de chamois qu'elle portait attachées autour de sa taille dans un bout d'étoffe. A leur vue, les larmes jaillirent de ses yeux. Que Ashok crût être son fils était si doux à son cœur que, même maintenant où elle savait la vérité être de nature à le sauver, elle ne trouvait pas le courage de la lui dire. Il le fallait pourtant...

— Je ne suis pas ta mère. Tu n'es pas mon fils, murmurèrent ses lèvres tremblantes. Tu es le fils d'un *Angrezi*... un Sahib...

Ces mots n'avaient aucun sens pour Ash, mais de voir sa mère pleurer ainsi, l'effraya plus que tout ce qui avait pu lui arriver jusqu'alors. L'entourant de ses bras, il la serra contre lui en la suppliant de ne pas pleurer et lui disant que, si elle était incapable de marcher, il la porterait : il était fort, elle n'aurait qu'à se tenir à son cou... Plus que les paroles de Sita, ce fut l'argent qui l'impressionna. Jamais dans toute sa vie, il n'en avait vu autant et sa première pensée fut que, maintenant, ils pourraient se faire transporter, voire acheter une voiture et un cheval si besoin était. Sa mère n'aurait plus à marcher et ils distanceraient leurs poursuivants... Ils avaient de quoi payer des médecins et des remèdes pour que sa mère guérisse. Ils étaient riches !

— Pourquoi ne me l'as-tu pas dit plus tôt, Mère ?

— Je ne voulais pas te faire savoir que tu n'étais pas mon fils, sanglota Sita. J'aurais bien jeté tous ces papiers... mais je n'ai pas osé, de crainte que tu puisses en avoir un jour besoin. Et ce jour est arrivé, car les hommes de la Rani nous talonnent et, si tu veux leur échapper, il te faut me laisser pour aller te réfugier chez les tiens, où même la Rani ne se risquera pas à te poursuivre. Chez les tiens, tu seras en sécurité. Il n'y a pas d'autre moyen...

— Qui ça, les miens ? Tu m'as toujours dit que je n'avais plus de famille. Et je suis ton fils. Si tu racontes des choses pareilles, c'est parce que tu es malade et que tu n'as rien mangé. Mais, à présent, nous pouvons acheter des provisions, un cheval, une...

— Ashok ! Écoute-moi !

Sita lui avait saisi les poignets avec une force inattendue.

— Tu ne peux aller acheter des provisions, car si tu laissais voir cet argent, on te le volerait. C'est une trop grosse somme pour qu'un garçon comme toi puisse l'avoir en sa possession. Jusqu'à ce que tu aies retrouvé les tiens, tu vas donc devoir la cacher comme je le faisais. Dans le paquet avec les cachets rouges, il y a des choses écrites... et aussi sur cette feuille... Trouve quelqu'un qui sache lire l'*angrezi* et ces papiers te diront où tu dois aller. C'est juste avant de mourir que ton père a écrit ce qui est sur cette feuille... Je voulais obéir à ses ordres et te conduire dans ta famille, mais il y a eu la révolte et le massacre des Européens à Delhi. Alors je m'en suis tenue à ce qui importait le plus pour ton père : j'ai pris soin de toi... Mais je ne suis pas ta mère, et crois bien que ça m'est un grand chagrin... Ta mère était aussi une Angrezi, morte en te mettant au monde... C'est moi qui t'ai pris dans mes bras, moi qui t'ai donné le sein... Moi qui, depuis le premier instant, me suis toujours occupée de toi... Mais à présent, ça ne m'est plus possible... Voilà pourquoi je te dis d'aller chez les tiens, où tu seras en sécurité... Pars seul, *piara*, pars !

— Non ! Tu es toujours ma mère et je ne te quitterai pas. Tu ne peux m'obliger à t'abandonner ! Je ne crois rien de tout ça... Et même si c'est vrai, ça n'a aucune importance... Nous n'avons qu'à brûler ces papiers : personne n'en saura rien et je continuerai d'être ton fils...

— Si tu es mon fils, Ashok, tu dois m'obéir ! Reste seulement avec moi jusqu'à ce que je sois partie... Je n'en ai plus pour longtemps... Ensuite prends les papiers, l'argent, et va-t'en ! Si tu m'aimes, promets-moi de ne jamais les détruire, mais de t'en servir pour retrouver ta famille. Promets-le à celle qui a été ta mère, Ashok... c'est la dernière chose qu'elle te demande.

— Je... Je te le promets, murmura Ash.

Ce n'était pas vrai... elle n'allait pas mourir... Si seulement il pouvait aller chercher de l'aide, un *hakim*... Ou quelque chose de chaud à manger qui lui redonnerait des forces ? Mais elle paraissait si malade... A supposer qu'il la quitte pour courir jusqu'au plus proche village et qu'il s'y fasse prendre ?

— Ce n'est pas possible... pas possible ! pensait Ash en la serrant dans ses bras pour la défendre de la mort. Mais il se rendait compte que c'était sans espoir et qu'elle allait le quitter. Le cœur déchiré, il cacha son visage contre l'épaule de Sita et se mit à pleurer en suffoquant, comme pleure un enfant. Il entendait la voix bien-aimée lui murmurer à l'oreille qu'il ne devait pas pleurer car maintenant il était un homme... Il fallait qu'il soit fort et courageux pour vaincre ses ennemis et devenir un Burra-Sahib Bahadur, comme son père et le vieux Bahadur Akbar Khan dont il portait le nom. Il devait être brave et se rappeler que tout le monde finit par mourir... les Rajahs comme les mendiants, les Brahmanes comme les intouchables. Homme ou femme, chacun passe par la même porte pour naître de nouveau...

— Je ne meurs pas, *piara*. Je vais seulement me reposer avant de renaître. Et dans cette prochaine vie, si les dieux sont bons, il se peut que nous nous retrouvions... Oui, nous nous retrouverons sûrement... peut-être dans la vallée avec la chèvre, le petit chat...

Sa voix s'éteignit si doucement qu'un long moment s'écoula avant que Ash se rendît compte qu'il était seul.

Bientôt ce serait le crépuscule et il lui faudrait repartir... Il l'avait promis et plus rien ne le retenait là.

Ash se remit péniblement debout parce qu'il était demeuré toute la journée accroupi près de Sita, à tenir dans la sienne la main froide, usée par les durs travaux. Les muscles douloureux et ankylosés, il avait la tête comme vide. Il ne se rappelait plus quand il avait mangé pour la dernière fois, mais il n'avait pas faim, seulement soif.

La rivière brillait au soleil couchant quand il s'agenouilla sur le sable humide et but avidement dans le creux de sa main. Il aspergea ensuite sa tête douloureuse, baigna ses yeux brûlants. Il ne pleurait plus maintenant, car le garçon qui avait si amèrement pleuré contre l'épaule de sa mère, était mort lui aussi. Il n'avait pas encore douze ans, mais il ne serait jamais plus un enfant. Il était devenu adulte en l'espace d'un après-midi, laissant pour toujours son enfance derrière lui, car ce n'était pas seulement sa mère qu'il avait perdue, mais aussi son identité. Jamais n'avait existé Ashok, fils de Sita, épouse de Daya Ram. Il n'y avait qu'un garçon dont les parents étaient morts et qui ne savait même pas son nom, ni où retrouver les siens. Un garçon anglais... un *feringhi.* Il n'était plus dans son pays...

Le froid de l'eau contribua à lui éclaircir les idées et il se demanda ce qu'il allait faire. Il ne pouvait pas repartir en abandonnant ainsi sa mère, car un souvenir horrible et presque oublié lui revenait... En frissonnant il se rappela une nuit torride où des hyènes et des chacals se querellaient au clair de lune.

A la surface paisible de la rivière, quelque chose bougeait. Ce n'était qu'un morceau de branche emporté par le courant... En le regardant passer, Ash se souvint que chez les siens... non, chez ceux qui étaient comme sa mère Sita... on brûlait les morts et l'on jetait ensuite leurs cendres dans les rivières pour qu'elles les emportent jusqu'à la mer.

Il ne pouvait édifier un bûcher pour Sita, car il n'avait pas de quoi l'allumer. Mais la rivière était là. La rivière qui avait pris source dans les montagnes aimées de Sita et qui l'emporterait vers la mer Tandis que le soleil couchant embrasait la surface de l'eau, Ash retourna auprès de Sita. Il l'enveloppa dans sa couverture comme pour la garder bien au chaud, puis la porta vers la rivière où il la déposa sur la rive et la poussa doucement dans l'eau, jusqu'à ce que le courant finisse par la lui prendre. Il la regarda flotter de plus en plus loin, supportée par la couverture.

A mi-jambes dans l'eau, il la suivit des yeux jusqu'à ce qu'elle se fondît dans le brasillement de la rivière. Quand le brasillement cessa, lorsque d'or en fusion l'eau redevint d'opale, Sita avait disparu

Claquant des dents et les jambes engourdies par le froid, Ash regagna la rive. Maintenant il avait faim, mais il ne put se résoudre à manger la pâte préparée pour Sita et qu'elle avait été incapable d'avaler. Il la jeta donc tout en pensant qu'il allait devoir s'alimenter au plus tôt, sinon il n'aurait pas la force d'aller bien loin. Or il avait promis...

Chargé de son maigre ballot et de son lourd chagrin, Ashton Hilary Akbar Pelham-Martyn tourna résolument le dos au passé pour s'en aller dans la froideur du crépuscule à la recherche des siens

7

— C'est pour un capitaine-Sahib. Un capitaine-Sahib des Guides, dit l'écrivain public en considérant la dernière lettre de Hilary à travers ses lunettes aux verres rayés. Oui... regarde : ici, il y a écrit Mardan. C'est Hoti Mardan, qui se trouve du côté de Malakand. Plus loin qu'Attock et l'Indus, de l'autre côté de la rivière de Kaboul.

— *Les Guides*.. murmura Ash avec révérence.

Il aurait pris depuis longtemps la direction de Mardan, s'il n'avait su que les hommes de la Rani prévoiraient la chose et l'attendraient là-bas, car l'amitié le liant au fils de Koda Dad n'était un secret pour personne au Hawa Mahal. A présent, toutefois, ceux qui l'y guettaient, pensaient sûrement qu'il avait eu l'intelligence de ne pas opter pour la solution facile, et qu'ils allaient devoir le chercher ailleurs. De toute façon, la situation avait totalement changé du fait qu'il n'était pas un gosse de rien et sans attache, n'aspirant qu'à se réfugier auprès d'un sowar du Régiment des Guides, mais un Sahib en mesure de demander aide et protection aux autres Sahibs. Non seulement pour lui-même, mais aussi pour Zarin et, si nécessaire, pour Koda Dad.

— C'est le nom d'un *pulton* (régiment) stationné à Mardan, expliqua l'écrivain public d'un air important, et le nom de Sahib est capitaine Ash-tarn. Quant au reste...

Il allait déplier la lettre, mais Ash la lui reprit vivement en disant avoir uniquement besoin du nom et de l'adresse du Sahib, que le reste était sans importance.

Le jeune garçon paya le demi-anna dont ils étaient convenus. Après avoir bien gravé le nom dans sa mémoire, il glissa le papier entre les plis de son turban, puis consacra l'autre moitié de l'anna à l'achat d'une poignée de *chunna* et d'un morceau de canne à sucre épluchée. Il ne lui avait pas fallu longtemps pour s'apercevoir qu'il pouvait désormais couvrir de plus grandes distances depuis qu'il était seul pour voyager. Sita avait aussi raison lorsqu'elle lui disait qu'il courrait moins de danger en étant seul, car des échos recueillis ici et là témoignaient que la chasse n'avait pas cessé. Mais ceux qui le recherchaient, sachant qu'il ne quitterait jamais sa mère, étaient toujours en quête d'une femme de la montagne voyageant avec un garçon aux yeux gris, et ne se préoccupaient donc pas d'un adolescent dont le teint, dans cette partie nord-ouest des Indes, n'avait rien qui tranchât sur l'ordinaire.

Ash se rappelait que sa mère lui avait dit ignorer ce qui était écrit sur ce papier. Il pensa toutefois qu'elle devait en avoir une vague idée, expliquant son antipathie pour Koda Dad et son fils, tout comme son opposition au désir qu'il avait de rejoindre Zarin afin de s'enrôler dans le même régiment. C'était elle néanmoins qui avait fini par l'envoyer vers Mardan où il retrouverait Zarin, pour devenir lui-même *sowar* dans les Guides, voire officier si ce capitaine-Sahib se révélait être un parent prêt à l'aider. Mais c'était là une chose qu'il ne saurait jamais, car William Ashton était mort.

Au cours de l'automne précédent, les Guides avaient participé à l'expédition d'Ambeyla, menée contre certaines tribus hostiles de la frontière, et William, ignorant toujours qu'il avait un neveu, était mort au combat, quelques semaines seulement après que le fils de sa sœur eut fui le Hawa Mahal. Maintenant c'était le printemps, et les amandiers étaient en fleur quand Ash prit la route menant d'Attock à Peshawar.

Après des mois de dures campagnes, le Régiment des Guides avait regagné son cantonnement à Mardan. Un an et demi de service actif avait vieilli Zarin au point de le rendre quasi méconnaissable pour qui gardait le souvenir du jeune homme si gaiement parti de Gulkote. Plus grand, plus large d'épaules, il avait maintenant une impressionnante moustache, mais c'était bien toujours le même Zarin et il fut transporté de joie à la vue de Ashok.

— Mon père m'avait fait savoir que tu avais quitté Gulkote, et je me doutais bien que tu finirais par venir ici, lui dit-il en l'embrassant. Tu vas devoir attendre d'avoir terminé ta croissance pour t'engager comme *sowar*, mais je vais parler à mon frère aîné, qui est maintenant Jemadar, et il te trouvera du travail. Ta mère est là ?

— Elle est morte, se borna à dire Ash qui se sentait incapable de parler d'elle même à un vieil ami comme Zarin.

Ce dernier en eut conscience, car il ne posa pas de question et dit seulement :

— Je suis désolé... Elle a été pour toi une bonne mère et je crois que l'on doit souffrir de perdre même une mauvaise mère, car on n'en a jamais qu'une.

— Eh bien, moi, je semble en avoir eu deux, dit Ash avec un pâle sourire.

S'asseyant par terre pour se réchauffer au feu de camp, il raconta sa fuite du Hawa Mahal et les choses qu'il avait apprises de Sita, à l'appui desquelles il exhiba la feuille de papier portant le nom d'un défunt officier des Guides.

Zarin ne pouvait lire l'écriture européenne, mais lui aussi fut sidéré par la vue de l'argent. Les pièces parlaient d'elles-mêmes sans qu'on eût besoin d'interprète, car il y en avait là deux cents, dont plus de cinquante étaient des roupies d'argent, le reste étant constitué de souverains et de mohurs d'or. Le seul fait que Sita eût caché cette petite fortune pendant tant d'années tendait à prouver qu'il y avait au moins une part de vérité dans ses dires.

— Je crois qu'il nous vaut mieux montrer cela à mon frère, dit Zarin, en regardant d'un air de doute le papier que Ash lui avait tendu. Lui pourra peut-être te conseiller. Moi je ne m'en sens pas capable : c'est trop obscur pour moi.

Le frère de Zarin, le Jemadar, n'hésita pas. Ashton-Sahib étant mort, toute l'affaire devait être exposée au colonel Browne-Sahib, le commandant, qui saurait ce qu'il convenait de faire. Lui-même, Awal Shah, allait conduire Ashok auprès du colonel-Sahib, car s'il y avait la moindre vérité dans cette extraordinaire histoire, plus vite papiers et argent seraient en sûreté, mieux cela vaudrait.

— Quant à toi, Zarin, pas un mot de tout ceci à qui que ce soit. Si la Rani de Gulkote souhaite la mort de ce garçon, elle se vengera sur ceux qui l'ont aidé à fuir ; et si elle apprenait qu'il est avec nous, elle soupçonnerait notre père. Aussi, pour nous tous, il importe que se perde la trace de Ashok. Je m'en vais tout de suite chez le commandant-Sahib ; toi, Ashok, suis-moi à distance afin qu'on ne nous voie pas ensemble. Tu attendras dehors jusqu'à ce que je t'envoie chercher. Viens !

Ash fit comme il lui avait été dit. Il passa la demi-heure suivante à jeter des cailloux dans l'eau, du haut d'un petit pont situé en face des fenêtres du commandant.

Il l'ignorait, mais c'était sa dernière heure d'indépendance, de jeune garçon, la dernière fois qu'il était libre de paresser ainsi. L'eût-il su que, peut-être en dépit de la promesse faite à Sita, il se serait enfui tant que ça lui était encore possible. De toute façon, même s'il avait échappé aux sbires de la Rani, il ne serait sûrement pas allé bien loin car le colonel Sam Browne, commandant le Régiment des Guides, ayant lu la lettre laissée inachevée par le professeur Pelham-Martyn à l'intention de son beau-frère William Ashton, était occupé à briser les cachets du paquet qui, sept ans auparavant, avait été enveloppé dans de la soie huilée. C'était déjà trop tard pour que le fils de Hilary pût s'échapper.

Trois semaines plus tard, Ash était à Bombay ; vêtu d'inconfortables vêtements européens qui lui tenaient trop chaud et les pieds blessés par des chaussures comme il n'en avait encore jamais porté, il s'apprêtait à partir pour la terre de ses aïeux.

Le prix de la traversée avait été acquitté par les officiers du régiment de son oncle qui, après s'être tous refusés à croire que ce garçon dépenaillé pût être le neveu de leur pauvre William, avaient dû se rendre à l'évidence des preuves contenues dans le paquet. Parmi celles-ci, il y avait un daguerréotype d'Isobel, dont la ressemblance avec son fils était frappante, et un autre de Ash, assis sur les genoux de Sita, qui avait été fait à Delhi pour son quatrième anniversaire. Dès qu'ils furent convaincus, les amis de William voulurent tout faire pour le neveu d'un officier qui servait dans le régiment depuis que Hodson avait construit le fort de Mardan, et qui était aimé de tous. Mais le neveu ne leur sut aucun gré de leurs efforts en sa faveur.

Obéissant au dernier vœu de sa mère nourricière, Ash avait remis aux Sahibs les papiers et l'argent qu'elle lui avait donnés. Ceci fait, il eût préféré continuer à vivre avec Zarin et Awal Shah, en gagnant sa subsistance comme palefrenier jusqu'à ce qu'il fût en âge de s'engager. Mais on ne le lui avait pas permis. « Pourquoi ne me laisse-t-on pas tranquille ? » pensait Ash avec ressentiment. Toujours et partout, il se heurtait à des gens qui lui donnaient des ordres durs à accepter, restreignaient sa liberté et ne tenaient aucun compte de ses désirs, ou bien à d'autres qui, sur un mot d'une femme ambitieuse et méchante, étaient prêts à le pourchasser à travers toutes les Indes pour le tuer, bien qu'il ne leur eût jamais rien fait. Ça n'était pas juste !

Le colonel Sam Browne, commandant le régiment, lui avait dit que des télégrammes avaient été expédiés à des parents de son père, qui l'enverraient à l'école et feraient de lui un Sahib. Il avait ajouté que, s'il travaillait et passait ses examens avec succès — Ash se demandait ce que pouvaient être des *examens* — il serait nommé officier et pourrait revenir comme tel à Mardan, dans le Régiment des Guides. C'était cet unique espoir, bien plus que la promesse faite à Sita ou la peur que lui inspiraient les hommes de la Rani, qui avait retenu Ash de s'enfuir. Ça, et aussi le fait qu'il allait se rendre en

Angleterre sous la responsabilité d'un Sahib retournant au pays natal avec deux serviteurs indiens ; il ne serait donc pas abandonné à lui-même et sans ami. Il devait cela, pour une grande part, à une remarque accidentelle du Jemadar Awal Shah.

— C'est dommage, avait dit Awal Shah à son commandant, que ce garçon soit amené à oublier la langue et les usages de ce pays, car un Sahib capable de penser et de parler comme l'un de nous, au point d'être pris sans hésitation pour originaire du Pathan ou du Pendjab, aurait sa place dans notre régiment. Mais en *Belait,* il oubliera tout et deviendra pareil aux autres Sahibs, ce qui, à mon sens, sera une grande perte.

Réfléchissant à ce problème, le commandant avait soudain trouvé une solution admirable. Le colonel Ronald Anderson, contraint de prendre sa retraite pour raison de santé, devait partir pour l'Angleterre le jeudi suivant, emmenant avec lui son ordonnance, Ala Yar, un Pathan, et son *khansamah* (cuisinier) Mahdoo, dont le pays se trouvait dans les montagnes au-delà d'Abbottabad, tous deux étant à son service depuis plus de vingt ans. Outre qu'il parlait une demi-douzaine de dialectes, Anderson avait une connaissance approfondie des pays de la frontière nord-ouest, qu'il aimait beaucoup. C'était vraiment la personne idéale pour veiller sur le jeune Ashton pendant ce long voyage vers l'Angleterre, et continuer ensuite de le voir au moment des vacances lorsque cela conviendrait aux Pelham-Martyn... A supposer, bien sûr, qu'il acceptât une telle charge. Sans perdre un instant, le commandant des Guides avait fait amener son cheval et s'en était allé le jour même exposer la chose au colonel Anderson, lequel, intrigué par cette histoire, avait immédiatement accepté.

— Mais oui, bien sûr que tu reviendras, dit Zarin pour rassurer Ash. Seulement, il est nécessaire que tu acquières d'abord de l'instruction et cela, d'après eux, ne peut se faire qu'en *Belait.* Pour ma part, je n'y suis jamais allé et cependant... Mais peu importe, car ce qui est plus nécessaire encore, c'est que tu restes en vie, et il est certain que tu ne seras pas en sécurité ici tant que ta tête y sera mise à prix. Tu ne peux être assuré que les hommes de la Rani ont perdu ta trace ; en revanche, il est certain qu'ils ne te suivront pas au-delà des mers, et lorsque tu reviendras, la Rani, tout comme eux, t'aura complètement oublié. Mon frère Awal Shah et moi avons juré le secret. Nous ne donnerons même pas de tes nouvelles à notre père : les lettres pouvant être ouvertes et lues par des indiscrets, mieux vaut le laisser dans l'ignorance que courir le risque de te trahir aux yeux de ceux qui te veulent du mal. Mais plus tard, quand le *gurrh-burrh* se sera calmé, si le colonel-Sahib estime que je peux le faire sans risque, je t'écrirai en *Belait*. Et puis, souviens-toi que tu ne t'en vas pas seul Anderson-Sahib est un homme de bien, auquel tu peux te fier entièrement. Lui et ses serviteurs veilleront à ce que tu ne nous oublies pas complètement quand tu étudieras pour devenir un Sahib... Tu verras que les années passeront vite, Ashok!

Sur ce point, Zarin s'était trompé, car les années ne passèrent pas vite. Elles s'écoulèrent même si lentement que chaque semaine donnait à Ash l'impression de durer un mois. Mais Zarin avait eu raison en ce qui concernait le colonel Anderson. Celui-ci s'était pris d'affection pour le jeune garçon et, durant l'interminable voyage, il lui avait enseigné beaucoup d'anglais, après lui avoir fait comprendre qu'être incapable de s'exprimer dans un pays étranger, constituait non seulement un grand handicap, mais avait aussi quelque chose d'humiliant.

Du coup, Ash, qui avait hérité de son père le don des langues, s'était montré si bon élève que, un an plus tard, on eût juré qu'il avait toujours parlé l'anglais car, avec cette faculté d'imitation particulière aux jeunes, il avait réussi à attraper l'exacte intonation, un peu traînante, des gens de la meilleure société, celle qu'avaient les Pelham-Martyn. En dépit de quoi, malgré tous ses efforts, il n'arrivait pas à se considérer comme un des leurs, et réciproquement.

Il resterait toujours un étranger sur cette terre étrangère et ne se sentirait jamais chez lui en Angleterre, car chez lui, c'était l'Hindoustan. Il était encore — et serait toujours — le fils de Sita. Dans cette vie nouvelle, il y avait nombre de choses qui non seulement lui étaient inconnues, mais l'horrifiaient. Par exemple, manger du porc et du bœuf, l'un étant une abomination, l'autre un sacrilège, car le porc est impur et la vache, sacrée.

Tout aussi effarante était l'habitude européenne de se servir d'une brosse à dents, non pas une mais quantité de fois, au lieu d'une branchette ou d'un petit bâtonnet dont on ôte l'écorce et qu'on jette après usage, car tout le monde sait que rien n'est plus polluant que la salive. Pourtant les Anglais semblaient l'ignorer et il leur avait fallu beaucoup d'acharnement pour que Ash se plie à cet usage comme à bien d'autres qui lui paraissaient tout aussi barbares.

Pelham Abbas, où habitait le frère aîné de Hilary, Sir Matthew Pelham-Martyn, baronnet, était une imposante propriété comprenant une vaste maison datant de la reine Anne Construite sur les fondations d'une autre plus ancienne, que les hommes de Cromwell avaient détruite en 1644, elle était entourée de jardins en terrasses, ainsi que de serres et d'écuries. Il y avait aussi un lac ornemental, un grand parc où Ash avait la permission de faire du cheval, un ruisseau poissonneux et, de l'autre côté d'un bois où le garde-chasse de Sir Matthew élevait des faisans, une ferme avec quelque quatre cents acres de terres cultivables. La maison elle-même était pleine de portraits de famille et de meubles Regency, mais les Pelham-Martyn, qui avaient craint que leur jeune neveu si peu civilisé la trouvât impressionnante, furent désagréablement surpris de s'apercevoir qu'il la tenait pour une demeure froide et inconfortable, ne pouvant à aucun égard supporter la comparaison avec on ne savait quel palais indien au nom imprononçable, qu'il disait avoir habité « plusieurs années durant ».

Ce fut la première d'une série de surprises, pas toutes désagréables. Que ce garçon se trouvât parfaitement à l'aise avec un fusil ou à cheval, était quelque chose à quoi ils ne s'attendaient pas et dont ils surent beaucoup de gré au Ciel.

— Du moment qu'il est capable de monter à cheval et de se servir d'un fusil, je suppose qu'il finira par se décrasser de son passé, déclara son cousin Humphrey. Mais c'est grand dommage que nous ne l'ayons pas eu plus jeune, car il ne semble avoir aucune des idées qu'il faut.

En effet, les idées de Ash restaient peu orthodoxes et lui occasionnaient de fréquents ennuis, tel son refus de manger du bœuf sous quelque forme que ce fût, le dernier des principes enseignés par Sita auquel il demeurât attaché, et qu'il eut le plus de mal à répudier en dépit de toutes les admonestations et punitions. Il ne voyait pas non plus pourquoi il ne devait pas proposer à Willie Higgins, le jeune valet, de lui apprendre à monter à cheval, pas plus qu'inviter Annie Mott, la fille de cuisine âgée d'une douzaine d'années et qui semblait sous-alimentée, à venir partager son goûter dans la salle d'étude.

— Mais c'est bien mon goûter, n'est-ce pas, tante Millicent ?

Ou bien :

— Puisque oncle Matthew m'a donné Blue Moon pour que je le monte à mon gré, je ne vois pas pourquoi...

— Ce sont des domestiques, mon chéri, et l'on ne doit pas traiter les domestiques comme des égaux. Ils ne le comprendraient d'ailleurs pas, tentait d'expliquer tante Millicent à l'impossible rejeton de son beau-frere

Tout le portrait de Hilary, qui avait toujours constitué un problème et, même mort, continuait à leur causer beaucoup d'embarras.

— Mais quand j'étais un serviteur de Lalji, insistait Ash, je montais ses chevaux et...

— C'était aux Indes, Ashton. A présent, tu es en Angleterre et tu dois apprendre à te conduire convenablement. En Angleterre, nous ne jouons pas avec les domestiques, ni ne les invitons à partager nos repas. Et tu pourras voir aux cuisines qu'Annie est très convenablement nourrie.

— Non ! Elle a toujours faim et ça n'est pas juste, car Mme Mott...

— Cela suffit, Ashton. J'ai dit non, et si j'entends reparler de cela, je donnerai des ordres pour que tu sois tenu à l'écart des cuisines et ne puisses plus parler à aucun des jeunes domestiques. Est-ce bien compris ?

Mais Ash ne comprenait pas plus cela que sa famille ne le comprenait, lui. Plus tard, lorsqu'il sut lire et écrire l'anglais aussi bien qu'il le parlait, son oncle eut le beau geste de lui donner une douzaine de livres sur les Indes, en disant qu'ils l'intéresseraient tout particulièrement. Il y avait notamment là plusieurs ouvrages de Hilary, des histoires passionnantes comme *La Conquête du Bengale,* le rapport de Sleeman sur la suppression du thuggisme, ainsi que l'*Histoire de la Révolte des Cipayes* de Sir John Kaye. Effectivement, ces livres intéressèrent Ash, mais pas de la façon escomptée par son oncle. S'il trouva les ouvrages de son père trop secs et érudits, les autres provoquèrent chez lui une réaction ne laissant pas d'ennuyer sérieusement Sir Matthew, qui avait eu l'imprudence de lui demander son opinion.

— Mais vous avez voulu savoir ce que j'en pensais et je vous l'ai dit ! protesta Ash. Après tout, c'était leur pays et ils ne vous... ils ne nous faisaient aucun mal. Alors je ne trouve pas ça juste.

— Ah ! c'est bien le fils de Hilary ! pensa Sir Matthew avec exaspération, avant d'expliquer sèchement que, tout au contraire, ces gens-là faisaient beaucoup de mal... Ils agissaient en oppresseurs et se déclaraient sans cesse la guerre les uns aux autres... Étranglant d'inoffensifs voyageurs avec un lacet en l'honneur d'une déesse barbare, brûlant vives les veuves, et faisant obstacle à toute forme de progrès. De telles abominations étaient intolérables et c'était le devoir de la Grande-Bretagne, en tant que nation chrétienne, d'y mettre un terme afin de ramener la paix et la tranquillité chez des millions d'Indiens.

— Mais *pourquoi* était-ce votre devoir ? questionna Ash, sincèrement déconcerté. Je ne vois pas en quoi cela vous... nous concernait. Je veux dire : les Indes ne sont pas proches de nous, mais de l'autre côté du monde !

— Mon cher garçon, tu n'as pas accordé suffisamment d'attention à tes livres, déclara Sir Matthew, s'efforçant à la patience. Si tu les avais mieux lus, tu aurais appris que nous avions été admis à créer là-bas des comptoirs commerciaux. Or le commerce est une nécessité vitale, non seulement pour nous mais pour la prospérité du monde entier. Nous ne pouvions permettre qu'il fût constamment gêné par de mesquines petites guerres entre princes rivaux. Il importait de maintenir l'ordre, et c'est ce que nous avons fait. Grâce à Dieu, nous avons pu ramener la paix et la prospérité dans ce malheureux pays, pour faire profiter des bienfaits du progrès un peuple qui, depuis des siècles, endurait l'oppression de prêtres cupides et de monarques belliqueux. C'est quelque chose dont nous pouvons être fiers, car cela nous a coûté beaucoup de labeur et de vies humaines. Mais on ne peut arrêter le progrès. Nous sommes au XIXe siècle et le monde commence à devenir trop petit pour qu'il soit permis d'en laisser d'aussi grandes portions dans le même état qu'au Moyen Age.

Au contraire de son oncle Matthew, Ash avait conscience d'un grand nombre de choses qui, à Pelham Abbas, appelaient des réformes. La seule différence qu'il constatait entre les domestiques de Pelham Abbas et ceux du Hawa Mahal, c'est que ces derniers menaient une vie plus agréable et moins fatigante. Il se demandait ce que son oncle aurait pensé si Hira Lal ou Koda Dad — deux sages incorruptibles — s'étaient soudain présentés devant les grilles de Pelham Abbas, avec les canons, les éléphants et les soldats de l'armée de Gulkote, pour s'installer dans la maison et gérer la propriété selon leurs propres idées. Oncle Matthew se serait-il incliné de bonne grâce et aurait-il accepté leur domination, parce qu'ils étaient capables de diriger ses affaires mieux qu'il ne le faisait ? Ash en doutait. N'importe où, quittes à se tromper, les gens préfèrent agir à leur guise et n'apprécient aucunement que des étrangers, si efficients et bien intentionnés soient-ils, se mêlent de leurs affaires.

Il pouvait en juger par lui-même. Il n'avait jamais demandé à venir en *Belait* et apprendre à devenir un Sahib. Il eût grandement préféré rester à Mardan pour y être un jour *sowar* comme Zarin. Mais on ne lui avait pas laissé le choix ; en conséquence de quoi, il était mieux placé que son oncle Matthew pour comprendre ce que ressentaient ces peuples assujettis auxquels on s'en venait dispenser généreusement « les bienfaits du progrès ».

Après le désordre bigarré d'une cour indienne, le rituel pompeux et immuable régnant dans une grande propriété de l'époque victorienne lui paraissait aussi morne que dépourvu de signification. Mais puisque son argent de poche, tout comme les gages des domestiques, était trop maigre pour lui permettre d'envisager une fuite — d'ailleurs, l'Angleterre était une île et les Indes se trouvaient de l'autre côté du monde — il ne pouvait que prendre son mal en patience en attendant le jour où il serait libre de retourner s'engager dans les Guides. Il hâterait la venue de ce jour en se montrant obéissant et travaillant d'arrache-pied. Il le fit donc et sa récompense fut de quitter ses précepteurs de Pelham Abbas pour aller passer quatre années à l'école où son père, son grand-père et son arrière-grand-père l'avaient précédé.

Rien dans son existence n'avait jusqu'alors préparé Ash à la vie que l'on mène dans un collège anglais, et il y trouva tout odieux : l'embrigadement, le manque de vie privée, le conformisme, à quoi s'ajoutaient les brutalités et vexations dont étaient victimes les faibles ou ceux dont l'opinion différait de celle généralement exprimée, le sport obligatoire avec ce culte témoigné à des dieux tels que le chef des Sports et le capitaine de l'équipe de cricket. Il n'était pas porté à parler de lui-même, mais le fait qu'un de ses noms fût Akbar suscita des questions et, ses réponses ayant révélé une partie de ses antécédents, il fut aussitôt surnommé « Pandy », nom dont, depuis des années, les soldats britanniques gratifiaient tout Indien à cause du cipaye Mangal Pandy qui avait donné le signal de la Révolte.

Le jeune Pandy Martyn fut déclaré être un spécimen de barbare étranger auquel il convenait d'apprendre comment se conduire en pays civilisé. L'apprentissage se révéla douloureux. Au lieu de l'endurer, Ash se défendit comme on le faisait dans les faubourgs de Gulkote, ce qui fut jugé « éminemment peu sportif », tout au contraire apparemment du fait consistant à se mettre à six contre Ash quand on s'aperçut que deux ne suffisaient pas pour le dominer. Le nombre finit toujours par l'emporter et Ash dut se soumettre, mais il se jura de montrer au moins à ces *feringhis* que, sur leurs terrains de sport, il pouvait être aussi bon sinon meilleur qu'eux.

Il ne fallut pas longtemps à ses camarades d'étude pour se rendre compte des effets de l'entraînement que Koda Dad avait fait suivre à Ash, et cela changea considérablement leur attitude à son égard, surtout après qu'il eut appris à boxer. Quand, pour le cricket, il passa de seconde équipe en première, quand au football il fit honneur à sa classe, puis défendit brillamment les couleurs de son collège, il devint une manière de héros pour les plus jeunes élèves, tandis que ses camarades le trouvaient déconcertant. Non qu'il se montrât inamical, mais il semblait se désintéresser totalement des choses auxquelles ils avaient toujours cru, telles que la suprématie des Anglo-Saxons, l'importance d'appartenir à la bonne société, ainsi que le Droit divin qu'avaient les Britanniques de coloniser et gouverner tous les gens de couleur, lesquels ne pouvaient être qu'ignorants.

Si avisé et compréhensif à bien des égards, le colonel Anderson lui-même était plus porté à partager les vues de Sir Matthew que celles de Ash. Lui aussi n'avait pas manqué de faire remarquer au jeune homme que l'avènement de la machine à vapeur et les progrès de la médecine contribuaient à rendre le monde chaque année plus petit et surpeuplé. Il n'était donc plus possible aussi bien à des nations qu'à des individus d'agir à leur guise, comme si chacun était libre de faire ce que bon lui semblait, car alors on eût vite sombré dans l'anarchie et le chaos.

— Pour mener la vie que tu souhaites, Ash, il te faudra trouver une île déserte. Et il n'en reste plus tellement.

Le climat anglais n'avait pas eu sur la santé du colonel Anderson l'heureux effet escompté mais, bien que contraint à mener une vie de semi-invalide, il n'en continuait pas moins de s'intéresser activement à Ash, qui passait chez lui la majeure partie de ses vacances. Le colonel habitait une petite maison située aux abords de Torquay qui n'était aucunement comparable à Pelham Abbas, mais Ash eût de beaucoup préféré y passer la totalité de ses vacances, car ses séjours chez son oncle continuaient d'être une épreuve pour tous deux. Sir Matthew était ennuyé de constater que, sauf sur le chapitre du sport, son neveu ne lui faisait pas honneur et paraissait devoir être aussi intransigeant que l'avait été son père. Ash, lui, trouvait exaspérantes les façons de son oncle et des amis de celui-ci.

Le colonel Anderson vouait aux Indes la même passion exclusive que d'autres hommes ont pour leur travail — ou pour leur femme — et il pouvait en parler des heures durant sans se lasser. En pareil cas, il s'exprimait toujours en hindoustani ou en pachto et, comme jamais Ala Yar ni Mahdoo ne s'adressaient en anglais à son protégé, il avait pu écrire à Mardan que Ash continuait à parler ces deux langues aussi couramment que naguère.

Le colonel étant tombé malade au cours de l'hiver de 1868, Ash passa les vacances de Noël à Pelham Abbas, où son éducation — si l'on peut dire — prit une autre tournure. Il y fut séduit par une femme de chambre récemment engagée, Lily Briggs, une rousse effrontée, de cinq ans son aînée, qui avait déjà causé trouble et dissensions parmi le personnel masculin.

Lily avait une bouche molle, un regard insinuant, et elle prit l'habitude, le soir, de venir en robe de chambre s'assurer que la fenêtre de Ash était bien entrouverte et ses rideaux convenablement tirés. Elle avait des cheveux qui, dénoués, lui arrivaient presque aux genoux et, un soir, elle s'assit au bord du lit de Ash pour les peigner. Ensuite, les choses allèrent très vite et Ash ne sut jamais exactement comment elle s'était retrouvée dans son lit, ni qui avait éteint la lumière, mais cela se révéla fort excitant. Son inexpérience en la matière étant largement compensée par le savoir-faire de Lily, Ash se montra un élève doué, avec lequel elle prit tant de plaisir qu'elle réussit à passer dans son lit les six nuits qui suivirent. Sans doute en eût-il été de même pour la septième, si la gouvernante, Mme Parrot ne les avait découverts *in flagrante delicto*... encore que ce ne fût pas le terme dont elle usa en rapportant la chose à la tante de Ash.

Lily Briggs fut renvoyée sans certificat, cependant que Ash recevait de son oncle Matthew une bonne correction, accompagnée d'un sermon sur les démons de la concupiscence, avant de se faire pocher un œil par un valet que l'inconstante Lily comptait au nombre de ses amants. Le reste de ces vacances s'écoula sans autre incident, et les suivantes ramenèrent Ash chez le colonel Anderson.

Une ou deux fois l'an, Ash recevait une lettre de Zarin, mais qui ne lui apprenait pas grand-chose. Zarin ne savait pas écrire, et l'écrivain public auquel il avait recours usait d'un style fleuri, tout encombré de vœux et de salutations, au milieu desquels se glissaient quelques menues nouvelles. Ash apprit ainsi que Zarin avait épousé une petite cousine de la femme d'Awal Shah.

Durant ces années de séparation, la mère de Zarin mourut ; peu après, Koda Dad Khan démissionna de son poste et quitta Gulkote. Le Rajah répugnait à se séparer d'un vieux serviteur aussi digne de confiance, mais Koda Dad avait argué de sa mauvaise santé et du désir qu'il avait de finir ses jours au village où il était né. En réalité, la véritable raison était qu'il se méfiait de plus en plus de Janoo-Rani, laquelle ne cachait pas qu'elle le soupçonnait d'avoir aidé Ashok à s'enfuir. Elle avait fait tout son possible pour monter le Rajah contre lui, sans succès.

Mais un jour vint où le Rajah décida de se rendre à Calcutta afin de voir personnellement le Vice-Roi, et faire valoir ses droits sur l'État voisin de Karidarra, dont le souverain, un lointain cousin à lui, était mort sans laisser d'héritier. Il annonça que son fils aîné, le Yuveraj, l'accompagnerait et que, en son absence, la Rani assurerait la régence, geste imprudent que, selon Koda Dad, bien des gens auraient lieu de déplorer, à commencer par le souverain lui-même. Comme le Maître des Chevaux n'était pas inclus dans la liste des dignitaires devant composer la suite du Rajah, Koda Dad comprit que le moment était venu pour lui de quitter Gulkote.

Il ne lui en coûtait pas de s'en aller car, maintenant que sa femme était morte et que ses fils servaient dans le Nord, plus grand-chose ne l'attachait à Gulkote; quelques amis, ses chevaux et ses faucons, un point c'est tout. Le Rajah se montra fort généreux à son égard : il partit sur l'un des plus beaux chevaux des écuries royales, avec son faucon favori perché sur son poing et, dans ses sacoches, de quoi assurer ses vieux jours.

— Tu es sage de t'en aller, lui dit Hira Lal. Si ce n'était pour le Yuveraj — qui, les dieux en sont témoins, a bien besoin d'avoir pour le servir au moins une personne qui ne soit pas à la solde de la *Nautch* — je suivrais ton exemple. Mais je dois l'accompagner à Calcutta, et je ne pense pas qu'elle ait des soupçons à mon endroit, car je me suis toujours montré prudent.

Hira Lal ne s'était toutefois pas montré suffisamment prudent. Il avait oublié que Lalji, enfant gâté, vaniteux et crédule, n'avait jamais su faire le partage entre ses amis et ses ennemis, ayant même plutôt tendance à préférer ces derniers, qui le flattaient et l'encourageaient dans ses vices. Ses favoris, Biju et Puran, tous deux espions de la Rani, s'étaient toujours méfiés de Hira Lal. Le résultat fut que, par une nuit très chaude, au cours du long voyage vers Calcutta, Hira Lal, sorti de sa tente en quête d'un peu d'air, fut apparemment attaqué et emporté par un tigre. Il n'y avait aucune trace de lutte, mais l'on découvrit un morceau de son vêtement, couvert de sang, pris dans un buisson épineux à quelque cent mètres du camp, et chacun savait que l'on était sur le terrain de chasse d'un tigre mangeur d'hommes. Le Rajah promit une récompense de cent roupies à qui retrouverait le corps, mais aux alentours ce n'était que fourrés épais, herbe à éléphant, ravins profonds, et ce fut comme si Hira Lal avait disparu de la surface de la terre.

Ses amis n'ayant pas l'habitude d'écrire, Koda Dad n'en sut

rien, ni Ash non plus qui se trouvait complètement coupé de Gulkote depuis le départ de Koda Dad.

Dans un monde où le don de taper dans un ballon ou de courir plus vite que les autres, est placé très au-dessus de la culture intellectuelle, Ash se distingua si bien de ses condisciples qu'il passa à la Royal Military Academy de Sandhurst avec une confortable avance de points.

Là, il se retrouva dans l'obscure position de « nouveau », tout au bas de l'échelle. Mais, dans l'ensemble, il préféra la R.M.A. au collège, et il y fit si rapidement son chemin que certains de ses cadets tentèrent de le dissuader d'opter pour l'Armée des Indes, d'autant que l'achat des brevets étant désormais aboli, même les riches fils de famille seraient dorénavant obligés de compter sur leur savoir et non plus sur leur argent pour avoir de l'avancement dans l'armée.

— Alors, pourquoi aller t'enterrer dans quelque trou perdu des colonies, parmi les indigènes et des gens de second ordre ? Mon père dit que...

Ash rétorqua non sans chaleur que si son interlocuteur, son père et ses amis pensaient ainsi, alors plus vite les Britanniques quitteraient les Indes, mieux cela vaudrait pour ce pays, dont la réussite serait probablement plus grande avec les gens de premier ordre qu'il avait engendrés, qu'avec ceux de second ordre venus d'ailleurs.

— Ça y est ! Voilà Pandy remonté sur son éléphant ! raillèrent les autres, car son surnom l'avait suivi à la Military Academy.

Mais un officier instructeur qui avait surpris cet échange de propos, en fit part au commandant de l'École.

— C'est l'état d'esprit de la vieille garde, commenta-t-il, laquelle a toujours considéré un officier indien comme une sorte de paria. Cardigan[1] n'aurait jamais accepté de manger dans le même mess que l'un d'eux. Mais si nous voulons avoir un Empire, ce sont nos meilleurs éléments et non les plus mauvais qu'il nous faut envoyer au-delà des mers. Et, grâce à Dieu, il s'en trouve encore suffisamment d'excellents prêts à partir là-bas.

— Rangeriez-vous ce jeune Pandy Martyn parmi les meilleurs ? s'enquit le commandant d'un ton sceptique. Moi, non. Si vous voulez mon opinion, il est aussi sauvage qu'un faucon et prêt à prendre la tangente à tout moment. En dépit de son apparente docilité, je ne crois pas qu'il endure de bon cœur la discipline. Je n'ai aucune confiance dans des garçons de ce genre. Il ne devrait pas y avoir place

1 Général qui commanda la fameuse charge de la Brigade légère. *(N. d. T.)*

dans l'armée — surtout dans l'armée des Indes — pour des hommes de gauche, et si cela ne tenait qu'à moi ils en seraient exclus.. à commencer par votre Pandy !

— Vous avez peut-être raison après tout, concéda l'officier instructeur en se désintéressant de la chose

Pas plus qu'au collège, Ash ne se fit d'amis intimes à Sandhurst, où il était cependant apprécié et admiré pour ses succès d'athlète. Il gagna le Pentathlon, défendit brillamment les couleurs de l'Académie au football, au cricket et sur le ring, se classa toujours en tête dans les concours hippiques ou de tir, si bien qu'il sortit de l'Académie vingt-septième sur deux cent quatre cadets.

Oncle Matthew, tante Millicent, cousin Humphrey, plus deux vieilles demoiselles Pelham-Martyn, assistèrent à la grande parade marquant la fin des études, mais pas le colonel Anderson. Il était mort la semaine précédente, laissant un petit legs à chacun de ses serviteurs indiens en sus d'une somme suffisante pour payer leur retour au pays natal, ainsi qu'une lettre adressée à Ash où il lui demandait de veiller à ce que ce retour s'effectue dans les meilleures conditions. Sa maison, avec tout ce qu'elle contenait, étant revenue à un neveu, Ash, Ala Yar et Mahdoo passèrent à Pelham Abbas leur dernier mois en Angleterre, avant de s'embarquer fin juin sur le S.S. *Canterbury Castle* à destination de Bombay. Les années d'exil étaient finies et tous trois retournaient chez eux.

— Ça va être bon de revoir Lahore, dit Mahdoo. Il y a en *Belait* beaucoup de villes plus grandes, mais aucune qui, par ailleurs, puisse rivaliser avec Lahore.

— Ou Peshawar... ou Kaboul ! grommela Ala Yar. Ce sera bien agréable de pouvoir à nouveau trouver de la nourriture convenable au marché, et sentir l'odeur du matin dans les montagnes de Khyber !

Ash ne dit rien. Penché au bastingage, il regarda s'élargir le sillage écumant entre le bateau et le quai. La vie s'ouvrait devant lui comme une grande plaine inondée de soleil, une plaine où il irait vers la destination de son choix, au pas qui lui conviendrait. Il était libre enfin, et son avenir serait celui qu'il souhaitait. En premier, s'engager dans le régiment de Zarin et faire la guerre... Un jour, il commanderait peut-être ce régiment, et ensuite une division. Avec le temps — qui sait ? — il pourrait même devenir *Jung-i-Lat Sahib,* commandant en chef de toutes les armées des Indes... Mais il serait vieux alors, et tout le reste appartiendrait au passé. Pour l'instant, il n'avait que faire du passé, ne voulant penser qu'à l'avenir.

livre second

belinda

8

Ash fut de retour aux Indes à la fin de l'été 1871.

Il se sentait de nouveau chez lui, il avait dix-neuf ans, et il était fiancé.

Jusqu'alors, Ash n'avait eu que peu de rapports avec des filles de son monde car, après Lily Briggs, les sœurs et les cousines très comme il faut de ses camarades lui avaient paru incolores. Mais il y avait eu toutes ces semaines du long voyage entre Londres et Bombay. Et Miss Belinda Harlowe était non seulement une demoiselle de bonne famille, mais la plus jolie fille se trouvant à bord.

Belinda n'avait rien d'incolore. Elle était rose, blanche et or, comme le souvenir idéalisé que Ash gardait de Lily ; aussi gaie que Dolly Develaine, une petite actrice de music-hall en tournée, et aussi joliment faite que Ivy Markins, qui travaillait chez une modiste de Camberley et prodiguait si généreusement ses faveurs. Elle avait aussi la fraîche innocence de la jeunesse, étant de deux ans la cadette de Ash. Son minois spirituel était encadré de boucles blondes et elle avait un petit nez droit qui se plissait délicieusement lorsqu'elle riait ; ses yeux, semblables à deux bleuets, pétillaient d'intérêt pour tout ce qui l'entourait et quant à sa bouche, on avait d'autant plus envie de l'embrasser qu'elle était flanquée de deux fossettes la rendant encore plus attirante.

Mais tous ces trésors n'eussent éveillé chez Ash que le sentiment d'admiration qu'on éprouve pour une jolie fille, s'il n'avait découvert que, tout comme lui, Miss Harlowe était née aux Indes et ravie d'y retourner. Elle se trouva dire cela au cours d'un dîner, alors que le *Canterbury Castle* était depuis dix jours en mer, parce que plusieurs dames, y compris la mère de Belinda, se plaignaient de retourner une fois de plus en Orient. Elles énuméraient tous les inconforts dont on souffrait aux Indes : la chaleur, la poussière, les maladies, l'horrible état des routes et la pénible lenteur des voyages, lorsque Belinda protesta en riant :

— Oh ! Maman... Comment pouvez-vous dire des choses pareilles ? C'est un pays enchanteur ! Je me rappelle très bien la fraîcheur de notre bungalow avec ce jardin plein de fleurs magnifiques... celles qui ont l'air de lys tachetés et les grandes rouges, toujours couvertes de papillons... Je me revois montant mon poney, sur le Mall où il y avait tant de chameaux... Et l'été, quand nous allions sur les hauteurs... ces pins immenses, les roses sauvages qui sentaient si bon... et tous ces pics enneigés qui s'étendaient à perte de vue... Vous n'imaginez pas comme Nelbury et la maison de tante Lizzie me paraissaient laids après ça... Sans parler de ses domestiques, toujours à me reprendre pour ceci ou cela, au lieu de me gâter comme Ayah, Abdul et mon syce. Ah ! qu'il me tardait de repartir !

Cette déclaration ne plut pas à une certaine Mme Chiverton, laquelle jugeait visiblement la jeune Miss Harlowe bien effrontée d'intervenir ainsi dans une conversation entre grandes personnes. Elle rétorqua sèchement que quiconque avait enduré les horreurs de la révolte des Cipayes ne pourrait jamais plus se fier à un Indien, et qu'elle enviait la belle ignorance qu'avait Belinda des dangers auxquels doit faire face une femme sensible, contrainte par les circonstances et le sens du devoir à vivre dans une contrée aussi barbare. A quoi, nullement décontenancée, Belinda répliqua gaiement, en promenant un regard complice autour de la table :

— Mais pensez à tous les hommes courageux que nous avons pour nous défendre ! Comment éprouverait-on la moindre crainte en leur compagnie ? Et puis je suis sûre qu'une chose pareille ne pourra jamais plus se reproduire... N'est-ce pas aussi votre avis, monsieur Pelham-Martyn ? ajouta-t-elle en se penchant par-dessus la table vers Ash qui, assis en face d'elle, écoutait avec intérêt cet échange de propos.

— Je n'en sais rien, répondit-il avec la franchise qui le caractérisait. Je pense que cela dépendra de nous.

— De *nous ?* répéta Mme Chiverton d'un ton laissant clairement entendre qu'une telle remarque lui paraissait insensée et, émanant d'un si jeune officier, proprement scandaleuse.

Ash hésita, ne tenant pas à la choquer davantage mais Miss Harlowe, elle, ne balança pas un seul instant :

— Il veut dire que si nous nous montrons justes envers eux, ils n'auront aucune raison de se révolter contre nous... N'est-ce pas ? fit-elle en se tournant de nouveau vers lui.

Ce n'était pas exactement ce que pensait Ash, mais parce que Belinda avait prononcé le mot *justes,* il cessa de la considérer simplement comme une fille ravissante. Aussi, bien que chaperons, admirateurs et les conditions de la vie à bord rendissent presque impossible le moindre entretien en tête à tête, il ne laissa plus dès lors passer une occasion de lui parler, ou de l'écouter lui parler, du pays où tous deux retournaient avec tant de joie et d'espoir.

La mère de Belinda, Mme Archibald Harlowe, bien qu'un peu tête de linotte, était une femme courageuse et bien intentionnée qui, naguère, avait été aussi jolie que sa fille. Mais le climat et les conditions de vie aux Indes, s'ajoutant à sa méfiance des « indigènes » et à sa peur d'une seconde révolte, avaient agi fâcheusement aussi bien sur sa santé que sur son comportement. La chaleur et de constantes grossesses avaient eu raison d'une silhouette ravissante ; son mari, qui approchait maintenant de la septantaine, n'était toujours que major dans un régiment d'infanterie indigène ; trois des sept enfants qu'elle avait mis au monde étaient morts presque au berceau ; et l'année précédente, elle avait dû conduire en Angleterre Harry et Teddy — ses jumeaux, âgés de cinq ans — pour les confier à sa sœur Lizzie, car les Indes continuaient d'apparaître comme l'antichambre de la mort pour les tout jeunes enfants ; partout dans le pays, les cimetières européens étaient pleins d'enfants morts du choléra, d'insolation, de la typhoïde ou d'une morsure de serpent.

Le rêve de Mme Harlowe eût été de rester en Angleterre avec ses garçons chéris mais, dans une petite ville provinciale comme Nelbury, trop minces étaient les chances pour Belinda de faire un beau mariage. Tandis que les Indes anglaises regorgeaient de célibataires bien à tous égards. Il fallait donc donner à Belinda la possibilité de conclure une union avantageuse, après quoi sa maman retournerait auprès de ses chers petits garçons en attendant qu'Archie soit nommé commandant de son régiment ou prenne sa retraite

Mme Harlowe ne doutait pas de la sagesse d'une telle décision, mais elle en eut très vite confirmation lorsque, sur les vingt-neuf passagers mâles voyageant à bord du S.S. *Canterbury Castle,* il ne s'en trouva pas moins de onze pour courtiser sa fille. Certes, ce n'étaient pour la plupart que des sous-lieutenants sans fortune ou de jeunes fonctionnaires, et les cinq autres demoiselles participant au voyage manquaient de charme. Mais il y avait aussi un capitaine d'infanterie dans les trente-cinq ans, un veuf n'ayant pas encore atteint la cinquantaine et qui était le principal associé d'une importante société d'exportation de jute, et puis aussi le jeune sous-lieutenant Pelham-Martyn qui, (d'après Mme Chiverton, la commère du bord) était non seulement le neveu d'un baronnet, mais l'unique héritier de la fortune plus que confortable laissée par son père homme de science mondialement connu.

D'un point de vue purement financier, M. Joseph Tilbery, le veuf, apparaissait à Mme Harlowe comme le parti le plus intéressant.

Mais, bien qu'il témoignât beaucoup d'attentions à Belinda, il ne lui avait encore fait aucune déclaration. Et la jeune fille trouvait beaucoup plus à son goût les officiers et fonctionnaires qui papillonnaient autour d'elle, prenant plaisir à les opposer les uns aux autres, ravie de se sentir belle et admirée.

Ashton Pelham-Martyn n'était peut-être pas aussi beau que George Garforth (lequel, bien qu'emprunté et d'une timidité lassante, avait pour lui un profil grec et des cheveux bouclés extrêmement byronniens), ni aussi spirituellement enjoué que le sous-lieutenant Augustus Blain, ni aussi riche que M. Joseph Tilbery, de Tilbery, Patterson & Cie. A vrai dire, c'était un garçon plutôt taciturne, sauf lorsqu'il se mettait à parler des Indes, ce que Belinda l'incitait à faire chaque fois que ses autres soupirants lui en laissaient la possibilité, car tout ce qu'il disait concordait avec le souvenir enchanteur qu'elle en gardait. Belinda s'aperçut ainsi que Ashton pouvait se révéler extrêmement charmant, avec quelque chose de plus que les autres qui le faisait paraître à ses yeux différent, excitant, voire un rien inquiétant... un peu comme un faucon sauvage lorsqu'on le compare à un faucon dressé. Et puis il était séduisant aussi avec son visage mince et bronzé, sans compter le halo de mystère romanesque qui l'environnait : le bruit courait qu'il avait grandi dans un palais indien. Cette mauvaise langue de Mme Chiverton allait même jusqu'à insinuer que son charme ténébreux était peut-être bien le résultat d'un mélange de sangs. Mais nul ne lui prêtait attention, car chacun savait bien qu'elle eût été heureuse de voir Ashton tourner autour d'Amy, sa très quelconque fille.

Aussi Belinda dédiait-elle ses sourires les plus radieux à Pelham-Martyn qui finit par tomber désespérément amoureux d'elle, au point de trouver suffisamment de courage, au cours de l'ultime journée de la traversée, pour demander à Mme Harlowe la main de sa fille.

Ash avait craint d'essuyer un échec, parce qu'on le jugerait trop jeune encore ou indigne d'aspirer à devenir le mari de Belinda. Aussi eut-il peine à en croire ses oreilles lorsque Mme Harlowe lui déclara ne voir aucune objection à une telle union et être sûre que le père de Bella partagerait son sentiment.

Lorsqu'il l'avait épousée, le Major avait deux fois l'âge de sa femme et était plus près de la quarantaine que de la trentaine. Bien que n'ignorant pas les principes de son mari à cet égard, Mme Harlowe s'était persuadée que Archie se réjouirait comme elle de voir leur fille unique conclure une telle union. Ça n'était pas comme si le jeune ménage avait dû vivre avec seulement la solde d'un sous-lieutenant. Ashton percevait déjà de substantiels revenus et, dans un peu plus de deux ans, il entrerait en possession de la fortune paternelle. Certes, Ashton n'avait pas encore vingt ans, mais tout le monde s'accordait à dire qu'il témoignait d'une maturité au-dessus de son âge. En outre, il avait de fort bonnes manières et adorait Belinda. Alors Archie ne pouvait qu'approuver ce mariage.

Mme Harlowe essuya quelques larmes d'émotion. Puis, une demi-heure plus tard, dans un recoin discret du pont avant, Ash demanda à Belinda si elle accepterait de l'épouser, et s'entendit répondre oui.

La chose était censée demeurer secrète, mais à peine le dîner était-il terminé que Ash recevait les congratulations envieuses de ses rivaux, sous le regard glacé des dames qui, ayant déjà jugé Belinda « bien trop flirt », étaient maintenant convaincues que sa mère, loin d'être l'écervelée bonasse qu'elles supposaient, devait être rangée parmi les intrigantes ne reculant devant rien pour arriver à leurs fins.

M. Tilbery et le capitaine d'infanterie s'étaient montrés assez froids, mais George Garforth, lui, était devenu blanc comme un linge. Après avoir tenté de noyer sa déception dans la boisson, il avait manifesté quelque velléité de se battre avec son heureux rival mais, grâce au ciel, il avait dû se précipiter vers les lavabos avant d'avoir mis son projet à exécution. Belinda s'étant retirée de bonne heure et George ayant été transporté dans sa cabine, Ash avait gagné le pont déserté, où il avait passé la nuit sur une chaise longue, ivre de champagne et de bonheur. Qui n'aurait envié son sort? Demain... Non, aujourd'hui même car il était minuit passé, il allait retrouver enfin son pays. Bientôt maintenant, il traverserait la rivière Ravi, reverrait les montagnes, Zarin...

En proie à un soudain malaise, Ash se demanda si Zarin avait beaucoup changé au cours de ces dernières années et s'il allait le reconnaître dès qu'il l'apercevrait. Il n'y avait pas grand-chose de Zarin dans ces lettres ampoulées qu'il recevait si rarement et qui lui apprenaient si peu de chose. Il savait que Zarin était maintenant daffadar et père de trois enfants, mais c'était tout. Allaient-ils pouvoir reprendre leurs relations au point où ils les avaient interrompues sept ans auparavant? Jusqu'alors, Ash n'en avait pas douté un seul instant; mais, à présent, le doute s'insinuait en lui, car il se rendait compte que leurs positions allaient être inversées. Lui revenait officier de l'armée britannique et Zarin Khan, son « grand frère » qu'il enviait, admirait et s'efforçait d'imiter, serait sous ses ordres.

Quelle différence cela ferait-il ? Aucune, si Ash y pouvait quelque chose, mais il y avait les usages, l'étiquette... ainsi que les autres officiers, et même Belinda... Non, pas Belinda : du moment qu'elle l'aimait, elle partagerait ses sentiments. Mais, au début, cela risquait d'être difficile pour Zarin et lui.

A présent, Ash eût souhaité que leurs retrouvailles pussent avoir lieu en terrain neutre et non dans l'ambiance strictement militaire du camp de Mardan, sous le regard critique d'une douzaine d'hommes qui, connaissant plus ou moins son histoire, l'observeraient pour voir comment il se comportait. De toute façon, c'était trop tard maintenant pour éviter cela. Il n'aurait qu'à agir avec circonspection, en se gardant de cette impulsivité que l'oncle Matthew aussi bien que Koda Dad considéraient comme son principal défaut. Avant cela, il allait y avoir le long voyage vers le nord, avec la pénible perspective de devoir quitter Ala Yar et Mahdoo, seul point noir dans son univers radieux.

Et, du coup, il éprouva un soudain remords en se rendant compte que, tout occupé de Belinda, il avait négligé ces vieux serviteurs. Ce n'était pas souvent qu'il s'était promené avec l'un ou l'autre sur le pont, de très bonne heure, avant que ne s'éveillent les autres passagers. Et chaque jour, il n'avait échangé que quelques brèves paroles avec Ala Yar quand celui-ci venait s'occuper de son linge. Maintenant, il était trop tard pour rattraper ça. Demain... Non, aujourd'hui, ils prendraient congé de lui. Chacun d'eux irait son chemin, et Ash sentait que, pour sa part, il allait beaucoup les regretter. Ils étaient comme un trait d'union entre les jours de son enfance et la nouvelle vie qui commencerait pour lui au lever du soleil... Déjà les étoiles perdaient de leur éclat et, à l'est, le ciel se teintait de vert aux approches de l'aube.

Bombay se cachait encore derrière l'horizon, mais le vent en apportait les odeurs : des relents d'égouts et de végétation pourrissante s'y mêlaient à la poussière, aux senteurs des marchés enfiévrés, avec, planant sur le tout, un léger parfum de fleurs... œillets d'Inde, frangipaniers, jasmins et fleurs d'oranger... Tout concourait à lui faire sentir qu'il était de retour dans son pays

9

Le daffadar Zarin Khan avait demandé une permission de trois semaines pour des affaires urgentes et privées qu'il avait à régler. Il gagna Bombay à ses frais afin de s'y trouver à l'arrivée du S.S. *Canterbury Castle,* emmenant avec lui un porteur pour Ash, nommé Gul Baz, Pathan choisi tout spécialement par Awal Shah.

Les années écoulées avaient peu marqué Zarin, au point qu'il n'y avait guère de différence entre l'homme qui attendait l'arrivée du jeune officier et celui qui, sept ans auparavant, avait vu partir un enfant en proie au désespoir. Simplement, il avait grandi, pris de la carrure, et sa moustache était beaucoup plus luxuriante. Au lieu de l'uniforme sable avec les bandes molletières, il avait revêtu pour ces retrouvailles le costume des Pathans : pantalon bouffant, chemise flottante et gilet fleuri.

Sur le quai brûlé par le soleil attendaient coolies, officiers du port, rabatteurs pour les hôtels, avec l'habituelle foule de parents et d'amis. Tandis qu'on sortait la passerelle, le regard de Zarin parcourut les visages alignés au-dessus des rambardes. Si Ash avait quelque peine à le reconnaître, qu'en serait-il de lui qui avait quitté un jeune garçon et allait retrouver un homme ? Au même instant, il étouffa une exclamation de soulagement : oui, c'était sûrement Ashok, sans erreur possible.

Pas aussi grand que Zarin s'y attendait mais mesurant quand même un bon mètre quatre-vingts. Ash avait toujours eu le teint basané et, après toutes ces semaines passées sur le pont, en plein soleil, on l'aurait pris pour un Indien s'il n'avait été vêtu comme un Sahib.

Visiblement, Ashok ne s'attendait pas à ce que quelqu'un fût venu l'attendre car, à la différence des autres passagers, il ne regardait pas la foule mais les toits et les jardins verdoyants de la ville. Même à cette distance, Zarin pouvait distinguer ce qu'exprimait le visage de son ami et il s'en réjouit : c'était bien un Ashok inchangé et non un étranger qui allait descendre du bateau.

— Voici Pelham-Sahib, dit-il à Gul Baz en le lui montrant du doigt. Il levait la main pour faire signe à son ami, mais son bras retomba sans qu'il en eût rien fait, car une femme venait de paraître à côté d'Ashok. Une très jeune femme qui lui prenait le bras en riant et accaparait son attention. Zarin fronça les sourcils une jeune memsahib.. C'était là une complication qu'il n'avai pas prévue

Dès le commencement, c'étaient les memsahibs qui avaient suscité des ennuis et créé des barrières sociales entre les Occidentaux et les indigènes. Autrefois, à la bonne époque de la Compagnie des Indes qui avait vu naître l'armée du Bengale, il y avait peu de memsahibs aux Indes, car le climat passait pour ne pas leur convenir, et l'inconfort aussi bien que la longueur du voyage en mer les décourageaient de l'entreprendre. Vivant ainsi entre hommes, les Sahibs avaient pris épouses ou maîtresses dans la population locale, ce qui les avaient amenés à en parler les idiomes, à mieux connaître le pays et ses habitants. A cette époque régnait une grande fraternité entre les blancs et les bruns, fondée sur une estime réciproque. Mais le développement des bateaux à vapeur ayant rendu les traversées plus rapides et plus confortables, les memsahibs n'avaient plus reculé devant le voyage et elles avaient débarqué avec un plein chargement de préjugés, de snobisme et d'intolérance.

Jusqu'alors traités en égaux, les Indiens devinrent les « indigènes », mot qui perdit la signification qu'il avait dans le dictionnaire, pour se charger d'opprobre et désigner des êtres inférieurs, dont la peau n'était pas blanche. Les memsahibs préféraient n'avoir aucun rapport avec les « indigènes », encore qu'elles acceptassent sans trop de difficulté d'être reçues princièrement dans le palais de quelque maharajah et qu'elles se flattassent de bien traiter leur nombreuse domesticité. Mais il leur arrivait rarement d'inviter des Indiens chez elles ou de chercher à nouer des amitiés hors de leur cercle d'Européens, professant un grand dédain pour l'histoire et la culture du pays qui les accueillait, qu'elles disaient païen et barbare. La camaraderie de naguère avait presque totalement disparu, pour faire place à la méfiance, à la suspicion et au ressentiment.

C'est pourquoi, debout sur le quai de Bombay inondé de soleil, Zarin Khan avait le cœur serré en regardant celui qui avait été son ami jouer les empressés auprès d'une jeune fille blonde. Il ignorait quelle influence les années passées en *Belait* avaient pu avoir sur Ashok, mais il ne s'attendait pas à une complication de ce genre et il souhaita que ce fût simplement un engouement passager, qui n'excéderait pas quelques semaines. Il n'aimait guère toutefois cette assurance de propriétaire affichée par la grosse dame qui suivait les jeunes gens et en qui il venait de reconnaître la femme de Harlowe Sahib, commandant en second d'un régiment actuellement stationné à Peshawar. La jolie blonde était très probablement sa fille et comme il fallait moins de quatre heures pour aller à cheval de Mardan à Peshawar, la jeune fille pourrait accaparer Ashok. Zarin pinça les lèvres, prévoyant que des histoires de bals ou autres viendraient déranger le jeune officier dans ses occupations.

Le major Harlowe n'était pas venu attendre sa petite famille à Bombay, parce que l'on préparait les manœuvres d'automne et qu'il avait beaucoup trop à faire pour s'absenter en un tel moment. Mais il avait envoyé son porteur et l'*ayah* de sa femme veiller au confort des voyageuses durant le long trajet vers le nord. Par ailleurs, il était convaincu qu'elles feraient des connaissances dans le train et ne s'ennuieraient donc pas trop en chemin.

— Bien sûr que nous ne nous ennuierons pas ! s'écria Belinda, les yeux brillants. Ash sera avec nous, et puis il y a tant à voir : la jungle, les tigres, les éléphants... Ash, il y a là-bas un indigène qui n'arrête pas de nous regarder. Le grand, avec le turban blanc. Je pense qu'il doit vous connaître.

Ash se retourna. *Zarin !*

Ce fut brusquement comme si, l'espace d'un moment, il était redevenu un enfant écoutant Zarin lui dire pourquoi il devait aller en Angleterre, l'assurer qu'il en reviendrait un jour... *Les années passeront vite, Ashok.* Elles n'avaient pas passé vite, mais elles avaient passé. Maintenant, il était de retour et, comme promis, Zarin l'attendait. Il voulut l'appeler, mais sa gorge s'était nouée et il ne put que sourire bêtement.

— Qu'y a-t-il, Ash ? questionna Belinda en le tirant par la manche. Pourquoi faites-vous cette tête ? Qui est cet homme ?

— Zarin, répondit Ash en recouvrant la voix. C'est Zarin !

Il se mit à courir vers son ami, plantant là Belinda, laquelle ne fut pas peu surprise de voir son fiancé se donner en spectacle avec un indigène, tous deux s'embrassant d'une façon qu'on eût jugée excessive même s'ils avaient été des Français. Rouge de confusion, elle se détourna vivement et se heurta ainsi au regard malicieux d'Amy Chiverton qui n'avait rien perdu de la rencontre.

— Maman a toujours dit qu'il y avait quelque chose de pas net chez M. Pelham-Martyn, rappela Miss Chiverton avec acidité. Pensez-vous que cet homme soit un demi-frère, un cousin, ou quelque chose comme ça ? Car ils se ressemblent beaucoup... Oh ! j'oubliais que vous êtes fiancée avec lui ! Je suis impardonnable ! Je vous prie de m'excuser... Je plaisantais, bien sûr ! Il doit s'agir d'un de ses vieux serviteurs venu l'accueillir Les nôtres aussi sont là. Les vôtres également, je suppose ?

Mais on n'embrasse sûrement pas de la sorte un vieux serviteur, pensa Belinda. D'ailleurs, cet homme n'était pas vieux, loin de là.

Les regardant de nouveau, elle éprouva un choc à constater qu'Amy Chiverton n'avait pas exagéré en disant que les deux hommes se ressemblaient. Si Ashton s'était laissé pousser la moustache, ils auraient pu passer pour frères.

— Voyons, Belinda ! la gronda Mme Harlowe qui venait de prendre congé des Philpot qui avaient occupé la cabine voisine de la leur. Combien de fois ne t'ai-je pas dit de ne point rester au soleil sans ombrelle ? Tu vas t'abimer le teint. Où est Ashton ?

— Il... Il est allé s'occuper de ses bagages, mentit Belinda en prenant sa mère par le bras et l'entraînant vers le pavillon de la douane. Il n'en a pas pour longtemps. Allons nous mettre à l'ombre.

Les yeux bleus de Belinda s'étaient embués de larmes et le chatoiement pittoresque qui l'environnait perdait brusquement tout son charme. Elle n'avait plus conscience que de la chaleur, du bruit, et du fait que sa robe de mousseline fleurie était déjà trempée de sueur. Ash se conduisait d'une façon abominable et l'Inde était un horrible pays !

En cet instant où il riait et s'exclamait en embrassant son ami, Ash l'avait complètement oubliée, tout comme il avait oublié qu'il était maintenant un Sahib et un officier.

— Zarin... Zarin... Pourquoi ne m'avait-on pas prévenu que tu serais là ?

— Parce que personne n'en savait rien. J'ai demandé une permission et suis parti, sans dire à quiconque où j'allais.

— Pas même à Awal Shah ? Comment va-t-il ? M'as-tu reconnu tout de suite ou n'étais-tu pas sûr que ce soit moi ? Ai-je beaucoup changé ? Toi, absolument pas, Zarin... Ou si peu que ça ne compte pas. Parle-moi de ton père... Est-il en bonne santé ? Vais-je le voir à Mardan ?

— Non, je ne le pense pas. Il se porte bien, mais son village se trouve à deux *koss* au-delà de la frontière et, du fait de son âge, il s'en absente rarement.

— Alors, je demanderai une permission et tu m'emmèneras le voir. Oh ! Zarin, que c'est bon de te retrouver ! Quelle joie d'être enfin de retour !

— Moi aussi, je suis heureux. Parfois, il m'arrivait de craindre que tu aies changé et perdu toute envie de revenir, mais je vois maintenant que tu es bien toujours le même Ashok avec qui je jouais au cerf-volant quand nous habitions le Hawa Mahal. J'aurais dû me douter que tu ne changerais pas ! Ces années en *Belait* t'ont-elles paru longues ?

— Oh ! oui. Mais elles sont terminées, Dieu merci ! Parle-moi un peu de toi et de ton régiment ?

La conversation obliqua vers les Guides et les rumeurs d'une campagne d'hiver dirigée contre certaines tribus frontalières qui se livraient à des razzias dans les villages, y volant femmes et bétail. Puis Zarin présenta Gul Baz à son ami et fit à son tour la connaissance de Ala Yar et Mahdoo. De temps à autre, un ou deux passagers du *Canterbury Castle* s'immobilisaient, surpris de voir le jeune Pelham-Martyn rire et parler avec tant d'animation à un groupe d'*indigènes,* alors qu'il s'était montré plutôt taciturne à bord, où on le jugeait un peu ours, encore que sa conquête de la petite Harlowe donnât à penser qu'il devait avoir des qualités cachées. En tout cas, maintenant, il témoignait de beaucoup d'exubérance avec ces indigènes et ceux qui s'étaient immobilisés un instant pour considérer la scène, repartaient avec un haussement de sourcils désapprobateur, en se sentant comme offensés.

Sur le quai, la foule commençait à se clairsemer tandis que diminuaient les monceaux de bagages, mais Belinda et sa mère attendaient toujours le retour de Ash. Leurs compagnons de voyage s'empilaient dans des voitures qui partaient vers la ville et dans le pavillon de la douane, au toit de tôle ondulée, régnait une chaleur suffocante. Ash avait perdu toute notion de l'heure, tant les deux amis avaient de questions à se poser et de choses à se dire. Quand, enfin, Zarin envoya Gul Baz chercher les bagages et engager des coolies pour en assurer le transport, Ala Yar annonça soudain au voyageur que Mahdoo et lui l'accompagneraient à Mardan.

— Tu n'as pas besoin de ce nouveau porteur, expliqua-t-il, car, avant que Anderson Sahib ne meure, je lui ai promis de veiller à ton bien-être. Mahdoo lui aussi souhaite rester à ton service. Nous en avons discuté entre nous : en dépit de notre âge, nous n'avons aucune envie de devenir oisifs. Et nous ne voulons pas non plus chercher un nouveau Sahib, aux façons duquel nous ne nous habituerions pas. Donc, je serai ton porteur et Mahdoo te fera la cuisine. Tu n'as pas à avoir d'inquiétude au sujet de nos gages : quelques roupies suffiront, car nos besoins sont modestes et Anderson-Sahib nous a laissé de quoi assurer largement nos vieux jours.

Aucun argument n'aurait pu amener les deux serviteurs à

changer d'idée, et quand Zarin fit remarquer que, mangeant au mess, un officier subalterne n'avait nul besoin d'un cuisinier, Mahdoo répondit placidement que, dans ce cas, il ferait fonction de maître d'hôtel. Ala Yar et lui servaient ensemble depuis de longues années, ils étaient habitués l'un à l'autre — tout comme à Ash-Sahib — aussi préféraient-ils ne pas se quitter.

Rien ne pouvait mieux convenir à Ash, car la perspective de se séparer d'eux était la seule chose qui attristât son retour. Ravi de l'arrangement, il approuva la suggestion de garder néanmoins Gul Baz comme « aide-porteur ».

— Je vais l'envoyer à la gare acheter les billets et nous réserver un compartiment proche du tien, dit Zarin. Non, nous ne pouvons voyager avec toi... Ni toi avec nous : ce ne serait pas convenable. Tu es maintenant un Sahib et si tu ne te comportais pas comme un Sahib, ça ne pourrait que nous occasionner des ennuis à tous, car bien des gens ne s'expliqueraient pas une telle attitude.

— Il a raison, opina Ala Yar. D'autant qu'il faut penser aussi aux memsahibs.

— Oh ! je me moque de...

Ash s'interrompit net et s'exclama :

— *Belinda !* Mon Dieu, je l'ai complètement oubliée ! Zarin... Je te retrouverai à la gare. Dis à Gul Baz de se charger de mes bagages. Ala Yar, tu as les clefs, n'est-ce pas, et tu connais mes affaires ? Il faut absolument que je me sauve...

Il retourna en courant là où il avait laissé Belinda, mais elle en était partie, comme tous les autres passagers et les gens venus les attendre. Le S.S. *Canterbury Castle* semblait absolument désert dans la chaleur de midi. Un employé des douanes informa Ash que deux dames venaient de s'en aller, qui avaient attendu près d'une heure. Non, elles n'avaient rien dit, mais sans doute étaient-elles descendues dans un hôtel de Malabar Hill, à moins que ce fût au Yacht-Club, ou encore au Myculla. Un des *ghari-wallahs* en stationnement pourrait peut-être le renseigner...

Ash monta dans une tonga pour tenter de les rejoindre, mais ce fut en vain. Ayant passé l'après-midi à faire le tour de tous les hôtels et clubs sans aucun résultat, Ash ne vit plus d'autre issue que d'aller attendre ces dames à la gare.

Là, il apprit que le train partait seulement en fin de soirée, si bien qu'il passa des heures à arpenter le hall de la gare, en s'accablant de reproches et se jugeant vraiment indigne d'une aussi exquise créature que Belinda ! La veille au soir, il avait promis de l'aimer et la chérir en faisant tout ce qui était en son pouvoir pour la rendre heureuse... Et voilà qu'il manquait déjà à sa promesse. Que devait-elle penser de lui ? Et où donc était-elle ?

Belinda et sa mère étaient allées chez une amie qui habitait à proximité du port et y avaient passé la journée, Mme Harlowe estimant qu'il faisait vraiment trop chaud pour visiter la ville. Après avoir dîné de bonne heure, elles se firent conduire à la gare où elles trouvèrent Ash sur le quai mais, malheureusement pour lui, toujours en compagnie. Ash n'était décidément pas dans un jour de chance car, si ces dames étaient arrivées cinq minutes plus tôt, il eût été encore à les attendre près du guichet et seul. Ala Yar avait emmené Zarin et Mahdoo voir des amis qu'il avait à Bombay, cependant que Gul Baz demeurait à la gare pour s'occuper de tout. Le retour des trois hommes n'avait précédé que de très peu l'arrivée de Mme Harlowe et sa fille. Mais, les voyant sur le quai avec Ash, ces dames en conclurent tout naturellement qu'ils ne s'étaient pas quittés de la journée, sans que Ash se fût inquiété d'elles le moins du monde.

Le dépit et la colère de Belinda furent tels que, si elle avait déjà eu sa bague de fiançailles, elle n'aurait pas hésité à la jeter au visage de Ash. Privée de cet exutoire dramatique, elle se préparait à passer près de lui en l'ignorant ostensiblement quand le hasard lui livra une arme que, en pareille occurrence, bien peu de femmes eussent pu se retenir d'utiliser.

Ce fut un de ces petits riens qui, par la suite, se révèlent avoir des conséquences insoupçonnées et bouleversent aussi la vie de gens qui ne sont pas directement en cause. Belinda ne pouvait évidemment s'en douter et elle ne vit là qu'une occasion de rendre à Ash la monnaie de sa pièce. Le jeune George Garforth — celui qui avait un profil grec assorti d'une chevelure à la Byron — se trouvait sur le quai à la recherche de son compartiment, lorsqu'il s'entendit accueillir avec des transports de joie par la jeune fille dont il était passionnément épris, mais qui lui en avait préféré un autre. De quoi perdre la tête !

La timidité et un sentiment aigu d'infériorité avaient jusqu'alors empêché George d'exprimer ouvertement sa dévotion, et bien que Belinda fût sensible à son physique, elle le trouvait terne, partageant tout à fait la malicieuse opinion d'Amy Chiverton que « ce pauvre M. Garforth eût fait un excellent mannequin pour vitrine de tailleur ». Un beau garçon éprouve en général de l'assurance, voire de la vanité ; mais George Garforth faisait exception et témoignait d'une incroyable gaucherie, ce qui le faisait souvent agir à contretemps, en augmentant encore son embarras.

La seule fois où George s'était enhardi, poussé par la passion que lui inspirait Belinda, il avait montré une telle maladresse que la plus tolérante des filles n'eût pu que le rabrouer comme elle l'avait fait et, rouge d'humiliation, il était aussitôt rentré dans sa coquille. Or voici que cette même fille venait à lui avec un grand sourire, la main tendue. C'était si stupéfiant que le pauvre George ne put se retenir de regarder par-dessus son épaule pour voir à qui cela s'adressait.

— Oh ! monsieur Garforth... Quelle heureuse surprise ! Serait-ce que nous allons voyager ensemble ? Le trajet paraît tellement moins long quand on le fait en agréable compagnie !

George la regarda comme s'il n'en croyait pas ses oreilles puis, lâchant les lettres qu'il tenait, il saisit la main offerte comme un homme en train de se noyer la perche qu'on lui tend. Il se sentit pâlir et incapable d'articuler un seul mot. Mais cela ne parut pas offenser la déesse qui, après avoir serré la main du jeune homme, la glissa sous son bras en disant gaiement :

— Accompagnez-moi jusqu'à mon compartiment ! Si j'avais su que nous prenions le même train, ça n'aurait pas été pareil... J'étais un peu blessée, je l'avoue, que vous ne m'ayez même pas dit au revoir ce matin. Je vous ai cherché partout, mais il y avait tant de foule sur ce quai et il faisait si chaud !

— Vraiment ? Vous... vous m'avez... ? bégaya George, en recouvrant la voix.

Comme ils arrivaient à hauteur de Ash et de ses infréquentables compagnons, Belinda leva vers son cavalier un visage rayonnant et lui étreignit gentiment le bras en disant :

— Mais oui, bien sûr !

Du coup, George devint écarlate. Il eut l'impression d'être soudain plus grand, plus fort et, pour la première fois de sa vie, il se sentit déborder d'assurance, au point qu'il éclata de rire.

Tournant la tête, Ash les vit ainsi, bras dessus bras dessous, qui riaient à l'unisson.

Comme il faisait un pas vers elle, Belinda dit négligemment « Oh ! bonsoir, Ashton... » en accompagnant la chose d'un vague petit geste, beaucoup plus blessant que n'importe quelle remarque cinglante.

Ash les suivit jusqu'au compartiment des Harlowe, où il se trouva contraint de présenter des excuses et de fournir des explications à Mme Harlowe. Belinda semblait beaucoup trop occupée de

George pour prêter grande attention à ce que Ash disait, mais ça ne l'empêcha pas de déclarer qu'il n'avait point à s'excuser, que c'était vraiment sans importance aucune. Ce qui fit à Ash l'effet d'une douche glacée.

Cela ne s'arrangea pas au cours des jours qui suivirent, car lorsqu'il se présentait dans le compartiment des Harlowe, au cours d'un des nombreux et longs arrêts jalonnant le parcours, Belinda continuait de le traiter avec une politesse excessive. Pas une seule fois il ne fut invité à s'asseoir ni à faire quelques pas sur le quai en compagnie de la jeune fille. Cette attitude affligeait Ash et inquiétait Mme Harlowe mais George en était comme électrisé. Les gens ayant voyagé avec lui sur le S.S. *Canterbury Castle* n'auraient pas reconnu le garçon gauche et emprunté qu'ils avaient fréquenté à bord, dans ce jeune homme disert et débordant d'assurance, qui bombait le torse lorsqu'il se promenait aux arrêts avec Belinda à son bras, ou monopolisait la conversation dans le compartiment.

Mme Harlowe savait par expérience que, aux Indes, tout voyage sous-entend chaleur, poussière et inconfort. En la circonstance, ce n'était toutefois pas de cela qu'elle souffrait, mais de voir Belinda et Ashton se conduire comme des enfants. Bien des filles se marient à dix-sept ans — Mme Harlowe avait été du nombre — mais elles épousent alors des hommes nettement plus âgés, des hommes sur qui elles peuvent compter pour prendre soin d'elles, et non des adolescents irresponsables comme cet Ashton qui avait abandonné Belinda sur un quai, plein de toutes sortes de gens, pour s'en aller bavarder pendant plus d'une heure avec des indigènes !

Au lieu d'atténuer la chose, ses explications n'avaient fait que l'aggraver. A l'entendre, l'un de ces hommes — simple daffadar, pas même officier indigène ! — était un vieil ami qui avait fait le voyage du Khyber à Bombay exprès pour le voir. Et Ashton avouait en avoir eu tant de joie, qu'il avait perdu toute notion du temps. Pareille déclaration témoignait d'une belle franchise, mais aussi d'un tel manque de jugement et de tact que Mme Harlowe comprenait très bien la réaction de sa fille. A la suite de quoi, Belinda flirtait outrageusement avec un autre garçon — qui, lui, ne pouvait faire un mari acceptable — et Mme Harlowe s'en inquiétait beaucoup, se demandant ce que dirait Archie quand il apprendrait tout cela...

Du coup, la pauvre femme eut des vapeurs et des crises de larmes. Trois jours d'une telle atmosphère finirent par avoir raison de Belinda. Certes, Asthon s'était conduit d'une façon abominable, mais il avait été suffisamment puni, d'autant qu'elle commençait à se fatiguer des airs de propriétaire que George Garforth affectait à son égard. Il était vraiment temps qu'elle le remette à sa place.

A l'arrêt suivant lorsque, comme à son habitude, Ashton vint toquer humblement à la porte, on lui donna audience, si bien que le pauvre George se trouva de trop et contraint de descendre faire les cent pas sur le quai.

Le train n'allait pas plus loin que Delhi et les voyageurs ayant une autre destination devaient alors recourir au dâk-*ghari*[1], au palanquin, ou au char à bœufs.

Là, après avoir consacré deux jours à visiter la ville, Ash s'éclipsa pendant vingt-quatre heures, mais ni Mme Harlowe ni Belinda ne surent que son absence avait duré aussi longtemps car, instruit par l'expérience, il exhiba une très jolie bague ornée de perles et de diamants, en expliquant qu'il avait dû aller dans quelque vingt ou trente boutiques du Chandi Chowk, la célèbre « Rue d'Argent » de Delhi, avant de trouver un bijou qu'il pût décemment offrir à Belinda. Ces dames s'extasièrent devant la bague mais, bien entendu, il ne pouvait être question de la porter au doigt tant que Ash ne s'était pas entretenu avec le père de Belinda. Comme George Garforth avait mis à profit l'absence de son rival pour emmener ces dames pique-niquer au Kutab Minar, elles avaient passé une très agréable journée. M. Pelham-Martyn étant maintenant pardonné, ni Belinda ni sa mère ne posèrent de questions, ce qui était aussi bien, vu que l'achat du bijou avait demandé seulement une demi-heure à Ash, qui avait employé d'une tout autre façon le reste de son temps.

Mahdoo avait des amis à Delhi et, habillé comme un Pathan grâce à des vêtements prêtés par Gul Baz, Ash avait mené joyeuse vie durant la nuit, en leur compagnie et celle de Zarin.

De tous ceux qui avaient pris la malle de Bombay, il ne restait qu'une poignée de voyageurs pour continuer plus loin vers le nord et le Pendjab. Le reste du parcours fut effectué à bord de dâk-*gharis,* qui ressemblaient à une série de boîtes montées sur roues. Ash se trouva n'avoir à partager le sien qu'avec une seule personne, mais comme il s'agissait de George Garforth, il préféra passer la majeure partie de son temps avec Zarin, Ala Yar et Mahdoo parce que, d'une part, il trouvait leur compagnie infiniment préférable à celle de Garforth, et aussi parce que Mme Harlowe avait invité une vieille amie, Mme Viccary, à voyager dans son dâk-*ghari.* La présence de cette dame mit fin

1. Voiture postale tirée par un cheval.

pour Ash à tout espoir de passer beaucoup de temps avec les Harlowe lors des étapes, où l'on changeait les chevaux et où les voyageurs pouvaient se reposer dans des chambres après avoir dîné. En dépit de quoi, contrairement à ce qui eût été normal, Ash ne put en vouloir à l'intruse, car Mme Viccary se révéla être une personne délicieuse, pleine d'expérience et de compréhension, qui avait le don de se faire des amis et avec qui on se sentait tout de suite en sympathie. Comme elle savait aussi écouter avec attention, Ash ne mit pas longtemps à lui dire plus de choses le concernant que n'en savait Belinda, ce dont il fut le premier étonné mais qui ne surprit aucunement Mme Viccary.

Edith Viccary recevait beaucoup de confidences et n'en avait jamais trahi aucune. En l'occurrence, après tout ce que sa volubile amie lui avait appris touchant la famille, les antécédents et l'avenir du jeune Pelham-Martyn, elle s'était cependant employée à faire sortir Ash de sa réserve, car non seulement elle comprenait mais elle partageait sa passion pour l'Inde, où elle aussi était née. Elle y avait également passé la majeure partie de sa vie : partie pour l'Angleterre à l'âge de huit ans, elle en était revenue jeune demoiselle de seize ans pour vivre avec ses parents qui se trouvaient alors à Delhi. Et c'est dans la cité des Mogols que, un an plus tard, elle avait connu puis épousé un jeune ingénieur, Charles Viccary.

Cela se passait durant l'hiver de 1849, et le travail de son mari l'appelant un peu partout aux Indes, elle l'avait suivi. Plus elle connaissait ce pays et plus elle l'aimait, comptant de nombreux amis parmi les autochtones car, à la différence de Mme Harlowe, elle avait appris à parler assez couramment au moins quatre des principaux idiomes. Lorsque le choléra lui eut ravi son fils unique et la Révolte des Cipayes tué ses parents, sa sœur ainsi que les trois enfants de celle-ci, elle ne s'abandonna pas au désespoir ni ne perdit son sens de la justice, se refusant à connaître la haine aveugle.

Mme Viccary n'était pas seule dans ce cas, mais comme elle se trouva être la première qu'il fut donné à Ash de rencontrer, elle contribua à dissiper le malaise que commençaient à lui inspirer les Britanniques. Rien que pour cela, il lui eût pardonné presque tout et même d'avoir involontairement empêché qu'il vît beaucoup Belinda durant ce voyage vers le nord. A cela près, le voyage se passa d'assez agréable façon et le jour arriva où, descendu sur la route pour se degourdir les jambes, Ash vit au loin une dentelle à la blancheur rosée qui se détachait sur le vert glacé du ciel : l'Himalaya.

— Ah que c'est bon de se sentir de nouveau dans son pays ! dit Ala Yar, en respirant le vent comme un vieux cheval humant l'écurie.

A présent, si ces *gharis* tombent en morceaux, ça n'a plus d'importance : nous pourrons continuer à pied s'il le faut !

Les *gharis* tinrent le coup, mais une récente inondation ayant emporté la route sur plusieurs centaines de mètres, les voyageurs durent passer deux jours dans un relais de poste voisin, jusqu'à ce que la route fût redevenue praticable.

S'il n'y avait eu George Garforth, Ash aurait certainement trompé cette attente en compagnie de Zarin et d'Ala Yar. Mais il n'avait pas oublié les amabilités de Belinda à l'égard de son compagnon, ni l'empressement que celui-ci avait mis à tenter de le supplanter et, pendant ces deux jours, au grand écœurement de Zarin, il se consacra presque exclusivement à la jeune fille.

M. Garforth s'était montré aussi très assidu auprès de Belinda, mais il avait toujours fini par se retrouver en tête-à-tête avec Mme Harlowe, dont il avait fait la conquête en tenant ses pelotes de laine à tricoter tandis qu'il lui racontait son enfance.

Ah ! si George avait été un aussi beau parti que Ashton, comme Mme Harlowe se serait sentie plus tranquille quant à l'avenir de sa chère Bella ! Car George était non seulement beau, mais dénué de complications, d'une normalité on ne peut plus rassurante. A en juger par la description qu'il faisait de sa maison familiale, ses parents avaient dû vivre sur un plus grand pied que celui auquel Mme Harlowe était elle-même habituée. Son père, lui avait-il dit, était d'origine irlandaise, cependant que sa grand-mère appartenait à l'aristocratie grecque (ce qui expliquait le beau profil). Lui-même rêvait de faire carrière dans l'armée mais, comme cela déplaisait à sa mère, il s'était rabattu vers le commerce. L'Orient avait tout pour attirer un jeune homme à l'esprit aventureux, et c'est ce qui l'avait incité à accepter le poste que lui offrait la firme Brown & MacDonald, de préférence à la sinécure bien payée que l'influence de sa famille pouvait lui procurer en Angleterre. En effet, bien qu'il aimât beaucoup ses parents, George voulait commencer au bas de l'échelle et ne devoir sa situation qu'à lui seul, sentiment qu'approuvait totalement Mme Harlowe.

Quel charmant garçon, vraiment ! Ashton, lui, ne parlait jamais de ses parents et le peu qu'il avait dit de son enfance à Mme Harlowe avait paru tellement singulier à la bonne dame qu'elle lui avait fait comprendre (avec tact, bien sûr) que moins il en parlerait, mieux cela vaudrait, car une telle histoire risquait de... enfin, d'être mal comprise. Une nourrice hindoue, épouse d'un simple *syce,* et dont il parlait en l'appelant « ma mère » comme si elle lui avait donné le jour ! Mme Harlowe frémissait à l'idée de ce que les gens auraient pu penser... Elle regrettait d'avoir mis tant d'empressement à le tenir déjà pour fiancé à Belinda. Elle n'aurait sûrement pas agi de la sorte, si elle n'avait tant brûlé de retourner auprès de ses chers petits Harry et Teddy. On n'imagine pas ce que cela représente d'être ainsi séparée de ses enfants pendant des années. Même Archie ne s'en rendait pas compte. Elle n'avait désiré qu'une chose : que Belinda fasse un bon mariage à tous égards. Aussi voulait-elle espérer qu'Archie ne se mettrait pas en colère. Après tout, elle avait agi au mieux. Au mieux concernant Harry et Teddy...

Au soir du second jour, les réparations de la route étant achevées, on remonta en voiture pour atteindre Jhelum, où il y avait un camp militaire britannique d'une certaine importance.

Quand elle se trouva au milieu de jeunes officiers au visage bronzé, Belinda ne put s'empêcher de faire la comparaison avec les mornes habitants de Nelbury. On eût cru qu'ils n'appartenaient pas à la même race ! Impossible qu'une jolie fille pût s'ennuyer ou se sentir délaissée parmi tant d'hommes ne demandant qu'à danser avec elle ou l'emmener à des pique-niques ! Pour un peu, elle eût regretté de devoir épouser Ashton. Non, non, elle l'aimait et souhaitait donc devenir sa femme... Mais peut-être pas tout de suite. Ce serait tellement agréable de rester libre pendant encore quelques annees afin de pouvoir savourer les délices d'être courtisée par une demi-douzaine de garçons au lieu d'un seul. D'autant que Ashton ne serait pas dans la même ville, mais à Mardan. Il ne pourrait sans doute venir la voir qu'une fois par semaine, au grand maximum. Et cependant sa condition de fiancée obligerait Belinda à refuser toutes les invitations émanant d'autres hommes, si elle ne voulait pas se voir attribuer une conduite scandaleuse !

Miss Harlowe soupira tout en admirant les dolmans rouges et les belles moustaches des jeunes officiers, sans accorder le moindre regard aux plus âgés, puisqu'elle ne s'attendait pas à voir son père. De toute façon, elle ne l'eût pas reconnu. L'homme dont elle gardait un vague souvenir, semblait un géant comparé au vieux monsieur qui apparaissait maintenant à la porte de leur *ghari,* et Belinda éprouva un grand choc en entendant sa mère s'écrier « Archie ! », avant de courir embrasser ce monsieur. Était-il possible que ce fût là l'inquiétant autocrate auquel sa tante Lizzie et sa mère se référaient souvent en disant : « Jamais ton père ne le permettrait ! »

Mais si son père déçut Belinda, ce ne fut pas réciproque. Il lui déclara qu'elle était exactement comme sa chère maman lorsqu'il l'avait épousée, et que c'était bien dommage que les grandes manœuvres dussent commencer si tôt, car il avait peur que Peshawar lui paraisse un peu endormie en l'absence de toute cette jeunesse. Mais les régiments seraient de retour pour Noël, et alors elle n'aurait sûrement plus aucune raison de trouver que Peshawar manquait de gaieté, conclut le major Harlowe en pinçant le menton de sa fille.

Cette remarque empourpra le visage de Belinda, tandis que Mme Harlowe priait le Ciel qu'Edith Viccary ne fît aucune allusion malencontreuse, et que Ashton ne se manifestât pas avant qu'elle ait pu expliquer la situation à son mari. C'était vraiment rageant qu'Archie ait eu l'idée de venir les accueillir à Jhelum, car elle comptait choisir le bon moment, dans l'intimité de leur bungalow, pour le mettre au courant des fiançailles avant qu'il ait pu rencontrer Pelham-Martyn, lequel devait les quitter à Nowshera.

Le quart d'heure qui suivit fut éprouvant pour les nerfs, mais Mme Viccary ne tint aucun propos inconsidéré et lorsque Ash arriva, il était suivi de si près par George Garforth, que Mme Harlowe put les présenter ensemble, comme des relations de voyage, avant de se débarrasser d'eux : ils comprenaient sûrement que son mari, Bella et elles avaient des tas de choses à se dire !

Ce que Ash comprit, c'est que ça n'était ni le moment ni l'endroit pour se présenter lui-même au major Harlowe en qualité de futur gendre. Il gagna donc la salle à manger du relais de poste où il fit un confortable repas, tandis que Zarin prenait toutes dispositions pour la suite du voyage et que Garforth arpentait la galerie à pas lents, dans l'espoir d'entrevoir encore Belinda.

Quand les Harlowe furent définitivement partis, Garforth vint s'asseoir à la table de Ash en disant :

— Je ne vous comprends pas ! Si j'avais eu la chance d'être dans vos souliers, je serais en ce moment avec le vieux, afin d'affirmer mes droits devant le monde entier. Vous ne méritez pas cet ange, et ce sera bien fait pour vous si un autre vous supplante ! A Peshawar, ils vont être des douzaines à papillonner autour d'elle !

— Il y en avait aussi un certain nombre à bord, rétorqua Ash sur un ton amical. Si vous estimez que c'était le moment de me mettre au garde-à-vous devant ce major, qui ne me connaît absolument pas, et de lui demander la main de sa fille, vous êtes complètement fou. Rendez-vous compte que, la dernière fois qu'il l'a vue, elle portait encore des chaussettes ! Une chose pareille, ça ne se règle pas en cinq minutes et dans un relais de poste plein de gens !

— Oui, je dois être fou, grommela George en passant une main sur son front, car je ne puis m'empêcher d'aimer Belinda. J'ai beau savoir que c'est sans espoir, ça n'y change rien. Je l'aime et si jamais vous veniez à l'abandonner...

— Voyons, George! Vous me disiez à l'instant qu'elle allait probablement me laisser tomber au profit de quelque joli-cœur de Peshawar! Ça ne s'accorde guère! fit remarquer Ash en riant. Demandez au *khidmatgar* de vous donner quelque chose à manger et ne me gâtez pas plus longtemps mon dîner!

Éprouvant une certaine compassion pour son rival malheureux, Ash tenait à être gentil avec lui, mais le comportement dramatique de George commençait à l'excéder. Aussi déplorait-il que celui-ci fût nommé à Peshawar où, s'il se proposait de hanter le domicile des Harlowe, ils seraient forcés de se rencontrer. Quant à voir Belinda changer d'avis, Ash n'en avait aucune peur. Elle l'avait assuré de son amour, alors, avoir le moindre doute à cet égard eût été un manque de confiance, outrageant pour tous deux. A quoi l'on peut voir qu'il était encore très jeune pour ce qui touchait aux choses du cœur

Lorsque, installées chez elles, les dames Harlowe se seraient remises des fatigues du voyage, Belinda ne manquerait pas de lui faire savoir qu'il pouvait venir et il se rendrait aussitôt à Peshawar afin de tout régler avec le major, si bien que — qui sait? — ils pourraient peut-être se marier dès le printemps.

A vrai dire, pareille idée ne lui était pas encore venue, car il avait toujours pensé que le père de Belinda insisterait pour qu'ils patientent jusqu'à sa majorité. Mais, depuis qu'il avait vu le major Harlowe, Ash avait modifié ses projets, car lui aussi imaginait quelqu'un de beaucoup plus impressionnant que ce petit homme à l'air insignifiant auquel il avait été présenté à Jhelum. Maintenant Ash s'expliquait que Mme Harlowe eût pris sur elle de consentir aux fiançailles au lieu de lui répondre qu'il devrait parler d'abord de cela avec le major. Visiblement, celui-ci était le genre d'homme à se laisser mener par sa femme. Donc Belinda et elle n'auraient aucune peine à obtenir que le mariage ait lieu très vite!

Pour sa part, le major Harlowe s'était borné à penser que sa ravissante fille avait fait la conquête de deux jeunes gens, sans guère prêter d'attention à ces derniers.

Perdu dans ses rêves d'avenir, ce fut seulement à Nowshera que Pelham-Martyn prit conscience qu'il lui fallait se séparer de sa bien-aimée. La dévorant des yeux, il se trouvait dans l'impossibilité de formuler tout ce dont son cœur débordait car, à voir la nervosité de Mme Harlowe et la tranquille indifférence du major, il était clair que le sujet des fiançailles n'avait pas encore été abordé. Il dut donc se contenter de serrer la main de Belinda en déclarant que, à la première occasion, il viendrait à Peshawar présenter ses devoirs. Mme Harlowe lui assura qu'elles en seraient ravies, demandant seulement qu'il leur laissât le temps de s'installer... Le mois prochain, peut-être ? Son mari opina : pour Noël, la plupart des jeunes officiers auraient quelques jours de permission et il espérait bien que monsieur... euh... serait du nombre. Rougissante, Belinda dit espérer, elle, que M. Pelham-Martyn aurait la possibilité de venir à Peshawar avant Noël. Sur ce, l'homme conduisant le *ghari* des Harlowe annonça qu'il était prêt à prendre la route.

Le major embarqua aussitôt sa petite famille et, les portières refermées, il suffit d'un claquement de fouet pour que la voiture disparût dans un nuage de poussière, laissant au bord de la route un Ash assez désemparé. S'entendre parler du mois prochain ou de Noël, alors qu'il comptait faire cette visite dans les quarante-huit heures suivant son arrivée à destination ! Jusqu'à ce moment, il ne lui était pas venu à l'esprit qu'un jeune officier ayant tout juste rejoint son régiment, risquait de se voir refuser l'autorisation de repartir si vite, à moins qu'il eût une raison majeure de la demander. Or pas question de se prévaloir du statut de fiancé, tant que son futur beau-père n'était au courant de rien. Bien sûr, quand sa femme lui aurait donné tous les détails, le major Harlowe pourrait réclamer sa présence à Peshawar ou bien se rendre lui-même à Mardan. Mais cela dépendrait de la façon dont il accueillerait la nouvelle, et Ash se sentait soudain beaucoup moins confiant à cet égard.

— Le régiment nous a envoyé une *tonga*, l'informa Zarin en surgissant près de lui. Comme elle ne peut nous accueillir tous, j'ai dit à Gul Baz d'en louer une autre pour lui et Mahdoo, et ils sont déjà partis avec les bagages. Viens, car l'après-midi est déjà très avancé et nous avons encore plus de dix *koss* à couvrir d'ici Mardan.

10

Autrefois, quand le Pays-des-Cinq-Rivières (le Pendjab) était encore une province sikh et n'avait à l'intérieur de ses frontières d'autres troupes britanniques que celles stationnées à Lahore pour appuyer l'autorité du gouverneur, Sir Henry Lawrence — le grand et sage administrateur qui devait mourir en héros lors de la Révolte des Cipayes — avait eu l'idée d'une troupe d'élite, extrêmement mobile, capable de se rendre en un rien de temps là où sa présence était nécessaire.

Cette « brigade d'intervention » se composerait d'un peloton de cavalerie et de deux compagnies de fantassins, dont les officiers comme les hommes seraient spécialement choisis pour cet office. Ils porteraient un uniforme kaki, conçu pour leur laisser une grande liberté de mouvement et se fondre dans l'environnement naturel, ce qui n'était le cas ni des célèbres tuniques rouges ni du reste de l'uniforme réglementaire dont le port constituait un véritable supplice sous un tel climat. Ayant baptisé ce nouveau corps d'élite « le Régiment des Guides », Sir Henry chargea de son recrutement Harry Lumsden, homme jeune et remarquable, alliant beaucoup de courage à une forte personnalité.

A l'origine, ce nouveau régiment fut cantonné à Peshawar et n'eut d'abord pour mission que de mater les tribus insoumises qui venaient razzier des villages frontaliers pour emmener femmes, enfants et bétail dans leurs collines inhospitalières, au mépris des lois édictées par le Durbar sikh qui gouvernait le pays et au nom duquel une poignée de fonctionnaires britanniques exerçaient leur autorité. Par la suite, les Guides avaient été envoyés se battre dans les plaines du Sud, aux alentours de Mooltan, Ferzapour ou Lahore, et s'étaient distingués lors des sanglantes batailles de la Seconde Guerre Sikh.

La guerre terminée, les Guides retournèrent à la frontière du Nord, mais pas à Peshawar. La région étant maintenant plus paisible, ils choisirent un endroit proche de la rivière Kalpani, à la jonction des pistes venant de Swat et de Buner, où ils abandonnèrent leurs tentes au profit d'un camp ceinturé par des fortifications de pisé. Lorsqu'il y arriva, des odeurs familières flottèrent au-devant de Ash, comme pour lui souhaiter la bienvenue. Odeur des chevaux et du bois qui brûle, de la terre chaude et des mets épicés, à quoi s'ajouta vite le bruit complexe émanant d'une troupe qui se détend après une rude journée. Dans le mess des officiers, un piano accompagnait une demi-douzaine de voix chantant en chœur un refrain de music-hall. D'un temple parvint le son d'une trompette et, très loin, dans la plaine s'étendant au-delà de la rivière, s'éleva le jappement lugubre d'un chacal.

— C'est bon d'être de retour ! dit Zarin en humant avec volupté l'air nocturne. On est mieux ici que dans la chaleur et le vacarme du Sud, sans parler des trains !

Ash ne répondit pas. Regardant autour de lui, il prenait conscience que cette petite oasis créée par les hommes entre les premiers contreforts de l'Himalaya et l'immensité de la plaine, allait être son port d'attache pendant de nombreuses années. De là, il partirait avec son régiment pour maintenir la paix à la frontière, ou bien pour danser, chasser, s'amuser dans quelque agréable séjour entre Delhi et Peshawar. Mais qu'il quitte Mardan par devoir ou par plaisir, aussi longtemps qu'il appartiendrait au Régiment des Guides, il y reviendrait toujours...

Souriant à Zarin, Ash allait émettre une remarque en ce sens quand, se détachant de l'ombre d'un arbre, une silhouette gagna le milieu de la route éclairée par la lune et fit arrêter la tonga.

— Qui est-ce ? demanda impulsivement Ash, mais le souvenir d'un autre clair de lune lui revint brusquement à l'esprit et, sautant à terre, il se courba pour toucher les pieds du vieil homme qui se tenait à la tête du cheval.

— *Koda Dad !...* Oh ! c'est toi, mon père...

Il y eut une fêlure dans la voix de Ash et Koda Dad l'étreignit en riant :

— Ainsi donc, tu ne m'as pas oublié, mon fils ? C'est une chance, car je ne crois pas que je t'aurais reconnu. Le petit garçon est devenu un homme robuste, presque aussi grand que moi... Ou serait-ce que l'âge m'a fait me tasser un peu ? Quand mes fils m'ont annoncé que tu allais venir, je suis parti pour Mardan. Cela fait trois nuits que Awal Shah et moi attendons au bord de cette route, car nous ignorions au juste quand tu arrivais...

Sortant à son tour de l'ombre, Awal Shah salua. A la différence de son père et de Zarin, le jemadar Awal Shah n'oubliait pas que Ash était maintenant un officier.

— Salaam, Sahib, dit-il. Oui, nous ignorions le jour exact de ton arrivée, et comme mon père tenait à te voir avant que tu te sois présenté au colonel-Sahib, nous avons préféré attendre ici.

— Oui, oui, opina Koda Dad, car demain tu seras un officier-Sahib avec quantité de devoirs à remplir, et ton temps ne t'appartiendra plus. Mais ce soir, tant que tu ne t'es pas présenté à tes supérieurs, tu es encore Ashok et donc en mesure de consacrer une demi-heure à un vieil homme.

— Volontiers, mon père. Zarin, dis au tonga-wallah d'attendre. Nous allons chez toi, jemadar-Sahib ?

— Non. Ça ne serait ni sage, ni convenable. Mais nous avons apporté de quoi manger et, derrière ces arbres, nous pourrons nous asseoir pour parler, sans risquer qu'on nous voie de la route.

Faisant demi-tour, le jemadar montra le chemin jusqu'à une petite clairière, où les braises d'un feu de camp rougeoyaient parmi les racines d'un margousier. Quelqu'un avait disposé là plusieurs pots à couvercle et un narguilé. Koda Dad s'installa aussitôt par terre et eut un grognement approbateur en voyant Ash suivre son exemple, car bien peu d'Européens trouvent facile de s'asseoir à croupetons, d'autant que les vêtements occidentaux ne se prêtent guère à la chose. Mais le colonel Anderson avait veillé à ce que Ashton Pelham-Martyn ne perdît aucune des habitudes qui pouvaient lui être utiles plus tard.

— Mon fils Zarin a envoyé de Delhi un message à son frère disant que tout allait bien et que tu n'étais pas devenu pour nous un étranger. Alors, j'ai passé la frontière afin de te souhaiter la bienvenue, déclara Koda Dad, avant de tirer longuement sur le narguilé.

— Et s'il t'avait fait savoir que je m'étais complètement transformé en Sahib ? questionna Ash, tout en acceptant un *chuppatti* recouvert de pilaf dans lequel il mordit avec appétit.

— Alors je ne serais pas venu, car je n'aurais rien eu à te dire. Mais puisqu'il en va autrement, certaines choses doivent être dites.

— Quelles choses ? Des mauvaises nouvelles ? Tu as des ennuis ? s'enquit vivement Ash.

— Non, non. Il y a simplement que Zarin et Ala Yar s'accordent à dire que, à bien des égards, tu es resté le même Ashok qu'à Gulkote. C'est une bonne nouvelle ; toutefois, que ce soit à Mardan ou ailleurs, tant que vous appartiendrez aux Guides, mon fils et toi ne pourrez plus être comme naguère, car il ne serait pas séant qu'un daffadar et un officier *angrezi* se comportent comme s'ils étaient parents. Cela ferait jaser et l'on pourrait croire à quelque favoritisme, alors que tous les hommes sous leurs ordres doivent être égaux aux yeux des officiers C'est donc uniquement lorsque vous serez seuls, ou en permission, que Zarin et toi pourrez être comme autrefois vis-à-vis l'un de l'autre. C'est bien compris ?

Encore que dits doucement, ces derniers mots étaient plus un commandement qu'une interrogation, rappelant le temps où le Maître des Chevaux traitait comme son propre fils un gosse solitaire au service d'un jeune prince tyrannique. Ash le comprit et réagit en conséquence, bien qu'il trouvât absurde de ne pouvoir traiter Zarin comme un ami et un frère sans donner prise à la critique. S'étant toujours trouvé bien d'écouter les conseils de Koda Dad, il dit ·

— Oui, c'est compris, mais...

— Il n'y a pas de « mais », trancha Awal Shah. Mon père et moi en avons discuté entre nous. Nous sommes d'accord, et Zarin aussi. Le passé est le passé, le mieux est donc de l'oublier. Le petit Hindou de Gulkote est mort ; à sa place, il y a maintenant un officier-Sahib des Guides. Tu ne peux pas plus changer ça qu'avoir deux hommes dans la même peau.

— C'est pourtant mon cas, riposta Ash, depuis que ton frère m'a dit qu'il valait mieux pour moi aller en *Belait* et devenir un Sahib. J'ai appris tout ce qu'il y avait à apprendre, mais je suis quand même toujours Ashok. Ce n'est pas confortable de se sentir ainsi, comme partagé en deux...

Ash n'avait pu empêcher une certaine amertume de transparaître dans sa voix ; Koda Dad posa une main affectueuse sur son épaule et lui dit avec douceur :

— Je le comprends, Ashok... Mais tu te sentiras mieux si tu gardes séparés les deux hommes qui t'habitent, sans essayer d'être les deux en même temps. Et un jour — qui sait ? — tu découvriras peut-être en toi quelqu'un qui ne sera plus ni Ashok ni Pelham-Sahib, mais uniquement toi. Maintenant, parlons d'autre chose. Donne-moi le narguilé.

Les premières journées qu'il passa à Mardan ne furent pas heureuses pour Ash, et cela pesa probablement beaucoup sur ce qui devait se produire par la suite. En effet, son optique de la vie militaire s'en trouva modifiée dès l'abord, et cela accrut encore son attitude critique à l'égard des décisions arbitraires prises par ses aînés ou ses supérieurs.

Il aurait dû prévoir cela, mais s'il ne l'avait pas fait, ça n'était pas entièrement de sa faute. Trois autres personnes au moins avaient une part de responsabilité : son oncle Matthew qui, bien entendu, n'avait pas pensé un seul instant qu'il pût être nécessaire de recommander à son neveu de ne pas se fiancer avant d'avoir rejoint son régiment ; le colonel Anderson, qui lui avait prodigué beaucoup de bons conseils mais, étant lui-même un célibataire endurci, avait omis de lui en donner touchant le mariage ; et Mme Harlowe enfin, qui aurait dû témoigner d'une grande réserve au lieu d'accueillir sa demande avec empressement et répondre même du consentement de son mari. Dans ces conditions, Ash était bien excusable d'avoir pensé que c'était leur absence de fortune et non leur âge qui empêchait les jeunes officiers de se marier en début de carrière, et d'en avoir conclu qu'il ne pouvait donc exister aucun obstacle sérieux à son union avec Belinda.

Il revint vite de cette illusion, car les pires craintes de Mme Harlowe se réalisèrent. Son mari prit très mal la chose et le commandant des Guides, lorsqu'il fut mis au courant, réagit de la même façon. Ash avait l'intention de se rendre à Peshawar dès qu'il en aurait la possibilité, mais deux jours après qu'il eut rejoint son régiment, ce fut le major Harlowe qui vint à Mardan s'entretenir en privé avec le commandant.

On envoya chercher Ash qui eut droit à une admonestation bien sentie, laquelle le laissa meurtri, humilié et furieux. On ne lui refusa pas la permission de voir Belinda — ce qui, à tout prendre, eût probablement mieux valu, — mais le major Harlowe rendit péniblement clair qu'il ne pouvait être question de fiançailles avant plusieurs années. D'ici là, il était à souhaiter que les deux jeunes gens acquièrent une plus juste vue des nécessités de la vie. En d'autres termes : que Belinda rencontre et épouse un homme nettement son aîné, qui constituerait pour elle un parti beaucoup plus convenable. Dès l'instant que tout cela était bien compris, le major Harlowe ne voyait aucun inconvénient à ce que M. Pelham-Martyn vienne en visite chez lui lorsqu'il se trouverait à Peshawar.

— Ne me croyez pas dénué de cœur, mon garçon, dit le père de Belinda. Je sais très bien ce que vous ressentez en ce moment. Mais, croyez-moi, ça ne marcherait pas. Je n'ignore point que, financièrement, vous avez de quoi faire vivre votre femme... Il n'empêche que vous êtes tous deux trop jeunes pour songer au mariage... et vous encore beaucoup plus qu'elle. Si vous avez quelque bon sens, vous attendrez au moins huit ou dix ans avant de fonder une famille. C'est pour votre bien que je vous dis cela, soyez-en assuré.

Ash s'était attendu que ses projets de mariage se heurtent à une certaine opposition et, en conséquence, il était prêt à accepter une très longue période de fiançailles. Mais il ne lui était jamais venu à l'idée que le père de Belinda et son propre commandant pourraient se montrer aussi catégoriques. Après tout, ça n'était pas comme s'il était un coureur de dot ou sans le sou. Comparé à la moyenne des officiers de l'Armée des Indes, il pouvait même être considéré comme riche, et il était donc foncièrement injuste que sa demande en mariage fût rejetée d'aussi cavalière façon.

Soudain persuadé de ne pouvoir vivre sans Belinda, il ne vit d'autre solution que celle de l'enlèvement. Si Belinda et lui s'enfuyaient ensemble, Harlowe serait obligé de consentir à leur union pour éviter le scandale. Et si les Guides refusaient de le garder dans leurs rangs, eh bien, il y avait quantité d'autres régiments !

Cette nuit-là, Ash demeura longtemps éveillé à échafauder des plans dans l'obscurité. Et quand enfin il s'endormit, ce fut pour rêver qu'il chevauchait à bride abattue dans une grande plaine rocailleuse, entre des collines dénudées, avec en croupe une fille qui se cramponnait à lui le pressant d'aller plus vite, plus vite... Une fille dont il ne voyait pas le visage mais qui, bien sûr, ne pouvait être que Belinda, encore que les longs cheveux volant au vent de la course et l'empêchant de voir leurs poursuivants fussent non pas blonds mais d'un noir de jais. Il entendait se rapprocher le galop d'autres chevaux et lorsqu'il se réveilla, trempé de sueur, il s'aperçut que ce bruit de galop n'était autre que celui fait par son cœur, battant comme s'il venait de courir le mille mètres.

Ash écrivit une courte lettre à Belinda pour lui annoncer qu'il se rendrait à Peshawar le surlendemain et comptait y arriver vers midi. Mme Harlowe eut droit à une missive plus longue et plus cérémonieuse, où il demandait la permission de leur rendre visite. Mais lorsqu'il se présenta au bungalow des Harlowe, il n'y trouva qu'un serviteur musulman, lequel l'informa que le Major-Sahib était parti la veille en manœuvres, avec son régiment. Quant aux memsahibs, elles étaient sorties faire des courses et ne seraient pas de retour avant trois heures de l'après-midi, car elles devaient déjeuner en ville. Elles avaient d'ailleurs laissé un mot pour Ash...

Belinda s'y disait désolée, mais il leur avait été impossible de décommander ce déjeuner prévu depuis une semaine, et comme par ailleurs Mohan Lal venait de recevoir en provenance de Calcutta tout un arrivage de tissus et de cotonnades, elles étaient obligées de partir de bonne heure afin d'avoir le meilleur choix. Ash le comprendrait sûrement, et Maman espérait qu'il leur ferait le plaisir de prendre le thé avec elles à quatre heures.

Ce billet comportait trois fautes d'orthographe et avait été visiblement écrit à la hâte, mais c'était le premier que Ash recevait de Belinda et comme elle s'y disait « affectueusement à lui » il le rangea précieusement dans son portefeuille. Après avoir laissé un mot précisant qu'il serait de retour pour le thé, Ash remonta à cheval. Ayant retenu au dâk-bungalow une chambre pour la nuit, il abandonna les chevaux à Gul Baz et se fit conduire en tonga au Club des officiers où, vu que la majeure partie de la garnison était partie en manœuvres, il se trouva dans le bar seul avec ses pensées, dont aucune n'était particulièrement réjouissante.

Il était dans un tel état d'esprit que, un quart d'heure plus tard, ce fut avec une sorte de soulagement qu'il vit arriver George Garforth alors que, en temps normal, il se fût employé à l'éviter, ce qu'il regretta d'ailleurs très vite de n'avoir point fait.

En effet, après avoir accepté son offre d'un verre, George se mit à lui conter en détail l'effet produit par Belinda sur la bonne société de Peshawar et les attentions dont elle était l'objet de la part d'une demi-douzaine de célibataires qui, selon lui, auraient dû avoir honte d'importuner pareillement une aussi jeune et innocente créature.

— C'est absolument dégoûtant ! Pensez que Foley et Robinson sont d'un âge qui leur permettrait de l'avoir pour fille... ou à tout le moins pour nièce ! Quant à Claude Parberry, nul n'ignore que c'est un noceur à qui l'on ne confierait pas sa sœur le temps d'une promenade ! Je ne puis comprendre que sa mère tolère cela... et vous aussi !

Braquant sur Ash un regard chargé de ressentiment, il but longuement et, quelque peu radouci, enchaîna en disant que Belinda souffrait de ces attentions, mais était trop dénuée d'expérience pour savoir comment les décourager. Si seulement elle avait voulu s'en remettre à lui... Il tenait d'ailleurs à loyalement avertir Ash que ça n'était pas exclu :

— Étant donné qu'elle ne porte pas votre bague, je ne la considère pas comme irrévocablement liée à vous, et je vais donc m'employer à la faire se raviser. Après tout, « en amour comme à la guerre, tous les moyens sont bons », et j'étais épris de Belinda avant vous. Je me demande pourquoi elle ne vous l'a pas dit quand vous vous êtes mis à la courtiser...

George continua sur ce sujet de façon intarissable jusqu'à ce que Ash puisse enfin prendre congé.

Mme Harlowe l'accueillit dans son salon et, tout en se montrant aimable, elle lui parut gênée, se mettant aussitôt à lui parler de petites choses sans intérêt. De toute évidence, elle était résolue à ne voir dans la venue de Ash qu'une visite de courtoisie et à ne pas aborder les questions sérieuses. Aussi était-elle un peu hors d'haleine quand sa fille parut enfin, adorablement jeune dans une robe de mousseline blanche.

— Ashton ! s'exclama-t-elle en tapotant ses bouclettes. Asseyez-vous donc à côté de maman ! Nous brûlons de vous entendre nous parler de Mardan, de votre régiment, et de ce que vous avez fait depuis que nous ne vous avons vu !

Ash ouvrait la bouche pour déclarer que sa visite avait d'autres motifs, mais il en fut empêché par Mme Harlowe qui sonna pour le thé. En présence d'un *khidmatgar* empressé, il ne resta d'autre possibilité au jeune homme que d'accéder au désir exprimé par Belinda, tandis que celle-ci veillait à lui remplir sa tasse et que le domestique présentait des assiettes de gâteaux et de sandwichs. C'était au point que Ash avait l'impression de vivre une sorte de rêve : alors qu'était en jeu leur avenir, à Belinda et lui, ils buvaient du thé, grignotaient des sandwichs en discutant de banalités. La pièce semblait pleine d'une invisible glue, d'où il tentait désespérément de s'extraire comme une mouche tombée dans un pot de confitures, cependant que Mme Harlowe parlait de l'Œuvre des Missions et que Belinda lui relatait toutes ses sorties mondaines en lui montrant un impressionnant assortiment de cartons d'invitation gravés qu'elle avait disposés sur la cheminée.

— J'ai rencontré George Garforth au Club, déclara brusquement Ash, et il m'a dit vous avoir beaucoup vue la semaine dernière.

Belinda rit en esquissant une petite moue :

— Oui... Mais uniquement parce que la plupart des garçons possibles sont aux manœuvres, et qu'il ne reste quasiment plus que lui avec qui l'on puisse danser sans se faire écraser les pieds. Dansez-vous, Ashton ? J'espère que oui, car je n'aime rien tant que la danse !

— Dans ce cas, peut-être m'en accorderez-vous quelques-unes ce soir. J'ai entendu dire qu'il y avait bal au Club et, encore que je ne puisse prétendre danser aussi bien que Garforth, je crois pouvoir vous assurer que je ne vous marcherai pas sur les pieds.

— Oh ! mais...

Belinda s'interrompit et se tourna d'un air implorant vers sa mère qui, prise de court, s'entendit inviter Ash à rester dîner, ce qui n'avait pourtant jamais été dans ses intentions. Si elle avait convié Ash à prendre le thé, c'était uniquement pour que les deux jeunes gens puissent avoir un aparté dans le jardin, à l'issue duquel ils tomberaient d'accord que le mieux était de faire une croix sur le passé. Belinda eût alors rendu sa bague à Ashton, après quoi le malheureux garçon n'aurait plus pensé qu'à quitter Peshawar au plus vite. Aussi Mme Harlowe n'arrivait-elle pas à s'expliquer comment elle en était arrivée à prier Ashton de rester dîner avec elles, mais peut-être aurait-il le bon sens de refuser...

Ash la déçut en acceptant avec empressement, car il voyait dans cette invitation que Mme Harlowe continuait d'être de son côté, ce dont il eut confirmation quand elle suggéra que Belinda lui montre le jardin.

Ainsi réconforté, il suivit la jeune fille au dehors où, débordant d'amour et d'optimisme, il l'embrassa derrière une haie. Mais ce qui en résulta fut pire que tout ce qu'il avait enduré ou imaginé depuis son terrible entretien avec son commandant et le major Harlowe...

En effet, Belinda lui rendit bien son baiser, mais elle lui rendit aussi sa bague de fiançailles, en ne lui laissant plus aucun doute quant à l'opposition formelle de ses parents. Ash apprit alors que, loin d'être de son côté, Mme Harlowe était passée à l'ennemi, désormais pleinement convaincue de la folie de toute cette affaire. Il n'était pas question que père ou mère change d'avis, et comme elle-même ne serait pas majeure avant quatre ans, il n'y avait qu'à s'incliner.

Lorsque Ash suggéra qu'ils s'enfuient ensemble, elle le regarda avec stupeur et lui opposa un refus catégorique :

— Jamais il ne me viendrait à l'idée de faire une chose aussi... aussi stupide et scandaleuse ! Vraiment, Ashton, vous devez avoir perdu l'esprit ! Songez que vous seriez renvoyé de votre régiment, que tout le monde saurait pour quelle raison, et que vous resteriez à jamais déshonoré, tout comme moi. Je n'oserais plus me montrer nulle part... Oh ! comment avez-vous pu penser un seul instant que... !

Belinda fondit en larmes et il fallut les plus plates excuses de Ash pour l'empêcher de regagner la maison en courant et jurant de ne jamais plus le revoir. Mais si elle consentit finalement à lui pardonner, le mal n'en subsistait pas moins, aussi ne voulut-elle consentir à aucun pacte secret.

— Ce n'est pas que je ne vous aime plus, expliqua-t-elle en larmoyant. Je vous aime toujours et je vous épouserais demain si papa y consentait. Mais comment puis-je savoir quels seront mes sentiments lorsque j'aurai vingt et un ans ? Ou si vous serez encore épris de moi ?

— Je vous aimerai toujours ! lui assura Ash avec passion.

— Eh bien, si nos sentiments sont alors demeurés les mêmes, rien ne s'opposera à ce que nous nous mariions, car nous aurons ainsi prouvé que nous sommes bien faits l'un pour l'autre.

Ash s'en déclara convaincu, et prêt à attendre aussi longtemps qu'elle voudrait si seulement elle lui promettait de l'épouser un jour. Mais Belinda ne voulut ni promettre, ni reprendre la bague. Qu'Ashton la garde et plus tard peut-être, quand ils auraient pris un peu d'âge, si ses parents et le commandant étaient d'accord, si eux-mêmes étaient toujours...

— Si... si... si ! l'interrompit Ash avec colère. Est-ce tout ce que vous avez à m'offrir ? « Si vos parents sont d'accord... » « Si mon commandant le permet... » Mais et nous, ma chérie, vous et moi ? C'est *notre* amour, *notre* vie, *notre* avenir qui est en jeu. Si vous m'aimez vraiment...

Il s'arrêta. Belinda paraissait tout à la fois blessée et désemparée. S'il continuait ainsi, ça n'aboutirait qu'à une autre dispute et de nouvelles larmes, voire à une rupture définitive. Horrifié par cette dernière possibilité, Ash prit la main de Belinda qu'il baisa d'un air contrit :

— Je suis désolé, ma chérie. Je n'aurais pas dû vous parler ainsi. Je sais que vous m'aimez, que rien de tout ça n'est votre faute ! Je vais garder cette bague pour vous et, un jour, quand j'aurai prouvé que je suis digne de vous, je vous demanderai de la reprendre. N'est-ce pas, mon amour ?

— Oh ! oui, Ash, bien sûr ! Je suis désolée, moi aussi, mais papa dit... Oh ! n'en parlons plus ! ça ne peut nous faire que du mal !

Belinda se tamponna les yeux avec un minuscule mouchoir bordé de dentelle et elle paraissait si triste que Ash l'eût embrassée de nouveau, mais elle ne voulut pas le laisser faire, arguant que ça ne serait pas convenable, la restitution de la bague ayant officiellement mis fin à leurs fiançailles. Elle espérait toutefois qu'ils resteraient bons amis et qu'il ne l'en accompagnerait pas moins au bal ce soir-là, car elle était certaine qu'il dansait merveilleusement bien... De toute façon, on n'avait jamais trop de danseurs !

Sur cette conclusion quelque peu douchante, l'aparté prit fin et Ash raccompagna la jeune fille, partagé entre le désir de se trancher la gorge ou se saouler à mort. Être considéré comme un « extra » n'avait rien d'enthousiasmant, mais le jeune homme ne put se priver d'être un moment de plus en compagnie de Belinda, et il ravala donc sa fierté pour l'accompagner au bal.

Contrairement à toute attente, il passa une soirée fort agréable. Belinda dansa trois fois avec lui et alla même jusqu'à le déclarer excellent valseur. Réconforté par ce succès, il l'implora de lui donner en souvenir la rose jaune qu'elle portait à son corsage. Elle n'y voulut pas consentir (George avait déjà formulé la même requête et essuyé un refus... Et puis maman s'en apercevrait sûrement !) mais lui permit de l'emmener faire un tour sur la terrasse éclairée par des lampions. De la sorte, Ash se sentit un peu moins ulcéré qu'elle eût aussi accordé trois danses à George Garforth, et deux valses à un grand garçon au menton fuyant, aide de camp de quelque général haut placé. Mais Belinda en robe de bal était une chose tellement exquise que Ash s'en trouvait indigne tout en étant plus épris que jamais. Aussi le fait de devoir l'attendre plusieurs années, comme Jacob l'avait fait pour Rachel, lui parut non plus une mesure intolérable, mais juste et raisonnable. Une telle récompense devait se mériter !

Mme Harlowe lui témoigna aussi une amabilité inattendue, disant espérer qu'il ne manquerait pas de venir les voir lors de son prochain passage à Peshawar. Et quand leur voiture emporta ces dames, Ash contempla ce que Belinda lui avait glissé dans la paume à la faveur de leur ultime poignée de mains : une rose jaune, flétrie et écrasée.

II

Dans les mois qui suivirent, Ash eut peu le temps de se morfondre à propos de Belinda et il y avait des jours — parfois même plusieurs à la file — où il ne pensait pas un seul instant à elle. En effet, Ash découvrait, comme d'autres l'avaient fait avant lui, que l'Armée des Indes (et plus particulièrement le Régiment des Guides) différait beaucoup de tout ce qu'on enseignait à l'École militaire de Sandhurst. Et cette différence était tellement à son goût que, n'eût été Belinda, il n'aurait guère trouvé à se plaindre de sa nouvelle existence.

Tout jeune officier des Guides devait consacrer une partie de ses journée à l'étude du pachto et de l'hindoustani, le premier étant le dialecte de la Frontière et l'autre, la « lingua franca » communément utilisée dans l'Armée des Indes. Bien qu'il les parlât couramment, Ash avait encore beaucoup à faire pour ce qui était de les lire ou les écrire. Mais, étant le digne fils de Hilary, il fit de rapides progrès sous la direction d'un vieux *munshi*. En dépit de quoi, il ne fut pas admis lors de l'examen écrit, à son grand étonnement et à l'indignation de son *munshi* qui en appela au commandant, déclarant impossible que Pelham-Sahib eût échoué à cet examen, car jamais encore il n'avait connu élève aussi doué. Il devait y avoir eu quelque erreur de la part des examinateurs ! Les copies n'étaient pas retournées, mais le commandant avait un ami à Calcutta qui, sur promesse qu'aucune action ne serait entreprise, alla y jeter un coup d'œil et put lire sur celle de Ash ce commentaire à l'encre rouge : *Aucune faute. Cet officier a dû copier le corrigé.*

— Dites à ce garçon de faire quelques fautes la prochaine fois, conseilla au commandant l'ami de Calcutta.

Mais Ash n'eut jamais plus l'occasion de passer un examen écrit.

Novembre marquant le début de l'entraînement pour son escadron, le jeune homme quitta sa chambre étouffante du fort pour une tente dans la plaine au-delà de la rivière. Cette nouvelle vie, avec de longues heures passées en selle et des nuits sous la tente ou à la belle étoile, lui convenait beaucoup mieux que celle de la caserne. Et quand, après le repas du soir, ses camarades officiers s'endormaient, recrus de fatigue, lui se joignait à quelque groupe, autour de l'un des feux, et écoutait parler.

Pour lui, c'était le meilleur moment de la journée et il apprit ainsi beaucoup plus de choses concernant ses hommes qu'il n'en aurait eu la possibilité dans l'exercice normal de ses fonctions ; non seulement sur leurs familles et leurs problèmes personnels, mais aussi sur leurs dissimilitudes de caractère. Car, lorsqu'ils sont détendus et à leur aise, les hommes laissent paraître un aspect de leur individu différent de celui qu'ils manifestent en service. Tandis que le feu baissait et que le cercle de visages s'enfonçait dans l'ombre au point de devenir méconnaissables, ils discutaient de nombreuses choses que, normalement, ils n'auraient pas abordées en présence d'un *feringhi.* Cela pouvait aller de questions tribales jusqu'à des points de théologie. Une fois, un *sowar* pathan qui avait eu récemment l'occasion de s'entretenir avec un missionnaire, demanda à Ash de lui expliquer la Trinité.

— Le missionnaire-Sahib m'a dit que lui aussi croyait en un seul dieu, mais que son dieu à lui était trois dieux en une seule personne. Comment est-ce possible ?

Ash hésita un instant puis, prenant le couvercle d'une boîte de biscuits que quelqu'un avait utilisé en guise d'assiette, il fit tomber une goutte d'eau dans trois des coins.

— Regardez, dit-il alors, voici trois choses bien distinctes.

L'assemblée ayant opiné, il remua le couvercle de façon que les trois gouttes convergent et se fondent en une seule, plus grosse

— Maintenant, voulez-vous me dire où sont chacune des trois gouttes ? Il n'y en a plus qu'une, et pourtant elle les contient toutes les trois.

Son auditoire applaudit et le couvercle circula de main en main. A compter de ce soir-là, Ash eut une réputation de grande sagesse.

Le jeune homme éprouva du regret lorsqu'on dut regagner Mardan, mais il en apprécia la saison fraîche. Il s'entendait bien avec ses camarades officiers et était en excellents termes avec ses hommes qui, tous, par la mystérieuse voie du téléphone arabe — car ni Zarin ni Awal Shah n'avaient parlé, — connaissaient un peu son histoire et suivaient avec intérêt ses progrès, éprouvant à son égard comme un vague sentiment de propriété. Pour cette raison, sa compagnie fut vite réputée la meilleure et la plus disciplinée de l'escadron, ce qui tenait davantage aux antécédents de Ash qu'à sa force de caractère ou ses qualités de chef. Les hommes savaient que Pelham-Sahib non seulement parlait mais pensait comme eux, si bien qu'il ne fallait pas compter l'abuser par des mensonges ou des subterfuges dont ils usaient à l'occasion avec les autres Sahibs. Ils savaient aussi pouvoir venir lui exposer en toute confiance leurs désaccords, car il ne manquait jamais de mettre en ligne de compte certains facteurs qui passaient la compréhension de ses camarades nés et élevés en Occident. Alors qu'il se trouvait en détachement avec ses hommes, Ash rendit ainsi un jugement qui demeura longtemps mémorable dans la région...

On avait dit à ses hommes d'être aux aguets d'un cheval de polo gris, qui avait été volé à un officier stationné à Risalpur. Or, la nuit suivante, passant dans les parages, un médecin missionnaire monté sur un cheval gris fut interpellé par une sentinelle. Effrayé, le cheval fit demi-tour, et la sentinelle, croyant avoir à faire au voleur, tira sur le médecin, fort heureusement sans l'atteindre. Mais le coup étant passé très près, le médecin, homme âgé et de caractère irascible, alla porter plainte contre la sentinelle. L'homme était passé en jugement le lendemain matin et Ash, usant des pouvoirs qu'il avait en tant que chef de section, le condamna à quinze jours de prison sans paie : deux jours pour avoir tiré sur un Sahib, et le reste pour l'avoir manqué. La sentence fut saluée par force acclamations et le fait que le commandant l'annula par la suite, considérant que le sowar avait agi en toute bonne foi, n'atténua en rien la popularité de ce jugement. En effet, ses hommes savaient très bien que Ash ne l'aurait pas mis à exécution et qu'il l'avait prononcé uniquement pour faire honte de sa maladresse au sowar. Mais ses supérieurs n'apprécièrent pas le sel de la chose.

— Nous allons devoir surveiller ce garçon, dit son capitaine. Il a l'étoffe d'un bon officier, mais manque de pondération.

— D'accord, apprécia le lieutenant Battye. Mais à la longue, ça lui viendra.

— Probablement, encore qu'il m'arrive d'en douter. S'il avait la tête plus froide, ce serait un élément de premier ordre pour un régiment comme le nôtre mais il est trop irréfléchi. Franchement, Wigram, il me préoccupe.

— Pourquoi donc ? Ses hommes le tiennent en si haute estime qu'il peut en faire ce qu'il veut.

— Oui, je sais. A leurs yeux, c'est une sorte de demi-dieu et ils le suivraient n'importe où.

— Eh bien alors, quel mal y a-t-il à ça ? s'enquit le lieutenant, déconcerté par le ton de son supérieur.

Le commandant fronça les sourcils, en tourmentant sa moustache :

— A première vue, aucun. Mais, tout à fait entre nous, je ne suis pas sûr que, dans un moment de crise, il ne foncerait pas avant d'avoir regardé où il met les pieds, et ne se retrouverait pas empêtré jusqu'au cou. Je vous accorde qu'il a beaucoup de courage. Peut-être même trop. Mais il me semble se laisser souvent guider par ses émotions plutôt que par... et puis il y a aussi autre chose : à supposer qu'il se trouve un jour en balance entre l'Inde et l'Angleterre, en faveur de laquelle pencherait-il ?

— Bon Dieu ! s'exclama le lieutenant, sincèrement choqué. Vous n'imaginez quand même pas qu'il pourrait trahir ?

— Non, non, bien sûr que non. Enfin... pas exactement. Mais avec un garçon pareil — j'entends : ayant ses antécédents — on ignore comment il voit les choses. Pour vous et moi, Wigram, c'est tout simple, car nous aurons toujours le sentiment que le bon droit se trouve de notre côté. Mais lui, quel est *son* côté ? Vous me comprenez ?

— A vrai dire, pas très bien, déclara le lieutenant avec gêne. Après tout, ça n'est pas comme s'il avait du sang indien dans les veines... Sa mère et son père étaient aussi anglais que... que la livre sterling ! Alors, simplement parce qu'il s'est trouvé naître ici... Je veux dire : il y en a des douzaines d'autres dans le même cas. A commencer par vous.

— Oui, mais pas une seule minute de mon existence je ne me suis cru indien. Tandis que lui, si. Et c'est là toute la différence. Enfin, l'avenir nous le dira, mais je me demande si nous n'avons pas commis une grave erreur en le ramenant ici.

— Rien n'aurait pu l'empêcher de revenir, fût-ce à la nage ! déclara le lieutenant avec conviction. Il ne se sent chez lui qu'ici.

— C'est bien ce que je disais ! Mais, en réalité, il n'a ici aucune racine. Un jour, il en prendra conscience et j'ai grand-peur qu'il ne se découvre alors nulle part chez lui. Je vous le dis sincèrement, Wigram : pour tout le thé de la Chine, je ne voudrais pas être dans les souliers de ce garçon, et j'aurais préféré qu'il revienne ici par ses seuls moyens, car alors c'eût été uniquement son affaire. Tandis que c'est nous — j'entends : le régiment — qui portons la responsabilité de son retour et c'est ce qui me soucie. Quoique, notez bien, j'aie beaucoup de sympathie pour lui.

Ni Awal Shah ni Zarin n'étaient dans l'escadron de Ash et il les voyait très peu à Mardan, encore que si l'un ou l'autre se trouvait libre, il l'accompagnait à la chasse. Quand ça leur était impossible, Ash partait seul ou avec un de ses sowars, Malik Shah ou Lal Mast, appartenant tous deux à la même tribu. Il aimait être en leur compagnie et apprenait beaucoup de choses à leur contact.

Ash se fit un certain nombre d'amis dans les villages et, invité par des chefs de tribus de l'autre côté de la frontière, il passa nombre de soirées dans des endroits où bien rares étaient ceux ayant déjà eu l'occasion de voir un Européen.

Quand il en avait terminé avec les obligations du service, Ash consacrait une partie de son temps libre à la chasse, partageant le reste entre le polo et la fauconnerie. Une fois par semaine, il écrivait à Belinda (qui n'avait pas la permission de lui répondre) et chaque mois il se rendait à Peshawar faire la visite autorisée par le major Harlowe.

Ash avait tout d'abord pensé qu'il lui serait facile de battre en brèche l'autorité parentale en assistant aux mondanités de Peshawar — bals, chasses ou courses de chevaux — où Belinda ne pouvait manquer d'être présente. Mais il avait vite déchanté : la jeune fille était trop étroitement chaperonnée pour qu'il pût avoir le moindre entretien avec elle, et la voir papillonner au milieu d'autres hommes ou danser avec George Garforth — lequel demeurait apparemment son chevalier servant — lui avait été si pénible que ce fut presque un soulagement pour lui lorsque son commandant, ayant eu vent de ces escapades, lui interdit Peshawar, à l'exception de la visite mensuelle permise par le major Harlowe. Pelham-Martyn était un Britannique et devait se conduire comme tel.

Ash s'y efforçait de son mieux, mais ça ne lui était pas facile. Ces mêmes qualités que, neuf ans auparavant, Awal Shah, le commandant des Guides, puis le colonel Anderson, avaient estimé être pour lui de précieux atouts, se révélaient maintenant avoir aussi leurs désavantages, et il arrivait souvent à Ash d'envier ses camarades officiers qui pouvaient prendre telle ou telle décision avec tant de joyeuse assurance. Pour eux, c'était toujours blanc ou noir, bien ou mal, juste ou injuste, nécessaire ou superflu, sans jamais la moindre complication. Mais il n'en allait pas de même pour Ash.

Ash connaissait souvent des hésitations, parce qu'il avait la possibilité de penser comme quelqu'un du pays et qu'il lui arrivait de le faire. Or entre la façon de raisonner de l'Orient et celle de l'Occident, il existe une différence énorme et fondamentale. Elle a désemparé bien des missionnaires et des administrateurs qui débordaient pourtant de bonnes intentions, les amenant à taxer des nations entières d'immoralité et de corruption, simplement parce que leurs lois, us et coutumes n'étaient pas les mêmes que ceux institués par l'Occident chrétien.

— Par exemple, expliquait le Munshi pour illustrer la différence aux yeux de ses élèves, un Sahib répondra toujours franchement à une question, sans se demander d'abord s'il ne serait pas préférable de mentir. Nous autres, au contraire, considérons que la vérité peut souvent être dangereuse et qu'il faut donc en user avec une extrême précaution.

Les jeunes officiers qui l'écoutaient, élevés dans l'idée que le mensonge est un péché mortel, étaient choqués d'entendre un homme d'âge, professeur de surcroît, dire ouvertement que, aux Indes, le mensonge était permis, et ce pour des raisons ne pouvant apparaître qu'hypocrites et cyniques. Mais, le temps aidant, ils finiraient par comprendre, tout comme, avant eux, bien d'autres militaires, fonctionnaires et hommes d'affaires britanniques étaient aussi arrivés à se faire une plus nette idée de l'Orient. Et à mesure que s'accroîtrait leur compréhension, ils serviraient encore mieux leur pays et l'Empire que leur pays gouvernait. Mais pour la plupart, ce qu'ils comprendraient de l'Orient ne serait comparable qu'à la partie émergée de l'iceberg.

Ash, lui, se trouvait avoir en quelque sorte un pied dans chacun de ces deux mondes, position des plus inconfortables. C'est en compagnie de Zarin qu'il passait ses meilleurs moments, encore que Zarin eût changé lui aussi. Ils avaient cru pouvoir renouer exactement comme autrefois, mais les circonstances nouvelles avaient profondément modifié leurs situations respectives sans qu'ils y pussent remédier. Zarin avait de plus en plus de mal à oublier que Ash était maintenant un Sahib et un officier ayant le pas sur lui. Cela élevait une barrière entre eux, barrière si fragile que Ash en avait à peine conscience. Mais à cause de l'éducation que celui-ci avait reçue en Angleterre, de sa position dans le régiment, comme de choses qu'il faisait ou disait, Zarin n'était plus aussi sûr de la façon dont réagirait son ami dans telle ou telle circonstance. Aussi se montrait-il plus circonspect, ne sachant jamais qui l'emporterait de l'officier britannique ou du fils de Sita.

Seul Koda Dad était resté le même, chaque fois que ça lui était possible, Ash passait la frontière pour lui rendre visite et demeurait de longues heures en sa compagnie, à chevaucher et chasser au faucon ou, confortablement assis au coin du feu, écouter le vieil homme parler du passé et discuter du présent. Il n'y avait qu'avec Koda Dad que Ash se trouvait détendu et complètement à l'aise.

Bien qu'il l'eût nié avec chaleur, il sentait que quelque chose pesait sur ses relations avec Zarin, « un nuage pas plus grand que la main d'un homme ».

Il ne venait pas à l'idée d'Ala Yar, Mahdoo ou Awal Shah de le traiter autrement qu'en Sahib, puisque aucun d'eux ne l'avait connu lorsqu'il était simplement Ashok. Mais Koda Dad, lui, au cours de sa longue vie, n'avait guère rencontré de Sahibs. Tout ce qu'il savait d'eux, il l'avait appris par des tiers, si bien qu'il n'avait pratiquement pas subi leur influence. Alors, que les parents de Ashok aient été *angrezis* et que le jeune homme fût donc un *Sahib,* ne modifiait en rien ses sentiments : Ash était toujours le même garçon qu'il avait connu, et un enfant n'est pas responsable de sa naissance. Pour Koda Dad, Ash serait toujours Ashok et non Pelham-Sahib.

L'arrivée des fortes chaleurs modifia la routine du camp : hommes et officiers se levaient avant l'aube afin de profiter au maximum des heures fraîches, demeurant à l'intérieur des bâtiments dès que l'ardeur du soleil commençait à croître, pour en ressortir seulement lorsque l'astre redescendait vers l'horizon. Ash n'allait plus à Peshawar, car Mme Harlowe et sa fille avaient pris leurs quartiers d'été dans les collines. Il continuait toutefois d'écrire à Belinda, laquelle, par faveur extrême, avait eu un jour la permission de lui répondre. Mais son petit billet compassé, rédigé sans aucun doute sous l'œil de Mme Harlowe, ne lui apprit rien, sinon que Belinda continuait de s'amuser beaucoup à Murree, ce qui n'était vraiment pas le genre de nouvelles qu'il souhaitait recevoir d'elle. Elle n'avait mentionné aucun nom, mais il avait appris par hasard que Brown & MacDonald, la firme qui employait George Garforth, avait une succursale à Murree, où George avait été transféré après avoir eu une insolation à Peshawar.

Imaginer son rival pique-niquant dans les bois avec Belinda et la faisant danser, lui était odieux. Mais il n'y pouvait rien faire car, lorsqu'il demanda de passer à Murree sa permission de forte chaleur, le capitaine lui fit dire carrément que, s'il désirait partir en permission, il pouvait aller chasser dans le Cachemire — *via* Abbottabad et non Murree — ce qui lui ferait certainement beaucoup plus de bien que de jouer les caniches dans les thés mondains.

Zarin non plus ne lui avait témoigné aucune sympathie sur ce point. A ses yeux, se comporter ainsi avec une femme qu'on n'a aucun espoir d'épouser ou d'avoir dans son lit, était tout à la fois un manque de dignité et une perte de temps. Il conseilla au jeune homme de bannir toute idée de mariage pendant au moins cinq ans, et lui suggéra de fréquenter en attendant une « maison » réputée de Peshawar ou de Rawalpindi.

Ash fut fortement tenté de suivre ce conseil et cela lui aurait fait le plus grand bien car, dans l'Armée des Indes, la vie d'un officier subalterne célibataire confine à celle des moines. La plupart de ses camarades, se trouvant dans le même cas, domptaient leurs appétits sexuels en prenant beaucoup d'exercice, tandis que les autres risquaient de contracter des maladies vénériennes ou de se faire dépouiller en se rendant subrepticement dans les bordels du bazar. Certains préféraient avoir des rapports moins orthodoxes avec de jeunes garçons, comme cela se faisait couramment dans les tribus de la frontière sans qu'on y eût jamais rien trouvé d'anormal. Mais Ash n'avait aucune inclination homosexuelle et, étant épris de Belinda, il ne pouvait se résoudre à acheter les faveurs de prostituées, fussent-elles aussi charmantes que Masumah, qui avait en outre la réputation d'être pleine d'esprit. Alors il s'en allait tout bonnement à la pêche, dans la vallée.

Vers la mi-octobre, Zarin fut nommé jemadar, cependant que Belinda et sa mère regagnaient Peshawar, où Ash se rendit dès qu'il apprit la nouvelle.

Il n'avait pas revu Belinda depuis le printemps, soit près de six mois qui lui avaient semblé durer six ans. D'ailleurs, Belinda lui parut très changée. Elle était toujours aussi ravissante, mais ça n'était plus l'adolescente enjouée et insouciante qui, venant à peine de quitter le pensionnat, se grisait de cette toute nouvelle liberté. Elle avait acquis beaucoup d'assurance et faisait désormais très « jeune lady ». Si elle continuait d'être rieuse, il paraissait à Ash que sa gaieté n'était plus aussi spontanée, tout comme ses mines et ses grâces — si charmantes lorsqu'elle les faisait inconsciemment — avaient à présent quelque chose d'artificiel.

Ce qui le consola un peu au cours de ce thé de retrouvailles, fut que George Garforth, qui y était également invité, eut droit à encore moins d'attention de la part de Belinda. En revanche, on sentait George très à l'aise dans le salon de Mme Harlowe et en excellents termes avec cette dernière qui, à plusieurs reprises, l'appela « mon cher garçon », tandis que la politesse obligeait Belinda à se consacrer presque exclusivement à un monsieur corpulent et d'un certain âge, nommé Podmore-Smyth, qui était un ami de son père.

Il peut être intéressant de savoir que la vie de Ash eût été tout autre s'il n'avait jamais rencontré Belinda ou si, l'ayant rencontrée, il ne l'avait pas involontairement amenée à flirter avec George Garforth. Deux d'entre eux devaient en pâtir car George et Belinda allaient, pour une faible part, contribuer à déclencher un enchaînement de faits qui modifieraient profondément l'avenir de Ash. Ils furent en effet responsables de l'état d'esprit dans lequel il repartit de Peshawar, et l'image obsédante qu'il gardait d'eux l'incita ensuite à sortir se promener au clair de lune.

Ce soir-là, Ash se coucha de bonne heure et, lorsqu'il finit par s'endormir, il eut de nouveau ce rêve qui le hantait depuis son arrivée à Mardan. Une fois de plus, il se retrouva chevauchant à bride abattue à travers une plaine désertique et des collines dénudées, cependant que derrière lui un bruit de galop se rapprochait sans cesse davantage... qui se révéla être celui des battements de son cœur quand il émergea de ce rêve.

Bien que la nuit fût fraîche, son corps était trempé de sueur et, rejetant la couverture, il demeura immobile, attendant que son cœur s'apaisât. Par la fenêtre ouverte, il voyait le fort baigné par le clair de lune, mais la nuit était particulièrement silencieuse, sans même un aboi de chien et, sauf les sentinelles, tout le monde semblait plongé dans un profond sommeil. Quittant son lit, Ash sortit un instant sur la galerie, puis revint enfiler une robe de chambre et chausser des *chupplis* — ces sandales de cuir épais d'un usage courant à la frontière — avant de s'en aller au dehors calmer son agitation. La sentinelle le reconnut et le laissa passer en murmurant une salutation, au lieu de faire les sommations habituelles. Traversant le terrain d'exercice, il s'en fut vers les collines, son ombre le précédant sur le chemin poussiéreux. Après avoir suivi ce dernier pendant un mille environ, Ash le quitta pour aller s'asseoir en haut d'un petit tertre où, environnée de hautes touffes d'herbe des pampas, une pierre plate invitait au repos. Adossé à une roche et contemplant le paysage nocturne, Ash éprouva la même impression que naguère lorsqu'il était sur le Balcon de la Reine.

La veille, était tombée une légère pluie et, dans l'air clarifié, même les plus lointaines montagnes paraissaient proches : à un jour de marche, au maximum. Se rappelant une nuit semblable où, fuyant Gulkote, il avait rendez-vous près du tombeau de Lal Beg, Ash se demanda ce qu'était devenu Hira Lal. Il aurait aimé le revoir afin de lui rembourser une partie de sa dette concernant le cheval et l'argent qu'il lui avait donnés. Un de ces jours, il demanderait une permission et... S'arrachant brusquement à ces réminiscences, Ash regarda avec attention devant lui.

Quelque chose se déplaçait dans la plaine et il ne pouvait s'agir de bétail, car il n'y avait aucun village à proximité. Des daims peut-être... A la seule clarté de la lune, c'était difficile à préciser mais, comme ils se dirigeaient vers lui et qu'il n'y avait aucun souffle de vent pour leur porter son odeur, Ash serait vite fixé. Il n'avait qu'à rester immobile, car ses vêtements se confondaient avec les roches et l'herbe des pampas le masquait en grande partie.

Soudain, il vit luire quelque chose qui n'était pas de la corne, mais du métal. En fait d'animaux sauvages, il s'agissait d'hommes armés de fusils. La brusque tension de ses nerfs se relâcha lorsqu'il en dénombra seulement trois. L'espace d'un instant, il avait pensé à un groupe de pillards venus de l'autre côté de la frontière pour s'abattre sur quelque village endormi afin d'y razzier femmes et bétail. Mais trois hommes ne pouvaient faire grand mal et il s'agissait peut-être de *Powindahs,* ces nomades qui vivent sous la tente et sont toujours en mouvement. Cela lui parut toutefois assez improbable car, la température étant redevenue d'une agréable fraîcheur, peu de gens eussent choisi de voyager la nuit. Pour cette raison, tenant moins que jamais à être remarqué, Ash demeura parfaitement immobile et bénit le ciel que la lune fût derrière lui, car ainsi les arrivants en recevaient la clarté dans les yeux. Il souhaita toutefois que ces voyageurs se hâtent un peu, car il ne pourrait s'en aller de là avant qu'ils se fussent considérablement éloignés.

Un bruit ténu le rendit soudain plus attentif, qui n'émanait pas des trois hommes, mais de quelque part derrière lui, à vingt ou trente mètres environ. Retenant son souffle, il perçut un autre bruit, aisément identifiable celui-là : le bruit d'une *chuppli* cognant contre une pierre. Il y avait donc au moins un autre homme se rapprochant du tertre où il se trouvait, mais sous un angle différent.

Plusieurs possibilités se heurtèrent dans son esprit. Rivalités tribales et les hommes derrière lui tendaient un piège à ceux de devant... Ou bien était-ce lui-même qu'on visait ? Peut-être avait-il été vu et suivi par quelqu'un ayant une raison de haïr les Guides ? C'était une erreur d'être sorti sans arme, mais il était trop tard maintenant pour la déplorer, car quelqu'un frôla un buisson épineux à proximité du tertre. Muscles et nerfs tendus, Ash vit déboucher devant lui un homme qui se hâtait sans un regard en arrière. Il fut si vite passé que Ash garda seulement l'image d'un homme de haute taille, enveloppé dans une couverture de laine, dont le pan du turban s'enroulait autour de son cou. S'il était armé, ça n'était certainement pas d'un fusil, mais la couverture devait dissimuler un poignard pathan. De toute évidence. bien que son allure eût quelque chose de furtif, il ne soupçonnait pas la présence de Ash.

Les quatre hommes se rejoignirent à une cinquantaine de mètres du petit tertre et, après avoir parlé debout pendant quelques minutes, s'assirent par terre afin de poursuivre plus confortablement leur entretien. Ils étaient trop loin pour que Ash perçût autre chose qu'un murmure de voix, coupé de temps à autre par un rire bref. Mais il n'était pas question pour lui de tenter de repartir, car cette réunion avait un caractère trop clandestin pour qu'on pût impunément en avoir été témoin.

Ash resta ainsi pendant près d'une heure, se maudissant sans cesse d'avoir cédé à l'envie d'une promenade nocturne. Enfin, les quatre hommes se remirent debout et se séparèrent. Le trio s'en fut vers les collines, tandis que le solitaire passait de nouveau à quelques pas du tertre. Cette fois, la lune l'éclairait de face, mais comme le pan de son turban dissimulait bouche et menton, Ash n'aperçut qu'un nez en bec d'aigle et des yeux profondément enfoncés dans les orbites. L'ensemble lui parut néanmoins familier : il connaissait certainement cet homme.

Ash attendit un moment avant de se tourner, avec d'infinies précautions, pour observer la haute silhouette qui s'éloignait en direction de Mardan. Ce fut seulement lorsqu'elle eut disparu à sa vue qu'il se leva, glacé et courbatu, pour entreprendre la longue marche de retour vers le fort, sans plus penser à Belinda.

Le lendemain matin, dans la clarté bleue et or d'une journée d'automne, tout cela perdit de son caractère sinistre. Les quatre hommes s'étaient probablement rencontrés pour discuter d'un problème tribal, et s'ils préféraient se réunir la nuit, c'était leur affaire. Ash chassa l'incident de son esprit et il n'y aurait probablement plus jamais repensé sans une rencontre fortuite à la tombée de la nuit, quelque six jours plus tard...

Comme il n'y avait pas eu de polo ce soir-là, Ash était allé chasser la perdrix le long de la rivière et il s'en revenait après le coucher du soleil, quand il rencontra un sowar de son propre escadron. La nuit tombait rapidement et il ne le reconnut que lorsqu'ils se croisèrent. Lui ayant rendu son salut, Ash continuait d'avancer quand soudain il s'arrêta et se retourna sous l'effet d'une brusque réminiscence. Cet homme avait une épaule légèrement plus haute que l'autre ainsi qu'une cicatrice divisant en deux le sourcil droit... détails que Ash avait entrevus à la clarté de la lune.

— Dilasah Khan !

— Sahib ?

L'homme revint sur ses pas. C'était un Afridi-Pathan et sa tribu était de celles qui, théoriquement, devaient allégeance à l'Émir d'Afghanistan mais qui, en pratique, ne connaissaient d'autres lois que les leurs. Se rappelant cela, Ash pensa que les hommes avec qui Dilasah Khan avait eu rendez-vous, l'autre nuit, étaient probablement venus de son village lui apporter des nouvelles, concernant peut-être quelque guerre de clans avec une tribu voisine dont un ou plusieurs membres servaient sans doute aussi dans les Guides.

Le territoire britannique était réputé neutre et aucun différend tribal ne devait y essaimer. Mais se rappelant avoir lui-même souffert de semblables immixtions dans ses affaires privées, Ash garda finalement pour lui ce qu'il avait d'abord eu l'intention de dire à Dilasah. Ce fut sans doute une erreur, car si l'homme avait été effrayé, il aurait pu changer d'idée et de plans, ce qui eût évité certaines conséquences, dont sa propre mort.

Au lieu donc de lui dire l'avoir vu l'autre nuit dans la plaine, Ash se borna à poser une question relative au service, avant de l'inviter à poursuivre son chemin. Mais, du coup, le souvenir de l'incident revint le harceler avec l'irritante obstination d'une mouche tenant à se poser sur le visage d'un dormeur. Pour cette raison, Ash prêta davantage attention à Dilasah Khan qu'il ne l'eût autrement fait, et conclut que l'homme ne lui était pas sympathique. C'était un bon soldat, un cavalier plus qu'honnête, et sous ce rapport on n'avait rien à lui reprocher. Mais il était un peu trop obséquieux — ce qui était vraiment contraire à la mentalité indigène — et avait le regard fuyant.

— Je n'aime pas ce Dilasah, confessa-t-il un jour qu'il discutait des hommes avec son capitaine. J'ai connu un ou deux chevaux qui avaient son regard et que je n'aurais pas aimé devoir monter.

— Dilasah ? Oh ! vous m'étonnez... Qu'a-t-il donc fait ?

— Rien... comment dire ? Il me cause une sorte de malaise. Et, une nuit, je l'ai aperçu dans la plaine...

Quand Ash lui eut relaté l'incident, le capitaine rit et esquissa un haussement d'épaules, avançant la même explication qui était venue à l'esprit de Ash :

— Je parierais à dix contre un qu'il s'agissait de quelque dissension avec une tribu voisine et qu'ils étaient venus l'avertir de prendre garde la prochaine fois qu'il irait en permission au village, parce que son cousin Habib venait de tuer le fils d'Ali, en retour de quoi la famille d'Ali était prête à tuer n'importe quel parent d'Habib.

— C'est aussi ce que j'ai tout d'abord pensé, mais le fait qu'il soit allé au-devant d'eux montre qu'ils avaient rendez-vous.

— Eh bien, pourquoi pas ? Ils lui avaient sans doute fait tenir un message disant qu'ils avaient des nouvelles pour lui. S'il s'agissait d'un meurtre, ils ne lui avaient sûrement pas donné davantage de précisions dans le message.

— Oui, vous avez probablement raison. En dépit de quoi, j'ai le sentiment que nous devrions surveiller cet homme.

— D'accord, occupez-vous-en ! acquiesça le capitaine avec cordialité, comme il eût dit à un enfant : « C'est ça, va t'amuser. »

Ash n'insista donc pas, mais il chargea Ala Yar de s'informer un peu des antécédents du sowar Dilasah Khan.

— Il y en a cinq autres de son clan dans la *rissala,* vint lui rapporter Ala Yar. Tous des Afridis fiers et farouches qui se sont engagés dans les Guides par *izzat* (pour l'honneur de la chose) et parce qu'ils aiment se battre. Peut-être aussi parce qu'il y a beaucoup de rivalités mortelles entre les familles de leur clan et qu'ici, au moins, ils ne risquent pas d'être abattus sans sommation. Tu en as deux dans ta compagnie : Malik Shah et Lal Mast.

— Ça, je le savais, et ce sont deux excellents soldats. Je suis allé chasser une demi-douzaine de fois avec Malik, et quant à Lal Mast...

Ala Yar éleva la main :

— Je n'ai pas terminé, Sahib. Comme leur clan est petit, ils sont tous plus ou moins parents. Néanmoins, aucun d'eux ne peut sentir Dilasah. Ils disent tous qu'il est faux, sournois et, tout comme toi, ils se méfient de lui.

— Pourquoi donc ?

— Oh ! pour une douzaine de petites choses datant de leur enfance. A tous, il a eu l'occasion de jouer des mauvais tours quand ils étaient gosses, et aucun d'eux n'a oublié ça. Pose plutôt la question à Malik ou Lal Mast, la prochaine fois que tu iras chasser avec eux.

Ash suivit cette suggestion, mais n'en apprit pas plus qu'il n'en savait déjà par Ala Yar.

— Dilasah ? C'est un serpent, répondit Malik Shah. Quand nous étions enfants déjà...

Tout le monde avait été puni sauf Dilasah qui était pourtant l'instigateur de la chose, mais s'en était tiré en mentant effrontément au détriment de ses camarades. De toute évidence, cet épisode demeurait un cuisant souvenir.

— C'est devenu un bon soldat et lorsque les Guides sont appelés à se battre, il lui arrive même de nous faire honneur ainsi qu'à son clan. Je trouve pourtant curieux qu'il ait voulu servir le Sirkar et se plier à la discipline militaire, car il ne me paraissait vraiment pas homme à choisir cette façon de vivre. Mais peut-être avait-il commis quelque meurtre l'incitant à fuir au plus vite nos collines, par crainte de représailles. Il ne serait pas le premier à avoir agi ainsi !

Malik rit et Ash savait que cette dernière hypothèse n'avait rien d'improbable. Il n'insista donc pas davantage. Mais moins d'une semaine plus tard, la raison pour laquelle Dilasah Khan s'était engagé dans les Guides ne devint que trop claire. Il apparut avec évidence que la méfiance des siens et les soupçons de Ash étaient parfaitement justifiés.

12

Ce fut par une nuit sans lune que Dilasah disparut de Mardan, en emportant un autre fusil en sus du sien.

De garde à la dernière ronde avant l'aube et patrouillant, de ce fait, avec un autre soldat, il avait assommé son compagnon puis l'avait bâillonné et ligoté avec son turban, avant de le traîner assez loin pour que sa voix ne pût éventuellement porter jusqu'au camp endormi. De la sorte, une heure au moins s'était écoulée avant que l'alerte fût donnée et qu'une patrouille de cavaliers partît vainement à la recherche du fugitif.

Le soir venu, on n'avait toujours pas retrouvé sa trace et, le lendemain matin, le commandant demanda combien d'autres membres de son clan servaient dans le régiment. Convoqués à son bureau, ils reçurent l'ordre de retirer leur uniforme et de rendre tout ce qui dans leur équipement était la propriété des Guides. Ils obéirent en silence avant de revenir se figer au garde-à-vous.

— Maintenant, allez-vous-en, leur dit le commandant. Et que je ne vous revoie pas avant que vous m'ayez rapporté les deux fusils volés.

Les hommes partirent sans un mot et nul ne discuta la décision du commandant, si ce n'est Ash.

— Mais il ne peut pas faire une chose pareille ! déclara-t-il, blême de colère, à son capitaine. Ils n'y sont pour rien ! Ça n'est pas leur faute ! Ils n'ont jamais pu souffrir Dilasah !

— Ils appartiennent au même clan, expliqua patiemment le capitaine, et le commandant est un malin qui sait bien ce qu'il fait. Il veut récupérer les fusils, car nous ne pouvons courir le risque de voir de telles armes utilisées contre nous, ni permettre qu'un de nos hommes agisse impunément de la sorte. Non, le commandant a fait ce qui s'imposait : c'est une question d'*izzat.* Dilasah a trahi son clan, et ses camarades récupéreront les armes pour leur propre bien. Vous verrez ! Ils ont probablement une très nette idée de l'endroit où il peut se cacher, et je ne serais pas étonné qu'ils soient de retour avec les fusils dans moins de quarante-huit heures.

— Et quand bien même ? riposta Ash. Il n'en reste pas moins qu'ils se sont vu retirer leur uniforme, qu'ils ont été chassés et punis au su de tous pour quelque chose dont ils n'étaient aucunement responsables. S'il y avait une justice, c'est *moi* qui devrais être puni... ou *vous !* Je savais que cet homme manigançait quelque chose, et vous également car je vous en avais averti. Vous avez estimé qu'il n'y avait pas lieu de s'inquiéter, mais j'aurais quand même pu faire quelque chose, ce qui n'était le cas ni de Malik ni des autres. Ça n'est pas juste !

— Oh ! pour l'amour du Ciel, Pandy ! s'exclama le capitaine, perdant patience. Cessez de vous conduire comme un enfant de deux ans ! Qu'est-ce qui ne va pas ? Depuis quelques jours, vous êtes pareil à un ours en cage. Vous êtes malade ou quoi ?

— Je me porte très bien, merci, rétorqua Ash avec colère. Mais je ne puis souffrir l'injustice et je m'en vais aller trouver le commandant.

— Eh bien, j'aime mieux que ce soit vous que moi, car il n'est pas de très bonne humeur. Et quand vous aurez entendu ce qu'il va déverser sur votre tête, vous regretterez de n'avoir pas témoigné d'un peu plus de bon sens !

Mais Ash ne pouvait plus être raisonné. La désertion de Dilasah Khan et le traitement infligé aux autres hommes de son clan ne constituaient que le dernier drame — et non le pire — d'une semaine qui devait rester une des plus sombres qu'il eût vécues. Par la suite, jamais rien ne lui paraîtrait aussi terrible, car lui-même ne serait jamais plus l'homme qu'il avait été jusqu'alors...

Tout avait commencé avec l'arrivée d'une lettre au courrier du matin. N'en reconnaissant pas l'écriture, Ash l'avait ouverte négligemment au mess, s'attendant à y trouver quelque invitation pour un dîner ou un bal. Bien que pleine de bonnes intentions, la lettre de Mme Harlowe annonçant que sa fille allait se marier, lui avait fait le même effet que le premier frémissement d'un tremblement de terre.

Belinda était tellement, *tellement* heureuse, écrivait Mme Harlowe, qu'elle espérait bien que Ash ne ferait rien pour gâcher ce bonheur, mais se montrerait raisonnable, puisqu'il apparaissait maintenant évident que Belinda et lui n'étaient pas faits l'un pour l'autre. De toute façon, Ash était encore trop jeune pour songer à se marier et fonder une famille. A tous égards, Ambrose était pour Belinda un mari beaucoup plus souhaitable ; aussi, connaissant les qualités de Ash, elle était sûre qu'il s'en réjouirait pour son ex-fiancée et formerait des vœux de bonheur à son endroit. Belinda avait demandé à sa mère de lui annoncer la nouvelle, la chère enfant ayant pensé qu'il préférerait certainement l'apprendre ainsi.

Ash relut la lettre une demi-douzaine de fois, avec une incrédulité croissante. Si Belinda était vraiment tombée amoureuse d'un autre, il l'aurait senti lorsqu'il l'avait vue voilà trois semaines à peine... Rien dans son comportement ni ses paroles n'indiquait qu'il pût en être ainsi... Et, après tout ce qu'il y avait eu entre eux, Ash ne croyait pas qu'elle aurait demandé à sa mère d'écrire une telle lettre. Si elle en aimait un autre, elle le lui eût annoncé elle-même, car elle avait toujours témoigné d'une grande franchise. *Ambrose*... Qui diable était Ambrose ? Il devait s'agir de quelque complot ourdi par les parents pour les séparer l'un de l'autre... Ou bien alors, ils obligeaient Belinda à se marier contre son cœur.

La lettre de Mme Harlowe étant arrivée un vendredi, Ash devait attendre encore huit jours avant qu'il lui fût officiellement permis de revoir Belinda. Mais dès le lendemain, au mépris de tout, il partit pour Peshawar.

Comme lors de sa première visite, il ne trouva au bungalow qu'un domestique, lequel l'informa que le Sahib et les mensahibs déjeunaient en ville et ne devaient pas être de retour avant le milieu de l'après-midi. Comme précédemment, Ash s'en fut au Club et, là encore, l'histoire se répéta car, bien que le Club fût cette fois plein de monde, la première personne qu'il y rencontra fut George Garforth, lequel l'accrocha au passage en s'écriant :

— Ash ! Il faut absolument que je vous parle ! Ne partez pas ! Prenons un verre ensemble...

Ash n'avait aucune envie de parler à George ni à qui que ce fût, sauf à Belinda. Mais deux choses l'empêchèrent de passer outre. La première, c'est que George était un peu éméché, et la seconde, qu'il était certainement le mieux à même de savoir s'il y avait quelque vérité dans cette histoire de mariage. Le fait que George fût ivre à cette heure de la matinée, l'emplit d'ailleurs d'un sombre pressentiment.

— Veux vous parler, Ash... Z'êtes le seul à qui j' peux parler... Mais pas ici, trop de gens... trop de f-f-foutus snobs aux aguets... Allons chez moi pour *tiffin*.

Suggestion très raisonnable en la circonstance, car Ash n'imaginait rien de pire que devoir écouter ce que George avait à lui dire — et qui se rapportait certainement à Belinda — en présence de la moitié du Peshawar Club.

Ash appela donc une tonga et s'en fut ainsi avec Garforth chez ce dernier, lequel habitait un assez vaste bungalow, dont une partie était occupée par les bureaux de la firme qui l'employait. Une toute petite portion en était dévolue à George pour son usage personnel :

une chambre sur le derrière avec salle de bains adjacente et, isolé du reste par un *chik,* un bout de galerie qui lui tenait lieu à la fois de salon et de salle à manger. Mais, contrairement aux appréhensions de Ash, le domestique qui apparut en réponse au coup de sonnette, put leur servir un très honnête déjeuner, accompagné de deux bouteilles de bière Brown & MacDonald. George ne toucha pour ainsi dire pas aux plats, demeurant effondré dans son fauteuil à marmotter et grommeler avec des intonations belliqueuses. Mais lorsque, la table desservie, le domestique eut disparu, son attitude changea brusquement, au point que l'irritation de Ash fit place à de la compassion. Prêt à jouer les confidents et prodiguer quelque réconfort, il lui dit, tout en se servant de café :

— Allez, racontez-moi tout. C'est au sujet de ce mariage, je suppose ?

— Quel mariage ? fit l'autre avec un vague haussement de sourcils.

Ash sentit son cœur bondir. Ainsi donc, il ne s'était pas trompé : Mme Harlowe lui avait menti.

— Celui de Belinda, bien sûr. Je pensais que c'était pour cela que... Je veux dire... J'ai entendu raconter qu'elle allait se marier...

— Oh ! ça, fit George avec un geste qui balayait cette chose sans intérêt.

— Ce n'est donc pas vrai ? Sa mère disait...

— Oh ! ce n'est pas elle... Mme Harlowe s'est efforcée d'agir au mieux, car elle avait vraiment de la sympathie pour moi, vous savez. Mais Belinda... Je n'aurais jamais cru possible que quelqu'un... Non, ça n'est pas vrai... C'est justement parce que je redoutais quelque chose de ce genre, que j'avais essayé de cacher que... J'aurais dû me douter que quelqu'un finirait bien par l'apprendre.

— Mais apprendre quoi, George ? De quoi diable parlez-vous ? Est-elle fiancée, oui ou non ?

— Qui ça ? Oh ! Belinda... Oui. Ils se sont fiancés, je crois, aussitôt après le Bal des Célibataires. Ecoutez, Ash... Ça ne vous ennuie pas que je vous parle de quelque chose ? Voyez-vous, je ne sais que faire... Donner ma démission et partir, ou bien... Je ne peux pas rester ici. Ça m'est impossible. J'aimerais mieux me tuer. Elle va le raconter à tout le monde... Elle a d'ailleurs déjà commencé... Vous n'avez pas vu ce matin, au Club, comme ils me regardaient tous en chuchotant ? Ça n'a pu vous échapper... Et cela ira de mal en pis. Je ne crois pas que je pourrais...

Mais Ash n'écoutait pas. Il ne voulait plus rien entendre, ni parler à qui que ce soit... Pas à George, en tout cas. Et cependant...

— Mais ça ne peut pas être ! dit-il en se redressant. Le Bal des Célibataires a eu lieu voici environ six semaines et j'ai revu Belinda depuis. J'ai même pris le thé avec elle et, si c'était vrai, elle me l'aurait dit alors. Ou sa mère. Ou quelqu'un !

— Ils ne tenaient pas à le faire savoir trop vite. Ils préféraient attendre la nouvelle de sa nomination... Je suppose que ça fait plus grand effet d'épouser un Résident.

— Un *Résident ?* Mais...

Ash s'interrompit. George devait être encore plus ivre qu'il ne le paraissait, car être Résident constituait un poste envié dans l'administration des Indes anglaises. Seuls les hommes qui en faisaient partie depuis de nombreuses années et s'y étaient distingués, étaient envoyés par le gouvernement avec le titre de Résident dans quelque état indigène indépendant.

— Au Bholapour... Un de ces États quelque part dans le Sud, précisa George avec indifférence. C'était dans tous les journaux, la semaine dernière.

— Au Bholapour ? répéta Ash d'un air stupide. Mais... Oh ! vous devez vous tromper... Oui, bien sûr, vous êtes ivre ! Comment Belinda aurait-elle pu rencontrer quelqu'un comme ça et, qui plus est, se fiancer avec lui ?

— C'est pourtant bien ce qu'elle a fait. Un ami de son père... Vous l'aviez sûrement remarqué : un type bedonnant, avec un visage congestionné et des favoris gris. Il a pris le thé chez les Harlowe la dernière fois que vous y étiez, et Belinda ne s'occupait que de lui...

— *Podmore-Smyth !* balbutia Ash, sidéré.

— Oui, c'est ça. Un vieux raseur, mais un beau parti. A ce que je me suis laissé dire, il pourrait être fait chevalier avant longtemps et finir Gouverneur adjoint. Sa femme est morte l'an passé, et il a des filles plus âgées que Belinda, mais celle-ci n'en a cure. Évidemment, il a beaucoup d'argent... Son père était un des nababs de Calcutta, ce qui est tout dire... Et je suppose que la perspective d'être Lady Podmore-Smyth lui sourit assez... ou Son Excellence la femme du Gouverneur... Et pourquoi pas la baronne Podmore ae Poop !

George eut un rire pénible et se servit une autre tasse de café.

— Je n'en crois rien ! déclara Ash avec violence. Vous inventez tout ça. Elle n'aurait jamais fait une chose pareille. Non, pas Belinda ! Vous ne la connaissez pas comme moi ! Elle est douce. franche et sincère...

— Oh ! sincère, pour ça, oui ! convint George d'un ton amer tandis que ses yeux s'embuaient.

Sans y prendre garde, Ash poursuivit :

— Si elle s'est fiancée avec lui, c'est parce qu'elle y a été contrainte. Ce sont ses parents qui l'y ont poussée... son vieux pète-sec de père et son idiote de mère. Mais s'ils s'imaginent que je vais les laisser briser la vie de Belinda et la mienne, ils se trompent !

— C'est vous qui vous trompez. Ce mariage ne souriait pas tellement à ses parents, Belinda les a embobelinés. C'est une ravissante petite chose, mais vous ne la connaissez pas vraiment. Ni moi non plus, d'ailleurs. Je le croyais pourtant et je n'aurais jamais imaginé... Oh ! mon Dieu, que faire, *que faire ?*

Des larmes se mirent à rouler sur ses joues, sans qu'il cherchât à les retenir ou les essuyer. Il demeurait effondré dans son fauteuil, nouant et dénouant les doigts autour de sa tasse. C'était pénible de le voir ainsi et Ash s'en exaspéra. Quel droit George avait-il de se conduire comme ça ? Ce n'était pas à lui que Belinda avait été fiancée et elle ne l'aurait jamais épousé ! Ash prit un plaisir pervers à le lui dire, mais bien qu'il n'eût pas mâché ses mots, George ne réagit point.

— Non, vous ne comprenez pas... Bien sûr qu'elle ne m'aurait pas épousé, dit-il d'une voix éteinte. J'étais trop jeune et je n'avais ni fortune, ni espérances, *rien !* C'est sans doute pour cela que j'ai inventé toute cette histoire... afin de me rendre intéressant... Mais je n'aurais jamais pensé... je n'aurais jamais cru qu'elle le prendrait de cette façon si elle découvrait...

— Découvrait *quoi ?* demanda Ash, qui n'y comprenait rien. Pour l'amour du Ciel, George, ressaisissez-vous et cessez de débiter des sottises ! De quoi s'agit-il ? Qu'a-t-elle découvert ?

— La vérité à mon sujet. Voyez-vous, je... j'ai raconté un tas de mensonges me concernant. Et cette femme, Mme Gidney, avec qui la mère de Belinda est si liée, a une amie à Rangoon qui connaît quelqu'un qui... Enfin, bref, voici toute l'histoire...

C'était une histoire simple et plutôt sordide, d'où personne ne sortait à son avantage. Écrivant à une amie de Rangoon, Mme Gidney avait mentionné le nom de George, en parlant de son ascendance si romantique. Une malheureuse coïncidence avait voulu que cette amie connût un certain Frisby, dans le commerce du bois de teck. Et c'est ainsi que tout s'était su...

Loin d'être une comtesse grecque, la grand-mère de George était une Indienne de modeste extraction dont l'union avec son grand-père (un sergent de couleur servant dans un régiment britannique en garnison à Agra) avait été toute momentanée... Mais il n'en était pas moins résulté une fille qui avait été recueillie dans un orphelinat ou un hospice pour enfants abandonnés. A l'âge de quinze ans, elle avait trouvé à se placer comme nurse dans la famille d'un officier, et avait par la suite épousé Alfred Garforth, un jeune caporal appartenant au même régiment que son employeur. Leur fils George, né à Bareilly, fut le seul membre de la famille qui suvécut à la Révolte des Cipayes, ses parents, ses trois jeunes sœurs et son frère encore au berceau ayant été massacrés en l'espace d'un quart d'heure.

George avait échappé à ce massacre parce qu'il passait la journée chez un commerçant indigène marié à une blanche, qui l'avait gardé pendant quelques années, en attendant que le régiment retourne en Angleterre car, son père étant lui aussi orphelin, George n'avait absolument aucune famille. Ce fut durant ces années-là que George apprit, par ses camarades, quel objet de mépris était un « sang-mêlé ». Ils étaient plusieurs dans ce cas, à la garnison, méprisés aussi bien par ceux ayant une ascendance européenne que par ceux dont les parents et grands-parents étaient indiens.

Mais une ironie du destin voulut que George fût plus blond que la plupart de ses tourmenteurs européens. S'il avait eu une plus grande force de caractère ou s'il avait été moins beau, il aurait pu s'en tirer. Malheureusement, outre qu'il était ravissant, il se montrait fort timide, ce qui lui gagnait le cœur des adultes mais donnait aux autres gosses une violente envie de le rosser, à laquelle ils cédaient volontiers quand ils en avaient l'occasion.

George en contracta un bégaiement, dans le même temps que croissait en lui une haine violente à l'endroit de ses camarades, de la garnison, et de tout ce qui touchait à l'armée. Quand le régiment regagna l'Angleterre, les commerçants qui l'avaient recueilli et qui étaient relativement prospères, ne voulurent pas qu'il fût envoyé dans un orphelinat militaire. Ils payèrent pour qu'il allât comme pensionnaire dans un collège proche de Bristol, où il n'y avait que des enfants dont les parents étaient aux colonies. De ce fait, on y parlait aussi avec mépris des sang-mêlé. Ayant de grands yeux noirs et un teint basané, un des élèves y était en butte à toutes sortes de vexations et, sauvé par sa blondeur, George faisait honteusement chorus avec les autres. Comme, à la possible exception du Principal, personne à l'école ne savait rien de ses antécédents, il s'inventa un arbre généalogique.

Cela commença très modestement mais l'arbre s'épanouit vite,

George y greffant tout un assortiment d'ancêtres pittoresques. Parce qu'il craignait que, un jour, son teint fonçât comme ses cheveux avaient viré au châtain, il se dota d'un père irlandais — les Irlandais ayant généralement des cheveux bruns — et ajouta une grand-mère grecque pour faire bonne mesure. Il devait découvrir, par la suite, que la plupart des serveurs et petits artisans de Soho étaient d'origine grecque. Comme il était trop tard alors pour changer la nationalité de sa mythique aïeule, il décida d'en faire une comtesse.

Vers la fin de ses études, son bienfaiteur, qui était en relation d'affaires avec Brown & MacDonald, obtint que George entrât chez eux comme employé. Il pensait lui avoir rendu un signalé service et que le jeune homme ferait carrière dans le commerce des vins. George ne tenait aucunement à retourner aux Indes, mais, quand il eut terminé son apprentissage et qu'on voulut l'envoyer à Peshawar, il n'osa refuser. Sa seule consolation fut que près de quatre cent milles séparaient Peshawar de Bareilly. D'ailleurs, un mois avant son départ, il apprit la mort de son bienfaiteur et que sa veuve, inconsolable, avait vendu leur magasin afin de s'en aller à Rangoon, où l'un de ses neveux faisait fortune dans le commerce du teck. Charitable jusqu'au bout, son bienfaiteur, Hafiz, lui avait légué cinquante livres et une montre en or. George employa l'argent à s'acheter des vêtements et raconta à sa logeuse que la montre lui venait de son grand-père irlandais... un O'Garforth de Castle Garforth...

— Je n'avais jamais pensé que la vérité pourrait être découverte, confessa misérablement George. Mais Mme Gidney avait une amie dont le mari est dans le commerce du teck, où il se trouvait connaître le neveu de Mme Hafiz. Cette amie ayant conversé un jour avec Mme Hafiz, elles en vinrent à parler de la Révolte des Cipayes. C'est alors que Mme Hafiz lui raconta tout me concernant... enfin, presque tout. Elle avait même une photo de moi, que j'avais envoyée lors de ma dernière année d'études. Je correspondais avec eux, vous comprenez, et... Bref, cette amie écrivit tout ça à Mme Gidney.

Mme Gidney avait apparemment jugé que son devoir était de « mettre en garde » sa chère amie Mme Harlowe, laquelle, bouleversée par la duplicité de George, en avait tout naturellement fait part à sa fille. Alors que les deux dames avaient simplement été choquées, Belinda s'estima outragée, non seulement parce qu'on lui avait menti, mais parce qu'elle avait le sentiment de s'être couverte de ridicule. N'étaient-ce pas sa mère et elle qui avaient patronné George, l'introduisant dans la bonne société de Peshawar où sans cela, en dépit de son allure qui ne pouvait manquer de retenir l'attention, il n'aurait pas été aussitôt traité sur un pied d'égalité ? De plus, si Belinda n'avait pas été sans croire à la romantique liaison de la mythique grand-mère avec Lord Byron (rumeur dont, à la vérité, George n'était pas responsable) une fille illégitime issue de telles étreintes ne pouvait la scandaliser, bien au contraire. Mais il en allait tout autrement de la fille d'un sergent de couleur et d'une Indienne de basse caste, qui à son tour avait épousé un vulgaire caporal ! George était lui-même un sang-mêlé... Elle, Belinda, s'était montrée à Peshawar, avait dansé et dîné avec un sang-mêlé ! Toutes ses amies allaient en faire les gorges chaudes et elle ne s'en remettrait jamais *jamais !*

— Elle était furieuse et m'a dit des choses horribles... Qu'elle ne voulait plus jamais me revoir, et que si je me permettais de lui adresser encore la parole, elle me tournerait le dos ! Je n'imaginais pas qu'on puisse se montrer aussi cruel... Elle en était devenue laide ! Et sa voix... Mme Harlowe n'arrêtait pas de dire : « Tu ne penses pas de telles choses, ma chérie. Ce n'est pas possible que tu les penses vraiment ! » Mais si, elle les pensait et elle s'est mise à déblatérer contre moi... J'en suis sûr, car les gens me regardent comme... comme si j'étais une sorte d'insecte et... Que vais-je faire, Ash ? Je me... me tuerais si je le pou-pouvais, mais je n'en aurai jamais le courage, pas même en me saoulant. Et je ne peux plus rester ici, c'est impossible... Pen-pensez-vous que je doive tout raconter à mon patron en le su-suppliant de m'envoyer ailleurs ?

Ash ne répondit pas. Il était médusé, écœuré, mais surtout incrédule. Jamais il ne croirait pareilles choses de Belinda. De George, oui. D'ailleurs, son histoire expliquait tout : l'hyper-sensibilité et le manque d'assurance qui le caractérisaient ; la brusque transformation du garçon timide et taciturne dès que Belinda lui avait fait du charme et que Mme Harlowe lui avait témoigné une bienveillante attention, tout comme son effondrement actuel. Mais il n'était pas possible que Belinda se fût conduite de la façon que disait George. Là, il recommençait à fabuler et laissait sa conscience coupable prêter à la jeune fille les paroles qu'il savait mériter. Et il avait pu de même inventer les fiançailles avec M. Podmore-Smyth car c'était là encore une chose que Ash se refusait à croire tant qu'il ne l'aurait pas entendue de la bouche de l'intéressée. Si alors il s'avérait que ses parents l'avaient contrainte à épouser pour son argent un sale vieux dégoûtant, il leur dirait ce qu'il pensait d'eux !

Se levant, il cria au domestique de lui appeler une tonga.

— Vous partez? s'exclama George, pris de panique. Non, je vous en conjure! Si vous me laissez, je... je vais me saouler de nouveau, et c'est encore pire quand je suis ivre! En outre, l'alcool me donne une sorte de faux courage, qui me pousse à faire des choses stupides... comme d'aller ce matin au Club.

— Alors ne vous saoulez pas, lui rétorqua Ash, avec exaspération. Et bon sang, George, cessez de vous lamenter sur votre sort. Vous n'allez quand même pas vous laisser aller à la dérive, simplement parce qu'on a découvert que vous aviez raconté un tas de mensonges concernant votre grand-mère! Qui se soucie de ce qu'était ou n'était pas votre grand-mère? Vous restez vous-même, non? C'est inepte de vous imaginer que les gens vous appréciaient uniquement parce qu'ils croyaient votre grand-mère grecque, italienne ou je ne sais quoi. Et si vous pensez un seul instant Belinda capable d'ébruiter ça, il faut vraiment que vous ayez perdu l'esprit. Voulez-vous que je vous dise, George? Vous faites une montagne d'une taupinière et vous êtes tellement occupé à pleurer sur votre sort, que vous n'avez même pas pris le temps de ramener cela à sa juste mesure.

— Vous n'avez pas entendu les choses que Belinda m'a dites! balbutia George. Si vous l'aviez entendue...

— J'imagine qu'elle devait être furieuse après vous, oui; mais réfléchissez un instant, au lieu de vous comporter en hystérique. Si Belinda est la fille que je crois, elle se taira pour votre bien; et si elle est ce que vous pensez, elle se taira encore davantage, car pas plus elle que sa mère ou Mme Gidney ne tiendront à montrer qu'elles se sont laissées aussi facilement prendre aux apparences.

— Je n'avais pas réfléchi à cela, reconnut George, vaguement réconforté. Oui, en effet... Mais non! s'exclama-t-il, en s'effondrant de nouveau. Ce matin au Club, personne ne m'a adressé la parole, sauf Mme Viccary. Et ils étaient tous à me regarder, en chuchotant et riant...

— Oh! George, enfin! Vous vous présentez au Club, un samedi matin, saoul comme une grive, et vous êtes étonné que les gens s'en aperçoivent! Au nom du Ciel, cessez de dramatiser!

Comme un bruit de sabots et un tintement de grelots annonçaient l'arrivée de la tonga, il prit son chapeau. George lui dit :

— J'avais espéré que... que vous resteriez un peu et me... me conseilleriez. C'est atroce de me retrouver seul avec mes pensées! Si seulement je pouvais en parler et...

— Vous m'en avez parlé pendant plus d'une heure, lui fit remarquer sèchement Ash. Voulez-vous vraiment mon avis? Au lieu de vous donner en spectacle, oubliez tout ça et comportez-vous comme si rien ne s'était produit. Si vous gardez votre sang-froid et tenez votre langue, personne n'entendra parler de cette lamentable histoire.

— Vous... vous le croyez vraiment? bégaya George. Peut-être avez-vous raison après tout... Peut-être que ça ne se saura pas... Mais si ça se savait, je... je ne pourrais l'endurer! Franchement, Ash... Si ça s'ébruitait et que vous soyez à ma place... que feriez-vous?

— Je me tirerais une balle dans la tête, répondit Ash, exaspéré. Au revoir, George.

La tonga l'ayant conduit au Club, il y reprit son cheval pour se rendre chez les Harlowe, où la chance lui sourit. En effet, si ses parents n'étaient pas encore rentrés, Belinda était de retour et se reposait. Le domestique n'osait aller la réveiller, mais Ash menaçant de le faire lui-même, il s'en fut toquer à la porte de Belinda, disant qu'un Sahib demandait à la voir et se refusait à partir tant qu'elle ne l'aurait pas reçu.

Mais lorsque Belinda entra dans le salon, cinq minutes plus tard, Ash eut aussitôt douloureusement conscience qu'elle s'attendait à voir quelqu'un d'autre car, après être arrivée en courant, toute souriante, elle se figea sur place tandis que son visage n'exprimait plus que la colère, avec une nuance d'appréhension.

— *Ashton!* Que faites-vous ici?

Sous le choc, Ash se mit à bégayer comme George :

— Je... je voulais vous voir, ma-ma chérie. Vvvotre mère m'a écrit que... que vous étiez sur le point de vous marier. C'est faux, n'est-ce pas?

Au lieu de répondre à la question, Belinda lui dit :

— Vous n'auriez pas dû venir, vous le savez très bien. Je vous en prie, Ashton, partez. Si papa vous trouve ici, il sera furieux. Abdul n'aurait jamais dû vous laisser entrer. Allez, partez!

— Est-ce vrai? insista Ash, comme s'il ne l'avait pas entendue.

Belinda tapa du pied :

— Je vous ai demandé de partir, Ashton. Vous n'avez pas le droit de vous introduire ici de force, ni de profiter de ce que je suis seule pour me soumettre à un interrogatoire comme si...

Elle eut un recul car Ash marchait vers elle, mais il la dépassa sans la toucher. Ayant fermé la porte à clef et mis la clef dans sa poche, il alla se camper devant Belinda pour lui barrer le chemin des portes-fenêtres.

La jeune fille ouvrit la bouche pour appeler le serviteur mais la referma aussitôt, n'osant mêler un domestique à une situation aussi embarrassante. De toute façon, il lui aurait fallu s'expliquer avec Ashton ; alors, autant en finir. Elle lui sourit donc, en disant d'un ton enjôleur :

— De grâce, Ashton, ne nous disputons pas. Je sais ce que vous devez ressentir et c'est pourquoi j'avais demandé à maman de vous écrire, n'ayant pas moi-même le cœur de le faire. Mais, depuis que nous nous sommes rencontrés, vous avez dû comprendre que nous étions trop jeunes, comme dit papa, pour savoir...

— Allez-vous épouser ce Podmore ?

— Si vous voulez parler de M. Podmore-Smyth, la réponse est oui. Et vous n'avez pas à le prendre sur ce ton, car...

— Ma chérie, il ne faut pas vous laisser faire ! Pensez-vous que je n'aie pas compris que vous étiez contrainte à cette union par votre père ? Vous m'aimiez, vous alliez m'épouser... et voilà maintenant le mari qu'il vous trouve ! Vous rendez-vous compte, ma chérie ?

— Je me rends compte, répondit durement Belinda, que vous n'avez rien compris. Pour tout vous dire, mon père était fortement opposé à ce mariage, et maman aussi. Mais je ne suis plus une gamine. Je vais avoir dix-neuf ans cette année et je suis donc en âge de savoir ce que je veux. Alors, ils ont bien été obligés de s'incliner, d'autant que Ambrose...

— Voulez-vous me faire croire que vous l'aimez ? l'interrompit Ash d'un ton sec.

— Bien sûr que je l'aime ! Sinon, pourquoi l'épouserais-je ?

— Mais ce n'est pas possible... Ça ne peut pas être vrai... Ce bonhomme, gros et pompeux, qui a l'âge de votre père...

Comme le visage de Belinda s'empourprait, Ash se rappela George lui disant qu'elle en arrivait à paraître laide. C'était le cas maintenant, tandis qu'elle lui répliquait avec une stridente fureur :

— Il n'a pas l'âge de mon père ! Comment osez-vous me parler de la sorte ? Vous êtes jaloux de lui parce que c'est un homme du monde, un homme intéressant et qui a réussi dans la vie... Quelqu'un sur qui je puis compter et non un garçon stupide qui...

Se mordant la lèvre, elle se ressaisit avec effort afin de poursuivre sur un ton plus posé :

— Je suis désolée, Ashton. Mais vous entendre proférer de telles énormités me met hors de moi. Souvenez-vous : lorsque papa vous a dit que vous étiez trop jeune, vous avez répondu que l'âge n'a rien à voir dans ces choses-là, et c'est vrai. Ambrose me comprend, il est bon, intelligent, généreux, et tout le monde assure qu'il deviendra gouverneur, peut-être même vice-roi...

— Je suppose qu'il est aussi très riche ?

La nuance de sarcasme échappa à la jeune fille, qui acquiesça avec empressement :

— Oh ! oui. Il m'a fait des cadeaux ravissants ! Regardez...

Sans chercher à dissimuler le contentement qu'elle en éprouvait, Belinda exhiba une bague ornée de diamants — au moins deux fois plus gros que les perles de la bague sans prétention qu'il avait achetée pour elle, à Delhi, dix-huit mois auparavant — qui parait sa main gauche.

Ces diamants au doigt de Belinda disaient clairement que Ash perdrait son temps en voulant la faire se raviser. Il ne restait donc au jeune homme qu'à lui souhaiter tout le bonheur possible et prendre congé Cela lui fit un curieux effet de penser qu'il avait projeté de passer toute sa vie avec elle, alors qu'il la voyait probablement pour la dernière fois. Extérieurement, Belinda était toujours aussi rose, blanche et ravissante ; mais, de toute évidence, Ash n'avait jamais su quelles pensées hantaient cette tête blonde et il s'était épris de quelqu'un qui, pour une bonne part. n'existait que dans son imagination.

— Je suppose, dit-il lentement, que moi aussi je me suis raconté des histoires... comme George.

Belinda eut un raidissement de tout le corps et, de nouveau, devint semblable à une mégère :

— Ne me parlez pas de George ! Ce n'est qu'un sale petit menteur ! Tout ce qu'il disait de sa grand-mère grecque...

Quelque chose dans l'expression de Ash la fit s'interrompre et elle eut un rire aigu, aussi déplaisant que sa voix :

— Oh ! j'oubliais que vous n'êtes pas au courant ! Eh bien, que je vous raconte : la grand-mère n'était pas plus grecque que moi. C'était une Eurasienne de la plus basse extraction, et s'il pense que je vais taire ça, il se trompe drôlement !

— Non, ce n'est pas possible... articula Ash avec peine. Vous ne pensez pas... vous n'allez pas...

— Oh ! que si, lui assura Belinda en riant, les yeux brillants. Vous imaginez-vous que je vais rester tranquillement assise dans mon coin, à attendre que quelqu'un d'autre découvre la chose et l'ébruite ? Les gens riraient derrière notre dos, tout en nous assurant de leur sympathie... Ah ! j'aimerais mieux mourir ! Aussi vais-je le faire moi-même. Je leur dirai que j'avais toujours flairé quelque chose de pas très net et que, lui ayant tendu un piège, je lui ai arraché la vérité...

Hébété, horrifié, Ash regardait la jolie bouche cracher son venin sans plus pouvoir s'arrêter. S'il avait été plus mûr, s'il avait mieux connu la vie, et s'il avait été lui-même moins douloureusement blessé, il n'eût vu là que l'emportement d'une enfant gâtée qui, pour avoir été trop flattée, adulée, encensée, transforme en impardonnable offense la moindre opposition à ses désirs.

Il n'avait pas prononcé une seule parole, ni cherché à interrompre la violente tirade, mais son dégoût dut transparaître clairement sur son visage, car la voix de Belinda se fit soudain suraiguë et, tel un chat décochant un coup de griffe, elle le gifla.

Tous deux stupéfaits de cette réaction, ils demeurèrent un instant à se regarder avec horreur, incapables de parler.

Puis Ash dit :

— Merci.

Alors, fondant en larmes, Belinda fit volte-face et se précipita vers la porte que, bien entendu, elle trouva fermée à clef.

Au même moment, un bruit de roues sur le gravier annonça le retour inopportun du Major et de Mme Harlowe. Le temps que Ash sorte la clef de sa poche et trouve la porte, les Harlowe virent leur fille jaillir en courant du salon, traverser le hall en pleurant et criant pour aller se réfugier dans sa chambre dont elle fit claquer la porte.

Le Major se ressaisit le premier et ce qu'il dit à Ash ne fut pas plaisant à entendre. Mme Harlowe, elle, s'était précipitée consoler sa fille et l'admonestation eut lieu sur un fond de gémissements mêlés à des implorations maternelles.

— Je ferai part de tout ceci à votre commandant, annonça le major Harlowe en guise de conclusion, et si je vous reprends à vouloir adresser la parole à ma fille, j'aurai grand plaisir à vous administrer la correction que vous méritez. Maintenant, disparaissez !

Il n'avait pas laissé à Ash la possibilité de parler, mais il n'y avait rien que le jeune homme eût pu dire, sauf formuler des excuses qui eussent été sans effet aucun. Ash ne souhaitait d'ailleurs aucunement présenter des excuses, car c'était lui, estimait-il, qui aurait dû en recevoir. Aussi confirma-t-il l'opinion que le Major avait de lui en regardant ce gentleman furieux d'un air digne de son oncle Matthew, avant de le quitter sans un mot d'explication, ni de regret.

— Quel jeune insolent ! fulmina le Major qui se retira dans son bureau afin d'écrire au général commandant le Régiment des Guides une lettre bien sentie, tandis que Ash regagnait Mardan partagé entre la colère, l'amertume et le dégoût.

Ce n'étaient pas les fiançailles de Belinda qui l'ulcéraient le plus. Il aurait pu y trouver des excuses, car l'esprit victorien approuvait le mariage de jeunes filles avec des hommes en âge d'être leur père, et il était courant de voir une demoiselle de seize ou dix-sept ans épouser un quadragénaire. Même s'il n'était pas d'un physique avenant, M. Podmore-Smyth avait pour lui d'être un homme riche et respecté. Flattée par ses attentions, Belinda avait fini par prendre pour de l'amour l'admiration que lui inspirait la réussite dans l'existence. Après tout, aussi jeune qu'impressionnable, elle avait toujours été très impulsive. Ash lui aurait donc pardonné ses fiançailles, mais il en allait autrement de sa conduite envers George.

Garforth avait sans doute aucun débité un tas de mensonges stupides, mais ce n'était pas comme s'il s'était donné de faux ancêtres pour essayer d'épouser Belinda, et la façon dont elle se vengeait de lui était injustement cruelle. George savait très bien que ni ses parents ni elle ne l'avaient jamais considéré comme un mari possible ; s'il avait voulu paraître un peu à leurs yeux, c'était pour que ces dames l'introduisent dans la bonne société de Peshawar. Or Belinda s'apprêtait à faire savoir aux membres de cette même « bonne » société que George était un menteur et un métis, sans ignorer que, si les gens pouvaient passer l'éponge sur le premier fait, ils ne pardonneraient pas le second. Socialement parlant, c'était la ruine de George, car cette histoire le suivrait dans toutes les Indes anglaises, où il se trouverait toujours quelqu'un pour avoir appris la chose, d'une façon ou d'une autre, et qui s'empresserait de la colporter.

— Ce n'est pas juste ! pensa Ash avec passion.

Il regrettait maintenant de n'avoir pas ravalé sa bile afin d'intervenir en faveur de George auprès du major Harlowe, en révélant à celui-ci ce que sa fille se disposait à faire... Mais Belinda disait en avoir déjà parlé à plusieurs personnes... Le père pouvait partager les sentiments de la fille... comme c'était visiblement le cas de Mme Harlowe et de cette commère de Mme Gidney. On sympathisait avec cette petite garce de Belinda, alors que le pauvre George était livré aux loups !

Ash avait regagné Mardan en proie à une colère noire et à la plus amère désillusion. Cinq jours plus tard, la désertion de Dilasah, emportant les deux fusils, était venue se greffer là-dessus avec toutes ses conséquences...

Ash se proposait de demander le rapport du général commandant le régiment, afin de protester contre les mesures prises à l'endroit des cinq sowars du clan de Dilasah ; mais ce fut le général lui-même qui le convoqua dans son bureau, après avoir lu une lettre émanant du major Harlowe. La verte semonce que Ash avait reçue du père de Belinda n'était rien comparée à celle que lui infligea son supérieur, dont la majeure partie passa toutefois au-dessus de sa tête, car il restait obsédé par l'injustice dont étaient victimes cinq hommes, aux états de service irréprochables, traités en criminels. Il avait hâte que le général en termine afin de formuler sa protestation, et le fait qu'il ne prêtât guère attention à ce qu'on lui disait n'était pas pour améliorer son cas, ni l'humeur de son interlocuteur.

— S'il y a un responsable, c'est moi, déclara carrément Ash. C'est moi qui aurais dû être saqué ou envoyé à la recherche de Dilasah, car je savais qu'il tramait quelque chose et j'aurais dû veiller au grain. Mais Malik et les autres n'y sont absolument pour rien. Ce n'est pas leur faute s'il appartient à leur tribu, et il est foncièrement injuste que...

Il n'alla pas plus avant, car le général lui montra la porte. Ash alla raconter ses malheurs à Zarin, mais n'en reçut à nouveau aucun réconfort. Zarin estimait que le général avait agi sagement, opinion partagée par le risaldar Awal Shah.

— Quel autre moyen avait-il de récupérer nos armes ? objecta Awal Shah. Tout le régiment est parti à la recherche de Dilasah sans même trouver sa trace. Mais il est possible que les hommes de son clan soient mieux à même d'imaginer ce qu'ils auraient fait à sa place et, dans deux ou trois jours, ils reviendront avec les fusils. Ainsi leur honneur sera sauf, et le nôtre aussi.

Zarin hocha approbativement la tête et Koda Dad, qui se trouvait faire visite à ses fils, prit non seulement leur parti mais rappela Ash à l'ordre...

— Tu te comportes en Sahib : parler d'injustice en pareille occurrence est stupide. Le commandant-Sahib est plus avisé, car il pense non pas en *Angrezi* mais comme s'il était Pathan, alors que toi — qui étais pourtant naguère Ashok — tu as les réactions de quelqu'un qui aurait toujours été Pelham-Sahib. *Chut !* Combien de fois ne t'ai-je pas répété que seuls les enfants pleurnichent : « Ça n'est pas juste ! » ?

Ash regagna sa chambre complètement désemparé et toujours aussi furieux.

Quand il se rendit au mess, ce soir-là, il y rencontra un de ses subalternes, qui rentrait d'une visite au Q.G. de Peshawar.

— Vous avez appris, concernant Garforth ? s'enquit celui-ci, nommé Cooke-Collis.

— Non, mais de toute façon ça ne m'intéresse pas, rétorqua Ash avec rudesse.

Il ne s'était pas attendu à ce que l'histoire se répandît aussi vite, et il ne pouvait endurer l'idée d'en entendre une deuxième ou troisième version.

— Pourquoi, vous ne l'aimiez pas ?

Ignorant la question, Ash tourna le dos à son interlocuteur et fit signe au *khidmatgar* pour qu'il lui apporte un double brandy. Mais Cooke-Collis ne se laissa pas rebuter :

— Je crois que je vais en prendre un moi aussi, Iman Din. J'en ai bien besoin, Dieu sait ! C'est toujours pénible, mais quand il s'agit de quelqu'un que l'on connaît, ça vous flanque un coup, même si vous n'êtes pas particulièrement intimes, ce qui était le cas. Je l'avais rencontré à des dîners, des bals, où il était très demandé, car les dames raffolaient de lui, tout jeune *boxwallah* qu'il fût. Remarquez bien, je n'ai rien contre les *boxwallahs,* que je trouve même — c'est le cas de le dire — d'un commerce assez agréable. Mais Garforth était le seul qu'on rencontrait presque partout, et je ne vous cache pas que ç'a été un choc pour moi d'apprendre...

— ... que c'était un sang-mêlé, oui, je sais, coupa Ash avec impatience. Et je ne vois pas ce que ça peut vous faire, à vous, ou à quiconque aussi bien.

— C'était un sang-mêlé ? Je l'ignorais... Vous en êtes sûr ? Il n'en avait pourtant pas l'air...

— Mais alors de quoi diable parlez-vous ? demanda Ash, furieux d'avoir ainsi révélé le secret de George à quelqu'un qui n'était pas au courant et qui, maintenant, allait inévitablement l'ébruiter.

— De son suicide, bien sûr. Il s'est tiré tantôt une balle dans la tête.

— *Quoi ?* Ce n'est pas possible...

— Si, hélas ! J'ignore ce qu'il avait fait, mais plusieurs personnes lui ont battu froid hier soir au Club. Puis, ce matin, il a reçu deux ou trois lettres annulant des invitations qui lui avaient été faites. Alors, à déjeuner, il a acheté deux bouteilles de brandy, qu'il a vidées complètement, après quoi le pauvre diable s'est tiré une balle dans la tempe. J'ai appris la chose par Billy Carddock, lequel venait de rencontrer le médecin qui avait constaté le décès. Il m'a dit n'avoir aucune idée de ce qui avait pu le pousser à un tel geste.

— Moi, murmura Ash, le visage décomposé. Il m'a demandé ce

que je ferais si j'étais à sa place et je lui ai répondu... je lui ai répondu...

Il fut secoué par un frisson et, relevant la tête, il dit à haute voix :

— C'est Belinda qui en est la cause. Belinda et tous ces gens à l'esprit étroit, bigots, bourgeois, snobs, qui ronronnaient autour de lui parce qu'ils croyaient que sa grand-mère était comtesse, et qui ne lui ont plus adressé la parole lorsqu'ils ont appris que c'était une femme du *bazaar* d'Agra. Les... !

Le dernier mot ayant été emprunté à l'idiome du pays, le jeune Cooke-Sollis ne le comprit heureusement pas, mais il était d'une si virulente obscénité que, de l'entendre prononcer, le *khidmatgar* en lâcha une boîte de cigares, cependant qu'un major se trouvant à proximité intervenait aussitôt :

— Hé là, Ashton, on ne parle pas de la sorte quand on est au mess ! Pour ça, allez ailleurs !

— Soyez tranquille, j'y vais ! répondit Ash d'une voix à la trompeuse douceur.

Il leva son verre comme s'il portait un toast, le vida d'un trait, puis le jeta par-dessus son épaule, comme c'était autrefois la coutume dans certains régiments lorsqu'on buvait à la santé d'une jeune reine.

Le bruit de verre brisé fit taire aussitôt toutes les conversations et ce fut dans un total silence que Ash quitta le mess d'un pas résolu.

— Quel jeune imbécile ! fit le Major. Il aura de mes nouvelles demain matin.

Mais le lendemain matin, Ash n'était pas là.

Sa chambre était déserte et il n'avait pas dormi dans son lit. La sentinelle qui avait pris la faction à minuit, rapporta que Pelham-Sahib avait quitté le fort peu après cette heure, en disant vouloir marcher un peu parce qu'il n'arrivait pas à trouver le sommeil. Il avait un manteau afghan, d'où dépassait un pantalon indigène mais, pour autant que la sentinelle se rappelât, ses mains étaient vides et il ne portait rien. Ses chevaux étaient toujours à l'écurie. Interrogé par le capitaine, Ala Yar déclara que, à part le manteau, une paire de *chupplis* et quelque argent, manquaient seulement dans la chambre des vêtements pathans et un poignard afghan que le Sahib gardait dans un coffret fermé à clef en haut de l'*almirah* (armoire). Lorsque Ala Yar avait apporté le *chota hazri* du Sahib, le coffret n'était pas à sa place habituelle, mais par terre, ouvert et vide. Quant à l'argent, il ne s'agissait que de quelques roupies et ça ne pouvait être un vol, car les boutons de manchettes en or du Sahib était sur la table de toilette, où un voleur n'eût pu manquer de les voir. Ala Yar pensait que, ayant l'esprit tourmenté, son Sahib était allé rejoindre le père du risaldar Awal Shah et du jemadar Zarin Khan lequel, venu voir ses fils, était reparti pour son village la veille, en fin d'après-midi.

— Koda Dad Khan est comme un père pour mon Sahib, qui lui voue une très grande affection, dit Ala Yar. Mais hier, ils ont eu un petit désaccord et il est possible que mon Sahib ait voulu faire la paix avec le vieil homme. Il reviendra aussitôt après et aucun mal ne lui arrivera de l'autre côté de la frontière.

— Tout cela est fort bien, mais il n'avait pas à aller de l'autre côté de la frontière ! Quand je vais revoir ce jeune...

Le capitaine se ressaisit juste à temps et dit à Ala Yar de se retirer. Quand il retourna chercher le plateau du *chota hazri,* qu'il avait abandonné en constatant l'absence de Ash, Ala Yar vit qu'il l'avait posé sur une lettre qui, dans la mauvaise clarté du petit matin, s'était confondue avec la nappe blanche, quotidiennement changée

Durant les années passées en *Belait,* Ala Yar avait appris à lire un peu l'anglais et, ayant déchiffré la suscription, il s'en fut trouver le commandant.

Ash avait bien passé la frontière, non pour aller voir Koda Dad mais pour rejoindre Malik Shah, Lal Mast et leurs camarades, partis à la recherche de Dilasah afin de rapporter les fusils volés. Aucune des escouades envoyées sur ses traces ne put le retrouver. Tout comme Dilasah, il semblait s'être évaporé, et l'on resta sans aucune nouvelle de lui pendant presque deux ans.

L'après-midi même, Zarin avait demandé à participer aux recherches en prenant sur ses permissions, mais cela lui avait été refusé. Alors, deux heures plus tard, après un long entretien avec Mahdoo, et un autre — plus bref — avec Zarin, Ala Yar partit à sa place.

— Je suis toujours le serviteur du Sahib, car il ne m'a pas congédié, expliqua-t-il. Et j'avais promis à Anderson-Sahib de veiller à ce qu'il n'arrive aucun mal à notre garçon. Donc, puisque tu ne peux aller à sa recherche, c'est à moi de partir. Voilà tout.

— Tu es un vieil imbécile ! lui rétorqua Zarin, furieux de ne pouvoir agir comme il le souhaitait.

— C'est possible, convint Ala Yar sans aucune rancœur.

Il quitta Mardan une heure avant le coucher du soleil et Mahdoo l'accompagna pendant près d'un mille sur la piste qui menait en Afghanistan. Après l'avoir quitté, il le regarda s'éloigner de plus en plus, devenir un point minuscule dans l'immobilité désolée de la plaine et des collines, jusqu'à ce que le coucher du soleil le dérobât complètement à ses yeux.

livre troisième

un monde hors du temps

13

— Il y a des hommes là-bas. De l'autre côté du *nullah,* sur la gauche. dit une des sentinelles en scrutant la plaine éclairée par la 'une Regarde... Ils viennent par ici.

Son compagnon tourna les yeux vers la direction indiquée et, après un instant, il rit en secouant la tête :

— Des gazelles. Avec cette sécheresse, elles ont faim et ça les rend moins craintives de l'homme. Mais, si ces nuages tiennent leurs promesses, il y aura bientôt de l'herbe en abondance.

L'été de 1874 avait été particulièrement éprouvant, la mousson tardive et faible, si bien que les plaines environnant Mardan étaient brûlées, sans la moindre parcelle de vert, car septembre avait été aussi torride que juillet. Mais on était maintenant à la fin d'octobre, et chaque jour le thermomètre du mess baissait un peu plus

— Non, cette fois, on peut y compter, *Shuker Allah*[1]. dit la sentinelle avec dévotion. Le vent est derrière eux, et je sens venir la pluie.

Un quart d'heure plus tard, de grosses gouttes commencèrent à crépiter dans l'obscurité, annonçant le déluge qui, en l'espace de quelques minutes, transforma en une mer de boue 'a poussière accumulée au long de l'été, cependant que ravines e' fossés devenaient rivières.

Mettant à profit l'obscurité et cette pluie di'uvienne, la poignée d'hommes qu'une des sentinelles avait pris pour des gazelles franchirent l'avant-poste sans être vus. Mais, courant tête baissée contre la pluie, ils s'égarèrent et s'entendirent faire les sommations par le factionnaire veillant à la porte du fort.

Le commandant s'était retiré de bonne heure, afin de mettre à jour son courrier; il fut interrompu dans cette tâche par deux de ses officiers encadrant un être hirsute, grand et barbu, un bandage en travers de la tête, vêtu d'une couverture — portée à la façon d'un manteau, comme cela se faisait dans les tribus frontalières — qui dégouttait sur le Chiraz tant chéri du commandant. Le bandage était taché de sang, la couverture trempée laissait voir que l'homme tenait contre lui quelque chose de long et de volumineux Quand il

1. Dieu merci!

écarta les bras, les fusils tombèrent dans le rond de clarté projeté par la lampe à pétrole posée sur la table.

— Les voici, monsieur, dit Ash. Je suis désolé que nous ayons mis si longtemps mais... Ça n'était pas facile... Nous avons pensé...

Le commandant le regardait, muet de stupeur. Il n'arrivait pas à se persuader que c'était bien là le garçon qui avait fait irruption dans son bureau deux ans auparavant. A présent, c'était un homme. Un homme grand, mince, et solidement musclé par la rude vie qu'il avait dû mener. Les yeux comme enfoncés dans la tête, il était visiblement ivre de fatigue, mais cela ne l'empêchait pas de se tenir bien droit ni de faire l'effort de parler en anglais, langue dont il n'avait guère dû se servir depuis son départ précipité.

— Je vous prie de nous excuser, monsieur, pour... pour paraître devant vous dans un aussi triste état. Ce n'était pas prévu... Nous devions passer la nuit avec Zarin et nous rendre présentables... Mais la tempête...

La voix lui manqua et il eut pour compléter la phrase un geste aussi vague qu'oriental.

Le commandant se tourna vers le capitaine en s'enquérant d'un ton bref :

— Les autres sont dehors ?

— Oui, monsieur. Tous, à l'exception de Malik Shah.

— Il est mort, dit Ash d'une voix lasse.

— Et Dilasah Khan ?

— Aussi. Nous avons rapporté presque toutes les munitions, car il n'en avait guère fait usage...

Regardant longuement les fusils, Ash ajouta avec une brusque amertume :

— J'espère qu'elles valent les trois vies qu'elles ont coûtées. Pour quoi que ce soit, c'est vraiment très cher.

— Fût-ce l'honneur ? lança le commandant du même ton bref.

— Oh ! *l'honneur...* fit Ash avec un rire sans gaieté. Malik et Ala Yar... Ala Yar.

Sa voix se fêla et ses yeux s'emplirent de larmes. Alors, il dit avec une sorte de rage :

— Puis-je me retirer maintenant, monsieur ?

A peine achevait-il de parler qu'il tomba, comme un arbre, en travers des armes volées pour la récupération desquelles trois hommes étaient morts, dont Ala Yar...

— Il va devoir évidemment être cassé, dit le capitaine.

Le ton ayant une nuance interrogative, son supérieur tourna vivement la tête vers lui. Sur la défensive, le capitaine ajouta aussitôt :

— Je veux dire... c'est quand même dommage. Quand on y réfléchit, c'est du rudement beau travail. J'ai parlé à Lal Mast et aux autres...

— Moi aussi, figurez-vous, l'interrompit le commandant. Et si vous vous proposez de jouer l'avocat du diable, vous perdez votre temps, car il n'en est pas besoin.

Deux jours s'étaient écoulés depuis que Ash et ses quatre compagnons avaient regagné Mardan, mais la pluie continuait de tomber, cascadant bruyamment dans toutes les gouttières, transformant en mares profondes les pelouses desséchées. La famille de Malik Shah recevrait une pension et ses quatre compatriotes avaient été réhabilités. On leur avait rendu leurs uniformes, payé les deux années de solde. Mais le lieutenant Pelham-Martyn, auquel était reproché une absence sans permission de vingt-trois mois et deux jours, était théoriquement aux arrêts de rigueur, même s'il se trouvait à l'infirmerie avec une forte fièvre provoquée par sa blessure à la tête qui s'était infectée.

— Dois-je comprendre que vous partagez mon point de vue ? questionna le capitaine, surpris.

— Mais bien sûr ! Pourquoi pensez-vous que je me suis donné la peine d'aller hier à Peshawar ? Vous ne vous imaginez quand même pas que c'est pour le plaisir si j'ai passé plus d'une heure à discuter avec toutes ces huiles de l'état-major ? Ashton est l'officier le plus indiscipliné que je connaisse, mais il a trop de valeur pour qu'on s'en prive ainsi. De quoi a le plus besoin un commandant qui prépare une campagne ou s'efforce de maintenir l'ordre dans une région comme celle-ci ? De renseignements ! Une information rapide et précise vaut plus que toutes les armes et munitions qu'on peut avoir ; c'est bien pourquoi je vais me battre comme un diable pour garder ce jeune idiot. Dans n'importe quel autre régiment, je ne crois pas que ce serait possible. Mais celui des Guides n'est pas un régiment comme les autres. Nous avons toujours eu des méthodes peu orthodoxes, et si un de nos officiers est capable de passer deux ans de l'autre côté de la frontière sans se faire repérer comme anglais ou fusiller comme espion, il est bougrement trop précieux pour qu'on puisse s'en passer, même s'il mériterait de passer en cour martiale et d'être cassé, point final !

— Mais que diable allons-nous en faire? Nous ne pouvons quand même pas le garder comme si rien ne s'était passé?

— Non, bien sûr que non, et plus vite il quittera Mardan, mieux cela vaudra. Je vais tâcher de le faire muter ailleurs pendant deux ou trois ans. De préférence dans une unité britannique, car il a besoin de demeurer quelque temps éloigné de ses amis et de la frontière. Ça lui fera le plus grand bien d'aller un peu dans le Sud.

— Oh! dans le Sud ou ici, ce sera pareil, déclara le capitaine d'un ton pessimiste. Après tout, il a été élevé comme un Hindou...

— Et alors? Simplement, il ne peut rester ici, car ce serait trop préjudiciable à la discipline.

Et voilà pourquoi, cet hiver-là, Ashton Pelham-Martyn se trouva muté à Rawalpindi.

Si l'on avait écouté son commandant, Ash eût été envoyé beaucoup plus loin. Car bien qu'on ne puisse dire que Rawalpindi se trouve dans la région frontalière (laquelle, au nord-ouest, commence théoriquement à Hasan Abdal), cette ville n'est qu'à cent trente milles au sud-est de Mardan. Mais on promit au commandant des Guides que, à la première occasion, le lieutenant Pelham-Martyn serait envoyé plus au sud et que jamais, sous aucun prétexte, on ne l'autoriserait à retourner sur l'autre rive de l'Indus.

Cet hiver-là, Ash n'avait encore que vingt-deux ans. Bien qu'il eût beaucoup mûri, il continuait à partager le monde entre ce qu'il estimait « juste » ou « injuste », en dépit de toutes les remontrances de Koda Dad. Mais il avait appris beaucoup de choses de l'autre côté de la frontière, notamment à juguler son emportement, à bien réfléchir avant de parler, à dominer ses impatiences et, aussi, à rire.

Physiquement, le changement était beaucoup plus apparent. Bien qu'il eût rasé barbe et moustache, Ash n'avait plus rien d'un adolescent monté en graine, car son visage était profondément marqué par le chagrin et la rude existence qu'il avait menée. Une longue cicatrice s'enfonçait dans son épaisse chevelure en tirant le sourcil gauche, ce qui lui donnait un air vaguement interrogateur non dénué de charme. Maintenant on le trouvait très bel homme, avec quelque chose d'indéfinissablement dangereux... Bref, quelqu'un avec qui compter.

En compagnie de Gul Baz et de Mahdoo — ce dernier très ride et commençant à sentir le poids des ans — Ash arriva à Rawalpindi pour apprendre qu'on lui avait attribué seulement la moitié d'un petit bungalow, faisant par ailleurs office de bureau. Le campement souffrant d'un manque d'espace, Ash pouvait s'estimer heureux de n'avoir pas dû partager une tente. Et encore plus en ce qui concernait son compagnon de gîte. Pourtant, à première vue, ce garçon dégingandé, de quatre ans son cadet, fraîchement débarqué et qui écrivait de mauvais vers, n'était pas du tout celui pour qui Ash eût opté, s'il avait eu le choix. En dépit de quoi, ils se prirent aussitôt de sympathie l'un pour l'autre, avant même de découvrir qu'ils avaient beaucoup de choses en commun.

L'aspirant Walter Richard Pollock Hamilton, du 70e Chasseurs à pied, avait dix-huit ans à son arrivée à Bombay. Et tout comme Ash, il avait vu dans les Indes un pays aussi fabuleux que chargé de mystère, riche de tout ce que pouvait souhaiter un adolescent assoiffé d'aventure. Joli garçon, charmant, enjoué et très romanesque, lui aussi était tombé désespérément amoureux d'une blonde de seize ans durant la traversée. Elle non plus n'avait pas vu d'inconvénient à flirter avec ce grand beau garçon, mais lorsqu'il s'était enhardi à demander sa main, il s'était entendu objecter qu'il était trop jeune et, deux jours après son débarquement à Bombay, la blonde enfant s'était fiancée.

— Avec un homme ayant au moins trente ans... Deux fois son âge ! Et un civil de surcroît, conseiller politique ou je ne sais quoi. Incroyable !

— Oh ! non, rétorqua Ash. Figurez-vous que Belinda...

Mais relatée à Walter, l'histoire de son infortune cessait d'être tragique pour devenir presque comique. Un fou rire partagé exorcisa aussi bien le fantôme de Belinda que celui de la jeune blonde, laquelle inspira à Walter un poème grivois, qui eût surpris et peiné sa famille, habituée à ce que le « cher Wally » eût une inspiration beaucoup plus élevée.

Ash s'était vite senti tellement à l'aise avec Walter qu'il lui avait même raconté ce qu'il n'avait dit à personne d'autre, Zarin y compris : la recherche acharnée de Dilasah Khan ainsi que la mort d'Ala Yar et de Malik...

Walter avait toujours rêvé d'être militaire. Les héros de son enfance avaient été David et Josué, Alexandre le Grand, mais il n'avait jamais pensé trouver un jour quelqu'un à qui en parler comme il le faisait avec Ash.

Ce n'était pas la première fois que Ash se voyait considérer comme un héros. Il avait connu ce culte au collège, puis à l'école militaire et, bien avant ça, auprès d'une « petite mangue pas mûre ». Il n'avait jamais pris cela bien au sérieux, trouvant même parfois la chose gênante, voire agaçante. Mais ce n'était pas pareil avec Wally :

son admiration réchauffait le cœur de Ash. car elle était le tribut d'un ami et non celle que l'on voue à un auteur de prouesses sportives, fût il par ailleurs dépourvu de tout intérêt.

A Rawalpindi, on les eut bientôt surnommés « les Inséparables », au point que plusieurs officiers supérieurs froncèrent le sourcil. Pour ces vieilles barbes, toute chaleureuse amitié entre deux garçons ne pouvait être que suspecte et ils craignirent le pire. Mais une prudente enquête établit sans doute possible que les deux jeunes officiers étaient parfaitement « normaux », comme eût pu l'attester notamment Lalun, une des plus belles et des plus dispendieuses courtisanes de la ville. Ils ne lui rendaient cependant pas fréquemment visite, préférant le plus souvent aller ensemble faire du cheval, jouer au polo, chasser la perdrix dans les collines, pêcher ou nager.

Un jour, assis au clair de lune dans les ruines de Taxila, Ash avait parlé de Sita à son ami, ce qu'il n'avait pu encore se résoudre à faire avec Zarin ou Koda Dad, qui pourtant l'avaient connue.

— Donc, Wally, conclut-il d'un ton pensif, quoi que puissent dire les gens, Sita a été ma véritable mère. Je n'ai jamais connu l'autre et j'ai parfois peine à y croire, bien que j'aie vu un portrait d'elle. A sa différence, je ne crois pas que Sita ait jamais été jolie, mais elle m'a toujours paru très belle et c'est à cause d'elle, je suppose, que je me sens beaucoup plus chez moi ici qu'en Angleterre D'ailleurs, un Anglais ne parle pas de sa mère : cela passe pour un manque de discrétion ou de caractère, je ne sais plus au juste...

— Les deux, je crois, répondit Wally qui ajouta avec un sourire : Mais à moi, c'est permis, parce que je suis irlandais et que l'on nous tient pour de grands sentimentaux ! Votre mère nourricière me semble avoir été une femme remarquable.

— Oui, mais je n'en ai eu conscience que trop tard. Quand on est gosse, on trouve naturel tout ce que l'on fait pour vous. Je n'ai jamais connu quelqu'un de plus courageux, car je me rends compte maintenant qu'il faut avoir un immense courage pour agir comme si l'on n'avait pas peur, alors que l'angoisse vous ronge. Et elle était si menue, si frêle...

Ash s'interrompit et laissa son regard se perdre au loin, tandis qu'il se rappelait comme le corps de Sita était léger dans les bras du garçon de onze ans qui l'emportait vers la rivière...

— Elle me parlait toujours d'une vallée dans les montagnes, reprit-il lentement. Je suppose que c'est là qu'elle était née, car c'était une femme de la montagne. Nous devions un jour aller vivre dans cette vallée, y construire une maison, y planter des arbres fruitiers..

Nous aurions eu un âne et une chèvre Je voudrais bien savoir où c'était.

— Elle ne vous l'a jamais dit ?

— Si elle l'a fait, ce qui est probable, je l'ai oublié. Mais j'imagine que ce doit être quelque part dans le Pir Panjal, encore que je me la sois toujours représentée au milieu des montagnes que domine le Dur Khaima. Connaissez-vous le Dur Khaima ? C'est le plus haut sommet de la chaîne que l'on voit de Gulkote, et c'est vers lui qu'allaient mes prières. Ridicule, n'est-ce pas ?

— Pas vraiment, non. Et vous n'êtes pas le seul dans ce cas, puisqu'il y a des montagnes sacrées un peu partout dans le monde.

— C'est juste, oui... Continuez-vous de dire vos prières, Wally ?

— Bien sûr ! fit l'autre, sincèrement surpris. Pas vous ?

— Quelquefois, bien que je ne sache pas au juste à qui je les adresse.

Ash se mit debout, brossa le sable poudrant ses vêtements.

— Venez, mon cher, il est temps de rentrer. Ce bon-sang d'exercice est prévu pour trois heures du matin.

Dans ces conditions, il n'est pas étonnant que Wally se soit mis à rêver d'entrer aux Guides ; mais, avant tout, il lui fallait devenir officier. Pensant qu'une recommandation de sa part risquait de faire plus de mal que de bien, Ash avait préféré agir par la bande, en présentant son ami au lieutenant Wigram Battye, qui appartenait aux Guides et était venu deux fois à Rawalpindi en mission. Plus tard, il lui fit faire la connaissance de Zarin.

Dans la chaleur de juin, Zarin avait pris une courte permission pour venir à Pindi apporter des nouvelles de son père et de son frère, aussi bien que du régiment. Il n'avait pu rester longtemps car la mousson était imminente, qui rendrait aussitôt les gués impraticables, mais cela lui avait néanmoins suffi pour avoir une excellente opinion du nouvel ami de Ash. Ce dernier s'était arrangé pour que Zarin pût constater par lui-même que le garçon était un cavalier-né, doublé d'un excellent tireur. Il les avait encouragés à parler ensemble sachant que, grâce à ses leçons qui s'ajoutaient à celles plus orthodoxes d'un Munshi, Wally avait déjà fait de grands progrès dans les deux principales langues parlées à la frontière, au point que, sans que Ash y fût pour rien, Mahdoo avait dit à Zarin :

— C'est un bon Sahib, tout à fait comme Anderson-Sahib quand il était jeune. Bon et courtois, avec l'allure et le courage d'un roi. Notre garçon est devenu un tout autre homme depuis qu'ils se connaissent : beaucoup plus gai, riant et plaisantant volontiers. Oh ! oui, ce sont deux bons garçons !

Zarin avait appris à estimer le jugement du vieil homme, et la personnalité de Wally fit le reste. Wigram Battye avait eu lui aussi une fort bonne impression. Le rapport qu'ils firent en regagnant Mardan eut pour effet que les Guides, toujours à la recherche d'excellents éléments, notèrent le nom de l'aspirant Walter Hamilton du 70e Chasseurs à pied, comme possible recrue.

La saison chaude fut moins pénible que celle de l'année précédente, mais comme c'était la première que subissait Wally, il en fut très affecté. Ash, lui, ne souffrait pas de la chaleur, mais le travail de bureau l'excédait, et il y en avait toujours beaucoup à Rawalpindi. Venant de Mardan, Zarin lui apprit que les Guides devaient fournir une escorte au fils aîné de la *Pasdishah* (la Reine) lorsqu'il viendrait visiter Lahore, l'hiver prochain, au cours de sa tournée aux Indes.

— C'est un grand honneur, dit Zarin, et je déplore que tu ne puisses le partager. Combien de temps encore comptent-ils te garder enchaîné à un bureau ? Il y a maintenant près d'un an que tu es ici. Cela fera bientôt trois ans que tu as pratiquement quitté les Guides, et c'est beaucoup trop. Il est grand temps que tu nous reviennes.

Mais les autorités compétentes ne partageaient pas ce point de vue. Elles avaient promis d'envoyer le lieutenant Pelham-Martyn beaucoup plus loin de la Frontière dès que l'occasion s'en présenterait.

Cette occasion fut fournie par une lettre du Premier secrétaire du Gouverneur du Pendjab demandant, de la part de Son Excellence, qu'on voulût bien désigner un officier britannique compétent pour accompagner les deux sœurs aînées de Son Altesse le Maharajah de Karidkote jusque dans le Rajputana, où elles devaient épouser le Rana de Bhitor. La mission principale de cet officier serait de voir à ce que les sœurs de Son Altesse reçoivent les honneurs dus à leur rang dans toutes les garnisons britanniques situées sur leur route, et à ce que leur convoi soit toujours bien approvisionné. A Bhitor, il veillerait à ce que soit versée la somme convenue pour les deux princesses et que le mariage ait lieu, après quoi il raccompagnerait le convoi jusqu'à la frontière de Karidkote. Eu égard à tout cela comme à l'importance du convoi, il était essentiel que l'officier choisi parlât non seulement les dialectes, mais eût aussi une connaissance approfondie des mœurs et coutumes régionales.

Ce dernier paragraphe fit penser au lieutenant Pelham-Martyn, et, comme elle l'entraînerait très loin de la frontière nord-ouest, la mission lui échut aussitôt. Ash ne fut pas consulté et dut se borner à obéir aux ordres.

— A ce que j'ai compris, confia-t-il avec écœurement à Wally, ce qu'il leur faut, c'est un officier de ravitaillement capable de jouer les nounous aussi bien que les chiens de garde auprès d'un groupe de femmes piaillantes et de courtisans. Et c'est à moi qu'ils ont pensé! Adieu polo! Ah! ne me parlez pas d'être militaire en temps de paix!

— Veinard! s'exclama l'autre avec envie. Comme je voudrais être à votre place! Rendez-vous compte : voyager à travers les Indes en compagnie de deux ravissantes princesses!

— Probablement deux moricaudes empâtées dans leur graisse et insupportables!

— Allons donc! Toutes les princesses sont ravissantes... ou devraient l'être, en tout cas. Je me les représente avec des bagues à chaque doigt et de longues chevelures comme Yseult... Non, elle était blonde, n'est-ce pas? Et celles-ci seront sûrement brunes. J'adore les brunes! Ne pourriez-vous demander que je vous accompagne? Comme chef-cuisinier? Ou même plongeur, au besoin?

Quinze jours plus tard, Ash dit au revoir à Wally; en compagnie de Mahdoo, Gul Baz, son chef-syce Kulu Ram, un coupeur d'herbe, plus une demi-douzaine de moindres personnages, il partit pour Deenagunj, petite ville des Indes anglaises où le convoi nuptial attendrait son arrivée.

14

Deenagunj s'élevait au pied des collines, à un jour de marche de l'État indépendant de Karidkote et une vingtaine de milles de la plus proche garnison britannique.

Une petite ville, qui ne se distinguait guère d'un centaine de ses sœurs pareillement situées dans la moitié nord du territoire qu'arrosent la Ravi, la Chenab et la Bias. Sa population dépassait rarement deux mille âmes, mais il en allait différemment en la circonstance. Le secrétaire du Gouverneur était au-dessous de la vérité en annonçant qu'il s'agissait d'un convoi important, car celui-ci était proprement énorme, comptant environ quatre fois plus de gens que Deenagunj d'habitants, au point que la petite ville était devenue comme une dépendance du convoi. Lorsque Ash y arriva, il trouva le marché complètement vidé de tout, l'eau sur le point de manquer, et l'officier de district cloué au lit par la malaria.

Une telle situation aurait eu de quoi désemparer des hommes plus âgés et expérimentés que Ash. Mais les autorités avaient été bien inspirées d'arrêter leur choix sur le lieutenant Pelham-Martyn, nommé capitaine à titre temporaire pour les besoins de sa mission. Le brouhaha et la confusion, qui avaient de quoi évoquer une insurrection aux yeux d'une personne non prévenue, n'étaient pas de nature à émouvoir un garçon ayant grandi dans les bazars indiens et qui, dès son plus jeune âge, avait connu les extravagances et les intrigues de la cour d'un potentat.

Ash se rappelait le mariage de Lalji, avec l'escorte de la mariée qui, telle une invasion de sauterelles, s'était abattue sur la ville et le Hawa Mahal. Il ne s'agissait pourtant que de la fille d'un petit rajah, alors que le frère des princesses de Karidkote était un Maharajah régnant sur une importante principauté. Rien d'étonnant donc que la présente escorte eût de telles proportions. Il y avait des décisions à prendre et des ordres à donner de toute urgence, mais ce n'était pas pour rien que Ash avait servi dans les Guides en compagnie des deux fils de Koda Dad.

Gul Baz ayant déniché quelqu'un pour les conduire jusqu'à l'officier de district, ils trouvèrent celui-ci frissonnant de fièvre sous une tente. Sa température était de 40°, ce qui était d'ailleurs sensiblement celle régnant à l'intérieur de la tente. Il se nommait

Carter et, nouveau dans la région, c'était sa première expérience de la malaria, si bien qu'il lui semblait vivre un cauchemar. L'arrivée de Ash lui fit la même impression que la découverte d'une oasis dans un désert torride.

— Navré de... vous faire trouver un tel désordre... Des types absolument indisciplinés... Vous ferez bien de... partir au plus vite avant que ça tourne à la bagarre... Complication aussi avec le garçon... Jhoti... Le frère de Son Altesse et l'héritier présomptif. Il est arrivé hier soir... Me faut vous dire que...

Le malheureux fit de son mieux pour donner à Ash un aperçu de la situation et des problèmes qui se posaient, mais il avait grand peine à mettre de l'ordre dans ses pensées aussi bien qu'à parler. Il finit par y renoncer et envoya chercher un secrétaire indigène, qui se mit à énumérer les éléments de la dot transportée dans des coffres bardés de fer, les fonds disponibles pour le voyage, les hommes, femmes, animaux de faix, etc., avant de déclarer finalement ne pouvoir en donner qu'un chiffre approximatif, probablement au-dessous de la réalité. Même sous-estimé, ça ne laissait pas d'être impressionnant, puisqu'il y avait notamment deux régiments et une batterie de l'armée du Maharajah, vingt-cinq éléphants, cinq cents chameaux, d'innombrables chevaux, plus quelque six mille éléments disparates des deux sexes.

— N'y avait pas besoin de tout ce monde... A voulu en foutre plein la vue, murmura le malade d'une voix rauque. Mais ce n'est encore qu'un gosse... Il n'a pas dix-sept ans et ça fait plusieurs années que son père est mort... Alors, il a voulu en étaler aux yeux des autres princes... Et aux nôtres, bien sûr. Un effroyable gaspillage, mais pas moyen de discuter avec Son Altesse... Un garçon difficile... rusé...

Le jeune Maharajah avait escorté ses sœurs jusqu'à la frontière de son royaume, puis s'en était retourné à la chasse, laissant l'encombrant cortège à l'officier de district, qui avait ordre de l'accompagner jusqu'à Deenagunj où le capitaine Pelham-Martyn, de la cavalerie des Guides, le prendrait en charge. Mais ni Son Excellence le Gouverneur du Pendjab, ni les autorités militaires de Rawalpindi n'imaginaient l'ampleur de ce cortège et que, à la dernière minute, viendrait s'y ajouter Jhoti le jeune frère du Maharajah, âgé de dix ans.

— Me demande bien pourquoi on l'a envoyé... encore que j'en aie une vague idée, marmotta le malade. C'est seulement hier soir que j'ai été avisé de sa présence... Enfin, Dieu merci, tout ceci est maintenant votre affaire ! J'en suis désolé pour vous mais..

Quand les nombreuses formalités furent terminées, la journée était déjà très avancée ; le malade tint néanmoins à partir sur-le-champ, non seulement parce qu'il avait soif de calme et d'air pur, mais aussi parce qu'il n'ignorait rien des graves inconvénients pouvant résulter d'une autorité partagée. Ses serviteurs le transportèrent jusqu'à un palanquin, qui s'en fut dans le rayonnement du soleil couchant, cependant que Ash allait prendre son commandement.

A peine le palanquin était-il hors de vue, que Ash fut assailli de demandes de paiement, plaintes pour vols, brutalités et autres formes de *zulum* (oppression), récriminations de toutes sortes allant du logement jugé inadéquat à la dispute entre chameliers et cornacs au sujet d'une attribution de fourrage. Tout ce petit monde agissait ainsi avec l'idée d'abuser de l'inexpérience que laissaient supposer l'âge et le grade du remplaçant de Carter-Sahib. Mais il ne leur fallut pas plus de cinq minutes pour comprendre leur erreur.

Aucun Sahib de leur connaissance n'avait jamais témoigné d'une aussi totale maîtrise de leur langage, ni réussi à faire preuve d'autant de bon sens que de ferme autorité en quelques phrases bien assenées.

Le camp écouta et approuva : c'était là quelqu'un qui les comprenait et qu'ils pouvaient comprendre. Le lendemain matin, quand on acheva de plier les tentes et qu'on fut prêt à reprendre la route, les fournisseurs locaux avaient été payés, la plupart des dissensions réglées, et Ash avait en outre trouvé le temps de rencontrer les principaux membres du cortège nuptial, même s'il ne gardait d'eux qu'un souvenir confus de visages masqués en partie par des mains jointes dans le traditionnel salut hindou. Plus tard, Ash ferait plus ample connaissance avec eux mais, pour l'instant, il importait avant tout de se mettre en route. Ash se proposait de presser au maximum le voyage, en évitant si possible de s'arrêter plus d'une nuit ou deux dans un endroit, afin de ne pas risquer d'excéder les gens du cru comme cela s'était produit à Deenagunj.

Au cours de cette première journée de marche, Ash prêta peu d'attention aux gens eux-mêmes, ayant déjà suffisamment à faire pour les dénombrer. Longue d'un mille environ, la caravane avançait au pas lent des éléphants, s'arrêtant fréquemment pour se reposer, discuter, attendre des attardés ou tirer de l'eau des puits de rencontre. Au moins un tiers des éléphants étaient chargés de bagages, tandis que les autres, à l'exception des quatre éléphants d'apparat transportaient nombre de militaires appartenant aux troupes de Karidkote ainsi que tout un assortiment d'armes, parmi lesquelles il y avait les lourds canons de l'artillerie.

Les quatre éléphants d'apparat étaient surmontés de splendides howdahs incrustés d'or et d'argent, dans lesquels prendraient place le jour du mariage les Rajkumaries [1] avec leurs dames d'honneur, ainsi que leur jeune frère et certains hauts dignitaires. Il avait été prévu aussi que ces éléphants transporteraient les princesses pendant le voyage. Mais le lent balancement que le train des pachydermes imprimait aux howdahs, n'avait pas tardé à rendre malade la plus jeune fiancée (qui, véritable sœur du Maharajah, était aussi la plus importante), laquelle avait demandé à être transférée avec sa sœur — dont elle refusait de se séparer — sur un *ruth,* char tiré par des bœufs qui avait un toit en forme de dôme et des rideaux brodés.

Ce premier jour, ils ne parcoururent que neuf milles — ce qui n'en représentait guère plus de trois à vol d'oiseau, tant la route serpentait entre les collines — mais, de toute évidence, il fallait s'attendre à pire. Aussi ce soir-là, penché sur une carte à grande échelle et calculant une progression de cinquante à soixante milles par semaine, Ash se rendit compte que, à un tel train, des mois s'écouleraient avant qu'il revît Rawalpindi. Ce n'était pas pour lui déplaire, car il aimait cette vie nomade au grand air, et s'il avait plusieurs milliers de gens sous sa responsabilité, en revanche il n'avait personne pour lui donner des ordres.

Le lendemain, dans le courant de la journée, se rappelant que le jeune frère du Maharajah s'était joint au convoi, il demanda à lui présenter ses respects. Il s'entendit répondre que Son Altesse n'était pas bien (pour avoir mangé trop de sucreries) et que mieux valait attendre un jour ou deux. On lui ferait savoir quand l'enfant serait rétabli et en attendant, comme marque de faveur toute spéciale, il fut invité à faire la connaissance des sœurs du jeune prince.

La tente des futures épouses était la plus grande du camp et celle qu'on dressait toujours en premier ; autour d'elle, les autres se formaient en cercles concentriques : d'abord, celui des dames d'honneur, servantes et eunuques, puis celui des hauts dignitaires, gardes du palais et du petit prince avec ses serviteurs personnels. Ash avait le droit de planter sa tente dans ce dernier cercle, mais il avait préféré l'installer à l'écart, si bien qu'elle se trouvait à une certaine distance de celle des fiancées. Il y fut conduit par deux officiers de la

1. Princesses.

garde et un homme âgé qui lui avait été présenté la veille comme étant Rao Sahib, frère du défunt Maharajah et oncle des princesses

Le *purdah,* coutume qui astreint les femmes à porter le voile et mener une vie retirée, émanait des conquérants mahométans et n'avait donc jamais pénétré profondément le pays ; aussi Ash ne fut-il pas tellement surpris d'avoir la permission de voir les deux princesses. Étant un Sahib étranger délégué par la Reine pour veiller sur elles, il méritait cette faveur qui n'était ordinairement accordée qu'aux très proches parents. De toute façon, l'entrevue fut brève et eut lieu non seulement en présence de Rao Sahib, mais aussi d'un autre dignitaire, Maldeo Rai, de la duègne, Unpora-Bai, lointaine cousine des princesses, ainsi que de plusieurs dames d'honneur, d'un eunnuque et d'une demi-douzaine d'enfants. La décence était préservée par le fait que les princesses et Unpora-Bai avaient leur sari drapé de façon à ne laisser voir que leurs yeux. Mais comme les saris étaient transparents, ils faisaient plutôt office de symbole et Ash put se faire une idée assez précise du physique des princesses.

— Vous aviez raison, écrivit-il à Wally, elles sont belles comme des images. A tout le moins la plus jeune, qui n'a pas encore quatorze ans, et qui ressemble à la miniature représentant la veuve du Shah Jahan, la dame du Taj Mahal. L'autre sœur reste à l'arrière-plan et a dix-huit ans au moins, ce qui, dans ce pays, en fait pratiquement une vieille fille. Aussi je me demande pourquoi ils ne l'ont pas mariée plus tôt ; sans doute n'est-elle que la fille d'une concubine, et ce que j'en ai pu voir ne correspond pas à l'idéal féminin des Indiens, pas plus qu'au mien d'ailleurs. Elle est beaucoup trop grande, avec un visage carré alors que je les préfère ovales ; elle a toutefois des yeux splendides, non pas noirs comme ceux de sa sœur mais couleur d'eau profonde avec des paillettes d'or. Ne voudriez-vous pas être à ma place, Wally ?

Ash s'était beaucoup trop intéressé aux princesses pour accorder plus qu'un regard au reste de la compagnie, dont une bonne part eût cependant mérité davantage d'attention. Comme l'étape du lendemain devait se terminer aux abords d'une ville où les Britanniques avaient installé une petite garnison, Ash partit en avant afin de parler au commandant et, celui-ci l'ayant invité à dîner au mess, il ne vit ce jour-là personne de la suite princière.

Son hôte d'un soir lui déclara le plaindre de tout son cœur d'être chargé d'une telle mission, où il risquait de commettre vingt impairs chaque jour.

Comme exemple des embûches que recelait le système des

castes, il lui raconta l'histoire d'un cipaye qui, blessé au combat et laissé pour mort, avait réussi à survivre en errant durant plusieurs jours dans la jungle. Délirant, affamé, à demi mort de soif, il avait été trouvé par une fillette gardant un troupeau de chèvres, laquelle lui avait indubitablement sauvé la vie en lui donnant à boire du lait. Peu après, il avait rencontré des hommes de son régiment, lesquels l'avaient transporté jusqu'au plus proche hôpital, où il avait dû rester plusieurs mois avant de pouvoir reprendre du service. Des années plus tard, démobilisé, il regagna son village, où il raconta ce qui lui était arrivé. Aussitôt, son père s'écria que, d'après la description qu'il en faisait, la fillette devait être une « intouchable » et qu'il avait donc été souillé par son contact. En conséquence, le fils ne pouvait revenir chez lui, car il eût pareillement souillé non seulement la maison mais aussi sa famille. Rien n'avait pu vaincre cet ostracisme et tout le village s'était tourné contre l'infortuné. Il avait fallu de coûteuses cérémonies, pour lesquelles les prêtres lui avaient pris jusqu'à son dernier anna, avant qu'il fût déclaré « purifié » et eût la permission de vivre avec les siens.

— Vous vous rendez compte ? conclut l'officier. C'est vous dire à quoi il faut s'attendre dans ce pays ; mais je suppose que vous l'avez déjà constaté par vous-même.

Oui, et depuis bien des années ; mais Ash se retint de souligner que cette fanatique observance à la lettre des principes religieux et cette terreur de la pollution, n'étaient généralement le fait que des prêtres — lesquels en tiraient grand profit — et de la classe moyenne. Les nobles et les souverains, conscients de leur supériorité, n'hésitaient pas à faire ce qui leur convenait, sans doute parce qu'ils savaient que, s'ils exagéraient, il leur suffirait de payer les brahmanes pour se réconcilier avec les dieux.

Ash ne regagna sa tente que bien après minuit ; mais, le lendemain, il put dormir tard car, vu le temps pluvieux, les préparatifs de départ furent beaucoup plus lents. A cause du temps également, Ash n'eut toujours guère l'occasion de frayer avec ses compagnons de voyage, absolument inidentifiables sous les manteaux et couvertures dont ils étaient enveloppés. Tête baissée contre le vent qui lui rabattait la pluie dans les yeux, Ash se disait préférer quand même cela au travail de bureau qui lui était dévolu a Rawalpindi. Ici, du moins, n'aurait-il à régler que des problèmes de tous les jours, qui lui étaient depuis longtemps familiers.

En quoi il se trompait : le soir même, il se trouva confronté à un problème non seulement inhabituel, mais aussi dangereux que difficile à régler. Et ce par sa faute, car il ne s'était pas informé de l'histoire du pays d'où venaient les princesses, et les autorités de Rawalpindi n'avaient pas jugé utile de lui en parler, comptant que M. Carter, l'officier du district, s'en chargerait. La malaria avait bouleversé tout cela, si bien que Ash avait pris son commandement en ignorant pratiquement tout de ses compagnons de voyage. Même le fait qu'un jeune frère du Maharajah eût rejoint la caravane à la toute dernière minute, ne lui avait point paru trancher sur l'ordinaire. Après tout, pourquoi l'enfant n'aurait-il pas eu envie d'assister au mariage de ses sœurs ? Ash ne pensait même plus à Jhoti lorsque ce soir-là, comme la nuit tombait, un serviteur vint l'informer que, complètement rétabli, le jeune prince désirait le voir.

La pluie ayant cessé depuis plusieurs heures déjà, Ash revêtit sa tenue de mess pour faire honneur au prince. Une fois de plus, il traversa tout le camp à la suite du serviteur, jusqu'à la tente de Jhoti devant laquelle une sentinelle armée d'un tulwar très ancien montait une garde symbolique. A son entrée dans la tente, Ash fut momentanément ébloui par la clarté d'une demi-douzaine de lampes européennes qui, privées de leurs abat-jour, étaient posées sur des tables basses disposées en demi-cercle devant l'entassement de coussins sur lequel était assis un jeune garçon grassouillet, au visage très pâle.

En dépit de son empâtement et de sa mauvaise mine, c'était un bel enfant, qui rappela soudain à Ash Lalji tel qu'il lui était apparu à son arrivée au Hawa Mahal. Le jeune prince devait avoir sensiblement l'âge qui était alors celui de Lalji, mais ce dernier ne se fût certainement pas levé pour accueillir un visiteur. La ressemblance tenait surtout aux riches vêtements et à l'expression du visage, car Lalji aussi avait cet air furieux qui n'arrivait pas à masquer son extrême frayeur.

Si, à en croire Wally, toutes les princesses étaient belles, Ash ne put s'empêcher de déplorer que tous les jeunes princes eussent une tendance à l'embonpoint et à paraître aussi furieux qu'effrayés. Du moins ceux qu'il lui avait été donné de rencontrer.

Le côté absurde de cette réflexion le fit sourire et il souriait encore quand il se redressa après son salut. Il se trouva alors face à un visage qu'il reconnut instantanément en dépit des années écoulées et, l'espace d'un instant, il resta comme paralysé par le choc. L'homme se tenait à moins de trois pas de lui, juste derrière le petit prince ; son regard trahissait toujours autant de méchant calcul que lorsqu'il était le favori de Lalji et l'espion de la *Nautch.*

Biju Ram.

Le sourire de Ash se mua en grimace, cependant que son cœur se serrait. Ça n'était pas possible... Il devait être abusé par une ressemblance. Mais il savait bien que non et, au même instant, il comprit pourquoi Jhoti lui rappelait Lalji. Jhoti devait être le frère ou le cousin germain de Lalji. Il ne pouvait s'agir de Nandu, qui eût été beaucoup plus âgé, mais il existait au moins deux autres enfants, sans compter que la *Nautch* avait pu continuer d'en mettre au monde. Le fils de Lalji ? Non, ça paraissait peu probable. Le fils ou petit-fils d'un des frères du vieux Rajah de Gulkote ?

Ash eut conscience que l'on commençait à le regarder d'un air intrigué, mais que Biju Ram ne l'avait visiblement pas reconnu. Comment eût-il pu imaginer que ce Sahib était le palefrenier qui avait sauvé la vie du Yuveraj de Gulkote tant d'années auparavant ?

Ash s'efforça de répondre aux questions polies du petit prince et, ayant recouvré son sang-froid, il s'assura que la tente n'abritait aucune autre vieille connaissance. Non, il n'y avait que Biju Ram, plus gras et commençant à grisonner, mais qui, à part ça, n'avait guère changé. Ash se demandait ce qu'il faisait là, quel lien pouvait exister entre le Yuveraj de Gulkote et cet enfant de dix ans. Et de qui, de quoi, Jhoti avait-il peur ?

Lalji, lui, avait de bonnes raisons de craindre pour sa vie, mais cet enfant n'était pas l'héritier d'un trône. Ce n'était qu'un jeune frère ; alors, pourquoi lui aurait-on voulu du mal ? Peut-être, tout simplement, était-il venu rejoindre la caravane contre le gré de ses aînés, et commençait-il à redouter les conséquences de cette escapade ?

Le petit prince procéda aux présentations et Ash échangea des civilités avec Biju Ram avant de passer au suivant. Dix minutes plus tard, l'audience se termina, et si Ash frissonnait un peu en se retrouvant au-dehors, ça n'était pas uniquement parce que la nuit était froide au sortir de cette tente surchauffée.

Sa tente à lui était plantée sous un banian, à une cinquantaine de mètres du camp proprement dit et isolée de celui-ci par les petites tentes de ses propres serviteurs. Passant devant ces dernières, Ash vit Mahdoo qui fumait son narguilé. Il s'avisa que le vieil homme avait déjà dû recueillir sur la famille royale de Karidkote autant d'informations qu'en pouvaient avoir les sujets mêmes du prince, car Mahdoo raffolait des commérages et frayait avec quantité de gens qui ne parlaient ordinairement pas aux Sahibs.

S'arrêtant près de lui, Ash dit :

— Viens un peu dans ma tente, Cha-cha (oncle). J'ai besoin de tes lumières.

Ils s'installèrent sous l'auvent de la tente, car Ash préférait pouvoir surveiller les alentours du banian.

— Que veux-tu savoir, *beta* (fils) ? s'enquit le vieil homme, retrouvant l'appellation familière dont il usait bien rarement désormais.

— Avant tout, quel lien existe entre ce Maharajah de Karidkote, dont les sœurs ainsi que le jeune frère nous ont été confiés, et un certain Rajah de Gulkote ? Je suis certain qu'il y en a un !

— Mais bien sûr, fit Mahdoo d'un air surpris. Ils ne font qu'un. Les territoires sur lesquels régnait Son Altesse de Karidarra jouxtaient ceux de son cousin, le Rajah de Gulkote. Aussi, lorsque Son Altesse vint à mourir sans laisser d'héritier, le Rajah de Gulkote s'en fut à Calcutta revendiquer les titres et les terres du défunt. Comme il en était le plus proche parent, on accéda à sa demande et les deux royaumes n'en formèrent plus qu'un seul, qu'on appela Karidkote. Comment se fait-il que tu l'ignorais ?

— Parce que je suis aveugle et idiot ! murmura Ash avec chaleur. Furieux que les généraux de Rawalpindi n'aient pensé à m'attribuer cette mission que pour m'éloigner de la Frontière et de mes amis, je n'ai pas pris le temps de poser des questions, ni la peine de m'informer de quoi que ce soit !

— Mais qu'est-ce que tout cela peut bien te faire ? s'enquit le vieil homme, déconcerté par la véhémence de Ash.

Madhoo n'avait jamais eu vent des antécédents de Ash à Gulkote, le colonel Anderson ayant défendu à son protégé d'en parler car il importait par-dessus tout que la *Nautch* ne pût retrouver sa trace. Aussi Ash se borna-t-il à répondre :

— On devrait toujours tout savoir des gens dont on a la charge, de crainte que l'ignorance de tel ou tel détail vous fasse commettre un impair. Quand le vieux Rajah est-il mort, Mahdoo ? Et qui est ce vieil homme qu'on dit être son frère ?

— Rao-Sahib ? Ce n'est qu'un demi-frère. Bien qu'il fût l'aîné de quelques années, il n'a pu hériter du trône, sa mère étant seulement une concubine, alors que celle du plus jeune était la Rani. Toutefois la famille a toujours eu pour lui beaucoup d'affection et de respect. Le vieux Rajah dont tu me parles étant mort voici quelques années, c'est son fils, le frère des Rajkumaries qui est désormais sur le *gadi*.

— Lalji, murmura Ash.

— Qui ?

— Le fils aîné. C'était son prénom et...

Ash s'interrompit, revoyant par la pensée l'officier de district lui dire que le Maharajah de Karidkote n'avait pas encore dix-sept ans.

— Non, non, ce n'est pas le fils de la première femme, car celui-là est mort quelques années avant son père : il jouait avec un singe sur le rebord d'une terrasse et s'est tué en tombant dans le vide. Un accident... à ce qu'ils prétendent, ajouta doucement Mahdoo.

Oui, pensa Ash, le genre d'*accident* qui avait failli lui arriver. Était-ce Biju Ram qui l'avait poussé ? Ou Panwa, ou... Pauvre Lalji !

Ash frissonna en imaginant cet ultime moment de terreur dans la longue, longue chute vers les rochers tout en bas. Pauvre Lalji... pauvre petit Yuveraj ! Ainsi donc, la *Nautch* était arrivée à ses fins et son fils, Nandu, l'enfant gâté, était maintenant Maharajah du nouvel État de Karidkote.

— Il semble que la famille ait eu bien des malheurs ces dernières années, enchaîna pensivement Mahdoo en continuant de tirer sur son narguilé. Le vieux Maharajah, alors qu'il chassait au faucon, a fait aussi une chute dans un ravin, où il s'est tué avec son cheval. On pense que ce dernier avait été piqué par une guêpe. Triste chose pour sa nouvelle épouse — t'avais-je dit qu'il venait d'en prendre une autre ? la quatrième, je crois... Oui, c'est bien ça, les deux premières étaient mortes. Il paraît que celle-ci était toute jeune et très belle. La fille d'un riche *zemindar*... On m'a raconté que la troisième Rani était furieuse et avait menacé de se tuer... Mais elle n'a pas eu à le faire, car son mari étant mort, la jeune épousée est montée avec lui sur le bûcher.

— Un suttee ? Mais ç'a été interdit ! C'est défendu par la loi !

— Peut-être, mon garçon, mais les princes continuent d'avoir leurs propres lois, et ces choses-là ne sont sues qu'après coup. Il semble que l'autre Rani aurait fait de même, si ses femmes ne l'avaient enfermée dans une chambre. Elles envoyèrent un message au Sahib politique en tournée dans la région, mais celui-ci intervint cependant trop tard pour empêcher que la jeune Rani ne devienne une satî.

— Très commode pour l'autre... laquelle, je présume, est devenue à Karidkote la puissance derrière le trône ?

— C'est ce que j'ai cru comprendre, oui, acquiesça Mahdoo. Chose d'autant plus surprenante qu'il s'agissait, m'a-t-on dit, d'une danseuse originaire du Cachemire. En dépit de quoi, elle a été deux ans durant la véritable souveraine, et elle est morte Maharani.

— Elle est morte ? s'exclama Ash, stupéfait.

Sans avoir jamais vu Janoo-Rani, il avait vécu dans une telle terreur d'elle qu'il la croyait indestructible...

— As-tu su comment elle était morte, Cha-cha ?

Mahdoo regarda Ash du coin de l'œil et dit doucement :

— Elle est morte peu après s'être querellée avec son fils aîné parce qu'elle a mangé des raisins empoisonnés.

Ash en eut le souffle coupé avant de balbutier :

— Non... Ce n'est pas possible... Pas sa propre mère !

— Ai-je dit qu'il l'avait tuée ? *Nahin, nahin,* protesta calmement Mahdoo. Il y a eu bien entendu une *talash* (enquête), laquelle a établi qu'il s'agissait d'un accident, la Rani ayant elle-même empoisonné les raisins pour se débarrasser de corbeaux qui infestaient le jardin. Par mégarde, elle a dû en absorber quelques grains...

Le narguilé eut un bouillonnement assez semblable à un gloussement, et Mahdoo poursuivit :

— Ne t'avais-je pas annoncé que le Rajah de Karidkote avait eu bien des malheurs ? D'abord son frère aîné, puis son frère et, deux ans plus tard, sa mère. Outre un ou deux jeunes frères et une autre sœur qui n'échappèrent pas à une épidémie de choléra. Si bien que le Maharajah n'a plus désormais qu'un frère... le petit prince qui se trouve ici avec nous. Et une seule véritable sœur, la plus jeune des Rajkumaries, car l'autre n'est que sa demi-sœur, fille de la seconde femme de son père, laquelle était une étrangère...

— *Juli !* pensa Ash, sidéré. Cette grande femme voilée qu'il avait vue dans la tente des futures épouses n'était autre que la fille de la *Feringhi* Rani, Anjuli... L'enfant que la *Nautch* comparait dédaigneusement à une mangue pas mûre... Kairi-Bai...

Comment avait-il pu l'oublier presque complètement, alors qu'elle avait occupé tant de place dans son cœur lorsqu'il vivait au Hawa Mahal ? Non... Il ne l'avait pas oubliée... il n'avait rien oublié Il l'avait simplement fait passer à l'arrière-plan de ses préoccupations, sans plus s'inquiéter d'elle.

Tard cette même nuit, après le départ de Mahdoo, Ash ouvrit le petit coffret qu'il avait acheté avec son premier argent de poche et où il gardait depuis lors ce qui lui était le plus précieux : un anneau d'argent que Sita avait porté, la dernière lettre écrite par son père et restée inachevée, la montre que le colonel Anderson lui avait donnée à son arrivée à Pelham Abbas, sa première paire de boutons de manchette, et une douzaine d'autres choses du même genre. Fourrageant sans résultat, il finit par retourner le coffret sur son lit de camp Ah ! oui, il l'avait toujours !

Ash déplia le petit carré de papier jauni et regarda le morceau de nacre qui était la moitié d'un jeton chinois en forme de poisson. Quelqu'un — la *Feringhi* Rani peut-être ? — avait percé un trou dans l'œil du poisson avant d'y enfiler un cordonnet de soie pour qu'il pût être porté en pendentif, comme l'avait fait Juli, dont c'était là le bien le plus précieux. Elle le lui avait néanmoins donné comme souvenir, en le suppliant de ne pas l'oublier... Malgré quoi, il n'avait guère pensé à elle parce qu'il avait eu quantité de préoccupations plus urgentes En outre, il n'avait plus eu aucune nouvelle de Gulkote depuis que Koda Dad en était parti, personne d'autre, pas même Hira Hal, ne sachant ce qu'il était devenu ni où il était allé.

Les étoiles commençaient à pâlir lorsque Ash céda au sommeil et, juste au moment où il allait s'endormir, une bribe de conversation lui revint à l'esprit, quelque chose qu'il avait dit voilà bien longtemps, il ne savait plus pour quelle raison ni à quelle occasion :

— *Si j'étais toi, Juli, je ne me marierais jamais. C'est trop dangereux.*

Pourquoi dangereux ? se demanda vaguement Ash avant de sombrer dans le sommeil.

15

La caravane traversait à gué une rivière dans l'habituelle confusion de cris et appels. Bien entendu, un char à bœufs s'était embourbé au beau milieu de l'eau et il fallait le concours d'un éléphant pour le tirer de là.

Mulraj, qui commandait le détachement armé de Karidkote, avait précédé le convoi à cheval, en compagnie de Ash, pour mesurer la profondeur du gué. Assis maintenant sur l'autre rive, ils observaient le déroulement des opérations.

— S'ils continuent à ce train, remarqua Mulraj, il fera nuit avant que les derniers soient passés.

Trois jours s'étaient écoulés depuis que Ash s'était trouvé en présence de Biju Ram, puis avait appris que la principauté de Karidkote ne faisait qu'un seul et même état avec le Gulkote de sa jeunesse. Les serviteurs et autres gens de peu avaient été les premiers à passer la rivière, car il convenait que les tentes fussent dressées, les feux allumés et qu'on préparât de quoi manger. Mais les fiancées et leur suite préféraient progresser plus lentement, afin de n'arriver sur l'autre rive que lorsque tout serait prêt pour les accueillir.

Un chariot couvert, plein de dames d'honneur, venait d'ordinaire aussitôt après le *ruth* gaiement caparaçonné dans lequel voyageaient les princesses. Mais, la suite s'étant ce soir-là laissée distancer, lorsque le *ruth* entra dans l'eau, il n'était escorté que par une poignée de serviteurs et de soldats ainsi que par l'oncle des fiancées, lequel avait eu le désir de parcourir à pied ce dernier mille et fut désagréablement surpris de constater que le gué était situé plus profondément qu'il ne le supposait.

Sur l'autre rive, Ash était déjà remonté en selle et venait au devant des arrivantes, lorsqu'une recrudescence de cris et de jurons le fit se dresser sur ses étriers pour voir ce qui se passait. Le bœuf le plus proche était tombé au milieu de la rivière, cassant un brancard et jetant à l'eau l'homme qui le montait. L'animal se débattait pour échapper à la noyade, et le *ruth* penchait fortement de côté. Derrière les rideaux étroitement lacés, une des occupantes poussait des cris perçants tandis qu'une douzaine d'hommes vociférants s'efforçaient de redresser le véhicule.

A la différence de ceux qui se trouvaient dans la rivière, Ash eut, en dépit de la nuit tombante, un clair aperçu de la situation et piquant des deux, il rejoignit au galop le lieu de l'accident. Les hommes qui entouraient le *ruth* en criant, s'écartèrent vivement et, penché de côté, il tira sur la fermeture des rideaux jusqu'à ce qu'elle cède.

Une femme trempée et hurlante sembla bondir vers lui, portée qu'elle était par deux solides mains. Il la saisit à l'instant même où, la roue ayant cédé, le *ruth* basculait et commençait à s'emplir d'eau

— Vite, Juli ! Viens, sors de là !

Ash n'eut même pas conscience d'avoir appelé par son prénom l'autre occupante du *ruth*. De toute façon, son appel fut couvert par les hurlements de la princesse qui, au comble de la terreur, se débattait dans ses bras. Il se libéra des mains agrippées à lui, et la passa à son voisin le plus proche qui, par chance, se trouva être Rao-Sahib. L'instant d'après, Ash quittait son cheval et entrait dans la rivière, de l'eau jusqu'à la taille.

— Sors de là, voyons !

Dans un bruit d'éclaboussement, une main se tendit entre les rideaux déchirés. Ash la saisit, tira, puis prenant la jeune fille dans ses bras, il la porta jusqu'à la rive.

Elle n'était pas légère ni fragile comme sa petite sœur qu'elle avait soulevée vers leur sauveteur, et elle ne s'agrippa pas plus à lui qu'elle ne cria. Mais il la sentait haletante contre sa poitrine, tout comme il était conscient des rondeurs d'un corps qui était celui d'une femme et non plus d'une enfant.

Ash était lui-même presque à bout de souffle lorsqu'il atteignit la rive ; comme il n'y avait là personne à qui il pût remettre son précieux fardeau, il réclama à tue-tête des torches et les femmes des Rajkumaries. Puis, sentant Juli frissonner entre ses bras, il cria qu'on lui apporte une couverture, dont il l'enveloppa en ayant soin de rabattre un pan sur son visage pour la soustraire aux regards.

Des torches fleurirent l'obscurité cependant que le chariot de la suite abordait l'autre rive. A en juger par le bruit, la plus jeune des fiancées s'y trouvait déjà, mais ses hurlements avaient maintenant fait place à des sanglots hystériques. Les muscles douloureux, Ash déposa sans cérémonie Anjuli à l'intérieur du véhicule, qui poursuivit son chemin vers le camp. Seulement alors, il eut conscience d'être complètement trempé et que la nuit était froide.

— *Mubarik ho,* remarquable, Sahib ! le félicita Mulraj en se matérialisant au sein des ténèbres. Je vous dois probablement la vie ! Et d'autres aussi ! Sans vous, les Rajkumaries auraient pu se noyer, et qui saurait dire de quelle façon Son Altesse se fût alors vengée sur nous..

— *Be-wakufi,* allons donc ! fit Ash avec impatience. Ce n'était pas assez profond pour qu'elles aient couru le moindre risque de se nover !

— C'est pourtant ce qui est arrivé au conducteur du *ruth,* rétorqua sèchement Mulraj. Le courant l'a emporté en eau profonde et il ne savait apparemment pas nager. Prises comme dans une nasse derrière les rideaux lacés, les Rajkumaries auraient pu se noyer comme lui. Mais elles ont eu la chance que vous ayez été là pour intervenir à cheval, et surtout que vous soyez un Sahib, car aucun autre homme présent — sauf leur oncle, trop âgé pour réagir aussi promptement — n'aurait osé poser les mains sur les filles d'un Maharajah. Ils devraient vous couvrir d'or pour ce que vous venez de faire !

— Tout ce que je souhaiterais en ce moment, c'est un bain chaud et des vêtements secs, dit Ash en riant. Et si quelqu'un mérite des félicitations, c'est Anjuli-Bai, qui a su garder son sang-froid et s'occuper d'abord de sauver sa sœur, au lieu de pousser des cris en ne pensant qu'à elle. Où diable est mon syce ? *Ohé,* Kulu Ram !

— Je suis là, Sahib.

Sur le terrain sablonneux, les sabots du cheval n'avaient fait aucun bruit. Ash prit les rênes, sauta en selle et, après avoir salué Mulraj, il partit au trot vers la clarté orangée que le camp faisait dans la nuit.

Le lendemain matin, Ash sortit à l'aube avec Jhoti, Mulraj et Tarak Nath, membre du *panchayat,* ainsi qu'une demi-douzaine de cavaliers, pour aller reconnaître le gué suivant. La présence du jeune prince n'était pas prévue, mais il avait apparemment harcelé Mulraj pour qu'il l'emmène. Comme il se révéla non seulement un excellent cavalier mais débordant d'amabilité, il ne fut une gêne pour personne. Ash pensa même que ce ne serait pas une mauvaise chose de renouveler l'expérience, car cette chevauchée au grand air donnait des couleurs au petit prince, d'ordinaire si pâle et inquiet.

Le gué envisagé s'étant révélé inutilisable, il fallut étudier lequel de deux autres présenterait le moins d'inconvénient et causerait le moindre retard, si bien que le soleil tendait vers l'horizon lorsqu'ils regagnèrent le camp. Ash avait prévu un départ matinal pour le lendemain, mais Shushila-Bai, la plus jeune des princesses, lui fit savoir que, après le choc qu'elle avait eu, elle ne serait pas en état de reprendre la route avant deux ou trois jours, sinon davantage.

Ayant ainsi appris que la Rajkumari Shushila était souffrante, Ash fut surpris quand un second messager lui apporta un billet extrêmement courtois où on lui demandait de vouloir bien faire l'honneur d'une visite aux sœurs du Maharajah. Ce second messager n'étant autre que l'oncle des princesses, affectueusement appelé dans tout le camp Kara-ji Rao, il lui avait été impossible de refuser, bien que l'heure fût tardive et qu'il eût préféré se coucher. Il alla donc revêtir sa tenue de mess et, avant de suivre Rao-Sahib, une impulsion de dernière minute lui fit glisser dans une de ses poches la moitié du poisson de nacre.

La « tente de durbar » sous laquelle les princesses recevaient leurs hôtes était vaste et confortable, entièrement tapissée d'une étoffe rouille où un semis de pendeloques miroitantes étincelaient au moindre souffle d'air. Couvert de tapis persans, le sol était jonché de coussins de brocart et de soie qui tenaient lieu de sièges. Il y avait aussi un grand nombre de tables basses en bois de santal incrusté d'ivoire, sur lesquelles était disposé dans des plats d'argent tout un assortiment de fruits et de sucreries. Mais à l'exception de Kara-ji Rao, de la duègne Unpora-Bai et de deux servantes qui se tenaient au-delà du cercle de clarté, il n'y avait d'autres personnes présentes que les fiancées elles-mêmes et leur jeune frère.

Les Rajkumaries étaient vêtues sensiblement comme la première fois que Ash les avait vues, mais avec cette notable différence qu'elles étaient dévoilées.

— C'est parce qu'elles vous doivent la vie, expliqua le petit prince en s'avançant pour accueillir Ash. Sans vous, elles se seraient noyées toutes deux. Nous vous avons beaucoup de reconnaissance et vous considérons désormais comme notre frère.

Du geste, le jeune prince prévint la protestation de Ash qu'il n'y avait pas eu vraiment danger. Ses sœurs firent la révérence, tandis que Karaji déclarait la modestie une vertu plus grande que le courage mais que, de toute évidence, Pelham-Sahib avait à revendre de l'une comme de l'autre.

Lorsque Shushila-Bai eut réussi à vaincre sa timidité, l'ambiance devint plus détendue et l'on passa une heure fort agréable à déguster des sucreries et des sorbets tandis que, tout en demeurant strictement voilée, la cousine Unpora-Bai prenait aussi part à la conversation. Il n'avait pas été facile d'arracher Shushila-Bai à son mutisme, mais Ash avait un don pour ce genre de choses et s'étant employé à la mettre à l'aise, il en fut bientôt récompensé par un sourire hésitant, puis un rire ; après quoi la princesse se mit à bavarder gaiement avec lui, comme s'il était vraiment un grand frère qu'elle aurait toujours connu. Ce fut seulement alors que Ash porta son attention vers Anjuli-Bai, et ce qu'il vit le sidéra.

Lorsqu'il était arrivé, Anjuli se tenait un peu en retrait de sa sœur, dans l'ombre d'une lampe suspendue au-dessus de sa tête, et il n'avait donc guère pu la détailler. A présent qu'il la voyait en pleine lumière, sa première pensée fut qu'il avait commis une erreur et que ça n'était pas Kairi. Il n'était pas possible que la gamine maigre et quelconque, qui semblait toujours sous-alimentée, ait pu devenir la femme qu'il avait devant lui. Mahdoo avait dû se tromper et il ne s'agissait pas de la fille de la *Feringhi* Rani, mais de quelqu'un d'autre...

Pourtant, maintenant que le sari avait un peu glissé et la découvrait davantage, le mélange de sangs qui coulait dans ses veines se voyait à la couleur de sa peau, l'ossature de son visage, aux lignes gracieuses de son corps, à ses yeux largement espacés, couleur d'eau profonde, son front large, ses pommettes hautes, son nez court et retroussé, sa bouche aux lèvres généreuses, beaucoup trop grande eu égard au concept de beauté qu'incarnait admirablement sa demi-sœur.

Par contraste, Shushila-Bai paraissait aussi exquisement menue qu'une statuette de Tanagra, avec une peau dorée, des yeux noirs, un visage à l'ovale parfait, et une bouche semblable à un pétale de rose. Cette délicatesse de l'Orient faisait défaut à la plus âgée, mais cela ne prouvait pas qu'elle fût la fille de la *Feringhi* Rani...

Le regard de Ash se posa sur un bras nu à la chaude coloration ivoirine et là, juste au-dessus des bracelets d'or, il vit l'arc d'une petite cicatrice : la marque laissée par les dents d'un singe, bien des années auparavant... Oui, c'était Juli, sans doute aucun... Juli qui avait grandi et était devenue belle au point que Ash eut le sentiment d'avoir la révélation de ce qu'était vraiment la beauté.

Troublée par son regard, elle se détourna à demi en tirant sur son front la pointe du sari. Dans le même temps qu'il prenait conscience de l'avoir involontairement dévisagée, Ash se rendit compte que Jhoti venait de lui poser une question à laquelle il n'avait point pris garde. Il se tourna vivement vers le jeune garçon, et les dix minutes qui suivirent se passèrent à discuter fauconnerie. Ce fut seulement lorsque Jhoti et Shushila se mirent à taquiner leur oncle pour qu'il les emmènent chasser au faucon, que Ash put revenir à sa préoccupation majeure. Les bâillements discrets d'Unpora-Bai lui donnaient à comprendre qu'il était temps pour lui de se retirer, mais il y avait encore une chose que Ash voulait faire avant de partir. Il plongea la main dans sa poche et, un moment plus tard, fit mine de ramasser quelque chose sur le tapis.

— Je crois que Votre Altesse a fait tomber ceci, dit-il à Anjuli.

Il s'attendait qu'elle parût surprise ou intriguée, ne se rappelant probablement pas, après tant d'années, ni ce porte-bonheur ni le garçon à qui elle l'avait donné. Mais il n'en fut rien. Ayant tourné la tête lorsqu'il lui avait adressé la parole, elle vit le morceau de nacre qu'il lui présentait sur sa paume et le prit avec un sourire.

— *Shukr-guzari,* Sahib. Oui, c'est à moi et je ne sais comment j'ai...

Elle s'interrompit brusquement, plaqua une main sur sa gorge et Ash comprit qu'il s'était trompé : non seulement Juli n'avait rien oublié, mais elle avait continué de porter en pendentif sous sa robe le morceau de nacre, dont elle venait de s'apercevoir qu'il était toujours à son cou.

En proie à un brusque afflux d'émotions qu'il préférait ne pas analyser, Ash se tourna vers Shushila-Bai en la suppliant de lui pardonner de s'être attardé et l'autoriser à se retirer.

— Oui, oui, s'empressa d'acquiescer Kara-ji Rao, il est temps que nous allions tous nous coucher. Mais cette soirée a été fort agréable et il nous faudra recommencer !

Anjuli demeura immobile et muette ; gardant toujours le morceau de nacre dans sa main fermée, elle détaillait Ash avec de grands yeux effarés. Mais, regrettant déjà son geste impulsif, Ash prit congé en évitant son regard.

Furieux contre lui-même, il avait le sentiment d'avoir agi un peu comme un homme qui, jetant par amusement un caillou dans une masse de neige, déclenche une avalanche qui risque d'ensevelir quelque hameau dans la vallée.

Si Juli allait parler de l'étrange façon dont lui était revenue l'autre moitié de son fétiche ? Il n'avait aucun moyen de savoir combien de personnes étaient maintenant dans sa confidence ni à quel point elle avait changé. La triste petite Kairi-Bai qu'il avait connue à Gulkote, ne semblait avoir vraiment rien de commun avec cette princesse de Karidkote se rendant en grande pompe à son mariage. De toute évidence, la chance avait tourné pour elle le plus heureusement du monde. Et Ash ne souhaitait aucunement qu'on identifiât en lui le garçon qui avait été le serviteur de Lalji. Certes, Janoo-Rani était morte, mais Biju Ram demeurait bien vivant et sans doute dangereux. Lui n'avait certainement pas oublié Ashok ; s'il apprenait l'histoire du morceau de nacre, il pouvait prendre peur et décider d'agir envers ce Sahib comme Janoo-Rani et lui avaient jadis voulu le faire envers Ashok. Et ce, pour les mêmes raisons.

Cette nuit-là, Ash eut soin de bien lacer le rabat de sa tente et de glisser un revolver sous son oreiller. Dès le lendemain matin, il ferait déplacer les tentes de Mahdoo et de Gul Baz afin qu'on pût moins aisément atteindre la sienne.

Mais le matin était encore loin quand Ash fut tiré de son sommeil par le bruit d'une main essayant d'ouvrir le rabat de la tente. Ce ne pouvait être un de ses serviteurs, car il eût d'abord toussé ou parlé pour éveiller son attention. Prenant le revolver sous l'oreiller, Ash en ôtait la sûreté quand il entendit une voix chuchoter :

— Sahib... Sahib...

— *Kaun hai ?* (Qui est là ?) Que me veut-on ?

— Aucun mal, Sahib, aucun mal. Juste un mot...

— Eh bien, parle, je t'écoute.

— La Rajkumari... Ma maîtresse Anjuli-Bai dit...

— Attends !

Ayant défait le nœud qui fixait le rabat de la tente, Ash vit une femme voilée, enveloppée de châles, qui était probablement une des dames d'honneur. Elle recula avec un petit cri, saisie de se voir confrontée avec un Sahib à demi nu et tenant un revolver à la main.

— Eh bien, qu'y a-t-il ? demanda Ash avec impatience, tout aussi mécontent d'être réveillé à pareille heure que de la peur qu'il avait éprouvée. Que désire ta maîtresse ?

— Elle voudrait.. Elle souhaiterait savoir de qui vous tenez un certain morceau de nacre, et si vous pouvez lui donner de ses nouvelles ainsi que de sa mère, lui dire où ils sont. C'est tout.

Et plus que suffisant ! pensa Ash. Était-ce bien Juli qui voulait ce renseignement... ou l'histoire du morceau de nacre avait-elle déjà fait le tour du camp et cette femme était-elle envoyée par Biju Ram ?

— Dis à la Rajkumari que je suis désolé de ne pouvoir lui être utile, mais je ne sais rien.

Comme il faisait mine de refermer le rabat de la tente, la femme lui saisit le bras et chuchota d'une voix haletante :

— Ce n'est pas vrai. Vous devez sûrement savoir qui vous l'a donné et donc... Sahib, je vous en conjure ! Dites-moi seulement s'ils sont vivants et en bonne santé !

Ash regarda la main sur son bras. La lune était dans son dernier quartier mais projetait suffisamment de clarté pour qu'il pût distinguer la forme de cette main qu'il emprisonna dans la sienne tandis que, de l'autre, il écartait brusquement le *chuddah* masquant le visage de la femme. Elle fit une tentative désespérée pour se libérer, puis renonça et, haletante, regarda fixement Ash, lequel rit en s'inclinant :

— Je suis extrêmement honoré, Votre Altesse. Mais est-ce bien sage ? Comme vous le voyez, je ne suis pas en tenue pour recevoir des visites et si l'on vous trouvait ici à pareille heure, cela nous causerait de gros ennuis à tous deux. D'ailleurs, vous ne devriez pas circuler seule dans le camp, c'est trop dangereux. Vous auriez mieux fait de m'envoyer l'une de vos femmes. Si j'ai un conseil à vous donner, c'est de repartir au plus vite, avant qu'elles ne s'éveillent et donnent l'alarme en constatant votre absence.

— Si c'est pour vous que vous avez peur, rassurez-vous, car je couche seule et personne ne peut donc s'apercevoir de mon absence. Et si j'avais à craindre pour moi-même, je ne serais pas ici.

La voix n'était toujours qu'un murmure, mais il y transparaissait un tel mépris que Ash sentit le sang lui monter au visage et que, l'espace d'un instant, son étreinte se resserra douloureusement autour de la main.

— Petite garce ! dit-il doucement en anglais, puis il rit et la lâcha en reculant d'un pas : Oui, j'ai peur, et Votre Altesse devrait être comme moi, car je ne puis croire que vos frères ou votre oncle prendraient cette escapade à la légère, ni votre fiancé non plus. Ils pourraient estimer que cela entache votre honneur et j'avoue n'avoir aucune envie de finir avec un couteau entre les côtes. C'est pourquoi, très respectueusement, je vous engage de nouveau à partir au plus vite.

— Pas avant que vous m'ayez dit ce que je désire savoir ! Vous ne m'en ferez pas démordre, s'entêta Anjuli, et même mon pire ennemi ne souhaiterait pourtant pas que je sois trouvée ici. Or vous m'avez déjà sauvé la vie. Dites-moi seulement ce que je vous demande et je ne vous importunerai jamais plus, je vous le jure !

— Pourquoi voulez-vous savoir cela ?

— Ce que vous m'avez donné ce soir, est la moitié d'un porte-bonheur que, voici bien longtemps, j'avais partagé avec un ami. Lorsque je l'ai vu, j'ai...

— Alors, si vous désirez que nous parlions, vous feriez mieux d'entrer : ce ne sera pas plus dangereux que de rester devant cette tente, où n'importe qui peut nous voir.

Ash s'effaça pour la laisser passer et, après une brève hésitation, elle pénétra sous la tente dont il referma le rabat tout en disant :

— Ne bougez pas... Je vais allumer la lampe.

Lorsque ce fut fait, il lui avança une chaise de toile et, sans attendre qu'elle se fût assise, il se détourna vivement pour enfiler une robe de chambre et des babouches.

— Si l'on nous surprend en tête à tête, cela fera quand même meilleur effet que je sois un peu plus vêtu, dit-il tout en achevant de nouer la cordelière de la robe de chambre. Vous ne voulez pas vous asseoir ? Non ? Alors, permettez que je le fasse.

S'asseyant au bout du lit, il attendit qu'elle parle.

— Je...

Elle s'interrompit en se mordant la lèvre. Ash se rappela brusquement cette habitude qu'elle avait tout enfant, et contre laquelle Sita la mettait en garde, disant que ça lui déformerait la bouche.

— Eh bien ? fit Ash.

— Mais je vous ai déjà tout dit : j'ai donné jadis ce porte-bonheur à un ami et je voudrais savoir comment il se fait que vous l'ayez. . parce que j'aimerais avoir des nouvelles de mon ami et de sa mère. Est-ce si difficile à comprendre ?

— Non, mais ça n'est pas suffisant. S'il ne s'agissait que d'avoir des nouvelles d'eux, vous n'auriez pas couru le risque de venir ici à pareille heure. Je veux donc que vous me disiez tout. Et je désire aussi, avant de répondre à vos questions, savoir à qui vous iriez parler de ça.

— A qui j'irais... ? Je ne comprends pas.

— Vraiment ? Réfléchissez... N'y a-t-il personne en dehors de vous qui aimerait bien savoir aussi où se trouve votre ami ?

Anjuli secoua la tête :

— Maintenant non... Autrefois, oui, peut-être, car une méchante femme lui voulait du mal et n'aurait pas hésité à le tuer si elle l'avait pu. Mais elle est morte à présent, et je crois d'ailleurs qu'elle l'avait depuis longtemps oublié. Quant à ses amis, tous sauf moi ont quitté Gulkote, et j'ignore où ils sont... Peut-être sont-ils morts aussi, ou bien l'ont-ils oublié comme tous les autres.

— Sauf vous, dit lentement Ash.

— Sauf moi. Mais pour moi, voyez-vous, il était comme un frère... plus même que mes propres frères... Je n'ai jamais connu ma mère et lorsque mon père s'est remarié, sa nouvelle femme m'a tenue éloignée de lui. Même les serviteurs me traitaient mal... sauf une de mes femmes et son fils Ashok, un garçon qui avait quelques années de plus que moi et était au service de mon demi-frère le Yuveraj. Sans

Ashok et sa mère, je n'aurais eu aucun ami et vous ne pouvez savoir ce que leur bonté représentait pour l'enfant que j'étais...

Sa voix se fêla ; Ash se détourna, car les yeux d'Anjuli s'étaient emplis de larmes et il avait honte d'avoir oublié une petite fille pour qui sa mère et lui avaient tant compté.

— Je n'avais personne d'autre et, quand ils sont partis, j'ai cru mourir de chagrin. Mais ils n'avaient pas le choix, il leur fallait s'en aller... Inutile que je vous en dise davantage, car vous devez être au courant, sans quoi comment auriez-vous su qui avait l'autre moitié du porte-bonheur ? Bien souvent j'ai pensé que Ashok et sa mère devaient être morts, sinon m'auraient-ils laissée si longtemps sans aucune nouvelle... d'autant que Ashok m'avait promis de revenir. Mais ce soir, quand vous m'avez donné l'autre moitié de mon porte-bonheur, j'ai compris qu'il était vivant et avait dû vous charger de me le remettre. Voilà pourquoi j'ai attendu que le camp soit endormi pour venir vous demander de ses nouvelles.

Ash ne fit aucun commentaire et le silence se prolongea, au point qu'elle finit par demander, d'une voix nouée :

— Alors ils sont morts ?

Ash répondit, sans se retourner vers elle :

— Sa mère est morte voici bien des années, peu après avoir quitté Gulkote.

— Et Ashok ?

— Il est ici, répondit Ash en lui faisant face.

Placée derrière lui, la lampe éclairait le visage d'Anjuli mais laissait le sien dans l'ombre.

— Vous voulez dire... ici, dans ce camp ? fit-elle, toute saisie. Mais alors pourquoi n'a-t-il pas... Où est-il ? Que fait-il ? Dites-moi...

— Ne me reconnaissez-vous pas, Juli ?

— Vous reconnaître ? répéta-t-elle, déconcertée. Je vous en prie, Sahib, ne vous amusez pas de moi. Ce n'est pas bien !

Elle se tordait les mains de désespoir et Ash dit :

— Ce n'est pas un jeu. Regarde-moi, Juli... (Il prit la lampe de façon à bien s'éclairer le visage.) Regarde... Ai-je tellement changé ? Ne me reconnais-tu vraiment pas ?

Anjuli avait eu un recul et le considérait fixement en balbutiant :

— Non ! Non, non, non...

— Mais si. Je ne peux pas avoir changé à ce point : j'avais onze ans alors. Toi, c'est différent, tu n'en avais que six ou sept, et je n'aurais jamais pu te reconnaître si je n'avais su qui tu étais. Tu as toujours sur le bras la cicatrice laissée par la morsure du singe. Te souviens-tu de ma mère te soignant tout en te racontant l'histoire de Rama et de Sita que Hanuman avait aidés ? Après quoi, je t'avais conduite au temple d'Hanuman. Et te rappelles-tu le jour où le marmouset de Lalji s'était enfui, ce qui nous a amenés à découvrir le Balcon de la Reine ?

— Non, haleta Anjuli, les yeux agrandis. Ça ne peut pas être... Je n'en crois rien... C'est pour m'abuser...

— Pourquoi voudrais-je t'abuser ? Demande-moi n'importe quoi que seul Ashok ait pu savoir, et si je suis incapable de te répondre...

— Vous pouvez répéter des choses qu'il vous a racontées. Oui, oui, c'est sûrement ça !

— Tu crois ? Mais dans quel but ? Pourquoi me donnerais-je cette peine si ça n'était pas vrai ? Je n'ai rien à y gagner.

— Mais... mais vous êtes un Sahib. Un Sahib *Angrezi*. Alors, comment pourriez-vous être Ashok ? J'ai connu sa mère. C'était le fils d'une de mes servantes, Sita.

Ash dit lentement :

— C'est ce qu'il avait toujours cru lui aussi. Mais c'était faux. Et au moment de mourir, elle lui a dit que sa mère était une *Angrezi*, mariée à un *Angrezi* et qu'elle, Sita, dont le mari était le chef-syce de son père, avait été sa mère nourricière, parce que sa véritable mère était morte en le mettant au monde. C'était là une chose que j'aurais préféré ne jamais savoir car, à tous égards, Sita avait été pour moi comme ma mère. Mais ça n'en reste pas moins la vérité et j'étais, je suis Ashok. Si tu ne me crois pas, tu n'as qu'à prendre contact avec Koda Dad Khan, maintenant retiré dans son village au pays des Yusufzais, et dont tu te souviens certainement. Ou encore avec son fils Zarin, qui est jemadar des Guides à Mardan. Ils te confirmeront que je t'ai dit la vérité.

— Oh ! non, murmura Anjuli qui, appuyant son front contre le piquet de la tente, éclata en sanglots.

C'était probablement la seule réaction à laquelle Ash ne s'attendait pas et il en demeura tout désemparé, voire quelque peu indigné. Il aurait pensé qu'elle se réjouirait de la nouvelle ou en serait surprise, mais pas qu'elle en éprouverait du chagrin.

Quand il la regarda de nouveau, d'un air boudeur, il changea brusquement d'humeur. Elle n'émettait plus maintenant que des sanglots étouffés et quelque chose dans son attitude lui rappela intensément la dernière fois qu'il l'avait vue pleurer. Elle n'avait pas pleuré alors sur elle-même, parce qu'elle allait se trouver seule et sans amis, mais parce qu'il était en danger et devait partir. Or voilà qu'il la faisait de nouveau pleurer. Pauvre Juli... pauvre petite Kairi-Bai ! Il s'approcha d'elle et, après un instant, lui dit gauchement :

— Ne pleure pas, Juli. Il n'y a pas de quoi pleurer.

Elle ne répondit pas, mais secoua la tête d'un geste marquant l'impuissance qui, pour quelque raison, émut violemment Ash. Il la prit impulsivement dans ses bras et la serra contre lui, en répétant :

— Ne pleure pas, Juli. Je t'en prie, ne pleure pas ! Tout ira bien maintenant. Je suis revenu. Je suis ici. Il n'y a pas de quoi pleurer...

Durant une minute ou deux, elle laissa aller sa tête contre l'épaule de Ash, qui sentit ses larmes tremper le mince tissu de la robe de chambre. Puis, brusquement, elle se raidit entre ses bras et s'écarta de lui. Grimaçant de chagrin, les yeux rouges et gonflés, son visage avait perdu toute beauté. Sans parler, elle regarda Ash avec une sorte de mépris glacé qu'il ressentit comme un coup de cravache puis, soulevant le rabat de la tente, elle s'enfuit dans la nuit.

Il n'eût servi à rien de vouloir la suivre et Ash ne s'y essaya pas. Il demeura un moment à prêter l'oreille, mais n'entendant aucun bruit de voix ou de sommation, il rentra dans sa tente, où il s'assit pesamment comme s'il venait de fournir une longue course.

— Non, se dit-il à lui-même. Non, bien sûr que non. C'est ridicule. Ça ne peut pas se produire ainsi... juste en l'espace d'une minute...

Mais, tout au fond de son cœur, il savait bien que si, car c'était ce qui venait de lui arriver.

16

Selon le désir de la plus jeune des princesses, il fut annoncé que l'on ne se remettrait pas en route avant trois jours au moins... répit qui fut bien accueilli par tout le monde, car il permettrait non seulement de se reposer mais aussi de faire la lessive et mille réparations aux tentes, harnachements, etc.

Jhoti et Shushila avaient cajolé leur oncle pour qu'il organise une journée de chasse au faucon, à laquelle les femmes pussent assister en dépit du *purdah*.

Kara-ji s'était fait tirer l'oreille, mais il avait fini par céder, à condition que cela se passât hors de vue du camp. Participeraient à cette chasse, Ash et Mulraj, une demi-douzaine de fauconniers, les princesses avec trois de leurs femmes, plus une petite escorte de gardes et de serviteurs. Il y aurait également Biju Ram (plus spécialement chargé de Jhoti) et Kara-ji Rao.

— Kairi préférait ne pas venir, expliqua Jhoti à Ash, mais Shu-Shu a déclaré qu'elle ne s'en irait pas sans Kairi, puis s'est mise à pleurer, disant qu'elle allait mourir si elle demeurait toujours confinée dans un *ruth* ou sous une tente. Vous n'imaginez pas comment elle est! Alors, bien sûr, Kairi a cédé... Tenez, les voici enfin... Nous allons peut-être pouvoir partir.

Les jeunes filles avaient un voile léger masquant leur visage jusqu'aux yeux mais, lorsqu'on fut loin du camp, elles le laissèrent voltiger librement. Ash remarqua toutefois avec intérêt que, à l'exception de Jhoti et de Kara-ji, aucun homme — pas même Mulraj, pourtant apparenté à la famille royale — ne les regardait en face, fût-ce pour répondre à une question. Personnellement, il ne vit aucune raison d'en faire autant; se prévalant de sa qualité de frère honoraire, il ne baissait jamais les yeux, encore qu'il les tournât plus souvent vers Anjuli que vers sa jeune sœur, laquelle, pétillante de gaieté, grisée par cette chasse au grand air comme par sa liberté momentanée, était pourtant ravissante à contempler; une vraie princesse de conte de fées.

— Vous verrez qu'elle sera malade ce soir! confia malicieusement Jhoti à Ash. Elle est toujours malade ensuite quand elle s'excite ainsi. Elle passe d'une joie extrême a une profonde dépression, et vice versa. Ah ! ça n'est pas drôle, les femmes ! Et dire qu'il me faut en épouser une.

— Hmm ? fit Ash qui n'avait pas écouté.

— Ma mère avait arrangé un mariage pour moi, mais lorsqu'elle est morte, mon frère Nandu a tout annulé, ce qui a été une bonne chose car je n'avais aucune envie de me marier. Oh ! je sais très bien qu'il ne l'a pas fait pour cette raison, bien au contraire. N'empêche qu'il m'a rendu service, l'imbécile. Mais je n'en devrai pas moins me marier un jour... On a besoin d'une femme pour avoir des fils, n'est-ce pas ? La vôtre vous en a-t-elle donné ?

Ce fut Mulraj qui, chevauchant de l'autre côté du prince, répondit pour Ash :

— Le Sahib n'a pas de femme, Prince. Dans son pays, les hommes attendent d'avoir de l'âge et de l'expérience avant de se marier. N'est-ce pas, Sahib ?

— Hmmm ? fit Ash. Je suis désolé... Je n'ai pas écouté...

— Vous voyez, Prince ? s'exclama Mulraj en riant. Il n'a pas entendu. Ses pensées sont ailleurs aujourd'hui. Qu'est-ce donc, Sahib ? Y a-t-il quelque chose qui vous préoccupe ?

— Non, bien sûr que non, se hâta d'affirmer Ash. C'est simplement que mon attention vagabondait.

— Ça, vous pouvez le dire ! Vous avez déjà laissé passer trois oiseaux... Tenez, en voici un autre... Un beau gros pigeon... Non, trop tard ! Le prince l'a eu avant vous.

A vrai dire, Jhoti avait même été le premier à voir le pigeon et avant que Mulraj eût fini de parler, il avait lâché son faucon, éperonnant son cheval pour se lancer à sa poursuite.

— Il a bien su profiter des leçons qu'on lui a données, opina Mulraj en le suivant des yeux. Et il monte comme un Rajpoute. Mais je n'aime pas la façon dont sa selle... Excusez-moi, Sahib !

Piquant des deux, il partit au galop, laissant Ash à ses pensées, ce qui n'était pas pour déplaire à ce dernier. D'ordinaire, il eût beaucoup apprécié une telle sortie car il adorait ce genre de chasse, et le faucon sur son poignet lui avait été donné par Kara-ji Rao ; mais ce matin il avait l'esprit occupé d'autres choses.

La plus jeune des princesses semblait avoir surmonté sa timidité première, car elle parlait gaiement, sans gêne aucune. Mais Anjuli ne lui avait pas encore adressé la parole et il n'arrivait même pas à ce qu'elle lui accorde un regard. Il avait bien essayé de l'entraîner dans une conversation, mais n'avait réussi à lui arracher qu'un hochement de tête ou un vague sourire tandis qu'elle continuait de regarder au-delà de lui. En outre, elle avait mauvaise mine et les yeux bouffis de sommeil, ce qui n'avait rien d'étonnant vu qu'il était plus de trois heures du matin lorsqu'elle avait regagné sa tente.

Plusieurs mois auparavant, Ash avait dit à Wally qu'il ne tomberait jamais plus amoureux, car Belinda l'avait vacciné contre l'amour, tout comme un homme ayant eu la variole se trouve ensuite immunisé contre cette maladie. La veille encore, il eût redit la même chose avec une totale assurance, convaincu que c'était la vérité : il savait qui était Anjuli lorsqu'il l'avait tenue dans ses bras lors de l'accident du gué, et il n'avait rien éprouvé de spécial. Il en avait été de même dans la tente de durbar, bien qu'il ait eu alors la surprenante révélation de sa beauté. Et lorsqu'elle était venue le voir au milieu de la nuit, il en avait été surtout gêné et mécontent. Alors comment avait-il pu suffire, pour changer tout cela, qu'elle s'abandonne quelques instants contre son épaule et lui montre un visage enlaidi par le chagrin ? Ça n'avait pas de sens, mais c'était pourtant bien ce qui s'était produit.

Il ne savait que faire. La prudence lui disait de chasser Anjuli de son esprit et d'éviter de la revoir ou de lui parler, car cela ne pouvait aboutir qu'à un désastre pour tous deux. La Rajkumari Anjuli était la fille d'un prince régnant, la demi-sœur d'un autre, et serait bientôt l'épouse d'un troisième. Rien ne pouvait être changé à cela, donc le parti le plus sage — son seul parti — était d'oublier la nuit précédente, en rendant grâce au ciel d'avoir dit ou fait quelque chose ayant si profondément offensé Anjuli qu'elle ne tenait visiblement plus à renouer avec lui.

Toutefois, la prudence n'ayant jamais été son fort, Ash n'en était pas moins résolu à s'entretenir de nouveau avec Anjuli, ce qui n'eût déjà pas été facile avec l'aide de la princesse, mais devenait presque impossible sans sa coopération. N'importe ! Ils avaient encore des semaines de voyage devant eux et si jusqu'à présent, Ash avait tout fait pour accélérer le train de la caravane, il pouvait agir en sens inverse. Ainsi, dorénavant on s'arrêterait un jour ou deux de plus aux étapes, ce qui allongerait le voyage de plusieurs semaines. Et pour qu'Anjuli ne puisse l'éviter, il allait s'employer à ce qu'une grande amitié le lie à Shushila, Jhoti et Kara-ji, afin d'être invité souvent dans la tente de durbar. Anjuli ne trouverait pas toujours un prétexte pour n'être pas présente, et il ne l'imaginait pas disposée à mettre sa sœur, ou qui que ce fût, dans la confidence.

— *Hai mai !* soupira-t-il et il n'eut conscience d'avoir parlé tout haut que lorsque Kara-ji s'immobilisa à sa hauteur en demandant :

— Qu'est-ce qui vous tracasse?

— Oh! rien d'important, Rao-Sahib, répondit Ash en rougissant.

— Ah? le taquina gentiment Kara-ji. A vous voir, j'aurais cru que vous étiez amoureux et aviez laissé votre cœur à Rawalpindi. Car les jeunes hommes ont ce même air, parlent et soupirent comme vous, lorsqu'ils pensent à leur bien-aimée.

— Vous êtes trop perspicace, Rao-Sahib, rétorqua Ash d'un ton léger.

— Ah! c'est que j'ai été jeune moi aussi... encore qu'on ait peine à le croire quand on me voit maintenant!

Ash rit et dès lors porta toute son attention sur la chasse, si bien que, durant l'heure suivante, il eut droit à maints compliments de la part de Kara-ji. Le déjeuner fut servi sous des arbres, à proximité d'un *jheel,* après quoi les princesses et leurs femmes se retirèrent dans une tente de fortune pour faire la sieste, tandis que les hommes s'installaient à l'ombre des arbres.

Confortablement adossé au tronc d'un vieux margousier, Ash réfléchit une fois de plus au problème posé par Anjuli, tout en écoutant d'une oreille la conversation à mi-voix tenue par deux hommes qu'il ne pouvait voir et qui ignoraient probablement sa présence derrière l'arbre, à moins qu'ils ne l'aient cru assoupi. Conversation d'ailleurs totalement dépourvue d'intérêt, l'un des hommes étant Jhoti, qui voulait s'en aller seul de l'autre côté du *jheel* pour éprouver son faucon, et que son compagnon semblait vouloir dissuader de le faire. Ne tenant pas à être entraîné dans cette discussion, Ash garda le silence, en souhaitant que les autres ne tardent pas à s'éloigner, car ils l'empêchaient de se concentrer.

— Mais je veux y aller! insistait Jhoti. Pourquoi devrais-je passer tout l'après-midi à ronfler? Si tu ne veux pas venir, je n'ai pas besoin de toi, tu sais! J'aime beaucoup mieux être seul. Je suis las d'être toujours suivi partout comme un bébé. Et je n'emmènerai pas non plus Gian Chand. Je sais aussi bien que lui lancer un faucon, je n'ai pas besoin qu'il me dise comment faire!

— Non, non, mon Prince, bien sûr, chuchota l'autre, conciliant. Nul ne l'ignore! Mais tu ne peux t'en aller seul, ça n'est pas convenable, et Son Altesse ton frère n'y consentirait jamais. Peut-être, quand tu seras plus âgé...

— Je t'ai déjà dit que je n'étais plus un bébé, coupa Jhoti avec chaleur. Et quant à mon frère, tu sais très bien qu'il ferait n'importe quoi pour me priver d'un plaisir. Il a toujours été comme ça. Ainsi, sachant combien je désirais accompagner mes sœurs à Bhitor, il a dit que je ne pouvais y aller, uniquement pour me contrarier. Mais, en définitive, j'ai été plus malin que lui !

— Oui, mon Prince. Mais, comme je t'en ai alors averti, il est très capable de te faire chercher et de se venger ensuite sur ceux qui sont partis avec toi. Cette escapade m'a déjà mis dans une situation dangereuse, et s'il t'arrivait quoi que ce soit durant le voyage, je le paierais sûrement de ma tête.

— Allons donc ! Tu m'as dit toi même qu'il ne m'obligerait pas à faire demi-tour, non seulement parce que ça susciterait trop de commentaires, mais aussi parce que cela montrerait que j'avais su me jouer de lui. D'ailleurs, tu étais à son service avant d'être au mien, et donc...

— Non, Prince ; j'étais au service de la Maharani ta mère. C'était uniquement sur son ordre à elle que je le servais, tout comme je l'ai quitté pour passer à ton service. Ah ! c'était une très grande dame, la Maharani.

— Tu n'as pas besoin de me le dire, rétorqua Jhoti avec acidité. Et je sais aussi que j'étais son préféré. Mais comme tu as appartenu à la maison de Nandu, tu pourras toujours prétendre m'avoir suivi dans le seul but de veiller à ce qu'il ne m'arrive rien.

Cela provoqua un rire tenant du gloussement, qui permit à Ash d'identifier aussitôt l'interlocuteur du petit prince et le fit redoubler d'attention. Le rire caractéristique de Biju Ram.

— Pourquoi ris-tu ? lui lança Jhoti avec un brusque ressentiment.

— Chut, mon Prince ! Tu vas réveiller les dormeurs. Je riais à l'idée de la tête que ferait ton frère si jamais je lui disais cela. Il ne le croirait pas, bien que ce soit la vérité, les dieux en sont témoins. Enfin, tu as su lui montrer que tu étais capable de penser et d'agir par toi-même, sans nul besoin de femmes ou de vieillards toujours à te crier : « Attention ! » « Tu vas te fatiguer ! » « Ne touche pas ! » *Hi ya !* tu es le digne fils de ta mère. Elle faisait ce qu'elle voulait et nul n'avait le courage de s'y opposer, pas même ton père.

— Et je suis comme elle ! Aussi vais-je m'en aller sur l'heure faire voler mon faucon, au lieu de rester ici à ronfler. Et tu ne pourras pas m'en empêcher !

— Mais je peux réveiller ton syce et Gian Chand, afin que tu...

— Je te le défends ! chuchota Jhoti avec colère. Je te croyais mon ami ? Pourquoi m'as-tu aidé à fuir mon frère, si c'est pour agir comme lui et m'empêcher de faire ce dont j'ai envie ?

— Mon Prince, je t'en supplie.

— Non! J'irai chasser. Et seul.

— *Hazrat,* capitula Biju Ram, si tu ne veux pas me laisser t'accompagner ni emmener Gian Chad, du moins ne monte pas Bulbul, qui est trop nerveux. Prends Mela; il est plus calme et ne t'occasionnera aucun ennui .. Mais, je t'en conjure, contente-toi de faire du trot et reste dans les parages, de façon que si tu venais à faire une chute, nous puissions..

— Une chute! répéta Jhoti, outragé. Pas une seule fois dans ma vie, je ne suis tombé de cheval!

— Il y a un commencement à tout, rétorqua sentencieusement Biju Ram, avant de rire pour que cela parût être une plaisanterie

Jhoti rit aussi et, un moment plus tard, Ash les entendit s'éloigner entre les arbres. Mais, en dépit de la tranquillité retrouvée, il se sentit étrangement mal à l'aise. Dans la conversation qu'il venait de surprendre, quelque chose sonnait faux. Pourquoi, par exemple, un homme comme Biju Ram aurait-il pris le parti du plus jeune fils contre l'aîné, allant jusqu'à aider Jhoti à quitter Karidkote au mépris des ordres du Maharajah? Pour manifester un tel altruisme, il aurait fallu que Biju Ram eût beaucoup changé et Ash n'en croyait rien. Biju Ram avait toujours su de quel côté son pain était beurré. Mais, ayant été des années durant la créature de Janoo-Rani, s'il y avait un fond de vérité dans ce que Mahdoo avait laissé entendre, Biju Ram pouvait s'être tourné contre le parricide en se consacrant désormais au plus jeune fils... mais à condition que ce dernier fût un jour en mesure de le récompenser de cette allégeance.

Serait-ce qu'un complot s'ourdissait pour tuer Nandu, le nouveau Maharajah, et mettre Jhoti à sa place? Cela eût expliqué l'attitude de Biju Ram et son inquiétude en voyant le jeune garçon courir des risques. S'il avait été chargé de mener Jhoti en lieu sûr jusqu'à ce que le trône fût vacant, il allait de soi que Biju Ram devait veiller à ce qu'il n'arrive aucun mal au petit prince.

Ash bâilla et, prenant une position plus propice au sommeil, il se préparait à imiter la majorité de ses compagnons, quand le clip-clop des sabots d'un cheval lui parvint, étouffé par la couche de poussière qui recouvrait le sol. Tournant la tête, il vit passer Jhoti, tenant sur son poignet un faucon encapuchonné et menant son cheval au pas pour ne pas risquer d'éveiller les dormeurs. Il montait le hongre bai, Bulbul, et il était seul, preuve qu'il avait réussi à convaincre Biju Ram.

Ash comprenait le désir du jeune garçon d'échapper à toute

surveillance, mais en le voyant se détourner du *jheel* pour s'en aller en rase campagne, il se mit à partager l'inquiétude de Biju Ram. En effet, c'était probablement la première fois que Jhoti sortait ainsi seul à cheval. D'ordinaire, il devait toujours avoir plusieurs hommes avec lui, dont un partait en avant repérer les ravins, puits, fondrières, etc., qui constituaient autant de dangers pour un cavalier non averti.

— Ce n'est pas prudent, pensa Ash. Quelqu'un aurait dû l'accompagner !

Mahdoo ne lui avait-il pas dit que le père de Lalji s'était tué en tombant dans un ravin avec son cheval ? Son sentiment de malaise s'accrut et, se relevant, il s'en fut très vite vers l'arbre où Cardinal était attaché.

Aucun signe de Biju Ram, et fauconniers, syces, gardes, tout le monde dormait. Mais Mulraj, lui, était éveillé qui, au passage, demanda la raison d'une telle hâte. Ash la lui dit brièvement et Mulraj en fut tout saisi :

— Alors, je vais avec vous ! Nous pourrons toujours prétendre avoir voulu étudier le terrain en vue d'une chasse pendant que les autres dormaient, et que c'est par hasard si nous avons pris la même direction que Jhoti. Comme ça, il ne pensera pas avoir été suivi. Faisons vite !

L'inquiétude de Ash semblait avoir gagné Mulraj, car il se mit à courir. Une fois à cheval, pour ne réveiller personne, ils s'éloignèrent au pas, comme l'avait fait le petit prince, mais piquèrent un galop dès qu'ils furent sortis d'entre les arbres. Tout d'abord le miroitement de la plaine les empêcha de voir Jhoti, mais ils finirent par distinguer une petite silhouette sur le cheval et ralentirent alors l'allure de leurs montures.

Bulbul encensait et faisait des écarts, mais Jhoti semblait néanmoins l'avoir bien en main. Il chevauchait lentement à travers des broussailles, dans l'espoir sans doute d'y lever un lièvre ou une perdrix. Soulagé, Ash se dit que le jeune prince avait plus de jugeote qu'il ne lui en prêtait et Jhoti avait raison de s'estimer assez grand pour veiller sur soi. S'il se laissait convaincre de prendre davantage d'exercice et de manger moins d'*halva*, il deviendrait sûrement un cavalier de premier ordre et, comme Mulraj l'avait déjà souligné, il savait se servir d'un faucon.

— Nous perdons notre temps, dit-il. Ce garçon agit en adulte sensé et nous sommes en train de nous comporter à son égard comme deux vieilles femmes. C'est exactement ce qui l'agace, et je le comprends.

— Regardez, dit Mulraj qui n'avait pas écouté. Il a levé une perdrix... non, un pigeon. Deux !

— Ce sont des sarcelles, rectifia Ash qui avait meilleure vue. Il doit y avoir de l'herbe au milieu de ces broussailles.

Ils entendirent Jhoti lancer avec excitation un « *Hai-ai !* » en se dressant sur les étriers et levant le bras pour aider le faucon à prendre son vol. Puis il se laissa retomber sur sa selle et faillit presque être démonté par la façon dont son cheval réagit, faisant un bond et plongeant à toute vitesse vers la plaine rocailleuse.

— Qu'est-ce que diable... ? commença Ash, surpris, mais il n'acheva pas sa phrase et, la seconde d'après, les deux hommes éperonnèrent leurs montures, les cravachèrent, dans une tentative désespérée pour rattraper Jhoti. En effet, ils avaient tout de suite compris ce qui se passait : le petit prince avait dû seller lui-même son cheval pour ne pas avoir à réveiller les syces, mais il n'avait pas suffisamment serré la sangle, si bien que maintenant la selle glissait de côté et l'entraînait, le mettant dans l'impossibilité de maîtriser le fol élan de Bulbul. Avec beaucoup de présence d'esprit, Jhoti fit de son mieux pour rétablir la situation : libérant son pied droit, il se dressa sur l'étrier gauche et se jeta en avant pour saisir à deux bras l'encolure de Bulbul. En tombant par terre, la selle heurta un des sabots du cheval, dont la panique s'accrut d'autant.

— *Shabash,* Raja-Sahib ! cria Ash. Bravo !

Il vit Jhoti lui jeter un regard par-dessus son épaule et se força à lui sourire pour le rassurer. L'enfant était blanc de terreur, mais son menton exprimait une courageuse détermination : il était prêt à tout pour ne pas se laisser démonter. D'ailleurs, s'il avait maintenant lâché prise, il se serait cassé un bras ou une jambe, sinon les reins, car le sol était dur comme du fer et les rares buissons qui y poussaient avaient de longues épines capables de crever les yeux. Aussi se cramponnait-il désespérément à l'encolure de Bulbul. Mais, parce que la crinière de celui-ci l'aveuglait, il ne voyait pas ce que Ash et Mulraj venaient d'apercevoir : un ravin que les nombreuses moussons avaient fini par creuser dans le sol et qui, complètement asséché, avait des parois abruptes semées de rochers.

Complètement affolé, le cheval ne distinguait plus rien et aurait aussi bien couru droit vers un mur. Mais, pesant contre son encolure, la tête de l'enfant le fit obliquer vers la gauche, ce qui permit aux deux autres hommes, dont les chevaux étaient meilleurs et fonçaient tout droit, de regagner du terrain. Mètre par mètre, la distance se réduisait, mais le bord du ravin n'était plus qu'à une dizaine de pas lorsque Mulraj arriva à hauteur du jeune prince. Lâchant les rênes et ne dirigeant plus sa monture qu'avec les genoux, il saisit l'enfant juste comme Ash, arrivant de l'autre côté, happait au vol la bride flottante de Bulbul.

Bien que Mulraj fût un des meilleurs cavaliers qui soient, s'il avait eu ce jour-là un autre cheval, tout aurait pu finir en catastrophe, sinon en tragédie. Mais l'homme et sa monture se connaissaient depuis des années, au point de ne plus faire ensemble qu'une sorte de centaure, si bien que, sous l'impulsion de Mulraj, pourtant encombré par l'enfant, ils réussirent à se détourner du ravin et poursuivre leur course parallèlement au bord.

Mais Ash, lui, ne put retenir Cardinal, qui plongea dans le vide en même temps que Bulbul

17

Ash resta longtemps sans connaissance, ce qui fut aussi bien car, outre le choc et de nombreuses meurtrissures, il avait la clavicule fracturée, deux côtes fêlées et un poignet démis. Dans ces conditions, être transporté durant quelque trois milles sur un char à bœufs cahotant, eût été presque aussi douloureux que ce qu'on lui fit subir ensuite sans anesthésie. Heureusement pour lui, il endura tout cela dans un état de totale inconscience.

Il eut aussi la chance que le médecin personnel de Kara-ji Rao fût expert en ce genre de choses : bien peu de ses collègues européens eussent fait mieux.

Après deux jours et deux nuits passées dans un état proche du coma, Ash crut entendre quelqu'un demander : « Va-t-il mourir ? » et, ouvrant les yeux, il vit une femme debout entre lui et la lampe Sans pouvoir distinguer le visage de cette ombre, il murmura :

— Je suis désolé, Juli. Je ne voulais pas t'offenser. Tu comprends, je...

Mais les mots collèrent à sa langue et il ne put se rappeler ce qu'il voulait dire... En tout cas, la femme n'était plus là, car il voyait maintenant la lampe sans abat-jour et, fermant les yeux contre cette trop vive clarté, il chut de nouveau dans les ténèbres.

Le troisième jour, la fièvre tomba et Ash dormit douze heures d'affilée. Lorsqu'il s'éveilla, la nuit était revenue, et la lampe allumée, mais il était protégé de sa clarté par quelque chose qui jetait une barre d'ombre en travers du lit. Ash se demanda pourquoi il ne l'avait pas éteinte et découvrit alors qu'il avait atrocement soif : sa bouche était aussi sèche que le désert. Mais quand il voulut bouger, il fut transpercé par une douleur si fulgurante qu'elle lui arracha un gémissement. Aussitôt la barre d'ombre se déplaça sur le lit.

— Reste tranquille, mon garçon, lui dit Mahdoo d'un ton apaisant. Je suis là... ne bouge pas, mon fils.

Le vieil homme parlait comme un adulte s'adressant à un enfant qui s'éveille d'un cauchemar, et Ash en fut d'autant plus surpris, qu'il ne s'expliquait pas à pareille heure la présence de Mahdoo dans sa tente.

— Que diable fais-tu ici, Cha-cha-ji ? questionna-t-il.

Mais le bruit de sa voix le déconcerta autant que le ton de

Mahdoo un rauque croassement. Toutefois le vieil homme parut s'en réjouir, car il leva les bras au ciel en s'écriant :

— Allah soit loué ! Il me reconnaît ! Gul Baz... Gul Baz... Fais vite dire au hakim que le Sahib est réveillé et de nouveau lucide. Va vite ! Ah ! loué soit Allah le Miséricordieux !

Voyant des larmes rouler sur les joues de Mahdoo, Ash dit faiblement :

— Ne sois pas ridicule, Cha-cha... Évidemment que je te reconnais ! Cesse de faire l'imbécile et donne-moi à boire.

Mais ce fut Gobind Dass, le médecin aussitôt accouru, qui lui permit d'étancher un peu sa soif, avec un breuvage dans lequel il avait dû mettre quelque chose, car Ash se rendormit peu après ; quand il s'éveilla pour la troisième fois, c'était la fin de l'après-midi.

Le rabat de la tente était levé et, par l'ouverture, il pouvait voir les ombres qu'allongeait le soleil couchant. Un homme était accroupi à l'entrée de la tente, jouant avec des dés, et Ash rendit grâce au Ciel que Mulraj, lui du moins, eût réussi à éviter le ravin. Son cerveau avait enfin émergé du brouillard et il se remémorait ce qui était arrivé. Étendu dans son lit, il s'efforça de mesurer la gravité de ses blessures et fut grandement soulagé de constater que ses jambes n'avaient pas de fractures, que c'était non pas son épaule et son bras droits qui étaient bandés, mais les gauches. Au moment où Cardinal plongeait dans le vide, il se rappelait avoir pensé qu'il devait se jeter vers la gauche, car il ne pouvait se permettre de perdre l'usage de son bras droit. Ce lui fut un réconfort de voir que la manœuvre avait réussi.

Mulraj émit un grognement satisfait en dénombrant les points des dés et, jetant un coup d'œil par-dessus son épaule, rencontra le regard de Ash.

— Ah ! dit-il en ramassant les dés et se mettant debout pour s'approcher du lit. Vous voilà enfin réveillé. Il était temps. Comment vous sentez-vous ?

— Affamé, répondit Ash avec l'ombre d'un sourire.

— C'est bon signe. Je vais envoyer tout de suite chercher le hakim de Rao-Sahib et, s'il le permet, vous aurez un peu de bouillon de viande ou du lait chaud.

Il rit en voyant la grimace du malade et il allait appeler un serviteur quand, de son bras valide, Ash le retint :

— Le garçon... Jhoti... Il est indemne ?

Après une brève hésitation, Mulraj lui dit que le jeune prince allait bien et que Ash n'avait pas à s'inquiéter.

— Ne vous souciez que de vous. Il faut vite vous rétablir, car nous ne pouvons lever le camp tant que vous n'avez pas repris des forces, et ça fait déjà près d'une semaine que nous sommes ici.

— Une *semaine?*

— Vous êtes resté vingt-quatre heures inconscient, puis vous avez passé trois jours à délirer, avant de sombrer dans un profond sommeil.

— Seigneur! Voilà donc pourquoi j'ai une telle fringale. Et qu'est-il arrivé aux chevaux?

— Celui de Jhoti s'est tué dans la chute.

— Et le mien?

— J'ai dû l'abattre, dit Mulraj. Pas moyen de faire autrement : il s'était brisé les deux antérieurs.

Voyant et comprenant la tristesse de Ash, Mulraj dit :

— N'y pensez plus, Pelham-Sahib, et remerciez les dieux d'être encore vivant, car, à un moment donné, nous avons bien cru que vous n'en réchapperiez pas.

Ces dernières paroles rappelèrent quelque chose au malade, qui fit un effort pour préciser ce souvenir, avant de s'enquérir soudain :

— Une nuit, n'y a-t-il pas eu une femme ici?

— Si, bien sûr. La *dai.* C'est une des femmes attachées aux Rajkumaries et elle vous a veillé toutes les nuits. Elle reviendra, car elle est experte pour tout ce qui touche aux ligaments déchirés et aux muscles froissés. Vous lui devez beaucoup... et encore plus à Gobind, le hakim.

— Oh... fit Ash, déçu, en fermant les paupières sur ses yeux blessés par le soleil couchant.

Compte tenu de tout, Ash s'était rapidement rétabli et il le devait autant à sa robuste constitution qu'aux excellents soins de Gobind. Il avait lieu de remercier le Ciel car, comme le souligna Kara-ji, il aurait pu mourir ou, à tout le moins, rester infirme pour la vie.

C'était Jhoti qui venait le plus fréquemment voir le malade. Il s'asseyait par terre, en tailleur, et passait une heure à bavarder. Ce fut par lui que Ash eut confirmation de ce qu'il soupçonnait déjà vaguement. Biju Ram qui, pendant des années, avait joui de la protection de Janoo-Rani et en avait profité pour amasser une fortune confortable, connaissait maintenant des jours sombres. Après le décès de la *Nautch,* tous ceux ayant bénéficié de sa faveur avaient perdu toute influence et été relégués par son fils, Nandu, à des postes subalternes. Il semblait que Biju Ram eût été assez sot pour laisser paraître son ressentiment. Se trouvant alors en querelle ouverte avec Nandu, il avait été menacé d'arrestation et de se voir confisquer tous ses biens. Il n'y avait échappé qu'en faisant appel au colonel Pycroft, le Résident britannique.

Pycroft avait parlé à Nandu, lequel n'avait pas caché ce qu'il pensait de l'âme damnée de sa mère, mais avait consenti à passer l'éponge en retour d'une forte amende accompagnée des plus plates excuses. Biju Ram ne se fiait toutefois pas à ce pardon. Aussi lorsque, une semaine à peine après avoir dû subir cette humiliation publique, il avait appris que Nandu refusait à son héritier présomptif la permission d'accompagner les fiancées à Bhitor, il avait aussitôt poussé le jeune garçon à se révolter et s'enfuir avec lui.

Donc, Ash avait vu juste. C'était Biju Ram qui, avec deux de ses amis, anciens favoris de la défunte Rani maintenant tombés en disgrâce, avait manigancé et mené la chose à bien.

— Il *dit* que c'est parce qu'il a de la peine pour moi et sait, tout comme Mohun et Pran Krishna, que ma mère aurait voulu que j'aille au mariage de Shu-shu. Mais, bien sûr, ce n'est pas du tout ça.

— Non ? Qu'est-ce donc alors ? questionna Ash en regardant son jeune visiteur avec un respect croissant car, pour son âge, Jhoti faisait preuve de beaucoup de sagacité.

— C'est à cause de leur dispute. Mon frère Nandu ne supporte pas qu'on soit en désaccord avec lui, et c'est seulement du bout des lèvres qu'il a pardonné à Biju Ram. Aussi ce dernier a-t-il jugé plus prudent de quitter au plus vite Karidkote, pour en rester éloigné aussi longtemps que possible. Il espère sans doute que la colère de Nandu se sera calmée entre-temps, ce qui m'étonnerait fort. Ce sont sensiblement les mêmes raisons qui ont poussé Pran et Mohun à m'accompagner. Ils ont emporté tout l'argent qu'ils ont pu, pour le cas où ils ne reviendraient pas. C'est ce que je souhaite, moi aussi. Je compte rester à Bhitor avec Kairi et Shu-shu. A moins que je ne m'enfuie de nouveau, pour devenir un chef de brigands comme Kale Khan.

— Kale Khan s'est fait prendre et a été pendu, rétorqua Ash.

Il ne tenait pas à encourager le jeune prince à la rébellion. De toute façon, Biju Ram et ses amis s'emploieraient certainement à ce que Jhoti reste le plus longtemps possible à Bhitor. A moins, bien sûr, qu'ils n'apprennent la fin prématurée de Nandu, auquel cas ils se hâteraient de retourner à Karidkote avec le nouveau Maharajah.

Mais Jhoti parlait rarement de Karidkote. Il préférait écouter Ash lui décrire la vie à la frontière nord-ouest ou, mieux encore, en

Angleterre. Bien que cela fatiguât Ash de répondre à ses incessantes questions, il le faisait volontiers car, en retenant Jhoti près de son lit, il lui évitait d'aller commettre quelque bêtise. Et puis il y avait aussi que Ash avait eu avec Mulraj, au sujet du jeune prince, une conversation peu rassurante...

Mulraj voulait attendre que Ash fût rétabli pour aborder ce sujet, mais le malade lui avait forcé la main en ramenant toujours leurs conversations sur l'accident et ses possibles causes.

— Je n'arrive pas à m'expliquer comment la selle a pu glisser ainsi... Est-ce Jhoti qui avait insuffisamment serré la sangle... A moins que le cheval n'ai été sellé par Biju Ram ou l'un des syces ? Savez-vous ce qu'il en est ?

Mulraj n'avait pas répondu tout de suite et Ash s'était rendu compte qu'il cherchait à éviter ce sujet. Aussi insista-t-il jusqu'à ce que son interlocuteur se résigne à l'inévitable et réponde, avec un haussement d'épaules :

— Jhoti dit avoir sellé lui-même son cheval parce que Biju Ram avait refusé de l'aider, pensant que, incapable de s'en tirer tout seul, il renoncerait à cette escapade ou serait contraint de réveiller l'un des syces, qui l'accompagnerait donc.

— Jeune imbécile ! grommela Ash. J'espère que ça lui apprendra !

— Ça lui apprendra quoi ? s'enquit sèchement Mulraj. A s'assurer que la sangle est bien serrée... ou à examiner d'abord avec attention le dessous de la selle ?

— Que voulez-vous dire ? questionna aussitôt Ash, moins frappé par les paroles de Mulraj que par l'expression de son visage.

— Je veux dire que la sangle était convenablement ajustée, mais qu'elle s'est rompue... L'usure s'est faite en l'espace de quelques heures, car il se trouve que j'avais examiné la selle le matin même... Vous rappelez-vous ? Ce matin-là nous étions sortis avec Jhoti et, à un moment donné, alors que vous étiez comme perdu dans vos pensées, je vous ai vivement quitté pour le rejoindre...

— Oui, à cause de quelque chose concernant justement la selle ?

— Exactement. C'est ainsi que j'ai été amené à examiner cette selle quelques heures avant que la sangle ne se rompe, et elle ne présentait alors absolument rien d'anormal, je puis vous l'assurer.

— Mais c'est impossible que...

— Comme vous dites, oui, acquiesça gravement Mulraj, et pourtant c'est arrivé. A cela, il ne peut y avoir que deux explications : on avait changé la sangle pour la remplacer par une vieille ou bien, ce qui me paraît plus probable. profitant de ce que tout le monde était occupé à manger et faire la sieste, quelqu'un a « usé », a entaillé le dessous de la sangle à l'aide d'un couteau bien aiguisé. De la sorte, le dessus de la sangle ne laissait rien paraître, mais elle n'en était pas moins prête à se rompre si l'on tirait fortement dessus... ce qui se produit, par exemple, quand un cheval prend le mors aux dents.

Fronçant les sourcils, Ash fit remarquer que si la sangle s'était rompue lorsque le jeune prince était en compagnie, cela n'eût pas été bien grave, et nul ne pouvait savoir qu'il lui prendrait fantaisie de partir tout seul... A l'exception de Biju Ram qui, pour une fois, s'était rangé du bon côté et avait essayé de le dissuader de se lancer dans une telle escapade.

Avec un haussement d'épaules, Mulraj rétorqua que le Sahib se trouvait ignorer certaines choses, notamment que Jhoti avait l'habitude de galoper derrière son faucon et détestait alors qu'on le suive. Dans ces conditions, même s'il était parti chasser avec des compagnons, il se serait retrouvé seul précisément au moment où il éperonnait sa monture ; avec un cavalier aussi léger, Bulbul galopait encore plus vite que s'il avait dû porter un adulte et donc Jhoti fût tombé avant que personne ait pu le rejoindre pour lui porter secours.

— Mais ceux qui avaient machiné cet attentat n'ont pas tenu compte du courage de Jhoti, de la promptitude de ses réflexes, ni du fait que sa petite taille lui permettrait de se jeter en avant et de se cramponner à l'encolure du cheval, ce qu'un homme n'aurait pu faire.

Ash eut un geste agacé : comment aurait-on pu prévoir que le cheval prendrait le mors aux dents ? Or tout reposait là-dessus.

Avec un soupir, Mulraj se remit debout et, les pouces passés dans sa ceinture, demeura ainsi à considérer le malade avant de dire :

— Vous vous trompez. Cela aussi était prévu. Moi non plus je ne m'expliquais pas que le cheval eût réagi de la sorte, alors qu'il était habitué à ce que Jhoti se dressât ainsi sur ses étriers et criât en lançant le faucon. Pourtant, en l'occurrence, nous l'avons vu faire un bond et prendre le mors aux dents... Vous vous rappelez ?

— Oui... Et je me rappelle aussi que personne n'était à proximité ; donc, à moins qu'une guêpe...

Ash s'interrompit net, au souvenir de ce que Mahdoo lui avait raconté touchant la mort accidentelle du vieux Rajah. Comme s'il avait lu en lui, Mulraj dit :

— Je vois que vous avez fait le rapprochement. Alors sachez

que, après vous avoir tiré de sous votre cheval et avoir constaté que vous n'étiez pas mort, j'en envoyé Jhoti chercher du secours au lieu d'y aller moi-même. C'était lui faire courir un risque, certes, mais bien léger, car Dulham est si douce que même un enfant pourrait la monter. Et quand il a été parti, je me suis mis en quête de sa selle...

— Continuez, dit Ash comme Mulraj s'interrompait pour regarder derrière lui en prêtant l'oreille. Ce n'est que Mahdoo. Il n'est pas assez proche pour nous entendre, et il toussera si jamais quelqu'un vient par ici.

Mulraj opina, apparemment rassuré ; cependant, ce fut presque dans un chuchotement qu'il poursuivit :

— Cette fois, en tout cas, il ne s'agissait pas d'une guêpe mais d'une double épine de *kikar,* qui s'est enfoncée dans la chair de Bulbul lorsque Jhoti est retombé sur la selle après avoir lancé son faucon. Elle avait été habilement dissimulée dans le rembourrage, de façon que les mouvements ordinaires du cavalier la fissent descendre peu à peu jusqu'au contact du cheval... Et nul ne pourrait jurer qu'il ne s'agissait pas là d'un accident, car ne vous est-il jamais arrivé de trouver de pareilles épines accrochées à vos vêtements ou au tapis de selle ? Pourtant, je suis prêt à vous parier ma jument contre une ânesse qu'il ne s'est pas agi d'un accident. L'épine ou la sangle, oui, ça pourrait être accidentel, mais pas les deux à la fois.

Un long silence régna sous la tente jusqu'à ce que Ash s'enquière :

— Et qu'avez-vous fait ?

— Rien, sinon m'efforcer de veiller sur Jhoti, ce qui n'est pas facile car il a ses gens pour s'occuper de lui et je n'en suis point. J'ai laissé la selle où je l'avais trouvée, sans faire aucune allusion à l'épine, car je pouvais très bien ne pas l'avoir repérée. En revanche, à propos de la sangle que vous et moi avions vue se rompre, j'ai manifesté un grand courroux dès le retour au camp, accusé de négligence les syces du prince, et dit qu'ils devaient être renvoyés sur-le-champ. Si j'avais agi autrement, on se serait interrogé. Chose que je tenais par-dessus tout à éviter.

— Est-ce à dire que vous n'en avez parlé à *personne ?* questionna Ash avec incrédulité.

— A qui pouvais-je en parler ? Comment savoir qui était ou non mêlé à cette affaire ? Sahib, vous ne connaissez pas Karidkote ; vous n'avez aucune idée des intrigues qui en infestent le palais, comme une nuée de fourmis volantes au moment de la mousson, et dont même ici, au camp, nous ne sommes pas à l'abri. Je ne voulais pas vous parler de ça avant que vous ayez repris des forces, car il n'est pas bon qu'un malade ait des soucis. Mais maintenant que c'est fait, je m'en réjouis, car deux têtes valent mieux qu'une et nous arriverons peut-être à imaginer un moyen pour protéger cet enfant de ses ennemis.

18

— Vous nous avez causé bien des ennuis, vous savez, remarqua Jhoti d'un ton enjoué.

— *Afsos,* Altesse, murmura Ash avant de donner l'assurance qu'il s'employait à ce que son rétablissement soit aussi rapide que possible et qu'il espérait être de nouveau en pleine forme dans quelques jours.

— Oh ! je ne voulais pas parler de *ça,* dit Jhoti, mais des prêtres.

— Des *prêtres ?* répéta Ash, interloqué.

— Oui. Ils étaient furieux après mes sœurs et moi ainsi qu'après Mulraj, mais ils en voulaient surtout à mon oncle. Et savez-vous pourquoi ? Parce qu'ils ont appris que, lorsque vous veniez nous voir dans la tente de durbar, vous vous asseyiez parfois sur le même tapis que nous et que nous mangions avec vous, au lieu de seulement feindre de manger. Alors, comme ils sont très stricts, ils en ont fait toute une histoire !

— Oui... dit Ash en fronçant les sourcils. J'aurais dû y penser.. Dois-je comprendre que je ne serai plus jamais invité dans la tente de durbar ?

— Oh ! non, répondit Jhoti avec enjouement, car lorsqu'ils se sont plaints à mon oncle, celui-ci a crié encore plus fort qu'eux, en leur disant de ne pas oublier que vous nous aviez sauvés d'une honte et d'un désastre beaucoup plus grands. En effet, c'eût été terrible pour tout le monde si Shu-shu s'était noyée. D'ailleurs, mon oncle leur a déclaré prendre l'entière responsabilité de ce qui les indignait Du coup, ils n'ont plus rien trouvé à dire, car ils le savent très pieux, passant plusieurs heures chaque jour en *pujah,* prodiguant les aumônes aux pauvres et les dons aux temples Et puis, c'est le frère de notre père. Mais moi j'ai été très en colère après Biju Ram

— Biju Ram ? Pourquoi donc ?

— Il m'avait posé un tas de questions sur ce que nous faisions quand vous veniez nous rendre visite et il s'est empressé de tout répéter aux prêtres. Il m'a assuré ne l'avoir fait que pour mon bien, par crainte que Nandu vienne à le savoir et s'en serve pour me discréditer aux yeux de tout le monde, parce que j'avais permis de tels manquements... Biju Ram se mêle vraiment de trop de choses Il agit comme s'il était ma nourrice et je ne veux pas... Oh! voici mon oncle qui vient nous voir... *Salaam,* Kara-ji.

— J'aurais dû me douter que je te trouverais ici, à fatiguer le Sahib avec ton bavardage, dit Kara-ji d'un ton de reproche. Sauve-toi vite, car Mulraj t'attend pour t'emmener faire du cheval.

Jhoti parti, il ajouta à l'adresse du malade :

— Vous êtes trop patient avec cet enfant. Vous le laissez vous fatiguer, au lieu d'accorder un peu de répit à votre esprit.

C'était certainement vrai, mais pas dans le sens que l'entendait Kara-ji. D'autant que les préoccupations de Ash, à l'égard du jeune prince, s'étaient accentuées à cause de certaines choses que Kara-ji avait laissé échapper au cours de ses fréquentes visites.

C'est ainsi qu'il avait dit :

— Je ne pense pas que mon frère aimait vraiment les enfants, fussent les siens. Il tolérait leur présence quand ils étaient sages ; en revanche, s'ils pleuraient ou causaient de la confusion, il les chassait aussitôt. Il restait parfois plusieurs jours à refuser de les voir, ce qu'il estimait être une punition mais qui, j'en suis convaincu, n'en était une que pour Lalji, son fils aîné, mort voici plusieurs années. Lalji l'aimait beaucoup et aurait fait n'importe quoi pour son père. Mais les autres le voyaient trop peu pour éprouver de l'affection à son égard. Jhoti, lui, aurait pu à la longue remplacer son défunt frère dans le cœur de son père, mais Nandu n'était pas un cavalier...

Là encore, il semblait que ce fût la faute de Janoo-Rani. Nandu n'avait pas trois ans quand il était tombé pour la première fois de son poney ; rien d'étonnant donc qu'il se soit alors répandu en hurlements de frayeur. Il n'avait que quelques égratignures, mais Janoo-Rani n'avait pas voulu le laisser remettre en selle, prétendant qu'il aurait pu se tuer. Aussi, même maintenant, Nandu évitait-il autant que possible de chevaucher.

— Il préfère se faire transporter à dos d'éléphant, expliqua Kara-ji, ou bien dans un palanquin... comme une femme !

Janoo eût sans aucun doute agi de même avec Jhoti, s'il n'avait eu un tout autre caractère. Lui aussi avait pleuré lors de sa première chute, mais à peine ses larmes séchées, il avait voulu remonter en selle, à la grande joie de son père.

Nandu en avait conçu du dépit et je crois qu'il a toujours éprouvé une certaine jalousie à l'endroit de Jhoti, ce qui n'est d'ailleurs pas rare entre frères, lorsque l'un est plus doué que l'autre.

Le sort toutefois avait favorisé Nandu sur bien d'autres points. Tout d'abord, il était le préféré de sa mère ; puis la mort de Lalji, son demi-frère, l'avait fait accéder au trône, et maintenant il était Maharajah de Karidkote. Mais il n'en continuait pas moins d'être jaloux, car il tenait beaucoup de la *Nautch,* tant au physique qu'au moral.

— La jalousie est un horrible défaut, dit pensivement Kara-ji, mais bien rares sont ceux qui ne la connaissent pas. Moi-même dans ma jeunesse, je n'ai pas fait exception et il m'arrive encore d'en éprouver les affres, alors que l'âge aurait dû m'apprendre à vaincre de tels sentiments. C'est pourquoi je m'inquiète pour Jhoti, dont le frère est tout à la fois jaloux et puissant...

Le vieil homme s'interrompit et prit une prune confite dans la boîte qu'il avait apportée en cadeau au malade, lequel s'enquit avec un feint détachement :

— Croyez-vous qu'il irait jusqu'à le supprimer ?

— Oh ! non, non, *non !* Il ne vous faut pas penser... Je ne voulais pas dire...

Dans son agitation, Kara-ji faillit s'étouffer avec la prune et dut boire en hâte une gorgée d'eau. Ash comprit qu'il venait de commettre une erreur en essayant de précipiter les choses. Il n'avait rien à gagner en procédant de la sorte. Mais si Kara-ji craignait pour Jhoti, que craignait-il au juste ? Jusqu'à quelles extrémités pensait-il son neveu le Maharajah capable d'aller, pour châtier son jeune frère dont il était jaloux et qui avait eu la témérité de braver son autorité ?

Ash n'ignorait pas que Jhoti s'était joint à la caravane sans permission et contre la volonté clairement exprimée de son frère aîné. Mais qu'il ait pu faire cela, en compagnie d'au moins huit personnes et avec une quantité de bagages, montrait que sa liberté n'était guère restreinte. Il y avait là quelque chose qui, dans l'esprit de Ash, ne collait pas avec l'image du jeune souverain, despotique et jaloux, défendant à son frère d'aller au mariage uniquement pour lui être désagréable, et qui, furieux d'apprendre que Jhoti avait passé outre à l'interdiction, aurait machiné son assassinat. Tout d'abord, il y avait une question de délai...

Il avait fallu plusieurs jours pour que le Maharajah apprenne l'escapade de son frère, si tant était que l'on pût appeler cela une escapade. Il avait même dû demeurer plus longtemps que ça dans l'ignorance puisque, selon Kara-ji, Nandu avait accompagné ses sœurs jusqu'à la frontière, moins pour leur témoigner son affection que parce que cela se trouvait être sa route pour se rendre dans le Nord-Est, où il se proposait de chasser en tout petit comité pendant une quinzaine de jours. Les chasseurs étant appelés à se déplacer sans cesse, les nouvelles concernant la conduite de son jeune frère avaient certainement mis du temps à lui parvenir. Ce détail était probablement connu de Jhoti et, en tout cas, ceux qui avaient fui avec lui ne l'ignoraient sûrement pas. En effet, réfléchit Ash, pour aussi dévoués qu'ils fussent à la cause du jeune prince, ils n'auraient pas couru le risque d'être rattrapés à quelques milles de la frontière et ignominieusement ramenés en arrière pour essuyer toute la colère du Maharajah.

— Par ailleurs, fit remarquer Kara-ji, ici, Jhoti se trouve non seulement hors de Karidkote mais sous votre protection, Sahib. Ceux qui l'ont accompagné ont dû se dire que vous prendriez vraisemblablement très mal toute tentative pour arracher Jhoti à ses sœurs et le ramener à Karidkote contre son gré. Ces gens ont calculé que Son Altesse se rendrait compte qu'un tel geste serait d'autant plus mal venu que Jhoti doit rejoindre Karidkote après le mariage. D'ici là, nous avons lieu d'espérer que la colère du Maharajah se sera calmée et qu'il se sentira moins enclin à réagir avec une brutale sévérité devant ce qui, au fond, n'est qu'une farce de son jeune frère.

Le ton de Kara-ji était toutefois moins optimiste que ses propos, et il changea un peu brusquement de sujet après avoir ainsi parlé. Mais il avait largement fourni à Ash de quoi occuper ses insomnies

Pour l'instant, il ne pouvait rien faire, sinon encourager Jhoti à passer beaucoup de temps en sa compagnie, et compter sur Mulraj pour ouvrir l'œil le reste de la journée. La nuit, toutefois... Mais c'était peut-être le moment où Jhoti courait le moins de danger, car il dormait au milieu de ses gens qui, selon Kara-ji, lui étaient tout dévoués... Oui, sinon à lui, pensa cyniquement Ash, du moins à ses intérêts qui se trouvaient être aussi les leurs. Intérêts qui s'accommodaient mal d'un retour à Karidkote, à moins que l'optimisme de Kara-ji fût partagé sur ce point. Ou bien était-ce que devait intervenir entre-temps le meurtre de Nandu, qui ferait de Jhoti le successeur de son frère ?

— Si seulement je pouvais parler à Juli ! pensait Ash.

Il se rappelait comme le Zenana avait vent de tout ce qui se tramait à l'intérieur du Hawa Mahal. Oui, Juli aurait certainement su à quoi s'en tenir, mais Ash n'avait malheureusement aucun moyen de la joindre. Et comme Kara-ji se fût effrayé de ses soupçons, il ne pouvait s'en ouvrir qu'à Mulraj. Ce dernier savait sans doute qui surveiller, puisque le nombre des suspects se limitait aux participants à la chasse au faucon le jour du drame, dont on pouvait retrancher ceux ayant un alibi En fin de compte, il ne devait pas en rester tellement

— Comment ça « pas tellement » ? riposta Mulraj. On voit bien que vous aviez l'esprit ailleurs ce jour-là. Savez-vous combien il y avait de participants à cette chasse ? Cent quatre-vingts, pas un de moins. Or, pour les deux tiers, il s'agit de serviteurs payés par le Maharajah. Les interroger ne serait d'aucun profit, car ils nous mentiraient et cela ne réussirait qu'à mettre les assassins sur leurs gardes.

— Eh bien, pourquoi pas ? lança Ash, irrité par le ton de Mulraj. Lorsqu'ils se rendront compte que nous savons qu'on a attenté à la vie de Jhoti, ils y regarderont peut-être à deux fois avant de récidiver !

— Votre raisonnement serait parfait, s'il s'agissait d'Européens, rétorqua sèchement Mulraj. Il ne m'a pas été donné de rencontrer beaucoup de Sahibs, mais on m'a dit qu'ils ont pour habitude d'aller droit au but. Chez nous, c'est différent. Vous ne réussirez pas à effrayer ceux qui veulent du mal à Jhoti : vous les aurez seulement prévenus. Ils ne renonceront pas pour autant à leur projet, mais emploieront des moyens auxquels il nous sera plus difficile de faire échec.

Ash se rendit compte que Mulraj avait raison et, incapable d'agir par lui-même tant qu'il ne serait pas rétabli, il décida de travailler à recueillir plus d'informations sur le caractère et les habitudes de Nandu. Cela semblait assez simple, mais se révéla plus laborieux qu'il ne l'imaginait. Son état s'améliorant, Ash recevait quantité de visiteurs, dont beaucoup s'attardaient à bavarder avec lui. Mais, bien qu'ils parlassent surtout de politique et des scandales de Karidkote, Ash apprit peu de choses qu'il ne sût déjà concernant le Marahajah.

Jhoti, lui, ne demandait qu'à parler de son frère, mais en des termes tels qu'il valait mieux ne pas l'y inciter.

Peu à peu, Ash parvint quand même à se faire une idée assez précise de Nandu qui, en dépit de sa jeunesse, était terriblement craint de son peuple. Néanmoins c'eût été une erreur de le croire détesté de tous, car bon nombre de ses sujets se réjouissaient d'avoir un souverain rusé et sans merci. En effet, pour eux, c'était comme l'assurance qu'ils n'abdiqueraient pas leur indépendance pour se voir annexer par les Britanniques, comme tant d'autres états princiers.

— Mais il doit y en avoir aussi qui le haïssent au point de

comploter contre lui, afin d'en mettre un autre à sa place ? demanda un jour Ash à Mahdoo.

— Tu veux parler du jeune prince ?

Mahdoo eut une moue sceptique.

— Ma foi, peut-être... Mais, si c'est le cas, je n'en ai pas entendu courir le bruit. Personnellement, je pense que, même parmi ceux qui récriminent le plus contre Nandu, il n'y en a guère qui souhaitent se voir gouverner par un enfant.

— Mais ce ne serait justement pas le cas ! Ils seraient gouvernés par les conseillers de cet enfant, lesquels seraient certainement ceux ayant comploté pour le mettre sur le trône.

— Biju Ram, murmura pensivement Mahdoo.

— Pourquoi dis-tu ça ? s'enquit vivement Ash. Qu'as-tu entendu raconter à son sujet ?

— Rien de bon. Il n'est pas aimé et on le traite volontiers de scorpion, chacal ou serpent. Il passe pour avoir été l'âme damnée de la défunte Maharani et une histoire court à ce propos... Mais c'est sans importance, car cela date de bien des années.

— Quelle histoire ?

Mahdoo haussa les épaules et tira sur sa pipe, refusant d'en dire plus sur ce sujet. Ash comprit que s'il voulait en savoir davantage, ce serait uniquement par quelqu'un de la famille et donc, de préférence, la Rajkumari Anjuli. Très proche de Nandu par l'âge — elle avait seulement quelques mois de plus que lui — Juli devait bien le connaître et être mieux à même de le juger que n'importe qui d'autre dans le camp. Elle connaissait aussi Biju Ram depuis des années et n'avait sûrement pas dû oublier Lalji...

— Si seulement je pouvais lui parler ! pensa une fois de plus Ash. Elle saurait certainement... Il faut que je me débrouille. Ça ne doit quand même pas être impossible. Dès que je serai debout...

Mais il n'eut pas à attendre aussi longtemps.

19

— Ma sœur Shushila dit qu'elle aimerait vous voir, annonça Jhoti en pénétrant sous la tente du capitaine Pelham-Martyn deux jours plus tard.

— Ah ? fit Ash sans grand intérêt. A quel propos ?

— Oh ! juste pour causer, je crois, répondit le jeune garçon. Elle voulait m'accompagner ici, mais mon oncle a dit que ça ne serait pas convenable. Il a accepté toutefois de parler à Gobind, avec l'accord duquel on pourrait vous transporter cet après-midi jusqu'à la tente de durbar, où nous bavarderions tous ensemble.

— Gobind n'a pas formulé d'opposition ?

— Non. Il a simplement demandé qu'on vous transporte en palanquin. Mais j'ai dit à Shu-shu que ça ne vous amuserait pas de venir, les filles ne sachant que pouffer ou jacasser comme des perruches sans avoir rien d'intéressant à raconter. A quoi elle a rétorqué ne souhaiter que vous écouter parler. D'après mon oncle, c'est parce qu'elle s'ennuie et qu'elle a peur. Comme vous lui racontez des choses qui lui sont inconnues, ça la distrait et la fait rire, si bien qu'elle en oublie ses frayeurs. Shu-shu n'a pas une once de courage : elle a peur même des souris !

— Et votre autre sœur ?

— Oh ! Kairi, c'est différent. Mais cela tient à ce qu'elle est vieille et que sa mère était une *feringhi.* Elle est forte aussi, et plus grande même que mon frère Nandu, lequel dit toujours qu'elle aurait dû être un homme. Moi aussi, j'aurais bien aimé qu'elle en soit un, car alors ce serait elle et non Nandu qui aurait été Maharajah. Ce n'est pas Kairi qui aurait voulu m'empêcher d'assister au mariage comme mon frère a essayé de le faire... par pure méchanceté.

Le plus étrange dans cette affaire, se disait Ash, c'était bien qu'il se retrouvât avec Biju Ram du même côté de la barricade. Mais s'il se fût volontiers passé d'un tel allié, il se rendait compte que l'ambition de Biju Ram, s'ajoutant à ses craintes pour sa propre peau, pouvait finalement constituer une meilleure protection pour Jhoti que tout ce que Mulraj et lui arriveraient à combiner. N'empêche que le personnage lui était odieux et il préféra porter ses pensées sur Juli, qu'il allait revoir dans quelques heures.

Ash était convaincu qu'elle ferait son possible pour éviter de le rencontrer, mais tout aussi certain qu'elle n'y parviendrait pas, car Shushila insisterait sûrement pour qu'elle soit présente, ne supportant pas d'en être séparée. Il ne fut donc aucunement surpris lorsque, peu après son arrivée sous la tente de durbar, il vit apparaître les deux sœurs. Ce qui l'étonna en revanche fut que, loin de baisser les yeux, Juli le regarda ouvertement, avec un intérêt égal au sien.

Elle avait dû se convaincre qu'il était ou avait bien été Ashok, et cherchait à retrouver dans le visage de cet Anglais les traits du jeune Hindou qu'elle avait connu autrefois. A mesure que le temps s'écoulait, Ash se rendit compte qu'elle écoutait moins ce qu'il disait que le son de sa voix, la comparant sans doute au souvenir qu'elle gardait de celle du garçon qui lui parlait sur le Balcon de la Reine.

Ash n'était pas surpris que le physique insolite de Juli ne fût pas apprécié par les siens, car il différait beaucoup des canons de beauté de la race. Ce qui le troublait, par contre, c'était de la voir accepter la domination de Shushila, avec tout ce qui pouvait en découler Il n'aurait su dire toutefois pour quelle raison cela lui causait un malaise. Pouvait-on avoir peur de Shushila ? Non, bien sûr. Donc, ce devait être uniquement parce qu'il lui déplaisait de voir la fille de la *Nautch* repousser ainsi Juli à la seconde place. Shushila, enfant capricieuse et gâtée, exerçait un chantage moral sur sa sœur par le simple expédient de fondre en larmes chaque fois que celle-ci ne se pliait pas à ses désirs. Les sourcils droits et le menton de Juli attestaient cependant la fermeté de son caractère, tout comme l'épisode de la rivière montrait qu'elle avait autant de sang-froid que de courage.

Ash avait peine à détourner ses yeux de Juli, tant il avait plaisir à la contempler. Ce fut seulement quand Jhoti le tira par la manche et lui demanda à voix basse pourquoi il regardait ainsi Kairi, qu'il prit conscience de son imprudence et se promit de faire attention. Cette heure passée sous la tente de durbar s'écoula fort plaisamment, agréable diversion aux longues journées où Ash n'avait pour se distraire que le morne tableau s'encadrant dans l'ouverture de sa tente.

— Vous reviendrez demain, lui dit Shushila comme il se préparait à prendre congé et Ash fut surpris de voir Kara-ji appuyer l'invitation de sa nièce.

Pourtant les raisons du vieillard étaient fort simples.

Tout comme son frère le défunt Maharajah, Kara-ji était un homme paisible, qu exaspéraient les larmes, les craintes et les migraines de sa plus jeune nièce ; aussi se réjouissait-il de l'heureux effet que Ash avait sur elle. Et il voyait d'autant moins d'objection à ce que le Sahib revînt le lendemain que, incapable de se déplacer sans aide, le Sahib ne constituait pas un danger pour les femmes.

L'habitude fut donc prise de transporter chaque jour Ash jusqu'à la tente de durbar. On y jouait à de petits jeux tout en bavardant, ce qui faisait passer le temps et contribuait à détendre Shushila qui, tout comme Jhoti, s'amusait aussi beaucoup de certains détails de la vie en *Belait* décrits par Ash.

Anjuli-Bai était la seule à se montrer plutôt taciturne, mais elle écoutait, et parfois riait. De son côté, tout en parlant ostensiblement à l'ensemble de ses auditeurs, Ash s'adressait en fait à Juli, s'efforçant de lui apprendre par ses récits ce qu'il était advenu de lui et comment il avait vécu après sa fuite de Gulkote.

La dernière fois qu'ils avaient eu recours à ce subterfuge, Juli était encore tout enfant. Aussi, jusqu'à ces jours récents, Ash lui-même avait oublié comment ils s'arrangeaient pour échanger des nouvelles, se donner rendez-vous à telle heure et tel endroit, en feignant de s'adresser à Lalji ou l'un de ses animaux familiers. Ash s'était même remémoré le mot nouveau entre eux pour désigner le Balcon de la Reine : *Zamurrad* (émeraude). Quant à l'appartement de Sita, c'était *Hanuman,* en souvenir de la première fois que Sita avait eu l'occasion de voir la fillette, laquelle venait d'être mordue par un singe à qui elle avait tiré la queue.

Juli s'en souvenait-elle aussi ? Ou bien était-elle alors trop jeune ? Ash constata vite qu'elle se rappelait ces moyens de communiquer en présence de tiers. Dès le lendemain soir, il essaya d'en tirer parti. Mais Juli demeura cette fois sans réaction. Rien n'indiquait qu'elle eût compris, et bien qu'elle n'évitât pas vraiment son regard, elle ne cherchait pas non plus à le lui retourner.

Ash regagna donc sa tente en proie à un grand sentiment de lassitude et de défaite. Il se montra brusque avec Mahdoo comme avec Gul Baz, plus tard cette même nuit, lorsque la *dai* vint timidement gratter à la tente, il lui cria qu'il n'avait plus besoin de ses services et ne voulait voir personne. Mais la *dai* se révéla plus obstinée qu'il ne l'imaginait, et la clarté de la lune se glissa dans l'obscurité de la tente lorsqu'elle en écarta le rabat.

Se soulevant sur un coude, Ash lui répéta avec colère qu'il n'avait plus besoin de ses soins et qu'elle veuille bien le laisser tranquille.

— Mais c'est toi-même qui m'a demandé de venir

L'espace d'un instant, le souffle coupé, Ash fut dans l'impossibilité d'articuler un mot, puis il balbutia :

— *Juli!*

Un rire léger lui parvint, comme en écho du rire qui lui était autrefois familier.

— Ne désirais-tu pas que je vienne ? Tu as parlé de Hanuman et c'était le mot dont nous étions convenus pour chez toi.

— Pour chez ma mère, rectifia Ash malgré lui.

— Oui, mais comme elle n'est plus, ça ne pouvait signifier qu'un endroit : ta tente. Est-ce exact ou non ?

— Bien sûr. Mais tu n'étais alors qu'une enfant. Comment as-tu pu t'en souvenir ?

— Ce n'est pas difficile. Lorsque ta mère et toi m'avez quittée, je n'ai plus eu qu'une chose à faire au long des jours : me souvenir.

— Tu n'aurais pas dû venir. C'est trop dangereux.

— Alors pourquoi me l'as-tu demandé ?

— Parce que je n'imaginais pas que tu accepterais... que tu *pourrais* le faire.

— Ça n'a pas été compliqué. Il m'a suffi d'emprunter une de ses *bourkas* à la vieille Geeta et de la persuader de me laisser venir à sa place. Elle m'aime beaucoup, car j'ai eu naguère l'occasion de la favoriser. Et ce n'est d'ailleurs pas la première fois que je viens, tu sais.

— C'était donc bien toi ! La nuit qui a suivi mon accident... J'en avais eu le sentiment, mais Mulraj m'avait affirmé qu'il s'agissait seulement de la *dai* et je...

— Il n'était pas au courant, expliqua Anjuli. J'avais accompagné Geeta parce que j'étais furieuse que tu te sois comporté comme un... comme un Sahib. Et aussi parce que tu n'avais pas pensé à moi durant toutes ces années alors que je.. je...

— Je sais, Juli, et j'en ai grand remords. J'ai cru que jamais plus tu ne consentirais à m'adresser la parole.

— Peut-être ne l'aurais-je pas fait si tu n'avais été blessé. Mais je me suis dit que tu allais peut-être mourir, et j'ai obligé Geeta à m'emmener avec elle. J'ai recommencé plusieurs fois : je restais assise dehors, dans l'obscurité, pendant qu'elle te soignait.

— Pourquoi, Juli ? *Pourquoi ?*

Ash avait agrippé un pan de la bourka.

— Pour.. Pour entendre ta voix. Afin d'avoir la certitude que tu étais bien celui que tu prétendais être

— Ashok

— Oui, mon frère Ashok. Mon seul frère.

— Ton...

— Frère de bracelet. L'avais-tu oublié? Moi pas. Ashok m'a toujours paru être davantage mon frère que Lalji... ou Nandu, ou Jhoti. Mon seul véritable frère.

— Ah ? fit Ash, déconcerté. Et tu es sûre maintenant que je suis bien Ashok ?

— Évidemment. Sans quoi je ne serais pas ici.

Ash tira sur la bourka pour que Juli se rapproche, tout en lui disant :

— Ôte ça et allume la lampe. Je veux te voir.

Mais Anjuli rit en secouant la tête :

— Non. Car ce serait stupide et dangereux. Tandis que si quelqu'un me voit ainsi, il croira que je suis Geeta, et comme elle parle rarement, je ne courrai aucun risque. Lâche-moi, je vais m'asseoir pour bavarder un moment avec toi. Dans l'obscurité, c'est plus facile car, ne voyant pas nos visages, nous pourrons imaginer que nous sommes encore Ashok et Juli, au lieu de Pelham-Sahib, qui est *Angrezi*, et la Rajkumari Anjuli-Bai qui va...

Elle s'interrompit un peu abruptement et, laissant la phrase inachevée, elle s'assit par terre, jambes croisées. Pâleur dans la pénombre, qu'on aurait pu prendre pour un fantôme... ou un ballot de linge.

Plus tard, lorsqu'il voulut se rappeler de quoi ils avaient parlé, Ash eut l'impression qu'ils avaient abordé tous les sujets. Et pourtant, à peine Juli l'eut-elle quitté, il se remémora quantité de choses qu'il avait oublié de lui dire ou de lui demander. Mais la voix inquiète de Geeta les avait brusquement arrachés au passé en leur donnant conscience de l'heure tardive et du risque qu'ils couraient, car ils ne l'avaient pas entendue venir et quelqu'un d'autre aurait pu s'approcher pareillement d'eux sur la pointe des pieds.

Se levant d'un bond, Anjuli gagna l'ouverture de la tente, éclipsant les étoiles.

— J'arrive, Geeta. Bonne nuit, mon frère. Dors bien.

— Juli, attends...

Il avait tendu la main dans les ténèbres, mais elle était déjà hors d'atteinte : l'instant d'après, bien qu'il n'eût entendu aucun bruit, il vit de nouveau les étoiles et sut que Juli était repartie.

20

Appuyé à ses oreillers et le regard fixé sur le ciel nocturne, Ash repensait avec désarroi à la façon dont elle l'avait appelé « mon frère ». Le considérait-elle vraiment comme un frère ? Oui, sans doute, et c'était pour cela qu'elle se sentait libre de venir le voir. Il aurait dû s'en réjouir, mais les sentiments que lui inspirait Juli n'avaient malheureusement rien de fraternels. Il eut néanmoins conscience que, tant qu'elle le considérerait comme un frère, ils ne couraient relativement pas de risques ; alors que si leurs relations devenaient plus intimes, ils iraient au-devant d'incalculables dangers.

Sur cette réflexion, Ash s'endormit. Lorsqu'il rouvrit les yeux et vit un ciel sans nuages, prometteur d'une journée ensoleillée, ces dangers lui parurent beaucoup moins menaçants. Et quand, le soir venu, on le transporta de nouveau dans la tente de durbar, revoyant Juli lui sourire, il oublia ses bonnes résolutions. Il voulait qu'elle vienne le voir encore une fois, afin de pouvoir lui expliquer qu'elle ne devait plus revenir, ce qu'il se sentait incapable de faire en feignant de s'adresser à un tiers.

Trois heures plus tard, elle était assise au pied du lit de camp tandis que, tapie au-dehors, la vieille Geeta montait la garde, dévorée d'inquiétude et n'arrêtant pas d'adresser des prières à un tas de dieux.

Mais Anjuli se mit à rire dès qu'il aborda le sujet, disant ne courir aucun danger d'être découverte et que, de toute façon, ça n'eût pas tiré à conséquence :

— N'a-t-il pas été décidé que, nous ayant sauvées de la noyade ma sœur et moi, puis t'étant blessé pour sauver aussi la vie de Jhoti, tu étais désormais pour nous comme un frère ? Alors pourquoi une sœur n'irait-elle pas voir son frère malade ? Surtout quand elle le fait après la tombée de la nuit, de façon à ne pas être remarquée, et en compagnie d'une veuve aussi âgée que respectable ?

— Mais je ne suis pas ton frère ! rétorqua Ash.

Il eût bien ajouté qu'il n'avait aucun désir de l'être, mais il estima que ça n'était vraiment pas la chose à dire et se borna donc à déclarer :

— Tu parles comme une enfant ! Si tu en étais encore une, ça n'aurait aucun inconvénient ; malheureusement, tu es maintenant une femme adulte et il n'est pas convenable que tu entres seule dans ma tente. Tu dois le comprendre, non ?

— Bien sûr ! fit Anjuli, et il devina qu'elle souriait dans l'obscurité. Mais si l'on me découvrait ici, je jouerais de cet argument, et le pire qui pourrait m'arriver, serait une sévère admonestation avec défense formelle de recommencer.

— D'accord, mais moi ? Qui voudrait croire qu'un homme ne voit aucun mal à recevoir la nuit une femme sous sa tente ?

— Mais tu n'es pas un homme, objecta doucement Anjuli.

— Je ne suis pas... Que diable veux-tu dire ? s'exclama Ash, justement courroucé.

— Pas ce que tu penses, expliqua Anjuli d'un ton apaisant. Simplement, mon oncle a dit qu'aucune femme ne pouvait estimer courir un risque en présence d'un homme immobilisé par des attelles et des bandages au point d'être incapable de se déplacer seul.

— Merci, fit Ash, caustique.

— Mais c'est vrai ! Quand tu seras rétabli, ce sera différent. En attendant, on ne peut guère redouter que tu attentes à ma vertu, quand bien même tu en aurais l'idée.

Ash ne trouva rien à répliquer, tout en étant convaincu que même le bienveillant Kara-ji n'eût pas vu la chose avec autant d'indulgence. Mais il avait trop de joie à être avec Juli pour essayer plus longtemps de la faire partir ou la dissuader de revenir.

Juli avait six ans lorsque Ashok et Sita avaient fui Gulkote, et durant les mois qui suivirent, sa position au palais n'eut rien d'enviable. Puis, un jour, alors que la petite Shushila n'arrêtait pas de hurler parce qu'elle perçait ses dents, la chance voulut que Juli réussisse à la calmer alors que personne n'avait pu y parvenir. Ce succès était probablement dû au fait qu'elle était intervenue alors que l'enfant commençait à se fatiguer et se fût probablement arrêtée d'elle-même. Mais, à bout de nerfs, le Zenana tout entier pensa différemment ; aussi Janoo-Rani, qui ne s'intéressait qu'à ses fils, décréta-t-elle que, à l'avenir, Kairi-Bai pourrait se rendre utile en s'occupant de sa demi-sœur.

Il est probable que la *Nautch* prit un malin plaisir à réduire ainsi la fille de la *Feringhi* Rani à l'état de suivante, mais Kairi-Bai accueillit avec joie cette responsabilité. Son existence cessa dès lors de lui paraître vide et sans but, car Shushila était une petite creature maladive ayant de quoi occuper les journées de quelqu'un, surtout lorsque ce quelqu'un était une fillette de six ans. Après un tel départ, il n'y avait rien d'étonnant que, au fil des ans, Shushila fût arrivée à considérer Anjuli moins comme une sœur aînée que comme une sorte d'esclave, lui servant tout à la fois de nourrice et de compagne de jeux. Pour avoir été tout cela, Kairi avait eu de l'affection en retour. Une affection égoïste, exigeante, exclusive, mais qui n'en était pas moins de l'affection, sentiment dont elle avait été jusqu'alors privée, la pauvre *Feringhi* Rani étant morte trop vite pour qu'elle en gardât le souvenir. Certes Ashok aussi bien que Sita lui avaient témoigné beaucoup de gentillesse, seulement Anjuli les savait plus liés entre eux qu'avec elle. Tandis que Shushila n'aimait qu'elle et avait besoin d'elle. Or se sentir nécessaire était également pour Anjuli une expérience nouvelle, et si réconfortante qu'elle ne rechignait pas devant les longues heures de servitude qui en étaient la contrepartie.

Si l'on avait laissé Kairi agir à sa guise, il se peut même qu'elle eût réussi à faire de sa petite sœur une jeune femme équilibrée, dotée d'une honnête santé. Mais elle était bien trop jeune et inexpérimentée pour combattre la pernicieuse influence des femmes du Zenana qui, dans leur désir d'être bien vues de Janoo-Rani, gâtaient à l'envi Shushila.

Ce fut à travers ses sentiments personnels que Kairi-Bai finit par comprendre que les perpétuelles migraines et les crises de nerfs de sa jeune sœur, qui jetaient sans cesse le Zenana dans l'inquiétude, étaient pour une bonne part imaginaires. Tout comme la peur que lui inspirait l'inconnu ou la rudesse dont elle faisait preuve à l'endroit des servantes et des plus humbles membres du Zenana, ces maux imaginaires étaient pour Shushila une riposte à l'absence d'intérêt que lui témoignait son impérieuse et fascinante mère.

Bien qu'elle se dévouât sans cesse alors que Janoo-Rani s'était bornée à mettre sa fille au monde, Kairi trouvait normal que Shu-shu éprouvât pour sa mère un amour beaucoup plus grand que pour son infime personne. Néanmoins, elle ne mesura vraiment l'intensité de cette idolâtrie qu'à la mort de Janoo-Rani.

La réaction de Shushila fut alors telle que le Zenana eut la certitude qu'elle allait mourir de chagrin. Pleurant et hurlant, elle essaya de se jeter par une fenêtre, et griffa cruellement au visage Kairi qui voulait l'en empêcher. Enfermée dans une pièce à la fenêtre garnie de barreaux, elle refusa toute nourriture et, en dépit de sa fragile apparence, prolongea cette grève de la faim durant cinq jours, malgré les supplications de Kairi. Finalement, ce fut Nandu qui, survenant en fureur, ramena sa sœur à la raison. Non pas tant parce qu'il était le Maharajah de Karidkote et son frère aîné, mais simplement parce que toute femme indienne sait que son premier devoir est l'obéissance au mâle — père, frère ou mari — qu'Allah lui a dévolu.

La manière forte employée par Nandu eut pour effet que Shushila reporta sur lui l'admiration obsessionnelle qu'elle vouait précédemment à sa mère. Si, contrairement à ce qu'avait cru le Zenana, la mort de Janoo-Rani n'accrut pas l'influence de Kairi sur Shushila, il en alla différemment de sa position. En effet, Nandu signifia clairement que Kairi-Bai était sa demi-sœur et donc princesse ; en conséquence, il tiendrait pour offense personnelle tout manque de respect dont elle aurait à souffrir.

Kairi avait appris depuis longtemps à vivre le présent en sachant que l'avenir est entre les mains des dieux. Elle s'attendait donc à se marier un jour, comme n'importe quelle fille est appelée à le faire. Mais son père avait été trop indolent pour s'en occuper, et sa belle-mère trop jalouse pour lui arranger un bon mariage, tout en redoutant trop le Rajah pour essayer de la marier à quelqu'un d'inférieur. La question d'un mari pour Kairi-Bai fut donc remise à plus tard et, les années passant, il se mit à paraître improbable qu'elle en trouvât un, car elle commençait à être vraiment d'un âge trop avancé.

Mais, à présent, Nandu avait décidé de prendre la chose en main. Seulement, il n'entendait pas que Kairi eût la préséance sur Shushila, sa véritable sœur. Il fallait donc marier d'abord celle-ci, et à un prince régnant. Quand ce serait fait, il marierait Kairi à un personnage de moindre importance. Il se rendait toutefois compte que ça ne serait pas facile, à cause de l'âge de Kairi, mais aussi de son manque de beauté : une fille dégingandée, avec des pommettes hautes, une bouche bien trop grande et des mains de servante... ou d'Européenne.

Tout au contraire, la petite Shushila s'annonçait d'une exceptionnelle beauté, et elle avait déjà reçu plusieurs demandes en mariage, mais dont aucune jusqu'à présent n'avait recueilli l'assentiment de son frère. C'était l'importance du rang ou de la fortune qui ne convenait pas, ou bien alors les terres du prétendant étaient trop proches de Karidkote.

En effet, Nandu n'avait pas oublié de quelle façon son père avait acquis l'État de Karidarra, et il ne tenait pas à ce qu'un descendant de sa sœur Shushila eût un jour l'occasion d'agir de même en ce qui concernait Karidkote Finalement, il agréa la demande du Rana de Bhitor, bien que cette union n'eût rien de particulièrement éblouissant. Bhitor était un petit État arriéré, et son Rana un quadragénaire déjà deux fois veuf qui n'avait pas moins de sept enfants, tous des filles, dont les cinq ayant survécu aux maladies infantiles étaient nettement plus âgées que Shushila. Mais le Rana était issu d'une plus haute lignée que Nandu et il avait envoyé des cadeaux d'une impressionnante richesse. Qui plus est, son royaume se trouvait à quelque cinq cents milles de Karidkote, ce qui excluait qu'un descendant pût un jour rêver de s'annexer ce dernier. Aux yeux de Nandu, c'était donc une union satisfaisante. Mais sa jeune sœur en fut épouvantée.

Shushila avait certes toujours su qu'elle se marierait un jour, mais voir ce jour soudain si proche l'emplit de panique. Elle fut terrifiée à l'idée de quitter l'environnement qui avait toujours été le sien, et la perspective de parcourir des centaines de milles à travers les Indes pour aller dans un royaume inconnu épouser un vieil homme, lui était odieuse. Non, non, *non,* plutôt mourir !

De nouveau, le Zenana retentit de ses lamentations hystériques et, cette fois, Nandu n'y put rien, bien qu'il eût menacé sa sœur de la battre à mort si elle refusait de lui obéir. A la différence d'Anjuli, Nandu n'avait pas compris que ce qui fortifiait la résistance de Shushila, c'était l'horrible peur de mourir sur un bûcher.

— Tout cela, à cause de la *Nautch,* expliqua Anjuli au cours d'une de ses visites à Ash. Shushila n'avait pas cinq ans lorsque Janoo-Rani l'a menée voir les empreintes de mains à la Porte des Satî — tu te rappelles ? — en lui disant que si jamais elle devenait veuve, elle devrait aussi se faire brûler vive sur le bûcher de son mari. A la suite de quoi, elle lui fit remuer du riz bouillant avec son petit doigt, pour qu'elle apprenne à endurer avec courage les brûlures du feu

En entendant cela, Ash réagit avec une violence inouïe et, bien qu'il l'eût fait en anglais, Anjuli n'eut pas besoin de traduction : le ton suffisait.

— Oui, acquiesça-t-elle, c'était cruel et inutile, car ça n'a servi qu'à augmenter l'effroi de Shushila. Elle a une peur panique de la douleur et ne peut l'endurer.

Ash fit observer avec causticité que, de surcroît, Janoo-Rani n'avait pas prêché par l'exemple lorsque son mari était mort, car il ne croyait pas un seul instant qu'on eût pu l'enfermer dans une pièce contre son gré, ni l'empêcher de faire ce qu'elle souhaitait

— C'est exact. Je pense qu'elle en voulait à mon père d'avoir pris une autre femme, et elle haïssait tellement celle-ci qu'elle n'a pas voulu que leurs cendres pussent se mélanger sur le bûcher.

Ash émit un ricanement, déclarant trouver l'histoire excellente mais ne pas croire que Janoo-Rani ait eu la moindre intention de monter sur le bûcher. Quant à Shushila, elle n'avait aucune crainte à avoir, puisque le suttee était désormais interdit par la loi.

— Une loi anglaise, rétorqua Anjuli avec dédain. Es-tu devenu *Angrezi* au point de croire qu'il vous suffit de dire : « C'est interdit ! » pour que cessent immédiatement d'aussi vieilles coutumes ? Depuis des siècles les veuves périssent sur le bûcher de leurs époux, et il faudrait bien autre chose qu'une loi étrangère pour changer ça. Certes, là où il y a beaucoup d'*Angrezis,* de police et de soldats pour faire appliquer la loi, des femmes s'y soumettront. Mais bien d'autres continueront comme par le passé sans que ton Vice-Roi en sache rien, car les Indes sont bien trop vastes pour qu'une poignée de *feringhis* puissent en assurer la surveillance. Cette coutume ne disparaîtra que lorsque les femmes refuseront de s'y plier.

Or Anjuli savait que Shushila elle-même s'inclinerait. Bien que terrifiée à l'idée d'être brûlée vive, elle n'envisagerait pas de se soustraire au bûcher, tant était fortement implantée dans son âme l'éducation qu'elle avait reçue. Elle savait qu'aucun prédécesseur de son père n'avait brûlé seul — les tragiques empreintes de la Porte des Satî étaient là pour en témoigner — et son père même avait été accompagné dans les flammes par sa dernière femme, cette petite intrigante de Lakshmi-Bai. C'était le devoir d'une veuve royale.

Si son futur mari avait été d'un âge correspondant au sien, la réaction de Shushila eût été certainement très différente. Mais le Rana avait plus de quarante ans et pouvait mourir à tout moment... Alors le cauchemar de Shushila deviendrait réalité et elle serait brûlée vive. Le doigt qu'on l'avait obligée à plonger dans le riz bouillant s'était desséché jusqu'à l'os, et elle avait appris à le dissimuler sous le bord de son sari afin qu'on ne le vît pas. Bien qu'il fût depuis lors insensible, elle n'avait jamais oublié la douleur des premiers jours, et s'il suffisait d'un petit doigt pour vous faire tant souffrir, que serait-ce quand tout votre corps serait précipité dans les flammes ? C'était cette idée qui la rendait hystérique au point de crier qu'elle n'épouserait pas le Rana ni qui que ce fût.

Si Shushila avait expliqué cela à Nandu, il aurait peut-être sympathisé avec elle tout en ne changeant sans doute rien à ses plans. Seulement elle ne pouvait se résoudre à avouer que ça n'était pas le mariage mais le veuvage qui lui faisait peur. En effet, cela eût signifié qu'elle, Rajkumari d'ascendance royale, reculait devant une chose que des millions de plus humbles femmes avaient acceptée sans discussion, et elle eût été déshonorée. Si Anjuli était au courant, ça n'était point parce que Shushila s'était confiée à elle, mais parce que l'amour qu'elle éprouvait pour sa jeune sœur n'avait pas besoin de mots pour comprendre la véritable raison de son hystérique refus d'épouser le mari élu par Nandu.

Shushila était devenue une telle épreuve pour le palais, que Nandu avait fini par mettre sa menace à exécution et fait rosser sa sœur. Shushila ne pouvant supporter la douleur, cette violence eut raison d'elle. Certes, il n'y avait pas de commune mesure entre une telle correction et le fait d'être brûlée vive, mais cette dernière calamité n'était pas imminente et Shushila pourrait peut-être l'éviter, tandis qu'elle se sentait incapable d'endurer plus longtemps les cruels coups de bambou. Elle capitula presque immédiatement, mais pas sans condition. Elle obéirait à son frère bien-aimé et épouserait le Rana... si Kairi l'accompagnait et restait avec elle à Bhitor. Cela lui ayant été accordé, elle promit de ne plus causer d'ennuis et de faire tout ce qui lui était possible pour plaire à son mari aussi bien qu'à son frère.

Nandu s'était dit que si le Rana pouvait se laisser persuader de prendre deux épouses au lieu d'une, cela résoudrait du même coup l'autre problème, qui était de trouver un mari pour Kairi-Bai.

Les émissaires du Rana donnèrent leur consentement, mais la dot demandée pour Kairi-Bai dépassa de beaucoup celle que Nandu comptait lui donner, ce qui suscita un grand nombre de discussions frôlant parfois l'acrimonie. Finalement, la question fut quand même réglée et au gré du Rana car, ainsi que l'avait fait remarquer l'actuelle favorite de Nandu, il était normal que les désavantages de Kairi-Bai fussent compensés par une dot substantielle. Et cette double union coûterait moins cher que deux mariages séparés.

Anjuli n'avait pas eu voix au chapitre. Mais eût-elle même été consultée, qu'il ne lui serait pas venu à l'idée d'abandonner Shushila, laquelle avait toujours eu besoin d'elle et maintenant plus que jamais. Anjuli n'avait guère attaché d'importance à son futur mari, ni aux sentiments que pourrait lui inspirer un homme qui l'épousait à seule fin d'avoir sa jeune sœur. De toute façon, même s'il était cruel envers elle ou lui répugnait physiquement, son devoir serait de le servir et le vénerer comme un dieu. S'il était déçu en voyant pour la premiere fois le visage de celle qu'il venait d'épouser, un homme pouvait se consoler avec d'autres femmes, tandis qu'il ne restait à l'épouse que son sens du devoir et l'espoir d'avoir des enfants.

Dans ces conditions, on avait peu de chances de faire un mariage heureux et Anjuli s'en préoccupait d'autant moins que, tout au fond de ses pensées, demeurait l'espoir que Ashok et sa mère reviendraient un jour la chercher, qu'elle pourrait partir avec eux pour passer le reste de sa vie dans une vallée au milieu des montagnes...

21

Puis un jour, la caravane laissa derrière elle le Pendjab avec ses cinq grandes rivières, ses villages, ses champs cultivés, et du même coup, les Indes anglaises. Elle traversait maintenant le Rajputana, contrée féodale dont les États avaient pour souverains les descendants des princes guerriers ayant illustré jadis l'Hindoustan par leurs exploits tout imprégnés de sang, de violence et de splendeur.

C'était un pays très différent du fertile Pendjab à la population très dense. Ici, villes et villages étaient très dispersés et le pays plat, sans traits marquants. La lumière y semblait plus crue que dans le nord et ses habitants, pour contrebalancer sans doute ce morne environnement, peignaient leurs maisons en blanc éclatant ou rose dragée, décorant les murs de fresques représentant des combats d'éléphants ou de héros légendaires.

Au camp, arriva un gros paquet de courrier adressé au capitaine Pelham-Martyn, dont la majeure partie ne présentait que peu d'intérêt et finit vite en morceaux. Après quoi, Ash se consacra avec une joyeuse anticipation aux deux lettres qui restaient : l'une, brève, émanant de Zarin ; l'autre, beaucoup plus longue, envoyée par Wally qui s'ennuyait à Rawalpindi et regrettait bien de n'être pas à la place de Ash.

La lettre de Zarin était assez curieuse. Écrite en anglais, tout d'abord, chose surprenante car Zarin savait bien que ça n'était plus nécessaire et avait déjà envoyé à Ash, de Rawalpindi, deux lettres en caractères arabes et ne contenant, à part les fioritures et les vœux habituels, dus en grande partie à l'écrivain public, que quelques nouvelles sans importance au sujet du régiment. Zarin terminait toutefois en disant que sa mère, en excellente santé, le chargeait de recommander au Sahib de bien se protéger contre les serpents et les scorpions... surtout contre ces derniers, très venimeux au Rajputana...

La mère de Zarin étant morte depuis longtemps, Ash en conclut que Zarin avait dû apprendre lui aussi que Karidkote et Gulkote ne faisaient qu'un. Se doutant bien que l'allusion a sa défunte mère retiendrait l'attention de Ash, il avait eu recours au surnom de Biju-Ram, *scorpion*, pour mettre son ami en garde. Et la lettre était en anglais, parce que Zarin n'avait pas exclu la possibilité qu'elle fût ouverte et lue par une autre personne que son destinataire

Sage précaution, car un examen plus attentif permit à Ash de voir que toutes les lettres à lui adressées avaient été ouvertes. Constatation déplaisante mais qui ne l'inquiéta guère, car il savait que nul dans la caravane ne connaissait suffisamment l'anglais pour comprendre la substance de cette lettre. Cela prouvait toutefois que les dangers dont Zarin avait voulu le prévenir, n'étaient pas imaginaires.

Ash mit de côté la lettre de Wally et, après l'avoir déchirée en menus morceaux, envoya celle de Zarin rejoindre les autres.

Moins d'une semaine après que la caravane eut repris la route, Ash avait abandonné son palanquin pour se remettre en selle, car il brûlait d'essayer le fougueux cheval arabe, Baj Raj — Royal destrier — que Maldeo Rai lui avait donné de la part du *panchayat,* en remplacement de Cardinal.

Sa première journée en selle se révéla assez pénible, mais ensuite cela fut chaque jour moins douloureux, et une semaine plus tard, Ash se sentit de nouveau comme avant son accident.

La joie d'avoir recouvré tous ses moyens n'était cependant pas sans mélange, car cela signifiait qu'il n'avait plus besoin des soins de la *dai,* et celle-ci cessant ses visites, il eût été trop dangereux pour Juli de venir seule le voir

Il leur fallait trouver un autre moyen de se rencontrer.

De nouveau, Ash resta éveillé tard dans son lit, à échafauder des plans qu'il rejetait ensuite après en avoir pesé les risques. Mais il aurait pu s'épargner cette peine : le problème se trouva résolu par Jhoti, lequel se plaignit à Kara-ji que ses sœurs devenaient impossibles, Kairi elle-même ayant par deux fois refusé de jouer aux échecs avec lui sous prétexte qu'elle avait mal à la tête !

Apprenant cela, Ash sauta sur l'occasion et émit l'hypothèse que les deux jeunes filles devaient avoir besoin d'exercice. Peut-être une promenade à cheval, dans la fraîcheur de la fin de journée, tandis que l'on dressait les tentes, soulagerait leurs muscles ankylosés, et non seulement leur donnerait de l'appétit pour le repas du soir, mais leur procurerait sans doute aussi une bonne nuit de repos. On trouverait sans peine une monture paisible pour la Rajkumari Shushila et il ne serait pas besoin de gardes pour les accompagner, Kara-ji, Mulraj et lui-même suffisant largement à assurer leur protection. Ce serait peut-être aussi une bonne idée d'engager Jhoti à donner des leçons d'équitation à sa jeune sœur ; de la sorte, Shushila-Bai finirait peut-être par pouvoir faire une partie de la route à cheval, au lieu de devoir passer toutes ses journées confinée dans le *ruth.*

Avec beaucoup d'habileté et de diplomatie, Ash réussit à donner l'impression que tout cela émanait de Kara-ji, lui-même n'ayant eu qu'à approuver ses suggestions. Aussi, après avoir consulté Gobind — qui approuva totalement la chose — le vieil homme donna-t-il des ordres en conséquence.

Jhoti insista pour que Shushila porte des vêtements masculins, déclarant impossible de chevaucher bien et confortablement en étant enveloppé dans un sari. Et, en dépit des protestations de Kara-ji, on se rallia à cette suggestion, car Shushila fut ravie de se déguiser; Mulraj souligna en outre que, s'il leur arrivait de faire des rencontres, leur petit groupe risquait moins de retenir l'attention en paraissant essentiellement masculin. Dans leurs vêtements empruntés, Shushila avait l'air d'un charmant adolescent et Anjuli, d'un beau jeune homme. Kara-ji dut convenir que leurs costumes ne pouvaient être jugés impudiques. Et ce déguisement permettait à sa nièce Anjuli-Bai de piquer un galop à la poursuite d'un chacal, ou d'aller de l'avant voir ce que dissimulait un repli de terrain, en la seule compagnie de Pelham-Sahib, sans que personne, à commencer par lui-même, pût s'en formaliser. Aussi Kara-ji se félicitait-il d'avoir eu une si bonne idée, car cela faisait visiblement le plus grand bien à ses nièces, tant au physique qu'au moral. Shushila avait recouvré son appétit et elle prenait autant de plaisir aux leçons d'équitation que Jhoti à les lui donner.

Ash se réjouissait évidemment du succès de son stratagème, déplorant seulement que ces sorties fussent si courtes.

Au cours d'une de ces équipées, par une soirée chaude et sans air succédant à une journée torride, Ash entendit raconter comment Hira Lal, parti accompagner Lalji et le vieux Rajah à Calcutta, avait disparu une nuit de sa tente et n'avait jamais été revu, victime probablement d'un tigre mangeur d'hommes. On en voulait pour preuve un lambeau de son vêtement qui, taché de sang, avait été découvert accroché aux épines d'un buisson. Toutefois, un *shikari* local avait déclaré ne pas croire que cette disparition fût l'œuvre d'un tel tigre, car aucune empreinte de tigre, aucune trace de lutte n'avait été relevée aux abords du campement.

— Au Hawa Mahal non plus personne n'y a cru, dit Anjuli, et le bruit a couru que Hira Lal avait peut-être bien été tué sur ordre de la Rani. Cela me paraît très plausible, car elle était furieuse que mon père eût décidé d'emmener Lalji avec lui à Calcutta. Or nul n'ignorait que c'était Hira Lal qui l'y avait incité, peut-être parce qu'il croyait Janoo-Rani très capable de supprimer Lalji dès que mon père aurait le dos tourné.

— Ce qu'elle a fini par faire, j'imagine. C'est à espérer qu'il existe vraiment un enfer, avec une section spéciale pour ceux qui, comme Janoo-Rani, commettent leurs meurtres par personne interposée !

— Tu n'as pas besoin de souhaiter cela, rétorqua Anjuli. Les dieux sont justes, et je pense qu'elle a payé ici-bas tout le mal qu'elle y a fait, sinon plus... Car elle n'a pas eu une mort douce et, à la fin, elle hurlait que Nandu l'avait empoisonnée. Moi, je me refuse à croire qu'un fils puisse faire une chose pareille, mais si elle l'a cru, elle, cela a dû rendre son agonie encore plus atroce. Il n'était pas besoin d'enfer pour Janoo-Rani, car elle l'a connu avant de mourir. Et elle continuera d'expier quand elle renaîtra... peut-être même pendant plusieurs vies... pour tout le mal qu'elle a fait durant celle-ci.

Le soleil avait disparu à l'horizon et, dans les hautes herbes, un paon lança son morne cri. Alors, entendant sa compagne exhaler un long soupir, Ash demanda brusquement, sans la regarder :

— A quoi penses-tu, Juli ?

— Au Dur Khaima, répondit-elle contre toute attente. Dire que je ne le reverrai jamais plus... Et que, toi aussi, je ne te reverrai plus lorsque ce voyage aura atteint son terme.

Le paon cria de nouveau dans le soir qui s'épaississait et, comme en écho, ils entendirent la voix haut perchée de Jhoti les appeler en disant qu'il était temps de rentrer.

Durant le trajet de retour, Ash se montra particulièrement taciturne ; dès qu'il eut dîné, il annonça à Gul Baz, consterné, son intention d'aller faire une longue promenade, d'où il ne rentrerait pas avant plusieurs heures. Repensant aux dernières paroles de Juli, il avait besoin de réfléchir intensément et c'est pourquoi il refusa toute compagnie avant de s'enfoncer dans les ténèbres, n'emportant d'autre arme qu'un gros *lathi* (bâton) ferré, comme en avaient les paysans.

S'il n'arrivait à persuader Juli de s'enfuir avec lui, le mariage aurait lieu. Et lorsqu'elle serait mariée au Rana, Ash ne pourrait jamais plus la voir ni lui parler ; elle serait pour lui comme morte, ensevelie dans le monde clos et secret du Zenana. Il ne pourrait même pas lui écrire ni recevoir de ses nouvelles, sauf peut-être par l'intermédiaire de Kara-ji... Mais c'était bien improbable, car l'oncle d'Anjuli estimerait inconvenant de parler de la femme du Rana avec un autre homme et les seules informations qu'il accepterait de lui transmettre seraient sans doute douloureuses pour Ash : maternité ou mort d'Anjuli.

Mais que serait la vie de Juli si elle s'enfuyait avec un *feringhi*, officier subalterne des Guides ? Et jusqu'où réussiraient-ils à s'enfuir ?

— Pas très loin, j'imagine, pensa Ash.

Il ne faisait aucun doute que, dans les Indes tout entières, un tel acte serait jugé avec la plus extrême sévérité, constituant non seulement une insulte pour Bhitor, mais une honte pour Karidkote.

Les Britanniques réagiraient eux aussi avec force, encore que différemment. En ce qui concernait le rôle joué par Juli, ils diraient avec un haussement d'épaules : « Pouvait-on s'attendre à autre chose, de la part d'une de ces filles incultes vouées au pourdah ? » Mais ils seraient sans indulgence pour le capitaine Ashton Pelham-Martyn, qui avait trahi la confiance mise en lui en s'enfuyant avec la femme — et qui plus est, une *indigène !* — qu'on l'avait chargé d'escorter jusqu'à son futur époux.

— Je serais cassé, pensa Ash.

Un an auparavant, il s'attendait à passer en conseil de guerre pour le rôle qu'il avait joué dans l'affaire de Dilasah Khan et des armes volées. Il s'en était vraiment bien fallu d'un cheveu, et Ash ne l'ignorait pas. Mais s'il s'enfuyait ainsi avec Juli, il n'y couperait pas et ce serait sans appel.

Il ne reverrait jamais plus Mardan... ni Zarin ni Awal Shah... ni Koda Dad. Ses hommes et ses camarades, le Régiment des Guides et le vieux Mahdoo... Tout cela serait perdu pour lui. Et Wally aussi, car même Wally ne pourrait excuser un tel geste de la part de celui dont il avait fait son héros. Wally avait beau être poète et romanesque, jamais aucune femme au monde ne lui paraîtrait valoir qu'on manque à son devoir, qu'on faille à l'honneur...

— Lui aussi, je le perdrais ! pensa Ash avec une douleur quasi physique.

L'amitié et l'admiration de Wally avaient fini par acquérir tant d'importance pour lui que, s'il les perdait, il ne serait jamais plus le même.

Et puis il y avait autre chose aussi à considérer : Juli se plairait-elle en Angleterre, alors que lui-même n'avait aspiré qu'à en repartir ?

Ash devait bien s'avouer qu'il n'avait aucune envie d'y retourner, fût-ce avec Juli. Or ils ne pourraient rester aux Indes car, outre l'ostracisme social dont ils seraient frappés tant par les Britanniques que par les Indiens, ils y seraient a la merci de représailles émanant de Bhitor ou de Karidkote

L'opinion des autres, Ash n'en avait jamais fait grand cas. Mais il ne pouvait exposer Juli à la vengeance des rajahs offensés. Il leur faudrait donc absolument vivre ailleurs, mais pas en Angleterre. En Amérique... Non, pas en Amérique... Tout comme les *memsahibs,* les Américains regardaient de haut les métis et, même dans les États du Nord, Juli serait considérée comme une « femme de couleur » et traitée en conséquence.

L'Amérique du Sud, alors ? Ou peut-être l'Italie... l'Espagne ?

Mais, tout au fond de son cœur, il savait bien que, où qu'ils choisissent d'aller, ils seraient toujours des proscrits. Car l'Inde était leur pays, le sien aussi bien que celui de Juli. Le quitter, ce serait partir en exil, comme il l'avait douloureusement ressenti quand, à l'âge de douze ans, il s'en était allé de Bombay sous l'égide du colonel Anderson.

Seulement, cette fois, ce serait sans espoir de retour

22

La nuit touchait presque à sa fin quand Ash repartit vers le camp. En atteignant le haut d'un pli de terrain qui le dissimulait à sa vue, il constata que les myriades de feux et de lampes, qui projetaient un reflet rougeâtre sur le ciel, étaient maintenant éteints, à quelques rares exceptions qui lui seraient bien utiles pour se repérer dans l'obscurité. Celle-ci l'obligeait à avancer lentement, par crainte de trébucher contre un rocher ou dans un trou, mais ne l'empêchait pas de continuer à retourner dans sa tête le problème qui l'obsédait.

Il n'y avait toujours pas trouvé de solution quand, une demi-heure plus tard, quelque chose se produisit : non le miracle qu'il espérait, mais quelque chose prouvant que les dangers qu'il se représentait n'étaient pas imaginaires.

Parce que la clarté continuait d'être médiocre, Ash avançait en regardant où il mettait les pieds et il ne lui était pas venu à l'idée que ses déplacements pussent intéresser quelqu'un d'autre que Mahdoo et ses serviteurs, ni qu'il risquât d'être attaqué.

Aussi, totalement surpris par la détonation, fut-il un instant avant de comprendre qu'il était visé. La balle frappa le *lathi* et le lui arracha de la main. Il se jeta aussitôt à plat ventre par terre. Mais même alors, il pensa simplement s'être trouvé dans la ligne de tir d'un chasseur désireux d'améliorer son ordinaire et, relevant la tête, il interpella l'obscurité avec colère.

En guise de réponse, une seconde balle passa au-dessus de son crâne, le manquant de très peu. Du coup, il se tint coi, comprenant qu'il était bel et bien visé. En effet, l'éclair lui avait montré le tireur à moins de quinze mètres ; il n'avait donc pu manquer d'entendre sa voix, ni la confondre avec le gémissement d'un animal blessé. Et, comme pour lui confirmer la chose, il perçut très distinctement dans le silence le bruit de l'arme qu'on rechargeait.

Tant de froide délibération lui fit courir un frisson dans le dos, mais lui rendit aussi une forme qu'il n'avait pas connue depuis plusieurs jours. Il se retrouva aussi lucide et prêt à l'action, que s'il avait été en exercice dans les plaines au-delà de Mardan.

Il ne s'agissait certainement pas de quelque *budmarsh* errant, qui tirait pour le seul plaisir ou par méchanceté pure. Les cartouches étaient trop précieuses pour qu'on les gaspillât sans raison, mais Ash n'avait rien sur lui qui valût d'être volé. Par ailleurs, l'homme n'ignorait pas que sa proie était sans arme car, bien qu'ayant tiré par deux fois, il n'avait pas changé de place. Il se tenait debout, dissimulé mais aucunement protégé par une haute touffe d'herbe des pampas, derrière laquelle il avait guetté le retour de sa victime que la configuration du terrain devait obligatoirement amener à passer par là. Ash lui avait facilité la chose en marchant lentement et sans chercher à étouffer le bruit de ses pas. Seul le *lathi* l'avait empêché d'être tué ou sérieusement blessé.

Mais l'agresseur ignorait tout du *lathi;* ayant vu Ash tomber, il pouvait penser l'avoir non pas tué mais grièvement blessé. Crier avait été une erreur... Mais on crie souvent en recevant une balle dans la peau ; alors, puisqu'il n'émettait plus aucun bruit, l'autre le croirait peut-être mort et éviterait de gaspiller une troisième cartouche en tirant sur un cadavre... Ce n'était qu'une faible chance, mais la seule sur laquelle Ash pût raisonnablement compter, et s'il ne savait pas en profiter, il allait mourir.

Son assaillant demeura près de cinq minutes immobile derrière les hautes herbes, puis il se mit à avancer avec autant de circonspection qu'un chat, s'arrêtant à chaque pas pour prêter l'oreille.

Le ciel avait pâli, si bien que, commençant à distinguer rochers et buissons, Ash se rendit compte que l'autre continuait de le viser avec son arme, le doigt sur la détente, et il ne respira plus qu'avec la plus extrême précaution.

Bientôt l'homme fut à un mètre de lui. Mais c'était encore trop loin pour Ash, lequel avait cependant l'impression que l'autre devait entendre les battements précipités de son cœur. Il n'en était rien apparemment car, après s'être arrêté, l'homme s'avança jusqu'à toucher du pied le supposé cadavre. N'en tirant aucune réaction, il le frappa et avec grande violence.

Son pied était encore en l'air lorsqu'une main se referma comme une tenaille autour de l'autre cheville et, tirant avec force, lui fit perdre l'équilibre. Le coup partit et la balle s'en fut arracher à une grosse pierre une gerbe d'éclats dont l'un creusa dans le front de Ash une profonde balafre, d'où le sang se mit à ruisseler, aveuglant le jeune homme.

En dépit de quoi, Ash se battit avec l'énergie du désespoir, griffant et mordant son adversaire tandis que tous deux roulaient parmi les pierres. Mais, parce qu'il n'y voyait pas, croyant saisir l'autre, Ash se retrouva étreindre seulement une pièce de vêtement tandis que son antagoniste se relevait d'un bond et s'enfuyait comme un animal terrifié.

Le temps que Ash essuie le sang qui l'aveuglait, l'homme avait disparu. Et, bien que la nuit eût maintenant fait place à une aube grisâtre, on n'y voyait pas assez pour tenter une poursuite. Il ne restait donc qu'à regagner le camp aussi vite que possible, pour tâcher d'y obtenir quelques utiles renseignements.

S'étant fait un pansement de fortune, Ash ramassa son *lathi* et l'arme que l'autre avait lâchée dans sa chute. Brisé, le *lathi* n'avait plus guère d'utilité, mais l'arme constituait une pièce à conviction et son propriétaire ne devrait pas être difficile à découvrir car, au toucher, elle donnait l'impression d'être un fusil de chasse moderne, comme Ash lui-même en avait un. Peu nombreux dans la caravane devaient être ceux qui possédaient une telle arme, et comme il fallait bien la connaître pour penser à l'utiliser dans une pareille circonstance, on n'avait sûrement pas chargé un quelconque serviteur ou subalterne de commettre ce meurtre.

Ash ne doutait pas que son agresseur fît partie de la caravane et le fusil en apporterait la preuve. Mais il était désemparé de se découvrir un ennemi non seulement prêt à le tuer, mais épiant ses mouvements au point que son brusque départ du camp ne lui avait pas échappé. Passant alors en revue ses faits et gestes au cours des deux derniers mois, Ash se demanda comment il ne lui était pas venu à l'esprit qu'il pouvait avoir un mortel ennemi dans la caravane. En effet, la ou les personnes qui avaient tenté de tuer Jhoti s'y trouvaient toujours et devaient lui en vouloir à mort, non seulement d'avoir fait échouer leur plan mais aussi de s'être ensuite employé à ce que le jeune prince fût constamment surveillé. Et puis il y avait Juli...

Il n'était pas exclu que d'autres que Geeta, la vieille *dai,* aient eu vent des visites de Juli et, ne doutant pas qu'il l'eût séduite, mis dès lors un point d'honneur à le tuer. A moins encore que quelqu'un — Biju Ram ? — ayant réussi — par Zarin, Koda Dad et les Guides ? — à établir un lien avec le Hawa Mahal, ait reconnu en lui Ashok, l'ancien serviteur du défunt Yuveraj de Gulkote.

L'aube s'étendait complètement sur la plaine lorsque Ash atteignit enfin sa tente ; quand il l'enjamba pour y entrer, Mahdoo continua de ronfler doucement. Ash fourra sous le lit le fusil et le *lathi* brisé, puis il ôta sa veste, se déchaussa et, s'étendant ainsi sur sa couche, s'endormit aussitôt.

Le jeune homme n'avait pas pris la peine de se regarder dans un miroir et ignorait donc quel effrayant aspect il présentait. S'éveillant une demi-heure plus tard, Mahdoo voulut s'assurer que le Sahib était bien rentré ; l'espace d'un instant, il crut contempler un cadavre et faillit en avoir une crise cardiaque.

Rassuré par le bruit de la respiration, il s'en fut vite chercher Gul Baz, qui accourut aussitôt. Après un rapide examen, celui-ci estima qu'ils n'avaient pas lieu de s'inquiéter, car le Sahib ne présentait aucune blessure grave

Ash se doutait que son agresseur devait être tout aussi marqué que lui par la lutte qui les avait fait rouler sur les pierres. Mais il n'avait pas réfléchi que, dans un camp aussi vaste, nombre d'hommes pouvaient présenter des estafilades et des meurtrissures, qui étaient accidentelles ou la conséquence de disputes ayant dégénéré en empoignades.

Restait le fusil qui, comme Ash l'avait senti en le palpant, était une arme très moderne, un fusil de chasse Westley-Richards, capable d'un tir extrêmement précis jusqu'à quatre cents mètres. Il ne se trompait pas en estimant que de telles armes devaient être rares dans le camp, car il n'y en avait effectivement qu'une seule...

Constater qu'il avait failli être tué par son propre fusil, fit à Ash l'effet d'une insulte et il se promit, lorsqu'il en découvrirait l'auteur, de commencer par lui administrer la rossée de sa vie. Mais le plus inquiétant dans cette affaire était que l'arme ait pu être subtilisée dans sa tente, à la barbe de Mahdoo, sans qu'aucun de ses serviteurs eût rien entendu. Cela montrait qu'il n'était nullement à l'abri d'un assassinat et confirmait son idée première : il faisait l'objet d'une étroite surveillance de la part d'une ou peut-être plusieurs personnes.

De nouveau, Ash se demanda combien de gens avaient pu voir Juli entrer dans sa tente et il en eut froid dans le dos. Si tel était le mobile de la tentative de meurtre dont il avait été victime, il avait eu grand tort d'en discuter avec Mahdoo, Gul Baz et Mulraj. Il aurait mieux fait d'inventer quelque histoire de chute dans le noir pour expliquer ses ecchymoses et égratignures.

Un détail qui lui avait tout d'abord complètement échappé, c'est que son pansement improvisé avait été fait, non pas avec quelque chose lui appartenant, mais avec toute la partie avant gauche d'un vêtement de coton, resté dans la main lorsque son agresseur avait réussi à s'enfuir. En l'ôtant, il l'avait jeté de côté sans y prêter attention. Maintenant il avait tout lieu de se réjouir que personne n'eût remarqué ce tissu de coton mélangé de soie, en deux tons de gris donnant une impression de relief. En effet, il constituait un précieux indice et mieux valait que personne n'en ait eu vent.

Dorénavant, il éviterait de reparler de l'affaire et, avec un peu de chance, elle finirait par être oubliée... sauf par lui, qui comptait bien faire son possible pour identifier l'homme qui avait voulu le tuer. Mais il agirait seul ou pas du tout, afin de ne pas faire courir d'autres risques à Juli si ses visites étaient à l'origine de l'agression.

En tout cas, cette affaire lui avait permis de réfléchir sérieusement en ce qui concernait Juli, et c'était une bonne chose. A présent, il était bien décidé à ne pas s'opposer au mariage de Kairi-Bai avec le Rana, et souhaitait qu'il lui apporte peut-être le bonheur avec la maternité. Cette perspective lui était odieuse, mais il valait quand même mieux cela qu'imaginer Juli morte. A Bhitor, elle serait avec Shushila et, même comme Rani en second, elle aurait beaucoup de prestige et d'influence, tout en menant une vie confortable qui, à la longue, lui ferait oublier le Dur Khaima et le Balcon de la Reine. Et Ashok aussi.

Quand Ash cessa d'y participer, les sorties à cheval s'interrompirent, mais il n'en sut rien. A plusieurs reprises, Shushila l'invita à venir dans la tente de durbar, mais il prétexta des maux de tête pour n'y pas aller. Il savait ne pouvoir se retrancher complètement de ce cercle intime, mais il préférait mettre en avant la fatigue et l'excès de travail, au risque même de paraître offensant, plutôt que de revoir trop souvent Juli.

Chaque jour de marche les rapprochait de la frontière de Bhitor, et ils arriveraient bientôt au terme de ce long voyage. Si naguère encore Ash eût souhaité que ce voyage durât toujours, à présent il n'aspirait qu'à en finir au plus vite. L'inconfort de la caravane mettait à vif les nerfs de tout le monde, et les problèmes posés par elle grandissaient chaque jour. En sus de quoi, Ash éprouvait un sentiment d'insécurité fort désagréable car, trois jours seulement après l'agression dont il avait fait l'objet, sa tente avait été de nouveau cambriolée et, cette fois, en plein jour.

C'était un jour où la caravane s'était mise en marche bien avant l'aube afin de s'arrêter vers midi, pour éviter la grosse chaleur. Après avoir été faire une tournée d'inspection dans le camp, Ash regagna sa tente et y découvrit alors un grand désordre, les serrures de cantines avaient été forcées, leur contenu répandu sur le sol Même son lit était défait et tout dans la tente attestait qu'elle avait été fouillée en grande hâte, mais avec cependant une minutie qui ne laissait pas d'être inquiétante. Chaque meuble avait été déplacé et l'on avait roulé les tapis pour s'assurer qu'ils ne dissimulaient rien. Son matelas avait été ouvert en deux à l'aide d'un couteau, cependant que les oreillers étaient sortis de leurs taies. Mais en fait d'argent, il n'y avait là qu'une poignée de menue monnaie, et quant aux armes, Ash avait pris l'habitude d'avoir toujours son revolver sur lui. Le gros de l'argent, ainsi que le fusil, la carabine et leurs munitions avaient été confiés à Mahdoo, qui les transportait dans un vieux sac de toile ajouté à son propre bagage.

Son visiteur inconnu cherchait-il de nouveau une arme appartenant à Ash ? Et si oui, dans quel but ? Pour commettre un meurtre qui pût sembler être un suicide ? Ou parce que les soupçons tomberaient tout naturellement sur ses serviteurs si on le découvrait tué avec son propre fusil ?

Ash eût aimé discuter de ce nouveau cambriolage avec Mulraj, mais n'étant pas certain que son visiteur ait été seulement en quête d'argent, il préféra s'en abstenir. Il dit à Mahdoo et Gul Baz ne pas vouloir qu'on parle de cet incident. Tout en remettant de l'ordre sous la tente, Gul Baz confia à Mahdoo avoir hâte que le mariage ait lieu afin de pouvoir retourner à Rawalpindi.

— J'ai par-dessus la tête du Rajputana comme de ce camp ! Il y a ici quelque chose que je ne comprends pas et qui semble menacer le Sahib. Souhaitons pouvoir nous séparer de ces Karidkotes et retourner dans le Nord avant que ça nous gagne aussi !

A vol d'oiseau, Bhitor n'était désormais pas très loin. Mais, au lieu d'une interminable plaine, la caravane traversait maintenant une région de collines qui n'étaient que rochers, schistes et herbes desséchées. A pied, on pouvait couper à travers ces collines et raccourcir ainsi le trajet de bien des milles, mais les chariots obligeaient à les contourner en empruntant les vallées qui avaient quelque chose de labyrinthique. Quand on se retrouva enfin en rase campagne, nul ne fut surpris que la plus jeune des princesses mette pied à terre en réclamant une halte d'au moins trois jours, faute de quoi elle se refuserait à faire un pas de plus. Elle ne tenait pas à arriver dans sa nouvelle patrie complètement épuisée !

Shushila avait choisi le bon moment pour lancer cet ultimatum, car la caravane venait d'arriver au bord d'une rivière où il y avait beaucoup d'arbres et tout le monde, sauf Ash, aspirait à faire halte. Le site s'y prêtait admirablement, et bien que la chaleur eût réduit la rivière à l'état de mince ruisseau, elle pouvait fournir toute l'eau dont on aurait besoin. Mieux encore : sur l'autre rive, il y avait plusieurs villages environnés de terres cultivées dont les habitants ne demandaient qu'à vendre du ravitaillement aux voyageurs. Aussi Ash ne trouva-t-il aucun écho favorable quand il exprima le désir que l'on continuât d'avancer.

— C'est de votre faute, Sahib, lui déclara Mulraj d'un ton acide, en haussant les épaules. Vous savez à présent comment est Shushila-Bai. Si l'on avait continué à la distraire et l'amuser, elle aurait moins pensé à l'avenir, et la chaleur lui eût semblé plus supportable Mais lorsque, imité par Jhoti, vous avez cessé de sortir le soir avec nous, puis de vous rendre sous la tente de durbar, ces choses ont perdu tout attrait pour Shushila et, très vite, elle est redevenue insupportable.

— J'avais trop à faire, tous ces problèmes qui...

Ash s'interrompit net et demanda, en fronçant le sourcil :

— Jhoti aussi, m'avez-vous dit ? Pourquoi a-t-il cessé de se joindre à vous ?

— Tout d'abord, je suppose, parce que vous n'étiez plus des nôtres. Ensuite, bien sûr, quand il a été malade...

— *Malade ?* Depuis quand ? Pourquoi n'en ai-je pas été informé ?

Mulraj le regarda d'un air ahuri, puis dit lentement :

— C'est donc ça... Vous n'écoutiez même pas. J'aurais dû m'en douter quand j'ai constaté que vous ne demandiez ni de ses nouvelles ni à le voir.

Son ton changea, se fit moins froid :

— Je vous ai mis moi-même au courant, voici quatre jours, et je vous en ai reparlé le lendemain. Comme vous vous borniez à hocher la tête, j'ai pensé que vous aviez déjà trop de préoccupations et ne vouliez pas y ajouter celle-ci. J'aurais dû avoir plus de jugeote. Qu'y a-t-il donc, Sahib ? Vous n'êtes plus le même depuis quelque temps, depuis cette agression dont vous avez été victime. Je suis bien placé pour savoir que ça n'est pas plaisant de se dire que quelqu'un est aux aguets, prêt à vous tirer une balle dans la tête ou vous poignarder dans le dos... Est-ce ça, Sahib ? Ou s'agit-il d'autre chose ? Si je puis vous être d'un quelconque secours, dites-le-moi.

Ash rougit et assura vivement :

— Non, c'est l'effet du temps et vous n'y pouvez rien. Mais parlez-moi de Jhoti. Kara-ji Rao m'a raconté qu'il souffrait de la chaleur ou quelque chose comme ça ?

— De la chaleur, non ; mais beaucoup plus probablement du *datura,* encore qu'on ne puisse jamais avoir de certitude... Comme vous le savez sans doute, le datura est une plante qui pousse à l'état sauvage un peu partout aux Indes. Ses fleurs blanches sont belles et parfumées Mais sa graine est appelée « pomme de la mort » et c'est le plus commun des poisons. Réduite en poudre, elle peut être mélangée à n'importe quel aliment et la mort s'ensuit, plus ou moins rapidement selon la quantité ingérée. Jhoti a dû en absorber pas mal, mais il a presque tout vomi, ce qui l'a sauvé. On l'a transporté dans la tente de ses sœurs, où il se rétablit rapidement grâce aux bons soins de la *dai*, Geeta...

— Mais comment a-t-il absorbé le datura ? Avez-vous interrogé le *khansamah* et ses autres serviteurs ? Ils mangent sûrement les mêmes aliments que lui... Alors Jhoti ne peut pas avoir été le seul à...

— Si, justement. Le poison devait se trouver dans des *jellabies*, dont Jhoti est particulièrement friand et qu'il avait trouvées dans sa tente. Fort heureusement, il s'en est goinfré, ce qui eût suffi à le faire vomir même si rien n'y avait été mélangé. Et la chance a voulu aussi que, inquiet de le voir vomir ainsi, un de ses serviteurs soit allé aussitôt prévenir Gobind, au lieu de perdre la tête comme les autres.

— Et Gobind a établi que c'était du datura ?

— Non, il ne peut que le supposer, Jhoti ayant léché jusqu'au miel des feuilles sur lesquelles étaient disposées les friandises.

Gobind avait néanmoins jugé plus prudent d'agir comme si le jeune prince avait été empoisonné. Il avait essayé de savoir qui avait apporté les *jellabies* dans la tente de Jhoti. Mais, à supposer même qu'elles n'aient contenu aucun poison et qu'on les ait déposées là uniquement pour faire plaisir au petit prince, apprenant qu'elles l'avaient rendu malade, la personne en question ne se manifesterait pas.

— La tente de Jhoti est gardée... Comment se fait-il que quelqu'un...

Ash n'acheva pas, se rappelant que sa propre tente était gardée elle aussi ce qui n'avait pas empêché quelqu'un de s'y introduire par deux fois. Alors, avec un mouvement d'humeur, il enchaîna :

— Je vous avais bien dit que nous aurions dû signaler ce premier attentat contre Jhoti. Nous sachant au courant, celui qui en était l'auteur n'aurait pas osé récidiver. Mais vous n'avez rien voulu entendre, et voyez où nous en sommes maintenant. Cette fois, vous auriez dû en parler à tout le monde.

— Je vous en ai parlé à *vous*, Sahib, rétorqua sèchement Mulraj. Mais vous n'avez rien répondu, ayant probablement d'autres soucis.

Ash dut convenir en lui-même que, ivre de fatigue, il lui arrivait souvent de faire seulement semblant d'écouter avec l'idée que, s'il s'agissait de choses importantes, son attention se réveillerait aussitôt. Pourtant Mulraj lui avait parlé de Jhoti et il n'avait pas entendu un mot de ce qu'il disait Alors combien de fois cela avait-il pu se produire avec d'autres personnes ?

L'observant à la dérobée, Mulraj s'aperçut que Ash avait non seulement beaucoup maigri, mais paraissait aussi avoir vieilli

— Excusez-moi de vous avoir parlé ainsi, dit-il alors, regrettant sa dernière remarque.

— Non, je le méritais et c'est moi qui devrais vous présenter des exuses. Je me suis conduit comme... comme George !

— George ? répéta Mulraj déconcerté. Qui est George ?

— Oh... quelqu'un que j'ai connu autrefois et qui réagissait de façon excessive à tout ce qui lui arrivait de personnel. C'est une mauvaise habitude. Cela dit, qu'allons-nous faire pour Jhoti ?

23

Jhoti savait ce qu'était la peur. Il avait eu peur la première fois que Ash l'avait vu, non sans raison car il venait de défier Nandu en s'enfuyant et connaissait suffisamment son frère pour avoir peur... Mais peur seulement d'être puni, pensa Ash, pas d'être assassiné. S'il avait su...

— Impossible de le mettre au courant, estima Ash. Ce n'est qu'un enfant... Il n'oserait plus manger, ni boire, ni dormir... Non, non, ce serait trop cruel! Mais rien ne s'oppose à ce que nous avertissions ses sœurs et Kara-ji. Ils veilleront à ce que sa nourriture soit goûtée par quelqu'un avant qu'il y touche. Et nous allons charger Gobind de le mettre en garde contre des friandises ou autres qu'il pourrait trouver à sa portée, car celles qui l'ont rendu malades devaient être rances ou avoir été préparées avec du mauvais *ghee.*

Mulraj pesa la chose en fronçant le sourcil et convint qu'il valait mieux ne pas effrayer l'enfant, tout en ajoutant que si l'on voulait le laisser dans l'ignorance, il ne fallait pas non plus en parler à Kara-ji ni à Shushila-Bai, surtout pas à cette dernière qui serait incapable de garder la chose pour elle. Kara-ji, lui, était trop âgé et trop fragile de santé pour qu'on lui cause de tels soucis. Ne restait donc qu'Anjuli-Bai...

— Jhoti l'aime beaucoup et c'est réciproque, dit Mulraj. Je sais aussi que c'est une femme de bon sens et de sang-froid. Rappelez-vous comme, lors du passage de la rivière, elle a pensé à mettre sa sœur hors de danger au lieu de s'affoler et pousser des cris. Certes, c'est une lourde responsabilité que nous allons faire peser sur ses épaules, mais nous avons besoin d'aide et Anjuli-Bai est à peu près la seule personne qui puisse nous être utile. En outre, elle est de toute confiance, ajouta Mulraj d'un ton expressif, et rares sont dans le camp ceux dont nous pouvons en dire autant.

Ash était bien de cet avis. Toutefois, une considération s'imposa aussitôt à son esprit :

— Mais Anjuli-Bai n'est pas souvent seule. Comment allez vous la mettre au courant?

— *Moi?* fit Mulraj d'un air étonné. *Nahin,* Sahib. C'est vous qui allez devoir vous en charger. Si je le faisais, je serais sûrement entendu par l'un ou l'autre. Mais lorsque nous sortions à cheval le soir, vous aviez l'habitude de faire un galop en compagnie de la Rajkumari Anjuli. Donc, il suffit de reprendre ces sorties et vous mettrez l'occasion à profit. C'est le seul moyen.

Voilà comment, en dépit de toutes ses bonnes résolutions, Ash se retrouva le soir même chevauchant en compagnie de Juli...

Ash avait craint que, sans Jhoti pour l'occuper, Shushila tienne absolument à les suivre, mais Kara-ji se trouva opérer une heureuse diversion. Se maintenant à hauteur de sa jeune nièce, il se récria devant les progrès qu'elle avait faits et l'en complimenta puis, tout en lui donnant quelques conseils de temps à autre, il lui parla de menus incidents touchant la vie du camp, cependant que Mulraj, comme d'ordinaire, demeurait près d'eux. Il fut donc facile pour Ash d'entraîner Anjuli en avant, mais beaucoup moins d'aborder le sujet de Jhoti car, dès qu'ils furent hors de portée d'oreille, ce fut elle qui parla la première :

— Pourquoi es-tu resté si longtemps à l'écart ? Ce n'était pas à cause de ton travail, et tu n'étais pas malade car j'ai envoyé Geeta s'en informer. Qu'y a-t-il donc, Ashok ?

Pris de court, Ash hésita. Sachant combien Anjuli se montrait toujours directe dans ses questions, il aurait dû préparer une réponse propre à la satisfaire et n'avait plus le temps d'en chercher une... Or il avait déjà décidé de ne pas lui dire la vérité, quelque envie qu'il en eût. Anjuli le devina en proie à une sorte de lutte intérieure, et un pli se creusa entre ses sourcils. Cette ombre sur son front fit mal à Ash et s'il ne l'avait su déjà, il aurait compris en cet instant toute la force de son amour pour Anjuli. Mais parce qu'il ne pouvait le lui avouer, il se réfugia dans la colère, déclarant avoir des choses à faire beaucoup plus importantes que des visites mondaines dans la tente de durbar : elle l'ignorait, mais on avait par deux fois attenté à la vie de son demi-frère.

— Voici quelques jours à peine, on a encore essayé de l'empoisonner !

Ce n'était pas du tout la façon dont il se proposait de lui apprendre la chose et il eut honte de lui en la voyant devenir livide. Mais il ne pouvait effacer ses paroles ni atténuer le choc qu'elles avaient déjà causé. Alors, il la mit carrément au courant, sans lui cacher aucun détail. Lorsqu'il se tut, elle dit seulement :

— Tu aurais dû me prévenir dès la première fois... Il me reste si peu de temps maintenant...

Le pli entre ses sourcils s'accentua, mais à présent c'était pour

Jhoti et non plus pour Ash qu'elle s'inquiétait. Lorsqu elle parla de nouveau, ce fut comme si elle pensait à haute voix :

— C'est sûrement le fait de Nandu... A qui d'autre la mort de Jhoti pourrait-elle profiter ? Qui d'autre pourrait avoir une raison de le tuer ? Le camp est plein d'hommes à la solde de Nandu... encore que tuer un enfant... Mais il suffit d'un ou deux... Et si nous ne les connaissons pas, ce sera difficile de protéger Jhoti... Avant tout, il faut savoir à qui nous fier... nous arranger pour qu'il y ait toujours quelqu'un avec lui...

Se tournant vers Ash, elle demanda :

— Qui est au courant de ça, en dehors de Mulraj, de toi et du *hakim* de mon oncle, Gobind Dass ?

— Personne.

Il lui expliqua pourquoi Mulraj et lui avaient estimé préférable de garder la chose secrète, de n'en parler qu'à elle et Gobind.

Elle acquiesça pensivement :

— Oui, tu as raison. Ça ne servirait qu'à effrayer Shu-shu. Jamais elle ne voudrait croire que Nandu puisse avoir ordonné une telle chose, et elle y verrait un complot contre nous tous... Mon oncle, oui, mais que peut-il faire ? Et il ne saurait pas cacher son inquiétude à Shu-shu ni à Jhoti. Toutefois il y en a d'autres auxquels je crois que nous pouvons nous fier. D'abord, la vieille Geeta. Et puis Ramji, dont la femme fait partie de ma maison et qui s'occupe de Jhoti depuis sa naissance. Ramji saura sûrement à qui faire confiance.

Accourant du fond de la vallée, une brusque rafale de vent emporta le turban qui enserrait la chevelure d'Anjuli, et ses longs cheveux s'épanouirent comme des algues dans la mer.

— Il est temps de faire demi-tour. Tiens, ajouta Ash en sortant un mouchoir de sa poche, attache-le autour de ta tête.

Mais quand il fit opérer une volte-face à son cheval, il s'exclama :

— Seigneur !

Ils avaient été trop préoccupés pour regarder derrière eux ou se demander pourquoi la nuit tombait si rapidement. Devant eux, le ciel était clair et le soleil s'attardait encore au sommet d'une colline proche. Mais lorsqu'ils se retournèrent vers le camp, le ciel leur apparut tel un noir rideau tendu en travers de l'horizon et qui, poussé par le vent, progressait rapidement à leur rencontre.

— Mais c'est trop tôt ! pensa Ash, éberlué. Il s'en faut encore d'au moins un mois !

Il entendit Anjuli s'exclamer :

— Shushila... Oh ! Shushila !

Abandonnant au vent impétueux le mouchoir qu'elle s'efforçait de nouer autour de ses cheveux, elle saisit les rênes et lança son cheval au galop vers ce mur de ténèbres qui masquait déjà la plaine où ils avaient laissé les autres. Jamais encore Ash n'avait éperonné Baj Raj, mais il le fit alors et, en un rien de temps, il eut rejoint Anjuli, l'obligeant à tourner le dos à la vallée.

— Non ! cria-t-elle. Non... Il faut que j'aille avec Shushila !

— Ne sois pas stupide ! Mulraj est là pour s'occuper d'elle !

Les deux chevaux ne demandaient qu'à fuir ces ténèbres qui fonçaient vers eux, et Anjuli ne chercha plus à résister, comprenant que Ash avait raison, que ce qu'elle avait tenté de faire était pure folie.

Anjuli n'avait encore jamais vu une tempête de sable, mais elle n'avait pas besoin qu'on lui en explique les terribles dangers. Ash l'entraînait en direction d'une caverne à flanc de colline, qu'il avait remarquée un peu plus tôt parce que le soleil couchant dardait sur elle ses derniers rayons. Ce qui avait retenu l'attention de Ash, c'est que l'entrée, assez large, était en partie obstruée par un mur de torchis ne laissant plus le passage que pour un homme ou une vache. Toutefois cette caverne lui avait paru devoir être inoccupée, car il n'avait repéré aucun mouvement aux alentours, ni la moindre fumée, bien que ce fût l'heure de préparer le repas du soir.

D'autres cavernes étaient plus proches, mais il était difficile d'apprécier leur profondeur. Alors que si l'on avait pris la peine de construire un mur de torchis devant celle-ci, c'était sans aucun doute parce qu'elle s'enfonçait très avant sous la colline. Son étroite entrée les protégerait au maximum de la tempête... s'ils l'atteignaient à temps, car l'air était déjà épais, des feuilles et des herbes séchées volaient autour de leurs têtes.

Ils y parvinrent d'extrême justesse, entraînant leurs montures affolées dans les ténèbres de la grotte qui, à en juger par l'écho du bruit des sabots sur le sol, devait être assez vaste. Au même instant, accourue sur leurs talons, la tempête envoya un tourbillon de poussière à l'intérieur, tandis que mille démons semblaient hurler au-dehors.

Toussant et pleurant, Anjuli entendit Ash lui crier quelque chose sans pouvoir discerner ce que c'était. Une seconde plus tard, il lui saisissait les bras et lui criait dans l'oreille :

— Mets ton manteau sur ta tête et enfonce-toi aussi loin que possible dans la caverne! Mais fais bien attention en marchant, Larla...

Ash n'eût même pas conscience que ce tendre surnom lui avait échappé car il avait à se soucier des chevaux affolés, qui risquaient de se blesser l'un l'autre.

Comme il avait donné son mouchoir à Juli, il ôta vivement sa chemise, qu'il entailla avec ses dents pour pouvoir la déchirer. Il noua la première bande sur son nez et sa bouche. Cette manière de filtre lui permit de mieux respirer et, les yeux clos, il s'employa à calmer les chevaux, avant d'utiliser les restes de sa chemise pour entraver leurs jambes de devant juste au-dessus du boulet, comme les Indiens le font depuis des temps immémoriaux avec de longues herbes tressées.

Le vent soufflait obliquement par rapport à la caverne, quelque peu abritée par un surplomb rocheux. Mais la poussière ne s'engouffrait pas moins par l'étroite entrée dont, en tâtonnant le long d'une paroi, Ash entreprit de s'éloigner le plus possible.

Il avait parcouru une vingtaine de mètres environ, quand ses doigts rencontrèrent quelque chose d'indiscutablement métallique. Tâtonnant toujours, Ash se rendit compte que ceux-là mêmes sans doute qui avaient édifié le mur de torchis, avaient enfoncé dans la paroi rocheuse, en une sorte d'échelle oblique, une série de crampons. Sans comprendre à quoi ils pouvaient être destinés, Ash en repéra cinq et pensa qu'il pouvait y en avoir encore d'autres plus haut, hors d'atteinte. Ash bénit l'inconnu qui les avait plantés là car, dans cette partie de la caverne, l'air était beaucoup plus respirable que vers l'entrée.

Rebroussant chemin, il saisit la bride de Baj Raj qui secouait la tête d'un côté à l'autre pour échapper à ce nuage de sable et de poussière. Mais il se calma quand il put de nouveau respirer à peu près normalement et Ash l'attacha à l'un des crampons avant de retourner chercher la jument d'Anjuli. Lorsque ce fut terminé, Ash essuya la poussière agglutinée sur ses paupières et entrouvrit un instant les yeux pour voir si la tempête déclinait. Mais l'entrée de la caverne était toujours à peine plus pâle que les ténèbres environnantes, et le vent continuait de hurler comme un train s'engouffrant dans un tunnel.

Ça ne paraissait pas près de finir et Ash regretta de n'avoir pas prêté davantage attention aux chefs de village qui, sur leur passage, avaient parlé de vents chauds, de tourbillons de poussière et autres particularités du climat de la région. S'il n'avait pas jugé utile de poser des questions, c'était parce qu'il savait la saison de ces tempêtes encore éloignée. Ce serait après le mariage, au moment de repartir vers le nord, qu'il y aurait lieu de s'en occuper. Aussi n'avait-il aucune idée du temps que pouvait durer une turbulence de ce genre... Des heures ou seulement quelques minutes ?

— Mulraj va envoyer des hommes à notre recherche, pensa Ash avec plus de foi que d'assurance.

La tempête avait dû transformer le camp en un tel chaos que, débordés, Mulraj et les autres seraient contraints d'attendre le lever du jour pour les faire rechercher. A ce moment-là, il était probable que Juli et lui auraient regagné le camp par leurs propres moyens. En attendant, aussi longtemps que durerait la tempête, ils n'avaient qu'à s'accommoder au mieux de leur refuge.

Otant le morceau de chemise qu'il avait noué sur sa bouche et son nez, Ash trouva l'air plus respirable qu'il ne s'y attendait. Et ce serait encore mieux en s'enfonçant sous terre, surtout si, comme les échos le donnaient à penser, il existait des petites cavernes latérales, où la poussière n'arriverait sûrement pas. Mais, après la brûlante chaleur extérieure, il faisait froid dans ces ténèbres et Ash souhaita que Juli n'attrape pas un refroidissement, vu qu'elle était vêtue d'un *achkan* de coton, sans probablement rien d'autre dessous.

Il l'appela et ce fut comme si une douzaine de voix criaient d'un peu partout, les unes proches, les autres éloignées, mais les paroles étaient noyées dans la clameur du vent, au point que Ash ne put savoir si Juli lui avait répondu.

A un moment donné, il crut l'entendre, mais sans distinguer d'où lui parvenait le bruit et, en cet instant, il eût donné tout ce qu'il possédait pour avoir de quoi s'éclairer, ou quelques instants de relatif silence. Faute de savoir vers où se diriger, il continua d'avancer à tâtons, ses mains ne rencontrant que du rocher, de la terre ou le vide

Sans s'en rendre compte, il avait dû tourner dans une caverne latérale, car le bruit diminua d'un coup, comme si une porte s'était fermée derrière lui, et là, l'air semblait presque exempt de poussière. Les ténèbres étaient impénétrables, mais il eut le brusque sentiment que c'était de là que Juli l'avait appelé et qu'elle s'y trouvait encore, car un léger parfum de pétales de rose flottait dans l'air glacé. Comme il se tournait, ses bras se refermèrent autour d'elle. Sur sa poitrine nue, il sentit la douce chaleur de ses seins, de ses épaules, de sa taille fine car, après s'être couvert la tête avec l'*achkan* pour se protéger de la poussière asphyxiante, elle l'avait perdu dans l'obscurité lorsqu'elle l'avait ôté afin d'appeler. Contre celle de Ash, sa joue était mouillée de larmes, et elle respirait par saccades, comme si elle avait couru.

Ils demeurèrent étroitement enlacés pendant une longue minute, sans bouger ni parler, puis Ash tourna la tête et leurs bouches se rencontrèrent en un baiser.

24

Si le tourbillon de poussière n'avait pas progressé avec une telle rapidité... S'ils avaient eu conscience plus tôt de son approche... Si la caverne avait été moins grande, s'ils avaient pu continuer de se voir ou de s'entendre...

Si Ash n'avait pas perdu la tête, il eût aussi très probablement persévéré dans ses bonnes résolutions, auquel cas tous deux fussent restés assis sans se toucher jusqu'à la fin de la tempête, et repartis vers le camp dès que le vent serait tombé. S'ils avaient agi ainsi, ils seraient arrivés au camp en toute innocence, mais pour s'y trouver confrontés à un énorme scandale.

Ils n'auraient su dire combien de temps la tourmente avait duré ni à quel moment le vent s'était calmé. Cela pouvait être aussi bien une heure, deux heures ou dix. Ils avaient perdu toute notion de l'écoulement du temps.

— Je n'avais jamais souhaité que ça se produise, murmura Ash et c'était assez vrai.

Mais s'il y avait eu la moindre chance qu'il fît un ultime effort pour l'éviter, elle se serait envolée à l'instant où Ash avait senti Juli nue contre lui. Alors, il l'avait embrassée...

Un baiser qui n'avait rien de tendre, un baiser d'une violence passionnée qui avait meurtri les lèvres de Juli, lui coupant la respiration. En dépit de quoi, au lieu de se dégager, elle s'était pressée davantage contre lui.

Ash avait alors failli la soulever dans ses bras pour l'étendre par terre mais, se maîtrisant à la dernière seconde, il lui avait posé une question qui, en la circonstance, semblait superflue. Mais il avait besoin de savoir si la réaction passionnée de la jeune femme n'était pas simplement le contrecoup de la terreur qu'elle avait éprouvée.

Voilà pourquoi, tout en ayant soudain peur de ce qu'elle allait répondre, Ash se força à demander :

— Juli, m'aimes-tu ?

Tous les échos répétèrent après lui : *Juli, m'aimes-tu... m'aimes-tu...*

Alors, avec un rire léger, tout contre son oreille et trop bas pour que l'écho pût capter sa voix, Anjuli répondit :

— Pourquoi me poser cette question quand tu sais très bien que je t'ai toujours aimé ? Oui, toujours ! Dès le premier instant !

Les mains de Ash remontèrent vers la douceur des épaules et il dit, en secouant la jeune femme :

— Comme un frère, oui, mais ça n'est pas ce que je souhaite. Je te veux comme femme, je te veux toute à moi, pour toujours ! M'aimes-tu comme cela ? Dis, Juli ?

Elle frotta sa joue contre la main crispée sur son épaule et dit très lentement, comme si elle récitait un poème ou répétait une profession de foi :

— Je t'aime. Je t'ai toujours aimé. J'ai toujours été à toi et je le serai toujours. Si je t'ai aimé tout d'abord comme un frère, en grandissant et devenant femme, ça n'était plus un frère que j'espérais voir revenir mais un amoureux. Et... et...

Il sentit les bouts durcis de ses seins toucher sa poitrine comme des doigts légers.

— ... tu ne sais pas que, lorsque tu es revenu, je t'ai aimé avant même d'apprendre qui tu étais... dès que tu m'as soulevée hors du *ruth,* au milieu de la rivière, et tenue entre tes bras pendant que nous attendions mes femmes. Je n'osais presque plus respirer, je sentais mon cœur battre à grands coups et j'avais honte, car je te croyais pour moi un étranger. Cependant quelque chose en mon sang se réjouissait d'être contre toi et aurait voulu que tu me serres encore plus fort, plus fort... comme ça.

Elle noua ses bras au cou de Ash et l'embrassa au creux de la joue en murmurant :

— Oh ! mon amour ! Aime-moi... aime-moi maintenant, avant que ce ne soit trop tard pour moi...

Ces paroles s'achevèrent en un halètement quand, la serrant dans ses bras, Ash l'entraîna avec lui sur le sol de la caverne.

Étendue sur le sable lisse et doux, Juli sentit Ash la dépouiller du seul vêtement qu'elle portât encore, puis remonter doucement, en la caressant avec une brûlante assurance. L'espace d'un instant, elle eut peur, mais cela passa presque aussitôt. Quand il lui dit : « Je vais te faire mal », elle resserra son étreinte autour de lui et ne cria pas en subissant le délicieux supplice qui mettait fin à sa virginité.

Ce fut beaucoup, beaucoup plus tard, que Ash murmura :

— Je n'avais jamais souhaité que ça se produise.

— Moi si, murmura Anjuli en retour, sa tête reposant sur l'épaule de Ash.

— Quand donc, Larla ?

— Oh ! voici un mois au moins... Mais je ne pensais pas que cela se passerait ainsi. Comment aurais-je imaginé que les dieux seraient assez bons pour susciter une tempête au sein de laquelle nous serions pris, ce qui nous conduirait à chercher refuge ici ? Tu vas me juger éhontée, mais mon idée était de me rendre dans ta tente. Si tu n'avais pas voulu me prendre de toi-même, je t'aurais supplié... Parce que j'étais au désespoir et souhaitais que, du moins...

— De quoi veux-tu parler ? demanda Ash, brusquement ramené à tous les plans qu'il avait lui-même échafaudés.

— Du Rana, murmura Juli en frissonnant. Je... Je ne pouvais endurer l'idée que ma virginité aille à un autre homme... un homme que je ne connaissais ni n'aimais... un homme qui ne m'aimait pas non plus, mais userait néanmoins de moi par droit d'époux... par concupiscence, ou pour que mon corps lui donne des héritiers. Un vieil homme, et qui m'était totalement étranger...

De nouveau, elle frissonna convulsivement et Ash la serra contre lui en disant :

— N'y pense plus, Larla ! N'y pense plus jamais !

— Mais il me faut y penser, insista-t-elle d'une voix tremblante. Non... Laisse-moi parler... Je veux que tu comprennes. Vois-tu, je savais dès le commencement que je devrais me soumettre à lui et aussi que... que même s'il ne me trouvait pas désirable, il userait de moi parce que j'étais sa femme et qu'il voulait avoir des fils. A ça, je ne pouvais échapper. Mais qu'il soit le premier... le premier et le dernier... Que je sois prise sans amour et subisse l'étreinte avec dégoût... Que jamais, jamais, je ne sache ce que c'est que coucher avec un homme qu'on aime, ni ne me réjouisse d'être femme... Voilà ce à quoi je ne pouvais me résigner et pourquoi, Cœur de mon cœur, j'avais conçu le projet d'aller te supplier de... Mais maintenant c'est fait, et je suis heureuse ! Personne ne pourra jamais me ravir les heures que je viens de vivre, ni m'en salir le souvenir ! Et — qui sait ? — la bonté des dieux ira peut-être jusqu'à me permettre d'être enceinte de cet instant. Je vais prier pour qu'ils m'accordent cette grâce et que mon premier-né soit de toi. Mais même si cela m'est refusé, j'aurai du moins connu l'amour... et l'ayant connu, je pourrai endurer tout le reste sans trop en souffrir.

— Tu n'auras pas à en souffrir ! s'exclama Ash en couvrant de baisers le front, les yeux, les joues, la bouche, le menton d'Anjuli.

Et entre les baisers, il balbutiait :

— Mon amour... mon fol amour... Crois-tu vraiment que je te

laisserais maintenant partir ? Avant, oui peut-être, mais plus maintenant !

Il lui raconta alors le projet qu'il avait eu de lui demander de s'enfuir avec lui, et auquel il avait renoncé car le danger eût été trop grand... pour l'un comme pour l'autre, mais surtout pour elle Seulement, la tempête avait tout changé. C'était le miracle dont il avait tant besoin et qu'il n'espérait pas, car la tempête allait leur permettre de fuir sans éveiller aucun soupçon et sans crainte d'être poursuivis. Ils avaient des chevaux et, s'ils se mettaient en route dès que le vent tomberait, ils couvriraient un bon nombre de milles durant la nuit. Au lever du soleil, ils seraient hors d'atteinte, car le tourbillon de poussière avait dû provoquer au camp tant de confusion et de dégâts, qu'on ne pourrait envoyer des hommes à leur recherche avant le jour. Comme on ne les retrouverait pas, on penserait qu'ils avaient péri dans la tempête et reposaient sous un amoncellement de sable, au creux de quelque colline. On renoncerait à les chercher car, partout à la ronde, les tourbillons avaient dû modifier profondément le paysage, comblant des trous et en creusant d'autres.

— Au bout d'un jour ou deux, ils abandonneront les recherches et continueront vers Bhitor. Nous n'aurons même pas à nous inquiéter pour l'argent, car nous pourrons vendre ma montre et tes rubis... ceux de tes pendants d'oreille et les autres qui tiennent lieu de boutons à ton *achkan*. Avec ça, nous aurons de quoi vivre pendant des mois et même des années... dans un endroit où personne ne nous connaîtra... dans la province d'Aoudh, les collines du Nord ou la vallée du Kulu. Je trouverai du travail et puis, quand ils nous auront complètement oubliés...

Anjuli secoua la tête :

— Moi, ils pourraient m'oublier, parce que je n'ai guère d'intérêt aux yeux de qui que ce soit. Toi, c'est différent. Te cacherais-tu un an, cinq ans, dix ans... lorsque tu reparaîtrais, ici ou en *Belait,* pour réclamer tes biens, tu serais toujours un officier de la Reine parti sans permission... Ils t'arrêteraient comme déserteur, tu serais condamné et tout se saurait...

— Oui, dit lentement Ash. Oui, c'est vrai...

Il y avait une note de surprise dans sa voix, car il s'apercevait que, dans la folle intoxication des heures qui venaient de s'écouler, il avait complètement oublié les Guides.

— En effet, je ne pourrai jamais reparaître au grand jour. Mais nous serons ensemble et...

Anjuli avait posé une main sur ses lèvres, le forçant à se taire :

— Non, Ashok, implora-t-elle à mi-voix. Ne parle plus de ça, je t'en supplie, parce que je ne peux m'enfuir avec toi... Je ne peux pas abandonner Shushila... Je lui ai promis de toujours rester avec elle. Je ne peux revenir sur ma parole. Et comment être heureuse en sachant que je l'ai abandonnée? C'est ma petite sœur, que j'aime et qui m'aime, qui a confiance en moi, qui a besoin de moi... qui a toujours eu besoin de moi depuis qu'elle était bébé. Shu-shu m'a donné son affection durant les années où je n'avais rien d'autre, et si je lui manquais maintenant de parole, au moment où elle n'a jamais eu tant besoin de moi, je me sentirais atrocement coupable, je ne me le pardonnerais jamais... Ce serait une véritable trahison...

Ash lui saisit le poignet :

— Mais moi aussi je t'aime. Et j'ai aussi besoin de toi. Cela ne signifie-t-il donc rien pour toi? Tiens-tu plus à elle qu'à moi? Dis?

— Tu sais bien que non, répondit Anjuli dans un sanglot. Je t'aime plus que ma vie, plus que tout au monde! Ne te l'ai-je pas prouvé cette nuit? Mais... mais tu es un homme, tu es fort, Ashok. Tu continueras à vivre sans moi; bientôt tout cela appartiendra pour toi au passé et, un jour...

— Jamais. Jamais. *Jamais!* l'interrompit Ash avec véhémence.

— Mais si, tu verras. Et moi pareillement. Parce... parce que nous avons tous les deux assez de force pour y parvenir. Mais pas Shu-shu. Et si je ne suis pas là pour lui donner courage quand elle a peur, pour la réconforter quand elle est triste ou ressent le mal du pays, elle mourra.

— *Be-wakufi!* rétorqua Ash avec rudesse. Elle est probablement beaucoup plus forte que tu ne le penses et, si elle se montre encore enfant à certains égards, pour le reste, elle est bien la fille de sa mère. Elle ne se laissera pas mourir, crois-moi!

L'espace de quelques instants, Anjuli demeura silencieuse, puis elle dit, d'une voix étrangement unie et dénuée d'émotion :

— Si l'on disait à Shu-shu que j'ai péri dans la tempête et qu'il lui faut aller seule à Bhitor, elle serait folle de chagrin comme de terreur, et personne n'arriverait à la calmer. Nandu est le seul qui y soit parvenu, et il n'est pas ici. Je la connais bien, Ashok, et toi, non. J'ai beau l'aimer, je me rends compte que c'est une enfant égoïste et gâtée, la fille de Janoo-Rani. Mais je sais aussi qu'elle peut se montrer aimante, douce et confiante; alors, je ne veux pas être cause de sa mort. Si je laissais faire, pourrais-tu m'aimer en découvrant du même coup que, moi aussi, je suis égoïste, cruelle et sans parole? Car je serais tout cela si j'étais prête à risquer la raison et la vie de ma petite sœur pour mon seul bonheur.

— Et mon bonheur à moi ? riposta Ash d'une voix douloureuse. Ne compte-t-il pas ?

Mais sentant bien qu'aucun argument n'aurait de poids et n'arriverait à la convaincre, il l'avait prise de nouveau avec une sorte de violence animale qui l'avait brisée et meurtrie, tout en lui arrachant cependant une intense jouissance sexuelle. Néanmoins, quand ce fut fini, quand ils se retrouvèrent épuisés et haletants, elle dit de nouveau : « Je ne peux pas trahir sa confiance » et Ash sut qu'il était vaincu, que Shushila avait gagné. Étendu sur le dos, il laissa son regard se perdre dans les ténèbres et ils furent un très long moment sans prononcer une seule parole. Le silence était si total que Ash entendait sa propre respiration, et tinter le harnachement d'un des chevaux. Alors seulement il prit conscience que le vent s'était tu, sans qu'il pût dire depuis combien de temps. Une heure au moins... peut-être même davantage. Auquel cas il leur fallait partir au plus vite, s'ils voulaient profiter de l'obscurité pour regagner le camp, avec l'espoir que leur retour passe inaperçu au milieu de la confusion générale.

Mais une pensée traversa soudain l'esprit de Ash, qui dit vivement :

— Tu ne peux pas risquer ça, Juli. C'est trop dangereux. Il s'en rendra forcément compte.

— Compte de quoi ? Et qui cela ? questionna Anjuli d'une voix étouffée, comme si elle avait pleuré.

— Le Rana. Quand il couchera avec toi, il découvrira que tu n'es plus vierge, et alors quel scandale !

— Mais non... Il ne se rendra compte de rien, rétorqua Anjuli avec effort. Il y a des moyens pour cela...

— Quels moyens ? Tu ne sais pas de quoi tu parles. Tu ignores tout de...

— Tu oublies que j'ai été élevée au milieu des servantes d'un zenana et qu'un Rajah a bien d'autres femmes que ses épouses. Les concubines savent tout ce qui peut plaire à un homme ou l'abuser, et parlent librement de ces choses parce qu'elles n'ont guère d'autres sujets de conversation, mais aussi parce qu'elles jugent nécessaire de faire l'éducation de leurs cadettes.

Anjuli prit un temps, avant de poursuivre :

— Il me déplaît de devoir te le dire, mais si je n'avais pas su être, le moment venu, en mesure d'abuser le Rana, je ne me serais pas donnée à toi.

Ces paroles furent autant de gouttes glacées sur le cœur de Ash, qui riposta avec une cruauté délibérée :

— Et tu as dû penser aussi, sans doute, à ce que pourrait devenir l'enfant — mon enfant — si tu en avais un ? Son père légal sera le Rana ; suppose qu'il choisisse de l'élever comme un autre Nandu ou Lalji ? Ou mette à son service des scorpions comme Biju Ram, des pervers et des entremetteurs ayant le goût du mal ? Y as-tu réfléchi ?

— C'est la *Nautch* et non mon père, répondit posément Anjuli, qui avait placé Biju Ram dans la maison de Lalji. Et... et je crois que c'est la mère d'un enfant qui, si elle le veut, peut orienter son avenir car, tant qu'il est petit, c'est à elle et non à son père qu'il s'en rapporte pour tout. Si les dieux m'accordent d'avoir un enfant de toi, je te jure de veiller à ce qu'il devienne un prince dont tu puisses être fier.

— Et quel bien cela me fera-t-il puisque je ne le verrai pas ni n'aurai aucune nouvelle de lui ? Puisque je ne saurai même pas qu'il existe ? riposta Ash avec amertume.

Durant quelques instants, il crut qu'elle renonçait à lui répondre, puis il l'entendit murmurer :

— Je suis désolée... Je... Je n'avais pas réfléchi... C'était pour moi que je souhaitais cet enfant... pour ma consolation. J'ai été égoïste. (Un sanglot fêla sa voix.) Mais maintenant c'est fait et l'avenir ne dépend plus de nous !

— Si ! Tu peux encore venir avec moi, non pas pour moi mais pour le bien de l'enfant. Promets-moi de le faire si tu as un enfant. Ça tu le peux, non ? Je me refuse à croire que Shu-shu compte plus pour toi que notre enfant ou que tu le lui sacrifierais ? Promets-moi, Larla !

— Tu... tu auras d'autres enfants...

— *Jamais !*

— Je me doute bien que je n'ai pas été la première. Il y en a eu peut-être beaucoup avant moi et, si c'est le cas, comment sais-tu s'il n'y a pas quelque part un enfant qui pourrait t'appeler son père ? C'est l'usage pour les hommes de payer leur plaisir, puis de s'en aller sans plus y penser. Et tu as beau être sincère maintenant en disant que tu ne te marieras jamais, je ne crois pas que l'ascétisme soit dans ta nature. Tôt ou tard, tu coucheras donc avec d'autres femmes et tu seras peut-être père d'autres enfants, sans le savoir ni t'en soucier. Mais moi, si j'en ai un, je le saurai et me soucierai de lui, car je le porterai dans mes flancs durant des mois, avec tous les malaises qui en résultent, pour finalement souffrir encore et risquer de mourir en le mettant au monde. Alors n'aurai-je pas payé la joie d'avoir cet enfant ?

Juli avait raison.

Ash essaya de parler sans y parvenir, parce que sa bouche était corrodée comme s'il avait bu de l'acide, mais aussi parce qu'il ne lui restait rien à dire. Dans le silence qui s'était de nouveau refermé sur eux, il perçut des frôlements et devina que Juli enfilait les jodhpurs dont il l'avait dépouillée ... combien d'heures auparavant ? Il était glacé et comme vidé de tout sentiment. Il s'entendit soudain claquer des dents, et ce bruit ridicule lui rappela qu'il leur fallait retrouver l'*achkan* d'Anjuli tout comme ce qui subsistait de sa propre chemise, car ils n'auraient aucun espoir d'éviter le scandale s'ils regagnaient le camp à demi nus. Ayant mis la main sur sa culotte de cheval et ses bottes, il les enfila en s'assurant que rien n'était tombé de ses poches, puis il demanda, tout en bouclant sa ceinture :

— Qu'as-tu fait de ton *achkan ?*

— Je ne sais pas... répondit-elle d'une voix qui trahissait une lassitude égale à la sienne. Je m'en étais couvert la tête et j'ai dû le laisser tomber quand je t'ai entendu m'appeler.

— Alors, il nous faut tourner en rond jusqu'à ce que nous l'ayons retrouvé, car il n'est pas question que tu regagnes le camp sans lui. Donne-moi la main pour que nous ne nous perdions pas dans l'obscurité.

Il leur fallut près d'une heure pour retrouver le vêtement. En ce qui concernait la chemise, ce fut plus facile, car Ash se rappelait l'avoir jetée près des chevaux et, à présent que la tempête était finie, l'entrée apparaissait comme un rectangle gris au sein de l'obscurité environnante.

Dans les profondeurs de la caverne, il faisait froid, mais dehors l'air était encore brûlant et sentait la poussière. Simultanément, Ash s'aperçut que l'aube était toute proche.

Il en éprouva un choc, n'ayant pas imaginé un instant que tant d'heures aient pu s'écouler. Il avait pensé à deux ou trois, quatre au maximum, alors qu'il s'était agi de presque toute la nuit. Il ne fallait plus espérer qu'Anjuli pût regagner le camp à la faveur des ténèbres et de la confusion suscitée par le tourbillon de poussière.

— Dépêchons-nous ! dit-il d'un ton péremptoire en lançant Baj Raj au galop

Une minute plus tard, la jument de Juli se mit à boiter, ralentissant leur train.

— Je pense que c'est seulement une pierre, dit la jeune femme en mettant aussitôt pied à terre.

Mais il s'agissait d'un morceau de silex coupant comme du verre, et si profondément enfoncé que, faute d'un couteau et d'y voir suffisamment, Ash mit près de dix minutes à l'extraire. Après quoi, la jument continua de boiter, tant la coupure était profonde.

— Le mieux est que tu prennes Baj Raj pour rentrer aussi vite que possible, décida Ash. Moi, j'arriverai plus tard. Ainsi, tu pourras raconter que nous avons été séparés par la tempête et que tu as passé la nuit toute seule dans une caverne...

— Alors que j'aurai ton cheval ? Et toi le mien ? l'interrompit Juli. Non, nous dirons la vérité.

— Toute la vérité ? questionna sèchement Ash.

Anjuli remonta sur sa jument sans répondre et ils repartirent, mais cette fois au pas. Bien que l'obscurité fût encore assez dense, Ash sut que sa compagne pleurait en silence, les yeux grands ouverts, comme autrefois quand elle était Kairi-Bai et avait du chagrin.

Ainsi finissait tristement un épisode de son existence pour lequel Juli avait couru de grands risques, et qu'elle avait espéré garder comme un rayonnant souvenir au long de l'avenir sans joie qui serait le sien. Ash comprit que s'il la quittait ainsi, il le regretterait jusqu'à la fin de ses jours. Il se devait de lui dire qu'il l'aimait et l'aimerait toujours, même si elle ne l'aimait pas suffisamment pour quitter Shushila... Quelle chose étrange de constater que, même morte, Janoo-Rani pouvait encore ruiner leurs vies à travers sa fille !

Se tournant pour regarder Juli, il la vit affaissée sur sa selle, recrue de fatigue, laissant la jument choisir son chemin entre les pierres et les arbustes rabougris. Même dans cette mauvaise clarté, son *achkan* se révélait tout froissé, et c'est sans grand succès qu'elle avait essayé de se peigner avec les doigts. Bien qu'elle détournât la tête pour lui cacher ses larmes, elle dut sentir son regard, car il la vit redresser les épaules, essuyer d'un revers de main les traces de larmes sur sa joue, avant de rejeter en arrière les cheveux qui lui tombaient sur le front.

Ash sentit son cœur déborder d'amour tant il y avait de courage dans cette tentative de l'abuser. Il étendit la main vers Juli, mais il avait trop attendu car, au même instant, elle tira sur les rênes et montra au loin une sorte d'animal préhistorique à deux bosses qui tanguait à travers la plaine. C'était le *ruth.*

— Regarde ! s'exclama-t-elle. C'est Shu-shu ! Ils ne sont donc pas rentrés eux non plus !

Ce n'était pas Shu-shu, mais seulement Kara-ji et le conducteur du *ruth.*

Dressé sur ses étriers, Ash les appela, puis piqua des deux pour les rejoindre, laissant Anjuli suivre au pas de sa monture. Lorsqu'elle arriva enfin à leur hauteur, Kara-ji avait raconté son histoire et connaissait à peu près la leur. Dès qu'il vit sa nièce, le vieil homme s'écria, tout saisi

— *Arre-bap !* Monte tout de suite dans le *ruth,* mon enfant !

Il l'aida à mettre pied à terre et, regardant Ash, il prit conscience de la chemise déchirée.

— Mieux vaut laisser supposer que nous avons passé cette nuit tous ensemble, dit-il alors.

D'un geste péremptoire, il imposa le silence à Ash qui voulait émettre des suggestions et, ayant poussé sa nièce à l'intérieur du *ruth,* il dit au conducteur :

— Budoo, si quelqu'un te pose la question, tu diras que le Sahib et la Rajkumari nous avaient rejoints quelques instants à peine avant que nous soyons pris dans la tempête. Anjuli-Bai s'est alors réfugiée dans le *ruth,* sous lequel nous sommes demeurés tapis tous les trois. C'est un ordre. Et si j'entends raconter autre chose, je saurai qui a parlé... et qui punir. Est-ce compris ?

— *Hukum hai,* Rao-Sahib, murmura l'autre avec placidité, en portant une main à son front pour le saluer. C'était un vieil homme qui avait été promu à ce poste après que le précédent conducteur se fut noyé dans la rivière, et depuis tant d'années qu'il était au service de la famille, on pouvait compter sur son obéissance.

— Et vous, Sahib, commanda Kara-ji en se tournant vers Ash, retirez ces guenilles. Vous allez mettre ma chemise. Il y a des châles dans le *ruth* pour me couvrir, et il serait par trop inconvenant que vous regagniez le camp à demi nu.

Lorsque l'échange fut fait, Kara-ji monta à côté de sa nièce dans le *ruth,* qui se remit en marche. Ash suivit sur son cheval, en tenant la jument par la bride. Il entendait Kara-ji raconter à Juli les événements de la nuit, et il se dit que c'était vraiment une chance inespérée que le vieil homme tînt davantage à narrer ses propres mésaventures qu'à s'informer des leurs.

Bien que nul ne l'eût expressément dit, ce qui comptait avant tout pour Karidkote comme pour Bhitor, c'était Shu-shu, dont la beauté compensait aux yeux du Rana — en sus d'une grosse dot — le fait d'avoir dû épouser également une fille aussi quelconque que Kairi-Bai. D'où la nécessité impérieuse de ramener Shushila au camp avant que la tempête ne les atteigne. Certes, il pouvait lui arriver autant de mal sous sa tente, mais du moins n'auraient-ils pas à expliquer pourquoi elle était sortie à cheval.

Mulraj s'était donc livré à un rapide calcul en regardant la nuée menaçante. Faisant alors litière des convenances, il avait pris Shushila en croupe et était parti au galop, laissant à Kara-ji le soin de ramener le cheval abandonné. L'escorte, en voyant le tourbillon approcher et Mulraj partir ainsi au galop, attendit à peine les explications de Kara-ji pour s'en retourner au plus vite vers le camp avec la dame d'honneur, ainsi que le cheval de Shushila et celui de Kara-ji, ce dernier préférant rester avec le *ruth*.

Le conducteur du chariot, le vieux Budoo, avait détaché les bœufs pour les abriter entre le *ruth* et le flanc d'une colline, dans un renfoncement de laquelle il avait garé son véhicule. Après quoi il s'était employé à calfeutrer l'intérieur du *ruth* avec couvertures, châles et coussins se trouvant sur les banquettes. Kara-ji ne l'y avait rejoint qu'au tout dernier moment, espérant toujours voir arriver les chevaux de sa nièce et du Sahib.

Le vieil homme n'avait eu aucune raison de mettre en doute l'histoire racontée par Ash, ni jugé utile de questionner sa nièce; ayant enduré lui-même le drame de la tempête, il était convaincu que rien d'inconvenant n'avait pu se passer entre eux dans une telle ambiance où les yeux, la bouche et le nez pleins de poussière, on s'efforce désespérément de continuer à respirer. Pour lui, une telle tempête valait une douzaine de duègnes; mais il n'en recommanda pas moins à Juli de ne dire à personne qu'elle n'avait point passé la nuit dans le *ruth*. Pas même à Shu-shu.

— Tu vas te marier sous peu, et il paraîtrait inconvenant qu'une fiancée ait pu sortir seule avec un autre homme, fût-ce un Sahib. Il n'y a que trop de mauvaises langues autour de nous et, si la vérité venait à se savoir, le Rana tout comme ton frère seraient extrêmement mécontents. Donc, tu as réussi à regagner le *ruth* juste avant que le tourbillon ne nous atteigne, et tu y es restée toute la nuit. Le Sahib, Budoo et moi dirons la même chose.

25

Comme l'avait prévu Ash, le camp avait été mis sens dessus dessous par la tempête. Il y avait tant de dégâts à réparer que l'arrivée du *ruth,* peu après le lever du soleil, avec la Rajkumari Anjuli et son oncle (qui avaient été surpris par le tourbillon au milieu de la plaine) fut accueillie avec soulagement mais sans susciter beaucoup de curiosité.

La tente de Ash était restée debout mais, à la différence d'Anjuli, il ne dormit pas ce jour-là, tant on avait à faire pour remettre la caravane en état de reprendre la route. Étant donné l'énorme quantité de gens et d'animaux qu'elle comportait, on pouvait s'estimer heureux que la tempête eût fait seulement trois morts et une centaine de blessés, légers pour la plupart. Les animaux avaient beaucoup plus souffert, affolés qu'ils avaient été par cette poussière les empêchant de respirer. Et un grand nombre s'étaient enfuis, qui ne seraient peut-être jamais retrouvés.

Comme pour faire oublier cette tempête qui n'était pas de saison, le temps s'améliora de façon incroyable. Durant la journée, la température n'excéda pas 30° centigrades et les nuits redevinrent fraîches. Cela permit de s'activer fiévreusement à la réparation des dommages, moins par crainte d'une seconde tempête, que par désir d'en finir avec cette existence nomade pour profiter de toutes les festivités prévues à Bhitor. Mais il fallait bien compter encore au moins une semaine avant que l'ordre de repartir pût être donné.

Ash avait pensé qu'une occasion d'aller dans la tente de durbar ne tarderait pas à se présenter, mais il n'en fut rien. Mulraj lui laissa même entendre que, si près maintenant de Bhitor, mieux valait que le Sahib et lui restent à l'écart de cette tente, le Rana ayant la réputation d'être très strict sur le chapitre de l'étiquette.

Un soir toutefois, après une journée harassante passée en selle, Ash se vit apporter une corbeille d'oranges par l'un des serviteurs princiers, lequel expliqua que c'était un présent de la Rajkumari Anjuli-Bai. Elle déplorait que l'état de santé de sa sœur les empêchât de recevoir le Sahib, mais formait des vœux pour que lui-même fût en bonne forme et prît plaisir à manger ces fruits. Après avoir remercié le porteur, Ash rentra dans sa tente et retourna la corbeille sur son lit, s'attendant à trouver un billet dissimulé parmi les fruits. Rien.

Mais il devait sûrement y avoir quelque chose, sans quoi quelle raison Juli aurait-elle eue de lui envoyer un cadeau aussi conventionnel ? Et le message verbal qui l'accompagnait n'avait certainement pas de sens caché. Ash se mit à examiner les oranges une à une. La peau de la cinquième portait une petite marque, comme si elle avait été entaillée par un couteau très aiguisé. Ash l'ouvrit en deux et oublia aussitôt toute sa fatigue.

Anjuli ne lui avait rien écrit, mais elle lui envoyait quelque chose de beaucoup plus éloquent que la plus longue lettre : la moitié du petit poisson de nacre qu'elle lui avait donné jadis, la nuit où il s'était enfui de Gulkote. Elle le lui avait donné pour lui porter bonheur, parce qu'il était son frère de bracelet. Il l'avait brisé en deux, disant qu'il reviendrait un jour et qu'ils réuniraient alors les deux moitiés. A présent, Anjuli lui renvoyait la moitié qu'il lui avait rendue afin de se faire reconnaître. Elle voulait ainsi lui signifier qu'ils étaient toujours les deux moitiés d'un tout. Tant qu'ils vivraient, ils continueraient d'espérer que, un jour, lorsque leurs faits et gestes n'auraient plus d'importance que pour eux, ils pourraient de nouveau se réunir. C'était un espoir infime, mais pareil à une source fraîche après des jours d'errance dans un brûlant désert. Et même si cet espoir ne se réalisait jamais, le morceau de nacre était en soi la preuve tangible que Juli l'aimait toujours et lui avait tout pardonné.

Ce fut seulement lorsque les larmes cessèrent de brouiller sa vue, que Ash s'aperçut que ça n'était pas sa moitié à lui qu'il tenait là, mais celle que Juli avait portée pendant tant d'années entre ses seins, et qui en conservait une légère senteur de pétales de roses séchés. Émanant de Juli, ce geste avait l'intimité d'un baiser, et Ash garda un long moment le petit morceau de nacre pressé contre sa joue.

Pour l'insérer dans l'orange, Juli en avait ôté la tresse de soie et Ash devrait la remplacer car, si fine fût-elle, une chaînette eût brisé la nacre. Il demanderait à Gul Baz de lui trouver ça et, en attendant, il allait ranger le porte-bonheur de Juli à l'endroit même où le sien était resté tant d'années, en sûreté mais pratiquement oublié.

Prenant la petite clef de cuivre suspendue à sa chaîne de montre, Ash la fit tourner dans la serrure du coffret, dont le couvercle se leva comme sous l'effet d'un ressort. Ash se souvint alors qu'il avait dû peser sur ce couvercle tant le coffret était exigu pour contenir le morceau de tissu taché de sang qu'il avait voulu y mettre à l'abri des regards. Son intention était de s'en débarrasser à la première occasion, en le brûlant ou l'enfouissant. Mais, comme il avait confié le coffret à Mahdoo en même temps que son argent, ses armes et ses munitions, il n'y avait plus repensé. Le mieux était de sortir le jeter sans plus attendre au-delà des feux du camp. Ash le roulait en boule pour l'enfouir dans sa poche, lorsqu'il sentit quelque chose de petit et de dur... Un bouton probablement, ou bien un de ces plombs que les tailleurs indiens utilisent pour qu'un vêtement tombe bien droit...

C'était la première fois que Ash examinait avec attention ce bout de tissu taché par le sang de sa blessure. On se rendait compte qu'il s'agissait d'une riche étoffe de soie et de coton, très mince et non doublée, un vêtement d'été. C'était la couture qui avait cédé, si bien que tout l'avant gauche du vêtement s'était détaché du col comme de la manche. Il comportait un alignement de boutonnières, ainsi qu'une poche intérieure, qui devait se trouver assez curieusement placée sous l'aisselle. Cette poche possédait un rabat, dont Ash s'aperçut qu'on l'avait cousu pour que le petit objet dur ne risquât pas de s'en échapper.

Il s'agissait donc probablement d'un bijou de valeur et, pensant à la consternation de son agresseur, Ash eut un sourire tandis qu'il prenait des ciseaux et entaillait délibérément la poche. Le bijou tomba par terre, dans le rond de clarté que projetait la lampe-tempête accrochée au piquet de la tente. Un bijou en forme de poire, irisé comme une gorge de pigeon...

Le pendant d'oreille de Hira Lal.

Ce fut comme si Ash recevait un coup au creux de l'estomac et il demeura un long moment figé sur place, le regard rivé sur le bijou, avant de se baisser pour le ramasser.

Sous la lampe, la perle se mit à chatoyer comme une chose vivante ; en la contemplant Ash sut, sans le moindre doute possible, qui avait tué Hira Lal. Et qui avait ordonné sa mort.

Biju Ram ne pouvait manquer d'accompagner Lalji lors de ce voyage à Calcutta, et Biju Ram haïssait Hira Lal, lui enviant de surcroît la possession de cette perle noire. C'était Janoo-Rani qui avait certainement eu l'idée du meurtre et en avait arrêté le plan, jusqu'en ses moindres détails avant le départ des voyageurs. Pour le mettre à exécution, Biju Ram n'aurait qu'à attendre qu'ils fussent dans une région où il y avait des tigres, et de préférence dans un endroit où un mangeur d'hommes avait été signalé.

Nombreux devaient être encore les gens qui, tout comme Ash, auraient reconnu cette perle au premier coup d'œil. Seule la cupidité — ou la haine — avait pu pousser Biju Ram à conserver sur lui une preuve aussi accablante. Rien d'étonnant donc qu'il eût fouillé la tente de Ash dans ses moindres recoins afin de la retrouver. Pour lui, cette perle était aussi dangereuse qu'un *krait,* le petit serpent brun dont la morsure provoque immédiatement la mort.

Tout en soupesant pensivement la perle, Ash se demandait comment il n'avait pas identifié plus tôt son agresseur. A présent, il se rappelait certains détails... l'odeur, notamment. Biju Ram s'était toujours parfumé, et l'homme avec qui Ash s'était battu dans l'obscurité sentait l'iris. Mais, sur l'instant, il était trop furieux pour y avoir prêté attention. En se remémorant le parfum d'iris, Ash se dit que Biju Ram semblait avoir renoncé aux couleurs vives qu'il affectionnait naguère. Inconsciemment peut-être, il s'était mis à imiter son défunt rival et, comme lui, à ne porter que du gris.

Cette étoffe tachée de sang avait à présent une odeur désagréable et Ash la jeta hors de sa tente. Peu lui importait maintenant qu'on la remarque ou qu'elle suscite des questions, puisqu'il savait désormais que l'agression dont il avait été victime ne se rattachait aucunement à Juli.

Biju Ram ne s'intéressait pas à Anjuli-Bai, et il n'avait pas non plus reconnu en Pelham-Sahib le petit garçon dont il faisait jadis son souffre-douleur. S'il avait voulu tuer Ash, c'était pour la même raison que Janoo-Rani avait voulu supprimer Ashok : parce qu'il faisait obstacle à l'assassinat du prince héritier. C'était aussi simple que ça, et Ash aurait dû s'en rendre immédiatement compte, s'il n'avait été obnubilé par une idée préconçue.

Assis à l'extrémité du lit de camp, Ash reconstituait peu à peu les détails de l'affaire. La mort de Janoo-Rani ayant déjà suscité beaucoup de commentaires, si Jhoti était mort soudainement lui aussi, le Résident britannique n'eût pas manqué de trouver suspecte cette série de morts, et qui sait jusqu'où l'aurait mené son enquête ? Mieux valait donc que Jhoti périsse au cours d'un accident, hors des frontières de Karidkote. Pour parachever le plan, et désarmer d'éventuels soupçons, on s'arrangerait pour que Jhoti soit parti contre les ordres de son frère, dans des circonstances ayant empêché ce dernier d'apprendre l'escapade avant qu'il fût trop tard pour ramener le fugitif. D'où la partie de chasse préalablement arrangée.

Un plan excellent, dénotant une parfaite connaissance de Jhoti. Comment celui-ci aurait-il imaginé que l'homme l'ayant aidé à rejoindre la caravane de ses sœurs et qui demeurait avec lui, pouvait être autre chose qu'un de ses plus chauds partisans ? En s'opposant apparemment au Maharajah, Biju Ram passait pour courir de gros risques, et cela suffisait à écarter de lui tout soupçon si Jhoti trouvait la mort dans un accident.

Biju Ram devait avoir des complices... au moins deux... peut-être trois mais sûrement pas davantage, car plus ils étaient nombreux et plus augmentaient les risques d'une trahison. Opérant une sélection parmi les membres de la suite de Jhoti, Ash opta pour Mohun, Pran Krishna et peut-être Sen Gupta.

Pran Krishna, intime de Biju Ram, manifestait toujours beaucoup d'admiration et d'enthousiasme à l'égard de leur jeune maître. C'était aussi un remarquable cavalier et il participait à la chasse au faucon le jour où la selle de Jhoti avait été sabotée. Sabotage habile et tout à fait dans les cordes de Pran Krishna, lequel était aussi particulièrement bien placé pour procéder à un échange de selles car, dans la confusion qui eût suivi la mort de Jhoti, personne n'aurait pensé à s'occuper du cheval.

Se remémorant la conversation qu'il avait surprise cet après-midi-là, Ash se rendait compte que, en feignant de vouloir le retenir, Biju Ram avait poussé Jhoti à sortir seul par esprit de contradiction. Et si Jhoti n'était pas revenu, c'eût été Biju Ram qui aurait donné l'alarme, en manifestant la plus vive inquiétude.

Nandu et Biju Ram savaient dès le commencement qu'un officier britannique accompagnerait le cortège jusqu'à Bhitor ; ce détail avait dû leur apparaître comme un atout supplémentaire ; vu la présence d'un Sahib dans la caravane, les autorités ne mettraient pas en doute que la mort du prince héritier eût été causée par un déplorable accident. Et comme ils avaient peu l'expérience du monde des Sahibs, ils avaient pensé que l'on ferait accompagner le cortège par un jeune officier, connaissant mal dialectes et coutumes, à qui l'on ferait facilement croire tout ce que l'on voudrait.

Mais Pelham-Sahib ne correspondait pas à cette image et, de surcroît, il s'était lié d'amitié avec Jhoti, à la sécurité duquel il portait beaucoup trop d'attention. Il pouvait ainsi devenir la pierre d'achoppement qui ferait tout échouer ; mieux valait donc s'en débarrasser, mais attendre pour ce faire que la caravane eût quitté les Indes anglaises et se trouvât dans une région où il n'y eût pas de ville suffisamment importante pour justifier la présence d'un délégué britannique, risquant de s'occuper trop vite et trop attentivement d'un accident mortel survenu à un Sahib. Car, bien entendu, ça semblerait être un accident.

Chaque fois que la caravane abordait une région favorable, Biju Ram devait guetter l'occasion de mettre ce plan à exécution et lorsque cette occasion se présenta, il la saisit aussitôt Si Pelham-Sahib avait été abattu par une balle provenant de son propre fusil, on aurait immanquablement conclu qu'il s'était tué en trébuchant ou maniant son arme sans précaution... Et l'agression était certainement le fait de *Bichchhu* lui-même, aucun de ses serviteurs n'étant capable d'utiliser une telle arme.

Ash alla se camper dans l'ouverture de sa tente et contempla la nuit. Puis son regard se posa sur le lambeau de vêtement qu'il avait jeté. Il se baissa et le ramassa, car il venait de lui trouver une possible utilité.

26

Ce jour-là, leur route suivait le tracé d'une rivière asséchée, serpentant entre de hautes touffes de canches, d'énormes fourmilières, et quelques épineux. Le soleil était encore bas à l'horizon lorsqu'ils étaient partis, mais l'air matinal avait déjà perdu toute fraîcheur, et la journée promettait d'être encore plus torride que la précédente. Chevaux et bœufs soulevaient des nuages de poussière, dont Shushila n'arrêtait pas de se plaindre, jusqu'à ce que Jhoti, qui partageait le *ruth* de sa sœur, perde patience et la gifle :

— A t'entendre, on croirait que tu es la seule à souffrir ! J'en ai par-dessus la tête ! Je ne veux pas rester un instant de plus avec une idiote qui n'arrête pas de pleurnicher !

Sur quoi, en dépit des supplications de Shushila, il réclama son cheval et décida de faire le reste du chemin en selle.

La gifle et ce brusque départ eurent un effet salutaire sur Shushila, qui réagissait toujours favorablement devant une mâle colère. Cet incident servit aussi Ash, lequel, après avoir durant des semaines évité de rencontrer Biju Ram, souhaitait sa compagnie sans vouloir la chercher ouvertement.

Quand Jhoti fut à cheval, toute sa suite dut quitter les chariots pour l'imiter. Et lorsqu'il déclara ne vouloir chevaucher qu'en la seule compagnie de Mulraj et du Sahib, Ash fit remarquer que les autres pourraient être utiles ensuite pour aller chercher du ravitaillement, car il était exclu de dresser le camp avant de déjeuner.

Pour une fois, Jhoti ne discuta pas et Ash se trouva ainsi passer enfin plusieurs heures en compagnie de Biju Ram, réussissant même à échanger quelques propos avec lui comme s'ils étaient dans les meilleurs termes.

Le soleil touchait au zénith quand ils trouvèrent un endroit convenant à la halte du déjeuner. Mohal et Biju Ram partirent en avant chercher le ravitaillement. A leur retour, ils annoncèrent que le camp allait s'installer à un mille environ. L'avant-garde y étant arrivée depuis un certain temps, une bonne partie des tentes étaient déjà dressées et tout serait terminé dans une heure.

Ash avait espéré que le vent soufflerait, mais le *louh* ne se manifesta point et l'air était immobile. Tout compte fait, ce ne serait peut-être pas plus mal, mais Ash allait devoir redoubler d'astuce pour que ce qu'il projetait n'eût pas l'air d'avoir été prémédité. Il importait que cela parût convaincant, car Biju Ram en serait témoin Il fallait aussi que l'emplacement choisi fût facile à retrouver. pas trop loin du camp ni trop près non plus.

Ash attendit que le repas fût terminé et que leur petit groupe se remît en route, car il avait repéré un palmier solitaire dominant l'étendue désertique, au-delà duquel un nuage de poussière indiquait l'endroit où l'on dressait le camp et qu'ils auraient vite rejoint. Donc, maintenant ou jamais !

Ash respira bien à fond puis, se tournant vers Kara-ji, il lui posa une question sur Karidkote dont une conversation générale ne manqua pas de découler, ce qui lui assura l'attention de Biju Ram. Alors, quand ils arrivèrent à hauteur du palmier, Ash se plaignit de la chaleur tout en ôtant son casque colonial et cherchant son mouchoir pour s'éponger le front. Au lieu du mouchoir, sa main ramena un bout de tissu froissé, qui devait provenir d'un élégant *achkan* gris mais était maintenant tout couvert de taches brunâtres. Le considérant avec surprise, Ash s'interrompit au beau milieu d'une phrase.

Son expression donnait à penser qu'il n'avait encore jamais vu ce bout de tissu, et se demandait comment il avait pu échouer dans sa poche. Fronçant les sourcils, il le porta à ses narines et, avec une grimace de dégoût, le jeta loin de lui, parmi les hautes touffes clairsemées d'herbe des pampas.

Il n'eut pas un regard pour Biju Ram avant d'avoir complété sa phrase et trouvé enfin, dans une poche intérieure de sa veste, le mouchoir qu'il arrangea ensuite sous son casque pour s'en faire un couvre-nuque. Reprenant alors la conversation, il prit grand soin d'y inclure Biju Ram pour que celui-ci n'eût pas la possibilité d'aller récupérer le morceau d'étoffe avant qu'ils eussent atteint le camp. Là, il serait relativement facile d'empêcher Biju Ram de s'en retourner trop tôt près du palmier. En effet, Ash avait commandé à Gul Baz de dresser sa tente de ce côté du camp afin que, installé sous l'auvent, il pût ostensiblement observer la plaine avec ses jumelles, sous prétexte d'y repérer du gibier. Dans ces conditions, il était peu probable que Biju Ram courût le risque d'être vu. Mais s'il avait reconnu le bout de tissu — ce qui ne faisait aucun doute — il irait certainement le récupérer.

Ce soir-là, Ash dîna dehors comme à son habitude mais, dès que parurent les premières étoiles, il rentra sous sa tente et renvoya Gul Baz. Après quoi, ayant attendu la tombée de la nuit, il éteignit sa lampe, afin que quiconque l'observait pût croire qu'il s'était couché. Ash avait tout son temps car, étant sur son décours, la lune ne se lèverait pas avant une heure encore ; il préférait toutefois arriver en avance plutôt que trop tard. Aussi sa lampe-tempête avait-elle à peine eut le temps de refroidir qu'il se faufilait à plat ventre sous le côté de la tente, et gagnait l'abri des hautes herbes avec une silencieuse rapidité qu'eût admirée Malik Shah, de qui Ash tenait cette ruse. Derrière lui, lampes, torches et feux de camp éclairaient la nuit, mais la plaine était une mer obscure avec de frémissants îlots d'herbes.

Ash s'immobilisa un instant pour s'assurer qu'il n'avait pas été vu ou suivi, puis il se mit en marche, se repérant sur la rivière desséchée dont le lit sablonneux traçait un ruban clair à la lueur des étoiles. Quand il aperçut le palmier solitaire, Ash quitta le bord de la rivière pour aller s'accroupir près de l'arbre. Il s'en fallait encore d'une demi-heure que la lune se levât et, comme Biju Ram ne partirait pas du camp avant d'y voir suffisamment, l'attente promettait d'être longue.

Bien qu'il ait eu grand soin de repérer l'endroit où le morceau de tissu avait atterri, Ash était maintenant moins sûr de lui, tant les plaques d'herbe semblaient différentes dans la pénombre étoilée D'autant qu'un faucon ou un chacal avait pu faire disparaître l'appât. S'il était toujours là, Biju Ram aurait vite fait de le trouver ; s'il avait disparu, le seul fait que Biju Ram fût venu le chercher constituerait une preuve en soi. Mais quand la lune parut enfin, Ash vit le bout de tissu près d'une touffe d'herbe des pampas, à moins de dix pas sur sa gauche.

A présent que la lune était levée, le palmier ne le dissimulait plus ; Ash alla donc s'étendre parmi les hautes herbes, d'où il pouvait voir sans être vu. Dans le silence de la nuit, le moindre de ses mouvements provoquait un perceptible frémissement d'herbes, mais ce silence l'assurait aussi qu'il entendrait Biju Ram approcher bien avant que celui-ci fût en vue. Comme les heures se traînaient interminablement sans que rien ne se produisît, Ash en vint à se demander s'il n'avait pas commis une erreur, non pas en ce qui concernait le propriétaire de l'*achkan* gris, mais lorsqu'il avait jeté le morceau de tissu. L'avait-il fait trop rapidement pour que Biju Ram ait eu le temps de le reconnaître ? Ou bien, au contraire, Biju Ram avait-il flairé le piège ?

Cela faisait maintenant deux heures que la lune était levée, et aucun bruit ne trahissait une approche. Si Biju Ram ne venait pas parce qu'il avait percé à jour la manœuvre de Ash, celui-ci pouvait s'attendre alors à tomber dans quelque embuscade en regagnant le camp.

Ash bâilla, ferma les yeux, et il dut s'assoupir un moment car, lorsqu'il les rouvrit, Biju Ram se dressait sous la lune, à une douzaine de mètres.

L'espace d'une seconde, Ash se crut découvert, car Biju Ram était tourné vers lui. Mais le voyant regarder vers le palmier, puis vers le camp, Ash comprit que Biju Ram cherchait à reconstituer le trajet qu'il avait suivi au début de l'après-midi. De toute évidence, il n'éprouvait ni crainte ni soupçon, car il ne cherchait pas à se dissimuler et avait déboutonné son *achkan* pour sentir la brise nocturne sur sa poitrine nue.

Il se mit à inspecter lentement les touffes d'herbes. Deux ou trois fois, il se pencha pour les écarter avec la lourde canne à poignée d'argent qu'il tenait à la main.

Il était à quelques pas de la cachette de Ash, lorsqu'il vit enfin ce qu'il cherchait et son soupir d'aise fut nettement perceptible. Lâchant alors sa canne, il se précipita ramasser le morceau de tissu et se mit à le pétrir entre ses mains. Il ne put retenir un gloussement en repérant un objet dur dans les plis de l'étoffe et déchira la poche avec une telle fébrilité que le pendant d'oreille tomba par terre à ses pieds...

Sur la poussière blanche, les diamants brillèrent comme des gouttes de rosée autour de la sombre luisance de la perle... Biju Ram eut de nouveau ce gloussement qui chez lui exprimait davantage la méchanceté satisfaite que l'amusement, et où transparaissait maintenant quelque chose de triomphant.

Sa recherche du bijou l'accaparait trop complètement pour qu'il eût senti une autre présence humaine. Il se baissa pour ramasser l'objet de sa convoitise, sans s'aviser que des herbes continuaient de frémir bien que la brise fût tombée. Et quand il vit l'ombre, c'était trop tard.

Tel un piège d'acier, une main se referma autour de son poignet, puis le tordit si sauvagement qu'il en cria de douleur et lâcha le pendant d'oreille.

Ash ramassa le bijou et l'escamota dans sa poche puis, desserrant son étreinte, il recula d'un pas.

L'esprit rusé de Biju Ram était capable de réagir avec une étonnante promptitude. Mais cette fois, se croyant absolument seul, il se trouvait pris au dépourvu, et le choc causé par la brusque apparition de Ash le fit balbutier :

— Sahib ! Que... que faites-vous là ? ... J'ignorais que Je suis venu à la recherche de ce colifichet que j'avais perdu ce matin Rendez-le-moi, Sahib, il m'appartient.

— Vraiment ? s'enquit Ash. Alors le vêtement où il était caché doit vous appartenir aussi ? Et cela signifie que, à ma connaissance, vous avez tenté par deux fois de me tuer.

— De vous tuer ?

Se ressaisissant, Biju Ram exprimait la stupeur :

— Je ne comprends pas, Sahib. Quel vêtement ?

— Ceci, répondit Ash en touchant le bout de tissu avec son pied, que vous m'avez laissé entre les mains, lorsque vous m'avez échappé après avoir échoué dans votre tentative de me tuer. Plus tard, vous avez fouillé ma tente pour le récupérer car, si je l'ignorais, vous saviez ce qu'il contenait. Mais depuis hier soir, votre secret n'en était plus un. Voilà pourquoi j'ai jeté ici ce lambeau de vêtement, sachant bien que vous viendriez le chercher. Je vous épiais tout à l'heure et je vous ai vu en extraire la perle. Inutile donc de vous fatiguer à prétendre ne pas savoir de quoi je veux parler, ou que cet *achkan* ne vous appartenait pas.

La rage, la peur, l'indécision, se mêlèrent un instant sur le visage de Biju Ram qui réussit néanmoins à sourire et dire, en écartant les mains :

— Je vois que je vais être obligé de tout vous raconter.

— Parfait, fit Ash, surpris de le voir capituler si vite.

— Je vous en aurais parlé depuis longtemps, Sahib, si j'avais imaginé que vous pouviez me suspecter. Mais une telle pensée ne m'était pas venue à l'esprit et lorsque mon serviteur, Karam, m'a eu tout avoué, apprenant qu'il n'y avait eu aucune plainte ni grand dommage, j'ai accepté de me taire. N'allez pas croire toutefois que je ne l'ai point puni : il l'a même été très sévèrement. Mais il m'a dit — et je le crois — n'avoir jamais eu l'intention de voler le fusil. Il voulait seulement l'emprunter pour chasser du gibier, qu'il eût revendu un bon prix à ceux qui mangent de la viande. Son intention était de remettre le fusil où il l'avait pris mais, dans l'obscurité, ayant confondu le Sahib avec une antilope, il a tiré. S'apercevant de son erreur et vous croyant mort, il a été saisi de panique quand vous lui avez bondi dessus et il s'est enfui en vous abandonnant un morceau de son vêtement. De retour au camp, il a simplement prétendu s'être blessé en tombant. Je n'aurais moi-même jamais rien su de tout cela si, la veille, je ne lui avais donné un vieil *achkan* à moi, oubliant que j'avais laissé un pendant d'oreille dans une des poches. Quand je m'en suis avisé et que je le lui ai réclamé, il m'a tout avoué. Imaginez, Sahib, combien j'ai été horrifié !

Il marqua une pause, comme s'attendant à quelque commentaire ; Ash gardant le silence, il reprit avec un soupir expressif :

— Je sais bien que j'aurais dû le traîner immédiatement devant vous. Mais comme il me suppliait en pleurant d'avoir pitié de lui et que vous-même, Sahib, n'aviez pas rapporté l'incident, vous en étant — les dieux soient loués ! — sorti indemne, je n'ai pas eu le cœur de le dénoncer. Il m'avait promis de retrouver mon pendant d'oreille, mais si j'avais pu supposer qu'il irait fouiller votre tente ou que, ayant reconnu l'*achkan* pour un des miens, vous me soupçonneriez d'avoir voulu tirer sur vous, je serais allé sur-le-champ tout vous raconter. Vous m'auriez rendu mon bijou, et c'eût été fini. Je reconnais avoir eu tort de témoigner de l'indulgence à ce chacal, et je vous en demande pardon. Mais si vous aviez été à ma place et que le coupable eût été un de vos serviteurs, n'auriez-vous pas fait de même ? Si, j'en suis bien sûr. Et maintenant que je vous ai tout dit, Sahib, je vous demande la permission de regagner le camp. Demain matin, mon *budmarsh* de serviteur ira vous confesser sa faute pour recevoir le châtiment que vous jugerez mérité. Ça, je vous le promets !

— Oui, je n'en doute pas, dit Ash d'un ton sec. Tout comme je suis certain qu'il me répétera mot pour mot ce que vous venez de me raconter. J'imagine aussi que vous saurez le récompenser pour vous avoir si bien servi de bouc émissaire.

— Le Sahib me fait injure, protesta Biju Ram. Je vous ai dit la vérité. Et nombreux sont ceux en mesure de témoigner que je n'ai pas quitté ma tente cette nuit-là...

— ... et que le lendemain matin, votre visage ne présentait aucune égratignure. J'en suis convaincu, bien que j'aie entendu d'autres sons de cloche. Mais, si ça n'était pas le cas, je suis tout aussi certain que vous et vos amis sauriez justifier ces marques le plus naturellement du monde. Admettons donc qu'un de vos serviteurs ait volé mon fusil et essayé de m'abattre, alors qu'il se trouvait porter un vêtement que vous lui aviez précisément donné la veille. Mais le pendant d'oreille ? Avez-vous des témoins en mesure d'affirmer qu'il vous appartient ?

A la clarté de la lune, le choc éprouvé par Biju Ram transparut dans son regard, Ash comprit qu'il avait eu raison de supposer que *Bichchhu* ne portait jamais la perle et que nul ne l'en savait possesseur Même après tant d'années, il restait encore beaucoup d'hommes qui auraient pu la reconnaître et se souvenir que la mort de Hiral Lal n'avait jamais été complètement élucidée.

Parce qu'il avait mis un instant à se ressaisir pour répondre à la question, Biju Ram chercha à masquer la chose derrière un sourire :

— Le Sahib aime à plaisanter. Quel besoin ai-je de témoins ? La meilleure preuve qu'il m'appartient, c'est que je suis venu ici à sa recherche, m'étant rappelé l'avoir mis dans une poche intérieure de ce vêtement. Je doute d'ailleurs que même mes serviteurs soient en mesure de le reconnaître, car je ne l'ai jamais porté. Il appartenait à mon père, lequel me l'a donné peu avant d'expirer ; aussi cela m'attriste quand je le revois, mais je l'ai toujours porté sur moi en souvenir de lui. Venant d'un homme qui fut un exemple de noblesse et de bonté, je le considère comme un talisman qui me protège du mal.

— Je trouve cela très touchant ; je n'aurais toutefois jamais cru qu'il pût être votre père, n'étant votre aîné que de cinq ou six ans. Mais peut-être avait-il été un enfant extrêmement précoce.

Le sourire de Biju Ram se figea quelque peu ; néanmoins ce fut sans changer de ton qu'il dit, en écartant les mains :

— Vous parlez par énigmes, Sahib, et je ne vous comprends pas. Que pouvez-vous savoir de mon père ?

— Rien, répondit Ash. Mais je me trouvais connaître l'homme à qui appartenait ce bijou et qui le portait toujours. Il avait pour nom Hira Lal.

Biju Ram eut un raidissement de tout le corps, cependant que ses yeux agrandis exprimaient une incrédulité horrifiée. Il passa la langue sur ses lèvres, comme s'il les sentait brusquement desséchées, et eut l'air de parler malgré lui :

— *Non*... Non... Ce n'est pas vrai... Vous ne pouvez pas... C'est impossible !

Un frisson le secoua de la tête aux pieds et ce fut comme s'il faisait un terrible effort pour s'arracher aux affres d'un cauchemar :

— Quelque ennemi vous a dit des mensonges à mon sujet, Sahib. Ne les croyez pas. Tout cela est faux... L'homme dont vous parlez, ce Mera... non, Hira Lal, je crois ? C'est un nom assez répandu au Karidkote et il se peut que l'un de ceux qui le porte ait eu un pendant d'oreille ressemblant au mien... Mais ça n'est pas une raison pour m'accuser de mensonge et de vol. Sahib, vous avez été induit en erreur par quelqu'un résolu à me perdre et, ne doutant pas que vous soyez juste, je vous demande de me nommer cet homme pour que je lui fasse avouer qu'il vous a menti. Qui m'accuse, Sahib ?

Et de quoi suis-je accusé ? reprit-il d'un ton véhément ? Sahib je demande justice si vous savez son nom, dites-le-moi !

— Il se nomme Ashok et était autrefois au service du défunt Yuveraj de Gulkote, comme vous vous en souvenez certainement

— Mais.. mais il est mort, bégaya Biju Ram. Il ne peut pas.. C'est un complot. Vous avez été abusé par un imposteur, Sahib. Ce garçon est mort voici bien des années.

— C'est ce que vous ont dit les hommes que vous aviez lancés sur ces traces ? Si oui, ils vous ont menti. Probablement parce qu'ils n'ont pas osé vous avouer qu'ils avaient échoué dans leur mission. Non, *Bichchhu-ji* (en entendant ce surnom d'autrefois, Biju Ram marqua une sorte de recul), vos hommes n'ont pas su le retrouver et, bien que sa mère soit morte, il a survécu. A présent, il revient vous accuser du meurtre de son ami Hira Lal dont vous avez volé la perle, ainsi que de tentatives de meurtres contre Jhoti et moi-même. Il y a aussi la mort de Lalji ; je n'ai aucun moyen de savoir si vous l'avez poussé vous-même dans le vide, mais je suis certain que cette mort est votre œuvre, à vous et à sa belle-mère... qui tous deux avez hâté la mort de ma mère, Sita, en la pourchassant à travers le Pendjab jusqu'à ce qu'elle tombe d'épuisement.

— Nous ?... *votre* mère ?

— Oui, ma mère, *Bichchhu.* Ne me reconnais-tu donc pas ? Regarde-moi mieux. Ai-je tellement changé ? Toi, pas du tout. Je t'ai reconnu dès que je t'ai vu, ce premier soir, dans la tente de Jhoti... tout comme j'ai reconnu la perle à l'instant même où elle est tombée du vêtement que je t'avais arraché.

— Mais... mais vous êtes un Sahib, murmura Biju Ram d'une voix à peine audible, un Sahib...

— ... qui était autrefois Ashok.

Le front de Biju Ram se couvrit de sueur et ses yeux parurent vouloir jaillir de leurs orbites :

— Non... ce n'est pas vrai... Je ne puis le croire..

Mais on sentait le doute grandir en lui.

— Si c'est vrai, il y a une cicatrice, la marque d'une brûlure...

— Elle est toujours là, dit Ash en ouvrant sa chemise pour laisser voir le pâle demi-cercle qui se détachait sur sa peau bronzée

Son regard s'était instinctivement porté vers elle, et ce fut une erreur. Il aurait dû savoir que ça n'est pas pour rien qu'un homme a été surnommé *scorpion,* et se garder d'aller l'affronter sans arme. La lourde canne était toujours par terre, mais Biju Ram avait sur lui un poignard dont il se saisit et frappa comme un scorpion de son aiguillon.

Le coup manqua son but car, s'il avait baissé les yeux, Ash n'en gardait pas moins toute son agilité et, décelant un brusque mouvement, il se jeta de côté. Il n'eut qu'à étendre le pied pour faire choir à plat ventre Biju Ram emporté par son élan.

Se saisissant du poignard qui lui avait échappé, Ash fut tenté de l'enfoncer entre les épaules de son agresseur. S'il avait été du même sang que Zarin, il l'eût fait, car les fils du vieux Koda Dad n'éprouvaient aucun scrupule à se débarrasser d'un ennemi. Mais l'éducation reçue en Angleterre reprit brusquement le dessus. Si Ash ne frappa point, ce fut non parce que c'eût été un meurtre mais parce qu'on lui avait appris qu'il n'est pas « loyal » de frapper un adversaire dans le dos, ou tombé par terre, ou désarmé. L'invisible présence de l'oncle Matthew, flanqué de professeurs et de pasteurs, retint sa main en le faisant crier à Biju Ram de se relever et de se battre.

Mais il semblait bien que Biju Ram fût sans courage, car lorsqu'il eut recouvré son souffle et se redressa péniblement sur ses genoux, la vue de Ash debout, poignard à la main, le fit se rejeter en arrière avec un grand cri, après quoi il demeura la figure dans la poussière à balbutier d'incohérentes supplications.

Ash avait toujours tenu Biju Ram pour un être vil, mais il n'aurait jamais cru que l'ogre sadique de son enfance pût être aussi couard. Cela lui fit un choc de découvrir que la joie éprouvée par *Bichchhu* à infliger la souffrance, n'avait d'égale que sa crainte de la douleur.

Poussant du pied le corps abjectement vautré dans la poussière, Ash usa de toutes les injures qui lui vinrent à l'esprit, mais ce fut sans effet. Biju Ram refusa de se relever, quelque instinct lui disant que, s'il se mettait debout, le Sahib n'hésiterait plus à l'attaquer... ce Sahib qui non seulement avait un poignard mais semblait être aussi Ashok, que quelque sorcellerie avait rappelé d'entre les morts. Au comble de l'écœurement, Ash se détourna en lui disant de se relever et de regagner le camp.

— Demain, ajouta-t-il, tes amis et toi trouverez une excuse pour vous séparer de nous. Peu m'importe ce que vous raconterez, du moment que vous partez et n'allez ni à Bhitor, ni à Karidkote. Si jamais j'apprends qu'on vous a vus dans l'un de ces États, j'irai immédiatement raconter tout ce que je sais aux autorités, et tu seras pendu ou déporté. S'il n'en était rien, alors c'est moi qui te tuerais de mes propres mains. J'en fais le serment ! Et maintenant, décampe vite, avant que je change d'avis et te torde le cou, ignoble petit assassin ! Allez, disparais, fils de porc !

La colère de Ash était dirigée autant contre lui-même que contre celui qui rampait à ses pieds, car il avait conscience que ça n'était pas un cas où l'on pût pardonner. Mais il ne s'était apparemment pas encore affranchi de l'influence de ces collèges qu'il avait tant détestés. Il se trouvait encore dans les limbes séparant l'Orient de l'Occident, et partagé entre leurs influences opposées quand il lui fallait prendre une décision de ce genre.

Biju Ram se remit debout sans quitter des yeux le poignard et recula avec une lente prudence, d'un pas à la fois. Il avait évidemment peine à croire qu'on le laissait s'en tirer ainsi et n'osait tourner le dos par peur de sentir le poignard s'enfoncer entre ses omoplates.

Il trébucha sur la canne abandonnée, faillit tomber de nouveau. Alors Ash lui lança, méprisant :

— Ramasse-le, *Bichchhu*. Tu te sentiras plus courageux avec un bâton à la main.

Biju Ram obéit, tâtonnant de la main gauche tandis que ses yeux demeuraient rivés sur le poignard. Ash devait avoir raison car, lorsque l'autre se redressa, il parut avoir recouvré une certaine assurance. De sa voix obséquieuse, il s'adressa à Ash en l'appelant *Huzoor* et le remerciant pour sa clémence, lui promettant que ses ordres seraient suivis à la lettre : demain à l'aube, il quitterait le camp. Mais le *Huzoor* l'avait mal jugé : jamais il n'avait eu l'intention de tuer qui que ce fût. Il s'agissait d'une terrible erreur, d'un affreux malentendu... et si seulement il avait su...

Il avait continué de reculer tout en parlant et, lorsqu'il fut à une dizaine de pas, il s'immobilisa pour conclure avec un haussement d'épaules fataliste :

— Mais à quoi bon parler ? Je suis le serviteur du *Huzoor* et j'obéirai à ses ordres. Adieu, Sahib...

Il s'inclina profondément en réunissant les mains devant son front. Le geste était si courant que, pour la seconde fois cette nuit-là, Ash se laissa surprendre. Car la canne que tenait Biju Ram n'était pas ce qu'elle semblait être. Elle avait été confectionnée par un armurier, spécialisé dans ce genre de travail, pour le défunt Rajah de Karidkote, et c'est la veuve de celui-ci qui l'avait donnée a Biju Ram, en récompense de certains services. Aussi Ash n'était-il aucunement préparé à ce qui suivit.

Biju Ram tenait la canne dans sa main gauche et, lorsqu'il joignit les mains, la droite dévissa la poignée d'argent. En se redressant, il se trouva ainsi tenir un mince pistolet à crosse d'argent

La détonation fit voler en éclats le silence de la nuit. La distance était de six ou sept mètres à peine mais, outre que le quart d'heure qui venait de s'écouler avait beaucoup secoué Biju Ram, il oublia sur l'instant que cette arme déportait vers la gauche, et omit d'en tenir compte. Le résultat fut que, au lieu d'atteindre Ash au cœur, la balle lui effleura simplement le bras avant d'aller se perdre dans la plaine.

— *You bastard!* s'exclama rageusement Ash et il lança le poignard.

Parce qu'il était en colère, Ash ne visa pas mieux que Biju Ram et, manquant la gorge, la lame ne fit qu'érafler l'épaule. Mais celle-ci se mit à saigner et, voyant cela, Biju Ram poussa des hurlements de terreur. Lâchant le pistolet il essaya vainement de sucer la plaie, trop haut placée.

La vue de cet homme, plongé dans un état d'hystérie par une entaille qui eût à peine incommodé un enfant, était tellement abjecte que la colère de Ash fit de nouveau place au mépris. Au lieu de bondir sur Biju Ram et le réduire en bouillie avec son propre bâton, il se mit à rire, non point tant à cause du spectacle s'offrant à ses yeux, que parce qu'il lui paraissait maintenant incroyable qu'une telle larve ait pu terroriser qui que ce fût et tuer un homme comme Hira Lal.

— Je meurs! Je meurs! sanglota Biju Ram en se tordant par terre.

— Tu le mériterais, mais j'ai bien peur que cette égratignure t'ankylose seulement l'épaule durant un jour ou deux. Et comme l'idée de tuer de sang-froid un froussard comme toi m'écœure, cesse de jouer la comédie et retourne au camp. Debout, *Bichchhu-baba!* Personne ne va te faire de mal.

Il rit de nouveau, mais soit que Biju Ram ne lui fît pas confiance ou que ce second échec ait eu finalement raison de ses nerfs, il continua d'implorer :

— Viens à mon secours! *Marf karo! Marf karo!* (Aie pitié!)

Sa voix s'acheva en un gémissement déchirant. Ash continua de rire, mais s'approcha avec prudence, craignant quelque autre piège. Il cessa toutefois de rire en voyant le visage grisâtre de Biju Ram, couvert de sueur et tordu par la souffrance. Son corps s'arqua et fut pris de convulsions.

— Qu'y a-t-il, *Bichchhu?* lui demanda rudement Ash en se penchant vers lui.

— *Zahr* (poison)..., murmura l'autre. Le poignard...

Ash comprit alors brusquement que ça n'était pas la peur de souffrir qui faisait sangloter ainsi Biju Ram, mais celle de mourir. S'il s'était mis à hurler pour une simple égratignure, c'était parce qu'il savait son poignard empoisonné. Biju Ram allait connaître la mort qu'il avait voulu donner, car il était déjà trop tard pour tenter d'aspirer le poison de la plaie, et même si le camp n'avait pas été à plus d'un mille, encore aurait-il fallu y trouver un antidote...

Biju Ram méritait de payer de sa vie toutes celles qu'il avait prises ou aidé à prendre, tout l'irréparable mal qu'il avait commis. Pourtant, à le voir souffrir ainsi, on ne pouvait qu'éprouver de la pitié. Mais Ash se rappela soudain le jeune visage terrifié de Lalji et la pierre vacillant au-dessus de sa tête... la carpe flottant le ventre en l'air sur l'eau d'un bassin... le cobra découvert dans la chambre du Yuveraj... Sita, mourant d'épuisement près de la rivière... Hira Lal, disparu dans la jungle... et Jhoti qui, voici encore seulement quelques semaines, avait bien failli mourir victime d'un autre « accident » manigancé par Biju Ram.

Ash avait été pourtant sincère lorsqu'il avait promis à Biju Ram de le laisser vivre en paix s'il quittait le camp dès le lendemain, et ne reparaissait jamais plus au Bhitor ou au Karidkote. Il pouvait partir indemne, mais il avait préféré tirer ce coup de feu, commettre l'ultime fourberie qui s'était retournée contre lui.

Ash resta jusqu'à la fin, qui ne fut pas longue à venir. Ensuite, il ferma les yeux au regard figé et, ayant retrouvé le poignard, il l'enfonça plusieurs fois dans la terre pour en ôter tout restant de poison. Le pistolet redevint poignée de canne, et celle-ci fut abandonnée à portée d'une des mains du mort.

Il faudrait des heures pour qu'on s'aperçoive de la disparition de Biju Ram et, bien avant cela, le vent de l'aube aurait effacé toute trace de pas dans la poussière.

Ayant taché le poignard avec un peu du sang qui déjà se coagulait, Ash se mit en quête d'une de ces longues épines fourchues qui poussent sur les arbustes appelés *kikars* par les indigènes. Il s'en servit pour faire dans la peau du mort, juste au-dessous de la blessure, deux entailles pareilles à celles que laisse la morsure d'un serpent; ainsi, la blessure serait attribuée à la vaine tentative faite par la victime pour empêcher le venin de se répandre plus haut. La seule chose qui resterait mystérieuse, serait la raison pour laquelle

Biju Ram était allé si loin du camp et seul, au milieu de la nuit. Mais on mettrait cela sur le compte de la chaleur : n'arrivant pas à trouver le sommeil, il était parti se promener au clair de lune et, lorsqu'il s'était assis pour reposer ses jambes, il avait été mordu par un serpent.

Restait le pendant d'oreille.

Le sortant de sa poche, Ash regarda la perle noire luire au clair de lune, comme la dernière fois qu'il l'avait vue, voici tant d'années, sur le Balcon de la Reine. Et il crut de nouveau entendre les paroles que Hira Lal lui avait alors chuchotées : « *Dépêche-toi, mon garçon ! Il se fait tard et tu n'as pas de temps à perdre. Va... Que les dieux t'accompagnent !* Namaste ! »

La perle noire lui avait permis de venger Hira Lal. Mais Ash ne pouvait s'empêcher de la considérer comme maléfique, puisqu'elle avait causé la mort de ceux qui la possédaient...

Quelques instants plus tard, le pendant d'oreille était enfoui dans le sol. Ash imagina la surprise qu'il causerait si jamais quelqu'un le découvrait un jour. Mais, à ce moment-là, le bijou serait presque sans valeur, car les perles aussi peuvent mourir.

La recherche du disparu fut compliquée par l'énormité du camp, et il est probable que le corps de Biju Ram n'eût jamais été retrouvé sans les vautours dont le manège attira l'attention.

Le corps fut découvert juste à temps car, une demi-heure plus tard, il n'y aurait plus rien eu pour indiquer ce qui avait causé la mort de Biju Ram, et l'on aurait inévitablement parlé de meurtre, alors qu'ainsi tout se passa comme Ash l'avait prévu.

Ce même jour, les restes de Biju Ram furent incinérés selon les rites, sur un bûcher de bois de kikar et d'herbes sèches. Le lendemain matin, quand le vent eut dispersé les cendres, les fragments d'os qui subsistaient furent recueillis avec soin, afin d'être ultérieurement jetés dans le Gange, le fleuve sacré.

— Et comme il n'a ici aucun parent, c'est à ses amis qu'il appartient de remplir ce pieux devoir, déclara Mulraj, le visage impénétrable. J'ai donc pris des dispositions afin que Pran, Mohan et Sen Gupta, avec leurs serviteurs et ceux de Biju Ram, partent immédiatement pour Bénarès. Car, à l'exception d'Allahabad, il n'est pas lieu plus sacré où les cendres d'un homme puissent être rendues aux eaux de notre Mère Gunga.

Ash admira le machiavélisme de ce funèbre hommage, qui

réussissait à débarrasser le camp des proches de Biju Ram, sans susciter ni discussions ni commentaires dangereux.

— Mais vont-ils accepter ? demanda-t-il.

— Bien sûr. Quelle raison pourraient-ils avoir de refuser ?

— Oh, *shabash,* Bahadur-Sahib, murmura Ash. Voilà qui est bien joué. Je m'incline devant vous.

Il joignit le geste à la parole et Mulraj lui rendit le salut, tout en disant avec un léger sourire :

— Moi aussi, Sahib.

Comme Ash le regardait d'un air interrogateur, Mulraj lui présenta sa main, sur la paume de laquelle était un petit bouton de nacre, dont la queue métallique trahissait l'origine européenne.

— Je l'ai trouvé par hasard, à proximité du corps, dit posément Mulraj. Plus tard, je l'ai montré à votre porteur, en déclarant l'avoir ramassé dans ma tente, et il s'est exclamé que c'était celui dont il venait de constater la disparition sur la chemise que vous portiez la veille. Alors je lui ai dit vouloir vous le rendre moi-même, histoire de m'amuser.

Ash demeura un moment silencieux, comprenant qu'il avait dû arracher le bouton lorsqu'il avait voulu montrer sa cicatrice. C'était une chance qu'il eût été trouvé par Mulraj et non par l'un des séides de Biju Ram. Encore qu'ils n'y auraient probablement pas attaché d'importance.

— J'ai dû le perdre en venant, dit-il d'un ton dégagé en prenant le bouton.

— Peut-être, fit Mulraj avec un haussement d'épaules. Pourtant, si l'on m'avait posé la question, j'aurais répondu que vous portiez alors une chemise kaki avec des boutons assortis... Mais c'est sans importance et nous n'en reparlerons plus.

livre quatrième

Bhitor

27

Trois jours plus tard, l'immense caravane qui avait quitté Karidkote tant de semaines auparavant, pénétra sur le territoire du Rana, où les voyageurs furent accueillis par un détachement de cavalerie ainsi que des dignitaires conduits par le Diwan — le Premier ministre — qui offrirent des colliers de fleurs et firent des discours encore plus fleuris. Mais si Ash avait cru ses ennuis maintenant terminés, il fut déçu car, tout au contraire, ils allaient commencer.

Le Diwan ayant pris congé, Ash, Mulraj et plusieurs notables du camp s'en furent avec les hommes du Rana reconnaître l'emplacement où ils dresseraient leurs tentes pour la durée du séjour et où, à l'exception de quelques-uns, ils vivraient jusqu'à ce que fût venu le moment de repartir pour Karidkote. Le site, choisi par le Rana lui-même, se révéla être une longue vallée, à quelque trois milles de la ville fortifiée de Bhitor d'où la principauté tirait son nom. A première vue, le choix semblait admirable ; il y avait suffisamment d'espace pour que les tentes ne fussent pas serrées les unes contre les autres, et une rivière coulait au creux de cette vallée, qui fournirait toute l'eau dont on aurait besoin. Mulraj et les autres exprimèrent leur approbation, mais Ash demeura étrangement réservé.

Aux yeux d'un officier des Guides, entraîné à la guerre frontalière, le site présentait certains inconvénients qui dépassaient de beaucoup ses avantages. Par exemple, il n'y avait pas moins de trois forts dans cette vallée. Deux étaient clairement visibles, couronnant les collines qui flanquaient la capitale et commandant tous les environs. Le troisième dominait la gorge étroite et encaissée qu'ils avaient dû emprunter pour atteindre la vallée ; Ash s'était immédiatement rendu compte que ses murs étaient en excellent état, et que ses bastions étaient armés d'un grand nombre de gros canons anciens certes, mais toujours capables de lancer un boulet dévastateur contre quiconque tenterait de forcer ce passage.

Compte tenu de tout cela, la vallée se présentait comme un piège, où il n'était guère engageant de mettre les pieds, pensait Ash. En effet, bien qu'il n'eût aucune raison de se méfier du Rana, il n'ignorait pas combien étaient fréquents de graves désaccords de dernière minute à propos du paiement ou du non-paiement d'une dot. Il lui suffisait de se rappeler le mariage de Lalji, où les parents de la fiancée avaient brusquement demandé le double de la somme convenue

Comme il avait reçu l'ordre de défendre les intérêts des sœurs du Maharajah et de veiller à ce que soient effectués les paiements prevus, il lui semblait à tout le moins peu sage d'installer le camp dans un endroit aussi exposé. Sous la menace des canons, toute discussion deviendrait difficile sinon impossible et, à moins de vouloir courir le risque d'une effusion de sang, Ash pourrait se trouver contraint d'en passer par les volontés du futur époux. Cette éventualité n'étant pas pour lui sourire, Ash décida, au visible ennui des dignitaires de Bhitor, non seulement de ne pas s'installer dans la vallée, mais de prendre position à deux milles environ en amont du défilé qui y donnait accès. Il envoya aussitôt un messager porter au Conseiller politique responsable de cette partie du Rajputana, une lettre lui expliquant ses raisons d'agir ainsi.

La décision fut mal accueillie, sauf par Mulraj et quelques anciens plus circonspects, car tout le camp aspirait à faire des virées dans la capitale. La chose demeurait possible, mais représentait dès lors quelque seize milles aller-retour, par des journées torrides. Cependant que la mauvaise humeur du cortège nuptial se manifestait ouvertement, le Rana envoya une autre députation de hauts dignitaires s'informer pourquoi le Sahib ne voulait pas permettre aux fiancées et à leur suite de s'installer dans l'excellent site choisi spécialement à leur intention.

L'ambiance ne se détendit pas quand Ash répondit que le camp était très bien où il se trouvait. La délégation se retira en proie à une telle colère que Kara-ji prit peur et dit qu'il serait peut-être plus sage de se plier aux volontés du Rana qui, s'il s'offensait, pouvait aller jusqu'à renoncer au mariage. La chose parut extrêmement improbable à Ash, vu que la moitié de la dot avait été versée et que les préparatifs des noces devaient déjà coûter un assez joli denier à l'État. Mais, gagnés par les craintes de Kara-ji, Umpora-Bai et plusieurs des anciens le pressèrent de reconsidérer sa position.

Mulraj lui-même commençait à balancer quand arriva la réponse du Conseiller politique, une lettre glaciale reprochant au capitaine Pelham-Martyn de manifester un zèle superflu et lui conseillant de s'installer sans plus de délai à l'endroit choisi par le Rana. S'inclinant alors devant l'inévitable, Ash donna ordre de déménager le camp.

Deux jours plus tard, les derniers éléments de la longue caravane franchirent la gorge commandée par les canons du fort, pour dresser leurs tentes dans la vallée. Et, en l'espace de quelques heures. toutes les craintes de Ash se trouvèrent justifiées.

Le Rana envoya un de ses ministres annoncer que les termes des contrats de mariage élaborés l'année précédente avec Son Altesse le Maharajah de Karidkote avaient fait l'objet d'une longue réflexion et ne paraissaient plus satisfaisants. En conséquence, il convenait d'en discuter à nouveau, de façon plus réaliste. Si le Sahib et ceux des anciens qu'il choisirait pour l'accompagner voulaient bien se présenter au palais, le Rana serait heureux de les y recevoir et de discuter avec eux de ces détails, après quoi ils conviendraient sûrement que ses réclamations étaient fondées et l'on pourrait en terminer très rapidement.

Après avoir affecté avec tact de n'avoir pas entendu le Sahib déclarer qu'il n'y avait rien à discuter, le ministre indiqua l'heure prévue pour cette rencontre le lendemain matin, et se retira non sans quelque hâte.

— Qu'est-ce que je vous avais dit ?

Cette question de Ash n'était pas exempte d'une amère satisfaction, car il n'avait guère goûté la diatribe épistolaire du Conseiller politique, non plus que le mécontentement manifesté dans le camp et les craintes qu'avaient eues Kara-ji de voir le Rana s'offenser.

— Mais il ne peut pas faire ça ! protesta un haut dignitaire en recouvrant enfin la parole. Les termes des contrats de mariage avaient été 'onguement discutés et mis au point ! Le Rana se déshonorerait en agissant ainsi ! C'est impossible !

— Vous le croyez vraiment ? rétorqua Ash d'un air sceptique. En tout cas, il nous faut maintenant attendre de savoir ce qu'il va nous dire, avant de décider de notre action. Avec un peu de chance, ça ne sera peut-être pas aussi catastrophique qu'on pourrait le craindre !

Le lendemain matin, Ash, Kara-ji et Mulraj, accompagnés par une petite escorte de cavaliers, se rendirent à Bhitor pour y rencontrer le Rana.

Cette randonnée n'eut rien d'agréable. La route n'était guère qu'une piste couverte d'une épaisse couche de poussière, pleine de trous et d'ornières, complètement exposée aux ardeurs d'un brûlant soleil. Si la vallée avait environ deux milles de large à l'endroit où s'était installé le camp, elle se rétrécissait jusqu'à former un autre goulet avant qu'on accède à la vaste plaine cernée de collines contenant le flux vital de Bhitor, le grand Rani Talab, le Lac de la Reine. C'était dans cette plaine, à mi-distance des deux forts situés sur les hauteurs, que le premier Rana avait construit sa capitale sous le règne de Krishna Deva Raya.

Ash fut bien aise d'atteindre l'ombre de la grande porte d'enceinte ; il aspirait à se trouver bientôt dans la fraîcheur et le confort du palais, même si l'entrevue promettait d'être éprouvante De cette dernière, ils eurent très vite un avant-goût, quand ils constatèrent que les gardes ne se donnaient pas la peine de leur présenter les armes, et qu'ils étaient accueillis par un dignitaire du plus humble rang. C'était là un manque de courtoisie qui frisait l'insulte et Mulraj marmotta entre ses dents :

— Retournons au camp, Sahib. Nous y attendrons que ces gens aient appris les bonnes manières.

— Non, rétorqua Ash, c'est ici que nous allons attendre.

Il leva la main et toute l'escorte s'immobilisa. Ash força la voix pour dire à l'émissaire de Bhitor :

— Je crains que, dans notre hâte de rencontrer le Rana, nous soyons arrivés trop vite et l'ayons pris de court. Peut-être ne s'est-il pas réveillé assez tôt, ou ses serviteurs ont-ils mis trop de lenteur à le préparer ? Ce sont des choses qui peuvent se produire, et nulle cour n'est parfaite. Aussi, comme nous ne sommes pas pressés, dites à votre maître que nous attendrons ici, à l'ombre, jusqu'à ce qu'il soit prêt à nous recevoir.

— Mais... commença l'autre d'un ton hésitant.

— Non, non ! l'interrompit Ash. Ne vous excusez pas, je vous en prie. Un peu de repos n'est pas pour nous déplaire. *Ijazat hai*[1].

Se détournant, il se mit à parler avec Kara-ji. Après avoir hésité et failli reprendre la parole, l'homme s'en fut.

Après quoi, durant une vingtaine de minutes, la délégation de Karidkote demeura dans l'ombre de la grande porte d'enceinte, suscitant un intérêt croissant parmi la population.

A l'issue de ce délai, survint la garde personnelle du Rana, avec deux ministres et un membre âgé de la famille royale, lequel se répandit en excuses : on l'avait mal informé de l'heure d'arrivée de la délégation et c'est pourquoi il n'avait pu venir à temps pour l'accueillir. Mais le secrétaire responsable de cette erreur serait sévèrement puni, car pour rien au monde Bhitor n'aurait voulu faire attendre des hôtes aussi distingués.

Les hôtes distingués acceptèrent les excuses et se laissèrent escorter en grande pompe jusqu'au palais.

1 *Vous avez la permission de vous retirer.*

Ash n'avait pas oublié le Gulkote de son enfance et il avait vu depuis lors bien des villes indiennes, mais aucune qui pût se comparer à celle-ci. Bhitor semblait surgir d'un autre âge, aussi lointain que mystérieux et menaçant. Le labyrinthe des rues, avec les maisons pratiquement sans fenêtres qui les bordaient, causait à Ash un désagréable sentiment de claustrophobie. Il lui semblait impossible que le soleil pût jamais pénétrer là ou qu'il y eût des gens derrière ces murs rébarbatifs. Pourtant il avait conscience d'yeux qui les épiaient à l'abri des persiennes, des yeux de femmes probablement car, dans toutes les Indes, les étages supérieurs sont dévolus aux femmes.

Tout comme les rares femmes qui y circulaient, la plupart des hommes que l'on rencontrait dans les rues donnaient l'impression d'être voilés, car ils tenaient un pan de leur turban plaqué sur le bas du visage et, à en juger par leurs regards, un Européen était une nouveauté pour Bhitor. Ils considéraient Ash comme s'il avait été un phénomène de foire, et ce que l'on voyait de leurs visages exprimait plus d'hostilité que d'intérêt. Ash avait l'impression d'être un chien fourvoyé au milieu d'un tas de chats, et il sentait autour de lui l'antipathie que témoignent les esprits bornés à tout ce qui leur est inconnu.

Comparé au Palais des Vents, le Rung Mahal — le Palais Peint — était de modeste importance : une demi-douzaine de cours, un jardin ou deux, et pas plus de soixante ou soixante-dix pièces (jamais personne n'avait compté celles du Palais des Vents, mais on s'accordait à dire qu'il devait y en avoir environ six cents). C'était probablement pour cette raison — entre autres — que le Rana avait d'abord traité ses hôtes d'une façon destinée à doucher leurs éventuelles prétentions, afin de les éblouir maintenant par sa magnificence tout en faisant à leurs yeux un barbare étalage d'une force militaire que personne, à commencer par Ash, n'avait imaginée.

Les arrivants n'avaient été aucunement étonnés de trouver les cours extérieures pleines d'hommes en armes, mais la vue de la garde personnelle du Rana jalonnant les longs couloirs obscurs surprit désagréablement Ash.

Dans une dernière antichambre, une cinquantaine de serviteurs arborant les couleurs du Rana — rouge écarlate, jaune soufre et orange — formaient une double haie. Precédés par le royal parent et suivis des hauts dignitaires, les membres de la délégation furent introduit dans le *Diwan-i-Am*, la Salle des Audiences publiques, où le

Rana et son Premier ministre le Diwan, entourés de conseillers et de courtisans, attendaient pour les recevoir.

Des turbans pourpres, écarlates, cerise, jaune soufre, rose bonbon rivalisaient avec des *achkans* présentant toutes les nuances de bleu, violet, turquoise, vermillon, vert et orange. Pour ajouter encore à ce jaillissement de couleurs, l'allée centrale était bordée par une double rangée de serviteurs aux turbans cramoisis, vêtus d'uniformes de mousseline jaune ceinturés d'orange, qui portaient d'immenses émouchoirs dont les crins de cheval avaient été teints en un magenta éclatant.

Sur la plate-forme surélevée se trouvaient d'autres serviteurs : deux qui se tenaient derrière le haut dais agitaient des éventails de plumes de paon, tandis que les autres étaient armés de *tulwars,* les longs sabres courbes du Rajputana. Sur le haut dais recouvert d'un tapis cousu de perles, vêtu d'or de la tête aux pieds et constellé de joyaux, jambes croisées, était assis dans toute sa splendeur le Rana de Bhitor.

Ses vêtements étaient éblouissants, mais ne réussissaient pas à embellir sa personne, au point que Ash éprouva un grand choc à sa vue. Quoi ! c'était ce babouin difforme que Nandu avait choisi comme mari pour Juli. Pour Juli et Shushila... Non, ça n'était pas possible... il devait y avoir quelque erreur... cet homme assis sur le haut dais n'avait pas quarante ans, mais soixante, si ce n'était soixante-dix ! A tout le moins il paraissait cet âge et s'il ne l'avait pas, quelle vie dissolue n'avait-il pas dû mener pour avoir l'air d'un vieillard à quarante ans !

Ash s'attendait à bien des choses, mais pas à cela. Le choc fut tel qu'il en resta sans voix et, comme le Rana gardait le silence, ce fut Kara-ji qui s'avança pour adresser au souverain une allocution pleine de courtoisie, à laquelle le Rana répondit beaucoup moins cérémonieusement.

C'était là un début peu engageant, qui ne s'améliora en rien durant le reste de la matinée. Après qu'on eut échangé les interminables compliments de circonstance, le Rana se leva enfin et gagna la Salle des Audiences privées, le *Diwan-i-Khas,* en la seule compagnie du Diwan, de ses principaux conseillers, et de la délégation de Karidkote

Le *Diwan-i-Khas* consistait en un petit pavillon de marbre situé dans un jardin et environné de fontaines, ce qui non seulement charmait l'œil et maintenait la température dans d'agréables limites, mais était une garantie de discrétion car outre qu'il n'y avait aux alentours du pavillon pas le moindre bosquet où quelqu'un eût pu se dissimuler, le bruit des fontaines empêchait qu'on entendît au-dehors ce qui se disait à l'intérieur.

Un fauteuil avait été prévu pour Ash, mais le Rana était assis sur un haut dais semblable à celui du *Diwan-i-Am,* tandis que le reste de la compagnie prenait place à même le dallage de marbre. Des serviteurs firent circuler des gobelets de sorbets glacés et, durant un moment, l'atmosphère parut détendue, amicale ; mais ça ne dura pas. A peine les serviteurs se furent-ils éclipsés que le Diwan, porte-parole du Rana, justifia les pires craintes de Ash.

Il approcha le sujet obliquement, l'enveloppant dans un nuage de compliments fleuris et de formules ampoulées, mais son discours se résumait à ceci : le Rana n'avait nulle intention de payer la totalité de la somme convenue pour la Rajkumari Shushila, ni d'épouser la Rajkumari Anjuli-Bai à moins que, pour cette dernière, on lui versât trois fois plus qu'il n'avait déjà perçu car, après tout, sa naissance ne la qualifiait aucunement pour devenir l'épouse d'un personnage aussi important que le souverain de Bhitor, dont la lignée était une des plus anciennes de tout le Rajputana, et le Rana avait déjà fait une grande concession en envisageant la possibilité même de l'épouser.

Il faut rendre cette justice au Rana que la somme demandée par Nandu pour Shushila était très importante. Mais vu son rang, sa beauté et son apport dotal, elle occupait une place de choix sur le marché des mariages, et il était des princes de moindre importance que le souverain de Bhitor disposés à payer autant sinon plus le droit de l'épouser. Pour des raisons très personnelles, Nandu s'était prononcé en faveur du Rana, et les ambassadeurs de ce dernier n'avaient pas sourcillé à l'énoncé de la somme demandée, ou tardé à en payer la moitié ni à s'engager par écrit à verser le solde lorsque la fiancée arriverait à Bhitor. En effet, pour aussi importante que fût la somme exigée, elle avait été réduite de beaucoup par la forte contrepartie qu'il avait fallu verser au Rana pour qu'il acceptât de prendre Anjuli-Bai en sus de Shushila. Tout bien compté, on pouvait même dire que le Rana avait fait une bonne affaire.

Mais cela ne paraissait pas lui suffire et il voulait encore plus, beaucoup plus. Ce qu'il exigeait maintenant pour épouser la fille de la *Feringhi* Rani, dépassait largement ce qu'il restait devoir pour Shushila. En bref, si l'on en passait par ses volontés, non seulement il aurait pour rien deux épouses avec leurs biens personnels, mais il retirerait de la transaction un coquet bénéfice.

C'était tellement outrageant que Ash lui-même, qui s'attendait pourtant à quelque chose de ce genre, n'en put tout d'abord croire ses oreilles. Le Diwan avait dû aller au-delà des instructions qui lui avaient été données ! Mais au bout d'une demi-heure de discussion, il apparut clairement que le Diwan n'avait fait qu'exposer les désirs de son maître, et que tous les conseillers partageaient le point de vue de leur souverain. Autrement dit, maintenant que les fiancées et leurs biens se trouvaient à la merci des canons de Bhitor, il n'y avait aucune raison de respecter les termes du contrat. De toute évidence, les conseillers estimaient que leur maître s'était montré un *chabuk sawi*, un malin ayant su rouler la partie adverse.

Qu'un pareil singe osât demander à être payé pour avoir le privilège d'épouser Juli était tellement scandaleux, que Ash fut à deux doigts de perdre son sang-froid et d'exprimer son sentiment en des termes qui n'auraient rien eu de diplomatiques. Aussi préféra-t-il mettre un brusque terme à la discussion, en déclarant que, à son grand regret, ce que demandait le Diwan était absolument inacceptable. Ayant dit, il se leva, salua le Rana et se retira en bon ordre avec le reste de la délégation.

28

Leur escorte les attendait dans la cour. Ils se remirent en selle et ne prononcèrent pas une seule parole avant d'avoir franchi la porte d'enceinte, la Porte de l'Éléphant. dont les sentinelles ricanèrent ouvertement sur leur passage.

La vallée miroitait sous l'éclatant soleil et il n'y avait aucun signe de vie dans les deux forts flanquant la capitale, car leurs garnisons restaient au frais. Mais les canons étaient suffisamment expressifs et, remarquant leur nombre, Ash dit enfin avec rage :

— C'est ma faute ! J'aurais dû me fier à mon premier jugement, au lieu de me laisser donner des ordres par un pompeux Conseiller politique, m'accusant d'insulter un prince régnant au-dessus de tout soupçon ! Qu'est-ce qu'il en savait ? Le vieux singe avait tout bien calculé, et il nous tient maintenant à sa merci.

— C'est terrible... terrible ! gémit Kara-ji. Je n'arrive pas à y croire... Comment le Rana peut-il refuser de payer, et même exiger que *nous*...

— Ne vous tourmentez pas, Rao Sahib, nous ne paierons pas, dit Ash. Il bluffe, c'est tout.

— Vous croyez ? fit Mulraj. Hmmm... Je voudrais bien partager votre assurance. Il a suffisamment de canons pour tout anéantir dans la vallée... Si l'on en venait au pire, quelle chance aurions-nous avec des sabres et des mousquets contre des forts armés de canons ?

— Il n'osera pas aller jusque-là.

— Les dieux fassent que vous ayez raison, mais je ne voudrais pas avoir à parier là-dessus. Les princes du Rajputana estiment plus sage de se dire soumis à la Reine, mais ils n'en continuent pas moins de faire à peu près ce qu'ils veulent à l'intérieur de leurs états et, comme vous l'avez pu constater, les Conseillers politiques préfèrent ne rien voir ni entendre.

Ash rétorqua que, en l'occurrence, ça leur serait difficile, car il se proposait de faire grand bruit autour de cette affaire. Il allait écrire un compte rendu détaillé au Conseiller politique, et le messager partirait dans l'après-midi même.

— Malheureusement je doute que votre messager trouve la voie libre, objecta Mulraj. Mes espions m'ont rapporté hier soir une chose qui ne me plaît pas du tout : il paraît que la ville et les forts peuvent communiquer entre eux sans user de mots.

— Vous voulez dire par sémaphore ? questionna Ash, surpris. Je me demande où diable ils ont pu apprendre cela.

— C'est donc possible ? Vous connaissez ça ?

— Bien sûr. C'est tout simple et ça se fait à l'aide de drapeaux. Suivant la façon dont vous agitez tel ou tel drapeau... Non, ce serait trop long à vous expliquer... Je vous montrerai ça un de ces jours.

— Ah ! mais il ne s'agit pas de drapeaux ! Ils opèrent avec de petites plaques d'argent polies qui renvoient les rayons du soleil selon un certain code, d'une façon perceptible à des milles à la ronde.

— Ça, c'est un conte ! déclara Ash en se désintéressant aussitôt de la chose.

Son scepticisme était compréhensible, car bien que Ash eût lu que les Indiens d'Amérique du Nord utilisaient la fumée pour communiquer, le moyen décrit par Malraj et qui s'appellerait par la suite l'héliographe, n'était pas encore connu dans l'Armée des Indes et n'y serait pas utilisé avant encore plusieurs années. Rien d'étonnant donc à ce que Ash ait déclaré qu'il ne fallait pas croire tout ce que racontaient les indigènes.

— Je m'en garde bien, lui assura Mulraj. Mais mes espions m'ont dit que ça n'était pas une nouveauté pour Bhitor, où cela se pratiquait déjà bien des années avant que la Compagnie des Indes ait été créée. Le secret en avait été apporté par un marchand de cette ville qui, grand voyageur, l'avait appris des *Chinni-log* (chinois). Donc, tous nos mouvements vont être épiés et signalés, si bien que le départ de votre messager ne passera pas inaperçu. A supposer même qu'il réussisse à s'échapper de la vallée, je suis prêt à parier cinquante mohurs d'or contre cinq roupies que tout ce que vous obtiendrez du Conseiller politique sera l'ordre d'user de la plus grande circonspection et de ne rien faire qui risque de mécontenter le Rana.

— Pari tenu, dit aussitôt Ash. Et vous allez perdre car, cette fois, je vais le mettre dans l'obligation d'intervenir.

— Je gagnerai, mon ami, parce que votre gouvernement ne veut pas de querelles avec les princes, car cela entraînerait des affrontements, qui nécessiteraient l'envoi de troupes et coûteraient beaucoup d'argent.

Et Mulraj avait malheureusement raison, à tous égards.

Le Conseiller politique se déclara extrêmement troublé par la communication du capitaine Pelham-Martyn. Tout ce qu'il pouvait supposer, c'est que le capitaine Pelham-Martyn avait mal compris les propositions du Rana ou bien qu'il n'avait pas su témoigner de la patience indispensable dans de telles négociations. Lui, major Spiller, avait peine à croire que le Rana voulût revenir sur des engagements souscrits en son nom, mais il était possible que l'on se fût mal compris au début, de part et d'autre. Il recommandait donc au capitaine Pelham-Martyn de ne pas prendre le mors aux dents, mais d'agir au contraire avec la plus extrême prudence, en faisant preuve de tact, de courtoisie et de longanimité, afin de ne surtout pas risquer d'irriter un prince qui avait toujours apporté un loyal soutien au Vice-Roi ..

Sans un mot, Ash remit cinq roupies à Mulraj.

La balle était de nouveau dans son camp et Ash comprenait qu'il allait devoir négocier un accord, sans aucune aide du Conseiller politique. S'il s'en tirait bien, tout serait parfait. Dans le cas contraire, ce serait lui et lui seul qui porterait la responsabilité de l'échec. En bref, le capitaine Pelham-Martyn se verrait reprocher de n'avoir pas su témoigner suffisamment de « tact, de courtoisie et de longanimité », tandis que les autorités, ayant trouvé en lui l'indispensable bouc émissaire, demeureraient en excellents termes aussi bien avec Karidkote qu'avec Bhitor. Une perspective qui n'avait rien de réjouissant.

Ce qui effrayait le plus Ash, c'était le facteur temps. Le mariage eût dû normalement avoir lieu quelques jours après l'arrivée des fiancées à Bhitor, et il n'était pas venu à l'idée de Juli — pas plus qu'à lui-même — qu'il pourrait en être autrement. Pourtant, trois semaines déjà avaient passé en de vaines discussions, et près de deux mois s'étaient maintenant écoulés depuis la nuit de la tempête de sable. Si Juli avait été exaucée et était enceinte, il n'y aurait bientôt plus aucun espoir que son enfant pût être considéré comme né prématurément de son union avec le Rana. Auquel cas, il ne faisait aucun doute que la mère et l'enfant mourraient. Ce serait si facile ! Les morts en couches étaient fréquentes et la nouvelle qu'une Rani de Bhitor avait succombé en donnant prématurément le jour à un bébé ne causerait aucune surprise. Si seulement Juli pouvait lui faire tenir un message... A l'heure actuelle, elle devait *savoir* ce qu'il en était.

Cette nuit-là, Ash ne dormit guère. Le lendemain matin, il repartit en compagnie de Mulraj et des autres — pour la quatrième fois dans la même semaine — afin d'avoir une entrevue avec le Diwan.

Et pour la quatrième fois en une semaine, on les fit attendre pendant plus d'une heure. Lorsqu'ils furent enfin reçus, la situation demeura inchangée. Il semblait même que le Rana envisageât de demander encore une plus forte somme pour épouser la « fille d'une étrangère », sous prétexte qu'il devrait lui-même payer très cher les prêtres afin d'être « purifié ». Aussi le Diwan laissait-il entendre que, dans ces conditions, il n'y avait rien que de très raisonnable à ce que l'on réclamât davantage d'argent.

Répondant au nom de Karidkote, Ash fit remarquer que tout cela avait été discuté en détail un an auparavant. Rien n'avait été caché, et la somme à verser avait été fixée contradictoirement, à la satisfaction des deux parties. Fallait-il en conclure que les émissaires du Rana n'étaient pas qualifiés pour parler en son nom ? Dans ce cas, pourquoi les avoir envoyés ? Et si c'était simplement qu'ils avaient outrepassé leurs instructions, il était facile pour le Rana d'expédier dès leur retour un *tar* (télégramme) à Karidkote, annulant les accords jusqu'à l'envoi d'une personnalité plus compétente ? Et même s'il n'avait pas agi aussitôt, le Rana avait largement le temps d'envoyer ce *tar* avant que le cortège nuptial ne se fût trop éloigné de Karidkote, au lieu de lui laisser faire tout le voyage. Ash laissait clairement entendre qu'une telle façon d'agir n'était pas compatible avec la dignité et l'honneur d'un prince. Aussi, comme les dépenses du voyage avaient été très lourdes, il ne pouvait être question de renoncer à ce qui restait dû pour la princesse Shushila ni, en sens inverse, d'ajouter quoi que ce fût à la somme déjà versée pour sa demi-sœur, Anjuli-Bai.

Le Diwan déclara qu'il ferait part de ce point de vue à son maître et ne pas douter que l'affaire finisse par s'arranger à la satisfaction générale, ce qui était la conclusion habituelle de ces entrevues.

— Je me demande jusqu'à quand ils vont continuer ainsi, soupira Ash comme ils s'en retournaient vers le camp.

— Jusqu'à ce que nous cédions, répondit Mulraj d'un air morose.

— Alors, nous sommes ici pour un bon bout de temps, car je n'ai pas l'intention de céder au chantage, et plus vite ils s'en rendront compte, mieux cela vaudra.

— Mais que pouvons-nous faire d'autre ? gémit Kara-ji. Peut-être que si nous leur offrions...

— Pas un anna ! trancha Ash en interrompant le vieil homme. Le Rana paiera tout ce qu'il doit et même plus... beaucoup plus.

— *Shabash,* Sahib ! voilà qui est bien parlé, dit Mulraj avec un sourire. Mais peut-on vous demander comment vous comptez arriver à ce résultat ? Ce n'est pas le Rana mais nous qui sommes dans un piège, et nous ne pouvons espérer prendre ces forts, fût-ce de nuit.

— Je n'ai nulle intention de prendre quoi que ce soit, pas même le mors aux dents, rétorqua Ash. Personne ne pourra dire que j'ai agi précipitamment ou me suis montré trop impatient. Je vais laisser au Rana tout le temps qu'il voudra, et l'on verra bien qui se lassera le premier : lui, moi... ou Bhitor.

— Bhitor ?

— Mais oui ! Ne sommes-nous pas les hôtes de cet État ? Donc, pas question que nous payions pour notre subsistance, ce serait contraire à tous les usages. Les commerçants, fermiers, etc., vont finir par demander leur dû, et je vous garantis qu'ils ne recevront rien de nous. Alors le Rana et ses conseillers ne tarderont pas à s'apercevoir qu'il leur en coûte de nous garder en attente beaucoup plus qu'ils ne peuvent espérer toucher s'ils obtiennent satisfaction. Sur quoi, je pense qu'ils accepteront de transiger.

Pour la première fois depuis plusieurs semaines, Mulraj éclata de rire et les visages des autres se détendirent.

— *Arré,* c'est vrai ! s'exclama-t-il. Je n'y avais pas pensé. Ma parole ! Si nous continuons ainsi, ces fils de porcs pourraient même en arriver à nous donner de l'argent pour que nous partions !

— A moins qu'ils n'aient recours à la force, objecta Kara-ji avec un hochement de tête pessimiste en direction du fort le plus proche. Oui, Sahib, reprit-il à l'adresse de Ash, je sais que vous pensez différemment, et je voudrais bien partager votre avis. Mais je crains que le Rana en arrive là, lorsqu'il verra qu'il ne parvient pas à ses fins par des moyens pacifiques.

— Par le chantage et le bluff, voulez-vous dire, rectifia Ash. Mais le bluff, mon père, est un jeu qui peut se jouer à deux, ce dont ces singes sans parole semblent avoir omis de tenir compte.

Il refusa d'en dire davantage, pour l'excellente raison qu'il n'avait aucun plan en tête, sinon la ferme résolution de résister à toutes les demandes du Rana et d'obtenir le paiement de ce qui restait dû. Pour l'instant, il convenait avant tout d'afficher une patience digne de Job, ne fût-ce que pour complaire au major Spiller et lui bien prouver qu'on avait fait tout le possible dans la voie de la conciliation. Ce point acquis, si le Rana continuait à se montrer intransigeant, on ne pourrait plus reprocher à Ash d'avoir jugé nécessaire d'exercer une certaine pression sur le souverain. Mais, quoi qu'il arrivât, il ne devait surtout pas perdre son sang-froid.

Deux jours plus tard Ash fut bien près de manquer à cette

dernière résolution lorsque, à une autre entrevue au Rung Mahal (pour discuter de « nouvelles propositions », avait déclaré le Diwan) et après qu'on les eut fait encore longuement attendre, il s'entendit annoncer, sur un ton de confidence et d'extrême regret, que, à l'issue des discussions qui avaient eu lieu avec les prêtres touchant le mariage envisagé par le Rana avec Anjuli-Bai, il fallait malheureusement compter beaucoup plus qu'il n'avait d'abord été prévu. La somme énoncée dépassait tellement celle qui avait d'abord été demandée, que c'en devenait effarant.

— Ces prêtres sont extrêmement rapaces, convint le Diwan sur un ton d'homme du monde. Nous avons essayé de leur faire entendre raison, mais sans résultat. Pour prix de leur consentement à ce mariage, ils ont demandé à mon maître de construire un nouveau temple. C'est inique... mais comment refuser? Mon maître est un homme très pieux, qui ne saurait passer outre à la volonté des prêtres. Seulement, construire un temple coûtera beaucoup d'argent, et il n'a donc d'autre recours que de demander à Son Altesse le Maharajah de Karidkote de faire face à une dépense occasionnée par la demi-sœur de Son Altesse. C'est très regrettable, conclut le Diwan en secouant tristement la tête et écartant les bras, mais que puis-je faire?

La question n'appelait pas de réponse et, de toute façon, Ash se sentait incapable de parler, car c'était Juli qu'insultaient ces êtres méprisables. A travers une sorte de brouillard rouge, il eut conscience que Kara-ji répondait au Diwan avec une courtoise dignité, puis ils se retrouvèrent tous chevauchant de nouveau sous le soleil sans que Ash eût la moindre idée de ce que le vieil homme avait dit.

— Bon, et maintenant, Sahib? s'enquit Mulraj.

Ash ne répondit pas. Alors Kara-ji reprit la question à son compte, demandant ce qu'ils pouvaient faire face à ce nouvel outrage

Sortant de son rêve, Ash dit brusquement ·

— Il faut que je la voie.

Le vieil homme le regarda avec stupeur :

— Shu-Shu? Mais je ne pense pas. .

— Non, Anjuli-Bai. Il vous faut arranger ça, Rao-Sahib J'ai absolument besoin de la voir. Et seule.

— Mais c'est impossible! protesta Kara-ji, choqué. Pendant le voyage, oui, ça ne tirait pas trop à conséquence. Mais pas ici, à Bhitor! Ce serait follement imprudent et je ne puis m'y prêter D'ailleurs à quoi cela vous avancerait-il? Anjuli-Bai ne peut vous aider en aucune façon, et lui apprendre ce qu'a dit le Rana ne serait pas charitable...

— Il n'empêche que j'ai besoin de la voir, persista Ash. Elle a le droit de connaître la situation, afin d'être au courant si...

Il hésita et Mulraj acheva la phrase à sa place :

— ... si le Rana refusait de l'épouser. Oui, je pense que vous avez raison, Sahib.

— Non, ça ne serait ni sage ni convenable, répéta Kara-ji, et je ne puis croire que ce soit nécessaire. Mais puisque vous êtes tous deux contre moi, je vais me charger moi-même de la mettre au courant. Cela vous satisfait-il ?

Ash secoua la tête :

— Non, Rao-Sahib. Il faut que je lui parle, moi. Non que je n'aie confiance en vous, mais parce qu'il y a certaines choses que je tiens à lui dire et vous ne pouvez le faire à ma place.

Kara-ji soupira, demeura un long moment silencieux, puis déclara :

— Très bien, Sahib, je vais voir ce que je peux faire. Mais à une condition : que j'assiste à l'entretien.

Sur ce point, il demeura absolument intraitable.

— Vous n'avez rien à craindre, assura-t-il à Ash. Je vous promets de ne jamais répéter un seul mot de ce que vous vous serez dit. Mais si quelque déplorable hasard voulait que la chose s'ébruitât, je tiens à pouvoir affirmer que moi, son oncle, frère de son père le défunt Maharajah de Karidkote, j'ai assisté à tout l'entretien. Si vous n'acceptez pas cette condition, je ne peux absolument pas vous aider.

Ash fut bien forcé de s'incliner.

— D'accord, dit-il.

— Parfait. Alors je vais voir ce que je peux faire.

Kara-ji s'arrangea pour que l'entrevue eût lieu dans sa tente, à une heure du matin, lorsque tout le camp dormirait. Et comme il importait que Ash ne fût pas repéré en chemin, Kara-ji lui suggéra de se déguiser en veilleur de nuit. Le *chowkidar* dont la mission était de patrouiller dans cette partie du camp, serait drogué pour dormir pendant au moins une bonne heure.

— Gobind s'en chargera, dit Kara-ji. C'est un homme de confiance et j'ai absolument besoin de son concours. Mais comme on n'est jamais trop prudent, il ne saura pas qui doit venir ce soir-là dans ma tente. Maintenant, écoutez-moi bien, Sahib...

Ash eût préféré un arrangement moins compliqué, mais enfin

l'entrevue eut lieu. Rien n'en transpira, les allées et venues aussi bien d'Anjuli que de Ash n'éveillèrent l'attention de personne. Toutefois l'entrevue elle-même fut un échec, par la suite Kara-ji devait souvent regretter de n'avoir pas maintenu son refus, et encore plus d'avoir insisté pour être présent car, sans cela, il eût continué d'ignorer des choses qu'il aurait de beaucoup préféré ne jamais savoir.

Sa nièce Anjuli arriva la première, enveloppée dans une *bourka* de cotonnade sombre; elle demeura silencieuse comme une ombre jusqu'à ce que les rejoigne, un moment plus tard, Ash dûment travesti. Kara-ji nota avec satisfaction que le Sahib s'était muni du *lathi* propre aux veilleurs de nuit, et même de la chaîne qu'on agitait de temps à autre pour mettre en garde les gens mal intentionnés.

Content de voir que ses recommandations avaient été suivies à la lettre, Kara-ji s'installa confortablement sur des coussins pour écouter le Sahib faire part à Anjuli des exigences du Rana et de ce qui pourrait en découler pour elle.

Le vieil homme avait été trop préoccupé par le caractère inconvenant de l'entrevue et les risques qu'elle leur faisait courir, pour se demander les raisons qu'avait le Sahib de vouloir parler lui-même à Anjuli. Bien qu'il ne fût pas très imaginatif, lorsque le *lathi* et la chaîne tombèrent par terre, Kara-ji eut conscience d'une sorte d'irrésistible attirance s'exerçant entre sa nièce et le Sahib. Il demeura comme pétrifié quand ils allèrent l'un vers l'autre et que Ash rejeta la *bourka* en arrière afin de voir le visage d'Anjuli.

Ils ne se parlèrent ni ne se touchèrent, mais demeurèrent à se regarder avidement, comme s'ils étaient seuls dans la tente. L'expression de leurs visages rendait toute parole superflue : aucune étreinte n'aurait pu exprimer un plus total amour.

Kara-ji, le souffle coupé, voulut se lever, avec la vague idée de se jeter entre eux pour rompre l'envoûtement. Mais ses jambes lui refusèrent tout service et il ne put que continuer à regarder, avant d'écouter avec horreur.

— C'est inutile, mon tendre amour, dit doucement Ash Tu ne peux l'épouser. Même si tu ne courais aucun risque à le faire après un si long délai... ce que tu ne m'as pas encore dit. Aurais-tu pu le faire?

Anjuli secoua la tête et ce geste était empreint d'une telle affliction que Ash eut honte du soulagement qu'il lui causa.

— Je suis désolé.. balbutia-t-il malgré tout.

— Moi aussi, murmura Anjuli Plus que je ne saurais dire
Ses lèvres tremblèrent et elle dut faire un visible effort pour se contrôler Le bas du visage dans l'ombre, elle demanda ·

— Est-ce . est-ce pour cela que tu désirais me voir ?

— En partie, oui Mais il y a autre chose. Il ne veut pas de toi, mon cœur Il n'a accepté de te prendre que pour avoir Shushila, et aussi parce que ton frère ne lui a demandé aucun argent pour toi mais, au contraire, lui a versé une très grosse somme.

— Je le sais, dit calmement Anjuli. Je l'ai su dès le début. Il y a bien peu de choses que le Zenana ne finisse par apprendre.

— Et ça ne te faisait rien ?

Elle releva la tête. Elle ne pleurait pas, mais sa ravissante bouche était comme pincée.

— Si, quand même... Mais tu sais bien que je n'avais pas le choix . et que si je l'avais eu, je serais quand même venue.

— Pour Shu-shu, oui, je sais. Mais maintenant le Rana déclare que la somme versée par ton frère est insuffisante et que, s'il ne lui donne trois fois plus, il ne t'épousera pas.

Ses yeux s'agrandirent tandis qu'elle portait une main à sa gorge, mais elle ne prononça pas une parole. Alors Ash dit :

— Nous n'avons pas une telle somme, et l'aurions-nous que je ne ferais rien sans ordre de ton frère qui, d'après ce que j'ai entendu dire, ne consentira jamais à un tel paiement, en quoi il aura parfaitement raison. Toutefois, je ne pense pas qu'il demande le retour de ses deux sœurs. Le coût du voyage a été très élevé ; aussi ai-je grand peur que, à la réflexion, il estime plus sage d'avaler l'affront et de laisser le Rana épouser Shushila.

— Mais... et moi ? s'enquit Juli dans un murmure.

— Toi, tu seras renvoyée à Karidkote, mais sans tout ce que tu avais apporté avec toi, car le Rana ne manquera sûrement pas de se l'approprier en compensation d'une épouse dont il ne voulait pourtant pas. A moins, bien sûr, que nous soyons prêts à courir le risque d'affrontements sanglants pour l'en empêcher.

— Mais... mais il ne peut agir ainsi ! haleta Anjuli. C'est contraire à notre loi.

— Quelle loi ?A Bhitor, on ne connaît qu'une loi : celle de Rana.

— Je parle de la loi de Manu, à laquelle le souverain de Bhitor lui-même doit obéir, en tant qu'Hindou. Dans cette loi, il est mentionné que les bijoux d'une épouse constituent son *istri-dhan* (héritage) et ne peuvent lui être enlevés. Manu dit très exactement : « *Les bijoux qu'une femme a portés durant la vie de son époux ne seront pas partagés entre les héritiers de ce dernier. Quiconque les partagera sera proscrit*[1]. »

— Tu n'es pas son épouse. Il n'est donc pas tenu de se plier à la loi et il compte bien se fonder là-dessus.

— Mais... Mais je ne peux pas repartir... Tu *sais* que ça m'est impossible... Je ne peux pas quitter Shu-shu.

— Tu n'auras pas le choix.

— C'est faux ! fit-elle en élevant le ton et reculant d'un pas. Le Rana peut refuser de m'épouser, mais il ne s'opposera pas à ce que je reste prendre soin de Shu-shu... comme dame d'honneur, ou même au besoin comme *ayah.* S'il garde mon douaire, ça compensera sûrement le peu de nourriture que j'absorberai, même si je vis vieille. Quand il verra que, sans moi, sa femme risque de dépérir et de mourir, il sera trop heureux de me garder. Et pour ce qui est de Nandu, je suis certaine qu'il ne tient pas à me voir revenir... Qui voudrait désormais épouser une femme rejetée par le Rana de Bhitor ?

— Un homme au moins, dit posément Ash.

Le visage d'Anjuli se plissa comme celui d'un enfant et elle se détourna vivement en chuchotant :

— Je le sais... Mais ça n'est pas possible et donc... A qui te posera la question, dis que je ne retournerai pas à Karidkote, que nul ne peut m'y contraindre. Mais que si je ne puis rester à Bhitor comme épouse du Rana, j'y demeurerai comme servante de ma demi-sœur. C'est tout ce que j'ai à dire... en te remerciant de m'avoir avertie et... et de tout !

La voix lui manqua, et elle esquissa un petit geste d'impuissance, plus bouleversant que des paroles, avant que ses mains tremblantes ne s'emploient à remettre en place la *bourka.*

Un très court instant... le temps que met une larme à couler.. Ash hésita. Puis saisissant Anjuli par les épaules, il la dégagea de la *bourka* pour l'obliger à lui faire face. La vue de son visage ruisselant de pleurs lui poignit le cœur et le fit parler plus violemment qu'il ne voulait :

— Ne sois pas stupide, Juli ! T'imagines-tu un seul instant qu'il ne couchera pas avec toi, si tu restes comme servante de Shu-shu et non comme épouse ? Bien sûr que si ! Du moment que tu seras sous

1. Le Code des Lois de Manu, à la fois traité juridique et recueil des lois religieuses, morales et sociales, un des livres les plus célèbres de l'Antiquité indienne, est attribué à Manu, être mythique, progéniteur de la race humaine. Bien qu'on ne puisse le dater, il ne semble pas être antérieur à l'ère chrétienne. *(N.d.T.)*

son toit, tu lui appartiendras tout autant que s'il t'avait épousée, mais tu n'auras pas le statut de Rani... ni d'ailleurs aucun statut Il pourra agir envers toi comme bon lui semblera et, d'après l'idée que j'ai pu me faire de lui, sa vanité aura plaisir à user comme concubine de la fille d'un Maharajah qu'il a refusé d'épouser Ne te rends-tu pas compte que tu te trouverais dans une position intolérable ?

— Ç'a été le cas depuis ma naissance. répondit simplement Anjuli. Tandis que Shu-shu...

— Au diable, Shu-shu ! l'interrompit Ash avec colère en la secouant si sauvagement que les dents d'Anjuli s'entrechoquèrent. C'est peine perdue, Juli, je ne renoncerai pas à toi. J'ai cru en avoir la force, mais c'était avant que je le voie, lui. Tu n'imagines pas à quel point il est vieux, *vieux*... Peut-être pas en nombre d'années, mais pour tout le reste... Il est pourri par le vice ! Tu ne peux pas coucher avec un être pareil... un être hideux, sans cœur, ni honneur, ni scrupules ! Veux-tu donc engendrer des monstres ? Non, non, tu ne peux faire une chose pareille !

Un spasme douloureux tordit le visage ruisselant de larmes, mais ce fut d'une voix ferme qu'Anjuli rétorqua :

— Je le dois, tu le sais. Même si tu as raison en ce qui concerne sa vanité, il sera suffisamment satisfait de me traiter en servante pour ne pas se donner la peine d'user de moi comme concubine, et ma vie ne sera pas trop malheureuse. J'aurai au moins la joie d'être utile à ma sœur, alors que, à Karidkote, je ne connaîtrais que disgrâce et chagrin.

— Tu parles comme si tu n'avais pas d'autre choix, mais ça n'est pas le cas et tu le sais bien. Oh ! mon amour, ô joie de mon cœur, viens avec moi ! Nous serions si heureux ensemble, alors que tu ne peux t'attendre ici qu'à la servitude et aux humiliations... Oui, oui, je sais : Shushila ! Mais je t'ai déjà dit que tu te trompes sur son compte : c'est une enfant gâtée qui sait pouvoir tout obtenir par le recours aux larmes et aux crises de nerfs. Alors elle en use sans réserve, avec le total égoïsme qui la caractérise. Passé un temps très court, elle ne te trouvera pas à dire quand, devenue Rani de Bhitor, elle aura non seulement un tas de femmes à ses ordres mais aussi des enfants. Et Shu-shu n'est pas la seule qui ait besoin de toi.. Moi aussi, mon cœur... et bien plus qu'elle. Oh ! Juli...

Les larmes la rendant momentanément incapable de parler, Anjuli secoua la tête, avant de pouvoir chuchoter, d'une voix entrecoupée :

— Tu me l'as déjà dit... et je t'ai... je t'ai répondu que tu étais fort tandis que Shu-shu est faible... Je ne peux l'abandonner car, si le Rana est tel que tu le décris, ce sera encore pire pour elle. Tu sais que je t'aime... plus que tout au monde... plus que la vie ! Mais j'aime aussi Shu-shu et je sais qu'elle a terriblement besoin de moi. Alors je ne peux pas... je ne peux pas...

De nouveau, la voix lui manqua et, avec désespoir, Ash se rendit compte qu'il aurait eu sans doute plus de chances s'il lui avait menti, s'il lui avait dit que le Rana était extrêmement séduisant, que Shu-shu ne pouvait manquer de tomber follement amoureuse de lui, et qu'elle ne tiendrait donc pas à ce que sa demi-sœur vienne en tiers dans leur grisant bonheur. Si Juli avait cru cela, sa résolution eût peut-être fléchi Mais la vérité avait contribué à la fortifier dans sa détermination, en lui faisant trop clairement voir ce qui attendait Shushila.

Le constat de son échec priva brusquement Ash de toute force, et il lâcha Anjuli. A la clarté de la lampe, il la vit grande, svelte, exquise et absolument royale. Une princesse ravalée au rang de suivante...

Après être demeuré ainsi un long moment à la contempler, une irrésistible impulsion lui fit prendre Juli dans ses bras et la serrer contre lui en couvrant son visage de baisers, dans le fol espoir que le contact physique pût, mieux que des paroles, briser sa résistance.

Quand elle noua les bras autour de son cou, quand la bouche de Juli lui rendit fiévreusement ses baisers, le temps leur parut comme suspendu et Ash put croire qu'il l'emportait enfin. Ils avaient oublié Kara-ji et le reste du monde, au point que le vieil homme eut l'impression que leurs deux corps n'en formaient plus qu'un, pareil à une flamme ou une ombre qu'agitait un invisible souffle...

Ce fut Anjuli qui rompit le charme. Dénouant ses bras, elle plaqua ses mains contre la poitrine de Ash, afin de l'écarter d'elle. Il eût aisément résisté, mais il n'en fit rien, car il se sut définitivement vaincu. La faiblesse de Shushila s'était révélée plus forte que son amour, et il n'y avait rien désormais qu'il pût dire ou faire.

Reculant d'un pas, il la regarda s'envelopper dans la *bourka* avec difficulté, tant ses mains tremblaient. Quand elle y fut parvenue, elle écarta un instant de son visage les plis amples du vêtement, pour regarder Ash comme on regarde le visage aimé dont on sait que le couvercle du cercueil va vous le ravir à jamais.

Se forçant à parler d'un ton mesuré, Ash lui dit alors :

— Si jamais tu as besoin de moi, il te suffira de m'envoyer le porte-bonheur et j'accourrai. A moins que je sois mort, j'accourrai aussitôt !

— Je sais... murmura Anjuli.

— Au revoir... cœur de mon cœur... ma chérie... mon amour. A toute heure du jour, ta pensée me sera présente, et je bénirai le ciel de t'avoir connue.

— Moi aussi. Adieu... mon seigneur et ma vie.

Elle passa rapidement devant lui, telle une ombre, et il se fit violence pour ne même pas tourner la tête quand il entendit le rabat de la tente retomber avec un bruit sourd, qui avait quelque chose de définitif. Juli était partie.

Ash n'aurait su dire combien de temps il resta immobile, le regard perdu dans le vague, l'esprit aussi vide que ses bras ou son cœur.

Il y eut un mouvement dans la pénombre de la tente et une main effleura son bras. Se tournant lentement, il vit Kara-ji debout près de lui. Le visage du vieil homme n'exprimait ni stupeur ni colère, rien qu'une compréhension empreinte de sympathie et d'une grande tristesse.

— J'ai été aveugle, dit Kara-ji. Aveugle et stupide J'aurais dû me rendre compte de ce qui pouvait arriver, et vous tenir à l'écart l'un de l'autre. Je suis profondément navré, mon fils. Mais Anjuli a choisi le parti le plus sage... car si elle avait consenti à vous suivre, je suis sûr que vous seriez morts tous les deux. Son frère, Nandu, n'est pas homme à pardonner une offense et, avec le Rana, il n'aurait eu de cesse que vous soyez tués. Alors, c'est mieux ainsi. Vous êtes jeune et, le temps aidant, vous oublierez.

— Mais elle... Anjuli... croyez-vous qu'elle oubliera ?

Les petites mains de Kara-ji esquissèrent un geste vague et Ash lui lança avec violence :

— Vous savez bien que non ! Rao-Sahib, *écoutez-moi :* après tout ce qui s'est passé, nul ne pourrait vous blâmer si vous décidiez de regagner Karidkote avec vos deux nièces.

— Mais... mais ça n'est pas possible ! balbutia Kara-ji, horrifié. Ce serait de la folie ! Non, non, je ne pourrais faire une chose pareille !

— Pourquoi pas ? le pressa Ash. Qui vous en empêcherait ? Rao-Sahib, je vous en conjure... pour le bien de Shushila comme pour celui d'Anjuli. Il vous suffit de...

— C'est elle qui a choisi, mon fils, lui rappela Kara-ji. Si vous pensez que moi, qui suis seulement son oncle, je pourrais la faire se raviser, alors que vous, qui l'aimez et qu'elle semble aimer, n'y êtes pas parvenu, vous ne la connaissez pas comme je la connais.

Une expression de souffrance tordit le visage de Ash :

— Je la connais.. Je la connais mieux que... quiconque. Mieux que moi-même !

— Alors vous devez vous rendre compte que j'ai raison.

Ash ne répondit pas, mais son regard était éloquent. Aussi Kara-ji lui dit, avec beaucoup de douceur :

— Je suis navré, mon fils, profondément navré pour vous deux. Tout ce que nous pouvons faire maintenant, c'est nous employer à ce qu'Anjuli reste ici comme épouse et non comme simple suivante de sa sœur. C'est bien peu de chose comparé au chagrin que nous lui avons causé : vous, en lui volant son cœur, ce qui rend son avenir encore plus triste et désolé ; moi, dont la folle négligence a permis que vous fassiez ces sorties ensemble, sans penser un seul instant à ce qui pouvait en résulter. Je suis grandement coupable.

Il y avait tant de chagrin dans la voix du vieil homme que, en d'autres circonstances, Ash en eût été ému. Mais il était au bout du rouleau. Sa colère l'avait comme vidé de toute force, et il se sentait soudain si las qu'il n'arrivait même plus à penser clairement. Tout en ayant conscience de la justesse de ce qu'avait dit Kara-ji et que tous deux avaient effectivement rendu un bien mauvais service à Anjuli, son esprit enregistrait seulement le fait qu'il avait perdu Juli. Il ne pouvait rien voir au-delà... Demain peut-être... Demain, il ferait jour... Mais ce serait un jour sans Juli... Et il en serait ainsi toujours... Toujours et à jamais... *Amen.*

Sans un seul mot, il sortit de la tente en trébuchant, et traversa le camp endormi à la façon d'un somnambule.

29

A l'origine, le double mariage devait être célébré au début du printemps. Bien que le voyage depuis Karidkote eût pris plus de temps qu'on ne l'escomptait, les noces auraient pu avoir lieu tant que la chaleur restait encore supportable Mais six semaines s'étaient écoulées depuis que la caravane des fiancées avait planté ses tentes dans la vallée, et l'on était maintenant en pleine canicule ; le camp était devenu un enfer de chaleur, de poussière et de mouches, où hommes et bêtes souffraient à l'unisson.

— Allons-nous pouvoir tenir encore longtemps comme ça ? grommela Kara-ji.

Le vieil homme était tout ratatiné, car son foie le tourmentait autant que sa conscience.

— Demain matin, nous parlerons de nouveau au Rana, lui dit Ash, et nous verrons si son cœur a changé... A supposer qu'il en ait un !

— Vous verrez qu'il n'aura pas bougé d'un poucc ! Nous perdons notre temps à espérer qu'il puisse changer, intervint Mulraj.

— En *Belait,* répliqua Ash avec un haussement d'épaules, nous avons un dicton assurant qu'il ne faut jamais se lasser d'essayer.

— *Bah !* fit Mulraj d'un ton écœuré. Nous avons *essayé* déjà je ne sais combien de fois ! *Hai mai,* je commence à en avoir par-dessus la tête de cette affaire !

En dépit de quoi, le lendemain matin les vit reprendre la route de la capitale, qui ne leur était devenue que trop familière. Après la traditionnelle attente, il y eut la même sempiternelle discussion pour aboutir au même résultat. Mais, cette fois, Ash avait demandé que les exigences du Rana fussent consignées par écrit, en expliquant :

— A moins de pouvoir apporter la preuve qu'une telle somme nous a bien été réclamée par vous, nous n'oserions même pas envisager son paiement. Vous comprenez sûrement que si mes compagnons retournaient à Karidkote sans rien à l'appui de leurs dires touchant la façon dont cet argent a été dépensé, il en irait de leurs vies, et j'aurais moi-même les pires ennuis avec mes supérieurs.

Sentant la victoire proche, le Rana avait non seulement accepté aussitôt de fournir une telle attestation mais, à la requête de Ash, il avait même été jusqu'à y apposer l'empreinte de son pouce, pour authentifier le document.

Ash en prit connaissance avec beaucoup d'attention, le rangea dans la poche intérieure de sa veste, remercia le Rana de sa bonté avec une cordialité, cette fois, parfaitement sincère. Mais le Rana avait eu tort de croire la capitulation proche.

— Et alors, qu'y avons-nous gagné ? questionna Mulraj comme ils s'en retournaient seuls par la Porte de l'Éléphant, Kara-ji s'étant senti ce jour-là trop malade pour les accompagner.

— Une preuve ! répondit Ash en frappant sa poitrine. Dès ce soir, elle va être envoyée, avec une lettre d'accompagnement, à Spiller-Sahib, le Conseiller politique. Et lorsque j'aurai la certitude qu'il l'a reçue, nous moucherons le Rana. Car même Spiller-Sahib ne pourra considérer une telle preuve de chantage, comme chose naturelle et excusable.

La lettre d'accompagnement fut écrite sur l'heure et, parce que Ash était non seulement pressé mais en colère, il n'y mit pas tout le tact qui eût convenu. Sans être offensantes, ses phrases courtes et sèches donnaient un tel sentiment d'exaspération devant l'inertie administrative, que cette missive allait être mal jugée et avoir des conséquences inattendues.

Mais Ash l'ignorait, qui scella avec satisfaction l'enveloppe où il avait mis la lettre et le document émanant du Rana. Il savait très bien, en revanche, qu'il allait se livrer à un bluff qui, s'il échouait, risquait d'être désastreux.

Ash attendit deux jours, afin que son messager ait eu le temps de joindre le Conseiller politique ; le troisième jour, il demanda de nouveau audience, pour donner une dernière chance au Rana et ne pas le laisser nourrir de vains espoirs. L'audience lui ayant été accordée, Ash se rendit au Rung Mahal avec seulement Mulraj et une petite escorte. Il fut reçu par le Rana en personne, entouré d'une demi-douzaine de conseillers et de quelques favoris.

L'entrevue fut de courte durée. Après l'habituel échange de courtoisies, Ash demanda au Rana s'il avait reconsidéré ses exigences et était prêt à revenir aux conditions acceptées à Karidkote par ses délégués. Le Rana répondit n'en avoir aucunement l'intention, car il estimait ses demandes non seulement justifiées mais fort raisonnables. Il le fit avec insolence et lorsque son mauvais génie le poussa à sourire, son entourage s'autorisa à rire ouvertement. Mais ils n'eurent pas d'autre occasion de se réjouir ce matin-là, car Ash leur dit alors :

— Dans ce cas, je ne vois d'autre solution que de lever le camp et soumettre toute l'affaire au Gouvernement des Indes. Au revoir, Rana-Sahib.

Il s'inclina et, tournant les talons, quitta la salle.

Mulraj le suivit d'un air résigné, mais ils n'avaient pas encore atteint la sortie du palais qu'un conseiller les rejoignait en courant, porteur d'un message du Diwan. Celui-ci désirait leur parler en privé, et les suppliait de lui consacrer un peu de leur temps. Comme un refus ne leur eût rien apporté, ils firent demi-tour et trouvèrent le Premier ministre du Rana qui les attendait dans une petite antichambre, proche de la salle qu'ils venaient de quitter.

Le Diwan se répandit en excuses pour ce qu'il affirma être « un déplorable malentendu », et leur fit servir des rafraîchissements tout en continuant de parler avec volubilité. Mais il apparut très vite qu'il n'avait rien de nouveau à proposer et il se remit à débiter les arguments que son maître n'avait cessé de mettre en avant au cours des semaines écoulées. A bout de patience, Ash l'interrompit pour lui demander s'il avait une proposition nouvelle à faire, sans quoi cet entretien n'était qu'une perte de temps.

Le Diwan répugnait visiblement à les laisser partir, mais comme ils étaient bien résolus à ne pas s'attarder plus longtemps, il les raccompagna jusqu'à la cour extérieure du palais.

— A quoi cela rimait-il ? demanda alors Mulraj. Ce vilain singe n'avait rien à dire, et c'est la première fois que mes hommes se voient offrir l'hospitalité par la garde du palais. Qu'espéraient-ils y gagner, selon vous ?

— Du temps, répondit Ash.

— Oui, j'ai bien compris qu'ils tenaient à retarder notre départ, et ils y sont parvenus. Mais pourquoi ? Dans quel but ?

Ils l'apprirent moins de dix minutes plus tard.

Le Rana avait agi avec une extrême rapidité, car les forts jumeaux, qui deux heures auparavant n'abritaient qu'une poignée de militaires, débordaient maintenant d'artilleurs, debout près de leurs pièces. Un tel tableau ne pouvait échapper à la délégation de Karidkote sur le chemin du retour, et lui donnerait conscience de sa vulnérabilité en face d'un tel déploiement de force

Dès son arrivée au camp, Ash envoya un messager au palais demander une autre audience pour le lendemain, mais cette fois une audience publique.

— Pourquoi avoir agi si vite ? s'emporta Mulraj qui, s'il avait été consulté, eût été d'avis qu'il valait mieux sauver la face en affectant d'ignorer la menace le plus longtemps possible.

— Parce que nous n'avons déjà perdu que trop de temps !

— Voilà qui serait plaisant à entendre, soupira Kara-ji, si nous avions quelque riposte en réserve pour le Rana. Mais que nous reste-t-il encore à lui dire ?

— Pas mal de choses qui auraient pu être dites depuis longtemps déjà si l'on m'avait laissé faire à ma guise. Aussi j'espère que vous vous sentirez suffisamment rétabli demain, Rao-Sahib, pour nous accompagner et m'entendre les lui servir !

Il eut pour l'accompagner non seulement Kara-ji, mais tous ceux qui avaient assisté au premier durbar. Cette fois, on leur avait demandé de se présenter au palais en fin d'après-midi. Ils s'y rendirent en grande tenue, escortés par trente lanciers aux uniformes splendides. Ils furent accueillis par une personnalité de second rang, qui les conduisit dans la Salle des Audiences publiques où, comme l'autre fois, ils trouvèrent la cour les attendant.

Ash se rendit immédiatement compte que tout ce monde était là pour assister à l'humiliation des envoyés de Karidkote et du jeune Sahib écervelé qui s'était institué leur porte-parole. Ash pensa sardoniquement qu'ils allaient être déçus. Se dispensant des habituelles formules de politesse, aussi creuses qu'ampoulées, il alla droit au but.

— J'ai remarqué, dit-il en s'adressant au Rana d'une voix qu'on n'avait pas encore entendue résonner dans le palais, que Votre Altesse a jugé bon de garnir de troupes les trois forts qui commandent la vallée. Pour cette raison, j'ai tenu à pouvoir vous dire en durbar public que, si jamais un seul de ces canons venait à tirer sur notre camp, le Gouvernement des Indes annexerait aussitôt Bhitor, que vous seriez déposé immédiatement et envoyé en exil. Je vous informe également que je vais déplacer notre camp qui ira s'installer hors de la vallée, comme primitivement prévu, et y restera jusqu'à ce que vous soyez prêt à accepter nos conditions. C'est tout ce que j'avais à dire.

Ash fut le premier surpris de l'assurance dont il témoignait, car il se sentait la bouche sèche et n'avait aucune garantie que le Gouvernement partagerait ses vues. Il lui paraissait beaucoup plus probable qu'il serait sévèrement réprimandé pour avoir « outrepassé les ordres reçus et formulé des menaces sans y avoir été autorisé ». Mais nul ici ne le savait ; aussi le Diwan restait-il bouche bée, cependant que le visage du Rana laissait paraître que le coup avait porté. Autour de lui, tout le monde semblait retenir sa respiration S'en rendant compte, Ash voulut que rien ne vienne atténuer l'effet produit. Aussi, sans laisser au Rana le temps de répondre, il eut un signe de tête impératif à l'adresse de ses compagnons et quitta le *Diwan-i-Am* en faisant sonner ses éperons.

Kara-ji fut le premier à reprendre la parole, mais pas avant qu'ils eussent quitté la ville. Même alors, il le fit à mi-voix, comme s'il craignait les oreilles indiscrètes.

— Est-ce vrai, Sahib, ce que vous avez dit au Rana ? Le Sirkar le déposera s'il se sert de ses canons contre nous ?

— C'est ce qu'il devrait faire, encore que je n'aie aucune assurance à cet égard, avoua Ash avec un sourire forcé, car on ne peut savoir de quelle façon l'affaire lui serait rapportée. Combien d'entre nous seront alors encore vivants pour dire la vérité sur ce qui se sera passé ? Mais, pour l'instant, la seule chose qui importe, c'est de savoir si le Rana croit ou non son trône menacé. Sur ce point, nous serons fixés dès que nous lèverons le camp.

— Vous voulez vraiment que nous levions le camp ? demanda Mulraj. Et quand cela ?

— Maintenant. Tout de suite. Tant que le palais pense que j'ai pu dire vrai. Il faut que nous ayons quitté la vallée et soyons hors de portée de ces forts avant que le soleil ne se lève demain.

— Mais n'est-ce pas courir un très grand risque ? s'alarma Kara-ji. S'ils se mettent à tirer en voyant que nous nous préparons à partir ?

— Ils ne tireront pas tant qu'il y aura le moindre doute dans leurs esprits sur la façon dont le Gouvernement réagira. C'est pourquoi nous ne devons pas perdre un instant, durant qu'ils en discutent encore. Et s'il y a un risque, c'est un risque qu'il nous faut courir car nous n'avons pas d'autre issue, sinon donner au Rana tout ce qu'il demande, ce à quoi je me refuse absolument.

— Mais ça ne va être facile de nous déplacer de nuit, fit remarquer Mulraj qui observait le soleil couchant. Il n'y a pas de lune.

— Tant mieux, car il ne sera pas facile non plus de tirer dans le noir sur une cible mouvante : on pourrait détruire des choses précieuses, peut-être même les fiancées. Et par la chaleur qu'il fait, nous aurons au moins l'avantage d'avoir ainsi moins chaud pour nous déplacer.

Le temps qu'ils arrivent au camp, la moitié de la vallée était déjà dans l'ombre et le vent, tombé.

Le fort qui leur faisait face n'était plus qu'une ombre violette sur le ciel qui s'enténébrait, mais sa masse compacte n'en demeurait pas moins menaçante, Ash sentit un frisson lui parcourir l'échine : et s'il n'avait pas réussi à abuser le Rana ? De toute façon, il n'était plus temps d'y remédier et, comme Ash l'avait dit à Kara-ji, ils ne tarderaient pas à être fixés. Ayant ordonné qu'on lève le camp, le jeune homme s'en fut mettre une tenue convenant mieux à la tâche qui l'attendait.

Personne ne discuta l'ordre de partir, ni n'éleva la moindre objection touchant ce départ précipité. Hommes, femmes et enfants s'activèrent avec tant de fièvre que le crépuscule finissait à peine de tomber quand, précédé par un détachement de cavaliers, le premier chariot se dirigea vers la sortie de la vallée.

A minuit, le dernier élément du convoi laissait derrière lui les feux du camp, Ash avait donné ordre qu'on ne les éteignît point afin que les guetteurs du fort fussent dans l'incertitude quant au nombre de gens partis ou restant encore. Il avait été interdit de se munir de lanternes ou de torches, si bien que la caravane était presque invisible derrière le nuage de poussière qu'elle soulevait.

— Si cela finit par un combat, pensa Ash, il n'y aura pas de mariage. Après, ce serait exclu... Nandu lui-même ne voudrait plus en entendre parler et le Gouvernement ne pourrait continuer de fermer les yeux : il serait obligé d'intervenir, même s'il n'allait pas jusqu'à annexer Bhitor. Peut-être nommerait-on un régent et veillerait-on à ce que Nandu soit remboursé, en partie sinon en totalité, de l'argent qu'il a dépensé pour cette pénible affaire...

Ash ne craignait plus les canons des deux forts derrière lui. S'ils avaient dû ouvrir le feu, ils l'auraient fait avant que la caravane ne s'éloigne. C'était en avant que se trouvait maintenant le véritable danger : dans l'étroit goulet situé au-dessous du troisième fort, il n'était que trop facile de prendre au piège une grande partie de la caravane, et ceux qui n'y seraient pas encore entrés n'auraient d'autre possibilité que de s'en retourner vers le plus large piège que constituait la vallée.

— S'ils nous attaquent ici, se dit Ash, nous sommes fichus !

Mais la menace d'annexion et d'exil avait sapé l'assurance du Rana. Il ne pensa pas un seul instant que le Sahib avait pu parler ainsi de sa seule autorité, sans être aucunement appuyé par son gouvernement. Il supposait que le Sahib était le porte-parole du Conseiller politique, lequel ne faisait lui-même qu'exprimer la volonté du Vice-Roi. Il y avait eu de nombreux précédents de ce genre, et le Rana ne l'ignorait pas. Aussi avait-on de toute urgence dépêché des messagers aux commandants des forts, pour qu'ils s'abstiennent de toute action pouvant être considérée comme une manifestation d'hostilité.

La caravane des fiancées franchit donc sans encombre le dangereux goulet et lorsque le soleil se leva, tout le monde était déjà très occupé à dresser les tentes, allumer des feux pour faire la cuisine, heureux de se savoir enfin hors d'atteinte des forts et dans une position permettant de se défendre en cas d'attaque ou, si cela devenait nécessaire, de se replier de l'autre côté de la frontière.

— Qu'ils essayent de nous menacer à présent, ces fils de chacals ! lança Mulraj en agitant le poing. Nous sommes sortis du piège. Que faisons-nous maintenant ? ajouta-t-il à l'adresse de Ash.

— Nous attendons la réaction du Rana. Mais j'incline à penser que nous n'aurons plus d'autres ennuis de sa part, il prétendra que tout cela relevait d'un... quelle a été l'expression du Diwan ?... Ah ! oui « un déplorable malentendu ». Demain, ou peut-être même aujourd'hui, il va nous envoyer une députation qui nous offrira des présents accompagnés de messages amicaux. Aussi nous vaut-il mieux prendre un peu de repos avant qu'ils n'arrivent.

Sur ces paroles, Ash entra dans sa tente ; quelques minutes plus tard, Mahdoo, qui lui apportait une tasse de thé brûlant, le trouva étendu tout habillé sur son lit de camp, et si profondément endormi qu'il émit à peine quelques vagues grognements quand l'autre, aidé par Gul Baz, lui ôta son dolman et ses bottes. Après quoi, les deux serviteurs se retirèrent en ayant soin de bien fermer le rabat de la tente pour protéger le dormeur contre la clarté du soleil levant

30

Ash se réveilla en sueur, vit Mahdoo penché au-dessus de lui, et constata que sa tente était de nouveau éclairée par une lampe à huile. Il avait fait le tour du cadran et les émissaires du Rana, arrivés dans le courant de la matinée, attendaient toujours pour lui parler.

— Le Sirdar Mulraj avait donné ordre que ni toi ni lui ne soyez dérangés, expliqua Mahdoo. Mais comme il dort toujours, le Rao-Sahib m'envoie demander ce qu'il convient de faire au sujet de la délégation, et s'il faut prendre des dispositions pour qu'ils passent la nuit ici.

— Pourquoi ici ? questionna Ash, l'esprit encore embrumé par le sommeil.

— Mais parce qu'il est tard et que la route de Bhitor n'est pas facile à suivre dans l'obscurité.

Ash s'ébroua comme un chien au sortir de l'eau, son regard devint plus vif.

— Ça, nous sommes bien placés pour le savoir ! rétorqua-t-il. Mais ce que nous avons fait, ils peuvent aussi le faire. Si le serviteur de Rao-Sahib est dehors, dis-lui d'entrer, je vais lui parler.

Un domestique à cheveux blancs entra et s'inclina.

— Dis à Rao-Sahib qu'il n'a aucune raison d'offrir l'hospitalité à ces gens. Je vais moi-même leur déclarer être au regret de ne pouvoir les héberger car, vu notre manque de sommeil, nous n'avons pas encore fini d'installer le camp. Je leur suggérerai donc de retourner en ville et de revenir nous voir demain, ou de préférence après-demain, quand nous serons mieux en état de les recevoir.

C'est ainsi que les envoyés du Rana repartirent vers Bhitor, en proie à une grande inquiétude, vu qu'ils avaient perdu toute une journée sans pouvoir parler à quelqu'un d'importance, ni délivrer les messages flagorneurs dont ils avaient été chargés. De très bonne heure le lendemain matin, ils relatèrent au Diwan l'échec de leur mission, et le ministre vit dans cette attitude la preuve que le Sahib agissait avec l'entière approbation de son gouvernement. Sans quoi, il n'aurait jamais osé se conduire de cette façon ! Le Rana fut bien de cet avis et, après avoir tenu une réunion d'urgence avec ses conseillers, il ordonna que l'on porte au camp d'abondantes provisions de grain, de fruits et de légumes, en présent de sa part et comme preuve de la bonne volonté des habitants de Bhitor.

L'arrivée de ces provisions soulagea Ash d'un grand souci, car ce qu'il avait en réserve n'eût pas duré longtemps. Si donc, faute de pouvoir subsister là, il avait fallu regagner Karidkote, au risque de n'être pas invité de nouveau, c'eût été un désastre. La longue file de véhicules lourdement chargés non seulement bannissait toute crainte à ce sujet, mais montrait que le Rana avait perdu son sang-froid et agitait en quelque sorte un drapeau blanc.

Il n'y eut ce jour-là aucune délégation en provenance du palais. Le lendemain, ce fut le Diwan lui-même, avec une suite de hauts dignitaires et de conseillers, qui arriva au camp où il fut reçu en grande cérémonie. Par un tacite accord, il n'y eut ni explications ni excuses, et l'on fit comme si rien de fâcheux ne s'était produit. Le Diwan réussit même à glisser dans l'entretien que si les négociations avaient subi quelque retard, c'était uniquement dû à ce que le prêtre de la famille du Rana différait d'avis avec les prêtres de la ville quant à la date la plus favorable pour le mariage. Mais comme ils s'étaient enfin mis d'accord sur deux dates, la famille des mariées n'avait plus qu'à choisir celle lui convenant le mieux, et les préparatifs de la cérémonie commenceraient aussitôt.

Tout cela se passa dans une ambiance de grande cordialité. Le Diwan conclut en disant que le Moti Mahal, le Palais de la Perle, était à la disposition des fiancées et de leur entourage, où il espérait les voir s'installer dès que possible.

Le camp tout entier savait désormais qu'on ne pouvait faire aucune confiance au Rana ; aussi ne put-on s'empêcher de penser à ce dont il serait capable avec tant d'otages de qualité à sa merci. L'offre fut néanmoins acceptée, surtout parce que Ash estimait le danger passé et qu'il n'y aurait plus de manœuvres d'intimidation ; mais aussi parce que le Palais de la Perle, comme les trois demeures destinées à accueillir les hôtes de marque, était situé dans un grand parc, au bord d'un lac, à plus d'un mille de l'autre côté de la capitale.

— Le Ram Bagh, dit Ash, est entouré d'un mur, haut et solide, que nous pourrions défendre si ces gens sans parole essayaient de nous jouer quelque autre mauvais tour. Il se trouve également hors de portée des canons des forts. En outre, nous allons laisser ici un tiers environ de nos forces, en faisant savoir que, s'il y avait quelque autre « déplorable malentendu », elles ont ordre de regagner la frontière par tous les moyens. afin de faire un rapport circonstancié au Gouvernement. Oui, je crois que nous ne courrons aucun risque en acceptant l'offre de nous installer au Palais de la Perle.

Tout le monde étant d'accord sur ce point, Kara-ji consulta son prêtre, lequel se prononça pour la seconde des deux dates. Les deux tiers de la caravane repartirent donc vers la capitale, qu'ils contournèrent pour aller s'installer dans le parc royal. Les fiancées, leur oncle, leur frère, et leur suite occupèrent un petit palais de marbre blanc, tout au bord du lac; Ash, Mulraj et autres personnages importants, les trois résidences; le reste enfin se casa dans des tentes plantées sous les manguiers et margousiers du parc.

Il n'y avait plus eu aucune complication touchant le paiement des sommes dues pour les fiancées, et rien désormais ne semblait trop bon pour les hôtes de Bhitor. On les engagea même vivement à rester après les noces et aussi longtemps qu'il leur plairait. Le Palais de la Perle et ses dépendances étaient à leur entière disposition, pour eux et tous ceux qu'ils voudraient garder auprès d'eux.

L'offre était généreuse et, à son vif ennui, Ash se rendit compte qu'elle serait probablement acceptée. Personnellement, il n'avait aucune envie de demeurer à Bhitor un jour de plus qu'il ne serait nécessaire, mais il comprenait que plus longtemps Jhoti resterait hors d'atteinte de Nandu, mieux cela vaudrait pour lui. Biju Ram était mort et ses séides avaient quitté le camp. Mais à Karidkote, il y aurait toujours des hommes prêts à tuer sur l'ordre de leur souverain. Aussi — avant de connaître le Rana — Ash avait-il espéré que Jhoti pourrait séjourner chez son beau-frère jusqu'à ce qu'il fût en âge de se prémunir contre les assassinats, ou que Nandu eût été déposé, ce qui n'avait rien d'improbable. En effet, le rapport que Ash rédigerait en regagnant Rawalpindi mentionnerait les tentatives d'assassinat dont Jhoti avait fait l'objet, ce qui ne manquerait pas d'amener les officiels à s'intéresser de plus près aux activités présentes et passées de Nandu.

La nouvelle qu'ils allaient devoir rester encore un mois à Bhitor ravit Jhoti car, maintenant que le mariage était proche, le jeune prince pensait à l'avenir et à ce que lui réservait Nandu lorsqu'il regagnerait Karidkote.

Kara-ji était lui aussi enchanté. Il appréhendait beaucoup les rigueurs du long voyage de retour en cette saison, et il n'était pas pressé de troquer la fraîcheur d'un palais de marbre contre l'atmosphère étouffante d'une tente plantée dans les plaines brûlantes et poussiéreuses. Mulraj, lui, était moins enthousiaste, tout en convenant que c'était excellent en ce qui concernait Jhoti et Kara-ji.

— Mais nous ne pouvons rester tous, nous sommes trop nombreux, ce serait une grave erreur que d'abuser pareillement de l'hospitalité du Rana, ou de sa patience. En outre, ça n'est absolument pas nécessaire. Je suggérerais donc que notre délégation soit divisée en deux. Dès que les festivités seront terminées, une moitié partira sous le commandement de Hira Singh, à qui l'on peut faire toute confiance ; elle emportera les lourds bagages et ne se déplacera que la nuit, vu qu'il n'y a aucune presse. Dans ces conditions si la mousson nous favorise, nous qui serons restés ici, les rattraperons peut-être avant même qu'ils aient atteint la frontière de Karidkote.

Ash approuva ce plan, mais ne fit rien pour lui donner un commencement d'exécution. Les affaires du camp avaient, d'un coup, perdu tout intérêt a ses yeux ; aussi laissait-il à Mulraj et à ses officiers le soin de s'occuper des détails comme de veiller à ce que soient prises toutes les dispositions nécessaires. Pendant ce temps, il chassait le ganga ou chevauchait à travers les étroites vallées qui séparaient les collines.

Lorsque arriva le jour du mariage, les rues de Bhitor embaumaient le jasmin et l'œillet d'Inde, ce qui changeait nettement de leurs relents habituels, tandis que le bourdonnement ordinaire de la cité était noyé dans le tintamarre musical des *fu-fu* et l'éclatement des *patarkars.* Au Palais de la Perle, la portion centrale de la salle de durbar, qui était à ciel ouvert, avait été recouverte par une tente sous laquelle quatre piquets d'argent supportaient un dais fait de milliers d'œillets d'Inde montés sur du fil d'or. C'était là que serait allumé le feu sacré et que les prêtres célébreraient le *shadi,* la cérémonie du mariage.

Dans une pièce intérieure du palais, les fiancées étaient baignées et ointes d'huile parfumée, la plante de leurs pieds et la paume de leurs mains teintes au henné, leurs cheveux coiffés et nattés par Unpora-Bai.

Mal éclairée et mal aérée, cette petite salle était emplie par les senteurs entêtantes du bois de santal, du jasmin et de l'essence de roses. Les sanglots convulsifs de Shushila étaient couverts par le jacassement des femmes, et l'on n'y prêtait pas plus attention qu'au suintement d'un robinet.

Ash se refusait à penser et s'épuisait délibérément dans les plus rudes exercices ; quand cela ne suffisait pas à l'abstraire des réalités, il se livrait à d'interminables parties d'échecs avec Kara-ji ou Mulraj, voire à des réussites. Il était parvenu à se convaincre que le pire était passé et que, lorsque le Jour arriverait, il n'éprouverait aucune émotion.

Ash ne s'avisa de la présence de Gul Baz qu'en l'entendant déclarer que c'était le moment de s'en aller. S'en aller où ?

— Le Rao-Sahib dit que le cortège du marié vient de quitter le Rung Mahal.

Ash eut un hochement de tête ; essuyant d'un revers de main la sueur qui perlait à son front, il constata avec stupeur que sa main tremblait. Par un puissant effort de volonté, il réussit à vaincre ce tremblement et revêtit alors la veste que lui présentait Gul Baz, chamarrée et soutachée d'or, laquelle n'en serait sans doute pas moins la seule note sobre dans l'arc-en-ciel de couleurs éclatantes que constituerait le cortège nuptial.

La cour était vaste mais il y régnait une chaleur étouffante et un terrible brouhaha car, en sus des nombreuses personnes qui attendaient là, un orchestre de trois musiciens jouait sur le petit balcon qui dominait la grande arche donnant accès au corps principal du palais.

Ash sentait la sueur couler entre ses omoplates et se demandait si c'était la chaleur, le manque d'air ou les accords parfois assourdissants de l'orchestre qui lui causaient un aussi abominable mal de tête.

L'attente se révéla plus longue que prévu, car l'annonce que le marié et son *barat* avaient quitté le palais de la ville pour se rendre au parc, péchait par optimisme. Ce départ était prévu pour dix heures du matin, mais l'Orient se soucie peu de l'heure et absolument pas de la ponctualité. Aussi l'après-midi était-il déjà très entamé lorsque le cortège s'ébranla en direction du Ram Bagh ; quand il atteignit le parc, le soleil déclinait fortement vers l'horizon et le gros de la chaleur était passé.

On l'entendit approcher de très loin. Le roulement des tambours, la joyeuse stridence des flûtes, le son éclatant des trompettes et les cris de la foule ne furent d'abord qu'une rumeur lointaine, à peine plus forte que le croassement des corbeaux ou le roucoulement des pigeons sur les arbres du Ram Bagh. Mais de minute en minute ce bruit prit plus d'ampleur, et l'assemblée se leva en lissant les *achkans*, redressant les turbans ; Ash boutonna son col, respira bien à fond et serra les dents en s'efforçant de faire le vide dans son esprit, mais celui-ci s'emplit du souvenir de Wally et Zarin, ainsi que des sommets neigeux du Dur Kraima, le Camp des Dieux...

Le marié n'était pas venu à cheval mais sur un pavois recouvert de drap d'or frangé de perles, que portaient douze serviteurs aux costumes splendides. Lui-même était tout vêtu d'or comme lors du premier durbar, mais de façon encore plus éblouissante car l'*achkan* de brocart était constellé de joyaux. Des pierres précieuses ornaient aussi son turban : un grand croissant de diamants et d'émeraudes y fixait une aigrette et il était tout torsadé de diamants taillés en forme de poire, un peu comme l'on décore un arbre de Noël. Des bijoux étincelaient à ses doigts et son baudrier était d'or, tandis que son sabre — le sabre que porte le marié pour signifier qu'il est prêt à défendre son épouse contre tout ennemi — avait une poignée incrustée de diamants que surmontait une émeraude ayant la taille d'une roupie.

En le voyant aussi resplendissant et ainsi porté, quelqu'un qui n'aurait pas été au courant l'eût pu prendre pour une idole orientale conduite en procession par ses adorateurs. Cette impression était d'autant plus accentuée qu'il avait le visage masqué par des guirlandes de jasmin et d'œillets d'Inde pendant de son turban ; seul le regard qui filtrait entre elles, montrait que cette idole était vivante.

La musique s'arrêta sur une longue note criarde ; le prêtre de la famille de Kara-ji s'avança pour réciter les prières védiques et demander la bénédiction des dieux, avant d'appeler l'oncle des fiancées pour le *milni*, cérémonie de présentation des pères respectifs des futurs époux ; en la circonstance, les deux pères étant morts, ce fut Kara-ji et un oncle maternel du Rana qui les remplacèrent Ces vieux messieurs s'embrassèrent, puis Jhoti, en sa qualité de frère des fiancées, aida le futur époux à mettre pied à terre, avant de le conduire en compagnie de ses amis dans la cour, maintenant couverte, où la suite des fiancées attendait pour parer les invités de colliers de fleurs et offrir des présents à leurs homologues du *barat*. Après quoi, le fiancé fut escorté jusqu'à l'arche surmontée d'un balcon, pour la *jai-mala*, rite au cours duquel il reçoit un collier fleuri de celle qu'il va épouser.

L'arche donnait accès à un hall étroit où Shushila et sa sœur attendaient avec les colliers de fleurs qu'une fiancée doit passer au cou de son futur pour signifier qu'elle l'accepte comme époux. Si la fiancée refuse de se soumettre à ce rite, le mariage peut encore être annulé. Aussi, quand une attente s'instaura, Ash conçut-il le fol espoir que Shushila allait renoncer à cette union. Mais si l'attente parut longue à ceux qui étaient dans l'impossibilité de voir ce qui avait lieu dans l'étroit passage, elle ne dura guère plus d'une minute :

le Rana s'inclina et lorsqu'il se redressa, la guirlande fleurie était à son cou.

Un instant plus tard, il s'inclina de nouveau mais très légèrement, et ceux qui étaient juste derrière lui virent des mains de femme élever très haut une seconde guirlande afin de la passer par-dessus l'aigrette ornant le turban. Des mains couvertes de bagues, à la paume teinte au henné et aux ongles dorés, mais des mains solides, qui étaient indubitablement celles d'une petite fille mal aimée qu'on appelait Kairi-Bai... Ash se rendit compte qu'il endurerait sans faiblir de la voir se marier puis partir pour la maison de son époux, car cela ne pourrait lui causer plus atroce douleur que d'avoir ainsi entrevu un bref instant les mains de Juli...

La cérémonie des colliers terminée, l'orchestre se remit à jouer tandis que l'époux et ses invités entraient dans le Palais de la Perle pour y festoyer, le *barat* se restaurant avant les fiancées et leur suite. Ceux qui ne purent trouver place à l'intérieur se répartirent entre des *shamianahs* gaiement décorées où il y avait d'autres musiciens et où des serviteurs affairés se hâtaient avec d'immenses plats.

Ash avait prié qu'on l'excusât de ne pas assister à cette partie des noces, afin d'éviter à Kara-ji l'embarras de lui expliquer ce qu'il savait déjà : la caste du Rana lui interdisait de manger avec un étranger.

Quittant le palais par une porte de côté, Ash regagna ses quartiers dans une des maisons d'hôtes. Il y dîna seul en regrettant que la caste du Rana n'interdît pas aussi qu'un étranger assistât au mariage proprement dit.

Plus d'une heure s'était écoulée depuis que Gul Baz était venu reprendre le plateau du café avant de s'en aller participer à la liesse générale, mais le festin n'était toujours pas terminé. Se rappelant le mariage de Lalji, Ash estima qu'il lui faudrait attendre encore une heure ou deux, avant qu'on vienne le chercher pour assister au *shadi*. Il entreprit donc d'écrire à Wally et à Zarin qu'il resterait au moins un mois à Bhitor, et même davantage si la mousson était en retard. Il avait donc peu d'espoir de revoir l'un ou l'autre d'entre eux avant la fin de l'été.

Il avait terminé ces lettres et en commençait une troisième, destinée celle-là au Conseiller politique, lorsque Mulraj vint l'avertir que le *shadi* allait enfin avoir lieu. En traversant le parc avec lui, Ash vit qu'il était près de minuit.

La salle de durbar était pleine à craquer ; lorsqu'il y pénétra, Ash eut l'impression que l'atmosphère surchauffée aux relents de santal, d'encens et de fleurs fanées, était aussi tangible qu'une vague déferlant vers lui. Mais du moins les musiciens s'étaient tus, et avec le seul bourdonnement des voix la vaste pièce connaissait un calme relatif. Il y régnait aussi une sorte de pénombre, car toutes les lampes avaient des verres colorés et comme il n'y restait plus beaucoup d'huile, leur flamme était basse. Aussi Ash fut-il un moment avant d'arriver à distinguer ses amis dans cette mer de visages.

On avait placé pour lui une chaise à proximité de la porte, dans l'ombre d'un pilier, afin qu'il pût voir par-dessus les hommes assis par terre en tailleur et sans que sa présence fût trop évidente.

Un prêtre entonna les *mantras* mais, à la distance où il se trouvait, Ash n'en put saisir qu'un mot de temps à autre. Quand les futurs époux répétèrent après lui les paroles qui les liaient, Ash ne perçut que la voix du Rana, celle de Shushila étant pratiquement inaudible. Mais ces paroles lui étaient aussi familières qu'aux autres assistants : les futurs époux s'engageaient à vivre selon leur foi, être fidèle l'un à l'autre, s'aider dans les épreuves, engendrer des fils...

Même à côté du Rana tout ratatiné, Shushila paraissait petite et frêle, telle une fillette qui eût mis la robe de sa mère. Elle était vêtue d'écarlate comme il convient à une fiancée — le rouge étant couleur de joie — et, en hommage à son époux, portait la robe à très ample jupe qui était de tradition non seulement à Bhitor mais dans tout le Rajasthan. Bien qu'elle gardât la tête baissée et parlât dans un murmure, elle tint son rôle sans aucune hésitation ni défaillance, à la surprise — et au vif soulagement — de sa famille comme de ses femmes, qui s'attendaient à des larmes ou quelque manifestation hystérique.

Ash se demanda si, à supposer qu'elle ait pu entrevoir le visage de son futur époux, Shushila se fût conduite aussi bien ; mais elle ne se doutait évidemment pas de ce que lui dissimulaient les guirlandes fleuries pendant du turban. Comme il est prescrit que les fiancés ne doivent pas se voir avant que la cérémonie du mariage soit terminée, Shushila était pareillement voilée de fleurs. L' « anneau de mariage » — un bracelet de fer — fut passé à son bras, et un coin de son sari noué à l'écharpe du Rana. Ainsi liés l'un à l'autre, ils firent sept pas autour du feu, les *satapadi* qui constituent la partie essentielle de la cérémonie. Tant que les sept pas n'ont pas été faits, le mariage peut toujours être annulé, mais après le septième pas, il devient irrévocable.

La nouvelle Rani de Bhitor et son mari revinrent alors recevoir la bénédiction des plus anciens membres de leurs familles, puis s'assirent de nouveau. On alimenta le feu en bois et en encens, les *mantras* furent chantés, et la cérémonie recommença, de façon plus hâtive cette fois et avec une seconde épousée.

Jusqu'alors Anjuli avait été assise de l'autre côté de sa demi-sœur et cachée à la vue de Ash par le corps massif d'Unpora-Bai. Mais à présent venait le moment qu'il redoutait tant : il allait assister au mariage de Juli.

Par un réflexe inconscient, il rentra la tête dans les épaules, comme pour résister à un assaut. Mais l'absence de tout espoir lui fit aussitôt détendre ses muscles et il resta parfaitement immobile sur son siège, comme détaché, n'éprouvant rien... ou presque rien. Jusqu'au dernier moment, il avait espéré que Shu-shu, épuisée par les atermoiements de ces dernières semaines qui s'étaient ajoutés à sa terreur du mariage, reculerait à l'ultime seconde et refuserait de se plier aux rites de la cérémonie. Mais elle n'en avait rien fait et c'est pourquoi, tout espoir mort en lui, Ash put assister au second mariage avec une apparente indifférence.

Ce qui lui facilita cette attitude, fut que les pendeloques fleuries cachaient le visage de la mariée. D'où il était, ce pouvait être aussi bien n'importe quelle femme indienne, juste un peu plus grande que la plupart.

Le Rana récita en vitesse le dernier verset, et ce fut terminé. Suivit alors la cérémonie finale où le Rana présente ses épouses aux membres du *barat* qui n'assistaient pas au mariage. Puis, affamées et exténuées, les deux jeunes femmes purent enfin regagner leurs appartements, se déshabiller et prendre leur premier repas depuis plus de vingt-quatre heures.

Tandis que Kara-ji et les autres hommes emmenaient le marié continuer la fête dans la plus grande des *shamianahs,* Ash alla se coucher et, chose étonnante, dormit comme un drogué en dépit de tout le vacarme extérieur.

31

Selon la tradition, les deux jours suivant le mariage sont dévolus à des réjouissances offertes au *barat*. Mais, dès le lendemain de la cérémonie, Ash s'était fait excuser et était parti chasser en compagnie de son syce, Kalu Ram, et d'un *shikari* local.

Il revint à la tombée de la nuit, alors que les *chirags* commençaient à clignoter une fois de plus sur les toits et les murs. Un messager, arrivé dans l'après-midi attendait son retour, accroupi sur le seuil de sa chambre.

L'homme avait parcouru bien des milles et très peu dormi au cours des derniers jours, mais tout en acceptant à manger, il avait refusé de prendre du repos tant qu'il n'aurait pas remis au Sahib lui-même la lettre dont il était porteur, car on lui avait dit que c'était aussi urgent qu'important.

L'enveloppe arborait plusieurs cachets de cire et, reconnaissant l'écriture, Ash sentit son cœur se serrer. Il n'avait pas très bonne conscience en ce qui concernait sa dernière lettre au Conseiller politique et il s'attendait plus ou moins à une cinglante réprimande. Mais même sans cela toute communication émanant du major Spiller était déprimante, et il se demanda ce qu'on allait cette fois lui conseiller de faire ou ne pas faire. De toute façon, il était trop tard pour empêcher le mariage et les sommes prévues pour les fiancées avaient été versées.

Il congédia le messager, confia son fusil à Gul Baz, remit une couple de perdrix noires à Mahdoo et entra chez lui avec la lettre, dont il fit aussitôt sauter les cachets. L'enveloppe ne contenait qu'une simple feuille et sa teneur avait été visiblement rédigée à la hâte. Ce message différait de tous ceux précédemment reçus du Conseiller politique : très bref, il en venait directement au fait. Ash dut néanmoins le relire deux fois avant de le bien comprendre, et sa première pensée fut qu'il arrivait trop tard. Une semaine auparavant — ou même deux jours seulement —, cette lettre eût pu tout changer ; mais, à présent, il n'y avait plus moyen de revenir en arrière. Une immense amertume envahit le jeune homme qui se mit à frapper le mur de ses poings, cette douleur physique contrebalançant un peu la douleur moins supportable qu'il avait au cœur.

Mulraj se préparait pour le banquet qui avait lieu ce soir-là, quand Ash vint le trouver et lui demanda quelques instants d'entretien. En voyant son visage, Mulraj congédia aussitôt ses serviteurs. Tout d'abord, lui aussi eut peine à croire ces nouvelles, adressées une quinzaine de jours auparavant au Gouverneur du Pendjab, puis transmises aux autorités militaires stationnées à Rawalpindi, qui les avaient télégraphiées au Conseiller politique chargé des affaires de Bhitor lequel, à son tour, les avait fait tenir par messager spécial au capitaine Pelham-Martyn, avec la mention *Très urgent.*

Nandu, Maharajah de Karidkote, dont la famille avait eu plus que sa part d'accidents mortels, venait à son tour d'être victime de l'un d'eux, celui-là véritable. Nandu était dans l'armurerie du Hawa Mahal occupé à essayer quelques armes anciennes se chargeant par le canon, quand l'une d'elles lui avait explosé au visage, le tuant sur le coup. Comme il était mort sans enfant, c'était son jeune frère qui devenait Maharajah et il convenait que celui-ci revienne au plus vite prendre possession de son trône. Le capitaine Pelham-Martyn avait donc pour instructions d'escorter sans délai Son Altesse jusqu'à Karidkote. Comme il importait que ce voyage s'effectuât le plus rapidement possible, on conseillait au capitaine Pelham-Martyn de n'emmener que les hommes qu'il jugerait nécessaires à la protection du nouveau souverain, et l'on se fiait à lui pour prendre toutes les mesures utiles concernant le reste du cortège nuptial, qui repartirait pour Karidkote le jour voulu et en voyageant au rythme qui lui conviendrait.

— Ainsi donc, tout était inutile, conclut Ash avec amertume.

— Que non pas, rétorqua Mulraj. Jhoti est sain et sauf, ce qui n'aurait pas été le cas sans ce voyage à Bhitor. S'il était resté à Karidkote, son frère aurait sûrement trouvé un moyen de se débarrasser de lui. Et les dieux sont certainement avec Jhoti car, si son frère avait vécu, il n'eut jamais nulle part été en sûreté.

Le problème posé par Jhoti se trouvait donc résolu, et du même coup l'un des problèmes personnels de Ash, qui pouvait maintenant quitter Bhitor sur-le-champ au lieu d'y demeurer encore pour une période indéfinie, avec le palais du Rana constamment sous les yeux. Aussi serait-il volontiers parti le soir même si cela avait été possible ; comme ce n'était pas le cas, il parla du lendemain après-midi, mais Mulraj dit aussitôt :

— Non, nous ne pouvons partir demain après-midi.

— Pourquoi donc ? Je sais qu'il y a beaucoup à faire, mais si l'on s'y emploie à fond, nous pouvons être prêts

— Peut-être, oui, mais vous oubliez que demain est le dernier jour des fêtes, et Jhoti se doit d'y participer. De toute façon, il vaut bien mieux que les préparatifs de départ s'effectuent posément et, vous l'avez dit vous-même, il y a beaucoup à faire.

Ash en tomba d'accord et ils décidèrent de ne souffler mot de la lettre avant le lendemain, afin de ne pas gâcher cet ultime jour de fête par ce qui pourrait être considéré comme une mauvaise nouvelle, même si certains l'apprenaient avec joie. Shushila, à tout le moins, ne manquerait pas d'en éprouver beaucoup de chagrin. Mulraj estima donc préférable d'attendre pour se remettre en route vers Karidkote, le matin qui suivrait le départ du Rana avec ses épouses.

Le troisième et dernier jour des festivités, à la tombée de la nuit, Ash reçut un message de Kara-ji le mandant au Palais de la Perle. Il s'y rendit en grand uniforme afin d'assister au dernier acte de la tragi-comédie imaginée par Nandu pour se prémunir contre un danger que pouvait seul imaginer un esprit jalousement soupçonneux comme le sien.

Lorsque le message de Kara-ji fut remis à Ash, le départ avait déjà une heure de retard, et une autre heure s'écoula sans que rien n'indiquât qu'on fût enfin sur le point de se mettre en route. Des serviteurs circulaient avec des plateaux dans les rangs des invités qui mangeaient et bavardaient en étouffant un bâillement de temps à autre. Enfin, les plus proches amis du marié apparurent sur les marches du palais. Dès lors, les choses se précipitèrent : un orchestre donna le signal, les éléphants s'agenouillèrent pesamment, un détachement de cavaliers aux uniformes colorés s'ébranla dans un grand bruit de fers sur les pavés, puis le Rana sortit du palais, couvert de joyaux et accompagné de dignitaires ainsi que de serviteurs, précédant de près un petit groupe de femmes : les Ranis de Bhitor avec leurs suivantes.

Ce soir-là, Shushila portait un sari couleur de flamme tout brodé d'or, qu'elle avait tiré très en avant de façon à voiler son visage. Elle marchait sans aucune gêne, soutenue par deux de ses femmes, semblant vaciller sous le poids des bijoux dont son corps menu paraissait comme incrusté ; à chaque pas qu'elle faisait, on voyait trembler sur son front le *rakhri* dont la pierre centrale était un énorme rubis, couleur de sang.

A deux pas derrière elle, venait Anjuli, grande et mince dans un sari vert. Quand elle passa devant lui, Ash sentit cette odeur de pétales de roses qui désormais s'associerait toujours à son souvenir

Elle avait dû savoir qu'il serait parmi les spectateurs présents, mais elle garda la tête baissée, sans regarder ni à droite ni à gauche. Le Rana gravit une échelle d'argent, placée contre l'éléphant de tête par deux serviteurs aux turbans écarlates, et s'installa dans le howdah. Shu-shu l'imita, mi-poussée, mi-portée par ses femmes, et prit place à côté de lui. Puis ce fut Anjuli, mince, élancée, royale, éclair vert frangé d'argent.

Le cornac cria un commandement et l'éléphant se remit debout. Tandis qu'il se levait, du haut de son howdah doré, Anjuli regarda en bas. Ses yeux cernés de *kohl* semblaient énormes au-dessus du sari plaqué sur le bas de son visage; leur regard ne fouilla pas la foule de visages levés mais alla droit à Ash, comme attiré par un aimant.

Durant un long, long moment, ils se contemplèrent fixement, éperdus d'amour et de désir mais sans tristesse, se disant ainsi toutes ces choses qui n'avaient pas besoin d'être exprimées autrement, tant ils en étaient tous deux pénétrés : « Je t'aime... Je t'aimerai toujours... Ne m'oublie pas ! *Khuda hafiz* ... Que les dieux t'accompagnent ! » Puis l'escorte et les porteurs de torches se formèrent de chaque côté, les musiciens jouèrent plus fort, et le howdah se balança tandis que l'éléphant s'éloignait lentement, emportant Juli, Shu-shu et le Rana vers les portes du parc, puis la route, longue d'un mille environ, qui menait à la ville et au Rung Mahal.

Ash se redressa avec lassitude et comme il enfonçait les mains dans ses poches, les doigts de l'une rencontrèrent quelque chose de rond et de rugueux. C'était un des petits gâteaux que l'on avait fait circuler parmi les invités attendant sur les marches du Palais de la Perle; il l'avait accepté par politesse, le mettant dans sa poche avec l'intention de le jeter ensuite. En le regardant maintenant, il sentit affluer en lui des souvenirs d'autrefois. Un sourire détendit sa bouche et il l'émietta sur le parapet. Les yeux tournés vers la masse lointaine du Rung Mahal, il dit des mots à mi-voix. Ce n'était pas la prière qu'il adressait jadis au Dur Khaima, mais c'en était une néanmoins. Une prière et une promesse.

— Sois sans inquiétude, mon tendre amour... Je promets ne te jamais t'oublier, et toujours je t'aimerai. Au revoir, Juli... Au revoir, mon bel et unique amour... *Khuda hafiz !*

Deux jours plus tard — c'est-à-dire un de plus que Ash ne l'espérait mais bien plus tôt que Mulraj ne s'y attendait — le nouveau Maharajah de Karidkote partit vers son royaume, avec une escorte de soixante-dix hommes. Ce départ avait été précédé par trois entrevues d'adieu : l'une, officielle, au *Diwan-i-Khas ;* une autre entre Jhoti et ses sœurs ; la troisième, de caractère privé, entre Ash et Karaji.

La première n'avait été que discours, souhaits et colliers de fleurs. La seconde s'était révélée fort éprouvante pour Jhoti, car Shushila admirait sincèrement son frère aîné et n'arrêtait pas de pleurer depuis qu'elle avait appris la nouvelle de sa mort. Se trouvant maintenant sur le point d'être séparée de son autre frère, elle avait piqué une telle crise de nerfs que Jhoti n'avait finalement vu d'autre issue que la gifler, ce qui l'avait immédiatement réduite au silence. Jhoti en avait profité pour la gratifier d'une admonestation fraternelle sur la nécessité de savoir se contrôler, et s'était éclipsé avant qu'elle ait eu le temps de recouvrer ses esprits.

L'entrevue de Ash avec Kara-ji s'était passée beaucoup plus calmement. En apprenant le décès de Nandu, le vieil homme avait commencé par dire que, bien entendu, il retournerait avec son neveu à Karidkote ; mais Mulraj avait réussi à le convaincre que ses nièces avaient beaucoup plus besoin que Jhoti de sa présence et de son appui. Ash ayant par ailleurs fait remarquer que sa présence ralentirait considérablement le voyage de retour, Kara-ji s'était rendu à leurs raisons.

— J'ai à vous remercier de bien des choses, Rao-Sahib, dit Ash au cours de leur tête-à-tête. De votre amitié, de votre compréhension, mais surtout de votre extrême mansuétude. Je sais très bien qu'il vous eût suffi d'un mot pour me détruire... et elle aussi. Mais vous vous êtes tu et, pour cela, je resterai à jamais votre débiteur. Si j'ai un jour l'occasion de vous payer de retour, je n'y manquerai pas.

Kara-ji eut un petit geste expressif, et Ash rit en disant :

— Oui, cela paraît relever de la forfanterie vu que, pour l'instant, je ne me trouve guère en position d'aider qui que ce soit, comme vous êtes bien placé pour le savoir, Rao-Sahib. Mon grade ne m'a même été donné qu'à titre temporaire, à seule fin que j'apparaisse ici comme un digne représentant du Vice-Roi : dès ma mission terminée, je redeviendrai un officier subalterne totalement dénué d'importance. Mais j'espère bien être, un jour, en mesure d'aider mes amis et m'acquitter de mes dettes. Lorsque ce jour viendra...

— Mère Gunga aura depuis longtemps emporté mes cendres compléta Kara-ji avec un sourire. Vous ne me devez rien, mon fils Vous avez témoigné beaucoup de courtoisie à un vieil homme et j'ai eu grand plaisir à profiter de votre compagnie. En vérité, c'est nous qui sommes doublement vos débiteurs : d'abord pour avoir sauvé mes nièces de la noyade, et ensuite pour avoir aussi sauvé leur mariage. Si nous avions été contraints de retourner avec elles à Karidkote et les mains vides, c'en eût été fait de notre honneur. Quant au reste, je l'ai oublié ; et vous, mon fils, seriez bien avisé d'en faire autant.

— Je m'y efforcerai, Rao-Sahib, promit Ash. Et maintenant, il me faut partir. Voulez-vous me donner votre bénédiction ?

— Très volontiers. Je crains seulement qu'elle ait bien peu de valeur. Mais, quoi qu'elle vaille, je vous la donne de grand cœur. Je vais aussi prier les dieux qu'ils vous accordent de regagner Karidkote sans encombre, ainsi que la tranquillité du cœur et le bonheur dans les années à venir. Je ne vous dis pas adieu, car mon espoir est que nous nous revoyions encore bien des fois.

— Je le souhaite aussi. Viendrez-vous me faire visite à Mardan, Rao-Sahib ?

— Non, non. J'ai plus que ma suffisance des voyages et lorsque je serai de retour chez moi, je n'en repartirai pas. Mais je sais que Jhoti vous tient en grande estime et, à présent qu'il est Maharajah, il souhaitera certainement que vous veniez à Karidkote. C'est donc là que nous nous reverrons.

Ash ne contredit pas cette assertion, bien que sachant n'avoir aucun désir de retourner là-bas. Une fois qu'il aurait ramené Jhoti sain et sauf à Karidkote, il n'y remettrait plus les pieds. Mais ce n'était pas une chose qu'il pouvait expliquer à Kara-ji.

Il était en grand uniforme, mais il n'en eut cure et se baissa, selon la coutume orientale, pour toucher les pieds de son interlocuteur.

— Que les dieux vous protègent, dit Kara-ji, avant d'ajouter très doucement : Soyez assuré que si jamais il y avait... nécessité... je vous en avertirais aussitôt.

Kara-ji embrassa Ash et, sans ajouter un mot, l'accompagna au-dehors.

— Au revoir, mon oncle ! lui cria joyeusement Jhoti. Au revoir !

Les chevaux partirent au petit galop et le bruit de leurs sabots couvrit celui des adieux. Les voyageurs furent très vite hors de vue des porteurs de torches, chevauchant sous la clarté grise de la lune, parmi les ombres noires des collines. Ils allaient de nouveau vers le nord, laissant derrière eux la tristesse déchirante, la duplicité et la claustrophobie que Bhitor symbolisait à leurs yeux.

livre cinquième

au-delà des collines

32

Pour la première fois depuis leur départ de Bhitor, ils levèrent le camp à l'aube au lieu du crépuscule, et voyagèrent durant la journée. A midi, le thermomètre marquait 40° centigrades, toutefois la nuit avait été relativement fraîche et Deenagunj était maintenant presque en vue. Ils auraient pu y arriver avant minuit mais ils ne voulurent pas se presser ; d'un commun accord, ils campèrent lorsque la nuit tomba et, pour la première fois depuis bien des jours, dormirent à la clarté des étoiles.

Ils se levèrent avec le soleil ; bien reposés, ils se lavèrent, prièrent et prirent un frugal repas. Après quoi ils envoyèrent un messager annoncer leur arrivée et, ayant mis leurs plus beaux vêtements comme il sied à l'escorte d'un maharajah, ils entrèrent dans Deenagunj où ils furent accueillis par l'officier du district et une députation de notables. Parmi ceux-ci, quelques visages familiers : ceux de gens venus se plaindre ou présenter des factures la dernière fois que Ash s'était trouvé à Deenagunj. En revanche, l'officier de district n'était pas M. Carter qui, souffrant d'une nouvelle attaque de malaria, se trouvait en congé de maladie à Murree. Son remplaçant, nommé Morecombe, informa Ash que le Résident, en compagnie de ses principaux collaborateurs et d'une cinquantaine de dignitaires de Karidkote, attendait l'arrivée du nouveau Maharajah dans un camp installé à l'autre extrémité du pont de bateaux, où toutes dispositions avaient été prises pour que Son Altesse passe la nuit. L'entrée officielle dans la capitale aurait lieu le lendemain mais, malheureusement, le capitaine Pelham-Martyn ne pourrait la voir, car il avait ordre de regagner Rawalpindi sur-le-champ.

L'officier de district remit à Ash une lettre confirmant la chose et, croyant son interlocuteur déçu, il dit :

— C'est vraiment pas de chance ! Dire que vous avez ramené ce garçon jusqu'ici pour être privé de l'apothéose ! Et, si ça se trouve, lorsque vous arriverez à 'Pindi, vous constaterez qu'il n'y avait aucune urgence justifiant un retour aussi précipité. Avec le G.Q.G. c'est souvent comme ça !

Ash pensa que ce serait très probablement le cas, mais il était ravi de devoir partir si précipitamment. Il convenait toutefois de manifester du regret, tout en veillant à ce que Jhoti n'aille pas jusqu'à exiger sa présence.

— Non, dit fermement Ash, Votre Altesse ne peut envoyer un *tar* au *Jung-i-lat Sahib* pour demander que je reste... Pas plus qu'au Gouverneur du Pendjab. Je sais que vous êtes maintenant un Maharajah, mais moi je suis toujours un soldat qui — Mulraj vous le confirmera — doit obéir à ses supérieurs. Les généraux-Sahibs de Rawalpindi ont ordonné mon retour et, même pour Votre Altesse, je ne peux leur désobéir. Mais j'espère que vous m'écrirez pour me raconter toutes ces belles cérémonies. De mon côté, je vous promets de vous écrire aussi souvent que possible.

— Et de venir me voir ! insista Jhoti.

— Et de venir vous voir, confirma Ash en souhaitant que le Ciel lui pardonne ce mensonge... qui n'en était peut-être pas un.

Rien ne prouvait, en effet, que Ash ne changerait pas de sentiment au sujet d'un éventuel retour à Gulkote et au Hawa Mahal.

En faisant ses adieux, il se rendit compte que nombreux étaient les nouveaux amis dont il allait à présent sentir le manque : Jhoti et Mulraj, Kara-ji et Gobind... bien d'autres encore. En sus de Juli.

•

Rawalpindi est un endroit à éviter au mois de juin. La chaleur, la réverbération et la poussière en rendent le séjour infernal. Ceux qui sont tenus d'y rester durant cette saison sont victimes de toutes sortes de maux, allant de l'insolation à la malaria.

— Quelle impression cela fait-il de se retrouver simple lieutenant après avoir joué les capitaines pendant plus de huit mois ? s'enquit Wally.

— C'est reposant, répondit Ash. Combien pensez-vous que je doive emporter de paires de chaussettes ?

Près d'une semaine s'était écoulée depuis le retour de Ash et il s'apprêtait à partir de nouveau, mais en permission cette fois Comme il l'avait pressenti, il eût effectivement pu rester encore avec Jhoti car le G.Q.G. n'avait que faire de lui. Ash demanda à regagner son régiment, mais on lui rétorqua sèchement que lorsque le commandant des Guides aurait besoin de lui, on l'en aviserait

Tout cela était si déprimant que, s'il n'avait eu Wally, Ash aurait été capable de démissionner pour s'en aller explorer le Tibet ou s'embarquer sur un cargo.. n'importe quoi plutôt que demeurer ainsi au cantonnement, à repenser sans cesse à Juli, telle qu'il l'avait vue pour la dernière fois à Bhitor, devant le Palais de la Perle. Mais la gaieté juvénile de Wally le distrayait, ainsi que la soif qu'il avait de s'entendre raconter tous les détails du voyage, ce que Ash fit bien volontiers. Il se garda seulement de dire la vérité concernant Juli, il se serait même abstenu d'y faire allusion, si la chose n'avait été impossible. Juli, c'était un problème à régler uniquement entre le Rana et lui. Mais, chose curieuse, il omit aussi de préciser que le Karidkote ne faisait qu'un avec le Gulkote de son enfance, sans qu'il pût s'expliquer ce qui l'avait poussé à agir ainsi.

Comparée à ces excitantes aventures, Wally lui déclara que, durant le même temps, sa vie avait été déplorablement terne. Il était tombé plusieurs fois amoureux mais avait tout aussi facilement cessé d'aimer ces ravissantes personnes ; il avait écrit beaucoup de mauvais vers, s'était fracturé la clavicule en jouant au polo et, en l'espace d'une soirée, il avait perdu un mois de solde au poker. Mais il gardait la grande nouvelle pour la fin.

Ayant été nommé officier, il avait demandé les Guides ; sa demande avait été acceptée et il rejoindrait son régiment en août !

Après que Ash l'eut chaleureusement félicité, Wally déclara avoir attendu le retour de son ami pour demander une permission, dans l'espoir qu'ils puissent passer leur congé ensemble.

— Vous n'en avez pas pris depuis l'été dernier. Alors, si vous demandez une perme maintenant, on vous l'accordera, ça ne fait pas un pli !

L'idée n'en était même pas venue à Ash, tant il lui semblait que les trois quarts du temps passé avec les gens de Karidkote avaient constitué une sorte de super-congé. Il posa aussitôt une demande pour six semaines de permission et s'en vit accorder huit, vu qu'il avait été de service pour Noël, le Jour de l'An, Pâques, la Pentecôte, la fête hindoue de Diwali et la fête musulmane d'Id-ul-Fitre.

Mais l'octroi de ces deux semaines supplémentaires ne suscita aucune gratitude chez Ash, quand il découvrit que le secteur de la frontière du Nord-Ouest lui restait interdit. De ce fait, il était dans l'impossibilité d'aller à Mardan, ce qui signifiait qu'il resterait pendant encore un an sans voir Zarin, à moins que celui-ci pût obtenir quelques jours de permission pour venir à Rawalpindi.

De retour dans son bungalow, Ash annonça la nouvelle à Wally, puis se mit en devoir d'écrire trois lettres : une à son commandant, le colonel Jenkins, en sollicitant de sa haute bienveillance l'autorisation de regagner son unité ; une autre à Wigram Battye, pour le supplier d'appuyer cette demande ; et la troisième enfin, à Zarin.

Le colonel Jenkins se trouvait lui-même absent en permission, mais son remplaçant fit savoir à Ash qu'on avait bien reçu sa demande et que le commandant lui accorderait toute considération dès son retour à Mardan. Dans une lettre très cordiale, pleine de nouvelles concernant le régiment, Wigram promettait de faire son possible pour hâter le retour de Ash. Zarin n'écrivit pas mais, par le truchement d'un marchand de chevaux itinérant, que tous deux connaissaient bien, il donna rendez-vous à Ash dans une certaine maison des faubourgs d'Attock.

— Le Resaidar (Zarin avait eu de l'avancement) ne peut prendre de *chutti* en ce moment, expliqua le marchand. Mais comme il a néanmoins le droit de demander une permission de vingt-quatre heures, il partira vendredi prochain à la tombée du jour et, si tout va bien, il devrait être à Attock vers minuit. Le Sahib n'a qu'à envoyer un *tar,* si cette date ne lui convient pas.

Le messager salua et allait prendre congé, quand il se rappela soudain quelque chose :

— *Chut!* J'allais oublier : Zarin Khan fait dire au Sahib que, s'il le veut, il peut emmener Ashok avec lui. Sans doute un *syce* du Sahib?

Ash acquiesça et l'autre s'en fut. Le message de Zarin était clair : la petite ville d'Attock se trouvait sur la rive est de l'Indus et il suffisait de traverser le fleuve pour accéder à la province du Nord-Ouest. Mieux valait donc que Ash ne fût pas reconnu dans le secteur, car on penserait tout de suite qu'il cherchait à braver l'interdit, ce qui risquerait d'être très préjudiciable à son retour chez les Guides.

Contrairement à Ash, qui l'avait obtenue avec effet immédiat, Wally s'était entendu dire qu'il ne pourrait prendre sa permission que dans un délai de dix jours.

— J'ai eu beau plaider ma cause, cette vieille rosse n'a rien voulu savoir! se plaignit Wally. A croire que je leur suis indispensable! Il est donc préférable que vous ne m'attendiez pas, mais que nous convenions d'un endroit où nous retrouver dès que je pourrai filer.

Ce contretemps n'en était pas un pour Ash qui, au contraire, s'en réjouit *in petto.* De la sorte, il aurait les coudées franches, sans avoir besoin de trouver des explications pour sa visite à Attock. Les deux garçons convinrent de se retrouver à Murree, d'où ils gagneraient ensuite le Cachemire. Ils n'emmèneraient que Pir Baksh, le porteur de Wally, et engageraient sur place les autres serviteurs dont ils auraient besoin; de la sorte, ceux qui avaient accompagné Ash à Bhitor pourraient partir en congé.

Madhoo et Gul Baz protestèrent qu'ils n'avaient aucun besoin de *chutti*, mais finirent par se laisser convaincre.

— Et quand tu reviendras, dit Ash à Mahdoo, nous te prendrons un aide, Cha-cha-ji. Tu lui apprendras à cuisiner, de façon à n'avoir plus qu'à le surveiller. Il est temps que quelqu'un te décharge un peu de tout le travail que tu assumes.

— Ce n'est pas nécessaire, grommela Mahdoo. Je ne suis pas encore si vieux que je ne puisse mériter mes gages. Ou bien serait-ce que tu n'es plus satisfait de mes services ?

Ash rit :

— Ne dis pas de bêtises ! Tu sais bien que tu m'es indispensable, Cha-cha !

Gul Baz, Kulu Ram et les autres partirent le jour même pour se rendre chez eux et, à la tombée de la nuit, Ash alla en ville effectuer une démarche, d'où il ne rentra que bien après minuit. Le matin venu, quelques heures après avoir pris le petit déjeuner en compagnie de Wally, Ash loua ostensiblement une *tonga* pour Murree, en n'emportant que peu de bagages.

Sur la route de Murree, il y avait plusieurs pauvres auberges et Ash fit arrêter la *tonga* devant la moins fréquentée, paya le conducteur et prit une chambre, où il s'étendit sur le rustique lit de sangles afin de récupérer en partie la nuit presque blanche qu'il avait passée. En fin d'après-midi, peu après son réveil, arrivèrent deux cavaliers et Ash sortit accueillir Kasim Ali, un de ses amis, dont le père possédait la moitié des boutiques de vêtements du bazar de Rawalpindi.

Les deux hommes échangèrent quelques paroles tandis que le second cavalier mettait pied à terre. Ash monta sur le cheval ainsi libéré et avertit le *khansamah* de l'auberge qu'il s'absentait pour deux ou trois jours, mais que le serviteur de son ami restait pour veiller sur ses bagages. Le cheval emportait un petit baluchon attaché derrière la selle et, au premier endroit propice, Ash endossa les vêtements qu'il contenait. Lorsque le jeune homme repartit, il avait tout à fait l'air d'un pandit du Cachemire.

La maison s'élevait dans un grand jardin clôturé de murs, et appartenait à la sœur de Koda Dad. Fatima-Begum était une veuve d'un certain âge qui recevait souvent là ses neveux et leurs amis. Aussi n'était-ce pas la première fois que Ash profitait de son hospitalité. Ce soir-là, comme il était tard, la vieille dame s'était déjà retirée et le portier informa Ash que le Risaidar Sahib Zarin Khan n'était pas encore arrivé. Lui laissant le soin de conduire son cheval à l'écurie, le jeune homme partit à travers la ville endormie. Au-delà du grand fort construit par l'empereur Akbar, Ash s'arrêta à un endroit de la route d'où il pouvait voir le pont de bateaux que les Anglais avaient édifié pour faciliter le passage du fleuve. Quand il se frayait en écumant un chemin à travers les gorges d'Attock, l'Indus évoquait le tonnerre, mais l'oreille exercée de Ash n'en perçut pas moins l'approche d'un cheval.

A plus courte distance, il se rendit compte que les planches du pont résonnaient sous les sabots de deux chevaux. Zarin — aisément reconnaissable à sa carrure et son port de tête — amenait quelqu'un avec lui. Mais, en dépit du clair de lune, ce fut seulement lorsqu'il le vit devant lui que Ash identifia le second cavalier. Il se précipita aussitôt prendre à deux mains l'étrier de Koda Dad et appuyer son front sur le pied du vieil homme.

— Je suis venu m'assurer que tout allait bien de ton côté, mon fils, dit Koda Dad en l'embrassant.

— Et aussi pour avoir des nouvelles de ce qui était autrefois Gulkote, ajouta Zarin en souriant.

— Oui, également, convint Koda Dad d'un ton de reproche. Mais j'étais très inquiet pour toi depuis que nous avions appris avec quelles gens tu te trouvais. Si l'un d'eux t'avait reconnu, tu aurais pu courir un grand danger ; aussi ça m'est une immense joie de te revoir sain et sauf, mon fils.

33

Ils avaient passé la journée dans la chambre de Koda Dad parce que c'était la plus fraîche de la maison. Là, assis jambes croisées à même le sol de chunam poli, Ash raconta une fois encore son voyage à Bhitor, mais en ne cachant plus qu'un seul fait : son amour éperdu pour celle qu'ils avaient connue sous le nom de Kairi-Bai.

Zarin poussait des exclamations et posait des questions, mais Koda Dad, jamais très loquace, écoutait en silence. La découverte du pendant d'oreille de Hira Lal lui arracha cependant un grognement de surprise, et il opina en apprenant la mort de Biju Ram, cependant que la façon dont Ash avait neutralisé le chantage du Rana recueillait sa souriante approbation. Après quoi, il ne fit plus aucun commentaire et Ash finit par s'apercevoir que Koda Dad s'était assoupi. Ce fut alors seulement qu'il prit conscience de nombreux changements physiques intervenus depuis leur précédente rencontre : la maigreur du corps, en partie masquée par l'ampleur du costume pathan ; les nouvelles rides creusant le visage familier ; la peau qui, naguère semblable à un cuir bien tanné, avait maintenant l'apparence fragile d'un parchemin... Ce qu'il ressentait dut transparaître sur son visage car, comme il détournait les yeux, il rencontra le regard de Zarin exprimant la compréhension.

— C'est notre sort à tous, Ashok, murmura-t-il. Mon père a plus de soixante-dix ans. Il n'y en a pas tellement qui vivent aussi longtemps et mon père a eu la chance d'avoir une vie heureusement remplie. Que peut-on demander de plus au Ciel ? Mais tu m'as encore, Ashok. Et aussi le Régiment.

Ash opina en silence. Oui, il lui restait Zarin et le Régiment... sans parler de Wally lorsqu'il serait de retour à Mardan. De plus, le village de Koda Dad n'était qu'à un mille environ de la frontière... Koda Dad qui était devenu soudain si vieux...

A la lumière de la longue et riche existence de Koda Dad, Ash eut conscience d'avoir accumulé les échecs durant le petit nombre d'années qu'il comptait... Il avait commencé par se conduire comme un imbécile avec Belinda, et il venait de perdre Juli. Entre les deux, il s'était montré un piètre officier en provoquant la mort de George et, indirectement celle d'Ala Yar Car s'il n'avait pas voulu jouer les redresseurs de torts dans l'affaire des armes volées, Ala Yar eût sans doute été encore vivant.

Certes, il avait aussi sauvé la vie de Jhoti, vengé la mort de Hira Lal et celle de Lalji, préservé la réputation tout comme la trésorerie de Karidkote. Mais comme cela paraissait peu de chose en contrepartie ! Surtout quand il pensait que ses brèves amours avec Juli avaient encore ajouté à la tristesse de la vie qu'elle menait désormais... une vie qu'il n'osait même pas imaginer.

La tête de Koda Dad chut sur sa poitrine et cela le réveilla.

— Gulkote a donc maintenant un nouveau souverain, dit-il, reprenant la conversation au point où elle en était lorsqu'il s'était assoupi. C'est une bonne chose, à condition qu'il ne tienne pas de sa mère. Fasse le Ciel que le sang de son père soit le plus fort et que Gulkote... *Chut!* ça n'est plus le nom du royaume et j'ai oublié le nouveau... Mais peu importe : pour moi, ce sera toujours Gulkote et quand j'y pense, c'est toujours avec affection car, jusqu'à la mort de la mère de mes fils, j'y ai connu une bonne vie... Oui, une bonne vie vraiment... Et maintenant, parlons d'autres choses, car l'heure avance et j'ai beaucoup à te dire, Ashok, avant de repartir.

Ash s'attendait à ce qu'il lui donne des nouvelles d'amis communs des villages au-delà de la frontière. Mais au lieu de cela, Koda Dad lui avait parlé du lointain Kaboul où, disait-il, agents et espions russes étaient devenus si nombreux depuis quelque temps qu'une plaisanterie courait la ville : si l'on prenait cinq hommes au hasard dans la rue, l'un était au service du Tsar et versait des subsides à deux autres, tandis que les deux derniers vivaient dans l'attente d'en recevoir. L'Émir, Shere Ali, ne portait pas les Britanniques dans son cœur et lorsque Lord Northbrook, le Gouverneur général qui avait pris voici peu sa retraite, avait refusé de lui donner la ferme assurance d'une protection, il s'était tourné vers la Russie. A la suite de quoi, au cours des trois années écoulées, les relations entre la Grande-Bretagne et l'Afghanistan n'avaient cessé de se détériorer d'une façon alarmante.

— Il faut souhaiter que le nouveau Lat-Sahib parvienne à mieux s'entendre avec l'Émir, dit Koda Dad. Sinon, il va y avoir une nouvelle guerre entre les Anglais et les Afghans... bien que la dernière leur ait montré qu'ils n'avaient rien à y gagner, ni les uns ni les autres.

Ash fit remarquer avec un sourire que selon Rao-Sahib, l'oncle de Kairi, les enfants ne tirent aucun enseignement des erreurs commises par leurs parents ou leurs grands-parents car, raisonnant après coup, ils sont convaincus qu'ils eussent agi différemment... ce qui les amène à tomber dans les mêmes erreurs... que leurs enfants ou petits-enfants critiqueront à leur tour !

Koda Dad fronça les sourcils et lui dit, avec une certaine âpreté dans le ton :

— Tu peux rire, mais ce serait une bonne chose que tous ceux qui, comme moi, se souviennent de cette première guerre contre les Afghans et ceux qui, comme Zarin ou toi, n'étaient pas encore nés, réfléchissent à l'éventualité d'un tel conflit et à ce qui pourrait en résulter.

— J'ai lu un livre là-dessus, acquiesça Ash. Ça n'a pas été beau.

— Non, ça n'a pas été beau, et tous ceux qui y furent engagés, en ont durement souffert. Non seulement les Afghans et les *Angrezis*, mais aussi les Sikhs, les Jats, les Pendjabis et bien d'autres qui servaient dans la grande armée que le Vice-Roi avait envoyée contre le père de Shere Ali, l'Émir Dost Mohammed. Cette armée remporta une grande victoire, tuant beaucoup d'Afghans et occupant Kaboul pendant deux ans. Sans doute comptaient-ils rester encore bien des années, mais ils furent contraints de l'évacuer et de battre en retraite à travers les montagnes. Ils étaient quelque soixante-dix mille hommes, femmes et enfants. Combien penses-tu qu'ils furent à atteindre Djalalabad ? Un ! Un seul, sur tous ceux qui avaient quitté Kaboul l'année où naissait mon fils Awal Shah. Tous les autres, à l'exception de quelques-uns que le fils de l'Émir fit prisonniers, périrent dans les défilés, massacrés par les tribus qui s'abattaient sur eux comme des loups sur un troupeau de moutons. Environ quatre mois plus tard, mon père eut l'occasion de passer par là et vit leurs ossements jonchant le terrain à des milles à la ronde.

— Moi aussi, dit Ash. Même après tant d'années, il en reste encore. Mais ça s'est passé voici très longtemps... Alors, pourquoi cela te trouble-t-il, Bapu-ji ? Qu'est-ce qui ne va pas ?

— Cela ne remonte pas à si longtemps, Ashok, puisqu'il vit encore des hommes ayant pu voir ce que mon père a vu. Et il en est d'autres, bien plus jeunes que moi, qui, ayant participé a cette grande tuerie, la racontent a leurs fils et aux fils de leurs fils.

— Et alors ? Tous les anciens combattants font de même.

— Oui. Mais pourquoi, après tant d'années et d'un bout à l'autre de l'Afghanistan, se met-on à ressasser de nouveau comment cette armée fut anéantie ? Au cours de ces dernières semaines, je l'ai moi-même entendu raconter je ne sais combien de fois. Ça n'est pas bon, car cela suscite une vaniteuse assurance chez nos jeunes hommes, qui sont amenés à considérer le Vice-Roi avec dédain, à minimiser sa puissance tout comme la force de ses armées. Et, chose curieuse, celui qui raconte ces hauts faits est presque toujours quelqu'un de passage... un marchand, un mendiant, un saint homme en pèlerinage, ou un voyageur qui s'est arrêté là seulement pour la nuit. Ces étrangers sont d'excellents conteurs, ils font revivre l'histoire dans l'esprit de ceux qui l'avaient déjà entendue voici dix, vingt ou trente ans et presque oubliée depuis lors. Ensuite les gens s'en redisent les détails entre eux, se montent la tête. J'en arrive à me demander s'il n'y a pas quelque chose derrière ça... un plan. . ou quelqu'un...

— Shere Ali, par exemple, ou le Tsar de Russie ? suggéra Ash Mais dans quel but ? Shere Ali n'aurait aucun profit à s'embarquer dans une guerre contre les Britanniques.

— Non, en effet. Mais s'il le faisait, les Russes s'en réjouiraient car cela le pousserait à s'allier avec eux pour le cas où il aurait besoin de leur aide. A la Frontière, tout le monde sait que les Russes ont déjà absorbé une bonne part du pays turkmène. Alors, s'ils venaient à prendre pied en Afghanistan, qui sait s'ils ne s'en serviraient pas un jour comme base pour partir à la conquête de l'Hindoustan ? Pour ma part, je ne souhaite aucunement voir les Russes remplacer le Vice-Roi... Quoique à vrai dire, mon fils, je serais heureux de voir celui-ci s'en aller et le gouvernement du pays de nouveau aux mains de ceux à qui il revient de droit : les hommes qui y sont nés.

— Comme moi ? lança Ash en souriant.

— *Chut !* Tu sais très bien ce que je veux dire : les hommes dont les ancêtres régnaient sur le pays, et non des conquérants étrangers

— Tels que Baber le Mogol et autres disciples du Prophète ? riposta Ash. Eux aussi étaient des étrangers qui ont conquis l'Hindoustan ; donc si le Vice-Roi s'en va, pourquoi ceux dont les ancêtres régnaient sur ce pays n'expulseraient-ils pas ensuite tous les Musulmans ?

Koda Dad parut se hérisser puis, se rendant compte de la justesse de la remarque, il se détendit de nouveau et dit en riant .

— J'avoue que j'avais oublié ce détail. En effet, nous sommes tous deux des étrangers, et même doublement puisque moi je suis un Pathan et toi... toi, tu n'es ni d'ici ni de *Belait.* Mais les Musulmans sont venus ici voici bien des siècles, en sorte que l'Hindoustan est devenu leur patrie, la seule qu'ils se connaissent. Ils s'y sont greffés trop solidement pour qu'on puisse les en séparer et donc... (Il s'interrompit, en fronçant le sourcil.) Mais comment en sommes-nous arrives là ? Je parlais de l'Afghanistan. Ah ! oui. Je suis très inquiet de ce qui semble se tramer au-delà de la Frontière, Ashok, et si tu pouvais en toucher deux mots aux autorités...

— *Moi ?* s'exclama Ash en éclatant de rire. *Bapu-ji,* tu ne parles pas sérieusement. Qui crois-tu qui voudrait m'écouter ?

— N'y a-t-il pas à Rawalpindi beaucoup de Burra-Sahibs, de colonels-Sahibs et de généraux-Sahibs de qui tu es connu et qui t'écouteraient ?

— Écouter un jeune officier ? Sans aucune preuve à l'appui de ses dires ?

— Mais *moi-même* je t'ai dit...

— ... que certains hommes vont de village en village dans la région de la Frontière, en racontant l'histoire d'une chose qui s'est produite bien avant ma naissance. Mais que quelqu'un me l'ait dit ne constitue pas une preuve. Il me faudrait bien plus que ça pour que je puisse espérer être cru. Sans quoi, on me rira au nez ou, plus probablement, je me ferai sévèrement réprimander pour avoir fait perdre leur précieux temps à ces messieurs, en leur rapportant des commérages de bazars, sans doute pour me donner de l'importance.

— Mais enfin, dit Koda Dad, déconcerté, à Rawalpindi tes supérieurs doivent te tenir en haute estime, puisque tu viens de te tirer avec honneur d'une mission difficile ? S'ils n'avaient pas pensé du bien de toi, ils ne te l'auraient jamais confiée.

— Tu te trompes, mon père, rétorqua Ash avec amertume. Ils m'ont chargé de cette mission uniquement parce qu'elle leur permettait de m'envoyer aussi loin que possible de mes amis et de la Frontière. Il y a également que l'hindoustani est ma langue maternelle et qu'ils avaient besoin de quelqu'un la parlant couramment pour accompagner le cortège jusqu'à Bhitor. Mais, aussi bien à Rawalpindi qu'à Mardan, je ne suis pas en faveur et, tant que je n'aurai pas terminé ma punition, il ne faut pas t'attendre à ce qu'une information émanant de moi ait le moindre poids aux yeux de mes supérieurs. D'ailleurs, ils doivent déjà être au courant de ces histoires. Ils ont des espions partout. Ou, du moins, ils le devraient !

— De quoi parlez-vous ? s'enquit Zarin en venant s'asseoir près de son père.

— Ton père me dit que des troubles se préparent en Afghanistan, et il craint que, si l'on n'étouffe pas ça dans l'œuf, une alliance en resulte entre l'Émir et les Russes, ce qui ne tarderait pas à déclencher une autre guerre.

— Elle serait la bienvenue ! declara Zarin. Il y a trop longtemps que nous croupissons dans l'oisiveté et il serait bon que nous ayons de nouveau l'occasion de nous battre. Mais si le Sirkar craint que Shere Ali permette aux Russes de reprendre le contrôle de Kaboul ou que les tribus les laissent occuper leur territoire, alors ces messieurs connaissent mal l'Émir et son peuple..

— C'est vrai, oui, concéda son père. Et si le nouveau Lat-Sahib (il voulait parler de Lord Lytton, qui avait succédé à Lord Northbrook comme Vice-Roi et Gouverneur général) sait agir avec doigté, en ayant beaucoup de patience, d'amitié et de sagesse pour traiter les problèmes posés par l'Émir et les Afghans, tout peut encore bien finir. Mais si ses conseillers persistent dans leur politique actuelle, je suis sûr que ça se terminera par une guerre.

— N'aie aucune crainte, Bapu-ji, le rassura Ash en se baissant pour toucher les pieds du vieil homme. Un vent se lèvera qui chassera tous ces nuages et tu seras de nouveau tranquille... cependant que tes trois fils se rouilleront dans l'inactivité et se disputeront avec leurs amis, faute d'avoir un ennemi à combattre.

Il tendit la main pour aider Koda Dad à se remettre debout, mais celui-ci l'écarta du geste et se leva tout seul. Tout en rajustant son turban, il déclara que les jeunes faisaient preuve de trop de légèreté et n'avaient pas assez de respect pour leurs ainés.

— Descendons, ajouta-t-il, car c'est l'heure de manger et je veux voir ma sœur. Puis je me reposerai un moment avant que nous nous en retournions.

Wally rejoignit Ash un jour plus tard, après quoi tous deux s'en furent à travers le Cachemire par Domel et les cluses de la Jhelum. Ils campèrent un mois durant dans les montagnes voisines de Sopore, où ils s'adonnèrent quotidiennement à la chasse, tandis que Wally en profitait pour laisser pousser sa barbe et Ash, une impressionnante moustache.

Ils bénéficièrent d'un temps idéal et eurent ensemble d'interminables conversations. En se gardant toujours de la moindre allusion à Juli, Ash avait parlé à Wally de sa visite chez Fatima Begum, mais sans penser à mentionner l'inquiétude de Koda Dad touchant ce qui se racontait de l'autre côté de la Frontière. Comme il n'y avait pas accordé grande attention, cela lui était d'autant plus facilement sorti de l'esprit qu'il y avait toujours quelque chose en train de se mijoter à la Frontière, et que les affaires de l'Afghanistan l'intéressaient moins que ses propres problèmes.

En revenant de son village natal, au-delà d'Abbottabad, Mahdoo se déclara parfaitement reposé et en pleine forme. En dépit de quoi, il apparaissait clairement que le long voyage à Bhitor et le retour précipité au cœur de la saison chaude l'avaient marqué ; tout comme Koda Dad Khan, il commençait à sentir les atteintes de l'âge. Il avait ramené un jeune parent avec lui, un gamin de seize ans au visage grêlé, doué d'un excellent caractère. Il se nommait Kadera et Mahdoo était convaincu que, avec le temps, il deviendrait un bon cuisinier.

— Tant qu'à devoir enseigner, j'aime mieux en faire profiter un des miens, déclara le vieil homme, plutôt que quelque *chokra* à qui je ne pourrais même pas me fier pour faire bouillir l'eau, et encore moins pour préparer un *burra khana !*

Dans le hall du bungalow, une pile de lettres attendaient les voyageurs. La plupart venaient d'Angleterre et étaient pour Wally. Mais deux d'entre elles, adressées à Ash, n'étaient pas en anglais. Écrites plus de six semaines auparavant, elles relataient les festivités qui avaient marqué l'accession au trône du nouveau Maharajah de Karidkote. L'une émanait de Kara-ji, l'autre de Mulraj, qui tous deux remerciaient de nouveau Ash pour les services rendus au Maharajah comme à l'État. Ils lui disaient que Jhoti était plein d'entrain et souhaitait savoir si le Sahib viendrait bientôt à Karidkote. Mais, sauf l'allusion à ses « services », il n'était pas question de Bhitor dans ces lettres.

— A quoi t'attendais-tu donc ? se dit Ash en repliant les missives.

Bhitor, c'était terminé pour Karidkote et l'on tournait la page. D'un autre côté, il fallait tenir compte que, aux Indes le courrier, était extrêmement lent et la distance séparant Karidkote de Bhitor était sensiblement la même qu'entre Londres et Vienne ou Madrid. Enfin, il était peu probable que, n'ayant pas réussi à flouer le défunt Maharajah, le Rana tînt beaucoup à correspondre avec son successeur ou poussât les sœurs de Jhoti à le faire.

Le soir même de leur retour, Wally suggéra qu'ils aillent au Club, renouer avec leurs amis et apprendre les derniers potins de la garnison. Mais il s'y rendit tout seul, Ash ayant préféré rester bavarder avec Mahdoo.

Deux heures plus tard, Wally revint avec un compagnon inattendu : Wigram Battye, lui-même sur le chemin du retour après avoir été en permission. Apprenant qu'il comptait passer un jour ou deux à 'Pindi, Wally lui avait affirmé qu'il serait beaucoup mieux avec eux qu'au Club (ce qui n'était pas la stricte vérité) et l'avait triomphalement ramené au bungalow. Car si Ash continuait à occuper la première place dans l'estime de Wally, Wigram venait aussitôt après lui, non seulement parce que c'était un officier extrêmement sympathique, mais aussi parce que son frère aîné Quentin — tué au combat durant la Révolte des Cipayes — occupait une niche à part dans le petit panthéon de Wally.

Quentin Battye avait participé à cette fameuse marche sur Delhi où, en pleine saison chaude, les Guides avaient couvert près de six cents milles en vingt-deux jours et engagé le combat une demi-heure après leur arrivée, bien qu'ils eussent parcouru trente milles ce jour-là. Cette bataille était la première pour Quentin et elle fut aussi la dernière. Mortellement blessé (*le noble Battye, toujours en première ligne,* écrivit ce soir-là le capitaine Daly dans son journal), il avait expiré quelques heures plus tard, en balbutiant le célèbre vers d'Horace : *Dulce et decorum est pro patria mori.*

Très patriote et romantique, Wally avait été fort ému par cette histoire. Lui aussi considérait qu'il était doux et beau de mourir pour la patrie. Pour lui, le reflet de cette gloire s'étendait jusqu'aux frères de Quentin, Wigram et Fred, qui servaient aussi dans les Guides et qu'il considérait comme des « garçons formidables ».

Ash n'ignorait pas que Wigram, image même du militaire ne vivant que pour l'armée, éprouvait une certaine réserve à son égard. Bien qu'ils fussent en bons termes et s'entendissent assez bien, c'était surtout la compagnie de Walter que Wigram appréciait.

Comme Wigram devait partir le même jour, il fut entendu qu'ils feraient route ensemble et Wally fut transporté de joie à l'idée d'arriver à Mardan en compagnie d'un des officiers les plus estimés du régiment. Cela suffirait à le classer d'emblée. Ash pensa que la sympathique personnalité de Wally et les excellents rapports que Zarin avait dû remettre à son sujet feraient le reste. Il n'avait aucune crainte quant à l'avenir de Wally aux Guides : né sous une brillante étoile, un jour il deviendrait célèbre. Il serait ce que Ash avait naguère rêvé d'être.

Wally parti, le bungalow avait semblé à Ash terriblement vide et déprimant. Il ne pouvait s'empêcher d'avoir le sentiment qu'il venait de perdre son ami. Certes, ils se reverraient souvent, surtout apres que Ash aurait regagné son régiment. Mais le temps et les hasards de la vie militaire relâcheraient les liens qui s'étaient noués entre eux. Wally se trouverait d'autres héros, plus dignes de son admiration — à commencer par Wigram — et comme il était irrésistiblement sympathique, il aurait beaucoup d'amis partout où il irait. Ash ne lui faisait pas l'injure de croire qu'il changerait à son égard, mais ce relâchement découlerait inévitablement des « exigences du service ».

La matinée avait été sombre, avec des nuages bas ; une brusque rafale de vent, signe avant-coureur des pluies diluviennes de la mousson, balaya la pièce désertée, secoua les *chiks* et, dans un tourbillon de poussière mêlée de feuilles mortes, apporta aux pieds de Ash un papier roulé en boule. Le jeune homme le ramassa, le défroissa et vit que Wally y avait noté des rimes :

Divine, mutine, églantine, Valentine, patine, in...

In... *Incarnadine ?* imagina Ash en se demandant à qui pensait alors Wally, et s'il rencontrerait un jour une fille, qui non seulement le séduirait mais saurait le retenir pour de bon. Il ne se représentait pas Wally en père de famille. En amoureux éperdu, oui. Mais un amoureux ayant soin de ne pas rendre sa cour trop pressante, et qui préférait poursuivre quelque inaccessible étoile.

— Je crois, musa Ash, qu'il prend plaisir à courtiser de jolies filles et à griffonner des poèmes où il loue la finesse de leurs chevilles, se désespère de leur cruauté, s'enchante de leur rire léger. Mais ça ne va pas plus loin, car il n'est véritablement épris que de gloire et, qui plus est, de gloire militaire. Tant qu'il sera ainsi, aucune fille n'a la moindre chance de se l'attacher.

Retournant la feuille de papier, Ash lut du persan. De toute évidence, Wally avait dû s'exercer à traduire dans cette langue un passage de la Genèse. Au fond, cette feuille froissée résumait bien la personnalité de Wally : un garçon pieux qui s'efforçait d'être poète et courtisait gaiement de jolies filles, mais n'en était pas moins résolu à tout mettre en œuvre pour décrocher un diplôme avec mention dans l'étude des Langues orientales. La traduction était fort bonne et prouvait que Wally avait étudié avec beaucoup plus d'acharnement qu'il n'en donnait l'impression : *... et Yahvé mit un signe sur Caïn, afin que le premier venu ne le frappât point. Caïn se retira de la présence de Yahvé et s'établit au pays de Nod, à l'est d'Eden...*

Ash frissonna et, roulant de nouveau en boule la feuille de papier, il la jeta loin de lui, comme si elle l'eût piqué. En dépit de la façon dont il avait été élevé, il n'était pas particulièrement superstitieux ni porté à croire aux présages. Mais Koda Dad avait parlé de troubles en Afghanistan et se tourmentait à l'idée d'une guerre possible, parce que les régiments stationnés le long de la Frontière seraient les premiers à combattre. Or Ash savait que, dans cette région et à travers toute l'Asie centrale, la plaine de Kaboul passe pour être la terre de Caïn, ce pays de Nod situé à l'est d'Eden, et l'on croit que Caïn est enterré sous une colline, au sud de Kaboul, ville qu'on dit avoir été fondée par lui.

Que Wally eût choisi précisément ce passage pour s'exercer à la traduction ne relevait guère de la coïncidence, car il avait lu récemment les mémoires du fondateur de l'empire des Grands Mogols, Baber le Tigre, et la découverte de cette légende avait dû l'inciter à se reporter à la Genèse, puis à en traduire quelques lignes. Rien d'extraordinaire donc, estima Ash, honteux de la réaction superstitieuse qui lui avait fait rejeter aussitôt le papier. Néanmoins, il eût préféré ne pas avoir lu ça, car cette partie de lui-même qui était et resterait toujours Ashok y voyait un signe de mauvais augure. Et ni le scepticisme occidental des Pelham-Martyn, ni toutes ces années passées dans un collège anglais, ne parvenaient à le convaincre totalement que c'était absurde.

Prise dans une nouvelle rafale de vent, la boule de papier fila comme un trait sous le *chik* agité, traversa la galerie et alla se perdre au-dehors. Avec elle s'en alla l'ultime trace laissée par Wally dans le bungalow et, juste comme Ash fermait la porte de ce dernier, de grosses gouttes se mirent à tomber, en bref prélude au déluge.

34

Ash ne put malheureusement éviter que le capitaine Lionel Crimpley succède à Wally dans le bungalow, car on manquait de place à Rawalpindi et si ça n'avait été Crimpley, c'eût été un autre. Mais, aux yeux de Ash, presque n'importe quel autre eût été préférable.

Lionel Crimpley avait dix bonnes années de plus que Ash et estimait que son ancienneté lui donnait le droit d'être mieux logé. Il lui déplaisait fort de devoir partager le bungalow avec un jeune officier et il ne le dissimulait pas. Crimpley ne cachait pas non plus qu'il détestait le pays où il avait choisi de servir, ni qu'il en considérait les habitants comme des êtres inférieurs, quel que fût leur rang ou leur position. Il avait été sincèrement horrifié quand, quelques jours après son arrivée, ayant entendu rire et parler dans la chambre de Ash, il y était entré sans frapper et avait découvert Ash en train de plaisanter avec son cuisinier qui, circonstance aggravante, fumait le narguilé !

A la vérité, Crimpley avait cru Ash sorti et que ses domestiques profitaient de son absence pour s'installer confortablement chez lui. S'étant aussitôt excusé de son intrusion, il était reparti d'un air outragé. Le soir même, au Club, il avait relaté ce scandaleux incident à un officier partageant ses vues, le major Raikes, dont il avait fait connaissance lorsque leurs régiments respectifs étaient en garnison à Meerut.

Le major Raikes déclara n'être nullement surpris, car certains bruits couraient sur le compte du jeune Pandy Martyn.

— Si vous voulez mon sentiment, il y a quelque chose de louche chez ce garçon, dit-il. Tout d'abord, il parle un peu trop bien la langue du pays. Remarquez que, moi-même, je ne me débrouille pas mal sur ce point... Mais quant à parler cette langue si couramment que, n'était la couleur de votre peau, on pourrait vous prendre pour un indigène... !

— C'est tout à fait mon avis, opina Lionel Crimpley.

Bien que tout officier de l'Armée des Indes dût suivre des cours de langues sanctionnés par un examen, il ne disposait que d'un maigre vocabulaire, dont il usait avec un accent britannique marqué.

— De toute façon, poursuivit le major Raikes, frayer avec ces gens sur un pied d'égalité n'est pas une bonne chose. Ce qui est arrivé en 57 pourrait se reproduire si nous ne veillons pas à ce que les indigènes nous témoignent un juste respect. Vous devriez admonester le jeune Pandy Martyn. Il est grand temps que quelqu'un s'en charge, s'il se plaît en la compagnie de ses domestiques !

Estimant le conseil judicieux, le capitaine Crimpley l'avait mis en pratique à la première occasion. Ash, qui n'avait encore jamais rencontré quelqu'un de ce genre — les Crimpley-Raikes constituant heureusement une rareté — commença par trouver la chose amusante mais, découvrant avec stupeur que son interlocuteur parlait sérieusement, il avait fini par s'emporter. N'admettant pas d'être traité comme il l'avait alors été — et, de surcroît, par un officier d'un grade inférieur au sien — Lionel Crimpley était allé se plaindre au général de brigade, exigeant des excuses immédiates. Il avait en outre insisté pour qu'on le loge ailleurs ou, si ça n'était pas possible, pour que le lieutenant Pelham-Martyn fût expulsé sur l'heure du bungalow, car lui-même se refusait à demeurer sous le même toit qu'un blanc-bec insolent et mal élevé, qui fumait et bavardait avec ses serviteurs.

Le général de brigade avait été très mécontent. A son sens, l'attitude des deux adversaires était également déplaisante et tous deux méritaient des reproches. Mais, quelle que fût la provocation, il était intolérable qu'un jeune lieutenant gratifiât de noms d'oiseaux un officier d'un grade supérieur au sien. Ash eut donc droit à une verte semonce, cependant que Crimpley s'entendait signifier que Pelham-Martyn et lui devaient continuer à cohabiter car il n'y avait place ailleurs ni pour l'un ni pour l'autre.

— Ça leur apprendra ! pensa le général, assez satisfait de son jugement de Salomon et ne se rendant nullement compte de la sévère punition qu'il infligeait aux deux parties.

Les deux hommes mirent dès lors tout en œuvre pour s'éviter le plus possible, mais les mois qui suivirent n'eurent rien d'agréable pour eux, bien que le capitaine regagnât le bungalow seulement pour y dormir, prenant tous ses repas au mess et passant au Club le reste de son temps.

— Le Gouvernement commet une grave erreur en tolérant ici des gens de cet acabit, confia-t-il à son ami le major Raikes. On devrait s'en débarrasser au plus vite !

Dans une lettre adressée à Wally, Ash écrivit :

« Crimpley est exactement le genre d'imbécile vaniteux et borné à qui l'on n'aurait jamais dû laisser mettre les pieds ici, car lui et les gens de sa sorte sont capables, par leur attitude, de réduire à néant tout le travail d'un millier d'hommes de bonne volonté Heureusement, ils ne sont pas nombreux ! »

A la caserne, Ash avait beaucoup de camarades, mais aucun ami intime. Tant que Wally était là, il n'en avait pas eu besoin ; Wally parti, il ne chercha pas à se lier particulièrement à quelque autre membre du Club, car il tenait avant tout à éviter de rencontrer Crimpley, qu'on était sûr de trouver au « 'Pindi Club » en dehors de heures de travail. En revanche, Ash passait beaucoup de son temps libre avec des hommes comme Kasim Ali ou Ranjee Narayan, fils de gens aisés de l'endroit : négociants, banquiers, marchands de pierres précieuses ou propriétaires terriens.

Ash se détendait beaucoup mieux en leur compagnie, et leur conversation était nettement plus à son goût que les propos qu'il aurait pu entendre dans n'importe quelle assemblée de militaires. Avec ses amis indiens, il discutait théologie, philosophie, négoce et cultures, problèmes locaux de gouvernement ou d'administration, au lieu de voir les conversations se limiter aux chevaux, aux potins de la garnison ou à des histoires politiques qui se passaient de l'autre côté de la terre. Pourtant, même dans cette ambiance, Ash ne se sentait pas totalement à l'aise car, bien que ses hôtes fissent tout ce qu'ils pouvaient pour le traiter comme un des leurs, il avait conscience d'une barrière invisible. Ils lui témoignaient beaucoup de sympathie, étaient intéressés par ses vues, appréciaient sa compagnie et se réjouissaient de l'entendre parler leur langue à la perfection... mais il n'était quand même pas tout à fait comme eux. S'il était toujours le bienvenu, Ash restait néanmoins un *feringhi.* Et il n'y avait pas que cela...

Parce que le jeune homme n'était ni de leur religion ni de leur sang, il y avait certaines choses dont ils ne discutaient pas avec lui et qu'ils évitaient même de mentionner en sa présence. De plus, il n'avait jamais été admis à voir leurs femmes. Quand il se rendait chez Ranjee Narayan ou chez certains de ses parents et amis, il se heurtait aussi au problème des castes, car leurs convictions religieuses interdisaient à beaucoup de ceux qui appartenaient à la précédente génération de manger ou de boire avec lui.

Ash n'y trouvait rien à redire, comprenant bien qu'on ne peut changer des traditions immémoriales en l'espace d'une décennie ou deux. Mais il était indéniable que cela rendait assez délicats les rapports entre ces Orientaux et l'Occidental qu'il demeurait à leurs yeux.

Il était question d'une importante conférence qui devait se tenir à Peshawar entre les représentants de la Grande-Bretagne et de l'Émir d'Afghanistan, à propos d'un traité entre les deux pays. Les implications politiques d'une telle nouvelle avaient alimenté bien des discussions à Rawalpindi — et, à vrai dire, dans tout le nord du Pendjab — mais, en dépit de ce que lui avait dit Koda Dad, Ash n'y avait pas attaché beaucoup d'intérêt, du fait surtout qu'il fréquentait peu le Club et rarement le mess, endroits où il n'aurait pas manqué d'en entendre parler.

Durant l'automne, Zarin fit deux ou trois fois une visite éclair à Rawalpindi ; pour Noël, Wally obtint une semaine de permission qu'il passa avec Ash à chasser le canard et la bécasse sur les bords de la Chenab. Après ce plaisant intermède, la vie parut encore plus morose à Ash bien que Wally lui écrivît régulièrement et Zarin de temps à autre. De loin en loin, il recevait également une lettre de Kara-ji lui donnant des nouvelles de Karidkote, mais où il n'était jamais question d'Anjuli ni de Bhitor. Koda Dad lui écrivait aussi, non seulement pour lui dire qu'il se portait bien, mais pour lui rappeler ce qu'il lui avait dit lors de leur dernière rencontre en lui précisant que ça demeurait toujours valable, la situation ne paraissant nullement s'améliorer.

Comme le courrier était déposé quotidiennement sur la table du hall, Crimpley avait l'occasion de remarquer l'une ou l'autre de ces lettres et il se livrait ensuite à des commentaires sarcastiques sur les correspondants de Pandy Martyn, laissant entendre que l'officier de renseignements ferait peut-être bien de s'en occuper un peu. Mais, sauf le major Raikes, personne ne lui prêtait attention. Les deux hommes n'étaient pas très populaires parmi leurs camarades et ils n'auraient donc pu causer grand mal à Ash, si n'était survenue l'affaire de M. Adrian Porson, le conférencier et globe-trotter bien connu...

Mars commençait, apportant avec lui des jours plus chauds et ensoleillés. M. Porson avait été le dernier oiseau de passage à se poser à Rawalpindi, après plusieurs mois de tournée à travers les Indes sous l'égide de gouverneurs, résidents ou autres, et il était actuellement l'hôte du gouverneur militaire de Rawalpindi avant de regagner la mère-patrie *via* Peshawar et Bombay. Il avait entrepris ce voyage pour s'assurer la matière d'une série de conférences sur *Notre Empire d'Orient.* Au point où il en était maintenant arrivé, il estimait faire autorité en la matière et avait choisi d'exposer ses vues, un soir de mars, à des membres du « 'Pindi Club » réunis pour l'entendre.

— D'après ce que j'ai moi-même observé, dit M. Porson d'une

voix entraînée à porter jusqu'aux derniers rangs d'un auditoire, ici vous ne fréquentez d'autres Indiens que des Maharajahs ou des paysans. Vous ne voyez aucune objection à frayer avec un prince régnant, dont vous déclarez volontiers que c'est « un type très bien ». Mais comment se fait-il que vous ne pratiquiez aucun Indien ou Indienne de votre classe sociale ? A parler franchement, ça me paraît inexcusable et semble témoigner d'une vue bornée, sinon d'un certain racisme. Surtout si l'on compare cela au paternalisme indulgent que vous affichez à l'égard de vos « vieux serviteurs fidèles », au confort desquels vous veillez volontiers...

Ash, qui était passé au Club payer sa note et s'y était attardé pour écouter ce que disait M. Porson, fut alors poussé à intervenir.

— Il serait intéressant de savoir, monsieur, dit-il d'un ton acide, ce qui vous fait ironiser sur la « fidélité ». J'avais toujours supposé qu'elle était au nombre des vertus chrétiennes mais, de toute évidence, je devais me tromper ?

Cette attaque inattendue prit M. Porson de court, mais il se ressaisit très vite et, dévisageant son interlocuteur, il rétorqua :

— Il n'y avait là aucune ironie, monsieur. Je cherchais simplement à vous faire toucher du doigt que vous autres, Anglo-Indiens, vous vous entendez à merveille avec vos inférieurs et semblez goûter beaucoup la compagnie de ceux qui occupent un rang supérieur au vôtre, mais ne faites aucun effort pour vous lier avec vos égaux.

— Puis-je vous demander, monsieur, s'enquit Ash avec une trompeuse douceur, depuis combien d'années vous êtes aux Indes ?

— Oh ! ça va, Pandy ! lui chuchota un camarade en le tirant par la manche. Laisse tomber !

M. Porson restait imperturbable, non point qu'il fût accoutumé de se voir prendre à partie (le genre d'auditoire qui était ordinairement le sien se composait de gens trop bien élevés pour l'interrompre), mais simplement parce qu'il n'était pas homme à s'en laisser imposer par un jeune rustre anglo-indien.

— Mon cher monsieur, je ne suis aux Indes qu'un visiteur...

— ... et qui en est à sa première visite, je présume ? coupa Ash.

M. Porson fronça le sourcil puis, décidant de se montrer tolérant, répondit en riant :

— Absolument exact. Je suis arrivé à Bombay en novembre et, a mon grand regret, il me faut repartir à la fin de ce mois car, hélas, on n'est pas toujours maître de son temps. Mais je crois précisément qu'un simple visiteur, s'il a l'esprit ouvert comme moi, — et parce qu'il voit toutes choses avec un œil neuf — est mieux placé pour déceler les défauts d'un système établi.

— En l'occurrence, ça n'est pas le cas, rétorqua Ash, car le défaut que vous avez tenu à stigmatiser était déjà apparu à bien des gens de passage aux Indes, lesquels ont longuement écrit sur ce sujet, mais à ma connaissance, aucun d'eux n'est resté ici suffisamment longtemps pour mettre en pratique ce qu'ils préconisaient. S'ils l'avaient fait, ils se seraient vite rendu compte que, dans neuf cas sur dix, c'était l'inverse qui se produisait, et les classes moyennes d'ici qui ne tenaient pas à frayer avec les Anglo-Saxons. Je crains donc, monsieur, que vous soyez tombé dans l'erreur qui est celle des observateurs superficiels. La solution du problème n'est pas si simple et ne dépend pas que de nous, vous savez.

— Si vous voulez dire par là ce que je crois, intervint le major Raikes, avec colère, alors, bon sang, je...

— Un instant, je vous prie ! coupa M. Porson avec un geste impératif, et il se tourna de nouveau vers Ash : Mon jeune monsieur, je suis tout disposé à croire que nombre d'Indiens des classes moyennes hésitent à inviter chez eux *certains* Britanniques que j'ai eu l'occasion de rencontrer par ici. Mais le devoir de chacun de vous est de faire tout ce qui est en son pouvoir pour abattre les barrières et devenir ami avec ces gens. C'est seulement en agissant ainsi que vous arriverez, eux et vous, à vous comprendre réciproquement et à forger ces liens de loyauté, issus d'un respect mutuel, sans lesquels notre gouvernement ne peut espérer maintenir sa suzeraineté sur ce pays.

Cette fois, ce fut Ash qui rit, et de si bon cœur que M. Porson en eut un haut-le-corps.

— A vous entendre, monsieur, ça paraît tout simple, et je ne prétends pas que ce soit impossible, loin de là. Mais qu'est-ce qui vous porte à croire qu'ils souhaitent devenir amis avec nous ? Êtes-vous en mesure de me donner une bonne raison, une seule, qui puisse les y inciter ?

— Eh bien, après tout, nous sommes...

M. Porson s'interrompit juste à temps, mais ne put s'empêcher de rougir.

— Leurs conquérants ? dit Ash, achevant la phrase pour lui. Oui, je vois.. Vous estimez que les membres d'une race sujette devraient être reconnaissants de nous voir leur faire des avances, et donc brûler de nous recevoir chez eux ?

— Absolument pas ! glapit M. Porson, bien que son visage congestionné donnât à penser le contraire, même s'il eût certainement formulé la chose différemment. Je voulais simplement dire. Enfin, il faut bien reconnaître que nous sommes... que nous sommes en mesure, par exemple, de leur apporter une large part de culture occidentale notre littérature... les découvertes que nous avons faites dans le domaine de la médecine et des sciences, etc. Vous n'avez pas à me prêter des sentiments qui ne sont pas les miens, monsieur... euh... ?

— Pelham-Martyn, le renseigna obligeamment Ash.

— Oh !..

M. Porson se sentit quelque peu décontenancé, car il se trouvait connaître plusieurs Pelham-Martyn et avait même déjeuné une fois à Pelham Abbas où, ayant monopolisé la conversation durant les hors-d'œuvre et l'entrée, il s'était fait moucher par Sir Matthew. Cet incident étant encore très présent à son esprit, il se demanda si ce garçon qui ne mâchait pas ses mots était apparenté...

— Si je vous ai prêté des sentiments qui ne sont pas les vôtres, je vous présente mes excuses, monsieur, dit Ash. Cela tient à ce que la plupart des gens qui visitent les Indes semblent avoir cette opinion...

Si Ash en était resté là, il eût très probablement été de retour à Mardan durant l'été, et bien des choses qui se produisirent par la suite n'auraient pas eu lieu... ou, du moins, se seraient produites différemment. Mais comme le sujet de la discussion l'intéressait au plus haut point, il poursuivit :

— Néanmoins, vous verriez certainement tout cela d'un autre œil si, l'espace d'une minute ou deux, vous essayiez de vous mettre à la place de la partie adverse.

— Si j'essayais... ? répéta M. Porson d'un air offusqué. Et comment cela, je vous prie ?

— Eh bien, monsieur, enchaîna Ash gravement, imaginez les Iles Britanniques en territoire conquis, non comme c'était le cas à l'époque des Romains, mais faisant partie d'un Empire indien. Une colonie. où tous les postes importants seraient détenus par des Indiens, avec un Gouverneur général indien, et une assemblée édictant des lois complètement étrangères à nos façons de vivre et de penser, mais où il vous serait indispensable d'apprendre la langue indienne pour pouvoir espérer occuper un emploi convenablement rétribué. Imaginez des Indiens contrôlant tous les services publics, ayant des troupes cantonnées dans tout le pays et recrutant vos compatriotes pour servir sous les ordres d'officiers indiens, tenant pour un dangereux agitateur quiconque proteste contre leur mainmise sur le pays, et écrasant toute révolte sous le poids de leur armée

Et imaginez encore, monsieur, que la dernière de ces révoltes remonte à moins de vingt ans, à une époque où vous étiez déjà adulte. Même si vous n'y aviez pas vous-même pris part, vous en garderiez des souvenirs précis, car vous auriez connu des gens morts lors de cette révolte, tués au combat ou, au cours des représailles qui suivirent, pendus pour complicité, voire seulement parce qu'on les soupçonnait de complicité ou tout bonnement parce qu'ils avaient la peau blanche. Compte tenu de tout cela, seriez-vous porté à vous lier d'amitié avec vos dirigeants indiens ? Si oui, je peux dire que vous témoignez d'un esprit véritablement chrétien, et que c'est un honneur de vous avoir rencontré. Monsieur, je vous salue.

Ash s'inclina et tourna les talons sans attendre de savoir si M. Porson avait encore quelque chose à dire.

M. Porson n'avait rien à dire. N'ayant jamais considéré les choses sous cet angle, il se trouvait momentanément réduit au silence. Mais, présents dans l'assistance, le major Raikes et son ami le capitaine Crimpley avaient, eux, beaucoup à dire. Ils n'éprouvaient aucune sympathie pour M. Porson dont ils jugeaient offensantes les critiques à l'endroit des Anglo-Indiens, mais ils se sentirent touchés au vif par les vues de Ash, lequel avait eu de surcroît l'impudence de les exposer à un étranger en âge d'être son père, et qui se trouvait être l'hôte du Club.

Quelle impertinence et totale absence d'éducation ! fulmina Lionel Crimpley. Intervenir de la sorte dans une conversation privée, et avoir le front de débiter un tas de propos séditieux a un homme auquel il n'avait même pas été présenté ! Qui était de surcroît l'invité du Gouverneur militaire ! C'est un affront délibéré fait au Club tout entier, et le Comité devrait obliger ce jeune type à présenter des excuses, ou sinon l'exclure !

— Oh ! rétorqua le major Raikes, le Comité sait ce qu'il doit ou non faire, et ce Porson n'est qu'une outre gonflée de prétention. Mais aucun officier n'a le droit de dire le genre de choses que Pelham-Martyn a dites, ni même de les penser. Toute cette foutaise à propos des Iles Britanniques occupées par des troupes indiennes... C'est bon à mettre des idées dans la tête de ces gens-là, des idées déloyales ! Il commence à être grand temps que quelqu'un se charge d'administrer à ce jeune paltoquet la correction qu'il mérite !

Dans n'importe quelle garnison — comme dans n'importe quelle ville au monde, à vrai dire — il est facile de trouver quelques gros-bras désœuvrés assoiffés de violence et ne demandant qu'à « donner une bonne leçon » à quiconque se permet d'avoir des opinions différentes des leurs. Le major Raikes n'eut donc aucune peine à recruter une demi-douzaine de ces brutes simplistes qui, deux nuits plus tard, firent irruption aux petites heures dans la chambre de Ash pour le tirer du lit et le rouer de coups.

Ou, du moins, tel était leur propos. Mais les choses ne se passèrent pas tout à fait comme cela, car les fiers-à-bras ignoraient que Ash avait le sommeil extrêmement léger et que, par nécessité, il avait depuis longtemps appris à se défendre. En outre, ils n'avaient pas réfléchi que le vacarme réveillerait les serviteurs ainsi que le *chowkidar.* Ceux-ci, imaginant le bungalow attaqué par une bande de voleurs, s'armèrent de ce qui leur tombait sous la main et volèrent bravement au secours de Pelham-Sahib...

Quand on arriva avec des lumières et que la mêlée s'éclaircit, il y avait des blessés dans les deux camps. Ash était bel et bien assommé, mais parce que, dans l'obscurité, il avait trébuché contre une chaise et que sa tête avait porté sur l'angle de la table de toilette. Le major lui-même avait le nez écrasé et une sévère entorse... En bref, il n'y avait que l'agile Kulu Ram à s'être tiré sans dommage de l'affrontement.

Comme il était impossible d'ignorer tant d'yeux pochés, d'estafilades, de meurtrissures et de fractures, des questions furent posées en haut lieu et, les réponses n'ayant pas été jugées satisfaisantes, une enquête eut lieu. Elle apporta la choquante révélation que des serviteurs indigènes avaient pris part à la bagarre. Les autorités militaires en furent horrifiées.

— Pareille chose est intolérable ! déclara le général de brigade qui avait servi à Lucknow sous le commandement de Havelock lors de la Révolte des Cipayes et ne l'avait jamais oublié. Ça peut mener à tout, absolument à tout ! Nous allons devoir nous débarrasser au plus vite de ce jeune fauteur de troubles !

— Lequel ? s'enquit un major, qui n'y comprenait plus rien. Si vous voulez parler de Pelham-Martyn, je ne vois pas en quoi il est responsable de...

— Je sais, je sais ! l'interrompit le général avec un geste impatienté. Je ne dis pas que ce soit de sa faute, encore qu'on puisse estimer que sa façon de prendre la parole au Club, l'autre soir, relevait de la provocation. Mais on ne peut nier que, intentionnellement ou pas, ce garçon soit un fauteur de troubles : c'est d'ailleurs pour cette raison que son propre régiment l'a transféré chez nous et ne semble pas pressé de le récupérer. Par ailleurs, ce sont ses serviteurs indigènes qui ont attaqué Raikes et Cie. Ils avaient probablement d'excellentes raisons de le faire et s'il s était finalement agi d'un raid de dacoïts, nous aurions loué le loyalisme qui les a poussés à défendre leur maître. Mais, vu les circonstances, ce n'est pas le genre d'histoire que nous souhaitons entendre chuchoter en ville ; donc, plus vite nous serons débarrassés de Pelham-Martyn, mieux cela vaudra.

Le nez et une cheville dans le plâtre, le major Raikes avait été sévèrement réprimandé pour le rôle joué par lui dans cette affaire, et s'était entendu ordonner de partir en permission jusqu'à complète guérison de ses blessures. Ses complices avaient été consignés pour les mêmes raisons, après avoir reçu une admonestation dont ils garderaient le souvenir jusqu'à leur dernier jour. Ayant été victime et non pas agresseur, Ash n'aurait pas dû encourir l'ombre d'un blâme. En dépit de quoi, il se vit donner vingt-quatre heures pour régler ses dettes, plier bagage et s'en aller avec ses serviteurs à Jhelum, où ils prendraient le train à destination de Delhi et Bombay.

Ash était détaché dans un régiment de cavalerie stationné à Ahmadabad dans le Gujerat, à près de quatre cents milles au nord de Bombay... et plus de deux mille milles de Rawalpindi...

Tout bien pesé, Ash ne regrettait pas de devoir quitter Rawalpindi. Il y avait des choses qui lui manqueraient : la compagnie de plusieurs amis qu'il s'était faits en ville, les collines que l'on pouvait si facilement atteindre à cheval, la vue des hautes montagnes se découpant sur le ciel, et cette odeur de résine mêlée de fumée de bois qu'on sentait parfois dans l'air lorsque le vent soufflait du nord. Mais, d'un autre côté, à vol d'oiseau, il ne serait plus qu'à une centaine de milles de Bhitor et donc de Juli, ce qui était une petite consolation, même s'il ne pouvait mettre les pieds sur le territoire du Rana. Et puis, il n'aurait plus à partager un bungalow avec Lionel Crimpley.

Ce qui le consolait aussi un peu, c'est que, de toute façon, il n'aurait pas pu voir Wally ou Zarin avant un certain temps, car les permissions étaient jusqu'à nouvel ordre supprimées pour les Guides, à la suite de rumeurs de troubles possibles chez les Afridis, mécontents d'un changement intervenu dans le paiement des subsides que le Gouvernement leur versait pour avoir précisément la paix avec eux.

— Je deviens trop vieux pour de tels voyages, grommela Mahdoo le lendemain soir, en chargeant son bagage dans le train. Il est temps que je prenne ma *wazifa* (pension de retraite) et m'en retourne au pays pour y passer tranquillement mes derniers jours !

— Tu penses vraiment ça, Cha-cha-ji ? questionna Ash, saisi.

— Pourquoi le dirais-je si je ne le pensais pas ? rétorqua le vieil homme.

— Pour me punir, peut-être ? Mais si tu penses ainsi, il y a un *dâk-ghari* qui part d'ici demain matin et tu pourrais être à Abbottabad dans moins de trois jours.

— Et qu'est-ce que tu deviendrais si je m'en allais ? lui lança Mahdoo en se tournant vers lui. Pourrais-tu demander son avis à Gul Baz comme tu le fais avec moi ? Ou l'écouterais-tu s'il te donnait des conseils, comme cela m'arrive souvent ? D'ailleurs, je suis lié à toi par une promesse que j'ai faite à Anderson-Sahib voici bien des années, et aussi par une autre à Ala Yar. Sans parler de mon affection pour toi, qui est un lien encore plus fort... Mais c'est vrai que je deviens vieux, fatigué, inutile... et que je n'ai aucune envie de finir ma vie dans le Sud, au milieu de ces adorateurs d'idoles dont le cœur est aussi noir que la peau. Quand je sentirai approcher le moment, je m'en irai mourir dans le nord, où l'on respire cet air si pur que le vent apporte des montagnes.

— Qu'il en soit comme Dieu voudra, répondit Ash, mais je ne pense pas non plus finir mes jours au Gujerat. Je n'y vais en principe que pour une courte période, Cha-cha, et ensuite il me sera sûrement permis de retourner à Mardan, où tu pourras prendre autant de congés que tu voudras ou bien te retirer, si tu y tiens.

Mahdoo renifla d'un air pas très convaincu et s'en fut chercher le reste des bagages.

Le train n'était qu'à demi-plein ce soir-là, et Ash fut bien aise de constater qu'il était le seul occupant d'un compartiment de quatre couchettes, ce qui le dispensait de devoir faire la conversation.

Le train roulait en cahotant, faisant se balancer la lampe à pétrole qui empestait. Se tournant et se retournant sur sa couchette, Ash se demandait dans combien de temps il lui serait donné de revoir la passe de Khyber et le bruit des roues lui semblait être une voix moqueuse répétant avec une désespérante insistance : « Jamais plus ! Jamais plus ! Jamais plus ! »

Le voyage en train jusqu'à Bombay parut à Ash beaucoup plus long que lorsqu'il l'avait effectué cinq ans auparavant. Il roulait alors dans le sens opposé en compagnie de Belinda, sa mère et l'infortuné George... Seulement cinq ans ? Il aurait cru plutôt douze... ou vingt !

A Bombay, Ash et ses serviteurs descendirent du train pour en prendre un autre à destination de Baroda et Ahmadabad. Là, Ash eut moins de chance, car il se trouva dans un compartiement de deux couchettes avec un petit homme à l'air inoffensif, dont l'allure placide et les doux yeux bleus étaient démentis par des moustaches rousses et une oreille en chou-fleur. D'une voix aussi douce que son regard, il se présenta : Bert Stiggins, ayant appartenu à la Marine de Sa Majesté, désormais commandant d'un petit bateau de commerce dont il était propriétaire, le *Morala,* ancré à Porbandar sur la côte ouest du Gujerat.

Sa douceur était effectivement trompeuse. Juste comme le train allait partir, deux retardataires firent irruption dans le compartiment, assurant l'avoir loué, ordonnant à Ash et M. Stiggins de vider les lieux. Ces intrus appartenaient à une importante firme commerciale et, de toute évidence, ils avaient dîné trop copieusement avant de venir à la gare, car ils semblaient incapables de se rendre compte que le numéro du compartiment ne correspondait pas à celui inscrit sur leurs billets. Ou bien alors ils cherchaient la bagarre et, dans ce cas, Ash ne demandait pas mieux que de leur rendre ce service. Mais il fut devancé.

Pendant que Ash et le chef de train s'efforçaient de raisonner les arrivants, M. Stiggins était resté paisiblement assis au bord de sa couchette. Mais lorsque l'un des intrus fit basculer l'employé sur le quai et que l'autre voulut décocher un coup de poing à Ash qui se portait au secours du malheureux, le petit homme se dressa d'un bond.

— Laisse-moi faire, mon garçon, dit-il en écartant Ash sans effort apparent.

Dix secondes plus tard, les forcenés gisaient de tout leur long sur le quai et se voyaient bombarder avec leurs bagages, tandis que M. Stiggins s'excusait de leur comportement auprès du chef de train maltraité, après quoi, il verrouilla la portière et retourna placidement s'asseoir.

— Eh bien ça alors ! s'exclama Ash qui n'en croyait pas ses yeux. Comment diable avez-vous fait ?

M. Stiggins, qui n'était même pas essoufflé, parut vaguement gêné et avoua avoir appris à se battre dans la Royal Navy, laquelle l'avait amené dans pas mal de lieux, notamment au Japon.

— Ces Japs connaissent toutes sortes de trucs que j'ai eu grand profit à étudier, dit M. Stiggins. Ils laissent l'adversaire faire tout le travail et, en quelque sorte, s'éliminer lui-même. Une fois qu'on sait comment s'y prendre, c'est vraiment tout simple.

Il souffla doucement sur une jointure écorchée tout en regardant, par la fenêtre, les gladiateurs toujours effondrés :

— Espérons que ça leur servira de leçon pour l'avenir, et qu'ils éviteront de se laisser aller à boire quans ils devront voyager.

— Êtes-vous contre l'alcool, monsieur Stiggins ? s'enquit Ash en considérant son petit compagnon avec un respect admiratif.

— Commandant Stiggins, rectifia aimablement l'interpellé. Non, je n'ai rien contre un petit verre de temps à autre... mais je suis pour la modération en tout.

Sur le quai, le chef de train prenait sa revanche en donnant, par un coup de sifflet strident, le signal du départ. Le convoi quitta la gare centrale de Bombay avec seulement dix minutes de retard en dépit de l'incident, laissant sur le quai les deux aspirants au voyage qui continuaient à se tenir la tête au milieu de leurs bagages épars, sous le regard amusé des porteurs indigènes.

Durant ces jours de trajet, Ash apprit beaucoup de choses sur le petit commandant, et son admiration pour le pugiliste fut bientôt égalée par son estime pour l'homme lui-même. Herbert Stiggins, dit le Rouquin, faisait du cabotage entre le Sind et le Gujerat. Le *Morala* avait récemment été endommagé dans une collision avec un dhaw naviguant sans feux, et Stiggins s'en revenait de Bombay, où il avait dû se rendre pour charger un avocat de lui obtenir un dédommagement.

La conversation de Stiggins était aussi revigorante que l'air marin, jalonnée de citations de la Bible ou du rituel de l'Église anglicane — les seuls ouvrages imprimés qu'il eût jamais lus, en dehors de manuels concernant la navigation — et il se révéla un si plaisant compagnon que, lorsque le train arriva enfin à Ahmadabad, les deux hommes étaient devenus une paire d'amis.

35

Ahmadabad, la noble cité que le sultan Ahmad Châh Ier fit construire durant la première moitié du xve siècle, gardait peu de vestiges de sa beauté et de sa légendaire splendeur. Édifiée sur les bords de la rivière Sabarmati, elle est environnée de terres fertiles aussi différentes des terres de la région du nord-ouest que les cavaliers du Roper's Horse étaient différents des hommes appartenant aux régiments des Forces frontalières. Les habitants du Gujerat sont gens de nature paisible, dont le plus connu des proverbes dit « Fais-toi un ami de ton ennemi ».

Les officiers supérieurs parurent à Ash étonnamment âgés et beaucoup plus ancrés dans leurs habitudes que ceux de son propre régiment ; et leur commandant, le colonel Pomfret, aurait pu passer pour Rip Van Winkle en personne, car il avait une longue barbe blanche et quelque cinquante ans de retard dans les idées.

La vie à la caserne était sensiblement la même qu'à 'Pindi mais, en ville, Ash avait eu la plaisante surprise de retrouver une connaissance de Peshawar, Mme Viccary, dont le mari avait été récemment nommé au Gujerat. La joie de ces retrouvailles fut réciproque et le bungalow d'Edith Viccary devint vite un second home pour Ash, car elle demeurait toujours une auditrice débordante d'intérêt et de sympathie, et il avait quantité de choses à lui raconter depuis qu'ils s'étaient perdus de vue.

En ce qui concernait son travail, Ash connut un lourd handicap sur le plan du langage. Il avait appris le gujerati quand il vivait avec son père, mais cela remontait à trop longtemps pour qu'il s'en souvienne ; aussi lui fallut-il recommencer à zéro et, comme tout nouvel arrivé, travailler dur. Le fait qu'il eût parlé cette langue lorsqu'il était enfant y fut peut-être pour quelque chose ; en tout cas, la rapidité de ses progrès stupéfia ses camarades. Mais son colonel qui, trente ans auparavant, avait eu l'occasion de rencontrer le professeur Hilary Pelham-Martyn — à la suite de quoi il avait lu au moins un volume de l'ouvrage monumental du Professeur sur *Les Langues et les Dialectes des Indes* — trouva plutôt normal que le fils eût hérité du don des langues qu'avait son père. Il souhaita seulement que le jeune homme n'eût pas hérité aussi des opinions peu orthodoxes du Professeur.

Mais durant les premiers mois de son séjour à Ahmadabad, la conduite de Ash ne suscita aucune inquiétude. Il s'acquittait de son travail de façon parfaitement satisfaisante, même s'il ne manifestait pas un enthousiasme débordant pour les devoirs de sa charge. Ses camarades le qualifiaient de « pisse-froid », parce qu'il ne jouait pas aux cartes et se montrait rarement aux réunions amicales du mess. Ils se disaient toutefois que c'était peut-être dû à la température torride et que, durant la saison froide, Pandy — car son surnom l'avait suivi, sinon précédé — deviendrait plus sociable.

Mais le changement de saison resta sans influence sur le comportement de Ash. Néanmoins, il se montrait si brillant au polo qu'on excusait volontiers son humeur taciturne.

Les dames de l'endroit, qui avaient commencé par accorder beaucoup d'intérêt au nouveau venu, finirent par le juger ennuyeux ou puant de suffisance, mais en tout cas infréquentable. Ce verdict se trouva renforcé quand on apprit que Ash avait eu le front d'inviter un individu des plus vulgaires — un patron de cargo ou quelque chose comme ça ! — à dîner avec lui au Club anglais (Bert Stiggins avait rencontré Ash par hasard, lors d'un bref séjour qu'il avait dû faire à Ahmadabad pour ses affaires).

La grande péninsule du Gujerat, plate en majeure partie, ne présente guère d'attrait quant au paysage, mais les pluies abondantes en ont fait une terre fertile où s'épanouissent bananiers, orangers, manguiers, citronniers, palmiers, ainsi que des champs de coton. Un pays donc très différent du Rajputana dont Ash gardait un si vivant souvenir, mais les collines basses qui le bordaient au nord-est constituaient la frontière au-delà de laquelle il y avait Bhitor... Bhitor et Juli... à cent milles environ à vol d'oiseau.

Ash s'efforçait de ne pas penser à ça, mais c'était extrêmement difficile. Quand il était très loin de Juli, il lui était plus aisé de se résigner à l'irrévocable. Et puis, à Rawalpindi, même après le départ de Wally, il avait des occasions de se distraire : une demi-douzaine de bons amis, ses chevaux, en sus d'un week-end de temps en temps à Murree d'où il pouvait voir les neiges du Cachemire... Même ses affrontements avec Crimpley et Raikes avaient le mérite de l'arracher à sa préoccupation lancinante, au point qu'il lui arrivait parfois de passer un jour entier sans penser du tout à Juli.

Mais à Ahmadabad, ça n'était pas la même chose. Heureusement, avec le retour de la saison froide, arriva une période d'intense activité militaire . manœuvres et sorties d'entraînement se succédaient sans répit, le peu de temps libre qu'on avait étant consacré à des sports tels que le polo ou la course à pied.

Deux nouvelles connaissances contribuèrent plus que tout à distraire Ash de ses problèmes personnels et à compenser sa tristesse d'être exilé loin des Guides : un ami, Sarjevan Desai, fils d'un propriétaire terrien. Et un cheval, Dagobaz.

Sarjevan, Sarji pour les intimes, était le petit-neveu du Risaldar-Major, un remarquable cavalier qui semblait allié à presque toute l'aristocratie locale, y compris le défunt père de Sarjevan qui était le fils d'une de ses nombreuses sœurs. Sarji n'avait lui aucun goût pour la vie militaire. De son père il avait hérité, outre de vastes propriétés, la passion des chevaux. Il en élevait plus pour son propre plaisir que pour le profit, car il se refusait à en vendre si l'acquéreur éventuel n'était pas quelqu'un qu'il connaissait et qui lui était sympathique.

Son grand-oncle, ayant été favorablement impressionné par l'officier britannique récemment arrivé, avait présenté Sarji au lieutenant Pelham-Martyn, en lui recommandant de fournir au Sahib des chevaux dignes du régiment et du Gujerat. Et Ash eut la chance que la sympathie fût d'emblée réciproque. Ils étaient du même âge et leur commune passion pour les chevaux avait immédiatement cimenté leur amitié. En conséquence de quoi, Ash avait acquis, pour un prix très raisonnable, une écurie qui fit l'envie de tous les autres officiers et qui comprenait notamment un étalon noir d'ascendance arabe : Dagobaz, « Le Fourbe ».

Depuis l'époque où il était garçon d'écurie chez Duni Chand à Gulkote, Ash avait vu, monté et, plus tard, possédé bien des chevaux. Mais jamais encore il n'en avait connu un qui égalât celui-ci pour la beauté, la fougue et la rapidité. Même Baj Raj — dont Wally avait actuellement la charge à Mardan — ne supportait pas la comparaison. Dagobaz allait avoir trois ans lorsqu'il était devenu la propriété de Ash. Tout d'abord Sarji avait hésité à le lui vendre, non parce qu'il lui coûtait de se séparer d'une telle merveille au profit d'un ami, mais parce que ça n'était pas pour rien que l'étalon avait été appelé Dagobaz. Il avait toutes les apparences de la perfection, mais son caractère n'était pas à l'avenant ; ombrageux et imprévisible dans ses réactions, il avait en outre horreur d'être monté, et aucun dressage n'avait jusqu'alors réussi à vaincre ce défaut.

— Je ne veux pas dire qu'il est vicieux ou qu'il ne peut être monté, expliqua Sarji. Mais, à la différence des autres, il ne s'habitue pas à avoir un homme sur le dos. C'est une chose que l'on sent en le montant et qui ne contribue pas à vous donner de l'assurance. C'est un cheval plein de volonté — une volonté de fer — et à l'heure actuelle, même le meilleur de mes syces déclare forfait en ce qui le concerne. Tu es séduit par sa beauté, mais si tu l'achetais — et je ne le vendrais à personne d'autre que toi — tu risquerais de le regretter toute ta vie. Tu ne pourras pas dire que je ne t'ai pas prévenu !

Mais Ash rit de la mise en garde et acheta le cheval noir pour un prix qui, vu son allure et son pedigree, était ridicule. Et il n'eut jamais lieu de le regretter. Sarji était un éleveur et un excellent cavalier mais, riche fils de famille, il ne tenait pas son expérience des chevaux, comme Ash, d'un contact quotidien avec ces animaux, et ceci dès l'âge le plus tendre.

Ash ne chercha pas à monter Dagobaz tout de suite ; mais, pendant une dizaine de jours au moins, il passa tout son temps libre à l'écurie ou dans l'enclos qui lui était adjacent, s'occupant du cheval, le pansant, lui donnant des carottes crues et des morceaux de *gur* (le vesou brunâtre qui est extrait de la canne à sucre) sans cesser de lui parler. D'abord soupçonneux, Dagobaz s'habitua vite à lui et ne tarda pas à lui faire quelques ouvertures, pour finir, lorsqu'il entendait Ash le siffler doucement, par pointer les oreilles, émettre un petit hennissement, puis trotter à sa rencontre.

Des rapports ayant ainsi été noués, le reste fut relativement facile, encore que Ash ait connu quelques revers et, une fois même, été obligé de faire plus de cinq milles à pied pour regagner le cantonnement. Mais, à la fin, Sarji convint que le « Fourbe » avait été mal nommé et aurait dû s'appeler le « Saint ». Ash lui garda quand même son nom, car il continuait de le justifier à certains égards. Dagobaz avait accepté Ash pour ami et pour maître, mais manifestait clairement qu'il était le cheval d'un seul homme, n'aimant que Ash et n'obéissant qu'à lui. Personne d'autre ne pouvait le monter impunément, pas même son syce, Kulu Ram, encore qu'il condescendît à prendre un peu d'exercice avec ce dernier dans les rares occasions où Ash n'était pas en mesure de le monter. Il lui donnait toutefois tant de fil à retordre que Kulu Ram en arrivait à dire que ce devait être un démon ayant pris la forme d'un cheval. Mais avec Ash pour cavalier, ce démon devenait un ange.

Pour un cheval arabe, Dagobaz était grand et la longueur de sa foulée phénoménale. Ash s'aperçut que, en le forçant, Dagobaz pouvait distancer n'importe quel quadrupède, y compris les guépards que Sarji avait dressés pour la chasse, alors que le guépard a la réputation d'être le plus rapide de tous les animaux et peut sans peine rattraper une gazelle en plein élan. Dagobaz avait en outre une bouche de velours, des façons de prince, et savait décourager avec hauteur quiconque se permettait des privautés avec lui. Mais comme l'avait dit Sarji, il n'avait rien de vicieux et lorsque Ash se fut gagné son cœur, il se montra aussi affectueusement docile qu'un chaton, aussi intelligent qu'un bon chien de chasse. Du coup, moins de deux mois après en être devenu propriétaire, Ash reçut une demi-douzaine d'offres d'achat dépassant de beaucoup le prix qu'il avait payé, et les refusa toutes.

Ash assurait volontiers qu'il n'y avait pas assez d'or dans toutes les Indes pour lui acheter Dagobaz. Et pour appuyer ses dires, ayant entraîné l'étalon au saut, il participa à une course locale, que Dagobaz gagna avec plus de quinze longueurs d'avance, au désespoir des bookmakers qui, sachant que ce cheval n'avait encore jamais couru, l'avaient donné à dix contre un. Puis, pendant près d'un mois, Ash le monta pour l'exercice, au lieu du cheval bien mis qu'il avait acheté à son arrivée. Et, après avoir juste une première fois tenté de sortir de l'alignement, Dagobaz se comporta comme un cheval parfaitement dressé pour l'exercice.

— Il n'est rien que Dagobaz ne puisse faire ! affirmait Ash à Sarji. Ce cheval a quelque chose d'humain. Je suis prêt à jurer qu'il comprend tout ce que je lui dis. Et il ne court pas : il vole ! C'est Pégase qu'il aurait fallu l'appeler ! Le colonel a dit que, au retour de la saison froide, j'irais courir avec lui à Bombay... si je suis encore là.

— Tu comptes être parti avant ça ?

— Je n'y compte pas : je l'espère seulement, rectifia Ash avec un sourire forcé. On ne t'a pas dit que j'avais été détaché ici par punition ? Mais comme cela fera un an en mars que je suis à Ahmadabad, il y a quand même une chance pour que les autorités de Rawalpindi se laissent fléchir et me renvoient dans ma *rissala*.

— Et Dagobaz ? L'emmèneras-tu avec toi ?

— Bien sûr ! Tu ne penses quand même pas que je m'en séparerais ? Mais si je dois me morfondre encore un an ici, j'irai participer avec lui aux courses de Bombay et tout le Régiment pariera jusqu'à son dernier sou sur lui !

— Moi aussi ! J'irai à Bombay avec toi, je parierai un *lakh* de roupies lors de ta première course, et je ferai fortune !

— Nous ferons tous fortune ! Et après ça, Dagobaz aura droit pour boire à une coupe d'argent aussi grande qu'un seau !

Nombreux étaient ceux qui partageaient l'opinion de Ash

touchant l'étalon noir, mais pas Mahdoo, qui se refusait à voir quoi que ce soit d'admirable dans Dagobaz et en déplorait l'achat.

— Je crois que tu tiens plus à ce Fils de l'Enfer qu'à qui que ce soit ! se plaignait-il un soir que, au retour d'une randonnée, Ash donnait du sucre à Dagobaz avant de le renvoyer à l'écurie. Ce n'est pas bien d'aimer à ce point un animal. Tu devrais lui consacrer un peu moins de temps et un peu plus à ceux qui ont ton bonheur à cœur. Hamilton-Sahib, par exemple, à qui tu n'as écrit qu'une toute petite lettre depuis le jour où tu as acheté cet animal de perdition !

Saisi, Ash eut la grâce de paraître contrit :

— Vraiment ? Je ne m'en étais pas rendu compte... Je vais lui écrire ce soir même !

— Commence par lire ce qu'il t'écrit. Tu as reçu ça par le *dâk* de ce matin, mais il semble que tu n'aies pas même le temps de t'inquiéter si tu as du courrier, tellement tu as hâte de te rendre à l'écurie ! Cette lettre épaisse est, je crois, de Hamilton-Sahib... Gul Baz et moi nous aimerions bien avoir de ses nouvelles ainsi que de nos amis de Mardan.

Sur un plateau de cuivre, il présentait une demi-douzaine de lettres. Ash s'empara de la plus volumineuse et s'en fut près de la lampe pour la lire.

« Ça fait quelque temps que la cavalerie se morfond, lui écrivait Wally, toute la veine est pour les fantassins. Je ne me rappelle pas si je vous ai dit que les Afridis menacent de faire du vilain à propos des subsides qu'ils recevaient du Gouvernement pour maintenir la libre circulation dans la Passe de Kohat ; nous voulons à présent la leur verser pour veiller aussi sur la route de Khushalgarh et la ligne du télégraphe. Cela signifie, je pense, que nous n'allons pas tarder à en découdre de nouveau avec eux. Si c'est le cas, j'espère que les « huiles » feront donner aussi la cavalerie. Aller combattre un peu nous procurerait une plaisante diversion. Zarin vous salue bien et me charge de vous dire qu'il craint que son père ait eu raison. Il m'assure que vous comprendrez, ce que je souhaite car, moi, je nage ! Envoyez-nous de vos nouvelles. Ça fait des mois que vous ne nous avez écrit : vous ne répondez même pas à mes lettres. Mais pas de nouvelles bonnes nouvelles, aussi je présume que vous êtes en pleine forme. Mes amitiés à Mahdoo et Gul Baz. »

— Quand tu lui écriras, envoie-lui les nôtres, dit aussitôt Mahdoo avant d'ajouter avec acidité : Et demande-lui s'il n'a pas besoin d'un serviteur de plus, d'un vieil homme qui était autrefois un excellent cuisinier.

Les autres serviteurs étaient contents de leur sort, car au cantonnement d'Ahmadabad, on ne manquait pas de place. Ash disposait pour lui seul d'un bungalow, entouré d'un vaste terrain où il y avait de quoi loger les domestiques, luxe rarement octroyé à un jeune officier.

Pour excuser l'humeur de Mahdoo, Gul Baz dit :

— Il est trop vieux maintenant pour changer d'habitudes. Le Nord lui manque, ainsi que les plats et la langue de son pays.

— A toi aussi, rétorqua Ash en pensant à part soi qu'il en allait de même pour lui.

— C'est vrai, Sahib. Mais, si Dieu se montre miséricordieux, toi et moi avons encore beaucoup d'années à vivre. Alors, qu'est-ce que ça peut nous faire d'en passer une ou deux ici ? Tandis que pour Mahdoo-ji, c'est différent..

— Je n'aurais pas dû l'emmener ici, se reprocha Ash. D'un autre côté, comment faire autrement, puisqu'il ne voulait pas que je le laisse, ni aller en congé chez les siens jusqu'à notre retour dans le nord ? Si nous devons passer encore une saison chaude ici, il vaut mieux pour lui rester avec nous tant qu'il fait frais et partir pour le nord au début de février. Comme cela, il n'aura pas à subir la grosse chaleur ni la mousson. Et si nous sommes encore là quand ce sera fini, je lui ferai dire de patienter encore un peu pour nous rejoindre à Mardan. Car, à ce moment-là, je serai sûrement fixé en ce qui me concerne.

Sur ce dernier point, Ash ne se trompait pas, mais les choses se passèrent d'une façon qu'il n'avait pas prévue.

Durant la saison froide, quand le régiment n'était pas en manœuvres, Ash se levait à l'aube afin d'emmener Dagobaz faire un galop matinal, et presque chaque soir, il s'en allait seul ou avec Sarji explorer à cheval les environs.

Il y avait beaucoup à voir, car non seulement le Gujerat a toujours baigné dans l'Histoire, mais c'est aussi, selon la légende, le pays où le dieu Khrishna accomplit ses principaux exploits avant d'y mourir. Il n'est pour ainsi dire pas de colline ou de rivière qui n'ait été le théâtre de quelque fait mythologique ; tout le pays est jalonné de tombeaux ou de temples en ruine et si anciens qu'on a depuis longtemps oublié le nom de ceux qui les édifièrent. Sur les tombeaux — dômes à colonnes des puissants ou simples pierres tombales des humbles — Ash fut frappé de voir se répéter toujours le même motif : un bras de femme couvert de bracelets et d'ornements.

— Ça ? fit Sarji comme il lui posait la question. Oh ! c'est en souvenir d'une *satî,* une veuve qui a voulu mourir sur le bûcher funéraire de son époux. C'est une très vieille coutume que ton Gouvernement a proscrite, et à juste titre selon moi. Mais il y en a encore qui ne partagent pas mon point de vue. Je me souviens pourtant que mon grand-père — homme très intelligent et cultivé — me racontait que beaucoup de penseurs — au nombre desquels il se rangeait — étaient convaincus que cela découlait d'une erreur commise par le scribe lorsque, voici bien des siècles, les lois furent consignées par écrit. D'après eux, il avait été dit à l'origine que lorsqu'un homme mourait, son corps devait être livré aux flammes en même temps que sa femme se retirait — ce qui signifie qu'elle devait vivre désormais recluse dans sa maison — mais le scribe qui écrivit cela bien plus tard, omit par erreur les deux derniers mots. Et l'on comprit alors que la veuve devait être livrée aux flammes en même temps que le corps de son époux. C'est peut-être vrai, auquel cas c'est un bien que le Gouvernement ait donné des ordres pour mettre fin à cette coutume, car c'est une mort cruelle que d'être brûlée vive. Pourtant des milliers et des milliers de nos femmes l'ont acceptée sans fléchir, allant jusqu'à la considérer comme un honneur.

— Même si l'on croit seulement la moitié de ce qui se raconte à ce sujet, bien plus nombreuses encore sont celles qui ont dû mourir ainsi contre leur volonté, dit Ash d'un ton pénétré.

Sarji eut un haussement d'épaules :

— C'est possible, oui. Mais, dans le cas contraire, leur existence eût été telle qu'il vaut sans doute mieux qu'elles soient mortes. Car il ne te faut pas oublier que la *satî* devient une sainte : son nom est honoré et ses cendres vénérées.

Les deux jeunes gens chevauchaient de conserve une ou deux fois la semaine. Pendant les week-ends ou les vacances, ils partaient souvent au hasard, à la découverte.

Sarji était un plaisant compagnon, mais lorsque Ash choisissait d'aller vers les collines, il tenait à être seul. Il se rendait alors sur un éperon rocheux qui dominait la rivière en aval de Bijapur, d'où il contemplait la ligne dentelée des collines en pensant qu'il suffisait à Juli de regarder par une fenêtre du Rung Mahal pour les voir aussi...

Comme elles semblaient aisées à franchir ! Et pourtant Ash avait appris qu'il s'y trouvait bien peu de passages qu'un homme pût emprunter à pied, et encore moins à cheval. Ce fait et aussi les milles de jungle hantée par les tigres qui en couvraient les abords, décourageaient d'y chercher un raccourci les voyageurs désireux de gagner le Rajputana. La plupart d'entre eux préféraient faire le détour à l'ouest par Palanpur, ou bien aller au sud vers Bombay où ils avaient alors le choix entre la route et le rail. Mais comme Ash n'avait pas le moindre espoir de pouvoir un jour retourner au Rajputana, la difficulté de trouver un chemin à travers ces collines était pour lui sans importance. Même s'il y avait eu une route carrossable entre Ahmadabad et Bhitor, cela n'aurait rien changé pour lui car si, tout comme Moïse, il pouvait contempler la terre promise, il lui était interdit d'y pénétrer.

Quand il revenait ainsi des collines, Ash trouvait invariablement Mahdoo accroupi dans un coin de la galerie d'où il pouvait guetter son retour tout en ayant un œil du côté de la cuisine pour le cas où son aide, le jeune Kadera, aurait négligé ses devoirs.

Mahdoo n'était pas heureux. Non seulement il sentait le poids des ans sur ses épaules, mais il se faisait beaucoup de souci pour Ash. Loin d'être un imbécile, Mahdoo était un vieil homme particulièrement sagace et qui aimait son jeune maître depuis qu'il lui avait été confié. Ces deux faits réunis lui permettaient de déterminer avec assez d'exactitude ce qui causait le tourment du lieutenant. Il souhaitait cependant se tromper car, dans le cas contraire, la situation était non seulement tragique mais profondément choquante. En dépit des nombreuses années de service passées avec le *Sahib-log* et de son long séjour dans leur pays, Mahdoo demeurait convaincu que toute femme convenable — surtout si elle était jeune et belle — devait observer strictement le *purdah.* A l'exception, bien sûr, des Européennes dont les coutumes étaient différentes, et à qui l'on ne pouvait tenir rigueur de se promener non voilées puisque les hommes de leur famille étaient assez stupides pour tolérer une telle immodestie.

Mahdoo blâmait ceux qui avaient permis que les Rajkumaries, ainsi que leurs femmes, puissent rencontrer Ash-Sahib et s'entretenir si librement avec lui que — du moins, Mahdoo le supposait-il — le jeune homme avait fini par tomber follement amoureux de l'une d'elles, chose vraiment terrible. Mais enfin tout cela appartenait maintenant au passé, et avant longtemps Ash aurait oublié cette femme comme il avait oublié l'autre, la miss-sahib aux cheveux jaunes de Peshawar. Il ne pouvait en être autrement, estimait Mahdoo quand on réfléchissait à la distance séparant Rawalpindi de

Bhitor, et combien il était improbable que Ash eût jamais l'occasion de retourner au Rajputana.

Mais voilà que, un peu plus d'un an après ces déplorables événements, la malchance avait voulu que Ash fût envoyé dans le Sud et, qui plus est, à Ahmadabad, si bien qu'ils étaient de nouveau à portée de ce sinistre petit État médiéval dont, pour sa part, Mahdoo était si reconnaissant au Ciel d'avoir pu s'échapper. Le pire, c'est que son garçon était visiblement malheureux, en proie à des accès de mélancolie, alors que lui-même était plein de pressentiments. Ash-Sahib ne serait sûrement pas assez fou pour gagner le Rajputana et tenter de pénétrer à nouveau dans Bhitor ? Mais qui pouvait l'affirmer... Les jeunes hommes sont capables de n'importe quoi lorsqu'ils sont amoureux ! Pourtant s'il s'aventurait encore sur le territoire du Rana, et cette fois seul, sans le soutien d'hommes armés, ni l'autorité que lui avait conférée le Gouvernement, ni même la permission de ce dernier, Ash pouvait y laisser la vie.

Aux yeux de Mahdoo, le Rana n'était pas homme à pardonner quiconque ayant eu l'avantage sur lui, et surtout l'ayant menacé en présence de ses conseillers et de sa cour. Rien ne pourrait lui causer plus de joie que de savoir son adversaire secrètement de retour — sans doute sous un déguisement — et à l'insu de toute autorité. Car alors, si le Sahib venait à disparaître et qu'on n'entende jamais plus parler de lui, comment pourrait-on accuser le Rana d'y être pour quelque chose ? On dirait simplement qu'il avait dû se perdre dans les collines et mourir de soif, ou bien être victime d'un accident. Qui pourrait prouver le contraire ?

Voilà pourquoi Mahdoo se rongeait d'inquiétude à l'idée des possibles conséquences de ces randonnées solitaires, et craignait le pire. Quand, vers la fin de janvier, Ash lui dit de prendre un long congé et de s'en aller dans son village pour toute la durée de la saison chaude, le vieil homme s'indigna :

— Quoi ?... Et t'abandonner aux seuls soins du jeune Kandera qui, si je n'étais pas là pour le surveiller, serait bien capable de te préparer des plats qui te détraqueraient l'estomac ? Jamais ! D'autant plus que si je n'étais pas là, il n'y aurait personne pour t'avoir à l'œil et t'empêcher de commettre des imprudences. Non, non, mon garçon, je resterai !

— A t'entendre parler, Cha-cha-ji, rétorqua Ash, partagé entre l'amusement et l'irritation, on croirait que je suis un faible d'esprit

— Et on n'aurait pas complètement tort, *mera beta* (mon fils) répliqua sèchement Mahdoo, car il t'arrive de te conduire comme si tu en étais un.

— Vraiment ? Pourtant, ce ne serait pas la première fois que tu t'en irais en me laissant me débrouiller sans toi, et jamais encore tu n'en as fait un tel *gurrh-burrh ?*

— Peut-être pas, en effet. Mais tu étais alors au Pendjab et parmi les tiens, au lieu de te trouver au Gujerat qui n'est ni ton pays ni le mien. Et puis je sais ce que je sais... alors je te crois capable de te fourrer dans les ennuis dès que j'aurai tourné les talons.

Ash se borna à rire en disant :

— Oncle, si je te fais le serment solennel de me conduire comme une vertueuse grand-mère jusqu'à ton retour, accepteras-tu de partir ? Ce n'est que pour quelques mois seulement et si, d'ici là, ma chance tournait, si j'étais rappelé à Mardan, tu n'aurais qu'à me rejoindre là-bas. Tu sais très bien que tu as besoin de repos et que tu te sentiras beaucoup mieux après avoir respiré pendant un mois ou deux le bon air des montagnes, au milieu de ta famille qui te dorlotera. Ce qu'il te faut, ce sont de bons petits plats du Pendjab et les vents vivifiants de la montagne, après avoir mariné dans cet air lourd d'ici. *Hai mai,* je voudrais pouvoir partir avec toi !

— Et moi donc ! s'exclama Mahdoo avec chaleur.

Mais, après ça, il n'éleva plus d'objections car lui aussi espérait que l'exil de Ash se terminerait bientôt et que, d'un jour à l'autre maintenant, il serait appelé à regagner son régiment. Avec Hamilton-Sahib et Battye-Sahib pour plaider sa cause, s'efforcer de hâter son retour, ce jour n'était sûrement pas éloigné et de la sorte lui, Mahdoo, n'aurait plus à revenir dans ce lieu pestilentiel.

Il s'en alla le 10 février, en compagnie d'un syce originaire des environs de Rawalpindi. Ash regarda le train disparaître au loin Longtemps après que le dernier vestige de fumée se fut évanoui dans l'atmosphère, il demeura encore immobile, se rappelant la première fois qu'il avait vu Mahdoo. Mahdoo, Ala Yar et le colonel Anderson qui l'avaient pris sous leur protection et s'étaient montrés si bons pour lui alors qu'il était un enfant désemparé, parlant, pensant et ressentant tout comme Ashok, mais à qui l'on répétait qu'il était en réalité un *Angrezi* avec un nom qu'il était incapable de prononcer, et qu'on envoyait dans un pays étranger pour y être élevé comme un Sahib par des inconnus qu'on lui disait être la famille de son père.

Gul Baz, qui les avait accompagnés à la gare, toussa discrètement pour signifier que le temps passait. S'arrachant alors à sa rêverie, Ash fit demi-tour, parcourut le quai en quelques rapides enjambées et sortit de la gare devant laquelle une *tonga* attendait pour les ramener au bungalow.

livre sixième

anjuli

36

Ce fut une bonne chose que Mahdoo soit parti à ce moment-là car, deux jours plus tard, son inquiétude au sujet de son maître eût été considérablement accrue par l'arrivée d'un visiteur inattendu.

En rentrant d'exercice, une heure après le coucher du soleil, Ash vit une tonga de louage arrêtée devant le bungalow et Gul Baz l'attendait sur la galerie pour l'avertir qu'il avait un visiteur.

— C'est le Hakim de Karidkote, le Rao-Sahib Gobind Dass.

C'était bien Gobind mais la brusque frayeur que Ash avait ressentie à l'énoncé de son nom, se dissipa dès qu'il vit le visage du médecin. Il n'était sûrement pas porteur de mauvaises nouvelles, il ne venait pas lui apprendre avec ménagement que Juli était malade, mourante ou morte, ni même que son mari la maltraitait. Élégant et calme comme à son ordinaire, Gobind expliqua qu'il se rendait à Bhitor sur les instances de Shushila-Rani préoccupée par la santé de son mari, car elle n'avait aucune confiance dans le médecin du Rana, âgé de soixante-dix-huit ans et dont les méthodes, disait-elle, avaient plusieurs siècles de retard.

— Comme elle attend un enfant, il importe de lui éviter toute inquiétude supplémentaire. Aussi mon maître le Rao-Sahib a-t-il jugé bon d'accéder à sa requête. J'ignore toutefois ce que je vais pouvoir faire là-bas, car je doute que les hakims du Rana voient d'un bon œil un étranger venir le soigner.

— Il est gravement malade? s'enquit Ash avec une flambée d'espoir.

Gobind haussa les épaules en écartant les bras :

— Qui peut le dire? Vous savez bien comment est Shushila-Rani. Elle se fait une montagne du moindre malaise, et c'est probablement le cas. Quoi qu'il en soit, je suis envoyé à Bhitor pour agir au mieux et je dois y rester aussi longtemps qu'on me le demandera.

Accompagné d'un seul serviteur, un rustaud à l'air ébaubi nommé Munilal, Gobind avait fait un crochet par Ahmadabad à la demande de Kara-ji :

— Le Rao-Sahib m'a dit que ses nièces seraient très heureuses de savoir ce que vous devenez, et que vous-même auriez plaisir à recevoir des nouvelles de Karidkote. Tenez, voici des lettres... Le

Rao-Sahib n'a pas confiance dans le *dâk* et m'a bien recommandé de vous remettre ce courrier en main propre

Il y avait trois lettres car Jhoti et Mulraj avaient aussi écrit, mais brièvement, disant que Gobind lui donnerait toutes les nouvelles de vive voix. Jhoti parlait surtout de chasse et de chevaux, terminant par un portrait ironique du Résident britannique qu'il semblait avoir pris en grippe, pour l'unique raison que celui-ci le regardait par-dessus le pince-nez que sa vue l'obligeait à porter. Mulraj se bornait à envoyer ses meilleures pensées en exprimant l'espoir que Ash vienne les voir à sa prochaine permission.

La lettre de Kara-ji était beaucoup plus intéressante. A sa lecture, Ash comprit pourquoi il avait tenu à la lui envoyer par l'entremise de Gobind.

Expliquant d'abord pour quelle raison Gobind se rendait à Bhitor, Kara-ji demandait ensuite à Ash de fournir au médecin chevaux, guide, et tout ce dont il aurait besoin pour aller jusqu'à Bhitor, Gobind étant amplement pourvu d'argent à cet effet.

Après quoi, Kara-ji ne cachait pas être très inquiet au sujet de ses nièces et que c'était pour cette raison surtout qu'il avait immédiatement accepté d'envoyer Gobind à Bhitor.

« Elles n'ont là-bas personne à qui se fier, et nous sommes sans courrier d'elles. Shushila ne sait pas écrire, mais de la part de Juli, cela nous étonne. Nous avons tout lieu de penser que l'eunuque chargé d'écrire sous leur dictée n'est pas un homme de confiance, car elles nous disent toujours être heureuses et en bonne santé, sans grand-chose de plus. Or nous avons appris que la *dai* Geeta, ainsi que deux des suivantes venues de Karidkote avec elles, toutes les trois très dévouées et attachées à mes nièces, étaient mortes sans que leur décès ait jamais été mentionné dans ces lettres. Nous n'en aurions sans doute rien su si un marchand, de passage à Bhitor, n'avait appris la chose et n'en avait parlé à un ami chez qui il s'était arrêté à Ajmer, lequel ami se trouvait avoir un cousin à Karidkote. Les familles des trois femmes ont aussitôt supplié Jhoti de demander à son beau-frère le Rana si c'était vrai. Après un très long délai, une réponse était arrivée, disant que les deux suivantes avaient succombé à une mauvaise fièvre, tandis que la *dai* s'était tuée en tombant dans un escalier.

« Le Rana se déclarait très étonné qu'aucune des Ranis n'ait mentionné la chose lorsqu'elles écrivaient à leur cher frère. Sans doute avaient-elles jugé la nouvelle de trop peu d'importance pour être portée à sa connaissance, ce qui était bien l'avis du Rana.

« Mais vous savez tout comme moi, poursuivait Kara-ji, que si elles avaient été entièrement libres, elles n'auraient pas manqué de parler de ces événements. Je suis donc convaincu que la Rani n'écrit que sous la dictée du Rana ou de ses favoris. C'est pourquoi je suis heureux que les dieux nous fournissent l'occasion que je souhaitais Le Rana s'est souvenu que Gobind avait réussi à le guérir de furoncles dont ses propres médecins n'arrivaient pas à le débarrasser, et il doit certainement se sentir assez mal pour avoir permis que Shushila-Bai demande à Gobind de venir d'urgence à Bhitor.

« J'ai dit à Gobind de s'arranger pour vous faire tenir les nouvelles car, étant hors du Rajasthan, vous pourrez ensuite les acheminer sans risque jusqu'à Karidkote. Je ne vous aurais pas dérangé si je n'avais toute raison de penser que vous partagerez notre inquiétude. Si tout va bien, tant mieux ; dans le cas contraire, Jhoti et ses conseillers décideront ce qu'il convient de faire. »

Étant donné l'énorme distance séparant Karidkote de Bhitor, pensa Ash, et à supposer même que le Gouvernement des Indes le permette, chose peu probable, il ne pouvait être question d'une intervention armée. Donc, tout ce que Jhoti serait en mesure de faire, c'était de demander au Résident britannique — lequel transmettrait la requête par la voie hiérarchique — que le Délégué du Gouverneur général chargé du Rajputana veuille bien se rendre à Bhitor et faire un rapport.

Se souvenant de ce qui lui était arrivé lors du voyage à Bhitor, Ash avait peu d'espoir que cela donne un résultat, vu qu'il n'était pas question que le Délégué puisse voir l'une ou l'autre des Ranis. Au grand maximum, il serait autorisé à s'entretenir avec une femme dissimulée par un rideau, et en présence de gens à la solde du Rana qui ne perdraient pas un mot de l'entretien.

Dans ces conditions, il ne risquait pas de s'entendre dire la vérité, à supposer même que son invisible interlocutrice fût bien l'une des Ranis.

Levant les yeux, Ash rencontra le tranquille regard de Gobind.

— Savez-vous ce que m'écrit le Rao-Sahib ? demanda-t-il.

Le médecin acquiesça :

— Le Rao-Sahib m'a fait l'honneur de me lire cette lettre avant de la cacheter, afin que je sois bien conscient de son importance et de la nécessité de vous la remettre en main propre.

Ash brûla aussitôt la missive et en écrasa les cendres sous son talon en disant :

— Voilà un souci de moins pour le Rao-Sahib... Quant au reste, il se peut que ses craintes soient fondées. C'est grand dommage qu'il n'ait pas déchiré les contrats de mariage quand il en avait le prétexte. Maintenant le mal est fait, car le Rana a pour lui les lois et les coutumes de son pays... ainsi que le Conseiller politique, comme nous sommes bien placés pour le savoir.

— C'est possible, oui, mais vous êtes injuste envers le Rao-Sahib, répondit calmement Gobind. Si vous aviez connu le défunt Maharajah, vous auriez compris que le Rao-Sahib n'avait pas la possibilité d'agir autrement qu'il l'a fait.

— Oui... Vous avez raison et je n'aurais pas dû parler ainsi. De toute façon, c'est fait et l'on ne peut rien changer à ce qui est passé.

— Non, pas même les dieux, opina Gobind. Mais l'espoir du Rao-Sahib — espoir que je partage — c'est que vous et moi, Sahib, puissions influer un peu sur l'avenir.

La conversation ne se poursuivit pas plus avant ce soir-là, car Gobind était recru de fatigue. Lui et son serviteur dormaient encore lorsque Ash s'en fut au rassemblement le lendemain matin. Mais le jeune homme avait envoyé son chef-syce, Kulu Ram, choisir et acheter des chevaux pour le médecin. Il fit aussi tenir un message à Sarji, lui demandant s'il connaissait quelqu'un pouvant servir de guide à deux voyageurs qui souhaitaient partir pour Bhitor dès le lendemain.

A son retour au bungalow, Ash trouva les chevaux et la réponse de Sarji. Ce dernier annonçait qu'il lui envoyait son propre *shikari*, Bukta, (un chasseur connaissant tous les sentiers, pistes et raccourcis des collines) pour guider les voyageurs jusqu'à Bhitor. Quant aux chevaux achetés par Kulu Ram, c'étaient des bêtes vigoureuses et sûres, capables de couvrir un maximum de *koss* par jour.

Il ne restait plus qu'une question à régler, la plus importante de toutes : comment établir un moyen de communication entre Gobind à Bhitor et Ash à Ahmadabad, sans éveiller les soupçons du Rana.

Les deux hommes imaginèrent d'abord un code très simple, facile à se rappeler et n'offrant pas matière à suspicion si jamais le message était intercepté. Encore fallait-il pouvoir transmettre ce message. Or, s'il avait quelque chose à cacher, le Rana ferait certainement surveiller Gobind de très près. Il convenait donc d'élaborer un certain nombre de plans parmi lesquels, lorsqu'il serait à Bhitor, le médecin verrait celui qui se révélait le plus praticable.

— Mon serviteur Manilal, dit Gobind, du fait de son physique et de sa façon de parler a l'air un peu simplet.. ce qu'il est très loin d'être. Je pense qu'il pourra nous être fort utile.

A minuit, les deux hommes avaient discuté d'une bonne douzaine de plans, dont un qui, dès le lendemain matin à neuf heures, fit le médecin se mettre en quête d'une certaine officine.

— A supposer le pire, avait expliqué Gobind, je pourrai toujours déclarer être dans l'obligation de me rendre à Ahmadabad pour me procurer d'autres remèdes indispensables au traitement de Son Altesse. Y a-t-il ici une bonne *dewai dukan* (pharmacie), étrangère de préférence ?

— Il y a celle de Jobbling et Fils chez qui les Européens vont acheter leurs pâtes dentifrices et leurs lotions, ainsi que les médicaments en provenance de *Belait.* Mais le Rana ne vous laissera jamais revenir chercher quoi que ce soit vous-même !

— Peut-être que non, en effet... Toutefois, quiconque sera envoyé ici aura nécessairement une ordonnance sur laquelle j'aurai inscrit les médicaments dont j'ai besoin. Demain matin, je vais donc aller chez ce pharmacien, m'informer des spécialités qu'il est en mesure de me procurer et voir également si je peux m'entendre avec lui.

Tout se passa pour le mieux à cet égard et Gobind s'entendit parfaitement avec M. Pereiras, le gérant eurasien de la pharmacie. Sur ses conseils, lorsqu'il partit peu après midi, il emportait un assortiment de pilules et de potions susceptibles de lui être utiles à Bhitor. Ash était rentré à temps pour avoir un bref entretien avec Gobind, avant que ce dernier et Manilal ne se mettent en route avec Bukta, le *shikari* de Sarji, qui devait les conduire à destination en passant par Palanpore et les contreforts du mont Abu.

A mesure que la chaleur augmentait, Ash se levait de plus en plus tôt afin de sortir Dagobaz pendant une heure ou deux. Il consacrait ses soirées au polo, car ce sport — tout nouveau à la Frontière lorsque Ash avait rejoint les Guides — connaissait un succès foudroyant, au point que même les régiments de cavalerie du sud commençaient à s'y adonner. Et comme il y était très entraîné, on sollicitait son concours de tous côtés.

Le jeune homme avait donc des journées bien remplies, ce qui était une bénédiction pour lui, bien qu'il n'en eût probablement pas convenu. D'être ainsi accaparé l'empêchait de trop penser à Juli, et quand il se couchait, il était exténué au point de s'endormir dès que sa tête touchait l'oreiller.

Par la plume d'un écrivain public, Mahdoo lui fit savoir qu'il était arrivé à bon port et heureux de se retrouver à Mansera. Il était en bonne santé et espérait qu'il en allait de même pour Ash, en souhaitant que Gul Baz s'occupe bien de lui. Toute sa famille se joignait à lui pour envoyer des vœux de santé, bonheur et prospérité

Ash lui répondit, mais sans faire allusion à la visite de Gobind Et, chose curieuse, Gul Baz fit de même quand il envoya, comme promis au vieil homme, les dernières nouvelles de Pelham-Sahib et de la maisonnée. Ni Gobind ni Ash ne lui ayant fait aucune recommandation à cet égard, cette abstention lui fut dictée par son seul instinct Mais lui aussi s'inquiétait beaucoup.

Tout comme Mahdoo, Gul Baz avait conçu une sainte horreur de Bhitor et ne souhaitait pas voir le Sahib mêlé à quoi que ce fût concernant ce sinistre état ou son souverain sans scrupule. Or il craignait bien que cela fût sur le point de se produire par l'entremise du Hakim venu de Karidkote. Mais pour quelle raison, c'est ce que Gul Baz ignorait, car il en savait beaucoup moins sur Ash que le vieux Mahdoo, lequel avait eu la sagesse de garder pour lui tout ce qu'il soupçonnait.

Gul Baz n'aimait donc pas ce qui semblait se manigancer, mais il n'y pouvait rien et il n'avait personne avec qui en discuter. Il en était donc réduit à souhaiter désespérément qu'un ordre arrive bientôt de Mardan, appelant le Sahib à rejoindre les Guides et la Frontière du Nord-Ouest, car lui aussi aspirait maintenant à se retrouver parmi les siens.

En revanche, Ash, qui jusqu'à ces derniers jours ne désirait rien tant que quitter le Gujerat, avait soudain peur de devoir s'en aller, parce que, s'il était rappelé à Mardan avant que Gobind eût réussi à lui envoyer des nouvelles de Bhitor, il ne saurait rien de ce qui se passait là-bas et ne pourrait donc en informer Kara-ji, ni faire quoi que ce soit d'utile.

Il se voyait mal écrivant à Wally et Wigram Battye de s'employer à retarder son rappel, alors qu'il leur avait précédemment demandé le contraire. Ils le croiraient malade ou fou, car la vérité ne pouvait être dite, pas même à Wally

Bientôt le jeune homme se trouva déchiré entre deux sentiments opposés : autant la lettre de Kara-ji lui faisait souhaiter de rester à Ahmadabad, autant la dernière missive reçue de Wally lui donnait la nostalgie des Guides

Wally lui écrivait en effet que les Guides étaient de nouveau au combat et que Zarin avait été blessé, mais pas grièvement. La lettre contenait tous les détails concernant l'échauffourée où ils avaient combattu une bande de la tribu d'Utman Khel qui, deux ans auparavant, avait assassiné nombre de coolies travaillant à canaliser la rivière Swat. Wally chantait les louanges d'un certain capitaine Cavagnari, adjoint au Commissaire du Gouvernement. Ayant su que le chef et plusieurs membres de la bande vivaient dans un village appelé Sapri, à cinq milles en amont de Fort Abazai, Cavagnari avait envoyé au chef du village un message réclamant les coupables, ainsi qu'une forte somme destinée à assurer une pension aux familles des victimes.

Croyant leur village imprenable, les habitants de Sapri avaient répondu de façon insolente à ce message, à la suite de quoi Cavagnari avait décidé de les avoir par surprise. Sous le commandement de Wigram Battye, trois officiers des Guides, deux cent soixante-quatre *sowars* de la cavalerie, et une douzaine de cipayes d'infanterie — ces derniers montés sur des mulets — partirent de nuit pour Sapri, accompagnés par Cavagnari qui avait réussi à tenir l'opération secrète, deux des officiers en cause ayant joué au tennis presque jusqu'au dernier moment.

« Nous n'avons eu que sept blessés, écrivait Wally. Wigram a proposé Jaggat Singh et le Daffadar Tura Baz pour la Médaille du Mérite. Vous voyez donc que nous sommes loin d'avoir mené une existence oisive. Et vous, que faites-vous ? Dans vos lettres, vous n'arrêtez pas de me parler de ce cheval absolument sans égal que vous avez acheté, mais ne me dites pas grand-chose d'autre. Serait-ce qu'il ne se passe rien à Ahmadabad ? Wigram vous envoie ses salaams et Zarin dits. Avez-vous su la dernière de ce jeune imbécile de Rikki Smith, du 75e N.I. ? Vous aurez peine à le croire, mais... » Le reste de la lettre n'était plus que potins de garnison.

Ash replia la feuille en soupirant. C'était bon d'avoir des nouvelles du régiment, mais c'eût été encore meilleur de les entendre là-bas de vive voix après avoir regagné Mardan... à condition que ce ne fût pas trop tôt, pas avant que Gobind eût réussi à communiquer avec lui...

Mais les jours s'ajoutaient aux jours sans que rien n'arrivât de Bhitor. Que faisait donc Gobind ?

Ash s'en fut à la pharmacie Jobbling où il acheta un flacon de liniment pour le traitement d'une foulure imaginaire, et passa un long moment avec M. Pereiras, si bavard qu'il n'eût pas manqué de mentionner une commande de médicaments émanant d'un prince régnant, s'il en avait reçu une. Mais ce même soir, en rentrant tard au bungalow, Ash y trouva un Manilal exténué, venu enfin lui apporter des nouvelles de Bhitor.

Ces nouvelles n'étaient ni bonnes ni mauvaises, ce que concrétisait le fait que Manilal ait été autorisé à se rendre à Ahmadabad sans que Gobind osât néanmoins lui confier de lettre, par crainte d'une fouille.

— Fouille qui a effectivement eu lieu, dit Manilal avec un sourire, et qui a été très minutieuse !

Le message était donc verbal. Gobind faisait savoir que le Rana souffrait de furonculose, de troubles digestifs et de maux de tête, le tout dû pour une large part à une constipation chronique. Sa condition physique n'était pas brillante — ce qui n'avait rien d'étonnant vu son mode de vie — mais elle s'améliorait, car les remèdes étrangers se révélaient très efficaces. Quant aux Ranis, tout ce qu'il en avait entendu dire, c'est qu'elles se portaient bien.

Shushila attendait, paraît-il, avec impatience la naissance de son enfant, dont les devins, astrologues et sages-femmes s'accordaient à prédire que ce serait un garçon. Des préparatifs avaient déjà lieu pour fêter splendidement cet événement. Gobind avait été quelque peu inquiet néanmoins d'apprendre que ça n'était pas la première, mais la troisième grossesse de la Senior Rani. Il ne s'expliquait pas que Karidkote n'en eût jamais rien su, car on s'empresse toujours d'annoncer une naissance prochaine. Il était sûr en tout cas que Shushila avait fait deux fausses couches durant les premiers mois de son mariage. Cela pouvait être dû au choc et au chagrin, la première ayant coïncidé avec le décès de ses deux suivantes, et la seconde avec la chute mortelle de la fidèle *dai*, Geeta. De toute évidence, il devait y avoir quelque chose de louche dans ces morts, mais Gobind avait la certitude que la Senior Rani n'était ni malheureuse, ni mal traitée.

Car, chose extraordinaire, ce mariage qui avait si mal commencé pour Shushila se révélait une réussite : la petite Rani était tombée follement amoureuse de son peu séduisant mari, cependant que le Rana trouvait si agréable de se voir adorer par une jeune et belle épouse, qu'il en délaissait ses favorites. Et, pour complaire à Shushila, il avait chassé deux beaux garçons qui partageaient aussi sa couche !

La Junior Rani, elle, avait moins de chance. A la différence de sa sœur elle n'avait pas trouvé grâce aux yeux de son mari, lequel s'était même refusé à consommer le mariage, déclarant ouvertement ne pas vouloir risquer de procréer avec une épouse qui n'était pas de sa caste. Juli avait été reléguée dans une aile d'un petit palais situé hors de la ville mais, après un mois, elle était revenue au Rung Mahal sur les instances de la Senior Rani. Plus tard, elle avait quitté de nouveau le Zenana pour s'en aller cette fois au Palais de la Perle, d'où elle avait été rappelée après quelques mois. Depuis lors, elle demeurait au Rung Mahal, où elle vivait à l'écart dans ses appartements.

L'opinion de Gobind était que le Rana avait probablement l'intention de la répudier et la renvoyer à Karidkote dès que sa sœur, la Senior Rani, tiendrait moins à sa présence, ce qui serait sans doute le cas lorsque Shushila-Bai aurait des enfants pour l'occuper. Mais ce n'était qu'une conjecture car le Sahib devait comprendre qu'il était presque impossible — et extrêmement dangereux — pour quelqu'un dans la situation de Gobind de poser des questions indiscrètes concernant les Ranis de Bhitor, leur santé et leurs rapports avec le Rana. Il avait donc très bien pu se tromper sur ce point. En tout cas, si elle n'était épouse que de nom, la Junior Rani paraissait du moins être en bonne santé et ne courir aucun danger pour sa vie, ce que Gobind souhaitait pouvoir bientôt dire aussi de la Senior Rani.

Gobind faisait confiance au Sahib pour écrire aussitôt à Karidkote afin de rassurer le Rao Sahib. Actuellement, il ne semblait y avoir aucune raison de s'inquiéter. Sans la mort des suivantes et de la *dai,* Gobind aurait même avancé que tout allait bien à Bhitor, du moins en ce qui concernait les deux Ranis. Mais il ne cachait pas que ces décès lui paraissaient extrêmement bizarres. Quelque chose demeurait inexpliqué à cet égard...

— Que veut-il dire par là ? questionna Ash.

Manilal eut un haussement d'épaules :

— Il court quantité d'histoires à ce sujet... parmi lesquelles il n'en est pas deux qui concordent, ce qui est étrange. Étant moi aussi un étranger, je n'ai pu poser de questions ni manifester trop de curiosité, me bornant à écouter. Mais il n'est guère difficile d'orienter une conversation sans en avoir l'air, lorsqu'on est avec les serviteurs du palais ou que l'on se promène dans les marchés. De temps à autre, je laissais tomber une petite phrase qui, telle une pierre dans une mare, provoquait des ronds de plus en plus grands. Si ces femmes étaient vraiment mortes d'une mauvaise fièvre, pourquoi continuait-on d'en parler... alors que cela arrivait si souvent ? Or ces trois morts n'ont pas été oubliées et l'on continue d'y faire allusion à voix basse, disant les uns que ces femmes sont mortes de ceci, les autres de cela.. personne ne sachant apparemment à quoi s'en tenir.

— Et que dit-on à propos de la troisième, la *dai* Geeta ? s'enquit Ash qui se souvenait de la vieille femme avec reconnaissance.

— On raconte qu'elle est morte accidentellement en tombant dans un escalier, ou bien d'une fenêtre, ou encore d'une terrasse du Palais de la Reine... Là encore les histoires diffèrent complètement. Certains chuchotent qu'elle a été poussée, d'autres qu'elle avait été étranglée, empoisonnée, assommée... Bref, qu'elle était déjà morte lorsqu'on l'a jetée dans le vide pour faire croire à un accident. Toutefois personne n'est capable d'imaginer pour quelle raison cela aurait été fait, ni par qui, ni sur ordre de qui. Il ne s'agit donc peut-être que de rumeurs suscitées par des amateurs de scandales ou ces gens qui veulent toujours donner l'impression d'en savoir plus que les autres... Mais il n'en reste pas moins étrange que l'on continue de jaser, alors que les suivantes sont mortes depuis quelque dix-huit mois et la *dai* depuis près d'un an.

Telles étaient donc les nouvelles de Bhitor. A part la mort de la vieille Geeta, elles étaient meilleures que Ash ne s'y attendait. Mais Manilal craignait de n'avoir pas la permission de venir une seconde fois à Ahmadabad...

Les hommes qui l'avaient fouillé au passage, n'avaient trouvé sur lui que deux flacons pharmaceutiques vides et de l'argent. Mais ils l'avaient harcelé de questions touchant les messages dont son maître l'avait chargé. A quoi il avait constamment répondu, tel un perroquet : « Il me faut six flacons comme le grand, et deux comme le petit ; l'argent est pour les payer. » Il ajoutait avoir l'intention d'acheter aussi quelques poules pour son compte, car le Rao-Sahib aimait beaucoup les œufs ; peut-être aussi des melons et un certain gâteau que l'on ne trouvait pas...

Quand on lui avait tordu les bras en exigeant qu'il dise les autres commissions dont le Hakim l'avait chargé, Manilal s'était mis à pleurer — ce qu'il savait très bien faire — en demandant *quelles* autres commissions ? Son maître lui avait dit de porter ces flacons au *dewai dukan* d'Ahmadabad pour qu'on lui en donne cinq comme... ou était-ce *trois ?* Oh ! voilà qu'ils lui avaient embrouillé les idées avec leurs questions et le Hakim ne serait pas content...

A la fin, ils l'avaient laissé partir, convaincus qu'il était trop bête pour se rappeler plus d'une chose à la fois.

— Comme le Hakim a bien soigné le Rana, je crois que celui-ci ne se méfie plus de lui. Quand mon maître a dit avoir besoin de m'envoyer chercher une nouvelle provision d'un certain *Angrezi dewai,* le Rana voulait que j'en rapporte cinquante bouteilles, mais mon maître a dit que le médicament s'abîmait si on le gardait trop longtemps. Même huit flacons, ça risque de durer un bon moment. Alors mon maître a fait ce que le Sahib lui avait suggéré et il m'a chargé d'acheter à l'ami du Sahib deux pigeons que je ramènerai avec moi.

Il s'agissait d'un des nombreux plans élaborés lors de la brève visite de Gobind. Sarji possédait des pigeons voyageurs et Ash avait conseillé à Gobind de lui en demander un ou deux pour emmener à Bhitor.

Gobind s'y était refusé, disant que c'eût été courir un trop gros risque. Mais il avait retenu l'idée, décidant que, à Bhitor, il manifesterait beaucoup d'intérêt pour les oiseaux et en aurait tout un assortiment, y compris des pigeons, lesquels sont toujours nombreux dans n'importe quelle ville indienne.

Lorsque les gens de Bhitor seraient habitués à voir le Hakim nourrir des perroquets, mettre des colombes à couver, etc., Gobind s'arrangerait pour se procurer clandestinement deux des pigeons voyageurs de Sarji. Il ne restait donc qu'à les acheter. La chose ne paraissait plus tellement nécessaire à Ash, mais puisque Gobind le lui demandait, il s'en fut discrètement acheter les deux pigeons qu'il ramena dans une petite cage. Il avait demandé à Sarji de garder la transaction secrète, tout en s'arrangeant pour ne pas lui dire la vérité. Manilal repartit le lendemain matin avec une demi-douzaine de flacons de l'Élixir Potter pour la digestion et deux d'huile de ricin, un assortiment de fruits et de confiserie, ainsi qu'une grande panière d'osier qui, à l'inspection, se révélerait contenir trois poules et un coq. Qu'il s'y trouvât aussi deux pigeons demeurerait ignoré, grâce à un double fond astucieusement ménagé et la bruyante présence des volailles.

37

Juli était en bonne santé et « n'avait pas trouvé grâce aux yeux de son mari ».

Ces quelques paroles avaient procuré un immense soulagement à Ash, dissipant d'un coup toutes les horreurs qu'il imaginait. Et peut-être que Gobind avait raison : lorsque l'enfant serait né, Shushila s'accrocherait moins à sa sœur, ce qui permettrait au Rana de renvoyer celle-ci à Karidkote après l'avoir répudiée. Juli serait alors libre... libre de se remarier...

A présent, Ash sentait qu'il pourrait attendre sans impatience, car l'avenir s'emplissait soudain d'espoir, lui donnant de nouveau une raison de vivre.

— Pandy pète le feu depuis quelques jours ! disait un lieutenant au major de la garnison, une semaine plus tard, comme il voyait par la fenêtre Ash arriver en sifflotant et se mettre lestement en selle. Lui qui était tellement bonnet de nuit !

— Quelqu'un lui a peut-être légué une fortune, suggéra le major en pliant la *Gazette du Bengale* qu'il était en train de lire.

— Eh bien, non, car je lui ai justement posé la question, avoua ingénument le lieutenant.

— Et qu'a-t-il dit ? s'informa l'autre, intéressé.

— Il m'a répondu qu'on lui avait donné beaucoup mieux qu'une fortune : un avenir. Façon de me dire, je suppose, « Occupez-vous de vos oignons. »

Mais le major manifesta un certain émoi en entendant cela :

— Je n'en suis pas si sûr ! J'ai plutôt l'impression qu'il a eu vent de quelque chose, encore que je me demande bien de quelle façon. Voilà seulement une heure que nous en sommes informés, et je sais que le Commandant n'en a encore rien dit.

— Rien dit de quoi ?

— Ma foi, puisque Pandy est déjà visiblement au courant, je ne vois aucune raison de vous cacher la chose. Il va regagner son régiment. Un ordre à cet effet est arrivé par le *dâk* de ce matin. Mais je suppose que quelqu'un de 'Pindi lui avait annoncé la nouvelle par avance, ce qui explique son changement d'humeur.

Le major se trompait. Si bien que, lorsque Ash l'apprit enfin, tout le mess et bon nombre des sous-officiers connaissaient déjà la nouvelle. Quinze jours auparavant, elle l'eût plongé dans la consternation, mais maintenant il n'avait plus aucune pressante raison de souhaiter rester là. Et que cette nouvelle tant attendue arrivât précisément à ce moment, lui parut de bon augure et un signe que la chance lui souriait de nouveau.

Comme pour confirmer cette impression, l'ordre reçu disait que le lieutenant Pelham-Martyn devait, avant de rejoindre son régiment, prendre les jours de congé lui restant dus. Cela signifiait qu'il pouvait demander une permission d'au moins trois mois si ça lui chantait car, mis à part un week-end ou deux, Ash n'en avait pris aucune depuis l'été 76 où il s'était rendu au Cachemire en compagnie de Wally.

— Quand comptez-vous nous quitter, Pandy? s'informa le major comme Ash ressortait de chez le colonel.

— Dès que ça ne présentera pas d'inconvénient, répondit aussitôt Ash.

— Alors vous pouvez partir quand vous voudrez, lui assura le major avant d'ajouter : Mais n'en ayez pas l'air si joyeux, de grâce!

Ash rit et dit :

— J'ai l'air joyeux? Ce n'est pas que je me réjouis tellement de partir, car j'ai connu ici de bons moments mais... Enfin, c'est quand même un peu comme si j'avais été exilé pendant quatre ans Maintenant je m'en vais retrouver mon régiment, mes amis, mon petit monde et, bien sûr, ça me fait grand plaisir. Mais je conserverai un très bon souvenir des chefs et des camarades que j'ai eus ici

— Oui, je crois que j'éprouverais les mêmes sentiments si j'étais à votre place. C'est drôle comme on finit par s'attacher à son petit monde... Vous ne voudriez pas vendre votre cheval, par hasard?

— Dagobaz? Il n'y a pas de risque!

— C'est bien ce que je craignais. Même si nous n'avons pas exactement le cœur brisé de vous voir partir, nous allons regretter ce diable noir, Pandy. Il aurait gagné toutes les courses auxquelles vous auriez participé la saison prochaine, et nous aurions plumé les bookmakers de la région!

Ash avait espéré partir au bout d'un jour ou deux, mais le transport de Dagobaz présentait des complications vu les nombreux changements de trains qu'il devait effectuer, les différentes lignes n'ayant pas le même écartement de rails. Sur les conseils du chef de gare d'Ahmadabad, Ash décida d'attendre que toutes les réservations eussent été faites. Rien ne le pressait, et ce délai d'une semaine au moins lui donnerait plus de temps pour vendre le reste de son écurie.

Ce même soir, Ash écrivit plusieurs lettres avant de se coucher. Une longue à Wally, pleine de suggestions et de détails concernant leur permission ; une courte à Zarin, afin qu'il fasse savoir à Koda Dad son espoir d'aller le voir avant longtemps, une autre enfin à Mahdoo pour lui annoncer la bonne nouvelle, tout en lui expliquant qu'il n'aurait pas besoin de rallier Mardan avant deux à trois mois. Gul Baz, qui allait aussi partir en permission, passerait le chercher lorsque le moment serait venu.

Quelques jours plus tard, arriva un télégramme de Wally disant : *Impossible prendre perme avant fin mai suite circonstances imprévues. Pourrais vous rejoindre Lahore le trente.*

Étant donné les difficultés rencontrées pour le transport de Dagobaz, cette nouvelle n'était pas aussi décevante qu'elle aurait pu l'être. Ash allait devoir différer son départ de quelques semaines encore... ou bien alors partir dès que possible pour se rendre directement à Mardan, d'où il pourrait gagner en un jour le village de Koda Dad, auprès de qui il attendrait la fin de mai et la permission de Wally.

C'était assez tentant mais, à la réflexion, Ash ne donna pas suite à ce projet. En effet, étant donné la raison qui lui avait valu ces quatre années d'exil, c'eût été manquer sérieusement de diplomatie que de fêter son retour en commençant par aller passer le début de sa permission du mauvais côté de la Frontière. Et puis cela l'eût obligé à voyager beaucoup plus, vu que Lahore devait être le point de départ de sa grande randonnée en compagnie de Wally.

Sa décision fut donc bien pesée, mais elle devait se révéler beaucoup plus importante qu'il ne l'imaginait, ce dont il ne s'avisa que plus tard, en y repensant. S'il avait choisi de partir dès que possible pour le Pendjab, il n'aurait pas reçu le message de Gobind et, ne l'ayant pas reçu... Mais un des pigeons que Manilal avait emportés à Bhitor revint à Ahmadabad.

L'ayant vu regagner le pigeonnier, Sarji envoya aussitôt un serviteur porter au bungalow de Ash une enveloppe cachetée contenant le papier qui était fixé à la patte du pigeon.

Le message était bref : Shushila avait donné naissance à une fille ; la mère et l'enfant se portaient bien. C'était tout. Mais, en relisant ces quelques mots, Ash eut un brusque serrement de cœur. Une fille... une fille au lieu du fils tant désiré... Une fille réussirait-elle à occuper le cœur et l'esprit de Shushila, comme l'eût fait un garçon ?

Suffisamment pour qu'elle estime n'avoir plus besoin de Juli et consente à la laisser partir ?

Ash essaya de se rassurer en pensant que, fille ou garçon, le bébé était le premier enfant de Shushila. S'il tenait d'elle, il serait si beau que, surmontant sa déception première de n'avoir pas eu un fils, Shushila ne pourrait s'empêcher de l'aimer tendrement. Mais un petit doute subsista, qui suffit à gâter les jours et les nuits que Ash passa ensuite dans la forêt de Gir.

Après avoir chassé pendant près d'une semaine, Ash avait regagné Ahmadabad et dans la rue il croisa une *ekka,* qui l'avait dépassé, lorsqu'il s'avisa soudain qu'il connaissait un des occupants.

— Bert ! cria-t-il. Commandant Stiggins... Arrêtez !

L'*ekka* s'immobilisa et Ash la rejoignit en courant. Qu'est-ce que le commandant Stiggins faisait donc à Ahmadabad ? Pourquoi ne lui avait-il pas envoyé un mot pour lui annoncer sa venue ?

— Parce que je n'ai su qu'à la toute dernière minute devoir venir ici pour y voir quelqu'un, expliqua Stiggins. Il me faut regagner mon vieux *Morala* car nous embarquons demain un chargement de coton à destination du Kutch.

— Oh ! Bert, restez donc un jour avec moi ! le pressa Ash. Le coton peut sûrement attendre un peu ? S'il y avait du brouillard, ou une tempête, vous ne pourriez pas lever l'ancre ? Alors ! Bon sang, c'est peut-être la dernière fois que je vous vois !

— C'est possible, mais la vie est ainsi. Non, mon garçon, je ne peux absolument pas m'attarder. Mais j'ai une meilleure idée. Puisque vous êtes en permission, pourquoi ne seriez-vous pas du voyage ? Je vous ramène au port mardi prochain, parole de marin !

Ash s'empressa d'accepter et il passa les jours suivants à bord du *Morala* comme invité du commandant, se prélassant sur le pont à l'ombre des voiles, pêchant le requin et le barracuda, ou écoutant Stiggins égrener des souvenirs.

Ce fut un interlude aussi agréable que reposant, et lorsque le Commandant annonça que, dans quelques semaines, le *Morala* cinglerait vers la côte du Baluchistan, en suggérant que Ash et Gul Baz viennent à mi-chemin, afin d'embarquer à Kati, Ash fut bien près d'accepter. Mais il lui fallait penser à Wally... et aussi à Dagobaz. Le *Morala* n'était pas aménagé pour transporter un cheval dans sa cale et, sur le pont, il eût suffi d'un peu de houle pour que Dagobaz ait le mal de mer. Ash fut donc obligé de décliner cette amicale proposition et le fit avec d'autant plus de regret qu'il lui paraissait improbable de revoir ce Bert Stiggins qu'il avait eu tant de plaisir à connaître.

— Il me manquera autant que Sarji, pensa le jeune homme.

Mais il aurait Wally qui l'attendrait à Lahore, et Zarin à Mardan avec Koda Dad à une journée de cheval. Le vieux Mahdoo serait aussi arrivé à Mardan avant lui afin de l'y accueillir, heureux de se retrouver dans un environnement familier. C'était une si réjouissante perspective que Ash brûlait maintenant de se mettre en route.

Il ne devait jamais revoir Mahdoo. La lettre qu'il lui avait écrite pour annoncer son retour à Mardan arriva trop tard, car le vieil homme était mort dans son sommeil moins de vingt-quatre heures avant qu'elle ne parvienne à destination. Et lorsqu'on l'apporta, il était déjà enterré. Sa famille, qui n'entendait rien au télégraphe, annonça le décès dans une lettre adressée au jeune Kadera, si bien que Ash l'apprit par Gul Baz dès son retour au bungalow.

— Grande perte pour nous tous, lui dit Gul Baz, que la disparition de cet homme de bien. Mais il était arrivé au bout de ses ans et sa récompense est certaine, car sa vie a été toute de bonté. Alors, il ne faut pas le pleurer, Sahib.

Mais Ash pleura Mahdoo, cet homme qui avait toujours fait partie de son existence depuis que, tout enfant, il avait été confié aux soins du colonel Anderson. Quand Ala Yar était mort, Mahdoo était demeuré à son poste. A présent, lui aussi s'en était allé, et Ash ne pouvait endurer l'idée qu'il ne reverrait jamais plus ce bon visage ridé. Le coup lui semblait d'autant plus rude qu'il survenait à un moment où l'avenir s'éclairait et juste après ce si paisible voyage à bord du *Morala.*

Ash avait beau se livrer à d'épuisantes chevauchées, il ne réussissait plus à bien dormir ; lorsque Gul Baz arrivait le matin pour l'éveiller, avec le plateau du thé, il le trouvait dans la galerie, le regard perdu dans le vague. Et il lui suffisait de voir le visage hagard, aux traits creusés, pour comprendre que le Sahib avait de nouveau passé une nuit blanche.

— Il ne faut pas te rendre malheureux comme cela, lui reprocha Gul Baz, car il est écrit dans le Livre que « tous ceux qui vivent sur la terre sont appelés à mourir ». Alors, avoir du chagrin c'est mettre en doute la sagesse de Dieu qui, dans Sa bonté, a permis que Mahdoo vive paisiblement jusqu'à un âge avancé, avant de le rappeler auprès de Lui. Tu devrais au contraire te réjouir de le savoir maintenant au paradis. Bientôt, tu vas être de nouveau à Mardan, au milieu de tous tes amis. Je vais retourner à la gare pour savoir où ils en sont Ici, tout est prêt et nous pouvons partir du jour au lendemain.

Finalement Ash décida d'aller lui-même à la gare, où il apprit la bonne nouvelle que toutes les réservations nécessaires avaient été faites, mais pour le jeudi suivant, ce qui l'obligeait à rester encore près d'une semaine à Ahmadabad.

La perspective de s'éterniser ainsi au milieu de tous les bagages ficelés étant fort déprimante, Ash se dit qu'il demanderait à Sarji s'il pouvait passer une partie de son temps avec lui. Or, en regagnant le bungalow, il y trouva précisément son ami l'attendant dans la galerie, confortablement étendu sur l'une des chaises longues en osier.

— J'ai du nouveau pour toi, annonça Sarji en élevant languissamment la main. Un pigeon est arrivé ce matin et, comme j'avais à faire en ville, je t'ai apporté moi-même le message.

Ash déroula vivement le bout de papier qu'il lui tendait. Dès les premières lignes, il eut un afflux de joie : *Le Rana est mortellement malade et n'en a plus que pour quelques jours,* écrivait Gobind.

« Quelques jours ! » pensa Ash, qui sourit sans en avoir conscience. « Alors il est peut-être déjà mort. Elle est veuve... elle est libre ! » Il n'éprouvait aucune sympathie pour le Rana, non plus que pour Shu-shu qui, à en croire la rumeur publique, était tombée amoureuse de son mari. Il n'avait en tête que Juli et lui-même...

Mais quand il poursuivit sa lecture, l'éclat du soleil se voila brusquement :

« Or je viens d'apprendre que, à sa mort, ses épouses deviendront des satî, en se faisant brûler avec lui selon la tradition, car ici on ne tient aucun compte des lois édictées par le Vice-Roi. Si vous n'intervenez pas la chose aura lieu à coup sûr. Je vais tout mettre en œuvre pour le garder vivant le plus longtemps possible. Mais ça ne saurait nous mener bien loin. Aussi prévenez les autorités afin qu'elles agissent de toute urgence. Manilal va partir sur l'heure pour Ahmadabad. Envoyez-moi d'autres pigeons et... »

Ash ne distinguait plus les lignes et ce fut à tâtons qu'il se laissa tomber sur le plus proche siège en haletant :

— Non... non... C'est impossible... Ils ne feront pas une chose pareille !

L'horreur du ton sur lequel il prononça ces paroles arracha Sarji à sa nonchalance :

— Qu'y a-t-il ? Des mauvaises nouvelles ? De quoi s'agit-il ?

— *Saha-gamana,* balbutia Ash sans tourner la tête. Suttee... Le Rana est mourant et, quand il sera mort, ils veulent que ses femmes soient brûlées avec lui Il me faut absolument voir le Haut-Commissaire... le colonel... Je...

— Ah, *chut !* fit Sarji avec impatience. Ne te rends pas malade comme ça. Ils ne le feront pas. C'est défendu par la loi.

Ash lui jeta un regard furieux en se mettant debout :

— Tu ne connais ni Bhitor ni le Rana !

Il dévala les marches de la galerie en appelant Kulu Ram pour qu'il lui ramène Dagobaz.

Un moment plus tard, il était de nouveau en selle et galopait en soulevant un nuage de poussière, laissant derrière lui Sarji, Gul Baz et Kulu Ram complètement abasourdis.

38

— J'ai l'impression que vous avez momentanément perdu l'esprit, dit le colonel Pomfret d'un ton sévère. Il est évident que je ne puis envoyer aucun de mes hommes à Bhitor. Ces choses-là regardent les autorités civiles ou la police, pas l'armée. Mais je vous conseille de ne pas aller les trouver de façon aussi impétueuse, à propos d'une rumeur qu'aucune personne raisonnable ne prendrait au sérieux. Et d'ailleurs, que faites-vous ici ? Je vous croyais en permission. N'êtes-vous pas encore arrivé à obtenir vos réservations ?

— Si, mon colonel. Je les ai pour jeudi prochain. Mais...

— Mmmm... Je ne vous aurais pas accordé de permission si j'avais su que vous resteriez à traîner ici. Bon... Si vous avez dit tout ce que vous vouliez dire, je vous serai obligé de vous retirer. J'ai à travailler.

Ash s'en fut et, en dépit du conseil donné par le colonel, alla trouver le Haut-Commissaire. Lequel se révéla partager entièrement l'opinion du colonel, particulièrement à l'endroit de jeunes officiers qui, venus le déranger à midi et s'étant entendu dire de revenir plus tard dans la journée ou bien le lendemain, faisaient irruption dans son bureau pour lui demander d'intervenir immédiatement à propos d'une histoire sans queue ni tête.

— Si vous connaissiez ces gens comme je les connais, lieutenant, vous comprendriez que votre ami... Guptar, Gobind ou je ne sais quoi... vous fait marcher, ou bien qu'il est vraiment par trop crédule. Je puis vous assurer que personne désormais n'oserait se prêter à un *suttee*, et il est clair que votre ami est victime d'une mauvaise plaisanterie. Permettez-moi de vous rappeler que nous sommes en 1878 ; cela fait donc plus de quarante ans que la loi contre le *suttee* est entrée en vigueur. Ce n'est pas aujourd'hui que l'on va se risquer à la transgresser !

— Mais vous ne connaissez pas Bhitor ! s'exclama Ash, comme il l'avait fait avec Sarji et le colonel Pomfret. Bhitor n'appartient pas à notre époque. A supposer même qu'ils aient entendu parler d'un vice-roi britannique, ils doivent estimer qu'il n'a rien à voir chez eux.

— Et à supposer même que j'accorde la moindre créance à vos dires, rétorqua le Haut-Commissaire, Bhitor ne relève pas de ma juridiction. Alors, de toute façon, je ne pourrais aucunement vous aider. Votre informateur eût été mieux avisé de prendre contact avec le Conseiller politique qui a la responsabilité de cette partie du Rajputana.

— Mais, monsieur, je vous ai expliqué qu'il ne peut envoyer aucun message de Bhitor, où il n'y a ni poste ni télégraphe. On laisse son serviteur venir pour acheter des médicaments, mais on ne lui permettrait pas d'aller ailleurs. Si vous vouliez seulement envoyer un télégramme au Conseiller poli...

— Pas question ! coupa le Haut-Commissaire en se mettant debout pour signifier que l'entretien était terminé. J'ai toujours eu pour principe de ne jamais intervenir dans l'administration d'autres provinces, pas plus que de donner des instructions à ceux qui en ont la charge et qui sont, je vous prie de le croire, très compétents pour régler leurs propres affaires. Sur ce, si vous voulez bien m'excuser..

En partant, Ash eut conscience qu'il venait de perdre près de deux heures, et qu'il aurait mieux fait de commencer par envoyer un télégramme avant de parler à qui que ce fût.

Le bureau du télégraphe était fermé pour le déjeuner et la sieste, mais Ash dénicha un employé qu'il força à envoyer quatre télégrammes urgents : un à Kara-ji, un autre à Jhoti, le troisième à ce même Conseiller politique qui s'était révélé si peu coopératif dans l'affaire des contrats de mariage, et le dernier enfin — pour le cas où le Conseiller politique ne se serait pas amélioré entre-temps — au Délégué du Gouverneur général pour le Rajputana, à Ajmer... ce qui lui parut sur l'instant une excellente idée, mais devait se révéler désastreux par la suite parce que Ash n'avait pas pris la peine de demander qui était actuellement ce D.G.G.

Alarmé par le contenu des télégrammes, l'employé eurasien avait protesté que les messages de ce genre devaient être expédiés en code ou pas du tout.

— Comprenez donc, monsieur, que les télégrammes n'ont rien de secret ! Ils sont envoyés d'un *tar-khana* à l'autre, où n'importe qui peut en prendre connaissance et faire ensuite des commérages à leur sujet.

— Eh bien, j'en serai ravi ! lui répondit Ash. Plus on en parlera, mieux ce sera.

— Mais, monsieur, pensez au scandale possible ! Imaginez que ce Rana-Sahib ne meure pas ? Vous aurez des tas d'ennuis pour être intervenu de la sorte, et moi aussi pour avoir transmis vos accusations. Je risque d'y perdre ma place !

Il avait fallu un quart d'heure et cinquante roupies pour vaincre les réticences de l'employé. Les télégrammes partis, Ash était allé trouver M. Pettigrew, le surintendant de la police, dans l'espoir — bien faible à présent — que la police se révélerait plus compréhensive que l'administration civile ou militaire.

M. Pettigrew se montra nettement moins sceptique que le Haut-Commissaire ou le colonel Pomfret, mais objecta lui aussi que cela concernait les autorités du Rajputana, lesquelles devaient certainement être beaucoup mieux informées de ces choses que le lieutenant Pelham-Martyn ne semblait le penser. Il promit néanmoins d'envoyer un télégramme personnel à son collègue d'Ajmer, un nommé Carnaby, qui se trouvait être de ses amis.

— Un télégramme n'ayant rien d'officiel, bien entendu, car je ne peux me permettre de courir de tels risques. D'autant, je vous l'avoue, que je ne prends pas très au sérieux ce message expédié par pigeon voyageur. Vous apprendrez probablement qu'il s'agissait d'une rumeur sans fondement. Mais, pour le cas où cela reposerait vraiment sur quelque chose, il n'y a pas de mal à en toucher officieusement deux mots à Carnaby. C'est un homme très sérieux et vous pouvez être certain que si quelque chose doit être fait, il le fera.

Ash remercia M. Pettigrew avec beaucoup de chaleur et s'en alla un peu plus rassuré. C'était réconfortant de voir enfin quelqu'un ne pas tenir pour pure sottise le message de Gobind et se montrer disposé à faire quelque chose, fût-ce à titre officieux.

Mais le nommé Carnaby était parti en congé trois jours avant que le télégramme ne lui fût envoyé. Et comme M. Pettigrew ne voulait absolument pas avoir l'air de se mêler des affaires de son collègue, l'information contenue dans le télégramme était présentée d'une façon tellement amicale et détachée qu'elle ne donnait aucun sentiment d'urgence. Aussi le remplaçant momentané de Carnaby ne jugea-t-il pas nécessaire de le lui faire suivre, et l'envoya rejoindre dans un tiroir le courrier en attente.

Les télégrammes expédiés par Ash n'eurent pas plus d'effet. Avec l'approbation de Kara-ji, Jhoti télégraphia personnellement au Délégué du Gouverneur général pour le Rajputana, lequel, à son tour, télégraphia au Résident britannique, dont la réponse ne se fit pas attendre. Il était connu, disait ce message, que la santé du Rana laissait à désirer, mais c'était la première fois qu'on envisageait son décès; aussi le Résident avait-il tout lieu de penser qu'il s'agissait d'une information tendancieuse. Il convenait de l'accueillir avec d'autant plus de réserve que l'officier en question passait pour avoir non seulement trop d'influence sur le jeune Maharajah, mais aussi une réputation d'excentricité doublée d'indiscipline.

Comme ce télégramme précéda de peu a Ajmer une lettre du Conseiller politique allant dans le même sens, les avertissements de Ash n'avaient plus la moindre chance d'être pris au sérieux. D'autant que, par un malencontreux hasard, le nouveau Délégué du Gouverneur général — il avait pris ses fonctions quelques semaines auparavant — n'était autre que Ambrose Podmore-Smyth — à présent, Sir Ambrose — qui, six ans plus tôt, avait épousé Belinda Harlowe. Or tout ce qu'il avait entendu raconter sur Ash par Belinda, son père, et les membres du Peshawar Club, lui avait inspiré à l'égard de l'ancien soupirant de sa femme une antipathie que les ans n'avaient en rien atténuée.

Sir Ambrose fut désagréablement surpris de recevoir d'Ahmadabad un télégramme en clair, contenant de surprenantes allégations et signé Pelham-Martyn.

Il ne put tout d'abord croire que ce fût le même Pelham-Martyn. Toutefois, comme le nom était peu courant, il chargea son secrétaire de vérifier la chose et aussi de faire tenir une copie de ce télégramme au Conseiller politique dans le secteur duquel Bhitor se trouvait inclus, en lui demandant son sentiment personnel. Après quoi, conscient d'avoir fait son devoir, il rejoignit sa femme au salon pour y prendre l'apéritif, et mentionna cette similitude de noms.

— Vous voulez parler de *Ashton?* s'exclama Belinda (une Belinda que, hélas! Ash aurait eu peine à reconnaître). Il a donc fini par revenir sain et sauf? Je ne l'aurais jamais cru. Ni moi ni personne, d'ailleurs! Papa disait que c'était un bon débarras. Mais j'ai toujours pensé que Ash n'était pas un mauvais garçon, — en dépit de ses extravagances et de son emportement. Et le voilà qui reparaît après tout ce temps!

— Rien ne prouve qu'il s'agisse du même homme, rétorqua sèchement Sir Ambrose. Ça peut très bien n'être qu'un parent... ou, beaucoup plus probablement, un simple cas d'homonymie...

— Allons donc! l'interrompit sa femme. Ce ne peut être que Ashton. Il avait le don de se mêler de choses qui ne le concernaient pas, et il était aussi toujours à frayer avec des indigènes. Alors, c'est sûrement lui. Je me demande ce qu'il peut bien faire là-bas... Pensez-vous qu'il soit encore...

Sans achever sa phrase, se laissant aller contre le dossier de son fauteuil, Belinda considéra d'un œil critique son seigneur et maître.

Ni les ans ni le climat des Indes n'avaient été tendres pour Sir Ambrose. De l'homme « enveloppé » et content de soi, ils avaient fait un obèse, chauve et insupportablement pompeux. Détaillant ses favoris gris et son triple menton, Belinda se surprit à se demander si tout cela en avait vraiment valu la peine. Elle était Lady Podmore-Smyth, la femme d'un homme assez riche et important, mère de deux enfants (des filles, hélas, mais ça n'était pas sa faute, encore qu'Ambrose parût penser différemment) et cependant elle ne se sentait pas heureuse.

Être l'épouse d'un Résident s'était révélé beaucoup moins amusant que Belinda ne l'avait imaginé. L'ambiance joyeuse des villes où un régiment britannique était cantonné lui manquait beaucoup et elle trouvait extrêmement désagréable de mettre des enfants au monde. Quant à son mari, il l'ennuyait mortellement.

— Je me demande quel air il a maintenant? dit-elle, comme pensant à voix haute. Il était très beau à l'époque... et follement amoureux de moi!

Elle ne se rendait pas compte que les années écoulées avaient été encore plus cruelles pour elle que pour son mari. Elle n'était plus la fille exquisement mince qui, à Peshawar, traînait tous les cœurs après soi, mais une épaisse matrone d'un blond fade, à l'expression revêche et la langue acérée.

— Bien entendu, c'est pour cela qu'il avait déserté... A cause de moi... Il était parti afin de trouver la mort ou l'oubli... Pauvre Ashton... J'ai souvent pensé que si j'avais été seulement un tout petit peu plus gentille avec lui...

— Allons donc! fit Sir Ambrose. Je serais très étonné que vous ayez pensé une seule fois à lui avant aujourd'hui. Quant à dire qu'il était follement amoureux de vous... Non, Belinda, il n'y a pas de quoi en faire une scène... Je regrette de vous avoir parlé de ce garçon... J'aurais dû me douter que... Mais je ne *crie* pas, c'est vous!

Il quitta la pièce en claquant la porte, et ne se sentit pas de meilleure humeur lorsque son secrétaire lui confirma que l'auteur de cet impertinent télégramme était bien le même Ashton Pelham-Martyn qui avait naguère courtisé sa femme. Les choses ne s'améliorèrent pas quand il reçut la réponse du Conseiller politique touchant le contenu du télégramme.

Les messages de Ash avaient un effet de boomerang car le major Spiller, le Conseiller politique, n'avait pas oublié la fameuse lettre que Pelham-Martyn lui avait envoyée de Bhitor deux ans auparavant.

Après avoir commencé par dire qu'il avait reçu un télégramme similaire et ayant la même origine, Spiller déclarait connaître déjà ce lieutenant Pelham-Martyn qui, quelques années plus tôt, par ses inconséquences, aurait provoqué une rupture des relations entre le gouvernement des Indes et l'État de Bhitor si lui, Spiller, n'était pas intervenu avec fermeté. Et voilà que, pour des raisons connues de lui seul, ce trublion recommençait. On ne pouvait accorder le moindre crédit à ce qu'il racontait ; d'ailleurs, les gens ayant pour mission de se tenir informés de ce qui se passait à Bhitor lui avaient assuré que le Rana souffrait simplement d'un accès de malaria, comme cela lui arrivait périodiquement depuis quelques années, et qu'il ne risquait aucunement d'en mourir. Il serait bon que ses supérieurs donnent une sérieuse admonestation au lieutenant Pelham-Martyn, afin de le décourager de se mêler de choses qui ne le regardent pas. Il était d'autant moins excusable que...

Sir Ambrose ne lut pas plus avant, puisque l'opinion du major rejoignait la sienne. Il jeta toute cette correspondance au panier et dicta une réponse pleine de diplomatie pour Son Altesse le Maharajah de Karidkote, lui assurant qu'il n'y avait pas lieu de s'inquiéter Après quoi, il adressa au G.Q.G. de l'Armée une lettre glaciale, où il se plaignait des « activités subversives » du lieutenant Pelham-Martyn et suggérait qu'on enquêtât afin de voir s'il n'y avait pas lieu de l'expulser des Indes.

A peu près au même moment, Ash accueillait un voyageur exténué et couvert de poussière, qui arrivait de Bhitor.

Manilal était parti pour Ahmadabad moins de vingt minutes après que Gobind eut lâché le second pigeon. Mais alors que le pigeon avait rallié Ahmadabad en quelques heures, il avait fallu près d'une semaine à Manilal pour arriver à destination, car il avait dû ménager son cheval qui s'était froissé un tendon.

— Quelles sont les nouvelles ? lui demanda tout de suite Ash qui l'attendait depuis trois jours, en proie à une inquiétude d'autant plus grande que le surintendant de la police n'avait reçu aucune réponse de son ami d'Ajmer. Quant à ses propres télégrammes, le jeune homme n'avait jamais eu l'optimisme de penser qu'on se donnerait la peine d'y répondre.

— Tout ce que je peux dire, croassa Manilal dont la gorge était desséchée par la poussière, c'est qu'il était encore vivant lorsque je suis parti. Mais depuis lors, qui peut savoir ? Le Sahib a-t-il prévenu le Gouvernement et Karidkote ?

— Oui, bien sûr. Dans les quelques heures qui ont suivi l'arrivée du pigeon, j'ai fait tout ce qui était en mon pouvoir.

— Alors, le Sahib me permet-il de boire, manger et peut-être aussi me reposer un peu avant que nous poursuivions cette conversation ?

Manilal dormit le reste de la journée pour ne réapparaître qu'après le coucher du soleil, les yeux encore lourds de sommeil Assis dans la galerie avec Ash, il lui raconta tout ce que Gobind n'avait pu confier au pigeon voyageur. Les médecins du palais continuaient à dire que le Rana pouvait se rétablir, qu'il souffrait seulement d'une sévère crise de malaria, ce qui lui arrivait depuis déjà un certain nombre d'années. D'après Gobind, c'était bien plus grave et sans espoir. Tout ce qu'on pouvait faire, c'était calmer la douleur en souhaitant que cela le prolonge suffisamment longtemps pour que le Gouverneur envoie quelqu'un veiller à ce que, au moment du décès, il n'y ait qu'un corps sur le bûcher et non trois.

Gobind, en usant de moyens détournés, avait réussi à entrer en contact avec la Junior Rani par l'intermédiaire d'une servante, dont la famille était sensible à l'argent et qu'on disait très attachée à Kairi-Bai. C'est ainsi que plusieurs messages avaient atteint secrètement le Zenana ; à deux ou trois d'entre eux, il avait été répondu, mais de façon très brève. Gobind avait su seulement que la Junior Rani et sa sœur se portaient bien... ce qui lui aurait suffi si quelque chose dans ces messages ne lui avait inspiré de la méfiance... peut-être tout simplement l'excessive prudence dont ils témoignaient. Était-ce que l'on ne pouvait se fier à Nimi, la servante, et que Kairi-Bai le savait ou s'en doutait ? Mais alors cela signifiait qu'il y avait quelque chose à cacher... à moins que Gobind ne se montrât par trop soupçonneux.

Là-dessus le bébé était né, et le lendemain matin Gobind avait reçu une lettre de Kairi-Bai ne répondant à aucun de ses messages. C'était un pathétique appel au secours, non pour elle-même mais pour Shushila-Rani, qui se trouvait dans un état critique et avait besoin d'être soignée d'urgence... si possible par une infirmière européenne du plus proche hôpital *Angrezi*. Gobind devait agir vite et en secret, avant qu'il ne soit trop tard.

Une fleur séchée était jointe au message, ce qui voulait dire « danger ». En la voyant, Gobind avait brusquement craint que, pour n'avoir pas réussi à accoucher d'un fils, la Senior Rani fût empoisonnée... comme l'avait été, s'il fallait en croire la rumeur, celle qui l'avait précédée dans le lit du Rana.

— Mais le Hakim-Sahib était dans l'impossibilité de faire ce que lui demandait Kairi-Bai, poursuivit Manilal avec un haussement d'épaules. Même s'il avait réussi à faire parvenir un message de ce genre jusqu'à un hôpital *Angrezi*, le Rana n'aurait jamais permis qu'une étrangère, médecin ou non, vienne dans le Zenana examiner sa femme. Pour y réussir, il aurait fallu que cette étrangère soit escortée par des soldats armés et des police-Sahibs... ou bien alors qu'on arrive à persuader le Rana de demander lui-même son envoi.

Gobind avait courageusement tenté une démarche dans ce sens, mais le Rana n'avait rien voulu entendre et s'était scandalisé qu'on osât même lui suggérer une telle chose. Il considérait tous les étrangers comme des barbares et, s'il avait eu les coudées franches, jamais aucun d'eux n'eût pénétré dans son royaume. N'était-il pas le seul à avoir refusé de paraître à l'un ou l'autre des durbars organisés par le Vice-Roi pour annoncer que la Reine d'Angleterre avait été déclarée Kaiser-i-Hind (Impératrice des Indes), sous prétexte que sa mauvaise santé lui interdisait tout déplacement ?

Selon le Rana, sa femme n'avait rien dont elle ne pût se remettre avec du repos et des soins. Si le Hakim en doutait, il était libre d'interroger la *dai* qui avait présidé à l'accouchement.

Gobind s'était hâté de profiter de cette proposition inespérée et il avait été favorablement impressionné par la sage-femme. Toutefois, lorsqu'il l'avait questionnée à propos de sa devancière, la vieille Geeta de Karidkote, elle avait déclaré ne rien savoir et avait aussitôt changé de sujet. A cela près, elle lui avait donné bon nombre de précisions sur l'état de la Rani, au point qu'il avait été complètement rassuré, cette femme lui paraissant sincère. Il en avait conclu que Kairi-Bai avait sans doute eu vent des rumeurs courant à propos du décès de la précédente épouse du Rana, et craint le même sort pour sa sœur qui avait aussi accouché d'une fille. Mais cela paraissait d'autant plus improbable que Shushila-Bai était une épouse d'une rare beauté dont le Rana était amoureux, alors que sa devancière était une femme très quelconque à tous égards.

Gobind avait donc envoyé un message rassurant à la Junior Rani, mais n'avait rien reçu en retour et, une semaine plus tard, le bébé était mort.

Le bruit avait couru dans le palais que la *dai* était morte aussi, mais d'autres parlaient seulement d'un renvoi à la suite d'une dispute avec la demi-sœur de la Rani, laquelle lui reprochait de n'avoir pas pris suffisamment soin de l'enfant. On chuchotait aussi que, furieux de cette intervention de la Junior Rani, le Rana avait commandé qu'elle ne sorte plus de ses appartements et n'ait, jusqu'à nouvel ordre, aucun contact avec sa sœur. Si c'était vrai, Gobind craignait que la Senior Rani n'en pâtisse encore davantage que sa sœur.

Tout ce que Gobind avait pu savoir de façon quasi certaine, c'est que personne n'était responsable de la mort du bébé, dont on avait immédiatement vu qu'il avait peu d'espoir de vivre. Comme Shushila-Bai était très affectée par cette mort — car, une fois revenue de sa déception de n'avoir pas accouché d'un fils, elle s'était attachée au bébé — il était probable que le Rana ne tarderait pas à rappeler Kairi-Bai auprès d'elle. A moins qu'il n'ait voulu les punir toutes deux : l'une pour ne pas lui avoir donné un fils, l'autre pour s'être mêlée de ce qui ne la regardait pas.

— Mais cette servante dont tu m'as parlé aurait pu te donner, à toi ou à ton maître, des nouvelles de la Junior Rani ? Et aussi de la *dai ?* fit remarquer Ash.

Manilal secoua la tête. Il expliqua que Nimi avait servi d'intermédiaire pour l'acheminement des messages, mais que le Hakim n'avait contact qu'avec les parents, lesquels, moyennant paiement, se chargeaient de ses lettres et, éventuellement, de lui transmettre les réponses.

— Ils affirment ne rien savoir de ce qui se passe dans le Zenana, sinon que Nimi est très dévouée à la Junior Rani mais exige de plus en plus d'argent pour les lettres.

— Ce qui peut aussi bien signifier que la fille agit uniquement par dévouement et ignore que ses parents monnayent ainsi les services qu'elle rend.

— Espérons-le, répondit gravement Manilal, car on accepte bien des risques par dévouement, alors que celui qui agit par intérêt peut aisément trahir. Or si l'on venait à savoir que le Hakim-Sahib correspond en secret avec la Junior Rani, nous pourrions craindre pour nos vies : non seulement elle, lui et moi, mais aussi la servante et toute sa famille.

— Quand dois-tu repartir ? s'enquit Ash.

— Dès que j'aurai pu me procurer d'autres pigeons et six bouteilles du médicament chez le *dewai dukan.* Il me faut aussi un cheval, car le mien ne sera pas en état de voyager avant plusieurs jours, et je n'ose trop tarder à rentrer. J'ai déjà perdu beaucoup de temps à cause du cheval... Le Sahib pourra-t-il m'en procurer un autre ?

— Oui, sois tranquille, et je me charge aussi du reste, les pigeons comme le médicament. Donne-moi les flacons vides. Gul Baz ira chez le pharmacien demain matin, dès que les boutiques ouvriront. Toi, va vite te reposer.

Quelques minutes plus tard, Manilal était de nouveau plongé dans un profond et reposant sommeil. Lorsqu'il en émergea, le soleil était déjà haut dans le ciel. Ash était sorti, en lui faisant dire d'acheter tout ce dont il avait besoin et de le rejoindre chez Sarji.

Le message fut transmis d'un ton désapprobateur par Gul Baz, en même temps qu'une demi-douzaine de médicaments provenant de chez Jobbling & Fils. Manilal s'en fut au bazar, où il acheta un grand panier d'osier, quantité de provisions et de fruits frais, ainsi que trois poules. Tout comme précédemment, le panier comportait un double fond. Mais cette fois, il n'en fut pas fait usage, Ash ayant conçu un autre plan, où les pigeons voyageurs n'étaient pas nécessaires.

A la différence de Manilal, Ash était resté éveillé une grande partie de la nuit, l'esprit préoccupé d'un tas de choses, dont il finit par ne retenir qu'une seule, laquelle semblait pourtant d'une importance toute relative : le fait que Manilal eût utilisé cet ancien et peu charitable surnom, *Kairi*. Qui avait eu la méchanceté d'en user au point que quelqu'un comme Manilal, frayant avec les serviteurs du Rung Mahal, finisse par l'employer automatiquement en parlant de Juli ? Ce n'était qu'un détail ; il suffit toutefois d'un fétu de paille pour montrer dans quelle direction souffle le vent, et cela indiquait bien dans quel mépris l'entourage de son mari tenait Juli. Mais, chose plus troublante, seul quelqu'un de Karidkote avait pu ébruiter ce surnom de la Junior Rani.

Une demi-douzaine de leurs femmes étaient restées avec Juli et Shu-shu. Ash souhaita que la responsable fût l'une des trois qui étaient mortes — et il croyait Geeta absolument incapable d'une telle chose —, car sinon il y avait dans l'entourage immédiat des Ranis l'équivalent féminin de Biju Ram. Une suivante que ses jeunes maîtresses n'auraient pas eu l'idée de suspecter parce qu'elle était venue de Karidkote avec elles, cherchait à s'assurer la faveur du Rana en dénigrant la femme qu'il méprisait. C'était non seulement déplaisant mais effrayant, car cela signifiait que, même si le Rana continuait à vivre ou si le Vice-Roi envoyait des troupes pour empêcher que les veuves soient brûlées sur le bûcher, Juli et sa sœur pouvaient se trouver exposées à plus de dangers que ne l'imaginait Gobind.

Ash ne doutait pas que, en cas de décès du Rana, le Gouvernement des Indes veillât à ce qu'il n'y eût pas de suttee. Mais si le Rana continuait à vivre, et avait vent des messages échangés avec Juli, le Gouvernement ne serait pas en mesure de la protéger, non plus que Gobind et Manilal, car il s'agirait alors d'une affaire purement intérieure. Si tous trois venaient à mourir ou simplement disparaître, il était probable que les autorités n'en sauraient jamais rien. Si même elles en étaient informées et posaient des questions, on leur répondrait que le Hakim et son serviteur étaient repartis pour Karidkote. Comment prouver que c'était faux et qu'ils n'étaient pas morts sur le chemin du retour, d'une façon ou d'une autre ?

Ash en frémit et pensa :

— Je ne peux rester ainsi, sans rien faire pour Juli... Il faut que j'aille à Bhitor... Puisque Gobind y est arrivé, je trouverai bien alors un moyen de communiquer avec elle. Je lui recommanderai d'être sur ses gardes parce qu'une des femmes de Karidkote trahissait ou trahit toujours sa confiance. Elle ne voulait pas s'enfuir avec moi, mais à présent elle pense peut-être différemment... Auquel cas, j'arriverai sûrement à la faire s'échapper... Et si elle ne veut toujours pas s'enfuir, je pourrai du moins m'arranger pour que, en cas de décès du Rana, la police et le Conseiller politique veillent à ce que ses veuves ne soient pas contraintes de le suivre sur le bûcher.

Lorsque, à l'aube, Gul Baz apporta le thé, il trouva le Sahib déjà levé et habillé, en train de remplir le petit *bistra* — sac de toile renforcé par du cuir — qu'il emportait fixé derrière sa selle les nuits d'exercice. Mais à la façon dont il le garnissait, Gul Baz comprit que son maître ne s'en allait pas pour vingt-quatre heures. Son absence pouvait durer aussi bien une semaine que tout un mois. Cela n'avait rien d'inhabituel sauf que, d'ordinaire, Gul Baz était chargé de préparer le sac. Or, cette fois, au lieu de tout le linge de rechange que Gul Baz y aurait mis, le *bistra* ne contenait qu'un morceau de savon, un rasoir, une couverture et le revolver d'ordonnance... avec cinq petits cartons dont Gul Baz savait qu'ils étaient chacun de cinquante cartouches.

Mais on ne s'en va pas chasser avec un revolver...

Le cœur de Gul Baz se serra en voyant Ash prendre dans un tiroir de la commode un petit pistolet et une poignée de cartouches qu'il fourra dans sa poche. Remarquant à haute voix que c'était une chance que Haddon-Sahib lui eût payé en espèces les deux chevaux de polo, car cela lui évitait de devoir aller à la banque, Ash se mit à compter des billets ainsi que des pièces d'or et d'argent.

— Alors le Sahib va à Bhitor... dit soudain Gul Baz.

— Oui, répondit Ash en continuant de compter, mais garde ça pour toi.

— J'en étais sûr ! s'exclama Gul Baz avec amertume. C'est ce que Mahdoo-ji redoutait tant, et j'ai compris qu'il avait raison quand j'ai vu arriver ici ce hakim de Karidkote Ne pars pas, Sahib, je t'en supplie ! Si tu te mêles des affaires de ce maudit palais, il n'en résultera rien de bon !

Et comme Ash se bornait à hausser les épaules tout en continuant de compter, Gul Baz dit :

— Si tu dois vraiment partir, alors laisse-moi aller avec toi. Et Kulu Ram aussi.

Ash lui sourit en secouant doucement la tête :

— Je le ferais si je le pouvais. Mais ce ne serait pas prudent... on pourrait te reconnaître.

— Et toi, alors ? rétorqua Gul Baz. Penses-tu qu'ils aient pu si vite t'oublier, alors que tu leur as donné tant de raisons de se souvenir de toi ?

— Ah ! mais, cette fois, ce n'est pas en Sahib que je vais à Bhitor. Je serai déguisé en *boxwallah*, à moins que je ne me fasse passer pour un voyageur se rendant en pèlerinage aux temples du Mont Abu... ou bien peut-être pour un hakim de Bombay... Oui, ce serait encore le mieux, car cela me fournirait un prétexte pour prendre contact avec un confrère médecin, Gobind Dass. Et je ne serai pas seul, puisque Manilal m'accompagne.

— Ce gros imbécile ! s'exclama Gul Baz avec un reniflement méprisant.

— Gros peut-être, dit Ash en riant, mais imbécile sûrement pas, je peux te le garantir. S'il s'en donne l'air, c'est qu'il a ses raisons ; avec lui, crois-moi, je serai en sécurité. Où en étais-je ? Sept cents. sept cent quatre-vingts...

Quand il eut finit de compter, Ash fourra une grande partie de l'argent dans ses poches avant de remettre le reste dans la boîte qu'il tendit à Gul Baz.

— Tiens... Ce devrait être plus que suffisant pour payer les gages et les dépenses de la maison jusqu'à mon retour.

— Et si tu ne reviens pas ? demanda Gul Baz, buté.

— J'ai laissé deux lettres, que tu trouveras dans le tiroir central de mon bureau. Si dans six semaines je n'étais pas de retour et que tu n'aies aucune nouvelle de moi, donne-les à Pettigrew-Sahib de la police. Il fera ce que je lui dis dans ces lettres, en veillant notamment à ce que toi et les autres n'ayez pas à souffrir trop de ma disparition. Mais ne te fais pas de souci : je reviendrai. Sur ce, quand le serviteur du Hakim se réveillera, dis-lui de se préparer à partir, puis d'aller chez le Sirdar Sarjevan Desai, dont la maison est proche du village de Janapat, où je le rejoindrai Il n'a qu'à prendre la jument baie à la place de son cheval qui boîte. Que Kulu Ram s'en occupe... Non, laisse, je vais le mettre moi-même au courant.

— Ça ne va pas lui faire plaisir, à Kulu Ram !

— Peut-être pas, non, mais c'est nécessaire. Ne nous disputons pas, Gul Baz. Comprends-le : c'est mon devoir d'agir ainsi.

Gul Baz soupira, comme se parlant à lui-même :

— Ce qui est écrit est écrit.

Puis il dit que le thé avait refroidi et qu'il allait en chercher d'autre. Mais quand il apporta ensuite le fusil de tir, Ash secoua la tête :

— Non... Je n'imagine pas un hakim voyageant avec une telle arme.

— Mais alors pourquoi emporter les cartouches ?

— Parce qu'elles sont du même calibre que celles dont se servent les *pultons*. Et, au fil des ans, bien des armes du Gouvernement s'en sont allées dans d'autres mains. Alors je peux en avoir une moi aussi, expliqua Ash en montrant une carabine de cavalerie.

Réflexion faite, il prit également son fusil de chasse et cinquante cartouches.

Gul Baz démonta le fusil pour le faire entrer dans le *bistra,* après quoi il emporta ce sac lourd jusque sous le porche.

Quand Gul Baz regarda Ash monter Dagobaz et s'éloigner dans la limpide clarté de l'aube, il se demanda ce que Mahdoo eût fait s'il avait été là.

Peut-être Mahdoo serait-il parvenu à détourner le Sahib de son projet, mais ça lui paraissait bien improbable. Alors, pour la première fois, Gul Baz se réjouit de la mort du vieil homme, car ainsi il n'aurait pas à lui raconter qu'il avait regardé Pelham-Sahib s'en aller vers une mort certaine, sans rien pouvoir faire pour l'en empêcher.

39

La première visite de Ash fut pour le Surintendant de la police. Il le trouva en robe de chambre et babouches, prenant le *chota-hazri* sur sa galerie. Le soleil n'avait pas encore émergé à l'horizon, mais M. Pettigrew ne parut pas se formaliser qu'on vînt le voir de si bonne heure. Interrompant du geste les excuses de Ash, il demanda à son domestique une autre tasse et une assiette, ainsi que du café chaud.

— Mais si, mais si, vous avez le temps ! Qu'est-ce qui vous presse ? Prenez une tranche de papaye... ou préférez-vous une mangue ? Non, je n'ai toujours rien de ce vieux Tim. Je n'arrive pas à m'expliquer qu'il ne m'ait pas répondu quelque chose. Sans doute a-t-il trop à faire. Mais soyez sans inquiétude : il n'est pas homme à fourrer mon télégramme dans un tiroir et l'y oublier. Il a même probablement dû se rendre à Bhitor pour veiller au grain. Un peu plus de café ?

— Non, merci, il me faut absolument partir. J'ai encore une ou deux choses à régler.

Après une brève hésitation, il ajouta :

— Je m'en vais chasser pendant quelques jours.

— Heureux veinard ! dit Pettigrew avec envie. Je voudrais bien pouvoir en faire autant. Mais je ne peux prendre mon congé qu'en août. Bonne chasse !

A la poste non plus, il n'y avait aucune nouvelle pour Ash et l'employé lui assura que s'il avait reçu un télégramme, il l'aurait fait porter immédiatement au bungalow.

— Je ne peux que vous répéter ce que je vous ai déjà dit, monsieur Pelham. Je n'ai encore jamais vu un télégramme se perdre ou s'égarer. Mais si vos correspondants ne vous répondent pas, la poste n'y est pour rien.

Ash n'avait pas voulu offenser l'employé, mais il se souvenait qu'un télégramme expédié de Delhi en toute hâte et annonçant que les Cipayes venaient de se révolter, avait été remis au cours d'un dîner officiel à un haut personnage, lequel l'avait escamoté dans sa poche sans le lire et l'y avait oublié jusqu'au lendemain, quand il était trop tard pour faire quoi que ce soit.

N'eût-il reçu qu'un accusé de réception, Ash se serait senti l'esprit plus tranquille. Mais, comme Pettigrew le lui avait fait remarquer, ça ne signifiait pas que le télégramme était resté sans effet. Tout au contraire : le destinataire avait pu préférer agir aussitôt sans perdre du temps à envoyer un message superflu.

La propriété de Sarji se trouvait à une vingtaine de milles au nord d'Ahmadabad, sur la rive ouest du Sabarmati, et la matinée était déjà très avancée lorsque Ash arriva chez son ami. Les domestiques, qui le connaissaient bien, l'informèrent que, debout depuis l'aube parce qu'une précieuse jument poulinière mettait bas, leur maître venait tout juste de rentrer. Si le Sahib voulait bien avoir la bonté d'attendre ?

Dagobaz, dont la robe noire était grise de poussière, fut emmené par un des palefreniers, tandis que, après s'être lavé, Ash était poliment conduit dans une pièce où on lui servit à boire et à manger.

Sarji était large d'esprit et, loin de chez lui, il en prenait à son aise avec certains préceptes. Mais chez lui, sous l'œil du prêtre de la famille, pas question de manger avec quelqu'un qui n'était point de sa caste. Quand on eut emporté la vaisselle qui ne devait servir que pour lui seul, Ash alluma une cigarette et regarda pensivement la fumée monter vers le plafond. Il se rappelait quelque chose que lui avait dit Bukta, le *shikari* de Sarji, à propos d'un moyen plus rapide d'atteindre la vallée de Bhitor. Ce chemin permettait d'éviter aussi bien les forts que les postes de la frontière et vous amenait environ à un *kosh* de la ville elle-même. Le tracé lui en avait été indiqué bien des années auparavant par un ami, un Bhitori, qui disait l'avoir découvert par hasard et s'en être servi pour se livrer à la contrebande.

— Contrebande de chevaux surtout, avait précisé Bukta avec un sourire. A Baroda ou Ahmadabad, il est toujours possible d'obtenir un bon prix d'un cheval volé dans le Bhitor, car son propriétaire n'aura jamais l'idée de le chercher hors des frontières de l'État. Dans ma jeunesse, j'avais peu de respect pour les lois et j'ai souvent aidé mon ami dans ce trafic. Après sa mort, je me suis rangé. Mais, en dépit des années, je revois clairement le chemin à prendre pour passer la frontière, comme si je l'avais parcouru hier. Si je ne l'ai pas utilisé quand j'ai guidé le Hakim-Sahib, c'est parce qu'il n'aurait pas été bon pour lui d'arriver clandestinement à Bhitor.

Ash s'était tellement abstrait dans ses pensées, qu'il n'entendit pas cliqueter le rideau de perles lorsque son hôte le rejoignit. Sarji commençait à s'excuser de l'avoir fait attendre quand, voyant le visage de Ash, il s'interrompit pour demander vivement :

— *Kia hohia, bhai ?*

Ash sursauta et se mit debout en disant :

— Il n'est rien arrivé... encore. Mais je dois absolument me rendre à Bhitor et je suis venu te demander ton aide, car je ne puis y aller ainsi. Il me faut un déguisement aussi vite que possible. J'ai également besoin d'un guide qui connaisse les chemins secrets à travers la jungle et les collines. Peux-tu me prêter ton *shikari*, Bukta ?

— Bien sûr ! répondit aussitôt Sarji. Quand partons-nous ?

— Nous ? Non, Sarji, il ne s'agit pas d'une partie de chasse. C'est très grave.

— Il m'a suffi de voir ton visage pour en être convaincu. Et si tu ne peux aller à Bhitor que sous un déguisement, cela signifie aussi que c'est très dangereux pour toi.

Ash ne répondit pas, se bornant à esquisser un haussement d'épaules impatienté.

— Je ne t'ai jamais posé de questions concernant Bhitor, continua Sarji, parce qu'il me semblait que tu ne désirais pas en parler. Mais depuis que tu m'as demandé d'envoyer Bukta guider un hakim qui souhaitait s'y rendre, en sus de cette histoire de pigeons voyageurs, j'avoue y avoir souvent repensé. Tu n'as pas à me dire des choses que tu préfères me taire, mais si tu dois courir un danger, je le courrai avec toi : deux sabres valent mieux qu'un. Ou bien ne me crois-tu pas capable de tenir ma langue ?

— Ne dis pas de sottises, Sarji. Tu sais bien que ce n'est pas ça... Simplement, il s'agit d'une chose ne concernant que moi... et dont je ne souhaite parler à personne. Tu m'as déjà été d'un grand secours et te voilà encore prêt à m'aider sans poser de question. Je t'en ai une immense reconnaissance et il est juste que je te donne des explications...

— Ne me dis rien que tu préfères taire ! répéta vivement Sarji. Ça ne fera aucune différence.

— Je me le demande. Peut-être que non, en effet. Mais le contraire est tout aussi possible. Alors je crois préférable que tu saches ce que j'ai décidé de faire, pour que tu puisses accepter ou non de m'aider, car cela concerne une coutume que ton peuple respecte depuis des siècles. Peut-on nous entendre ?

Sarji eut un bref haussement de sourcils et répondit en montrant le chemin :

— Pas si nous marchons dans le jardin.

Ce fut au milieu des roses, des jasmins et des balisiers aux fleurs rouges ou jaunes, que Sarji apprit l'histoire des deux princesses de Karidkote qu'un jeune officier britannique avait été chargé d'escorter jusqu'à Bhitor, les tribulations qu'ils avaient connues à leur arrivée dans cet État, et le terrible sort qui menaçait à présent les jeunes femmes. Ash s'abstint seulement de mentionner qu'il avait autrefois vécu à Karidkote et se trouvait violemment épris de l'aînée des princesses.

— Si elles sont brûlées vives, Sarji, j'aurai ce poids sur ma conscience jusqu'à ma mort. Mais tu n'as pas les mêmes raisons que moi de te mêler de cette affaire et si, en tant qu'Hindou, tu préfères...

— *Chut!* l'interrompit Sarji. Je ne tiens aucunement à voir renouer avec une coutume cruelle, qu'une loi a interdite bien avant que je naisse. Les temps ont changé, mon ami, et les hommes aussi... même les Hindous. Vous autres, chrétiens de *Belait,* continuez-vous à brûler les sorcières ou les gens qui ne partagent pas votre foi ?

— Bien sûr que non, mais...

— Mais tu penses que notre pays n'est pas capable d'évoluer pareillement ? Pour ma part, je ne voudrais pas voir une veuve monter sur le bûcher, à moins qu'elle n'y soit poussée par le désir de ne point survivre à un époux qu'elle aimait par-dessus tout. Dans ce cas, j'avoue que je ne m'y opposerais pas car, contrairement à vous autres, je ne me reconnais pas le droit d'empêcher quelqu'un d'en finir avec la vie s'il le souhaite. Cela tient peut-être à ce que la vie nous paraît beaucoup moins importante qu'à vous, chrétiens, qui n'en avez qu'une en ce monde tandis que nous autres ne mourrons que pour revivre des milliers ou des centaines de milliers de fois. Alors, qu'une de ces nombreuses vies soit abrégée ne compte pas à nos yeux.

— Mais le suicide est un crime !

— Pour les gens de ton pays, pas pour les miens. Or ce pays est encore le mien, tout comme ma vie est à moi. Mais pousser quelqu'un d'autre à la mort est un crime, et parce que j'ai eu l'occasion de m'entretenir avec ce Hakim de Karidkote, je suis prêt à le croire s'il affirme que les Ranis de Bhitor risquent de monter sur le bûcher contre leur volonté. En conséquence, je ferai tout ce que je peux pour vous aider. Tu n'as qu'à parler.

Arrivant vers midi, Manilal fut accueilli par le *shikari* Bukta qui le conduisit au maître de maison, avec lequel se trouvait un autre homme qu'il ne reconnut pas immédiatement. Cela s'expliquait, car Sarji et Bukta avaient mis tous leurs soins à travestir Ash. Le brou de noix bien appliqué constitue une excellente teinture, même si elle ne tient pas très longtemps. Ash avait également rasé sa moustache et il ne serait venu à l'esprit de personne qu'il pût ne pas être un compatriote de Sarji. Un Indien de classe moyenne, comptant probablement dans ses ascendants quelqu'un venu des collines, où les hommes ont le teint plus clair. Il était vêtu comme un *vakil* (avocat) ou un hakim.

Ordinairement imperturbable, Manilal demeura bouche bée, regardant Ash comme s'il n'en croyait pas ses yeux :

— *Ai-yah,* c'est extraordinaire... et pourtant cela tient à peu de choses... Mais pourquoi ce déguisement, Sahib ?

— Ashok, rectifia Ash avec un sourire. Ainsi vêtu, j'ai un autre nom et je ne suis plus un Sahib.

— Et quest-ce que le... qu'est-ce que Ashok se propose de faire ?

Ash le lui dit et, quand il se tut, Manilal objecta que les Bhitoris étaient gens peu accueillants, très méfiants, prêts à soupçonner n'importe quel étranger d'être un espion, surtout dans les circonstances actuelles.

— Que leur Rana vienne à mourir et ils n'hésiteraient pas à nous couper la gorge s'ils pensaient que nous voulons faire obstacle à une *tamarsha* dont ils se réjouissent par avance.

— Une *tamarsha !* répéta Ash comme s'il crachait le mot. Tu veux dire qu'ils considèrent comme une fête de voir deux jeunes et belles femmes de haut rang marcher, dévoilées, jusqu'au bûcher pour y être brûlées vives sous leurs yeux ?

— Sans aucun doute, acquiesça calmement Manilal. Voir le visage d'une reine et la regarder mourir, est un événement auquel bien peu d'entre eux auront l'occasion d'assister plus d'une fois dans leur vie. Donc, pour beaucoup ce sera une grande *tamarsha,* mais pour d'autres — peut-être même pour tous — ce sera une cérémonie religieuse conférant des mérites à ceux qui y participeront. Les gens de Bhitor seraient donc doublement furieux que quelqu'un cherche à les priver d'une telle occasion de se réjouir, et seule une solide force armée ou la police du Vice-Roi parviendrait alors à les mater. Mais un homme, ou deux, ou trois, ne peuvent rien, sinon y laisser inutilement leur vie.

— Je le sais, acquiesça Ash. J'ai beaucoup réfléchi et si je pars, c'est parce que je le dois. Mais il n'y a aucune raison pour que quelqu'un m'accompagne, et mon ami le Sirdar le sait très bien

— Il sait aussi, intervint Sardi, qu'un homme montant un cheval comme Dagobaz ne voyagerait pas seul, sans un serviteur ou un syce. Je peux jouer le rôle de l'un ou de l'autre.

— Tu comprends, Manilal ? dit Ash en riant. Le Sirdar vient de sa propre volonté et je ne peux l'en empêcher, pas plus que tu ne peux m'empêcher de partir. Quant à Bukta, il vient seulement pour nous guider jusqu'à Bhitor par des raccourcis connus de lui seul, afin que nous ne risquions pas de nous perdre dans les collines ou d'être arrêtés par les gardes si nous empruntions les chemins habituels. Quand nous n'aurons plus la possibilité de nous égarer, il fera demi-tour. Toi, bien sûr, tu dois retourner à Bhitor ouvertement, par la même route que tu en es parti.

Toujours pas convaincu, Manilal demanda :

— Mais que fera Ashok lorsqu'il se trouvera à Bhitor?

— L'avenir est sur les genoux des dieux. Comment savoir ce que je ferai tant que j'ignore quelle est la situation et que je n'ai pas eu un entretien avec le Hakim-Sahib, lequel me dira quelle dispositions a prises le Sirkar?

— S'il en a pris! marmotta Manilal, sceptique.

— Bien sûr... Ça aussi je ne le saurai qu'en arrivant là-bas.

Manilal finit par s'incliner, mais recommanda à Ash d'être extrêmement prudent pour contacter Gobind, car son maître n'avait jamais été *persona grata* au Palais de Bhitor, et l'entourage du Rana lui avait marqué d'emblée son hostilité.

— Certains lui en veulent parce qu'il est de Karidkote, expliqua-t-il, ou parce qu'il connaît mieux qu'eux l'art de guérir et d'autres simplement parce qu'il a l'estime du Rana. Moi, ils me détestent parce que je suis son serviteur. Mais fort heureusement ils me prennent pour un inoffensif simple d'esprit, ce qui signifie que nous aurons la possibilité de nous rencontrer n'importe quand, comme deux étrangers et par hasard, dans la foule du bazaar ou de la rue des Chaudronniers.

Ils passèrent le quart d'heure suivant à discuter de leurs plans en détail, puis Manilal partit, mais sur un des chevaux que louait Sarji, car la jument baie avait été jugée trop belle bête pour qu'un domestique de hakim pût l'avoir achetée. Il mettrait plus longtemps à atteindre Bhitor que les deux qui emprunteraient un chemin de contrebandiers à travers les collines, mais il ne pensait pas que la différence puisse excéder trois jours.

En réalité, elle fut de cinq jours, car personne dans tout le Gujerat ne connaissait aussi bien que Bukta la jungle et les collines.

Lorsqu'il se retrouva enfin à découvert, Ash vit devant lui la vallée où, deux ans auparavant, avait campé le cortège venu de Karidkote.

De cette mer de tentes et de véhicules disparates, ne subsistaient plus que les vestiges des abris à toit de chaume construits à l'époque pour protéger les chevaux et les éléphants de la brûlante ardeur du soleil, mais dont le vent, la pluie et les fourmis blanches avaient quand même fini par avoir raison.

Bukta sourit de la stupeur émerveillée de Ash :

— Ne t'avais-je pas dit que ce chemin était bien caché ? Qui aurait l'idée de chercher un passage au milieu de tous ces rochers ?

De fait, Ash se rendit compte qu'il avait dû regarder l'endroit une centaine de fois et chevaucher à proximité en de nombreuses occasions, sans imaginer un seul instant qu'on pouvait passer derrière ces amoncellements de rochers pour trouver ensuite une issue dans les replis des collines. Il en étudia les abords avec attention afin de pouvoir s'y repérer en cas de nécessité, notant la triple saillie d'une avancée rocheuse surmontant une plaque de schiste dont la forme évoquait une flèche pointée vers le bas. Beaucoup plus claire que le flanc de la colline, cette tache de schiste devait se voir de loin, et la pointe de la flèche indiquait très précisément l'endroit d'où les trois hommes venaient de déboucher. Autre point remarquable, à une douzaine de mètres sur la droite, se trouvait un gros rocher couvert de déjections d'oiseaux qui donnait l'impression de flotter sur de hautes herbes jaillissant d'une crevasse. Ash grava tout cela dans sa mémoire, afin de pouvoir déterminer par la suite l'emplacement des rochers qui cachaient l'entrée du défilé.

— Le Sahib fait bien d'étudier les lieux, approuva Bukta, car, de ce côté-ci, le chemin n'est pas facile à trouver. Maintenant, tu sais comment gagner Bhitor. Mais tu ferais bien de me laisser ton fusil et cinquante cartouches... Il te vaut mieux n'avoir qu'une seule arme si tu ne veux pas éveiller de soupçons. Je resterai ici jusqu'à ce que vous reveniez.

— Mais ça peut durer beaucoup plus longtemps que tu ne le penses, fit remarquer Ash.

— Aucune importance, lui assura Bukta avec un geste expressif. Il y a ici de l'eau, de l'herbe ; avec le fusil du Sahib, plus le beau fusil *Angrezi* que m'a donné mon maître, et aussi le vieux que j'ai toujours, je ne crains ni les attaques ni de manquer de vivres. Je peux donc attendre aussi longtemps qu'il le faudra. Comme j'ai le sentiment que vous aurez besoin de vous enfuir en toute hâte, mieux vaut que je sois là car, sans moi, vous risqueriez de vous perdre en voulant regagner le Gujerat.

— Ça, très certainement ! convint Sarji avec un rire bref

La capitale n'était plus qu'à quelques milles et le soleil se trouvait encore bien au-dessus de l'horizon. Les trois hommes retournèrent donc dans le défilé jusqu'à ce que l'ombre commence à s'étendre sur la vallée. Alors, après avoir dit au revoir à Bukta, les deux voyageurs partirent à cheval sur la piste poussiéreuse que Ash avait si souvent parcourue à l'époque des interminables discussions avec le Diwan et les conseillers du Rana.

La vallée n'avait pas changé, non plus que les forts qui la dominaient ni la masse renfrognée de Bhitor qui masquait le grand lac et le large amphithéâtre de plaines se trouvant de l'autre côté de la ville. Non, pensait Ash, rien n'avait changé, sinon lui-même. Extérieurement du moins, il n'avait plus aucune ressemblance avec le jeune officier britannique de naguère. Il portait alors la tenue d'apparat de son régiment, sabre au côté, et avait une escorte de vingt hommes armés. A présent, il chevauchait avec un seul compagnon, pareil à un quelconque bourgeois indien, glabre et sobrement vêtu. Il avait un bon cheval, comme il convient à un homme parti pour un long voyage et, pour se protéger des mauvaises rencontres, une carabine comme celles dont on n'usait officiellement que dans l'armée, mais que, en y mettant le prix, on pouvait se procurer presque n'importe où, du cap Comorin au Khyber.

Ash avait pris grand soin de donner à la carabine l'aspect trompeur d'une arme mal entretenue. Dagobaz avait subi une transformation du même genre, Bukta ayant insisté pour lui décolorer le poil à certains endroits et le foncer à d'autres, afin qu'on ne risque pas de reconnaître le cheval à défaut du cavalier. En sus de quoi, la robe naguère lustrée du noir étalon était maintenant toute rugueuse de poussière, et sa coûteuse selle anglaise avait été remplacée par une autre qui appartenait à l'un des domestiques de Sarji. Certes, un connaisseur ne se fût pas laissé abuser longtemps, mais aux yeux des autres, Dagobaz passerait pour un cheval quelconque.

Le soleil était maintenant presque couché et ceux qui avaient travaillé dans les champs rentraient chez eux. L'air était plein de poussière et de fumée, on y sentait l'odeur puissante des troupeaux mêlée à celle montant des marmites qui chauffaient sur d'innombrables feux.

La lampe de bronze suspendue sous l'arche de la Porte de l'Éléphant était déjà allumée. Leurs mousquets posés près d'eux, deux des trois gardes jouaient aux dés, assis sur la marche du poste, tandis que le troisième discutait avec un charretier. Personne ne prêta attention aux voyageurs couverts de poussière qui passaient avec le flot des gens pressés de rentrer chez eux.

C'est seulement dans un village que tout les habitants se connaissent de vue. Or Bhitor était une cité d'environ trente mille âmes, dont le dixième au moins vivait dans l'enceinte du palais.

Ash avait de bonnes raisons de se rappeler les moindres détours des rues menant de la Porte de l'Éléphant au Rung Mahal, mais pour le reste de la ville il n'avait que les renseignements donnés par Manilal. Comme Bhitor se situait à l'écart des grands axes routiers, il n'y existait aucun caravansérail ni auberge. Aussi Ash et Sari cherchèrent-ils longtemps avant de trouver une chambre à louer chez un marchand de charbon, avec la permission de mettre leurs chevaux dans un appentis branlant qui occupait un angle de la cour.

Vieux et infirme, ce marchand de charbon partageait la méfiance de la plupart des Bhitoris à l'égard des étrangers. Mais il était avare et, si mauvaise fût-elle, sa vue lui permettait encore de distinguer les pièces d'argent. Il ne posa aucune question et, après avoir marchandé, il accepta d'héberger les deux hommes pour une somme qui, vu les circonstances, n'était pas excessive. Il ne vit aucune objection à ce qu'ils prolongent leur séjour aussi longtemps que nécessaire, pourvu que chaque journée lui fût payée d'avance.

Après quoi, il se désintéressa de ses hôtes et, fort heureusement pour ceux-ci, sa famille se montra tout aussi peu curieuse. Il y avait là trois femmes : l'épouse du marchand, sa belle-mère et une vieille servante, humbles et silencieuses. La famille était complétée par un fils unique, qui aidait dans la boutique et devait être muet, car Ash et Sarji ne l'entendirent jamais prononcer une seule parole.

— Les dieux sont sûrement avec nous pour nous avoir fait découvrir cette maison, dit Sarji qui s'était attendu à ce qu'on leur pose quantité de questions. Ces gens ne sont pas accueillants, mais le serviteur du Hakim décrivait les Bhitoris sous un jour beaucoup plus sombre. Ceux-ci, à tout le moins, me paraissent inoffensifs.

— Aussi longtemps que nous les paierons, déclara sèchement Ash. Et tous les gens d'ici ne sont pas indifférents comme eux. Alors, sois toujours sur tes gardes lorsque tu sortiras. Nous ne pouvons nous permettre d'attirer l'attention.

Durant quelques jours — à l'exception d'une heure soir et matin où ils faisaient prendre de l'exercice à leurs chevaux — les deux amis passèrent leur temps à se promener dans la ville, aux aguets des moindres informations qu'ils pouvaient glaner dans les bazaars ou chez les marchands de vin. A ceux qui leur posait la question, ils répondaient ce dont ils étaient convenus : ils faisaient partie d'un groupe qui se rendait au mont Abu, mais ils avaient été séparés de leurs compagnons et, en s'efforçant de les rejoindre, ils s'étaient perdus dans les collines. Ils avaient été à deux doigts de mourir de soif, aussi se réjouissaient-ils d'être arrivés dans un endroit aussi salubre et accueillant, où ils comptaient rester quelques jours pour se remettre de leurs émotions et permettre à leurs chevaux de récupérer.

L'histoire devait être plausible, car elle ne soulevait aucun commentaire. Mais tous ceux qui l'entendaient déclaraient que les voyageurs devraient passer plus de quelques jours à Bhitor vu que, depuis une semaine, un édit interdisait à quiconque de quitter la principauté jusqu'à nouvel ordre. Édit promulgué par le Diwan et le Conseil, agissant pour le compte du Rana « momentanément souffrant ».

— Mais pourquoi? avait demandé Ash, alarmé par cette nouvelle. Pour quelle raison?

On lui avait répondu par un haussement d'épaules, en disant qu'il fallait accepter les édits du gouvernement sans chercher à comprendre. Un homme, cependant, se montra plus loquace.

D'après lui, tout le monde savait que le Rana était mourant, et le Diwan ne tenait pas, pour des raisons d'ordre intérieur, à ce que la nouvelles s'ébruite au-dehors.

Ainsi donc, pensa Ash, le Diwan avait pris ses dispositions pour que les nouvelles en provenance de Bhitor fussent seulement celles ayant son assentiment et celui du Conseil, colportées uniquement par des hommes à eux. Dans ces conditions, Manilal allait-il se voir refouler? Si cela se produisait, comment contacter Gobind? Mais ce qui le préoccupait beaucoup plus, c'était qu'il n'y avait pas la moindre trace en ville d'un détachement de police ou de soldats des Indes britanniques, ni rien indiquant que le Gouvernement s'intéressât aux affaires de Bhitor. Étant donné les mesures que M. Pettigrew et lui avaient prises, Ash s'attendait au moins à trouver Spiller, le Conseiller politique, occupant une des résidences du Ram Bagh.

Et maintenant les frontières de la principauté étant fermées, Sarji et lui, tout comme Gobind, s'y trouvaient pris au piège. Il allait donc être très difficile, sinon impossible, de prévenir les autorités britanniques, sauf en empruntant le chemin de Bukta, ce qui représentait un très long détour pour atteindre Ajmer. Or la saison chaude étant arrivée, si le Rana venait à mourir, il serait incinéré en l'espace de quelques heures... et les Ranis avec lui.

— Je ne comprends pas! marmotta Ash, en arpentant leur

chambre comme un fauve en cage. Un télégramme peut à la rigueur s'égarer, mais *quatre!* C'est impossible. Kara-ji ou Jhoti ont sûrement dû faire quelque chose. Ils savent de quoi sont capables les gens d'ici... et Mulraj aussi. Ils ont dû alerter Simla. Je pense même qu'ils auront télégraphié directement au Vice-Roi et aussi au D.G.G pour le Rajputana. En dépit de quoi, personne ne semble avoir bougé même le petit doigt. C'est inexplicable, absolument inexplicable!

— Calme-toi, voyons, lui dit Sarji. Si ça se trouve, le Sirkar a déjà ici des hommes à lui, venus sous des déguisements.

— A quoi cela nous avancerait-il? riposta Ash avec colère. Que crois-tu que puissent faire deux espions, ou trois, ou six, ou douze, contre tout Bhitor? Ce qu'il fallait ici, c'était le Conseiller politique ou quelque important Sahib de la police, avec un solide détachement d'hommes armés, des Sikhs de préférence. Mais si le gouvernement s'est borné à envoyer des espions — et ça n'est même pas sûr! — maintenant que la frontière est fermée, ils sont coincés ici. Et ni toi ni moi ne pouvons rien faire! *Rien!*

— Sinon prier pour que les dieux et ton ami le Hakim prolongent la vie du Rana jusqu'à ce que se manifestent les Burra-Sahibs de Simla ou d'Ajmer.

Laissant Ash marcher de long en large dans la chambre, Sarji descendit s'occuper des chevaux, puis s'en fut quêter des nouvelles par la ville, espérant toujours apercevoir dans la foule un gros garçon à l'air idiot. Mais Manilal demeurait invisible, et Sarji regagna la maison du marchand de charbon convaincu que le serviteur du Hakim avait dû avoir un accident ou se voir interdire l'entrée de la principauté. Auquel cas, Ash voudrait sûrement rencontrer le Hakim, ce qui ne manquerait pas d'attirer sur lui l'attention des ennemis de Gobind.

Cela faisait cinq jours que Sarji était à Bhitor, mais deux avaient suffi pour le convaincre que Ash n'avait pas exagéré en lui parlant du Rana et de son entourage. Ce soir-là, pour la première fois, il eut conscience que cette mascarade, dans laquelle il s'était lancé d'un cœur si léger, pouvait se révéler beaucoup plus dangereuse qu'il ne l'imaginait, et que si Manilal n'arrivait pas à regagner Bhitor, lui-même avait bien peu de chances d'en ressortir vivant.

Éveillé dans l'obscurité, entendant leur logeur ronfler dans la boutique au-dessous de lui, Sarji souhaitait de tout cœur pouvoir se retrouver dans sa maison, au milieu des champs et des bananeraies. Il aimait la vie et ne souhaitait aucunement mourir, surtout de la main de barbares comme les Bhitoris. Mais il leur restait un moyen de s'enfuir : la route de Bukta. Demain, si Manilal ne s'était toujours pas manifesté, Sarji ferait comprendre à Ash que, vu les circonstances, il était vain de vouloir rester plus longtemps à Bhitor. Le plus sage était de repartir par où ils étaient venus, puis de se rendre à Ajmer. Certes, cela prendrait du temps mais, une fois là-bas, Ashok pourrait expliquer aux autorités — si elles ne le savaient déjà — que Bhitor s'était coupé du monde extérieur et mué en une véritable forteresse.

Sarji n'avait aucune confiance dans le télégraphe et toutes les inventions nouvelles. Il n'était donc pas étonné que Ash n'ait pas reçu de réponse. Et un face-à-face valait encore mieux qu'une lettre portée par un serviteur de toute confiance.

Mais Manilal était de retour à Bhitor. Il était arrivé ce même soir dans la capitale, juste comme on allait fermer les lourdes portes. Le lendemain matin, il s'en fut faire quelques menus achats au bazaar, où il lia conversation avec deux voyageurs : un petit Gujerati et un grand homme au visage mince, venant de Baroda, qui tous deux discutaient avec un marchand de fruits des mérites respectifs des mangues et des papayes.

40

Le médecin de Karidkote avait espéré contre tout espoir entendre Manilal lui annoncer qu'on venait à son aide. Au cours de la semaine précédente, il avait guetté à la Porte de l'Éléphant l'arrivée du Conseiller politique ou de quelque police-Sahib suivi d'un fort contingent d'hommes armées. Au lieu de quoi, il apprenait que Pelham-Sahib, après avoir expédié plusieurs télégrammes urgents à aucun desquels il n'avait été répondu, avait voulu à toute force venir lui-même à Bhitor sous un déguisement, accompagné d'un ami gujerati qui se faisait passer pour son serviteur.

Le désarroi de Gobind, devant le manque de réaction des officiels britanniques, s'était mué en colère lorsqu'il avait appris l'arrivée de Ash. Sa venue ne pouvait avoir d'utilité que si elle se faisait au grand jour avec le total appui du Gouvernement. Telle quelle, son entreprise était une folie suicidaire car il serait tué s'il était reconnu.

— Il doit partir sur-le-champ, dit Gobind à Manilal. Sa présence ici nous met tous en danger Si lui ou son ami étaient démasqués, tout le monde ici serait convaincu que c'est moi qui l'ai fait venir et aucun de nous ne repartirait vivant de Bhitor. Tu aurais dû l'empêcher de se lancer dans une telle aventure !

— Je lui ai dit tout ce que j'ai pu, mais sa décision était prise et il n'a pas voulu m'écouter.

— Moi, il m'écoutera ! Amène-le ici demain. Mais sois prudent dans tes allées et venues, afin de ne pas attirer l'attention sur lui ou des soupçons sur nous.

Le lendemain matin, le médecin accueillit Ash d'un air grave, écouta sans faire de commentaire les raisons de sa venue à Bhitor, puis il lui dit :

— J'avais espéré que vous nous feriez envoyer du secours et, quand je n'ai rien vu arriver, j'ai pensé que le dernier pigeon voyageur avait peut-être été tué en route par un faucon, ou que mon serviteur avait été arrêté à la frontière sous un prétexte quelconque, à moins qu'il n'ait été victime d'un accident en chemin. Mais je n'aurais jamais imaginé que des télégrammes urgents envoyés par vous à Ajmer, à son Altesse de Karidkote et à mon maître le Rao-Sahib resteraient sans effet. Cela passe mon entendement !

— Le mien aussi, dit Ash d'un ton amer. Ce qui importe, c'est de savoir ce que nous allons faire maintenant...

— Partir immédiatement pour Ajmer, intervint Sarji, qui avait déjà fait part à Ash de la solution qui lui était apparue durant son insomnie. Et quand nous y serons, nous demanderons à voir le Délégué du Gouverneur général en personne...

— Il est trop tard pour cela, l'interrompit sèchement Gobind.

— Parce que les frontières sont fermées ? Nous connaissons un moyen...

— Oui, Manilal m'a dit cela, mais si vous arriviez à quitter ainsi le pays ce serait quand même trop tard, car le Rana mourra cette nuit.

Il vit Ash devenir blanc comme un linge et, en un éclair, il comprit pour quelle raison.

C'était une complication que Gobind n'aurait jamais imaginée. Il en demeura atterré, tout comme l'avait été Kara-ji ou Mahdoo et pour les mêmes raisons. « Un homme sans caste... un étranger... un chrétien ! » pensa le médecin, profondément choqué. Voilà à quoi l'on en arrivait quand on relâchait les règles du *purdah* en permettant à des jeunes filles de s'entretenir librement avec un homme étranger, fût-il un Sahib. Mais ce qu'il y avait de plus alarmant, c'est qu'un homme amoureux était capable de n'importe quelle folie... Il en eut la confirmation quand, reprenant quelque couleur, Ash déclara :

— Il me faut voir le Diwan. C'est notre seule chance.

— Je puis déjà vous dire que ça ne servirait à rien. Si vous pensez le contraire, c'est que vous le connaissez mal, tout comme vous ignorez les sentiments de ses conseillers et même du peuple de cette ville.

— Peut-être... Mais je peux à tout le moins l'avertir que, s'il tolère que les Ranis soient brûlées vives, lui et ses conseillers seront tenus pour responsables. Alors le Vice-Roi enverra d'Ajmer un Sahib avec un régiment pour l'arrêter ; après quoi, la principauté sera annexée et fera partie des Indes britanniques.

— A moins d'être un imbécile, rétorqua Sarji, il se doutera bien que si tu as passé la frontière clandestinement et sous un déguisement, c'est que tu n'es aucunement qualifié pour parler au nom du Vice-Roi.

— Bien sûr, opina Gobind. En conséquence, votre intervention ne sauvera pas les Ranis mais nous perdra tous, car ma maison est surveillée et vous y êtes venus ouvertement. Même ceux qui vous ont hébergés ne seront pas épargnés, de crainte qu'ils soient incapables de tenir leur langue.

Cette fois, Ash ne trouva rien à objecter. Sacrifier sa vie pour sauver Juli, il l'eût fait de grand cœur et sans une seconde d'hésitation. Mais il n'avait pas le droit de mettre en danger celle de huit autres personnes.

— J'aurais dû aller aussitôt à Ajmer, pensa Ash, au lieu d'envoyer tous ces télégrammes. Là-bas, j'aurais bien su les obliger à m'écouter... Juli... Oh ! mon amour, Juli ! Pareille chose ne peut t'arriver... Il doit y avoir un moyen, quelque chose que je puis faire... Je ne vais quand même pas rester simplement la regarder mourir !

Il n'eut conscience d'avoir prononcé ces dernières paroles à haute voix qu'en entendant Sarji lui dire :

— *La* regarder mourir ? T'imagines-tu qu'elle sera seule à monter sur le bûcher et qu'on laissera vivre l'autre ?

Les joues de Ash rougirent et il balbutia :

— Non, bien sûr... certainement pas... Mais nous ne devons pas laisser les choses en arriver là... Nous avons des armes, et cinq hommes résolus comme nous le sommes pourraient profiter que tout le monde soit à proximité de l'agonisant pour se frayer un chemin jusqu'au Zenana... Grâce à Gobind, il doit nous être possible d'entrer au palais sans grande difficulté...

— Non, Sahib, coupa le médecin. J'aurais dû vous le dire plus tôt, mais je n'ai plus la possibilité de retourner au Rung Mahal. Lorsque je l'ai quitté aujourd'hui, c'était pour la dernière fois.

D'après Gobind, les conseillers du Rana pressaient celui-ci d'adopter un héritier depuis que la Senior Rani avait accouché d'une autre fille. Lorsqu'il était tombé malade, leur insistance s'était accrue, mais en vain. Rien ne pouvait persuader le Rana qu'il se trouvait à l'article de la mort. Il allait guérir et aurait d'autres enfants, des fils qui deviendraient des hommes. Aussi se refuserait-il à compromettre les droits de sa descendance en adoptant le fils d'un autre.

Il s'était ancré dans cette idée jusqu'à ce matin. Là, aux petites heures, il avait enfin compris que sa fin était proche et, horrifié à l'idée d'aller dans cet enfer appelé *Pât* réservé aux hommes qui n'ont pas un fils pour mettre le feu à leur bûcher, il avait accepté d'adopter un héritier. Mais pas, comme on l'avait pensé, un garçon de la famille du Diwan ou de l'un de ses favoris.

Son choix s'était porté sur le plus jeune petit-fils d'un lointain parent du côté de sa mère. On avait été le quérir en toute hâte et l'on précipitait les cérémonies indispensables car, même si chacun dans l'entourage du Rana était déçu de ne l'avoir pas vu choisir l'un des siens, tous préféraient encore qu'il s'agisse d'un quelconque enfant de six ans plutôt que du fils d'un rival. A la vérité, le Rana avait témoigné jusqu'au bout d'une grande sagacité, mais l'effort avait achevé de l'épuiser et, l'affaire à peine conclue, il avait sombré dans le coma.

— Il ne reconnaissait plus personne, pas même moi, continua Gobind. Alors ses prêtres et ses médecins, qui avaient toujours profondément ressenti ma présence, ont sauté sur l'occasion pour m'expulser de sa chambre. Ils ont aussi obtenu du Diwan — lequel n'a jamais porté Karidkote dans son cœur — qu'il m'interdise de remettre les pieds au palais. Et croyez-moi, ils y veilleront ! Si donc vous pensez pouvoir vous frayer par la force un chemin jusqu'au Zenana, vous êtes fou. Maintenant que tout le monde sait le Rana sur le point d'expirer, le palais sera plein de gens, car les rois n'ont pas le droit de mourir seuls et en paix. On accourt pour guetter son dernier soupir.

Ash ne dit rien mais son visage était expressif Alors Gobind reprit :

— Sahib, je ne tiens pas à la vie au point d'hésiter à la risquer si je pensais que votre plan ait la moindre chance de réussir. C'est parce que je suis convaincu du contraire, que je veux vous détourner d'une telle folie, dont d'autres pâtiraient aussi. Et si vous patientez, il est possible que, même à la onzième heure, le Sirkar intervienne... Oui, oui, Sahib ! Je sais que cela paraît très improbable, mais qui nous dit qu'ils n'ont pas déjà arrêté leur plans ? L'espoir reste permis et si nous sacrifions inutilement nos vies...

— Il a raison, opina Sarji avec chaleur. S'il ne peut retourner au palais, nous ne réussirons jamais à nous y faire admettre, et vouloir y pénétrer de force serait insensé.

Ash secoua la tête :

— Je n'arrive pas à croire qu'il n'y ait rien que je puisse faire et que je doive me résigner à voir..

Il s'interrompit en frissonnant et redevint un moment silencieux avant de se mettre péniblement debout :

— Si Manilal ou vous aviez l'idée de quelque plan qui ait une chance de succès, je vous serais reconnaissant de me le faire connaître. J'agirai de même. Nous avons encore quelques heures de jour et toute la nuit devant nous.. Peut-être plus, qui sait, si le Rana se cramponne à la vie...

— Où vas-tu ? demanda vivement Sarji, comme Ash tournait dans la direction opposée au quartier où ils logeaient.

— A la Porte des Satî, voir par où elles sortiront et le chemin qu'elles emprunteront. J'y serais déjà allé si je n'avais été tellement convaincu que le Sirkar prendrait des mesures avant qu'il ne soit trop tard.

La ruelle dans laquelle Ash venait de s'engager contournait le Rung Mahal du côté où se trouvait le Zenana. Les deux amis arrivèrent ainsi devant une porte ménagée dans le mur épais du palais. Tout juste assez large pour que deux personnes y passent de front, elle était décorée d'une étrange guirlande qui, vue de plus près, se révéla faite par l'empreinte menue des mains de reines et de concubines qui, au long des siècles, avaient franchi ce seuil pour s'en aller vers le bûcher et la sanctification.

Ash avait eu l'occasion de la voir lors de sa précédente visite à Bhitor, aussi n'y jeta-t-il qu'un coup d'œil au passage. Ce n'était pas la porte qui l'intéressait, mais le chemin que suivrait la procession pour se rendre au bûcher. Le lieu réservé aux cérémonies de la crémation se trouvait à une certaine distance de la ville et, comme les portes de cette dernière étaient fermées une heure après le coucher du soleil, il n'y avait pas de temps à perdre. Ash fit se hâter Sarji tout en prenant note de chaque tournant, de chaque ruelle de traverse entre la Porte des Satî et la Porte Mori.

Dix minutes plus tard, ils étaient hors de la ville, marchant sur une route poussiéreuse qui allait droit vers les collines. Il n'y avait là ni maison ni abri d'aucune sorte, mais beaucoup de gens s'en retournaient tous vers la ville et la plupart à pied.

— Sur la droite, il doit y avoir un sentier menant quelque part, dit soudain Ash. Je suis souvent venu faire du cheval par ici, mais je ne suis jamais allé voir les *chattris* ni la place des incinérations, car je ne pensais pas alors...

Laissant sa phrase inachevée, il arrêta un jeune berger qui ramenait son troupeau vers la ville et lui demanda où avaient lieu les cérémonies funèbres.

— Tu veux parler du Govidan ? Vous êtes donc des étrangers pour ne pas savoir où l'on brûle les Ranas ? s'étonna le garçon en les regardant. C'est par là. Vous apercevez les *chattris* au-dessus des arbres. Le sentier qui y conduit n'est plus qu'à deux pas d'ici. Êtes-vous venus en pèlerinage ou bien prendre des dispositions pour le bûcher du Rana ? Ah ! ça va être une grande *tamarsha*, mais il n'est pas encore mort, car on frappera alors les gongs et mon père dit qu'on peut les attendre jusqu'au Ram Bagh..

Ash glissa un anna dans la main du berger et quelques instants plus tard les deux amis virent un sentier qui partait à angle droit pour aller vers le lac. Comme la route, il était très poussiéreux, mais on n'y voyait aucune trace de roues. Toutefois des cavaliers avaient dû le parcourir récemment dans les deux sens, car il eût suffi d'un souffle de vent pour effacer les empreintes laissées par leurs montures.

— Ils sont venus choisir l'emplacement du bûcher, dit Sarji.

Ash hocha la tête, sans faire de commentaires. Il réfléchissait que, s'il venait là avec Dagobaz, il devrait l'attacher quelque part bien en dehors de la foule. En effet, un homme à cheval attirait trop l'attention et de plus Dagobaz, n'ayant pas l'habitude d'une telle bousculade, risquait d'avoir une réaction imprévisible.

— Ça ne serait pas possible, dit à mi-voix Sarji dont les pensées avaient dû suivre le même cours que celles de Ash. Si cet emplacement avait été situé de l'autre côté de la ville, il y aurait eu au moins une chance. Mais ici nous ne réussirions jamais à nous enfuir, quand bien même nous arriverions à nous tailler un chemin à travers la foule, car d'un côté il y a le lac, de l'autre les collines... Nous serions donc contraints de revenir vers la ville et tout le monde s'en aviserait aussitôt.

— Oui, c'est bien ce que je me suis dit.

— Alors que faisons-nous ici ? demanda Sarji avec malaise.

— Je veux voir de mes yeux cet endroit avant de me décider. Il présente peut-être quelque particularité, une conformation dont nous pourrions tirer profit ou qui me suggérera une idée. Dans la négative, nous ne nous en porterons pas plus mal.

Les empreintes laissées par les fers des chevaux cessaient aux abords d'un petit bois très dense et l'on voyait où les cavaliers avaient mis pied à terre avant d'entrer dans ce bois. Ash et Sarji suivirent le même sentier entre les arbres et débouchèrent sur un grand espace découvert, au centre duquel semblait s'élever une ville abandonnée, un enchevêtrement de palais ou de temples.

Partout il y avait des monuments, des *chattris,* grandes tombes vides et symboliques, toutes magnifiquement sculptées, dont certaines avaient trois ou quatre étages si bien que leurs dômes en dentelle de pierre s'étageaient de façon fantastique bien au-dessus de la cime des arbres

Chacun de ces *chattris* rappelait le souvenir d'un Rana de Bhitor et avait été élevé à l'endroit même où son corps avait brûlé. Mais, l'un après l'autre, ils avaient été édifiés de façon à environner des bassins, afin que ceux qui venaient y prier pussent procéder aux ablutions rituelles. Les visiteurs ne devaient pas être nombreux car l'eau des bassins était stagnante, couverte d'herbes et de mousses verdâtres, cependant que la plupart des *chattris* tombaient en ruine.

L'emplacement du prochain bûcher s'imposait avec évidence et il était d'ailleurs marqué par d'innombrables empreintes de pas, indiquant que beaucoup de gens avaient dû étudier les lieux au cours de la journée précédente. Autour de l'endroit où le Rana serait incinéré et où s'élèverait ensuite son *chattri,* il y avait place pour plusieurs milliers de spectateurs en sus de ceux qui participeraient à la cérémonie... Ce grand espace constituait en outre un excellent champ de tir pour quelqu'un dominant la foule... par exemple, depuis la terrasse d'un *chattri* voisin...

Sarji toucha le bras de son ami et, impressionné par l'environnement, lui parla dans un murmure :

— Regarde... Ils ont accroché là-bas des *chiks*... Pour quoi penses-tu que ce soit ?

Le regard de Ash se porta dans la direction que Sarji lui indiquait et vit qu'un étage d'un proche *chattri* était clos par des *chiks* suspendus d'une colonne à l'autre, ce qui transformait la terrasse en une sorte de petite pièce.

— C'est probablement pour des femmes qui observent le purdah et veulent regarder la cérémonie. Peut-être l'épouse et les filles du Diwan... De là-haut, elles ne perdront pas un détail...

Ash se détourna vivement, se sentant au bord de la nausée à l'idée que non seulement les femmes du peuple mais aussi des aristocrates auraient le désir de voir brûler vives deux personnes de leur sexe, et estimeraient s'attirer ainsi des bénédictions du ciel.

Ash fit le tour de la vaste clairière, passant entre les *chattris* et les bassins qui les reflétaient. Quand il rejoignit Sarji, celui-ci lui dit en frissonnant :

— Allons-nous-en d'ici. Le soleil décline et, pour tout le trésor du Rana, je ne voudrais pas être surpris dans cet endroit sinistre par la tombée de la nuit. As-tu vu ce que tu désirais voir ?

— Oui... et même plus, répondit Ash. Nous pouvons partir.

Ce soir-là, il y avait en ville beaucoup plus de monde que d'ordinaire, car la nouvelle que le Rana était mourant avait maintenant atteint tous les villages de la principauté, et ses sujets affluaient vers la capitale pour assister à ses obsèques, voir les *satî* et acquérir des mérites en étant témoins de leur sanctification. Dans les rues, on ne parlait que des cérémonies qui allaient avoir lieu, les temples étaient combles et, devant le palais, la place était noire de gens qui regardaient la porte principale du Rung Mahal dans l'attente des nouvelles.

Même le marchand de charbon et sa femme semblaient avoir été gagnés par cette excitation, car ils accueillirent leurs locataires avec une loquacité inhabituelle. Qu'avaient-ils entendu raconter en ville ? Était-ce vrai qu'ils étaient allés voir le médecin étranger du Rana, un hakim de Karidkote ? Que leur avait-il appris de nouveau ? Savaient-ils que lorsque un Rana de Bhitor meurt les énormes gongs de bronze suspendus dans une tour du Rung Mahal sont aussitôt frappés pour annoncer la nouvelle de sa mort à tout le peuple ? Si cela se produit de nuit, on allume un feu sur les forts jumeaux qui gardent la cité, pour que villages et hameaux soient également avertis du décès. Et l'on ouvre aussitôt les portes de la ville afin que l'esprit du défunt puisse choisir de s'en aller à l'est, à l'ouest, au nord ou au sud.

— Pour ma part, dit le marchand, j'ai l'intention d'attendre près de la Porte des Satî, dans le fossé qui borde le mur. Je vous recommande d'en faire autant car, ainsi, vous regarderez vers le haut, au lieu de devoir être toujours sur la pointe des pieds pour essayer d'apercevoir quelque chose par-dessus la tête des gens. Ça vaut la peine, je vous assure ! Ça n'est pas souvent qu'on a la chance de voir une Rani dévoilée, et il paraît que celle-ci est très belle. En revanche, sa sœur, celle qu'ils appellent Kairi-Bai, est plutôt disgraciée à ce que j'ai entendu dire.

— Certes, certes, dit machinalement Ash, l'esprit si visiblement ailleurs que le marchand de charbon s'en offensa et, lui tournant le dos, se mit à crier après le muet. Arraché à ses pensées par ce bruit, Ash demanda si l'on avait apporté un message pour lui. Non, Gobind ne s'était pas manifesté, et cela signifiait que le Gouvernement n'avait toujours pas réagi.

— Il est encore temps, dit Sarji pour le réconforter en le précédant dans l'étroit escalier menant à leur chambre. Le Rana n'est toujours pas mort et, pour ce que nous en savons, un régiment est peut-être en marche vers Bhitor. Or si ce vieux fou nous a dit vrai, après que les gongs auront retenti ils trouveront ouvertes les portes de la ville.

— Oui, acquiesça pensivement Ash. Ça facilitera les choses.

Prenant cette remarque pour un sarcasme, Sarji se retourna vers son ami, mais le visage de Ash était empreint de gravité, comme s'il réfléchissait profondément à quelque chose. Ce n'était pas pour rassurer Sarji, lequel se demanda avec effroi quel nouveau plan il mûrissait. Il ne continuait quand même pas à croire que le Sirkar pouvait encore envoyer un régiment ? Alors, que venaient faire les portes là-dedans ? Qu'est-ce que faciliterait leur ouverture... et pour qui ? Sarji mit un moment à introduire la clef dans le cadenas qui fermait leur chambre, tant ses mains tremblaient.

Il faisait dans la pièce une chaleur étouffante et, durant la journée, s'y étaient accumulées toutes les odeurs de cuisine montant du rez-de-chaussée.

— Pouah ! fit Sarji en cherchant des allumettes. Ça sent le chou et le beurre rance ! Quelle chambre infecte !

— Console-toi, lui dit Ash. Si le Hakim-Sahib a vu juste, c'est la dernière nuit que tu y passes. Demain, à la même heure, tu seras à vingt *koss* d'ici, avec le vieux Bukta pour veiller sur ton sommeil.

— Et toi ? demanda Sarji en allumant une deuxième lampe à huile qui éclaira le visage de son compagnon. Que feras-tu, toi ?

— Moi ? Oh ! je dormirai sans doute aussi, répliqua Ash en riant.

Il n'avait pas ri depuis bien des jours et Sarji en fut tout surpris, car ce rire n'avait rien de forcé.

— Je suis heureux que tu puisses encore rire, lui dit-il. Les dieux sont témoins que nous n'avons pourtant guère lieu de nous réjouir.

— Si tu veux vraiment tout savoir, je ris parce que j'ai « jeté l'éponge », comme on dit dans mon pays. Je m'avoue vaincu et c'est un soulagement. Il paraît que se noyer est plutôt agréable une fois qu'on a cessé de se débattre, et c'est ce que je viens de faire. Pour changer de sujet, avons-nous quelque chose à manger ? Je suis affamé !

— Moi aussi ! Nous n'avons pratiquement rien avalé depuis ce matin... Voyons, il doit y avoir un *chuppatti* ou deux et quelques *pekoras*... à condition que les rats nous les aient laissés !

Les rats, oui, mais les fourmis avaient été plus entreprenantes et ce qu'il en restait fut jeté par la fenêtre. Comme il ne fallait pas compter trouver de place dans les restaurants qui regorgeaient de clients, Sarji s'en fut acheter quelques provisions, d'un cœur beaucoup plus léger qu'il ne l'aurait fait une demi-heure auparavant.

Il était extrêmement soulagé que son ami eût enfin compris la vanité de tous les plans échafaudés dans sa tête. Que Ash pût de nouveau rire — et se soucier de manger — était pour Sarji la preuve qu'il avait enfin pris une décision, qu'il n'était plus partagé entre la crainte et l'espoir, torturé par le doute. A présent, ils n'avaient même plus besoin de rester jusqu'au décès du Rana : puisqu'ils ne pouvaient empêcher ce qui suivrait, inutile de s'attarder à Bhitor plus longtemps qu'il n'était strictement nécessaire.

Ils partiraient à l'aube, dès l'ouverture des portes, et Ashok n'aurait pas à se sentir coupable. Il avait fait tout ce qu'il pouvait et ça n'était pas sa faute s'il se heurtait à l'impossible. Ceux qui étaient à blâmer, c'étaient les gens du Gouvernement qui, dûment avertis, avaient refusé d'intervenir. Tout comme le Diwan et ses conseillers qui, d'accord avec les prêtres, avaient rétabli ces coutumes d'une époque révolue. Demain à la même heure, Ashok, lui et Bukta — ainsi peut-être que le Hakim et son serviteur — seraient en sécurité dans les collines. Et maintenant qu'il y avait la lune pour les éclairer s'ils se déplaçaient la nuit, ils pouvaient en deux jours être de nouveau au Gujerat.

— Pour remercier les dieux de m'avoir ramené sain et sauf chez moi, se promit Sarji, j'irai porter au temple le prix en pièces d'argent du plus beau cheval de mon écurie. Et jamais plus je ne remettrai les pieds ici... ni même au Rajasthan si je peux m'en dispenser !

Comme Ash l'avait prévu, les rues étaient pleines de monde et il fallait longuement attendre dans les boutiques où l'on vendait des plats préparés. Enfin Sarji s'en retourna, lourdement chargé, et il fredonnait en gravissant l'escalier, en ouvrant toute grande la porte de leur chambre. Mais, à la vue de Ash, la chanson expira sur ses lèvres.

Assis en tailleur devant un bureau de fortune constitué par la selle de Dagobaz, Ash écrivait une lettre... La dernière d'une série apparemment car, près de lui, sur le plancher, il y en avait cinq autres soigneusement pliées. Il avait dû emprunter au marchand de charbon l'encre et le roseau taillé qui lui servait de plume ; quant aux feuilles, elles provenaient d'un carnet. Il n'y aurait rien eu là de tellement surprenant, si la lettre que Ash écrivait n'avait été en anglais.

— C'est pour qui ? demanda Sarji en jetant un coup d'œil par-dessus l'épaule de son ami. Si c'est pour un Sahib à Ajmer, tu ne trouveras personne pour la lui porter, ni à cette heure-ci, ni au cours des prochains jours. As-tu oublié que nul ne peut sortir de la principauté ?

— Non, dit Ash en continuant d'écrire.

La lettre terminée, il la relut, y apporta une ou deux corrections puis la signa et tendit le roseau à Sarji.

— Veux-tu apposer ton nom là, au-dessous du mien ? Ton nom en entier. C'est pour attester que tu m'as vu écrire cette lettre et que c'est bien là ma signature.

Sarji le regarda un instant en fronçant les sourcils, puis s'exécuta, son écriture stylisée formant un étonnant contraste avec celle de Ash. Il souffla sur la feuille pour sécher l'encre, puis la rendit à son ami en demandant :

— Maintenant, dis-moi de quoi il s'agit ?

— Plus tard. Commençons d'abord par manger. Qu'est-ce qui t'a retardé ainsi ? Tu as été absent pendant des heures, et mon estomac est aussi vide qu'une gourde sèche !

Dans les minutes qui suivirent, ils furent très occupés à se restaurer et, une fois rassasié, Ash dit :

— Enveloppe bien ce qui reste et mets-le dans une des sacoches de selle. Tu pourras en avoir besoin, car s'il y a demain autant de monde dans les boutiques, tu n'arriveras pas à acheter des vivres avant de partir. Et Bukta, lui, n'aura certainement rien à t'offrir

Sarji se figea sur place, son regard exprimant la question qu'il n'arrivait pas à formuler et que Ash devina.

— Non, je ne partirai pas avec toi. J'ai quelque chose à faire ici.

— Mais... mais tu m'as dit tout à l'heure...

— Que je m'avouais vaincu, que j'avais abandonné tout espoir d'arriver à la sauver. C'est impossible, je m'en rends compte à présent. Mais je peux au moins lui épargner d'être brûlée vive.

— *La sauver ?* répéta Sarji comme chez Gobind lorsque, inconsciemment, Ash avait employé le singulier au lieu du pluriel.

Mais cette fois, la chose avait été faite de propos délibéré : il n'avait désormais plus rien à cacher.

— Oui, confirma doucement Ash. Anjuli-Bai, la Junior Rani.

— *Non...* haleta Sarji, d'une voix à peine audible mais aussi horrifiée que s'il avait hurlé.

Ash ne s'y méprit pas et dit avec un tranquille sourire, où transparaissait une légère amertume :

— Cela te scandalise, n'est-ce pas ? Mais en *Belait,* il est un proverbe affirmant que « un chat peut bien regarder un roi ». Alors, même un Anglais sans caste peut bien perdre la tête et tomber follement amoureux d'une princesse des Indes. Je suis désolé, Sarji Si j'avais pensé que ça finirait ainsi, je te l'aurais dit plus tôt. Mais je n'aurais jamais imaginé pareille chose, et c'est pourquoi je ne t'avais révélé qu'une partie de la vérité. Ce que je ne t'avais pas dit, pas plus à toi qu'à quiconque, c'est que je m'étais épris d'une des fiancées que l'on m'avait chargé de conduire à Bhitor. Elle n'a rien à se reprocher, mais elle ne pouvait m'empêcher de tomber follement amoureux d'elle. Je l'ai vue épouser le Rana... et je suis reparti en lui abandonnant mon cœur. Il y a plus de deux ans de cela, mais mon cœur est encore à elle et le sera toujours. A présent, tu sais pourquoi je suis venu ici et pourquoi aussi je ne puis repartir.

Sarji exhala un long soupir, puis sa main étreignit l'épaule de Ash :

— Pardonne-moi, mon ami. Je ne voulais pas te faire injure, non plus qu'à elle. Je sais bien que les cœurs ne sont pas des domestiques qui font ce qu'on leur ordonne. Les dieux sont témoins que le mien a déjà été pris une douzaine de fois et je leur en ai grande reconnaissance, car mon père, lui, a donné le sien pour toujours à ma mère et quand elle est morte, il n'a plus été que l'ombre de lui-même. Il aurait compris ce que tu ressens. Mais il ne pouvait pas plus empêcher ma mère de mourir que tu ne peux sauver la Rani.

— Je le sais. En revanche, ce que je peux faire et que je ferai, c'est empêcher qu'elle meure brûlée vive, dit résolument Ash.

— Mais comment cela ? fit Sarji en resserrant son étreinte et secouant son ami. Si tu t'imagines pouvoir pénétrer de force dans le palais...

— Non. Mon intention est d'arriver au Govidan avant la foule et de prendre position sur la terrasse de ce *chattri* qui domine l'endroit où sera édifié le bûcher. De là, je verrai par-dessus toutes les têtes. Alors si, lorsque les Ranis atteindront la clairière, le Sirkar n'est toujours pas intervenu, je saurai que la fin est proche et ce qu'il me reste à faire : lui tirer une balle dans le cœur. Je suis trop bon tireur pour la manquer à cette distance et la mort sera instantanée. Au lieu d'endurer le supplice du feu, elle n'aura même pas le temps de se rendre compte...

— Tu es fou ! murmura Sarji dont le visage avait pris une teinte grisâtre. Complètement fou ! répéta-t-il en lâchant l'épaule de Ash. T'imagines-tu que tes plus proches voisins ne sauront pas qui a tiré ce coup de feu ? Ils te mettront en pièces !

— Mon corps, oui, peut-être, mais quelle importance ? Il y a six balles dans un revolver et il m'en suffira de deux, la seconde pour moi-même. S'ils me mettent en pièces après que je serai mort, tant mieux : ainsi personne ne pourra dire qui j'étais ni d'où je venais. Mais toi, tu feras bien de partir aussi tôt que possible, avec le Hakim-Sahib et Manilal. J'ai écrit au Hakim que tu les rejoindrais à l'endroit où la route enjambe la rivière et où il y a deux palmiers près d'un petit mausolée. Ils sortiront de la ville comme pour se rendre sur les lieux de la crémation et, lorsqu'ils seront dans la campagne, il leur sera facile de se séparer de la foule sans se faire remarquer. Je vais porter moi-même cette lettre. Il y a tellement de gens sur la place que les sbires chargés de surveiller la maison du Hakim ne peuvent voir tous ceux qui passent devant sa porte.

— Et les autres lettres ? questionna Sarji.

— Je souhaite que tu les prennes avec toi pour les mettre à la poste d'Ahmadabad, dit Ash en les ramassant et les tendant une à une à son ami : Voici celle que tu as signée avec moi ; elle est adressée à un notaire, de *Belait*. Celle-ci, écrite aussi en anglais, est pour un capitaine- Sahib de mon régiment, à Mardan. Ces deux-là sont pour un vieil homme, un Pathan, qui a été comme un père pour moi, et pour son fils, un ami de longue date. Cette autre... Non, celle-là aussi je la porterai moi-même au Hakim-Sahib, car elle est destinée à l'oncle des Ranis à Karidkote. Quant à la dernière, elle est pour mon porteur, Gul Baz. Veux-tu veiller à ce qu'il l'ait ? Et aussi à ce que lui et les autres serviteurs puissent retourner chez eux ?

Sarji acquiesça en silence, et rangea soigneusement les lettres sous sa chemise sans plus chercher à discuter ou supplier.

— Il y a encore une chose que tu peux faire pour moi, lui dit alors Ash. C'est un grand service et je donnerais beaucoup pour n'avoir pas à te le demander ; en effet, cela va retarder ton départ et tout retard peut être dangereux. Mais je ne vois aucun moyen de faire autrement, car si je suis pris dans la foule, je risque d'arriver trop tard pour faire ce que j'ai projeté. Afin d'être là-bas avant tout le monde, il me faut y aller à cheval. S'il est exact que les portes seront ouvertes dès que retentiront les gongs, je sellerai aussitôt Dagobaz et me rendrai directement au Govidan. Mais toi, il te vaut mieux sortir plus tard, avec moins de hâte... Si tu me donnes une heure d'avance, je te laisserai Dagobaz du côté du bois le plus éloigné de la ville, derrière le *chattri* en ruine qui a un triple dôme. Les gens n'iront pas jusque-là et tu le trouveras donc sans peine. Veux-tu l'emmener en souvenir de moi, Sarji ? Je n'ai pas le cœur de l'abandonner dans un endroit comme ici, voilà pourquoi je te demande cette faveur... Tu veux bien ?

— Tu n'as pas même besoin de me le demander, répondit Sarji avec brusquerie.

— Merci. Tu es un véritable ami. Et maintenant, comme nous aurons beaucoup à faire demain, dormons.

— Tu penses y arriver ?

— Pourquoi pas ? Cela fait bien des nuits que je n'ai pas dormi parce que mon esprit ne parvenait pas à trouver le repos. Mais à présent que tout est réglé, il n'y a plus rien qui puisse me tenir éveillé. Et si Gobind ne s'est pas trompé pour le Rana, il importe que j'aie demain le regard aussi assuré que la main.

Se mettant debout, Ash marcha jusqu'à la fenêtre en s'étirant et bâillant. Regardant le ciel obscur, il se demanda ce que faisait Juli et si elle pensait à lui. Probablement pas, car Shushila devait être à moitié folle de terreur et accaparer complètement sa sœur. Ainsi occupée, Juli ne pouvait avoir aucune pensée pour celui qu'elle aimait, non plus que pour son vieil oncle ou les montagnes et les deodars de Gulkote, ni même pour elle qui allait partager le sort de Shushila. Elle avait toujours été ainsi et le resterait jusqu'à la fin. Chère Juli... chère petite Kairi-Bai, adorable et fidèle. Ash avait peine à se persuader qu'il la reverrait le lendemain ou le jour suivant un très bref instant, et puis que...

Après la détonation, n'y aurait-il plus que les ténèbres et le néant ? Ou bien allaient-ils se retrouver ensuite pour demeurer à jamais ensemble ? Y avait-il une autre vie après la mort ? Il n'en avait jamais été certain, bien que tous ses proches en parussent assurés. Il enviait leur foi, car si leur conception en différait, Wally, Zarin, Mahdoo et Koda Dad, Kara-ji et Sarjevar n'avaient jamais douté qu'il y eût une autre vie. Eh bien, il saurait bientôt s'ils avaient raison...

Wally était croyant. Il croyait en Dieu et en l'immortalité de l'âme, « la résurrection des morts et la vie du monde à venir ». Il croyait aussi en ces déités surannées que sont le devoir, la loyauté, le patriotisme et « le Régiment ». Voilà pourquoi il était impossible encore maintenant de lui écrire la vérité.

Il aurait même mieux valu ne pas lui écrire du tout, pensa Ash. Il eût été plus charitable de quitter Wally sans plus lui donner signe de vie, en le laissant penser ce qu'il voudrait. Mais l'idée que Wally allait l'attendre, en proie à l'anxiété, espérant contre tout espoir voir revenir celui dont il avait fait son ami et son héros, était insupportable... La seule consolation, c'est que Wally était le seul dont on pût être sûr qu'il mettrait tout en œuvre pour élucider la disparition de Ash. En conséquence de quoi, la mort sur le bûcher des veuves du Rana ne resterait pas ignorée comme on l'eût souhaité à Bhitor... Alors d'un mal il sortirait quand même un bien, car ainsi on pouvait espérer il n'y aurait pas d'autres satî à Bhitor.

Mais aux yeux de Wally, chrétien pratiquant et militaire tout entier donné à son régiment, le suicide paraîtrait impardonnable. Un péché non seulement contre Dieu mais contre les Guides ; en cette période où il y avait sans cesse des guerres ou des rumeurs de guerre un suicide était une forme de lâcheté comparable à la « désertion devant l'ennemi ». Car, en cas de conflit avec l'Afghanistan, les Guides auraient besoin de tous leurs officiers et leurs hommes. Aussi Wally penserait-il sans aucun doute que la Reine et la Patrie auraient dû avoir le pas sur n'importe quel attachement purement personnel, si profond fût-il.

Mais Wally n'avait jamais connu Anjuli-Bai, princesse de Karidkote et Rani de Bhitor. Voilà pourquoi Ash ne lui avait écrit qu'une courte lettre, lui permettant de supposer — s'il apprenait sa mort — que son ami avait été tué par la populace alors qu'il tentait de sauver une veuve du bûcher. De la sorte, il pourrait continuer à le considérer comme un héros... et garder ses illusions.

Ils ne seraient donc qu'une toute petite poignée d'amis à connaître la vérité... « Demain, à cette heure-ci, tout sera peut-être fini », pensa Ash, et il fut surpris de pouvoir envisager cette perspective sans plus d'émotion. Il avait toujours tenu pour une sinistre plaisanterie la phrase « le condamné a pris son dernier repas avec appétit », mais il se rendait compte à présent que c'était probablement vrai : lorsqu'on a perdu tout espoir, on connaît une surprenante paix parce qu'on a cessé de lutter et qu'on s'est résigné à l'inévitable. Maintenant que tout était fini, c'était comme si on l'avait enfin libéré d'un fardeau trop lourd pour lui.

Les années avaient passé vite, vite... Mais, dans l'ensemble, ç'avait été une vie dont il gardait beaucoup de bons souvenirs... avant d'aller Dieu sait où. S'il était vrai, comme certains l'assuraient, que l'esprit des morts s'en retourne vers les lieux qu'ils ont le plus aimés de leur vivant, alors lui se réveillerait au milieu des montagnes, peut-être enfin dans la vallée que Sita lui avait si souvent décrite qu'il croyait presque la connaître. La vallée où ils auraient construit une hutte, planté des cerisiers, fait pousser du blé, des piments, élevé une chèvre. Et permis à Kairi-Bai de venir les rejoindre...

Cette pensée lui procura le premier réconfort de cette journée, et quand il se détourna de la fenêtre pour s'étendre tout habillé sur son lit, il souriait.

41

Gobind avait vu juste : le Rana ne passa pas la nuit. Il mourut à l'heure la plus sombre, celle qui précède l'aube ; peu après, le silence de la nuit fut fracassé par les gongs de bronze qui avaient annoncé la mort de tous les souverains de Bhitor depuis Bika Rae, le premier Rana, fondateur de la cité.

Ce fut comme un roulement de tonnerre déferlant sur le lac et la vallée, que se renvoyèrent tous les échos des collines. En l'entendant, Ash se dressa sur son lit, l'esprit lucide, prêt à l'action.

On étouffait dans la petite pièce, car le vent de la nuit était tombé. La lune aussi avait disparu derrière les collines, laissant la chambre dans une telle obscurité que Ash fut un moment avant de trouver et allumer la lampe. Mais ensuite tout alla très vite et, cinq minutes plus tard, il était dans la cour avec Sarji, en train de seller Dagobaz.

Ils n'avaient pas besoin de faire silence, car la nuit continuait de retentir du vacarme des gongs et des lampes étaient allumées dans toutes les maisons cependant que les gens qui couchaient dans les rues s'agitaient et s'interpellaient.

Dagobaz, qui n'appréciait pas les gongs, soufflait en rabattant ses oreilles, mais il se calma dès que Ash fut près de lui.

— On dirait qu'il se rend compte de la gravité des circonstances, remarqua Sarji.

— Bien sûr qu'il s'en rend compte Il sent tout... N'est-ce pas, mon garçon ?

Dagobaz posa sa tête sur l'épaule de Ash qui le caressa de sa joue en disant ·

— Sois bon avec lui, Sarji. Ne le laisse pas...

Il ne put achever, la gorge nouée, et continua le harnachement en silence jusqu'à ce qu'il pût de nouveau parler, d'une voix dépourvue d'émotion :

— Voilà, c'est fait Je te laisse la carabine, Sarji, je n'en ai aucun besoin alors que toi et les autres n'aurez pas trop d'armes.. Nous avons été de bons amis et je suis désolé de t'avoir entraîné dans cette affaire Je n'aurais jamais dû accepter... Seulement, j'avais espéré que... Enfin, inutile d'épiloguer, mais sois très prudent. Car si jamais il t'arrivait quelque chose...

— Sois sans inquiétude. Je te promets d'être la prudence même. Tiens, prends ma cravache. Elle pourra t'être utile pour te frayer un chemin à travers la foule. Tu as le revolver ?

— Oui... Ouvre-moi la porte de la cour, veux-tu ? Au revoir, Sarji. Bonne chance... et merci !

Ils s'embrassèrent comme des frères, puis Ash conduisit Dagobaz dans la rue.

— Il va faire bientôt jour, remarqua Sarji en lui tenant l'étrier Les étoiles commencent à pâlir, l'aube n'est pas loin. Je voudrais tant...

Il s'interrompit et poussa un soupir ; se penchant sur sa selle, Ash lui étreignit l'épaule, puis son talon effleura le flanc de Dagobaz et il partit sans se retourner.

La porte de la maison de Gobind était fermée et celui qui devait y monter la garde avait dû être emporté par la foule, comme l'eût été Ash s'il n'était venu à cheval. D'être ainsi surélevé, lui permit de se trouver à la hauteur d'une fenêtre du premier étage, qu'on avait laissée ouverte à cause de la chaleur de la nuit. Il n'y avait aucune lumière dans la maison mais, lorsqu'il frappa contre le montant de la fenêtre, le visage de Manilal apparut dans l'ouverture.

— Qu'est-ce que c'est ? Qui est là ?

Pour toute réponse, Ash lui jeta les deux lettres, puis fit opérer une violente volte-face à Dagobaz, afin de rebrousser chemin à contre-courant de la foule. Dix minutes plus tard, il se retrouva enfin dans des rues presque désertes menant à la Porte Mori. Le marchand de charbon n'avait pas menti en disant qu'on ouvrait aussitôt les portes, afin que l'esprit du mort pût sortir par celle qu'il préférait.

La légende disait que l'esprit des défunts Ranas empruntait plus volontiers celle de Thakur, parce qu'elle était proche du temple. Mais jusqu'à maintenant, aucun prêtre ne s'était risqué à prétendre avoir vu passer l'un d'eux. Cette nuit toutefois, ceux qui eurent la chance de se trouver à proximité de la Porte Mori, purent affirmer avoir vu l'esprit du Rana, montant un cheval noir dont les sabots ne faisaient aucun bruit, passer devant eux comme un éclair et disparaître.

C'est le vacarme des gongs qui avait couvert le bruit des sabots et, pour ne pas risquer d'être arrêté, Ash avait franchi la porte au galop. Ignorant qu'il venait de donner corps à une légende que l'on se raconterait aussi longtemps que survivrait cette superstition, Ash piqua des deux sur la route poussiéreuse menant vers le nord.

Ses yeux s'habituant à l'obscurité de la campagne, le jeune

homme commençait à distinguer vaguement les contours des collines proches sur le fond du ciel qui s'éclaircissait un peu.

Dagobaz avait toujours aimé galoper au petit matin à travers la campagne et, ces derniers temps, il était demeuré trop souvent à se morfondre dans la cour du marchand de charbon. En sus de quoi, cet inexplicable vacarme — dont il percevait encore le lointain écho — lui avait mis les nerfs à vif. Aussi allait-il comme le vent! A un moment, il s'enleva superbement par-dessus un buisson épineux et Ash, enthousiasmé, lui flatta l'encolure en s'écriant :

— Ah! mon garçon... Tu es vraiment merveilleux!

Ils avaient dépassé la masse sombre du bois du Govidan et tout autour d'eux les collines s'étageaient en amphithéâtre sous un ciel couleur de perle. Dagobaz ayant épanché son trop-plein d'énergie, Ash le mit au pas. Il n'y avait aucune presse puisque le corps du Rana n'arriverait guère avant midi sur les lieux de la crémation. Il fallait en effet le temps d'organiser la procession. Mais les curieux tenaient à s'assurer les meilleures places et une certaine activité régnait déjà dans le bois.

Ayant fait demi-tour, Ash vit aller et venir les prêtres vêtus de jaune; de tous les coins de la plaine des petits nuages de poussière convergeaient vers le Govidan, trahissant l'approche de charrettes et de palanquins, de gens à pied ou à cheval. Il était temps de gagner la clairière.

Avant de déboucher dans celle-ci, Ash descendit de cheval sous les arbres et mena Dagobaz vers les ruines d'un vieux *chattri* que couronnait un triple dôme. Le socle massif était creusé de couloirs dont certains menaient au bassin central qui était à ciel ouvert, tandis que d'autres s'orientaient vers le haut mais ne contenaient plus que les vestiges d'escaliers permettant d'accéder à la terrasse. Plus personne ne devait visiter ce *chattri* délabré; toutefois un des couloirs était encore dans un bon état relatif, et il constituerait pour Dagobaz une écurie plus fraîche et confortable que l'appentis du marchand de charbon.

Ash attacha Dagobaz à une colonne intacte et s'en fut jusqu'au bassin chercher de l'eau dans un seau de toile qu'il avait apporté avec lui. Il avait aussi du grain et un peu de bhoosa dans un sac, car il savait que Sarji ne viendrait pas chercher le cheval avant une heure ou deux et que, ensuite, ils ne s'arrêteraient qu'après avoir rejoint Bukta; aussi importait-il que Dagobaz eût maintenant à boire et à manger.

Dans la clairière, des bruits de voix éclipsaient maintenant les chants d'oiseaux Derrière les *chattris* qui faisaient directement face à l'emplacement où aurait lieu la crémation, des marchands avaient édifié des comptoirs improvisés où ils vendaient de quoi se restaurer et ils avaient déjà des clients. Mais l'assistance était encore peu nombreuse et, bien qu'il y eût dans la clairière beaucoup de prêtres et de dignitaires ainsi que des gardes du palais en uniforme, personne ne prêta attention à Ash, car ils étaient tous occupés à parler entre eux en surveillant la construction du bûcher.

En plus grand et plus ornementé, le *chattri* le plus proche du bûcher ressemblait à celui, beaucoup plus ancien, où Ash avait laissé Dagobaz. Mais ici les escaliers aménagés dans l'épaisseur des murs étaient en excellent état; Ash gravit l'un d'eux et atteignit sans encombre la large terrasse de pierre. Il y prit une position stratégique entre le parapet et le mur d'un petit pavillon. Celui-ci en flanquait un autre, beaucoup plus important, consistant en trois étages de galeries ajourées, qui allaient en diminuant comme ceux d'une pièce montée et dont le dernier était surmonté de dômes.

Ce *chattri* avait été construit face au soleil levant et aux arbres du bois, mais sa façade ouest était à une trentaine de mètres d'une plate-forme en brique récemment aménagée, sur laquelle une demi-douzaine de prêtres édifiaient un bûcher de bois de cèdre et de santal.

A mesure que le soleil montait dans le ciel, la fraîcheur du matin faisait rapidement place à une chaleur lourde. Le miroir vert que constituait l'eau du bassin reflétait si clairement chaque détail du *chattri* que Ash n'avait pas besoin de lever la tête pour voir les *chiks* qui, au second étage du pavillon central, formaient une sorte de petite pièce où des dames pourraient suivre le spectacle sans manquer au *purdah*...

Il semblait n'y avoir encore personne derrière les rideaux de bambous, mais la clairière s'animait de plus en plus. Aussi des dignitaires de faible importance commençaient-ils à donner des ordres pour que la foule soit contenue et laisse un large passage à la procession funèbre.

Ash avait bien fait de ne pas attendre pour prendre position, ca. ce fut bientôt toute la ville qui afflua sur les lieux, transformant la vaste clairière, aussi bien que les étroits sentiers entre les arbres, en une véritable mer humaine au-dessus de laquelle s'agglutinaient des hommes tant sur les marches, terrasses et pavillons des *chattris* environnants, que sur les maîtresses branches des arbres s'élevant à l'orée du bois. Le bruit fait par cette multitude évoquait le ronronnement de quelque chat monstrueux

Ash était insensible à ce bruit comme à la chaleur et à la poussière. S'il s'était mis à pleuvoir ou neiger, il ne l'eût sans doute pas davantage remarqué tant il se concentrait pour être parfaitement calme et détendu. Il était essentiel que sa main fût ferme et son regard assuré, car une seconde chance lui serait certainement déniée Se rappelant des choses que Kara-ji lui avait dites touchant les bienfaits de la méditation, il gardait son regard fixé sur une fissure du parapet, comptait les battements de son cœur, respirait lentement et s'efforçait de faire le vide dans son esprit.

Il y avait maintenant de plus en plus de gens qui le pressaient sur sa gauche, mais il était adossé au mur du pavillon, et l'espace séparant ses genoux du parapet était trop étroit pour que même un enfant malingre pût s'y glisser. Ce côté de la terrasse demeurait encore dans l'ombre et, contre son dos, la pierre gardait un peu de la fraîcheur nocturne. Ash se sentait étrangement paisible et enclin aussi à la somnolence, ce qui n'avait rien d'étonnant vu qu'il n'avait guère fermé l'œil depuis l'arrivée de Manilal à Ahmadabad, mais semblait un peu ridicule à une heure environ du sommeil éternel.

Ridicule ou non, Ash dut s'assoupir car il fut brusquement réveillé par le choc d'un corps et une vive douleur au pied gauche Ouvrant les yeux, il vit le soleil au zénith et que tout le monde en bas regardait le *chattri*.

Sur la terrasse même, une demi-douzaine de gardes du palais distribuaient des coups de bâtons afin de dégager un chemin en direction de l'escalier menant au second étage, et c'est ainsi que le gros homme se trouvant à la gauche de Ash avait été amené à lui marcher sur le pied en le bousculant. Il balbutia une excuse et parut en grand danger de choir par-dessus le parapet sur les gens d'en bas Ash le retint par le bras et lui demanda ce qui se passait.

— Ce sont des femmes de la noblesse qui arrivent pour assister à la cérémonie, répondit l'autre en redressant son turban. Très probablement de la famille du Diwan... ou peut-être de l'héritier du Rana. Elles observeront tout de là-haut, derrière ces *chiks,* tandis que le garçon ira en procession mettre le feu au bûcher. On dit que sa mère...

L'homme continua de faire des commentaires et des prévisions émaillés de commérages, mais Ash ne l'écouta bientôt plus, se bornant à hocher la tête de temps à autre.

Il s'inquiétait de l'heure. A en juger par la position du soleil, midi était passé depuis longtemps, si bien que le corps du défunt avait maintenant dû quitter le Rung Mahal pour entreprendre sa lente traversée de la cité. Derrière lui, il y avait Juli... Juli et Shushila, les Ranis de Bhitor..

On avait dû les revêtir de leurs plus beaux atours : Juli en jaune et or, Shu-shu drapée d'écarlate... Mais, cette fois, le sari ne dissimulerait pas leur visage : il serait rejeté en arrière, pour que tout le monde pût bien les voir. Les *satî*, les saintes...

Ash savait que, dans le passé, on avait administré des drogues à bien des veuves afin qu'elles ne faiblissent point devant le bûcher. Il ne pensait pas toutefois que Juli s'en irait ainsi vers la mort, mais elle avait certainement dû veiller à ce que Shu-shu bénéficiât de cette mesure. Il souhaita que les drogues fussent suffisamment fortes pour couper Shushila de la réalité, tout en lui permettant encore de marcher. Car on s'attendait à ce qu'elles viennent à pied. C'était la coutume.

Ash ne s'était pas aperçu que son voisin avait cessé de parler, ni que l'assourdissant brouhaha déclinait. Il n'en prit conscience que lorsque subsistèrent encore quelques cris d'enfants avant que ne s'instaure un profond silence. Tous ceux qui guettaient avaient donné le signal en apercevant les bouffées de fumée blanche et les éclairs en provenance des forts qui dominaient la ville. A présent que le silence s'était fait, on entendait le bruit lointain du canon. Les forts tiraient afin de signaler l'instant où le défunt Rana quittait sa capitale pour la dernière fois.

Dans la foule, quelqu'un cria d'une voix perçante « Ils arrivent ! » et Ash perçut alors le son incroyablement sinistre émanant des conques dans lequelles soufflaient les Brahmanes marchant en tête du cortège. Puis lui parvint la grande rumeur faite par des milliers de voix saluant l'apparition des satî en criant : *Khaman Kher ! Khaman Kher !* (Bravo !)

Ce fut comme si une rafale de vent passait sur la foule de la clairière et des terrasses. Son brouhaha reprit, plus atténué mais chargé d'anticipation au point qu'une vibration sembla se communiquer à l'air même de ce brûlant après-midi. Il noya les bruits plus éloignés, si bien qu'il devint impossible de juger dans combien de temps le cortège atteindrait la clairière. Une demi-heure peut-être ? Mais même lorsque la procession arriverait là, Ash savait qu'il aurait encore beaucoup de temps devant lui car il avait pris la peine de s'informer de tous les détails de la cérémonie.

La tradition exigeait qu'une satî porte sa robe de mariée et soit parée de ses plus beaux bijoux. Toutefois, il n'était pas nécessaire que ceux-ci finissent dans les flammes : le rituel conservait le sens pratique Donc, Juli commencerait par se dépouiller de ses bijoux Après quoi, elle devrait se laver les mains avec de l'eau du Gange et faire trois fois le tour du bûcher avant d'y monter. Donc Ash aurait tout le temps de choisir le bon moment..

Plus qu'une demi-heure... peut-être même moins. Et pourtant cela lui semblait une éternité, tant il avait hâte d'en finir!

Et c'est alors que l'inattendu se produisit.

Sentant quelqu'un lui prendre le bras, Ash crut avoir affaire à son voisin bavard et se tourna vers lui avec agacement. Mais il vit que le gros homme avait été délogé de sa place par un des serviteurs du palais, et c'était celui-ci qui venait de lui prendre le bras. En un éclair, Ash pensa que tout avait été découvert et, instinctivement, il essaya de se libérer mais ne put y parvenir. Aussitôt, à travers la mousseline qui voilait le bas de son visage, le garde lui dit :

— C'est moi, Ashok. Viens! Dépêche-toi!

— *Sarji!* Que fais-tu ici? Je t'avais dit...

— Ne parle pas! lui recommanda Sarji à mi-voix en jetant par-dessus son épaule un regard inquiet. Contente-toi de me suivre.

— Non, rétorqua Ash sur le même ton en essayant de lui faire lâcher prise. Si tu t'imagines pouvoir m'arrêter, tu perds ton temps... Rien ne m'arrêtera plus! J'irai jusqu'au bout de ce que je me suis juré...

— Mais tu ne le peux pas. Elle est ici.. *Ici,* avec le Hakim.

— Qui ça? Si c'est une ruse pour que je...

Ash s'interrompit net, car Sarji venait de lui glisser quelque chose dans la main. Quelque chose de petit, mince et dur. Un morceau de nacre gravé à la ressemblance d'un poisson...

Ash le regarda d'un air incrédule et Sarji en profita pour l'entraîner à travers la foule, qui s'écartait devant lui parce qu'il portait la tenue des serviteurs du palais, rouge, orange et jaune.

Derrière la masse des spectateurs, plusieurs soldats veillaient à ce qu'on laissât libre un chemin allant d'un accès latéral à l'escalier montant vers le second étage du pavillon central. Mais eux aussi, reconnaissant les couleurs du palais, laissèrent passer les deux hommes.

Sarji tourna à droite et, sans lâcher le bras de Ash, gagna une volée de marches qui descendaient vers un couloir semblable à celui où Dagobaz avait été attaché. Seuls des spectateurs privilégiés étaient autorisés à emprunter cette voie et il n'y avait personne dans l'escalier : les gardes d'en bas guettaient le cortège et ceux d'en haut s'employaient à contenir la foule. A mi-hauteur de l'escalier, une ouverture etroite perçait le mur et donnait accès à un passage qui devait déboucher près du bassin central. Sarji s'y engagea vivement et, lâchant enfin Ash, il dénoua le pan du turban qui lui voilait le bas du visage, puis se laissa aller contre le mur en haletant comme s'il avait couru.

— *Wah!* fit-il en s'épongeant. Ç'a été plus facile que je ne le pensais. Espérons qu'il en ira de même pour le reste.

Il se baissa pour prendre un baluchon qui était par terre ·

— Tiens... Mets vite ça. Toi aussi, il faut que tu aies l'air d'être un des *nauker-log* du Rung Mahal, et il n'y a pas de temps à perdre.

Tandis que Ash se hâtait d'enfiler le costume qui constituait le baluchon, d'une voix tout juste audible, Sarji lui fit un bref récit de ce qui était arrivé.

Il s'apprêtait à partir lorsque Manilal était survenu chez le marchand de charbon avec des nouvelles qui bouleversaient tous leurs plans. Comprenant qu'elle allait mourir, il semblait que la Senior Rani eût usé du pouvoir et de l'influence qu'elle possédait encore afin d'épargner le même sort à sa demi-sœur, Anjuli-Bai.

Au cours de la nuit précédente, elle s'était arrangée pour que sa sœur quitte en secret le palais et se rende dans une maison située hors de la ville, demandant seulement qu'Anjuli-Bai assiste aux ultimes cérémonies. Un emplacement fermé par des rideaux de bambou lui était réservé et, le jour des funérailles, elle y serait conduite par des gardes et des serviteurs choisis pour leur dévouement à la Senior Rani. La servante qui avait souvent servi d'intermédiaire, était venue annoncer cela au Hakim, lequel avait aussitôt envoyé Manilal chercher le Sahib... qui était déjà parti.

— Nous sommes donc retournés ensemble chez le Hakim, continua Sarji, et c'est lui qui a tout organisé. Il avait même les vêtements déjà prêts car il les gardait en réserve depuis déjà plusieurs lunes pour le cas où, un jour, il serait conduit à s'enfuir de Bhitor Qui mieux qu'un serviteur du palais peut circuler partout sans qu'on lui pose des questions ? Il avait donc fait confectionner ces costumes par Manilal, avec de l'étoffe achetée au bazaar. Par la suite, il en avait fait ajouter deux autres pour servir éventuellement aux Ranis, puis deux encore pour le cas où des femmes de Karidkote les accompagneraient. Ayant mis ces vêtements, nous sommes venus ici sans que personne s'en formalise le moins du monde... Tu es prêt ? Parfait. Veille bien à ce que le pan du turban ne te trahisse pas en se détachant. Maintenant suis-moi... et prie Dieu que tout continue d'aller bien !

Après la pénombre du passage, l'éclat du soleil était tellement intense que Ash dut fermer à demi les yeux tandis qu'il gagnait derrière Sarji l'étage inférieur du pavillon principal où une demi-douzaine d'hommes, appartenant à la garde personnelle du Rana, avaient été postés pour empêcher le public d'entrer. Mais eux non plus n'accordèrent aucune attention à deux serviteurs du palais. Passant devant eux, Sarji s'engagea dans l'escalier menant à l'étage où des rideaux de bambou masquaient l'intervalle entre les colonnes.

A un pas derrière lui, Ash l'entendait marmotter et il comprit que son ami priait, sans doute pour remercier le Ciel. Quand ils arrivèrent en haut des marches, Sarji s'effaça en écartant un épais rideau et lui fit signe d'entrer.

42

L'enclos délimité par les rideaux de bambou avait environ cinq mètres carrés et semblait plein de gens, dont certains étaient assis. Mais Ash ne vit qu'une silhouette un peu à l'écart, dont la rigidité évoquait un animal captif immobilisé par la terreur.

Juli...

Elle se tenait devant l'un des *chiks,* si bien qu'il la voyait à contre-jour, silhouette sans visage habillée elle aussi comme les serviteurs du palais. A cause de ces vêtements, une personne non prévenue l'eût prise pour un homme et cependant Ash l'avait aussitôt reconnue. Il était convaincu que, même aveugle, il eût été droit vers elle, tant étaient forts les liens qui les unissaient l'un à l'autre.

Il écarta aussitôt le pan de turban qui lui masquait le visage, mais Anjuli n'imita pas son geste et il ne vit d'elle que ses yeux.

Les yeux pailletés d'or qu'il se rappelait si bien n'avaient rien perdu de leur beauté mais, à mesure que son regard s'accoutumait à la lumière tamisée, Ash se rendit compte qu'ils n'exprimaient aucune joie ni bienvenue. L'héroïne du conte d'Andersen, *La Reine des Neiges,* celle dont le cœur avait été transpercé par un éclat de verre, devait avoir un tel regard...

Il fit un pas vers elle, et aussitôt quelqu'un le retint par le bras . Gobind, vêtu lui aussi comme un serviteur, mais dont le visage était découvert.

— Ashok, fit le médecin sans élever la voix mais d'un ton si pressant que Ash s'immobilisa, se rappelant juste à temps que, à l'exception de Juli, seuls parmi les gens présents, Gobind et Sarji étaient au courant des liens existant entre la Rani et lui-même. La situation comportait déjà suffisamment de dangers, sans qu'il l'aggravât en trahissant ce qui n'eût pas manqué de scandaliser les autres personnes présentes, au point de tout gâcher.

Se forçant à ne plus regarder Anjuli, il tourna les yeux vers Gobind, qui eut alors un petit soupir de soulagement et lui lâcha le bras en disant :

— Je remercie les dieux que vous soyez venu, car il y a beaucoup à faire et il nous faut surveiller ceux qui sont ici. La femme surtout, qui ne manquerait pas de crier si on lui en laissait la possibilité. Or il y a nombre de gardes à portée d'oreille...

— Quelle femme ? demanda Ash car il n'en existait qu'une à ses yeux.

Gobind esquissa un geste et, alors seulement, Ash se rendit compte que, outre Manilal, ils étaient sept dans l'enclos des stores. Une seule femme dans le nombre, sans doute une suivante de Juli. L'homme obèse aux nombreux mentons et à la peau aussi lisse que celle d'un bébé ne pouvait être qu'un des enuques. En sus de quoi, il y avait deux serviteurs du palais, deux militaires et un garde du corps du Rana. Tous étaient assis par terre ficelés comme des volailles et bâillonnés, à l'exception du garde du corps qui, lui, était mort. De son œil gauche, jaillissait encore le manche du stylet dont la lame avait atteint le cerveau.

Ash pensa que c'était Gobind qui avait dû porter un coup d'une aussi mortelle précision au seul endroit vulnérable, l'homme étant protégé par une cotte de mailles et un casque de cuir à l'épaisse jugulaire...

— Oui, dit Gobind en réponse à la question informulée. Nous ne pouvions pas l'assommer d'un coup sur la tête comme nous l'avions fait pour les autres. Il nous fallait donc le tuer, d'autant que lorsqu'il a parlé à l'eunuque à travers le rideau — ignorant que l'autre était en notre pouvoir —, il s'est révélé être de ceux qui voulaient voir Anjuli-Bai punie pour avoir failli à son devoir en se dérobant au bûcher. Non seulement il n'était pas question qu'on la laisse retourner à Karidkote, mais dès que la Senior Rani n'aurait plus été en vie pour la protéger, ils avaient résolu de lui brûler les yeux avant de la ramener au Zenana.

Ash eut l'impression de recevoir un coup terrible au creux de l'estomac et fut incapable de prononcer une seule parole.

— Oui, continua Gobind, ça ne fait aucun doute. Le brasier est ici même, en attente avec les fers. C'est l'eunuque et cette charogne qui s'en seraient chargés, avec l'aide de la femme et des autres. Quand j'y pense, je regrette de ne pas les avoir tous tués.

— Ça, on peut y remédier ! dit, entre ses dents, Ash tremblant de rage.

Mais la voix incisive de Gobind pénétra le brouillard meurtrier qui lui avait soudain envahi la tête et le ramena à la raison.

— Laissez-les, dit-il. Ce ne sont que des instruments. Ceux qui leur ont commandé ce geste ou les ont soudoyés pour qu'ils l'exécutent seront dans le cortège funèbre, à l'abri de notre vengeance. Il n'est pas juste de tuer l'esclave et de laisser impuni le maître qui l'a commandé. D'ailleurs, le temps nous presse trop pour cela. Si nous voulons sortir d'ici en vie, il nous faut les vêtements de cet homme et aussi ceux d'un des serviteurs. Je vais m'en occuper avec Manilal, si votre ami et vous voulez bien vous charger de surveiller les prisonniers.

Sans attendre la réponse, il s'en fut vers le mort et entreprit de lui retirer son casque, lequel n'était pratiquement pas taché, car la blessure n'avait que très peu saigné, Gobind ayant eu soin de n'en pas retirer l'arme...

Sortant son revolver, Ash le braqua en direction des captifs tandis que Sarji surveillait l'entrée de la terrasse. Il se rendait toutefois compte que le revolver était inutilisable, car la détonation eût aussitôt fait accourir gardes et serviteurs se trouvant à proximité.

Fort heureusement, les prisonniers ne semblaient pas avoir conscience de cela, comme le montraient bien les regards terrifiés que, au-dessus des bâillons, ils rivaient sur cette arme qui leur était peu familière.

Ayant fini de dépouiller le mort, Gobind et Manilal aidèrent Sarji à retirer sa tenue de serviteur et revêtir ce harnachement.

— C'est une chance que vous soyez de la même taille, dit Gobind en lui passant la cotte de mailles par-dessus la tête, mais ceci a été conçu pour quelqu'un de plus robuste... Enfin, nous n'y pouvons rien et ceux qui sont dehors seront trop intéressés par la cérémonie pour remarquer de tels détails.

— C'est ce que nous espérons, rectifia Sarji avec un rire bref. Mais dans le cas contraire ?

— Dans le cas contraire, nous mourrons, répondit Gobind sans la moindre émotion. Mais je pense que tout se passera bien. Maintenant, voyons un peu ceux-ci... continua-t-il en portant son attention vers les captifs.

La femme et l'eunuque étaient verts de peur. Ils s'attendaient à subir le meme sort que leur compagnon, en retour du supplice qu'ils voulaient infliger à la Junior Rani.

Sarji et Ash n'auraient pas hésité à le faire, mais Gobind avait l'habitude de sauver les vies et non de les prendre. Il avait tué le garde parce que c'était nécessaire et n'en éprouvait aucun regret, mais il n'eût pas commis de sang-froid des meurtres qui étaient inutiles aussi longtemps que les captifs se trouvaient dans l'impossibilité d'appeler au secours.

En vérifiant les liens de la femme, Manilal s'aperçut qu'elle avait quelque chose de dur et de volumineux dissimulé dans un pli de sa robe fixé par la ceinture Il extirpa de cette cachette un collier d'or massif incrusté de perles et d'émeraudes, magnifique bijou qu'aucune suivante ne pouvait détenir honnêtement.

Manilal le fit passer à Gobind, en disant que cette garce était aussi une voleuse, mais la femme secoua frénétiquement la tête, ce qui amena le médecin à déclarer :

— Non, elle ne l'a pas volé... C'est le prix du sang, qui lui avait été versé d'avance pour ce qu'elle avait accepté de faire. *Pah!*

Il laissa tomber le collier comme s'il se fût agi d'un serpent venimeux, mais Ash le ramassa aussitôt. Si Gobind pas plus que Manilal n'avait pu reconnaître le fabuleux joyau, Ash avait déjà eu par deux fois l'occasion de le voir : lorsqu'on avait dressé devant lui l'inventaire des bijoux que les fiancées emportaient de Karidkote et, la seconde fois, lorsque Anjuli le portait en quittant le Palais de la Perle, après les cérémonies du mariage.

— Deux bracelets complètent la parure, dit-il d'une voix sèche Regardez si l'eunuque les a.

L'eunuque n'avait pas les bracelets — qui furent ensuite trouvés sur les deux serviteurs du palais, — mais détenait un collier de diamants taillés en table, frangé de perles, que Ash n'eut également aucune peine à reconnaître. Ainsi donc, pensa-t-il, le Rana était à peine mort que les ennemis de Juli s'étaient empressés de faire main basse sur les biens personnels de la veuve, allant même jusqu'à utiliser quelques-uns de ses bijoux pour soudoyer ceux qui la tortureraient. Mais il n'imaginait pas le Diwan témoignant d'une telle prodigalité, alors qu'il lui suffisait d'ordonner le supplice.

Non, cela relevait d'une extraordinaire duplicité : ces bijoux avaient été délibérément choisis afin que le Diwan pût prétendre ignorer l'horrible forfait, et ordonner l'arrestation de ceux qui l'avaient commis. Alors, en découvrant ces bijoux sur eux, on pourrait les accuser d'avoir aveuglé la Rani pour qu'elle ne pût s'apercevoir qu'ils l'avaient volée, et ils seraient aussitôt mis à mort A la suite de quoi, n'ayant plus rien à craindre, le Diwan s'approprierait les joyaux.

Ash se pencha vers l'eunuque dont les yeux s'exorbitèrent de terreur, mais ce n'était que pour lui arracher un morceau de vêtement, dans lequel il enveloppa les bijoux avant de les escamoter à l'intérieur de sa robe.

— Il est temps de partir, dit-il alors. Toutefois, il nous faut d'abord être sûrs que cette vermine ne donne pas l'alarme en se roulant jusqu'aux stores, de l'autre côté desquels ils pourraient émerger à la vue de la foule. Nous allons les attacher tous ensemble, puis les lier à l'un de ces piliers.

Ce qui fut fait avec les turbans des prisonniers, dont les ceintures avaient déjà servi à les bâillonner.

— Là ! fit Ash en serrant un dernier nœud. Comme cela, ils ne risquent pas de se libérer tout seuls. Et maintenant, partons vite !

Personne ne bougea.

— Allons, venez ! insista Ash dont la sécheresse de la voix trahissait une terrible tension intérieure. Nous ne pouvons nous permettre d'attendre. La tête du cortège arrivera ici d'un instant à l'autre, et cela provoquera suffisamment de brouhaha pour couvrir n'importe quel autre bruit. Plus nous nous attardons, plus sera court le temps qui s'écoulera avant que l'on constate la disparition de la Rani.

Comme ils restaient toujours immobiles, Ash, déconcerté, s'aperçut soudain que ça n'était pas lui qu'ils regardaient mais Anjuli. Suivant la direction de leurs regards, il vit qu'elle continuait de leur tourner le dos et n'avait pas bronché. Pourtant, elle n'avait pu manquer d'entendre ce qu'il disait.

— Qu'est-ce que c'est ? Que se passe-t-il ?

La question s'adressait à Anjuli plutôt qu'aux trois hommes, mais ce fut Sarji qui répondit :

— La Rani-Sahiba ne veut pas partir ! lança-t-il avec exaspération. Nous avions décidé, si notre plan réussissait, que le Hakim-Sahib et Manilal l'emmèneraient dès qu'elle aurait revêtu son déguisement ; moi, je devais aller te chercher pour que nous les rejoignions ensuite. C'était la meilleure solution pour tout le monde, et elle avait commencé par s'y rallier. Puis, tout d'un coup, elle a dit vouloir voir sa sœur devenir satî et qu'elle ne partirait pas avant cela. Peut-être réussiras-tu à la convaincre... Nous, nous avons fait tout notre possible, mais en vain !

La colère s'empara de Ash ; sans se soucier des yeux qui l'observaient, il saisit Anjuli par les épaules, la forçant à lui faire face :

— Est-ce vrai ?

Et comme elle se taisait, il la secoua en disant d'un ton impérieux :

— *Réponds-moi !*

— Elle... Shushila... Elle ne se rend pas compte... murmura-t-elle, les yeux toujours glacés d'horreur. Elle n'imagine pas ce que ça va être. Quand elle...

— *Shushila* ! (Ash parut cracher le nom.) Toujours Shushila ! Et égoïste jusqu'au bout, j'imagine que c'est elle qui t'a fait promettre de rester, hein ? Oh ! oui, je sais, elle t'a sauvée du bûcher ! Mais si elle avait vraiment voulu te rendre tout ce que tu as fait pour elle depuis tant d'années, au lieu de te supplier de venir ici la regarder mourir, elle t'aurait fait quitter clandestinement ce pays, afin d'être sûre que tu échappes aux hommes du Diwan !

— Tu ne comprends pas, murmura Anjuli comme une somnambule.

— Détrompe-toi ! Je ne comprends que trop bien. Tu continues d'être hypnotisée par cette petite égoïste hystérique, au point d'être prête à courir le risque d'une atroce mutilation — et aussi de mettre nos vies en péril à Gobind, Sarji, Manilal et moi — juste pour exaucer le dernier vœu de ta chère petite sœur et la regarder se suicider. Eh bien, pas question ! Tu vas t'en aller d'ici, même si je dois t'emmener de force !

Il tremblait de rage, mais une partie de son cerveau pensait : « C'est Juli, que j'aime plus que tout au monde, et que j'avais tant peur de ne jamais plus revoir. Elle est enfin de nouveau devant moi... et je ne trouve rien d'autre à faire que m'emporter contre elle... »

C'était insensé... Tout autant que sa menace de l'emmener de force, ce qui n'eût pas manqué d'attirer les regards sur eux. Il fallait qu'elle les suive de son plein gré. Mais si elle s'y refusait ?

Le vacarme discordant des cris mêlé au bruit des conques était maintenant tout proche. Le cortège n'allait plus guère tarder à déboucher dans la clairière.

Anjuli s'était détournée à demi, comme par crainte de manquer l'arrivée, dans une sorte de ralenti qui fit comprendre à Ash qu'elle était dans un état de choc, inconsciente de la colère qu'elle provoquait chez lui. Respirant à fond pour se calmer un peu, il se mit à lui parler comme à une enfant : « Comprends donc, ma chérie : du moment que Shushila te croira là, en train de la regarder et de prier pour elle, ce sera comme si tu étais vraiment présente. Ces *chiks* l'empêcheront de voir si tu es ou non sur la terrasse, et même si tu l'appelais au passage, elle ne t'entendrait pas. Alors...

— Oui, je le sais. Mais...

— Juli, si tu restes là, tu garderas de ces instants un souvenir horrifiant qui te hantera pour le reste de ta vie, sans que tu sois pour autant d'aucun secours à Shushila.

— Oui, je le sais, répéta-t-elle. Mais toi, tu peux lui être d'un grand secours.

— Moi ? Non, ma chérie. Ni moi ni personne. On ne peut plus rien pour elle maintenant. J'en suis désolé, Juli, mais c'est la vérité et tu dois t'en convaincre

— Non. Ce n'est pas vrai.

Anjuli lui prit les poignets, et ce mouvement acheva de faire tomber le pan du turban qui s'était à demi détaché quand Ash l'avait secouée par les épaules.

Le changement intervenu dans le cher visage était tel, que ce fut pour Ash comme si on lui enfonçait un glaive dans le cœur. On eût dit qu'elle avait passé ces deux dernières années dans quelque donjon où ne pénétrait jamais la lumière du jour. Émacié à l'extrême, son visage était creusé de rides profondes, et le cerne des yeux n'était pas dû au *kohl* ou à quelque artifice, mais à la peur et aux larmes... à des torrents de larmes... comme celles qui noyaient à présent son regard. Ash aurait donné tout au monde pour la prendre dans ses bras et la consoler en l'embrassant, mais c'était impossible.

— J'étais prête à partir... Je serais partie tout de suite avec tes amis et, s'ils n'étaient pas venus, j'aurais fermé les yeux, bouché mes oreilles, car je me refusais à endurer une telle horreur... Mais le Hakim-Sahib et ton ami m'ont dit pourquoi tu n'étais pas avec eux... ce que tu voulais faire pour que je meure tout de suite, sans souffrir, au lieu d'endurer le supplice des flammes. Et ça, tu le peux aussi pour elle.

Ash esquissa un recul et il eût libéré ses mains si Anjuli ne s'y était cramponnée.

— Je t'en prie, Ashok, je t'en prie ! Je te demande seulement de faire pour elle ce que tu aurais fait pour moi. Elle n'a jamais supporté la douleur et lorsque les flammes... Oh ! je t'en conjure, Ashok, empêche-la de souffrir et alors je te suivrai avec joie !

Sa voix se brisa sur ce dernier mot et Ash lui dit d'une voix rauque :

— Tu ne sais pas ce que tu demandes... Ce n'est pas si facile... Pour toi, ça n'était pas la même chose parce que... parce que j'étais décidé à mourir avec toi. Sarji, Gobind et Manilal auraient pu s'enfuir sans risque, car ils auraient été loin lorsque notre moment serait venu. Mais, à présent, nous serions encore tous là... et si l'on entendait la détonation, si quelqu'un voyait d'où l'on a tiré, nous connaîtrions tous un sort pire que celui de Shushila.

— Avec tout ce bruit, on n'entendra rien ! Et qui aurait l'idée de regarder par ici alors que... Personne ! Fais-le pour moi... Je t'en supplie à genoux !

Avant qu'il ait pu l'en empêcher, Juli s'était laissée glisser à ses pieds. Il la releva vivement et, derrière lui, Sarji dit :

— Tu n'as pas le choix. Nous ne pouvons l'emmener de force, et elle ne nous suivra que si tu fais ce qu'elle te demande !

— Eh bien, soit, acquiesça Ash. Mais à condition que vous partiez tous les quatre maintenant. Je vous rejoindrai ensuite, dans la vallée.

— *Non !*

La voix d'Anjuli exprimait la panique et elle se précipita vers Gobind, qui détournait les yeux afin de ne pas voir son visage dévoilé.

— Hakim-Sahib, dites-lui qu'il ne peut rester seul... Ce serait de la folie ! Il faut que nous soyons là pour surveiller les autres... et intervenir si quelqu'un venait... Dites-lui que nous ne devons pas nous séparer !

Gobind ne parla pas tout de suite, et ce fut avec une visible réticence qu'il finit par dire à Ash :

— Je crains que la Rani-Sahiba n'ait raison. Vous ne pouvez être à guetter entre les *chiks* et surveiller ce qui se passe derrière vous.

Comme Sarji et Manilal opinaient, Ash capitula. Après tout, c'était bien le moins qu'il pût faire pour la pauvre petite Shu-shu, qu'il avait emmenée de chez elle afin de la livrer à un époux dissolu, qui maintenant l'entraînait dans la mort. Certes, c'était à cause de son refus hystérique de se séparer de sa demi-sœur que Juli se trouvait dans cette situation, mais la petite Rani s'était rachetée de son mieux. Sans son intervention, Juli eût été en train de marcher elle aussi vers la mort, derrière le cercueil de son mari. Alors il aurait été injuste de ne pas lui éviter ces atroces souffrances mais...

Parce qu'il aimait Juli, parce qu'il l'aimait plus que sa propre vie qui, sans elle, n'avait plus de signification, il l'eût abattue sans trembler... Mais tirer une balle dans la tête de Shushila était totalement différent car la pitié, si forte soit-elle, ne peut donner le terrible courage qu'on puise dans l'amour... Et il serait mort aussitôt après Juli, tandis que là, il resterait hanté par le souvenir de son geste...

Sarji fit irruption dans le trouble de ses pensées, en soulignant soudain que Ash allait se trouver plus éloigné que lorsqu'il était sur la terrasse du dessous, et devrait donc tirer de plus haut en visant vers le bas.

— Penses-tu y arriver ? demanda-t-il en rejoignant son ami.

— Il le faut. Mais plutôt que de tirer entre deux stores, j'aimerais mieux faire un trou... As-tu un couteau, quelque chose ?

— Non, mais voilà qui fera l'affaire, dit Sarji en ramassant le court javelot dont étaient armés tous les gardes du corps.

Avec la pointe, il tailla dans un des stores de bambou une ouverture rectangulaire. Puis, voyant Ash s'essayer à viser avec le revolver d'ordonnance, il dit :

— Je ne me suis jamais encore servi d'une de ces armes. Ça peut tirer aussi loin ?

— Oui, mais j'ignore avec quelle précision. Je n'avais jamais imaginé que je devrais...

Ash s'interrompit et se retourna brusquement.

— Non, Sarji, je n'ose courir le risque de tirer d'ici ! Il me faut aller plus près... Est-ce que... Oui, c'est ça ! Nous allons descendre tous ensemble et, quand nous aurons atteint la terrasse du dessous, vous trois continuerez avec la Rani-Sahiba tandis que j'irai reprendre ma place près du parapet...

— Tu n'y réussiras pas ! La foule est trop dense. En dépit de ma livrée, j'ai déjà eu beaucoup de mal, tout à l'heure, pour parvenir jusqu'à toi. Maintenant, ce serait impossible : les voici qui arrivent.

Les conques retentissaient de nouveau, mais à présent les cris montaient des gens massés de chaque côté du court sentier qui traversait le bois. D'ici une minute ou deux, le cortège déboucherait dans la clairière, et il n'était plus temps d'essayer de se frayer de force un chemin à travers la foule à demi hystérique qui, à l'étage inférieur, se pressait vers le parapet de la terrasse.

En tête, venaient ceux qui soufflaient dans les conques, suivis par un détachement bigarré de saints hommes qui chantaient en agitant des clochettes de cuivre, les uns en robes jaunes, oranges ou blanches, les autres à demi nus et le corps maculé de cendres ; certains arboraient un crâne rasé, alors que d'autres avaient la barbe et les cheveux qui leur descendaient bien au-dessous de la taille. Tels les vautours qui repèrent un mort de très loin, ils arrivaient de tous les points du pays pour assister au suttee. Derrière eux, le cercueil était porté à bout de bras et tanguait comme une embarcation sur une mer houleuse.

Il n'était pas couvert, si bien que Ash voyait le corps tout enveloppé de blanc, sur quoi s'entrecroisaient des guirlandes de fleurs. Le jeune homme demeura stupéfait de sa petitesse. D'ailleurs la foule s'en désintéressait : elle était venue voir non pas un homme mort mais une femme encore vivante... Et voilà que celle-ci arrivait enfin, marchant derrière le cercueil A sa vue, ce fut un tel déchaînement hystérique que, pourtant solidement construit, le *chattri* même en trembla.

Si on lui avait posé la question, Ash eût répondu sans hésiter que Shu-shu serait incapable de se rendre seule jusqu'au bûcher car, si elle consentait à marcher, ce ne pourrait être que sous l'empire de drogues. Or, la silhouette menue qui suivait le corps de son mari, non seulement n'avait pas besoin d'être soutenue pour avancer, mais elle se tenait très droite, rayonnante de fierté et de dignité.

Ses petits pieds déchaussés, qui n'avaient jamais foulé que des tapis persans ou la fraîcheur du marbre poli, progressaient lentement mais d'un pas résolu dans la poussière, et leur empreinte était aussitôt effacée par les baisers d'une foule en adoration.

Shushila était vêtue d'écarlate et d'or comme Ash l'avait vue à la cérémonie du mariage, parée des mêmes bijoux : des rubis ceignaient son front, sa gorge, ses poignets, ses chevilles, pendant à ses oreilles et chargeant ses doigts. Mais cette fois elle ne portait pas de sari et sa longue chevelure, dénouée comme pour sa nuit de noces, coulait superbement sur ses épaules. Elle semblait absolument inconsciente de cette multitude de gens qui se bousculaient pour l'applaudir, essayer de toucher sa robe ou lui crier de les bénir, tout en regardant avidement son visage dévoilé. Ash vit ses lèvres remuer et devina qu'elle répétait l'invocation séculaire accompagnant le dernier voyage du mort : *Ram, Ram... Ram, Ram...*

— Tu te trompais, dit-il d'un ton incrédule. Elle n'a pas peur

En dépit de la clameur montant d'en bas, Anjuli l'entendit

— Pas encore, non. Pour elle, ça n'est en ce moment qu'une sorte de rôle qu'elle joue, quelque chose qui se passe seulement dans sa tête...

— Tu veux dire qu'elle est droguée ? Non, visiblement pas

— Pas de la façon que tu penses, mais par l'émotion.. le désespoir, le choc... et peut-être aussi le triomphe..

— *Le triomphe !* pensa Ash.

Oui, cela ressemblait davantage à une marche triomphale qu'a des obsèques. Une procession en l'honneur d'une déesse qui daignait se montrer pour une unique fois à la foule exultante de ses adorateurs. Shushila, déesse de Bhitor, belle comme l'aurore, toute étincelante d'or et de pierreries. Oui, c'était bien un triomphe, et même si elle ne faisait que jouer un rôle, elle le jouait superbement.

Près de lui, Anjuli répétait la même invocation que Shushila : *Ram, Ram... Ram, Ram...* Ce n'était qu'un souffle dans le tumulte ambiant, mais cela suffisait à distraire l'attention de Ash et il lui intima sèchement de se tenir tranquille, car il était de nouveau en proie au doute déchirant. A suivre la progression majestueuse de cette gracieuse vision d'écarlate et d'or, Ash se disait qu'il n'avait pas le droit d'intervenir. Le geste eût été pardonnable si Shushila était apparue en larmes et terrifiée, ou hébétée par des drogues Mais il en allait différemment alors qu'elle ne témoignait d'aucun effroi.

Elle ne pouvait ignorer le sort qui l'attendait. Donc, ou bien ce qu'avait entendu raconter Gobind était exact et, follement éprise du défunt, elle préférait mourir en étreignant son corps à continuer de vivre sans lui... ou alors, ayant réussi à se cuirasser contre la peur, elle se faisait une gloire de mourir ainsi en accédant à la sainteté Dans l'un ou l'autre cas, quel droit avait-il d'intervenir ? D'autant que l'agonie serait brève. Ash avait vu édifier le bûcher et les prêtres entasser du coton entre les longues planches, sur lequel ils avaient déversé des huiles. De la sorte, dès qu'on allumerait le feu, la fumée serait telle que Shu-shu mourrait probablement asphyxiée avant même qu'une flamme l'eût atteinte.

— Je ne peux pas faire ça, estima Ash. D'ailleurs, si je le faisais, ça précipiterait sa mort seulement de quelques instants. Juli devrait s'en rendre compte... Oh ! Seigneur, que ne vont-ils plus vite, qu'on en finisse !

Il se sentait déborder de haine envers tous ceux qui étaient là . les prêtres qui présidaient la cérémonie, la foule surexcitée, les membres du cortège, y compris le mort lui-même et Shushila Shushila encore plus que les autres parce que...

Non, je suis injuste, pensa le jeune homme, elle ne peut s'empêcher d'être comme Dieu l'a faite. Et, en dépit de son égocentrisme, elle a quand même eu une pensée pour sa sœur, elle lui a permis de fuir au lieu d'insister pour qu'elle l'accompagne jusque dans la mort...

Nul ne saurait jamais ce qu'il avait pu lui en coûter et Ash ne devait pas se permettre de l'oublier... Le voile rouge de la fureur qui l'avait momentanément aveuglé se dissipait, et il vit que Shushila avait continué d'avancer. A sa place, se tenait une autre silhouette menue et solitaire. Mais cette fois il s'agissait d'un enfant, un garçon de cinq ou six ans qui marchait seul à quelque distance de la veuve « L'héritier... le nouveau Rana, se dit Ash, heureux de pouvoir ainsi s'occuper d'autre chose. Pauvre gosse ! Il a l'air complètement épuisé... »

En effet, l'enfant chancelait de fatigue, visiblement ahuri de sa soudaine accession au trône, concrétisée par le fait qu'il venait aussitôt après la veuve, en avant de plusieurs pas sur la centaine de nobles, conseillers et dignitaires qui fermaient la procession. Bien en vue au milieu d'eux, le Diwan portait une torche qui avait été allumée au feu sacré brûlant dans le temple.

— Dans ce bruit, en tout cas, la détonation ne risque pas d'être entendue, fit remarquer Sarji. Combien de temps comptes-tu encore attendre ?

Comme Ash ne répondait pas, Sarji dit que le moment était venu de partir s'il leur restait encore un grain de bon sens. Et ce fut tout juste si ses dernières paroles ne retentirent pas avec force, car le silence s'était soudain fait, au point que l'on entendait maintenant le roucoulement de colombes quelque part dans les dômes au-dessus de leurs têtes.

Le cortège avait atteint le bûcher sur lequel le cercueil venait d'être déposé. Et Shushila avait entrepris de se dépouiller de ses bijoux, les ôtant l'un après l'autre pour les tendre à l'enfant qui, à son tour, les passait au Diwan. Elle fit cela vite, presque gaiement, comme si ce n'était là que fleurs fanées dont elle avait hâte de se débarrasser.

Quand elle eut retiré tous ses bijoux, à l'exception d'un collier de graines sacrées de *tulsi,* Shushila tendit ses mains nues vers un prêtre, qui fit couler sur elles de l'eau du Gange. Des gouttelettes étincelèrent dans les rayons du soleil déclinant tandis qu'elle secouait ses mains et l'assemblée des prêtres entonna un chœur, aux accents duquel la jeune femme fit trois fois le tour du bûcher tout comme, vêtue de cette même robe, elle avait tourné autour du feu sacré le jour de ses noces, attachée par son voile à cette chose ratatinée qui l'attendait maintenant sur un lit nuptial de cèdre et de santal.

Le chant s'acheva et, de nouveau, on n'entendit plus que le roucoulement des colombes qui, avec le battement des tam-tams et le grincement de la roue des puits, est comme la voix même des Indes. A présent immobile et silencieuse, la foule regarda la satî monter sur le bûcher et s'y asseoir dans la position du lotus. Shushila arrangea autour d'elle les plis de sa robe puis, avec infiniment de douceur, comme s'il était endormi et qu'elle craignît de le réveiller, elle souleva la tête du mort pour la poser sur ses genoux.

— *Vas-y!* murmura Anjuli dans un murmure qui tenait du sanglot. Fais-le maintenant... Vite ! Avant qu'elle ne se mette à avoir peur !

— Ne sois pas stupide ! Dans ce silence, cela retentirait comme un coup de canon, et ils nous tomberaient tous dessus. D'ailleurs..

Il avait été sur le point de dire « Je ne tirerai pas », mais il n'en fit rien. A quoi bon bouleverser Juli encore plus qu'elle ne l'était déjà ? La façon dont Shu-shu avait pris cette horrible tête sur ses genoux, avait enfin tranché l'indécision de Ash, et il n'avait plus l'intention de faire feu. Juli oubliait que sa demi-sœur avait cessé d'être une enfant fragile et maladive qu'il fallait protéger... Shu-shu était maintenant une femme adulte, consciente de ce qu'elle faisait. Elle était en outre l'épouse d'un souverain, et montrait qu'elle savait se comporter comme telle. Alors cette fois, pour le meilleur ou pour le pire, c'était à elle seule de décider.

Immobile et grave, elle regardait le visage grisâtre de son époux, telle une *pietà* indienne. Le Diwan mit la torche entre les mains tremblantes du jeune Rana, qui parut sur le point de fondre en larmes.

L'éclat de la flamme rappelait soudain que le soir était proche car, sous l'éclatant soleil, elle avait été presque invisible. A présent, les ombres s'allongeaient sur le sol et ce jour, qui avait semblé ne jamais devoir finir, s'achèverait bientôt, tout comme la brève existence de Shushila.

— Elle n'a que seize ans... pensa brusquement Ash. Ce n'est pas juste. Ce n'est pas *juste !*

Bien qu'elle ne le touchât point, il sentit sans savoir comment qu'Anjuli frissonnait violemment. Alors l'idée lui vint soudain qu'il n'avait pas besoin d'atteindre son but. Du moment qu'il tirerait, Juli penserait que la balle avait fait son œuvre ; pour qu'elle eût le réconfort de croire que sa sœur avait échappé au supplice des flammes, il suffisait de presser la détente...

Mais les arbres tout autour de la clairière étaient pleins d'hommes et d'enfants qui s'accrochaient aux branches comme des singes, n'importe quel *chattri* regorgeait de spectateurs ; dans ces conditions, une balle perdue ou qui ricochait , pouvait tuer. Il était donc plus prudent de viser le bûcher. Levant le revolver, Ash en assura le canon au creux de son bras gauche tout en disant, sans tourner la tête :

— Nous filerons dès que j'aurai fait feu. Êtes-vous prêts ?

— Nous, les hommes, oui, répondit doucement Gobind. Et si la Rani-Sahiba...

Comme il hésitait, Ash acheva la phrase pour lui .

— ... voulait bien se couvrir le visage, cela gagnerait du temps Et elle en a suffisamment vu comme ça, inutile qu'elle reste plantée là...

Il avait délibérément usé d'un ton dur, dans l'espoir que, occupée à rajuster le pan du turban devant son visage, Juli ne verrait point le dernier acte de la tragédie. Mais elle ne bougeait pas le moins du monde, ne semblait même pas l'avoir entendu parler.

Le petit Rana pleurait. Des larmes roulaient sur son visage enfantin, marqué par la peur et la fatigue. S'il n'y avait eu un brahmane pour l'assister et maintenir fermement ses menottes autour de la torche, il l'eût lâchée. Visiblement, le brahmane devait l'encourager à mi-voix, cependant que le Diwan et les nobles échangeaient des regards expressifs. Alors, Shushila leva la tête... Et, tout d'un coup, elle changea de visage.

Ses yeux s'agrandirent, comme hypnotisés par la flamme de la torche, et le calme de son regard fit place à la terreur d'un animal aux abois. Ash aurait pu dire avec précision l'instant où la réalité de la flamme fit voler l'illusion en éclats...

Guidées par le brahmane, les mains de l'enfant abaissèrent la torche jusqu'à ce qu'elle touchât le bûcher, près des pieds du mort. Orangées, vertes et violettes, des fleurs de feu jaillirent du bois. Le nouveau Rana ayant accompli son devoir à l'égard du précédent — son père adoptif — le brahmane lui reprit la torche et alla vivement allumer l'autre extrémité du bûcher, derrière le dos de la satî. Une éclatante langue de feu monta vers le ciel et, dans le même temps, l'assistance retrouva sa voix pour rugir sa respectueuse approbation. Mais l'objet de leur vénération repoussa brusquement de côté la tête du défunt, se leva d'un bond et, regardant les flammes, se mit à hurler... hurler...

Un halètement de Juli fit comme écho à ces cris et Ash, ajustant son arme, pressa la détente.

Les hurlements s'interrompirent net; la mince silhouette d'écarlate et d'or étendit la main en quête d'un appui, puis elle tomba à genoux et s'effondra en travers du corps qui gisait à ses pieds. Sa chute coïncida avec l'instant où le brahmane jetait la torche sur le bûcher. Un voile de chaleur et de fumée monta presque aussitôt du bois imprégné d'huiles, tandis qu'une magique robe de flammes semblait soudain vêtir la satî.

Dans le petit enclos, la détonation avait semblé retentir avec force et, escamotant le revolver dans l'encolure de sa robe, Ash se retourna :

— Qu'est-ce que vous attendez ? s'emporta-t-il. Allez, Sarji... passe le premier !

Comme Anjuli demeurait hébétée, il rabattit le pan du turban sur son nez et sa bouche, le fixant derrière la tête Après quoi, il lui dit, en la prenant par les épaules

— Écoute-moi, Juli... Tu as fait tout ce que tu pouvais pour Shushila. Elle ne risque plus rien. . elle leur a échappé. Et si nous voulons arriver à en faire autant, il faut cesser de penser à elle pour ne plus nous occuper que de nous... de nous tous. Tu comprends ? (Elle acquiesça vaguement.) Bon... alors rejoins vite Gobind et ne te retourne pas. Je serai derrière toi. *Va !*

La faisant pivoter sur place, il la poussa vers l'épais rideau que Manilal tenait écarté. Anjuli passa de l'autre côté ; à la suite de Sarji, elle se mit à descendre les degrés de marbre qui menaient à la terrasse inférieure et à la foule.

43

Sur la terrasse. spectateurs et sentinelles se haussaient sur la pointe des pieds pour assister aux derniers instants de la satî et, transportés d'émotion, priaient, criaient ou pleuraient tandis que le bûcher s'embrasait totalement. Aucun d'eux n'accorda le moindre regard aux quatre serviteurs du palais qui suivaient un garde du corps casqué. En l'espace de quelques minutes, le petit groupe eut quitté le *chattri* sans encombre et rejoint le monument en ruine où Dagobaz attendait.

En dépit du brouhaha, il avait dû entendre et reconnaître le pas de Ash, car il le salua d'un petit hennissement dès que son maître apparut. Quatre autres chevaux étaient attachés à proximité, dont Moti Raj appartenant à Sarji, et celui que le jeune homme avait prêté à Manilal pour regagner Bhitor. Les deux autres avaient été achetés par Gobind quelques semaines auparavant.

— J'en avais un troisième pour le cas où nous aurions pu sauver les deux Ranis, expliqua le médecin. Mais je n'ai emmené que les deux meilleurs, car nous ne pouvions nous encombrer de l'autre. Si la Rani-Sahiba veut bien monter ?

Ils sortirent du bois et firent un détour à travers la plaine poussiéreuse, en direction de l'entrée de la vallée, où se dressait la masse imposante de la capitale fortifiée. Le soleil n'avait pas encore disparu derrière les collines et, comme leur route était orientée à l'ouest, ils étaient éblouis par ses derniers rayons...

Si Ash s'était souvenu de ce marchand de Bhitor qui avait appris dans un pays lointain comment envoyer un message à distance en utilisant des plaques d'argent poli, ça ne lui eût pas été d'un grand secours mais, du moins, eût-il été sur ses gardes. Chevauchant avec le soleil dans les yeux, il ne vit pas les brefs éclairs lancés du haut d'un toit élevé de la ville, auquels d'autres, émanant du fort de droite, répondirent aussitôt.

Aucun des fugitifs ne sut jamais comment l'alerte avait pu être donnée aussi rapidement. L'explication était pourtant fort simple et prouvait que Manilal n'avait pas tort de vouloir tuer les prisonniers. Même bâillonné, on peut quand même émettre un gémissement. Lorsque six personnes gémissent ainsi en chœur, cela finit par faire un certain bruit et, incapables de bouger, les captifs s'y étaient employés de leur mieux. Or il se trouva qu'un des gardes de la terrasse inférieure eut l'idée de monter en haut du *chattri* pour avoir une meilleure vue. Passant près du rideau, il entendit du bruit et, pensant que c'était la Junior Rani qui gémissait ainsi, il ne résista pas à la tentation d'écarter un peu le rideau pour risquer un coup d'œil de l'autre côté...

Quelques minutes plus tard, libérés de leurs liens comme de leurs bâillons, les six captifs racontaient à l'envi une histoire d'agression, de meurtre et d'enlèvement. Peu après, un détachement de soldats se lançaient à la poursuite des fugitifs, guidés par le nuage de poussière que Ash et ses compagnons soulevaient à travers la plaine. Il n'y avait guère de chances de les rattraper, car ils avaient une solide avance, mais il se trouva que l'un des gardes était muni d'une plaque d'argent pour les signaux, car il avait eu mission d'annoncer à la ville et aux forts que le cortège était arrivé à bon port. Il s'empressa de l'utiliser de nouveau pour envoyer un message ainsi conçu : *Ennemi. Cinq. A cheval. Les intercepter.*

On accusa aussitôt réception du message. Les forts ne pouvaient faire grand-chose, mais la ville réagit immédiatement. Presque tout l'effectif des troupes étant parti pour assurer le passage du cortège funèbre ou contenir la foule, les quelques gardes demeurés sur place furent rassemblés en hâte et envoyés au galop à la Porte de l'Éléphant, avec ordre de barrer le passage à cinq cavaliers qui étaient présumés vouloir gagner la frontière.

N'ayant pas vu les signaux et ne se doutant pas que leur fuite avait été découverte, Ash et les siens ne poussaient pas trop leurs montures, car des chaumes, où s'entrecroisent des rigoles d'irrigation, ne constituent pas un terrain idéal pour le galop. Ils se rattraperaient lorsque, la ville derrière eux, ils trouveraient le sol de la vallée, durci par la brûlure du soleil.

La soudaine apparition d'un groupe de cavaliers vociférants qui, sortis par la Porte de l'Éléphant, progressaient selon une tangente dans l'évidente intention de leur couper le chemin avant qu'ils eussent atteint la vallée, leur porta un rude coup, d'autant plus que, dans le même temps, on tirait sur leur droite. Ils mirent néanmoins un moment à se persuader que c'était bien après eux qu'on en avait, car il s'était écoulé trop peu de temps pour que... Mais le doute fut de courte durée, l'intention des gardes à cheval apparaissant avec évidence.

Trop tard pour faire demi-tour... Et, de toute façon, ils devaient avoir d'autres poursuivants sur leurs talons. La fuite en avant s'imposait donc et, éperonnant leurs chevaux, ils foncèrent vers le passage que les hommes venus de la ville étaient résolus à leur barrer. Il est douteux qu'ils l'eussent atteint suffisamment à temps sans le zèle d'un canonnier.

Alertée par les signaux, la garnison du fort suivait avec excitation l'approche des cinq fugitifs et les progrès de leurs poursuivants. Du sommet de la colline, on distinguait aussi la poignée d'hommes en armes sortis au grand galop par la Porte de l'Éléphant. Mais les vieux fusils à mèche et les *jezails,* qui équipaient le fort, étaient quasiment sans effet à cette distance, d'autant que la poussière et la tremblante brume due à la chaleur ne permettaient pas de bien viser. Leurs coups de feu demeurèrent donc sans influence et, du haut du fort, les observateurs eurent l'impression que les fugitifs allaient réussir à gagner la vallée avant d'être rejoints.

Les grands canons de bronze avaient déjà tiré une fois ce jour-là ; mais comme la tradition voulait qu'ils tirent encore pour saluer le retour du nouveau Rana dans sa capitale, on les avait rechargés. Un canonnier débordant de zèle se précipita allumer une queue-de-rat tandis que, suivant ses ordres, les serveurs s'efforçaient de braquer un canon sur la cible galopante. La flamme de la queue-de-rat fut mise au contact du canal de lumière. L'éclair et le fracas de l'explosion qui en résulta ne laissèrent pas d'être impressionnants ; toutefois, dans ce tir précipité, on avait mal calculé la vitesse des cavaliers et, manquant les fugitifs, l'obus tomba au beau milieu des gardes venus de la ville.

Aucun d'eux ne fut sérieusement blessé ; mais ce jaillissement inattendu de terre, de pierraille et de débris de toute sorte, à un mètre ou deux de leurs naseaux, fit se cabrer de peur les chevaux déjà surexcités. Plusieurs cavaliers furent désarçonnés, d'autres eurent du mal à reprendre en main leurs montures. Mettant à profit ce répit inespéré, les fugitifs débouchèrent enfin dans la vallée où ils éperonnèrent leurs chevaux.

Une course fantastique, terriblement éprouvante pour les nerfs, mais en même temps si grisante que, sans Juli, Ash en eût éprouvé de la joie. C'était le cas de Sarji qui, riant et chantant, encourageait sans cesse Moti Raj à galoper encore plus vite. Dagobaz se trouvait lui aussi dans son élément et, si Ash l'avait laissé faire, il eût largement distancé ses compagnons dès le premier demi-mille. Mais il fallait penser à Juli et, les rênes fermement en main, Ash regardait souvent par-dessus son épaule pour s'assurer que tout allait bien du côté de la jeune femme.

Le vent de la course faisait voler en arrière le pan du turban, et le visage ainsi découvert était pareil à un masque blafard où il n'y avait de vivants que les yeux. En selle, Juli faisait honneur à son grand-père cosaque et Ash éprouva aussi un élan de gratitude envers le vieux Rajah qui, en dépit de l'opposition de Janoo-Rani, avait insisté pour que sa fille Kairi-Bai apprenne à monter.

Gobind était lui aussi un excellent cavalier, mais ce n'était pas le cas de Manilal, lequel avait toutefois le bon sens de s'en remettre à son cheval.

Quant à leurs poursuivants, pour autant que les fugitifs pussent s'en rendre compte à travers le sillage de poussière laissé derrière eux, ils étaient encore en plein désarroi et bien trop loin pour constituer une menace sérieuse.

Évitant la piste même, pleine de trous et d'ornières, les cinq cavaliers se maintenaient sur le côté — le côté gauche, puisque c'était celui où se trouvait l'accès au chemin de Bukta — et ils avaient couvert plus des deux tiers du parcours quand le cheval d'Anjuli mit son pied dans un trou de rat et tomba lourdement en avant. Projetée par-dessus sa tête, Anjuli alla s'étaler dans la poussière. Manilal, qui la suivait, tira désespérément sur ses rênes et réussit à l'éviter de justesse mais, perdant le contrôle de son cheval, il en fut réduit à se cramponner à la selle. Les trois autres, eux, s'arrêtèrent aussitôt.

Sautant à terre, Ash courut prendre Juli dans ses bras et, comme elle ne bougeait pas, l'espace d'un atroce moment il la crut morte. Mais il fut vite rassuré et, se retournant, il vit leurs poursuivants se rapprocher dangereusement. Gobind aussi s'en était aperçu qui, demeuré en selle, tenait les rênes de Dagobaz. Sarji, lui, examinait le cheval blessé et il dit :

— Il s'est claqué un tendon. Tu vas devoir prendre la Rani sur Dagobaz. Monte en selle, je te la passe. Vite !

Ash obéit. Bien que sonnée par la chute, Juli avait recouvré son souffle ; dès que Sarji l'eut hissée sur la croupe de Dagobaz, elle entoura Ash de ses bras et se cramponna à lui. Ils se lancèrent ainsi sur les traces de Manilal, maintenant très en avant d'eux ; Gobind et Sarji suivirent, à une légère distance sur la droite et la gauche afin d'éviter la poussière.

Ce poids supplémentaire ne fit aucune différence pour Dagobaz, qui filait comme le vent. Mais l'incident avait réduit leur avance à quelques centaines de mètres seulement, et aussi brisé l'élan impétueux des deux autres chevaux. Gobind dut recourir à la cravache et aux éperons, cependant que, couché sur l'encolure de Moti Raj à la façon d'un jockey, Sarji ne chantait plus.

Ash entendit le bruit d'un coup de feu et vit une balle labourer le sol en avant sur la droite. Il comprit qu'un de leurs poursuivants venait de tirer et se reprocha de n'avoir pas prévu cela lorsqu'il avait pris Juli en croupe. Il aurait dû la mettre devant lui, afin de lui faire un rempart de son corps ; mais c'était trop tard maintenant, ils ne pouvaient pas s'arrêter. Heureusement, le risque était minime : sur un cheval lancé au galop, un *jezail* se prêtait mal au tir et était ensuite impossible à recharger.

Mais le coup tiré donna conscience à Ash que leurs poursuivants avaient gagné du terrain, et lui rappela aussi qu'il avait un revolver. Sachant que Dagobaz répondrait à la moindre pression de sa jambe, il plongea la main à l'intérieur de sa robe puis, du genou, amena le cheval à faire un crochet pour éviter d'être aveuglé par la poussière soulevée derrière lui, et dit à Anjuli de se cramponner fermement. Se tournant alors sur sa selle, il tira sur l'homme qui venait en tête des poursuivants.

Ash ne s'attarda même pas à regarder le résultat, car il avait été à trop bonne école avec Koda Dad Khan pour avoir pu manquer son but. Il entendit derrière lui un bruit de chute et des hurlements de rage, puis Sarji clama sa joie quand ils furent dépassés par un cheval gris sans cavalier.

En avant d'eux, Ash retrouvait la triple saillie de l'avancée rocheuse, la tache en forme de flèche, le gros rocher semblant flotter sur des herbes près duquel — plaise à Dieu ! — Bukta devait les attendre, Bukta qui avait une arme de réserve et des munitions.

Si seulement ils réussissaient à augmenter leur avance et atteindre le passage entre les rochers avec ne fût-ce qu'une minute de répit, ils pourraient tenir tête à leurs poursuivants d'une façon telle que ceux-ci, à l'approche de la nuit, ne se risqueraient certainement pas à les suivre dans les collines.

Plus qu'un demi... un quart de mille... quatre cents mètres... Le rocher marqué par les traînées blanchâtres des déjections d'oiseaux se détachait sur le fond de la colline et, près de lui, se tenait un homme avec un fusil. Bukta ! Il les avait attendus et il était là, pointant le canon de son Lee-Enfield tant aimé.

Il ne restait plus que deux mètres à franchir et, exultant, Ash attendit l'éclair du coup de feu. Mais il ne se produisit pas et Ash comprit que le vieux *shikari* n'osait pas se risquer à tirer parce que Sarji et Gobind se trouvaient devant leurs poursuivants.

Ils avaient tous oublié Manilal. Le gros homme avait été emporté au-delà des rochers où Bukta était embusqué ; néanmoins, comme son cheval se fatiguait, il réussit à lui faire décrire un grand arc de cercle qui le ramena face à la direction d'où il venait, mais beaucoup plus sur la gauche. Manilal mesura alors la situation avec plus de précision que n'importe quel autre acteur du drame.

Le passage entre les rochers lui avait été suffisamment décrit pour qu'il pût le repérer et il se rendit compte que ses compagnons ne l'atteindraient pas avec assez d'avance pour avoir le temps de se préparer à la riposte. Et le *shikari* serait alors trop occupé à tirer pour leur être de quelque secours. Manilal n'avait pas d'éperons, mais il avait eu la précaution d'emporter une cravache accrochée à son poignet. Il s'en servit à coups redoublés pour lancer son cheval au grand galop, non vers les rochers mais vers la meute hurlante accourue de la capitale.

Ash devina la manœuvre et entendit derrière lui Manilal arriver de plein fouet dans le groupe compact de leurs poursuivants. Mais il ne se retourna pas. Il arrêta son cheval, sauta à terre, saisit Anjuli dans ses bras pour la déposer près de lui, puis il la prit par le poignet et entraîna Dagobaz à leur suite, tandis que Sarji et Gobind sautaient aussi en bas de leurs montures, protégés par Bukta qui tirait, rechargeait, tirait de nouveau...

Derrière les rochers et les éboulis, l'étroit passage apparut à Ash comme un havre de paix après cette folle chevauchée. C'était là que Bukta campait : le fusil, les cartouches, les deux boîtes de munitions étaient soigneusement rangés à portée de la main ; son poney, entravé à la mode indigène, broutait paisiblement. On se sentait à l'abri dans ce refuge, auquel on accédait par un passage tellement étroit qu'un seul homme avec un revolver pouvait y tenir tête à toute une armée...

C'est du moins ce que Ash avait naguère pensé. Confronté maintenant avec la réalité, il se rendait compte que cette résistance aurait des limites... elle durerait seulement autant que les munitions et l'eau. Les munitions, il y en aurait suffisamment en l'occurrence, mais l'eau, c'était une autre affaire, surtout qu'il fallait penser aussi aux chevaux. Bukta avait dû abreuver son poney et boire lui-même tout son saoul à la rivière de la vallée. Mais il n'était plus possible d'y aller, et la réserve d'eau la plus proche — un petit bassin naturel que dominait un unique palmier — se trouvait à plus d'une heure de marche. En dehors de ça, ils n'avaient que le contenu de leurs gourdes, ce qui représentait quelque chose pour eux, mais pratiquement rien pour leurs chevaux...

Ash eut brusquement conscience de sa soif, qui jusque-là, n'avait guère compté au milieu de toutes les émotions de cette journée. Mais il se refusa à boire. par crainte de ne pouvoir s'arrêter et de vider sa gourde jusqu'à la dernière goutte. Il pouvait endurer cette soif un peu plus longtemps et, à la tombé de la nuit, il y aurait la rosée... Deux choses lui apparaissaient clairement : ils ne pouvaient rester là car, sans eau, ce tranquille refuge se transformerait en piège, et il leur fallait partir le plus vite possible parce que, à la nuit tombée, même Bukta n'arriverait pas à retrouver la piste, à peine visible et au parcours accidenté, qui permettait de franchir les collines.

Mais dès qu'ils seraient partis, plus rien n'empêcherait leurs poursuivants de s'enfourner dans l'étroit passage et de reprendre la chasse. A moins que quelqu'un ne reste en arrière pour les retarder jusqu'à ce que les autres...

Ash regarda Anjuli qui s'était laissée choir par terre dès qu'il l'avait lâchée et demeurait les yeux clos, la tête appuyée conte la paroi rocheuse. Ses cheveux dépeignés étaient gris de poussière, mais Ash y décela une longue mèche blanche, pareille à une barre d'argent ; ses traits étaient tellement tirés par la fatigue que quelqu'un ne la connaissant pas aurait pu la prendre pour une vieille femme, alors qu'elle n'avait pas encore vingt et un ans.

Ash aurait voulu pouvoir la laisser reposer plus longtemps. Elle paraissait en avoir grand besoin — comme eux tous d'ailleurs, chevaux aussi bien que cavaliers — et, en dépit de la chaleur qui s'y était accumulée au long de la journée, les ombres de ce défilé donnaient une illusion de fraîcheur. On entendait toujours le fusil de Bukta et des détonations y répondre, attestant que leurs poursuivants avaient fait halte pour riposter.

La carabine de Ash était attachée à la selle de Sarji. Il la prit et la rechargea. Puis il fourra les boîtes de munitions dans une des sacoches en disant :

— Sarji, Gobind et toi allez partir en avant avec la Rani, pendant que je prendrai la relève de Bukta. Vous avez besoin de lui, car il est le seul à connaître le chemin et...

S'interrompant brusquement, Ash regarda autour de lui :

— Où est Manilal ? Que s'est-il passé ?

Sarji et Gobind furent incapables de le lui dire. Quand ils cravachaient leurs montures, ils n'avaient pas le loisir de regarder derrière eux. Et une fois rendus parmi les rochers, ils ne pouvaient plus voir ce qui se passait dans la vallée.

— Mais Bukta aura veillé à ce qu'il ne lui arrive pas de mal, dit Sarji avec assurance. Il ne manque jamais son coup, et les autres vont pouvoir compter leurs morts.. Si nous allons aider Bukta nous les tuerons tous !

— Non, Sarji, coupa sèchement Ash. Nous sommes venus ici pour sauver la Rani, et sa sécurité doit passer avant tout. Nous ne pouvons nous permetrre de lui faire risquer sa vie. Or s'il n'y a peut-être pour l'instant qu'une poignée d'hommes dans la vallée, il va bientôt leur arriver du renfort en provenance du Govidan. En outre, la nuit venue, aucun de nous n'aura plus la possibilité de se déplacer. Alors fais ce que je te dis et ne discute pas, nous n'en avons pas le temps. Gobind, veillez à ce que la Rani soit prête à partir dès que Bukta et Manilal vous rejoindront. L'un de vous devra la prendre en croupe. Si aucun des autres chevaux ne semble capable de supporter cette double charge, Sarji n'a qu'à monter Dagobaz et me laisser le sien... Passe-moi le fusil de chasse et les cartouches... Merci, Sarji. Je vous rejoindrai dès que je serai en mesure de le faire sans risques pour vous. Ne vous arrêtez que pour un cas de force majeure, car c'est seulement de l'autre côté de la frontière que vous serez en sécurité.

Ash prit les deux fusils et la sacoche de munitions, puis s'éloigna rapidement sans regarder Anjuli.

L'étroit passage qui se faufilait entre les rochers était calme et dans l'ombre, car la lumière n'y pénétrait que parcimonieusement. Ash eut conscience qu'il y ferait très noir bien avant que le soleil fût couché, trop noir pour qu'on pût y voir, ce qui serait sans doute à son avantage car ainsi quiconque s'engagerait dans le passage s'arrêterait probablement au premier coude, pensant qu'il s'agissait d'un cul-de-sac... Alors que lui-même saurait y retrouver son chemin à tâtons... s'il revenait.

Bukta occupait une position stratégique entre deux épais contreforts, derrière un rocher aplati sur lequel il pouvait appuyer le canon de son arme. Il y avait beaucoup de vides dans sa cartouchière et, dans la vallée, de nombreux chevaux fouaillés par la terreur galopaient au hasard, selle vide et rênes traînantes, leurs cavaliers gisant sur le sol. Mais les survivants s'étaient mis à l'abri et ripostaient.

Pour ce qui était de l'efficacité du tir, leurs vieilles pétoires n'étaient pas comparables au Lee-Enfield, mais elles avaient l'avantage du nombre. Pour un coup tiré par Bukta, quatre ou cinq balles venaient arracher des éclats de pierre autour de lui. Et, comme l'avait dit Ash, le temps travaillait pour leurs adversaires qui allaient sûrement recevoir du renfort.

Lui jetant un rapide regard de côté, Bukta dit :

— Va-t'en, Sahib. Tu n'es d'aucune utilité ici. Pars vite avec les autres dans les collines, c'est votre seule chance... Nous ne tiendrons pas contre une armée... Regarde tout ce qui arrive !

Mais Ash l'avait déjà vu. C'était une armée en effet qui survenait au galop depuis le fond de la vallée. Le soleil couchant faisait étinceler les lances, les cimeterres et les *jezails*. A en juger par le nuage de poussière que soulevaient les arrivants, la moitié des forces militaires de la principauté avaient été envoyées sur les traces de la Rani et de ses sauveteurs. Ces renforts avaient encore un long chemin à faire, mais ils n'auraient que trop vite rejoint ceux qui tiraient sur Bukta.

Une balle s'écrasa contre la paroi rocheuse, à quelques centimètres de la tête de Ash, qui se baissa davantage en disant précipitamment :

— Tu sais bien, Bukta, que nous ne pouvons partir sans un guide. Alors je vais rester ici à ta place, tandis que tu emmèneras les autres. Va vite !

Bukta ne perdit pas de temps à discuter et, tout en secouant la poussière de ses vêtements, il recommanda à son remplaçant :

— N'en laisse aucun approcher trop près, Sahib. Tiens-les à distance et tire aussi souvent que tu le peux, de façon qu'ils soient dans l'impossibilité de savoir combien nous sommes. Quand il fera nuit, mets-toi en route et, si je le peux, je reviendrai au-devant de toi.

— Tu vas devoir emmener un des chevaux, car si Manilal est blessé...

— Il est mort... Et sans lui, aucun de vous n'aurait survécu, car ces chiens de Bhitor étaient pratiquement sur vos talons... Ils vous auraient rejoints avant que vous n'ayez eu le temps de mettre pied à terre et moi, j'étais dans l'impossibilité de tirer sans risquer de blesser l'un de vous. Mais Manilal est allé droit sur ceux qui venaient en tête, les faisant choir en même temps que lui. Comme il était étendu par terre, l'un de ces porcs lui a coupé la tête. Puisse-t-il renaître prince et guerrier ! Je reviendrai te chercher quand la lune se lèvera. Si tu ne me vois pas revenir...

Il n'acheva pas sa phrase, se bornant à hausser les épaules avant de disparaître dans le passage. Ash se mit à plat ventre derrière le rocher servant d'appui à ses deux armes.

Quoique plus proches maintenant, les renforts étaient encore hors de portée. Mais l'un de ceux qui les attendaient, constatant que deux minutes s'étaient écoulées sans qu'un coup de feu fût parti d'entre les rochers, estima pouvoir se risquer à découvert La carabine de Ash l'abattit net. Après quoi, ses camarades eurent soin de garder leurs têtes à l'abri, ce qui ôta toute précision à leur tir. Ash en profita pour concentrer son attention sur les arrivants.

Sa carabine de cavalerie permettait de bien viser jusqu'à trois cents mètres ; au-delà, cela devenait beaucoup plus une question de chance que d'habileté dans le tir. Mais, se rappelant le conseil de Bukta, Ash tira vers les cavaliers et, comme ils étaient une cinquantaine chevauchant à dix ou douze de front, il fit mouche. Il ne sut pas s'il avait atteint un cheval ou un homme, mais il vit le peloton se désintégrer comme par magie ; ayant tiré de toutes leurs forces sur les rênes, certains cavaliers furent percutés par ceux qui arrivaient derrière eux, tandis que d'autres dégageaient de côté et faisaient demi-tour pour se mettre hors d'atteinte.

En continuant de tirer, Ash ajouta à la confusion ; il rechargeait pour la sixième fois quand une main lui toucha l'épaule. Il se retourna vivement et s'exclama :

— *Sarji !* Dieu ! Que tu m'as fait peur ! Qu'est-ce qui te prend ? Ne t'avais-je pas dit...

Il s'interrompit en découvrant Gobind derrière Sarji.

Des balles sifflèrent au-dessus de sa tête, mais il n'en eut cure :

— Qu'y a-t-il ? Qu'est-il arrivé ?

— Rien, dit Sarji en tendant la main pour lui prendre la carabine. Nous avons simplement estimé que c'était à toi de partir en avant avec la Rani-Sahiba, car si... si les choses tournaient mal, toi qui es un Sahib sauras mieux parler aux autres Sahibs pour obtenir que le Gouvernement fasse justice. Bukta considère aussi que c'est plus sage. Il veillera à ce que vous arriviez à bon port. Alors laisse-nous et va vite les rejoindre...

— Mais Gobind ne sait pas se servir d'un fusil ! Il...

— Je suis à tout le moins capable de charger les armes et, en ayant deux à sa disposition, votre ami pourra tirer plus vite, ce qui donnera peut-être à croire aux autres que nous sommes plus nombreux... auquel cas ils se montreront moins hardis. Allez vite rejoindre la Rani, Sahib. Soyez sans crainte en ce qui nous concerne : il va faire bientôt nuit et, d'ici là, nous sommes capables de défendre cette position contre tout Bhitor. Tenez, prenez ça et partez vite ! conclut Gobind en glissant un petit paquet dans la main de Ash.

A voir leurs visages, Ash comprit qu'il discuterait en vain. D'ailleurs, ils avaient raison. Il se contenta donc de leur dire :

— Soyez prudents !

— Pars tranquille, lui répondit Sarji.

Leurs mains s'étreignirent vigoureusement tandis qu'ils échangeait un bref sourire pincé. Gobind eut un hochement de tête en guise d'adieu, et Ash les quitta aussitôt.

Il y eut une nouvelle manifestation bruyante de l'ennemi ; tandis que Ash se mettait à courir, il entendit le fusil de chasse riposter.

A présent qu'il ne transportait plus d'armes ni de munitions, le jeune homme eut vite rejoint Bukta et Anjuli. En un clin d'œil, il fut sur Dagobaz et fit asseoir Juli derrière lui, puis il partit au petit galop guidé par le poney de Bukta, aussi agile qu'un chat. Ce fut seulement lorsqu'ils commencèrent à prendre un peu de hauteur qu'il se rappela le paquet donné par Gobind. Il vit alors que c'étaient les lettres écrites par lui la veille au soir. Toutes ses lettres. Et il comprit ce que cela signifiait.

Bukta les avait menés directement au seul endroit de ces collines désolées où ils pussent étancher leur soif afin d'avoir la force de continuer. Mais cela devait être fatal à l'un d'eux...

Si Dagobaz n'avait pu voir l'eau, il avait dû la sentir ; or lui aussi était très fatigué et assoiffé. Le poney de Bukta, habitué à la montagne et qui, ce jour-là, n'avait manqué ni d'eau ni de repos, descendit agilement la pente abrupte. Mais, à cause de sa soif, Dagobaz voulut aller trop vite et il n'avait pas le pied sûr comme le poney... Avant que Ash ait pu faire quoi que ce soit pour le retenir, il dérapa et se mit à glisser dans un éboulement de terre et de pierres, entraînant Ash dans sa chute jusqu'au bord de l'eau.

Anjuli, elle, avait sauté à temps, Ash ne souffrait que de quelques éraflures et contusions légères, mais Dagobaz ne put se remettre debout : son antérieur droit était fracturé et l'on ne pouvait plus rien pour lui.

Tout d'abord, Ash refusa d'y croire. Quand il dut s'en convaincre, il prit entre ses bras la tête du cheval, où la sueur traçait des rigoles dans la poussière ; la serrant contre sa joue, il se mit à pleurer comme il ne l'avait encore fait qu'une seule fois dans sa vie, le matin où Sita était morte.

Ash n'aurait su dire combien de temps il resta ainsi, mais une main le prit par l'épaule et Bukta lui dit gravement :

— Assez, Sahib ! La nuit tombe, et il nous faut partir d'ici tant que nous y voyons encore un peu. Nous ne pouvons camper que plus haut, à un endroit où nous serons davantage en sécurité.

Ash se leva en chancelant et resta un instant ou deux les yeux clos, luttant pour recouvrer le contrôle de ses nerfs. Puis il se baissa pour ôter le mors et le harnais, afin que Dagobaz se sentît plus à l'aise. Vidant le contenu tiède de sa gourde, il s'en fut la remplir dans l'eau fraîche du bassin. Ne pensant plus à lui-même, il se disait que la soif qui avait conduit Dagobaz au désastre, pouvait à tout le moins être étanchée. Le cheval était comme hébété par la souffrance, mais il but l'eau avec avidité ; lorsque la gourde fut vide, Ash la tendit à quelqu'un par-dessus son épaule sans même tourner la tête. Ce n'était pas Bukta qui se trouvait derrière lui mais Anjuli et elle alla plusieurs fois remplir la gourde.

Bukta regardait avec inquiétude la clarté décliner ; quand il vit que Dagobaz n'avait plus soif, il s'avança en disant :

— Laisse-moi faire, Sahib. Je te promets qu'il ne sentira rien. Mets la Rani-Sahiba sur mon poney et éloigne-toi d'ici.

A quoi Ash lui répondit un peu rudement :

— Inutile. Si j'ai pu tirer sur une jeune femme que je connaissais bien, je dois sûrement pouvoir en faire autant pour mon cheval.

Tout en parlant, il avait sorti son revolver, mais Bukta tendit la main vers l'arme en disant d'un ton grave :

— Non, Sahib. Il vaut mieux que ce soit moi.

Ash le regarda un moment puis, avec un grand soupir, il acquiesça :

— Oui, tu as raison. Mais il te faut le faire tant que je suis là, car si je m'éloigne, il va essayer de se lever pour me suivre.

Bukta hocha la tête. Ash lui abandonna alors son revolver et il s'agenouilla pour chuchoter des mots de tendresse à l'oreille de Dagobaz qui, en réponse, frotta son museau contre lui. Quand la détonation retentit, le cheval eut un sursaut. Et ce fut tout.

Ils s'arrêtèrent seulement lorsque Juli, endormie en selle, faillit tomber. Ils venaient d'atteindre la crête des collines mais, même là, Bukta insista pour qu'ils continuent jusqu'à un cercle de rochers.

— Ça n'est pas très confortable, dit-il alors, mais ici vous pourrez dormir en toute tranquillité : même un serpent ne réussirait pas à s'approcher sans faire rouler ces éboulis, et le bruit vous éveillerait aussitôt.

Il creusa la terre entre deux rochers, et ménagea ainsi pour Juli une sorte de nid où il disposa son tapis de selle. Cela fait, il exhiba de quoi manger pour tout le monde : des *chuppattis* préparés par lui le matin même, du riz froid, plus des *pekoras* que Sarji avait achetés en hâte à Bhitor et transférés dans les sacoches du poney lorsque Gobind et lui avaient décidé de rester en arrière-garde.

Quand ils eurent mangé, Anjuli se pelotonna dans le creux que lui avait préparé Bukta, et s'endormit presque immédiatement. Le vieux *shikari* eut un grognement approbateur et engagea Ash à suivre son exemple.

— Tu vas retourner les chercher? lui demanda le jeune homme

— Bien sûr. Il est entendu avec eux qu'ils m'attendront près du *nullah* et que je rebrousserai chemin dès que je t'aurai amené ici avec la Rani-Sahiba.

— A pied?

— Oui, ça ira plus vite. A cheval, il me faudrait attendre que la lune se lève, ce qui ne se produira pas avant une heure encore. D'ici là, j'espère être en vue du *nullah.* Qui plus est, un homme ne peut conduire deux chevaux à travers ces collines. Alors, étant moi-même à pied, si l'un de tes amis est blessé ou exténué, il restera en selle tandis que je tiendrai la bride de son cheval. Si tout va bien, nous devrions être de retour avant minuit, ce qui nous permettra de repartir aux premières lueurs de l'aube. Alors dors tant que tu en as la possibilité, Sahib.

Ash s'était éveillé un moment plus tôt. Constatant que Bukta n'était pas de retour, il se tourna vers Juli qui dormait toujours. Il fut surpris de n'éprouver rien de ce que sa proximité aurait dû susciter en lui.

Elle était là, toute proche, enfin libérée des liens qui l'asservissaient à un odieux mari et une sœur trop adorée. Or, au lieu d'exulter, voilà qu'il pensait simplement « Pauvre Juli », en la plaignant parce qu'elle avait beaucoup souffert. Mais il avait aussi de la peine pour lui-même, parce qu'il avait tué la petite Shu-shu, et provoqué indirectement la mort tant de Manilal que de Dagobaz, dont les restes n'allaient pas tarder à être la proie des chacals, des vautours, et autres charognards.

Si seulement il avait pu les enterrer... ou les brûler, comme Shushila avait brûlé, de façon que leurs corps, à l'instar du sien, deviennent cendres au lieu de chairs en lambeaux et os rougis... Ce dont il souffrait le plus, c'était d'avoir dû abandonner ainsi le corps décapité du fidèle Manilal mort si héroïquement.. et que la force gracieuse incarnée par Dagobaz fût la proie des carnassiers Passe encore pour Dagobaz, mais Manilal...

Si le Destin avait permis que Manilal retourne à Karidkote pour y terminer paisiblement son existence, lui aussi eût été incinéré Après quoi, ses cendres auraient été emportées par un torrent de montagne jusqu'à la rivière Chenab qui va se déverser dans l'Indus, lequel rejoint la mer. Ce n'était pas juste que son corps reste à pourrir ainsi sous le ciel...

Une soudaine et déplaisante pensée fit courir un frisson dans le dos de Ash.

A supposer que Bukta ait eu un accident en allant vers le *nullah*... qu'il ait fait un faux pas dans l'obscurité, chu dans un ravin, comme Dagobaz... Il gisait peut-être inanimé quelque part, ou bien se traînait péniblement à quatre pattes... Et comme les autres n'oseraient pas se risquer à partir sans lui... Combien de temps resteraient-ils à l'attendre ?

Les heures qui suivirent parurent interminables au jeune homme. La nuit était si tranquille que, lorsque la brise tombait, il entendait la respiration de Juli ou, très loin, l'aboi d'un chacal ; mais il avait beau tendre l'oreille pour percevoir un bruit de voix ou de chevaux, son espoir était toujours déçu. A l'approche de l'aube, le vent se leva, soufflant d'abord doucement, puis avec une force qui aplatissait l'herbe et faisait rouler de petits cailloux.

La lune pâlit, les étoiles disparurent et, à l'est, une clarté jaune se mit à rayonner... sur laquelle Ash vit se détacher une petite silhouette noire qui suivit la crête avant de descendre lentement vers la ravine.

Sans se soucier du bruit, Ash se mit à courir en appelant, tant il éprouvait de soulagement. Mais lorsqu'il fut à mi-chemin, Ash sentit son cœur se glacer. Car il n'y avait toujours qu'une silhouette. Bukta était seul et, comme il se rapprochait, Ash vit ses vêtements poussiéreux marqués de grandes taches sombres.

— Je les ai trouvés morts tous deux...

A bout de résistance, Bukta avait peine à parler et il se laissa tomber dans l'herbe. Non, ça n'était pas son sang qui maculait ses vêtements car, à son arrivée, tout était fini.

— Quelques-uns de ces fils de chiens ont dû escalader les collines et les surprendre par derrière. Ils se sont battus dans le *nullah* et leurs chevaux ont été tués, mais je pense qu'ils ont abattu aussi bon nombre de leurs assaillants car le fond du *nullah* et le sol entre les rochers étaient rouges de sang... Par terre, il y avait tant de douilles de cartouches qu'ils ont dû certainement tirer jusqu'à la dernière.. Quand je suis arrivé, ces chiens de Bhitor étaient repartis en emportant leurs morts et leurs blessés. Il n'en restait que quatre pour monter la garde à l'entrée du *nullah...*

Un bref sourire effleura le visage brun de Bukta :

— Ces quatre-là, je les ai tués avec mon couteau... L'un après l'autre et sans bruit car ils s'étaient assoupis, se croyant en sûreté... persuadés sans doute que nous n'étions que cinq — trois qu'ils avaient tué, et deux autres — dont une femme ! — qui ne devaient penser qu'à fuir le plus loin et le plus vite possible. Bien sûr, j'aurais pu revenir plus tôt pour que tu ne t'inquiètes pas. Mais pouvais-je abandonner ainsi les corps de mon maître le Sirdar-Sahib, du Hakim et de son serviteur... à la merci des bêtes sauvages ? Je n'en ai pas eu le triste courage ; alors je les ai transportés, un à un, jusqu'à un abri abandonné qui se trouvait au bord de la rivière. J'ai dû faire quatre voyages, car je n'ai pu emporter en une fois le corps et la tête de Manilal .. Quand je les ai eu rassemblés là, j'ai fait s'effondrer cet abri branlant qui avait un vieux toit de chaume tout desséché. J'ai pu édifier ainsi une sorte de bûcher où j'ai disposé les corps avant de disperser sur eux la poudre de mes cartouches. Je suis allé ensuite chercher de l'eau de la rivière et j'ai récité les prières rituelles... Puis, avec mon briquet à amadou, j'ai mis le feu. Alors, je suis parti en les laissant brûler...

Bukta poussa un gros soupir avant de poursuivre :

— Comme le chaume, le bois était vieux et bien sec... Ça flambait... Quand tout aura brûlé, j'espère que le vent portera les cendres du Sirdar-Sahib et des autres à la rivière si proche, et que les dieux permettront qu'ils s'en aillent ainsi jusqu'à la mer.

Voyant l'affliction qu'exprimait le visage de Ash, le vieil homme lui dit avec douceur :

— Ne sois pas triste, Sahib. Pour nous, la mort est peu de chose... une halte brève au cours d'un très long voyage, durant lequel nous continuerons à renaître et mourir jusqu'à ce que nous atteignions le Nirvana. Alors pourquoi pleurer ceux qui ont franchi une nouvelle étape vers ce but ?

Comme Ash continuait de se taire, le *shikari* soupira de nouveau. Il avait été très attaché à Sarjevar et ce qu'il venait d'accomplir avait de quoi exténuer un homme bien plus jeune que lui. Il aurait aimé rester là et se reposer, mais ça n'était pas possible. Alors il se remit péniblement debout, en disant d'une voix rauque :

— Viens, Sahib, nous perdons du temps. Nous avons encore

beaucoup de chemin à faire, or désormais toi et moi devrons aller à pied, car il ne nous reste plus que le poney.

Toujours sans prononcer une parole, Ash le suivit dans le jour naissant.

44

Le bruyant départ de Ash avait réveillé Anjuli et les deux hommes la trouvèrent qui les attendait. Ses yeux s'agrandirent à la vue des taches de sang qui maculaient les vêtements du *shikari* et le visage hagard de Ash était suffisamment éloquent pour qu'elle n'eût pas à poser de questions. Comme elle faisait mine d'aller leur chercher à manger, Bukta la retint en disant qu'on mangerait plus tard car, des hommes étant sur leurs traces, il importait de partir au plus vite. Il ramassa les sacoches et Anjuli le suivit jusqu'à l'endroit où le poney entravé broutait paisiblement. Mais quand Ash lui dit de monter en selle, la jeune femme s'y refusa en objectant que Bukta était exténué, et qu'ils avanceraient plus vite si c'était lui qui était sur le poney; elle-même, après une bonne nuit de repos, pouvait très bien marcher.

Le *shikari* n'avait même pas essayé de discuter car, somme toute, c'était la solution la plus raisonnable. Ce fut seulement lorsque le soleil du matin les accabla et que Juli donna des signes de fatigue, qu'il se déclara suffisamment reposé pour continuer à pied. A midi, ils s'arrêtèrent un moment afin de prendre leur frugal repas, et le vieil homme en profita pour s'assoupir quelques instants dans l'ombre d'un large surplomb rocheux.

Après ce petit somme, ils se remirent en route et, chaque fois qu'ils franchissaient un sommet, Bukta se retournait pour voir s'il apercevait des poursuivants. Il ne voyait rien bouger, sauf dans le ciel cuivré où se mouvaient des points noirs : les vautours qui, sans doute dérangés dans leur repas, attendaient en tournoyant le départ des intrus.

— Ils ont dû trouver le bassin, marmotta le guide. Ils savent donc maintenant qu'il nous reste un seul cheval pour trois, ce qui nous contraint à n'avancer qu'au pas d'un marcheur. Souhaitons qu'ils s'attardent à se reposer en étanchant leur soif, puis se disputent pour savoir lequel d'entre eux aura ta selle et ton harnachement.

Ce fut peut-être ce qui se produisit; en tout cas, lorsque des ombres violettes s'étendirent à nouveau au flanc brûlé des collines, il n'y avait toujours personne en vue. Bukta se sentit rassuré au point d'allumer ce soir-là un feu pour faire cuire des *chuppattis* et dissuader éventuellement un léopard de s'approcher. Cela lui permit aussi de faire sécher ses vêtements, après qu'il les eut lavés pour faire disparaître les taches de sang.

Mais comme, de toute façon, ils étaient trop exténués pour bien se reposer, Ash et Bukta se relayèrent afin de monter la garde. Ils se remirent en marche à la pointe de l'aube et cette nouvelle journée fut une répétition de la précédente, sauf qu'ils se pressèrent moins et ne s'immobilisèrent pas si souvent pour regarder derrière eux. Le lendemain matin, au lever du soleil, ils franchirent la frontière.

Trois jours plus tard, Ash et Bukta étaient de retour dans la maison de Sarji, qu'ils avaient quittée de façon si précipitée moins de trois semaines auparavant. Anjuli n'était pas avec eux car, durant leur dernière nuit dans la jungle, Bukta avait prodigué quelques sages conseils à Ash pendant que la jeune femme dormait.

Pensant à l'avenir, il estimait plus sage de ne pas révéler l'identité de la Rani-Sahiba. Cela ne lui attirerait en effet aucune sympathie, car beaucoup d'hommes approuvaient secrètement les vieilles coutumes et eussent souhaité que leurs veuves deviennent des satî; d'autres considéraient une jeune veuve comme une créature de mauvais augure — puisqu'elle avait causé certainement la mort de son mari — et presque aussi indigne qu'une esclave.

Bukta jugeait également préférable de ne pas dire la vérité touchant la mort du Sirdar Sarjevar. Mieux valait que sa famille et ses amis restent dans l'ignorance de ce qui s'était passé à Bhitor.

— Il ne faut pas oublier, déclara-t-il à Ash, que non seulement vous avez pénétré en fraude sur le territoire de la principauté dans l'intention d'enlever les veuves du défunt Rana, mais aussi poignardé un des gardes du corps royaux, agressé, ligoté et bâillonné plusieurs personnes, emmené la Junior Rani, tiré sur les soldats qui essayaient de s'opposer à cet enlèvement et tué un grand nombre d'entre eux. Pour ma part, je n'ai aucune envie d'être traîné devant un magistrat-Sahib pour y répondre de telles accusations, qui me vaudraient de passer le reste de mes jours en prison ou d'être pendu. Nous savons que les Bhitoris ne reculeront devant aucun mensonge et que, même si on ne les croyait pas, les Sahibs diraient que nous n'avions pas le droit de nous substituer à la justice en tuant ces porcs. Toi, tu t'en tirerais peut-être avec une sévère admonestation de tes chefs, mais pour moi, je le répète, ce serait au mieux la prison. Et si j'étais relâché, les Bhitoris ne me laisseraient guère le temps de savourer ma liberté recouvrée. C'est pour eux un point d'honneur après ce que nous leur avons fait. Alors s'ils venaient à connaître l'identité de ceux qui...

— Ils connaissent le nom du Hakim-Sahib, et sans doute aussi celui de Manilal.

— Oui, mais ces deux-là étant de Karidkote, les Bhitoris supposeront que leurs complices venaient également de là-bas. Ils n'ont aucune raison de penser que tu puisses être un officier-Sahib de *rissala,* cantonné à Ahmadabad. Et ils ne chercheront pas à se venger sur la famille de la Rani, trop puissante... et aussi trop éloignée de Bhitor. En revanche, s'ils venaient à savoir que la Rani-Sahiba se trouve au Gujerat, sa vie ne vaudrait pas cher !

— Tu as raison, acquiesça pensivement Ash, nous ne pouvons dire la vérité. Mais il nous faut raconter des mensonges qui se tiennent. En ce qui nous concerne personnellement, nous dirons que toi, moi, et ton maître le Sirdar étions allés chasser dans la jungle, comme nous l'avions déjà fait bien des fois, mais qu'il s'est tué avec son cheval en tombant dans un ravin ; moi-même, je ne m'en suis tiré que par miracle et j'y ai perdu mon cheval. Nous dirons en outre ce qui se trouve être la vérité : ne pouvant ramener son corps, nous l'avons brûlé près d'une rivière qui emportera ses cendres jusqu'à la mer.

— Mais la Rani-Sahiba ? Comment expliquer sa présence ?

Ash réfléchit pendant quelques minutes, puis dit :

— Le mieux sera de la faire passer pour une jeune veuve, parente de Gul Baz, mon porteur. Demain, quand nous serons sortis de cette jungle et pourrons acheter des vivres, tu chercheras un endroit où la Rani-Sahiba et moi demeurerons cachés pendant que tu t'en iras au cantonnement, sur le poney, chercher Gul Baz... ainsi qu'une *bourka* comme en portent les femmes musulmanes, car ce sera pour la Rani-Sahiba un déguisement qui la dissimulera presque entièrement. Je combinerai une histoire avec Gul Baz et tous deux pourront aller dans mon bungalow, tandis que toi et moi nous présenterons chez le Sirdar-Sahib avec nos tristes nouvelles.

— Et ensuite ?

— Ensuite, tout dépendra de la Rani. Elle aimait beaucoup sa sœur. Si elle accepte de garder le silence, la mort de sa sœur ne sera pas vengée, le Diwan et ses complices échapperont au châtiment. Alors, il se peut qu'elle préfère parler, en dépit des conséquences que cela risque d'avoir.

Bukta eut un haussement d'épaules et fit remarquer avec philosophie que nul ne peut prévoir ce dont une femme sera capable ou non. Il fallait espérer qu'elle se montrerait raisonnable car, pour autant qu'elle eût chéri sa sœur, celle-ci était morte et rien ne pouvait la rappeler à la vie.

Ash avait préparé des arguments pour convaincre Juli, mais il n'eut pas besoin d'y recourir car, contre toute attente, la jeune femme n'éleva aucune objection et acquiesça à tout ce qu'il suggérait, y compris de se faire passer pour une musulmane, parente de Gul Baz, bien que cela l'obligeât à rester dans les communs, derrière le bungalow.

— Quelle importance ? fit-elle avec indifférence. Un endroit en vaut un autre... et, sauf de nom, j'ai déjà été une servante à tous égards.

Son acceptation causa un vif soulagement à Bukta qui s'était attendu à beaucoup de difficultés de sa part, vu sa caste et son sang royal. Aussi confia-t-il à Ash que la Rani-Sahiba était une femme non seulement courageuse, mais aussi très lucide, ce qui était beaucoup plus rare.

Aux abords de la première petite ville qu'ils trouvèrent sur leur chemin, Bukta fit cacher ses compagnons tandis qu'il allait sur le poney acheter des vivres et aussi des vêtements, car ceux qui leur avaient permis de quitter Bhitor eussent été par trop marquants dans le Gujerat. C'est sous l'aspect de gens de la campagne — Anjuli toujours en habits masculins, car Ash estimait cela plus prudent — qu'ils repartirent ensuite, après avoir eu la précaution de brûler les vêtements qu'ils venaient de quitter.

Vers la fin de l'après-midi, en empruntant des chemins détournés, Bukta conduisit Ash et Juli jusqu'à un tombeau en ruine qui se dressait parmi des buissons épineux et des roseaux à plumes, au milieu d'une étendue de terres incultes. Peu de gens devaient connaître l'existence de ce mausolée, car il se trouvait très à l'écart des chemins et à plusieurs milles du plus proche village. Une partie du dôme s'était effondrée, mais l'ensemble tenait encore bon. A l'intérieur, outre des flaques d'eau, vestiges de la dernière mousson, il y avait beaucoup de débris de toute sorte : branchages, plumes, pierres, etc. Bukta nettoya un coin, où il déposa des brassées d'herbe sèche qu'il recouvrit ensuite avec le tapis de selle, en guise de lit pour Anjuli.

Le *shikari* déclara vouloir faire aussi vite que possible, mais qu'il ne pensait pas pouvoir être de retour avant le lendemain au coucher du soleil. S'il était retardé, qu'ils ne s'inquiètent surtout pas !

Ash l'accompagna jusqu'à la sortie des fourrés et le suivit

longtemps des yeux, cheminant vers Ahmadabad au pas lent du poney fatigué.

Dans l'épaisseur du mur du mausolée se trouvait un escalier que Anjuli avait gravi ; en rebroussant chemin, Ash la vit au-dessus de lui, se découpant sur le ciel et tournée vers le nord, là où se dressaient les collines. Quelque chose dans le visage de la jeune femme lui fit comprendre qu'elle ne pensait pas à sa sœur bien-aimée morte derrière ces collines, mais à d'autres monts, à l'Himalaya avec ses vastes forêts et ses pics neigeux pointés dans la transparence glacée de l'air du nord.

Bien que Ash n'eût fait aucun bruit, elle se retourna vers lui. Il eut alors intensément conscience de ce qu'elle avait dû endurer à Bhitor.

L'Anjuli qu'il avait connue et aimée, celle dont il avait gardé l'image dans son cœur tout au long de trois terribles années, avait fait place à une inconnue. Une femme très mince, au regard comme hanté, avec une mèche blanche sillonnant sa chevelure de jais, qui donnait l'impression d'avoir enduré torture, famine et prison. Avec encore autre chose, de moins définissable... Le chagrin et l'adversité n'étaient pas arrivés à briser Anjuli, mais ils la laissaient comme privée de sentiment.

Et Ash éprouvait quelque chose de comparable. Il l'aimait toujours, car c'était toujours Juli et il ne pouvait pas plus cesser de l'aimer que s'arrêter de respirer. Ce qu'il y avait de changé, c'est qu'en la regardant il ne voyait plus seulement son visage, mais aussi ceux de Sarji, Gobind et Manilal, trois hommes morts pour qu'elle et lui parviennent à fuir ensemble. La tragédie de leur fin restait en lui comme une blessure ouverte et, à cet instant, l'amour paraissait chose bien dérisoire en comparaison du cruel sacrifice demandé à ses amis.

Ayant trouvé l'escalier, Ash rejoignit la jeune femme sur la partie plate du toit qui entourait le dôme effondré. Anjuli s'était de nouveau absorbée dans la contemplation des lointaines collines et quand, étendant la main, il lui toucha l'épaule, elle eut un geste comme pour le repousser. Ash laissa retomber son bras et, fronçant les sourcils, dit d'un ton âpre :

— Qu'est-ce qui te prend ? Tu n'as quand même pas cru que je voulais te faire du mal ? Ou... ou bien serait-ce que tu ne m'aimes plus ? Non, ne t'en va pas !

Il la saisit par les poignets d'une façon telle qu'elle ne put se dégager

— Regarde-moi, Juli... Et maintenant, dis-moi la vérité : as-tu cessé de m'aimer ?

— Je m'y suis efforcée, murmura-t-elle. Mais... mais il semble que... que je ne puisse m'en empêcher...

Sa voix exprimait le désespoir, comme si elle parlait d'une maladie incurable, à laquelle il lui fallait se résigner tout en continuant de vivre. Mais Ash n'en éprouva pas un choc, car cela correspondait au malaise qu'il ressentait.

Il se rendait compte que leur amour n'avait pas cessé d'exister et continuerait toujours ; mais il était momentanément submergé par un sentiment de culpabilité et d'horreur. Il ne se raviverait pas avant qu'ils aient réussi à se libérer de ce poids accablant. Mais le temps travaillerait pour eux. Le pire était maintenant passé et ils se trouvaient de nouveau réunis... Alors, le reste pouvait attendre.

Portant les poignets d'Anjuli à ses lèvres, il posa un baiser sur chacun d'eux avant de la libérer :

— C'est tout ce que je voulais savoir. Du coup, je sais aussi que, tant que nous serons ensemble, plus rien ne pourra nous faire vraiment du mal. Tu dois t'en convaincre également. Quand tu seras ma femme...

— Ta *femme ?*

— Bien sûr ! T'imagines-tu que je veuille courir le risque de te perdre à nouveau ?

— Ils ne te permettront jamais de m'épouser, dit Anjuli avec une certitude triste.

— Les Bhitoris ? Ils n'oseront même pas se risquer à ouvrir la bouche !

— Non : les tiens... Et les miens aussi, qui auront tous la même réaction.

— Tu veux dire qu'ils nous empêcheront de nous marier ? Mais ça ne les regarde pas ! C'est uniquement notre affaire, à toi et moi. D'ailleurs, ton grand-père n'avait-il pas épousé une princesse des Indes, bien qu'il fût étranger et d'une autre religion que la sienne ?

Anjuli soupira en secouant la tête :

— Oui, mais c'était avant que ton gouvernement n'ait affermi son emprise. A Delhi, il y avait encore un Mogol sur le trône, et Ranjit-Singh tenait le Pendjab sous sa domination. Mon grand-père était un seigneur de la guerre ; ayant vaincu au cours d'une bataille l'armée du père de ma grand-mère, il prit cette dernière comme un butin, sans demander la permission à qui que ce soit. J'ai entendu dire qu'elle était consentante, car ils éprouvaient un très grand amour l'un pour l'autre. Mais les temps ont changé et cela ne peut plus se reproduire

— Cela va se reproduire, Cœur de mon cœur. Personne ne t'empêchera de m'épouser. Tu n'es plus une jeune fille, c'est-à-dire un bien dont on dispose au mieux, sans se soucier de son consentement. Et personne non plus ne m'empêchera de t'épouser.

Mais Anjuli n'en était pas convaincue. Elle n'arrivait pas à imaginer un mariage entre deux êtres de religions si différentes et, en ce qui la concernait, elle n'en voyait pas la nécessité. Pour sa part, elle était prête à passer le reste de sa vie avec Ashok sans que leur union fût légalisée par un prêtre ou un magistrat. Elle avait déjà participé à une cérémonie de ce genre, qui n'avait fait d'elle l'épouse du Rana qu'au sens légal du mot. Elle n'avait pas été véritablement sa femme, mais seulement son bien... un bien d'ailleurs méprisé et sur lequel, la cérémonie terminée, il n'avait plus jamais daigné abaisser son regard. Sans Ashok, elle eût été encore vierge, et il était donc déjà son mari aussi bien de corps que de cœur ou d'esprit. Alors quel besoin avaient-ils de phrases creuses, ou de papiers qu'elle-même était incapable de lire ? Et puis...

Elle se détourna pour regarder le soleil couchant qui dorait la cime des arbres et dit à mi-voix :

— Et puis, à Bhitor, ils m'avaient donné un surnom... Ils m'appelait la « métisse ».

Ash eut un mouvement involontaire et, le regardant par-dessus son épaule, elle dit sans surprise :

— Oui, j'aurais dû me douter que c'était parvenu jusqu'à tes oreilles... La *Nautch* elle-même ne m'avait jamais appelée ainsi. Du vivant de mon père, elle n'osait pas. Ensuite, quand elle avait tenté quelques allusions, Nandu s'était aussitôt tourné contre elle parce que, je suppose, cela blessait sa fierté, vu qu'il était mon demi-frère. Mais à Bhitor, il n'était pas de jour que je ne m'entende rappeler ainsi ma naissance, et les prêtres m'interdisaient l'accès du temple de Lakshmi, dans les jardins du Palais de la Reine, où les épouses et les concubines du Rana allaient prier...

Sa voix s'éteignit en un murmure et Ash lui dit avec douceur :

— Tu n'as plus à te tracasser pour de telles choses, Larla. Oublie-les. Tout cela est fini pour toujours.

— Oui, c'est fini... Étant une métisse, je n'ai plus à me soucier de ce que peuvent dire les gens de ma race ou les prêtres de ma religion, puisque une métisse n a apparemment ni race ni religion Donc, à partir de maintenant, je suis une métisse, c'est-à-dire une femme sans famille. venue de nulle part. et ayant son mari pour unique dieu

45

— Je vais devoir être prudent, pensa Ash. Extrêmement prudent

La veille au soir, après le départ de Bukta, il avait envisagé de quitter immédiatement le Gujerat avec Juli, et de ne jamais remettre les pieds à Ahmadabad. En prenant le train pour Bombay dans quelque gare perdue, bien avant que les hommes du Diwan aient eu la possibilité de retrouver leur trace, ils auraient laissé le Pendjab derrière eux, franchi l'Indus, et regagné la sécurité de Mardan.

C'était la solution qui s'imposait. Mais, justement, elle s'imposait avec trop d'évidence. C'était ce qu'on s'attendrait qu'il fasse et qu'il ne devait donc pas faire. Il lui faudrait se montrer beaucoup plus subtil... et prier le Ciel de ne pas commettre d'erreur lorsqu'il prendrait une décision, sans quoi ni Juli ni lui ne vivraient assez longtemps pour regretter de s'être trompés.

Il en était là quand Anjuli l'appela pour manger. Elle avait aménagé un petit âtre dans un angle de la tombe et, avant que le feu ne s'éteigne, Ash y brûla le paquet de lettres écrites dans sa chambre de Bhitor, ces lettres que Sarji et Gobind n'avaient pas osé garder en leur possession, conscients qu'elles eussent trahi Ash si les Bhitoris les avaient trouvées sur eux. Il les regarda se carboniser et, plus tard, lorsque Juli fut endormie, il sortit s'asseoir sur un bloc de pierre, à l'entrée du mausolée, afin de réfléchir...

Il ne faisait aucun doute que le Bhitor et son Diwan eussent à cœur de venger leurs morts. Ils devaient en vouloir plus particulièrement à Juli, la juger responsable de tout. Elle et ses deux complices seraient donc pourchassés tant qu'on n'aurait pas la conviction qu'ils avaient dû mourir de soif et d'épuisement après s'être perdus dans les collines.

Les Bhitoris n'auraient eu aucune raison de penser que la Rani avait peut-être pour complice un officier-Sahib d'un régiment de cavalerie cantonné à Ahmadabad, si un capitaine-Sahib nommé Pelham-Martyn, appartenant au régiment des Guides, n'avait escorté les Ranis au moment de leur mariage et discuté avec acharnement les conditions du contrat... Or un officier du même nom n'avait-il pas alerté les autorités d'Ahmadabad en leur disant que si le Rana venait à mourir. les Ranis périraient sur son bûcher? N'avait-il pas envoyé aussi plusieurs télégrammes à ce sujet?

Donc, très probablement, pendant que des recherches étaient effectuées du côté de Karidkote, d'autres émissaires du Diwan devaient être déjà en route pour le Gujerat. Pourtant, après mûre réflexion, Ash arriva à la conclusion que la meilleure solution — sinon la seule — était encore de se payer de toupet et de regagner son bungalow.

Juli l'y précéderait avec Gul Baz et, après quelques jours, lui-même les rejoindrait avec Bukta comme s'ils arrivaient de Kathiawar, dans la moitié sud de la péninsule, nantis d'un autre mensonge touchant la mort de Sarji et la perte des chevaux, lesquels auraient été emportés par un mascaret alors qu'ils traversaient une rivière se jetant dans le golfe de Kutch. Le chagrin, combien réel, causé par la perte d'un ami très cher — pour ne rien dire d'un cheval exceptionnel — expliquerait que Ash se fût dès lors complètement désintéressé du sort des Ranis de Bhitor.

Fort heureusement une bonne partie de son congé restait encore à courir, grâce aux vacances qu'il comptait passer avec Wally. Leur randonnée devrait être annulée, car Ash voulait demeurer une semaine environ au cantonnement, afin de vendre les choses qu'il ne souhaitait pas emporter, et avoir tout loisir de préparer son retour à Mardan. Cela montrerait, à d'éventuels observateurs, qu'il n'avait rien à cacher et ne témoignait d'aucune hâte pour quitter Ahmadabad.

A supposer qu'elle fût même remarquée, la présence d'une femme de plus dans les communs ne risquait d'éveiller aucune curiosité. Et qui se fût attendu à trouver la fille d'un Maharajah, veuve du Rana de Bhitor, vivant avec les domestiques musulmans d'un Sahib ? C'était tellement inimaginable que même les Bhitoris, qui l'appelaient pourtant « la métisse », ne penseraient jamais que Juli ait pu consentir à une telle chose. Ils surveilleraient probablement Ash pendant quelques jours, observant son comportement, notant ses déplacements, et finiraient par conclure qu'il n'était pour rien dans les événements de Bhitor, son aide aux Ranis s'étant bornée à envoyer les fameux télégrammes. En recevant leur rapport, le Diwan porterait son attention d'un autre côté. Et Juli serait sauvée.

Ayant ainsi arrêté son plan, Ash s'étendit pour dormir en travers de l'entrée du mausolée, de façon que ni homme ni bête ne pût y pénétrer sans le réveiller. La lune ne s'était pas encore levée qu'il dormait déjà. Il bénéficia d'un sommeil sans rêves, mais il n'en alla pas de même pour Anjuli.

La première fois qu'elle le réveilla en criant, Ash la trouva plaquée contre le mur, cachant son visage derrière ses bras, comme pour échapper à une horrible vision, et gémissant : « Non ! Non, Shu-shu, non... » Il la serra contre lui, la berça doucement en lui prodiguant des paroles de tendre réconfort jusqu'à ce que, pour la première fois depuis leur fuite de Bhitor, elle fondît en larmes.

Moins d'une heure plus tard, elle s'agita de nouveau et cria encore le nom de Shu-shu. Cette fois, elle fut beaucoup plus longue à se calmer et le supplia de la serrer bien fort contre lui. Ce fut ainsi qu'elle se rendormit et Ash finit par s'assoupir aussi. Ils furent réveillés par le chœur joyeux des perroquets, pigeons, colombes et tisserins saluant l'aube. Quand ils eurent mangé, Ash fit part à la jeune femme du plan qu'il avait élaboré au cours de la nuit. Elle n'éleva aucune objection, semblant même approuver toutes les décisions qu'il avait prises mais, à part cela, ils n'échangèrent que peu de propos.

Vers la fin de l'après-midi, Bukta revint avec Gul Baz et deux chevaux. Anjuli se trouvait alors sur le toit du mausolée et elle ne redescendit pas, préférant laisser les trois hommes discuter entre eux. Bukta approuva le plan de Ash car, de leur côté, Gul Baz et lui étaient arrivés sensiblement à la même conclusion.

— Toutefois, dit Gul Baz, j'ai mieux à te proposer que cette histoire de fille veuve revenue vivre près de moi...

Et qui plus est, le porteur avait déjà pris certaines dispositions dans ce sens. Après avoir discuté de la situation avec Bukta, il avait estimé que le mieux était de substituer la Rani-Sahiba à la femme, timide et silencieuse, qu'il avait installée plus d'un an auparavant dans la cabane située derrière celle qu'il habitait. Cette femme s'attendait d'ailleurs à partir très prochainement, puisqu'elle savait que le Sahib et ses serviteurs allaient retourner sous peu à la Frontière Nord-Ouest. Lorsqu'elle avait conclu cet arrangement avec le porteur du Sahib, il avait été bien spécifié qu'il cesserait automatiquement lorsque Gul Baz devrait quitter Ahmadabad. Gul Baz n'avait donc anticipé que de quelques jours sur ce qui devenait inévitable.

Ce matin de bonne heure, il avait quitté le bungalow dans une *tonga,* en emmenant la femme avec lui, après avoir dit qu'elle souhaitait aller voir sa mère dans son village natal et qu'ils rentreraient très tard. En réalité, ce serait la Rani-Sahiba qui reviendrait dans la cabane, mais les autres serviteurs ne s'en apercevraient pas, car rien ne ressemble autant à une femme en bourka qu'une autre femme en bourka. Le Sahib n'avait rien à craindre de celle qui s'en allait car, outre qu'elle était d'un naturel taciturne, elle avait été très bien payée. Il n'y avait donc aucun risque qu'elle revienne au cantonnement ou même en ville, avant qu'ils fussent eux-mêmes depuis longtemps à Mardan.

— J'ai eu soin de garder une de ses bourkas, en lui disant qu'elle était trop reprisée et que j'allais lui en acheter une neuve, ce que j'ai fait. Cette bourka est vieille mais propre et, de la sorte, personne ne doutera qu'il s'agisse de la même femme, car le *shikari* m'a dit que la Rani-Sahiba était grande elle aussi. Je raconterai qu'elle est souffrante et doit rester couchée. Comme cela, elle n'aura pas besoin de parler à qui que ce soit, ni même de se montrer.

— Et quand le moment sera venu pour nous de quitter le Gujerat ? demanda Ash.

— Nous y avons également pensé, répondit Bukta, et ça ne présentera aucune difficulté. Ton serviteur racontera que sa femme désire aller voir une parente au Pendjab et qu'il a décidé de l'emmener avec lui jusqu'à Delhi... Ou Lahore, si tu préfères, c'est sans importance. On sait que cette femme vit là sous sa protection depuis plus d'un an, alors que la disparition de la Rani-Sahiba date seulement de quelques jours. On ne risque donc pas de faire un rapprochement. Quant à notre retour...

Ce fut cinq jours plus tard que Ash regagna Ahmadabad, monté sur un des chevaux de Sarji et accompagné par un syce du défunt.

Avant de repartir avec le cheval, le syce fut reçu très amicalement par Kulu Ram et d'autres. Il eut ainsi tout loisir de raconter à ces hôtes la mort de son maître, qui s'était tragiquement noyé en traversant, au moment d'un mascaret, une des nombreuses rivières se jetant dans le golfe de Kutch. Le propre cheval du Sahib s'était aussi noyé, le Sahib lui-même n'en ayant réchappé que par miracle. De toute évidence, devait rapporter plus tard Gul Baz, le syce était tout aussi convaincu que ses auditeurs de la véracité de son récit.

— Voilà donc un autre fossé de franchi, poursuivit Gul Baz. Pour le reste, tout s'est aussi très bien passé. Elle ne sort pas de la cabane, sous prétexte qu'elle se sent souffrante, ce qui doit d'ailleurs être en partie vrai, car la seconde nuit qu'elle était là, elle a crié si fort dans son sommeil que j'en ai été réveillé et me suis précipité dans la cabane, craignant qu'elle eût été découverte et qu'on tentât de l'enlever. Mais elle m'a dit que c'était seulement un cauchemar et que...

Voyant l'expression de Ash, il s'interrompit et demanda :

— Cela s'était déjà produit ?

— Oui, et j'aurais dû penser à t'en avertir, dit Ash qui se reprochait cet oubli.

Lui-même n'avait pas eu de cauchemars à propos de Shushila, mais elle continuait de peser sur sa conscience. Aux moments les plus inattendus, il revoyait son petit visage surgir devant lui avec une expression de reproche... Alors, ce devait être bien pis pour Juli qui, elle, l'avait aimée.

Il demanda si d'autres domestiques avaient également été réveillés, mais Gul Baz ne le pensait pas.

— Comme tu le sais, mon logement et celui qu'occupait Mahdoo-ji se trouvent à l'écart ; or la cabane de la Rani-Sahiba est située derrière eux, ce qui l'isole des baraquements où dorment les autres domestiques. Mais j'ai néanmoins acheté de l'opium afin de lui préparer une potion dont elle prend désormais une cuillerée après le coucher du soleil. Depuis lors, elle dort tranquillement, sans plus pousser de cris... ce qui est un bien car, comme prévu, on espionne le Sahib.

Gul Baz raconta que, la veille, plusieurs étrangers s'étaient présentés au bungalow, l'un pour demander du travail, un autre pour proposer des herbes et des simples, un troisième à la recherche de sa femme qui, disait-il, s'était enfuie avec le serviteur d'un Sahib. Celui-là, apprenant que Pelham-Sahib était parti vers le début du mois chasser dans le Kathiawar, avait posé de nombreuses questions...

— Qui ont toutes eu réponse, précisa Gul Baz, mais sans que cela puisse lui être d'aucun secours. Quant au marchand de simples, la chance a voulu qu'il repasse au bungalow peu après le retour du Sahib, et il a entendu tout ce que le syce racontait. Je ne pense pas qu'il se manifeste de nouveau car il a vu le Sahib revenir seul, et tout appris par le syce concernant la noyade du Sirdar Sarjevar Desai.

— Il y en aura sûrement d'autres, dit Ash d'un ton pessimiste Je doute que le Diwan se laisse si facilement convaincre.

Gul Baz estimait que les espions se lasseraient de converser avec des gens qui ne leur apprenaient rien d'utile, et de suivre partout le Sahib pour constater qu'il allait simplement faire des visites mondaines, participer à des soirées d'adieu, ou bien à la gare pour les longs et fastidieux préparatifs de son voyage de retour à Mardan.

— Dans une dizaine de jours, ils seront convaincus qu'ils n'ont plus rien à faire ici, et nous pourrons alors prendre le *rail-ghari* pour

Bombay, quitter ce maudit endroit, où veuille le Tout-Puissant que nous n'ayons jamais aucune raison de revenir !

Ash acquiesça distraitement, car il pensait à Juli, qui allait devoir passer encore dix jours dans cette cabane étouffante, en n'osant se montrer pour respirer un peu l'air du dehors, ni dormir sans l'aide de l'opium.

Selon le conseil de Gul Baz, le jeune homme circula au maximum durant les jours suivants car, même s'il n'avait pas été sur ses gardes, il aurait vite senti qu'il faisait l'objet d'une constante surveillance. C'était une question d'instinct, le même instinct qui avertit les bêtes de la jungle qu'un tigre est en chasse, ou qui réveille un dormeur dans l'obscurité silencieuse, parce qu'il n'est plus seul dans sa chambre.

Ash fit installer son lit sur le toit en terrasse du bungalow, où il était facile pour un observateur de le surveiller et de s'assurer qu'il ne ressortait pas la nuit pour aller à de secrets rendez-vous.

La nouvelle de la fin de Sarjevar et de la perte de l'incomparable Dagobaz s'était vite répandue dans le cantonnement ; aussi beaucoup d'officiers ou de membres de la colonie britannique avaient-ils tenu à témoigner leur sympathie au jeune homme. Le grand-oncle du défunt, le Risaldar-Major, ému par le chagrin de Ash, lui répétait qu'il n'avait rien à se reprocher, alors que celui-ci était persuadé du contraire car il aurait facilement pu refuser de laisser Sarji l'accompagner à Bhitor.

Le fait que la famille de Sarji et ses amis n'eussent pas un seul instant mis en doute la véracité de l'histoire inventée par Bukta et lui, fut d'un grand secours pour Ash. En effet, cela donnait l'impression que tous les intimes étaient au courant de cette randonnée de chasse dans une région située bien plus loin au sud d'Ahmadabad que la frontière du Rajasthan ne l'était au nord. Ceci s'ajoutant au reste, Gul Baz constata que, à la fin de la semaine, le bungalow ne faisait plus l'objet d'aucune surveillance, et Ash eut conscience de n'être plus suivi dans ses déplacements. Il n'en continua pas moins de se comporter comme si le danger existait toujours. Quand trois jours et trois nuits se furent écoulés sans qu'on eût rien à signaler, Ash se détendit et, respirant du nouveau librement, se remit à envisager l'avenir.

Il n'avait désormais plus aucune raison de s'attarder à Ahmadabad, mais comme deux des trois dates pour lesquelles le chef de gare avait pu garantir toutes les réservations nécessaires étaient déjà passées, la troisième imposait un délai de quelques jours encore. Et, de toute façon, il restait à résoudre le problème posé par Juli.

Naguère, cela semblait tout simple : si Juli redevenait libre, il pourrait l'épouser. Or, voilà qu'elle était libérée non seulement du Rana mais aussi de Shushila, donc... Mais c'est une chose de rêver à un fait ayant très peu de chances de se produire, et une autre de se trouver brusquement confronté avec ce fait devenu réalité.

Ash avait maintenant peine à croire qu'il ait pu envisager de quitter les Indes avec Juli, pour se réfugier dans un pays étranger en se coupant à jamais de Mardan, Wally ou Zarin. Les liens qui l'attachaient aux Guides étaient trop solides pour être facilement rompus et, même pour Juli, il ne pouvait se résoudre à les trancher, en perdant du même coup Wally et Zarin. D'ailleurs, il n'avait aucune raison de le faire car, fût-il arrivé à persuader quelqu'un de le marier avec Juli, il ne l'eût jamais présentée ouvertement comme sa femme.

Ash s'en était ouvert à Mme Viccary, la seule personne à laquelle il pût se confier en toute sécurité et capable de l'écouter sans être influencée par des préjugés raciaux. Ce n'était pas de conseils qu'il avait besoin — car il se rendait bien compte qu'il ne suivrait d'autres conseils que ceux allant dans le sens qu'il souhaitait — mais de quelqu'un à qui parler, avec qui discuter de la situation, afin d'arriver à voir plus clair en lui-même. Et Mme Viccary avait répondu à son attente, n'approuvant ni ne blâmant son désir d'épouser une veuve hindoue, non plus que l'opinion de Juli quant à l'utilité d'une union légale.

— Vous comprenez, dit Ash, dès qu'on nous saurait mariés, elle ne serait plus en sécurité.

— Ni vous non plus, fit remarquer Edith Viccary. Les gens parlent, et les nouvelles voyagent vite dans ce pays.

Bhitor apprendrait avant longtemps que l'officier des Guides qui avait escorté les fiancées au moment du mariage (et qui se trouvait en garnison dans le Gujerat lorsqu'une des Ranis avait disparu après la mort du Rana) s'était marié avec une veuve hindoue. Le Diwan ne tarderait pas à faire le rapprochement et enverrait quelqu'un enquêter sur place. Après quoi, la mort de Juli ne serait plus qu'une question de jours.

— Il faudrait donc que notre union reste secrète, dit Ash

— Vous tenez à l'épouser ? Alors qu'elle-même, d'après ce que vous me dites, ne voit aucune raison de le faire ?

— Bien sûr ! Pensez-vous que je veuille l'avoir pour maîtresse ou concubine ? Je désire qu'elle soit ma femme, même si cela doit demeurer ignoré. C'est quelque chose que je *me dois* de faire.. Je ne peux vous expliquer..

— Ça n'est pas nécessaire, dit Edith Viccary. Si j'étais à votre place, j'éprouverais le même sentiment. Il est clair que vous devez l'épouser. Mais ça ne va pas être facile.

Le mariage étant un sacrement, expliqua-t-elle, jamais un prêtre ne consentirait à unir un chrétien à une hindoue, à moins que celle-ci ne se soit sincèrement convertie au christianisme.

— On ne peut tromper Dieu, vous savez, ajouta doucement Mme Viccary.

— Ça n'a jamais été mon intention. Mais je ne considère pas que Dieu soit anglais, ou juif, ou hindou, ou de n'importe quelle autre de ces nationalités que nous avons inventées à notre usage. Et je ne crois pas non plus qu'Il nous différencie de la sorte. Toutefois, dès que j'ai commencé à penser au mariage, je me suis tout de suite rendu compte que ni de mon côté, ni du sien, il ne se trouverait un prêtre pour nous unir. Mais je me suis dit que peut-être un magistrat...

Edith Viccary secoua la tête sans même le laisser achever. Elle connaissait le magistrat britannique local, et pouvait assurer Ash que ce M. Chadwick était bien la dernière personne qui se prêterait à une pareille chose. En outre, il ne manquerait pas de signaler cette demande de licence de mariage au Gouverneur, lequel serait non seulement scandalisé mais poserait à Ash un tas de questions embarrassantes. Et, dès lors, il n'y aurait plus de secret possible.

— Oui... Nous ne pouvons nous permettre de courir un tel risque, opina Ash d'un ton amer.

Il semblait injuste et stupide, voire inconcevable, que deux personnes adultes ne puissent avoir la permission de se marier, alors que leur mariage ne causait de tort à personne. Puisque le commandant d'un bateau pouvait procéder en mer à un mariage sans licence ni magistrat, il aurait dû exister à terre quelque moyen du même genre...

— Mais oui, bien sûr ! s'exclama Ash en se levant d'un bond. Bert Stiggins... le *Morala !* Comment n'y avais-je pas pensé plus tôt ?

Le Rouquin lui avait dit devoir se rendre à Karachi « dans quelques semaines » et l'avait invité à faire la traversée avec lui. Si le *Morala* n'était pas encore parti...

Prenant juste le temps de baiser chaleureusement les deux mains de Mme Viccary, complètement ahurie, Ash se précipita hors de chez elle en criant à Kulu Ram de lui amener son cheval. Dix minutes plus tard, quiconque se fût trouvé dehors à cette heure torride de la journée, aurait pu voir un Sahib galopant bride abattue vers la ville.

Le Gujerati qui s'occupait des intérêts du capitaine Stiggins dans la péninsule avait son bureau près de la Porte de Daripur. Il était en plein dans sa sieste quotidienne, lorsqu'un Sahib vint en grande hâte lui demander si le *Morala* était déjà parti pour Karachi ; dans la négative, quand et d'où partait-il ? Cette fois la chance fut du côté de Ash, car le *Morala* n'avait pas encore levé l'ancre, mais allait le faire dans un jour ou deux, en tout cas avant la fin de la semaine. Le bateau se trouvait à Cambay et si le Sahib désirait envoyer un message...

Le Sahib le désirait effectivement, et lui fut d'autant plus reconnaissant de la proposition qu'il n'avait pas le temps d'écrire une lettre :

— Dites-lui que j'accepte son invitation et que j'arriverai demain. Qu'il ne parte surtout pas sans moi !

46

Stiggins gratta le chaume cuivré qui hérissait son menton et demeura un long moment à considérer Ash d'un air pensif, puis déclara lentement :

— Eh bien, ma foi... Je ne peux pas dire que je sois le même genre d'animal que ces types galonnés qui commandent des paquebots... ni que ce vieux *Morala* offre beaucoup de confort à ses passagers... Mais je n'en suis pas moins le seul maître à bord et il n'y a donc aucune raison pour que je n'aie pas le droit de faire exactement comme un commandant de la P. & O.

— Alors, vous allez le faire, Bert ?

— Mon garçon, ça ne m'est encore jamais arrivé. Donc, je ne peux vous garantir que ce sera parfaitement légal, mais ça c'est votre affaire et non la mienne... Doucement, doucement, mon garçon ! fit-il en prévenant l'accolade que voulait lui donner Ash, rayonnant de joie. Je n'ai pas dit que j'allais le faire tout de suite... Vous êtes un ami mais, même pour un ami, je n'irai pas jusqu'à prétendre que cette mare aux canards est un océan. Alors, il va vous falloir attendre que nous soyons bien au large, à mi-chemin entre ici et Chahbar. Ça fera bien meilleur effet sur le livre de bord. Ce sont mes conditions, à prendre où à laisser.

— Où diable est Chahbar ? Je croyais que vous alliez à Karachi ?

— Oui... mais sur le chemin du retour, car il y a eu des modifications. Je suppose que vous étiez trop occupé de vos propres affaires pour vous aviser que la famine sévit depuis maintenant près de trois ans... et surtout dans le Sud. Voilà pourquoi je m'en vais avec une cargaison de coton à destination de Chahbar, port situé sur la côte du Mekran, pour en revenir avec un chargement de céréales. Cela fait un plus long trajet mais, au retour, je pourrai vous déposer où vous voudrez. Ça vous botte ?

Ash avait espéré être marié dans les plus brefs délais, mais il comprenait le point de vue de Stiggins et, de toute façon, il n'avait pas le choix.

Le *Morala* n'avait que quatre cabines. Bien que Stiggins occupât certainement la plus belle, on n'y était pas au large et, en cette saison, on y étouffait. Mais Anjuli y passa néanmoins la première partie du voyage, car elle se révéla n'avoir pas le pied marin et eut le mal de mer pendant plusieurs jours. Quand elle se sentit mieux, le *Morala* avait franchi le Tropique du Cancer et naviguait sur une mer tachée par tout le limon qu'y apportaient l'Indus et les quatre rivières ses sœurs.

Gul Baz, qui avait insisté pour accompagner Ash, avait aussi commencé par être malade, mais il ne lui fallut pas longtemps pour se remettre. Le rétablissement d'Anjuli fut beaucoup plus lent. Elle dormait la majeure partie de la journée, car elle continuait d'avoir des cauchemars dans son sommeil et les trouvait moins terrifiants le jour que la nuit, durant laquelle elle préférait donc rester éveillée.

Ash, qui l'avait soignée et s'était constamment occupé d'elle, prit aussi l'habitude de dormir le jour, afin de pouvoir lui tenir compagnie une partie de la nuit. Mais, même lorsqu'elle ne souffrit plus du mal de mer, Anjuli continua d'être taciturne, et la moindre allusion à Bhitor la faisait se pétrifier, le regard fixe. Aussi Ash ne lui parlait-il plus que de leur avenir ; il avait toutefois le sentiment que, la moitié du temps, elle n'entendait pas ce qu'il lui disait parce qu'elle écoutait d'autres voix.

Quand il lui demandait à quoi elle pensait, Anjuli se troublait et répondait : « A rien »... jusqu'au soir où la question la surprit si brusquement que, saisie, elle dit sans réfléchir : « A Shushila. »

Certes, il était déraisonnable de souhaiter qu'elle cesse de se tourmenter au sujet de Shushila alors qu'il en était lui-même incapable, mais Ash se leva aussitôt et quitta la cabine sans un mot. Une demi-heure plus tard, ce fut Gul Baz qui frappa à la porte et entra avec le plateau du dîner, car Ash était occupé ailleurs.

Le jeune homme était allé trouver Stiggins et, fortifié par le cognac du commandant, il n'avait pas tardé à lui exposer ses soucis.

— L'ennui, Bert, c'est que, pour elle, sa sœur a toujours passé en premier. Je m'étais imaginé être le seul aimé, pensant que c'était uniquement l'affection et un très puissant sens du devoir qui la retenaient près de Shu-shu. Mais je commence à croire que je me trompais. Vous savez, je l'avais déjà incitée à s'enfuir avec moi, mais elle s'y était refusée... à cause de Shu-shu... Seigneur ! ce que je peux détester ce nom !

— Vous en étiez jaloux, hein ?

— Bien sûr ! Ne l'auriez-vous pas été, à ma place ? Bon sang, Bert, je suis amoureux d'elle et le serai toujours ; s'il n'y avait pas eu sa sœur... !

— A présent que cette pauvre fille est morte, vous n'avez plus aucune raison d'être jaloux, fit remarquer le Rouquin d'un ton conciliant

— Oh! mais si! Parce que même maintenant — à vrai dire : plus que jamais! — elle continue de se dresser entre nous. Je vous le dis, Bert . c'est comme si elle était à bord, en train de gémir et pleurnicher pour accaparer sa sœur. A certains moments, j'en arrive presque à croire que les fantômes existent, et que le sien s'acharne à nous poursuivre afin de me ravir Juli! Maintenant qu'elle est morte, j'ai peur... j'ai peur...

— Peur de quoi? demanda Stiggins en fronçant les sourcils. Que votre Juli n'arrive pas à oublier sa sœur? Quel mal y a-t-il à ça?

Ash vida son verre et le remplit de nouveau. Oui, bien sûr, c'était normal que Juli n'oublie point sa sœur et ce n'était pas de ça qu'il avait peur...

— De quoi alors?

— Eh bien, qu'elle ne puisse oublier que c'est moi qui ai tué Shushila.

— Quoi? s'exclama le commandant, tout saisi.

— Je ne vous l'ai pas dit? Je lui ai tiré dessus.

Ash entreprit d'expliquer comment il en était arrivé à cette extrémité; lorsqu'il eut fini, ce fut Stiggins qui éprouva le besoin de vider son verre pour le remplir aussitôt. Puis il déclara d'un ton pensif :

— Je me demande bien comment vous auriez pu agir différemment, mais je comprends ce que vous voulez dire. Sur l'instant, elle n'avait qu'une idée : épargner à sa sœur d'être brûlée vive. Mais, à présent que c'est passé, elle se reproche peut-être de n'avoir pas laissé la petite mourir comme elle le souhaitait... et à vous, en quelque sorte, d'avoir fait office de bourreau.

— Oui, c'est ce que je crains. Là-bas, elle m'a littéralement *supplié...* Elle voulait que je tue Shushila avant que celle-ci ne sente la morsure des flammes, et je l'ai fait. Depuis lors, je n'ai cessé de le regretter car je l'ai, pour ainsi dire, empêchée d'accéder à la sainteté. Et maintenant j'ai grand peur que Juli ne commence à voir qu'elle ne peut me regarder sans se rappeler que c'est moi qui ai tué sa Shu-shu tant aimée..

— Allons donc! fit Stiggins avec un geste expressif

— Oh! je ne veux pas dire qu'elle m'en tienne rigueur. Elle n'ignore pas que je l'ai fait uniquement pour elle. Mais elle a beau se raisonner, au fond de son cœur, elle sait très bien que je me fichais pas mal de Shu-shu et c'est ce qui fait toute la différence à ses yeux

— Oui... oui... je vois, opina lentement le commandant. Si vous aviez eu de l'affection pour cette petite et l'aviez tuée à cause de cela... ce ne serait pas la même chose...

— Hé oui... alors, ce soir, je veux me saouler pour oublier durant quelques heures...

Que ce fût l'effet du cognac ou d'avoir ouvert son cœur au Rouquin, il s'avéra que Ash se sentit plus détendu, moins inquiet de l'avenir, bien qu'il évitât d'en parler à Anjuli. Elle était encore très amaigrie et d'une extrême pâleur, mais Ash se disait que, lorsqu'ils seraient mariés et qu'il pourrait la persuader de quitter cette cabine étouffante pour aller sur le pont respirer l'air marin à pleins poumons, son état de santé s'améliorerait tout comme son état d'esprit.

Ils furent mariés deux heures après que les rivages du Sind se furent estompés, tandis que l'étrave du *Morala* fendait l'océan en direction de Chahbar. Gul Baz, avait suivi la brève cérémonie depuis le seuil du petit salon, et il était maintenant convaincu que, dans la vie privée, le commandant du *Morala* devait être un gourou dont la sagesse égalait la sainteté.

Mahométan très pieux, Gul Baz était plein d'appréhension. Cette veuve hindoue n'était pas du tout le genre de femme qu'il s'attendait à voir choisir par le Sahib, et il désapprouvait les mariages mixtes au moins autant que Koda Dad Khan... ou M. Chadwick. Il redoutait le moment où il devrait expliquer à Koda Dad et à ses fils comment on en était arrivé là, et le rôle joué par lui dans cette succession d'événements. Pourtant, il ne voyait pas comment il aurait pu refuser son aide au Sahib ou l'empêcher de partir pour Bhitor. En dépit de quoi, tandis que le mariage était célébré, il pria pour le bonheur des époux, en suppliant le Tout-Puissant de leur accorder une longue vie et beaucoup de fils vigoureux.

Ash avait oublié d'acheter une alliance ; comme il ne portait pas de chevalière, il avait finalement résolu le problème avec un bout de sa chaîne de montre, dont il avait réuni les mailles d'or pour former un anneau qu'il passa au doigt d'Anjuli. Moins de dix minutes suffirent à expédier les formalités ; lorsque ce fut terminé, Anjuli regagna sa cabine, en laissant Ash recevoir les congratulations et boire le vin offert par Stiggins.

La journée était particulièrement torride et, en dépit de la brise marine, il régnait dans le salon une température avoisinant les 35°. Mais elle baisserait avec la disparition du soleil et le pont de la dunette serait d'une agréable fraîcheur pour la première nuit de leur lune de miel... à condition, bien sûr, que Juli consente à quitter sa cabine. Ash espérait réussir à l'en persuader, car il n'avait aucune envie de s'enfermer par une telle chaleur. Il était grand temps que Juli cesse de se morfondre sur la mort de Shushila et se rende compte que ça ne la mènerait à rien, qu'il valait mieux maintenant penser un peu à l'avenir. Elle avait fait pour Shu-shu tout ce qui était en son pouvoir; ce sentiment devait la réconforter un peu et lui donner le courage de tourner le dos au passé.

Quand Ash avait demandé à Stiggins de leur abandonner momentanément le pont de la dunette, l'excellent homme y avait non seulement aussitôt consenti, mais il avait fait tendre des toiles pour ménager une certaine intimité aux nouveaux époux, dont une en auvent afin de leur procurer un peu d'ombre durant la journée et les abriter de la rosée pendant la nuit.

Anjuli avait accepté de passer la majeure partie de son temps sur le pont plutôt que dans la cabine, mais avec une telle absence d'intérêt que Ash avait eu l'impression que ses pensées étaient ailleurs et que la nuit prochaine — leur première nuit d'époux — ne lui paraissait pas devoir être différente des autres... Alors, la passer sur le pont ou dans la cabine, quelle importance?

Tandis que le soleil s'apprêtait à disparaître derrière l'horizon, Gul Baz, le visage impénétrable, apporta les éléments d'un souper froid sur le pont de la dunette. Puis, tout en étendant sous l'auvent une grande *resai* où il disposa plusieurs coussins, il dit, d'une voix dénuée d'expression, que la Rani-Sahiba... pardon, la memsahib... avait déjà mangé. Le Sahib avait-il d'autres ordres à lui donner?

Le Sahib ayant répondu négativement, Gul Baz servit le café, puis repartit en emportant le plateau du dîner auquel Ash avait à peine touché.

A l'exception du bruissement de la mer et du craquement monotone du mât accompagnant le gémissement de la voile tendue, le silence était total. Ash demeura un long moment à se laisser bercer par ces bruits légers; ne sachant quel accueil lui réserverait sa femme, il appréhendait d'aller la rejoindre. Enfin, il s'y décida.

La petite cabine était éclairée par une lampe à pétrole, dont l'odeur empestait. Debout près du hublot ouvert, Anjuli contemplait la beauté phosphorescente de la mer et n'avait pas entendu s'ouvrir la porte. Quelque chose dans son attitude — l'inclinaison de la tête et la longue natte brune — rappela si fortement à Ash la petite Kairi-Bai, qu'il dit doucement, presque sans en avoir conscience :

— Kairi...

Anjuli fit aussitôt volte-face et, l'espace d'une seconde, elle eut une expression sur laquelle il était impossible de se méprendre : la terreur à l'état pur. La même expression que Ash avait vue, trois ans auparavant, sur le visage de Biju Ram et, plus récemment, dans le regard des cinq otages, ligotés et bâillonnés, sur la terrasse du *chattri* à Bhitor.

Il en éprouva un tel choc qu'il se sentit pâlir intensément. Le teint d'Anjuli était devenu grisâtre et elle balbutia :

— Pourquoi m'as-tu appelée ainsi ? Jamais tu ne...

La voix lui manqua et elle porta les deux mains à sa gorge, comme ayant soudain peine à respirer.

— C'est, je suppose, parce que ta vue a brusquement réveillé des souvenirs... Je suis désolé... J'aurais dû me rappeler que tu n'aimais pas m'entendre t'appeler ainsi... Je n'ai pas réfléchi...

Anjuli secoua la tête :

— Oh ! non, non... Ça ne me fait rien... Mais tu as parlé si doucement que j'ai cru... j'ai cru que c'était...

Elle n'acheva pas, et Ash demanda :

— Qui donc ?

— Shushila, dit-elle dans un souffle.

Au-delà du hublot, le bruissement de la mer sembla se mettre soudain à répéter *Shushila, Shushila, Shushila*... Alors, brusquement, Ash fut pris de colère. Claquant la porte derrière lui, il traversa la cabine en deux enjambées, saisit sa femme par les épaules et la secoua avec une telle violence qu'elle en eut le souffle coupé.

— Je ne veux plus t'entendre prononcer ce nom ! dit-il en serrant les dents. Ni maintenant, ni jamais ! C'est compris ? J'en ai par-dessus la tête ! Tant qu'elle vivait, j'ai dû m'effacer et te laisser te sacrifier à elle avec tout notre avenir. A présent qu'elle est morte, tu sembles vouloir empoisonner le reste de notre existence en ne cessant de pleurer sa chère mémoire ! Elle est morte, mais tu ne veux pas l'admettre, hein ? Elle continue à t'accaparer tout entière !

Il repoussa Anjuli avec une telle brusquerie qu'elle fût tombée si la cloison ne l'avait arrêtée, et il poursuivit :

— Dorénavant, tu vas laisser cette pauvre fille reposer en paix, au lieu de l'encourager à revenir te hanter. A présent, tu es ma femme, et le diable m'emporte si je consens à te partager avec Shushila ! Je me refuse à avoir deux femmes dans mon lit, même si l'une d'elles n'est qu'un fantôme. Alors, choisis : moi ou Shushila ; tu ne peux nous avoir tous les deux. Et si Shu-shu continue d'avoir pour toi plus d'importance que moi, ou si tu me reproches de l'avoir tuée, alors il te vaut mieux retourner auprès de ton frère Jhoti, en faisant comme si tu ne m'avais jamais connu et encore moins épousé !

Anjuli parut n'en pas croire ses oreilles. Quand elle put de nouveau parler, elle dit d'une voix mal assurée : « C'est donc ça que tu crois ! » et soudain elle se mit à rire, un rire suraigu, hystérique, qui secoua son corps émacié aussi violemment que Ash l'avait fait.

— Se peut-il que tu sois aussi stupide ? s'exclama-t-elle enfin.

Elle se pencha vers lui ; à présent, ses yeux n'étaient plus comme éteints, mais brillants de mépris.

— N'as-tu donc parlé à personne lorsque tu te trouvais à Bhitor ? Tu l'aurais dû, afin d'apprendre la vérité, car je ne puis croire que ça ne se soit pas su jusque dans la rue. Et même dans le cas contraire, le Hakim-Sahib aurait dû le savoir, lui, ou à tout le moins s'en douter. Or *toi*... toi, tu pensais que c'était sur elle que je pleurais !

— Sur quoi alors ? lui lança Ash avec rudesse.

— Sur moi. Sur mon aveuglement et ma stupidité qui m'ont empêchée de voir ce dont j'aurais dû me rendre compte voici bien des années... sur ma vanité de me croire indispensable à Shushila... Tu ne peux savoir ce que j'ai enduré... personne ne peut même l'imaginer ! Lorsque Geeta est morte, je n'ai plus eu personne à qui me fier... *personne !* Il y a eu des moments où j'ai cru devenir folle... d'autres où j'ai voulu me tuer... Mais on m'en a empêchée, parce qu'elle ne voulait pas que je lui échappe en mourant. Tu m'avais mise en garde, un jour, me rappelant qu'elle était la fille de la *Nautch*. Je ne l'ai jamais oublié ; mais je n'avais pas voulu t'écouter... pas voulu te croire...

La voix lui manqua. La prenant par les mains, Ash la guida vers le siège le plus proche et lui versa un verre d'eau. Quand elle eut fini de boire, il s'assit au bord de la couchette, en face d'elle, et lui dit calmement :

— Il ne m'était jamais venu à l'idée que nous pussions être victimes d'un malentendu. Raconte-moi tout, Larla.

47

C'était une longue et sinistre histoire. En l'écoutant, Ash ne s'étonnait plus que la veuve qu'il avait fait s'enfuir de Bhitor ressemblât si peu à la fiancée qu'il y avait conduite, à peine deux ans auparavant.

Car il ne s'était pas trompé au sujet de Shushila. Elle était bien la digne fille de Janoo-Rani, l'ex-*Nautch* qui n'avait jamais toléré qu'on fît obstacle à ses désirs et n'hésitait pas à éliminer quiconque se trouvait sur son chemin.

— C'est seulement vers la fin que je m'en suis rendu compte, dit Anjuli. Et bien des choses ne me sont apparues clairement que lorsque j'étais cachée dans cette cabane derrière ton bungalow, où je n'avais rien d'autre à faire que penser et me souvenir.

« Geeta et mes deux suivantes, ainsi qu'une servante Bhitori qui me voulait du bien, me répétaient tout ce qu'elles entendaient. Une autre aussi, cette horrible créature que tu as laissée bâillonnée et ligotée dans le *chattri,* me rapportait tout ce qu'elle supposait devoir m'être pénible. Mais je n'arrivais pas à penser du mal de Shushila... ça m'était impossible. Je la croyais dans l'ignorance des choses que l'on faisait en son nom, et que j'imaginais avoir été ordonnées à son insu par le Rana lui-même. Je me disais que ceux qui voulaient me mettre en garde se trompaient... et que les autres inventaient des mensonges pour me faire de la peine ; alors, je fermais mes oreilles aux uns comme aux autres. Mais à la fin... à la fin, j'ai bien été obligée de croire ce que j'entendais puisque c'était Shushila elle-même... ma propre sœur... qui me le disait.

« En ce qui concernait le Rana, j'aurais dû aussi me douter de ce qui arriverait, puisque cela s'était déjà produit. Mais il s'agissait alors de notre frère, Nandu. Je crois te l'avoir raconté... Nandu avait été amené à rudoyer Shushila et tout le monde pensait qu'elle lui en voudrait à mort. Au lieu de quoi, elle lui a voué une véritable adoration, au point que j'en ai même été blessée et m'en suis voulu de cette jalousie. Ce précédent ne m'a cependant pas servi de leçon. Quand elle est tombée éperdument amoureuse de ce malade pervers qu'était son mari, je n'ai pu me l'expliquer, mais j'en ai rendu grâce aux dieux, me réjouissant que ma petite sœur ait trouvé le bonheur dans un mariage qu'elle redoutait au point d'avoir tout mis en œuvre pour y échapper.

— Je peux tout croire de Shushila, dit Ash, mais quand même pas qu'elle soit tombée amoureuse du Rana. Elle jouait probablement la comédie.

— Non. Tu ne comprends pas. Shushila ignorait tout des hommes et n'était pas en mesure d'établir des différences. Comment l'aurait-elle pu quand, en dehors de son père et de ses frères — qu'elle voyait rarement — les seuls hommes à fréquenter le Zenana étaient les eunuques, tous deux vieux et gras ? Elle savait seulement que le devoir sacré d'une femme est de se soumettre en tout à son mari, de le vénérer comme un dieu, de lui donner beaucoup d'enfants et — de peur qu'il ne se tourne vers des femmes légères — de lui procurer entière satisfaction au lit. Dans ce but, à ce que je sais, Janoo-Rani s'était arrangée pour qu'une célèbre courtisane fasse son éducation, afin qu'elle ne risque pas de décevoir son mari le moment venu. C'est peut-être cela qui a éveillé en elle cette fringale sexuelle que je ne soupçonnais pas... à moins qu'elle ne l'ait héritée de sa mère... En tout cas, je n'aurais pas cru qu'un homme comme le Rana, qui préférait les jeunes gens et les adolescents, pourrait la satisfaire. C'est pourtant ce qui a dû se produire car, dès après leur nuit de noces, elle a été à lui corps et âme. Ce dont j'étais loin de me douter, c'est que, à compter de cette même nuit, elle se mit à me haïr, parce que moi aussi j'étais l'épouse du Rana. Les eunuques, désireux de semer le trouble entre nous, lui chuchotaient que le Rana avait un faible pour les femmes grandes parce qu'elles ressemblaient davantage aux hommes, et que je lui avais fait une forte impression. Rien que des mensonges, mais qui avaient suscité sa jalousie ; alors, même quand il me traitait comme un paria, dont le contact est une souillure, et se refusait à m'adresser la parole ou à poser les yeux sur moi, elle avait peur — et je le craignais aussi — qu'un jour il pense différemment, parce qu'il avait trop bu ou bien trop fumé de haschisch.

Cette première année avait été la pire car si Anjuli n'attendait guère de joies de sa nouvelle vie, elle n'aurait jamais imaginé que Shushila pût se tourner contre elle. Cela tenait à ce qu'elle-même avait aimé Shu-shu dès le premier instant où on l'avait chargée de cette petite fille en larmes, dont sa mère ne voulait pas. Pour Anjuli, l'affection n'était pas une chose qui se reprend, ou que l'on prodigue dans l'espoir d'une récompense, mais un morceau de son cœur que l'on donne sans retour.

Certes, elle n'était pas aveugle et avait conscience des défauts de

Shushila, mais elle en rendait responsables les femmes du Zenana qui l'avaient trop gâtée, ainsi que le tempérament nerveux de la fillette et sa santé fragile. Elle n'en tenait donc pas rigueur à Shu-shu et ne risquait pas d'y voir les prémices de noirs sentiments.

La folle passion que, contre toute attente, le Rana avait suscitée chez sa jeune épouse, firent croître ces sentiments presque du jour au lendemain, comme certains champignons monstrueux sous les premières pluies de la mousson.

Ordre fut donné que « Kairi-Bai » reste désormais dans ses appartements et ne pénètre dans ceux de la Senior Rani que si elle y était expressément convoquée. Les « appartements » d'Anjuli consistaient en deux petites pièces sans fenêtres, dont les portes donnaient sur une minuscule cour intérieure entourée de hauts murs. On lui prit ses bijoux ainsi que la majeure partie de son trousseau, les voiles et les soieries étant remplacés par des vêtements de pauvres.

Rien n'était trop mesquin pour blesser celle que Shushila avait voulu à tout prix emmener avec elle mais qui, pour son malheur, avait été aussi épousée par le Rana. Anjuli passait pour n'avoir pas grand-chose qui pût séduire les hommes ; c'était cependant encore trop et il convenait donc de l'affamer pour qu'elle devienne maigre et desséchée. On ne lui donnait jamais son titre et, de crainte que la fidèle Geeta et ses suivantes de Karidkote lui témoignent trop de considération, on les lui enleva, mettant à leur place cette Promila Devi que Ash avait vue, réduite à l'impuissance, dans le *chattri*.

Se comportant avant tout comme une geôlière et une espionne, Promila avait rapporté que la *dai* Geeta et les deux suivantes rendaient secrètement visite à la « métisse » pour lui donner à manger. Toutes trois avaient été fouettées en conséquence et, après cela, même la vieille Geeta n'avait plus osé s'approcher des appartements de Juli. Là-dessus, Shushila avait constaté qu'elle était enceinte, et cela lui avait procuré une telle joie, en même temps qu'un sentiment de triomphe, qu'elle était redevenue la Shu-shu d'autrefois, réclamant à nouveau la compagnie de sa demi-sœur chaque fois qu'elle se sentait fatiguée ou sans entrain, et se comportant comme si elle n'avait jamais cessé de l'aimer. Mais ça n'avait pas duré...

Quelques semaines plus tard, ayant trop mangé de mangues, Shushila avait souffert de violentes coliques qui avaient provoqué une fausse couche. Elle se rendit bien compte que c'était dû à sa gourmandise, mais elle préféra se persuader que quelqu'un avait voulu l'empoisonner. Et qui pouvait être jalouse d'elle à un tel point, lui chuchotèrent les femmes de Bhitor — par crainte de voir les soupçons tomber sur l'une d'elles —, sinon l'autre épouse, Kairi-Bai ?

— Mais il se trouva que je n'avais pas eu la possibilité de toucher à ses aliments, dit Anjuli, car Shu-shu et ses suivantes étaient parties passer trois jours au Palais de la Perle, près du lac, où ni moi ni Geeta n'avions été invitées à les suivre. Il était donc impossible de nous accuser. Mais les deux suivantes venues avec moi de Karidkote n'eurent pas cette chance, car elles avaient même aidé à cueillir et laver les mangues qui provenaient des jardins du palais. Les femmes de Bhitor s'étaient aussitôt liguées pour accuser ces étrangères.

Rendue comme folle par le chagrin et la déception de n'avoir pu mener cette grossesse à bon terme, Shushila n'hésita pas à les croire et fit empoisonner les deux femmes de Karidkote.

— Ça, c'est Promila qui me l'a dit. Mais officiellement, on déclara qu'elles étaient mortes des fièvres et je fis tout pour m'en convaincre, préférant croire à un mensonge de Promila plutôt que Shushila capable d'une chose aussi horrible.

Vers la fin de l'automne, Shushila se trouva de nouveau enceinte. Mais la joie qu'elle en éprouva fut, cette fois, gâtée par la crainte de faire une deuxième fausse couche, car les débuts de cette grossesse s'accompagnèrent de nausées et de violents maux de tête. Malade et inquiète, Shushila eut de nouveau recours à sa demi-sœur, qu'on ramena auprès d'elle, toujours comme si de rien n'était.

Anjuli avait fait de son mieux, car elle continuait de croire le Rana responsable de tout ce qui lui était arrivé ; certes sa sœur ne pouvait être dans une totale ignorance, mais elle n'avait pas osé prendre parti pour son aînée de crainte que cela pousse le Rana à se montrer encore plus dur à l'avenir. Geeta aussi était rentrée en grâce, mais la vieille femme n'avait pas oublié les accusations portées contre elle après la première fausse couche et, comme sa longue expérience de *dai* lui donnait à penser que cette nouvelle grossesse serait de courte durée, elle vivait dans la terreur de s'entendre demander un remède pour soulager les migraines ou les nausées de la Rani. Cela finit par se produire et elle s'entoura alors du maximum de précautions, tant pour protéger Anjuli qu'elle même.

— Elle me dit de paraître violemment irritée contre elle et de raconter que je refusais de lui adresser la parole, que je ne voulais même plus la voir. De la sorte, on ne pourrait nous accuser d'avoir comploté ensemble. Elle me recommanda également de ne jamais rien toucher de ce que ma sœur devait boire ou manger. Je lui obéis en tout point, car moi aussi j'étais désormais habitée par la peur

Pour se mieux protéger, Geeta ne voulut pas user d'herbes ou de produits de sa pharmacopée. Elle en fit venir du dehors, veillant à ce que tout fût préparé par d'autres femmes et à la vue du Zenana. Mais cela ne servit à rien.

Ainsi que Geeta l'avait prévu, il y eut une deuxième fausse couche. Et, comme précédemment, Shushila se persuada que quelqu'un avait dû provoquer cet échec. Désireuses de trouver un bouc émissaire, les femmes de Bhitor parlèrent de poison et de mauvais œil. Elles auraient volontiers accusé la « métisse », ce qui leur eût permis de s'assurer la faveur du Rana en lui fournissant un prétexte pour se débarrasser d'Anjuli, mais Geeta et elle avaient si bien joué leurs rôles qu'on les croyait désormais ennemies. Geeta s'était donc retrouvée seule pour endosser la responsabilité du nouvel accident.

En dépit de toutes ses précautions, elle fut accusée d'avoir provoqué la mort du bébé avec les remèdes qu'elle avait prescrits. Au cours de la nuit qui suivit, elle fut tuée par Promila Devi et l'un des eunuques, qui jetèrent ensuite son corps du haut d'un toit afin de donner à croire qu'elle avait fait une chute mortelle.

— Sur le moment, j'ai vraiment cru à un accident, puisque Promila elle-même confirmait la chose.

Le lendemain matin, la « métisse » s'entendit annoncer que permission lui était donnée de se retirer pendant quelque temps au Palais de la Perle... où elle fut effectivement conduite, mais pour y être confinée dans une seule pièce, située de surcroît au sous-sol.

Dans cette cellule, Anjuli était complètement coupée du reste du monde, car Promila Devi ne lui parlait que très rarement. Elle ignora donc que sa demi-sœur était encore enceinte et que, cette fois, on avait tout lieu d'espérer une heureuse issue, car Shushila n'éprouvait ni migraines ni nausées. Lorsque l'enfant remua, le Zenana assura que tout se passerait bien, tandis que prêtres et devins s'accordaient à dire que ce serait très probablement un fils. Anjuli ne sut pas davantage que, le Rana étant gravement malade et ses médecins n'arrivant pas à le guérir, la Senior Rani faisait venir Gobind Dass, le Hakim de son oncle.

Anjuli n'apprit toutes ces choses que lorsqu'elle fut brusquement ramenée dans ses appartements du palais royal, et elle se demanda si elle ne devait pas ce retour à l'imminente arrivée de Gobind beaucoup plus qu'à une soudaine bienveillance du Rana. En effet, le médecin personnel de son oncle ne manquerait pas de s'enquérir de la santé des Ranis pour envoyer de leurs nouvelles à Karidkote. Il importait donc que l'on sût la Junior Rani dans le Zenana du Rung

Mahal et non seule au Palais de la Perle. Mais elle ne fut toujours pas autorisée à sortir de chez elle, sauf pour aller dans la petite cour fermée.

En dehors de Promila, Nimi et les inévitables *mehtanari* (servantes chargées du nettoiement), aucune femme n'approchait Anjuli, mais elle les entendait rire et jacasser de l'autre côté des murs ou sur les toits en terrasse. Ce fut ainsi que, un soir, elle apprit la maladie du Rana et l'arrivée de Gobind Dass. Elle eut alors le fol espoir que le Hakim trouverait un moyen qui lui permette de s'enfuir.

Mais elle eut beau chercher, elle n'arriva pas à imaginer comment entrer en contact avec Gobind. Or elle savait que le médecin, même si le Rana le tenait en très haute estime, ne serait jamais autorisé à pénétrer dans le Zenana, Shushila fût-elle à l'article de la mort. Mais, tant que Gobind était à Bhitor, elle continua d'espérer un miracle. Et par une chaude soirée, alors que les lampes venaient d'être allumées, Nimi lui remit une lettre du Hakim en lui apportant son dîner.

Anjuli devait apprendre par la suite que c'était la seconde qu'il lui écrivait car, dès son arrivée à Bhitor, le Hakim avait envoyé une lettre à chacune des Ranis, et à ces lettres étaient joints des messages de Kara-ji ainsi que de leur frère le Maharajah. Gobind avait ouvertement remis ces missives au chef des eunuques, mais toutes deux avaient été portées à Shushila, qui les avait lues, puis déchirées, chargeant le porteur d'un message verbal qui était censé émaner des deux Ranis.

La lettre qu'Anjuli venait de recevoir avait aussi été portée à Shushila mais, comme le médecin se bornait à y demander l'assurance que les deux sœurs se portaient bien, la Senior Rani avait jugé plus habile de laisser Kairi en prendre connaissance et y répondre. Si Anjuli se bornait à dire que tout allait bien de leur côté, cela satisferait le Hakim, qui n'insisterait pas davantage. Si la réponse contenait quelque chose de répréhensible, on pourrait alors l'utiliser comme preuve que Kairi-Bai complotait pour susciter des troubles entre Bhitor et Karidkote, en portant des accusations aussi bien contre son mari que contre sa demi-sœur.

Nimi avait ordre de prétendre que cette lettre lui avait été remise par un inconnu qui l'avait arrêtée au passage, alors qu'elle revenait du bazaar. Il lui aurait promis beaucoup d'argent si elle la faisait tenir à la Junior Rani lorsque personne ne serait présent, et rapportait la réponse la prochaine fois qu'elle sortirait en ville. Nimi avait été dûment chapitree : si elle ajoutait quoi que ce soit à cette histoire, qu'on lui avait fait apprendre par cœur, ou répondait aux questions qu'Anjuli pourrait lui poser, elle aurait la langue arrachée. Mais si elle s'acquittait bien de sa mission, elle serait récompensée.

Mise en balance avec la récompense, l'horrible menace aurait dû suffire à assurer l'obéissance aveugle de la messagère. Mais, pour ignorante et timide qu'elle fût, Nimi avait plus de caractère que ne lui en prêtait Shushila. Anjuli-Bai avait été bonne avec elle — ce qui était sans précédent, car même ses parents la rudoyaient — et pour rien au monde Nimi n'aurait voulu lui faire du mal. Or il lui apparaissait avec évidence que si on l'obligeait à raconter une histoire inventée, sous peine de tortures, c'était dans le but de nuire à la Junior Rani. Elle remettrait donc la lettre, mais en disant toute la vérité à sa maîtresse, laquelle serait alors juge de ce qu'il convenait de faire.

Anjuli avait craint un piège : Nimi était-elle sincère ou jouait-elle la comédie ? Si cette machination était réelle, alors cela confirmait ses craintes : Shushila lui était devenue hostile. Anjuli avait peine à s'en convaincre, mais il lui paraissait encore plus difficile de croire que Nimi pût lui mentir d'une pareille façon. La chose certaine, en tout cas, c'est qu'il lui fallait répondre à cette lettre si elle ne voulait pas que Nimi soit soupçonnée de l'avoir mise en garde.

Anjuli rédigea donc une réponse courtoise et anodine, où elle remerciait le Hakim de l'intérêt qu'il leur portait, en lui disant qu'elle était en bonne santé et que, à sa connaissance, il en allait de même pour la Senior Rani. Nimi avait porté la réponse à Shushila qui, après l'avoir lue, l'avait fait suivre à Gobind. Mais lorsque Nimi était retournée chez ses parents, elle leur avait laissé entendre que si l'un d'eux réussissait à trouver un moyen d'approcher secrètement le Hakim de Karidkote, il y aurait beaucoup d'argent à gagner en servant d'intermédiaire... idée qui lui avait été soufflée par Anjuli. On avait mordu à l'appât et, dès lors, Nimi avait porté d'autres lettres de Gobind à Anjuli, laquelle y avait toujours répondu avec une extrême prudence, de crainte que Nimi fût surveillée.

Mais Shushila ne soupçonnait rien. Depuis la réponse faite par sa demi-sœur à la première lettre, elle était convaincue que l'emprisonnement et les mauvais traitements avaient réduit celle-ci à un tel état de sujétion craintive, qu'il n'y avait plus rien à craindre de sa part. Aussi Anjuli avait-elle été informée que, à condition de ne pénétrer ni dans les jardins ni dans les appartements de la Senior Rani, elle pouvait de nouveau circuler à sa guise dans le Zenana.

Ce fut peu avant dix heures du soir, par une chaude nuit de

printemps, que Shushila ressentit les premières douleurs. Tout au long de la journée et de la nuit qui suivirent, elle ne cessa de pousser des hurlements de souffrance au point que l'une de ses femmes, épuisée par le manque de sommeil et à bout de nerfs, vint en courant dire à Anjuli que la Rani-Sahiba réclamait sa présence.

Il n'y avait qu'à obéir. Mais Anjuli était parfaitement consciente du risque qu'il y avait pour elle à pénétrer en un tel moment dans les appartements de sa sœur. Si l'accouchement tournait mal, ce serait Kairi-Bai, la « métisse » qui, par dépit, jalousie, ou pour se venger de la façon dont elle avait été traitée, aurait jeté un sort à la mère ou l'enfant.

La nouvelle *dai* était une femme pleine de compétence, mais qui ne possédait pas comme Geeta la science des remèdes. De plus, c'était la première fois qu'elle se trouvait aux prises avec une parturiente qui non seulement ne faisait rien pour aider à l'accouchement, mais entravait l'action des autres.

La Senior Rani se roulait sur sa couche en hurlant et griffait sauvagement quiconque tentait de l'immobiliser, au point que, selon la *dai,* sans l'intervention de sa demi-sœur, elle eût fini par se blesser grièvement ou devenir folle. Mais la seconde épouse tant méprisée avait réussi où toutes les autres femmes avaient échoué. Les cris s'étaient espacés, cependant que Shushila apprenait à endurer les douleurs et à se détendre lorsqu'elles se calmaient.

Enfin, peu après minuit, le bébé était né le plus aisément du monde, un beau bébé plein de vigueur qui s'était mis à crier en agitant ses poings minuscules. Mais lorsque la *dai* l'avait levé dans les airs, la consternation avait été générale car, au lieu du fils tant attendu et annoncé avec assurance par les devins, c'était une fille.

Anjuli frissonna et sa voix baissa instinctivement d'un ton :

— Lorsqu'on lui présenta le bébé, Shushila le regarda avec haine et, bien qu'épuisée par l'accouchement, elle eut la force de dire : « Je n'en veux pas. Ce n'est pas mon enfant. Emportez-le... et tuez-le ! » en se tournant pour ne plus le voir. La chair de sa chair... Je n'aurais jamais cru qu'une femme puisse... Mais la *dai* m'a dit que c'était souvent le cas avec celles qui ont beaucoup souffert en travail, lorsqu'elles ne sont pas payées de leur peine par la vue d'un fils.

Exténuée, la *dai* avait administré unc potion somnifère à Shushila et, dès que la drogue avait agi, un eunuque tout tremblant était allé, bien à contre-cœur, apprendre au Rana malade qu'il était père d'une autre fille. Anjuli était retournée chez elle, et c'est alors qu'elle avait écrit cette lettre à Gobind, où elle le suppliait d'user de son influence sur le Rana pour qu'une infirmière *Angrezi* vienne au plus vite s'occuper de la mère et de l'enfant.

Gobind avait reçu la lettre, mais aucune Européenne n'avait été mandée à Bhitor et, de toute façon, elle serait arrivée trop tard. En effet, Shushila refusait toujours de voir le bébé, parce que, disait-elle, il était si frêle et maladif qu'il ne vivrait pas plus de quelques jours, et elle ne voulait pas se causer à nouveau du chagrin en s'y attachant.

— Je ne pense pas qu'on l'ait laissé mourir de faim car, vu sa robustesse, cela aurait pris du temps. J'espère qu'on aura trouvé un moyen plus expéditif... Mais quelles que soient les mains qui ont commis l'acte, il a été ordonné par Shushila. Et le lendemain du jour où l'on emporta le petit corps sur le terrain de crémation, trois des femmes, en sus de la *dai,* tombèrent malades et furent emmenées du Zenana en *dhoolis...* pour éviter la contagion, disait-on. Plus tard, j'entendis raconter qu'elles étaient mortes toutes les quatre. Ça n'était peut-être pas vrai, mais on ne les a jamais revues au Zenana et, comme arriva simultanément la nouvelle que le Rana avait fait une grave rechute, on eut vite fait d'oublier ces femmes sans importance.

Shushila,qui s'était vite rétablie, se refusait à croire qu'on ne pût guérir son mari. Elle avait une telle confiance dans le Hakim de son oncle qu'elle n'hésitait pas à dire que, avant un mois, le Rana serait de nouveau sur pied. Jusqu'aux tout derniers moments, elle ne put admettre qu'il était mourant. Mais alors elle voulut aussitôt aller auprès de lui pour le défendre contre la mort, le tenir dans ses bras, lui faire un rempart de son corps. Elle griffa et mordit tous ceux qui s'employèrent à l'en empêcher.

Ce dut être vers ce moment qu'elle se confirma dans l'idée de mourir et décida aussi de la conduite qu'elle adopterait vis-à-vis de sa sœur car, lorsqu'on lui apprit que son mari était mort, elle envoya immédiatement chercher le Diwan auquel, en présence du chef des eunuques et de Promila Devi qui se donna la peine de rapporter tous les détails de l'entrevue à Anjuli, elle annonça son intention de mourir sur le bûcher de son mari.

Elle suivrait le corps à pied, mais seule. La « métisse » ne pouvait être autorisée à souiller les cendres du Rana en se faisant brûler avec lui. On prendrait donc d'autres dispositions en ce qui la concernait...

Le Diwan avait acquiescé à tout, puis était allé en hâte conférer avec les prêtres et ses conseillers pour l'organisation des funérailles. Après son départ, Shushila avait envoyé chercher sa demi-sœur.

Anjuli ne l'avait pas revue ni n'avait reçu aucun message d'elle depuis la nuit de l'accouchement. Elle s'attendait à trouver la jeune veuve en larmes, échevelée, les vêtements lacérés, entourée de pleureuses. Mais elle n'avait perçu aucun bruit en provenance des appartements de la Senior Rani et, lorsqu'elle y était entrée, il ne s'y trouvait qu'une seule personne qu'elle avait mis un moment à reconnaître...

— Je n'aurais jamais cru qu'elle pût paraître aussi méchante et *cruelle.* Et quand elle a parlé... Pire que Janoo-Bai, pire !

« Elle m'a tout dit : qu'elle me haïssait depuis l'instant où elle était tombée amoureuse du Rana, parce qu'elle ne pouvait endurer l'idée que je fusse aussi son épouse. Elle avait tout fait pour que je devienne laide et vieille avant l'âge afin que, si jamais le Rana venait à se rappeler mon existence, il se détournât aussitôt de moi avec dégoût. Elle m'avoua même avoir fait tuer mes deux suivantes et la vieille Geeta... Elle me jetait tous ces aveux à la figure, comme si me voir souffrir atténuait un peu sa propre douleur. Quand elle eut terminé, elle m'annonça son intention de devenir satî et que la dernière chose qu'il me serait donné de voir, serait son corps uni par les flammes à celui de son mari, car on avait ordre de me brûler les yeux aussitôt après avec un fer rougi à blanc. Ensuite, je serais ramenée au Zenana où je finirais mes jours dans les ténèbres de l'abjection... »

En achevant de prononcer ces mots, la voix avait manqué à Anjuli et, dans le silence qui suivit, Ash eut de nouveau conscience du bruit de la mer comme du relent de pétrole qui empestait la touffeur de la cabine. Mais là-haut, sur le pont, il ferait bon regarder les étoiles, qui seraient de nouveau familières car l'on avait maintenant laissé le sud dans le sillage du bateau, le sud avec Bhitor, ses dures collines de pierre et tout ce qui s'y était passé.

C'était fini. *Khutam hogia !* Shushila était morte et, pour attester qu'elle avait vécu, il ne restait plus que l'empreinte de sa petite main à la porte des Satî du Rung Mahal.

Ash respira lentement et bien à fond puis, prenant dans les siennes les mains d'Anjuli, il lui demanda avec une extrême douceur :

— Pourquoi ne m'as-tu pas raconté tout ça plus tôt, Larla ?

— J'en étais incapable... C'était comme si mon cœur et mon esprit avaient été meurtris au point de me mettre dans l'impossibilité d'endurer la moindre émotion. Tout ce que je souhaitais, c'était rester seule, tranquille, sans avoir à répondre à des questions ou devoir raconter quoi que ce fût... Je l'avais aimée si longtemps, en croyant si longtemps qu'elle me le rendait... Et puis... et puis quand je l'ai vue marcher vers le bûcher, quand j'ai deviné ce qui allait se passer lorsqu'elle comprendrait ce qu'elle avait voulu et à quoi il ne lui était plus possible d'échapper... Je n'ai pu supporter l'idée qu'elle endure une mort aussi atroce. *Ça m'était impossible !* Et pourtant, si je t'avais laissé faire ce que tu voulais, les autres ne seraient peut-être pas morts. J'avais leur sang sur la conscience et je n'aspirais plus qu'à enterrer tous ces horribles souvenirs afin de me persuader que rien de tout cela n'était arrivé... Mais ils ne voulaient pas se laisser enterrer... Ils revenaient sans cesse...

— A présent, c'est fini, mon cœur, lui assura Ash en la serrant dans ses bras. Oh ! mon amour, j'ai eu si peur... si terriblement peur ! Tu ne peux pas savoir ! Tu comprends, pendant tout ce temps, je pensais que tu pleurais Shushila et t'étais aperçue que je n'arriverais jamais à la remplacer. J'ai cru t'avoir perdue pour toujours, Larla..

La voix du jeune homme se brisa. Alors les bras d'Anjuli se nouèrent autour de son cou tandis qu'elle s'écriait :

— Non, non, je n'ai jamais cessé de t'aimer... et je t'aimerai toujours.. toujours... plus que tout au monde !

Des larmes se mirent à ruisseler sur son visage, mais Ash comprit que c'étaient des larmes bienfaisantes, qui emportaient un peu des sentiments d'horreur, d'amertume et de culpabilité accumulés dans le cœur meurtri d'Anjuli, qui faisaient se relâcher enfin l'effroyable tension nerveuse qu'elle endurait depuis si longtemps. Quand elle cessa de pleurer, il lui fit tendrement lever la tête et l'embrassa. Ils sortirent enlacés dans l'obscurité semée d'étoiles puis, pour cette nuit au moins, ils oublièrent le passé, l'avenir, et tout au monde sauf eux deux

48

Dix jours plus tard, peu avant le lever du soleil, le *Morala* jeta l'ancre devant Keti, dans le delta de l'Indus. Là, il débarqua trois passagers : un Pathan solidement bâti, un homme mince et glabre, dont les vêtements comme l'allure disaient qu'il était afghan, et une femme en bourka, probablement mariée à l'un ou l'autre d'entre eux.

C'est Gul Baz qui avait acheté ce costume afghan au cours d'une brève escale à Karachi, où le *Morala* avait décharge des peausseries et des fruits secs embarqués à Chahbar, une semaine auparavant, en même temps que le blé. Cet achat avait été fait à l'instigation de Stiggins, le Sind étant un pays, en grande partie désertique, dont les habitants étaient connus pour leur manque d'hospitalité à l'égard des étrangers.

— Mais ils craignent les Afghans et ne se risquent pas à leur répondre mal. Voilà pourquoi je vous conseille de vous faire passer pour l'un d'eux.

Fut-ce le costume afghan ou tout simplement une question de chance, en tout cas le long trajet de la côte du Sind jusqu'à Attock se déroula sinon confortablement, du moins sans incident.

Un des nombreux amis du Rouquin avait loué pour eux un dundhi, embarcation à fond plat utilisée pour la navigation sur les cours d'eau. A son bord, ils avaient remonté l'Indus, d'abord à la voile puis, lorsque le vent tombait, en se faisant haler d'un village à l'autre par une équipe de coolies tirant sur une corde. Chaque soir, dûment rémunérée, l'équipe regagnait son point de départ et était remplacée par une autre. C'était le propriétaire du bateau — lequel, avec ses deux fils, constituait l'équipage permanent — qui se chargeait du paiement.

Sur les rivières, le temps s'écoulait lentement, mais encore trop vite au gré de Ash et Anjuli qui eussent souhaité que ce voyage n'ait pas de fin. Les inconvénients — nombreux — et l'inconfort leur paraissaient inexistants comparés au plaisir qu'ils avaient d'être ensemble, de pouvoir parler et de s'aimer sans crainte. La nourriture était quelconque et mal cuisinée, mais après avoir été si longtemps réduite à la portion congrue, Anjuli la mangeait avec appétit. Et Ash se réjouissait de voir sa femme perdre sa minceur squelettique pour redevir chaque jour un peu plus belle et sereine comme l'avait été avant ces années passées à Bhitor.

Le Père des Rivières était profond et si large parfois qu'il avait alors davantage l'air d'un lac que d'un fleuve, car certains jours la réverbération empêchait de voir l'une ou l'autre rive. La campagne était la plupart du temps aride et désolée, mais au bord de l'eau s'élevaient des palmiers, des lauriers-roses et des tamarins, à l'ombre desquels il y avait toujours de la vie même en dehors des villes et des villages.

Commencées à bord du *Morala*, des leçons d'anglais et de pachto s'intégraient à la routine quotidienne. Anjuli était une élève très douée, dont les progrès étaient rapides. Lorsqu'ils arrivèrent en vue des collines de Kurramn, elle pouvait s'exprimer en anglais avec une aisance qui faisait honneur à son professeur et encore plus à son assiduité.

Constatant qu'ils seraient à Kala Bagh presque un mois avant l'expiration de sa permission, Ash se souvint de la tante de Zarin, Fatima Begum, dont la maison s'élevait à l'écart de la route venant d'Attock, au fond d'un jardin plein d'arbres fruitiers et entouré de hauts murs. C'était un endroit où il pourrait laisser Juli en toute sécurité. Il lui faudrait évidemment mettre la vieille dame dans la confidence, mais il était certain de pouvoir compter sur sa discrétion. Il inventerait aussi quelque plausible histoire pour satisfaire la curiosité de la maisonnée et éviter ainsi de faire jaser les domestiques.

Zarin devait pouvoir lui arranger ça. Le soir même, Gul Baz partit sur le cheval de Ash afin de rallier Mardan au plus vite. Il était chargé d'un message verbal pour Zarin et d'une lettre pour Hamilton Sahib, après quoi il rejoindrait les voyageurs à Attock. Le tout pouvait s'effectuer en trois jours. Mais il fallut presque une semaine à Ash et Juli pour arriver à Attock. En effet, après avoir durant des centaines de milles divisé ses eaux en deux, trois et parfois quatre bras, l'Indus les rassemble au-dessus de Kala Bagh où les bateaux doivent alors lutter contre toute la force du courant. Ce fut quelque six jours plus tard, et encore au clair de lune, que Ash se présenta chez Fatima Begum.

Un homme franchit la grille du jardin pour accueillir les voyageurs :

— *Stare-mah-sheh !* dit Zarin.

— *Khwah-mah-sheh,* dit Ash en lui retournant le salut.

Ayant mis pied à terre, il aida Anjuli à descendre de cheval mais, bien qu'il la sût exténuée par la chaleur, il n'eut aucun geste pour la soutenir car, en Orient, lorsqu'une femme se rend à l'étranger, elle est une silhouette anonyme à laquelle on se doit de ne prêter aucune attention. Et Ash savait que dans un pays où la chaleur incite la plupart des gens à dormir dehors, la nuit est pleine d'yeux. Pour la même raison, il ne fit aucune présentation et suivit Zarin dans le jardin, en laissant Anjuli fermer la marche, selon l'immémoriale coutume de l'Islam.

Bien qu'il fût plus de minuit, une vieille servante en qui Fatima Begum avait toute confiance attendait dans la cour intérieure, une lanterne à la main, pour guider Anjuli vers une chambre de l'étage. Lorsqu'elles eurent disparu, les deux hommes se regardèrent longuement à la clarté de la lampe à huile qui brûlait dans une niche voisine de la porte. A les voir ainsi, quelqu'un de non prévenu aurait pu croire non pas qu'ils se retrouvaient après une longue séparation, mais qu'ils se disaient adieu. Et, en un sens, c'eût été assez juste, car chacun d'eux se rendait compte avec un rien de tristesse que le garçon qu'il avait connu était parti pour toujours. Puis Ash sourit, et tout regret s'effaça. Ils s'embrassèrent comme autrefois et, prenant la lampe, Zarin conduisit l'arrivant dans une pièce où un repas froid les attendait. Ils mangèrent et parlèrent, parlèrent...

Ash apprit que Koda Dad n'allait pas très bien depuis quelque temps, mais Zarin lui avait annoncé sa venue et, s'il se sentait mieux, il se mettrait certainement aussitôt en route pour Attock. Hamilton-Sahib se trouvant en permission, Gul Baz était parti à sa recherche du côté d'Abbottabad, où sa présence avait été signalée.

— Tu lui avais donné une lettre pour Hamilton-Sahib, à remettre en main propre ; alors, ne le trouvant pas au gîte, il est allé à sa rencontre. J'espère qu'ils auront fini par se joindre. Gul Baz ne s'inquiétait pas, sachant que je serais là pour t'accueillir. J'ai envoyé un domestique veiller sur le bateau et il s'occupera de vos bagages.

Les dernières nouvelles du régiment et de la Frontière que Ash avait reçues par Wally datant d'environ trois mois, Zarin avait beaucoup de choses à lui raconter, il l'entretint aussi de l'éventualité d'une guerre avec l'Afghanistan. Mais Ash ne parla ni de lui ni d'Anjuli, et Zarin eut grand soin de ne pas lui poser de questions : ce sujet pouvait attendre le moment où son ami jugerait bon de l'aborder, probablement le lendemain, après une bonne nuit de repos comme il n'avait pas dû en connaître beaucoup dans la chaleur accablante des gorges de l'Indus.

De fait, Ash passa une excellente nuit et, le lendemain, il relata toute la série d'événements qui avait commencé avec l'arrivée soudaine de Gobind et Manilal à Ahmadabad. Il conclut en racontant comment Anjuli était devenue sa femme à bord du *Morala,* après avoir résumé tout ce qui les avait amenés à conclure cette union.

Zarin et Fatima Begum l'avaient écouté avec un extrême intérêt. Zarin s'attendait plus ou moins à quelque chose de ce genre, Gul Baz lui ayant dit que la femme pour laquelle le Sahib demandait l'hospitalité à Fatima Begum, était une veuve hindoue de haut lignage, dont une cérémonie était censée avoir fait son épouse. Mais comme cette cérémonie qui n'avait pas duré plus de cinq minutes ne ressemblait pas à un vrai *Shadi* et qu'aucun prêtre n'était présent, Gul Baz estimait qu'il n'y avait pas lieu de la prendre au sérieux. Et, bien entendu, il n'était pas venu à l'idée de Zarin que cette veuve pût être une femme qu'il connaissait, ou plus exactement qu'il avait autrefois connue : la fille de la *Feringhi*-Rani, la petite Kairi-Bai.

Que Ashok se considérât marié avec elle attrista Zarin, lequel avait espéré — afin qu'il ne se sentît plus tiraillé entre deux mondes — le voir épouser une fille de sa race qui lui aurait donné des fils robustes, de futurs officiers des Guides, car ils auraient sûrement hérité de leur père son amour et sa compréhension de l'Inde. Cette union avec Kairi-Bai, faisait s'effondrer tous ses rêves : les enfants de Ash seraient non seulement de naissance illégitime mais aussi des « sang mêlé » et, comme tels, indignes d'entrer dans le régiment d'élite.

D'un autre côté, ce fut quand même un soulagement pour Zarin d'apprendre que, tout en estimant valable ce semblant de mariage à bord du *Morala,* Ash tenait à garder la chose secrète et installer sa femme dans une petite maison de Mardan où, s'il prenait toutes les précautions nécessaires, il pourrait aller la voir sans que tout le cantonnement en fût informé. Si Ash agissait ainsi, ça n'était point parce qu'il n'était pas assuré de la validité de ce mariage, mais parce qu'il craignait pour la sécurité de sa prétendue femme... ce que Zarin trouvait parfaitement justifié, vu ce qu'il se rappelait de Janoo-Rani et ce qu'il avait entendu dire de Bhitor. Il se réjouissait même de cet état de choses, qui avait empêché Ash de briser sa carrière. Personne dans son régiment, du commandant à la dernière des recrues, personne n'aurait consenti à considérer l'ex-Rani comme sa légitime épouse.

Appartenant à un autre âge, Fatima Begum ne trouvait rien d'anormal à ce que le Sahib désirât avoir une Indienne dans une tranquille petite *Bibi-gurh* à proximité de son lieu de travail. C'était là une chose très courante, avait-elle dit à son neveu, et elle ne voyait pas en quoi cela pouvait faire du tort au Sahib. Quand Zarin lui opposa qu'ils étaient maries, elle esquissa un geste d'impatience, car elle s'était entretenue avec Anjuli, pour qui elle avait d'emblée éprouvé beaucoup de sympathie, et la jeune femme elle-même, en dépit de toutes les assurances données par Ashok, ne croyait pas que quelque chose d'aussi expéditif et dénué de cérémonial fût valable.

La tante de Zarin avait insisté pour qu'Anjuli et son mari restent ses hôtes jusqu'à l'expiration de la permission du Sahib. Elle s'était également proposée pour trouver à l'ex-Rani une maison aux abords de Mardan, où elle n'aurait aucune peine à garder secrète son identité. En effet, expliqua la Begum, nulle femme vertueuse n'irait s'inquiéter des antécédents d'une courtisane, et comme Anjuli n'entrerait pas en compétition avec les femmes vivant de leurs charmes, elle n'aurait pas non plus à redouter leur curiosité.

Le jour suivant, comme ni Koda Dad ni Gul Baz ne s'étaient encore manifestés, Ash partit vers Hasan Abdal dans l'espoir de rencontrer Wally sur la route d'Abbottabad. La maison était encore plongée dans l'obscurité quand, laissant sa femme endormie, il descendit sans bruit au rez-de-chaussée. Mais, en dépit de l'heure matinale, Zarin était déjà debout car, pour regagner Mardan, lui aussi devait partir avant le lever du jour.

Quand les deux hommes se mirent en selle, l'air était encore frais, mais on devinait qu'une autre journée torride se préparait car il n'y avait pas un souffle d'air. A la jonction du chemin de terre et de la grand-route, les cavaliers immobilisèrent leurs montures pour prêter l'oreille, dans l'espoir d'entendre un bruit d'approche qui émanerait de Koda Dad ou de Gul Baz. Mais la longue route blanche était déserte et, à l'exception des coqs qui s'éveillaient, le silence régnait.

— Ils ne doivent plus être très loin, dit Zarin, en réponse à la question informulée de Ash. Quand comptes-tu rejoindre Mardan ?

— D'ici trois semaines. Donc, si ton père n'est pas déjà parti, fais-lui dire de rester à la maison et je passerai le voir dès que j'en aurai la possibilité.

— D'accord. Mais il se peut que je le rencontre en chemin, auquel cas, à ton retour, tu le trouveras t'attendant chez ma tante Allez, il faut nous séparer. *Pa makhe da kha,* Ashok.

— *Ameen sera,* Zarin Khan.

Deux heures plus tard, comme le soleil se levait, Ash traversa Hasan Abdai puis, quittant la route de 'Pindi, il tourna à gauche pour emprunter celle qui s'en allait vers les collines et Abbottabad

Wally venait de prendre son petit déjeuner sous un bouquet d'arbres proche de la route, à l'endroit où celle-ci était coupée par une rivière, un mille environ au-dessus de la ville. Il ne reconnut pas immédiatement ce grand Afridi efflanqué qui, en le voyant, avait arrêté son cheval et mettait pied à terre.

livre septième

mon frère jonathan

49

— Je suppose que c'est parce que je ne m'attendais pas à vous voir, expliqua Wally tout en bourrant son ami de thé, d'œufs durs et de *chuppattis*. Votre lettre me donnait rendez-vous à Attock, alors je n'escomptais pas vous rencontrer déguisé sur la route ! J'avais toujours su que vous étiez capable de vous faire passer pour un indigène, mais je n'aurais jamais pensé que c'était au point de m'abuser moi-même... Et je n'arrive pas encore à comprendre comment c'est possible, car votre visage est à peine changé et ça ne peut pas tenir uniquement aux vêtements. Pourtant, jusqu'à ce que vous me parliez, je vous avais pris pour un indigène !

Wally aussi était en selle depuis la pointe de l'aube, ayant campé la nuit précédente près de Haripur. Il avait loué une *tonga* pour transporter depuis Abbottabad son porteur et tout son fourniment ; Gul Baz — qui avait chevauché vite et longtemps durant ces derniers jours — avait été bien aise de finir la randonnée dans ce véhicule, tandis que le Sahib prenait son cheval.

Cela faisait près de deux ans que Wally et Ash ne s'étaient revus ; pourtant, en dépit de tout ce qui s'était passé depuis lors, on eût dit qu'ils s'étaient quittés la veille et reprenaient une conversation momentanément interrompue. Ash avait insisté pour que Wally lui donnât d'abord toutes les dernières nouvelles, parce qu'il se rendait bien compte que lorsqu'il aurait mis son ami au courant de ce qui lui était arrivé, ils ne parleraient plus que de ça.

En riant souvent, Ash avait donc écouté nombre de potins et d'incidents comiques ayant trait aux camarades, au régiment ou aux civils de 'Pindi. Il apprit ainsi que les Guides étaient vraiment « en très grande forme », que le Commandant et quelques autres étaient « des types absolument exceptionnels » mais que Wigram Battye (récemment promu capitaine) les surpassait tous. L'expression « Wigram dit » « Wigram pense » revenait si souvent que Ash eut conscience d'en éprouver un rien de jalousie, regrettant un peu l'époque où lui-même était le « grand homme » de Wally. Mais ce temps était révolu ; à présent, Wally avait d'autres dieux et s'était fait d'autres amis. Tout en l'écoutant, Ash se disait que le jeune homme n'avait pas changé, sauf sur un point : le récit de ses faits et gestes au cours des deux dernières années ne comportait aucun nom de fille. De toute évidence, Wally était maintenant amoureux des Guides et de l'Empire. Il ne rêvait plus que de marches de nuit et d'attaques à l'aube, de la discipline et de la camaraderie régnant dans un régiment toujours prêt à partir sur l'heure vers tel ou tel point de la Frontière où sa présence était nécessaire.

Ce fut seulement lorsqu'il eut absolument épuisé ce merveilleux sujet, que Wally voulut savoir ce qui avait amené Ash à se déguiser ainsi, et gaspiller une précieuse permission à transpirer dans un *dundhi* sur l'Indus, au lieu de la consacrer à la grande randonnée qu'ils avaient projetée, ou encore à aller pêcher dans la vallée de Kangan.

— J'ai demandé à Gul Baz ce que vous aviez bien pu fabriquer, mais il s'est borné à me répondre que « le Sahib avait évidemment de bonnes raisons pour agir comme il l'a fait », et que vous me les donneriez vous-même. Alors, j'attends une explication, et veillez à ce qu'elle soit bonne si vous voulez que je vous pardonne de m'avoir pareillement laissé tomber !

— C'est une longue histoire, l'avertit Ash.

— Nous avons toute la journée ! rétorqua Wally, avant de rouler sa veste pour y appuyer sa tête en s'étendant confortablement à l'ombre.

Le récit fait à Wally fut sensiblement plus long que celui entendu la veille par Zarin, car Zarin, lui, connaissait Kairi-Bai et n'avait pas besoin qu'on lui dise ses antécédents, ni l'attachement qu'elle avait voué au jeune Ashok dès sa plus tendre enfance. En effet, lorsqu'il avait raconté à Wally ses années à Gulkote, Ash n'avait fait aucune mention de Kairi-Bai et, plus tard, il avait à dessein omis de lui préciser que la principauté de Karidkote, dont il avait été chargé d'escorter les princesses jusqu'à Bhitor, ne faisait qu'une avec celle de Gulkote. Toutes ces révélations stupéfièrent Wally qui ne tarda pas à se redresser en témoignant d'une vive attention, au lieu de rester paresseusement étendu.

Zarin avait écouté le récit sans guère changer d'expression, mais Wally n'avait jamais été capable de dissimuler ses réactions Ash pouvait lire comme en un livre tout ce qu'exprimait le beau visage, ce qui l'amena très vite à comprendre qu'il s'était trompé en croyant que Wally n'avait pas changé.

Le Wally de naguère eût été captivé par ce qu'il entendait, se rangeant sans hésiter aux côtés de Ash et de la pauvre petite princesse de Gulkote qui, telle l'héroïne d'un conte de fées, avait une méchante marâtre et une demi-sœur jalouse Mais le Wally de maintenant s'était dépouillé de bien des sentiments puérils et, comme l'avait d'emblée pressenti Ash, il s'était épris des Guides. Désormais, il ne lui serait pas plus venu à l'esprit de faire quoi que ce soit qui pût causer du tort au Régiment dans lequel il avait l'honneur de servir, que de tricher aux cartes ou puiser dans la caisse du mess. De même, dans son exaltation de néophyte, il n'imaginait pas sort plus terrible que d'être banni des Guides. Pourtant, si Ash avait vraiment épousé une veuve hindoue, c'était ce qui lui pendait au nez!

— Eh bien? fit Ash, lorsqu'il eut terminé, en voyant que le jeune homme gardait le silence. Ne me présentez-vous pas tous vos vœux de bonheur?

Wally rougit comme une fille et dit précipitamment :

— Si, bien sûr! C'est seulement que...

Ne sachant comment terminer sa phrase, il y renonça.

— Que vous n'êtes pas encore remis de la surprise? suggéra Ash d'un ton quelque peu mordant.

— Avouez qu'il y a de quoi, non? riposta Wally, sur la défensive. Je vous souhaite beaucoup de bonheur, et j'espère que vous n'en doutez pas. Mais... mais vous êtes encore loin d'avoir trente ans; or, vous le savez comme moi, avant cet âge, vous n'êtes pas supposé vous marier sans le consentement du Commandant et...

— Mais je *suis* marié, Wally, et personne n'y peut plus rien changer, dit posément Ash. Soyez toutefois sans inquiétude : je n'ai pas l'intention de quitter les Guides. L'aviez-vous sérieusement pensé?

— Mais lorsqu'ils vont le savoir...

— Ils ne le sauront pas, coupa Ash qui entreprit d'expliquer pour quelle raison.

— Dieu soit loué! s'exclama alors Wally avec dévotion. Comment avez-vous eu le front de me causer une telle peur?

— Vous ne valez pas mieux que Zarin. Bien qu'il ait connu Juli enfant et ne laisse point, comme vous, paraître ses sentiments, j'ai compris que notre mariage le choquait profondément, parce qu'elle est hindoue. Mais je vous croyais plus large d'esprit!

— Vous oubliez donc que je suis irlandais? La couleur de notre peau ne nous empêche pas d'être bourrés de préjugés. Si vous ne vous en étiez pas encore rendu compte, c'est à croire que vous êtes né avec des œillères!

— Cela tient sans doute à ce que je n'ai jamais eu moi-même ce genre de préjugé. Et ça n'est évidemment pas maintenant que je vais l'acquérir.

— Une drôle de chance que vous avez là! assura Wally en riant.

Puis, après un temps et avec une gêne inhabituelle, il demanda .

— Est-ce que... Voulez-vous me parler d'elle? Comment estelle ? Non pas physiquement mais...

— L'image même de l'intégrité et de la tolérance. Juli ne juge jamais les gens : elle s'efforce de les comprendre et de leur trouver des excuses.

— Mais encore ? Il doit bien y avoir autre chose...

— Certes... Même si cela pourrait paraître plus que suffisant à bien des égards. Elle est...

Ash hésita, cherchant des mots qui fussent en mesure d'exprimer ce qu'Anjuli représentait pour lui. Il dit très lentement :

— Elle est l'autre moitié de moi-même... Sans elle, je ne me sens plus complet. J'ignore à quoi cela tient, mais c'est ainsi. Pour le reste, que vous dire? Elle monte à cheval comme une Walkyrie et je ne connais pas femme plus courageuse... Ce qui ne l'empêche nullement d'être pareille à une belle chambre paisible, où l'on peut se réfugier loin de la laideur et du bruit... assuré que l'on est de toujours la retrouver inchangée. Anjuli est tendre, loyale... Elle est ma paix et mon repos. Cela répond-il suffisamment à votre question ?

— Oui, acquiesça Wally en lui souriant. J'aimerais la connaître.

— J'espère que ce sera chose faite dès ce soir, déclara Ash en lui rendant son sourire.

Laissant ensuite de côté leurs affaires personnelles, ils ne discutèrent plus que du problème posé par l'Afghanistan, problème qui préoccupait vivement quiconque appartenait aux forces en campagne dans le Peshawar, et dont Wally sut parler avec autant de compétence que de finesse.

Au cours de ces dernières années, l'Émir d'Afghanistan, Shir' Ali, s'était trouvé dans la peu enviable position du « blé entre deux meules », la meule du dessus étant la Russie, l'autre la Grande-Bretagne, qui toutes deux avaient des vues sur son pays.

La Grande-Bretagne avait déjà annexé le Pendjab et le territoire frontalier situé au-delà de l'Indus, tandis que la Russie engloutissait de son côté les principautés de Tachkent, Boukhara, Kokand et Kiva. Des armées russes étaient maintenant massées aux frontières nord de l'Afghanistan. Le nouveau Vice-Roi[1], Lord Lytton, joignait une

1. Avant l'Acte de 1858, par lequel la Couronne britannique prit à la Compagnie des Indes l'administration de ses possessions, le titre officiel était Gouverneur général. Le dernier Gouverneur général et premier Vice-Roi fut Sir John Lawrence

grande obstination à une hautaine ignorance de l'Afghanistan et, pour la plus grande gloire de son pays (la sienne aussi peut-être), il était décidé à reculer encore les frontières de l'Empire. Or il venait de recevoir instruction d'envoyer sans délai un émissaire vaincre « l'apparente répugnance » de Shir' Ali à voir les Britanniques installer des comptoirs dans son pays.

Que l'Émir répugnât tout autant à recevoir un autre émissaire de l'étranger, ne vint à l'esprit de personne, ou fut jugé sans importance. En retour de sa soumission, Shir' Ali aurait l'assistance d'officiers britanniques pour l'aider à développer sa puissance militaire, plus la promesse d'être soutenu par les Anglais en cas d'attaque par une tierce puissance, et aussi un subside si le Vice-Roi le jugeait à propos.

Lord Lytton avait la conviction que c'était uniquement en ayant l'Afghanistan sous influence britannique — pour transformer ce pays turbulent en état-tampon — qu'on pourrait neutraliser l'avancée russe et assurer la sécurité des Indes. Quand l'Émir fit des difficultés pour recevoir une mission britannique dans sa capitale de Kaboul, le Vice-Roi l'avertit qu'un refus lui aliénerait une puissance amie, laquelle était en mesure de déverser toute une armée à l'intérieur de son territoire « avant qu'un seul soldat russe ait pu atteindre Kaboul ». Cette menace eut pour effet de confirmer Shir' Ali dans son sentiment que les Britanniques cherchaient à s'emparer de son pays, pour étendre leurs frontières jusqu'à l'autre versant de l'Hindou Kouch

Les Russes aussi pressaient l'Émir de recevoir une mission diplomatique, et chacune des deux puissances s'offrait à signer avec lui un traité comportant la promesse de lui prêter assistance si l'autre venait à l'attaquer. Mais Shir' Ali objectait, non sans raison, que s'il s'alliait avec l'une ou l'autre, ses sujets verraient certainement des objections à ce que des soldats étrangers pénètrent dans leur pays, sous quelque prétexte que ce fût, car ils avaient toujours très mal accueilli de telles interventions.

Il aurait pu ajouter, avec encore plus de véracité, que ses sujets étaient d'une farouche indépendance, très portés sur les intrigues, les trahisons et les meurtres, et avaient pour principale caractéristique de n'endurer aucune autorité, pas même celle de leurs dirigeants, dès qu'elle allait contre leurs désirs. L'insistance du Vice-Roi le mettant dans une position extrêmement embarrassante, l'Émir prit le seul parti qui s'offrît à lui : temporiser au maximum dans l'espoir que, les négociations s'éternisant, quelque chose se produise qui lui épargnerait l'humiliation de devoir accepter la présence permanente d'une mission britannique à Kaboul, car elle ne manquerait pas de lui valoir le mépris de ses fiers et turbulents sujets.

Mais plus Shir' Ali cherchait à gagner du temps, plus le Vice-Roi s'entêtait à vouloir lui imposer une mission diplomatique. Pour Lord Lytton, l'Afghanistan était un pays arriéré habité par des sauvages ; aussi, que l'Émir osât s'opposer à ce qu'une puissante nation comme la Grande-Bretagne fût présente en permanence dans cette contrée barbare, lui paraissait non seulement insultant mais risible.

Nur Mohammed, le Premier ministre de Shir' Ali, se rendit à Peshawar pour y exposer le point de vue de son maître ; bien que malade, âgé, et indigné par les cruelles pressions exercées sur l'Émir, il s'acquitta de cette mission avec beaucoup de diplomatie, mais cela ne servit à rien. Le nouveau Vice-Roi n'hésita pas à se dégager de toutes les promesses et obligations issues des négociations avec son prédécesseur, dans le même temps qu'il accusait l'Émir de ne pas tenir ses propres engagements. Et lorsque Nur Mohammed refusa de céder, le porte-parole du Vice-Roi, Sir Neville Bowles Chamberlain, se déchaîna violemment contre lui ; insulté de la sorte, le Premier ministre, vieil ami de l'Émir, se retira, le désespoir dans l'âme, conscient d'avoir échoué et perdu toute raison de vivre.

Les négociateurs britanniques voulurent voir dans sa maladie un prétexte pour gagner du temps. Mais, lorsqu'il était arrivé à Peshawar, Nur savait déjà ses jours comptés et, quand il mourut, le bruit se répandit dans tout l'Afghanistan que les *feringhis* l'avaient empoisonné. L'Émir fit savoir qu'il envoyait un autre émissaire pour le remplacer, mais le Vice-Roi ordonna que l'on rompe les négociations, faute d'avoir trouvé un terrain d'entente, et le nouvel émissaire dut retourner chez lui, tandis que Lord Lytton s'employait à subvertir les tribus de la Frontière, dans le but de provoquer en sous-main le renversement de Shir' Ali.

Ash connaissait déjà tout cela en partie, car la Conférence de Peshawar avait commencé avant qu'il ne parte pour le Gujerat, et l'on en avait discuté avec chaleur les résultats dans chaque mess, club ou bungalow britannique, aussi bien que dans les rues et boutiques des villes comme des villages. Les Britanniques voyaient dans l'Émir le type même de l'Afghan fourbe, qui intriguait avec les Russes et projetait de signer un traité d'alliance donnant aux armées du Tsar la liberté d'emprunter la Passe du Khyber, tandis que l'opinion publique indienne était convaincue de son côté que les Britanniques complotaient pour renverser l'Émir et intégrer l'Afghanistan à l'Empire.

Dans le lointain Gujerat, Ash avait vite cessé de s'intéresser aux démêlés politiques des hautes autorités de Simla avec l'infortuné souverain du Pays de Caïn. Aussi avait-il éprouvé un choc en découvrant à travers Zarin que, dans le Nord, les gens prenaient ces choses très au sérieux et parlaient ouvertement d'une nouvelle guerre afghane.

— Mais je ne pense pas que cela aille jusque-là, dit Wally, non sans un rien de regret. Lorsque l'Émir et ses conseillers se rendront compte que le Vice-Roi n'est pas disposé à considérer « Non » comme une réponse, ils s'inclineront et nous laisseront envoyer une mission à Kaboul, point final. Wigram dit que si l'Émir accepte de laisser une mission britannique venir à Kaboul, elle sera accompagnée par une escorte et, comme il est presque certain que Cavagnari en fera partie, il y a de grandes chances pour que les Guides fournissent cette escorte. Que ne donnerais-je pour en être ! Vous vous rendez compte... Kaboul ! Ne seriez-vous pas aussi prêt à tout pour y aller ?

— Non, répondit Ash. Une fois suffit.

— Une fois... Oh ! oui, bien sûr, vous y êtes déjà allé ! Qu'est-ce que vous n'y avez pas aimé ?

— Un tas de choses Certes, l'endroit ne manque pas de charme, surtout au printemps lorsque les amandiers sont en fleur et les montagnes environnantes encore blanches de neige. Mais ses rues et ses marchés sont sales, ses maisons croulantes, et ça n'est pas pour rien qu'on l'appelle le Pays de Caïn !

Ash ajouta que, selon lui, il n'y avait rien d'étrange à ce qu'une ville passant pour avoir été fondée par le premier assassin de notre monde ait cette réputation de violence et de fourberie, ni que ses dirigeants aient suivi la tradition de Caïn en s'adonnant au meurtre et au fratricide. Le passé des Émirs afghans n'était qu'une longue et sanglante histoire de pères tuant leurs fils, de fils complotant contre leurs pères ou s'entre-tuant, d'oncles supprimant leurs neveux.

— S'il est vrai que les fantômes sont les âmes en peine de gens ayant péri de mort violente, alors Kaboul doit en être pleine ! C'est un lieu hanté, que j'espère bien ne jamais plus revoir.

— S'il y a une guerre, fit remarquer Wally vous la reverrez sûrement car les Guides seront dans le coup.

— Oui, *si* guerre il y a Mais autrement, en ce qui me concerne...

La phrase s'acheva dans un bâillement et, s'installant plus confortablement entre les racines de l'arbre, Ash ferma les yeux Éprouvant un sentiment de complète détente parce que Wally et lui étaient de nouveau ensemble, il s'endormit.

Quand ils arrivèrent à la maison, le crépuscule était couleur d'améthyste et, en réponse à la question de Ash, le gardien dit que non, Koda Dad Khan n'était pas venu. Sans doute son fils, le Risaldar-Sahib, était-il arrivé à temps pour que son père ne se mette pas en route. Tandis que l'homme emmenait les chevaux, Ash fit porter un message à la Bégum, lui demandant de permettre à son ami, Hamilton-Sahib, d'entrer chez elle pour faire la connaissance de sa femme.

Si Anjuli avait été musulmane, la Bégum eût opposé un refus catégorique, car elle la considérait maintenant comme sa fille. Mais Anjuli n'était ni musulmane ni jeune fille, et son prétendu mari se trouvant être tout à la fois chrétien et étranger, il ne fallait pas s'attendre à l'observance des règles ; si donc Pelham-Sahib ne voyait pas d'inconvénient à ce que ses amis fréquentent sa femme, c'était son affaire et non celle de la Bégum. Aussi envoya-t-elle une servante conduire les deux hommes dans la chambre d'Anjuli et dire à Ash que, s'ils désiraient manger ensemble, le repas du soir pouvait leur être servi dans quelques minutes.

Les lampes n'avaient pas encore été allumées et Anjuli, debout près d'une fenêtre ouverte, contemplait le jardin. Elle n'avait pas entendu le bruit des pas dans l'escalier, car il avait été couvert par celui d'oiseaux qui se querellaient. Ce fut seulement à l'ouverture de la porte qu'elle se retourna.

Voyant Ash, mais non l'autre homme qui se tenait en retrait dans l'ombre, elle courut lui faire un collier de ses bras. Ce fut donc ainsi que Wally la vit pour la première fois : une jeune fille, grande et élancée, courant vers lui, les bras tendus, transfigurée par l'amour. Il en eut le souffle coupé... et se sentit aussitôt le cœur pris.

Plus tard, lorsqu'il se retrouva seul au clair de lune dans la galerie du *dâk-bungalow,* Wally constata qu'il n'avait pas un souvenir précis d'Anjuli, sinon qu'elle était la plus radieuse créature qu'il eût jamais vue... une véritable princesse de conte de fées. Mais, n'ayant encore jamais eu l'occasion de rencontrer une Indienne de l'aristocratie, il ignorait tout ce que le *purdah* peut dissimuler de beauté et de grâce aux yeux des étrangers.

Il s'était attendu à voir une femme petite, plutôt basanée, alors qu'il découvrait une déesse aux longues jambes, avec une carnation plus claire que le blé mûr, dont les yeux splendides, frangés de cils noirs, avaient la même couleur que l'eau des tourbières dans les *moors* du Kerry.

Chose étrange, ça n'était pas l'Orient qu'elle évoquait pour lui, mais plutôt le Nord ; en la regardant, il pensait à la neige, aux sapins, et au vent qui souffle dans les hautes montagnes.

Il ne lui venait plus à l'idée de blâmer Ash de s'être si précipitamment marié car, à la place de son ami, il eût fait exactement la même chose. Il n'était certainement pas au monde beaucoup de femmes comme Anjuli et, ayant la chance d'en avoir trouvé une, c'eût été folie que de la sacrifier à sa carrière. Pourtant... Wally soupira ; l'euphorie qu'il éprouvait depuis ces dernières heures se dissipa un peu. Non, il n'aurait probablement pas fait la même chose... pas s'il avait eu le temps de réfléchir aux répercussions que cela aurait sur son avenir, car les Guides comptaient désormais trop pour lui. D'ailleurs, aussi loin qu'il se souvînt, il avait toujours rêvé de gloire militaire ; ce sentiment était si profondément enraciné dans son cœur qu'il ne pouvait l'en arracher pour l'amour d'une femme... fût-elle celle dont, ce soir-là, il était tombé éperdument amoureux.

Il débordait de gratitude envers Dieu, pour lui avoir permis de rencontrer une telle femme, car elle était hors d'atteinte. De la sorte, en tombant amoureux d'elle, il ne risquait plus — ou, du moins, pas avant un très long temps — de s'éprendre d'une étoile de moindre éclat, qu'il épouserait en perdant inévitablement une partie de son enthousiasme pour sa carrière et son régiment.

Le soleil était encore caché à l'horizon lorsque, le lendemain matin, Wally franchit l'Indus et prit la route de Peshawar, laissant son porteur Pir Baksh le suivre dans une *tonga* avec les bagages. Une heure plus tard, il se fit servir le petit déjeuner au *dâk-bungalow* de Nowshera tandis que son cheval récupérait un peu, puis il franchit la rivière de Kaboul et se hâta vers Risalpur. Au milieu d'une région aride, Mardan avait une fraîcheur d'oasis, avec le fort et la place d'armes, l'arrière-plan familier des collines de Yusafzai sur lesquelles la chaleur faisait courir un frémissement. Mais, dans le cantonnement, pas une feuille ne bougeait et la poussière recouvrait jusqu'au moindre brin d'herbe, fondant tous les verts et les marrons en une seule nuance, celle que Sir Henry Lawrence avait choisie pour les uniformes du Régiment des Guides, peu avant la Révolte des Cipayes, et qu'on avait appelée *kaki.*

Wally alla directement chez Wigram, mais celui-ci n'était pas là ; il se trouvait à Peshawar pour une conférence d'importance secondaire. Il rentra néanmoins à temps pour dîner au mess et se rendit ensuite avec Wally chez ce dernier, où il resta jusqu'à bien après minuit, écoutant le jeune homme lui raconter la saga de Ash et Anjuli-Bai.

L'histoire l'intéressait, mais le mariage à bord du *Morala* lui arracha une exclamation de contrariété ; après quoi ce fut sourcils froncés et lèvres pincées qu'il écouta la suite du récit, en s'abstenant de tout commentaire. A la fin, d'un air pensif, il dit se rappeler le commandant déclarant, à l'issue de l'affaire des carabines, que Ashton Pelham-Martyn était non seulement un jeune emporté, mais aussi une sorte d'enfant terrible qui, parvenu à l'âge adulte, demeurait capable de n'importe quelle réaction impulsive, sans réfléchir aux conséquences possibles. Il fallait toutefois reconnaître que ces défauts-là se révèlent souvent précieux en temps de guerre, surtout lorsqu'ils vont de pair, comme chez Ashton, avec un très grand courage.

— Je crois que le commandant avait raison, dit lentement Wigram, et s'il devait y avoir une guerre — ce qu'à Dieu ne plaise — nous aurions besoin de beaucoup de garçons comme Pelham-Martyn.

50

Dans les premières années du XIXe siècle, lorsque la « John Company[1] » gouvernait la moitié des Indes, un jeune homme sans personnalité, nommé Shah Shuja, s'était trouvé héritier du trône d'Afghanistan. L'ayant perdu après un règne jugé fort bref même pour ce pays habitué à la violence, il s'enfuit aux Indes, où il fut autorisé par le gouvernement à mener l'existence paisible d'un quelconque citoyen. Après son départ, l'Afghanistan connut une période d'anarchie à laquelle mit fin un homme aussi énergique qu'intelligent, Dust Muhammad, appartenant au clan Barakzi. Il rétablit l'ordre et, dans le même temps, se nomma Émir.

Malheureusement, le Gouvernement des Indes britanniques se méfiait des hommes intelligents. On estima ce Dust difficile à manipuler et, si l'on n'y veillait, capable même de s'allier à la Russie. Discutant à Simla de cette éventualité, le Gouverneur général Lord Auckland et ses conseillers arrivèrent à la conclusion que ce serait une bonne chose de se débarrasser de ce Dust (lequel ne leur avait pourtant causé aucun tort, tout en faisant beaucoup de bien à son pays) pour le remplacer par l'ex-Émir Shah Shuja, qui était maintenant un homme âgé. Ils estimaient que ce vieillard, lié à la Grande-Bretagne non seulement par la gratitude mais aussi par l'intérêt, serait un outil docile, prêt à signer n'importe quel traité qu'ils lui proposeraient.

Bien que la guerre, ainsi déclenchée par Lord Auckland contre l'Afghanistan, se fût achevée en désastre pour les Britanniques, la plupart de ses instigateurs en tirèrent profit car, pour marquer la victoire initiale, ils furent couverts de titres, d'honneurs et de décorations, qu'on ne leur retira évidemment point par la suite. Mais les morts dont les os blanchissaient dans les défilés ne reçurent aucune médaille et, moins de deux ans après, Dust Muhammad Khan était de nouveau Émir d'Afghanistan.

Et une quarantaine d'années plus tard, sans raison aucune, une poignée de hauts fonctionnaires installés à Simla, voulaient de nouveau contraindre un autre Émir — le plus jeune fils de Dust Muhammad — d'accepter l'installation à Kaboul d'une mission

1 Surnom de la Compagnie des Indes. *(N. d. T.)*

britannique permanente. Cinq ans auparavant quand, rendu inquiet par des menaces de rébellion et la puissance grandissante de la Russie, Shir' Ali avait fait des ouvertures au Vice-Roi d'alors, Lord Northbrook, en demandant l'assurance d'une protection contre d'éventuels agresseurs, on lui avait opposé une fin de non recevoir. Ulcéré par ce refus, il avait alors décidé de se tourner vers la Russie, laquelle avait témoigné d'un empressement flatteur à discuter avec lui traités d'amitié et d'alliance. Or ces mêmes *Angrezis* qui lui avaient refusé leur aide exigeaient maintenant, comme un droit, qu'il accueille dans sa capitale une mission diplomatique et cesse « d'intriguer » avec le Tsar.

Au cours des années qui venaient de s'écouler, Wigram avait beaucoup vu le major Louis Cavagnari, Commissaire du Gouvernement à Peshawar, pour lequel Wally avait tant d'admiration. Et jusqu'à récemment, il avait partagé les sentiments du jeune homme pour Pierre-Louis Napoléon Cavagnari, curieux personnage que l'on s'attendait peu à voir occuper un tel poste, car il avait pour père un comte français qui, ayant servi sous Napoléon, était devenu secrétaire de Jérôme Bonaparte, roi de Westphalie, et avait épousé une jeune demoiselle irlandaise, Elizabeth Blacker de Carrickblacker. En dépit de ses origines françaises, Cavagnari avait été élevé en Irlande et se considérait comme britannique; aussi demandait-il à ses amis de l'appeler Louis, celui de ses trois prénoms qui lui paraissait le moins étranger.

Pendant vingt ans, Cavagnari avait servi avec distinction aux Indes, participant à rien moins de sept campagnes à la Frontière. Il s'était acquis une enviable réputation pour ce qui était de traiter avec les tribus turbulentes, dont il parlait couramment les différents dialectes. Bien que cet homme grand et barbu ressemblât davantage à un professeur qu'à un homme d'action, ceux qui le connaissaient le disaient d'un courage frisant la témérité. Personnalité extrêmement dynamique, il avait beaucoup de qualités mais, comme c'est souvent le cas chez de tels hommes, elles allaient de pair avec une grande ambition, un caractère emporté, et une tendance à voir les choses comme il souhaitait qu'elles fussent plutôt que comme elles étaient réellement.

Aussi n'y avait-il rien de surprenant que Wigram Battye eût éprouvé un sentiment de malaise en entendant le major Cavagnari déclarer au cours d'un dîner à Peshawar : « Si la Russie prend pied en Afghanistan, elle s'emparera de tout le pays, comme elle l'a fait de presque tous les vieux royaumes d'Asie centrale. Lorsqu'elle se sera ainsi assuré un libre passage à travers le Khyber, plus rien n'empêchera ses armées d'attaquer et de prendre Peshawar, puis le Pendjab comme Baber le Tigre l'avait fait voici quelque trois cents ans. Je n'ai rien contre les Afghans : j'en veux uniquement à leur Émir. En intriguant avec le Tsar, il attise un feu qui, si nous n'intervenons pas, détruira non seulement son pays mais progressera vers le sud jusqu'à ce qu'il ait consumé toute l'Inde. »

Il était très caractéristique de Cavagnari d'avoir dit « je » et, dans d'autres circonstances, Wigram n'y eût probablement pas attaché d'importance. Là, il en éprouva un certain malaise. Dans le différend qui opposait le Gouvernement des Indes à l'Émir, lui-même ne se préoccupait que des conséquences militaires d'une possible guerre avec l'Afghanistan et du rôle que son propre régiment serait appelé à y jouer. Mais, bien qu'ayant la mentalité d'un militaire de carrière, il avait aussi une conscience et il craignait que les tenants de la politique d'expansion entraînent le Vice-Roi dans une seconde guerre afghane, que rien ne justifiait, sans se rendre pleinement compte des énormes difficultés auxquelles devrait faire face une armée d'invasion.

S'il pouvait être prouvé que Shir' Ali était sur le point de signer un traité accordant à la Russie des postes militaires et une solide implantation dans son pays, alors il convenait effectivement d'intervenir au plus vite, car l'idée d'un Afghanistan sous contrôle russe, avec des armées russes stationnées le long de la frontière nord-ouest des Indes, était impensable. Mais était-ce vrai ? Wigram avait le sentiment que des hommes comme Cavagnari, Lord Lytton, et autres tenants de la politique d'expansion, étaient abusés par des informations que leur fournissaient des espions afghans ; ceux-ci, sachant très bien ce que ces Sahibs souhaitaient apprendre, leur répétaient uniquement ce qui pouvait leur être agréable, et taisaient le reste, plus par désir de plaire que dans l'intention délibérée de tromper.

Cavagnari ne pouvait ignorer cette tendance et devait donc — du moins, Wigram l'espérait — en tenir compte. Mais le Vice-Roi et ses conseillers avaient-ils bien conscience que les rapports de ces espions — ponctuellement transmis à Simla par le Commissaire du Gouvernement — étaient partiaux et ne donnaient pas une image exacte de la situation ? Cette crainte tourmentait Wigram depuis quelque temps et, après avoir écouté Wally lui parler de Ashton, il eut une idée..

Ashton avait passé près de deux ans en Afghanistan et s'y était probablement fait des amis, surtout dans le village de son père adoptif Koda Dad Khan, car il était bien connu à Mardan que le Risaldar Zarin Khan n'était pas — et de loin — le seul Pathan à considérer Ash presque comme un frère de sang. Alors, à supposer que Ashton persuade ses amis d'organiser une sorte de réseau de renseignement pour recueillir des informations auxquelles on pût se fier avec certitude, lui-même les transmettrait au commandant ou à Wigram, qui les passeraient à Cavagnari, lequel, en dépit de ses propres opinions, ne manquerait sûrement pas d'en informer les « huiles » de Simla ? En tout cas, c'était une idée qui méritait attention.

Conscient de l'urgence de la situation, Wigram ne perdit pas de temps. Au week-end suivant, il se rendit à Attock en compagnie de Wally et, arrivés après la tombée de la nuit pour passer inaperçus, ils s'installèrent au *dâk-bungalow* sous prétexte de s'en aller chasser le lendemain. Mais l'idée de Wigram eut finalement un résultat qu'il n'avait certainement pas prévu.

Le *syce* de Wally avait été envoyé chez la Bégum porter à Pelham-Martyn un message, dont la réponse fut remise aux deux officiers alors qu'ils s'apprêtaient à dîner. Une heure plus tard, ils quittaient le *dâk-bungalow* pour aller se promener sur la route de 'Pindi. Là, empruntant un chemin de terre, ils arrivèrent devant une porte perçant une haute muraille, où un Afridi les attendait avec une lanterne. N'ayant encore jamais eu l'occasion de le voir ainsi vêtu, Wigram fut un moment avant de reconnaître Ash.

Le capitaine Battye avait beaucoup réfléchi aux arguments qu'il voulait mettre en avant et il était convaincu d'avoir pensé à tout. Mais il n'avait pas fait entrer en ligne de compte Juli Pelham-Martyn, née Anjuli-Bai, princesse de Gulkote, car il tenait ce mariage pour une détestable erreur et n'avait aucun désir de connaître l'ex-veuve. Or, à travers le jardin baigné d'ombre, Ash guida les arrivants vers un petit pavillon à un étage qui s'élevait au milieu d'arbres fruitiers. Il les précéda dans un escalier menant à la pièce de l'étage, aux fenêtres toujours masquées par des stores, et dit :

— Juli, voici un autre de mes amis du Régiment. Ma femme, Wigram Battye...

Et Wigram s'était retrouvé serrant, à l'européenne, la main d'une jeune femme en blanc, dont il pensa tout comme Wally — mais sans éprouver la même émotion — que c'était la plus jolie qu'il eût jamais vue.

S'avisant que Ash lui avait posé une question, il répondit au hasard, et un haussement de sourcils étonné lui fit comprendre qu'il venait de trahir son inattention. Rougissant, il s'excusa en bredouillant et, dit à Anjuli :

— Je vous prie, madame Pelham, de bien vouloir pardonner d'aussi déplorables manières : je suis venu trouver votre mari pour lui faire une proposition, et c'est à cela que je pensais au lieu d'écouter.

Anjuli le considéra gravement puis, avec un petit hochement de tête, elle répondit :

— Je comprends : vous souhaitez vous entretenir en tête-à-tête avec mon mari ?

— Uniquement si vous me le permettez.

Elle se leva en le gratifiant d'un ravissant sourire et allait joindre les paumes dans le salut traditionnel quand, se rappelant que les *Angrezi* ne faisaient pas ainsi, elle tendit la main en disant :

— Bonsoir... capitaine Battye.

Wigram s'inclina sur cette main, ce qui le surprit tout autant que Ash et Wally. Mais ç'avait été un hommage instinctif par lequel il faisait en lui-même amende honorable pour les choses qu'il avait pensées d'Anjuli.

Il fut néanmoins très soulagé de voir partir la jeune femme, car en sa présence il n'eût pas osé parler carrément. Tandis que le bruit léger de ses pas descendait l'escalier, Wally exhala un petit soupir et Ash s'enquit :

— Alors ?

— Elle est très belle, dit Wigram. Et très... jeune.

— Vingt et un ans, répondit laconiquement Ash. Mais mon « alors » signifiait « Qu'avez-vous à me dire ? » et non « Que pensez-vous d'elle ? »

— Oui, oui, ne perdons pas de temps ! opina Wally. Je meurs de curiosité. De quoi s'agit-il ?

Brusquement, Wigram ne fut plus très sûr d'avoir envie de parler.

— A vrai dire, j'ai peur de vous faire rire.

Mais Ash ne rit pas. Il connaissait beaucoup de choses touchant la dernière guerre avec les Afghans et, pendant qu'il se trouvait dans le Gujerat, il avait relu le livre de Sir John Kaye sur ce sujet. Comme son père, plus de trente ans auparavant, il s'était indigné de toutes les injustices et tragédies qu'avait provoquées cette tentative d'étendre la puissance de la Compagnie des Indes orientales.

Or, tandis que Wigram parlait, il se rendait compte que cela n'avait pas servi de leçon et que, en haut lieu, on s'apprêtait à recommencer. « S'il est vrai toutefois que Shir' Ali se prépare à laisser entrer les Russes, pensa-t-il comme l'avait fait Wigram, il convient d'intervenir car, s'ils mettent la main dessus, les Russes ne lâcheront plus le morceau, et ensuite ce sera le tour des Indes. »

Cette perspective suffit à lui donner le frisson. Mais il connaissait l'Afghanistan encore mieux que ne le connaissaient des hommes comme Cavagnari, et cela l'inclinait à un certain scepticisme.

— Je me rappelle avoir lu quelque part, remarqua-t-il d'un ton pensif, ce que Henri Ier de France disait à propos de l'Espagne : si on l'envahit avec une forte armée, elle y succombera à la disette ; et s'il s'agit d'une petite armée, elle sera écrasée par la population. Eh bien, on pourrait dire aussi cela de l'Afghanistan et, à moins qu'ils sachent pouvoir le faire avec le consentement tant de la population que de l'Émir, je ne crois pas que les Russes se risqueraient à l'envahir... Et je douterais que Cavagnari connaisse bien les Afghans s'il pensait un seul instant que les prétendus « sujets » de l'Émir accepteraient d'avoir des garnisons russes sur tout leur territoire. Voilà pourquoi, selon moi, cette menace russe n'a pas plus de consistance qu'un épouvantail.

Momentanément réduit au silence, Wally se borna à écouter Ash et Wigram discuter la possibilité de savoir ce qui se passait réellement à Kaboul, et si cette menace russe n'était qu'un épouvantail, agité par les tenants de la politique d'expansion pour justifier une autre guerre d'agression.

— A supposer même que nous arrivions à recueillir des renseignements sûrs, dit Ash une dizaine de minutes plus tard, rien ne nous garantit qu'on les acceptera comme tels, s'ils contredisent ce que les gens de Simla souhaitent croire.

— Non, en effet, acquiesça Wigram. Mais il y a une chose dont je suis certain en tout cas, c'est que jamais Cavagnari n'étoufferait des informations arrivant par votre canal, fussent-elles en contradiction avec ce que lui rapportent ses propres espions. Alors, on peut à tout le moins essayer. Quand on voit un bateau aller droit vers des brisants qu'il ignore, on tente de l'en avertir par n'importe quel moyen, même si ça n'est qu'en criant à tue-tête !

— Oui, convint Ash, il nous faut faire quelque chose... même si ce doit être en vain.

— Voilà exactement mon sentiment ! déclara Wigram en poussant un soupir de soulagement.

Se laissant aller contre le dossier de son fauteuil, il dit à Ash avec un sourire :

— Je me rappelle que, lorsque vous êtes arrivé, nous vous taquinions sur votre habitude de dire que ceci ou cela « n'était pas juste ». C'était une expression dont vous usiez volontiers à l'époque. Eh bien, en ce qui me concerne, je ne vois aucune objection à faire la guerre, puisque c'est mon métier ; mais je préfère savoir que cette guerre est juste ou, à tout le moins, qu'elle était inévitable. Or je crois que celle-ci peut être évitée et qu'il n'est pas encore trop tard pour l'empêcher d'éclater.

Ash garda le silence et Wigram, qui ne le connaissait pas comme Wally le connaissait, ne sut comment interpréter ce silence. Mais Wally, lui, vit que son ami avait sur le visage l'expression d'un homme contraint de prendre une décision qu'il a du mal à digérer. Et comme il l'observait, ce sixième sens, qu'il tenait de son ascendance irlandaise, lui donna le pressentiment d'un désastre, avec une force telle qu'il étendit instinctivement la main comme pour le repousser. Au même instant, il entendit Ash déclarer :

— Il va falloir que j'y aille moi-même.

Ils discutèrent la chose, mais finalement Wigram et lui durent convenir que Ash avait raison. Il ne s'agissait plus simplement de savoir si telle tribu préparait un raid sur un quelconque point de la frontière ou si tel *mollah* incitait les croyants à massacrer des infidèles, mais si l'Émir d'Afghanistan trafiquait avec les Russes, s'il était sur le point de signer un traité d'alliance avec le Tsar, et si son peuple était disposé à accepter tout cela.

Des renseignements sûrs à cet égard seraient de la plus haute importance, tant pour les négociateurs de Simla et de Peshawar que pour les ministres de Sa Majesté à Londres, car ils pouvaient représenter la différence entre la paix et la guerre, c'est-à-dire la vie ou la mort pour des milliers d'êtres humains.

— Ah ! que je voudrais pouvoir aller avec vous ! s'exclama Wally. Quand comptez-vous partir ?

— Dès que Wigram aura arrangé ça avec le commandant, car je ne puis m'en aller sans qu'il m'y autorise et rien ne dit qu'il le fera.

— Si, j'en suis convaincu ! assura Wigram. Cette affaire le préoccupe autant que moi... et la moitié des forces de la Frontière. Car c'est nous qui nous battrons si les galonnés de Simla en décident ainsi. Cela va demander un peu de persuasion, mais il finira par estimer que c'est une bonne idée. Quant à Cavagnari, elle a tout pour l'enthousiasmer.

Wigram avait vu juste sur l'un et l'autre point. Le commandant se laissa convaincre et Cavagnari fut emballé par le projet que lui exposa le capitaine Battye. Celui-ci ne jugea pas nécessaire de lui préciser que Ash avait posé deux conditions. Il voulait d'abord discuter du projet avec Koda Dad et, si le vieil homme le désapprouvait, il y renoncerait. L'autre condition était que les Guides lui promettent de prendre soin d'Anjuli et de veiller à ce qu'elle soit traitée en tout comme sa veuve, si le malheur voulait qu'il ne revienne pas.

Ce dernier point ne posait aucun problème. Mais lorsque Wigram avait émis des doutes touchant la nécessité de mettre au courant quelqu'un d'extérieur aux Guides, Ash lui avait rétorqué que, de toute façon, Zarin serait dans la confidence, et qu'il n'hésiterait pas un instant à remettre sa vie entre les mains du père de Zarin.

— Je le connais pour ainsi dire depuis toujours et j'attache plus de prix à son opinion qu'à celle de quiconque. S'il estime que mon intervention peut être bonne, alors je partirai. Mais il ne faut pas oublier que c'est un Pathan, donc un citoyen afghan. Comme tel, il peut désapprouver qu'on aille espionner dans son pays, même si c'est pour éviter une guerre... Je n'en sais rien. Mais il me faut absolument lui parler avant de prendre ma décision.

Wigram avait eu un haussement d'épaules :

— Faites comme vous le jugez bon. Après tout, c'est votre vie qui est en jeu. Quel sera son verdict, selon vous ?

— Oh ! il y a de grandes chances qu'il soit d'accord avec vous, tout comme Zarin. Mais j'ai besoin d'en avoir la certitude...

— ... et aussi de recevoir sa bénédiction, murmura Wigram sans se rendre compte qu'il extériorisait sa pensée.

Bien qu'il eût parlé de façon à peine audible, Ash comprit ce qu'il disait et s'exclama, surpris :

— Oui ! Comment le savez-vous ?

Wigram parut embarrassé.

— Ça peut paraître absurde à notre époque, dit-il gauchement, mais mon père m'a donné la sienne avant que j'embarque pour les Indes, et j'éprouve toujours du réconfort à me le rappeler. Je suppose que cela remonte à l'Ancien Testament, lorsque la bénédiction d'un patriarche signifiait vraiment quelque chose.

— « *Et Esaü dit... bénis-moi aussi, ô mon père* », cita Wally. J'espère qu'il vous donnera sa bénédiction, Ash... Pour notre bien à tous !

Wigram, lui, espéra que Ash ne s'attarderait pas trop avec Zarin, car il avait le sentiment que le temps pressait.

— Je vais tâcher de voir Koda Dad demain ou après-demain. Vous retournez ce soir à Mardan, tous les deux ?

— Ce n'était pas notre intention, mais nous le pouvons.

— De toute façon, voulez-vous vous charger d'un message pour Zarin ? Dites-lui que j'ai besoin de voir Koda Dad le plus vite possible, et demandez-lui de me faire savoir s'il croit son père suffisamment bien pour me recevoir, car il a été malade ces derniers temps. Dans l'affirmative, j'aimerais autant que la rencontre n'ait pas lieu dans son village si cela peut être évité. Dites-lui que, pour avoir sa réponse, je l'attendrai , demain soir, au coucher du soleil, sous le banyan proche de la première borne à la sortie de Nowshera. J'y resterai jusqu'à ce qu'il vienne. Peut-être sera-t-il de service, mais je pense que vous pourrez arranger ça pour lui ?

Nul ne devait jamais savoir quel eût été l'avis de Koda Dad, car il était déjà mort quand Wally et Wigram avaient quitté Mardan pour se rendre à Attock. Vu la chaleur torride, on l'enterra le jour même, à la tombée de la nuit. Si bien que lorsque Ash arriva au lieu du rendez-vous, sur la route de Nowshera, Zarin l'y attendait pour lui annoncer que Koda Dad Khan, autrefois Maître des Chevaux de Gulkote, était enterré depuis vingt-quatre heures.

De ce fait, Ash se trouva avoir franchi le Rubicon et il ne lui restait plus qu'à mettre Anjuli au courant, ce qu'il avait différé le plus longtemps possible, pour le cas où cela n'eût plus été nécessaire, Cavagnari ou le commandant ayant toujours la possibilité de se raviser et de tout annuler.

Ce fut encore plus pénible que Ash ne l'avait craint, car Anjuli le supplia de l'emmener avec lui, disant que sa place était désormais à son côté... surtout s'il devait courir des dangers : non seulement elle pourrait s'occuper de lui et préparer ses repas, mais sa présence contribuerait à détourner les soupçons, car imagine-t-on un espion s'encombrant de sa femme ?

— Et j'apprendrai à tirer, insista Juli. Tu n'auras qu'à me montrer comment faire.

— Mais tu ne parles pas assez couramment le pachto, mon cœur.

— Je te promets de faire des progrès !

— Tu n'en as pas le temps, mon amour, car il me faut partir immédiatement. Si je t'emmenais et que tu ne sois pas en mesure de t'entretenir librement avec les femmes du pays, elles se poseraient des questions à ton sujet, et ce serait extrêmement dangereux... tant pour toi que pour la mission qu'il me faut remplir. Tu le sais bien, Larla . je ne demanderais qu'à t'avoir avec moi si c'était possible. D'ailleurs, c'est pour six mois seulement. Je laisse Gul Baz ici et la Bégum veillera sur toi... Moi, je serai plus en sécurité sans toi.

Finalement, ce fut par ce dernier argument qu'elle se laissa convaincre car, au fond de son cœur, elle savait que c'était la vérité.

— Alors, reviens-moi vite... sain et sauf !

Ash lui assura qu'elle n'avait pas à craindre pour lui. Mais, bien qu'il affectât en paroles de minimiser le danger, la façon dont il lui fit l'amour cette nuit-là avait quelque chose de désespéré, presque comme s'il voulait profiter au maximum de chaque instant, de crainte qu'il fût sans lendemain.

Le lendemain soir, quand toute la maisonnée fut endormie, alors que la lune n'était pas encore levée, Ash se faufila dans le jardin par la porte de derrière. Et moins de douze heures plus tard, ayant franchi la frontière, il se perdait dans l'Afghanistan comme une pierre qui choit en eau profonde.

51

Durant l'été de 1878, la famine qui sévissait de façon si terrible dans le Sud, gagna le Nord et atteignit le Pendjab car, pour la troisième année successive, la mousson avait beaucoup tardé. Lorsque la pluie était enfin venue, au lieu de tomber avec la persistance dont avait tant besoin la terre assoiffée, elle avait été sporadique et capricieuse, ne faisant guère que transformer la poussière en boue, et laissant par-dessous la terre dure comme du fer.

Dans le même temps couraient beaucoup de rumeurs dont peu étaient réconfortantes, sauf peut-être pour ceux qui souhaitaient une guerre avec l'Afghanistan. On racontait qu'une armée russe était massée le long de l'Amou Daria, une armée dont l'importance croissait de bouche en bouche : cinquante mille... soixante mille.. non : quatre-vingt mille hommes...

— Je tiens de bonne source, écrivit le major Cavagnari dans une lettre adressée à Simla, que les forces russes sur l'Amou Daria comptent au total quinze mille quatre cents hommes, divisés en trois colonnes : deux de dix-sept cents hommes et une de douze mille. En avance sur ces troupes, une mission russe, comprenant le général Stolietoff et six autres officiers, a quitté Tachkent dans le courant de mai, avec une escorte de vingt-deux Cosaques. On assure que la famille et des amis, craignant que la guerre russo-turque n'entraîne un déclenchement des hostilités entre la Russie et la Grande-Bretagne, font pression sur l'Émir pour qu'il choisisse entre ces deux puissances rivales, mais il n'arrive pas à se décider dans un sens ou dans l'autre. Je dois ajouter que selon mon informateur (dont je tiens à souligner que les vues sont très personnelles), l'Émir préférerait n'avoir pas à se déclarer, étant convaincu que son pays doit s'efforcer de rester indépendant des uns comme des autres. Je vous fais parvenir une lettre confidentielle de cet informateur, qui m'est donnée comme étant la copie exacte des conditions posées par un émissaire russe venu à Kaboul vers la fin de l'année dernière. Je ne peux, évidemment, garantir cette exactitude, et il ne serait pas sage que je vous révèle de qui je tiens cette information, mais j'ai toutes les raisons de penser qu'on peut s'y fier.

Lorsqu'il parvint à Simla, le document en question fut jugé d'un très grand intérêt, car il y était stipulé notamment que l'Émir permettrait l'installation d'agents russes à Kaboul et autres lieux de son territoire, que les troupes russes devraient être cantonnées sur quatre points de la frontière afghane ; que le gouvernement russe recevrait l'autorisation de procéder à la construction de routes et l'installation de lignes télégraphiques reliant Samarcande à Kaboul, et Kaboul avec Herat et Kandahar. Le gouvernement afghan devrait également permettre le passage de troupes russes sur son territoire « si le gouvernement russe jugeait nécessaire de faire la guerre aux Indes ».

En retour, l'Émir avait l'assurance que la Russie considérerait comme siens tous les ennemis de l'Afghanistan, n'interférerait en rien dans l'administration et les affaires intérieures du pays, et « veillerait à ce que la souveraineté de l'Afghanistan se transmette à perpétuité aux héritiers, successeurs, et représentants de l'Émir ».

Le major Cavagnari avait dû convenir bien à contrecœur que, si la personne ayant réussi à obtenir cette copie du document et à la lui faire parvenir, était convaincue de son authenticité, elle n'avait en revanche aucune preuve que l'Émir l'eût vu et que, dans ce cas, il fût disposé à accepter ces conditions. D'un autre côté, il était indubitable que Son Altesse était très inquiète de l'avance des troupes russes vers ses frontières, et la nouvelle qu'une mission russe se rendait à Kaboul sans y avoir été invitée l'avait mise dans une grande colère.

— Il y a des moments, déclara Cavagnari au capitaine Battye venu à Peshawar pour avoir des nouvelles de Ash, où je commence à me demander si votre ami est avec nous ou pour l'Émir !

Wigram sourit du coin des lèvres et répondit, avec un rien de hauteur :

— C'est simplement qu'il ne peut s'empêcher de considérer les deux côtés du problème, alors que, pour la plupart, nous voyons seulement le nôtre. Par ailleurs, il a toujours été épris de justice, c'est chez lui presque une obsession. S'il juge que l'Émir a raison sur certains points, il s'estimera tenu de le dire. Nous vous en avions averti.

— Je sais, je sais, mais j'aimerais qu'il ne s'estime pas tenu de le dire si souvent ! riposta Cavagnari. C'est très beau de vouloir se montrer équitable, mais nous ne devons pas oublier que ce qu'il peut savoir en faveur de l'Émir, il le sait seulement par ouï-dire. Or c'est de renseignements que j'ai besoin et non d'opinions personnelles. Vraiment, il y a des moments où je me demande si... si l'on peut se fier à lui.

— Je vous assure qu'il n'y a absolument aucun risque de le voir trahir, si c'est ce que vous voulez dire, répliqua Wigram, très raide.

— Non, *non !* se défendit le Major avec irritation. Je ne veux rien dire de tel ! En dépit de votre mise en garde, je pensais seulement que, étant anglais, il saurait percer à jour le double jeu de l'Émir, au lieu de lui trouver des excuses. Il m'envoie des renseignements, parmi lesquels certains sont d'un grand intérêt, puis il embrouille tout avec un plaidoyer en faveur de l'Émir dont il semble prendre les problèmes beaucoup trop à cœur. Car il existe une solution toute simple à ces problèmes : Shir' Ali n'a qu'à s'allier avec la Grande-Bretagne et cesser de trafiquer avec la Russie. C'est uniquement cela qui crée l'actuelle tension et je ne suis pas d'accord avec... avec Akbar lorsqu'il prétend que l'Émir perdrait la face s'il accédait à notre requête, et pourrait même être renversé. Dès l'instant où il se déclare en faveur d'une alliance avec nous, le danger d'une agression russe est écarté car ils savent bien que toute tentative contre l'Afghanistan les mettrait en guerre avec la Grande-Bretagne. Leurs troupes regagneraient alors la Russie et la situation redeviendrait normale.

— A ceci près, fit remarquer Wigram, qu'il y aurait à Kaboul, au lieu de Russes, une mission et des officiers britanniques.

Le Major fronça les sourcils et gratifia son interlocuteur d'un long regard soupçonneux, avant de lui demander brusquement s'il avait des nouvelles de son ami.

— De... d'Akbar ? Non. Vous auriez tort de croire que je le citais. Je n'avais aucune nouvelle de lui depuis son départ et j'ignorais même s'il était encore vivant. C'est pour cela que j'étais venu vous trouver. C'est un grand soulagement d'apprendre qu'il a pris contact avec vous. Mais je suis navré qu'il ne se révèle pas aussi utile que vous l'aviez espéré.

— Il nous est utile et même, à certains égards, extrêmement utile. Mais il le serait encore davantage s'il voulait bien s'en tenir à ce qui se passe actuellement à Kaboul, au lieu de se laisser aller à des commentaires philosophiques. Ce qui nous importe au plus haut point, c'est de savoir où se trouve cette mission russe. Est-elle déjà arrivée à la frontière de l'Afghanistan et sera-t-elle refoulée ? Ou bien l'Émir va-t-il renoncer au double jeu, pour se montrer sous son vrai jour en la recevant à Kaboul et se déclarant du même coup notre ennemi ? L'avenir le dira. Mais il nous est revenu de différents côtés que Stolietoff et sa mission touchaient au terme de leur voyage, et si votre ami nous apprenait qu'ils ont reçu le meilleur accueil, nous saurions à quoi nous en tenir. C'est probablement ce qui va se produire et cela devrait lui ouvrir les yeux, lui montrer que c'était folie de vouloir trouver des excuses à la conduite de Shir' Ali.

Les choses allèrent encore plus vite que ne l'escomptait le major Cavagnari, car le soir même il reçut un message, très bref, lui annonçant que la mission russe avait pénétré en Afghanistan et été publiquement accueillie à Kaboul. C'était tout. Mais les dés étaient jetés et, à compter de ce moment, une seconde guerre afghane devenait inévitable.

De plus amples détails suivirent et montrèrent que Cavagnari se trompait en pensant que son « espion » ne pourrait plus trouver d'excuses à Shir' Ali.

« Akbar » lui en trouvait plusieurs et laissait même entendre que, vu les circonstances, c'était tout à l'honneur de Shir' Ali d'avoir résisté aussi longtemps à la pression des Russes.

« On pense à Kaboul, écrivait Akbar, que non seulement l'Émir n'est arrivé à aucun accord avec l'émissaire russe, mais qu'il s'emploie actuellement à gagner du temps jusqu'à ce qu'il voie quelles mesures le gouvernement britannique va prendre pour faire échec aux Russes. On vous rapportera sûrement qu'il a parlé avec beaucoup d'amertume de la façon dont il avait été traité par le Gouvernement de Sa Majesté ; mais je n'ai pas entendu dire qu'il eût la moindre intention d'accorder à un nouvel ami ce qu'il avait refusé à un vieil allié. Aussi je tiens à bien souligner que tout ce que j'ai pu voir et entendre, tant à Kaboul qu'ailleurs en Afghanistan, confirme mon sentiment que Shir' Ali n'est pas plus pour les Russes que pour les Britanniques. C'est simplement un Afghan qui s'efforce de sauvegarder l'indépendance de son pays, en ayant contre lui les Ghilzaïs de Herat et aussi le fait que le neveu qu'il a exilé, Abdul Rahman, vit actuellement sous la protection des Russes et passe pour être disposé à tout accorder à ces derniers, s'ils lui permettent de remplacer son oncle sur le trône. »

Mais le Vice-Roi et ses conseillers ne voyaient qu'une chose : un envoyé russe avait été reçu par l'Émir et accueilli avec tous les honneurs, alors que l'autorisation d'envoyer à Kaboul une mission diplomatique avait été refusée à la Grande-Bretagne. C'était un affront que nul patriote anglais ne pouvait digérer, et l'on demanda d'urgence à Londres de faire pression, afin que le perfide Shir' Ali cesse de tergiverser pour recevoir une mission britannique à Kaboul.

Se voyant opposer le fait irréfutable qu'un envoyé russe avait bien été reçu par l'Émir, le ministre des Affaires étrangères donna son consentement. Aussitôt, le Vice-Roi sélectionna les membres de cette mission. Elle serait conduite par Sir Neville Bowles Chamberlain, commandant en chef des troupes du Bengale, accompagné de deux officiers — dont le major Louis Cavagnari — comme « conseillers politiques », ainsi que de deux aides de camp. L'escorte serait sous le commandement du lieutenant-colonel Jenkins, flanqué du major Stewart et du capitaine Battye ; cette escorte serait composée de cent cavaliers et de cinquante fantassins du Régiment royal des Guides.

La Mission partirait pour Kaboul en septembre. Mais, entre-temps, un émissaire indigène irait porter une lettre du Vice-Roi à l'Émir, l'informant de l'envoi d'une mission diplomatique et lui demandant de prendre toutes dispositions pour assurer sa libre circulation en territoire afghan.

Pour bien marquer le mécontentement du Gouvernement, l'émissaire choisi pour cette délicate ambassade était un homme qui, environ quatorze ans auparavant, avait été nommé par le Gouverneur général d'alors, Lord Lawrence, Envoyé spécial à Kaboul, d'où il avait été rappelé ensuite parce qu'il avait abusé de sa position pour intriguer contre Shir' Ali.

Il va de soi que ce choix n'était pas de nature à rendre l'Émir mieux disposé envers les Britanniques ; mais, de toute façon, Shir' Ali se trouvait malade de chagrin : il venait de perdre soudainement son fils préféré, Mir Jan, qu'il avait élu pour successeur. L'émissaire ne parvint absolument à rien et, vers la mi-septembre, il écrivit au Gouvernement que l'Émir était toujours de mauvaise humeur, mais ses ministres continuaient d'espérer qu'on puisse arriver à une solution satisfaisante ; lui-même était convaincu que de nouveaux entretiens étaient possibles, à condition que la Mission différât son départ.

Cette recommandation était superflue car, vu les lenteurs du voyage, Sir Neville Bowles Chamberlain n'était pas encore arrivé à Peshawar. Lorsqu'il y parvint enfin, il apprit que l'Émir n'avait toujours pris aucune décision mais que, en prévision d'un refus, le major Cavagnari avait déjà entamé des négociations avec les *maliks* des tribus du Khyber pour qu'ils laissent passer la Mission sur leurs différents territoires De ce côté, contrairement à ce qui se passait à Kaboul, les discussions étaient en bonne voie, et l'on était presque parvenu à un accord lorsque le gouverneur de la forteresse d'Ali Masjid — qui domine le Khyber — un nommé Faiz Mohammed, en eut vent et envoya aux *maliks* l'ordre péremptoire de regagner leurs villages sans délai

Les tribus du Khyber étant vassales de l'Émir et leurs

territoires — les terres s'étendant entre Peshawar et Ali Masjid — faisant partie de l'Afghanistan, il n'y avait qu'un moyen d'empêcher les *maliks* d'obéir à cet ordre : leur verser désormais les subsides annuels jusqu'alors reçus de l'Émir et qui leur seraient coupés s''ils n'obéissaient pas à Faiz Mohammed.

Mais, Cavagnari le savait mieux que personne, un tel geste de la part du Gouvernement serait considéré comme visant à détacher ces tribus de l'Émir, et Shir' Ali y verrait la preuve que, loin d'être « amicale et pacifique », la Mission constituerait en quelque sorte la tête de pont d'une armée d'invasion. Cavagnari interrompit donc les pourparlers et en référa au Vice-Roi, lequel fut d'accord que, aussi longtemps que l'Émir ne se serait pas prononcé pour ou contre la venue de la Mission, de telles négociations avec les tribus étaient de nature à lui fournir de légitimes raisons de se plaindre. Le Vice-Roi suggérait donc de précipiter les choses en envoyant une lettre au gouverneur Faiz Mohammed, lui annonçant l'imminent départ d'une mission diplomatique pour Kaboul et lui demandant l'autorisation d'emprunter les passes du Khyber. Si la réponse était négative, alors Sir Neville Bowles s'entendrait avec les tribus du Khyber et marcherait sur Ali Masjid...

Faiz Mohammed répondit fort poliment qu'on n'avait pas à lui demander sa permission : si l'Émir était d'accord pour qu'ils se rendent à Kaboul, ils avaient libre passage. En revanche, s'ils venaient sans avoir obtenu le consentement de Son Altesse, la garnison d'Ali Masjid serait contrainte de s'opposer à leur avance ; il leur conseillait donc, en conclusion, de différer leur départ et de rester à Peshawar jusqu'à ce que l'Émir ait fait connaître sa décision.

Mais, irrité de devoir ainsi lanterner indéfiniment, le Vice-Roi finit par se persuader que les Britanniques étaient dans leur droit en envoyant cette mission et que l'Émir ne pouvait s'y opposer. Il expédia donc un télégramme à Simla, pour donner ordre à la Mission de quitter Peshawar à destination de Jamrud, qui se trouvait à la limite des territoires occupés par les Britanniques. De là, le major Cavagnari, en compagnie du colonel Jenkins et d'un ou deux autres officiers, continuerait jusqu'à Ali Masjid pour voir quelle serait la réaction. Si Faiz Mohammed refusait de les laisser passer, cela pourrait être considéré comme un acte d'hostilité, et permettrait à la Mission de regagner Peshawar sans avoir eu l'humiliation de se voir renvoyer

Cavagnari partit donc pour Ali Masjid avec le colonel Jenkins, Wigram Battye, une demi-douzaine d'hommes appartenant aux

Guides, et quelques *maliks* du Khyber. Tenant parole, Faiz Mohammed refusa de les laisser passer. Il leur déclara qu'ils avaient essayé de suborner certains sujets de l'Émir et que, dans ces conditions, ils devaient s'estimer heureux qu'il n'eût pas commandé de tirer sur eux.

— Après quoi, dit Wigram lorsqu'il relata l'incident à Wally, il nous a serré la main et nous nous sommes remis en selle pour regagner Jamrud, l'oreille basse.

Wally eut un sifflement expressif et, hochant la tête, Wigram opina :

— Ce n'est vraiment pas une expérience que j'aimerais recommencer. Car il faut bien reconnaître que ce type avait raison, et c'est ce qui était particulièrement vexant. Notre Gouvernement ne se tirait pas de cette affaire avec honneur; je ne peux m'empêcher de penser que, si j'avais été un Afridi, j'aurais éprouvé exactement les mêmes sentiments que Faiz Mohammed... et je souhaiterais m'être comporté avec autant d'élégance. En dépit de quoi, je vous parie ce que vous voudrez qu'on va considérer son attitude comme un affront intolérable, une insulte faite à la nation britannique tout entière, afin que nous n'ayons apparemment pas d'autre issue que de déclarer la guerre.

— Vous le croyez vraiment? s'exclama Wally.

Se levant d'un bond, il se mit à marcher de long en large dans la pièce, comme s'il ne pouvait plus tenir en place.

— Ça ne me paraît quand même pas possible... Je veux dire... des escarmouches, oui, d'accord... mais la guerre... et surtout une guerre aussi injustifiée. C'est impensable! Une pareille chose ne peut arriver! Ash va certainement...

Faisant volte-face, Wally vint se planter devant Wigram :

— Avez-vous de ses nouvelles?

— Je sais seulement qu'il garde le contact avec Cavagnari, ce qui sous-entend que tout va bien pour lui jusqu'à présent.

Wally soupira :

— Il m'avait prévenu qu'il ne pourrait nous faire savoir comment tournaient les choses, car ce serait trop risqué, mais que Cavagnari vous tiendrait au courant, puisque c'était vous qui aviez eu l'idée de cette expédition.

— Eh bien, il me tient au courant. Vous n'avez donc aucune raison de vous inquiéter de Ashton.

— Puis-je le dire à sa femme?

— Vous continuez à la voir?

Wigram paraissait surpris et pas tellement content.

— Non. J'ai promis à Ash de veiller sur elle, mais nous avons jugé préférable que je n'aille pas la voir : la vieille Bégum estime que cela ferait jaser, et elle a probablement raison. Mais je peux lui faire porter une lettre par Zarin, dont personne ne s'étonnera qu'il rende visite à sa tante. J'aimerais lui dire que Ash va bien. Ce doit être très dur pour elle de ne pas savoir...

— En effet, oui, acquiesça Wigram.

— Elle apprend à tirer et se perfectionne dans la pratique du pachto, pour le cas où Ash aurait besoin d'elle.

52

En cet automne, bien des hommes avaient le sentiment que les événements se précipitaient, parmi lesquels Sam Browne, qui commandait les Guides à l'époque où, après avoir discuté de l'avenir de Ash avec Awal Shah, frère aîné de Zarin, il avait décidé d'envoyer le neveu de William Ashton en Angleterre aux bons soins du colonel Anderson.

Devenu Sir Sam Browne et général de division nommé récemment à la tête de la 1re Division des Forces en campagne dans la Vallée de Peshawar, il découvrait que l'on ne savait pas grand-chose du pays où ses troupes allaient peut-être devoir sous peu s'engager. Et cela en dépit du fait qu'une armée britannique y était déjà allée, et y avait essuyé l'une des plus humiliantes défaites depuis celle de la Grande Armée en Russie.

— C'est ridicule ! tonna-t-il. J'ai absolument besoin de cartes Nous ne pouvons nous aventurer comme ça dans ces collines .. Que dites-vous ? Pas de cartes ? Absolument *aucune ?*

— Apparemment, oui. Juste quelques croquis et qui, à ce que j'ai compris, ne sont qu'approximatifs, lui répondit son chef d'état-major qui ajouta, comme pour excuser la chose : Vous comprenez, les tribus voient d'un très mauvais œil des étrangers se promener sur leurs territoires avec des boussoles et des théodolites...

— Non, je ne comprends pas ! l'interrompit Browne. Le major Cavagnari m'a dit être arrivé à un accord avec au moins deux tribus et espérer persuader une troisième — celle des Mohmands — de nous laisser passer. Dans ces conditions, il devrait être possible d'envoyer quelques hommes procéder à des relevés topographiques. Occupez-vous de ça, voulez-vous ?

Voilà comment, quelques jours plus tard, le colonel Jenkins et Wigram Battye se retrouvèrent à l'aube de l'autre côté de la Frontière, en train d'escalader un abrupt et presque invisible sentier de chèvre, en compagnie du capitaine Stewart, de M. Scott du Service géographique, et du major Cavagnari.

Les cinq hommes avaient quitté Jamrud aux petites heures puis, ayant dû abandonner leurs chevaux, ils s'étaient lancés dans une ascension qui se révéla aussi longue que pénible, l'obscurité ajoutant à la difficulté. Le ciel commençait à pâlir, lorsqu'ils arrivèrent en haut d'un escarpement situé à quelque cent cinquante mètres d'altitude et Scott, qui marchait en tête, s'arrêta. Après avoir repris son souffle, il dit à mi-voix, comme s'il craignait que d'autres pussent l'entendre :

— Voici l'endroit, monsieur.

Cavagnari acquiesça et répondit sur le même ton :

— Oui. Nous allons attendre.

En sueur, exténués, ses quatre compagnons se laissèrent tomber par terre avec plaisir et regardèrent autour d'eux.

La clarté n'était pas encore suffisante pour que, même avec des jumelles, on pût repérer beaucoup de détails dans le fouillis obscur de hauteurs et de ravins qui s'étendait alentour, ou distinguer Ali Masjid des autres collines environnantes. Wigram regardait les hauts sommets que caressait l'aube et notamment le pic neigeux du Sikaram qui, à plus de quatre mille sept cents mètres, domine la chaîne de la Safid Kuh. Il pensa que ce serait bientôt l'hiver et, lorsque la neige se mettrait à tomber, les passes du Nord se trouveraient rapidement bloquées. Ça n'était vraiment pas le bon moment pour engager une offensive en Afghanistan...

A plat ventre parmi les rochers, Stewart, Scott et le colonel Jenkins étudiaient les environs avec leurs jumelles. Cavagnari était le seul à être resté debout et ne pas s'intéresser au paysage. Sa haute silhouette se découpait sur le ciel et il avait la tête légèrement penchée de côté, comme s'il écoutait quelque chose ; instinctivement, Wigram prêta lui aussi l'oreille.

Quelqu'un montait vers eux, du côté opposé à celui qu'ils avaient emprunté. Les autres avaient également dû l'entendre car Jenkins avait posé ses jumelles pour saisir son revolver, cependant que Scott et Stewart cherchaient aussi leurs armes ; mais, d'un geste impérieux, Cavagnari leur intima de ne pas bouger. Tous les cinq se figèrent dans l'attente, osant à peine respirer, tandis que les neiges éternelles viraient au rose.

L'invisible grimpeur devait être un montagnard expérimenté car, en dépit des difficultés de l'entreprise, il progressait rapidement et, comme pour montrer qu'il ne se sentait aucunement fatigué, il se mit à fredonner le *Zakmi dil,* une vieille chanson que connaissent bien tous les Pathans. Il le faisait à mi-voix mais, dans le silence de l'aube, c'était parfaitement audible ; en l'entendant, Cavagnari exhala un soupir de soulagement. Faisant signe à ses compagnons de rester où ils étaient, il se mit à descendre au-devant du grimpeur. Le fredonnement s'interrompit et, un moment plus tard, les quatre hommes perçurent le salut pathan, *Stare-mah-sheh,* et la réponse qu'on y donne habituellement. Se levant alors, ils virent Cavagnari s'entretenir avec un homme mince, armé d'un vieux fusil à mèche et portant une bandoulière bourrée de cartouches cuivrées.

Il n'était pas possible d'entendre ce que se disaient les deux hommes car, après s'être salués, ils avaient baissé le ton. Mais il était clair que Cavagnari posait des questions et que le Pathan y répondait assez longuement. Puis, comme la clarté du jour s'accentuait, l'homme pointa le doigt en direction d'Ali Masjid, accompagnant ce geste d'un mouvement de tête vers le haut. Cavagnari opina et, faisant demi-tour, il remonta vers le sommet de l'escarpement, suivi de l'inconnu.

— Un de mes hommes, expliqua-t-il brièvement. Il nous dit de rester cachés car la garnison d'Ali Masjid a été renforcée. Un détachement se trouve aussi à deux milles d'ici, que nous devrions pouvoir distinguer quand le soleil aura fini de se lever.

Après avoir salué de la tête, le Pathan, sur un mot de Cavagnari, alla s'accroupir derrière un amoncellement de rochers, à huit ou dix mètres au-dessous des cinq hommes qui, de nouveau étendus à plat ventre, reprirent leurs jumelles pour observer les crêtes voisines à travers les brumes matinales qui se dissipaient rapidement.

— Oui, c'est bien Ali Masjid, confirma le colonel Jenkins après un moment. Et votre Pathan a raison, la garnison a été renforcée : regardez donc comme les parapets sont garnis !

Il y avait aussi des cavaliers au pied de la colline, que l'on put voir se diriger vers le plateau de Shagai, puis le traverser en direction d'une petite tour proche de la route de Macheson : sans doute le détachement dont avait parlé le Pathan.

— Il est temps pour nous de partir, estima Cavagnari en rangeant ses jumelles. Ces gars-là ont des yeux d'aigle et nous pourrions être repérés. Venez !

Ils trouvèrent le Pathan toujours assis en tailleur derrière les rochers, son fusil en travers des genoux. Cavagnari fit signe aux autres de poursuivre leur chemin tandis qu'il échangeait encore quelques mots avec l'homme ; il était sur le point de les rejoindre au flanc herbeux de la colline, quand il s'immobilisa soudain et appela Wigram, lequel se retourna aussitôt :

— Oui, sir ?

— Je suis désolé, mais j'ai oublié quelque chose...

Le major sortit de sa poche une poignée de pièces d'argent et un paquet de cigarettes bon marché, qu'il tendit à Wigram :

— Voulez-vous porter ça à l'homme qui est là-haut ? J'ai l'habitude de lui donner des cigarettes et quelques roupies .. Je ne voudrais pas qu'il vienne à Jamrud réclamer son bakchich, au risque de se faire reconnaître. Nous ne vous attendrons pas...

Cavagnari se hâta vers le bas tandis que Wigram remontait le sentier escarpé. Maintenant que le soleil était levé, il eut bientôt sa chemise trempée et la sueur ruisselait sur son visage. En l'essuyant d'un revers de main, il se demanda si le Pathan serait encore là et, dans la négative, ce qu'il était censé devoir faire. Mais il entendit de nouveau fredonner le *Zakmi dil,* ce traditionnel chant d'amour d'un pays où l'homosexualité a toujours été considérée comme faisant partie de la vie... *De l'autre côté de la rivière, il y a un garçon dont le derrière est comme une pêche, mais, hélas, je ne sais pas nager...*

Puis, tandis que le grimpeur poursuivait son ascension, ce fut un refrain beaucoup plus familier et d'autant plus surprenant dans un tel environnement : *Oh! my darling, oh! my darling, oh! my darling Clementine!*

Wigram s'arrêta pile, la tête levée vers l'homme barbu tapi derrière les rochers :

— Ça, par exemple ! s'exclama-t-il en repartant avec une ardeur nouvelle. Ashton... du diable si je vous aurais reconnu !... Je ne m'imaginais absolument pas... Pourquoi donc n'avez-vous rien dit ? Pourquoi...

Ash s'était levé pour saisir la main tendue vers lui :

— Parce que votre ami Cavagnari ne voulait pas mettre les autres au courant. Il ne vous aurait soufflé mot de rien non plus si je n'avais insisté. Je lui ai dit avoir absolument besoin de vous parler. Asseyez-vous et baissez le ton... vous n'imaginez pas comme la voix porte dans ces collines.

Tandis que, à son exemple, Wigram s'asseyait par terre en tailleur, Ash lui dit :

— Donnez-moi les dernières nouvelles. En avez-vous de ma femme ? Va-t-elle bien ? Je n'ai pas osé entrer en rapport avec elle au cas où... Et comment va Wally ? Zarin ? Le Régiment... Tout, quoi ! Je suis affamé de nouvelles !

Wigram put le rassurer au sujet d'Anjuli, car un des serviteurs de la Bégum était venu à Jamrud, trois jours auparavant, apporter à Zarin un message où sa tante Fatima lui disait que tout le monde se portait bien chez elle et espérer qu'il en allait de même pour lui et aussi ses amis. A cette façon dissimulée de lui demander s'il avait des nouvelles de Ash, Zarin avait répondu en disant qu'on n'avait aucun souci à se faire : ses amis et lui étaient en excellente forme.

— Ce doit être cette barbe qui vous change si totalement, dit Wigram. Je ne me serais jamais douté que c'était vous. D'ailleurs, je vous croyais à Kaboul.

— J'y étais. Mais je tenais à voir Cavagnari, au lieu de lui écrire ou de lui faire tenir verbalement des messages comme d'habitude. Je pensais que, de vive voix, je l'amènerais peut-être à considérer la situation d'un autre œil. Mais je me trompais. Tout au contraire, je lui ai donné le sentiment que j'étais de plus en plus du côté de l'Émir et à deux doigts de n'être plus « sûr »... ce qui, dans son esprit, doit signifier « trahir », je suppose ?

— La tête toujours aussi près du bonnet, Ashton ? s'enquit Wigram avec un petit sourire. Jamais pareille idée ne viendrait à Cavagnari... à moins que vous ne vous soyez employé à la lui donner. Que lui avez-vous donc dit qui l'ait bouleversé ?

— La vérité, répondit froidement Ash. Mais j'aurais aussi bien pu économiser ma salive et rester à Kaboul, car il ne veut pas me croire. Je commence à penser qu'ils sont tous dans le même cas... A Simla, j'entends.

— Qu'est-ce qu'ils ne veulent pas croire ?

— Qu'il n'y a aucun danger que l'Émir autorise les Russes à construire des routes et installer des bases militaires sur son territoire. D'ailleurs, s'il était assez fou pour y consentir, son peuple s'y opposerait, et c'est le peuple qui compte. J'ai dit et répété à Cavagnari que les Afghans ne veulent prendre parti ni pour les Russes ni pour le Vice-Roi... Oui, oui, je sais, vous allez m'objecter comme il l'a fait : « Mais l'Émir a reçu la Mission russe à Kaboul. » Bon, et alors ? Que pouvait-il faire d'autre, sachant une armée russe massée de l'autre côté de l'Amou Daria, la moitié de son pays en révolution, et que la nouvelle des victoires remportées par les Russes en Turquie se répandait à travers l'Asie comme le feu sur une traînée de poudre ? A moins de leur tirer dessus, avec toutes les conséquences que cela entraînerait, il n'avait d'autre issue que de leur faire bonne figure en les accueillant publiquement. C'est tout, il n'y a rien de plus. L'Émir ne souhaite pas davantage leur présence que la nôtre et le Vice-Roi le sait très bien... Ou, s'il l'ignore, c'est que son service de renseignement est exécrable !

— Vous conviendrez que ça ne fait pas bonne impression, objecta Wigram. Après tout, l'Émir avait refusé de recevoir une Mission britannique.

— Et pourquoi pas ? Nous nous gargarisons de nos « droits » en Afghanistan, de notre « droit » d'avoir une Mission à Kaboul... Mais qui diable nous a donné de tels droits ? L'Afghanistan n'est pas notre colonie et n'a jamais constitué une menace pour nous... sinon comme possible allié des Russes et base permettant à ceux-ci d'attaquer les Indes. Mais tout le monde sait aujourd'hui que si ce danger a jamais existé, il a pris fin avec la récente signature du traité de Berlin. Donc, prétendre que nous avons quelque chose à craindre de l'Afghanistan est pure foutaise. Toute cette affaire peut avoir une solution pacifique et il n'est pas trop tard pour cela. Au lieu de quoi, nous préférons nous considérer comme sérieusement menacés, et prétendre avoir tout fait pour nous concilier l'Émir mais être maintenant à bout de patience. Bon sang, Wigram, serait-ce que nos gros bonnets *veulent* une seconde guerre afghane ?

Battye eut un haussement d'épaules :

— Pourquoi me le demander à moi ? Je ne suis qu'un pauvre officier de cavalerie, qui fait ce qu'on lui dit et va où on l'envoie. Je ne suis pas dans la confidence des Grands, aussi mon opinion n'a-t-elle guère de prix... Mais, d'après ce que j'ai pu entendre, la réponse est : « Oui, ils veulent une autre guerre. »

— C'est bien ce que je pensais. L'impérialisme leur est monté à la tête et ils souhaitent voir l'emprise de la Grande-Bretagne s'étendre de plus en plus sur la carte, afin que les livres d'histoire les considèrent comme de grands hommes, les proconsuls, les Alexandre des temps modernes ! Ça me donne envie de vomir !

— N'en veuillez pas à Cavagnari. Lorsque nous nous trouvions à Ali Masjid, je l'ai entendu dire à Faiz Mohammed, qu'il n'était qu'un serviteur faisant ce que son gouvernement lui commande. Et il en va de même pour moi.

— Peut-être. Mais des hommes comme lui, des hommes qui connaissent les tribus du Khyber et sont capables de leur parler dans leurs dialectes, devraient conseiller au Vice-Roi et à ses batailleurs de retenir leurs chevaux, au lieu de les pousser à la charge... Enfin, bref, j'ai fait de mon mieux, mais c'était une erreur de penser que j'arriverais à le persuader de ce qu'il se refuse à croire. Et je vous avoue que je serai rudement content quand j'en aurai terminé avec cette affaire !

— Moi aussi ! s'exclama Wigram avec chaleur. Je vais même prendre langue avec le commandant pour voir s'il ne peut demander que vous soyez rappelé...

— Non, Wigram, ne me tentez pas, l'interrompit calmement

Ash. Je me suis lancé dans cette aventure les yeux bien ouverts, et vous savez comme moi que je me dois de continuer aussi longtemps que subsiste la moindre chance de voir, fût-ce à la onzième heure, la raison l'emporter. Parce que l'Afghanistan n'est pas un pays où faire la guerre... et c'est aussi un pays impossible à garder si l'on est vainqueur.

— Bref, cette manœuvre n'est *pas juste?* murmura Wigram à dessein.

Ash rit en hochant la tête :

— Exactement : ce n'est pas juste. Si la guerre est déclarée, ce sera une guerre aussi injuste qu'injustifiable, et je ne crois pas que nous aurons Dieu avec nous. Enfin, j'ai été content de vous revoir, Wigram. Voulez-vous faire parvenir ceci à ma femme? poursuivit-il en lui remettant un papier plié et cacheté. Faites aussi mes amitiés à Wally et Zarin, en leur disant que l'oncle Akbar prend leurs intérêts très à cœur. Et si vous avez tant soit peu d'influence sur Cavagnari, essayez de le convaincre que je ne suis ni un menteur ni un renégat et que, à ma connaissance, tout ce que je lui ai dit est la stricte vérité.

— Je ferai de mon mieux, promit Wigram. Au revoir... et bonne chance!

Il descendit de nouveau la colline, retrouva son cheval qui l'attendait dans la plaine, et repartit rapidement vers Jamrud dans l'éclatant soleil de cette matinée.

Quelques heures plus tard, il s'entretenait de Ash avec Cavagnari. Mais la conversation tourna court sans avoir abouti à rien de concluant, et Wigram repartit avec le sentiment qu'il eût mieux fait de s'abstenir.

A ce moment-là, nul ne se doutait que la plupart des vues de Ash étaient partagées par un autre homme, lequel n'était rien de moins que le Premier ministre de Sa Majesté, Lord Beaconsfield — le cher « Dizzy » de Victoria — qui, au cours d'une allocution prononcée au Guildhall de Londres, à l'issue du banquet du Lord Maire, les avait fort bien exprimées mais en ayant grand soin de ne pas donner de noms...

— D'après tout ce qu'on entend raconter, avait déclaré Disraeli, on croirait que notre Empire des Indes risque d'être envahi et que nous allons entrer en conflit avec un ennemi aussi puissant qu'inconnu. Alors, je tiens à dire que le Gouvernement de Sa Majesté ne redoute absolument pas une invasion des Indes par notre frontière du nord-ouest. La base d'opérations d'un éventuel ennemi est tellement éloignée, les communications sont si difficiles, le pays si peu engageant, que nous ne croyons pas, dans ces conditions, qu'une invasion par la frontière nord-ouest soit envisageable.

Mais, bien que l'invention du télégraphe eût donné la possibilité d'expédier des nouvelles d'un bout à l'autre des Indes à une vitesse miraculeuse, les communications avec l'Angleterre demeuraient terriblement lentes, aussi personne aux Indes n'eut connaissance de ces déclarations. Il paraît d'ailleurs peu probable que, s'ils en avaient été informés, les stratèges de Simla ou les généraux affairés de Peshawar, Quetta, Kohat, y eussent prêté grande attention. Le plan élaboré par Cavagnari pour amener Ali Masjid à la dissidence avait été abandonné, mais ses ultimes conséquences se révélèrent catastrophiques. Les renforts impressionnants que Faiz Mohammed avait fait venir en toute hâte pour assurer la défense du fort eurent pour effet d'inquiéter sérieusement les conseillers militaires du Vice-Roi, lesquels estimèrent que le rassemblement de telles forces à proximité de la frontière constituait une menace pour les Indes, et qu'il convenait de la neutraliser par une mobilisation de la même importance du côté britannique.

De nouveau, des messagers furent envoyés à Kaboul, porteurs de lettres où l'Émir était accusé d'avoir « *manifesté des sentiments inamicaux à l'égard du Gouvernement britannique* » en recevant la Mission russe, et où on lui demandait de « *présenter des excuses* » pour l'attitude hostile du gouverneur d'Ali Masjid, qui avait refusé de laisser passer une mission britannique. Et il était une fois encore souligné que les relations amicales entre les deux pays dépendaient de la présence permanente d'une mission britannique à Kaboul.

« *A moins que ces conditions soient dûment acceptées par vous et que votre acceptation me parvienne au plus tard le 20 novembre,* écrivait Lord Lytton, *je serai contraint de voir dans votre attitude une manifestation d'hostilité, et de vous traiter dès lors comme un ennemi déclaré du Gouvernement britannique.* »

Mais l'infortuné Shir' Ali, qui s'était un jour décrit comme « un pot de terre entre deux pots de fer » (et en était arrivé à détester les Britanniques), ne sut comment traiter cet ultimatum. Il balança, hésita, se tordit les mains, accusa le sort, en espérant que, s'il s'abstenait de toute action, la crise passerait d'elle-même, comme les précédentes. Car, finalement, les Russes avaient quitté Kaboul, et Stolietoff venait de lui écrire pour lui recommander de faire la paix avec les Britanniques... Stolietoff, dont l'insistance à venir en Afghanistan sans y avoir été invité était à l'origine de tous ces ennuis !

A Simla, le Secrétaire particulier du Vice-Roi, le colonel Colley,

aussi porté sur cette guerre que son seigneur et maître, écrivait .
« *Actuellement, notre principale inquiétude est que l'Émir envoie des excuses ou que Londres intervienne.* »

Le colonel n'avait pas à s'inquiéter. Le 20 novembre arriva et se passa sans qu'on reçoive un message de l'Émir. Le 21, déclarant n'avoir aucun grief contre le peuple afghan et n'en vouloir qu'à son Émir, Lord Lytton ordonna de franchir la frontière. Une armée britannique pénétra en Afghanistan, et ce fut le commencement de la Seconde Guerre afghane.

53

Décembre avait été d'une douceur inhabituelle mais. avec la Nouvelle Année, la température se mit à baisser. Un jour, aux petites heures, Ash fut réveillé par la caresse furtive de doigts glacés sur ses joues et ses paupières fermées.

Il avait de nouveau rêvé et, dans son rêve, il était à demi assoupi, au bord d'un torrent, dans une vallée au milieu des montagnes, la vallée de Sita. C'était le printemps, des poiriers étaient en fleurs et, soufflant entre leurs branches, la brise détachait des pétales qui venaient se poser sur son visage. S'ajoutant au bruit du torrent, cette sensation le fit s'éveiller. En ouvrant les yeux, il eut conscience d'avoir dormi longtemps et que, durant son sommeil, le vent s'était levé, amenant la neige avec lui.

D'un revers de main, Ash balaya les flocons qui s'étaient posés sur son visage et sa barbe puis, se mettant péniblement debout, il secoua sa couverture pour faire tomber la neige, avant de s'en couvrir la tête et les épaules par-dessus le long manteau afghan en peau de mouton qu'il portait jour et nuit depuis une semaine. Le manteau sentait la fumée et l'huile rance, le suint et l'humanité mal lavée, mais Ash lui était reconnaissant de la chaleur qu'il lui procurait, car la caverne où il nichait était froide et allait le devenir encore plus. D'ailleurs, il était comme immunisé contre les mauvaises odeurs et elles ne le gênaient pas.

La guerre de Lord Lytton contre Shir' Ali (le Vice-Roi ayant bien souligné qu'il n'avait rien contre les sujets de l'Émir) avait pris un bon départ, en dépit de quelques erreurs dues à un manque de préparation. Ces erreurs n'avaient d'ailleurs pas empêché la chute d'Ali Masjid moins de deux jours après l'ouverture des hostilités, avec seulement quinze morts et trente-quatre blessés du côté des vainqueurs ; ni, quelques jours plus tard, l'occupation de Dakka, puis de Djalalabad. Le Jour de l'An, les forces commandées par le général de brigade Sir Frederick Roberts s'étaient emparées des forts de la vallée du Kurram.

Mais quelque chose d'autre s'était produit ce 1er janvier. Ce quelque chose revêtait tant d'importance aux yeux de Ash qu'il avait décidé d'aller en entretenir directement le major Cavagnari. Celui-ci, ayant accompagné l'armée victorieuse en qualité de conseiller politique, se trouvait alors à Djalalabad où, à l'occasion du durbar tenu par Sir Sam Browne pour le Nouvel An, il s'était efforcé d'expliquer aux quelques chefs afghans présents, les raisons de cette déclaration de guerre et les dispositions pacifiques du Gouvernement britannique à l'égard des tribus nomades.

Une fois qu'il serait à Djalalabad, Ash ne pensait pas avoir beaucoup de difficulté à rencontrer Cavagnari car, s'étant rendu compte qu'ils ne couraient aucun risque d'être massacrés par les envahisseurs, les habitants de la ville commerçaient activement avec les troupes, après avoir augmenté tous les prix. Il y aurait donc à nouveau beaucoup d'Afridis dans la ville et un de plus n'y attirerait pas l'attention.

Mais Ash n'avait pas prévu la neige et il se demandait à présent s'il pourrait atteindre Djalalabad car, si cette tempête de neige se prolongeait, elle recouvrirait tous les repères lui permettant de trouver son chemin... à supposer que ce ne fût pas déjà fait. Toutefois la chance était avec lui car, lorsqu'il y vit suffisamment clair pour se mettre en route, la neige avait cessé de tomber, et vers midi, il rencontra un groupe de Powindahs qui se rendaient à Djalalabad. En leur compagnie, il atteignit la ville une heure avant le coucher du soleil.

Entrer en contact avec Cavagnari se révéla assez facile. Les nouvelles qu'apportait Ash étaient à la fois saisissantes et tragiques, encore que leur aspect tragique échappât au major qui n'avait jamais eu la moindre sympathie pour Shir' Ali.

Apprenant que sa réponse à l'ultimatum de Lord Lytton était arrivée trop tard pour empêcher l'invasion de son pays, que ses forteresses tombaient l'une après l'autre aux mains des assaillants, l'Émir avait perdu la tête et décidé de s'en remettre à la merci du Tsar.

Sous la pression des événements, il avait déjà été contraint de reconnaître son fils aîné Ya'kub Khan (qu'il séquestrait depuis des années et continuait de haïr) non seulement comme son héritier mais aussi co-souverain du royaume. Épreuve amère et humiliante alors que son cœur pleurait encore la mort d'un autre fils tant aimé. Pour éviter le douloureux embarras de devoir partager le pouvoir, il n'avait vu d'autre issue que de quitter Kaboul. Il l'avait fait en prétendant devoir se rendre à Saint-Petersbourg pour soumettre sa cause à l'empereur Alexandre, lui demander justice, et obtenir contre la Grande-Bretagne la protection de toutes les puissances européennes bien pensantes..

— Oui, je suis au courant, dit le major Cavagnari pour bien faire comprendre à Ash qu'il n'était pas sa seule source d'informations touchant ce qui se passait à Kaboul. Nous avons été avertis des intentions de l'Émir. Il a d'ailleurs écrit lui-même au Gouvernement britannique pour l'informer de sa décision, et le sommer d'envoyer des représentants qualifiés au Congrès qui se tiendrait à Saint-Petersbourg. Je suppose que cette idée lui a été suggérée par le Congrès de Berlin, où nos différends avec la Russie ont été discutés et résolus. J'ai su par la suite qu'il avait quitté Kaboul le 22 décembre, pour une destination inconnue.

— Mazar-i-Charif, dans sa province du Turkestan, précisa Ash. Il y est arrivé le 1er janvier.

— Ah ! Alors, je pense que nous en aurons bientôt confirmation.

— Très probablement. Mais, vu les circonstances, j'ai jugé devoir vous en informer sur-le-champ car, bien sûr, ça change tout.

— Comment cela ? s'enquit Cavagnari. Nous savions déjà qu'il était de mèche avec les Russes, et ceci prouve simplement que nous ne nous trompions pas.

Ash le regarda.

— Mais... Ne voyez-vous pas qu'il ne compte plus désormais ? Après ça, il est fini aux yeux de son peuple, car il lui est impossible maintenant de retourner à Kaboul ou de remonter sur le trône d'Afghanistan. S'il était resté dans sa capitale et avait tenu bon, il aurait rallié autour de lui tout Afghan qui hait les infidèles — autrement dit, quatre-vingt-dix-neuf et demi pour cent de la population ; au lieu de quoi, il s'est enfui en laissant Ya'kub Khan seul pour faire face aux conséquences. Je vous assure, sir, qu'il est absolument fini, fichu, *klas-shu !* Si je suis ici, ça n'est pas pour cette raison, qui n'a plus d'importance, mais pour vous apprendre qu'il n'arrivera jamais à Saint-Petersbourg car il est mourant.

— *Mourant ?* Vous en êtes certain ? questionna vivement Cavagnari.

— Oui, sir. Ses proches disent qu'il en est lui-même conscient au point de refuser médicaments et nourriture afin de hâter sa fin, car il ne peut se remettre du double coup d'avoir perdu le fils qu'il adorait et d'avoir dû reconnaître pour héritier celui qu'il déteste, le tout survenant après les intolérables pressions qu'il a subies de la part des Russes comme de nous-mêmes. Plus rien ne le rattache à la vie et personne ne croit qu'il quittera le Turkestan ; d'ailleurs, le ferait-il que les Russes l'obligeraient certainement à rebrousser chemin. Maintenant qu'ils nous ont officiellement serré la main, l'Afghanistan est plutôt pour eux un sujet d'embarras et je pense qu'ils préfèrent pouvoir en oublier l'existence... Jusqu'à la prochaine fois, bien sûr! Je tiens aussi de bonne source que Shir' Ali a écrit au général Kaufman pour lui demander d'intercéder en sa faveur auprès du Tsar; Kaufman lui a répondu de ne surtout pas quitter son royaume et de faire la paix avec les Britanniques. Il sait donc maintenent n'avoir aucune aide à espérer du côté de la Russie et qu'il a commis une irréparable erreur en quittant Kaboul. On ne peut s'empêcher de le plaindre un peu, mais cela signifie du moins que la guerre est finie et que nos troupes vont pouvoir regagner les Indes

— Regagner les Indes? fit écho Cavagnari en fronçant les sourcils. Je ne vous comprends pas.

— Mais... Dans sa proclamation, le Vice-Roi n'a-t-il pas dit n'avoir aucun grief contre le peuple afghan, n'en vouloir qu'à Shir' Ali? A présent, Shir' Ali a quitté Kaboul et vous, sir, qui connaissez ces gens, vous savez bien que Ya'kub Khan veillera à ce qu'il n'y remette jamais plus les pieds. Par ailleurs, comme je vous l'ai dit, Shir' Ali est à l'article de la mort et vous allez apprendre son décès d'un jour à l'autre. De toute façon, qu'il vive ou qu'il meure, il a cessé de compter. Alors pourquoi nous battrions-nous?

Cavagnari ne répondit pas. Après un moment, Ash rompit ce silence qui s'éternisait :

— Sir... S'il est vrai que nous n'avons aucun grief contre son peuple, j'aimerais savoir ce que nous faisons ici plusieurs semaines après qu'il a jeté l'éponge et décampé? J'aimerais savoir quelle excuse nous avons maintenant pour envahir leurs territoires et s'ils résistent — ce qui ne devrait pas nous étonner — les abattre, puis brûler leurs maisons et leurs champs, de façon que femmes, enfants vieillards et démunis se retrouvent sans abri ni nourriture au beau milieu de l'hiver? Car c'est ce que nous faisons. Or si lord Lytton était sincère quand il disait n'avoir rien à reprocher au peuple afghan, il devrait arrêter immédiatement cette guerre, que nous n'avons plus aucune raison de continuer.

— Vous oubliez, dit le major Cavagnari d'un ton glacial, que Shir' Ali a nommé Ya' kub Khan co-souverain, et que celui-ci va donc à présent devenir Régent... si bien que le pays a toujours un souverain.

— Mais comment pourrions-nous prétendre avoir querelle avec Ya'kub, alors qu'il était retenu prisonnier depuis des années, et que nous avions nous-mêmes demandé sa libération à plusieurs reprises? Maintenant qu'il est virtuellement le souverain de l'Afghanistan, une trêve peut à tout le moins intervenir jusqu'à ce que nous voyions comment il se comporte ? Ça ne nous fera aucun tort et ça sauvera un grand nombre de vies. Mais si nous continuons cette guerre sans même attendre de voir ce que Ya'kub va faire, nous perdrons toute chance de nous l'attacher et, comme son père qu'il haïssait, il deviendra notre ennemi. Est-ce cela que nous voulons ?

De nouveau, Cavagnari ne répondit pas. Alors Ash répéta sa question, en élevant la voix :

— Est-ce *vraiment* ce que vous voulez... vous, le Vice-Roi, et tous les conseillers de Son Excellence ? N'avez-vous cherché qu'un sanglant prétexte pour vous emparer de l'Afghanistan et l'ajouter à l'Empire... sans aucun souci de son peuple, auquel nous disions pourtant n'avoir rien à reprocher ? Est-ce bien ça ? *Dites ?* Parce que si c'est ça...

— Vous dépassez les bornes, lieutenant Pelham-Martyn, l'interrompit Cavagnari d'un ton glacial.

— Syed Akbar, rectifia Ash avec acidité.

Ignorant la correction, Cavagnari poursuivit :

— Et cessez de crier, je vous prie. Si vous n'êtes pas en mesure de vous contrôler, il vous vaut mieux partir avant qu'on ne vous entende. Nous ne sommes pas aux Indes britanniques, mais à Djalalabad, qui fourmille d'espions. Je vous ferai remarquer en outre que ça n'est ni à vous ni à moi de critiquer les ordres qu'on nous donne, ou de nous immiscer dans une politique qui nous dépasse. Notre devoir est de faire ce qu'on nous dit ; si vous en êtes incapable, alors vous n'avez plus d'utilité pour moi, ni pour le Gouvernement que j'ai l'honneur de servir, et je pense que vous feriez bien de rompre sans plus attendre vos relations avec nous.

Ash respira bien à fond et se détendit. C'était comme si on lui avait ôté un poids de sur les épaules, un poids écrasant de responsabilités qui s'alourdissait sans cesse. Au fond, tout cela était beaucoup de sa faute : il avait été bien présomptueux de s'imaginer que les renseignements recueillis par lui avec tant de peine, seraient jugés suffisamment importants pour influer sur les décisions des conseillers du Vice-Roi et faire pencher la balance vers la paix au lieu de la guerre.

Ses rapports n'avaient d'autre utilité que de confirmer ou contredire ceux des espions indigènes, que l'on savait portés à exagérer ou se montrer trop crédules. La décision vitale entre la guerre et la paix devait avoir déjà été prise avant que lui-même se portât volontaire comme agent de renseignements. Seuls auraient pu la changer les ordres venus de Londres, ou bien l'acquiescement total de Shir' Ali aux demandes du Vice-Roi et du Gouvernement des Indes.

Mesurant soudain tout le comique de l'affaire, il rit, pour la première fois depuis bien des semaines ; voyant l'air choqué de Cavagnari, il s'excusa :

— Je suis désolé, sir. Je ne voulais pas me montrer insolent. C'est seulement que je me prenais trop au sérieux depuis quelque temps. Je me voyais un peu comme une sorte de *deus ex machina,* ayant entre mes mains le sort de mes amis et de la nation... de deux nations. Vous avez raison de vous débarrasser de moi. Je ne suis pas taillé pour ce genre de travail, et j'aurais dû avoir assez de jugeote pour ne pas me laisser persuader de le faire.

Il ne s'attendait pas à ce que son interlocuteur comprenne ce qu'il ressentait, mais Louis Cavagnari n'était anglais que d'adoption. Dans ses veines, coulait du sang français et irlandais ; en sus de quoi, lui aussi voyait l'Histoire non comme relevant du passé mais comme quelque chose en train de se faire, quelque chose dans quoi il pouvait jouer un rôle... peut-être même un grand rôle...

Son visage s'adoucit et il dit :

— Ne croyez pas cela. Vous nous avez été d'un grand secours. La plupart des informations transmises par vous nous ont été précieuses ; alors il ne vous faut pas penser que vous avez œuvré en vain, ni que je ne vous suis pas profondément reconnaissant de tout ce que vous avez fait et tenté de faire. Nul n'a davantage conscience que moi des risques et des dangers que vous avez courus, des sacrifices que vous avez consentis de grand cœur. Aussi, dès la fin de cette campagne, je n'hésiterai pas à demander que l'on vous décore pour votre bravoure.

— N'en faites surtout rien, sir. Je m'en veux de vous ôter vos illusions mais, pour quelqu'un comme moi, le danger n'était vraiment pas grand, car je ne me suis jamais senti bien différent des gens que j'ai rencontrés et avec qui j'ai discuté depuis que je suis ici. Je n'avais pas à changer de peau, si vous voyez ce que je veux dire. La seule chose qui ne cessait de me tourmenter, c'était la responsabilité que j'avais de m'efforcer d'éviter une erreur désastreuse... Mais vous savez déjà tout cela et il n'y a aucune raison que je revienne là-dessus.

— Aucune, en effet, acquiesça Cavagnari d'un ton bref. Mais même si nos opinions diffèrent, je suis sincère en disant vous avoir beaucoup de reconnaissance. C'est pourquoi je déplore que nous devions nous séparer. Bien entendu, je transmettrai aux autorités compétentes les renseignements que vous m'apportez touchant l'arrivée de Shir' Ali à Mazar-i-Charif et son état de santé, ainsi que votre opinion personnelle sur la situation. Il se peut qu'elle ait quelque influence... je l'ignore. Si la conduite de la guerre dépendait de moi... Mais comme ça n'est pas le cas, inutile d'épiloguer là-dessus. Je présume que vous allez retourner à Mardan ? Cela vous arrangerait-il que je vous fasse voyager jusqu'à Peshawar avec l'un de nos convois ?

— Je vous remercie, sir, mais je crois préférable de m'en retourner par mes propres moyens. D'ailleurs, je ne sais au juste quand je repartirai. Cela va dépendre de mon commandant.

Cavagnari lui jeta un regard incisif, mais se retint de faire un commentaire et ils se serrèrent la main.

Au sortir du bureau chauffé, l'air de la nuit était glacial. L'homme qui, sur les ordres de Cavagnari, avait conduit Ash jusque-là et devait le raccompagner, s'était abrité dans l'embrasure d'une porte. L'espace d'un instant, Ash le crut parti et interrogea les ténèbres :

— Zarin ?

— Je suis là, répondit Zarin en s'avançant. Tu es resté si longtemps avec le Sahib que je me sentais mourir de froid. Il a été content des nouvelles que tu lui apportais ?

— Pas spécialement, non... Il en connaissait déjà une partie et m'a dit qu'il aurait appris le reste d'ici un jour ou deux. Mais ce n'est pas un endroit pour parler...

— Non, convint Zarin.

Il guida son ami le long de ruelles obscures et finit par s'arrêter devant une maison basse, proche des remparts. Ash entendit une clef tourner en grinçant et fut introduit dans une petite pièce, éclairée par une seule *chirag* et la clarté rouge d'un feu de charbon fort accueillant

— C'est ici que tu habites ? demanda Ash en s'asseyant par terre sur ses talons et présentant ses mains au rayonnement de l'âtre

— Non. J'ai demandé asile pour quelques heures à un veilleur de nuit qui ne sera pas de retour avant l'aube. Nous allons donc pouvoir parler en toute tranquillité. Tu as tant de choses à me raconter ! Sais-tu que cela fait près de sept mois que je ne t'ai vu ? Plus de la moitié d'une année sans aucune nouvelle, sinon par Wigram-Sahib qui m'a dit t'avoir vu et parlé sur la colline de Sarkai au début de novembre. Tu lui avais remis une lettre pour qu'elle soit portée à Attock par quelqu'un de sûr.

C'était Zarin lui-même qui s'était chargé de la lettre, ce qui lui permettait de dire qu'Anjuli était en bonne santé, choyée par toute la maisonnée. Elle avait mis tant d'ardeur à étudier le pachto qu'elle pouvait à présent le parler couramment.

— Maintenant que je t'ai rassuré sur ce qui te préoccupait par-dessus tout, tu auras l'esprit plus tranquille pour manger. Il y a des *chupattis* et du *jal frazi* que j'ai gardé au chaud à ton intention. Tu n'as pas dû manger à ta faim depuis quelque temps, car tu es maigre comme un chat de gouttière.

— Tu serais comme moi si tu étais venu à cheval et à dos de chameau depuis Charikar, qui se trouve au-delà de Kaboul, en un peu moins de cinq jours, rétorqua Ash avant de se mettre à manger voracement. Ce n'est pas un voyage à entreprendre en hiver et, de plus, il me fallait faire vite. Alors, pour ne pas perdre de temps, j'ai pratiquement dormi et mangé sur ma selle.

Il but avec avidité un gobelet de thé fort largement additionné de *gur* avant de déclarer :

— Mais me voici de nouveau libre. Cavagnari-Sahib m'a dit qu'il n'avait plus besoin de mes services.

— Ah ? Eh bien, voilà une bonne nouvelle !

— Peut-être... Zarin, me serait-il possible de rencontrer Hamilton-Sahib sans que personne le sache ?

— Pour cela il faudrait que tu restes à Djalalabad jusqu'à son retour, dont j'ignore quand il aura lieu. Lui et quelques autres de notre *rissala* font partie d'une expédition contre le clan Bazai. Comme ils sont partis seulement hier, ils ne reviendront sûrement pas avant plusieurs jours.

— Et Battye-Sahib aussi ?

— Non, lui, il est ici. Mais ça ne te sera pas facile de le voir sans que personne en ait vent, car il a été nommé récemment major et maintenant il commande le *rissala*. C'est dire qu'il a beaucoup de travail et se trouve rarement seul. Mais je vais quand même tâcher d'arranger ça.

La promotion de Wigram était une surprise pour Ash, lequel ne savait pas que le colonel Jenkins avait donné à Battye le commandement d'une brigade nouvellement formée, qui comprenait la 4e Batterie d'artillerie, l'infanterie des Guides et le 1er Sikhs.

— Zarin, mets-moi au courant de ce qui s'est passé ici. Je ne sais pour ainsi dire rien de ce qu'ont fait nos troupes car, où j'étais, on parlait surtout de l'autre camp.

Tout en faisant la part de l'exagération dans ce qui se racontait à Kaboul et à Charikar, Ash avait eu le sentiment que ça n'allait pas très bien pour les armées du Vice-Roi, et Zarin le lui confirma La victorieuse avance sur Kaboul avait été stoppée par le manque de transports, tandis que les troupes cantonnées à Djalalabad et dans le Kurram étaient rendues malades par le froid rigoureux... les plus atteints étant les régiments britanniques et ceux venus du sud, guère habitués à de telles températures. On manquait aussi d'animaux de faix et l'on trouvait si peu de fourrage dans le Khyber qu'il fallait envisager de renvoyer les chameaux passer une quinzaine de jours dans les plaines, si l'on ne voulait pas devoir remplacer au printemps les centaines qui seraient morts entre-temps.

— Si j'étais superstitieux, déclara Zarin, — ce qui n'est pas le cas et j'en rends grâce au Tout-Puissant, — je dirais que cette année doit se trouver placée sous une mauvaise étoile, et pas seulement pour l'Afghanistan. En effet, il nous est parvenu des nouvelles selon lesquelles dans l'Aoudh, le Pendjab et les provinces du Nord-Ouest, les pluies d'hiver ont de nouveau déçu tous les espoirs, si bien que des milliers de gens meurent de faim. Étais-tu au courant de ça ?

Ash secoua la tête et dit que non. Par contre, il savait qu'en Afghanistan la population tout entière était certaine de la victoire car, dans un *firman* royal, Shir' Ali avait parlé des défaites et des grosses pertes des envahisseurs, alors que de ses « lions dévorants », aucun n'était allé au Paradis sans avoir tué au moins trois ennemis. En temps de guerre, il y avait toujours des communiqués de ce genre dans les deux camps. Mais à cause de la configuration du pays, du manque de communications entre les tribus, et parce qu'ils n'avaient encore essuyé aucune grande défaite, les Afghans étaient convaincus que leurs troupes n'auraient aucune peine à stopper l'avance vers Kaboul.

— Ils doivent pourtant savoir que nous nous sommes emparés d'Ali Masjid ! objecta Zarin.

— Oui, mais on leur a tant dit que nous y étions parvenus seulement au prix d'énormes pertes, qu'ils sont encore persuadés de remporter une victoire comparable à celle par laquelle, voici près de cinquante ans, leurs pères anéantirent toute une armée britannique en l'espace de quelques jours. Comme ton père m'en avait averti, c'est une chose qu'ils n'ont jamais oubliée et ne se lassent pas de raconter, au point que même les très jeunes enfants en ont entendu parler. En revanche, ils semblent tous avoir oublié que le général Sale-Sahib a défendu Djalalabad avec succès, et ne se rappellent pas davantage l'avance victorieuse de Pollack-Sahib par les passes du Khyber, qui suivit la destruction du Bazaar de Kaboul. C'est là, selon moi, que réside le plus grand danger en ce qui nous concerne . aussi longtemps qu'ils seront persuadés de pouvoir nous battre sans peine, ils n'accepteront pas de négocier. Ils sont sûrs de nous avoir pris dans un piège et de nous anéantir quand ça leur chantera.

Zarin eut un rire bref :

— Qu'ils essayent. Ils mesureront vite leur erreur!

Ash ne répondit rien. Comment une armée d'invasion peut-elle progresser sans moyens de transport? Comment garder une forteresse conquise, si l'on n'a pas de quoi alimenter sa garnison en vivres et munitions? Et, dans ces conditions, comment des hommes ne supportant pas un froid rigoureux pourraient-ils gagner des batailles? Ash estimait que Lord Lytton devrait saisir au vol le prétexte que lui fournissait la fuite de Shir' Ali et annoncer une trêve. En agissant de la sorte, il prouverait qu'il était sincère en disant n'avoir de grief que contre Shir' Ali. En outre, s'il le faisait tout de suite, tant que les Britanniques détenaient Ali Masjid, Djalalabad, plus encore quelques autres villes, donnant ainsi l'impression de contrôler le Kurram et les passes du Khyber, il serait possible d'arriver à un accord équitable avec Ya'kub Khan lorsque son père mourrait... ce qui n'était plus qu'une question de jours. Il pourrait en découler une paix juste et durable entre le Vice-Roi et l'Afghanistan. Mais si la guerre continuait, il en résulterait immanquablement un autre massacre.

Zarin, qui l'observait, semblait lire dans ses pensées, car il énonça avec philosophie :

— Ce qui est écrit, est écrit. Nous n'y pouvons rien changer. Raconte-moi tout ce que tu as fait...

Ash le lui dit, tandis que tous deux continuaient à boire du thé, lorsque ce fut fini, Zarin déclara :

— Tu as bien mérité que Cavagnari-Sahib te rende ta liberté. Que comptes-tu faire maintenant? Vas-tu rester ici avec le *Rissala* ou bien partir pour Attock demain matin? Après tout ça, ils ne te refuseront sûrement pas une permission.

— C'est au commandant-Sahib d'en décider. Vois si tu peux t'arranger pour que je le rencontre demain, mais pas au camp. Le mieux serait, je crois, au bord de la rivière. Je m'y rendrai dans la soirée. Me sera-t-il possible de passer la nuit ici?

— Certainement, le veilleur est un de mes amis. Et pour ce qui est du commandant-Sahib, je vais faire de mon mieux.

Tandis que Zarin rassemblait la vaisselle et se retirait, Ash s'installa pour dormir, réconforté non seulement par le repas et le feu, mais aussi par le sentiment que ses épreuves étaient terminées. Le lendemain ou le surlendemain, il aurait la permission de retourner à Attock voir Juli et passer quelques jours auprès d'elle, avant de regagner Marsan.

Si Ash s'était entretenu avec Wigram cette nuit-là, ou très tôt le lendemain matin, il aurait probablement pu réaliser ce programme. Mais le Destin se manifesta en la personne du général de brigade Sir Sam Browne. Le général avait invité ce matin-là Cavagnari à prendre son *chota-hazri* avec lui, afin qu'ils aient un entretien privé avant la réunion officielle qui devait se tenir dans l'après-midi. Vers la fin de cet entretien, se rappelant soudain que le général avait naguère commandé les Guides et pouvait donc être intéressé, Cavagnari parla de Ashton Pelham-Martyn et du rôle d'agent de renseignement qu'il venait de jouer depuis l'Afghanistan.

Le général fut plus qu'intéressé et, après avoir posé bon nombre de questions, il déclara se rappeler parfaitement l'arrivée à Mardan de ce garçon... Dire que, à l'époque, Jenkins, Campbell et Battye n'étaient encore que sous-lieutenants...

Puis, comme son interlocuteur se taisait, Cavagnari prit cela pour une invite à se retirer, ce qu'il fit avec d'autant plus d'empressement qu'il avait devant lui une matinée chargée, et devrait encore trouver le temps d'écrire au major Campbell (commandant provisoirement les Guides en l'absence du colonel Jenkins) pour l'informer qu'il n'avait plus besoin du lieutenant Pelham-Martyn et que celui-ci était donc en mesure de regagner son régiment. Mais, au même instant, le remplaçant de Jenkins était en train de lire une autre note, émanant de Sam Browne et que celui-ci lui avait envoyée par un cavalier quelques minutes après le départ de Cavagnari. Cette note demandait au major Campbell de se présenter au Q.G. du général dans les plus brefs délais.

Campbell s'était aussitôt mis en route, cherchant à deviner ce qui se mijotait ; à son arrivée, il avait été très étonné d'apprendre que si le général désirait lui parler, c'était au sujet de Ash.

— J'ai su qu'il était ici, à Djalalabad, et Cavagnari, l'ayant saqué, s'attend à ce qu'il aille se faire porter rentrant à son régiment Je suis navré de le décevoir, mais je me trouve avoir d'autres idées concernant ce garçon...

S'il avait pu les entendre exposer, le major Cavagnari n'aurait pas aimé les « idées » du général, car elles étaient à l'opposé des siennes concernant le crédit qu'il fallait accorder aux renseignements fournis par le lieutenant Pelham-Martyn. Il est vrai, comme Sam Browne lui-même le souligna, qu'ils ne considéraient pas le problème sous le même angle : le général n'avait aucun souci de la politique mais, sur le plan militaire, il estimait inappréciable le concours de quelqu'un comme Pelham-Martyn.

— Cavagnari le croit devenu trop pro-afghan pour que ses renseignements ne soient pas tendancieux. Moi, je n'en suis pas convaincu. De toute façon, le genre d'informations dont nous avons besoin, nous, n'a rien à voir avec la politique ; alors, si vous pouvez m'assurer que ce garçon ne risque pas de nous trahir, il est exactement ce que je cherche. Quelqu'un capable de nous faire parvenir des renseignements précis sur le comportement des tribus hostiles, leur importance et leurs déplacements, si ces gens-là sont bien ou mal armés, etc. Dans un pays comme celui-ci, de tels renseignements valent autant qu'un corps d'armée supplémentaire. Bref, ce que je vous demande, c'est de vous arranger pour que ce garçon continue d'espionner, mais pour notre compte et non plus celui des politiciens.

Ash accueillit la nouvelle avec stoïcisme. Le coup était rude, mais que faire ? Il était officier de carrière et s'était porté volontaire pour ce genre de mission. Il écouta donc sans broncher Wigram — que Campbell avait délégué comme prévu le long de la rivière — lui donner des instructions détaillées quant au genre de renseignements dont le général avait besoin, les moyens les plus sûrs pour les acheminer, etc.

— Le général estime préférable que vous quittiez Djalalabad aussi vite que possible et continuiez d'avoir votre base à Kaboul car, tôt ou tard, cette ville tombera entre nos mains... à moins que les Afghans ne crient « Pouce ! » avant cela.

Ash acquiesça. Ce soir-là, il retrouva Zarin au même endroit que la veille et eut un bref entretien avec lui, à l'issue duquel il s'éloigna dans la nuit, de la démarche caractéristique des hommes des collines. Le lendemain, Wally et sa poignée de *sowars* étaient de retour à Djalalabad, mais Ash se trouvait alors à déjà vingt milles de là.

Ceci se passait en janvier, avant que ne commencent les tempêtes et que les défilés ne soient bloqués par la neige. Vers la fin du mois, une lettre que Ash avait remise à Zarin avant de le quitter, parvint à

Attock, chez Fatima Begum, par des voies détournées. Trois jours plus tard, Anjuli partait pour Kaboul.

Ces trois jours avaient été épiques. La Bégum et Gul Baz s'étaient récriés : un tel voyage, en cette saison et, qui plus est, en période d'hostilités, n'était même pas envisageable. De plus, une femme se déplaçant seule dans des régions aussi sauvages eût été la proie des *budmarshes,* assassins et voleurs.

— Mais je ne serai pas seule, rétorqua Anjuli. J'aurai Gul Baz pour me protéger.

Gul Baz déclara alors ne vouloir participer en rien à une entreprise aussi insensée : s'il le faisait, Pelham-Sahib ne le lui pardonnerait jamais, et avec juste raison. Sur quoi Anjuli avait annoncé que, dans ce cas, elle partirait seule.

Si elle avait crié et sangloté, ils se seraient peut-être sentis plus en mesure de faire face à la situation, mais elle était demeurée parfaitement calme. Sans même élever la voix, elle avait simplement déclaré que sa place était auprès de son mari. Elle avait accepté le principe d'une séparation qui devait durer six mois, mais ne supporterait pas de la voir durer encore six mois, sinon davantage. Par ailleurs, maintenant qu'elle parlait le pachto comme une Afghane, elle ne risquait plus de constituer une entrave ou un danger pour Ash Et pouvait-on mettre en balance les dangers qu'elle courrait en Afghanistan, et l'angoisse perpétuelle dans laquelle il lui fallait vivre aux Indes, où elle n'était jamais sûre qu'un espion de Bhitor ne s'apprêtait pas à la tuer? En revanche, il était certain qu'aucun Bhitori n'aurait l'idée de se risquer de l'autre côté de la Frontière, parmi les tribus nomades. Son mari avait trouvé à se loger à Kaboul chez un ami d'Awal Shah, le Sirdar Bahadur Nakshband Khan. Elle savait donc où aller et rien ne l'arrêterait.

— Pardonnez-moi, Begum-Sahiba, ma chère tante... Vous avez été si bonne pour moi, et j'ai l'air de me montrer ingrate. Mais en restant ici, je me consumerais de peur, car je n'ignore pas que si Ash était trahi, il endurerait une lente et terrible mort... Et moi, je n'en saurais rien... Je serais pendant des mois, peut-être des années, à me demander s'il est mort ou vivant... captif dans quelque horrible endroit où on le laisse périr de faim et de froid, comme cela a bien failli m'arriver. Ça, c'est une chose que je ne pourrais endurer ! Alors, aidez-moi à le rejoindre et ne m'en veuillez pas trop... N'auriez-vous pas fait de même pour votre mari?

— Si, reconnut la Bégum. J'aurais agi exactement comme toi

Privé de l'appui de la Bégum, Gul Baz avait dû capituler, car il ne pouvait laisser Anjuli voyager seule. Ils partiraient donc le lendemain pour Kaboul, n'emportant que très peu de choses en dehors de vivres, un peu d'argent, et les bijoux ayant constitué la dot de Juli.

La Bégum avait procuré à Anjuli des vêtements afghans et des bottes fourrées comme on en porte dans le Cachemire. Elle avait chargé Gul Baz d'acheter deux bidets, capables de les transporter sans risquer d'éveiller l'attention ni susciter la convoitise des nomades.

— Oui, pensa la vieille dame, après qu'ils furent partis. Moi aussi, au même âge, j'aurais agi ainsi. Je vais prier pour qu'elle arrive saine et sauve à Kaboul, et y retrouve l'homme qu'elle aime.

La prière de la Bégum fut exaucée : au bout de quinze jours, les deux voyageurs frappèrent à la porte de la maison, située dans une rue tranquille proche de la citadelle Bala Hissar, qui abritait Ash

54

Le 21 février 1879, Shir' Ali mourait à Mazar-i-Charif, dans le Turkestan afghan, et son fils Ya'kub Khan devenait Émir à sa place. Mais, loin de faire des ouvertures aux Britanniques, le nouvel Émir s'employait déjà avec ardeur à développer et réorganiser l'armée afghane.

Les espions de Cavagnari firent savoir que cette armée comptait pour l'instant sept mille cavaliers, et douze mille fantassins, en plus de soixante canons. On accueillit ces chiffres avec un certain scepticisme, sachant que les informateurs indigènes avaient toujours tendance à broder. Mais Wigram Battye en reçut confirmation par quelqu'un qui signait « Akbar »; son correspondant ajoutait que même les tribus considérées jusqu'alors comme plutôt amies devenaient hostiles. Partout des Afridis demandaient pourquoi, maintenant que Shir' Ali était mort, le gouvernement des Indes continuait d'avoir une armée en Afghanistan et d'y occuper des forts. Cela signifiait-il que les Anglais ne comptaient pas tenir les promesses faites par eux au peuple d'Afghanistan quand la guerre avait éclaté?

« ... et je vous engage vivement, écrivait Akbar, à vous efforcer de convaincre les imbéciles qui nous gouvernent que ça n'est pas le moment d'envoyer sans cesse des gens effectuer des relevés topographiques pour le Service géographique. C'est une perpétuelle cause de friction qui contribue à ancrer l'idée que les Anglais cherchent à s'emparer de tout l'Afghanistan. Alors, pour l'amour du Ciel, tâchez qu'ils arrêtent ça ! »

Wigram fit de son mieux, mais sans succès.

M. Scott et ses adjoints avaient été sauvagement attaqués alors qu'ils prenaient des croquis dans les collines; il y avait eu quatre morts et deux blessés parmi les membres de leur escorte. Trois semaines plus tard, Wally s'était trouvé mêlé à un incident du même ordre. Alors que, avec un détachement de la Cavalerie des Guides et une compagnie du 45e Sikhs, il escortait un autre groupe d'étude, des villageois furieux les avaient attaqués et l'officier commandant la compagnie de Sikhs avait été mortellement blessé.

— Quel dommage, cette mort de Barclay ! dit Wigram. C'était un si chic type.

— Un des meilleurs que je connaisse, opina Wally. Et si encore il avait été tué dans une bataille *pukka*... Mais mourir pour ça !

Il envoya voltiger de l'autre côté de la tente un inoffensif embauchoir et, après un instant ou deux, ajouta d'un ton amer :

— La situation était déjà assez délicate dans ces régions, sans qu'on aille délibérément provoquer les gens du cru par l'envoi, jusque dans des coins perdus, de types laissant voir qu'ils dressent des cartes détaillées des villages. Ash avait raison : c'est bien la dernière des choses à faire en un pareil moment. Je suppose que vous n'avez pas eu d'autres nouvelles de lui ?

— Pas depuis lors, non. Je pense que ça ne lui est pas facile d'envoyer des lettres. En outre, chaque fois qu'il le fait, il doit avoir conscience de courir le risque d'être dénoncé aux Afghans, ou d'un chantage qui l'obligerait à donner tout l'argent qu'il a. De plus, il n'est jamais sûr que la lettre arrivera à destination.

— Non, en effet... Ah ! je voudrais bien le revoir... Ça fait si longtemps... Il me manque bougrement !

Sortant de la tente, Wally se planta face aux collines qui dominaient Djalalabad, tandis que le vent de mars faisait voltiger ses cheveux et claquer le rabat de la tente.

— Je me demande s'il est dans les parages... nous observant peut-être du haut de ces collines ?

— Je ne le pense pas, répondit Wigram. Il est probablement à Kaboul.

Mais Wally se trouvait plus près que Wigram de la vérité car, en ce même instant, Ash était dans un petit village appelé Fatehabad, à moins de vingt milles d'eux.

Depuis le début des hostilités, un chef ghilzai, nommé Azmatulla Khan, travaillait à provoquer un soulèvement des habitants de la vallée du Lagman contre l'envahisseur britannique. Vers la fin de février, à la tête d'une petite colonne, le colonel Jenkins avait dispersé les forces d'Azmatulla, mais sans réussir à capturer ce dernier. On le disait maintenant de retour, avec encore davantage d'hommes. Le dernier jour de mars, Ash avait envoyé d'autres mauvaises nouvelles à Djalalabad. Les hommes appartenant à la tribu des Khugianis, dont le territoire se situait à dix-sept milles à peine au sud de Fatehabad, se rassemblaient en grand nombre dans l'une de leurs forteresses sur la frontière.

En apprenant cette nouvelle, le général de division avait donné ordre que certaines unités fassent immédiatement mouvement pour écraser cette révolte avant qu'elle ne prenne force. Elles partiraient le soir même, sans tentes ni bagages lourds, et se diviseraient en trois colonnes : une d'infanterie, une autre composée de deux escadrons de cavalerie (appartenant respectivement aux Lanciers du Bengale et au 10e Hussards), la troisième réunissant des éléments d'infanterie et de cavalerie. Cette dernière — placée sous le commandement du général Gough et comprenant deux escadrons des Guides — marcherait sur Fatehabad afin de disperser les Khugianis. Des deux colonnes restantes, l'une irait combattre Azmatulla Khan et ses bravis, tandis que l'autre franchirait les hauteurs du Siah Koh pour couper la retraite à l'ennemi.

Vu la rapidité avec laquelle cette opération avait été conçue et mise à exécution, le général espérait surprendre Azmatulla Khan et les Khugianis. Mais il aurait dû penser que Djalalabad fourmillait d'espions afghans, et que pas un sabre n'y pouvait bouger sans que la chose s'ébruitât sur l'heure. Par ailleurs, lors de l'occupation de la ville, le colonel Jenkins — maintenant général de brigade — avait été inspecter le gué que le 10e Hussards et les Lanciers du Bengale allaient à présent devoir emprunter pour passer la rivière en faisant route vers la vallée de Lagman. Or non seulement il avait signalé ce gué comme peu sûr, mais il avait bien recommandé de ne jamais l'utiliser de nuit, même lorsque la rivière était au plus bas. Malheureusement son rapport avait dû se perdre ou être enterré dans quelque classeur car, bien que la rivière se trouvât en crue, le plan ne fut pas modifié...

Quelques-uns survécurent, dont le capitaine, mais beaucoup y laissèrent leur vie. Paralysés par le froid rigoureux, entravés par leurs bottes et leurs uniformes pleins d'eau, alourdis par leurs sabres et cartouchières, emportés par la force du courant, ils furent frappés de congestion et coulèrent à pic. Quant à Azmatulla Khan, prévenu par ses informateurs de ce qui se tramait, il avait aussitôt quitté la vallée de Lagman et les deux colonnes envoyées pour s'emparer de lui revinrent bredouilles.

Avertis eux aussi, les Khugianis n'avaient cependant pas manifesté autant de prudence.

Il avait été prévu que la colonne mixte, qui devait s'occuper de cette tribu, partirait la dernière. Mais son départ ayant été retardé par le désastre du gué, il était près d'une heure du matin quand elle se mit en marche, voyant au loin, le long de la rivière, les torches à la clarté desquelles se poursuivait la recherche désespérée des survivants.

— J'avais bien dit que cette année était placée sous un mauvais signe ! grommela Zarin à l'adresse du Risaldar Mahmud Khan, tandis que les escadrons progressaient dans l'obscurité.

Et Mahmud Khan de répondre :

— Le pire, c'est qu'elle n'est pas encore très avancée. Enfin, espérons qu'elle se terminera demain pour bon nombre de ces Khugianis, et que nous vivrons assez vieux pour retourner à Mardan, profiter de nos pensions, et voir les enfants de nos enfants devenir à leur tour jemadars et risaldars.

— *Ameen !* murmura pieusement Zarin.

En dépit de l'obscurité et de la difficulté qu'il y avait à suivre de nuit une piste déjà tout juste visible en plein jour, la longue colonne d'infanterie, de cavalerie et d'artillerie progressait gaillardement ; aussi était-il encore nuit quand la cavalerie, qui était en tête, reçut l'ordre de faire halte, à un mille environ de Fatehabad, jusqu'à ce que le reste de la colonne la rejoigne. Alors, en vieux habitués de ce genre de campagne, Wigram et ses deux escadrons s'installèrent sous quelques arbres de façon relativement confortable.

Le village passait pour ami mais, quand l'aube vint, on ne vit aucune fumée s'élever des cheminées. Un détachement fut envoyé en reconnaissance et constata que le village était désert. Les habitants étaient partis avec leurs provisions et leurs bêtes ; il ne restait plus que quelques chiens errants et un chat qui, sur le seuil d'une maison vide, fit le gros dos en voyant les cavaliers.

— Voilà qui donne la valeur de notre Renseignement, déclara Wigram en prenant son petit déjeuner à l'ombre d'un arbre. Selon eux, ce village témoignait de « dispositions amicales » à notre égard. Les dispositions amicales d'un nid de guêpes, oui ! Il est clair qu'ils sont allés rejoindre l'ennemi.

Sous le commandement du Risaldar Mahmud Khan, Battye avait envoyé des patrouilles pour être informé des mouvements des Khugianis ; ces patrouilles n'étaient pas encore de retour quand, vers dix heures du matin, l'artillerie et l'infanterie rejoignirent le reste des troupes ; mais, entre-temps, Battye avait eu par une autre source les renseignements dont il avait besoin.

— Ashton semble penser qu'ils vont résister et se battre, dit-il en tendant à Wally un morceau de papier froissé que Zarin venait de lui apporter.

Le court message griffonné était arrivé par l'intermédiaire d'un coupeur d'herbe, qui disait l'avoir reçu d'une vieille femme inconnue, laquelle lui avait recommandé de le porter tout de suite au Risaldar Zarin Khan, du *rissala* des Guides, qui le récompenserait. C'était censé être une lettre d'amour, mais la voyant écrite en *angrezi*, Zarin avait immédiatement deviné de qui elle émanait et était allé aussitôt la porter à son commandant.

« Ennemi nombreux retranché sur le plateau dominant route de Gandamak. 5 000, à vue de nez. Pas d'artillerie, mais position, défense et moral premier ordre. Toute attaque de front entraînerait lourdes pertes. Canonnade pourrait avoir raison d'eux. Sinon, tâcher de les attirer à découvert, ce qui ne devrait pas présenter difficulté vu que discipline zéro. Mais sont résolus à se battre comme des diables. A. » Bravo pour Ash ! s'exclama Wally. Je me demande s'il est là-bas avec eux... Ça ne m'étonnerait pas de lui ! Vous allez transmettre ça au général ?

— Bien sûr... même si ça ne doit être d'aucun effet, dit Wigram en faisant signe à son ordonnance qui, selon ses instructions, partit au galop porter le message au général Gough. Il doit déjà l'avoir appris de son côté, mais ça ne lui fera pas de mal d'avoir une confirmation.

Effectivement, le général Gough avait envoyé lui aussi plusieurs patrouilles et, plus tard ce même jour, il s'était entretenu avec les *maliks* qu'on avait pu persuader de le rencontrer, afin de tâcher de distinguer quelles tribus étaient susceptibles de se battre, de rester neutres, ou de se terrer dans les collines comme Azmatulla et ses hommes.

Mais, à mesure que la journée avançait, il devenait de plus en plus clair que toute la région était hostile. Quand une patrouille après l'autre revint l'informer que les Khugianis recevaient des renforts, le général Gough se mit à dresser des plans pour la bataille qui se préparait et aurait vraisemblablement lieu le lendemain. Sachant cela, Wigram dormit profondément et Zarin aussi : ayant fait tout ce qu'ils avaient à faire, ils se reposaient, l'esprit tranquille. Ils avaient l'habitude. Mais Wally, lui, demeura longtemps éveillé, à contempler les étoiles et penser.

Il avait sept ans lorsque, dans une vitrine de Dublin, il avait vu une gravure, coloriée à la main, montrant la charge d'un régiment de cavalerie à Waterloo, sabres au clair et panaches au vent. C'est alors qu'il avait décidé d'être officier de cavalerie et de charger ainsi à la tête de ses hommes, contre les ennemis de son pays. Maintenant enfin — si Wigram ne se trompait pas — son vieux rêve d'écolier allait devenir réalité. Car s'il lui était déjà arrivé de se battre, il n'avait jamais participé à une grande bataille et, comme charges de cavalerie, il ne connaissait encore que celles des manœuvres d'entraînement. La réalité allait-elle se révéler très différente de tout ce qu'il avait imaginé ? Non pas excitante, mais horrible et terrifiante, sans rien de glorieux ?

Il avait entendu raconter maintes histoires sur la façon dont les Afghans luttaient contre la cavalerie. Ils se couchaient par terre, tenant à la main leurs longs couteaux, tranchants comme des rasoirs, avec lesquels ils lacéraient les jambes et le ventre des chevaux afin de provoquer la chute des cavaliers. On lui avait dit que c'était une méthode très efficace, surtout dans une mêlée, et il le croyait volontiers. Contre ça, sabres et lances n'avaient guère d'utilité ; mieux valait une carabine ou un revolver, car la plupart des Afghans, lorsqu'ils se voyaient menacés d'être tués par terre, préféraient se relever pour mourir debout. Des choses comme ça, on ne les apprenait pas durant les charges d'entraînement. Mais demain, il saurait à quoi s'en tenir..

55

Le ciel s'éclaircissait au-dessus du village abandonné de Fatehabad quand les deux officiers s'assirent pour manger un morceau sur le pouce. Entre deux bouchées, Wigram annonça que le général désirait envoyer deux membres de son état-major vers Khujah, le plus important village des Khugianis, afin de voir les réactions de la tribu. Le lieutenant Hamilton, avec trente sabres de la cavalerie des Guides, était chargé de veiller à ce qu'ils arrivent à destination... et en reviennent sans dommage.

D'autres officiers, pareillement escortés par un détachement du 10e Hussards, iraient reconnaître la route menant à Gandamak et feraient un rapport sur son état. On espérait que ces deux patrouilles sauraient éviter de provoquer un déclenchement prématuré des hostilités, et reviendraient rendre compte au général Gough dans les plus brefs délais.

— Autrement dit, précisa Wigram à l'usage de son cadet, n'engagez aucun combat de votre propre chef. Et si les gens du coin se mettent à tirer sur vous, n'attendez pas « les ordres » : revenez ventre à terre. Ce dont le général a besoin pour l'instant, c'est de renseignements et non d'une brochette de héros morts au combat. Mais je suis convaincu que vous saurez vous en tirer au mieux... à condition, bien sûr, que vous ne tombiez pas dans une embuscade.

— Pas de risque ! assura gaiement Wally. Zarin m'a dit que Ash veillerait sûrement à ce qu'il ne nous arrive rien de fâcheux.

Tout en se coupant un morceau de *chuppatti,* Wigram opina en souriant :

— C'est juste ! J'avais oublié qu'il serait là. Bon, me voilà rassuré ! Sur ce, il est temps que vous filiez, Walter.

Le soleil de sept heures et demie du matin séchait la rosée au flanc de la colline voisine quand, monté sur Mushki (le brun), Wally s'éloigna en compagnie des deux officiers d'état-major, les trente hommes de l'escorte suivant posément au petit galop. Une heure plus tard, d'une hauteur, ils découvrirent soudain un grand *lashkar,* à un mille environ à vol d'oiseau. Il ne s'agissait pas d'un rassemblement pacifique, car Wally voyait flotter des étendards, le soleil matinal faisait étinceler des sabres et les cuivres de fusils à mèche. En les observant à la jumelle, Wally arriva à la conclusion qu'il y avait là environ trois mille Khugianis... sans compter ceux pouvant être cachés par des replis du terrain.

Un coup de feu, pas très éloigné, arracha des éclats de rochers à quelques mètres à peine en avant de Wally. Tandis qu'il rangeait vivement ses jumelles, la tranquillité du matin fut brisée par un tir de mousquets. Non seulement l'ennemi les avait vus, mais comme il avait eu la précaution de poster des sentinelles, l'une d'elles, habilement dissimulée derrière un éboulis de rochers à moins de cinq cents mètres, venait d'ouvrir le feu sur les intrus. Selon les ordres reçus, Wally ne s'attarda pas et, faisant volte-face, sa petite troupe se mit vite hors d'atteinte. A dix heures, ils regagnaient le camp, sains et saufs.

Après avoir écouté le rapport de ses officiers d'état-major, le général avait donné ordre qu'on occupe immédiatement un certain sommet, du haut duquel on pourrait observer les mouvements de l'ennemi et en avertir le camp par des signaux. Wally était reparti avec les hommes chargés de cette mission, et demeurant ensuite un moment en leur compagnie sous prétexte de surveiller les Khugianis, mais en réalité dans l'espoir de repérer Ash. Il était convaincu en effet que celui-ci avait tiré le premier coup de feu, pour les avertir, car la détonation n'avait pas été celle d'un mousquet. Mais, même avec des jumelles, il n'était pas possible de distinguer les visages dans cette mouvante masse d'hommes qui se trouvait à plus d'un mille. Sur les escarpements plus proches, on ne décelait aucun signe de vie, mais Wally était néanmoins persuadé qu'une demi-douzaine au moins d'avant-postes devaient se dissimuler entre le sommet de colline où il se trouvait et les rebelles.

Wally retourna au camp dire à Wigram que Ash avait raison au sujet des Khugianis... De toute évidence, ils étaient décidés à vendre chèrement leur vie.

— Il y en a là-bas de quatre à cinq mille, avec un grand étendard rouge et quelques autres qui sont blancs. A en juger par leurs tirs de ce matin, ils doivent avoir aussi pas mal d'armes. Alors qu'est-ce qu'on attend pour donner l'assaut, au lieu de faire comme si nous étions venus ici simplement pour pique-niquer en contemplant le paysage ?

— Mon cher Walter, on nous a enseigné que la patience est une vertu. Vous devriez la cultiver, lui rétorqua Wigram. Nous attendons... ou plus exactement le général attend d'avoir le rapport des gars qui sont allés ce matin reconnaître la route de Gandamak. Dès que ce sera fait, je crois que nous recevrons l'ordre de nous mettre en marche, mais ils ne sont pas encore de retour.

A une heure de l'après-midi, la patrouille n'était toujours pas revenue. Le général Gough ordonna alors que tout le camp prenne les armes. Il envoya le major Battye à la recherche des absents, avec trois détachements de la cavalerie des Guides. Lui-même suivait avec sept cents fantasssins sikhs, pendjabis et anglais, quatre canons de la Royal Horse Artillery, et trois pelotons du 10ᵉ Hussards.

— Enfin, nous y voilà ! s'exclama Wally en sautant gaiement en selle.

Zarin hocha la tête et sourit, tandis que les escadrons avançaient sur quatre rangs dans le brûlant miroitement de la vallée jonchée de rochers.

Ils retrouvèrent les officiers disparus et leur escorte, à un endroit où la route coupait un terrain en pente situé au-dessous du plateau sur lequel les Khugianis se rassemblaient. Ils rebroussèrent tous chemin pour rejoindre le général qui, après avoir écouté ce qu'ils avaient à lui dire, fit arrêter son infanterie en un point où elle ne pouvait être repérée par l'ennemi, et partit en avant juger par lui-même. Il fut vite fixé.

Les Khugianis avaient choisi un emplacement idéal pour se défendre. Ils s'alignaient au bord du plateau, au-dessous duquel le terrain tombait abruptement jusqu'à la pente douce qui rejoignait la route de Gandamak. Sur leurs flancs, les Khugianis étaient protégés par des falaises, tandis qu'ils s'étaient constitué par-devant une sorte de parapet fait de gros rochers qu'ils avaient déplacés. S'ils avaient pu monter des canons jusque-là, leur position aurait été pratiquement imprenable ; mais même ainsi, les attaquer de front eût relevé du suicide. D'un autre côté, détacher des troupes pour tenter de les prendre à revers, eût considérablement affaibli les forces britanniques, environ cinq fois moins importantes que celles dont disposaient les rebelles. Comme Ash l'avait dit et comme le général s'en rendait compte, le seul espoir était d'attirer les Khugianis à découvert.

— Nous allons devoir prendre exemple sur Guillaume, dit Gough pensivement. Il n'y a pas d'autre solution.

— Guillaume, sir ? fit un aide de camp déconcerté.

— Guillaume le Conquérant, oui, à la bataille de Hastings en 1066. Harold et ses Saxons avaient l'avantage de leur côté et ils auraient été vainqueurs si Guillaume ne les avait incités à quitter leur position sur les hauteurs pour donner la chasse à ses soldats, qui semblaient fuir. Nous allons essayer de faire la même chose. Ils n'ont sûrement pas entendu parler de cette bataille et s'ils ignorent la peur, ils ignorent aussi ce que signifie le mot discipline Nous allons miser là-dessus

Pour cela, le général envoya d'abord les Guides, le 10e Hussards et l'artillerie, avec ordre d'avancer jusqu'à environ trois quarts de mille de l'ennemi. Là, les cavaliers s'arrêteraient, tandis que les artilleurs continueraient pendant encore cinq cents mètres, tireraient quelques salves puis, au premier signe d'une avance, se replieraient un peu, avant de s'arrêter pour faire feu de nouveau.

D'après le général, pas un Khugiani ne résisterait à la vue des troupes britanniques battant apparemment en retraite... pas plus que les hommes de Harold n'avaient pu résister à celle de l'infanterie normande qui semblait fuir en désordre. Il espérait que les rebelles sortiraient de leur retranchement pour tâcher de s'emparer des canons de l'artillerie en déroute. En répétant la manœuvre, on devait pouvoir attirer l'ennemi suffisamment loin de son escarpement, pour permettre à la cavalerie de charger sur eux. Et tandis que leur attention serait centrée sur le comportement pusillanime de l'artillerie au-dessous d'eux, l'infanterie progresserait rapidement dans un ravin d'où, avec un peu de chance, elle émergerait en surprise sur le flanc droit de l'ennemi.

Une trompette sonna et, à ce signal, la cavalerie s'immobilisa dans un nuage de poussière. Le temps que celle-ci retombe, il y eut un instant ou deux de total silence durant lequel Wally prit intensément conscience de nombreux petits détails. Une odeur de chevaux, de cuir, de transpiration, et de terre brûlée par le soleil ; les Khugianis, pareils à un essaim d'abeilles au bord de leur plateau ; un gypaète dessinant une lente spirale sur le bleu éclatant du ciel ; à droite, les uniformes des artilleurs mettant une note de couleur vive dans la désolation du paysage ; au-delà, presque cachés par les canons, les casques kaki du 10e Hussards qui, si l'on amenait les Khugianis à quitter leurs hauteurs fortifiées, les attaqueraient sur le flanc gauche tandis que les Guides chargeraient au centre.

— Nous sommes deux cents jeunes hommes, pensa Wally, qui allons nous élancer pour affronter des indigènes fanatiques, dix fois plus nombreux et impatients de nous massacrer.

La disproportion était tellement énorme qu'elle aurait dû l'effrayer, au lieu de quoi il éprouvait une curieuse sensation d'irréalité, aucune peur ni animosité à l'endroit de ces minuscules silhouettes tout là-haut dont il n'était aucune qui, dans un petit moment ne ferait de son mieux pour le tuer avant qu'il ne la tue. Il se sentait joyeux, comme grisé, et toute impatience l'avait quitté. Pour l'instant, le temps semblait avoir suspendu son cours, comme une fois le soleil s'était arrêté pour Josué..

Un souffle de vent balaya la vallée, dissipant le nuage de poussière et le silence fut rompu par un ordre bref du major Stewart, commandant l'artillerie montée. Éperonnant et cravachant leurs montures, les artilleurs partirent au galop, tandis que les roues des canons rebondissaient sur les pierres du terrain dans un grand envol de poussière.

Ils parcoururent cinq cents mètres puis, s'immobilisant, mirent leurs pièces en batterie et ouvrirent le feu vers l'ennemi massé sur la colline.

L'éclat intense du soleil fit qu'on ne vit guère qu'une lueur jaillir des canons mais, comme il n'y avait pas un souffle d'air, la fumée s'éleva tel un mur cotonneux et le bruit se répercuta de façon assourdissante à tous les échos de la vallée. Constatant toutefois que les projectiles retombaient avant d'atteindre leur refuge, les nomades poussèrent une grande clameur et, en réponse, firent feu avec leurs mousquets tandis que, sur la droite, quelques-uns s'avançaient hardiment à l'abri d'une arête rocheuse en brandissant l'étendard rouge.

Voyant cela, les artilleurs raccrochèrent vivement leurs pièces à l'avant-train et se replièrent au galop, imités par la cavalerie, vers la position qu'ils occupaient précédemment. Ce fut suffisant. Comme l'avait prévu le général Gough, la vue de cette petite troupe d'Anglais battant en retraite fut trop tentante pour les rebelles indisciplinés.

Convaincus que leur énorme supériorité numérique avait frappé de terreur cette poignée de *Kafirs* téméraires, rejetant toute prudence, ils bondirent hors de leurs retranchements et dévalèrent la pente, telle une énorme vague, hurlant, brandissant drapeaux, mousquets ou cimeterres.

Au-dessous d'eux, un nouvel appel de trompette retentit au milieu du vacarme et, en l'entendant, la cavalerie fit demi-tour pour foncer vers l'ennemi, tandis que les canons, vivement remis en batterie, déversaient leur mitraille sur la horde des assaillants.

Un moment plus tard, une fusillade lointaine sur la gauche révéla que les fantassins avaient réussi leur approche et attaquaient maintenant l'ennemi par le flanc. Mais, hurlant sans cesse, les Khugianis ne l'entendirent pas, ni ne freinèrent leur élan bien qu'ils fussent maintenant à portée des canons. Grisés par la fièvre de la bataille ou la perspective du Paradis promis à tous ceux qui meurent au combat, ils redoublèrent de vitesse, comme si chacun mettait un point d'honneur à distancer son voisin pour être le premier à rejoindre l'ennemi.

Ceux qui prennent part à une bataille n'en distinguent que ce qui est à leur portée et Wally ne fit pas exception. Il savait que, quelque part en avant et hors de vue, l'infanterie était en action, car il entendait la fusillade, et aussi que le 10e Hussards avait dû charger en même temps que les Guides. Mais il n'en avait cure, la bataille se limitant pour lui à ce qu'il pouvait voir de son propre escadron et de l'ennemi, champ de vision encore restreint par la poussière et la confusion de la mêlée hurlante.

Leur charge avait amené les Guides à quelque cent cinquante mètres de l'ennemi, lorsque Wally entendit le crépitement mauvais des mousquets et sentit des balles passer tout près de lui, tel un vol d'abeilles en colère. Il vit le cheval de son commandant, lancé au galop, s'effondrer soudain, atteint en plein cœur. Wigram roula sur lui-même et se releva en un clin d'œil, pour retomber aussitôt parce qu'il venait de recevoir une balle dans la cuisse.

Instinctivement, en voyant tomber leur chef, les Sikhs retinrent leurs chevaux et Wally, pâle comme un linge, tira aussi sur les rênes.

— Pourquoi diable vous arrêtez-vous ? hurla Wigram, furieux, en s'efforçant de se remettre debout. Je n'ai rien de grave. J'arrive... Emmenez-les, Walter ! Ne vous occupez pas de moi. . *Emmenez-les à l'assaut, mon garçon !*

Wally ne chercha pas à discuter. Se tournant sur sa selle, il cria à ses hommes de le suivre et brandit son sabre au-dessus de sa tête. Il éperonna Mushki pour escalader la pente, et les Guides le suivirent dans un bruit de tonnerre. La minute d'après, ce fut le choc entre les deux forces opposées, dans un pandémonium de vacarme et de poussière. Wally sabrait à droite et à gauche des hommes aux yeux fous, qu'il voyait se ruer vers lui en hurlant et agitant des cimeterres.

Il fendit le crâne de l'un d'eux comme si c'eût été une coquille d'œuf et poursuivit sa course, en continuant de frapper autour de lui, tel un chasseur fouaillant la meute. Il respirait une odeur de poussière, de poudre, de sang frais, tandis que les chevaux se cabraient en hennissant de colère et de terreur ou, ayant perdu leurs cavaliers, piétinaient sauvagement tout ce qui se trouvait sur leur chemin.

La charge de la cavalerie, arrivant bride abattue sur la masse compacte de l'ennemi, avait dispersé celui-ci ; maintenant, les Khugianis se battaient par petits groupes en témoignant d'un fanatique courage. Wally entrevit Zarin, dents serrées, enfonçant la pointe de son sabre dans la gorge d'un *ghazi* hurlant : le Risaldar Mahmud Khan, le bras droit pendant, faisait de sa main gauche tournoyer sa carabine comme une massue.

Ici et là, des remous se formaient autour d'un *sowar* démonté, se défendant avec la férocité d'un sanglier blessé. Le *sowar* Dowlat Ram se trouva ainsi pris sous son cheval abattu, et trois Khugianis se précipitèrent pour le massacrer tandis qu'il s'efforçait de se libérer Mais, témoin de la chose, Wally vola à son secours, en faisant tournoyer son sabre taché de sang et criant : « *Daro mut,* Dowlat Ram ! *Tagra ho jao ! Shabash !* » (N'aie pas peur ! Courage ! Bravo !)

Les trois Khugianis se retournèrent pour faire face à ce tonnerre hurlant, mais Wally avait l'avantage de se trouver sur un cheval et de savoir mieux manier le sabre. La lame s'enfonça dans les yeux de l'un avant d'aller sectionner le bras d'un second qui lâcha son cimeterre. Quand, soudain aveugle, le premier tomba à la renverse en hurlant, Dowlat Ram, un pied encore pris sous son cheval, le saisit à la gorge, tandis que Wally esquivait le coup porté par le troisième, auquel il trancha le cou d'un revers de son arme.

— *Shabash,* Sahib ! applaudit Dowlat Ram en se libérant enfin et se remettant debout. Sans toi, je serais mort !

Et comme il levait le bras en un salut, Wally lui cria, d'une voix haletante :

— Tu peux encore l'être si tu n'y prends garde ! File à l'arrière !

Lui-même, éperonnant Mushki, plongea de nouveau dans la mêlée, se servant comme d'un boutoir de son coursier fou de terreur, hurlant à ses hommes de venger la blessure de Battye-Sahib et d'envoyer au Jehanum (enfer) ces fils de chiens.

Les Khugianis se défendaient pied à pied, mais on n'entendait plus guère de coups de feu car, après avoir tiré, rares étaient ceux qui avaient le loisir de recharger et, dans un tel maelstrom humain, comment savoir si la balle destinée à un ennemi n'allait pas abattre un ami. Aussi la plupart se servaient-ils de leurs armes comme de massues, mais un chef khugiani avait néanmoins pris le temps de recharger la sienne.

Voyant le mousquet braqué vers lui, Wally se jeta de côté, esquivant de justesse la balle tandis que, éperonnant Mushki, il fonçait sur l'homme, le sabre en avant. Mais, cette fois, il avait affaire à un rude gaillard, beaucoup plus rapide que les trois Khugianis qui avaient abattu Dowlat Ram. Il évita le sabre en se laissant tomber sur les genoux et, comme Mushki passait au-dessus de lui, il frappa vers le haut avec son long poignard afghan.

Tranchante comme un rasoir, la lame coupa la botte de Wally mais lui érafla tout juste la peau et, arrêtant son cheval sur cul, Ash le fit pivoter pour attaquer de nouveau, cependant que son jeune visage exprimait la même joie féroce qu'il pouvait voir sur celui de son adversaire, lequel se détendit soudain comme un ressort, le poignard dans une main, le cimeterre dans l'autre.

Le duel avait déjà attiré un cercle de rebelles qui, momentanément oublieux du reste, attendaient, poignard à la main, de voir leur champion éventrer le *feringhi*. Mais le Khugiani commit l'erreur de répéter la manœuvre qui lui avait réussi car, cette fois, Wally visa le corps et non plus la tête. Quand l'autre se laissa tomber de nouveau sur les genoux, le bord du lourd sabre de cavalerie lui entama la tempe gauche et il bascula de côté, un masque de sang sur le visage. Dans sa chute, son cimeterre effleura le flanc de Mushki, lequel se cabra en hennissant. Les autres indigènes qui s'étaient précipités — et que n'effrayait pas le sabre dégouttant de sang —, reculèrent devant ces sabots meurtriers battant l'air, si bien que monture et cavalier purent s'enfuir.

Quelques minutes plus tard, sans avertissement, le combat changea de face.

Dispersés, les Khugianis n'eurent plus qu'une idée : tâcher de regagner en courant leurs retranchements du plateau. Mais comme la cavalerie plongea au milieu d'eux en faisant pleuvoir les coups de sabre, ils tombèrent par centaines dans une complète déroute.

La bataille de Fatehabad était terminée ; les vainqueurs, épuisés, firent demi-tour à travers les morts et les mourants, les corps mutilés, les armes abandonnées, les étendards brisés, les *chupplis* et les turbans, les cartouchières vides...

La colonne du général Gough avait quitté Djalalabad avec ordre de « disperser les Khugianis ». L'ordre avait été exécuté, mais au prix d'un effroyable carnage, car les Khugianis étaient des braves et, ainsi que l'avait laissé prévoir Ash, ils s'étaient battus comme des tigres. Ils avaient plus de trois cents morts et près de mille blessés mais, dans sa petite troupe, Gough comptait neuf morts et quarante blessés... Parmi les sept morts des Guides, il y avait Wigram Battye et le Risaldar Mahmud Khan...

Wally avait cru Wigram évacué vers l'arrière et hors de danger. Malheureusement, c'était le jour où celui-ci avait rendez-vous avec le

Destin. Il avait ordonné à Wally, seul autre officier britannique, de mener les escadrons à l'assaut et le jeune homme lui avait obéi, chargeant au plus fort de la mêlée sans autre dommage qu'une légère égratignure et une botte lacérée. Mais tandis que, aidé par un de ses *sowars,* Wigram se remettait péniblement debout, il avait été de nouveau atteint, à la hanche cette fois.

Un groupe de rebelles s'étaient précipités pour l'hallali ; seulement le *sowar* avait une carabine ainsi qu'un sabre de cavalerie, et Wigram son revolver... Cinq des assaillants tombèrent et le reste s'enfuit, mais Wigram perdait rapidement son sang. Il rechargea son revolver et, au prix d'un énorme effort de volonté, réussit à se soulever sur un genou. Au même instant, une balle perdue le frappa en pleine poitrine et, sans un mot, il tomba en avant, mort.

Parmi ceux qui l'avaient assailli, les survivants poussèrent une clameur de joie et se précipitèrent afin de le mettre en pièces car, pour un Afghan, le corps d'un ennemi doit être mutilé, surtout quand il s'agit d'un *feringhi* et d'un infidèle. Mais ils avaient compté sans Jiwan Singh, le *sowar.*

Jiwan Singh s'était saisi du revolver et, campé au-dessus du corps de son commandant, il se battit à coups de sabre et de revolver jusqu'à ce que, la bataille terminée, les Guides viennent dénombrer leurs morts et leurs blessés. Ils le trouvèrent montant toujours farouchement la garde auprès du corps de Wigram avec, autour de lui, pas moins de onze Khugianis morts.

Plus tard, à l'issue de tous les rapports officiels, le *sowar* Jiwan Singh se vit décorer de l'Ordre du Mérite. Mais Wigram Battye avait eu droit à un bien plus grand honneur...

Lorsque les blessés eurent été emmenés et que les brancardiers revinrent pour chercher son corps afin de l'emporter à Djalalabad (car toute tombe creusée sur le champ de bataille eût certainement été profanée aussitôt après le départ de la colonne britannique), ses *sowars* refusèrent de le laisser toucher par les hommes de l'ambulance

— Ce ne serait pas bien que quelqu'un comme Battye-Sahib soit laissé aux mains d'hommes qu'il ne connaissait pas, dit le Sikh qui s'était fait leur interprète. Nous le porterons nous-mêmes.

Ce qu'ils firent.

La plupart d'entre eux avaient été en selle depuis l'aube et tous, dans la chaleur torride, avaient participé à deux charges, se battant une heure durant contre un ennemi bien supérieur en nombre. Ils étaient donc recrus de fatigue et Djalalabad se trouvait à plus de vingt milles, au bout d'une route qui n'était guère qu'une piste sur un terrain pierreux. Mais, tout au long de cette chaude nuit d'avril, les hommes de Wigram se relayèrent pour le porter à hauteur d'épaule, couché non pas sur un brancard, mais sur des lances de cavalerie.

Zarin prit son tour dans ce triste convoi et, pendant un mille ou deux, Wally en fit autant. A un moment donné, un homme qui n'était pas un *sowar* mais, à en juger par ses vêtements, devait faire partie des Shinwaris, surgit de l'obscurité pour remplacer un des porteurs. Chose étrange, personne ne chercha à l'en empêcher ni ne lui demanda quel droit il avait d'être là, c'était presque comme si on l'avait attendu. En chuchotant et très brièvement, il ne parla qu'une seule fois à Zarin, dont la réponse fut tout aussi courte et inaudible. Wally, qui se traînait à l'arrière, l'esprit obscurci par la fatigue et le chagrin, fut le seul à ne pas remarquer la présence d'un inconnu dans le cortège. Et, à la halte suivante, l'homme s'éclipsa aussi discrètement qu'il était venu.

56

Ils atteignirent Djalalabad à l'aube. Quelques heures plus tard, ils inhumèrent Wigram Battye dans le même terrain où, quarante-six ans auparavant, les Britanniques avaient enterré leurs morts lors de la première guerre contre l'Afghanistan.

Mais le Risaldar Mahmud Khan et les cinq *sowars,* qui avaient aussi perdu la vie à Fatehabad, ne partageaient pas la même foi que Battye. Alors, suivant la religion à laquelle ils appartenaient, leurs corps furent portés dans un cimetièrc mahométan pour y être inhumés selon les rites et avec les prières des Croyants, ou bien incinérés et leurs cendres jetées dans la rivière de Kaboul, afin qu'elle les emporte à travers les Indes jusqu'à la mer.

Les cérémonies terminées, quand se dispersèrent ceux qui y avaient assisté, un Shinwari s'en fut jusqu'à une petite maison, située dans un quartier écarté, où le rejoignit bientôt en vêtements civils, un risaldar de la Cavalerie des Guides. Tous deux eurent un entretien de plus d'une heure en pachto. Lorsque le risaldar repartit vers le camp, il emportait une lettre écrite sur un papier grossier à l'aide d'une plume d'oie, mais rédigée en anglais et adressée au lieutenan W. R. P. Hamilton, du Régiment des Guides.

— Tu n'avais pas besoin d'inscrire le nom : je la remettrai moi-même à Hamilton-Sahib, dit Zarin en la rangeant soigneusement sous ses vêtements. Mais ce serait imprudent que tu ailles le trouver au camp ou qu'on le voie te parler. Si tu attends sous les noyers, derrière la tombe de Mohammed Ishaq, je t'apporterai sa réponse après que la lune aura disparu, ou peut-être un peu plus tôt, je ne peux te le dire au juste...

— C'est sans importance, je serai au rendez-vous, assura Ash.

Il y fut et Zarin lui remit une lettre, que le jeune homme lut plus tard, à la clarté d'une lampe à huile, dans la chambre qu'il avait louée le matin même. Contrairement à celles qu'il écrivait habituellement, la lettre de Wally était très courte ; il y disait surtout le chagrin que lui causait la mort de Wigram, à laquelle s'ajoutait celle de Mahmud Khan et des autres tombés sur le champ de bataille. Ravi de savoir qu'Anjuli était maintenant à Kaboul, il chargeait Ash de toutes ses amitiés pour elle, et terminait en recommandant à son amı de prendre grand soin de lui, jusqu'à ce qu'ils soient tous bientôt réunis à Mardan.

Son chagrin de la mort de Wigram était tel que Wally n'avait même pas pensé à mentionner ce qui, voici peu encore, aurait eu priorité absolue : le fait qu'il venait de voir se réaliser sa plus grande ambition et exaucer un de ses plus secrets désirs.

Du haut d'une proche colline, le général Gough avait suivi le déroulement de la bataille. Il fit ensuite venir Wally pour lui exprimer toute l'admiration que lui inspirait la façon dont il avait pris le commandement après la blessure de Battye, et mené la charge contre un ennemi tellement supérieur en nombre, aussi bien que le courage avec lequel il s'était porté au secours du *sowar* Dowlat Ram. En conséquence de quoi, lui, général Gough, avait demandé par dépêche que le lieutenant Walter Richard Pollock Hamilton fût décoré de la Victoria Cross.

Il serait faux de dire que Wally ne fut pas alors ému et ne sentit pas s'accélérer les battements de son cœur. En apprenant l'incroyable nouvelle qu'il avait été proposé pour la plus haute distinction récompensant un acte de bravoure, il avait rougi de fierté, mais aussitôt pensé qu'il eût quand même échangé de grand cœur cette décoration si convoitée contre la vie de Wigram... ou celle de Mahmud Khan... ou de n'importe quel autre homme de son escadron qui ne retournerait jamais plus à Mardan...

Sept morts, vingt-sept blessés (dont un qui, selon le médecin, ne s'en tirerait pas) sans compter la multitude de chevaux tués ou mutilés. Et lui, qui s'en était tiré sans une égratignure, allait recevoir une petite croix de bronze, faite avec les canons pris à Sébastopol, qui distinguait les braves entre les braves. Ça ne semblait pas juste...

L'expression lui avait rappelé Ash, au point qu'il avait souri un peu tristement en remerciant le général. Et, dès son retour sous la tente, il avait rédigé ce bref message à l'intention de son ami.

Ce fut donc par Zarin que Ash connut cette grande nouvelle, et à la joie qu'il en eut se mêla le regret de ne l'avoir pas apprise de la bouche même de l'intéressé.

— Tu vas probablement le revoir avant longtemps, lui assura Zarin pour le consoler. On dit au camp que le nouvel Émir, Ya'kub Khan, ne va pas tarder à demander la paix, et que tous les régiments pourraient avoir regagné leurs cantonnements avant le milieu de l'été. J'ignore si c'est exact, mais il est clair que nous ne pouvons rester encore longtemps ici, où nous n'aurons bientôt plus de quoi nous ravitailler, à moins de réduire les Afghans à la famine. Alors je prie pour que ce soit vrai et que, d'ici quelques mois, nous nous retrouvions tous à Mardan.

— Espérons-le. Mais j'ai reçu un message du général-Sahib m'enjoignant de retourner à Kaboul et, d'après ce qu'il dit, je dois m'attendre à y rester encore un certain temps... Ce n'est pas pour déplaire à ma femme qui, avant grandi parmi les collines, n'aime pas vivre dans les plaines

Pour signifier qu'on doit s'incliner devant l'inévitable, Zarin haussa les épaules en écartant les bras avant de dire :

— Alors, au revoir... Prends bien soin de toi, Ashok... Présente mes respects à Anjuli-Bégum ta femme, et rappelle-moi au bon souvenir de Gul Baz. *Salaam aleikoum, bhai.*

— *Wa'aleikoum salaam.*

Il s'écoula un peu plus de six semaines avant qu'un traité de paix fût signé à Gandamak par Son Altesse Mohammed Ya'kub Khan, Émir d'Afghanistan, et le major Pierre-Louis Napoléon Cavagnari, Compagnon de l'Ordre de l'Étoile des Indes, ce dernier agissant « en vertu des pouvoirs dont il avait été investi par le Très Honorable Edward Robert Lytton, Baron Lytton of Knebworth, Vice-Roi et Gouverneur général des Indes ».

Par ce traité, le nouvel Émir abandonnait toute autorité sur les passes du Khyber et de Michni, cependant que les différentes tribus vivant dans ces régions y acceptaient la présence permanente des Britanniques. L'Émir se déclarait prêt à suivre l'avis du Gouvernement britannique dans tous ses rapports avec les autres pays, et il consentait enfin à ce que son père avait si énergiquement refusé : l'installation d'une Mission britannique à Kaboul.

En retour, il recevait la promesse de subsides et d'une aide inconditionnelle contre toute agression extérieure, tandis que, pour avoir réussi à obtenir par ses seuls efforts la signature de ce document, le major Cavagnari était nommé chef de cette Mission à Kaboul, en qualité d'Envoyé extraordinaire.

Pour apaiser les soupçons et l'hostilité des Afghans, il fut décidé que l'Envoyé extraordinaire aurait une suite relativement modeste. En Orient, les nouvelles vont vite et, bien qu'aucun nom — en dehors de celui de Cavagnari — n'eût été avancé, moins d'un jour après le retour de l'Émir à Kaboul, un membre de sa garde personnelle faisait savoir à un ami — naguère Risaldar-major chez les Guides et maintenant à la retraite — que son ancien Régiment avait eu l'honneur de se voir choisir pour fournir une escorte à la Mission *angrezi*, laquelle escorte serait placée sous le commandement d'un certain officier-Sahib qui s'était distingué lors de la bataille contre les Khugianis.

Le sirdar Bahadur Nakshband Khan en avait aussitôt fait part à Syed Akbar, qui séjournait chez lui avec sa femme et un serviteur pathan...

Homme avisé et prudent, cet hôte exemplaire avait eu soin que nul dans sa maison, pas plus sa famille que ses domestiques, ne pût se douter que Syed Akbar était autre chose que ce qu'il semblait être. Lorsque, sa femme l'ayant rejoint au milieu de l'hiver, Ash déclara qu'il leur fallait s'installer ailleurs, le sirdar insista pour les garder chez lui, suggérant simplement qu'on fît passer Anjuli pour une dame d'origine turque, ce qui éviterait toute surprise si elle ne témoignait pas d'une parfaite maîtrise du pachto lorsqu'elle s'entretiendrait avec le reste de la maisonnée.

Tout le monde l'avait donc acceptée comme telle et, à l'instar de la Bégum, s'était pris pour elle d'une grande sympathie, cependant qu'Anjuli se pliait aux habitudes de ses hôtes et participait avec empressement à tout ce qu'il faut quotidiennement faire pour assurer la bonne marche d'une maison. Dans ce pays de femmes élancées et au teint clair, on ne la trouvait plus maigre ni trop grande, mais belle.

Aussi Anjuli eût-elle été parfaitement heureuse si elle avait vu Ash plus souvent; les moments où ils se retrouvaient ensemble, lui paraissaient aussi enchanteurs que leur lune de miel sur l'Indus. Nakshband Khan leur avait loué un petit appartement au dernier étage de sa maison, où ils pouvaient jouir d'une totale indépendance. Mais Ash devait s'arracher souvent à cette paisible retraite pour aller écouter ce qui se racontait au bazaar, dans les cafés, les caravansérails ou les cours extérieures de la citadelle Bala Hissar.

Il apprit ainsi la signature du traité de paix et, dès lors, s'attendit à recevoir un message le rappelant à Mardan, mais rien n'arriva. En revanche, il fut informé par le sirdar qu'une mission diplomatique ayant Cavagnari à sa tête allait arriver à Kaboul, et que l'escorte, fournie par le régiment des Guides, serait sans doute sous le commandement de son meilleur ami. Ash partit aussitôt pour Djalalabad afin de voir le commandant des Guides. Il comptait revenir dans la semaine mais, lorsqu'il arriva à destination, Zarin lui dit :

— Tu viens trop tard. Hamilton-Sahib et le commandant-Sahib sont partis depuis plusieurs jours. Si tout s'est bien passé, ils devraient être maintenant de retour à Mardan.

— Alors il me faut aller aussi à Mardan. Car, s'il est exact que Cavagnari-Sahib doit conduire une Mission britannique à Kaboul avec une escorte fournie par les Guides, j'ai besoin de voir le commandant-Sahib de toute urgence.

— Oh ! c'est parfaitement exact, confirma Zarin. Mais si tu veux bien m'écouter, tu t'en retourneras d'où tu viens. Tu dois désormais penser à ta femme. C'était parfait tant qu'elle était à Attock, où ma tante s'occupait d'elle, mais que deviendrait-elle si tu mourais en route et qu'elle se retrouve seule à Kaboul ?

— La guerre est terminée, voyons ! rétorqua Ash avec impatience.

— C'est ce qu'ils disent mais, moi, je n'en suis pas convaincu. De toute façon, il y a des choses pires que la guerre, et le choléra est du nombre. Vivant à Kaboul, tu ignores sans doute qu'il sévit dans le Peshawar avec une telle violence que, lorsqu'il a atteint la garnison, les troupes *angrezis* ont été aussitôt transférées dans un camp à six milles de là. En dépit de quoi, cette fois, ce sont les *Angrezis* les plus frappés et bien peu s'en remettent. Je me suis laissé dire que les victimes du choléra sont déjà si nombreuses là-bas que la route est bordée de tombes.

— Ça, je ne le savais pas, dit lentement Ash.

— Eh bien, à présent, te voilà au courant ! Juin a toujours été un très mauvais mois pour les déplacements mais ici, où l'ombre est aussi rare que l'eau et la chaleur pire que dans le désert du Sind, c'est véritablement un avant-goût du Jehanum. Aussi écoute-moi, Ashok, et retourne auprès de ta femme. Si ce que tu veux dire au commandant-Sahib est tellement urgent, écris-le lui et je me chargerai de lui porter la lettre.

— Non. Une lettre ne servirait à rien. Il me faut lui parler face à face si je veux le convaincre de la véracité de ce que j'avance. Et comme tu devrais prendre la même route, tu risquerais toi aussi d'attraper le choléra.

— Si cela m'arrivait, j'aurais plus de chances que toi d'y survivre, car je ne suis pas un *Angrezi*, répliqua Zarin. Et si je mourais, ma femme ne se retrouverait pas seule et sans amis dans un pays étranger. Mais il y a peu de risques que j'attrape le choléra car je n'emprunterai pas cette route.

— Comment ça ? A ce que j'ai compris nous allons évacuer Djalalabad avec armes et bagages ?

— Oui, et je partirai donc moi aussi, mais par la rivière.

— Alors, je vais avec toi.

— En tant que Ash ou Syed Akbar ?

— Syed Akbar car, comme je dois retourner ensuite à Kaboul, ce serait trop dangereux d'agir différemment.

— C'est juste, approuva Zarin. Je vais voir ce que je peux faire

Chez les Guides, une tradition voulait que si un officier mourait alors qu'il servait dans le régiment, on fît tout ce qui était humainement possible pour l'enterrer à Mardan. Aussi, lorsque ses hommes insistèrent pour que le corps de Battye-Sahib ne restât pas à Djalalabad, le cercueil fut exhumé. Mais, vu la chaleur de juin, on décida de le faire voyager sur un radeau, lequel emprunterait la voie offerte par la rivière de Kaboul qui, à travers les passes du Khyber puis cette *terra incognita* que constituait la région de Mallagori, le mènerait jusqu'à Nowshera.

Le risaldar Zarin Khan et trois *sowars* avaient été chargés d'escorter le cercueil. Au tout dernier moment, Zarin avait demandé la permission d'embarquer un cinquième homme, un Afridi arrivé de Djalalabad la veille au soir, et qu'il prétendit être un lointain parent, en ajoutant que sa présence leur serait précieuse car il avait déjà fait ce voyage et connaissait les moindres détours de la rivière.

Cette permission lui fut accordée et, à l'heure sombre qui précède l'aube, le radeau emportant les restes de Wigram vers sa dernière demeure à Mardan, partit pour ce long et hasardeux voyage sur la rivière de Kaboul.

57

La nuit commençait à descendre lorsque le guetteur, qui était demeuré toute la journée couché sur le rebord de la falaise dominant la rivière, leva la tête et émit un sifflement modulé imitant le cri d'un vautour. Soixante mètres plus loin, un second homme dissimulé dans l'anfractuosité d'un rocher relaya le signal, et l'entendit répéter par un troisième.

Ils étaient ainsi plus d'une douzaine postés le long de la rive gauche, mais même avec des jumelles on ne les eût pas repérés, et ceux qui étaient sur le radeau n'avaient pas de jumelles. Toute leur attention visait d'ailleurs à maintenir leur peu maniable esquif à l'écart des rochers et des tourbillons, car la fonte des neiges dans les montagnes du Nord avait démesurément grossi la rivière de Kaboul.

Le bruit des eaux n'avait cependant pas couvert cet appel de vautour, lequel fit vivement tourner la tête au grand Pathan qui se tenait à l'avant, car le soleil se couchait déjà et, à cette heure, un tel cri était insolite.

— Couchez-vous ! Il y a des hommes dans ces rochers ! avertit Zarin Khan en saisissant sa carabine. Debout nous constituons de trop bonnes cibles... Heureusement on n'y voit plus guère et, avec la grâce d'Allah, nous avons une chance de nous en sortir.

— Ils ne nous veulent peut-être aucun mal, dit un Sikh, en vérifiant que son arme était prête à tirer. Ils ignorent qui nous sommes et peuvent penser que nous venons d'un de leurs villages.

Le Pendjabi eut un rire bref :

— Ne te fais pas d'illusions, Dayal Singh. S'il y a des hommes sur les falaises, c'est qu'ils nous attendaient et savent donc très bien qui nous sommes.

A peine achevait-il de parler, la balle du premier coup de feu l'atteignit à la gorge et, battant des bras, il tomba à la renverse dans la rivière.

Le bruit de l'éclaboussement et celui de la détonation retentirent simultanément dans le défilé. Durant un instant, une tache sombre apparut sur l'eau, qui fut vite diluée dans le courant, mais le corps du Pendjabi ne remonta pas à la surface. Tandis que le pilote s'employait de toutes ses forces à rétablir l'équilibre du radeau et le ramener au milieu de la rivière, d'autres balles fouettèrent l'eau. Les trois hommes étendus à plat ventre sur les planches ripostèrent avec la précision issue d'une longue pratique, visant la fumée et l'éclair qui jaillissaient de crevasses dans les rochers. Le cercueil pouvait les protéger quelque peu, mais si tous trois se mettaient à l'abri du côté opposé aux tireurs, le radeau se retournerait.

— Déplacez vite les cantines ! haleta le pilote en manœuvrant sa longue perche afin de maintenir le radeau dans le courant. Ça fera contrepoids pour l'un de vous !

Posant sa carabine, Zarin rampa vers les cantines métalliques qui contenaient des vivres et des munitions pour le voyage. Il les poussa toutes sur le même côté du radeau, tandis que le *sowar* Dayal Singh continuait de tirer. Son compagnon sikh changea de position ; appuyant le canon de son arme sur le cercueil, il visa soigneusement et pressa la détente.

Quelque chose ressemblant à un ballot de vêtements se détacha de la falaise en hurlant, et alla s'écraser sur les rochers qui émergeaient des eaux basses.

— *Shabash,* Suba Singh ! dit Zarin en riant. Voilà qui est bien visé !

Ils étaient tombés dans un piège où l'un des leurs avait déjà laissé la vie et dont ils avaient bien peu de chances de ressortir vivants, mais c'étaient trois hommes dont le métier était de faire la guerre. Ils aimaient le combat pour lui-même et ils plaisantaient en rechargeant leurs armes, tandis que des balles crépitaient autour d'eux. L'une d'elles s'enfonça dans le cercueil ; alors une horrible puanteur envahit l'air du soir, masquant l'odeur de la poudre et de la rivière.

— *Apka mehrbani* (merci), Battye-Sahib, dit posément Suba Singh en esquissant un salut. Tu avais toujours grand soin de tes hommes et, sans toi, cette balle aurait été pour moi. Je m'en vais les punir de t'avoir aussi mal traité !

Il leva la tête, visa soigneusement en tenant compte du mouvement du radeau. Il fit feu et, au sommet de la falaise, un homme écarta les bras, s'effondra en avant, tandis que son mousquet à long canon glissait le long de la paroi rocheuse dans une pluie de pierraille.

— Deux pour nous. Maintenant, tâche de faire mieux, Pathan ! dit le Sikh.

Zarin eut un rictus et, insoucieux des balles qui sifflaient à ses oreilles, visa quelque chose que seul pouvait distinguer un homme ayant grandi comme lui dans une région où chaque pierre peut cacher un ennemi . une étroite crevasse d'où émergeait l'extrémité d'un mousquet. Sa balle passa au-dessus du canon et celui-ci bascula en avant avec une éloquente soudaineté.

— Là... Tu es satisfait ? lança Zarin.

Comme il ne recevait pas de réponse, il tourna la tête et vit un regard fixe au ras du cercueil. Le Sikh avait reçu une balle dans la tempe et, étendu près de lui, Dayal Singh ne s'était rendu compte de rien.

— *Mara gaya?* (Il est mort?) demanda Zarin tout en ayant conscience de l'inutilité de la question.

— Le chien sur qui tu as tiré? Espérons-le! répondit Dayal Singh en étendant le bras pour prendre des munitions. Ce mouvement fit glisser de côté le corps de Suba Singh, qui chut de tout son long au bord du radeau, une main trempant dans l'eau.

Dayal Singh demeura un instant comme pétrifié puis, tout en jurant, il se mit debout pour tirer vers la falaise, rechargeant son arme avec les balles qu'il venait de fourrer dans sa poche.

Le radeau oscilla dangereusement et, y remédiant de tout le poids de son corps, le pilote cria au Sikh de se coucher. Mais, Dayal Singh était possédé par une rage meurtrière qui le rendait sourd à toute objurgation. Un pied de chaque côté du cadavre de son camarade, il tirait sans relâche. Une balle lui entailla le menton, du sang coula dans sa barbe noire, et sa molletière devint rouge quand une seconde balle l'atteignit à la jambe gauche. Mais il continua de tirer imperturbablement jusqu'à ce qu'une autre balle, le frappant en pleine poitrine, le fît tomber en travers du corps inerte de son camarade sikh.

Sous le choc, le radeau pencha fortement de côté et, avant que Zarin ou le pilote ait pu en rétablir l'équilibre, glissant sur les planches mouillées, les deux corps disparurent dans l'eau.

Soulagé de ce double poids, le radeau se redressa de lui-même et, à genoux, Zarin dit :

— C'étaient deux braves... Lourde perte pour les Guides. Et s'il ne fait pas bientôt nuit, toi et moi risquons aussi d'y passer Que ces fils de chiens...

Il s'interrompit, cependant que ses yeux s'étrécissaient

— Tu es touché ! s'exclama-t-il.

— Juste une égratignure. Et toi ?

— Indemne... jusqu'à présent.

Mais il n'y eut pas d'autres coups de feu en provenance de la falaise, peut-être parce qu'on n'y voyait plus suffisamment pour que le radeau constituât une bonne cible Une heure plus tard, les deux hommes avaient laissé derrière eux les falaises aussi bien que les rapides de la rivière, et avançaient sous les étoiles à travers une région se prêtant beaucoup moins aux embuscades.

Le cercueil avait été amarré au radeau à l'aide d'une corde solide mais qui. à la longue, s'était détendue, si bien que maintenant le cercueil bougeait comme si quelqu'un de vivant s'y trouvait enfermé et cherchait à en sortir.

— Reste tranquille, Sahib, ou nous allons te perdre au prochain tournant, grommela Zarin à l'adresse du mort. Y a-t-il un nœud de ton côté, Ashok ?

— Deux, répondit le pilote. Mais si je les défaisais pour les resserrer et que nous heurtions un rocher, ou nous engagions au même instant dans un mauvais passage, le cercueil se détacherait sous l'effet de son poids et nous flanquerait à l'eau. Attends qu'il fasse jour. De toute façon, mes doigts sont trop raides après une journée passée à piloter ce rafiot. Si j'avais pensé que le courant était aussi rapide et que les Mohmands nous tendraient une embuscade, j'y aurais regardé à deux fois avant de partir avec toi.

— Tu as pourtant drôlement insisté... et ça n'était pas pour moi que tu le faisais ! riposta Zarin.

Ash sourit dans l'obscurité :

— Non, mon frère. Je t'ai toujours su parfaitement capable de te débrouiller tout seul. Mais je veux parler au commandant-Sahib avant que ce soit trop tard. Si je le vois à temps, j'arriverai peut-être à le convaincre que cette Mission dont ils parlent est vouée au désastre et qu'il faut y renoncer ou, à tout le moins, la retarder. En outre, j'ai entendu dire que le Gouvernement la ferait escorter par un détachement des Guides dont Hamilton-Sahib aurait le commandement.

— Oui, et alors ? Ce sera un honneur pour lui comme pour les Guides.

— De mourir tels des rats pris dans un piège ? Pas si je puis empêcher ça ! Je vais m'employer à ce qu'il refuse.

— Tu n'y parviendras pas. Il n'est pas dans toutes les armées de l'Empire un seul officier qui déclinerait un tel honneur. Et aucun régiment non plus.

— Peut-être, mais je me dois d'essayer. Je n'ai eu que peu d'amis dans ma vie... Par ma faute, je suppose. Mais Hamilton-Sahib et toi m'êtes particulièrement chers.. Je ne puis endurer l'idée de vous perdre tous les deux . Non, non et *non !*

— Tout d'abord, lui rétorqua Zarin d'un ton rassurant, il

n'est pas dit qu'ils m'envoient à Kaboul. Et si nous arrivons sains et saufs à Mardan, tu verras les choses d'un autre œil. Tu parles ainsi, parce que tu es exténué et que tu as eu l'existence très pénible ces derniers temps.

— Oh ! non. Je parle comme ça parce que, en m'entretenant avec beaucoup d'hommes qui n'ont jamais de rapports avec le *Sahib-log* ou les soldats du Sirkar, j'ai appris quantité de choses qui m'effraient.

Zarin demeura un moment silencieux, puis dit très lentement :

— Je pense qu'il est regrettable pour toi d'avoir pu parler avec de tels hommes. Voici bien des années, quand tu étais encore enfant. mon frère Awal Shah a dit à Browne-Sahib, lequel était alors notre commandant, combien ce serait dommage que tu cesses de parler et penser comme l'un de nous, car peu de Sahibs en étaient capables et tu pourrais un jour rendre de grands services à notre régiment. Alors, on a fait en sorte que tu n'oublies rien de tout ça, et peut-être a-t-on eu tort. Car ainsi, tiraillé entre l'Orient et l'Occident, tu as toujours été pareil à un acrobate de cirque qui galope avec deux chevaux, un pied sur chacun d'eux.

— C'est très juste comme image, reconnut Ash avec un rire bref. Et il y a longtemps que je suis tombé, écartelé entre les deux. Il me faut tâcher d'être désormais un seul homme... si ça n'est pas déjà trop tard. Et pourtant, si c'était à refaire...

— ... tu agirais exactement de la même façon, je le sais, dit Zarin. Chaque homme porte son destin attaché à son cou et ne peut s'en défaire. Passe-moi la perche : à en juger par le bruit, nous approchons de rapides ; si tu ne te reposes pas un peu, ta blessure te causera des ennuis d'ici demain matin. Dans l'obscurité, nous ne risquons pas d'être attaqués et je te réveillerai avant le lever du soleil Tâche de dormir... Mais, avant de t'étendre, attache autour de ta taille un des bouts de la corde, pour que tu ne tombes pas à l'eau si le radeau vient à pencher.

Quand le courant eut emmené le radeau hors des collines de Mallagori, il perdit de sa force en même temps que s'élargissait le lit de la rivière.

Ce ralentissement éveilla Ash ; il vit que c'était l'aube et qu'il se trouvait au milieu d'une plaine. Il fut un moment avant de se persuader qu'autant d'heures avaient pu s'écouler depuis que Zarin lui avait pris la perche des mains, en lui disant de se reposer. Cela lui semblait remonter à quelques minutes seulement et pourtant la nuit était finie.

Quand le soleil monta dans le ciel et que se dissipèrent les brumes du matin, les deux hommes virent en avant d'eux luire comme de l'or les murs de pisé de Michni. Ils accostèrent, achetèrent de quoi manger, et s'entendirent avec un homme pour qu'il aille à cheval porter un message à Mardan. Ils y annonçaient leur arrivée et demandaient qu'on prît les dispositions nécessaires pour venir accueillir le radeau à Nowshera, puis conduire par la route jusqu'au cantonnement le corps du major Battye.

Après avoir mangé, ils repartirent sur la rivière, Ash guidant le radeau à travers l'impitoyable chaleur de juin, tandis que Zarin. exténué, dormait enfin.

Bien que la rivière coulât maintenant sans hâte entre des rives sablonneuses et à travers une région paisible, ce fut pour Ash une journée terrible. Le soleil le frappait à la tête et aux épaules, tel un marteau rougi à blanc, tandis que chaque heure rendait plus pénétrante l'intolérable puanteur exhalée par le cercueil. Mais toute chose a une fin ; au crépuscule, ils atteignirent le pont de bateaux de Nowshera et virent Wally qui, avec un détachement de la cavalerie des Guides aligné sur la route, attendait Wigram pour l'escorter jusqu'à Mardan.

58

Les prières terminées, après la sonnerie « Aux morts » et les salves d'honneur tirées au-dessus du monticule de terre fraîchement remuée, on quitta le cimetière baigné par le clair de lune où il avait fallu réinhumer Battye sans tarder, et Ash put enfin voir Wally seul à seul.

Il avait espéré rencontrer d'abord le commandant, mais le colonel Jenkins recevant chez lui deux officiers supérieurs, amis de Wigram, venus spécialement de Risalpur pour assister à l'enterrement, leur entretien était reporté au lendemain. En attendant, Zarin avait emmené Ash dans la chambre que Wally occupait au fort.

Wally était ravi de revoir Ash mais, encore en proie à l'émotion causée par la seconde inhumation de Wigram, il n'était pas disposé à écouter critiquer le projet d'une Mission britannique en Afghanistan, et encore moins à refuser le commandement de l'escorte qui l'accompagnerait... si on le lui proposait, car ça n'avait pas encore été fait, du moins officiellement.

— Cavagnari a simplement eu la bonté de me dire que, s'il avait la responsabilité de la Mission, il me demanderait en tant qu'attaché militaire pour commander une escorte fournie par les Guides. Et je ne crois pas qu'il m'aurait dit ça, s'il n'avait eu la quasi-certitude de se voir désigner par le Vice-Roi.

— Si vous aviez le moindre bon sens, lui rétorqua Ash, vous prieriez pour que la Mission ne parte pas.

— Que diable voulez-vous dire ?

— Simplement que Shir' Ali s'était efforcé de convaincre nos Seigneurs et Maîtres que son peuple ne verrait jamais d'un bon œil l'installation permanente d'une Mission — britannique ou autre — en Afghanistan. Il avait souligné que, si l'on passait outre, aucun Émir ne serait en mesure de garantir la sécurité de ces étrangers « *même dans sa capitale* ». Wally, ne lisez-vous jamais rien d'autre que de la poésie ?

— Ne soyez pas ridicule. Vous savez bien que si.

— Alors vous connaissez sans doute le livre de Sir John William Kaye sur la Première Guerre afghane, et devriez vous rappeler ses conclusions, lesquelles seraient à graver en lettres de trente centimètres au-dessus de l'entrée du ministère de la Guerre, du palais du

Vice-Roi et du Q.G. de l'Armée à Simla ! Kaye dit que, après d'énormes pertes de vies humaines et d'argent, nous avons laissé un souvenir exécrable en Afghanistan alors que, avant le franchissement de l'Indus par l'armée britannique, le nom de l'Angleterre y était partout révéré, parce que la population l'associait à la sage politique menée naguère par Mountstuart Elphinstone. Désormais, il n'évoque plus qu'une armée d'invasion, ayant semé partout la mort et la désolation. Voilà pourquoi, Wally, cette Mission doit être annulée.

— Il est trop tard pour cela. D'ailleurs...

— Eh bien, qu'on la retarde au moins le plus longtemps possible, afin d'avoir le loisir de travailler à créer un climat de confiance, d'établir des relations amicales avec l'Émir et ses sujets. Et, avant tout, de dissiper la peur qu'ils ont de voir les Britanniques s'emparer de leur pays comme cela s'est passé aux Indes. Même à l'heure actuelle, c'est encore possible si des hommes tels que Lytton, Colley et Cavagnari, se laissent persuader de laisser de côté le bâton pour voir ce qu'on peut obtenir en usant de modération et de bonne volonté. Mais, Wally, je peux vous assurer que si Cavagnari a vraiment l'intention de conduire à Kaboul cette désastreuse Mission, il n'en reviendra pas vivant... ni vous ni aucun de ceux qui l'accompagneront. Soyez-en certain !

— Allons donc ! s'exclama Wally qui l'avait écouté avec une impatience mal dissimulée.

Il fit remarquer que le nouvel Émir lui-même avait accepté la venue de la Mission.

— Sous la contrainte, rectifia sèchement Ash. Et si vous vous imaginez que ses sujets l'ont acceptée aussi, vous êtes à mille lieues de la réalité. Ils y sont plus que jamais opposés, et ce sont eux qui *comptent,* pas l'Émir Ce dernier en est si conscient, qu'il est venu à la conférence de Gandamak prêt à lutter sans rompre d'un pouce, et rien de ce qu'ont pu lui dire tant les généraux que les politiciens, ne l'a fait changer d'avis. Il leur a tenu tête et c'est seulement lorsque Cavagnari a demandé la permission de s'entretenir seul avec lui, qu'il...

— Je sais tout cela, bon sang, puisque j'étais là-bas ! l'interrompit Wally avec humeur. Cavagnari a fini par le convaincre.

— Vous croyez ? J'imagine plutôt qu'il l'a menacé. Tout ce qu'on sait avec certitude, c'est qu'il a forcé l'Émir à céder et s'est vanté ensuite de lui avoir « drôlement frotté les oreilles ». Inutile de secouer la tête, car c'est vrai. Si vous ne me croyez pas, posez-lui donc la question Il ne le niera sûrement pas. Mais il aurait bien mieux fait de garder ça pour lui, parce que le bruit s'en est répandu et je ne pense pas que cela contribue à lui gagner l'Émir. Pas plus que son peuple d'ailleurs, lequel reste persuadé que cette présence de la Grande-Bretagne en Afghanistan ne peut être que le prélude à l'annexion de leur patrie, tout comme les premiers petits comptoirs de la Compagnie des Indes ont conduit à l'annexion de ces dernières.

Wally déclara se rendre très bien compte que la Mission ne serait pas reçue à bras ouverts, loin de là, mais qu'il appartiendrait à ses membres de se mettre ensuite en bons termes avec les Afghans et les convaincre qu'ils n'avaient rien à craindre.

— Nous nous y emploierons à fond, je vous le promets. Et si quelqu'un est capable de réussir un coup comme ça, c'est Cavagnari. Ça, j'en suis certain !

— Eh bien, vous êtes dans l'erreur. Il aurait pu y parvenir, mais en traitant aussi cavalièrement l'Émir, il se l'est aliéné. Ya'kub Khan n'est pas homme à pardonner une insulte et non seulement il lui marchandera toute aide, mais il intriguera derrière son dos. Wally, je sais de quoi je parle. J'ai vécu pendant des mois d'affilée dans ce satané pays... Je suis très au courant de ce qui s'y dit. Les Afghans ne veulent pas de cette Mission et ne sont pas d'humeur à accepter qu'on la leur impose de force.

— Alors, tant pis pour eux ! lança Wally avec brusquerie. Ils l'auront, que ça leur plaise ou non. D'ailleurs, nous leur avons administré une telle râclée dans le Khyber et le Kurram que ça leur a servi de leçon. Vous verrez qu'ils ne sont pas près de recommencer !

Ash s'immobilisa, les mains si violemment crispées sur le dossier d'une chaise que leurs articulations blanchirent. Se forçant à parler calmement, il déclara que ça n'avait pas servi de leçon aux Afghans, pour la simple raison qu'ils ne savaient pas avoir été battus.

— C'est précisément une des choses que je suis venu expliquer au commandant : des insurrections s'étant produites dans le Turkestan et le Badakchan, on a dû y envoyer les régiments qui venaient d'être battus ; alors, pour les remplacer, l'Émir a fait appel à des engagés volontaires et ces nouvelles troupes ne sont guère qu'une sorte de cohue indisciplinée qui, n'ayant jamais été au contact des Britanniques, ignore tout des défaites subies. Au contraire, ces hommes ont avalé un tas de contes sur les « glorieuses victoires afghanes » et, ce qui est pire, ils n'ont pas touché leur solde depuis des mois, l'Émir déclarant que le Trésor n'a pas de quoi les payer Alors ils rançonnent les malheureux paysans, et je crois que, finalement, mieux vaudrait pour l'Émir pas de troupes du tout. Il en a déjà perdu le contrôle et elles vont sans aucun doute constituer une grave menace pour n'importe quelle Mission diplomatique qui s'installera à Kaboul en comptant sur ces gens-là pour maintenir l'ordre : non seulement ils en sont incapables, mais ils n'ont aucun désir de le faire.

Wally rétorqua avec humeur que Cavagnari était certainement au courant de tout ça, vu que de nombreux agents le tenaient informés. Ash en convint, mais ajouta :

— L'ennui, c'est que ses informateurs vont et viennent. Or il faut avoir vécu à Kaboul durant ces derniers mois pour se rendre compte de la situation. Aussi instable que l'eau, elle présente autant de danger qu'un wagon plein de poudre, car on ne peut raisonner cette soldatesque indisciplinée et qui n'a pas été payée. Comme ces gens-là n'ont pas pris part aux récentes hostilités, le retrait de nos troupes signifie pour eux que l'envahisseur britannique a été vaincu. Ils ne verront donc aucune raison que leur nouvel Émir permette à une poignée de ces *Angrezi-log* vaincus, haïs et méprisés, d'établir une Mission permanente à Kaboul. S'il le fait, cela leur paraîtra une preuve de faiblesse et ils n'auront plus de considération pour lui, ce qui ne facilitera pas les choses.

Juché sur un coin de la table, balançant un pied botté, Wally regardait par la fenêtre le clair de lune baigner l'intérieur du petit fort. Au bout d'un moment, il dit très lentement :

— Wigram nous répétait que, pour rien au monde, il n'aurait voulu être à votre place, car vous ne saviez pas au juste quelle était votre patrie. Mais je crois qu'il se trompait. J'ai le sentiment que vous avez fini par pencher carrément d'un côté... qui n'est pas le nôtre.

Ash ne répondit pas. Alors, Wally reprit :

— J'avais toujours pensé que, si vous vous trouviez contraint de vous prononcer, ce serait nous que vous choisiriez. Je n'imaginais pas... Enfin, bref, inutile de discuter plus longtemps. Nous ne tomberons jamais d'accord tant que vous considérerez la situation du point de vue des Afghans et moi, du nôtre.

— C'est-à-dire, le point de vue de Cavagnari, Lytton et Cie, lança Ash.

Wally esquissa un haussement d'épaules :

— Si vous voulez.

— Non, moi, ce que je veux, c'est votre point de vue personnel, Wally

— Le mien ? Ma foi, je le croyais évident. Certes, je ne connais pas comme vous ces hommes des tribus, mais je sais qu'ils méprisent les faibles. Or, de quelque côté que vous mettiez les torts, il n'en reste pas moins que nous leur avons déclaré la guerre et l'avons gagnée. Nous avons contraint leur Émir à venir jusqu'à Gandamak signer un traité avec nous, traité dont une des clauses les plus importantes est que nous sommes autorisés à installer une Mission à Kaboul. Alors, si nous reculions maintenant, ça leur donnerait l'impression que nous n'avons pas assez de cœur au ventre pour affirmer nos droits de vainqueurs et, en conséquence, ils nous mépriseraient. Nos hommes aussi nous mépriseraient... Demandez plutôt à Zarin, Awal Shah ou Kamar Din ce qu'ils en pensent, et leur réponse vous surprendra.

— Non, pas du tout, répondit Ash avec lassitude. Je sais qu'ils auront la même réaction que vous. Tout découle de ce vaniteux besoin de « sauver la face », qui nous a déjà coûté tant de sang et de larmes. Nous ne voulons pas risquer de « perdre la face », même si cette attitude est non seulement téméraire mais très dangereuse et, en l'occurrence, absolument inutile.

— Dieu me pardonne, le voilà de nouveau qui reprend son antienne : « Ce n'est pas juste ! », dit Wally avec un soupir. C'est en vain, vous perdez votre temps.

— Je le suppose, en effet, reconnut Ash calmement. Mais on se doit quand même d'essayer. Espérons que le commandant, comprenant mieux la gravité de la situation, saura convaincre Cavagnari et tous ces partisans de la politique d'expansion, que cette Mission serait une faute. Mais j'avoue ne pas attendre grand-chose de bon de ces gens de Simla... pas plus d'ailleurs que de l'Homo sapiens en général !

Wally éclata de rire et, pour la première fois ce soir-là, redevint le garçon plein de gaieté et d'insouciance qu'il était à Rawalpindi :

— Allez, Ash, cessez de jouer les prophètes de malheur ! Nous ne sommes quand même pas aussi incapables que vous le pensez. Tenez, je suis prêt à vous parier ce que vous voudrez, que Cavagnari entortillera si bien les Afghans que, moins d'un mois après notre arrivée à Kaboul, ils lui mangeront dans la main ! Il saura se les rallier, exactement comme Sir Henry Lawrence avait su, avant la Révolte des Cipayes, se rallier les Sikhs vaincus... Vous verrez !

— Oui... Oui, je verrai...

— Mais bien sûr ! J'oubliais que vous serez vous-même a Kaboul. Quand y retournez-vous ?

— Dès que j'aurai été reçu par le commandant... ce qui se produira demain j'espère. Il est inutile que je m'attarde ici, n'est-ce pas ?

— Si vous pensez à vos chances de m'amener à refuser le commandement de l'escorte, au cas où on me l'offrirait, c'est inutile, en effet

— Quand comptez-vous être fixé ?

— Probablement dès que Cavagnari sera rentré de Simla.

— Simla ! J'aurais dû me douter qu'il était là-bas !

— En effet, oui. Il y est allé par le Khyber avec le général Sam, puis il a filé aussitôt faire son rapport au Vice-Roi.

— Et recevoir sa récompense pour avoir contraint, par la menace, Ya'kub Khan à accepter les conditions de ce lamentable traité de paix, ajouta Ash avec acidité. Il sera au moins fait chevalier... Sir Louis Cavagnari, Chevalier Commandeur de l'Ordre de l'Étoile des Indes, etc., etc.

— Pourquoi pas ? se hérissa Wally. Il le mérite.

— Sans aucun doute. Mais, à moins qu'il n'arrive à persuader son ami Lytton de différer l'envoi de la Mission jusqu'à ce que Ya'kub Khan ait eu la possibilité de rétablir un peu l'ordre à Kaboul, ça risque d'être aussi son arrêt de mort, le vôtre, et celui de tous ceux qu'il emmènera avec lui. La composition de l'escorte est-elle déjà connue ?

— Pas officiellement, non, mais c'est une affaire pratiquement réglée. Pourquoi ?

— Je voulais savoir si Zarin en faisait partie.

— Pour autant que je sache, non. Pas plus qu'Awal Shah. Ni aucun de vos amis, à vrai dire.

— Sauf vous.

— Oh ! vous n'avez pas à vous tracasser pour moi ! lui assura Wally avec entrain. Je suis né sous une bonne étoile. C'est de vous-même que vous devriez vous occuper. Vous ne pouvez rester indéfiniment en Afghanistan à veiller au grain pour vos amis. Alors, pour une fois, permettez-moi de vous donner un conseil : quand vous verrez le commandant, demandez-lui de vous rappeler. S'il le faut, demandez-le-lui à genoux. Dites-lui que nous avons besoin de vous... Ce qui, Dieu me damne, est la pure vérité !

Ash demeura un moment à le considérer d'un air étrange, faillit dire quelque chose, puis se ravisa et demanda quand la Mission était censée partir... si elle partait.

— Oh ! pour partir, elle partira ! Et probablement dès que Cavagnari sera rentré de Simla. Mais, comme je vous l'ai dit, rien n'est encore arrêté et, pour ce que j'en sais, le Vice-Roi a peut-être d'autres idées sur la question.

— Espérons-le, car elles ne peuvent pas être pires que celle-là. Alors, au revoir, Wally... J'ignore quand nous nous rencontrerons de nouveau mais, pour votre bien, je souhaite que ce ne soit pas à Kaboul.

Il tendit la main et Wally la serra chaleureusement en disant :

— Où que ce soit, ce ne sera jamais trop tôt, vous le savez. Et si c'est à Kaboul, vous me verrez tout joyeux d'y être. Une chance pareille n'arrive qu'une fois dans la vie ! Et si tout se passe bien, il y aura de l'avancement pour le petit Hamilton, qui se rapprochera ainsi du bâton de maréchal ! Vous ne voudriez quand même pas que je rate une pareille occasion ?

Quand Ash lui rapporta cette conversation, le lendemain matin, Zarin partagea sensiblement le point de vue de Wally. Il ne dit pas carrément à son ami que ses avertissements n'étaient pas de saison, mais le lui laissa entendre :

— Nous ne sommes plus des enfants, tu sais, mais des hommes, et très capables de nous occuper de nos affaires. Awal Shah m'a dit avoir vu le commandant-Sahib, qui te recevra tantôt.

Zarin évita de rencontrer le regard de Ash et le quitta en déclarant qu'il serait de retour avant deux heures de l'après-midi, afin de le conduire au bungalow du commandant. Il lui conseilla de dormir en attendant, s'il voulait repartir pour Kaboul le soir même, vu que l'on ne pouvait voyager de jour par une telle chaleur.

Mais Ash ne dormit pas. Non seulement parce qu'on étouffait dans la petite chambre de Zarin, mais parce qu'il avait trop de choses en tête et une décision vitale à prendre.

Les années qui paraissaient d'abord s'écouler avec tant de lenteur, avaient de plus en plus accéléré leur cours, comme un train qui prend de la vitesse. Assis par terre, jambes croisées, Ash voyait un tas de Zarin défiler sur l'écran d'un mur blanchi à la chaux. Le Zarin qui lui était apparu pour la première fois, chez Koda Dad au Hawa Mahal : un grand beau garçon, sachant déjà monter et tirer comme un homme. Un Zarin plein d'ardeur et d'assurance qui s'en allait de Gulkote sur son beau cheval pour s'engager dans la cavalerie des Guides. Zarin à Mardan, en uniforme de *sowar*; Zarin le consolant de la mort de Sita, et lui ébauchant un avenir avec l'aide d'Awal Shah. Un Zarin plus âgé, l'attendant sur le quai à Bombay, en qui il avait retrouvé toujours le même ami sûr, le même grand frère...

Quand Ash était revenu à Mardan avec le statut d'officier, il craignait que leurs relations ne survivent pas à ce soudain renversement de situation. Mais tout s'était bien passé, grâce beaucoup plus au solide bon sens et à l'esprit pondéré du plus jeune fils de Koda Dad, qu'aux propres qualités de Ash. Après ça, il avait eu le sentiment que, la mort exceptée, leur amitié survivrait à tout, et il n'aurait jamais imaginé qu'elle se terminerait ainsi.

Car c'était la fin, il s'en rendait parfaitement compte. Ils ne pouvaient plus continuer de se voir et se parler comme ils le faisaient jusqu'alors : leurs chemins avaient déjà divergé et le temps était venu pour Ash de marcher à son pas.

C'était quelque chose que Wigram lui avait dit, un jour, et dont il s'était toujours souvenu : « Si un homme ne marche pas au même pas que ses compagnons, c'est peut être parce qu'il entend un autre tambour : alors il doir obéir à ce qu'il entend. » Sage conseil qu'il était grand temps de mettre en pratique. Car Ash n'avait encore jamais réussi à marcher au même pas que ses compagnons, qu'ils fussent européens ou orientaux, parce que lui-même n'appartenait ni à l'Orient ni à l'Occident.

L'heure était venue de clore le livre de Ashok-Akbar-Ashton Pelham-Martyn, du régiment des Guides, de le ranger sur une étagère, et d'entamer un autre volume, « Le Livre de Juli », où il serait question de Ash et de Juli, de leur avenir et de leurs enfants. Peut-être un jour, quand il serait vieux, reprendrait-il ce premier tome et, après avoir soufflé sur la poussière le recouvrant, il se mettrait à le feuilleter pour revivre le passé... avec plaisir et sans regrets. Mais, pour le moment, mieux valait laisser tout cela de côté et l'oublier.

Quand Zarin revint, la décision était prise et, sans que Ash en eût rien dit, Zarin en fut aussitôt conscient. Non pas à cause d'une quelconque tension entre eux, car ils se sentaient toujours aussi à l'aise vis-à-vis l'un de l'autre, comme s'il n'y avait rien de changé. Mais, à quelque chose d'indéfinissable, Zarin se rendit compte que Ashok s'était soudain éloigné de lui et il sut, sans qu'il fût besoin de l'exprimer, que ça ne serait jamais plus comme avant.

— Ou peut-être quand nous serons vieux, se dit Zarin comme Ash l'avait fait. Il chassa cette pensée de son esprit et se mit à parler gaiement du présent, des choses qu'il projetait, — par exemple, faire un saut jusqu'à Attock pour aller voir sa tante Fatima — en attendant qu'arrive pour Ash le moment d'aller voir le commandant.

L'entretien fut beaucoup plus long que celui de la veille avec Wally car, désireux à tout prix de convaincre le colonel Jenkins, Ash était entré dans tous les détails de la situation telle qu'elle se présentait alors à Kaboul. N'ignorant pas que son régiment serait très probablement mêlé aux événements, le commandant l'avait écouté avec beaucoup d'attention. Après lui avoir posé un certain nombre de questions très pertinentes, il lui avait promis de faire tout ce qui lui serait possible, mais en avouant n'avoir pas grand espoir de réussir.

Ash le remercia et enchaîna alors sur des questions plus personnelles. Il avait une requête à présenter, une chose à laquelle il avait beaucoup pensé au cours des derniers mois, mais à propos de laquelle il n'était arrivé à une décision que le matin même, quand il se trouvait chez Zarin. Il demanda à être relevé de ses devoirs, et qu'on lui permît de quitter non seulement les Guides, mais l'armée.

Il avait bien pesé la chose et, après y avoir mûrement réfléchi, la conclusion s'était imposée à lui qu'il n'était pas destiné à faire un officier de carrière. Il présumait que Wigram avait parlé d'Anjuli au commandant ? Jenkins opina en silence. Dans ce cas le commandant devait comprendre à quelles difficultés il lui fallait faire face. S'il avait pu retourner à Mardan vivre ouvertement avec sa femme, sans doute serait-il arrivé à s'accommoder de la vie militaire aux Indes britanniques. Mais comme, pour plusieurs raisons, une telle chose n'était pas envisageable, il sentait le moment venu de changer d'existence, pour lui et pour sa femme...

Le commandant lui témoigna d'autant plus de compréhension et de sympathie qu'il se sentait soulagé d'un grand poids. Étant donné l'histoire de cette veuve hindoue que — selon ce pauvre Wigram — Ashton disait avoir épousée, le scandale eût été très grand si la chose s'était ébruitée. Aussi valait-il mieux, en effet, pour le Régiment comme pour Ashton, que le jeune homme démissionne et retourne à la vie civile où il pourrait agir à sa guise. Et, comme le général Browne avait déjà quitté le Pakistan, le commandant n'hésita pas à dire que la mission de Ash, en tant qu'agent de renseignements attaché aux Forces armées de la Vallée de Peshawar, était terminée. Il accepta aussi la démission du jeune homme pour ce qui était des Guides, et lui promit de s'arranger pour qu'il puisse également démissionner de l'armée sans difficulté. Mais, en retour, il allait lui demander une faveur.

Ashton consentirait-il à demeurer un peu plus longtemps à Kaboul (disons un an), pour continuer son activité d'agent de renseignements au profit de l'escorte des Guides ? A supposer, bien sûr, que la fameuse Mission devienne une réalité ?

— Je vais communiquer à Simla ce que vous venez de m'apprendre et je ferai tout ce qui est en mon pouvoir pour tâcher d'obtenir que cette Mission ne parte pas... Mais, comme je vous l'ai déà dit, j'ai peu d'espoir d'arriver à un résultat. Or, si la mission part, le jeune Hamilton l'accompagnera certainement, en qualité d'attaché militaire commandant l'escorte fournie par les Guides. Aussi, après ce que vous venez de m'apprendre, j'aimerais bien vous savoir dans son voisinage, prêt à lui fournir tout renseignement dont il aurait besoin concernant la situation à Kaboul, l'attitude de la population locale, etc. Si la Mission ne partait pas ou si, finalement, ça n'étaient pas les Guides qui fournissaient l'escorte, je vous avertirais aussitôt et, dès cet instant, vous pourriez vous considérer comme rendu à la vie civile, sans même avoir besoin de revenir ici.

L'eût-il voulu, que Ash aurait pu difficilement opposer un refus à une requête présentée en ces termes. Mais il n'avait aucune envie de refuser, car cela faisait son affaire. En effet, Juli se plaisait à Kaboul, et ils auraient ainsi davantage de temps pour décider de ce qu'ils feraient, où ils iraient ensuite. De plus, cela lui permettrait de revoir souvent Wally, lequel n'aurait pas besoin de savoir, avant que l'année en question touchât à sa fin, que Ash avait démissionné et ne rejoindrait jamais plus les Guides.

La lune se levait quand Ash quitta Mardan pour la dernière fois. Zarin l'accompagna jusqu'au-delà des sentinelles, et le regarda s'éloigner à travers la plaine opalescente.

En se quittant, ils s'étaient embrassés et avaient, comme si souvent déjà, échangé les formules habituelles en pareil cas : *Pa makhe da kha...* Que l'avenir te sourie... *Amin sara...* Et à toi aussi. Mais, au fond de son cœur, chacun d'eux savait qu'ils les échangeaient pour la dernière fois, que c'était un adieu définitif. Ils avaient atteint le carrefour à partir duquel leurs chemins ne cesseraient de diverger et ne se croiseraient jamais plus, pour aussi souriant que pût être l'avenir de l'un comme de l'autre.

Ash se retourna. Il vit que Zarin n'avait pas bougé, petite forme sombre dans le paysage baigné par la lune. Alors il leva le bras en un bref salut, puis repartit et ne s'arrêta plus avant d'avoir atteint Khan Mai, quand Mardan avait depuis longtemps disparu au loin dans les replis de la plaine

— Il ne me reste plus que Wally... pensa Ash. *Mon frère Jonathan, tu m'étais délicieusement cher...*

Les quatre piliers de sa maison imaginaire s'écroulaient l'un après l'autre. D'abord Mahdoo, puis Koda Dad, et maintenant Zarin. Ne restait que Wally, lequel n'était plus l'ami à toute épreuve de naguère, sollicité maintenant par d'autres intérêts, des points de vue différents.

Ash se demanda combien de temps encore s'écoulerait avant qu'il ne laisse Wally aussi derrière lui, comme Zarin. Ce ne serait quand même pas pour tout de suite, car ils allaient sans doute se retrouver prochainement à Kaboul. Et puis il n'avait aucune raison de perdre Wally comme il avait perdu Zarin. Mais, à supposer même que cela se produisît, l'importance serait-elle aussi grande maintenant qu'il avait Juli ?

Ash retourna vers Kaboul par la passe de Malakand ; la ville lui apparut au milieu de la plaine, comme écrasée par la poussière et la chaleur, laquelle était beaucoup plus torride qu'à Mardan bien que Kaboul se trouvât à dix-huit cents mètres d'altitude. Comme il y pleuvait rarement, la terre était aride. Mais, le soir, la brise venant des neiges de l'Hindou Kouch rafraîchissait le dernier étage de la maison du Sirdar, si bien que les nuits y étaient relativement agréables. Et puis Anjuli l'attendait.

Les deux époux se parlèrent peu ce soir-là, Ash se bornant à dire quelques mots de son voyage éclair à Mardan, et aussi de la façon dont il avait quitté Zarin. Le lendemain, en revanche, et durant toutes les longues journées de juin qui suivirent, ils discutèrent de l'avenir. Mais avec détachement et sans urgence aucune, car Nakshband Khan les suppliait de rester, disant que, même s'il ne venait pas de Mission britannique à Kaboul, ils n'avaient aucun besoin de s'en aller avant l'automne, où il ferait quand même plus frais pour voyager. Rien ne pressait !

Toutefois, on était à peine au milieu de juillet quand se mirent à courir d'inquiétants récits de villages pillés par des soldats en débandade, qui n'avaient pas été payés. Depuis la signature du traité de paix, il en arrivait d'un peu partout en Afghanistan, convergeant tous vers Kaboul.

Chaque jour apportait sa moisson d'échos alarmants, dont le Sirdar finit par s'émouvoir au point de renforcer les barreaux des portes et fenêtres.

— A ne croire même que la moitié de ce qui se raconte, déclara-t-il, nul n'est plus en sûreté. Ces hommes se disent peut-être encore soldats mais, depuis des semaines qu'ils n'ont pas reçu leur solde, ils en sont à ne valoir guère mieux que des bandits. Ils pillent la vallée, prennent aux paysans tout ce qui leur fait envie, et tuent quiconque leur résiste.

L'air même qu'on respirait semblait charrier une menace de violences et de troubles. Aussi, par moments, Ash éprouvait-il la tentation d'abandonner son poste et d'emmener Juli au loin, l'Afghanistan lui semblant devenir un pays beaucoup trop dangereux pour qu'elle y reste. Mais il avait donné sa parole au commandant et ne pouvait faillir à ses engagements car, à présent, plus personne n'ignorait qu'une Mission britannique était en route vers Kaboul, conduite par Cavagnari-Sahib et escortée par un détachement des Guides.

livre huitième

le pays de caïn

La Résidence, à Kaboul

d'après des plans d'epoque approximatifs

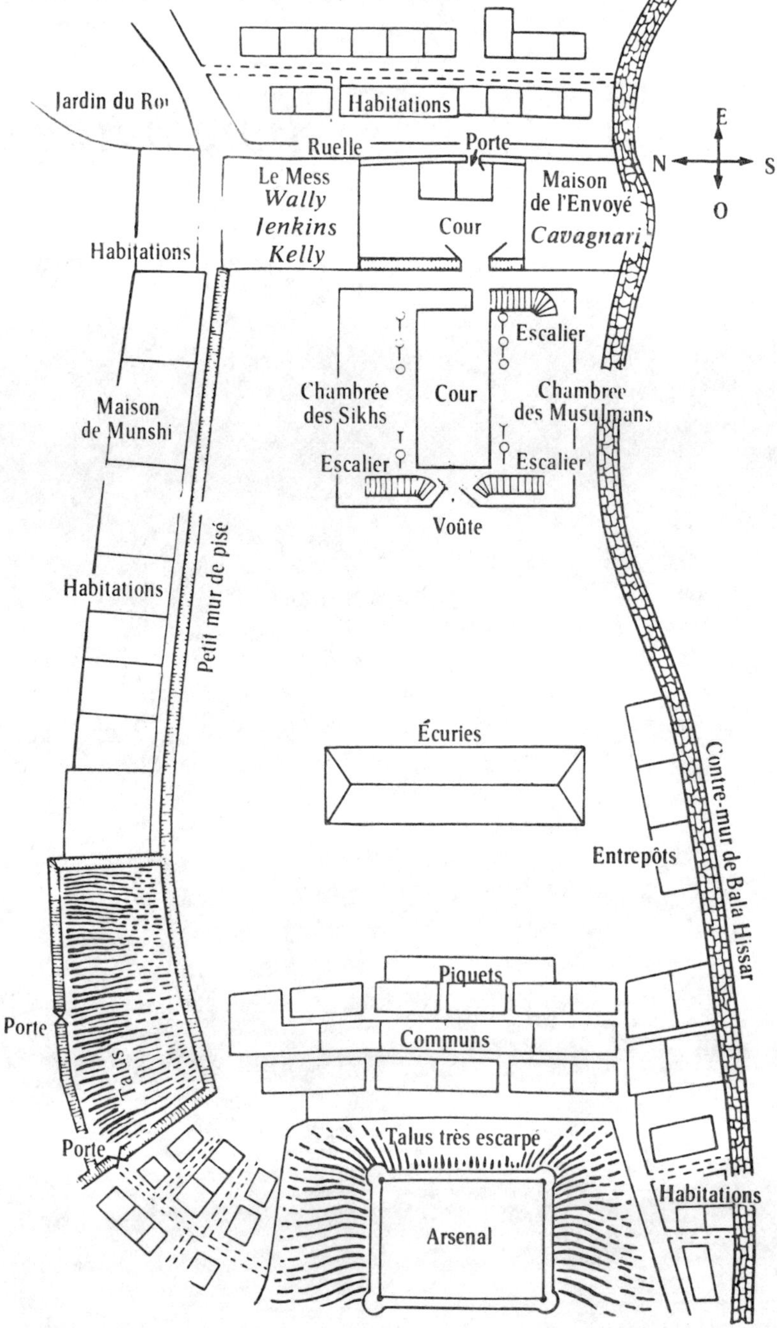

59

Le major Cavagnari était arrivé à Simla au début de juin pour discuter, avec son ami le Vice-Roi, de la mise en œuvre du traité de Gandamak. Et aussi pour recevoir la récompense que lui valait le fait d'avoir amené le nouvel Émir, Ya'kub Khan à le signer. Quand il en repartit, au mois de juillet, il était devenu le major Sir Louis Cavagnari, chevalier de l'Ordre de l'Étoile des Indes, Ministre plénipotentiaire et Envoyé extraordinaire de Sa Majesté à la Cour de Kaboul.

En l'espace de quelques jours, la Mission fut prête.

Si l'on considérait qu'il avait fallu une guerre pour arriver à l'envoyer, cette Mission se révélait étonnamment modeste. C'est que Pierre-Louis Napoléon n'était pas un imbécile. Si le Vice-Roi, Lord Lytton (qui voyait là un premier pas vers la présence permanente des Britanniques en Afghanistan, et donc un succès pour la politique d'expansion), ne doutait pas de la réussite, le nouveau Ministre plénipotentiaire se montrait beaucoup moins optimiste.

A la différence de Lord Lytton, Cavagnari avait une grande expérience de l'Afghanistan et, bien que Ash pût penser le contraire, se rendait compte des risques qu'il y avait à imposer par la force cette présence britannique à une population extrêmement réticente. Il avait aussi parfaitement conscience que rien, hormis une armée, ne pouvait garantir la sécurité de n'imorte quelle Mission britannique. En conséquence, ne voulant pas risquer plus de vies qu'il n'était nécessaire, Cavagnari avait réduit la délégation au minimun, sa suite personnelle se composant seulement de trois hommes : William Jenkyns, secrétaire et conseiller politique, un officier-médecin, le Major Ambrose Kelly, et un attaché militaire, le lieutenant Walter Hamilton, ces deux derniers appartenant aux Guides. Hamilton avait le commandement d'une escorte triée sur le volet, comprenant vingt-cinq cavaliers et cinquante-deux fantassins, également des Guides.

C'était tout, en dehors d'un infirmier et du petit personnel indispensable : serviteurs, *syces*, etc. Tout en ayant grand soin de ne pas doucher l'enthousiasme du Vice-Roi, Cavagnari avait confié à certains de ses intimes de Simla qu'il estimait avoir quatre chances sur cinq de ne jamais revenir de cette mission, mais en ajoutant que si sa mort devait permettre « d'étendre la frontière jusqu'à l'Hindou Kouch », il ne se plaindrait pas.

Wally s'attendait à commander quelque chose de beaucoup plus important, qui eût fait honneur à l'Empire britannique et impression sur les Afghans. Aussi fut-il très déçu, mais il se consola en pensant que c'était peut-être mieux ainsi pour le prestige : les grandes puissances n'ont pas besoin d'afficher leur force, car elle est connue du monde entier.

Il ne trouva pas non plus curieux que Cavagnari eût l'intention de se rendre à Kaboul en empruntant la vallée de Kurram et le défilé de Shutergardan, plutôt que la passe du Khyber qui constituait un chemin à la fois plus court et plus facile. En revenant d'Afghanistan après la signature du traité, il avait pu constater que la chaleur, la sécheresse et le choléra avaient transformé ce raccourci en un véritable charnier.

A côté de ça, même en cette saison, la vallée de Kurram devait sembler un paradis ; en outre, elle ne faisait plus partie de l'Afghanistan car, aux termes du traité, elle venait d'être cédée aux Britanniques. Les troupes victorieuses n'avaient donc pas eu à l'évacuer, et Wally s'estimait ainsi assuré de la tranquillité jusqu'à la frontière afghane. En quoi il se trompait.

Les traités et accords entre gouvernements laissaient indifférentes les tribus nomades, lesquelles continuaient à harceler les garnisons, assassinant soldats et serviteurs, volant armes, munitions et animaux de faix. On emmenait des chameaux sous le nez même des sentinelles ; les caravanes qui transportaient des fruits d'Afghanistan vers les Indes étaient attaquées et pillées dans le défilé de Shutergardan. Rien qu'en juillet, un médecin militaire avait été poignardé ; un officier indien du 21e Punjabis avait été attaqué et tué, ainsi que son ordonnance, alors qu'ils se trouvaient à une courte distance seulement de leur escorte. Le général Roberts lui-même n'avait échappé que de justesse aux hommes d'Ahmed Khel...

— Ils seront tous tués... jusqu'au dernier ! s'exclama John Lawrence, qui avait été lui-même Vice-Roi des Indes, lorsqu'on apprit à Londres que la Mission britannique était partie pour Kaboul.

Et rien que la situation dans la vallée de Kurram avait de quoi justifier ce pessimisme. La paix était loin d'y régner ; aussi, pour assurer la protection de la Mission, avait-on détaché une batterie d'artillerie de montagne, un escadron de lanciers du Bengale, plus trois compagnies de Highlanders et de Gurkhas. En sus de quoi, pour honorer le nouveau Ministre plénipotentiaire, le général Roberts et une cinquantaine de ses officiers avaient tenu à faire un bout de chemin avec lui.

C'est aussi royalement escorté que Sir Louis Cavagnari et les membres de la Mission étaient arrivés à Kasim Khel, point situé à trois milles de la frontière afghane. On décida d'y camper pour la nuit. Un dîner d'adieu fut offert au général et à sa suite, dîner très enjoué malgré la séparation qui devait avoir lieu le lendemain et l'avenir incertain.

On se coucha fort tard et, le lendemain matin, l'envoyé de l'Émir, le sirdar Khushdil Khan, suivi par un escadron du 9e de Cavalerie afghane, arriva au camp pour escorter la Mission dans la dernière partie de son voyage.

Le représentant de l'Émir était accompagné par le chef de la tribu des Ghilzais, grand, maigre, avec une barbe grise et un visage en lame de couteau. Il se nommait Padshah Khan et, d'emblée, il inspira une vive méfiance à Wally, lequel n'avait d'ailleurs guère meilleure opinion de Khushdil Khan, visage sinistre et regard fuyant. Il s'en ouvrit en aparté au médecin-major Kelly, lequel partagea entièrement son sentiment, tout en remarquant qu'ils n'avaient pas le choix : jusqu'à ce qu'ils aient atteint Kaboul, leur sécurité était entre les mains de ces deux hommes et des ruffians à leurs ordres.

— Ce qui, je dois l'avouer, confia le médecin dans un murmure, n'est pas spécialement réconfortant.

Vêtus d'uniformes composites rappelant aussi bien l'armée britannique que celle du Bengale, les « ruffians » en question étaient montés sur de petits chevaux osseux. Comme ils étaient armés de carabines à canon lisse et de cimeterres, Wally estima que, si l'on en venait au pire, ses Guides auraient facilement le dessus. En fait, ils eussent prêté plutôt à sourire sans la férocité de leurs visages barbus au regard dur.

Mais Wally avait d'autant moins envie d'en rire qu'il les savait ignorer aussi bien la peur que la pitié. Comme le Major Kelly, il ne trouvait rien de réconfortant à l'idée que ce fût sur de tels hommes que l'Émir d'Afghanistan devait compter pour maintenir l'ordre à Kaboul et y assurer la sécurité de la Mission britannique.

— S'ils tentent quoi que ce soit sur la route, nous sommes en mesure de le leur faire regretter, pensa Wally. Mais il y en aura toujours d'autres pour les remplacer... des centaines... des milliers d'autres... alors que nous sommes moins de quatre-vingts.

Si c'était vraiment là ce que l'Émir pouvait envoyer de mieux pour accueillir une mission diplomatique et veiller à sa sécurité, alors Ash n'exagérait certainement pas dans son appréciation de la situation, et Wally l'avait mal jugé.

Cinq jours plus tard, la mission britannique fut reçue à Kaboul avec les mêmes honneurs que le général Stolietoff et ses Russes. Il n'y eut d'autres différences que celle des hymnes nationaux, et aussi le fait que la suite de Stolietoff était beaucoup plus nombreuse. Ni l'une ni l'autre de ces arrivées n'était vue d'un bon œil par la population, mais un spectacle reste toujours un spectacle. Aussi, comme la précédente fois, les habitants de Kaboul se déplacèrent en masse pour profiter de cette *tamarsha* et voir d'autres diplomates étrangers dans les howdahs dorés des éléphants d'apparat.

Sir Louis estima n'avoir vraiment aucune critique à formuler. Cette foule, les acclamations des enfants, les éléphants si richement caparaçonnés, tout le confirmait dans le sentiment qu'il avait eu raison d'insister pour que l'Émir observe scrupuleusement les accords de Gandamak, et accepte sans plus de délai une présence britannique à Kaboul. C'était maintenant fait et, visiblement, les choses allaient se passer beaucoup mieux que lui-même ne l'avait pensé. Aussitôt terminée l'installation de la Mission, il travaillerait à se faire un ami personnel de Ya'kub Khan et à être en bons termes avec ses ministres. Ce serait un premier pas dans l'établissement de liens solides et durables avec l'Afghanistan. Oui, tout allait se passer au mieux.

Le reste de la Mission diplomatique avait une impression non moins favorable et, tout en scrutant cette mer de visages dans l'espoir d'y reconnaître Ash, Wally pensait : « Quel alarmiste, cet Ash ! A l'entendre, Kaboul était en ébullition, les Afghans nous détestaient, et ne pouvaient endurer l'idée que des étrangers s'installent dans leur capitale. Or il suffit de voir ces gens pour se rendre compte que ça n'est pas vrai. On dirait des gosses se bousculant pour avoir un morceau de gâteau ! »

Image beaucoup plus exacte que ne l'imaginait Wally. La population s'attendait à un gâteau et si Wally s'était retourné, il aurait pu constater que l'excitation avide des gens faisait place à une sorte de stupeur incrédule lorsqu'ils s'apercevaient que la Mission britannique se réduisait à cette poignée d'hommes. Ils avaient escompté, de la part du Vice-Roi, quelque chose de beaucoup plus fastueux et impressionnant. Ils étaient très déçus

Mais Wally ne se retourna pas et ne vit pas non plus le visage qu'il cherchait.

Ne voulant pas courir le risque d'être reconnu par l'un ou l'autre des visiteurs, dont le regard insistant eût attiré l'attention sur lui, Ash était demeuré volontairement à l'écart, se contentant d'écouter, de la terrasse du sirdar Nakshband Khan, le vacarme des trompettes, cymbales et canons qui annonçait l'arrivée de l'Envoyé extraordinaire à la Porte Shah Shahie de la grande citadelle de Kaboul, Bala Hissar.

La maison du Sirdar n'était pas très éloignée de la citadelle et, comme Wally, Ash avait été agréablement surpris par la bonne humeur de la foule qui passait là pour aller voir le cortège. Mais le Sirdar, qui s'était déplacé lui aussi avec d'autres membres de la maisonnée, revint en disant que la faible importance et le manque de faste de la Mission avaient déçu les habitants de la capitale, qui s'attendaient à quelque chose de beaucoup plus flamboyant. Certes, il y avait des éléphants, mais seulement deux, et comme c'étaient des éléphants de l'Émir, on pouvait les voir à l'occasion de n'importe quelle fête.

— En dehors de Cavagnari-Sahib, il n'y a que trois Sahibs et pas même quatre-vingts hommes de mon ancien régiment. Quelle ambassade est-ce là ? Les Russes étaient beaucoup plus nombreux. Et puis ils avaient de riches fourrures, de grandes bottes en cuir, des toques faites avec la peau de jeunes agneaux, et le devant de leurs vêtements était tout garni de cartouches en argent, des rangées entières ! Ça, oui, c'était une grande *tamarsha ;* mais celle d'aujourd'hui ne valait guère le déplacement. Autour de moi, nombreux étaient ceux qui se demandaient comment un Gouvernement n'ayant pas les moyens d'envoyer une ambassade plus importante, pourrait payer tout l'arriéré que l'Émir doit à ses soldats, et dans ce cas...

— Quoi donc ? l'interrompit vivement Ash. Où as-tu entendu ça ?

— Je te l'ai dit : tout autour de moi près de la Porte Shah Shahie, où j'étais allé voir Cavagnari-Sahib et sa suite entrer à Bala Hissar.

— Non, je veux parler de cette fable que la Mission était censée payer l'arriéré de soldes. Rien de tel n'est mentionné dans le traité.

— Vraiment ? Tout ce que je peux te dire, c'est que beaucoup ici le croient. Ils racontent que non seulement Cavagnari-Sahib va payer l'arriéré des soldes, mais aussi mettre fin au service militaire obligatoire, ce qui diminuera la charge des impôts devenue par trop pesante. Serait-ce également faux ?

— Oui, à moins de quelque accord secret, qui me paraît bien improbable. Les termes du traité de paix ont été rendu publics et pour ce qui est d'une aide financière, la seule qui y soit mentionnée est une promesse faite par le Gouvernement des Indes de verser à l'Émir des subsides annuels s'élevant à six *lakhs* (cent mille) de roupies.

— Alors, dit sèchement le Sirdar, lorsqu'il les recevra, peut-être l'Émir emploiera-t-il ces roupies à payer ses soldats. Mais il ne faut pas oublier que bien peu de gens ici ont entendu parler du traité, et bien moins encore l'ont lu. En outre, comme toi et moi le savons très bien, la moitié des Afghans pensent que les leurs ont remporté de grandes victoires à la guerre, contraint les armées du Vice-Roi à se replier jusqu'aux Indes, en laissant des milliers de morts sur le terrain. Alors, s'ils croient cela, pourquoi ne croieraient-ils pas aussi le reste ? C'est peut-être même l'Émir qui a fait courir ces bruits, afin d'inciter son peuple à bien accueillir Cavagnari-Sahib et sa suite, au lieu de leur vouloir du mal, car seul un fou tue l'homme qui le paye. En ce qui me concerne, je peux te dire que la moitié de Kaboul pense que Cavagnari-Sahib est ici pour nous obtenir de l'Émir la fin du service militaire obligatoire, la diminution des impôts, et l'amnistie en ce qui concerne les exactions commises par les soldats dans l'attente de leur solde. Tout cela en retour de gros subsides. C'est pour cette raison que les gens ont été désemparés de le voir en si pauvre équipage et, depuis, ils doutent fort qu'il soit venu avec tant de richesses.

Ces révélations du Sirdar causèrent une si déplaisante surprise à Ash — lequel n'avait encore rien entendu raconter de pareil — qu'il s'en fut aussitôt par la ville afin d'en vérifier le bien-fondé. Une demi-heure suffit à confirmer la chose et, comme pour l'achever, il apprit à son retour chez le Sirdar, que le Munshi Bakhtiar Khan, le très actif représentant à Kaboul du Gouvernement britannique, était mort la veille.

— Officiellement, il s'agit du choléra, déclara le Sirdar. Mais quelqu'un que je connais bien m'a confié, sous le sceau du secret, que le Munshi a été empoisonné. Ça n'a rien d'invraisemblable, car il aurait pu effectivement apprendre beaucoup de choses à Cavagnari-Sahib. Mais ce qu'il savait, il l'a maintenant emporté dans la tombe. Ce n'était pas un ami du défunt Émir, et sa nomination ici avait été jugée offensante. Mais, homme plein de finesse et d'intelligence, il s'était fait ici des amis... Ce sont eux qui parlent d'empoisonnement. Je doute toutefois que cela parvienne jusqu'aux oreilles des Sahibs.

Il suffisait que Ash ait eu vent de la rumeur. Le lendemain, brisant une promesse faite à Anjuli, il posait sa candidature à un poste qu'il avait déjà occupé : celui de scribe au service du Munshi Naim Shah, un des nombreux fonctionnaires attachés à la Cour, qui habitait Bala Hissar.

— Ce ne sera que pour quelques heures par jour, Larla, expliqua-t-il à Anjuli laquelle lui affirmait que c'était se risquer sans raison dans l'antre du tigre. Et je n'y serai pas plus en danger qu'ici... Peut-être même moins ; tant de gens à Kaboul savent que le Sirdar-Sahib est un ancien des Guides, qu'on peut toujours concevoir des soupçons à l'endroit des gens qu'il héberge. En revanche, comme j'ai déjà eu l'occasion de travailler pour le Munshi Naim Shah, je suis relativement connu à Bala Hissar et nul ne s'étonnera de m'y voir. D'ailleurs, la citadelle est une telle fourmilière, que je serais bien surpris que quelqu'un sache combien de gens l'habitent et combien y viennent chaque jour travailler, solliciter une faveur, voir un parent ou porter des marchandises.

Durant tout le printemps et le début de l'été, Anjuli avait vécu à Kaboul dans la joie. Mais depuis quelque temps, la ville lui paraissait sinistre et menaçante. La maison du Sirdar avait des murs épais, des portes solides, et les rares fenêtres donnant sur la rue étroite étaient protégées par de gros barreaux ; en dépit de quoi, Anjuli ne s'y sentait plus en paix. De la terrasse ou des fenêtres éclairant les pièces où elle logeait avec Ashok, elle voyait constamment la masse oppressante de Bala Hissar.

La grande citadelle semblait vouloir écraser la maison du Sirdar Ses vieilles tours et ses remparts interminables lui masquaient le soleil matinal, l'ensevelissant dans son ombre. A cause de cela, Anjuli se trouvait de nouveau en proie aux mêmes terreurs qu'après sa fuite de Bhitor. Elle ne pouvait s'expliquer pour quelle raison Bala Hissar lui faisait une telle impression, mais c'était comme s'il en émanait quelque chose de mauvais. Alors, à l'idée que son mari allait se risquer dans un tel endroit...

— Mais pourquoi veux-tu y aller ? Ça n'est pas nécessaire, puisque tu peux apprendre tout ce que tu as besoin de savoir rien qu'en te promenant dans les rues ? Tu me dis que tu rentreras chaque soir, mais si jamais il y avait une émeute ou quelque chose de ce genre ? Ceux qui habitent Bala Hissar en fermeraient aussitôt les portes et tu y serais pris comme dans un piège ! Oh ! mon amour, j'ai peur.

— Tu n'as aucune raison d'avoir peur, cœur de mon cœur. Je t'assure que je ne courrai aucun danger, dit Ash en la prenant entre ses bras et la berçant tendrement. Et si je veux aider mes amis, il ne suffit pas que j'écoute les bruits qu'on fait courir par la ville car beaucoup sont dénués de fondement. Il me faut aussi savoir, par l'intermédiaire de ceux qui voient quotidiennement l'Émir ou ses ministres, ce qu'on dit au palais, ce qui s'y mijote. Si je ne suis pas en mesure de le leur apprendre, les quatre Sahibs de la Mission n'en sauront jamais rien, car personne ne leur en soufflera mot. C'est pour cela que je suis ici. Je te promets d'être prudent et de ne pas courir de risques.

— Mais voyons, protesta Anjuli, c'est déjà un grand risque pour toi que de franchir chaque jour les portes de Bala Hissar ! Je t'en supplie, mon amour, ne...

Secouant la tête, Ash étouffa ces protestations sous des baisers, car il savait devoir travailler dans une pièce ayant vue sur la Résidence et l'enceinte où logeait la Mission britannique.

60

La vieille citadelle des Émirs afghans s'élevait sur les pentes abruptes d'une colline fortifiée, la Shere Dawaza, d'où l'on découvre toute la capitale et une grande partie de la vallée de Kaboul.

Les contre-murs qui la ceinturaient avaient près de dix mètres de haut. Quatre portes monumentales les perçaient, flanquées de tours et surmontées de créneaux. A l'intérieur, il y avait d'autres murailles dont une, dans la partie haute de Bala Hissar, entourait le palais, au-dessus duquel culminait le fort.

La partie basse de Bala Hissar était une ville en soi, où se pressaient côte à côte les maisons habitées par gens de cour, fonctionnaires, et ceux qui travaillaient pour eux, une ville miniature avec ses boutiques et ses marchés. Dans cette partie de la citadelle, se situait la Résidence. De sa fenêtre, Ash découvrait toute l'étendue du compound[1]. Sur sa droite, à l'extrémité la plus éloignée de lui et dominée par l'Arsenal : les logements des serviteurs, entrepôts et écuries, avec les piquets pour les chevaux ; au-dessous de lui, les chambrées formaient une bâtisse ayant un peu l'air d'un fort, renfermant une longue cour à ciel ouvert avec une arche voûtée d'un côté, de l'autre une solide porte.

Derrière cette porte, une venelle séparait ces chambrées de la Résidence proprement dite, qui comprenait deux maisons se faisant face de part et d'autre d'une cour de dix mètres carrés, clôturée par un mur. Dans la maison la plus haute — et la plus proche de Ash — logeaient Wally, le secrétaire William Jenkyns et le médecin Kelly, tandis que l'Envoyé extraordinaire occupait l'autre, dont la paroi sud était constituée par le contre-mur de la citadelle. Si bien que certaines de ses fenêtres dominaient vertigineusement les fossés et offraient une vue splendide sur la vallée avec, tout au fond, la chaîne des hauts sommets.

Ash profitait aussi de ce panorama par-dessus la largeur du compound que, du côté opposé au sien, fermait le contre-mur. Mais la beauté du paysage était pour lui sans intérêt ; il concentrait son attention sur le compound et entrevoyait ainsi de temps à autre,

1. On appelait ainsi, aux Indes, une enceinte fortifiée où se trouvaient des bâtiments affectés aux Européens. *(N. d. T.)*

vaquant à leurs occupations, Cavagnari ou quelqu'un de sa suite, des serviteurs, des militaires de l'escorte. Il observait les visiteurs se présentant à la Résidence, ainsi que les allées et venues de Wally

Tout comme Anjuli, encore que pour d'autres raisons, le lieutenant Hamilton n'aimait pas Bala Hissar. Il ne lui trouvait rien de sinistre mais, alors qu'il s'attendait à quelque chose comme le Fort rouge du Chah Jahan à Delhi, il avait été écœuré par ce ramassis de maisons en mauvais état et de venelles malodorantes, tassé derrière des murailles irrégulières et parfois croulantes, avec des terrains vagues où rien ne poussait.

Ce qu'on appelait pompeusement « la Résidence » s'était révélé tout aussi décevant : un certain nombre de bâtiments de torchis ou de brique, situés dans une vaste enceinte, dont un côté était constitué par le contre-mur de la citadelle même, et qui, sur les trois autres, se trouvait dominée par des rangées de maisons.

Il n'y avait même pas de véritable entrée ; la seule barrière entre l'intérieur de l'enceinte et les habitations environnantes consistait en un mur de pisé, qu'un enfant de trois ans aurait facilement escaladé. Sans même y pénétrer, en restant à l'extérieur du compound, il était possible à n'importe qui d'observer ce qui s'y passait.

— Cela tient tout à la fois de l'aquarium et du piège à rats, déclara Wally, le jour même de son arrivée à Bala Hissar tandis que, en compagnie du médecin, il détaillait les lieux dévolus à la Mission britannique. Son regard critique allait de la masse écrasante de l'Arsenal aux toits en terrasse des maisons afghanes dominant l'enceinte. Derrière elles, les murs du palais, au-dessus duquel s'étageaient les hauteurs fortifiées de la Shere Dawaza...

— Non, mais vous vous rendez compte ! s'exclama-t-il, sidéré. Nous pourrions aussi bien nous croire dans une arène ou sur la piste d'un cirque, avec des rangées de spectateurs venus assister à un combat de gladiateurs ! Qui plus est, ils peuvent facilement pénétrer ici, tandis qu'ils n'auraient aucune peine à nous empêcher de sortir si ça leur chantait ! Brr ! J'en ai froid dans le dos. Il va nous falloir absolument faire quelque chose à cet égard...

— Mais quoi ? s'enquit le Dr Kelly d'un air absent, occupé qu'il était à inventorier les canalisations, les égouts, la présence — ou l'absence — de commodités, les points d'eau etc., alors que Wally ne considérait la situation que du point de vue militaire.

— Eh bien, pour commencer, mettre tout ça en état de défense. énonça aussitôt Wally. Construire un mur bien solide à l'entrée du compound, avec une porte que nous pourrons barricader de notre côté, porte en fer de préférence. Et en installer une autre à l'entrée de la voûte d'accès aux chambrées, clore à chaque bout la ruelle qui nous sépare d'elles. De la sorte, s'il venait à se produire quelque chose, nous pourrions empêcher qu'on accède à la Résidence autrement qu'en passant par le bâtiment des chambrées. Pour l'instant, si jamais l'on veut nous attaquer, nous sommes comme des cibles dans un stand de tir.

— Allons, allons, il n'est pas question qu'on nous attaque ! fit le docteur d'un ton rassurant. L'Émir n'a aucune envie de se retrouver avec une autre guerre sur les bras ; aussi va-t-il veiller à ce qu'aucun trouble ne se produise. Et puis Bala Hissar, c'est chez lui, nous sommes ses hôtes ; or vous savez sûrement combien les Afghans sont pointilleux sur le chapitre de l'hospitalité, la façon dont il convient de traiter ses invités... Alors, détendez-vous et cessez de vous inquiéter. D'ailleurs, si les spectateurs auxquels vous faisiez allusion voulaient notre mort, ils pourraient nous descendre l'un après l'autre. Ça leur serait facile comme bonjour !

— C'est bien ce que je disais ! Nous sommes ici comme autant de cibles vivantes... et ça peut donner des idées à certains.

Le médecin leva les yeux vers les maisons dont les fenêtres dominaient l'enceinte où ils se trouvaient.

— Oui, je comprends... Souhaitons alors que la chance proverbiale des Irlandais ne nous abandonne pas, car il n'est rien que nous puissions faire pour empêcher ces gens de nous tirer dessus si l'envie leur en vient.

Le soir même, lorsque l'Envoyé extraordinaire et sa suite rentrèrent de leur première visite officielle au palais, Wally fit part de ses craintes à Jenkyns d'abord, puis à Sir Louis lui-même, mais s'entendit répondre que c'était malheureusement sans remède. Refuser d'habiter les lieux mis à la disposition de la Mission serait extrêmement discourtois, et demander les moyens de repousser une éventuelle attaque eût été insulter non seulement l'Émir, mais aussi le général Daud Shah, commandant en chef de l'armée afghane.

Pas question non plus de barricader l'entrée du compound ou d'en aménager la défense, et ce pour les mêmes raisons.

— Et puis, déclara Sir Louis, il est bon que la Résidence soit d'accès facile pour quiconque désire y venir. Plus nos visiteurs seront nombreux, mieux cela vaudra. Notre premier devoir est de nouer des relations amicales avec les Afghans, et rien ne doit donc leur donner à penser qu'ils ne sont pas ici les bienvenus. Comme je le disais à l'Émir...

Pour couronner le tout, Wally découvrit que son lit était plein de bestioles, et souhaita de tout son cœur que son prédécesseur russe eût autant souffert de leurs attentions. Si c'était là ce que l'Émir d'Afghanistan pouvait offrir de mieux à des hôtes de marque, le reste de Bala Hissar devait relever du taudis !

Les deux maisons composant la Résidence étaient faites de lattes et de plâtre supportés par des pilliers de bois. Celle de Sir Louis n'avait que deux étages, un de moins que l'autre, qu'on appelait déjà « le Mess » et où les trois membres de sa suite avaient leurs quartiers. Chacune comportait un toit en terrasse à la mode afghane, auquel on accédait par une volée de marches mais, à la différence du bâtiment des chambrées haut d'un étage seulement, ces terrasses-là n'avaient aucun parapet.

Maugréant, Wally se disait avoir vu des maisons de meilleure apparence dans des bazaars indiens. Il ne devait toutefois pas tarder à apprendre que constructions en pierre, tours et minarets, ne conviennent pas à une région soumise aux tremblements de terre ; le torchis, le bois et le plâtre ne font pas aussi bel effet, mais ils présentent moins de risques. Seul était construit en pierre le bâtiment des chambrées, où des piliers supportant un toit en pente formaient une arcade de part et d'autre de la longue cour à ciel ouvert qui séparait les Mahométans des Sikhs. Là, en dépit des ordres de Cavagnari, Wally avait réussi à obtenir qu'une seconde porte ferme la voûte qui y donnait accès, sous prétexte que les hommes auraient ainsi « moins froid l'hiver »

Cette voûte mesurait trois mètres de long et s'achevait en un portique d'où partaient deux escaliers — un de chaque côté de l'entrée — qui s'élevaient dans l'épaisseur du mur pour donner accès au toit. L'extrémité intérieure de ce tunnel possédait déjà une porte massive, bardée de fer. Celle due aux soins de Wally n'était faite que de planches mais, en cas d'urgence, elle permettrait à ses hommes d'emprunter les escaliers sans être vus.

A l'autre bout de la cour, proche de la Résidence, il y avait un troisième escalier. Mais une éventuelle attaque ne pouvant avoir lieu que par la façade, les escaliers de la voûte seraient d'une importance tout aussi vitale pour la défense des chambrées que le bâtiment de ces dernières pour celle de la Résidence. Sur ce point, Wally avait fait le peu qu'il pouvait faire. Restait l'autre objectif fixé par Sir Louis : se lier d'amitié avec les gens de Kaboul.

Wally s'y employa avec enthousiasme et organisa des compétitions équestres, parce qu'il les savait de nature à séduire ces excellents cavaliers que sont les Afghans. De son côté, Ambrose Kelly dressa des plans pour installer un dispensaire, tandis que Sir Louis et son secrétaire passaient le plus clair de leur temps en entretiens officieux avec l'Émir, discussions avec ses ministres, interminables visites cérémonieuses aux grands dignitaires.

Cavagnari mettait aussi un point d'honneur à ce qu'on le vît quotidiennement à cheval dans les rues. En revanche, il avait interdit aux membres de la Mission de monter sur les toits des bâtiments, et donné ordre que des toiles de tente fussent tendues au-dessus de la cour des chambrées. Ces deux mesures visaient à ménager la susceptibilité des voisins de Bala Hissar, en ne leur offrant pas le spectacle de « ces étrangers » en négligé.

« C'est un pays étonnant », écrivit Wally à un cousin qui servait aux Indes et qui, en le félicitant pour sa Victoria Cross, lui avait demandé de quoi avait l'air l'Afghanistan. « Mais tu aurais une piètre opinion de Kaboul, qui ne donne vraiment pas l'impression d'être une capitale... »

La lettre se poursuivit avec le compte rendu d'un *Pagal*-gymkhana organisé la veille par Wally, et qui avait connu une assistance record. Wally termina en disant que les régiments de Hérat créaient sans cesse des complications en ville.

Mais le messager qui porta cette lettre au poste avancé d'Ali Khel, — tenu par les Britanniques, où l'on recevait et d'où partait tout le courrier de la Mission — y avait déjà déposé un télégramme de Sir Louis Cavagnari au Vice-Roi, ainsi conçu : « De différentes sources me parviennent des rapports alarmants concernant l'attitude agressive des régiments de Hérat arrivés dernièrement ici. On a vu certains de leurs hommes circuler dans Kaboul, cimeterre à la main, en injuriant l'Émir et ses visiteurs anglais. On me conseillait fortement de ne pas sortir pendant un jour ou deux. J'ai donc demandé au ministre des Affaires étrangères de venir me voir et, lui m'ayant assuré que mes informateurs avaient beaucoup exagéré, nous sommes sortis comme d'habitude. Il ne fait aucun doute que les retards de solde et le service militaire obligatoire suscitent un certain mécontentement parmi les troupes, mais l'Émir et ses ministres se déclarent parfaitement capables d'y faire face. »

Le lendemain, il y eut un autre télégramme, beaucoup plus bref : « La situation semble en voie d'apaisement. L'Émir est convaincu de pouvoir maintenir l'ordre » Néanmoins, dans le journal qu'il tenait quotidiennement et envoyait chaque fin de semaine au Vice-Roi, Sir Louis mentionnait que l'attitude des Hératis à Kaboul frisait la rébellion.

Le ministre des Affaires étrangères assurait que ces hommes seraient payés d'ici un jour ou deux, et renvoyés alors dans leurs foyers ; en conséquence, il ne fallait pas attacher d'importance à « quelques braillards ». Mais Sir Louis avait ses informateurs, selon lesquels il ne s'agissait pas seulement de quelques braillards mais de troupes entières bien décidées à ne pas regagner leurs foyers tant qu'elles n'auraient pas touché jusqu'au dernier *anna* de ce qui leur était dû. Or le Trésor n'avait pas assez d'argent pour les payer. Autant de faits contredisant l'assurance optimiste de l'Émir et de son ministre.

En dépit de quoi, Ash n'avait pas eu tort de penser que Sir Louis ne mesurait pas tout le danger couru par la Mission.

L'Envoyé extraordinaire n'ignorait pas ce qui se passait à Kaboul, mais il se refusait à prendre cela très au sérieux. Il préférait se fier à l'assurance manifestée par le ministre des Affaires étrangères. Aussi élaborait-il une réforme de l'Administration afghane, et projetait pour l'automne une grande tournée de propagande en compagnie de l'Émir, alors qu'il eût été beaucoup plus important et urgent de renforcer l'autorité vacillante de ce dernier face à la montée de violence qui se manifestait dans la vallée de Kaboul. Elle gagnait chaque jour du terrain, menaçant maintenant d'envahir la capitale, voire la citadelle.

— On lui cache certainement ce qui se passe, disait Ash. Il faut absolument le mettre au courant et c'est toi qui dois t'en charger, Sirdar-Sahib. Il t'écoutera parce que tu as été Risaldar-Major des Guides. Au nom de ton ancien régiment, je te supplie d'aller à la Résidence l'avertir.

Le Sirdar était allé à la Résidence, et Sir Louis avait écouté très attentivement tout ce qu'il lui disait puis, avec un sourire, avait déclaré d'un ton léger : « Après tout, nous ne sommes ici que trois ou quatre qu'ils peuvent tuer, et nos morts seront vengées. » Déclaration qui avait eu le don d'exaspérer Ash lorsque le Sirdar la lui avait rapportée, car il était convaincu que, en cas de troubles, ça n'était pas seulement ces « trois ou quatre » qui seraient tués, mais aussi toute l'escorte et les serviteurs accompagnant la Mission.

Ash n'avait pas eu vent de la remarque faite par Cavagnari avant de quitter Simla, qu'il lui était indifférent de mourir si sa mort devait permettre l'annexion de l'Afghanistan. En dépit de quoi, il commençait à se demander si Sir Louis n'avait pas l'esprit un peu dérangé et ne se voyait point passant à la postérité comme un héros qui se serait sacrifié sur l'autel de l'expansion coloniale. L'idée était tellement extravagante que Ash la chassa aussitôt. Mais elle lui revint maintes fois à l'esprit dans les jours qui suivirent et, par moments, il ne voyait pas d'autre explication possible à la façon altière dont Cavagnari accueillait les mises en garde.

Devant l'insolence ouvertement affichée des Hératis, inquiet pour les Guides, le Sirdar avait fait une seconde visite à Sir Louis afin de lui apprendre certaines choses qu'il avait vues et entendues.

— On ne me les a pas racontées, Votre Honneur : je les ai constatées moi-même. Ces régiments vont par les rues, musique en tête et avec leurs officiers. Tout en marchant, ils crient des injures à l'adresse de l'Émir et aussi des Kazilbashis. Parce que ces derniers se montrent loyaux envers le souverain, ils les accusent de lâcheté et d'être au service des Infidèles. Vous aussi, Excellence-Sahib, ils vous traitent de tous les noms. Alors, j'ai tenu à vous mettre au courant pour arrêter cela avant que ça n'empire.

— Je vous remercie, dit Cavagnari, mais Son Altesse l'Émir m'avait déjà recommandé de ne pas sortir en ville jusqu'à ce que cette agitation se soit calmée, ce qui ne saurait tarder. N'ayez aucune peur des Hératis, Risaldar-Sahib : les chiens qui aboient ne mordent pas.

— Sahib, rétorqua l'ancien Risaldar-Major avec gravité, ces chiens-là *mordent.* Moi, qui connais bien mon peuple, je vous dis que le danger est très grand.

— Et moi, je vous répète, Sirdar-Sahib, lui lança Sir Louis en riant, que s'ils nous tuent, nous serons vengés de terrible façon.

Le Sirdar comprit l'inutilité d'insister.

— Mais, expliqua-t-il à Ash, comme je sortais de chez lui, j'ai vu Jenkyns-Sahib qui traversait la cour. Je l'ai rejoint en lui demandant la permission de m'entretenir quelques intants avec lui. Nous avons donc marché ensemble jusqu'aux écuries et, quand j'ai eu terminé, il s'est enquis : « Avez-vous dit tout ça à Cavagnari-Sahib ? » En apprenant que je venais de chez lui et quelle réponse le Sahib m'avait faite, il est resté un moment silencieux, puis il m'a déclaré : « C'est exact : même si nous sommes trois ou quatre à mourir, le gouvernement britannique ne s'en portera pas plus mal. » Alors, je te le demande, Sahib, que peut-on faire avec des hommes pareils ? J'ai perdu mon temps, car il est clair qu'ils ne tiendront aucun compte de mes avertissements.

Le résultat n'avait guère été plus encourageant du côté de

Wally, que Ash avait réussi à rencontrer plusieurs fois avec une relative facilité. Sir Louis encourageant les visites, la Résidence était toujours pleine d'Afghans, qui laissaient leurs domestiques dans la cour, où ils liaient conversation avec les serviteurs de la Résidence et des hommes de l escorte. Aussi Ash n'avait-il eu aucune peine, en se mêlant à eux, à faire tenir un message à Wally. Il lui demandait de le rejoindre dans un endroit où ils auraient la possibilité de se parler sans éveiller l'attention. Après cette première rencontre, ils usèrent d'un code très simple pour se donner rendez-vous.

Wally se montra enchanté de le revoir et c'est avec un net intérêt qu'il écouta tout ce que Ash avait à lui dire, mais pas question pour lui d'en faire part à Sir Louis. Ash avait d'ailleurs déjà eu l'occasion d'en discuter à Mardan avec le commandant, lequel, avant le départ de Wally, lui avait bien souligné que l'Envoyé extraordinaire avait ses propres sources d'information et que ça n'était pas au lieutenant Hamilton de le renseigner. Si, à un quelconque moment, il supposait Sir Louis dans l'ignorance d'un fait important que lui-même aurait appris par Ashton, il devrait alors le communiquer au Secrétaire et Conseiller politique, William Jenkyns, lequel jugerait s'il y avait lieu ou non d'en informer Sir Louis.

— Je l'ai fait l'autre jour, et je ne recommencerai jamais plus, avoua Wally. J'ai cru que Jenkyns allait me bouffer. Il m'a déclaré que Sir Louis en savait bougrement plus que moi sur ce qui se passait à Kaboul, et conseillé de retourner jouer avec mes soldats.

Ash dit espérer qu'il en fût bien ainsi, mais ne pas en être convaincu. Il se sentait inquiet, plein d'appréhension non seulement pour Wally et les Guides, mais aussi pour Juli. Car, en sus de tout ce qui pouvait se dire et se faire à Kaboul, le choléra avait fait son apparition. On n'en signalait pas encore de cas à Bala Hissar ni dans la rue paisible où se dressait la maison de Nakshband Khan, mais le mal proliférait dans les quartiers les plus pauvres et les plus congestionnés de la capitale. Puis, un jour, Ash apprit par un ami du Sirdar, un Hindou très connu dont le fils travaillait dans les services du frère de l'Émir, Ibrahim Khan, que le choléra faisait des victimes parmi les troupes mécontentes.

S'il n'avait su que, cette année-là, l'épidémie de choléra sévissait aussi dans plus de la moitié des Indes, Ash eût certainement emmené Anjuli le jour même, en abandonnant Wally et les Guides sans l'ombre d'une hésitation. Mais il n'y avait aucun endroit où il pût la conduire avec la certitude de la mettre à l'abri du mal. Alors autant valait qu'elle restât là ; avec un peu de chance, le choléra n'atteindrait peut-être pas ce quartier et, de toute façon, à l'arrivée de l'automne, il deviendrait moins virulent. Mais Ash vivait là des jours si pénibles qu'il en maigrissait presque à vue d'œil.

De savoir son ami à proximité, dans une maison ayant vue sur l'enceinte de la Résidence, Wally éprouvait plus de réconfort qu'il n'eût voulu l'avouer. Il lui suffisait de lever les yeux vers une certaine fenêtre pour connaître si Ash était là ou non car, chaque matin, en arrivant à son travail, celui-ci plaçait, entre deux barreaux au centre de la fenêtre, un pot bleu contenant quelques fleurs ou du feuillage, pour signaler sa présence et qu'il n'avait pas quitté Kaboul.

Toutefois, sans même les informations fournies par Ash, Wally n'aurait pu ignorer que la situation à Kaboul se dégradait de jour en jour. Désormais les serviteurs et les hommes de l'escorte ne sortaient jamais plus seuls, ni même à deux, pour aller se baigner ou laver leur linge dans la rivière, mais toujours en groupe et armés. Il n'était pas jusqu'aux Musulmans pour hésiter maintenant à se risquer en ville ; quant aux Hindous et aux Sikhs, sauf pour les besoins du service, on ne les voyait pratiquement plus hors de l'enceinte.

Ash avait demandé à l'ami hindou du Sirdar — qui, selon ce dernier, avait des antennes chez tous les gens importants — d'aller à la Résidence signaler à Sir Louis que les habitants de Kaboul réagissaient avec de plus en plus d'agressivité à la présence d'une mission étrangère dans la capitale.

— Vous comprenez, expliqua-t-il, jusqu'à présent Son Excellence ne s'est entretenue qu'avec des Afghans. Qui sait dans quelle mesure ils lui ont dit la vérité et s'ils n'ont pas intérêt à le persuader que tout va pour le mieux ? Mais vous, qui êtes Hindou et dont le fils est au service de Son Altesse le frère de l'Émir, il vous écoutera peut-être avec plus d'attention, croira ce que vous lui dites et prendra ainsi les mesures nécessaires...

— Quelles mesures ? s'enquit l'Hindou avec scepticisme. La seule susceptible d'être efficace, serait que la Mission reparte immédiatement pour les Indes. Et je ne jurerais encore pas qu'elle arriverait indemne là-bas, car les tribus nomades pourraient bien l'attaquer en cours de route.

— Il ne consentira jamais à repartir.

— Je le sais. Mais je ne vois guère ce qu'il peut faire en dehors de cela, car il doit bien se rendre compte que la Mission n'est pas en mesure de se défendre contre une attaque. Donc, s'il prend tous les avertissements à la légère et y répond par des paroles témoignant d'un grand courage, ce n'est peut-être point parce qu'il est aveugle ou ne raisonne plus sainement Il n'ignore pas que ses paroles seront répétées et le savoir aussi résolu peut donner à réfléchir aux têtes échauffées. J'ai déjà eu l'occasion de lui rendre visite ; aussi je veux bien recommencer si le Sirdar-Sahib et vous le souhaitez.

L'Hindou tint promesse le jour même. Il ne réussit toutefois pas à être reçu. Les sentinelles afghanes qui gardaient l'entrée de l'enceinte — sous le prétexte d'assurer la sécurité de la Mission — non seulement l'avaient refoulé en le bousculant, mais lui avaient jeté des pierres tandis qu'il s'éloignait.

— Plusieurs m'ont atteint et, quand les gardes m'ont vu manquer de tomber, ils ont éclaté de rire. Il est temps, je pense, que je m'absente pour aller voir des amis dans le Sud. Aucun étranger n'est plus en sûreté à Kaboul.

L'Hindou tint parole et quitta la capitale le surlendemain. La façon dont il avait été traité par les sentinelles afghanes avait ému le Sirdar presque autant que Ash. Après sa précédente visite à la Résidence, Nakshband Khan s'était bien promis de ne plus y retourner mais, vu les circonstances, il estima devoir le faire.

Sir Louis l'accueillit aimablement, tout en lui déclarant aussitôt être parfaitement au courant de ce qui se passait à Kaboul et regretter d'être trop occupé pour avoir beaucoup de temps à consacrer aux visites d'amis.

— Pour informé que soit Votre Honneur, rétorqua poliment le Sirdar, je ne pense pas qu'il sache tout.

Et de lui raconter comment un Hindou, très honorablement connu, venu lui rendre visite, s'était vu refuser l'accès à la Résidence et avait été chassé à coups de pierre par les sentinelles afghanes.

Le regard de Sir Louis étincela de colère, sa barbe noire parut se hérisser :

— C'est faux ! tonna-t-il. Cet homme ment !

Nullement intimidé, le Sirdar rétorqua :

— Si le *Huzoor* ne me croit pas, qu'il interroge ses propres serviteurs, dont plusieurs ont été témoins de la scène, tout comme d'ailleurs un certain nombre de Guides. Que le *Huzoor* s'informe et il découvrira que sa situation ne vaut guère mieux que celle d'un prisonnier. Car à quoi lui sert d'être ici, s'il ne lui est pas permis de recevoir des hommes qui souhaitent seulement lui dire la vérité ?

La remarque toucha l'Envoyé extraordinaire au vif, car Pierre-Louis Cavagnari était un homme extrêmement fier, ce qui lui avait même valu d'être taxé d'arrogance par ceux qui ne partageaient pas ses vues ou qu'il avait rabroués. La chose certaine, c'est qu'il avait une très haute opinion de ses capacités et n'admettait guère la critique

Ayant dit à son visiteur, d'un ton glacial, qu'il allait s'informer, il prit congé de lui. Aussitôt après son départ, il appela William Jenkyns et lui demanda d'enquêter immédiatement aux fins de savoir si quelqu'un de la Résidence avait été témoin d'un incident comme celui décrit par Nakshband Khan.

Moins d'un quart d'heure plus tard, Jenkyns lui apprenait que l'histoire était malheureusement vraie. Les détails en avaient été confirmés non seulement par plusieurs serviteurs de la Résidence, mais aussi par deux coupeurs d'herbe et une douzaine d'hommes de l'escorte, parmi lesquels le jemadar Jiwand Singh de la Cavalerie des Guides, et le havildar Hassan, qui appartenait à l'infanterie.

— Pourquoi n'en ai-je pas été informé plus tôt? demanda Cavagnari, blanc de rage. Ces hommes seront punis! Ils auraient dû signaler immédiatement la chose, sinon à moi du moins à Hamilton, Kelly, ou vous. Si le jeune Hamilton était au courant et ne m'a parlé de rien... Dites-lui que je désire le voir immédiatement!

— Je ne crois pas qu'il soit là pour l'instant. Il est sorti voici une heure environ...

— Envoyez-le-moi dès son retour. Il n'a pas le droit de sortir comme ça, sans me mettre au courant. Où diable est-il allé?

— Je n'en ai aucune idée, sir.

— Vous le devriez! Je ne tolérerai pas que mes officiers quittent la Résidence quand ça leur chante. N'ont-ils pas assez de bon sens pour voir que ça n'est vraiment pas le moment d'aller se balader en ville?

Mais Wally n'était pas allé se balader en ville. Il était parti à cheval pour voir Ash, avec qui il avait convenu d'un rendez-vous au sud de Kaboul, près du tombeau où reposait l'empereur Baber Car c'était le dix-huit août, jour de son anniversaire : il venait d'avoir vingt-trois ans

61

Baber le Tigre s'était emparé du pays de Caïn quelques années seulement après que Colomb eut découvert l'Amérique et, de là, il était parti à la conquête des Indes, fondant une dynastie impériale qui avait duré jusqu'en 1858. Il reposait dans un jardin clos de murs, au flanc d'une colline située au sud-ouest de la Shere Dawaza. On appelait l'endroit « Le Tombeau de Baber » et il y venait peu de visiteurs en cette saison, car le Ramadan, le mois du jeûne, avait commencé. Mais le jardin étant considéré comme un but de promenade, personne ne pouvait s'étonner que le jeune Sahib commandant l'escorte de la Mission britannique fût venu voir ce lieu historique, où il avait lié conversation avec quelqu'un du cru. A vrai dire, Ash et Wally avaient le jardin tout à eux, car si le ciel était couvert, il n'était pas encore tombé une goutte d'eau et le vent brûlant soulevait assez de poussière pour inciter tous les Kaboulis raisonnables à ne pas sortir de chez eux.

Il y avait dans ce jardin quelques autres tombes, beaucoup plus humbles, marquées par des stèles de marbre dont bien peu tenaient encore debout. Après s'être arrêté un moment devant le tombeau de Baber, Ash gagna un coin de terrain herbeux que des buissons abritaient du vent, et s'assit par terre, les jambes croisées.

« Bon anniversaire, Wally, dit-il.

— Ah ! vous vous en êtes souvenu, fit Hamilton en rougissant de plaisir.

— Bien sûr ! J'ai même un cadeau pour vous. »

Plongeant une main à l'intérieur de son vêtement, Ash en extirpa un petit cheval de bronze, d'un travail chinois ancien, qu'il avait acheté au bazaar de Kaboul, sachant que Wally en serait ravi. Mais ensuite il réagit violemment lorsque le lieutenant Hamilton lui dit être venu le voir tout seul.

« Bon sang, Wally, êtes-vous fou ? Ne pouviez-vous amener au moins votre *syce ?*

— Si vous pensez à Hosein, la réponse est non. Je lui ai donné congé pour la journée... Ne vous emportez pas, de grâce ! Je l'ai fait afin de pouvoir amener un de nos soldats à sa place : le *sowar* Taimus Vous ne le connaissez pas... Il est arrivé au régiment bien après votre temps. C'est un garçon remarquable et qui a du courage comme six

Le Kote-Daffadar dit que c'est un Shahzada, prince de la dynastie des Sadozais, ce qui est probablement vrai. Ce qu'il ignore de Kaboul et des Kaboulis ne vaut pas la peine d'être connu. C'est grâce à lui que j'ai pu m'éclipser sans que des gardes afghans nous trottent aux fesses. Il attend hors du jardin avec les chevaux, et s'il voit approcher quelqu'un qui ne lui revient pas, soyez assuré qu'il m'en avertira. Donc, cessez de vous inquiéter et de vous agiter comme une mère-poule !

— Je continue à dire que vous auriez dû amener au moins trois de vos *sowars* en plus de votre *syce,* répliqua Ash avec humeur. Je n'aurais jamais accepté de vous rencontrer ici, si j'avais pensé que vous seriez assez benêt pour y venir sans une escorte convenable. Bon sang, n'y en a-t-il donc aucun parmi vous qui se rende compte de la situation ?

— En voilà une façon de parler à quelqu'un le jour de son anniversaire ! s'exclama Wally en riant, avant d'ajouter : Mais si, bien sûr, que nous nous en rendons compte. Nous sommes loin d'être aussi stupides que vous le pensez. Et c'est précisément pour cette raison que je suis venu ici juste avec Taimus, au lieu d'attirer sur moi l'attention et l'hostilité des populations en me faisant accompagner par un détachement de cavalerie.

— L'Émir lui-même n'a-t-il pas recommandé à votre chef de s'abstenir de sortir dans les rues pendant quelque temps ?

— Dans les rues, oui. Mais par ici, il n'y a pas de rues et nous sommes loin de la ville. Au fait, comment avez-vous eu vent de cela ? Je croyais que ce conseil avait été donné à Sir Louis en tête à tête, et ça n'est certainement pas le genre de chose qu'il tient à faire savoir.

— Celui qui m'a mis au courant est un ancien des Guides, le Risaldar-major Nakshband Khan... lequel le tenait de la bouche même du cheval... Sir Louis en personne.

— Ah ! bon, murmura Wally en s'étendant sur l'herbe et fermant les yeux. C'est donc vous, je suppose, qui l'aviez envoyé nous avertir que la ville était pratiquement livrée aux Hératis et que, si nous ne restions pas cloîtrés à la Résidence jusqu'à leur départ, nous risquions de les voir nous insulter et nous faire des pieds de nez ? J'aurais dû m'en douter... Non, inutile de me dire que cela relevait de votre devoir, car je le sais. Mais, bon sang, c'est aujourd'hui mon anniversaire, alors ne pouvons-nous oublier tout ça et aborder des sujets plaisants ?

Rien n'eût été plus agréable à Ash, mais il résista à la tentation et dit fermement :

— Non, Wally, car j'ai besoin de vous parler très sérieusement. Pour commencer, vous allez devoir mettre un terme à ces compétitions équestres que vous organisiez entre vos hommes et les Afghans.

L'indignation fit se redresser Wally :

— Y mettre un terme ? Et pourquoi donc ? Les Afghans en raffolent ! Comme ce sont d'excellents cavaliers, ils ont grand plaisir à rivaliser avec les nôtres. Il n'y a pas meilleur moyen de nouer des liens d'amitié avec eux.

— Je ne doute pas que vous en soyez convaincu, Wally, mais c'est parce que vous ne comprenez pas la tournure d'esprit de ces gens-là. Loin de développer des liens d'amitié, vos compétitions les ont grandement offensés. La vérité, Wally, c'est que vos *sowars* brillent trop dans ce genre d'exercices, et les Kaboulis disent que vous les organisez dans le seul but de montrer combien il vous est facile de les battre. Si vos hommes foncent vers un citron suspendu à une ficelle et le coupent en deux d'un coup de sabre, ou enlèvent au galop, à la pointe de la lance, un anneau fiché en terre, c'est pour montrer comment ils trancheraient la tête de leurs ennemis ou les embrocheraient. Les Afghans prennent ça pour eux et si, à ces moments-là, vous vous trouviez dans la foule comme cela m'est arrivé, vous ne parleriez pas de nouer ainsi « des liens d'amitié avec eux », car cela contribue à les rendre encore plus amers qu'ils ne le sont déjà, ce qui n'est pas peu dire.

— Seigneur, ces gens sont vraiment impossibles ! déclara Wally d'un ton écœuré. Je vois que ce Sikh avait raison.

— Quel Sikh ?

— Oh ! un havildar du 3e Sikhs avec qui je me suis entretenu quand nous étions à Gandamak. Il était scandalisé par le traité de paix et le fait que nous retirions notre armée d'Afghanistan. Il avait le sentiment que nous étions devenus fous. Il me disait : « Sahib, ces gens vous détestent et vous les avez vaincus. Il n'y a qu'une façon de traiter ces *shaitans :* les mettre en miettes. » C'est peut-être ce que nous aurions dû faire.

— Peut-être. Mais inutile de revenir là-dessus maintenant, car j'ai à vous entretenir de choses bien plus importantes que vos jeux équestres. J'ai déjà abordé ce sujet avec vous et, cette fois, que ça vous plaise ou non, vous allez devoir en parler à Jenkyns. Comme j'ai eu l'occasion de vous le dire, l'Émir a laissé courir le bruit que la Mission était venue dans le seul but de jouer les généreux bienfaiteurs et se faire traire d'une quantité de roupies, comme une bonne vache laitière. Presque tout le monde en étant désormais convaincu, plus vite Sir Louis obtiendra du Vice-Roi l'argent nécessaire pour payer l'arriéré des soldes, mieux cela vaudra. C'est la seule chose qui puisse éviter le pire car, dès qu'ils auront touché leur dû, ces voyous venus de Hérat quitteront Kaboul. Eux partis, les autres trublions se calmeront ; l'Émir aura ainsi la possibilité de prendre la situation bien en main, et de restaurer l'ordre en raffermissant son autorité. Je ne dis pas qu'un gros apport d'argent va résoudre tous les problèmes de ce pauvre type, mais, du moins, ça le remettra en selle et le sauvera pour quelque temps... ainsi que votre précieuse Mission.

Après un silence, Wally dit avec irritation :

— Ça représenterait une drôle de somme, et je ne vois vraiment pas pour quelle raison nous irions payer ainsi les soldats d'une armée qui s'est battue contre nous... l'armée d'un pays ennemi ! Vous rendez-vous compte que, s'agissant d'un arriéré de soldes, ce serait comme si nous les payions pour avoir tué Wigram... et combien d'autres avec lui ? Non, une telle suggestion est absolument indécente, et je ne puis croire que vous l'ayez formulée sérieusement !

— Mais si, dit Ash d'un ton grave où Wally eut même le choc de déceler une note de peur. Et pour monstrueuse qu'elle vous semble, je ne suis même pas sûr qu'elle aurait un résultat autre que momentané. Mais cela nous laisserait au moins le temps de respirer. Or ce dont Cavagnari a besoin par-dessus tout, c'est de temps ; et j'ai la nette impression que, s'il veut en avoir, il lui faudra l'acheter.

— Alors vous suggérez vraiment qu'il aille trouver ces rebelles et leur donne...

— Non, pas du tout. Je ne suggère absolument pas qu'il aille, en personne, payer quoi que ce soit aux régiments hératis (lesquels, soit dit en passant, n'ont jamais eu à se battre contre nous, et ne croient donc pas que nous ayons remporté une seule victoire). Mais je suis convaincu qu'il pourrait amener le Vice-Roi à envoyer *immédiatement* à l'Émir de quoi payer ses troupes. Et ça n'aurait pas besoin d'être un cadeau, car on le déduirait des subsides annuels qui lui ont été promis par le traité, et qui s'élèvent à six *crores*. Bon sang, Wally, ça représente six millions de roupies et il n'en faudrait qu'une petite part pour régler la dette de l'Émir envers ses troupes. Mais si l'argent n'arrive pas très vite, il n'y en a plus pour longtemps avant que tous les soldats afghans se trouvent devant ce choix : mourir de faim ou voler. Or, croyez-moi, ils opteront pour le vol, tout comme les Hératis l'ont fait. Et comme vous le feriez vous-même si vous étiez à leur place !

— Tout cela est très bien, mais...

— Il n'y a pas de « mais ». Je sais par expérience que la faim peut pousser à des tas de choses. J'aurais bien aimé parler de tout cela à Cavagnari, mais j'ai promis au commandant de ne pas le faire, parce que... Bref, il semble que le jeune Jenkyns soit notre unique espoir, et, après tout, il est censé être Conseiller politique. Vous n'aurez qu'à lui dire tenir ça du vieux Nakshband Khan, ou ce que vous voudrez. Mais, pour l'amour du ciel, mettez-lui dans la tête que c'est on ne peut plus sérieux et que si Cavagnari ne s'en est pas encore rendu compte, il doit s'en convaincrre sans plus tarder. Quant à vous, Wally, arrêtez vos compétitions sportives et dites à Kelly qu'il lui vaut mieux aussi renoncer au dispensaire gratuit qu'il projetait, car on raconte déjà en ville que les Sahibs comptent s'en servir pour empoisonner quiconque aurait l'imprudence de s'y rendre.

— Quand je vois nos meilleures intentions à l'égard de ces gens ainsi dénaturées par eux, dit Wally avec une sorte de tristesse rageuse, j'en suis malade !

Ash fit remarquer que cela tenait peut-être à ce qu'ils ne voulaient accepter aucune aide de l'étranger.. sinon financière.

— Si les troupes sont payées, vous pouvez vous en tirer avec juste quelques blessures d'amour-propre. Dans le cas contraire, je ne parierais pas un centime sur l'avenir de la Mission ou celui de l'Émir.

— Eh bien, vous êtes drôlement réconfortant ! remarqua Wally avec un sourire en coin. Après ça, vous allez m'annoncer, je suppose, que tous les *mollahs* du pays sont en train d'appeler à la Guerre sainte ?

— Non, à quelques exceptions près, — dont un fakir ici même — les *mollahs* se montrent extrêmement pacifiques et font tout leur possible pour éviter des éclaboussures. C'est grand dommage qu'ils n'aient pas un meilleur Émir. On ne peut s'empêcher de plaindre ce pauvre type, mais il n'arrive pas à la cheville de son père qui, s'il ne valait rien en ce qui nous concerne, était au moins un homme à poigne. Ce dont les Afghans auraient besoin en ce moment, c'est d'un homme fort, un autre Dust Muhammad.

— Ou bien alors de quelqu'un comme celui-ci, suggéra Wally avec un hochement de tête en direction du tombeau.

— Le Tigre ? Dieu nous en garde ! s'exclama Ash avec ferveur. S'il avait été au pouvoir, nous n'aurions jamais dépassé Ali Masjid.

On cessa enfin de parler politique pour aborder de plus plaisants sujets : les livres, les chevaux, leurs amis communs, et des projets de *shikar* à la saison froide.

Une brusque rafale de vent secoua les buissons, apportant avec elle quelques gouttes de pluie Wally se leva d'un bond en s'exclamant

— Ma parole, je crois qu'il va pleuvoir ! Il est temps que je retourne à mes devoirs si je ne veux pas me faire taper sur les doigts par mon Chef vénéré. Bon, on se voit la semaine prochaine ? D'ici là, j'aurai eu un entretien avec William et trouvé un biais pour mettre fin aux compétitions sportives. *Salaam aleikoum !*

— Oui, et pour l'amour du ciel, n'allez plus traîner vos bottes à la campagne sans être convenablement escorté. C'est vraiment trop risqué !

— Ah ! vieux rabat-joie, je me demande comment je vous ai supporté si longtemps ! dit Wally en riant et étreignant la main de Ash. La prochaine fois, je viendrai avec un détachement armé jusqu'aux dents. Serez-vous satisfait comme ça ?

— Je ne serai satisfait que lorsque Kelly, vous et les autres, aurez regagné Mardan indemnes, répondit Ash avec un sourire las. En attendant, je me contenterai d'un détachement armé... Mais que je ne vous revoie surtout pas sans lui !

— Promis ! dit Wally en plaquant une main sur son cœur. Toutefois, si votre pessimisme est justifié, l'occasion ne s'en présentera peut-être plus jamais. Enfin, comme dirait Gul Baz : « C'est Dieu le maître. » *Ave,* Ashton, *morituri te salutant !*

Il salua à la romaine, puis partit en fredonnant une vieille chanson irlandaise, comme s'il n'avait aucun souci au monde.

62

À part quelques gouttes de pluie de temps à autre, l'orage qui menaçait n'éclata pas avant que Wally eût regagné la Résidence. Mais son excellente humeur fut alors brusquement douchée par un ordre de se présenter dès son retour au bureau de Sir Louis Cavagnari.

Comme l'ordre remontait à plus de deux heures, l'accueil que reçut Wally fut loin d'être cordial. Sir Louis souffrait d'une cuisante blessure d'amour-propre et fulminait contre ceux qui, témoins de l'incident ayant opposé l'Hindou aux sentinelles afghanes, avaient omis de l'en informer aussitôt. Notamment l'officier commandant l'escorte, dont c'était le travail de lui rapporter de telles choses, à lui ou à son secrétaire, Jenkyns.

Combien d'autres personnes avaient été pareillement refoulées par les Afghans ? Était-ce le seul incident de ce genre, ou seulement le plus récent ?

Jamais le lieutenant Hamilton n'avait vu son héros dans une telle colère. Les questions se mirent à pleuvoir. Quand Wally put enfin prendre la parole, il dut avouer tout ignorer de l'incident en question ; il promit de tancer sévèrement ceux de ses hommes qui, témoins de l'altercation, avaient omis d'en faire état. D'après lui, s'ils avaient gardé le silence, c'était par déférence à l'égard de Sir Louis, vu que cet incident était un grand *shurram* (déshonneur) pour toute la Mission, et que c'eût été encore un plus grand *shurram* de causer un sentiment de honte aux Sahibs en le leur rapportant. Mais Wally leur parlerait et leur ferait comprendre que, si de telles choses venaient à se reproduire, ils devraient l'en avertir sur-le-champ.

— Ça ne sera pas nécessaire, déclara Sir Louis d'un ton glacial, car je vais faire en sorte qu'elles ne se reproduisent pas. Allez immédiatement dire aux Afghans que je n'ai plus besoin de leurs services et qu'ils partent tout de suite. Après quoi, vous doublerez le nombre de nos hommes pour la garde. Et, en sortant, envoyez-moi Jenkyns.

Le chef des gardes voulut discuter, disant que ses hommes étaient là par ordre de l'Émir et pour assurer la protection des « étrangers ». Mais, grâce à son ami Ash, Wally parlait couramment le pachto et, tout comme Sir Louis venait de se soulager en lui passant un savon, il se fit un plaisir de répondre vertement aux objections du sous-officier, qui décampa aussitôt avec son escouade.

Après quoi, Wally signifia à ses hommes qu'ils avaient porté atteinte à leur honneur et à celui de la Mission, en passant sous silence ce dont ils avaient été témoins. Mais ils confirmèrent alors tout ce que lui avait dit Ash, en déclarant avoir préféré taire aux Sahibs que, serviteurs ou militaires, ils se faisaient tous insulter dès qu'ils se hasardaient en ville.

— Nous aurions eu trop honte de devoir dire ça, déclara le jemadar Jiwand Singh parlant au nom de ses camarades.

Plus tard, le gros porteur de Wally, Pir Baksh, usa des mêmes termes à propos des serviteurs qui avaient accompagné la Mission à Kaboul.

— Je suppose que Sir Louis est au courant des mauvais sentiments qui se manifestent dans Kaboul à notre égard ? dit ce même soir le jeune lieutenant au Dr Kelly, tandis que l'orage se déchaînait enfin. Et de ces rixes qui éclatent sans cesse à n'importe quel propos ?

— Bien sûr ! déclara placidement le médecin. Il a des espions partout.

— Il ignorait pourtant que les gardes afghans avaient empêché des visiteurs d'entrer ici... Aucun de nous quatre n'était au courant, mais nous étions apparemment les seuls à ne pas savoir ce qui se passait à notre porte, presque sous notre nez. C'est pourquoi je me demande si le Chef sait que nos hommes se font insulter par les Kaboulis lorsqu'ils sortent en ville... Et toutes les rumeurs qui courent...

— Ça ne fait aucun doute pour moi. Sir Louis est un homme remarquable et rien ne lui échappe. Alors, cessez de vous faire de la bile !

Voyant le médecin remplir paisiblement sa pipe, Wally se sentit un peu honteux, et il se détendit en se laissant aller contre le dossier du fauteuil d'osier.

Les éclairs se succédaient au dehors dans les grondements du tonnerre, et la pluie fouettait avec rage les minces parois de torchis. Dans la pièce voisine, un serviteur du médecin avait dû placer une bassine pour recueillir l'eau qui filtrait en un point du plafond.

Les yeux mi-clos, Wally repensait à l'entrevue qu'il avait eue avec William Jenkyns, plus tôt dans la soirée, au sujet du paiement de l'arriéré des soldes.

Le Conseiller politique était tombé d'accord qu'il faudrait

probablement en passer par là, et lui avait dit en confidence que le Vice-Roi avait déjà laissé entendre qu'il était disposé à le faire.

— Tout va s'arranger, mon garçon, vous verrez ! Il n'est pas grand-chose de ce qui se passe à Kaboul que le Chef ne sache. Je peux vous dire qu'il a, depuis longtemps déjà, étudié les moyens de résoudre ce problème.

William Jenkyns ne se trompait pas en déclarant que Sir Louis était au courant de tout ce qui se passait à Kaboul, mais la confiance qu'il lui faisait était moins justifiée.

Sir Louis était bien informé et, par le journal qu'il expédiait chaque fin de semaine à Simla, Lord Lytton n'ignorait rien non plus de ce qui se passait à Kaboul, mais tous deux n'y attachaient pas grande importance. Lord Lytton s'en émouvait même si peu qu'il avait laissé s'écouler dix jours avant de faire suivre au Secrétaire d'État, sans aucun commentaire, le rapport de Sir Louis sur l'attitude agressive des Hératis, comme s'il s'agissait d'une information tout juste bonne à classer dans un dossier.

Quant à Sir Louis, bien qu'il eût immédiatement informé le Vice-Roi que les Kaboulis semblaient s'attendre, entre autres choses, à ce qu'il paie l'arriéré de soldes, il ne se préoccupa plus du problème, même pas lorsqu'il reçut un télégramme du Vice-Roi proposant une assistance financière à l'Émir si cela pouvait aider Son Altesse à sortir de ses actuelles difficultés.

Cette offre ne relevait pas uniquement de l'altruisme — en cas d'acceptation, avait souligné Lord Lytton, cela donnerait au Gouvernement la possibilité d'obtenir certaines réformes administratives devant lesquelles l'Émir se montrait réticent — mais enfin elle avait été faite. Cet argent, dans lequel Ash voyait le seul moyen de mettre fin aux troubles dont souffrait de plus en plus Kaboul, cet argent avait été mis à la disposition de Sir Louis. Mais celui-ci n'y recourait pas, peut-être parce que, tout comme Wally, il lui répugnait de payer une armée qui récemment encore faisait la guerre aux Britanniques Mais pas même à Jenkyns, qui décodait tout son courrier confidentiel, il ne donna ses raisons. Cela ne laissa pas de troubler le loyal secrétaire, aux yeux duquel l'offre du Vice-Roi était apparue comme un bienfait du ciel, la merveilleuse solution des plus pressants problèmes

Il n'etait pas venu à l'idée de William Jenkyns que son Chef pût voir cette offre sous un autre jour. Août se passa sans que Sir Louis eût fait le moindre geste pour accepter la proposition du Vice-Roi, bien que la situation devînt chaque jour plus explosive, le mécontentement commençant à gagner même les régiments de Bala Hissar.

William venait d'apprendre cela par Walter Hamilton, et il avait peine à le croire. Se pouvait-il vraiment que ces régiments ne fussent pas plus sûrs que les Hératis ? Dans ce cas, l'Émir jouait-il un double jeu ? Certes, il avait réagi avec colère à propos de l'incident de l'Hindou lapidé par les sentinelles. Cette colère toutefois était dirigée non pas contre les sentinelles, mais contre Sir Louis qui avait osé les renvoyer en allant jusqu'à refuser qu'on les remplaçât, et contre le lieutenant Hamilton qui avait exécuté les ordres de Cavagnari.

William se demandait si l'Émir avait réellement l'intention, à l'automne, de faire une tournée d'inspection avec Sir Louis le long des frontières nord, en laissant sa capitale aux mains d'une soldatesque indisciplinée et de ministres retors. Sir Louis semblait le penser et en parlait comme d'un fait acquis.

A mesure que l'été tendait vers sa fin, William Jenkyns, en dépit de son loyalisme et de son admiration, était de plus en plus tourmenté par le doute. Il en arrivait à se demander si sa brusque élévation n'avait pas eu un mauvais effet sur le jugement de Louis Cavagnari, l'empêchant de voir des choses qui naguère n'eussent certainement pas échappé à son attention.

Au cours d'un dîner à Simla, William se rappelait avoir entendu quelqu'un dire qu'on imaginait très bien Cavagnari se comportant comme le comte d'Auteroche à la bataille de Fontenoy, lorsqu'il avait lancé à ses adversaires : « Messieurs, tirez les premiers ! »

A l'époque, William avait acquiescé en riant. Mais, à présent, il ne riait plus car il se rappelait que, en réponse à cette fière invite, une volée de balles meurtrières avait décimé les rangs des gardes-françaises, tuant ou blessant tous leurs officiers si bien que, se retrouvant sans aucun chef, les survivants avaient pris la fuite.

Oui, Louis Cavagnari était parfaitement capable d'un tel geste. C'était un homme fier, courageux et fanatique, plein de hautain mépris pour ceux qui ne le valaient pas.

Dans le bâtiment du Mess, de l'autre côté de la cour, Wally était très occupé à écrire. Le courrier devait partir à l'aube pour Ali Khel et il fallait donc lui remettre les lettres au plus tard le soir même.

Pour cette raison, Sir Louis Cavagnari avait aussi passé la fin de l'après-midi et la majeure partie de la soirée dans son bureau, y achevant de rédiger son journal ainsi que les lettres et télégrammes à destination d'Ali Khel. Il se sentait plus détendu depuis quelques jours, car la mort par le choléra, en l'espace de vingt-quatre heures, de quelque cent cinquante soldats hératis avait été un mal pour un bien.

Frappés de panique en voyant succomber ainsi un grand nombre de leurs camarades, les survivants avaient transigé pour une partie seulement de ce qui leur était dû, plus quarante jours de permission. Ils s'étaient aussitôt précipités à Bala Hissar rendre leurs armes et n'avaient même pas attendu leurs feuilles de permission pour quitter la ville, injuriant au passage le commandant en chef, le général Daud Shah, venu assister à leur départ.

A aucun moment, Sir Louis n'avait eu peur de ce qu'il considérait comme une simple « bande de voyous », mais il fut cependant bien aise d'apprendre qu'un grand nombre d'entre eux avaient enfin été payés (il avait toujours été convaincu que l'Émir et ses ministres sauraient trouver l'argent nécessaire quand ils se rendraient compte que c'était le seul moyen de se débarrasser de cette dangereuse engeance) et avaient quitté la capitale après avoir rendu leurs armes. Il savait néanmoins que tous les Hératis n'étaient pas partis : il en restait encore cantonnés aux abords de la ville, et c'était parmi eux que l'on prenait de quoi renforcer la garde de l'Arsenal, ce qui, pour peu qu'on y réfléchisse, ne paraissait pas très prudent. Mais l'Émir lui avait assuré que ces hommes avaient été soigneusement choisis et témoignaient des meilleures dispositions... Sans doute, pensait Sir Louis, parce qu'ils avaient dû percevoir un acompte.

Il restait aussi le régiment Ardal du Turkestan, et trois autres régiments de militaires de carrière, dont la solde n'avait pas non plus été payée depuis plusieurs mois. Mais, tout en réclamant leur dû, ils ne manifestaient aucune inclination à imiter la conduite déplorable des Hératis. Et comme le général Daud Shah leur avait laissé entendre que, s'ils faisaient preuve d'un peu de patience, ils seraient tous payés au début de septembre, Sir Louis estimait pouvoir envisager l'avenir avec un peu plus d'optimisme.

Cette année-là, le début du Ramadan — le carême musulman — tombait malheureusement au milieu d'août. Durant le Ramadan les fidèles ne peuvent boire et manger qu'entre le coucher du soleil et la première lueur de l'aube ; or des hommes qui ont jeûné durant toute la journée, qui ont dû se passer d'eau dans la chaleur et la poussière, risquent de s'emporter facilement. Toutefois il ne s'en fallait plus que d'une semaine pour qu'on fût en septembre.

Sir Louis attendait l'automne avec impatience, car il avait entendu dire que c'était la meilleure saison à Kaboul. Cette perspective fit sourire l'Envoyé extraordinaire ; posant sa plume, il se leva et alla se planter devant une des fenêtres donnant au sud. Par-dessus la plaine qui s'enténébrait, il contempla les lointains sommets neigeux, lesquels, un moment auparavant rosis par le soleil couchant, semblaient d'argent à la clarté des étoiles.

La nuit était pleine de bruits car, après une journée d'abstinence, Kaboul se détendait enfin avec l'*Iftari*, le repas du soir avec lequel on rompt le jeûne pendant le Ramadan. La nuit bourdonnait comme une ruche, mais une ruche de bonne humeur, pensa Cavagnari en respirant l'odeur des feux de bois et des aliments qui cuisaient.

Entendant des pas dans l'escalier, Sir Louis dit, sans se retourner :

— Entrez, William. J'ai terminé mes lettres pour le *dâk* et vous pouvez donc ranger le code, car nous n'en aurons plus besoin ce soir. Inutile d'envoyer un autre télégramme à Simla, puisque nous n'avons rien de neuf à leur apprendre. La prochaine fois qu'ils recevront le journal, ils y trouveront tout ce qu'ils ont besoin de savoir. Quand doit-il partir, au fait ?

— Le 29 au matin, sir.

— Si d'ici là quelque chose d'intéressant se produisait, nous avons toujours la possibilité d'expédier un *tar*. Mais je crois que le pire est passé. Maintenant que ces voyous de Hérat sont repartis chez eux, les choses vont se tasser. Vous pouvez emporter les lettres. Je dois encore me changer pour le dîner.

A un demi-mille de là, sur le toit en terrasse de la maison de Nakshband Khan, Ash contemplait lui aussi les montagnes et, tout comme Cavagnari, estimait que le pire était maintenant passé.

A présent, si Ya'kub payait au reste de ses troupes ce qu'il leur devait, ou si le choléra les faisait fuir, ou bien encore si Sir Louis insistait pour que le gouvernement des Indes envoie à l'Émir de quoi régler l'arriéré des soldes, on pouvait encore raisonnablement espérer que la Mission réussirait à transformer la méfiance et l'hostilité actuelles de la population en une sorte de tolérance, voire de respect, sinon de sympathie. Pour cela, Cavagnari et l'Émir avaient besoin de temps, et Ash restait convaincu que seul l'argent leur assurerait ce répit.

— Pourtant, si l'Émir a trouvé de quoi payer les Hératis, raisonnait le jeune homme, il pourrait sans doute aussi se procurer l'argent nécessaire pour payer les autres. Il doit se rendre compte maintenant que c'est absolument nécessaire, dût-il pour cela pressurer les nobles et les riches marchands.

Sans en avoir conscience, il avait dû prononcer ces dernières paroles à haute voix car Anjuli, assise près de lui la tête appuyée contre son épaule, lui objecta doucement :

— Mais ces gens-là ne donneront aucun argent de bon gré. Et si on le leur prend de force, ils s'arrangeront pour le soutirer à leur tour aux pauvres qui dépendent d'eux Cela nous le savons. Alors, en quoi la position de l'Émir sera-t-elle meilleure si, pour apaiser ses soldats, il se met à dos les nobles, les marchands, et accroît encore la haine des pauvres ? Ca ne réussira qu'à attiser le mécontentement, j'en ai bien peur.

— Tu es pleine de sagesse, mon cœur. La situation est vraiment très dure à dénouer, mais tant qu'elle ne le sera pas, il n'y aura pas de tranquillité à Kaboul... du moins pour les gens de la Résidence ou du Palais de Bala Hissar.

A l'énoncé de ce nom, Anjuli frissonna et Ash la serra instinctivement contre lui, mais il ne dit rien car il pensait à Wally... Il n'avait pas reparlé à son ami depuis l'après-midi passé dans le jardin entourant le tombeau de Baber, bien qu'il l'eût aperçu souvent par la fenêtre de son bureau chez le Munshi. Il allait falloir organiser une rencontre... Avant que Cavagnari provoque la colère de l'Émir en renvoyant les sentinelles afghanes, ça ne présentait pas trop de difficulté. Mais à présent aucun des quatre Européens de la Mission ne pouvait sortir de l'enceinte sans avoir aussitôt, en sus de sa propre escorte, un détachement de cavaliers afghans caracolant derrière lui.

Dans ces conditions, il était impossible pour Wally de sortir seul, et encore moins de s'arrêter pour bavarder avec un Afridi apparemment rencontré en chemin. Mais travailler à Bala Hissar avait ses avantages; Ash venait ainsi d'apprendre quelque chose qu'on ignorait encore à la Résidence : à partir du Ier septembre, la Mission britannique devrait se procurer par ses propres moyens le fourrage nécessaire à ses chevaux.

Jusqu'alors l'herbe et la *bhoosa* avaient été fournies par l'Émir mais, à l'avenir, c'étaient les coupeurs d'herbe des Guides qui devraient s'en occuper. Or comme il n'était pas question de les laisser sortir sans une escorte de *sowars,* on ne s'étonnerait pas que Wally les accompagne.

Bien entendu, les inévitables gardes afghans les suivraient mais, après un jour ou deux, leur vigilance se relâcherait probablement; Ash pourrait alors s'entretenir avec Wally sans éveiller de soupçons.

Cela leur permettrait de se rencontrer une ou deux fois avant la fin du Ramadan ; et d'ici là, si le sort leur était favorable, une certaine détente aurait succédé à l'inquiétante agitation de ces dernières semaines.

Sir Louis, en tout cas, non seulement ne doutait pas de cette détente, mais la considérait déjà comme effective. Aussi, le vingt-huit du mois, avait-il chargé William d'envoyer à Simla un autre télégramme disant que tout allait bien. Deux jours plus tard, il écrivit une lettre personnelle à son ami le Vice-Roi, dans laquelle il déclara n'avoir vraiment à se plaindre de rien en ce qui concernait l'Émir et ses ministres.

« L'autorité de l'Émir est faible mais, en dépit de tout ce qu'on peut raconter contre lui, je pense pour ma part qu'il fera un bon allié et tiendra ses engagements. »

63

— Eh bien alors, drôle de façon de commencer l'automne ! s'exclama Wally avec indignation. Ils auraient quand même pu nous prévenir, non ? Quelle engeance, vraiment !

— Allons, allons, protesta William. Ils savent très bien que nous avons nos propres coupeurs d'herbe et rien ne les obligeait à nous approvisionner en fourrage. Ils l'ont cependant fait — et gratuitement — depuis notre arrivée. Maintenant que nous sommes installés, il me paraît juste que nous nous débrouillions tout seuls à cet égard.

— Je suppose que vous avez raison, concéda Wally. Mais Son Altesse Impériale afghane aurait quand même pu nous avertir qu'Elle se proposait d'arrêter ces fournitures fin août, au lieu d'attendre le 1er septembre pour nous annoncer que c'est à nous désormais de nous occuper du fourrage. Car ça n'est pas quelque chose que nous pouvons faire du jour au lendemain, du moins dans ce pays. Si nous ne voulons pas nous attirer des tas d'ennuis, il nous faut d'abord savoir où nous sommes autorisés à prendre l'herbe et ce qui est encore plus important, où il ne nous est pas permis d'aller. Or ce n'est pas en cinq minutes que nous serons fixés sur ce point !

— Non, mais nous devons bien avoir pour deux jours de fourrage ? Ce qui nous mène à après-demain. Je vais voir le Chef pour déterminer les endroits où envoyer nos coupeurs d'herbe et, le 3, ils reprendront leur travail, ce qui leur évitera de se rouiller. Je suppose qu'il nous faudra les faire accompagner par un garde ?

— Oh ! oui. Sans cela, soyez assuré qu'ils ne feraient pas un pas hors d'ici, répondit Wally d'un ton amer.

— C'est vraiment à ce point ? J'avais espéré que la situation s'améliorerait un peu après que la moitié de ces Hératis auraient fichu le camp ?

— Elle s'est améliorée sans aucun doute. Mais il est encore trop tôt pour qu'on en ressente les effets. Aussi ne me viendrait-il pas à l'idée d'envoyer dans la nature une équipe de coupeurs d'herbe, sans quelqu'un pour jouer les chiens de berger et veiller sur eux. Pour commencer, c'est probablement moi qui les accompagnerai afin de m'assurer que tout se passe bien. Nous ne tenons pas à les voir revenir, les mains vides et pris de panique, parce que quelqu'un leur aura jeté une pierre en les injuriant

Wally regagnait le bâtiment du Mess après son inspection matinale des écuries, lorsque William lui avait annoncé les nouvelles dispositions concernant le fourrage. Désireux d'en informer les officiers de cavalerie, il fit demi-tour et passa de nouveau à côté de la sentinelle postée près de la porte donnant accès à la venelle qui séparait la Résidence de ce qu'il considérait comme la caserne.

La porte menant aux chambrées était ouverte mais, au lieu de pénétrer dans cette cour, Wally prit à droite dans la ruelle, puis à gauche, afin de contourner la partie nord des chambrées et se diriger vers les écuries qui se trouvaient à l'autre extrémité, dans l'ombre de l'Arsenal. Plissant les paupières contre l'éclat du soleil, il leva machinalement les yeux vers les fenêtres grillées des hautes maisons dominant le mur d'enceinte : on eût dit autant d'yeux épiant ce qui se passait chez « les étrangers ».

Quelqu'un qui l'eût observé n'aurait pas eu conscience qu'il s'intéressait à l'une de ces fenêtres. Pourtant, il avait repéré un certain vase bleu, garni de feuillage, qui se trouvait derrière les barreaux de l'une d'elles. Tout en continuant d'avancer, il se demanda si Ash savait que les Guides devraient désormais envoyer leurs propres coupeurs d'herbe chercher du fourrage et — ce qui était plus important — où il leur serait permis d'aller. Si oui, s'était-il rendu compte, comme lui-même, que cela leur fournirait des occasions de se rencontrer ?

Le dernier envoi de fourrage ayant été particulièrement abondant, le jemadar Jiwand Singh, l'officier indien le plus ancien parmi les cavaliers, était d'avis qu'il y en avait pour deux ou trois jours. Donc, les coupeurs d'herbe n'auraient pas à s'en occuper avant le 3.

— Mais il faut penser à l'hiver, ajouta Jiwand Singh. Si, comme ils le disent, la neige atteint parfois plus d'un mètre d'épaisseur dans la vallée, il nous faut avoir une grande quantité de fourrage en réserve, et, par conséquent, davantage de place.

— Nous ne sommes encore qu'au début de l'automne, rétorqua Wally, et il ne neigera pas avant la mi-novembre. Mais je vais en parler dès ce soir au Burra-Sahib, et lui dire qu'il nous faut un emplacement où édifier un baraquement qui abritera cette réserve de fourrage.

— Là, par exemple, dit Jiwand Singh avec un hochement de

tête en direction d'un terrain vague clôturé, appelé le Kulla-Fi-Arrangi, qui jouxtait le compound et n'en était séparé que par un muret de pisé. Ce serait une bonne chose si nous avions la permission de construire sur ce terrain, car ça nous permettrait de l'interdire à tous les oisifs et *budmarshes* qui viennent y rôder. Et si jamais nous étions contraints d'assurer notre défense, il nous rendrait grand service.

Wally pesa la chose, car la facilité avec laquelle on aurait pu envahir l'enceinte l'avait toujours préoccupé.

— Oui... ça n'est pas une mauvaise idée, murmura-t-il entre ses dents. Comment ne m'était-elle pas venue ? Pas simplement un mur, mais de bons bâtiments bien solides, pour abriter le fourrage et peut-être aussi loger quelques-uns des serviteurs afin qu'ils soient moins à l'étroit. Je me demande...

Il continua d'y réfléchir et, à l'heure du thé, en discuta avec Kelly, lequel tomba d'accord que cela renforcerait certainement la sécurité s'il n'y avait plus qu'un seul accès à l'enceinte, de préférence étroit afin qu'on pût le fermer par une porte. Actuellement, on en comptait une demi-douzaine, en sus de ce terrain en pente où tout un troupeau aurait passé !

— Et personne ne pourrait nous accuser de faire insulte à nos hôtes, comme en construisant des murs de défense ou des barricades, puisqu'il s'agit simplement d'un bâtiment pour abriter nos réserves de fourrage... plus peut-être quelques domestiques trop à l'étroit dans...

— Non, pas des domestiques, l'interrompit Kelly : un grand dispensaire ! Oui, ça ne serait pas une mauvaise idée et si le Chef approuve...

— Bien sûr qu'il approuvera ! Il ne doit pas se sentir tranquille, nous sachant dans une position aussi vulnérable. Simplement, il ne veut pas bouleverser l'Émir en lui demandant d'établir un système de défense autour de l'enceinte, et ça je le comprends très bien. Mais notre idée est totalement différente, et il ne devrait avoir aucune peine à obtenir l'assentiment de l'Émir. Ils se voient tous les jours et ont de longues conversations... En ce moment même, tenez, ils doivent être ensemble. J'en parlerai à Sir Louis dès son retour du palais : il est toujours de bonne humeur quand il a bavardé un moment avec l'Émir.

La bonne humeur de Sir Louis tenait à ce que, au cours de ces visites qui duraient environ une heure, il était souvent question de la fameuse tournée dans les provinces du nord, pour laquelle l'Émir se montrait tout aussi enthousiaste que lui. Ce soir-là, ils devaient en discuter les derniers détails · or voilà que soudain l'Émir déclarait ne pouvoir partir.

Ya'kub Khan estimait hors de question qu'il s'absente de sa capitale en période de troubles, alors qu'il ne pouvait même pas compter sur les régiments qui s'y trouvaient stationnés. Plusieurs de ses provinces étaient en révolte ouverte et son cousin Abdur Rahman (protégé par les Russes) projetait d'envahir le Kandahar. Quant à son frère, Ibrahim Khan, il intriguait contre lui dans le but de lui ravir son trône. N'ayant pas d'argent ni beaucoup d'autorité, l'Émir estimait que s'il s'absentait de Kaboul, ne fût-ce qu'une semaine, il ne pourrait jamais plus y revenir. Son excellent ami Sir Louis comprendrait que, dans ces conditions, il fallait renoncer à la fameuse tournée.

Sir Louis n'ignorait pas ces difficultés, qu'il avait lui-même signalées par télégrammes au cours des dernières semaines. Aussi aurait-on pu s'attendre qu'il partageât le sentiment de Ya'kub Khan. Mais, tout au contraire, l'annulation du projet le bouleversa, car il avait vu dans cette tournée avec le souverain, l'affirmation publique de l'amitié et de la confiance existant désormais entre la Grande-Bretagne et l'Afghanistan. Cette brusque volte-face de l'Émir le plaçait en outre dans une situation ridicule, étant donné qu'il avait annoncé cette tournée à un grand nombre de personnalités. Aussi s'efforça-t-il de faire se raviser Ya'kub Khan, mais en vain. Se rendant compte qu'il risquait de s'emporter contre son interlocuteur, il avait finalement préféré abréger l'entretien. Inutile de dire que, dans ces conditions, il n'était pas de bonne humeur lorsqu'il regagna la Résidence.

Wally s'en rendit aussitôt compte et jugea préférable d'attendre un autre moment pour aborder le problème du Kulla-Fi-Arrangi. Il se contenta donc de demander à William Jenkyns s'il savait où envoyer chercher du fourrage.

Jenkyns acquiesça : ils pourraient prendre tout ce dont ils avaient besoin dans le *charman,* une étendue inculte et herbeuse qui constituait la majeure partie de la plaine de Kaboul. On leur avait suggéré de commencer dans le voisinage du village de Ben-i-Hissar, qui n'était guère éloigné de la citadelle.

— J'ai annoncé que nous y enverrions nos coupeurs d'herbe le matin du 3, autrement dit après-demain. On m'a prié de les faire accompagner par un garde, tout en sachant très bien que nous ne les laisserions pas sortir seuls. De toute façon, ce sera une bonne chose d'avoir l'un des leurs avec nous. Les paysans ne pourront pas ensuite venir se plaindre que nous avons traversé leurs champs et endommagé leurs récoltes.

Wally fut entièrement de cet avis, mais persista néanmoins dans son intention d'aller le surlendemain avec les coupeurs d'herbe. Cela lui permettrait d'étudier un peu les environs et d'observer le comportement du garde afghan, afin de savoir s'il lui serait facile ou non de rencontrer ensuite Ash au cours de ces sorties.

Le lendemain, Wally réfléchit que ce ne serait pas une mauvaise chose si Ash pouvait étudier aussi la question, en allant faire lui-même un tour du côté de Ben-i-Hissar, par exemple dans la matinée du 5

Un coup d'œil à la maison du Munshi lui avait déjà appris que Ash s'y trouvait au travail. Le jeune homme se dirigea donc vers un fruitier ambulant qui avait installé son éventaire à l'entrée de l'enceinte. Il lui acheta une demi-douzaine d'oranges et, lorsqu'il eut regagné sa chambre, il en disposa cinq sur le rebord de sa fenêtre, laquelle donnait à l'ouest, face aux chambrées et à l'Arsenal. L'éclatante couleur des fruits se voyait de loin sur le fond blanc de la fenêtre.

S'il ne le savait pas encore, Ash n'aurait aucune difficulté pour s'informer du but de la sortie que Hamilton-Sahib effectuerait ce jour-là. S'il ne pouvait se rendre libre, ça serait pour la fois suivante, qui tomberait le 7. Le 7 étant un vendredi, équivalent musulman du sabbat, on pouvait raisonnablement espérer que le garde afghan serait à ses dévotions dans l'une des mosquées de la ville.

Au petit déjeuner, Sir Louis paraissait encore mal luné, et l'habituel défilé de visiteurs en tous genres l'avait tenu occupé jusqu'à la fin de l'après-midi ; après quoi, il était allé chasser la perdrix en compagnie d'un gros propriétaire terrien. Wally n'avait donc pas eu l'occasion de lui parler de la construction envisagée, mais il ne le regrettait pas tellement car son instinct lui disait que, vu son humeur actuelle, Sir Louis aurait mal accueilli ce projet. Il se contenta donc de l'exposer à William Jenkyns.

William était très conscient de l'insécurité que présentaient les lieux mis à leur disposition par l'Émir. Mais, tout comme Cavagnari, il estimait hors de question, qu'on édifiât un dispositif de défense militaire. Il fallait donc recourir à d'autres moyens, en usant de beaucoup de diplomatie et de circonspection afin de ne susciter aucune hostilite soupçonneuse Car ce qu'il y avait encore de plus sûr, c'était de préserver l'ambiance d'amitié et de confiance réciproque, bien plus efficace pour assurer leur sécurité que des murs de briques et de plâtre. Le projet de bâtiment ne l'enthousiasma donc pas autant que Wally l'avait espéré, mais il promit de sonder Sir Louis à ce sujet. Jenkyns escomptait d'ailleurs une réaction favorable car, toute autre considération mise à part, il leur fallait absolument avoir des réserves de fourrage pour les mois durant lesquels Kaboul serait sous la neige. Mais on avait encore amplement le temps...

La tiédeur avec laquelle William avait accueilli son « plan », doucha Wally, qui se consola en réfléchissant que, si Cavagnari était d'accord et l'Émir donnait sa permission, le bâtiment serait vite construit. Après quoi, Wally se sentirait beaucoup plus à l'aise vis-à-vis des hommes dont il était responsable, lesquels, de leur côté, devaient veiller à la sécurité de tous ceux qui habitaient là, de Sir Louis au dernier des balayeurs.

Comme il s'en retournait vers le Mess après avoir pris des dispositions avec le jemadar Jiwand Singh concernant la corvée de fourrage, Wally jeta un coup d'œil à une certaine fenêtre : le vase n'était plus au milieu, mais sur la droite du rebord. Cela signifiait « possible », alors qu'un déplacement du vase vers la gauche eût voulu dire le contraire.

Sir Louis avait emmené son secrétaire avec lui lorsqu'il était parti chasser. Se trouvant donc en tête à tête ce soir-là, Wally et le docteur Kelly allèrent faire une promenade à cheval sur les bords de la rivière de Kaboul, du côté de Sherpur, avec juste une escorte de deux *sowars* et, bien sûr, l'inévitable détachement de gardes afghans

Au soleil couchant, la poussière se combinant à la fumée des feux en plein air faisait de la vallée une sorte de mer dorée, d'où émergeaient les proches collines puis, à l'arrière-plan, les pics neigeux embrasés par le soleil sous un ciel d'opale. On eût dit quelque cité fabuleuse...

— *La ville était d'or fin pareil à du verre le plus pur. Les assises de son rempart étaient rehaussées de pierreries de toute sorte...*récita Wally à mi-voix.

— Que dites-vous ? demanda Kelly en se tournant vers lui

Wally rougit et balbutia avec confusion :

— Oh ! rien... C'est simplement que... Ça fait penser à la description de la Cité sainte, vous ne trouvez pas ? Je veux parler de ces montagnes.. Vous savez, ce passage de l'Apocalypse, où il est question de jaspe, calcédoine, topaze, chrysoprase, améthyste. sans oublier les portes de perle..

— Oui, c'est très joli, acquiesça Kelly, en ajoutant qu'il n'aurait jamais cru que ce satané pays pût avoir quelque beauté

— Ash parlait souvent d'une montagne appelée le Dur Khaima, continua Wally d'un ton rêveur, le regard toujours fixé sur la glorieuse splendeur de la chaîne neigeuse. « Les Pavillons lointains »... Tarakalas... la Tour étoilée... Je n'imaginais pas..

Comme il s'interrompait, le médecin s'enquit avec curiosité .

— Serait-ce à Pandy Martyn que vous faites allusion ? C'était un de vos amis, n'est-ce pas ?

— Il l'est toujours, rectifia Wally d'un ton bref, contrarié d'avoir mentionné malgré lui le nom de Ash.

En effet, bien que Kelly n'eût pas servi avec Ash, il devait avoir suffisamment entendu parler de lui pour manifester de l'intérêt et s'informer de ce qu'il était devenu.

— Un garçon remarquable à tous égards, déclara le médecin. Je n'ai eu l'occasion de le rencontrer qu'une seule fois, en 74, lorsqu'il est revenu à Mardan avec une vilaine blessure à la tête dont j'ai dû m'occuper. C'était l'année de mon arrivée aux Guides. Je me rappelle qu'il n'avait guère parlé... Faut dire qu'il se trouvait en piteux état... Et dès qu'il a été rétabli, on l'a expédié à Rawalpindi. Mais j'avais entendu raconter qu'il était allé à Kaboul, si bien que la montagne dont il vous parlait devait être une de celles-ci. Splendide, vraiment...

Wally hocha la tête, sans le contredire au sujet du Dur Khaima, s'absorbant dans la contemplation de l'Hindou Kouch dont il lui semblait distinguer les moindres détails comme à travers un télescope... ou avec l'œil même de Dieu. Il sut que c'était là un de ces moments qui, sans raison aucune, demeurent pour toujours imprimés dans la mémoire, alors qu'on en oublie de beaucoup plus importants.

Jamais encore le monde n'avait paru aussi beau à Wally, qui pensa avec exaltation : « Ah ! que c'est bon d'être vivant ! »

Le toussotement discret d'un des *sowars* le ramena sur terre en lui rappelant qu'il n'était pas seul avec Ambrose Kelly... et aussi que c'était le Ramadan. Leur escorte et les gardes afghans devaient avoir hâte de regagner leurs quartiers, pour réciter les prières rituelles avant que le coucher du soleil leur permette enfin de rompre le jeûne.

Quittant la citadelle plus tard que d'ordinaire, Ash croisa Wally et son escorte comme ils franchissaient la Porte Shah Shahie. Mais Wally ne le vit pas. Ash entendit Kelly lui dire : « Vous me devez une bouteille, jeune Walter, et elle sera la bienvenue : je meurs de soif ! »

Ash lui aussi mourait de soif car, en tant que « Syed Akbar », il devait observer le jeûne. En sus de quoi la journée avait été longue et éprouvante pour tous ceux qui travaillaient chez le Munshi : un des régiments cantonnés à l'intérieur de Bala Hissar, le régiment Ardal, arrivé tout récemment du Turkestan, avait réclamé trois mois de solde et, chose surprenante, s'était entendu répondre qu'on les lui paierait le lendemain matin. Le Munshi ayant été chargé de s'en occuper, Ash et ses compagnons avaient passé la journée à compiler des listes de noms avec les grades, déterminer ce qui devrait être versé à chaque homme, et la somme totale à prélever sur le Trésor.

Ce qui avait rendu la chose pénible, c'est qu'il avait fallu effectuer ce travail sans délai, en plein jeûne, dans une petite pièce où il faisait très chaud et où l'on manquait d'air. Aussi Ash était-il exténué quand, en ayant enfin terminé, il avait pu retirer le vase de la fenêtre, avant de retourner auprès d'Anjuli chez le Sirdar. Mais, en dépit de sa fatigue, il se sentait soulagé, plein d'espoir et d'optimisme.

Le fait que le régiment Ardal allait être payé, montrait que l'Émir et ses ministres avaient enfin compris qu'il était plus dangereux d'avoir une armée mécontente que pas d'armée du tout. Aussi, bien que disant n'avoir pas assez d'argent, ils s'étaient arrangés pour se le procurer avant qu'un autre régiment en arrive à se mutiner. C'était un pas de géant dans la bonne direction et, aux yeux de Ash, d'excellent augure pour l'avenir.

Les cinq oranges attestaient que le cerveau de Wally travaillait dans le même sens que le sien, ce qui était presque aussi réconfortant que de savoir le régiment Ardal sur le point d'être payé. Bientôt, ils allaient se rencontrer de nouveau et, la menace d'insurrection étant écartée, pouvoir se remettre à parler de choses agréables.

La nouvelle que les régiments allaient être payés avait traversé Kaboul comme une brise fraîche, apaisant la tension, dissipant la colère, et Ash en ressentait déjà l'heureux effet.

C'est également en très bonne forme que Sir Louis et son secrétaire étaient rentrés de la chasse. L'exercice avait balayé la mauvaise humeur de Cavagnari et lui avait fait momentanément oublier l'annulation de la tournée qu'il devait effectuer avec l'Émir. Excellent fusil, Sir Louis s'était entendu annoncer par le notable l'ayant invité, que le gibier serait beaucoup plus nombreux dès qu'il ferait moins chaud.

— Dans ces conditions, déclara ce soir-là l'Envoyé extraordinaire au cours du dîner, nous devrions avoir souvent cet hiver du canard, de la sarcelle ou de la perdrix au menu !

Se tournant alors vers Wally, il le questionna au sujet de la corvée de fourrage prévue pour le lendemain matin. Apprenant que le lieutenant Hamilton se proposait d'accompagner les coupeurs d'herbe, il approuva cette initiative et suggéra que le médecin-major Kelly se joigne à lui, pour faire bonne mesure.

Le médecin déclara que ce serait avec joie, et Wally ne put qu'acquiescer tout en pensant que si Kelly prenait cette habitude, il ne lui serait pas facile de rencontrer Ash. Toutefois, il s'occuperait de cela plus tard ; pour l'instant, il avait hâte d'aborder l'importante question des réserves de fourrage et des bâtiments supplémentaires qu'il faudrait construire pour les abriter. Mais Sir Louis s'était mis à discuter chasse au canard avec Rosie — surnom familier du Dr Kelly —, ce qui les avait amenés à parler de l'Irlande et d'amis communs à Ballynahinch. Après quoi la conversation devint générale et comme, dès la fin du repas, Sir Louis regagna sa maison pour y rédiger l'habituel journal, Wally n'eut pas d'autre occasion de lui parler de son projet ce soir-là.

Dans le cas contraire, il est néanmoins douteux que ce projet eût suscité beaucoup d'enthousiasme chez l'Envoyé extraordinaire. En effet, la bonne humeur issue de la chasse avait été encore accrue par la nouvelle que lui avait apportée un agent de toute confiance juste avant le dîner ; le régiment Ardal allait toucher le lendemain matin son arriéré de solde. Sir Louis estima que c'était la preuve que l'argent pouvait être trouvé — ce dont il avait été toujours convaincu — et que le reste de l'armée ne tarderait donc pas non plus à être payée. Après quoi l'ordre et la discipline régneraient de nouveau à Kaboul.

En conséquence, il recommanda aussitôt à William d'avoir pour premier souci, le lendemain matin, d'envoyer l'habituel télégramme confirmant que tout continuait d'aller bien à Kaboul.

Plus tard ce même soir, comme il allait se coucher, Wally décida qu'il consulterait Ash au sujet de son projet. Son ami saurait voir si cela pouvait être utile ou non sur le plan défensif. Dans la négative, il n'en parlerait pas à Sir Louis.

Après avoir dit ses prières, Wally éteignit la lampe, mais ne se mit pas immédiatement au lit. Au cours du dîner, la conversation avait fait sourdre en lui une certaine nostalgie et il alla s'accouder à la fenêtre. Par-delà l'obscurité de la cour et le toit qui abritait Sir Louis, il distinguait la vallée, où serpentait le pâle ruban de la rivière de Kaboul, avec au fond, gris sous la clarté des étoiles, l'immense rempart de l'Hindou Kouch. Mais la rivière qu'il voyait, c'était la Nore, car il était de retour à Inistioge par la pensée... Le paysage familier de champs et de bois, les collines bleutées de Kilkenny, la petite église de Donaghadee..

— Je me demande, pensa-t-il, pourquoi les généraux choisissent toujours le nom d'une de leurs batailles lorsqu'ils sont fait pairs du Royaume ? Moi, non... Je prendrai le nom d'Inistioge... Maréchal Lord Hamilton of Inistioge, Croix de Victoria, Grand-Croix de l'Ordre du Bain, Chevalier de l'Ordre de la Jarretière, Grand Commandeur de l'Ordre de l'Étoile des Indes... Aurai-je droit à une permission spéciale pour recevoir ma croix des mains de la Reine ? Ou me faudra-t-il attendre mon tour ? Et me marierai-je un jour ?

Cela lui paraissait peu probable, à moins de rencontrer quelqu'un qui fût exactement comme Juli, ce qui lui semblait encore plus improbable. Ash aurait dû l'éloigner de Kaboul avec cette épidémie de choléra... Il lui en parlerait mercredi... Quelle joie ce serait de revoir Ash et, avec un peu de chance...

Un long bâillement interrompit le cours de ses pensées et, riant de lui-même, il s'en fut au lit, extrêmement heureux.

64

Le soleil était encore bien au-dessous de l'horizon lorsque Sir Louis Cavagnari, qui était un lève-tôt, sortit pour sa promenade habituelle le lendemain matin. Il était accompagné par son ordonnance, un Afridi nommé Amal Din, quatre *sowars* des Guides et une demi-douzaine de cavaliers de l'Émir.

Le courrier, lui, s'était levé encore plus tôt, emportant un télégramme qui serait transmis de Ali Khel à Simla. Peu après, la procession des vingt-cinq coupeurs d'herbe, avec cordes et faucilles, quitta la citadelle, encadrés par le Kote-daffadar Fatteh Mohammed, les *sowars* Akbar Shah et Narain Singh des Guides, ainsi que quatre troupiers afghans.

Une vingtaine de minutes plus tard, ce furent Wally et Ambrose Kelly qui s'en allèrent. Ash, arrivé plus tôt ce jour-là en prévision de la paye, les vit partir comme il plaçait le vase sur le rebord de sa fenêtre. Il aurait bien aimé les imiter, car l'air devait être vif et frais dans la campagne, alors que l'on commençait à étouffer où il était, et qu'il ferait encore plus chaud sur la grande place voisine où le régiment Ardal allait bientôt se rassembler pour être payé. L'endroit était non seulement en plein soleil, sans aucun arbre pour y ménager un peu d'ombre, mais encore empuanti par tous les détritus qu'on y jetait.

Quand Wally et ses hommes arrivèrent à proximité de Ben-i-Hissar, le soleil était levé. Ils contournèrent avec soin le village et les champs cultivés, pour gagner la portion de *charman* où les coupeurs d'herbe pourraient faire provision de fourrage sans aller à l'encontre des us locaux.

— Dieu, quelle journée ! s'extasia Wally en respirant à pleins poumons.

Baigné par le soleil, Bala-Hissar était tout doré.

— Rosie, non mais regardez-moi ça ! Vu d'ici, croiriez-vous que cet endroit est un nid à rats, aux maisons croulantes ?

— Plein de poussière et de mauvaises odeurs, grommela le médecin. Car les égouts sont inexistants. C'est merveille que nous ne soyons pas déjà tous morts de la typhoïde ou du choléra. Mais je vous concède que cela fait bel effet vu d'ici... Alors, comme je me sens un creux terrible et que ça va être l'heure du petit déjeuner, je suggère que nous y retournions en laissant ces hommes à leur travail. A moins, bien sûr, que vous ne préfériez vous attarder encore un peu?

— Seigneur, non! A présent qu'ils savent où faucher, nous n'avons plus rien à faire ici. D'ailleurs, le Chef a dit hier désirer que le petit déjeuner ait lieu aujourd'hui une heure plus tôt, car il doit aller voir je ne sais quel gros bonnet à huit heures.

Wally donna des instructions au Kota-daffadar pour que les coupeurs d'herbe rentrent avant que le soleil ne tape trop fort puis, après avoir salué l'escorte et les gardes de l'Émir, il partit au galop.

— Hé, pas si vite, jeune homme! lui cria Rosie en le rejoignant.

A regret, Wally tira sur les rênes et ce fut au petit trot qu'ils regagnèrent la citadelle. A la Porte Shah Shahie, ils firent halte un instant pour répondre au salut des sentinelles afghanes et échanger quelques mots avec un cipaye des Guides, Mohammed Dost, qui leur dit se rendre au marché de Kaboul pour y négocier un achat de farine destiné à l'escorte...

Le fait qu'il sortît seul et sans éprouver aucune appréhension, montrait à quel point l'atmosphère de la ville avait changé depuis quelques jours. Aussi les deux cavaliers pénétrèrent-ils dans le compound avec le sentiment que la vie à Kaboul serait désormais beaucoup plus plaisante.

Rentré quelques instants auparavant de sa promenade matinale, Sir Louis s'était déjà baigné et changé. Wally et Kelly le trouvèrent dans la cour et, bien qu'ordinairement il se montrât peu loquace avant le petit déjeuner, il leur parut de si bonne humeur que, prenant son courage à deux mains, Hamilton aborda enfin la question des réserves de fourrage pour l'hiver et des bâtiments qu'il faudrait construire pour les abriter. Du geste, il indiqua le Kulla-Fi-Arrangi comme espace disponible, mais se garda bien de parler d'une éventuelle défense. Sir Louis tomba d'accord que l'on devait s'occuper de ça et en chargea William, lequel gratifia Wally d'une grimace narquoise.

A quelques centaines de mètres, dans un bâtiment donnant sur la place où devait avoir lieu le paiement de la solde, le général Daud Shah, commandant en chef de l'armée afghane, était déjà assis près d'une fenêtre d'où il pourrait suivre le déroulement des opérations. En dessous de lui, au rez-de-chaussée, assis par terre avec d'autres subalternes dans une étroite galerie qui courait tout le long de la maison, Ash regardait le Munshi et ses adjoints s'affairer parmi les registres tandis que la vaste place se remplissait.

Cela se passait dans une ambiance de vacances : les hommes du régiment Ardal discutaient et riaient, par groupes de deux ou trois, sans même chercher à se mettre en rangs. Il aurait pu s'agir aussi bien d'hommes venant à quelque foire, car ils n'étaient pas en uniforme ni plus armés qu'un quelconque sujet de l'Émir lorsqu'il partait en voyage : cimeterre et poignard afghan. Très prudemment, Daud Shah avait ordonné que toutes les armes à feu fussent déposées à l'Arsenal avec leurs munitions, et même le régiment hérati qui assurait la garde avait obéi à cette injonction.

Bien qu'il fût à peine sept heures du matin, il faisait déjà suffisamment chaud pour que Ash se réjouît de l'ombre procurée par le toit et les arches en bois ouvragé de la galerie. Recouvert de nattes, le sol de cette galerie se situait à environ deux mètres au-dessus du niveau de la place, et ceux qui s'y trouvaient avaient ainsi vue sur cette mer de visages barbus, tout en évitant de respirer par trop son odeur d'humanité mal lavée.

Avec un brusque sentiment de malaise, Ash reconnut parmi ces visages un petit homme maigre au nez crochu, dont le regard exprimait une sorte de fanatisme, et qui n'avait rien à faire là, n'étant ni militaire ni habitant de Bala Hissar. C'était un religieux, le fakir Buzurg Shah, que Ash savait être un agitateur nourrissant une haine dévorante à l'endroit de tous les *Kafirs* (Infidèles) et travaillant inlassablement à fomenter une *Jehad.* Ash se demanda ce qui l'avait amené là ce matin, et s'il comptait semer la révolte parmi les soldats du régiment Ardal comme il l'avait fait chez les Hératis. Il espéra que le terrain se révélerait moins fertile.

Ash se demandait le temps qu'allaient durer les opérations de paiement et si le Munshi lui permettrait de disposer ensuite du reste de la journée, quand un important fonctionnaire du Trésor se leva et vint prendre place en haut des marches donnant accès à la galerie Du geste il réclama le silence et, l'ayant aussitôt obtenu, il annonça que si les hommes voulaient bien se mettre en file pour avancer un à un vers le bas des marches, ils allaient être payés mais... Là, il s'interrompit et agita les deux mains pour faire taire le brouhaha approbateur... *mais* ils devraient se contenter d'un mois de solde au lieu des trois qui leur avaient été promis, car le Trésor ne disposait pas de la somme nécessaire au paiement total.

La nouvelle fut accueillie par un silence qui parut s'éterniser pendant plusieurs minutes, mais ne dura probablement pas plus d'une vingtaine de secondes. Puis, d'un seul coup, la place se transforma en un véritable pandémonium tandis que tous les hommes du régiment Ardal se bousculaient en criant vers le fonctionnaire et ses adjoints, lequel leur hurlait en retour qu'ils seraient bien avisés de prendre ce qu'on leur offrait tant qu'ils en avaient la possibilité, vu que, même pour ce seul mois de paye, il avait fallu racler les fonds de tiroirs afin de trouver l'argent nécessaire. S'ils ne le croyaient pas, ils n'avaient qu'à venir constater eux-mêmes la chose : il ne restait rien, pas même une *pice*[1].

L'explosion de rage qui salua cette dernière précision évoquait d'hallucinante façon le feulement d'un tigre gigantesque, affamé et furieux. En l'entendant, Ash sentit tous ses nerfs se tendre et il faillit s'élancer en courant vers la Résidence pour avertir ceux qui s'y trouvaient. Mais tant de gens se pressaient dans l'étroite galerie qu'il n'eût pu y réussir sans attirer l'attention sur lui. D'ailleurs, c'était là une affaire entre le gouvernement afghan et ses soldats, qui ne concernait donc pas la Mission britannique... laquelle avait probablement déjà été alertée par ce hourvari de clameurs qui devait s'entendre dans toute la ville.

Au premier rang, un homme hurla d'une voix de stentor « *Dam-i-charya !* » — de l'argent et de quoi manger —, cri aussitôt repris par tous les autres. Ce mot d'ordre se répercuta si bruyamment sous la galerie que le bâtiment en parut ébranlé. « *Dam-i-charya ! Dam-i-charya ! Dam-i-charya !* »

Puis, soudain, des pierres se mirent à voler vers les fenêtres de l'étage, où les hommes savaient que se trouvait leur commandant en chef. Un des généraux et quelques officiers de l'armée Ardal qui étaient près des marches, descendirent parmi leurs hommes pour tenter de les calmer, les exhortant à se rappeler qu'ils étaient des militaires et non des enfants ou des voyous. Mais le vacarme était tel qu'ils ne purent se faire entendre et l'un d'eux rebroussa chemin en jouant des coudes pour aller supplier le commandant en chef de venir lui-même parler aux soldats vociférants.

Daud Shah n'hésita pas. Depuis quelque temps, il avait enduré bien des insultes de la part des soldats afghans ; tout dernièrement encore, les Hératis étaient partis en le conspuant. Mais c'était un homme qui ignorait la peur. Il descendit immédiatement, alla se planter face au tumulte, et leva les bras pour réclamer le silence

1. Monnaie divisionnaire qui valait un quart d'anna (*N. d. T.*)

Les hommes du régiment Ardal se ruèrent vers lui et l'arrachèrent à la galerie, comme une meute de loups se jetant sur une proie.

Alors, toute la galerie entra en effervescence, les uns se haussant sur la pointe des pieds pour mieux voir, tandis que d'autres luttaient pour tenter de se réfugier à l'intérieur des pièces.

Ash balança un instant. Mais, vu la rage des troupes, tout civil qui voudrait fuir serait aussi sauvagement rossé que l'était Daud Shah ; mieux valait donc rester sur place et attendre la suite des événements. Pour la première fois depuis plusieurs jours, Ash se félicita d'avoir sur lui un pistolet et un poignard, regrettant seulement de n'avoir pas aussi son revolver. Devant la détente qui s'amorçait, il avait estimé superflu de s'encombrer de cette arme volumineuse et préféré la laisser au bureau, dans un tiroir fermant à clef où il rangeait les dossiers du Munshi.

Il avait eu tort. Mais nul n'aurait pu prévoir ce qui venait de se produire... pas même Daud Shah qui semblait devoir payer de sa vie cette erreur de jugement. S'il en réchappa, ce fut une affaire de chance, car les soldats furieux le frappaient à coups de poings et de pieds, l'un d'eux allant même jusqu'à enfoncer sa baïonnette dans le corps de l'homme à terre. Ce geste sauvage sembla dégriser les autres qui, soudain silencieux, s'écartèrent en considérant leur œuvre, et ne tentèrent pas de s'opposer à ce que l'entourage du général le transporte dans la maison.

Ash l'entr'aperçut au passage et n'aurait jamais cru que cette chose sanglante, sans turban, les vêtements en lambeaux, pût être encore vivante, s'il n'avait entendu le vigoureux chapelet d'injures s'échappant des lèvres tuméfiées. Ayant recouvré un peu de souffle, l'indomptable commandant en chef s'en servait pour exprimer ce qu'il pensait de ses agresseurs : « Bâtards ! Chiens ! Rebuts d'humanité ! » hurlait-il entre deux spasmes de douleur, tandis qu'on l'emportait en laissant une traînée de sang sur la poussière blanche de la galerie.

Ne l'ayant plus pour assouvir leur rage, et se rendant compte qu'ils n'avaient rien à gagner en s'attaquant aux sous-ordres entassés dans la galerie, les hommes du régiment Ardal se souvinrent alors de l'Émir, et prirent la direction du palais en hurlant des obscénités. Mais les souverains d'Afghanistan avaient eu grand soin de fortifier leur royale résidence en prévision de telles éventualités, et les grilles du palais étaient bien trop solides, les murs d'enceinte bien trop hauts et garnis de créneaux, pour qu'on pût en venir aisément à bout. De plus, les régiments de garde se trouvaient être le régiment d'artillerie et celui des cavaliers kazilbashis, tous deux fidèles à l'Émir

Se heurtant à cette défense, les mutins durent se contenter de lancer des pierres aux Kazilbashis et à ceux qui les regardaient du haut des murs, en continuant de clamer : « De l'argent et de quoi manger ! » Au bout de quelques minutes, le tumulte diminua et l'un des hommes sur le mur — on devait dire par la suite que c'était un général de l'armée afghane — en profita pour crier avec colère que, s'ils voulaient plus d'argent, ils n'avaient qu'à aller en demander à Cavagnari-Sahib.

Il se peut que l'auteur de cette suggestion ait simplement voulu se montrer sarcastique sans penser à mal. Mais le régiment Ardal l'accueillit avec enthousiasme. Oui, bien sûr, Cavagnari-Sahib ! Comment n'y avaient-ils pas pensé plus tôt ? Tout le monde savait que le Vice-Roi était fabuleusement riche... Et Cavagnari-Sahib n'était-il pas son représentant, son porte-parole ? Pourquoi serait-il venu à Kaboul, où sa présence était indésirable, si ce n'était pour aider l'Émir à sortir de ses difficultés en lui donnant de quoi payer ce qui était dû à ses troupes ? Cavagnari-Sahib allait tout arranger Frères, à la Résidence !

La foule fit volte-face comme un seul homme et rebroussa chemin en courant. Ash, qui était demeuré dans la galerie, les voyant revenir au cri de « Cavagnari-Sahib ! », comprit aussitôt ce qui se passait. Du coup, il lui fallait absolument les devancer, ou arriver un des premiers à la Résidence, pour prévenir les membres de la Mission que cette foule, vociférante et apparemment menaçante, n'avait encore aucune hostilité à leur égard, que sa colère était tournée contre ses propres dirigeants, parce que Daud Shah et l'Émir, après leur avoir promis trois mois de solde, avaient essayé de les refaire en ne leur en payant qu'un. De plus, ces mutins étaient convaincus non seulement que le gouvernement *angrezi*, fabuleusement riche, avait de quoi les payer, mais que son Envoyé était en mesure de leur obtenir justice...

Courant avec la foule, Ash en percevait les sentiments aussi clairement que s'ils avaient été les siens. Mais il savait que le moindre incident pouvait les rendre fous furieux et priait le Ciel que Wally ne laisse pas les Guides ouvrir le feu. Ils ne devaient absolument pas tirer ! S'ils gardaient leur calme et donnaient ainsi à Cavagnari le temps de parler aux meneurs, tout irait bien... Cavagnari comprenait ces hommes et parlait couramment leur langue. Il se rendrait compte que le moment n'était plus aux tergiversations. Sa seule chance de s'en tirer, c'était de leur assurer que, s'il y avait l'argent nécessaire, ils allaient être payés sur-le-champ ou, dans le cas contraire, leur donner sa parole d'honneur qu'ils le seraient dès que son gouvernement aurait eu le temps de lui envoyer cet argent...

— Oh ! mon Dieu, faites qu'ils ne tirent pas ! Permettez que j'arrive le premier... que je puisse au moins avertir les sentinelles que ce n'est pas une attaque... Et qu'il importe par-dessus tout de ne pas perdre son sang-froid, de se garder du moindre geste irréfléchi...

Comme certains des Guides le connaissaient, il aurait sûrement été obéi... Mais tout espoir en ce sens fut soudain balayé. Les militaires de service à l'Arsenal avaient entendu le tumulte. Voyant les hommes du régiment Ardal courir vers le compound de la Résidence, ils se précipitèrent pour les rejoindre ; quand ces deux flots d'hommes surexcités se heurtèrent, nombre d'entre eux furent envoyés les quatre fers en l'air, dont Ash.

Le temps que, ayant réussi à rouler de côté, il se remette debout, meurtri, désorienté, suffoqué par la poussière, Ash se trouva en queue de la foule. Plus question d'arriver parmi les premiers pour avertir...

Mais il avait sous-estimé Wally. Le jeune commandant de l'escorte avait beau être un poète porté au romantisme, il possédait au plus haut point cette vertu militaire qui consiste à savoir garder son sang-froid face à l'imprévu.

Les hôtes de la Résidence s'étaient douté que quelque chose allait mal dans le paiement de la solde quand, en dépit des maisons faisant écran, ils avaient entendu s'élever soudain une violente clameur. Aussitôt, ils s'étaient immobilisés dans leurs occupations pour prêter l'oreille...

Bien sûr, ils ignoraient tout de la suggestion faite d'aller demander à Cavagnari-Sahib de payer, mais le slogan « *Dam-i-charya !* » scandé à l'unisson par plusieurs centaines de voix, était parfaitement audible. Et constatant que la clameur se rapprochait sans cesse davantage, ils comprirent où allait cette foule vociférante, avant même d'en voir arriver les premiers éléments.

A l'exception de Wally, les Guides n'avaient pas encore revêtu leurs uniformes : les fantassins et ceux qui n'étaient pas de garde, s'étaient mis à l'aise dans les chambrées. Wally se trouvait près des piquets en train d'inspecter les chevaux en parlant aux cavaliers et aux *syces,* lorsqu'un cipaye de l'infanterie des Guides, Hassan Gul, arriva en courant. Sans voir Wally, l'homme se dirigea vers le havildar de la Compagnie B qui se tenait dans l'ouverture de la voûte, occupé à se curer les dents avec un bout de bois, tout en écoutant distraitement le vacarme que faisaient ces *shaitans* du régiment Ardal.

— Ils viennent ici ! haleta Hassan Gul en le rejoignant J'étais dehors et je les ai vus approcher. Vite, ferme la porte !

Il voulait parler de celle posée récemment à l'initiative de Wally et qui ne pouvait guère résister à un tel assaut. Le havildar la ferma néanmoins tandis que, poursuivant sa course, Hassan Gul ressortait à l'autre extrémité de la voûte, traversait la longue cour et allait barricader la porte qui se trouvait face à l'entrée de la Résidence.

Voyant fermer la porte d'accès aux chambrées, Wally comprit en un clin d'œil ce qui se passait et réagit instinctivement :

— Toi... Miru... cours dire au havildar de rouvrir cette porte.. et de les laisser ouvertes toutes les trois. Quoi qu'il arrive, personne ne doit tirer sans que j'en aie donné l'ordre. *Personne !*

Tandis que le *sowar* Miru partait en courant, Wally répéta à l'adresse des autres : « Personne ne tire... C'est un ordre ! », puis il s'élança vers la Résidence à travers la cour des chambrées dont les portes avaient été rouvertes, afin de faire son rapport à Sir Louis.

— Vous avez entendu ce qu'a dit le Sahib : on ne tire pas, confirma le jemadar Jiwand Singh à ses hommes. De plus...

Mais il n'eut pas le loisir d'en dire davantage car, l'instant d'après, un torrent d'Afghans vociférants se déversa dans le paisible compound. Criant le nom de Cavagnari, réclamant de l'argent, mêlant menaces et plaisanteries, ils bousculaient les Guides en éclatant de rire, telle une bande de mauvais garçons pris de boisson.

Parmi eux, un humoriste s'écria soudain que, s'il n'y avait pas d'argent là non plus, ils pourraient toujours se dédommager un peu dans les écuries. A peine formulée, cette suggestion suscita l'enthousiasme et les envahisseurs s'emparèrent à qui mieux mieux de selles, harnachements, sabres, lances, couvertures, seaux... tout ce qui leur tombait sous la main.

En l'espace de quelques minutes, les écuries se trouvèrent complètement pillées ; les voleurs commencèrent alors à se battre entre eux pour la possession de choses hautement prisées, telles les selles anglaises. Les vêtements en lambeaux, le turban de travers, un *sowar* réussit à gagner la Résidence où il annonça d'une voix entrecoupée que les Afghans avaient tout pris dans les écuries, qu'ils allaient maintenant emmener les chevaux...

— *Mushki !* pensa Wally avec un serrement de cœur en imaginant son cheval bien-aimé entre les mains d'un soudard. Oh ! non. non, pas Mushki...

En cet instant, il aurait tout donné pour courir aux écuries, mais il se rendait bien compte qu'il n'aurait pas supporté de laisser emmener Mushki... et qu'il aurait suffi d'un geste pour provoquer la catastrophe, car la vue d'un *feringhi* pouvait avoir sur cette horde le même effet que la cape rouge agitée devant un taureau. Il n'y avait rien d'autre à faire qu'envoyer le *sowar* haletant dire aux Guides d'abandonner les écuries et de se retirer dans les chambrées.

— Dis au jemadar-Sahib que nous n'avons pas à nous inquiéter pour nos chevaux, car l'Émir les reprendra demain à ces voleurs et nous les rendra. Mais il faut absolument que nos hommes se retirent dans les chambrées, avant que l'un d'eux ne soit pris dans une bagarre.

Le *sowar* salua et repartit vite vers l'effrayante mêlée au milieu de laquelle les chevaux se cabraient en hennissant, tandis que *sowars* et *syces* tentaient désespérément de les sauver. Mais le message fut délivré à temps et, parce que les Afghans étaient occupés à se disputer le butin, tous les Guides purent battre en retraite vers les chambrées, échevelés, furieux, débordants d'amertume, mais indemnes.

Les ayant rejoints, Wally ordonna à vingt-quatre *cipayes* de l'infanterie de prendre leurs fusils et de monter sur le toit, qui était entouré d'un haut parapet. Ils se garderaient bien de laisser voir leurs armes et ne feraient feu sous aucun prétexte, tant qu'ils n'en auraient pas reçu l'ordre.

— Pas même lorsque ces chiens rappliqueront vers nous, quand ils n'auront plus rien à voler du côté des écuries. Qu'il ne reste aucune arme ici. Les autres, prenez vos fusils et venez avec moi à la Résidence. Vite !

Il était temps. Le dernier des vingt-quatre cipayes venait de disparaître en haut des marches donnant accès au toit en terrasse et la porte de la cour de la Résidence se refermait derrière le reste de l'escorte, lorsque la situation changea d'aspect.

Ceux qui avaient eu la chance de s'emparer d'un cheval, d'une selle, d'un sabre ou quelque autre butin de choix, se hâtaient de partir avant que des camarades moins heureux ne cherchent à leur ravir ce bien mal acquis. Ceux qui étaient bredouilles, au nombre de plusieurs centaines, se rappelèrent soudain ce qui les avait amenés là et, par le bâtiment des chambrées ou en le contournant, ils vinrent se grouper devant la Résidence, réclamant à tue-tête de l'argent.. et Cavagnari

Plus d'un an auparavant, dans une lettre à Ash, Wally avait dit penser que son nouveau héros ignorait ce qu'était la peur, extravagante assertion qui a été faite à propos de bien des hommes et n'est ordinairement pas fondée. Mais, en l'occurrence, elle n'était pas exagérée. Apprenant que la séance de paie ne se passait pas bien, l'Émir lui avait dépêché un messager pour lui recommander de ne laisser pénétrer personne dans le compound. Mais cet émissaire n'avait précédé la foule que de quelques minutes, si bien qu'on n'aurait rien pu faire, à supposer même qu'on ait eu la possibilité de faire quelque chose, ce qui n'était pas le cas.

La première réaction de Sir Louis, en entendant le tumulte, avait été toute de colère. Il estimait scandaleux que les autorités afghanes aient laissé envahir ainsi l'enceinte de la Mission par une horde déchaînée, et se promettait de le bien signifier tant à l'Émir qu'à Daud Shah. Quand, le pillage achevé, les mutins portèrent leur attention sur la Résidence, hurlant son nom, réclamant de l'argent et jetant des pierres dans ses fenêtres en les accompagnant de menaces à son adresse, la colère fit place au dégoût. Tandis que les *chupprassis* se hâtaient de fermer les volets, Sir Louis se retira dans sa chambre où William, monté en hâte de son bureau situé à l'étage au-dessous, le trouva en train de revêtir sa tenue officielle, non pas la blanche des jours chauds, mais la tunique bleu-noir qui se portait d'ordinaire en hiver, avec boutons et torsades dorés, décorations, ainsi qu'un étroit ceinturon, doré lui aussi.

Sir Louis semblait n'avoir aucun souci du hourvari et, voyant son visage empreint d'un total détachement, Jenkyns fut partagé entre l'admiration et un sentiment de panique. Bien qu'il ne fût pas particulièrement imaginatif, l'Envoyé extraordinaire du Vice-Roi lui apparaissait soudain comme devait être, sous le règne de Louis XVI, un noble — un « aristo » — lorsque la canaille se rassemblait en hurlant devant son château.

William se racla la gorge et, criant presque pour se faire entendre, il dit :

— Serait-ce que... Vous voulez leur parler, sir ?

— Certainement. Il ne faut pas compter qu'ils se retirent sans que je l'aie fait, et nous n'allons quand même pas endurer plus longtemps une aussi ridicule manifestation.

— Mais... Ils semblent être très nombreux, sir, et..

— Quel rapport ? s'enquit Sir Louis d'un ton glacial.

— C'est simplement que nous ne savons pas au juste combien ils veulent. . Alors je me demande si nous avons assez, vu que nos hommes viennent justement d'être..

— De quoi diable voulez-vous parler? l'interrompit Sir Louis, très occupé à arranger sa bellière, de façon que fût bien apparent le gland doré ornant la dragonne de son sabre de cérémonie.

— De l'argent, sir, c'est ce que je les entends réclamer, sans doute parce qu'il n'y a pas eu ce matin de quoi leur payer tout ce qui leur était dû...

— *De l'argent?* l'interrompit de nouveau Sir Louis en redressant brusquement la tête et le foudroyant du regard. Mon cher Jenkyns, si vous pensez un seul instant que je vais laisser exercer un chantage — oui, c'est le mot qui convient! — un *chantage* sur moi comme sur le Gouvernement que j'ai l'honneur de représenter, vous vous trompez lourdement. Tout comme ces jeteurs de pierres! Amal Din, mon casque...

Son ordonnance afridi lui présenta le casque colonial blanc surmonté d'une pointe dorée qu'un officier chargé de mission politique portait avec son uniforme. Il s'en coiffa, ajusta la jululaire dorée sur son menton et se dirigea vers la porte. William lui dit désespérément :

— Sir... si vous descendez...

— Mon cher garçon, lui rétorqua Sir Louis avec impatience en s'immobilisant un instant sur le seuil, je ne suis pas encore gâteux. Je me rends très bien compte que, si je descendais, je serais vu seulement de ceux qui se trouvent sur le devant, tandis que les autres continueraient à brailler, me mettant dans l'impossibilité de me faire entendre. C'est donc du toit que je vais leur parler. Non, William, je n'ai pas besoin que vous m'accompagniez, mon ordonnance suffit. En outre, je crois préférable que vous et les autres ne vous montriez pas.

Il fit signe à Amal Din de le suivre et les deux hommes quittèrent la pièce, Sir Louis marchant d'un pas décidé, suivi de l'Afridi, la main sur la poignée de son sabre. William entendit les fourreaux cogner contre la paroi de l'étroit escalier et pensa, avec une admiration mêlée de désespoir : « Il est magnifique! Mais ne se rend-il pas compte que nous ne sommes pas en position de leur opposer un refus, même si cela équivaut à céder au chantage? Ce serait un véritable suicide! »

A la différence de ceux des chambrées, le toit des deux bâtiments de la Résidence n'avait pas de parapet, mais un mur, haut de deux mètres environ, l'isolait des regards face aux maisons situées à l'extérieur de l'enceinte. Sur les trois autres côtés, il ne comportait qu'une bordure de briques, haute d'une quinzaine de centimètres. Sir

Louis s'en approcha, afin d'être bien vu de tout le monde, puis eut un geste impérieux pour commander le silence.

Son apparition sur la terrasse avait été saluée par un concert de hurlements ayant de quoi faire reculer les plus braves, mais qui fut sans effet sur Sir Louis. Immobile comme un roc, il attendit que le silence se fît et, en le voyant ainsi, l'un après l'autre, les mutins se turent. Alors, d'une voix de stentor, il leur demanda ce qu'ils venaient faire là et ce qu'ils lui voulaient.

Comme plusieurs centaines de voix lui répondaient, Sir Louis éleva de nouveau la main et, quand il put se faire entendre, leur demanda de choisir un porte-parole.

— Tiens, toi... toi avec la balafre, dit-il en pointant le doigt vers l'un des meneurs. Avance, et parle au nom de tes camarades. Que signifie ce *ghurrh-burrh,* et pourquoi venez-vous faire scandale sous les fenêtres d'un homme qui est l'hôte de votre Émir et sous la protection de Son Altesse ?

— L'Émir... *ffft !*

Le balafré cracha par terre, puis raconta comment son régiment avait été floué lors du paiement de la solde. N'ayant pas obtenu satisfaction de leur propre gouvernement, ils avaient alors pensé à Cavagnari-Sahib et étaient venus lui demander justice. Tout ce qu'ils voulaient, c'est recevoir leur dû.

— Nous savons que ta Reine est riche et que ça ne représente donc pas grand-chose pour vous. Mais nous, y a trop longtemps qu'on se met la ceinture. Nous demandons ce qu'on nous doit. Pas plus, mais pas moins. Rends-nous justice, Sahib !

En dépit du pillage auquel ils s'étaient livrés et de leur attitude belliqueuse, le ton du porte-parole laissait clairement entendre leur conviction que l'Envoyé britannique allait leur donner ce que leur avaient refusé leurs propres dirigeants. Ils n'avaient rien contre lui, ils venaient seulement lui réclamer leur dû.

Le visage énergique, aux traits soulignés par une barbe noire, qui les regardait du haut de la terrasse, ne changea cependant pas d'expression, et la voix qui parlait admirablement leur propre langue, demeura inflexible :

— Je suis navré pour vous, mais, malheureusement, ce que vous demandez est impossible. Je ne peux m'entremettre entre votre souverain et vous, ni me mêler d'un différend ne regardant que l'Émir et son armée. Je n'ai aucun pouvoir de le faire et je dois donc m'abstenir. Je suis désolé.

Cette déclaration fut saluée par un concert de hurlements

rageurs et de menaces. En dépit de quoi, lorsqu'il en eut la possibilité, Sir Louis leur répéta qu'il appartenait uniquement à leur Émir ou à leur commandant en chef de régler cette affaire, qu'il en était sincèrement désolé mais ne pouvait rien pour eux.

Ce fut seulement lorsque Amal Din, debout derrière lui, l'avertit sans broncher que certains de ces *shaitans* ramassaient des pierres, que Sir Louis fit demi-tour et quitta la terrasse. Mais il s'en allait uniquement pour que les mutins ne puissent penser que c'étaient leurs jets de pierres qui le faisaient battre en retraite.

— Une bande de sauvages, commenta Sir Louis, en quittant son uniforme dans sa chambre pour endosser des vêtements convenant mieux à la saison. Je crois préférable, William, d'envoyer un message à l'Émir. Il est grand temps que quelqu'un vienne rappeler à l'ordre cette racaille. Je me demande ce que fabrique Daud Shah. Voilà à quoi mène l'absence de discipline !

Passant dans la pièce contiguë, il allait s'asseoir à son bureau pour écrire quand une voix se mit à crier — non pas d'en bas mais du toit des chambrées, qui se trouvait de l'autre côté de l'étroite ruelle et où étaient rassemblés vingt-quatre cipayes — que l'on se battait aux écuries, que les mutins avaient tué un *syce*... qu'ils attaquaient le *sowar* Mal Singh... que Mal Singh tombait... qu'il était blessé...

En entendant cela, la foule hurla son approbation, puis certains partirent en courant vers les écuries, tandis que d'autres frappaient à coups redoublés la porte donnant accès à la Résidence, derrière laquelle Wally était en attente et répétait à ses hommes de ne surtout pas tirer avant d'en avoir reçu l'ordre. Lorsque le bois de la porte se fendit et que ses gonds rouillés se mirent à craquer, ils se pressèrent tous contre elle afin de contrebalancer la poussée de ceux qui se trouvaient de l'autre côté. Mais la partie était par trop inégale. Le dernier gond sauta, la porte tomba sur eux et, tandis que les assaillants faisaient irruption dans la cour de la Résidence, quelque part au dehors un coup de feu retentit.

65

Wally pensa automatiquement : « Jezail ! » car les armes modernes venues d'Europe ne faisaient pas le même bruit que les jezails, ces longs fusils indiens qui se chargeaient par le canon.

L'effet produit par cette détonation ne dura pas plus d'une vingtaine de secondes et les mutins continuèrent d'envahir la cour en hurlant : « A mort les *Kafirs !* A mort ! » Mais Wally ne donna toujours pas l'ordre de tirer.

D'ailleurs, s'il l'avait fait, sa voix eût été probablement noyée dans le tumulte. Mais soudain, au sein de la mêlée, une carabine tira... puis une deuxième... une autre encore... Alors, brusquement, les assaillants firent volte-face et s'enfuirent en piétinant ceux qui étaient tombés. Tout en courant, ils réclamaient à tue-tête des fusils et des mousquets pour tuer les Infidèles. « *Topak rawakhlah. Pah makhe ! Makhe !* » (Retournons chercher nos armes. Vite ! Vite !) criaient les mutins en retraversant le compound. Certains se dirigèrent vers l'Arsenal, tandis que les autres couraient vers leurs cantonnements, à la sortie de la ville.

Alors la splendide matinée redevint paisible et silencieuse. Dans cette tranquillité retrouvée, les hommes de la Mission se mirent à compter les morts. Neuf mutins et un de leurs propres *syces*. Le *sowar* Mal Singh vivait encore quand ils le trouvèrent près des écuries, mais il mourut pendant qu'on le transportait à l'intérieur de la Résidence. Trois des assaillants avaient été tués par son sabre, car il s'était porté au secours du *syce* qui n'était pas armé, et avait soutenu courageusement un combat perdu d'avance. Parmis les membres de l'escorte, il y avait sept blessés. Les Guides s'entre-regardèrent, conscients que ça n'était qu'un début et que l'ennemi ne tarderait pas à revenir, mais avec cette fois autre chose que des armes blanches.

— Un quart d'heure, pensa Wally. Un quart d'heure, au grand maximum.

Alors, il commanda .

— Fermez les portes et distribuez les munitions. Bloquez les deux bouts de la ruelle... Non, pas avec des balles de paille, ça brûle trop facilement... Les râteliers des écuries, les seaux, tout ce que vous trouverez... Et percez aussi des meurtrières dans les parapets...

Officiers, serviteurs, *syces*, soldats et civils travaillèrent avec une ardeur désespérée, sachant qu'il y allait littéralement de leurs vies Fourgons à bagages, caissons vides de munitions, barils de farine, bûches, tentes, toiles de sol, on utilisa tout ce qui pouvait être empilé ou pressé, pour renforcer la porte du compound et obstruer la ruelle. On entassa des balles de foin pour bloquer le passage derrière les écuries, à côté de l'entrepôt où furent jetés les cadavres des assaillants, tandis que ceux des Guides reposaient dans la chambre que Amal Din avait évacuée. On perça des meurtrières dans les murs de la Résidence et le parapet cernant le toit des chambrées.

Cavagnari envoya un message urgent à l'Émir, l'informant que ses troupes avaient attaqué sans raison la Résidence, et lui réclamant la protection due à ses hôtes. En attendant la réponse, Sir Louis aida à édifier, sur le toit des deux maisons de la Résidence, un parapet de fortune fait de meubles et de tapis. Mais l'émissaire ne revint pas.

A son arrivée au palais, l'homme avait été conduit dans une pièce où on lui avait dit d'attendre. C'est un serviteur de Son Altesse qui avait porté la réponse : « Je m'emploie à faire le nécessaire, avec l'aide de Dieu », assurait l'Émir, mais sans envoyer de gardes, ni même une poignée de ses fidèles Kazilbashis.

Dans le bâtiment du Mess, aidé par son unique infirmier et un groupe disparate de porteurs, serveurs, cuisiniers, plongeurs, Kelly aménageait les pièces du bas pour qu'on pût y accueillir les blessés et, éventuellement, pratiquer une intervention chirurgicale. S'activant avec une demi-douzaine de cipayes, Jenkyns vidait de son contenu la tente des munitions qui, par prudence, était plantée dans la cour de la Résidence, tout comme celle des bagages. Les munitions furent réparties entre une pièce située sous le bureau de Cavagnari et les chambrées, où elles seraient mieux à l'abri de tirs en provenance des maisons environnant l'enceinte. Les Guides ne se doutaient pas que, dans l'une de ces maisons, un de leurs anciens officiers les observait.

Ash avait compris l'inutilité pour lui de pénétrer dans le compound, puisqu'il n'était plus en mesure d'avertir les membres de la Mission. Lorsque aucun coup de feu ne salua l'irruption de cette horde vociférante, il devina aussitôt que Wally avait donné ordre de ne pas tirer et que, conservant tout son sang-froid, le jeune officier ne risquait pas de déclencher une bataille par un geste irréfléchi. Wally avait apparemment ses hommes bien en main et, avec un peu de chance, la situation ne risquait pas d'échapper à tout contrôle avant que Cavagnari ait pu parler aux soldats afghans. Pour les calmer, il lui suffirait de leur promettre de s'occuper personnellement de l'affaire et leur assurer que si l'Émir ne les payait pas, le Gouvernement britannique s'en chargerait. Ils le croiraient parce que son nom en imposait aux tribus. Ils se fieraient à la parole de Cavagnari-Sahib, ce qu'ils n'auraient fait avec aucun autre, et tout pouvait encore finir bien.

Ayant regagné son bureau dans la maison du Munshi, Ash avait été témoin depuis sa fenêtre du pillage des écuries, du vol des chevaux, et de la marche sur la Résidence. Lui aussi avait vu la haute silhouette en grand uniforme, casquée de blanc, s'avancer posément jusqu'au bord du toit pour faire face à la foule hurlante et, tout comme William, il avait pensé : « Il est vraiment extraordinaire ! »

Ash n'avait jamais éprouvé beaucoup de sympathie pour Louis Cavagnari, et il avait fini par détester sa politique. Mais, en cet instant, il se sentit plein d'admiration pour le courage de cet homme qui, sans autre compagnie que celle de son ordonnance, n'hésitait pas à faire face à ces Afghans mutinés.

— Je n'aurais jamais eu ce courage ! Wally a raison : c'est un homme remarquable et il va les sortir du pétrin. Tout ira bien... tout ira bien...

Dans cette partie de Bala Hissar, l'acoustique était très particulière (détail dont les occupants de la Résidence n'avaient pas pleinement conscience, bien que Ash en eût un jour averti Wally) parce que le compound et les bâtiments qui l'environnaient avaient la même disposition qu'un théâtre grec, où les gradins de pierre s'étageaient à partir de la scène située tout en bas.

Ash ne perdit donc pas une syllabe de ce que le porte-parole des mutins criait à Sir Louis, ni de la réponse que lui fit ce dernier. Alors, l'espace d'une demi-minute, il douta de ses oreilles. Il avait dû mal entendre... ce n'était pas possible que Sir Louis...

Mais on ne pouvait se méprendre sur la signification du hurlement rageur qui s'éleva de la foule lorsque Cavagnari se tut, ni sur les cris de « A mort les *Kafirs !* A mort ! A mort ! » qui lui succédèrent. Non, ses oreilles ne l'avaient pas trompé. Cavagnari était devenu fou et, désormais, nul ne pouvait dire ce qu'allait faire cette foule surexcitée.

Ash vit Sir Louis quitter la terrasse, mais le bâtiment du Mess, haut de trois étages — où logeaient Wally, Jenkyns et Kelly — lui cachait la cour de la Résidence, à l'exception de la partie se trouvant du côté de la maison occupée par l'Envoyé extraordinaire. Comme ils n'avaient pas encore endossé leurs uniformes lorsque le compound avait été envahi, les têtes enturbannées des militaires de l'escorte ne se distinguaient pas, à cette distance, de celles des serviteurs. Mais Ash repéra assez facilement Wally, qui était nu-tête.

Le jeune officier circulait parmi les Guides et, à ses gestes, Ash comprit qu'il leur enjoignait de rester calmes, de ne tirer sous aucun prétexte...

Le vacarme extérieur était si grand que, normalement, le jeune homme n'aurait pas dû entendre s'ouvrir la porte du bureau où il se trouvait. Mais Ash avait été trop longtemps exposé chaque jour au danger, pour ne pas avoir l'oreille entraînée à percevoir les moindres bruits. Il fit volte-face et considéra avec stupeur Nakshband Khan qui se tenait sur le seuil de la pièce.

A sa connaissance, le Sirdar n'était encore jamais venu chez le Munshi, mais ce qui sidérait Ash n'était pas tant cette arrivée inattendue, que le fait de voir le Sirdar sans chaussures, les vêtements déchirés et couverts de poussière, haletant comme s'il avait couru.

— Que se passe-t-il ? questionna-t-il vivement. Que fais-tu ici ?

Le Sirdar referma la porte derrière lui et y demeura lourdement adossé.

— J'ai appris que le régiment Ardal s'était mutiné, dit-il d'une voix entrecoupée, que ses hommes s'en étaient pris au général Daud Shah, puis étaient allés assiéger le palais dans l'espoir d'être payés. Sachant que l'Émir n'avait rien à leur donner, j'ai voulu alors courir avertir Cavagnari-Sahib, et le jeune Sahib qui commande les Guides, de se méfier, de ne laisser personne pénétrer dans le compound... Mais je suis arrivé trop tard... Et, lorsque j'ai tenté de faire entendre raison à ces chiens furieux, ils se sont retournés contre moi, disant que j'étais un traître, un espion, un ami des *feringhis.* J'ai eu beaucoup de mal à leur échapper. Quand j'y suis parvenu, j'ai voulu avant tout te dire de ne pas quitter cette pièce tant que le *gurrh-burrh* ne sera pas fini. Tu comprends : beaucoup de gens savent que tu habites chez moi, tout comme la moitié de Kaboul sait que je suis un ancien des Guides. Pour cette raison, je n'ose retourner à la maison tant que l'agitation persistera et, dans les rues, je risquerais d'être mis en pièces ; je vais me réfugier chez un ami qui habite près d'ici, à Bala Hissar même. Je ne rentrerai que lorsque je pourrai le faire sans danger... probablement pas avant la nuit tombée. Toi aussi reste ici jusqu'à ce moment-là, et ne t'aventure... *Allah ! Qu'est-ce donc ?*

La détonation d'une carabine venait de retentir. Ils coururent à la fenêtre

Au-dessous d'eux, c'était un maelstrom humain. Dans la cour de la Résidence, écrasés par la supériorité numérique de l'adversaire, les

Guides reculaient devant les cimeterres et les poignards des mutins, se défendant avec leurs sabres.

Mais, de toute évidence, la détonation faisait son effet. Outre que la balle ainsi tirée avait presque certainement tué ou blessé plusieurs assaillants, la détonation avait rappelé que les cimeterres ne protègent pas des balles. Et trois autres vinrent, coup sur coup, parachever la leçon. La cour se vida comme par magie ; mais Ash et le Sirdar se rendirent bien compte que les mutins ne prenaient pas la fuite : ils couraient seulement chercher des mousquets et des fusils.

— Qu'Allah ait pitié d'eux ! murmura le Sirdar. C'est la fin.. Où vas-tu ? s'enquit-il vivement.

— Au palais, répondit Ash. Il faut absolument faire savoir à l'Émir...

L'empoignant par le bras, Nakshband Khan le tira en arrière :

— Oui, mais tu ne peux t'en charger. Pas maintenant. Tu serais agressé comme je l'ai été... et toi, ils te tueraient. D'ailleurs, Cavagnari-Sahib va envoyer immédiatement un messager à l'Émir, si ça n'est déjà fait... Tu ne leur serais donc d'aucune utilité.

— Alors, je veux les rejoindre et me battre à leurs côtés. Ils suivront mes directives, car ils me connaissent. Comprends donc : ce sont mes hommes, mon régiment, et si l'Émir ne leur envoie pas du secours, ils n'ont pas la moindre chance de s'en sortir ! Ils mourront comme des rats dans un piège...

— Et toi avec eux ! lança Nakshband Khan en luttant pour le retenir.

— J'aime mieux cela que rester ici à les voir mourir ! Lâche-moi, Sirdar-Sahib, laisse-moi partir !

— Et ta femme ? As-tu songé à elle ? A ce qu'elle deviendra si tu meurs ?

— *Juli...* pensa Ash avec horreur.

Il l'avait oubliée. Pour aussi incroyable que cela pût paraître, dans le tumulte et la panique de la demi-heure qui venait de s'écouler, Juli ne lui était pas une seule fois revenue à la mémoire. Tout son esprit était accaparé par Wally, les Guides, le terrible danger qui les menaçait, et il n'avait pas eu le temps de penser à quoi que ce soit d'autre, pas même à Juli...

Ash se détourna de la porte tout en s'arrachant à la main qui le retenait :

— Non... Je pensais trop à mes amis et à mon régiment... Je l'avais oubliée... Mais je suis un soldat, Sirdar-Sahib... Juli est la femme d'un soldat... et la petite-fille d'un autre. Elle ne voudrait sûrement pas que mon amour pour elle l'emporte sur mon devoir à l'égard de mon régiment. De cela je suis certain, car son père était un Rajput. Si... Si je ne revenais pas, répète-lui ces paroles... Dis-lui aussi ma conviction que toi, Gul Baz, et les Guides saurez vous occuper d'elle, veiller à ce qu'il ne lui arrive aucun mal.

— Je le lui dirai

Dans le même temps qu'il parlait, le Sirdar avait bondi vers la porte et, l'ouvrant vivement, il la fit claquer derrière lui. Quand Ash réagit, la grosse clef, qui se trouvait à l'extérieur, tournait déjà dans la serrure.

Ash se rendit compte que la porte était bien trop épaisse pour qu'il pût espérer l'enfoncer, et il n'arriverait pas davantage à écarter les gros barreaux de la fenêtre. Il se mit à secouer le vantail en appelant Nakshband Khan, mais il entendit celui-ci retirer la clef et lui dire doucement par le trou de la serrure :

— C'est mieux ainsi, Sahib. Maintenant, je vais chez Wali Mohammed, où je serai en sûreté. C'est tout près d'ici, et j'y arriverai donc bien avant que ces *shaitans* ne soient de retour. Quand tout sera de nouveau calme, je reviendrai te libérer.

— Et les Guides ? lui demanda Ash avec rage Combien penses-tu qu'il en restera alors de vivants ?

— Ils sont entre les mains de Dieu, répondit le Sirdar d'une voix à peine audible, et à Dieu, rien n'est impossible.

Cessant de secouer la porte, Ash se mit à supplier son invisible interlocuteur mais, ne recevant pas de réponse, il comprit que Nakshband Khan était parti avec la clef.

La pièce formait un rectangle étroit, où la porte et la fenêtre se situaient aux deux extrémités opposées. La maison elle-même, comme celles qui la flanquaient de part et d'autre, était bien plus ancienne que les bâtiments de la Résidence. Elle avait été conçue pour faire partie des défenses intérieures de la citadelle, avec de solides murs extérieurs, de petites fenêtres carrées à encadrement de pierre et barreaux de fer. Ash examina la serrure, mais comprit qu'elle était à la fois trop simple et trop robuste pour qu'il pût la faire sauter en tirant dedans avec son pistolet. La balle ne réussirait qu'à l'endommager et, quand il reviendrait, Nakshband Khan ne pourrait plus l'ouvrir avec la clef...

Ya'kub Khan était un homme au caractère faible, ne possédant ni la flamme ni la force qui caractérisaient son aïeul, le grand Dosh

Mohammad. A supposer qu'il en eût, bien rares étaient les qualités héritées par lui de son père, qui en avait pourtant beaucoup car Shir' Ali aurait été un souverain remarquable s'il avait pu agir à sa guise, au lieu d'être impitoyablement contré par un Vice-Roi ambitieux. Ya'kub Khan disposait d'une puissance militaire importante : son Arsenal était bourré de fusils, de munitions, et de tonneaux de poudre ; de plus, en ne comptant pas les régiments mutinés, il avait à Bala Hissar près de deux mille hommes qui lui restaient fidèles : les Kazilbashis, toute l'artillerie, et la garde du Trésor. Ceux-là, s'il leur en avait donné l'ordre, n'auraient pas hésité à fermer la citadelle aux troupes des cantonnements, ni à se battre contre les hommes du régiment Ardal qui envahissaient l'Arsenal. Les rebelles s'armaient, puis passaient des fusils et munitions à toute la racaille accourue des bas-fonds.

Il eût suffi d'une centaine de Kazilbashis, ou de deux canons avec leurs servants envoyés en hâte barrer l'accès du compound, pour arrêter les mutins et presque certainement les dissuader d'attaquer Mais Ya'kub Khan était beaucoup plus préoccupé de sa propre sécurité que des hôtes qu'il avait pourtant juré de protéger, et il se contentait de pleurer sur son sort en se tordant les mains.

L'émeute, avec Daud Shah mis à mal, l'avait terrifié au point qu'il n'osait pas donner l'ordre attendu par crainte de n'être pas obéi. Car si on ne lui obéissait plus... Non, non, c'eût été trop affreux ! Inconscient des regards méprisants des *mollahs,* ministres, et nobles qui l'observaient, il déchira ses vêtements, s'arracha les cheveux et, d'un pas chancelant, alla s'enfermer dans ses appartements.

Mais il n'en était pas moins l'Émir, chef du Gouvernement et souverain-maître de tout l'Afghanistan. Aussi personne n'osa se substituer à lui pour donner des ordres et, en évitant de s'entre-regarder, tous le suivirent à l'intérieur du palais. Quand le messager de l'Envoyé britannique arriva avec une lettre demandant aide et protection, un ministre la lui porta aussitôt. Pour toute réponse, l'Émir écrivit : « *Je m'emploie à faire le nécessaire, avec l'aide de Dieu* », ce qui n'était même pas vrai, à moins, bien sûr, qu'il voulût parler de préparatifs pour sauver sa propre peau.

Devant la puérilité d'une telle réponse, Sir Louis n'en croyait pas ses yeux. Sa main se referma autour du papier, le froissa, tandis qu'il se remémorait ce qu'il avait écrit, un jour ou deux auparavant, à propos de l'Émir : « *Je pense pour ma part qu'il fera un bon allié.* » En réalité, l'homme n'était qu'un lâche et un froussard, indigne de confiance. Sir Louis découvrait enfin la vanité de sa mission, et dans quel piège mortel il s'était si fièrement laissé pousser par son entourage. La mission de « l'Envoyé extraordinaire de Sa Majesté britannique à la Cour de Kaboul » avait duré exactement six semaines... quarante-deux jours, pas un de plus...

Naguère pourtant, comme ils semblaient facilement réalisables tous ces plans pour établir une présence britannique en Afghanistan ! Présence qui ne constituerait qu'un premier pas, et permettrait vite d'aller planter l'Union Jack de l'autre côté de l'Hindou Kouch... Maintenant, Sir Louis n'était plus tellement sûr que cet étrange garçon, ce Pelham-Martyn qui avait été un ami du pauvre Wigram Battye, ait eu tort de s'élever avec tant de fougue contre la politique d'expansion, en clamant que les Afghans, fiers et courageux, n'accepteraient d'être gouvernés par une puissance étrangère que pour un temps très limité... un an ou deux, au grand maximum. Et il avait cité des précédents qui le prouvaient.

— Nous serons vengés ! pensa Sir Louis en serrant les dents. Lytton enverra une armée occuper Kaboul et déposera l'Émir. Mais combien de temps pourront-ils se maintenir ici... ? Et combien de morts y aura-t-il encore avant... avant qu'ils soient de nouveau obligés de battre en retraite ? Il faut que j'écrive à l'Émir pour lui souligner qu'il a intérêt à nous sauver, car si nous sommes anéantis, il le sera avec nous. Je vais lui écrire tout de suite...

Mais c'était déjà trop tard. Les mutins qui avaient envahi l'Arsenal, revenaient en courant, avec des fusils, des mousquets et des cartouchières pleines. Ils se dirigeaient pour la plupart vers le compound et tiraient tout en avançant, mais d'autres prenaient position sur le toit des maisons environnantes, d'où ils pourraient faire feu sur la garnison assiégée. Quand le premier coup de mousquet fut tiré, Sir Louis dépouilla le politicien et le diplomate pour n'être plus de nouveau qu'un soldat. Jetant loin de lui la boule de papier qu'était devenue la réponse d'un lâche à son appel au secours, il s'empara d'un fusil et gagna le toit du Mess, où il avait aidé à édifier un parapet de fortune. A plat ventre par terre, il visa soigneusement un groupe d'hommes qui avaient commencé à tirer sur la Résidence.

Le toit du Mess était le point le plus élevé du compound. Si ce dernier avait été bâti plus haut, il aurait constitué une excellente position de défense, car il comprenait une série de cours, isolées les unes des autres par des murets de torchis dans lesquels il était facile de percer des meurtrières. Les assiégés auraient pu alors tenir tête à un adversaire, même très supérieur en nombre, aussi longtemps qu'ils auraient eu des munitions, et lui occasionner de lourdes pertes Mais, ainsi que l'avait fait remarquer Wally le jour de son arrivée sur les lieux, le compound évoquait plutôt une arène : les murs qui auraient pu le protéger contre une attaque de front, ne lui assuraient aucune défense contre ceux qui, ayant investi les remparts de l'Arsenal, les fenêtres et les toits des maisons environnantes, le dominaient de haut.

A voir Sir Louis prêter si peu d'attention à cette fusillade où se mêlaient des clameurs de joie chaque fois qu'une balle faisait mouche, on aurait pu croire qu'il se trouvait dans un stand de tir et ne se souciait que de faire un excellent carton. Calme, méthodique, il tirait et rechargeait aussitôt, visant les hommes qui déferlaient de l'Arsenal, choisissant ceux qui venaient les premiers afin que les autres trébuchent sur leurs corps.

Remarquable tireur, il avait fait feu neuf fois et abattu neuf hommes lorsque, ricochant sur le rebord du toit, à quelques centimètres de sa tête, une balle à bout de course vint le frapper en plein front Son long corps eut un sursaut, puis retomba immobile tandis que échappant à ses mains sans force, le fusil allait choir dans la ruelle.

Sur les toits les plus proches, les mutins hurlèrent de joie. « Oh ! mon Dieu, ils l'ont eu ! » pensa Ash qui avait tout vu de sa fenêtre. « Non, il n'est pas mort ! » s'exclama-t-il malgré lui, car le blessé se soulevait lentement, se mettait à genoux puis, au prix d'un énorme effort, debout.

Du sang coulait de sa blessure au front, l'aveuglant à moitié et tachant de rouge son épaule. Comme il se tenait là, chancelant, il y eut un nouveau tir de mousquets, et des balles firent voler la poussière du toit autour de lui, mais on eût dit qu'il avait un talisman car aucune ne le toucha. Après un instant ou deux, il fit demi-tour et gagna d'un pas mal assuré l'entrée de l'escalier, où il disparut.

Le bâtiment du Mess regorgeait de serviteurs ayant fui les communs pour se réfugier à la Résidence, et des Guides qui tiraient par les meurtrières ménagées dans les murs, ou à travers les persiennes. Aucun d'eux ne tourna la tête quand Sir Louis arriva en bas des marches. Il se traîna jusqu'à la chambre la plus proche, laquelle se trouvait être celle de Wally. A un *masalchi* tout tremblant qui s'y était réfugié, il dit d'aller chercher immédiatement le docteur Sahib. Quelques minutes plus tard, Rosie arrivait au pas de course, s'attendant, d'après la description faite par le *masalchi*, à ce que Cavagnari fût mourant ou mort.

— Ce n'est qu'une égratignure, lui dit Sir Louis d'un ton impatienté, mais ça me donne des vertiges. Alors, soignez-moi ça, et que quelqu'un aille me quérir William. Il nous faut absolument envoyer une nouvelle lettre à l'Émir. Il constitue notre unique espoir et... Oh ! vous voici, William. Non, non, je n'ai rien. C'est superficiel. Prenez du papier et de quoi écrire pendant que Kelly va m'arranger ça... Vite !

Il se mit à dicter, tandis que Rosie nettoyait la plaie, faisait un pansement, puis retirait la chemise pleine de sang pour la remplacer par une autre, appartenant à Wally.

— Mais qui va porter ce message, sir ? demanda William tout en scellant avec un pain à cacheter la feuille qu'il venait de plier. Ça ne va pas être facile maintenant que nous sommes assiégés...

— Ghulam Nabi s'en chargera, dit Sir Louis. Envoyez-le-moi, que je lui parle. Nous le ferons passer par la porte du fond de la cour, si Dieu veut que personne ne s'y trouve déjà...

Né à Kaboul, Ghulam Nabi avait appartenu naguère aux Guides, chez lesquels il avait actuellement un frère wordi-major de cavalerie à Mardan. Dès l'arrivée de la Mission, il était venu servir à la Résidence, et il accepta aussitôt de porter au palais la lettre de Cavagnari-Sahib. William l'accompagna dans la cour et, le revolver à la main, déverrouilla une petite porte, rarement utilisée, qui perçait le mur du fond près de la tente abritant les bagages.

Le mur lui-même n'était qu'en pisé ; derrière lui, courait une des ruelles desservant les maisons aux terrasses déjà remplies de curieux, certains armés de vieux jezails et faisant feu sur les Infidèles. Pour cette raison, la ruelle était déserte ; Ghulam Nabi la traversa vivement. Longeant ensuite les murs des maisons sur le toit desquelles étaient les tireurs, il courut vers la partie haute de Bala Hissar et le palais. Comme il tournait dans une ruelle transversale, des cris suivis de coups de feu lui apprirent que sa sortie n'était pas passée inaperçue. Et la porte venait à peine d'être barricadée de nouveau, qu'on y frappait à coups de poings.

En l'espace de quelques minutes, il y eut là tout un rassemblement, et les coups de bâton ou de crosse succédèrent aux poings contre le vantail, qui n'était pas conçu pour résister longtemps à un pareil traitement.

Alors, à l'instigation de William, on se mit à entasser contre la porte, tables, *yakdans,* cantines pleines de vêtements d'hiver, un sofa, une desserte d'acajou, tandis que Ghulam Nabi, ayant réussi à semer ses poursuivants, arrivait au palais par le Shah Bagh, le Jardin du Roi

On lui permit de remettre à l'Émir la lettre de Sir Louis, mais, tout comme le précédent messager, il reçut ensuite l'ordre d'attendre dans une petite antichambre que le souverain ait rédigé sa réponse. Il y passa toute la journée

Dans la plaine, à proximité de Ben-i-Hissar, les coupeurs d'herbe et leur escorte entendirent la fusillade. Le Kote-daffadar Fatteh Mohammed comprit d'où elle provenait et, sachant quels sentiments haineux suscitait dans la ville la présence d'étrangers à Bala Hissar, il ne douta pas que la Mission britannique fût en danger. Rassemblant vivement les coupeurs d'herbe dispersés, il les confia aux quatre Afghans, pour qu'ils les conduisent au commandant d'un régiment de cavalerie afghane, nommé Ibrahim Khan, ayant précédemment servi dans la cavalerie du Bengale et qui se trouvait cantonner près de Ben-i-Hissar. En plus des *sowars* Akbar Shah et Narain Singh, il n'en prit que deux avec lui pour retourner à la Citadelle

Partis au grand galop, les cinq hommes ne mirent pas longtemps pour arriver en vue des remparts sud de la capitale et des toits de la Résidence. Alors, ils perdirent tout espoir de retrouver vivants les camarades qu'ils aimaient, car les toits où on leur avait bien recommandé de ne pas se montrer pour ne pas provoquer les voisins, grouillaient maintenant d'hommes. Donc, c'était le compound même qu'on attaquait. Ils éperonnèrent leurs montures en espérant pouvoir encore emprunter la Porte Shah Shahie. Mais c'était trop tard : la populace les y avait précédés.

La moitié de la ville avait entendu les coups de feu et vu les hommes du régiment Arnal courir vers leurs cantonnements pour y prendre des armes. Alors tous ceux qui, dans la capitale, étaient aux aguets d'une occasion de ce genre, ne perdirent pas un instant. S'armant de ce qui leur tombait sous la main, ils se précipitèrent grossir le flot des assaillants, menés par un fakir qui brandissait un drapeau vert en hurlant des exhortations à la guerre sainte contre l'étranger abhorré. Et sur leurs talons, accourut aussi toute la racaille, assoiffée de pillage et de sang.

Le kote-daffadar tira violemment sur les rênes de son cheval, comprenant que tenter d'atteindre la porte à travers cette horde déchaînée équivaudrait a un suicide, et que chercher refuge en ville leur serait tout aussi fatal. Leur meilleure chance — et pratiquement la seule qu'il leur restât — c'était de rallier le fort commandé par le beau-père de l'Émir, Yayhiha Khan. Il en donna aussitôt l'ordre et, faisant opérer une volte-face à son cheval, il entraîna ses compagnons en diagonale à travers la plaine.

A sa fenêtre, Ash avait repéré les cinq minuscules silhouettes qui, au loin, venaient de Ben-i-Hissar en soulevant un nuage de poussière. Il n'eut aucune peine à les identifier, mais il ne comprit pourquoi elles changeaient brusquement de direction qu'en voyant les premiers émeutiers surgir de derrière les écuries, car les barreaux de la fenêtre étaient trop rapprochés pour lui permettre de passer la tête. De ce fait, l'Arsenal lui demeurait caché, ainsi que le Kulla-Fi-Arrangi, ce terrain vague clôturé, où Wally avait espéré construire des bâtiments qui eussent empêché qu'on accédât par lui au compound ou, en cas d'hostilités, qu'il fût occupé par l'ennemi.

66

Wally parlait aux cipayes se trouvant sur le toit des chambrées lorsque les *budmarshes* avaient rejoint les insurgés. Il avait vu alors nombre des mutins, encouragés par ces renforts et protégés par leurs camarades tirant depuis l'Arsenal, s'élancer vers le Kulla-Fi-Arrangi d'où — s'ils arrivaient à l'occuper — ils ne tarderaient pas à rendre indéfendables les deux tiers du compound. Il fallait absolument les en déloger, et il n'y avait pour cela qu'un seul moyen.

Descendant en hâte l'escalier ménagé dans l'épaisseur du mur, le jeune homme traversa la ruelle, la cour de la Résidence, et monta dans le bureau de Sir Louis, où il trouva celui-ci en compagnie de William. La tête bandée, Cavagnari tirait entre les lames d'une persienne ; son ordonnance lui passait aussitôt une arme et rechargeait celle qui venait de servir. Sir Louis continuait ainsi de faire feu aussi méthodiquement que s'il avait été à la chasse au canard.

Agenouillé à une fenêtre, William tirait sur un groupe d'hommes occupant la terrasse d'une des maisons dominant les chambrées, et la pièce, jonchée de cartouches vides, empestait la poudre.

— Sir... haleta Wally. Ils essayent d'occuper le Kulla... ce terrain clos qui est sur la gauche en entrant dans le compound. S'ils y prennent pied, je crois que nous pourrions les déloger en effectuant une sortie, mais il faudrait le faire sans tarder. Si William...

Cavagnari avait posé son arme et gagné déjà le milieu de la pièce :

— Venez, William !

Il prit son sabre, son revolver, et descendit l'escalier en criant à Kelly occupé à panser un blessé :

— Venez, Rosie ! Vous finirez ça plus tard... Il nous faut d'abord chasser ces salopards... Non, pas un fusil : votre revolver. Et un sabre, Rosie, un sabre !

Courant en avant d'eux, Wally rassembla vingt-cinq hommes avec le jemadar Mehtab Singh, leur expliquant brièvement la situation. Les *sowars* prenaient leur sabre et leur carabine, tandis que les cipayes mettaient baïonnette au canon. Deux hommes coururent ouvrir la porte de la voûte, à l'extrémité de la cour.

— Et maintenant, dit joyeusement Wally, nous allons montrer à ces chiens comment se battent les Guides. *Argi, bhaian. Pah Makhe.. Guides ki-jai !* Frères, en avant ! Victoire aux Guides !)

Ash les vit traverser la venelle et s'engouffrer dans le bâtiment des chambrées, où les toiles tendues au-dessus de la cour les dissimulèrent à ses yeux jusqu'à ce qu'ils jaillissent de l'arche voûtée : les quatre Anglais, Wally en tête, couraient les premiers, suivis par les Guides, les cipayes chargeant à la baïonnette, les *sowars* au sabre et au pistolet. Leurs armes étincelèrent au soleil quand ils traversèrent en trombe le compound arrosés de balles. Deux des Guides tombèrent avant d'avoir atteint les écuries. L'un d'eux roula de côté pour ne pas être piétiné, puis se releva et gagna en boitant le refuge des écuries. Évitant le corps de l'autre qui ne bougeait plus, la charge disparut aux yeux de Ash. Les coups de feu cessèrent brusquement ; il comprit que les cipayes, tout comme leurs adversaires avaient dû s'arrêter de tirer, par crainte de tuer leurs propres hommes.

A la différence de Ash, le Sirdar vit la charge atteindre son objectif, car la maison où il avait trouvé refuge était juste en face du Kulla-Fi-Arrangi. Regardant d'une des fenêtres du haut, Nakshband Khan vit les hommes escalader le muret de pisé qui clôturait le terrain, gravir le talus en courant, tandis que, devait-il dire plus tard, « les Afghans s'enfuyaient comme un troupeau de moutons poursuivis par les loups ».

En revanche, Ash les vit revenir, transportant trois blessés, mais marchant néanmoins vite et d'un pas assuré, comme des soldats qui viennent de remporter une victoire, bien qu'ils dussent se rendre compte que celle-ci était toute momentanée.

Le tir, qui s'était interrompu durant l'attaque du Kulla-Fi-Arrangi, reprit de plus belle, tandis que Kelly s'affairait auprès des blessés et que, pénétrant dans le Mess, Cavagnari réclamait un verre d'eau. Lorsqu'on le lui apporta, il se rappela soudain que, guerre ou pas, les Musulmans observaient le jeûne ; alors, il le reposa sans y avoir touché, ne voulant pas agir différemment des hommes qui venaient de combattre avec lui. Étant civil, Jenkyns n'eut pas le même scrupule : il but avec avidité et, s'essuyant la bouche d'un revers de main, demanda d'une voix rauque :

— Quelles sont nos pertes, Wally ?

— Un mort et quatre blessés, dont deux légers. Paras Ram a une jambe fracturée, mais il dit que, si le docteur-Sahib lui met une attelle et l'installe à une fenêtre, il pourra encore tirer.

— A la bonne heure ! apprécia William. Nous nous en tirons a bon compte vu le dommage que nous leur avons causé : nous avons dû en tuer au moins une douzaine, et en blesser deux fois plus tandis qu'ils s'efforçaient de fuir par l'entrée ou en escaladant l'autre mur. Ça devrait les faire tenir tranquilles pendant un moment.

— Un quart d'heure, au maximum, estima Wally.

— Un... ? Bon sang, ne pouvez-vous poster quelques-uns de vos cipayes pour défendre la position ?

— Avec, sur trois côtés, quelque cinq cents fusils ou mousquets en mesure de les tirer comme des lapins ? Pas question.

— Mais qu'allons-nous faire alors ? Nous ne pouvons les laisser reprendre ce terrain...

— Dès qu'ils s'y essaieront, nous ferons une autre sortie en force pour les repousser. Et nous recommencerons quand ils reviendront. C'est notre seul espoir. Et, qui sait, si ça leur coûte trop cher en hommes, ils y renonceront peut-être ! lança Wally avec un sourire, avant de repartir en courant.

— On croirait que ça l'amuse, constata William d'un ton amer. Croyez-vous qu'il ne se rende pas compte...

— Il se rend très bien compte, l'interrompit Cavagnari d'un air sombre. Et probablement même mieux que n'importe lequel d'entre nous. Un militaire de grande classe, ce garçon ! Écoutez-le : il plaisante avec ses hommes qui sont dehors. Amal Din m'a dit qu'il peut leur demander n'importe quoi, car ils savent qu'il n'exigera jamais rien d'eux qu'il ne ferait lui-même. Une excellent garçon et un chef-né. Quel dommage... Ah ! mieux vaut que je retourne là-haut...

— Sir... s'inquiéta William. Êtes-vous sûr que vous ne devriez pas vous étendre d'abord un peu...

Cavagnari éclata de rire :

— Mon cher garçon ! En un moment pareil ? Si un *jawan* qui a une jambe cassée est prêt à continuer de tirer pourvu qu'on l'installe à une fenêtre, je peux bien en faire autant avec juste une éraflure à la tête !

Les deux hommes montèrent reprendre leurs postes à l'étage où, en leur absence, ils avaient été remplacés par deux membres de l'escorte, lesquels allèrent aussitôt rejoindre leurs camarades qui, depuis le toit, tiraient sur les hommes investissant les maisons au nord du compound.

Un groupe plus important, sur le toit du Mess, s'occupait plus spécialement des bâtiments situés derrière la Résidence. Venu les voir pour faire le point de la situation, Wally se rendit compte qu'il avait été optimiste en s'accordant un quart d'heure de trêve Les mutins s'infiltraient de nouveau dans le Kulla-Fi-Arrangi, et il allait encore falloir effectuer une sortie pour les en déloger.

De retour en bas, il fit appel à des Guides qui n'avaient pas participé à la charge précédente, relança Rosie au passage avant de courir dans l'autre bâtiment chercher William et Cavagnari.

En voyant Sir Louis, Wally se ravisa. Il n'avait rien perdu de son admiration pour lui mais, soldat avant tout, il ne voulait pas risquer inutilement des vies. S'il avait besoin de William, il refusa en revanche de laisser Cavagnari les accompagner.

— Non, je suis désolé, sir, mais il saute aux yeux que vous n'êtes pas en état de le faire, déclara-t-il avec une brutale franchise. Si vous tombiez, nous ne vous abandonnerions évidemment pas, et cela pourrait coûter la vie à plusieurs de nos hommes. Sans compter que vous voir tomber serait mauvais pour leur moral. Venez, William, le temps presse...

Ash et Nakshband Khan, avec plusieurs centaines d'ennemis, furent témoins de cette seconde sortie. Ne voyant plus que trois des Anglais, chacun en tira ses conclusions. Les mutins se sentirent réconfortés à l'idée qu'un des Sahibs était hors de combat. Ash et le Sirdar, qui avaient remarqué le pansement à la tête, éprouvèrent au contraire un serrement de cœur, se rendant compte de l'effet que cela aurait sur la garnison assiégée si Sir Louis venait à mourir.

Les choses se passèrent comme la précédente fois, mais au prix de deux morts et encore quatre blessés, dont deux grièvement.

— Nous ne pouvons continuer comme ça, Wally, balbutia Rosie tandis que, de retour à la Résidence et tout en s'épongeant le front, il indiquait où étendre les blessés. Vous rendez-vous compte que nous avons déjà plus d'une douzaine de morts et Dieu sait combien de blessés ?

— Oui, mais si cela peut vous réconforter, chacune de ces vies leur a coûté au moins dix de leurs hommes.

— Non, ça ne m'est d'aucun réconfort, car ils sont vingt contre un... et quand ils auront tous quitté leurs cantonnements pour rappliquer ici, ce ne sera plus vingt, mais cinquante, sinon cent contre un !

Le médecin s'en fut à ses blessés et, remettant son sabre à Pir Buksh, son porteur, Wally partit avec le havildar voir comment se comportaient les tireurs installés sur le toit des chambrées, et s'il était impossible de renforcer la défense de ce bâtiment contre l'attaque massive qui ne manquerait sûrement pas de se produire si l'Émir n'envoyait pas de secours. Ils n'avaient toujours aucune réponse à la lettre qu'avait emportée le *chupprassi* Ghulam Nabi. Sir Louis en écrivit une autre et la remit à un volontaire musulman, qui pensait pouvoir profiter que le Kulla-Fi-Arrangi était momentanément inoccupé pour gagner par là le Jardin du Roi.

— Reste du côté sud des chambrées, lui recommanda Sir Louis, puis ensuite cours d'un abri à l'autre. Pour détourner l'attention de toi, les *jawans* tireront de façon continue jusqu'à ce que tu aies atteint le mur. Que Dieu t'accompagne !

Tout se passa comme l'avait dit Sir Louis, et l'on vit le messager atteindre le muret séparant le Kulla-Fi-Arrangi du compound, puis disparaître de l'autre côté.

Le Destin l'attendait-il quelque part entre ce mur et le palais ? Ou bien, ayant des parents, des amis à Kaboul, préféra-t-il les rejoindre plutôt que de poursuivre une aussi hasardeuse mission ? Ce qui est certain, c'est que le message n'arriva jamais au palais et que son porteur disparut aussi complètement qu'un grain de sable balayé par le vent d'automne.

Assistés d'une demi-douzaine de cipayes, plusieurs *syces,* et quelques serviteurs de la Résidence, Wally et le havildar Hassan s'étaient employés à obstruer les deux escaliers sans porte ménagés dans l'épaisseur du mur de chaque côté de la voûte. Ils ne disposaient plus ainsi que d'un seul escalier, celui proche de la Résidence. Mais, en retour, si une attaque massive se produisait, ils n'auraient pas à craindre de voir l'ennemi surgir d'en bas lorsque céderait la porte que Wally avait fait poser.

Contrairement à ce qu'avait pensé Rosie, Wally était très conscient de la situation. Aucune perte ne lui avait échappé et il s'efforçait de tirer le meilleur parti des hommes qu'il lui restait, sans leur faire courir de dangers surperflus ni risquer de leur saper le moral. Lui continuait d'être confiant car, le vase bleu lui ayant appris que Ash était dans les parages, il était bien sûr que son ami ne resterait pas sans rien faire pour eux.

On pouvait compter sur Ash pour informer l'Émir que la Mission britannique se trouvait en fâcheuse posture, même si tous les ministres et hauts dignitaires s'employaient à le lui cacher. Alors, le secours finirait par venir. Le tout était de tenir suffisamment longtemps et de ne pas se laisser déborder par l'adversaire...

Wally fut arraché à ces considérations par une rumeur, qu'il percevait depuis quelques minutes déjà derrière le tumulte qui continuait de faire rage aux limites nord-ouest du compound, mais qui maintenant était nettement plus proche. Ce qu'on clamait, ça n était plus « *Dam-i-charya* », mais « *Ya-charya* », le cri de guerre des musulmans sunnites. Bientôt, ce cri scandé parut battre les murs solides des chambrées...

— Ce sont les troupes des cantonnements, dit Wally. Barricadez les portes et repliez-vous tous à l'intérieur de la Résidence. Dites au jemadar Jiwand Singh de choisir des hommes et de se préparer à une autre sortie.

Il gravit rapidement l'escalier subsistant dans le bâtiment des chambrées et déboucha sur l'aile réservée aux musulmans. De là, regardant par-dessus les cipayes affairés à tirer aux meurtrières percées dans le parapet, il vit que le terrain surélevé entourant l'Arsenal était noir de monde, une foule qui se précipitait vers les fragiles barricades séparant le compound des ruelles et maisons avoisinantes. Les mutins qui étaient retournés à leurs cantonnements en revenaient avec des armes, mais aussi avec ce qui restait encore des régiments hératis. Cette foule atteignit les barricades, les renversa sans beaucoup de peine, puis se répandit vers les écuries.

A la tête de ces révoltés, marchait un homme maigre, ascétique, qui agitait un drapeau vert et hurlait à ceux qui le suivaient de tuer les Infidèles, de ne leur témoigner aucune pitié. A la différence de Wally, Ash le reconnut. C'était le fakir qu'il avait aperçu au début de la journée, sur la place où devait avoir lieu le paiement des soldes : Buzurg Shah, qu'il avait déjà eu plusieurs fois l'occasion de voir prêcher une *Jehad* dans les quartiers les plus houleux de la ville.

— Détruisez-les ! Tuez les Infidèles ! hurlait-il. Au nom du Prophète, abattez-les et n'en épargnez aucun !

— *Ya-charya ! Ya-charya !* clamaient ses suiveurs qui, se déployant en éventail dans le compound, commençaient à tirer sur les têtes de cipayes émergeant du parapet des chambrées.

Wally vit un de ses hommes choir à la renverse, atteint d'une balle entre les yeux ; un autre tomba de côté, blessé à l'épaule. Il ne s'agissait plus désormais de déloger du terrain vague les assaillants, mais de les repousser hors du compound. Trois minutes plus tard, Ash le vit mener une nouvelle charge, en surgissant de la voûte des chambrées, William à son côté. Mais, cette fois, ni Cavagnari ni Kelly n'étaient avec eux : le premier parce que Wally s'y était opposé, le second parce qu'il avait déjà plus de blessés qu'il n'en pouvait soigner.

De nouveau, la fusillade s'interrompit et le combat fut encore plus féroce que précédemment, car les Guides se battaient maintenant à un contre cinquante. Toutefois, cette disproportion se révéla un handicap pour les Afghans qui se gênaient mutuellement et n'étaient jamais sûrs de ne pas s'en prendre à l'un des leurs, vu que, à l'exception de Wally, leurs adversaires n'étaient pas en uniforme

Les Guides se connaissaient trop bien entre eux pour pouvoir se tromper. D'ailleurs, leurs cipayes avaient baïonnette au canon tandis que les officiers indiens étaient armés de leur revolver d'ordonnance en sus de leur sabre. Dans l'effroyable corps à corps qui se déroulait, ceux ayant un revolver, conscients de ne pouvoir le recharger, ne faisaient feu qu'à bon escient. Mais les assaillants, dans l'ivresse de l'assaut, avaient tiré en se précipitant vers les barricades, le plus souvent en l'air. Aussi n'avaient-ils plus que des armes blanches à opposer aux balles de leurs adversaires.

Les Guides surent profiter au maximum de cette erreur tactique ; baïonnettes et sabres entrèrent si bien en action, que les Afghans cédèrent du terrain. Incapables de s'enfuir parce qu'ils se heurtaient à la masse compacte de ceux qui arrivaient derrière eux, trébuchant sur leurs morts et leurs blessés, ils finirent par s'en prendre à qui les empêchait de rebrousser chemin. Alors ce fut la panique, la déroute : en quelques secondes, le compound se vida ; il n'y resta plus que les morts et les blessés.

Au cours de ce bref engagement, le petit groupe des Guides avait fait feu trente-sept fois. Quatre des balles de gros calibre, tirées par les Lee-Enfield à moins de six mètres, avaient traversé le premier assaillant de part en part pour en tuer un second derrière lui. Les autres avaient abattu chacune leur homme, tandis que les baïonnettes faisaient douze victimes et les sabres huit.

Carnage effroyable où, ici et là, un blessé rampait pour essayer de trouver refuge hors de l'aveuglant soleil.

Mais des vingt Guides ayant participé à cette sortie, il n'en revint que quatorze, parmi lesquels une demi-douzaine pouvaient à peine marcher.

Sur le toit des chambrées, les cipayes s'étaient remis à tirer pour protéger le retour de leurs camarades, dont le visage était loin cette fois d'exprimer la joie de la victoire. Ils n'avaient pas été absents bien longtemps mais, dans l'intervalle, cinq des hommes postés sur le toit des deux maisons de la Résidence avaient été tués et six autres blessés, car le parapet improvisé ne leur assurait guère de protection et les balles pleuvaient littéralement sur eux, puisque les terrasses des maisons environnantes étaient plus élevées. Au rez-de-chaussée, Kelly et son unique assistant, Rahman Baksh, s'affairaient, couverts de sang de la tête aux pieds, tant ils avaient à couper, coudre, panser, poser des garrots, administrer des anesthésiques et des somnifères, dans des pièces surpeuplées où les blessés étaient contraints de rester assis, voire debout, le dos contre un mur ; leurs visages noircis par la poudre reflétaient la fatigue et la souffrance, mais pas un ne se plaignait.

Les morts avaient été traités plus cavalièrement : comme on n'avait pas de temps à perdre, on s'en était servi pour renforcer les parapets. Réalistes, les Guides ne voyaient aucune raison pour que, dans un moment pareil, leurs camarades ne continuent pas à servir le régiment jusqu'à la fin... une fin qui n'était plus très éloignée, car il restait maintenant moins de dix tireurs sur les deux toits, alors que l'ennemi ne manquait ni d'hommes ni de munitions.

— Avez-vous une réponse de l'Émir, sir ? demanda William en entrant, pour retirer sa veste couverte de sang, dans le bureau où Sir Louis, le visage gris de souffrance, continuait à tirer méthodiquement à travers le trou d'une persienne.

— Non. Il nous faut lui envoyer un autre message. Vous êtes blessé ? ajouta Cavagnari en voyant boiter son secrétaire.

— Juste une entaille sur le devant de la jambe... trois fois rien

William s'assit et se mit à déchirer son mouchoir en bandes qu'il nouait l'une à l'autre.

— Mais nous avons perdu six hommes et plusieurs autres sont sérieusement amochés.

— Le jeune Hamilton ? s'enquit vivement Sir Louis.

— A peine une égratignure ou deux... Ce garçon est formidable ! Il se bat comme dix et chante tout le temps des hymnes... Vous vous rendez compte ? Mais ça paraît plaire aux hommes... Ils ne doivent avoir aucune idée de ce qu'il chante, et penser que c'est quelque chose de guerrier... A la réflexion, c'est un peu ça, non ? *En avant, soldats du Christ,* etc.

William remit sa veste et questionna :

— Vous désirez que j'écrive une autre lettre, sir ?

— Oui. Très brève. Dites à ce salopard que s'il nous laisse mourir, il est foutu, car le Sirkar enverra une armée pour s'emparer de son pays et... Non, vaut mieux pas. Dites-lui simplement, au nom de l'honneur et de l'hospitalité, de se hâter de venir à notre secours avant que nous ne soyons tous massacrés. Dites-lui que nous sommes dans une situation désespérée.

Tandis que William s'asseyait pour écrire, Cavagnari faisait demander si quelqu'un, connaissant assez bien Bala Hissar, était prêt à courir le risque de porter une lettre au palais.. Risque très grand car, avec la porte de derrière bloquée, tous les toits voisins occupés par des tireurs, et les abords du compound aux mains des insurgés, un messager n'avait vraiment qu'une très faible chance de s'en tirer. Pourtant, William avait à peine fini de rédiger le message, que se présentait un commis aux écritures, un Hindou d'un certain âge qui, ayant des parents à Kaboul, connaissait bien Bala Hissar et affichait en outre l'indifférence de sa race à l'égard de la mort.

William descendit avec lui dans la cour, tandis que Wally envoyait un homme aux chambrées, et deux de plus sur les toits de la Résidence, dire aux *jawans* de faire tout leur possible pour détourner le feu de l'ennemi pendant que le messager essaierait de quitter le compound.

On aida l'Hindou à escalader la barricade qui bloquait la venelle derrière les chambrées des musulmans, dont le bâtiment le protégea momentanément du tir des insurgés installés sur les maisons du côté nord. Mais après ça, il fut à découvert, et déjà un certain nombre d'assaillants s'étaient infiltrés jusqu'aux écuries qu'entourait un mur de pisé. Un groupe d'entre eux, mené par le fakir, se précipita pour l'empêcher d'atteindre le Kulla-Fi-Arrangi, tandis que d'autres s'employaient à lui couper la retraite. Bien qu'il eût brandi la lettre en criant qu'il était sans arme et allait simplement porter un message à leur Émir, ils lui tombèrent dessus à coups de poignards et de cimeterres, le mettant littéralement en pièces sous les yeux de la garnison.

Ce meurtre sauvage d'un homme sans défense ne resta pas impuni. Se dressant d'un bond, les cipayes embusqués au-dessus des chambrées tirèrent rafale après rafale sur les assassins, et Wally, qui avait tout vu depuis le toit du Mess, envoya le jemadar Jiwand Singh et vingt Guides les chasser du compound. C'était la quatrième sortie des Guides ce matin-là et ils nettoyèrent de nouveau le compound en vengeant de terrible façon la pauvre chose mutilée, dont une main sectionnée tenait encore un papier plein de sang implorant le secours du poltron qui occupait le trône d'Afghanistan.

Wally avait vu nombre de choses horribles au cours de l'année écoulée, au point de se croire désormais immunisé. En dépit de quoi, la barbare mise en pièces d'un messager sans arme, lui souleva l'estomac et il quitta le toit en courant, avec l'intention de conduire lui-même la charge. Mais en arrivant dans la cour, il s'entendit annoncer que l'ennemi, n'ayant pu réussir à enfoncer la petite porte de derrière, s'attaquait maintenant au mur même où il avait déjà percé deux trous.

Alors, envoyant le jemadar mener la charge, Wally fit face à cette nouvelle menace. La position était déjà difficilement tenable quand on les attaquait de front et sur leur flanc droit, cependant que les tireurs des maisons avoisinantes n'arrêtaient pas de faire feu ; mais, si l'ennemi pénétrait par-derrière, ils pouvaient être contraints d'abandonner la Résidence pour se réfugier avec leurs blessés dans le bâtiment des chambrées. Toutefois le sursis serait bref, car l'ennemi pourrait alors concentrer son tir sur cet unique point de résistance tandis que, parqués à l'intérieur de ce bâtiment aux murs aveugles, les défenseurs ne verraient plus le compound ni ce que faisaient les Afghans.

Le mur du fond était ridiculement mince et les hommes qui emplissaient l'étroite ruelle s'y attaquaient en toute tranquillité, car on ne pouvait les atteindre que depuis l'extrême bord du toit du Mess ou du mur-écran qui, de ce côté, bordait le toit de l'autre maison. Les trois premiers *jawans* qui s'y étaient risqués ayant été aussitôt abattus par des tireurs installés sur les terrasses des maisons environnantes, la tentative n'avait pas été renouvelée.

Quand on prit conscience du danger, les sapeurs du mur étaient à l'œuvre depuis déjà un certain temps car la fusillade et les hurlements contre les Infidèles couvraient le bruit des pics. Il fallut le début d'un trou dans le mur, pour que s'en avisent les domestiques tapis au rez-de-chaussée de la maison de l'Envoyé. L'un d'eux monta aussitôt donner l'alarme, suppliant Sir Louis de quitter son bureau pour aller dans l'autre maison.

— *Huzoor,* si ces *shaitans* défoncent le mur, tu seras pris au piège. Et alors que deviendrons-nous ? Tu es notre père et notre mère... Si nous ne t'avons plus, nous sommes perdus... perdus ! brailla-t-il en frappant le sol de son front.

— *Be-wakufi !* lui lança Cavagnari avec colère. Lève-toi ! Pleurer ne sert à rien, mais agir peut encore nous sauver. Venez, William... et vous autres aussi... On a besoin de nous en bas !

Il descendit l'escalier, suivi de William et des deux *jawans* qui tiraient à travers les persiennes, puis du serviteur en larmes. Mais tout en comprenant que, cette fois, il ne pouvait refuser l'aide de Sir Louis, Wally parvint à le convaincre qu'un tireur d'élite comme lui leur serait beaucoup plus utile tout en haut du Mess à faire feu en direction de l'Arsenal, pour dissuader ceux qui s'y trouvaient d'envahir à nouveau le compound.

Cavagnari ne discuta pas. Il commençait à ressentir les effets de la commotion, et il ne lui vint pas à l'idée que le lieutenant Hamilton l'envoyait là-haut parce qu'il y estimait le danger moindre que dans la cour. Comme pour confirmer la chose, à peine Wally avait-il fait entrer Sir Louis dans le bâtiment du Mess, qu'une balle de mousquet fut tirée par un trou du mur, à hauteur de genou. Elle blessa deux hommes et sema la confusion, parce qu'on crut tout d'abord qu'elle provenait de la tente qui abritait précédemment les munitions. Quand on comprit que les coups étaient tirés à l'aveuglette depuis la ruelle, la cour se vida en un clin d'œil. William chargea le naik Mehr Dil, aidé par les cipayes Hassan Gul et Udin Singh, de colmater le trou, ce qui ne pouvait être fait qu'en abattant la tente. Lorsque celle-ci fut par terre, les trois hommes enfoncèrent dans le trou la masse d'épaisse toile, en s'aidant des piquets ; après quoi, ils renforcèrent cette barricade improvisée avec une grande cantine métallique contenant les vêtements d'hiver de leur commandant, plus un lourd paravent de cuir et de bois sculpté qui se trouvait dans la salle à manger. Durant cette opération, le naik fut blessé au bras, et Hassan Gul partit ensuite avec lui à la recherche du docteur-Sahib.

Le rez-de-chaussée était plein de morts, de mourants et de blessés, mais seul s'y trouvait l'unique infirmier, Rahman Baksh, fort occupé à fixer, en guise de pansement, une serviette pliée sur la blessure qu'un cipaye avait à la cuisse. Il dit que le Sahib avait été appelé en haut et que, de toute façon, Hassan Gul ferait mieux d'y conduire le naik, car il n'y avait vraiment plus place au rez-de-chaussée pour un blessé.

Les deux *jawans* gravirent l'escalier en quête du médecin et, regardant par l'entrebâillement d'une porte, ils le virent penché au-dessus de Sir Louis, qui était étendu sur un lit, les genoux relevés, une main à la tête. Ils n'en furent pas autrement frappés, car tout le monde savait que le « Burra-Sahib » avait été blessé à la tête au début du siège. Ne voulant pas déranger le médecin alors qu'il s'occupait d'un tel patient, ils redescendirent attendre qu'il ait terminé.

Mais, en réalité, Sir Louis venait d'être atteint à l'estomac, par une balle provenant d'un de ces fusils anglais qu'un précédent Vice-Roi, Lord Mayo, avait offerts à Shir' Ali, le père de Ya'kub Khan, comme preuve des bonnes dispositions du gouvernement britannique à son égard.

Sir Louis avait réussi à atteindre le lit, et le *sowar* qui tirait à une autre fenêtre était vite descendu chercher Kelly. Mais il n'y avait rien que celui-ci pût faire, sinon donner de l'eau à boire au blessé —

qui était extrêmement assoiffé — et quelque chose pour atténuer la douleur, en souhaitant que la fin ne tarde pas.

D'autres blessés, pouvant encore se battre, attendaient les soins du médecin, et il était inutile de faire savoir que Cavagnari-Sahib était mortellement blessé, car cela eût achevé de démoraliser les esprits, déjà suffisamment éprouvés par les clameurs en provenance de la ruelle, qui les exhortaient à tuer les quatre Sahibs et piller le trésor de la Résidence...

— Tuez les Infidèles et rejoignez-nous! criaient les hommes invisibles qui continuaient de saper le mur de pisé. Nous n'avons rien contre vous! Vous êtes nos frères et nous ne vous voulons aucun mal! Livrez-nous les *Angrezis* et venez nous rejoindre!

— Heureusement que nous avons le jeune Wally! pensait Kelly en entendant cela. S'il n'était pas là, certains de nos hommes pourraient être tentés de sauver ainsi leur peau.

Wally semblait savoir comment neutraliser ces appels tant auprès de ses propres *jawans,* que des nombreux non-combattants serviteurs ou commis aux écritures, qui avaient cherché refuge à la Résidence. Il semblait avoir aussi le don de se trouver à une demi-douzaine d'endroits en même temps : sur le toit de l'une ou l'autre maison, puis dans le bâtiment des chambrées ou la cour, et près des blessés ou des mourants, les félicitant, les encourageant, les réconfortant, redonnant du cœur par une plaisanterie.

Regardant Sir Louis étendu sur le lit, Rosie pensa :

— Quand il sera mort, tout reposera sur les épaules du jeune Wally... C'est déjà fait d'ailleurs, et nul ne pouvait mieux remplacer celui qui nous quitte...

Il sortit de la pièce en refermant la porte il dit à un serviteur de s'asseoir devant elle afin de ne laisser entrer personne, car le Burra-Sahib souffrait beaucoup de la tête et avait besoin de se reposer.

En jetant un dernier regard à la porte close, le médecin éleva à demi le bras, en un salut inconscient, puis plongea dans l'étouffante puanteur du rez-de-chaussée, où des mouches bourdonnantes ajoutaient aux tourments des blessés.

Bon nombre d'assaillants avaient de nouveau pénétré à l'intérieur du compound, pour s'embusquer dans les écuries d'où, ayant percé les murs de torchis, ils pouvaient faire feu vers les chambrées ou la Résidence. Mais Wally n'avait plus assez d'hommes pour tenter de les déloger en effectuant de nouveau une sortie. La garnison se trouvant pratiquement prise entre deux feux, le jeune officier se demandait comment elle réussissait encore à survivre Le fait que l'adversaire eût subi de bien plus lourdes pertes ne lui était pas une consolation, car, de l'autre côté, il y avait toujours des hommes pour prendre la place de ceux qui tombaient. Alors que le nombre des défenseurs diminuait sans cesse... et que le palais n'envoyait toujours aucun secours...

Dévalant en courant les trois étages du Mess, un *sowar* hors d'haleine vint avertir Wally que les insurgés étaient allés chercher des échelles et s'en servaient maintenant comme d'autant de passerelles pour accéder à la Résidence par-dessus la ruelle. Que devaient faire les défenseurs du toit ?

— Dis-leur de se replier dans l'escalier, répondit aussitôt Wally. Mais lentement, de façon à ce que les Afghans suivent.

L'homme repartit aussitôt et Wally fit dire la même chose aux Guides qui étaient sur le toit de l'autre maison. Puis, commandant au jemadar Mehtab Singh de l'accompagner avec tous les hommes disponibles, il gravit lui-même l'escalier deux marches à la fois.

Les Guides avaient réussi à repousser les deux premières échelles qui étaient allées choir sur la foule massée au-dessous. Mais il y en avait eu d'autres, au moins une demi-douzaine et, bien que les premiers Afghans ayant pris pied sur la terrasse eussent été abattus à bout portant, le petit groupe des Guides n'avait pu tenir longtemps. Ils s'étaient repliés vers l'escalier, ne descendant qu'une marche à la fois.

Ils furent rejoints sur le palier supérieur par Wally et ses renforts. Pistolet à la main, le jeune officier ne tira pas, mais fit signe aux Guides de continuer à descendre, tout en leur donnant de brèves instructions d'une voix qui avait peine à dominer les cris de joie des Afghans. Ceux-ci, brandissant leurs cimeterres, s'empêtraient les uns dans les autres tant ils avaient hâte de rejoindre leurs adversaires qui semblaient se replier dans un apparent désordre, en regardant derrière eux à mesure qu'ils descendaient.

— Allons-y ! hurla soudain Wally qui, avec les hommes venus en renfort, s'était embusqué dans le couloir de l'étage. *Maro !*

Tandis que ses hommes assaillaient les Afghans qui s'étaient engagés dans la deuxième volée de marches, il tira par-dessus leurs têtes vers les autres qui arrivaient de la terrasse et ne purent faire demi-tour à cause de ceux qui se pressaient sur leurs talons.

Dans de telles conditions, même un mauvais tireur eût fait des victimes, et Wally était un excellent tireur. En six secondes, une demi-douzaine d'Afghans s'effondrèrent, une balle en plein front, et ceux qui basculèrent la tête la première par-dessus eux, furent tués par les Guides à coups de sabres et de baïonnettes.

Comprenant à ce vacarme que l'ennemi avait dû pénétrer dans le bâtiment, Ambrose Kelly abandonna son scalpel pour se saisir d'un revolver.

Les Afghans rescapés se bousculaient maintenant vers la terrasse et, voyant que le médecin était armé d'un revolver, Wally lui cria :

— Allez-y, Rosie ! Ils fuient ! C'est l'occasion ou jamais de nettoyer le toit de leur présence !

Se tournant vers Hassan Gul qui, appuyé contre le mur, avait peine à recouvrer son souffle, il lui commanda de rassembler ses hommes et de charger sur la terrasse. Mais le cipaye secoua la tête et dit d'une voix rauque :

— Nous ne pouvons pas, Sahib... Nous sommes trop peu... Mehtab Singh et Karak Singh sont morts en se battant dans l'escalier... de ceux qui étaient sur le toit, il ne reste que deux hommes... nous ne sommes plus que sept...

Sept. Sept seulement pour défendre ce piège à rats aux murs criblés de balles et plein de blessés...

— Alors, il nous faut bloquer l'escalier, décida Wally.

— Avec quoi ? objecta Rosie d'une voix lasse. Nous avons déjà utilisé tout ce qui nous tombait sous la main pour édifier les barricades... même les portes !

— Il y a encore celle-ci... dit Wally en se détournant, mais le médecin le retint aussitôt par le bras.

— Non, Wally, non. Laissez-le en paix.

— Qui donc ? Qui est là ? Oh ! le Chef ? Mais ça lui est égal, il ne...

Il s'interrompit brusquement en voyant l'expression du médecin.

— Vous voulez dire que... c'est grave ? Mais cette blessure à la tête...

— Il a reçu une autre balle dans l'estomac. Je ne peux plus rien pour lui, sinon lui donner autant d'opium que j'en peux disposer pour qu'il meure en paix.

— *En paix !* répéta Wally avec rage. Quelle paix peut-il connaître avant de mourir, si...

Il n'acheva pas et, changeant de visage, libéra son bras. Tournant la poignée de la porte, il entra dans la pénombre de la chambre, éclairée seulement par la clarté provenant des trous qui crevaient les murs et les persiennes.

Si l'homme sur le lit n'avait pas changé de position, il n'était cependant pas mort. Il ne bougea pas la tête mais, entré derrière Wally et ayant refermé la porte, Kelly le vit tourner lentement les yeux de leur côté.

— Il ne nous reconnaît pas... pensa le médecin. Il est près de la fin... et, avec tout cet opium...

De fait, le regard était totalement inexpressif et les yeux ne semblaient avoir bougé que par une sorte de réflexe. Mais soudain, par un gigantesque effort de volonté, Louis Cavagnari réussit à s'arracher aux ténèbres où il s'engloutissait.

— Hello, Walter... Est-ce que nous... ?

Le souffle lui manqua, mais Wally répondit à la question qu'il n'avait pu formuler :

— Tout va bien, sir. Je suis venu vous dire que l'Émir nous a envoyé deux régiments de Kazilbashis, et les insurgés battent en retraite. Il n'y en a plus pour longtemps avant que nous soyons de nouveau totalement maîtres de la situation. Aussi n'ayez aucun souci, sir. Maintenant, vous pouvez vous reposer, car nous les avons battus.

— Brave garçon, dit Sir Louis d'une voix soudain claire.

Un peu de couleur revint à son visage cendreux et il voulut sourire mais, survenant au même instant, un spasme douloureux transforma en grimace l'amorce de sourire. De nouveau, Sir Louis fut à court de souffle et Wally se pencha pour saisir ce qu'il s'efforçait de lui dire :

— L'Émir... content de savoir... pas trompé sur lui. Maintenant tout... ira... bien. Dites à William... envoyer des remerciements... télégraphier au Vice-Roi... Dites... dites à ma... ma femme...

Le corps recroquevillé eut une convulsion, puis ne bougea plus.

Après un moment, William se redressa lentement.

— C'était un grand homme, dit Rosie d'une voix calme.

— Un homme extraordinaire. C'est pourquoi je... Nous ne pouvions pas le laisser mourir en pensant que...

— Non, approuva Rosie. N'ayez crainte, Wally, le Seigneur vous pardonnera ce mensonge.

— Oui... Mais *lui* va savoir maintenant que c'était un mensonge.

— Où il est, ça n'a plus d'importance.

— Non, c'est juste. Je voudrais...

Une balle de mousquet fracassa une lamelle de persienne et fit pleuvoir des éclats de bois. Alors Wally quitta vivement la pièce sans voir où il allait, parce que ses yeux étaient pleins de larmes.

Rosie s'attarda un instant pour couvrir le visage paisible du mort. Quand il sortit de la chambre, il trouva Wally déjà occupé à obstruer l'escalier avec les moyens du bord : les corps et les armes brisées — cimeterres, mousquets et jezails — des Afghans tués sur les marches.

— Je ne pense pas que cela les arrête bien longtemps, dit Wally en faisant avec les corps entassés par lui, des sortes de chevaux de frise grâce aux lames acérées des cimeterres et des poignards. Mais ce sera toujours ça. Maintenant, il me faut trouver William, pour savoir combien il reste d'hommes dans l'autre maison.

Puis s'adressant à l'un des *sowars :*

— *Suno* (écoute), Khairulla... Avec un de tes camarades, tu vas empêcher l'ennemi de déplacer ces corps. Mais ne gaspille pas les munitions. Une balle ou deux devraient suffire

Il dévala aussitôt l'escalier et se précipita dans la cour annoncer à William que Sir Louis était mort.

— Il a toujours eu de la chance, dit posément Jenkyns.

Comme le visage de Wally, comme tous leurs visages, celui du secrétaire était un masque de sang, de poussière et de poudre noire où ruisselait la sueur. Mais ses yeux étaient aussi tranquilles que sa voix et, bien qu'il n'eût cessé depuis des heures de se battre ou de faire feu, il continuait d'avoir l'air de ce qu'il était : un paisible civil.

— Combien de temps pensez-vous que nous puissions encore tenir, Wally ? Ils creusent des trous comme des taupes, vous savez. A peine en avons-nous colmaté un, qu'ils en font un autre. Ce n'est pas bien compliqué en ce qui nous concerne car, sachant maintenant ce qu'ils ont entrepris, dès que nous voyons tomber un morceau de plâtre nous nous écartons et, lorsque le trou est assez gros, nous tirons dedans. Malheureusement il faut beaucoup d'hommes pour surveiller toute la longueur de la clôture, ainsi que les murs à l'intérieur des deux maisons. J'ignore combien vous en avez... Ici, ils sont moins d'une douzaine et je ne crois pas qu'il y en ait beaucoup plus dans la cour.

— Quatorze, je viens de vérifier, confirma brièvement Wally Abdulla, mon clairon, dit qu'ils doivent être entre quinze et vingt dans le bâtiment des chambrées, avec sept de plus dans celui du Mess.

— Sept ! s'exclama William. Mais je m'imaginais... Qu'est-il donc arrivé ?

— Vous n'avez pas vu le coup des échelles ? Ces salauds avaient réussi à gagner le toit en utilisant des échelles à la façon de passerelles. Ils ont pénétré à l'intérieur de la maison et nous ont valu quelques minutes assez pénibles, mais nous les avons repoussés. Du moins, pour le moment.

— Je ne me doutais pas... dit William d'une voix sourde. Mais alors, s'ils sont sur le toit, cela signifie que nous sommes encerclés ?

— J'en ai bien peur, oui. Pour l'instant, ce qu'il nous faut, c'est avoir deux hommes avec des fusils aux fenêtres du bureau de Sir Louis donnant sur la cour, afin de tirer sur ces chiens dès qu'ils montrent le bout du museau. Ils nous ont chassés du toit, mais ça ne les avancera guère s'ils sont obligés d'y demeurer à plat ventre pour ne pas se faire descendre. Vous, restez ici à vous occuper de ceux qui essayent de percer des trous, pendant que moi...

Wally s'interrompit et, renversant légèrement la tête, huma l'air :

— Est-ce que ça ne sent pas la fumée ?

— Si... Ça vient de la rue, là derrière. Nous avions déjà flairé ça par les trous... J'imagine qu'une de leurs maisons doit être en train de brûler... ce qui n'a rien de tellement étonnant si l'on réfléchit au nombre de vieux fusils qui tirent dans toutes les directions.

— Tant que ça reste de l'autre côté du mur... fit Wally avec un geste expressif en se détournant pour partir.

Mais William Jenkyns le retint par le bras.

— Wally... Je crois que nous devrions voir si nous n'avons pas la possibilité de faire porter encore un message à l'Émir. Il n'a dû recevoir aucun des autres. Je ne puis croire que, s'il connaissait la gravité de notre situation, il ne ferait pas quelque chose pour nous venir en aide. Il nous faut trouver un homme qui se charge de lui porter une lettre...

Ils en trouvèrent un et qui, cette fois, réussit à s'acquitter de sa mission en se faisant passer pour un des assaillants. Les vêtements tachés de sang, un bandage du plus bel effet autour de la tête, il parvint jusqu'au palais, qu'il trouva dans une confusion encore bien plus grande que lorsque y était arrivé Ghulam Nabi — lequel se morfondait toujours dans une antichambre — plusieurs heures auparavant. Ce nouveau messager s'entendit également dire d'attendre la réponse ; mais aucune réponse ne lui fut donnée, car l'Émir était à présent convaincu que, lorsque les insurgés en auraient fini avec la Mission britannique, ils s'en prendraient a lui et le massacreraient, avec toute sa famille, pour avoir permis que des Infidèles viennent à Kaboul.

— Ils vont me tuer, dit-il en gémissant aux *mollahs* qui, à force d'insistance, avaient obtenu une nouvelle audience. Ils vont nous tuer tous !

De nouveau, le doyen des *mollahs* s'employa à le convaincre qu'il devait sauver ses hôtes, en commandant à l'artillerie de tirer sur les insurgés. Et, de nouveau, l'Émir s'y refusa de façon hystérique, clamant que, s'il faisait ça, les insurgés attaqueraient aussitôt le palais pour le massacrer.

A la longue, cédant quand même à leurs reproches, il fit appeler son fils Yahya Khan, âgé de huit ans. Ayant assis l'enfant sur un cheval, il le fit sortir du palais, en compagnie de quelques sirdars et de son précepteur — ce dernier tenant un exemplaire du Coran à deux mains au-dessus de sa tête — pour supplier les mutins, au nom d'Allah et de son Prophète, de regagner leurs maisons en rangeant leurs armes.

Mais la foule qui avait réclamé avec tant de ferveur le sang des Infidèles, n'allait pas se laisser détourner du massacre par la seule vue du Livre sacré ou du visage effrayé d'un enfant, fût-il l'héritier du trône. On fit tomber de cheval le précepteur et on lui arracha le Coran pour le fouler aux pieds, tandis qu'insultes et menaces pleuvaient sur les membres de la délégation qui, craignant pour leurs vies, regagnèrent le palais en courant.

Mais il restait encore un Afghan à qui cette populace ne faisait pas peur.

Blessé comme il l'était, l'indomptable commandant en chef Daud Shah quitta son lit, rassembla quelques soldats fidèles, et sortit à cheval pour faire face à la lie de la capitale avec autant de courage que lorsqu'il s'était trouvé, ce même jour, opposé aux mutins du régiment Ardal. Mais la racaille n'avait pas plus de considération pour l'armée que pour le Livre sacré, qui concrétisait pourtant la foi dont elle se réclamait avec tant de férocité. Elle ne rêvait que pillage et meurtre. La ruée vers le général évoqua celle de chiens errants fonçant sur un chat et c'est comme un chat qu'il se défendit, à coups de griffes et de dents.

L'espace d'un instant, Daud Shah et ses hommes réussirent à contenir l'assaut, mais la supériorité numérique des autres était trop écrasante. Le courageux officier fut jeté à bas de sa monture, puis on le roua de coups. Alors, une poignée de soldats, qui l'avaient vu sortir, volèrent à son secours avec une telle rage qu'ils réussirent à faire reculer la foule, lui arrachant Daud Shah et son escorte. Mais il leur fallut se replier vivement avec eux à l'intérieur du palais.

— Nous ne pouvons plus rien, durent reconnaître les *mollahs* qui, devant l'inutilité de toute intervention humaine, regagnèrent leurs mosquées pour y prier Allah.

67

Ash se disait qu'il lui fallait trouver un moyen de s'échapper... qu'il en existait sûrement un...

Il avait commencé par envisager de crever le plafond entre les poutres mais, très vite, il entendit des pas grouiller au-dessus de sa tête, mêlés à des clameurs et des tirs de mousquets. Il comprit alors que le toit en terrasse, comme tous ceux qu'il apercevait depuis sa prison improvisée, devait être occupé par les insurgés.

Son attention s'était ensuite portée vers le plancher, qui n'aurait pas dû lui opposer plus de résistance que le plafond. Mais on tirait par la fenêtre située au-dessous de la sienne, ce qui, à supposer qu'il ait pu écarter les barreaux, excluait aussi qu'il se laissât descendre dans le vide, après qu'il aurait tordu et noué bout à bout les tapis de coton recouvrant les tables des commis aux écritures.

A la différence de celui où était encastrée la porte, les murs intérieurs n'étaient que des cloisons, mais Ash n'eût pas été plus avancé en y creusant un trou pour passer de l'autre côté car, à droite, c'était une pièce sans fenêtre où s'empilaient des dossiers, et à gauche, la bibliothèque du Munshi, dont les portes restaient toujours fermées à clef.

Bien que sachant cela, Ash avait finalement décidé d'accéder à la bibliothèque, dans l'espoir que la serrure ou les barreaux de la fenêtre seraient moins solides que ceux de la pièce où il se trouvait. Mais la serrure était identique à l'autre et la fenêtre, solidement barrée elle-aussi, était encore plus petite que celle du bureau. Ash retourna donc dans ce dernier et y demeura aux aguets, espérant contre tout espoir qu'un miracle se produirait.

Il assista ainsi aux quatre sorties. Contrairement au Sirdar, il ne put voir les deux premières charges contraindre les insurgés à évacuer le Kulla-Fi-Arrangi. Mais, au cours du troisième affrontement, il se rappela soudain qu'il avait un pistolet sur lui, tandis que se trouvaient cachés un revolver d'ordonnance et cinquante cartouches dans la pièce où il était enfermé.

Les vingt-trois balles qu'il expédia ainsi durant la matinée ne furent pas perdues ; et ce, sans qu'il courût le moindre risque de se faire repérer, tant les tirs s'entrecroisaient dans tous les sens. Koda Dad Khan aurait été fier de son élève. Mais un revolver n'ayant qu'une faible portée, le tir de Ash était restreint et il se rendait bien compte que, vu la masse énorme qui assiégeait la Résidence, l'aide ainsi apportée à ses amis était dérisoire.

Le compound s'étendait au-dessous de lui, comme une scène brillamment éclairée face à la loge royale d'un théâtre, et s'il avait eu un fusil au lieu d'un revolver... Mais il ne pouvait que regarder, impuissant, l'ennemi percer dans le mur du compound des trous permettant sans risque aucun de tirer sur la garnison assiégée, tandis que par deux ou trois d'abord, puis par dizaines, par centaines, les assaillants qu'avait chassés la dernière sortie des Guides, reprenaient possession des écuries et des communs.

A mesure que la journée avançait, les gorges desséchées criaient moins , dans ce calme relatif, les coups de feu prenaient de l'ampleur, tout comme les exhortations suraiguës du fakir Buzurg Shah, qui continuait infatigablement à appeler au massacre des Infidèles, assurant que le Paradis attendait les Croyants qui mourraient au combat.

Ash eût volontiers aidé le fakir à atteindre lui-même ce but suprême mais, outre qu'il ne venait jamais à sa portée, le fanatique demeurait derrière les écuries, hors de vue des Guides embusqués sur le toit des chambrées ou aux fenêtres de la Résidence. Malheureusement l'homme n'était pas hors de portée de voix en ce qui concernait Ash, dont les nerfs étaient mis à vif par les incessants « Tuez-les ! Tuez-les ! » qui parvenaient à ses oreilles.

Soudain, il perçut un autre bruit, lequel prit rapidement de l'ampleur... La foule acclamait quelque chose ou quelqu'un... L'espace d'un instant, contre toute raison, Ash pensa que l'Émir envoyait les régiments de Kazilbashis au secours de la Mission. Mais il vit le fakir et ceux qui l'entouraient sauter de joie en levant les bras. Son champ de vision limité l'empêcha de comprendre ce qui se passait jusqu'à ce que les canons arrivent à hauteur des écuries. Comme il était impossible de les faire rouler au milieu de cette foule compacte, ils avaient été littéralement portés par les insurgés depuis l'Arsenal. Sur le toit des chambrées, les Guides avaient vite repéré la manœuvre et, tandis qu'un cipaye courait avertir Hamilton-Sahib de ce nouveau danger, les autres concentraient leur tir sur les Afghans qui halaient et poussaient les canons vers le bâtiment des chambrées.

La nouvelle apportée par le cipaye se répandit dans toute la Résidence à la vitesse de l'éclair Mais un des avantages de la vie militaire est que, dans les moments graves, le choix est presque toujours simple : se battre ou mourir. Nul n'avait donc besoin d'attendre les ordres et quand Wally, qui était avec ses hommes au dernier étage du Mess, descendit dans la cour, il y trouva William en compagnie de tous les cipayes et *sowars* disponibles.

Il n'eut qu'à dire au *jawan* ayant apporté la nouvelle de recommander à ses camarades de tirer pour distraire l'ennemi, et d'envoyer deux d'entre eux ouvrir les verrous de la porte qui fermait la voûte. Mais au moment où cet ordre était exécuté, les canons tirèrent presque simultanément. Assourdis par le vacarme de l'explosion, les deux cipayes faillirent tomber par terre en sentant le sol bouger sous leurs pieds et se mirent à tousser, les yeux pleins de larmes.

Le bruit de la canonnade se répercuta à tous les échos de Bala Hissar, faisant s'envoler des nuées de corbeaux, tandis que les insurgés hurlaient de joie en voyant les obus exploser contre un angle du bâtiment des chambrées. Mais, contrairement aux maisons de la Résidence, celui-ci avait des murs extérieurs de deux mètres d'épaisseur, et les angles de l'extrémité ouest se trouvaient encore renforcés par le fait qu'ils contenaient chacun un escalier en pierre montant jusqu'au toit.

La double explosion n'eut donc guère pour effet que d'assourdir et aveugler momentanément les hommes embusqués derrière le parapet ; mais ils se ressaisirent vite et tirèrent selon les ordres donnés, tandis que Wally et William, avec vingt et un Guides, jaillissaient soudain de l'arche voûtée pour courir sus aux canons.

Le combat fut bref car, ayant mis en position et actionné les canons, les mutins étaient épuisés par leur effort, tandis que la populace accourue des bas-fonds de la ville n'avait aucune envie de se mesurer d'aussi près à des soldats de métier. Les vauriens furent les premiers à tourner les talons ; les insurgés continuèrent à se battre pendant encore une dizaine de minutes puis les imitèrent, en abandonnant les canons et laissant derrière eux de nombreux morts ou blessés.

Les Guides ne comptaient que deux morts et quatre blessés, mais c'était pour eux un prix exorbitant. Amère était leur victoire car, bien qu'ils se fussent emparés des canons, ceux-ci étaient trop lourds pour être halés jusqu'au bâtiment des chambrées, d'autant que mousquets et fusils s'étaient remis à tirer.

Faute de mieux, les Guides emportèrent les obus, tout en sachant bien que d'autres ne tarderaient pas à arriver de l'Arsenal. Et ils ne purent même pas rendre les canons inopérants car, dans la précipitation du moment, Wally avait oublié un détail, infime mais essentiel. Lorsque les insurgés avaient envahi le compound il était le seul de la garnison à se trouver en uniforme, mais il lui restait encore à mettre sa bandoulière et il n'avait pas eu depuis lors le loisir de le faire. Or une bandoulière comporte deux petits accessoires beaucoup plus utiles que décoratifs : les « taquets », qui peuvent notamment servir à enclouer les canons.

— C'est ma faute ! se reprocha amèrement Wally. J'aurais dû y penser ! Si seulement nous avions un clou, quelque chose... J'avais complètement oublié que nous n'étions pas en tenue. Dans ces conditions, tout ce que nous pouvons faire, c'est concentrer notre tir sur ces satanés canons, pour empêcher qu'on les recharge.

Les portes de la voûte étaient de nouveau barricadées, et les survivants étanchaient leur soif grâce à des *chattis* d'eau froide apportés du hammam ; en effet, il avait été dit que ce combat équivalait à une guerre et que, en temps de guerre, on peut interrompre le jeûne du Ramadan.

Quand, après avoir bu, les défenseurs regagnèrent la Résidence, qu'ils avaient quittée un quart d'heure auparavant, ils la trouvèrent pleine de fumée car, de l'autre côté du mur, l'ennemi n'était pas resté inactif en leur absence. Tandis que, toujours à l'aide d'échelles formant de précaires passerelles, des Afghans étaient venus renforcer les rescapés du combat dans l'escalier, leurs camarades de la ruelle, avaient jeté des charbons ardents et des chiffons imbibés de pétrole par des trous creusés dans le soubassement.

Déjà cernés de trois côtés, la Résidence et le compound se trouvaient maintenant assaillis par le haut et par le bas, puisque l'ennemi occupait non seulement les écuries mais aussi le toit du Mess et s'attaquait à présent au sous-sol.

Pour la première fois de la journée, prenant pleinement conscience de la situation, Wally perdit tout espoir. Mais, ayant toujours été un apôtre des négociations et des compromis, William Jenkyns n'en était pas encore à ce stade.

En revenant de l'attaque contre les canons, William se débarrassa du sabre et du revolver d'ordonnance, au profit de son fusil. Ayant rempli ses poches de cartouches, il gagna en hâte la terrasse de la maison de l'Envoyé, afin de tirer sur les Afghans qui occupaient celle de l'autre maison, plus élevée d'un étage. C'est alors seulement qu'il se rendit compte de la densité de la fumée s'échappant des pièces du Mess situées au rez-de-chaussée.

Le feu avait pris trop rapidement pour qu'on pût sauver les blessés. Ceux qui étaient encore en état de le faire avaient fui.

Suffoquant, aveuglés à demi, ils avaient traversé tant bien que mal la cour pleine de fumée pour chercher refuge dans la maison de l'Envoyé.

Sur le toit du Mess en feu, les Afghans avaient utilisé de nouveau les échelles pour fuir ces flammes qui auraient vite raison des murs de torchis. Mais, des terrasses d'en face, ils étaient aussitôt repartis à l'assaut de la deuxième maison et, grâce toujours aux échelles, ils avaient fini par escalader le mur qui, de ce côté, protégeait la terrasse des regards indiscrets. Les défenseurs qui se trouvaient sur le toit avaient reculé devant le nombre ; n'ayant plus le loisir de recharger leurs armes, ils les utilisaient maintenant comme massues pour se défendre pied à pied dans l'escalier. Quand le dernier de ces Guides eut atteint le rez-de-chaussée, on verrouilla la porte qui se trouvait au bas des marches. Mais, comme tout ce qui constituait cette maison, le vantail n'était guère solide ; il ne résisterait pas à un violent assaut, et on n'avait ni le temps, ni quoi que ce fût pour le renforcer.

Le bâtiment lui-même ne tarderait pas à être en flammes car, s'il n'était pas incendié par les Afghans qui sapaient ses fondements, les flammèches en provenance de l'autre maison finiraient par y mettre le feu.

En une vision de cauchemar, Wally vit au même moment que, mettant à profit la panique et l'épaisse fumée, les assaillants venaient de réussir à percer le mur au fond de la cour. Alors, se précipitant vers la plus proche fenêtre donnant sur le compound, il repoussa les volets, escalada l'appui et cria à ses compagnons d'infortune :

— Venez tous !

L'instant d'après, il sautait par-dessus l'étroite venelle et se retrouvait sur le toit des chambrées.

Jenkyns, Kelly, les *jawans* rescapés du toit, et une demi-douzaine de non-combattants l'imitèrent aussitôt. Comme le dernier d'entre eux atterrissait de l'autre côté de la venelle, le toit du Mess s'effondra dans un immense jaillissement d'étincelles et de flammèches... Ce fut le bûcher funéraire de Louis Cavagnari, ainsi que d'un grand nombre de soldats et de serviteurs qui l'avaient accompagné à Kaboul.

— Comme un chef viking allant au Walhalla entouré de ses guerriers et de ses serviteurs, pensa Wally.

Il tourna le dos au bâtiment en feu pour guider sa petite troupe vers l'intérieur des chambrées car, maintenant que l'ennemi était maître de la Résidence, on pouvait tirer sur eux depuis les fenêtres de la maison de l'Envoyé, et le parapet de la terrasse ne leur assurait donc plus aucune protection. Mais en bas, les portes étaient aussi robustes que les murs extérieurs et les toiles de tentes étendues au-dessus de la cour empêchaient les insurgés de voir ce qui s'y passait.

— Nous devrions pouvoir tenir un certain temps ici, estima William en promenant son regard sur les solides piliers et les arches de pierre qui donnaient accès aux chambrées où il n'y avait aucune ouverture sur l'extérieur du bâtiment. Il n'y a pas grand-chose à quoi l'on puisse mettre le feu... sauf les portes, bien sûr.

A cet instant précis, les canons tirèrent de nouveau et tout trembla quand les obus, manquant la porte de la voûte, ensevelirent sous les gravats l'escalier situé à l'est.

Il n'était pas besoin d'un artilleur pour se rendre compte que cette seconde salve arrivait de beaucoup moins loin que la précédente. Profitant qu'il n'y avait plus de cipayes sur le toit pour leur tirer dessus, les insurgés s'étaient empressés de recharger les canons après les avoir poussés en avant. Dans ces conditions, la prochaine salve serait probablement tirée juste en face de la voûte, dont la porte volerait en éclats.

William, qui s'était instinctivement cramponné à l'un des piliers, vit Walter Hamilton et le daffadar Hira Singh courir vers la porte intérieure de la voûte, qu'ils ouvrirent toute grande. Alors, il pensa que, traumatisés par l'explosion, ils avaient perdu la tête et se proposaient de sortir pour tenter de s'emparer des canons avant qu'on les eût rechargés. Mais ils ne touchèrent pas à la porte extérieure, maintenant criblée de trous, et rejoignirent le havildar Hassan ainsi que le naik Janki. Après avoir brièvement conféré avec eux, Wally s'en retourna vers William et Kelly en disant :

— Il nous faut ces canons... Il nous les faut absolument ! Si nous les avions, nous pourrions tirer sur l'Arsenal, et il exploserait en tuant une bonne partie de cette foule. Si nous placions un seul obus en plein dedans, avec les munitions et la poudre qu'il contient, ça nettoierait tout sur plusieurs centaines de mètres à la ronde...

— Y compris nous, souligna William.

— Et quand bien même ? s'exclama Wally avec impatience Mais je n'en crois rien, car nous sommes ici en contrebas et ces murs sont très épais. Si nous réussissons à nous emparer des canons, il nous restera une chance... Dans le cas contraire, nous n'aurons plus qu'à dire nos prières.

— Vous êtes complètement fou ! lui objecta Kelly. A supposer que nous ayons un canon, avec quoi le chargerions-nous ? Des cartouches ?

— Avec les obus que nous avons rapportés lors de notre

dernière sortie. Nous en avons douze... Pensez un peu à ce que nous pourrions faire avec six obus pour chaque canon !

William n'était toujours pas convaincu.

— Je ne vois aucune objection à tenter une nouvelle sortie, mais si nous réussissons à nous emparer des canons, mieux vaudra les enclouer que...

— *Non !* s'obstina Wally avec passion. Si nous nous contentons de les enclouer, nous sommes foutus, car ils trouveront d'autres canons. Ils ont déjà toutes les munitions qu'ils veulent, alors que nous allons bientôt arriver au bout des nôtres. Quand ils s'apercevront que nous ne tirons plus, ils fonceront en masse pour donner l'assaut à ce bâtiment et, cinq minutes plus tard, tout sera terminé en ce qui nous concerne. Non, notre seule chance, c'est de les couper de leurs approvisionnements, et nous n'y parviendrons qu'en faisant sauter l'Arsenal avec le plus grand nombre possible de ces salopards ! Je vous le répète : *il nous faut ces canons...* Un, à tout le moins, et nous enclouerons le second. Thakur Singh s'en chargera, tandis que nous unirons nos forces pour amener l'autre jusqu'ici. Nous devrions pouvoir y arriver. Je me rends bien compte que cela paraît insensé, mais c'est ça ou rester ici à épuiser le peu de munitions qu'il nous reste, avant d'être tous massacrés... Est-ce ainsi que vous souhaitez mourir ?

Le médecin-major Kelly eut un rire dur :

— D'accord, mon garçon... Plutôt mourir autrement. Alors, dites-nous ce que nous devons faire.

Wally avait vu juste. Pendant cette discussion, les insurgés avaient rapproché les canons, qui se trouvaient maintenant à une soixantaine de mètres seulement et braqués sur le mur à gauche de la voûte...

De sa prison, Ash ne vit pas s'ouvrir la porte de la voûte, mais Wally lui apparut soudain, suivi de William, Kelly, et une douzaine de Guides, chargeant vers les canons.

Pour la seconde fois de la journée, l'effet de surprise joua, et les assaillants reculèrent en désordre sous le tir du petit groupe d'hommes. Alors huit de ceux-ci firent pivoter un des canons pour le braquer sur les fuyards, six autres l'entourèrent de cordes afin de le haler à reculons, tandis que deux encore poussaient aux roues et que le reste s'employait à tenir l'ennemi en respect. Un *jawan* se dirigea vers le second canon dans l'intention de l'enclouer, mais il fut aussitôt abattu, et le taquet alla se perdre dans la poussière gorgée de sang. Parmi ceux qui s'étaient attelés au premier canon, il y eut deux morts et quatre blessés. Criant alors aux survivants d'abandonner le canon, Wally rechargea en hâte son revolver. William et Rosie l'imitèrent. Tandis que, emmenant leurs blessés, les hommes se repliaient vivement vers le bâtiment des chambrées, les trois Anglais tirèrent en marchant à reculons, afin de les protéger. Et ce feu était si meurtrier, qu'il leur assura le temps de regagner la voûte.

Comme il allait refermer la porte extérieure, Wally regarda la fenêtre de Ash et leva le bras. Mais ce geste d'adieu fut perdu pour son destinataire, car il n'était plus là.

Le désespoir qui s'était emparé de Ash à la vue des canons, avait comme aiguillonné son cerveau, toujours à chercher un moyen de fuir. Soudain, il s'était avisé de quelque chose... quelque chose qui ne lui était pas encore venu à l'esprit...

Lorsqu'il s'était représenté la pièce située au-dessous du bureau où il se tenait, Ash n'avait accordé aucune pensée à celles qui la flanquaient de part et d'autre... Or il se souvenait maintenant que, sous la bibliothèque du Munshi, se trouvait une petite pièce inutilisée, ayant eu autrefois une fenêtre avec un balcon. Le balcon s'étant effondré, on avait cloué des planches en travers de la fenêtre. A présent, ces planches devaient être pourries, et il n'aurait aucun mal à les arracher. Pour atteindre le sol quelque six mètres plus bas, il lui suffisait de confectionner une corde avec les tapis de table.

Le voyant ainsi descendre d'une fenêtre, n'importe quel Afghan le prendrait pour un allié brûlant de participer à l'assaut... L'instant d'après, il était de retour dans la bibliothèque du Munshi et s'attaquait fébrilement au plancher.

Ayant surpris le geste d'adieu, William s'était mépris et avait demandé d'une voix haletante :

— A qui faisiez-vous signe? Est-ce que l'Émir... Serait-ce. .?

— Non, répondit Wally en donnant de tout son poids contre la porte pour la fermer plus vite. Ce n'était que... Ash...

William le regarda d'un air ahuri. Le nom ne signifiait rien pour lui ; la brusque flambée d'espoir qui l'avait saisi en voyant le geste de Wally, s'éteignit aussitôt. Mais, tandis que William se laissait choir par terre, Ambrose Kelly, occupé à soigner le cipaye blessé, releva la tête

— *Ash?* Vous ne voulez pas dire. Pelham-Martyn?

— Si. Il est là-haut dans une des maisons, expliqua Wally

d'une voix entrecoupée par les efforts qu'il faisait pour barricader la porte

— Dans une... ? Dieu du Ciel ! Mais alors pourquoi ne fait-il pas quelque chose pour nous venir en aide ?

— Si quelque chose pouvait être fait, il l'a sûrement fait. Ou à tout le moins essayé de le faire. Dieu sait qu'il nous avait assez souvent mis en garde... Mais personne ne l'écoutait... pas même le Chef. Emmenez ce garçon dans une des chambrées, Rosie... Ici, nous sommes trop près de la porte et ils vont sûrement tirer de nouveau... Reculez tous, vite !

Dès qu'ils avaient vu la porte se refermer, les insurgés s'étaient rués vers les canons et, les faisant pivoter de nouveau, ils les avaient poussés face à la voûte tandis que, de toutes les maisons environnantes, on continuait à tirer sur les murs aveugles du bâtiment.

Entre-temps, le soleil avait disparu derrière la Shere Dawaza. Maintenant tout le compound était plongé dans l'ombre, mais la clarté de l'incendie permettait d'y voir suffisamment.

Cette fois, le tir des canons ne fut pas simultané. Le premier obus visait à défoncer les deux portes de la voûte, et il y parvint d'autant plus facilement que la seconde avait été laissée ouverte. Les artilleurs improvisés virent la porte extérieure se désintégrer en une volée de menu bois et, lorsque la fumée se dissipa, leur regard plongea jusqu'au mur de la Résidence, à travers toute la longueur de la cour.

Poussant des clameurs de joie, les mutins déclenchèrent le tir du second canon et l'obus traversa le bâtiment des chambrées, allant creuser une brèche dans le mur derrière lequel leurs frères victorieux étaient prêts à prendre les Infidèles à revers. Mais, bien qu'astucieux, ce plan comportait deux failles, dont l'une apparut aussitôt : beaucoup plus solide que celle de l'extérieur, la porte se trouvant à l'extrémité intérieure de la voûte était demeurée ouverte ; n'ayant donc pas été détruite, elle fut immédiatement fermée.

L'autre faille, plus importante et dont les canonniers n'avaient pas encore conscience, était que, en mettant le feu à la Résidence, leurs alliés l'avaient rendue intenable pour eux-mêmes. De ce fait, au lieu de rester massés dans la cour entre les deux maisons, les incendiaires avaient dû se réfugier à l'abri des flammes, en emportant tout ce qu'il pouvait y avoir encore à piller. En conséquence, le risque d'être pris à revers était minime pour les assiégés, et Wally pouvait donc s'en désintéresser. N'ayant même plus à craindre de coups de feu en provenance de la Résidence, et la fumée faisant écran pour les tireurs en position sur les toits des maisons situées au-delà des bâtiments en flammes, Wally avait pu concentrer toute son attention sur les autres attaquants.

Aussi, dès qu'avait été refermée la fragile première porte de la voûte après la sortie manquée contre les canons, le jeune officier avait commandé à quatre de ses hommes d'emprunter l'escalier situé à l'autre extrémité de la cour, de rester cachés jusqu'à ce que les canons aient tiré puis, sous le couvert de la fumée, de gagner le parapet au-dessus de la voûte afin d'ouvrir le feu sur ceux qui s'occuperaient alors de recharger les canons.

Le reste de sa petite troupe se dispersa à droite et à gauche. L'attente ne fut pas longue : la porte extérieure de la voûte vola en éclats et l'obus endommagea un des piliers de pierre, mais sans blesser personne. Dès que le second obus eut fait son œuvre, on se précipita fermer et barricader la lourde porte intérieure tandis que, sur le toit, les quatre *jawans* se mettaient à tirer.

Charger et actionner un canon n'est pas une petite affaire pour des hommes inexpérimentés comme l'étaient les insurgés. Non seulement l'âme du canon doit être écouvillonnée après chaque tir, mais il faut ensuite charger le nouvel obus par la bouche, l'enfoncer jusqu'au fond de l'âme, puis la chambre ayant été garnie de poudre, y mettre le feu par le trou de lumière à l'aide d'une mèche ou, au besoin, d'une allumette. Tout cela prend du temps, et se révèle aussi difficile que dangereux quand les servants du canon se trouvent sous le feu de tireurs embusqués à proximité.

Si les murs des chambrées avaient comporté des meurtrières normales, qui assurent la protection des hommes tout en leur offrant de bonnes possibilités de tir, la garnison n'aurait pas eu grand mal à empêcher qu'on utilise de nouveau les canons. Mais comme les *jawans* ne pouvaient tirer que d'un toit, lequel était exposé au feu de quiconque se trouvait sur la terrasse d'une des maisons le dominant, les canons constituaient des atouts majeurs. Cela, Wally ne l'ignorait pas. Il savait aussi que, avant longtemps, les quatre tireurs du toit seraient à bout de munitions, dont il ne restait plus guère par ailleurs. Alors, le moment ne tarderait pas où plus rien ne s'opposerait à ce que les obus aient raison de la dernière porte.

Eh bien, s'il leur fallait mourir, que ce soit du moins en faisant honneur à leur régiment et aux grandes traditions dont on les avait nourris ! Qu'ils deviennent personnages de légende et un magnifique exemple pour les futures générations de Guides ! C'était tout ce qu'il leur restait à faire.

Par la pensée, Wally revit Inistioge, ses parents et ses frères... Sa mère l'embrassant lorsqu'il était parti... Ash et Wigram... tous ses valeureux camarades des Guides... toutes les jolies filles dont il était tombé amoureux et dont à présent les visages se fondaient en un seul, celui d'Anjuli... Il lui dédia un sourire. Quelle chance c'était que de l'avoir connue !

A présent, il ne se marierait sûrement pas... Mais il ne verrait jamais non plus se flétrir la beauté, la jeunesse, la force... Il ignorerait également que l'amour peut ne pas durer toujours et que le temps arrive parfois à corroder les plus nobles choses. Toute désillusion lui serait épargnée et il ne vivrait pas pour découvrir que ses idoles avaient des pieds d'argile...

Pour lui, c'était le bout de la route, et cependant il n'éprouvait aucun regret... Pas même celui de ne point voir le rêve devenir réalité en la personne du maréchal Lord Hamilton of Inistioge, car n'avait-il pas reçu la Victoria Cross, récompense enviée entre toutes ? Cela suffisait à la gloire de n'importe qui et à compenser n'importe quoi. Et puis les Guides se souviendraient de lui... Peut-être un jour, s'il laissait un nom sans tache, son sabre serait accroché dans la salle du Mess à Mardan, et des Guides qui n'étaient pas encore nés, viendraient alors le toucher en écoutant raconter une vieille histoire, devenue quasi légendaire : l'histoire de soixante-dix-sept Guides, placés sous le commandement d'un certain Walter Hamilton, V. C. [1] qui, voici bien longtemps, assiégés dans la Résidence de Kaboul, avaient résisté pendant presque toute une journée à un ennemi très supérieur en nombre, avant de mourir jusqu'au dernier...

Aujourd'hui, il avait contribué à la gloire des Guides et Ash ne l'ignorerait pas. C'était bon de savoir Ash à proximité, témoin de ce qui se passait ; Ash qui comprendrait que Wally avait fait de son mieux et serait avec lui par la pensée. On ne pouvait souhaiter meilleur ami que Ash, et ça n'était pas sa faute si aucun secours n'était arrivé. Si Ash avait pu faire quelque chose...

Le lieutenant Walter Hamilton, V.C., redressa le torse, respira bien à fond, puis s'adressa à ses hommes en hindoustani, car c'était la « lingua franca » permettant d'être compris de tous dans un régiment qui comptait des Sikhs, des Hindous, des Pendjabis aussi bien que des Pathans parlant le pachto.

Ils s'étaient, leur dit-il, battus comme des héros et avaient fait splendidement honneur aux Guides. Aucun homme n'eût pu davan-

1. Victoria Cross. *(N. d. T.)*

tage. A présent, il ne leur restait plus qu'à mourir aussi superbement, en attaquant l'ennemi. C'était ça, ou mourir comme des rats dans un trou. Il ne doutait pas de leur choix. Aussi leur suggérait-il une ultime tentative pour s'emparer d'un canon. Mais, cette fois, ils s'attelleraient tous au canon, tandis que lui seul couvrirait leur retraite en tirant sur l'ennemi.

— C'est sur celui de gauche que nous allons foncer. Quand nous l'atteindrons, ne regardez pas ailleurs, fût-ce un instant, mais encordez-vous à lui, poussez de l'épaule contre les roues, et amenez-le ici. Ne vous arrêtez pas, ne vous retournez pas, moi je ferai tout mon possible pour vous protéger. Si vous l'amenez jusqu'ici, où vous avez des obus, tirez sur l'Arsenal. Dans le cas contraire, quel que soit le nombre de ceux qui tomberont et même si je suis parmi les morts, n'oubliez pas que l'honneur des Guides sera entre les mains de qui aura survécu à cette sortie. Alors ne faites pas bon marché de cet honneur. Un grand guerrier, qui avait conquis ce pays et la moitié du monde voici des centaines d'années, Sikandar Dulkhan (Alexandre le Grand) — dont tous les hommes ont entendu parler — a dit : « C'est une belle chose que de vivre avec courage, et de mourir en laissant un souvenir impérissable. » Vous avez tous vécu avec courage et le monde se souviendra de ce que vous avez fait aujourd'hui, car les Guides ne l'oublieront jamais. Les enfants de vos enfants le raconteront à leurs petits-enfants, en se récriant d'admiration. Ne vous rendez pas, frères, ne vous rendez jamais ! Guides, *ki-jai !*

Son cri déclencha une ovation qui retentit si longuement dans tout le bâtiment, qu'on eût cru les Guides morts ce jour-là faire chorus avec ceux qui étaient encore vivants. Quand le silence s'établit de nouveau, les hommes reprirent les sabres et les cordes dont ils s'étaient débarrassés après la précédente sortie.

Ambrose Kelly se mit péniblement debout, s'étirant avec lassitude. De loin le plus âgé du groupe, il s'était, tout comme Gobind, voué à sauver les gens, non à les tuer. Mais il n'en chargea pas moins son revolver, boucla son ceinturon avec le sabre dont il n'avait jamais appris à se servir.

— Ma foi, dit-il, ce sera un soulagement que d'en finir, car la journée à été longue : je me sens claqué.

Les Guides rirent, et leur rire emplit Wally de fierté, tandis qu'il se sentait comme une boule dans la gorge. Il leur sourit en retour avec plus d'admiration et d'affection qu'il n'aurait pu en exprimer par des paroles. Oui, ne fût-ce que pour avoir servi et s'être battu avec des hommes comme ceux-là, il ne regrettait pas d'avoir vécu.

Ç'avait été un privilège de les commander, un immense privilège, et c'en serait un encore bien plus grand que de mourir avec eux. Ils étaient le sel de la terre. Ils étaient les Guides.

Les regardant, il sentait toujours cette boule dans sa gorge, mais il déglutit et ce fut presque gaiement qu'il dit, en prenant son sabre :

— Nous sommes prêts ? Parfait. Alors, ouvrez la porte...

Un cipaye se précipita lever la lourde barre de fer et, quand elle retomba, deux autres tirèrent vivement le vantail. En hurlant « Guides, *ki-jai !* », la petite troupe jaillit de la voûte et courut vers le canon de gauche, Wally le premier, précédant les autres de six bons pas.

Leur apparition eut un curieux effet sur la foule des insurgés : après l'échec de la dernière attaque, chacun d'eux était convaincu que les « étrangers », ne tenteraient plus aucune contre-offensive. Or voilà qu'ils surgissaient de nouveau, avec une ardeur indomptée. Ce n'était pas possible... c'était à douter de ses yeux...

Ils demeurèrent un instant figés, considérant avec une sorte de crainte superstitieuse ces épouvantails vociférants et, la seconde d'après, ils se dispersèrent comme autant de feuilles mortes devant l'assaut impétueux de Wally, dont le sabre jetait des éclairs et le revolver crachait la mort.

Alors un Afghan solitaire, sans turban, les cheveux et les vêtements couverts de plâtre, accourut de côté pour se joindre à lui. Deux *sowars* le reconnurent aussitôt : « Pelham-Dulkhan ! Pelham-Sahib-Bahadur ! »

Wally les entendit à travers le bruit des armes et jeta vivement un regard à droite. Il vit Ash près de lui, tenant d'une main un poignard et de l'autre un cimeterre pris à un Hérati mort.

— Ash ! s'exclama-t-il avec une intonation de triomphe. Je savais bien que vous viendriez ! Maintenant, nous allons leur montrer... !

Ash rit en retour, en proie à la folle ivresse du combat, au soulagement de pouvoir agir enfin après avoir passé tant d'heures à voir ses camarades mourir l'un après l'autre sans qu'il pût rien pour eux. Son exaltation sauvage se communiqua à Wally, qui se battit comme un lion.

Les Afghans ne sont pas de petite taille, mais le jeune homme semblait les dominer tous, maniant le sabre tel un paladin de Charlemagne.

— Attention, Wally! cria Ash et, écartant d'un revers le cimeterre d'un adversaire, il recula d'un bond pour s'attaquer à un Afghan qui, armé d'un long couteau, survenait derrière eux.

Que Wally l'ait entendu ou non, l'avertissement arrivait trop tard. Le couteau s'enfonça jusqu'à la garde entre les omoplates du jeune officier, dans le même temps que le cimeterre de Ash tranchait le cou de l'agresseur. Wally tira la dernière balle de son revolver et lança l'arme dans un visage barbu. L'homme recula d'un pas, vacilla et tomba. Wally fit passer son sabre d'une main à l'autre, mais son bras n'eut soudain plus la force de le lever. La lame piqua vers le sol, et se brisa quand le jeune homme s'effondra sur elle.

Au même instant, la crosse d'un jezail s'abattit avec violence sur le crâne de Ash, qui vit des éclairs jaillir en tous sens avant qu'il ne sombre dans des ténèbres sans fond.

A quelques pas derrière eux, William était déjà tombé, le bras droit sectionné et la moitié d'un cimeterre enfoncée dans le dos. Kelly était mort lui aussi, à moins d'un mètre de la voûte, fauché par une balle de mousquet alors qu'il s'élançait sur les traces de Wally.

Des hommes, deux étaient morts avant d'atteindre le canon et trois autres avaient été blessés. Mais les survivants avaient suivi à la lettre les ordres de leur commandant : sans s'occuper de quoi que ce soit d'autre, ils s'étaient attelés au canon, bandant désespérément tous leurs muscles pour le tirer. Ce fut seulement quand plusieurs d'entre eux tombèrent, atteints par des balles, que les autres comprirent l'inutilité de vouloir insister et, haletants, se replièrent à l'intérieur du bâtiment.

Ils refermèrent la lourde porte, mirent la barre de fer en place, cependant que, sous la conduite du fakir sortant enfin de derrière les écuries, des centaines d'insurgés se précipitaient en avant. Alors, sur les terrasses des maisons environnantes, on cessa de tirer pour se mettre à danser et pousser des clameurs de joie en brandissant les mousquets. Mais sur le toit des chambrées, trois des quatre *jawans* continuèrent à faire feu avec une froide détermination, sachant qu'il ne leur restait presque plus de cartouches.

Ces quatre-là, la foule des insurgés les avait oubliés. Ils se rappelèrent soudain à son souvenir en abattant trois des assaillants, avec des balles qui blessèrent encore deux hommes se trouvant juste derrière ceux qu'elles venaient de tuer. Du coup, les Afghans marquèrent un arrêt, et il y en eut trois autres qui s'effondrèrent, car les Guides tiraient à moins de cinquante mètres dans une masse si compacte qu'il était impossible qu'une balle n'y fît pas de victime. L'une d'elles atteignit le fakir en plein front et, levant les bras, il chut à la renverse, immédiatement piétiné par ceux qui, accourant derrière lui, ne purent s'arrêter à temps.

68

Plusieurs facteurs contribuèrent à ce que Ash en réchappât. D'abord, il portait un vêtement afghan et tenait un cimeterre à la main ; ensuite, seuls les assaillants se trouvant en tête de la horde, avaient eu conscience que quelqu'un, qui semblait être un habitant de Kaboul, s'était battu un moment à côté de l'officier *angrezi*. Quand ils se ruèrent pour achever le Sahib blessé à mort, Ash inconscient fut si violemment bousculé que, lorsque le nuage de poussière se dissipa, il se trouvait à une certaine distance de l'endroit où il était tombé, non plus parmi les Guides morts mais au milieu d'une demi-douzaine de cadavres ennemis, le visage méconnaissable sous le masque que lui faisaient le sang et la poussière, ses vêtements teints en écarlate par le Hérati à la veine jugulaire sectionnée qui s'était abattu en travers de son corps.

Le coup de crosse l'avait assommé, sans être toutefois assez violent pour le plonger longtemps dans l'inconscience. Lorsque Ash recouvra un peu ses esprits, il se rendit compte qu'un deuxième cadavre pesait sur lui, celui d'un colosse afghan qui, atteint en pleine tête par une balle tirée du toit des chambrées, immobilisait ses jambes.

D'abominables élancements lui labouraient le crâne, et Ash avait le sentiment de n'être plus qu'une immense plaie, d'où toute force s'était enfuie. Mais, à mesure que la conscience lui revenait, il eut la nette impression de n'avoir, à l'exception de multiples meurtrissures, d'autre blessure que celle causée par le coup de crosse. Dans ces conditions, rien ne l'empêchait de se libérer du double poids qui le clouait au sol et il retournerait se battre dès qu'il aurait récupéré suffisamment de forces, car se mettre debout pour vaciller comme un homme ivre n'eût servi à rien, sinon sans doute à provoquer sa mort d'une façon ou d'une autre.

Les hurlements des combattants, le bruit des mousquets et des carabines, lui disaient que la bataille se poursuivait. Dans son visage tuméfié, les paupières étaient collées par un mélange pâteux de poussière et de sang. Il était encore trop faible pour libérer ses bras mais, par un énorme effort de volonté, il parvint quand même à ouvrir ses yeux.

D'abord, il fut incapable d'accommoder son regard sur quoi que ce fût, après une minute ou deux, il y vit mieux et se rendit alors compte qu'il se trouvait à deux ou trois mètres de la masse des insurgés, tenue en échec par le tir des trois cipayes postés au-dessus de la voûte des chambrées. Mais, les détonations étant de plus en plus espacées, Ash devina qu'ils arrivaient au bout de leurs munitions. Quand son regard dériva un peu, il vit qu'un groupe de mutins tenaient conciliabule derrière les canons abandonnés.

Comme il les observait, l'un d'eux — qui, d'après son uniforme, devait appartenir au régiment Ardal — se hissa sur l'un des canons et se mit à agiter son mousquet au bout duquel était attaché un chiffon blanc, criant : « *Sulh. Sulh... Kafi. Bus !* » (Assez, assez... De grâce, arrêtez !)

Le bruit des mousquets se tut et les cipayes agenouillés derrière le parapet cessèrent aussi de tirer. L'homme redescendit alors du canon et s'avança dans l'espace découvert qui précédait le bâtiment des chambrées, en criant aux assiégés qu'il voulait parler à leurs chefs.

Une courte pause suivit, durant laquelle les cipayes se concertèrent, puis l'un d'eux posa son fusil et, se dressant, alla vers l'autre extrémité du toit appeler les survivants qui se trouvaient en bas. Quelques minutes plus tard, trois autres Guides rejoignirent les tireurs et tous s'avancèrent, sans armes, jusqu'au-dessus de la voûte.

— Nous voici, dit alors le *jawan* qui avait été choisi comme porte-parole parce que c'était un Pathan pouvant parler aux Afghans dans leur propre langue. Que désirez-vous nous dire ? Parlez.

Ash entendit un homme près de lui chuchoter :

— Ne sont-ils pas plus que ça ? Six seulement, ce n'est pas possible... Il doit y en avoir d'autres à l'intérieur.

— Six... pensa Ash, sans que cela signifiât quelque chose de précis pour lui.

— Vos Sahibs sont tous morts, cria le mutin au drapeau blanc, et nous n'avons rien contre vous. Alors, à quoi bon continuer de se battre ? Si vous jetez vos armes, nous vous laisserons retourner librement chez vous. Vous avez combattu loyalement. Jetez vos armes, et partez.

Un des Guides se mit à rire, et son hilarité gagna les visages noircis de ses compagnons. Le rire se fit si sonore et méprisant que, en bas, on commença à serrer les dents en étreignant les mousquets.

Le porte-parole des assiégés n'avait pas bu depuis bien des heures et sa bouche était sèche. Il trouva néanmoins assez de salive pour cracher par-dessus le parapet, avant de clamer :

— Quels hommes êtes-vous donc pour nous demander de manquer à l'honneur et faire honte à nos morts ? Sommes-nous des chiens, pour trahir ceux avec qui nous avons partagé le sel ? Notre Sahib nous a dit de nous battre jusqu'au dernier, et c'est ce que nous ferons. Voilà notre réponse !

Il cracha de nouveau dans le vide et tourna les talons, suivi par ses camarades. Tandis que la foule des insurgés hurlait sa colère, ils regagnèrent la cour intérieure du bâtiment par l'escalier se trouvant à l'autre extrémité du toit. Là, ils ne perdirent pas de temps, ne s'arrêtant que pour s'aligner épaule contre épaule : des musulmans, des sikhs et un hindou, *sowars* et cipayes du Régiment royal des Guides. Ils ôtèrent la barre, ouvrirent la porte et, sortant leurs sabres, marchèrent à la mort aussi posément qu'ils fussent allés à la parade.

L'Afghan au drapeau blanc en resta bouche bée, puis s'exclama comme malgré lui : « *Wah-illah !* Ça, ce sont des Hommes ! »

— Ce sont des Guides, pensa Ash dans un brûlant sursaut de fierté qui le poussa à se lever pour les rejoindre. Mais, avant même qu'il ait pu se libérer des corps qui l'immobilisaient, ce fut la ruée et une forêt de pieds chaussés de *chupplis* le piétina, bouscula, fit rouler de côté dans un suffocant nuage de poussière. Il n'eut plus que vaguement conscience de cliquetis d'acier, d'appels rauques, et d'une voix, sonore comme un clairon, criant : « Guides *ki-jai !* » Après quoi, un coup de pied à la tempe lui fit perdre connaissance.

Cette fois, il mit plus longtemps à recouvrer ses esprits et lorsqu'il émergea lentement des ténèbres où il avait sombré, Ash se rendit compte que s'il entendait encore des clameurs en provenance de la Résidence, la fusillade avait cessé, et la partie du compound où il gisait, était maintenant déserte, à l'exception des morts qui la jonchaient.

Durant le massacre final, les cadavres qui l'écrasaient avaient été déplacés, et Ash, après quelques prudents essais, s'aperçut qu'il pouvait s'en dégager. Se mettre debout était au-dessus de ses forces, mais il entreprit une douloureuse reptation sur les genoux et les mains, en louvoyant entre les cadavres, afin de gagner le plus proche abri, qui se trouvait être les écuries.

D'autres que lui avaient eu la même idée, car les écuries étaient pleines de morts et de blessés afghans ; hommes de la ville et de Bala Hissar, soldats hératis ou du régiment Ardal, se tassaient les uns contre les autres sur les litières nauséabondes. Souffrant tout à la fois d'une légère commotion, de nombreuses meurtrissures, ainsi que d'un total épuisement physique aussi bien que moral, Ash s'effondra au milieu d'eux et dormit près d'une heure, jusqu'à ce qu'on le réveillât sans ménagement en l'empoignant par les épaules.

La douleur qui s'irradia en lui, eut le même effet qu'un seau d'eau glacé en plein visage, et il entendit quelqu'un s'exclamer :

— Par Allah, en voici un autre de vivant ! Courage, ami, tu n'es pas encore mort, et tu vas bientôt pouvoir rompre ton jeûne.

Ouvrant les yeux, Ash se trouva face à un robuste Afghan dont le visage lui parut vaguement familier sans que, sur l'instant, il parvînt à l'identifier.

— Je suis attaché à la maison du premier secrétaire du Ministre, lui dit alors l'homme, et toi, tu dois être Syed Akbar, qui travaille chez le Munshi Naim Shah : je t'ai vu dans son bureau. A présent, lève-toi, car il commence à se faire tard... Prends mon bras...

Le bon Samaritain aida Ash à se mettre debout et, sans cesser de lui parler, lui fit ensuite traverser le compound, prendre la direction de la Porte Shah Shahie.

Au-dessus d'eux, le soir envahissait le ciel et les neiges lointaines étaient déjà rosies par le soleil couchant. Mais, même dans ces ruelles enfumées qui zigzaguaient entre les maisons, on continuait de percevoir distinctement la rumeur montant de la foule des insurgés. Alors Ash s'immobilisa en balbutiant :

— Il faut que je m'en retourne... Merci pour ton aide, mais... mais il faut que je retourne là-bas. Je ne peux pas abandonner...

— Trop tard, lui dit l'homme doucement, tes amis sont tous morts. Mais comme les insurgés sont trop occupés à piller, voler et détruire, pour se soucier d'autre chose, si nous faisons vite, nous avons une bonne chance de nous en sortir.

— Qui es-tu ? demanda Ash d'une voix sourde en retenant le bras qui voulait le pousser en avant. Qu'est-ce que tu es ?

— Ici, on m'appelle Sobhat Khan, bien que ce ne soit pas mon nom. Je suis comme toi au service du Sirkar, et je renseigne le *Sahib-log*.

Ash ouvrit la bouche pour réfuter l'accusation, mais la referma sans rien dire. Voyant cela, l'homme sourit :

— Inutile : je ne t'aurais pas cru car, voici une heure, j'ai eu un entretien avec le Sirdar-Bahadur Nakshband Khan, dans la maison de Wali Mohammed. C'est lui qui m'a remis une certaine clef, en me demandant d'aller ouvrir ta porte dès que le combat serait terminé. C'est ce que j'ai fait... mais j'ai trouvé la pièce vide, avec un trou dans le mur assez grand pour qu'un homme y passe. J'y suis donc passé et, de l'autre côté, voyant les lattes de plancher déclouées, j'ai compris comment tu t'étais enfui. Alors, je suis allé sur le compound te chercher parmi les morts... et la chance a voulu que je te retrouve vivant. Maintenant, éloignons-nous d'ici le plus vite possible car le coucher du soleil va rappeler aux pillards qu'ils ont un estomac, et ils se hâteront alors de rentrer chez eux pour rompre le jeûne. Écoute-les !

Penchant la tête de côté, il prêta un instant l'oreille aux cris et aux rires qui, dans le lointain, accompagnaient l'œuvre de destruction. Poussant Ash en avant, il dit avec mépris :

— Parce qu'ils ont massacré quatre *Angrezis,* ces fous s'imaginent en avoir fini avec tous les étrangers. Mais quand on apprendra aux Indes ce qui s'est passé ici aujourd'hui, les Anglais marcheront sur Kaboul, ce qui sera terrible pour eux comme pour leur Émir... et aussi pour les Anglais.

— Comment ça ? s'enquit machinalement Ash, qui s'apercevait avec soulagement que les forces lui revenaient et que les brumes de son cerveau se dissipaient un peu plus à chaque pas.

— Parce qu'ils vont déposer l'Émir, répondit Sobhat, et je ne pense pas que ce soit son fils qu'ils mettront sur le *gadi* à sa place, l'Afghanistan n'étant pas un pays que puisse gouverner un enfant. Il reste les frères de l'Émir ; mais si les Anglais essayaient de mettre l'un d'eux sur le trône, ça ne durerait pas longtemps, car ils n'ont aucun soutien dans le peuple... Il y a aussi son cousin Abdul Rahman, lequel est un homme hardi et un courageux guerrier, mais dont les Anglais se méfient parce qu'il est allé chercher refuge chez les Russes. Alors, je vais te faire une prophétie : dans cinq ans d'ici ou peut-être moins, Abdul Rahman deviendra Émir d'Afghanistan et ce pays où les Anglais ont par deux fois déchaîné la guerre — par crainte, selon eux, de le voir tomber aux mains des Russes et constituer un danger pour les Indes où ils se sont implantés — sera gouverné par un homme qui doit tout à ces mêmes Russes... Ah ! c'est bien ce que je pensais : les sentinelles sont allées participer au pillage, et il n'y a personne pour nous arrêter.

Les deux hommes se hâtèrent de franchir la Porte Shah Shahie et prirent la route poussiéreuse qui, longeant la citadelle, s'en allait vers la maison de Nakshband Khan.

— En conséquence de quoi, reprit l'espion, cette guerre n'aura servi à rien, car mes compatriotes ont bonne mémoire et ni Abdul Rahman, ni ses descendants, ni son peuple, qui a dû soutenir deux guerres contre les Anglais en sus d'innombrables combats à la frontière, n'oublieront ces choses. Dans les années à venir, ils se souviendront toujours des Anglais comme étant l'ennemi, et un ennemi qu'ils ont vaincu. Les Russes, en revanche, contre lesquels ils n'ont pas eu à se battre, seront considérés par eux comme des amis et des alliés. Tout cela, je l'avais dit à Cavagnari-Sahib quand je l'avais averti que le moment n'était pas favorable pour envoyer une mission à Kaboul, mais il n'a pas voulu me croire.

— Ni moi non plus, dit lentement Ash.

— Ah! tu étais donc aussi un agent de Cavagnari-Sahib? Je m'en doutais. C'était un grand Sirdar, et qui savait parler toutes les langues de ce pays. Mais, en dépit de son intelligence et de son savoir, il ne connaissait pas vraiment les Afghans, sans quoi il n'eût pas persisté dans son idée de venir ici. A présent, il est mort... comme tous ceux qu'il avait amenés avec lui. Une grande tuerie... et ça n'est pas fini, loin de là Aussi ne t'attarde pas trop longtemps ici, mon ami. Ce n'est pas sain pour des gens comme toi et moi. Peux-tu marcher seul maintenant? Bon .. Alors je vais te laisser, car j'ai beaucoup à faire. Non, non, ne me remercie pas. *Par makhe da kha*

Il s'éloigna en direction de la rivière et, poursuivant son chemin Ash atteignit sans incident la maison de Nakshband Khan.

Le Sirdar était rentré chez lui une demi-heure auparavant, son ami Wali Mohammed l'ayant fait sortir de Bala Hissar sous un déguisement dès que la fusillade s'était arrêtée. Mais Ash ne désirait pas le voir

En cet instant, il ne voulait parler qu'à une seule personne... encore que, même à elle, il doutât de pouvoir relater ce dont il avait été témoin ce jour-là. Il n'alla d'ailleurs pas la trouver directement car, à l'expression horrifiée du serviteur qui lui ouvrit la porte, il comprit qu'il devait avoir l'air d'un homme mortellement blessé Il demanda alors au domestique d'aller chercher Gul Baz.

Gul Baz avait passé la majeure partie de la journée à monter la garde au dernier étage, pour empêcher Anjuli-Begum de courir à Bala Hissar, ce qu'elle avait tenté de faire en apprenant que la Résidence était assiégée. A la fin, la raison avait prévalu, mais Gul Baz avait préféré ne pas courir de risques et était demeuré à son poste jusqu'au retour du Sirdar, lequel avait déclaré avoir fait le nécessaire pour assurer la sécurité du Sahib... ce que ne semblait pas confirmer l'aspect de ce dernier.

Mais Gul Baz ne posa pas de question et s'activa aussitôt à rendre Ash presentable En dépit de quoi Anjuli, qui avait bondi de joie en reconnaissant le pas de son mari dans l'escalier, marqua un recul et porta les deux mains à sa gorge en le voyant, tant il lui parut avoir vieilli de trente ans depuis qu'il l'avait quittée à l'aube de cette journée. Vieilli et changé au point de la faire hésiter à le reconnaître...

Elle étendit les bras vers lui en poussant un léger cri. Alors, marchant comme un homme ivre, Ash tomba à genoux devant elle et, enfouissant son visage dans les plis de la robe, il se mit à pleurer.

La pièce s'enténébra autour d'eux tandis que, dehors, les lumières commençaient à éclore aux fenêtres de la ville quand, ayant achevé leurs prières du soir, hommes, femmes et enfants de Kaboul s'asseyaient enfin pour manger. Car, bien que la Résidence brûlât encore et que des centaines d'hommes fussent morts ce jour-là, le repas du soir du Ramadan n'en avait pas moins été préparé. Aussi, comme l'avait prédit l'espion Sobhat, les insurgés s'étaient-ils hâtés de rentrer chez eux pour manger et boire avec leurs familles, en racontant les hauts faits de la journée.

A cette même heure, de l'autre côté du monde, un télégramme arrivait au Foreign Office à Londres : *Tout va bien à Kaboul.*

Quand, après un long soupir, Ash releva la tête, Anjuli la prit entre ses mains et l'embrassa en silence. Ce fut seulement lorsqu'ils furent assis côte à côte sur le tapis, près de la fenêtre, qu'elle demanda :

— Veux-tu me raconter ?

Elle sentit un frisson le parcourir.

— Non, pas maintenant. Un jour, peut-être. Mais pas maintenant...

Il y eut une petite toux sur le palier et Gul Baz toqua à la porte en se nommant. Lorsque Anjuli se fut retirée dans l'autre pièce, Gul Baz entra avec des lampes, précédant deux domestiques. Ceux-ci portaient tous les éléments d'un repas sur des plateaux car, dit l'un d'eux, leur maître avait pensé que, ce soir-là, ses hôtes préféreraient sans doute dîner seuls.

Ash lui sut gré de cette attention, l'usage étant, durant le Ramadan, que les hommes prennent le repas du soir ensemble, tandis que les femmes faisaient de même dans le Zenana. Or Ash n'avait aucune envie de discuter des événements de la journée, ni même d'en écouter parler. Plus tard, lorsqu'il eurent fini de manger et que Gul Baz revint chercher les plateaux, un serviteur monta dire à

Syed Akbar que le Sirdar-Sahib désirait vivement le voir. Ash se serait volontiers excusé, mais Gul Baz prévint sa réponse en disant que son maître descendrait dans un moment.

Quand le serviteur fut reparti, Ash s'enquit avec humeur :

— Qui t'a autorisé à parler en mon nom ? Il ne te reste plus qu'à descendre toi-même présenter mes excuses au Sirdar-Sahib, et lui dire que je ne suis pas en état de voir qui que ce soit pour le moment. *Qui que ce soit,* tu entends ?

— J'entends, répondit posément Gul Baz. Mais tu vas quand même voir le Sirdar-Sahib, car ce qu'il veut te dire est extrêmement important...

— Il me le dira demain, coupa Ash avec brusquerie. Assez parlé. Tu peux partir.

— Nous devons tous partir : toi, la Memsahib, moi... et partir cette nuit.

— Nous... ? Comment ça ! Je ne comprends pas. Qui a dit cela ?

— Toute la maisonnée, et les femmes plus haut que les autres. Alors, comme ils font pression sur lui, le Sirdar-Bahadur a estimé qu'il lui fallait absolument te mettre au courant dès que tu rentrerais. Moi, ça ne m'a pas surpris étant donné les choses que j'avais entendu raconter, notamment par des serviteurs de Wali Mohammed Khan, l'ami chez qui le Sirdar était allé chercher refuge. Tu veux que je te les dise ?

Ash hocha la tête et s'assit, invitant du geste Gul Baz à en faire autant. D'après celui-ci, Wali Mohammed Khan avait hâte de voir partir son ami.

— Il avait peur que, le pillage terminé, bon nombre de ceux qui y avaient participé, se mettent à la recherche des fugitifs. On sait en effet déjà que deux cipayes ont dû trouver refuge en ville ou à Bala Hissar, grâce à des amis qu'ils avaient parmi les assaillants. On parle aussi d'un autre cipaye qui, avant le début des combats, était allé au Bazaar pour acheter de la farine, ainsi que des trois qui sont partis avec les coupeurs d'herbe. Les serviteurs de Mohammed Khan nous ont raconté ça lorsqu'ils ont raccompagné le Sirdar, lequel avait dû revêtir un déguisement. Alors, ceux qui habitent ici se sont mis à craindre que, demain, les insurgés à la recherche de ces fugitifs s'en prennent aux gens qu'ils penseront pouvoir les héberger, ou soupçonneront d'avoir été pour Cavagnari. Le Sirdar-Bahadur risque donc d'être en danger, car l'on sait qu'il a servi autrefois chez les Guides. Aussi lui a-t-on dit qu'il ferait bien de partir pour la maison qu'il possède près d'Aoshar, et d'y rester jusqu'à ce que l'agitation se soit calmée. Il a été le premier à en convenir car, ayant été reconnu ce matin, il a déjà été drôlement malmené.

— Je le sais, oui, je l'ai vu, opina Ash, et je pense qu'il a raison de quitter Kaboul. Mais nous, pourquoi ?

— Parce que tout le monde ici se dit que, si l'on venait demander à fouiller la maison, ça éveillerait immédiatement les soupçons d'y trouver un homme qui n'est pas de Kaboul, et une femme qui se prétend turque. Des étrangers...

— Mon Dieu, même les gens qui me connaissent ! murmura Ash.

Gul Baz haussa les épaules en écartant les mains :

— Sahib, la plupart des hommes et des femmes peuvent devenir cruels à leur tour pour sauver leur maison et leur famille. Et partout les gens se montrent soupçonneux à l'endroit des étrangers ou de ceux qui ne sont pas comme eux.

— Ça, j'ai déjà eu l'occasion de l'apprendre à mes dépens, rétorqua Ash d'un ton amer. Mais je n'aurais jamais pensé que le Sirdar-Sahib agirait ainsi envers moi.

— Il s'y est refusé ! dit vivement Gul Baz. Il a déclaré que les lois de l'hospitalité étaient sacrées, qu'il n'y faillirait pas, et il n'a plus rien voulu écouter des arguments que lui opposaient aussi bien sa famille que les domestiques.

— Mais alors pourquoi... commença Ash, puis il s'interrompit. Oui, oui, je comprends. Tu as bien fait de me dire tout ça... Le Sirdar-Sahib s'est montré un trop bon ami pour que je sois ingrat. Et les siens ont raison : notre présence dans la maison leur fait courir un grand risque. Je vais descendre dire au Sirdar que, pour notre bien, je crois préférable de partir sans délai. Je n'ai pas besoin de lui faire savoir que tu m'as mis au courant.

— C'est bien ce que j'avais pensé, approuva Gul Baz en se mettant debout. Pendant ce temps, je vais aller préparer nos affaires

Gul Baz ne devait pas avoir encore atteint l'escalier, quand Ash entendit s'ouvrir la porte de communication avec l'autre pièce. Se retournant, il vit Anjuli immobile sur le seuil.

— Tu as entendu, Larla ? Tu n'as pas peur ? demanda-t-il

— De quitter Kaboul ? C'est de Kaboul et de sa citadelle que j'avais peur ! Et puis, je serai avec toi car, après ce qui s'est passé aujourd'hui, plus rien ne te retient ici.

— Oui, c'est juste... Je n'y avais pas réfléchi. A présent, je suis libre d'aller où je veux. Mais ce qu'a dit Gul Baz est exact . partout les gens se méfient des étrangers et sont hostiles à ceux qui diffèrent d'eux. Chez les miens, tu seras rejetée car tu es non seulement hindoue, mais aussi métisse. Les tiens ne m'accepteront pas, parce que je ne suis pas hindou et qu'ils me considérerons comme un paria. Pour les musulmans, nous sommes tous deux des « infidèles »... des *kafirs*...

— Je le sais, mon amour. Pourtant bien des gens, dont nous ne partagions pas les croyances, se sont montrés bons envers nous.

— Bons, oui... Mais ils ne nous ont pas acceptés comme si nous étions des leurs. Oh ! mon Dieu, que tout cela m'écœure... l'intolérance... les préjugés... S'il pouvait seulement exister un endroit où l'on nous laisserait vivre en paix et être heureux, sans nous opposer des lois, des usages, des principes... Un endroit où peu importerait que nous vénérions tels dieux ou non, du moment que nous ne ferions de mal à personne, ne causerions aucun tort... Où aller, Larla ?

— Mais dans la vallée, répondit Anjuli.

— La *vallée ?*

— La vallée de ta mère. Celle dont tu me parlais tout le temps, où nous devions construire une maison, faire pousser des arbres fruitiers, avoir une chèvre et un âne... Tu ne l'as quand même pas oubliée ?

— Mais, mon cœur, ça n'était qu'un conte... Du moins, je l'imagine. Alors, oui, je croyais vraiment que cette vallée existait et que ma mère savait où elle se trouvait. Mais par la suite, je n'en ai plus été aussi convaincu... Et à présent, je pense qu'il s'agissait simplement d'une belle histoire...

— Quelle importance ? Nous pouvons faire que le conte devienne réalité. Il doit exister des centaines, des milliers de vallées perdues dans les montagnes. Des vallées avec des ruisseaux, où nous pourrions cultiver de quoi nous nourrir, élever des chèvres, bâtir une maison Il nous suffit de chercher, c'est tout !

Et, pour la première fois depuis bien des semaines, Anjuli eut ce rire exquis, que Ash n'avait plus entendu depuis l'arrivée de la Mission britannique à Kaboul.

— C'est vrai, dit-il lentement, mais ce serait une rude existence. L'hiver, il y a la neige et la glace, des...

— ... des pommes de pin et le bois des déodars pour faire du feu, comme dans tous les villages de montagne. Et puis les gens qui habitent l'Himalaya sont paisibles, doux et enjoués, toujours très serviables pour les voyageurs. Ils ne connaissent pas les rivalités de clans et ne se font jamais la guerre. Aucun d'eux sûrement ne s'opposerait à ce que nous nous installions dans une vallée vierge, trop éloignée d'où ils habitent pour que leurs troupeaux puissent y aller paître ou leurs femmes y chercher du fourrage. Nos collines ne sont pas arides et dures comme celles d'Afghanistan ou de Bhitor, mais couvertes de forêts, pleines de ruisseaux...

— .. et de bêtes sauvages. Des tigres, des léopards et des ours... N'oublie pas cela non plus.

— Du moins, ces bêtes sauvages, comme on les appelle, ne tuent-elles que pour se nourrir. Et non par haine ou vengeance. . ou parce que l'un se prosterne en direction de la Mecque alors que l'autre brûle de l'encens devant ses dieux. Veux-tu me dire quand toi et moi nous sommes sentis en sécurité parmi les hommes ? Ta mère adoptive a dû se réfugier à Gulkote, sinon toi, un enfant, tu aurais été massacré parce que tu étais un *Angrezi.* Et plus tard vous avez dû fuir Gulkote tous les deux sans quoi Janoo-Rani t'aurait assassiné. . puis toi et moi nous sommes enfuis de Bhitor pour ne pas être tués par les hommes du Diwan. Maintenant, nous nous croyions en sécurité dans cette maison, mais il nous faut la quitter en toute hâte pour ne pas être massacrés en faisant partager notre funeste sort à ceux qui nous ont hébergés. Non, cœur de mon cœur, j'aime encore mieux les bêtes sauvages ! Nous ne manquerons jamais d'argent, car nous avons les bijoux de mon *istri-dhan.* Nous pourrons vendre une pierre de temps à autre, quand le besoin s'en fera sentir. Alors, partons à la recherche de cette vallée pour y édifier un petit monde à nous !

Ash demeura un moment silencieux, avant de dire doucement

— Notre royaume, où les étrangers recevront toujours bon accueil... Pourquoi pas ? Nous allons partir vers le nord, en direction de Chitral... ce qui sera plus sûr en ce moment qu'essayer de passer la Frontière pour rejoindre les Britanniques. Et de là-bas, par le Cachemire et le Jammu, nous gagnerons le Dur Khaima...

Le poids écrasant du désespoir, qui s'était apesanti sur lui depuis que Wally était mort et n'avait cessé de s'alourdir durant tout le temps que Gul Baz lui avait parlé, parut soudain s'alléger... Ash retrouva un peu de jeunesse et d'espoir. Anjuli le vit reprendre des couleurs, sentit ses bras se refermer autour d'elle tandis que son regard s'avivait. Il l'embrassa avec frénésie et, la soulevant de terre, l'emporta dans l'autre pièce où, assis avec elle sur le lit bas, il se mit a lui parler, les lèvres enfouies dans sa chevelure :

— Voici bien des années, le *Mir Akor* de ton père, Koda Dad Khan, m'a dit quelque chose que je n'ai jamais oublié. Étant lié à ce pays par l'affection et à *Belait* par le sang, je me plaignais de devoir être toujours comme deux hommes dans la même peau. Il m'a répondu que, un jour, j'en découvrirais peut-être en moi un troisième, qui ne serait ni Ashok ni Pelham-Sahib, mais quelqu'un d'unique et complet : moi-même. Si Koda Dad disait vrai, alors il serait temps que je découvre ce troisième homme. Car Pelham-Sahib est mort, mort aujourd'hui avec ses amis et les hommes de son régiment, sans avoir pu leur être d'aucun secours. Quant à Ashok et l'espion Syed Akbar, tous deux sont morts voici bien des semaines... un matin, très tôt, sur la rivière de Kaboul, près de Michni... Oublions-les tous trois, et puissent-ils être remplacés par un homme au cœur sans partage, ton mari, Larla.

— Les noms ne comptent pas pour moi, murmura Anjuli, les bras noués autour de son cou. J'irai où tu iras, vivrai où tu vivras, en priant les dieux de permettre que je meure avant toi, parce que sans toi je ne pourrais continuer à vivre. Mais es-tu certain que, si tu tournes le dos à ta vie d'autrefois, tu n'auras jamais de regrets ?

— Je crois qu'il n'est personne au monde capable de n'éprouver jamais de regrets, dit lentement Ash. Peut-être y a-t-il des moments où Dieu lui-même regrette d'avoir créé l'Homme. Mais on peut les chasser en ne s'y abandonnant pas, et je t'aurai, Larla ce qui suffirait au bonheur de n'importe quel homme.

Il l'embrassa longuement, amoureusement, puis avec une passion croissante. Après ça, ils demeurèrent un long moment sans rien dire ; quand enfin Ash parla de nouveau, ce fut pour annoncer qu'il descendait voir le Sirdar.

Apprendre que ses hôtes ne s'estimaient plus en sûreté à Kaboul et voulaient partir sans délai, fut un grand soulagement pour Nakshband Khan. Mais il était bien trop courtois pour le laisser paraître.

— Moi aussi, dit-il, je vais partir cette nuit. Car, tant que les insurgés ne se seront pas calmés, Kaboul n'est pas de tout repos pour quelqu'un qu'on sait avoir servi chez les Guides. Mais je ne partirai pas avant le milieu de la nuit, car il faut bien attendre jusque-là pour que tout le monde soit endormi... y compris les voleurs et les coupe-jarrets, qui se sont aujourd'hui dépensés plus que n'importe qui. Je te conseille d'en faire autant. Où vas-tu aller ?

— Nous partons à la recherche de notre royaume, Sirdar-Sahib Notre Dur Khaima... les Pavillons lointains.

— Votre... ?

Le Sirdar paraissait tellement ahuri, qu'un sourire effleura la bouche de Ash quand il précisa :

— Nous partons à la recherche d'un endroit où nous puissions vivre et travailler en paix, où les hommes ne se persécutent ni ne s'entre-tuent parce que leurs gouvernements le leur commande, ou parce qu'ils ne peuvent endurer que d'autres pensent, parlent, prient d'une autre façon qu'eux, ou bien encore parce qu'ils n'ont pas la même couleur de peau. J'ignore si un tel endroit existe ou si, l'ayant trouvé, nous aurons la possibilité d'y vivre, en y bâtissant notre maison, cultivant de quoi manger, élevant nos enfants.

Un Européen se fût récrié, mais Nakshband Khan ne manifesta ni surprise ni désapprobation, se contentant de hocher la tête. Puis, apprenant que Ash s'était fixé pour but une vallée de l'Himalaya, il tomba d'accord que le mieux était de suivre la route des caravanes jusqu'à Chitral, puis d'emprunter les passes qui mènent au Cachemire.

— Mais tu ne peux emmener tes chevaux. Ils ne sont pas entraînés a la marche en montagne. Et puis aussi, ils attireraient trop l'attention. A leur place, je vais te donner mes quatre poneys de Mongolie... car il est plus sage d'en avoir en réserve. Comparés à tes chevaux, ils sont petits et n'ont pas fière allure, mais ils sont robustes comme des yacks et ont le pied très sûr. Il te faut aussi des manteaux en peau de mouton et des bottes fourrées car, vers le nord, les nuits vont être froides.

Il ne voulut accepter aucun argent pour son hospitalité, disant que la différence de valeur entre les trois chevaux de Ash et ses poneys le paierait largement de tout.

— Et maintenant va dormir, dit-il, car il te faudra ensuite bien chevaucher afin que, le soleil levé, tu sois suffisamment loin de Kaboul pour te sentir en sécurité. J'enverrai un serviteur te réveiller dans la demi-heure qui suivra minuit.

Le conseil était bon et, en la rejoignant, Ash dit à Juli de tâcher de se reposer pour être en forme quand l'heure serait venue de partir Il avait aussi fait part de ses projets à Gul Baz, lui demandant d'en informer Zarin quand il retournerait à Mardan.

— C'est ici que nos chemins se séparent, Gul Baz. J'ai pris des dispositions, tu le sais, pour qu'une pension te soit versée jusqu'à ta mort. Mais il n'est pas d'argent qui puisse te rendre tout ce que tu as fait pour ma femme et moi. Je te remercie de tout mon cœur, avec une profonde gratitude. Jamais je ne t'oublierai.

— Ni moi non plus, Sahib. Et si ce n'était que j'ai femme et enfants à Hoti Mardan, je partirais avec toi à la recherche de ton royaume, pour y demeurer peut-être aussi Mais, de toute façon, ça n'est pas cette nuit que nous allons nous quitter En ce moment, il ne serait pas prudent que la Memsahib voyage à travers l'Afghanistan avec un seul sabre pour la protéger. J'irai donc avec toi jusqu'au Cachemire et, de là-bas, je regagnerai Mardan par Rawalpindi.

Ash ne chercha pas à discuter, non seulement parce qu'il savait que c'eût été en vain, mais aussi parce que Gul Baz lui serait d'une aide très précieuse, surtout pendant la première partie du voyage. Quand il rejoignit sa femme dans leur chambre, tous deux s'endormirent vite : lui, d'épuisement après tout ce qu'il avait enduré au cours de cette interminable journée ; elle, de soulagement à l'idée de quitter Kaboul la sanglante pour retrouver les paysages de son enfance... Les vastes forêts de sapins, de déodars et de rhododendrons, où l'air était embaumé par la senteur des aiguilles de pins, des fougères et des roses sauvages, où l'on entendait le vent caresser les cimes des arbres et les torrents cascader joyeusement, face à la blanche splendeur du Dur Khaima.

Anjuli s'endormit en pensant à toutes ces choses, heureuse comme elle ne l'avait plus été depuis longtemps.

Ash se réveilla parfaitement reposé. Il quitta la maison une demi-heure avant sa femme et Gul Baz, car il avait quelque chose à faire hors de toute présence, même celle de Juli. Il partit à pied, armé seulement du revolver bien caché sous ses vêtements.

Les rues étaient désertes ; à l'exception des rats et de quelques chats efflanqués, Ash n'y rencontra personne. Kaboul semblait dormir derrière les persiennes soigneusement closes car, bien qu'il fît chaud, tout le monde s'était enfermé chez soi, et chaque maison avait l'air d'une forteresse. Les portes de la citadelle étaient toujours ouvertes et non gardées, les sentinelles n'ayant pas jugé utile de regagner leur poste après le pillage.

Au-dessus de Bala Hissar, le ciel avait un rougeoiement sinistre mais, comme celles de la ville, toutes les maisons étaient barricadées et plongées dans les ténèbres... sauf le palais où quelques lampes éclairaient l'Émir, qui avait passé la nuit en consultation avec ses ministres, et la Résidence où le Mess brûlait encore, avec des sursauts intermittents de flammes qui communiquaient un semblant de vie aux visages des morts abandonnés sur place.

La veille, les Afghans victorieux étaient tellement occupés à piller ou à mutiler les corps de leurs ennemis, qu'ils s'étaient laissé surprendre par le coucher du soleil et n'avaient pas eu le temps d'emporter tous leurs morts. Il en restait encore beaucoup autour des écuries ou près de l'entrée du compound, et ce n'était pas facile de les distinguer des *jawans* qui, étant musulmans et souvent aussi de Pathans, portaient des vêtements semblables aux leurs. Mais Wally lui, était en uniforme et, même à la lueur sinistrement vacillante de l'incendie expirant, Ash le retrouva sans grande difficulté.

Il gisait à plat ventre près du canon dont il espérait s'emparer, une main crispée sur la poignée de son sabre brisé, la tête un peu tournée de côté comme s'il dormait. Un grand beau garçon, qui avait fêté son vingt-troisième anniversaire quinze jours auparavant...

Il avait une terrible blessure mais, à la différence de William dont le corps mutilé et à peine identifiable se trouvait à quelques mètres de lui, on avait épargné à son cadavre les traditionnelles humiliations. Peut-être, pensa Ash, parce que même ses ennemis avaient admiré le courage de Wally.

S'agenouillant près de corps, Ash le retourna sur le dos avec une extrême douceur.

Wally avait les yeux fermés, et la rigidité cadavérique n'avait pas encore durci son corps. Sur le masque noir posé par la fumée et la poudre, la sueur avait tracé des sillons mais, à l'exception d'une profonde entaille au front d'où le sang avait coulé, le visage ne présentait aucune blessure. Et il était souriant...

Ash passa affectueusement la main dans les cheveux dépeignés et couverts de poussière puis, se remettant debout, il gagna le bâtiment des chambrées en louvoyant entre les corps sans vie.

La cour intérieure du bâtiment comportait une citerne. Retirant sa large ceinture d'étoffe, Ash la plongea dans l'eau, la tordit la trempa de nouveau, puis s'en retourna laver le visage de Wally, avec autant de délicatesse que s'il avait craint de lui faire mal. Quand fut de nouveau propre ce jeune et souriant visage, Ash brossa la tunique froissée, remit bien en place le baudrier, ferma le col dégrafé. Il ne pouvait dissimuler les déchirures béantes dues aux coups de cimeterre, ni les taches sombres qui les auréolaient, mais c'étaient là d'honorables blessures.

Quand il eut tout remis en ordre, Ash prit entre les siennes la main glacée de Wally et, près de son ami, lui parla comme s'il était encore vivant : Aussi longtemps qu'il y aurait des Guides, on se souviendrait de ce qu'il avait fait... Qu'il dorme en paix, car il avait bien mérité ce grand repos, vers lequel il était allé en menant ses hommes au combat, comme il l'avait souhaité... Lui, Ash, ne l'oublierait jamais. S'il avait un fils, il l'appellerait Walter... « Et, même s'il n'arrive jamais à t'égaler, je suis sûr qu'il nous comblera de fierté. »

Ash lui parla aussi de Juli et du royaume qu'ils allaient se donner... Un paradis où nul étranger ne se verrait regarder d'un œil soupçonneux ou refuser l'hospitalité... Wally ne partagerait pas cet avenir radieux, mais son souvenir y serait toujours présent, débordant de jeunesse, de gaieté, de vaillance et de courage...

— Nous avons vécu de bien bons moments ensemble, n'est-ce pas, Wally ?

Il n'avait pas eu conscience de l'écoulement du temps. Venu à la Résidence dans l'intention de brûler ou d'enterrer le corps de son ami afin qu'il ne restât pas à pourrir au soleil ou servir de pâture aux charognards, Ash s'apercevait soudain que ça n'était pas possible. Le sol était trop dur pour que, tout seul, il pût arriver à y creuser une tombe, et l'incendie avait encore trop de force pour qu'il y portât le corps sans risquer d'être grièvement brûlé ou de succomber à la chaleur et à la fumée.

Et puis, si l'on ne trouvait pas son corps, le bruit ne tarderait pas à courir que le lieutenant-Sahib n'était pas mort, qu'il avait eu la force de s'enfuir du compound durant la nuit pour aller se terrer quelque part, ce qui provoquerait des recherches et, peut-être, le massacre de personnes innocentes. De toute façon, Wally ne se souciait certainement pas de ce que deviendrait son corps maintenant qu'il s'en était dépouillé.

Lâchant la main sans vie, Ash se remit debout et, se baissant, prit Wally dans ses bras. Il le porta ainsi jusqu'au canon, sur lequel il l'étendit, en prenant grand soin qu'il ne risque pas de glisser. Wally avait mené trois charges pour tenter de s'emparer de ce canon, et c'était donc justice que celui-ci devînt son catafalque d'apparat. En le découvrant là, dans quelques heures, les insurgés supposeraient que c'était le fait de certains d'entre eux qui, tout comme les mutilations lui avaient été épargnées, avaient voulu ainsi rendre hommage à sa bravoure

— Au revoir, mon vieux, dit Ash doucement, tandis que sa main esquissait un adieu.

En se détournant du canon, il constata que les étoiles avaient pâli et que la lune se levait. Il n'avait pas eu conscience d'être demeuré si longtemps près de Wally. Juli et Gul Baz devaient s'inquiéter..

Anjuli et Gul Baz l'attendaient à l'abri d'un bouquet d'arbres, sur le bord de la route. Cela faisait plus d'une heure qu'ils étaient là en proie à une angoisse grandissante, mais ils ne lui posèrent aucune question, ce dont Ash leur sut gré. Ne pouvant embrasser Juli parce qu'elle avait revêtu une *bourka,* il la prit dans ses bras et la serra un moment contre lui, avant de se changer rapidement en mettant les habits que Gul Baz lui avait apportés. Quelques minutes plus tard, quand il enfourcha un des poneys, il avait tout à fait l'air d'un Afridi, auquel ne manquaient pas plus le fusil et le cimeterre que le long poignard, aussi tranchant qu'un rasoir.

— Maintenant, allons-nous-en, dit Ash. Il faut que nous ayons couvert beaucoup de chemin avant l'aube.

Laissant derrière eux Bala Hissar où la Résidence continuait de brûler ils partirent tous trois vers les montagnes...

Et il se peut qu'ils aient trouvé leur paradis.

Notes pour les curieux.

Ces notes sont destinées aux lecteurs qui — à l'instar de l'auteur — aiment à savoir ce qui, dans un roman historique, relève de la fiction ou de la réalité.

Ash est un personnage inventé, mais pas ses camarades officiers, non plus que le régiment des Guides. A quelques rares exceptions près, les histoires prêtées à cette unité sont vraiment arrivées, telle l'anecdote de la sentinelle qui avait tiré sur un cavalier que l'on croyait monter un cheval volé : elle fut racontée à mon père, qui entendit de ses propres oreilles le verdict rendu. Ce fut mon père lui-même qui expliqua, à un groupe de *jawans,* le mystère de la Sainte Trinité en utilisant un couvercle de boîte et trois gouttes d'eau. Tout comme Ash, il avait échoué à l'écrit de son examen de langues et pour la raison indiquée. Mais, à la différence de Ash, il se présenta de nouveau à cet examen, commit délibérément deux fautes, et fut brillamment reçu.

Walter Hamilton est vraiment arrivé à Rawalpindi durant l'automne de 1874 et entré chez les Guides en 1876.

Un officer britannique — n'appartenant pas aux Guides — a bien escorté seul un petit prince radjpoute et ses deux sœurs jusqu'au lieu de leurs mariages, mais avec un cortège nuptial beaucoup plus important que celui décrit par moi, car il ne comptait pas moins de deux mille éléphants et près de trois mille chameaux. Quand ils arrivèrent dans la principauté où le garçon devait se marier, le souverain de cet État, un oncle de la fiancée, se conduisit exactement comme le Rana de Bhitor sorti de mon imagination, et cet officier réagit comme le fit Ash. L'histoire de la *satî* est inventée, mais repose sur un fait réel, car on connaît au moins un Anglais qui épousa une veuve sauvée ainsi par lui du bûcher de son mari.

Tout ce qui concerne la Seconde Guerre afghane est authentique, sauf le rôle que Ash est censé y avoir joué. La plupart des renseignements fournis à Cavagnari par « Akbar » furent dus en réalité à un ou plusieurs espions inconnus. Rudyard Kipling écrivit un poème (mis plus tard en musique) sur le désastre qui frappa le 10ᵉ Hussards à la veille de la bataille de Fatehabad ; il est intitulé « le gué de la rivière de Kaboul » et la musique en est obsédante. Les *sowars* de Wigram Battye ne voulurent pas laisser son corps aux porteurs de civières et le chargèrent eux-mêmes sur leurs épaules, où le supportèrent des lances de cavalerie, ceci jusqu'à Djalalabad. Lorsque l'armée britannique se retira d'Afghanistan, après la signature du traité de Gandamak, son cercueil fut exhumé et envoyé aux Indes sur un radeau, à travers des régions inconnues où des tireurs embusqués tuèrent plusieurs de ceux qui l'accompagnaient dans ce dernier voyage. Il repose à Mardan, au Vieux Cimetière; près de sa tombe, se trouve celle de son frère Fred, tué seize ans plus tard alors que, durant l'expédition au Chitral, il conduisait à la bataille l'infanterie des Guides.

On ne sait que très peu de chose concernant la défense de la Résidence de Kaboul, et ce peu repose essentiellement sur des ouï-dire, rapportés par des personnes ayant eu l'occasion d'approcher les messagers qu'on avait envoyés implorer l'aide de l'Émir, le cipaye qui se trouvait acheter de la farine en ville lorsque l'attaque fut déclenchée, et les trois *sowars* qui avaient accompagné les coupeurs d'herbe. Ce sont les seuls qui aient survécu, car les défenseurs de la Résidence sont morts jusqu'au dernier, comme il est dit dans le poème de Henry Newbolt, « les Guides à Kaboul » [1]. Tous les autres détails du siège furent recueillis, un mois plus tard, de la bouche d'Afghans; bien peu avouèrent en avoir été témoins, les autres affirmant les tenir d'amis ou connaissances. Pour cette raison, j'ai dû imaginer ce qui avait pu se passer réellement et mener le combat à mon idée, en m'arrangeant pour que cela corresponde à peu près avec ce que l'on sait, notamment quant à l'ordre dans lequel se déroulèrent ces différents faits.

Il a été dit par certains que le corps de Walter avait été découvert, le lendemain matin, étendu sur l'un des canons dont il avait tenté de s'emparer. On a raconté aussi des histoires beaucoup moins plaisantes, mais comme aucun des cadavres ne fut retrouvé, nul ne sait au juste quel traitement ils subirent. On pense toutefois que celui de Cavagnari a dû brûler dans l'incendie de la Résidence.

Le Sirdar qui hébergea Ash à Kaboul a réellement existé, et l'on a les minutes des conversations qu'il eut avec l'Envoyé extraordinaire. Mais comme Zarin et Awal Shah ne relèvent que de mon imagination, je n'ai pu les inclure dans l'escorte, car on connaît les noms de tous les Guides ayant accompagné la Mission à Kaboul, et

1. Sir Henry John Newbolt, poète et critique anglais, mort à Salisbury en 1938. La Première Guerre mondiale lui inspira aussi plusieurs œuvres, dont une *Histoire navale de la Grande Guerre*. (*N. d. T.*)

les noms de ceux qui y trouvèrent la mort, sont gravés sur l'Arc Cavagnari à Mardan, où l'on peut encore les voir aujourd'hui.

Avant de conclure, je voudrais ajouter que, lors de la Révolte des Cipayes, beaucoup de femmes et d'enfants britanniques furent sauvés du massacre, et trouvèrent refuge chez des Hindous. Très longtemps des histoires coururent, selon lesquelles un enfant, ainsi sauvé, avait été élevé de telle façon qu'il se croyait vraiment indigène. La plus connue de ces histoires est peut-être celle de la fille cadette du général Wheeler of Cawnpore, qui aurait été retrouvée dans le Zenana d'un homme l'ayant sauvée ou enlevée, et qui ne manifesta aucun désir de retourner parmi les siens ! Il existe plusieurs versions de cette histoire, dont probablement aucune n'est exacte ; mais on peut très bien supposer qu'un ou deux enfants, devenus orphelins au cours de la Révolte alors qu'ils étaient encore dans la prime enfance, ont fini leurs jours en se croyant de sang indien. Quant à l'histoire du cipaye à qui une petite bergère donna à boire, elle est authentique et bien connue de nombreux anciens officiers de l'Armée des Indes, à qui elle fut donnée par leurs *munshis* à traduire dans l'un ou l'autre des nombreux dialectes lors des examens de langues.

GLOSSAIRE

Achkan : vêtement trois-quarts très ajusté.
Afsos ! : Navrant ! Quel dommage !
Angrezi : Anglais.
Angrezi-log : les Anglais.
Ayah : nourrice, bonne d'enfant.

Baba : bébé, très jeune enfant.
Baba-log : les enfants.
Badshahi : royal.
Bai : frère.
Barat : amis du marié.
Begum : dame musulmane.
Belait : l'Angleterre.
Beshak : sans aucun doute, certainement.
Beta : fils.
Be-wakufi ! : Quelle sottise ! Ça ne tient pas debout !
Bheesti : porteur d'eau.
Bhoosa : paille.
Bibi-gurh : maison de femmes.
Bourka : vêtement comparable à un domino de carnaval, qui dissimule de la tête aux talons la femme qui le porte, avec juste une bande de filet à hauteur des yeux.
Boxwallah : négociant ou trafiquant européen.
Budmarsh : vaurien, mauvais homme.
Burra khana : grand dîner.
Burra-Sahib : grand homme, grand chef.

Cha-cha : oncle.
Charpoy : lit de sangles.
Chatti : grande jarre de terre cuite.
Chik : store de bois ou de bambous fendus.
Chirag : petite lampe à huile en poterie, utilisée lors des fêtes.
Chokra : garçon.
Chota hazri : sorte d'avant petit déjeuner, composé d'un fruit accompagné de thé.
Chowkidar : veilleur de nuit.
Chuddah : drap ; châle.
Chunam : plâtre ; chaux.
Chuppatti : gâteau plat fait de pain sans levain.

Chuppli . épaisse sandale de cuir à semelle cloutée
Chutti : feuille

Dacoïts : brigands qui sévissaient en Inde au XIXe siècle et y ont laissé un horrible souvenir.
Daffadar : maréchal-des-logis (cavalerie).
Dai : infirmière ; sage-femme.
Dâk : courrier ; poste.
Dâk-bungalow : relais de poste.
Dâk-ghari : voiture à cheval transportant le courrier.
Dal · lentilles.
Dawaza : porte ; porche.
Dekho ! : Regarde !
Dhobi : blanchisseur, laveur de linge.
Dhooli : palanquin.
Durbar : Audience publique ; réception royale, tenue l'après-midi et pour hommes seulement.

Ekka : voiture à deux roues ; sorte de charrette anglaise.

Fakir : religieux mendiant.
Feringhi : étranger.
Fu-fu band : équivalent indien d'une fanfare villageoise.

Gadi : trône.
Ghari : n'importe quelle voiture à cheval.
Ghari-wallah : le conducteur d'une telle voiture.
Ghazi : religieux fanatique.
Ghee : beurre fermier.
Godown : entrepôt, remise, hangar.
Gur : cassonade.
Gurral : chamois.
Gurrh-burrh : tumulte, vacarme.

Hakim : médecin.
Halwa : bonbons, confiserie.
Havildar : sergent d'infanterie.
Hazrat : Altesse.
Hookah : narguilé.
Howdah : palanquin où l'on prend place lors d'un transport à dos d'éléphant.
Hukum : ordre.
Huzoor : Votre Honneur.

Istri-dhan : héritage.
Itr : senteur.
Izzat : honneur.

Jawan : littéralement *jeune homme,* mot couramment employé pour *soldat*
Jehad . guerre sainte.
Jehanum : enfer.
Jellabies : friandise faite de pâte à frire et de miel.
Jemadar : officier indien subalterne sorti du rang (cavalerie ou infanterie)
Jezail : mousquet à long canon.
Jheel : lac marécageux peu profond.
Jung-i-lat Sahib : commandant en chef.

Kala . noir.
Khansamah : cuisinier.
Khidmatgar : serveur à table.
Kila . fort.
Kismet : destin.
Koss : deux milles.
Kus-kus tatties : rideaux épais faits d'herbes tissées

Larla : chérie.
Lathi : canne longue et lourde.
Lotah · petit pot à eau en cuivre.

Machan : plate-forme construite dans un arbre pour la chasse au tigre
Mahal . palais.
Mahout : cornac
Mali : jardinier.
Malik chef de tribu.
Maro ! · Frappe ! Tue !
Mubarik ! : Bravo ! Félicitations !
Mollah ou *mullah :* prêtre musulman.
Munshi : professeur ; commis aux écritures.

Narwar : tissage grossier.
Nauker : serviteur.
Nauker-log . la domesticité.
Nautch-girl : danseuse.
Nullah : ravine ou lit de torrent desséché.

Ooloo : hibou.

Padishah · Impératrice.

Pan : masticatoire fait d'un mélange de feuilles de bétel, de chaux vive et de noix d'arec.
Panchayat : conseil de cinq doyens ou anciens.
Patarkar : petit feu d'artifice.
Piara (-i) : cher (chéri).
Pice : petite pièce de monnaie.
Pujah : culte.
Pukka : vrai, authentique, parfait.
Pulton : régiment d'infanterie.
Punkah : panka, écran suspendu au plafond et qu'on actionne à l'aide d'une corde pour produire un courant d'air.
Purdah : littéralement : rideau ; réclusion des femmes.
Pachto : idiome parlé par les Pathans.

Rajah : roi.
Rajkumar : prince.
Rajkumari : princesse.
Rakhri : pendentif porté sur le front.
Rang : couleur.
Rani : reine.
Resai : couverture ouatinée ou édredon piqué.
Resaidar : officier indien subalterne sorti du rang (cavalerie).
Risaldar : officier indien supérieur sorti du rang (cavalerie).
Risaldar-Major : le plus ancien des risaldars.
Rissala : régiment de cavalerie.

Sadhu : saint homme.
Sahiba : dame.
Sahib-log : « les blancs ».
Saht-bai : « sept frères », petits oiseaux bruns qui se déplacent généralement par groupes de sept.
Serai : caravansérail.
Shabash ! : Bravo ! Bien joué !
Shadi : mariage.
Shaitan : diable, démon.
Shamianah : vaste tente.
Shikar : chasse, tir.
Shikari : chasseur, rabatteur de gibier.
Shulwa : tunique à manches longues.
Sirdar : officier indien de haut rang.
Sirkar : le Gouvernement indien.
Sowar : soldat de cavalerie.
Syce : palefrenier.

Talash : enquête.
Tamarsha : fête, spectacle.
Tar : télégramme (littéralement · fil)
Tehsildar : chef de village.
Tiffin : déjeuner.
Tonga : voiture à deux roues tirée par un cheval.

Yakdan . malle de cuir, faite pour être portée à dos de mulet.
Yuveraj : héritier du trône.

Zenana : appartement des femmes.
Zid : ressentiment.
Zulum : agression.

La composition de ce livre
a été effectuée par Bussière à Saint-Amand,
l'impression et le brochage ont été effectués
sur presse CAMERON
dans les ateliers de la S.E.P.C. *à Saint-Amand-Montrond (Cher)*
pour les Éditions Albin Michel

AM

Achevé d'imprimer en janvier 1985.
N° d'édition 8675. N° d'impression 045.
Dépôt légal janvier 1985.

Imprimé en France